陳福康 著

井中奇書新考 上

鄭思肖《心史》暨宋季明季愛國詩文研究

U0745485

上海外语教育出版社
SHANGHAI FOREIGN LANGUAGE EDUCATION PRESS
外教社

上海交通大學 出版社
SHANGHAI JIAO TONG UNIVERSITY PRESS

图书在版编目（CIP）数据

井中奇书新考/陈福康著. —上海：上海外语教育出版社,2015
ISBN 978-7-5446-3948-4

Ⅰ. ①井… Ⅱ. ①陈… Ⅲ. ①郑思肖（1241~1318）-人物研究
②中国文学-古典文学研究-南宋 Ⅳ. ①I206.2

中国版本图书馆 CIP 数据核字（2015）第 046564 号

本书由文汇·彭心潮优秀图书出版基金会资助出版
本书为上海外国语大学重大科研项目

出版发行：**上海外语教育出版社**
　　　　　（上海外国语大学内）　邮编：200083
电　　话：021-65425300（总机）
电子邮箱：bookinfo@sflep.com.cn
网　　址：http://www.sflep.com.cn　　http://www.sflep.com
责任编辑：李振荣

印　　刷：上海叶大印务发展有限公司
开　　本：700×1000　1/16　印张 80　字数 1105 千字
版　　次：2015 年 7 月第 1 版　　2015 年 7 月第 1 次印刷

书　　号：ISBN 978-7-5446-3948-4 / K·0082
定　　价：180.00 元（全三册）
　　　　本版图书如有印装质量问题,可向本社调换

丼中奇書考

遲堂

饒宗頤先生爲本書著者題簽

臘夜讀《井中奇書考》

周汝昌

滬上學者福康先生以我爲知音,寄贈新著《井中奇書考》,
一看開頭就對我味,眞乃史家本色力作,
賦詩贈之,後兩句乃自悼也。辛巳臘五。

力學當今世,癡情到井書。
一心窮萬卷,孤燭照羣愚。
年少悲無極,宵深痛有餘。
因君得奇字,感慨付長吁。

題陳君福康《井中奇書新考》

劉衍文

崖山南望淚如絲,夜雨江湖奮筆時。
豈惜頭顱當日擲,欲留肝膽後人知。
沈珠幸得奇才抶,眞璧誰猶異議持?
想見忠魂頻入夢,謝君憤寫雪冤辭。

題《井中奇書新考》

劉永翔

投鞭驕虜覆東南,志士千秋意未甘。
萬國黔黎空自憤,九儒時勢孰能堪?
肝腸永痛蘭無土,血淚深緘井有函。

耳食紛紛說眞僞，奇書竟付一人探！

次韵福康兄自題《井中奇書新考》
施向東

心史孤臣和血寫，潛光觸禁意難甘。
從來盲瞽輕荆璧，詎忍胸肝付塵談。
拍案布衣疑寶破，鉤沉鐵證妄言戡。
一編新考拂塵出，培土幽蘭祭所南。

敬題《井中奇書新考》次福康韵
莫礪鋒

誰謂遺民似荼苦，从来傲菊帶霜甘。
孤忠耿耿存心史，羣口紛紛起妄談。
實相沈迷須細究，僞書誣謗付嚴戡。
幽光重耀姑蘇井，萬古磁鍼只指南。

敬題福康兄《井中奇書新考》
梁歸智

鐵函鎖祕亦冰壺，臥井觀天歲序除。
亡國血凝文字碧，遺民淚盡夢魂珠。
誣名僞册雲遮月，慧辨眞痕鳳起梧。
刮垢磨光陳學士，所南心史又奇書。

2010 年 10 月 8 日於大連逸人居

福康兄大作《井中奇書新考》問世，賦此寄之，辭不能工，聊記所感

龐　堅

白鴈來過江南破，鐵蹄但耕皆骸田。
宋社竟屋豈天命，烈士悲愴風雲寒。
嚴臺擊石謝皋羽，稽嶺移骨林舜山。
遺民復有所南老，寄恨只畫無根蘭。
題圖百廿又何意，不求人賞情非慳。
方寸熱血染毫翰，更著雪楮凝奇篇。
壯氣姑斂藏之匣，金閶古寺龍潛淵。
神鑱庇護有靈異，井中留待重光緣。
三百年間無人曉，一朝見日驚英賢。
滿江紅詞溯武穆，與之俱共明月懸。
忠憤正足起闇懦，亟付剞劂廣其傳。
玉笥茂之能蕆事，成仁履道輝青編。
歸奇顧怪亦激賞，前後節義如蟬聯。
卻有猜疑謂魚目，覽朱認碧毋乃偏。
得君挺起爲辨決，表襮正德心惟虔。
亡國猶未亡天下，聲明賴此終綿延。
莫道強虜戈鋌利，倫經悠悠那曾顛。
撫卷開襟沈吟處，似聞海濤聲盈軒。

《井中奇書新考》題詞，卽次陳福老原韻

鍾　錦

新亭士淚空相視，古井臣心自不甘。

乃見鐵函當世出，還留青史至今談。

千秋忠佞吾何辯，一卷僞眞誰與裁？

若向奇書論宋季，惟公此作是司南。

敬題《井中奇書新考》

王培軍

福老，余忘年友也。每見輒談，旁若無人，聲震屋瓦，

聞者或駭而走。近又增訂其奇書考，遠紹旁蒐，

丹黃滿紙，命題其耑。賦五十六字，用助其興。

毛邊錢佞逢人說，鄭學陳編獨夜攤。

卅載夢魂縈八索，一車鉛槧度雙丸。

沈埋瞽井丹心解，擾攘圍城白眼看。

寫付名山傳不壞，想應大笑過邯鄲。

敬題《井中奇書新考》

高　平

幽光正氣藏瞽井，泪海恨峯融墨翰。

嘔盡孤臣三斗血，沃肥本穴一叢蘭。

虺蜥欲撼天中樹，混沌還掀筆下瀾。

再考奇書書有福，世人洗耳仰鳴鸞。

敬題《井中奇書新考》

曾慶雨

斗血凝成字字奇，幽蘭失土葉離披。
函收痛史沈忠憤，鐵錮心光待後知。
眞僞久隨塵共闇，精誠不逐世同移。
井智再溧勞君手，筆落驚風動碧漪。

自題《井中奇書新考》

陳福康

執事丈夫空嘯傲，炊文煮字味何甘。
撐腸錦繡元難售，掩口盧胡豈易談。
愚者自愚猶可閔，妄人其妄必須戡。
世間幸有奇書在，一瓣心香敬所南。

嘔三斗血，方能書此。
後世當傳，具眼識之。
　　　　　　——改鄭思肖句

奇書出井，四百載下。
勃發幽光，陳最良也。
嗟陳教授，越教越啞。
慟哭古人，畱贈來者。
　　　　　　——改陳寅恪偈

目　錄

《謬餘集》《所南文集》《一百二十圖詩》《錦錢餘笑》)—佚
詩佚文—《心史》—三個創作高潮

行經過—兩本之比較—此後的刊本

第六章　《心史》明刊本的序跋者 /228

張本的序跋者等(張國維—馮維位—張世偉—文從簡—文
枏—陸嘉穎—陸坦—陳宗之—楊廷樞—姚宗典—姚宗
昌—許元溥—朱袞—華渚—丘民瞻—凌一槐—朱鎰—張
劭—鄭敷教—鄭之譓—達始—趙均—鄔繼思)—**林本的序
跋者等**(曹學佺—林古度—汪駿聲—葉益蓁—高拱京—強
惟良)—**所謂的"作偽者"**

第七章　《心史》與明清之際愛國文人(上) /258

專詠及步韻《心史》者(黃居中—顧夢游—歸莊—錢肅樂—
陸寶—王夫之—方文—孫枝蔚—楊補—胡世安—李肇
亨—彭孫貽—方孝標—顧炎武—元賢—方孔炤—吳之
器—蔣臣—張岱—萬泰—徐孚遠—黃淳耀—沈榮—劉命
清—薛敬孟—楊炤—陳軾—宋曹—吳維基—劉城—陸世
鑰)—**序跋、刊印、選錄《心史》者**(王嗣奭—陳弘緒—方
潤—洪士升—賀復徵—王御—鄭起泓—楊嵒—周裳—鄭
定遠—陳焯—吳綺—邵冔—柯弘祚—顧景星—惠康野
叟—周之標—何一泗)—**詩中提及《心史》者**(范鳳翼—王
曇—讀徹—陳函輝—邢昉—董守諭—道忞—林時躍—吳
鋐—郭都賢—徐開任—陶汝鼐—揭重熙—陳璧—許楚—
朱鶴齡—王岱—沈壽民—姜埰—祝祺—紀映鍾—彭士
望—黃宗羲—俞塞—方以智—宋之鼎—陸世儀—函可—
孝濱—宋龍—徐增—錢澄之—陳瑚—金堡—陳子升—葉
矯然—龔鼎孳—許友—余繽—錢肅圖—林時益—程守—

王揆—潘江—張煌言—黃宗裔—呂師濂—汪价—鮑忠勅—董說—李鄴嗣—黃生—孔自來—沈埏—郭士髦—孫錫蕃—李鳳—陳僖—龐嘉鼇—范梧)

炳—張鳳苞—孫原湘—凌揚藻—黃培芳—鄭傑—劉嗣綰—徐熊飛—焦循—楊知新—何元錫—查揆—方廷瑚—陳文述—姚椿—查元偁—梁章鉅—李祖陶—宋翔鳳—汪守愚—鄧顯鶴—吳慈鶴—查世澧—姚承緒—胡珵—平翰—蔣鳴珂—馮登府—厲志—徐湘潭—孫步瀛—柳樹芳）

第十章　《心史》在清代及其後的影響（下）／634

《心史》在晚清時期（袁翼—宗稷辰—汪端—季蘭韻—魏源—蔣湘南—楊豫成—蔡邦甸—管庭芬—顧沅—譚瑩—王文瑋—言啟方—董兆熊—周文禾—蔣敦復—鮑瑞駿—張文虎—徐鼒—貝青喬—董平章—徐一鶚—蔣光煦—顧復初—羅惇衍—方濬頤—王賡伯—高宅暘—金和—魏秀仁—陳錦—吳仰賢—俞樾—朱邁燨—邊浴禮—袁承業—楊泰亨—范寅—董沛—張寶琳—王棻—戴咸弼—孫詒讓—孫衣言—蔣曰豫—楊浚—汪芑—楊葆光—孫周—孫璧文—柴文杰—丁丙—徐錦—朱丙壽—郭溶—嚴玉森—王家振—勞乃宣—徐定超—樊增祥—林鶴年—李寶瀚—王頌蔚—黃遵憲—張寶森—胡禮垣—徐邦—錢鈞伯—錢邦彥—陳玉澍—郭傳璞—文廷式—李宗裀—易順鼎—惲毓鼎—鄭鵬雲—丘逢甲—王龍文—李子榮—王式通—譚嗣同—黃人—曾習經—洪繻—徐兆瑋—吳士鑑—吳保初—汪春源—章太炎—孫峻—梁啟超—闞鐸—南潮—漢南—哀江南客—黃節—來裕恂—陳去病—高增—周實—丘復—羅振常—孫寰鏡—高旭—王國維—鄧實—沈礪—馬一浮—蘇曼殊—劉師培—易白沙—易本羲—錢玄同—陶成章—柳亞子—姚光—無名氏〈蘭心樓?〉—匪石—黃天—志攘—民明—寄懷客—宇—光明（漢才）—敵公—無

《心史》在國外（林鵞峯—人見卜幽軒—人見竹洞—無著道忠—柳田聖山—森川竹窗—梁川星巖—鷹羽雲淙—都徹阿警—伊藤松—保岡孚—小林泰輔—江馬天江—大橋正壽—小林二郎—小野湖山—土屋鳳洲—桑原騭藏—中山久四郎—久保天隨—羽田亨—和田清—石原道博—太田辰夫—李德懋—趙普陽—成大中—朴齊家—成海應—尹行恁—李圭景—金進洙—張福樞—宋秉璿—許薰—金澤榮—高羅佩—白鳥庫吉—江上波夫—田阪興道—牟復禮—蘭德彰—謝慧賢—田浩—吉川幸次郎—戴仁柱）

（下　册）

【附】

《井中奇書考》序

胡道靜

  《心史》,奇書也。鄭所南,奇人也。《心史》鐵函自智井出,而所南孤臣孽子之心大白於天下,志士仁人所爲歡呼者。奈別有用心之人卻製造僞書說以惑世,欲從根以覆之,實爲奇聞。雖辨之者有,而吠影吠聲、以打假自豪者亦代不乏人,更奇聞中之奇聞。陳福康同志知此奇冤之徹底平反,非以深厚功力,集中《心史》問世以來正反兩面材料,悉心對比研究,斥其無據之說,樹其公正之論,天下惡乎定。遂下決心,作一全面解決之攻關性研究,乃成《井中奇書考》一書稿。所費心力,所下功夫,無可計量,終使此一歷史巨案定讞於一,此亦奇事也。又以《心史》爲宋季明季愛國詩文系統之重點文獻,於此切入,能更深觀察這兩個重要時期之文學與文化,此更一奇也。福康讀北京師大攻博士學位時,爲故李何林教授之高材生,夙爲何林教授所愛重。其博士論文《鄭振鐸論》,周密詳盡,創義甚豐,爲罕見之作,後由百年老社商務印書館出版,亦名世之書。乃知福康不僅通今,抑且博古,而所治課題均占民族正氣、愛國主義之要津。本書稿雖無大量徵引馬列經典語錄,然實際所顯者正是實事求是之唯物史觀根本法則,也是近來史學研究工作一種可喜現象。此書稿應是上海市哲學社會科學規劃課題中之優秀成果。此稿成書,而舉世之精誠篇章,概不可以打假之僞旗,做窮惡之拙劇,堪能動撼之矣。福康同志,豈非亦當代之奇人乎?《井中奇書考》,亦豈非當代之奇書乎? 吾與並世人士共識之!

1998 年 3 月序於上海仙霞路之海隅文庫

《井中奇書新考》序言

來新夏

　　2001 年春，我校中文系張鐵榮教授陪同上海陳福康先生來舍見訪，此我初識福康，一見如故，相談甚歡。福康眉宇間，時透奇氣，暢言其所著有關鄭思肖《心史》研究之成書，名《井中奇書考》，不久即將出版，屆時當相贈。8 月間，果然收到此書，都四十餘萬字。封面由選堂題署，選堂者，香港學界耆宿饒宗頤先生也。福康於贈書扉頁所寫贈詞之首，加蓋"桃花潭水深千尺"一橢形閒章。水字用八卦中坎爲水之意以代，隱示友情，別有風趣。

　　展卷而讀，首有胡老道靜先生作序，胡老以一"奇"字立言云："《心史》奇書也，鄭所南奇人也"，而福康"豈非亦當代之奇人乎?"是以我即依其意，以奇人、奇書、奇作者論其書。

　　奇人者，鄭思肖也。思肖非其本名，宋亡始易此，字憶翁，別號所南，均以不忘趙宋爲寓意。如所謂思肖，以肖爲趙字之一部分，隱含思念趙宋之意。思肖是宋元之際一位很有民族氣節的愛國詩人和畫家。宋亡前不求利祿，元兵南下時慷慨上書。其父卒於國亡前，曾在臨安宮門口指斥誤國權臣，要求革新弊政，重振軍威。一門忠義可見。宋亡後，思肖以不食周粟的精神，不臣服於元。年少時他曾遍歷江浙山水，將胸中鬱悶之氣發爲詩歌畫作。宋亡後則未見其有徜徉山水之作，或懷山河變色之痛。綜觀其一生形蹟，足稱一代奇人。

　　奇書者，《心史》也。《心史》是鄭思肖將宋亡前後，抒發奇氣偉節之作，合爲一書之彙編。共收詩二百五十首，雜文十四篇，前後自序五篇。當時未獲刊行，直至宋亡後四年，始將《心史》藏於蘇州承天寺古井中。歷時三百五十餘年，於明崇禎十一年被發現，一時爲之轟動，讀其書者無不爲其内容之奇而感慨激動。深藏水中數百年,復能令人觀其全貌,亦一奇蹟,是以福康稱此《心史》爲"不僅保藏奇,發現奇,而且刊刻奇,内容奇,作者奇,而更奇的,大概還數它問世後的遭遇之奇",稱之爲奇書,誰曰不宜?

奇作者誰?《井中奇書考》之作者陳福康教授也。福康鑽研《心史》垂三十年,實爲前賢洗冤定位。其癡迷學術和個人理念,與世之好奔競者比照,足稱一奇。福康所著無一事無出處,無一字無來源。並稱著述之方法乃在考證,並以考證爲眞學,而大聲疾呼"亟需爲考證本身洗冤",公然與世風相忤,當又稱一奇。福康之著此書也,所引者多爲習見書,而徵引之富,尤令人瞠目。其論斷詮釋,無不實事求是。衡之浮躁者,偶得一二便大發蹈虛之論,實難以相比,此亦可稱一奇也。有此三奇,福康亦可稱奇作者矣。

福康所著問世後,頗獲好評,而福康猶以爲尚有不足,繼續孜孜探求,深挖史料,所增補新内容,更都爲前人所未道及者。如先祖來裕恂先生自二十世紀初投身民族民主革命,蓋受前人行事之影響頗深,庚子之歲,華夏大地遭八國侵辱,先祖卽讀鄭氏《心史》以自勵,並有詩作云:"偶然掘井說姑蘇,心事當年最足籲。聞說崖山方死節,可憐信國又捐軀。此身早已清流付,獨力猶思大廈扶。何日虜氛消塞北,長城屹屹拒強胡。"(《井中心史》,見《匏園詩集》卷十二,天津古籍出版社出版)這一史料我未曾與福康言及,而他已補寫入增訂本中。卽此亦可見福康涉獵之廣,挖掘之深。今知修訂工作近時可望完成,全書將增倍之,成百萬字之巨著。思肖地下有知,亦當揖謝知己矣。我雖年已望九,猶願共諸君子預祝福康新著之早日問世,以餉讀者。

2010 年 7 月寫於南開大學邃谷

引　言

水中出書—諸奇集萃—考證與洗冤—自驗與私願

　　水中出書,是一件奇事。

　　世界公認的中華第一奇書《易經》,在其《繫辭》中有一句極有名的話:"河出圖,洛出書,聖人則之。"("圖書"一詞卽源於此。)說的是我國一個極古老的傳說:伏羲時,有龍馬從黃河出,背負《河圖》;又有神龜從洛水(黃河支流)出,背負《洛書》。聖人(伏羲)便據此圖、書,畫成八卦。這也就是傳說中的《易經》的來源。

　　然而,《尚書·洪範》云:"天乃錫禹《洪範九疇》。"西漢時的孔安國便認爲《洪範九疇》卽《洛書》:"天與禹,洛出書,神龜負文而出,列於背。"(見《尚書正義》)東漢時班固則云:"劉歆以爲虙(伏)羲氏繼天而王,受《河圖》,則而畫之,八卦是也;禹治洪水,賜《雒(洛)書》,法而陳之,《洪範》是也。"(見《漢書·五行志》)然而,唐代的孔穎達疏《毛詩》《禮記》等,則說是"堯受《河圖》",並在疏《尚書》時云:"《中候》及諸《緯》多說黃帝、堯、舜、禹、湯、文、武受圖、書之事,皆云'龍負圖,龜負書'。緯《候》之書不知誰作,通人討核,謂僞起哀、平,雖復,前漢之末始有此書,以前學者必相傳此說。"可知,這個水中出圖、書的奇事,早在西漢前就連出水的時間和當事人的名字都說法不一,只能是渺渺茫茫的一個不可盡信的傳說而已了。

　　而東漢的鄭玄又引《春秋緯》云:"《河圖》有九篇,《洛書》有六篇"(見《周易注》)。但是,流傳至今的《河圖》《洛書》,卻是兩幅神祕的數字結構圖。世上已有很多學者對《河圖》《洛書》作了大量的研究(例如,近見有研究者發表新見,認爲《河圖》《洛書》是上古遊牧時期我們先人的氣象圖和方位圖)①,卻從來沒有什麼研究者說它們是九篇或六篇文章的。因此,這個傳說中的水中所出的"圖書",與我們現在說的"書",是有點不同的。②

除了這個最早的出書故事以外,古人還傳說夏禹曾登宛委山,發現金簡玉字之書(見《吳越春秋》),又傳說秦人在二酉山石穴中,得書千卷(見《荆州記》),等等。則都是在山上,與水則無關了。

而古代載於信史的出書,也有不少。最著名的,如《漢書》等記載,武帝劉徹太始年間,有魯恭王者,因擴建宮室而拆毀孔子故宅,忽在夾壁中發現經書多種,均蝌蚪古文字書寫;又有《晉書》等記載,武帝司馬炎太康二年,有汲郡人不準盜掘古墓,得竹簡古書數十車,司馬炎遂命學者荀勖、束皙等人整理。這些也均非出於水中。至於近代以來諸大發現,如安陽甲骨、敦煌鈔本、西陲漢簡,以及馬王堆帛書等等,都是出諸地下、洞中、墓內、壁間,從無藏諸水底者。

相反的,古來圖籍之受厄於水,倒是多見諸史書。例如《隋書・經籍志》載:"大唐武德五年,克平僞鄭,盡收其圖書及古蹟焉。命司農少卿宋遵貴載之以船,溯河西上,將致京師,行經砥柱,多被漂沒。其所存者,十不一二,且目錄亦爲所漸濡,時有殘缺。"《舊唐書・經籍志》又載:"後漢蘭臺石室、東觀南宮,諸儒撰集,部帙漸增。董卓遷都,載舟西上,因罹寇盜,沉之於河,存者數船而已。"這是古代載籍的兩次大難,均毀於水。

然而,在我國數千年汗牛充棟、浩如煙海的圖書中,卻有一部,而且僅有這樣一部,眞的是藏於水而出於世、寫於古而傳於今的奇書。那就是三四百年前從蘇州一口古井中發現的、藏於水中已有三百五十六年之

---

① 見 1988 年《內蒙古社會科學》第 2 期韓永賢文。

② 周汝昌先生見本書初版開頭這段拙文後,曾來函云:"一看開頭就對味。從河圖洛書說起,太好了(有一付印待出的拙著,講書法,恰亦從此說起)。這就是史家的本色。拙意以爲,雖伏、堯、禹三說不同,但不能因此卽判其渺茫難信,應解其旨是追溯中華文化之源頭(之一種標誌性事件)。我記憶清楚:舊日皆呼印章爲'圖書',此點重要之至——透露了萬年前古史的'消息'(今日信息)。乃悟那是華夏最早的圖像(洋話叫圖騰)與原始文字符號;卽最古的符籙也。此不渺茫荒誕。龍馬神龜,乃後世'印鈕'的影子。至於'九篇''六篇'之說,蓋欲切合《易經》陽九陰六之數,此當爲漢儒之意念了。總之,開卷卽欣喜。"

久的宋遺民鄭思肖的《心史》。這恐怕在全世界的藏書史上,也是絕無僅有的![①]

《心史》是如何包裝保藏的,又是如何發現行世的,這裏暫且不說(請閱本書有關章節);先說其無論從哪個角度看,《心史》都是一部確確實實的奇書。

《心史》之被稱奇,自其出井那天卽始。最早的張國維刻本,張氏在序中卽用兩個"奇"字;同年暑晚的林古度刻本,林氏序的第一句話就是"天下有奇人,始有奇事",而後又三用"奇"字。顧炎武等人爲之寫的詩中,更直稱之"奇書"。是的,這部書集萃了多種"奇":不僅保藏奇、發現奇,而且刊刻奇、[②]內容奇、作者奇;而更奇的,大概還數它問世後的遭遇之奇。

其遭遇之奇,本書有關章節將詳述,這裏先簡單地說說。

《心史》出井刊行後,卽受到明季愛國人士熱烈歡迎,序跋、題詠、品評者之多,據數百年後的我發掘所知,卽有二百四十多人。而刻行後約五十來年,當有明遺老凋零殆盡之際,始有投靠清廷的一二無恥文人毫無論證、吞吞吐吐地稱其爲"僞書",但同時就遭人反詰,其影響也不大。

---

① 在我寫這篇《引言》初稿時,從湖南長沙傳來"本世紀最驚人的考古發現":1996 年 10 月 17 日凌晨,在長沙市中心走馬樓平和堂大廈基建工地一口編號爲 J22 的古井中,被埋藏了一千七百多年的簡牘露出端倪。考古人員苦戰二十五晝夜,這批浸泡在地下水中的三國簡牘全部順利出土。初步估算有十七萬片之多,這一數量超過了我國歷年各地出土簡牘數量的總和(九萬片)。簡牘有三國孫吳嘉禾元年(232)至嘉禾六年的年號,內容涉及三國時代孫吳政權的政治、經濟、軍事、文化、賦稅、租調、戶籍、司法、職官、倉儲諸方面,詳細記錄了當時人們的現實生活、社會交往、經濟關係,對于研究三國魏晉時期的歷史、政治制度、社會階級關係、經濟關係、租調制度、典章制度、司法制度、簡冊制度具有極高價值。西晉陳壽撰《三國志》僅具紀傳而無志表,這批簡牘的出土可大大增補史籍之缺。聞此消息我興奮不已!這是我們中國又爲人類文化史添一奇蹟,能不自豪!毫無疑問,湘井出簡的意義超過數百年前吳井出書(《心史》)。簡牘,當然也是廣義上的書籍之一種。那麼,我在上面文章中的某些話,似乎應再作斟酌了。然而,經過考慮,我還是決定照舊。因爲,古吳井所出《心史》,是真正現代意義上的一部書(寫本);而長沙竹簡須待今人整理出版後,才成爲案頭的一部大書。再說,《心史》沉井的目的,就很明確地是爲了保藏,因而沉井前經過科學的設計;而長沙竹簡則恐非如此,其能保存至今,實出天幸。因此,井出《心史》仍然是世界藏書史上獨一無二的奇事。

寫了上面這段注文後不久,從湖南又傳來一則喜訊:長沙市區中心五一廣場九如齋科文大廈建設工地,又在一口古井中出土了東漢時期的簡牘。不僅記載有當時的社會制度和社會生活的內容,而且字蹟清雋優美,爲我國文字的發展演變和書法史的研究提供了珍貴資料。看來,我國的古井真是太神奇了!

② 指同年卽有兩種初刻,不久又與他書合刻,更有日本刻本,爲其他古書所罕見。

又過了約百年,在清朝加強思想專制之時,官方卽以"軍機處"名義"奉上諭"將其列入"應燬"書目,同時御用文臣終於編湊出幾條"理由"正式判其爲僞。此後,"僞書說"雖不時遭到學者(包括一批第一流大學者)的反駁,但畢竟流行天下,惑人愚人甚深,而且迄今猶未消絕。早在抗日戰爭期間,文獻學家余嘉錫就在巨著《四庫提要辨證》中力辨《心史》非僞,並強調指出:"若摘其一二失誤,遂指此數百年來絕無僅有之書爲僞作,使學者棄置不讀,或讀之而不敢信,沮後人愛國之心,而長勍敵方來之焰,此則吾所期期以爲不可者也!"①然而時至今日,甚至連一些代表"國家水準"的大型工具書(如 2005 年出版的《大辭海》中國文學卷,2007 年重排出版的《中國歷史大辭典》,甚至 2010 年修訂新版的《中國大百科全書》和《辭海》)卻仍受其惑其愚,兢兢然稱"或疑爲後人假託"。最近出版的不少文學史,也或稱其很可能是"僞書",或雖寫到鄭思肖卻又小心翼翼地避免提及《心史》②,甚至索性乾脆把鄭思肖從文學史中除名。

由此更可見此一問題的嚴重性,和亟須解決此一公案的必要性。研究《心史》,首先卽須考辨其眞僞,與此相關也要弄淸其刊刻的經過,初版序跋者的生平,"僞書說"的出現及衍變,等等。本書立意作一番窮根究底式的研究,以求對此公案作一最後的徹底的解決。史學大師陳寅恪有詩曰"著書今與洗煩冤",此之謂歟!本來,我國的文史研究,從《易經》開始,就倡導"探賾索隱,鉤深致遠"(語見《繫辭·上》)。漢河間獻王"修學好古,實事求是"(語見《漢書·景十三王傳》),清人凌廷堪云:"夫實事在前,吾所謂是者,人不能強辭而非之;吾所謂非者,人不能強辭而是之也……虛理在前,吾所謂是者,人旣可別持一說以爲非;吾所謂非者,人亦可別持一說以爲是也。"(《戴東原先生事畧狀》)可見,凡是

① 對《心史》不敢置信因而棄之不顧的人非常多,這裏僅舉書目文獻學者的一個例子。1993 年江蘇人民出版社出版的《江蘇刻書》,是集體編撰的專書,主持者裏有江蘇省的南京圖書館館長等,但書裏卻沒有提到《心史》。然而《心史》在明末江蘇曾經刊刻過兩次,且如今南京圖書館就珍藏著《心史》的明刊本!卽使這些學者認爲《心史》是僞書,那麼,它仍然也是"江蘇刻書"啊!難道可以這樣無視嗎?

② 其實我們可以問一句:鄭思肖如果沒有《心史》,那麼你們寫的文學史憑什麼將他與宋季愛國詩人謝翱、林景熙、汪元量等人並提呢?

"求是"者，必須"實事在前"，才能立於不敗之地。相反，如果只是講"虛理"，那就像像阮元說的，"自遁於虛，而爭是非於不可究詰之境也"（《惜陰日記序》）。這裏就須說到考證一事了。

考證本是傳統的治學方法，是眞學問。正確的考證，是科學的、高難度的，是探討一切歷史問題所決不可缺的。尤其是"洗冤"類的論著，更絕對少不了考證。然而，從二十世紀中葉開始，考證就交了"華蓋運"，被命定地與"繁瑣"捆綁在一起，更莫名其妙地被歸屬於"資產階級的"。七十年代末思想學術界"撥亂反正"後，惟考證一道似仍未脫"華蓋運"。至今大學文科講臺上從不講授這門學問，出版社、報紙雜誌的不少操筆政者對它不屑一顧，誰如要考學位、陞職稱、評獎項則更沒有它的份。多年來在學壇上頻頻露臉、風頭十足者，幾個識得考證爲何物，卻對它妄加譏刺，而以"思想"、有"理論"自詡；然而，正如清人章學誠說的："思而不學，其爲瞽說，可勝唾哉！"此輩中最能惑人者，是在玄談虛論中畧能扯上幾句歷史，或其文筆還有幾分瀟灑、嫵媚；然而又如章學誠說的："僞亂眞而文勝質，史學不亡而亡矣！"當今學術失範已亟，流弊種種已有有識之士大聲疾呼；而我認爲鄙薄考證正是學術墮落的一個重要原因和必然原因。而且，學風本關乎世運，蔑視實學、崇尚玄談所造成的後果，早已經並將繼續顯示出來。因此，我一直認爲，現在亟需爲考證本身"洗冤"！

當然，我決不是說考證便是研究的一切，也不敢鄙薄純理論研究。再說，考證本身也有高下不等的層次。我僅僅認爲，"冥證"（梁啓超語）歸根結底也須以實證爲基礎，而現在在我們這兒，尤其是文學研究界，最受輕視甚至排斥的，就是考證研究。我深知自己學殖淺薄，"考證"二字不敢隨便自用，但不過持有上述這樣一種不合時尚的想法，有時也寫點考證的文章，便曾大吃苦頭，大受排擠。只是我力求心如古井，寂寞自甘，潔身自好，也就其樂自得而不思自悔了。現在，我寫這本書，卻想斗膽題名爲《井中奇書考》①。在自己尊敬的學者、師長面前，用這個"考"

---

① 《心史》兩種初刻本，皆題爲《井中心史》；"奇書"乃顧炎武等人評語。

字作書名,我頗惶恐於是否夠格;在那些蔑視考證的"學者"面前,我用這個字,卻是爲了表達我對彼輩的一種蔑視。至於書的副題,可以長一點,就叫"鄭思肖《心史》暨宋季明季愛國詩文研究"。以表示我認爲考證就是研究、研究離不了考證的意思。

爲什麼又提到"宋季明季"呢?因爲《心史》寫作編訂於宋元之際,而問世流行於明清之際。而這兩個時期,正是我國歷史上大災大難、愛國主義詩文湧現最多的時期(也是近代以魯迅先生爲代表的愛國學人談論得最多的兩個時期)。研究《心史》,研究鄭思肖,研究其創作背景和面世後的影響,都是必須同時結合對這兩個時期愛國詩文的研究的。而通過一本書,可以將這樣原本隔開的兩個時期的文學串起來進行研究,這本身也可稱爲這本奇書之一奇吧。

因此,本書主要研究鄭思肖及其《心史》,但並不僅限於此。我想"狂妄"地借一部名著來進一步說明。人所周知,陳寅恪先生晚年窮十年功夫寫成《柳如是別傳》,並不僅僅只爲柳氏這位俠女名姝作傳,也不僅僅爲錢柳因緣詩作箋釋;而是爲"窺見其孤懷遺恨",以示"猶應珍惜引申,以表彰我民族獨立之精神,自由之思想"①。(陳寅恪的另一本《論〈再生緣〉》,亦不僅僅談《再生緣》這部彈詞,而更有深意。尤可一提的是,陳寅恪多次將自己晚年的這兩部力作,比作鄭思肖撰著的《心史》。)本人心嚮往之。雖然遠不能望大師項背,亦不諱言踵步效武之私衷。本書最主要的意義,自然是弘揚愛國主義,寫我中華民族不屈的脊樑和高昂的頭顱。

同時,陳寅恪又自述撰著《柳如是別傳》"亦欲自驗所學之深淺也"②。這部巨著正可看作他實踐所倡導的"以詩文證史"、自驗提高文史研究科學性的著作,也可視爲他的治學方法的示範和結晶。這又使我想起另一位大師錢鍾書先生,他先後撰寫巨著《談藝錄》《管錐編》,不僅亦爲憂患孤憤之作,而且連他特意採用文言載體,也帶有"藉此測驗舊

---

① 《柳如是別傳》第一章《緣起》。
② 同上注。

文體有多少彈性可以容納新思想"①的目的。對此,敝人雖不能及,亦心嚮往之。撰寫本書,也有"自驗"之意,卽測驗自己的學力和識力,試試將傳統考證法和唯物辯證法結合起來從事研究的能力(原也設想全以文言撰寫,但一是怕寫不好,二是怕出版社不接受,遂放棄)。當然,也想試試當今文壇能否寬容(甚至歡迎)我這樣的人用這樣的方法來寫這樣的一本書。

鄭思肖其人,雖然有人稱他爲"老腐儒"(明·徐樹丕語),實則能詩善畫,博通文史,倜然儒者,又旁涉梵書道笈,乃至天文地理等等,造詣甚深。因此,對他的研究便幾乎涉及傳統文化的各個方面。藐余小子,出身貧寒,自少荒學,如今又在一家以講授外語爲主的學校混飯。老作家施蟄存先生詩曰:"西學未聞中學廢,能通胡語卽天驕。"如今大的學術環境正是如此,我所處的小環境更可想而知。缺少圖書資料,缺少師長同調,缺少經費鈔票(按,近年已大有改善),而欲論鄭思肖於七百多年前,欲論《心史》出井於三百多年前,談何容易,誠不自量力。不過,我對這個課題深感興趣實已有多年,平時看書耙梳,積少成多,也掌握了不少資料。加上時常想起陳寅恪先生的一句話:"但今上距錢柳作詩時已三百年,典籍多已禁燬亡佚,雖欲詳究,恐終多訛脫。若又不及今日爲之,則後來之難,或有更甚於今日者,此寅恪所以明知此類著作之不能完善,而不得不仍勉力爲之也。"②我深爲大師的歷史責任感和學術道德心所感動,因此也想向他學習,知難而上,竭盡全力,來寫這樣一本書了。寫時極苦,苦中有樂,其樂不足與外人道也。正如大數學家丘成桐先生說的:"做學問……好像去挖一個金礦,在挖的過程中是很枯燥的。另一方面,我覺得能夠成功地將一個難題解決亦是很大的樂趣……能夠將一個幾百年沒有解開的謎第一個解開,那種感覺和第一次登上月球的感覺是一樣的。"③

本書力求寫成一部具有長久學術生命力的專著。私願今後凡研究

---

① 參見柯靈《促膝閒話中書君》。
② 《柳如是別傳》第一章《緣起》。
③ 《科學大師話未來中國》,2000 年 8 月 12 日《文匯報》。

宋元史、民族史、文學史、遺民史等等的人，都會想到讀一讀鄭思肖《心史》，同時也讀一讀拙書；而且，私願今後凡研究明清史、藏書史、辨僞史、文禍史以及繪畫史等等的人，也會參考一下拙書。① 如果能這樣，那麼我消耗在此書上的生命便是值得的。

---

① 我欣喜地看到，在趙伯陶撰著的《中國文學編年史（明末清初卷）》（2006 年湖南人民出版社出版）中，將拙書（初版）列爲重要參考文獻；在范軍編撰的《中國出版文化史研究書錄 1985～2006》（2008 年 1 月河南大學出版社出版）中，著錄了拙書（初版）。可知，研究明清文學史和出版文化史的朋友也肯定了拙書對他們是有用的。

第一章　鄭思肖的生平與家世

元明人記述（柴志道—王廷器—陸行直—周壽孫—鄭元祐—陶宗儀—唐謙—王行—王逢—盧熊—王達—韓奕）—**鄭思肖自述**（《心史》外—《心史》內）—**《家傳》研究**—備考材料

　　鄭思肖是宋元之際一位帶有傳奇色彩的詩人與畫家。原籍福建連江，淳祐元年（1241）出生於南宋"行在"（即臨時首都）臨安（今杭州），時宋朝偏安東南半隅已百餘年。十四歲時，隨父遷家吳門（今蘇州），自此定居姑蘇。三十五歲"陷虜"（即生活於元朝統治下），直至延祐五年（1318）去世，享年七十八歲。也就是說，鄭氏一生生活在元朝的時間多於生活在宋朝的時間。但後世人們皆稱其爲宋人，從其本志也。

　　在宋末，鄭思肖只是一位普通的太學上舍生，未有任何官職；入元爲遺民，隱痛遯世，不求聞達。所以，在官修的《宋史》《元史》中，是根本找不到他的名字的。後人對他的生平及家世的瞭解，主要依據兩個方面。一是元人及明初人士的有關筆記、序跋、方志、野史等，二是鄭思肖存世作品中的有關自述。

一、元明人士關於鄭思肖的記述

　　元初，有鄱陽（今江西波陽）**柴志道**（道約），其人生平不詳，他於大德辛丑（1301）爲思肖父親鄭起（震）《三山鄭菊山先生清雋集》作序，序的最後提到了鄭思肖：

儒有古君子之風，始可以曰儒。儒非止於文章之謂。文章者，所以發揚其實詣、而著見於實理也，豈可空有其名哉！鄭菊山先生，蓋抱其實而當其名者也。在昔林鬳齋、周伯弻行輩，當時人物林林焉，如龍虎不可測，如鳳凰不可覿，非有以自植立於天地間，何以與諸公相參錯，照耀一世豪傑之耳目邪？曩聞先兄秋堂先生望曰：先生人物昂然，氣節挺然，議古喻今，無不的當。惜不見用於時。然所言皆正大，所守甚清苦，其古君子與！早年游京師，即有聲。晚年嘗主安定、和靖二書院，講明道學，學者益尊敬。後注《易》，將脫稿而逝。頗多雜著文章，有詩曰《倦遊稿》。今山村仇君摭四十首曰《清雋集》，遂冠於所南翁《一百二十圖詩》之首，①庶幾知有所本。橋梓輝映，抑亦俱有光焉。菊山先生諱震，字叔起，福建連江透鄉人。慶元己未（按，1199 年）生，景定壬戌（按，1262 年）卒，葬於吳中甑山。所南翁名思肖，字憶翁，②並序及之。

大德五年，後學鄱陽道約柴志道序。

序中雖然對鄭思肖只是一筆帶過，但對鄭父人品事蹟敍述較詳，這對瞭解鄭思肖的思想淵源，"知有所本"，是有價值的。序中提到的與鄭父同時的周伯弻（弼）、柴秋堂（望），在鄭思肖的《心史》中作爲他崇敬的前輩也提到過；而爲鄭父選編《清雋集》的仇山村（遠），當亦認識鄭思肖。（均詳見本書第四章。）柴志道作此序時，鄭思肖尚健在，年六十一歲。這是我們迄今能見到的他人記述鄭思肖的最早的文字。

元人**王廷器**，鄭思肖同鄉，生平不詳，曾爲鄭思肖所作墨竹圖題跋（後有題詩，此處畧）：

所南翁，吾鄉老先生也。殘筆剩墨，流落人間，爲世珍羨。

---

① 今見《清雋集》清刊本及鈔本，除《一百二十圖詩》外，還附有鄭思肖《錦錢餘笑》和《鄭所南先生文集》，後兩部分作品當都作於柴志道寫序之後。

② 清・林佶手鈔本作"憶翁"，而鮑廷博知不足齋刻本則作"億翁"，我認爲是鮑氏據《心史》而改。

時或蒼煙半抹,斜月數竿,超出意外。姑蘇徐君彥用,果好事者,傾橐而表出之。當代賢豪,浩有題跋。余忝幸桑梓之末,敢不貂續數語,涕泗感激,爲徐君謝云。

　　丙子八月十六日,三山王廷器敬書。

　　可惜的是鄭思肖此幅墨竹久已不見。[1] 王氏此跋,見錄於明·朱存理《鐵網珊瑚》卷二和清·高士奇《江村銷夏錄》卷十五等。《鐵網珊瑚》"丙子"作"丙午",殆誤。丙子卽 1336 年,這也是較早的有關鄭思肖的記述,可惜紀事成分不多。記其書"時或蒼煙半抹,斜月數竿,超出意外"諸語,頗值得注意。後來《辭海》《大辭海(中國文學卷)》《中國美術辭典》諸辭典均用其語。

　　《江村銷夏錄》接着又記錄了元人**陸行直**爲這幅墨竹的題跋。《鐵網珊瑚》也收載,又收入康熙時《御選宋金元明四朝詩·御選元詩》卷八〇、民國初陳去病編《松陵文集二編》卷六等。陸氏,吳江(今屬江蘇)人。據翁方綱考,生於德祐元年(1275)。又知其字季道,號德恭,一字輔之,又號壺天居士。元大德中(1297~1307)爲學士,遷翰林典籍,皇慶間(1312~1313)致仕歸,築別業於分湖東,人稱陸隱君。嘗從張炎游,故得填詞之妙云。該書跋如下(前有題詩,此處畧):

　　　　所南先生,貞節之士,有夷齊之風者。書畫散落人間政自不少。雖片紙不盈數寸,或蘭或竹,必有題詠。然其意深密,非高識韻士,豈容易窺見哉! 予自童稚至壯,時得承顏接辭。而先生去世幾二十載,今獲觀小軸,如在其右,展卷懸情慨想。

　　　　甫里陸行直書於壺中天。

　　說鄭思肖自題畫詩"其意深密",這從今存鄭氏題畫詩來看,是很恰當的評語,而且與《心史》的詩風也是相通的。文中說鄭氏"去世幾二十

---

[1]　今見原日人高島菊次郎所藏鄭思肖墨竹圖的照片,上無王廷器題跋。詳見本書下一章。

載"，則此跋作於 1338 年前，也是較早談論鄭思肖的文字了，而且陸氏還認識鄭思肖，可惜跋文涉及其事蹟仍嫌太少。

上述諸種古畫著錄書中，還記錄了元人**周壽孫**（靜山）爲這幅墨竹寫的詩與跋。周氏生平亦不詳，其跋（其詩此處畧）云：

> 所南鄭翁，先考之益友也。深於玄學，善畫蘭竹，求則不與，不求或與。一枝半朵，片言隻字，乘興而作，興盡則止，流布人間多矣。然大概用意叵測。舉其始而不肯安其終，談其粗而不肯言其精。將由言者不足以語之耶？或知者不言而言者不知耶？雖畫亦然，將由求者不足以與之而吝與之耶？不求者或可以與之而固與之耶？今觀遺稿，不覺感慨，敬述數語，以敍其本懷云爾。識者幸恕其僭。
>
> 時至元五年，歲次己卯，季春朔日，吳門靜山周壽孫書於小隱齋。

周氏的父親不知何名（會不會是周弼？），既是鄭思肖的朋友，想周氏從小亦曾見過思肖。但這段跋語仍然沒有提供多少資料。"求則不與，不求或與"一句，倒與鄭氏自題墨蘭語"求則不得，不求或與"相合（見下文所引王達撰鄭思肖傳）。至於"流布人間多矣"云云，可惜歲月悠悠，久已極罕覯矣！至元五年己卯爲 1339 年。

從以上三則較早的題跋來看，我們可以知道鄭思肖所畫的主要是蘭與竹。

最早爲鄭思肖寫傳的，當是元代的**鄭元祐**（1292～1364），字明德。元祐少脫骱，任左手，號尚左生。處州遂昌（今屬浙江）人，因號遂昌山人。早年隨父寓居錢塘（今杭州），父死後遷家平江（今蘇州），嘗仕爲平江路學教諭，終江浙儒學提舉。優遊吳中近四十年。所著有《僑吳集》《遂昌山人雜錄》等。元祐不僅與思肖同姓，且一生居住之地也相同。而元祐年輕時，崇敬南宋遺老，曾游諸老之門，質疑稽隱，充然有得，並以奇氣自負。元祐比思肖小五十一歲，思肖逝世時元祐已二十七歲，又同

居蘇州,因此兩人自有見面的可能。《遂昌山人雜錄》中寫道:

> 閩人鄭所南先生,諱思肖。宋有國時,其上世仕於吳;宋亡,遂客吳下。聞其有田數十畝,寄之城南報國寺,以田歲入寺爲祠其祖禰。遇諱日必大慟祠下,而先生並館穀於寺焉。先生自宋亡,矢不與北人交接。於友朋坐間,見語音異者輒引起。人知其孤僻,故亦不以爲異。其上世本業儒者也,而先生於佛、老兩教,則皆喜其說,有祭鬼法。平時喜畫蘭,疏花簡葉,不求甚工。其所自賦詩以題蘭,皆險異詭特,蓋所以輸寫憤懣云。吳人好事者,爲版刊其所謂《錦錢集》者行於世。若先生,在周爲頑民,在殷爲義士,蓋不易窺其涯涘云。

寥寥數筆,活畫出一個倔強的老人的形象。其中不少地方頗值得注意。如文中寫到"祭鬼法",今見鄭思肖《太極祭鍊》一書,即其運用道教學說之"祭鬼法"也;而另一部今已失傳的鄭著《釋氏施食心法》,則是其運用佛教學說之"祭鬼法"了。文中又提到鄭思肖的自題畫詩"皆險異詭特,蓋所以輸寫憤懣",而《心史》中不少詩也正可以用"險異詭特"四字來品評。

與其他史料相核,這段雜錄中又署有小小不確之處。如說"聞其有田數十畝",而《心史》中《南風堂記》鄭思肖自述則是"幸承先人之田十餘畝"。自當以自述爲準。又如說"其上世仕於吳",其實從思肖父親方始遷吳,而其父並未仕官。還有,說吳人版刊其《錦錢集》,其實並無此集,而是本書上面已說的後人編刊其父《清雋集》時附以思肖的詩一卷,名《錦錢餘笑》。(《清雋集》約刻於"大德辛丑"即 1301 年,鄭元祐尚年幼。)[1]

從《遂昌山人雜錄》中"聞其"云云來看,鄭元祐與鄭思肖似乎不很

---

[1] 清·鮑氏知不足齋刻《清雋集》所附《錦錢餘笑》,末記"大德辛丑吳中義梓"。當時吳中義梓者當是劉瓘。今未見其本。

熟悉;然而,鄭元祐還有一段罕爲人知的題鄭思肖墨蘭的跋文,①亦可視爲一篇小傳,則自稱他與思肖爲"執友"云:

所南先生姓鄭氏,世爲閩人,以其前人嘗仕於吳,有田百餘畝。宋亡,以田舍城南□②國寺,遇前人忌日輒慟哭不忘。日隨寺□③粥飯,喜頻至虎丘,夜便趺坐僧榻□□。不喜見當時顯人,見輒避去。蜀道□□□岡嘗云先生自製祭鬼法,每夜用其法以祭鬼,其響答皆可讎。亦喜賦詩,然不求工也。世傳其《錦錢集》及其《煉度法》。其□畫蘭,蓋以蘭自況,豈誠畫蘭者哉!□已畫蘭,復自題識,言語詼詭,不可以世俗論也。先生諱師[思]肖,每自題"本穴國人",其微意蓋可見。先生於元祐爲執友,故粗知其大概如此云。

遂昌鄭元祐敬題。

這裏又說"其前人嘗仕於吳",不確,前已言之。說"有田百餘畝",則比《遂昌山人雜錄》所說"數十畝"更爲不確。跋中較新鮮的細節,一是每夜祭鬼,響答皆可讎;二是思肖每自題"本穴國人"(可惜這一"自題"的畫或詩文,今均未見)。此處提到的《煉度法》當指《太極祭鍊》一書。

元末明初**陶宗儀**(1316~1396),字九成,號南村。台州黃巖(今屬浙江)人。元末戰亂,隱居華亭(今上海松江),讀書耕田爲樂,撰《南村輟耕錄》三十卷,其卷二十有《狷潔》一則,專記鄭思肖:

鄭所南先生思肖,福州連江人,宋太學上舍,應博學宏詞科,剛介有立志。會天兵南,叩闕上疏,犯新禁,衆爭目之,由是遂變今名。曰"肖"曰"南",義不忘趙,北面他姓也。

---

① 跋文出處詳見本書下一章。
② 當爲"報"字。
③ 當爲"僧"字。

隱居吳下，一室蕭然，坐必南向。歲時伏臘，望南野哭，而再拜，乃返，人莫識焉。誓不與朔客交往，或於朋友坐上見有語音異者，使引去。人咸知其狷潔，亦弗爲怪。工畫墨蘭，不妄與人。邑宰求之不得，聞先生有田三十畝，因脅以賦役取，先生怒曰："頭可斫，蘭不可畫！"嘗自寫一卷，長丈余，高可五寸許，天眞爛漫，超出物表，題云："純是君子，絕無小人。深山之中，以天爲春。"《過齊子芳書塾》云："此世但除君父外，不曾別受一人恩。"《寒菊》云："禦寒不藉水爲命，去國自同金鑄心。"其忠肝義膽，於此可見。晚年究性命之學，以壽終。

這也是元人較詳細的一篇鄭思肖傳記文。其中提到元兵南下時，鄭氏曾叩闕上疏，因"犯新禁"，很受眾人注意，因此就改了名字。"思肖"即"思趙"（宋朝國姓），"所南"即心向南方。那麼，鄭思肖原名叫什麼，也就成了一個謎。（至於他具體何時"叩闕上疏"，何時"遂變今名"，本書將在下面再作探討。）陶氏已屆元末，國內民族矛盾不如元初那樣尖銳，所以他只把鄭思肖強烈的民族意識和愛國精神輕描淡寫地說成："人咸知其狷潔，亦弗爲怪。"

元末還有一位蘇州人**唐謙**（自牧），曾撰有《所南先生行實》一卷，內容當更爲詳盡，可惜今未能見。唐氏的生卒年亦不詳。元明之際人王行的《半軒集》卷九，有約在1390年爲唐謙的從兄唐允升（子高）寫的《唐氏壽藏銘》一文，涉及唐謙："吳闔閭之居，有唐氏焉，好藏書，多奇僻傳記。雖去予家亡數里，而時造之。其善予者曰自牧氏。自牧名允謙，性簡直審，愼交際，而於予則未嘗齟所蘊蓄也。間嘗談其先世之盛，族屬之賢，而詳及其祖東嶼翁之學行，不覺起予之遐慕焉。"原來，唐謙又名允謙，就是本書後面將寫到的鄭思肖臨終託言的唐東嶼的孫子。從《唐氏壽藏銘》可知，唐謙後"遷家濡溪"，王行寫此文時已逝世；而唐謙從兄唐允升生於元延祐乙卯（1315），此時七十六歲。

今傳鄭思肖父親《淸雋集》刊本及鈔本，其後均附有上述姑蘇**王行**

於元末癸卯（1363）年三月寫的《題鄭所南行錄後》一文。此文收入王行《半軒集》卷八，也收於明・程敏政《宋遺民錄》卷十三，即爲唐謙《所南先生行實》所作的題跋：

> 右《所南先生行實》一卷，吳門唐謙自牧所纂錄也。錄成以示予，予讀之，至其末云："公之行尙矣，惜無人爲作傳。姑記其槪如此。"因歎曰："自牧之錄此，其有關於世敎哉！"蓋先生，亡國一太學生耳，非有官守言責，而享祿位之崇也。顧其不屈也若是，則夫受國恩、承顧託，乃俯首貼耳，若無所與，而諉曰"運數有歸"者，獨何心哉！先生遂至於終身坐臥未嘗北向，則其秋霜烈日之難犯者，蓋凜乎其不可向邇矣！故其歿也，平日之靦然自欺而不能無愧畏於先生者，方自慶倖，又烏肯執筆以發揮之也哉？此先生之高節峻行，所以日遠而日忘也。今自牧乃能於篇章殘廢之餘，故老凋零之緒，掇拾纂綴，得不至於盡泯，而其賢不肖用心之不同，於此可見矣。嗚呼，使伯夷之風不聞於後世，頑夫安得而廉，懦夫安得而立哉！予故曰："自牧之錄此，有關於世敎也！"
>
> 歲癸卯三月書。

從題跋中所引"惜無人爲作傳"一句，可見唐謙是<u>首次較詳盡地爲鄭思肖作傳</u>，今未見此卷《行實》，實在是非常遺憾的！（但我認爲後來盧熊主編的《蘇州府志》中那篇文字較長的鄭思肖傳，當是吸納了同邑唐氏的《行實》的，詳見下述。）王行在這篇題跋中，把鄭思肖這個普通太學生的高尙愛國精神，與那些"受國恩、承顧託"的高官貴族投降派相對照，所論十分精闢，發人深思，比陶宗儀的見解高多了。

王行（1331～1395），字止仲，號淡如、半軒，又號楮園。藥店夥計出身，自學成才，著作宏富，能詩善畫。晚年由涼國公藍玉延爲西席。後藍氏以"謀叛"罪被斬，他竟因塾師連坐被殺。王氏在明初"重光作噩（按，即辛酉，1381 年）良月丙午望"還曾寫有《題周草窗畫像卷》（收入《半軒集》卷八,亦附見於《清雋集》後),提到"前二十年時,獲瞻所南先生立像於吳門唐氏"。所謂二十年前,即王氏作《題鄭所南行錄後》之時;吳門唐氏,即指唐謙。由此可知,唐謙確實是元末的一個鄭思肖的崇拜者、研究者。可惜此幅立像今亦不見矣![①]

元明之際還有一位**王逢**(1319～1388),年齡比王行畧長,字原吉,號梧溪子、席帽山人。江陰(今屬江蘇)人。王逢曾爲鄭思肖墨蘭題詩,並作有長序,實是一篇小傳:

公諱思肖,字所南。"肖"與"南"何居? 義不忘趙,北面他姓也。世家三山。曾大父咸仕宋。起,淳祐道學君子;公,太學上舍,應博學宏詞科。會元兵南,叩闕上宋太皇、幼主疏,不報。國初諸父老猶能記誦之。語切直,犯新禁,俗以是爭目公。公遂變今名,隱吳下。所居蕭然,坐必南向。遇歲時伏臘,輒野哭,南向拜而返,人莫測識焉。有田三十畝,邑宰素聞公精墨蘭,不妄與人,因紿以賦役取之,公怒曰:"頭可得,蘭不可得!"宰奇而釋之。又嗜詩,嘗題蘭云:"玉佩凌風挽不回,暮雲長合楚王臺。青春好在幽花裏,招得香從筆硯來。"《過徐子方書塾》云:"天垂古色照柴門,昔日傳家事具存。此世但除君父外,不曾別受一人恩。"《寒菊》云:"寧可枝頭抱香死,何曾吹落北風中。"《水仙》云:"禦寒不藉水爲命,去國自同金鑄心。"其爲文操行率類此。晚年益究天人性命之學,竟以壽終。

舊傳獨行老康成,文物衣冠魯兩生。

甘與秦民潛避世,恥爲殷士裸如京。

天池水淺鯤南息,衡岳峯高鴈北征。

三百運終遺墨在,秋風九畹不勝情。

---

① 王行在《題周草窗畫像卷》中評價鄭所南說:"宋運既徂,吳有三山鄭所南先生,杭有弁陽周草窗先生,皆以無所責守而志節不屈著稱。前二十年時,獲瞻所南先生立像于吳門唐氏。所南孤勁嚴峭,有凜然不可犯之色。觀其終身未嘗北向而坐,可概見焉……二先生姿韻雖殊,要皆介然特立,足以增亡國之光者矣。晚生後學,不得親接其言辭風範於當時,乃獨於其遺像以想見其人,可勝其歆慕也哉!"

王逢此詩序，內容以至文字，均與上引陶宗儀《狷潔》一則頗爲相同。二人年齡相倣，但我認爲王逢此序較陶氏《狷潔》晚出。因陶氏文中稱"天兵"，顯然作於元末；而王序提到"國初"，自是明初無疑。（若是元初，王氏也尚未出世。）王氏此序，也不是僅僅鈔用陶氏成文，而當是別有一點資料來源的。如他引的《過徐子方書塾》，是全詩。（其他人所引，或作"過齊子芳書塾"，或作"題鄭子封寓舍"，往往只引二句，不全。①）還有，陶氏說邑宰是"脅"以賦役；而王氏則說是"給"，又"奇而釋之"。王氏說的"曾大父咸仕宋"，亦很值得注意，究竟如何理解，本書下面將討論。王氏也引錄了《寒菊》詩二句，但與陶氏不同；而陶氏所引的二句，王氏題爲《水仙》。我認爲從詩意看，王氏是對的。但王氏也有說得不對的，如說思肖"字所南"，實際是字憶翁、號所南。所說"太皇"，當是"太皇太后"。還可一提的是，王氏與鄭思肖不過相隔七十年左右，他詩中道"三百運終"，當然是指趙宋的年祚，即後面本書要提到的日本人向山黃村說的"趙家三百年清氣"；但"三百運終遺墨在"一句，字面上竟又像預見了三百多年後鄭氏《心史》遺墨會重現於世，不亦奇哉巧哉！王氏此詩及序，收於他的《梧溪集》卷一，又載《宋遺民錄》和附於《清雋集》後。

今知元明人所撰文字最長的鄭思肖傳，見於**盧熊**纂修的《蘇州府志》卷四十。盧熊（1331~1380），字公武，蘇州府崑山（今屬江蘇）人，曾知兗州府。明初撰修《蘇州府志》，洪武十二年（1379）刊行。盧氏在編寫府志時，必然廣泛調查，窮搜鄉邦文獻，而當時蘇州人唐謙所撰《鄭所南行實》一卷，盧氏當能得讀。因此，該府志中的《鄭所南小傳》內容相當詳盡：

> 鄭思肖，字憶翁，號所南，福之連江透鄉人也。祖咸，卒於枝江縣主簿。父震，字叔起，號菊山，淳祐道學君子，爲安定、和

① 另只有元明之際王達所撰《鄭所南先生傳》中引此詩，也是全的；但題目及詩句均有文字不同處，詳見下述。

靖二書院山長,景定壬戌卒於吳,葬長洲縣甑山。母樓氏。妹爲比丘尼,名普西。公太學上舍,應博學宏詞科,侍父來吳,寓條坊巷。元兵南下,叩閽上太皇太后、幼主疏,辭切直,忤當路,不報。初,諱某,宋亡乃改今名。"思肖"即思趙,"憶翁"與"所南"皆寓意也。素不娶,孑然一身。念念不忘君,形於言詩文中。

如《過徐子方書塾》云:"不知今日月,但夢宋山川。"《題鄭子封寓舍》云:"此世但除君父外,不曾別受一人恩。"《寒菊》云:"寧可枝頭抱香死,何曾吹落北風中。"《贈人》云:"天下皆變,吾觀其不變;惟其不變,乃所以變。其變者,物也;不變者,道也。"又云:"古人重立身,今人重養身。立身者,蓋超乎千古之上,與天地周流於不知不識之天也;養身者,惜一粟以活微命,役於萬物、死於萬變者也,何足道哉!"

遇歲時伏臘,輒野哭,南向拜,人莫測識焉。聞北語,必掩耳亟走。人亦知其孤僻,不以爲異也。坐臥不北向。扁其室曰"本穴世界",以"本"之"十"置下文,則"大宋"也。精墨蘭,自更祚後,爲蘭不畫土根,無所憑藉。或問其故,則云:"地爲番人奪去,汝猶不知邪?"不欲與,雖迫以權勢,不可得也。

天目本中峯,禪林之白眉,聞公名,欲見未果。偶會於孝子梅應發家,一見各默不語。坐久之,本忽云:"所南何不說法?"公曰:"兩眼對兩眼,無法可說。"及別去,本又云:"博學老子。"公即曰:"世法和尚。"趙子昂才名重當世,公惡其宗室而受元聘,遂與之絕。子昂數往候之,終不得見,歎息而去。

無何,貨其所居,得錢則周人之急,田亦舍諸剎,惟餘數畝爲衣食資,仍謂佃客曰:"我死,則汝主之。"蓋不以家爲矣。自是無定蹟,吳之名山、禪室、道宮,無不遍歷。多寓城之萬壽、覺報二剎。疾亟時,囑其友唐東嶼曰:"思肖死矣,煩爲書一牌,當云'大宋不忠不孝鄭思肖'。"語訖而絕,年七十八。蓋公之意,謂不能死國與無後也。自讚其像曰:"不忠可誅,不孝可斬,可懸此頭於洪洪荒荒之表,以爲不忠不孝之榜樣。"

　　宋社既墟,適意緇黃,自稱"三外野人"①。嘗著《大無工十空經》一卷,"空"字去"工"而加"十","宋"字也,寓爲"大宋經",造語奇澀,如廋詞,莫可曉。自題其後云:"臣思肖嘔三斗血,方能書此,後當有具眼識之。"又著《釋氏施食心法》一卷,《太極祭鍊》一卷,《謬餘集》一卷,《文集》一卷,《自敍一百二十圖詩》一卷,與菊山先生詩集並行於世。

　　這篇小傳中,有好幾處内容是新的,爲他處所未見。如扁其室曰"本穴世界",與本中峯②的晤面交談,拒絕趙子昂③見面等,均是極珍貴、極生動的材料。小傳中稱其祖爲"咸",與王逢所說不同,也與鄭思肖自述不同(本書下文將詳論)。稱思肖的改名在宋亡後,較陶宗儀等人明確,但未必正確(詳見下述);而稱思肖野哭南拜等爲"孤僻",則比陶氏稱其"狷潔"更不足以評價鄭氏的精神。還有值得注意的,是這篇小傳

① 世居錢塘的鄧牧(牧心),宋亡亦爲遺民,與謝翱、周密等人友善,自號"三教外人"。鄭思肖自稱"三外野人",可與相映。

② 本中峯(1263~1323),元僧,說法以縱橫雄辯稱。俗姓孫。僧臘三十五。號明本,錢塘(今杭州)人,曾住蘇州。據宋濂《宋學士文集》卷六九《芝園續集》卷九《吳門重建幻住禪菴記》:"姑蘇幻住菴者,元普應國師中峯和上本公所建立也。國師既得法於高峯妙公,唯恐人知而挽其出世,深自韜晦,往游三吳間。大德庚子(按,1300),國師年三十又八,嘗憩閶門之西麓,見松檜蔚然成林,問名於居人,則曰此鴈蕩也。國師喜曰:'永嘉有鴈蕩山,乃應眞諾矩羅示下,現之所名與之同,其般若之當興邪!'吳士陸德潤聞其言,遽以地施之。國師縛草菴三間以居。趙魏公孟頫爲扁之曰'棲雲'。國師趺坐其中,而問道者連翩而來,至於五百指之多。乃創精舍一區,僧俗趨功,不三月而就,所謂堂房門廡咸具,乃請名於國師,國師曰……宜以'幻住'名之。當是時,若南詔之無照鑑、西江之定叟泰、荊南之鐵印權、冀北之指堂月,號爲一時麟鳳,咸集輪下。'幻住'之名籍籍於四方矣。又明年壬寅(按,1302),松江瞿霆發延主天目山大覺正等禪寺,國師不俟終日,避走南徐,而向之相從者皆水流雲散。"則鄭思肖與本氏相見,當在1301年頃,於蘇州。"偶會于孝子梅應發家",這位梅(枚)氏今亦可考。崇禎時修《吳縣誌》卷四三《人物》四〇《孝友》有"枚應發,居閶門市。母病,醫藥弗痊,刲股和虀以進"等記載。疑"枚"姓誤作"梅"。而宋元之際另有梅應發(1224~1301),廣德(今屬安徽)人,字定夫,號艮翁。寶祐進士,開慶間爲慶元府(今浙江寧波)府學教授,累官直寶章閣,入元不仕,著有《開慶四明續志》。鄭思肖所認識的,肯定不是這位梅氏。本中峯被元朝奉爲"國師",又與趙孟頫交往密切,這大概就是鄭思肖不屑與他多說話的原因。

③ 趙子昂即趙孟頫(1254~1322),著名書畫家。浙江吳興人,字子昂,號松雪道人等。爲宋太祖十世孫,宋末曾以父蔭任眞州司戶參軍。入元後,因學問、書畫名聞江南,元朝召仕,官至翰林學士承旨、榮祿大夫。趙氏榮際五朝,譽滿四海,寫詩云:"往事已非那可說,且將忠直報皇元。"但終因元朝統治者猜忌防範,有志難酬,晚年乃謝病還鄉,以緇流爲友,終老吳興。

引錄的鄭氏詩文數量較他處爲多,有的詩題與他處不同,而這些詩文的精神、風格與《心史》是完全吻合的。最後,它提供了一份鄭氏著述書目,也非常有價值,本書後面將專門研究。小傳中寫到的鄭氏臨終時的身邊友人唐東嶼,前面已提到,即唐謙的祖父。那麼,更可見盧氏此傳當是採用了唐謙的《行實》的。

　　元明之際還有一篇值得注意的《鄭所南先生傳》。先是收於明休寧(今屬安徽)人程敏政(1445~1499)所撰《宋遺民錄》一書中。該書成於成化己亥(1479)春,越四十餘載,其族人、學生程曾於嘉靖乙酉(1525)冬十月鋟梓。其書卷十三專記鄭思肖,首載此傳,注作者"佚名",題下並注"案此篇元本脫五十一字"。其後,江陰(今屬江蘇)人李詡(1506~1593)所撰《戒菴老人漫筆》一書也收入該傳。該書萬曆丁酉年(1597)由其孫李如一刊行,其卷三全文引用該傳,無脫字,並註明該傳作者是王達善。據考,王氏名達。**王達**(1343~1407),字達善,號耐軒居士,無錫(今屬江蘇)人。於明洪武初舉明經科,爲本邑訓導,遷大同教授,入爲國子監助教。永樂初擢翰林編修,遷侍讀學士。王氏博通經史,與解縉、王偁、王燧、王洪稱"東南五才子",著有《天游集》《天游雜稿》等。《天游雜稿》有明正統胡濙刻本,卷六即收入此傳,署有刊誤。今據《戒菴老人漫筆》引錄於下:

　　　　先生名所南,字思肖,號憶翁,福州人,宋末太學生也。博學多技能,爲文不以草,而豪怪可愕。又善畫蘭,蘭成則毀之。人求之,甚靳。值元氏位中國,坐必向南。人詢之,則曰:"夷狄入中國,爲萬世之大變,聖人書狄,以爲大戒。今日士大夫恬不知恤,反爲之蠡,吾不忍也!"當世無不憾之。貴要者求其蘭,尤靳弗與;庸人孺子頗契其意者,則反與弗計。然亦不畫土,人詢之,則曰:"一片中國地,爲夷狄所得,吾忍畫耶!"

　　　　凡平日所作詩,多寓意於宋。若《題鄭子封書塾》曰:"天垂古色映柴門,千古傳家事具存。此世只除君父外,不曾重受別人恩。"譏宋之臣子復仕於元也。若題其畫蘭曰:"求則不

得,不求或與。老眼空闊,清風萬古。"譏一世之士無足當其意
也。若題其畫菊曰:"花開不並百花叢,獨立疏籬趣未窮。寧
可枝頭抱香死,何曾吹墮北風中。"自謂志節不爲元氏富貴所
奪也。若題其畫像曰:"不忠可誅,不孝可斬,敢懸此頭於洪洪
荒荒之表,爲天下不忠不孝之榜樣。"譏夫忘國而事讎者也。
平生寡欲而好遊,凡遇窮山大澤,必彌日忘返,咄咄書空,心與
口語。人爭視之,彼則蔑如也。

　　著書甚多,行於世者有《太極濟煉文》一帙。多隱語,艱苦
難讀,莫知所謂。書後題二十字云:"大無工十空經,臣嘔血三
斗書此,後有巨眼者當識之。"好事者或藏於家。竟以壽終,葬
於姑胥之西。所謂"所南"者,以南爲所也;"憶翁",憶乎宋也;
"思肖"者,思乎趙也。凡其爲人,類如此。修《宋史》者遺其
人,故《宋史》無傳,余故惜而傳之云。

　　論曰:蜀孟昶侈肆之後,豪右爭相誇尚,石恪生於其時,
畫殊形詭狀以辱之。彼所南者,無乃恪之徒與! 昔王裒痛父
非命,終身不東向而坐。夫君父一道也,彼所南者,抑又裒之
徒與! 嗚呼,自有天地以來,所以彝倫不墮者,以有節義爲之
閑也。通圓者哂其狷介,又孰知有所不爲者,亦聖人之所
取乎!

　　上文劃線的自"值元氏位中國"至"吾不忍也"共五十一字,卽《宋遺
民錄》在該傳題下註明"元本"所脫佚者。但從其文句意思如此完整來
看,怎麼會是蟲蛀、破損之類造成的? 明明是因懼禍而特意人爲刪去了
這句激烈反抗元朝的話! 這樣看來,那麼這篇傳就是寫於元末了。所謂
"元本"也不是"原本"之意,而是元代之本的意思了。所引這句鄭氏之
話,未見於其他記載,非常值得重視。句中有一"毳"字(當是"大競爽"
之意),極僻。這與《心史》中喜用奇字、僻字的特點也是相同的。傳中
所引兩首七絕,都是完整的;猶可注意的是那首菊花詩,其他材料中都只
引後兩句,只有此傳保存了全詩,而且說是"題其畫菊",可知鄭思肖還

會畫菊花,此從未見人說過。而鄭思肖那句"自讚其像"的話,從王達的上下文並列的"若題其畫……"看,也似乎應是其自畫像。王達對鄭思肖的評價,十分精彩;王達品其文曰"豪怪可愕",四字亦可移之以評《心史》中的作品。

當然,傳中也有一些錯誤,如將鄭氏的名、字、號都說錯了,《太極祭鍊》的書名也有誤。特別是將有關《大無工十空經》的題字,說成是書於《太極祭鍊》之後,大誤。《太極祭鍊》一書今存,並非"多隱語,艱苦難讀"。此處可能在"多隱語"一句前漏了"嘗著《大無工十空經》"諸語。《大無工十空經》是什麼作品,本書後面將詳論,且按下不表;值得注意的是,王達提及"好事者或藏於家"。(如果該鈔本今後能發現的話,可以檢證我下面對此"經"的推測。)

元明之際的**韓奕**,著有《韓山人詩集》(鈔本,未刊),集中有與王達唱和詩多首,可知是熟友。據明初永樂戊子(1408)趙友同作《故韓隱士行狀》,韓氏生於元元統甲戌(1334),卒於明永樂丙戌(1406),爲宋‧韓魏公琦十一世孫,字公望,號蒙菴。韓氏爲吳中名醫,性高遠,不苟交遊。喜詩文,嗜遊山水。《韓山人詩集》中五言古詩的第一首即爲《鄭思肖畫蘭》,該詩已題寫在存世鄭思肖墨蘭卷上,本書第二章將引及;而詩集在此詩之後,還有一篇跋文(墨蘭卷上沒有),則正是一篇鄭思肖小傳:

　　所南,福州人。父叔起,宋平江和靖書院山長。所南,宋太學生。宋祚日削,上書闕下,志存宋祚,不獲報。宋亡,更名思肖,字憶翁,號所南。坐臥必南向,夜或乘高望南泣,誓不與北人交,聞北人語即趨避。嘗曰:"古人重立身,今人重養身。立身者與天地同流,養身者役於萬物、死於萬物變者也。"語所親曰:"我死,題吾主曰:'宋故不忠不孝鄭思肖'。"不忠,痛己不能存宋祚;不孝,傷己無後,宗系有絕也。素不邇女色。爲學九流百家,皆造奧極,多有論述。時寫蘭,疏花簡葉,根不著土。人問之,曰:"土爲番人奪,忍著耶?"嘉定某官脅以他事求畫蘭,曰:"手可斷,蘭不可得也!"又曰:"求則不得,不求或與。
老眼空闊,清風萬古。"

　　奕聞之先人復齋,復齋聞之外祖省元唐東嶼。東嶼與所南
交甚厚,皆宋末元初人。

韓奕此跋比起王達所寫的小傳來,要簡單得多。提供的新鮮資料也
少。"夜或乘高望南泣",與他人所說畧爲不同。說鄭思肖"爲學九流百
家,皆造奧極,多有論述",評價正確,爲前人所未道。本書後面將談到
鄭思肖對儒、釋、道的理論和歷史,以及對天文、地理、字學等,都有較深
的造詣,可證韓氏此言不虛。妄圖以他事求畫蘭的某官,韓奕具體提及
其邑"嘉定"(時隷平江府,今屬上海),亦他人未曾道及。而最值得注意
的是最後一句話,表明韓氏所說是有根據的。原來鄭思肖臨終遺言的託
付者唐東嶼,正是韓奕的外祖父。宋代稱禮部試進士第一名爲省元,元
代則稱分省考試中式的第一名爲省元,唐東嶼既是省元,或許還能查到
他的更多的生平資料。[①] 最後還可一提的是,據趙友同《故韓隱士行狀》
載,韓奕因病臨終前,還曾"誦鄭所南詩云:'此世只除君父外,不曾別受
一人恩。'"可見韓氏確實是深受鄭思肖影響的。可惜,他還不曾讀到鄭
思肖最感人肺腑的《心史》呢!

　　以上,就是迄今本書作者所能羅掘的元代和元明之際人士關於鄭思
肖的全部敍述。(此外還有關於鄭氏的一些題詠之詩,雖然有些詩的作
者也很有名氣,如張炎、倪瓚、宋无、陳深、王育、哲烈、陳昱、王冕、王賓等
等,但詩中缺乏紀事成分,這裏便不提了。)這些最早的傳記材料,可視
作"第一手資料",後來出版的《姑蘇志》《吳中人物志》《虎丘山志》《福
建通志》《新元史》《元書》《南宋書》《宋史翼》《閩書》《連江縣志》《劉氏
鴻書》《宋元學案補遺》《宋稗類鈔》《東越文苑》《武林梵志》《逸民史》
《宋詩紀事》《萬姓統譜》《弘簡錄》《圖繪寶鑑》《榕陰新檢》《居士傳》等

---

① 今僅知唐東嶼名士昌(據明・王行《半軒集》卷九《唐氏壽藏銘》)。又知唐氏存世七絶《芰》一首
頗有名,不僅載諸《蘇州府志》《姑蘇志》,而且收入《樹藝篇》《汝南圃史》《致富奇書》及《吳都文
粹續集》等書。

等書中的鄭思肖傳,均未能超出上述"第一手資料"(除了有的增加了有關《心史》的內容外),因此可以具而不論。①

　　此處歸納一下。從上述資料,我們瞭解到鄭思肖父親的名字、職業、人品、生卒年、葬地,以及鄭思肖母親和妹妹的簡況,瞭解了鄭思肖改換名、字、號的原因及含意,瞭解了他的畫作、題畫詩及文章的風格特點,並讀到了他的少量詩文,瞭解了他的著書目錄,還瞭解到一些反映他人格特徵的生動的軼事。這些故事主要有:元兵南下時曾叩闕上疏;不與北人交,惡聞北語;歲時伏臘,望南野哭;工畫蘭,不妄與人,曾拒邑宰之求;宋亡後,畫蘭不畫土根;扁其室曰"本穴世界",自稱"本穴國人";與本中峯見面,默坐與應答;與趙孟頫絕交,並拒絕見面;自讚其像及臨終之語;作《大無工十空經》,人莫知其意;等等。

二、鄭思肖自述生平家世

　　下面,本書再從鄭思肖存世作品中的有關自述,及他的作品中透露的線索,來探考他的生平及家世。

　　鄭思肖的作品,又可分爲《心史》和《心史》以外的詩文這樣兩大部分。他的兩大部分作品中的相關自述,可以與上述元、明人士的論述互相參證,並增補更多更具體的材料;而且,在兩大部分作品中的自述之間,也可以互作補充和對照研讀。這不僅可以使我們對他的生平與家世有更深入、全面的瞭解,而且通過將這些自述、他人記述以及其他史料的互爲對比、考證,也可以很清楚地判定《心史》絕不可能是僞造之書。

────────────

① 如《心史》林古度序刻本之末,附錄了明人文肇祉(1519~?)《虎丘山志》的一段小傳:"鄭思肖,字億翁(按,原文當是"憶翁",《心史》刊刻者據《心史》原稿而改),號所南,當宋季過虎丘,歎曰:'吾生晚,不及見古尊宿負荷法門如松源嶽輩也!'昧其語,豈直爲虎丘設哉? 嘗曰:'國亡矣,吾何有家也!'終身念宋室,未嘗向北。與人畫蘭,不畫土根。問其故,云'爲番人有,猶不知耶?'"小傳後還鈔錄了"鄭所南《宿虎丘寺》詩"。今按,該小傳提供的唯一"新材料"——鄭思肖過虎丘時的一句話,實際可能是從鄭思肖《十方禪刹僧堂記》中化引而來的;小傳後所附一詩,實際是鄭父菊山先生所作,見於《清雋集》。由此可見,明初以後有關鄭思肖的傳,都沒有什麼新鮮材料了。又按,此《宿虎丘寺》詩後來在康熙時《御選宋詩》中再次被誤爲鄭思肖之作,怪哉!

我們先來看《心史》以外的鄭氏作品中的有關自述。

今存這一部分作品,除了上述元、明人士的筆記、題跋等文中引錄的鄭思肖佚詩、佚文片斷,以及我們另外零星發現的幾篇佚序、佚詩外,主要是較集中地附刊於《清雋集》一書後面的鄭思肖晚年詩文(《一百二十圖詩》《錦錢餘笑》《鄭所南先生文集》),以及他早年寫就的一本《太極祭鍊》。這兩本書的初版都編於或刊於鄭思肖生前,絕無可疑,也從未有人懷疑為偽。因此,它們就與元代及明初人士的有關記述一樣,可以作為參照物,來檢驗《心史》的真偽。

《清雋集》附刊鄭思肖作品,除《一百二十圖詩》作於辛丑(1301)年前以外,其他均作於其後,尤其是《文集》中的《三教記》,可考知作於丁未(1307)年,作者已六十七歲,自言“吾其絕筆於斯文乎”,很可能就是他最後的作品。

《一百二十圖詩》的《自序》中,作者說自己當時“棄物若然者,孤孤枯枯,迂迂疏疏,是誠不靈不然也。以其不然不靈也,凡有求,皆不作。絕交遊,絕著作,絕倡和,漸絕諸絕,以了殘妄爾”。這可以與諸傳中說他晚年“孤僻”相印證。從這一百二十首詩中,可以詳盡地瞭解他崇敬的古人、喜歡的故事是什麼,這與《心史》及諸傳是完全吻合的。

《錦錢餘笑》共二十四首詩,大多是作者自我寫照,也與諸傳所記相合,如:

> 晚年闍閭國,僑寓陋巷屋。
> 屋中無所有,事事不具足。
> 終不借人口,伸舌覓飯喫。
> 以此大恣縱,罵人笑吃吃。

而直接自述家世與生平的文字,均載於《鄭所南先生文集》中。如寫於1304年的《答吳山人問遠遊觀地理書》,一開頭就說:

> 所南翁,福之連江人也。落命吳中,不與世接久矣……今

吾六十四歲矣。二十二歲,壬戌二月,我父菊山先生卒於吳中。
十一月,葬於長洲縣甑山之原,天幸保全四十三年,畧無他說。
幼嘗聞我父曰:"汝祖卒於枝江縣主簿,葬於南門外。我一兩
歲失怙恃,莫知所在。丙午歲遊荆州,止望祭於南門外。我祖
宗墳墓,俱在吾連江透里,我終天憾恨不消!"

這段文字所記其父卒年及葬地,與諸傳一致(而於此更知具體月
份)。從二十二歲父卒,又可推算鄭思肖當生於 1241 年(諸傳均未記思
肖生年)。其祖卒於枝江縣(今屬湖北)主簿,亦見諸傳,而於此又知其
祖約卒於 1200 年。丙午(1246)歲其父游荆州,《清雋集》中鄭起本人亦
有詩記之,而《心史》中鄭思肖《遇秋潤》詩中也寫到"我昔先人遊荆州"。

鄭思肖自述故鄉爲"連江透里",惟見於此。所有的鄭氏傳記中均
無"透里"之名。元初柴志道《清雋集序》和明初盧熊《蘇州府志》記鄭氏
故里名"透鄉"。其實透里就是透鄉,後則稱透堡。經我實地調查,透堡
位於連江縣東北部,距縣城八十六里。因有一條長約一里的直透街,故
古名透里。至明嘉靖四十年(1561)爲抗禦倭寇,營建城堡,遂改稱透
堡。《答吳山人問遠遊觀地理書》未稱透堡,正可見其作者必是鄭思肖。
否則,後來的偽造者極易在這種細節處露出馬腳。

《三教記》中的《早年遊學泮宮記》一開頭說:"我自三十六歲科舉既
斷之後,絕不至於學校。"讀《心史》可知,鄭思肖三十五歲那年(1275)年
底,蘇州被元軍佔領,所以翌年起他便不去學校。與此相合。該記最後
又說:"向使我早年不得父命遊學泮宮,遊學四方,出而廣大其見聞,歸
而我父開以天理,將何以正其心?將何以終其身?"可見他早年曾遊學
泮宮及四方,這與《心史》所述亦全合。(尤其在《心史》的詩集部份後面
的一篇《自序》中有更詳細的記述,本書在第四章中將詳論。)

在《三教記》中的《十方禪刹僧堂記》的開頭,他又說:"我三十年來,
幅巾藜杖,獨行獨住,獨坐獨臥,獨吟獨醉,獨往獨來古闔廬城。每一至
於萬壽、承天、虎丘諸禪刹之間,必喟然歎曰:'我生也晚,惜乎不見古尊
宿法席隆盛之時!'"這段自述,也可與諸傳相對讀,而且對比《心史·一

是居士傳》中的"獨往獨來,獨處獨坐,獨行獨吟,獨笑獨哭"諸語,顯然極其相似。

《太極祭鍊》一書,今保存在明正統年間編印的《道藏》的《洞玄部·方法類》內,也有極罕見的單行本存世。[①] 但以前的鄭思肖作品的研究者大多未曾見過,還以爲它與諸傳中提到的另一本《釋氏施食心法》一起均已佚失;又以爲鄭思肖這兩本書均作於晚年。如明末刊刻《心史》的汪駿聲,便在《書心史後》中說"《釋氏施食心法》諸書爲晚年之作無疑矣",並歎曰:"安得盡見於今世也!"其實,據鄭思肖自述,《太極祭鍊》是其三十歲以前寫的。[②] 據該書侯以正的序,此書曾多次刻行。鄭思肖生前卽"嘗錄版印施,繼罹火厄,版毀不存",後在鄭氏死後元至正年間再刊。明代又刊行數次。這樣看來,至少刊行過四次。

鄭思肖在該《太極祭鍊》序中說:"我耕儒不獲,餒於弓冶;見道不明,盲於玉石。所賴受先子菊山先生鞭撻之痛,迄今尚不可忍,所以終身不忘,時乎或夢一二於千萬也。"這與《心史》中的自述極爲相似,如《久久書·後臣子盟檄》中說:"平生讀父書,箕而不弓,裘而不冶。"在《太極祭鍊》跋中鄭思肖說:"予始於儒,中於道,終於釋。"這與《文集》中的《三教記》亦完全吻合。又說:"又著《釋氏施食心法》《施食布施支說》,[③]幾二萬言。"此書今雖未能見,據此我們可知它的大致字數。

《太極祭鍊》中提供的關於作者生平的最重要的自述,是爲馬行之題寫的一段話的最後一句:

> 丙子九月二十一日,正予三十六歲前辛丑初度之辰也。

這不僅再次證明鄭思肖生於辛丑(1241)年,而且確知其具體生日是九月二十一日(1241年10月27日)!

---

① 如北京國家圖書館藏有明初傳啟宗刻本。又見清道光及光緒時刊費陽熙《太極祭鍊刻》一書中收入《太極祭鍊語畧》,爲《太極祭鍊》的節本,署"鄭所南先生著,撥雲道人費陽熙節錄"。

② 是書卷末云:"此祭鍊說在胸中久矣,集而成《祭鍊議畧》則庚午歲也。"

③ 這應該是一本書。就像《太極祭鍊》一書,又分寫爲《太極祭鍊內法》和《太極祭鍊內法議畧》一樣。

我們再來看《心史》一書中的有關自述。

《心史》是鄭思肖存世最重要的作品集,也是除了元明之際人士所撰他的傳以外,保存他的家世、生平資料最豐富的文獻。它雖然過了三四百年才最後問世,但卻是作者青壯年時代的力作,提供了最可靠的第一手資料。《心史》主要集中創作於德祐乙亥(1275)至癸未(1283)十幾年間(其中有五十來首詩作於此前),因此,鄭思肖這一二十年間的行事、著述等,我們可以據此鉤稽、編排出一份年表來;而《心史》中又不時提及自己的父母和祖先,大大填補和豐富了他的家世資料。

例如,關於自己的生年,他在《心史》的《大義集》的《寄同庚友》詩中說"淳祐初年同下生",又在同集乙亥十二月作的《陷虜歌》中說"今棄我三十五歲父母玉成之身,一旦爲氓受虜塵",都與其他材料吻合。關於其父卒年,作於己卯年的《久久書》跋五中說"我父今逝十八年矣",又說"我父遺所著書數帙,又注《易》甫及六十卦而逝",也與前引柴志道等人的文章完全相合。在戊寅年寫的《後臣子盟檄》中又說:"二十二歲無父,三十五歲無君,三十六歲無母,又三十八歲無子。"[1]亦可知其父卒於1262年,而其母卒於1276年。《心史》中的《三膜堂記》,更對其父母具體歿故的年月和其家數度搬遷作了詳細的記述:

　　昔我先人,嘉定庚辰(按,即1220年)出閩,游四方,來京師(按,即杭州);庚子(按,即1240年),始居王城(按,即杭州)渡子橋,作《三膜記》;丙午(按,即1246年),遷養魚莊;丁未(按,即1247年),遷長橋;壬子(按,即1252年),遷慈幼局巷;甲寅(按,即1254年),來吳(按,即蘇州),寓苑橋;乙卯(按,即1255年),遷條坊巷。凡六遷居。壬戌(按,即1262年)二月,先人歿。乙丑(按,即1265年),遷黃牛坊橋;戊辰(按,即1268年),遷採蓮巷;庚

---

① 此處所謂"三十八歲無子",是指作者寫此文時年已三十八,猶未娶,故無子。有論者(如周貫仁、翟宗沛、王頲及倪墨炎等)竟望文生義地認爲是鄭思肖三十八歲死了兒子,甚至把傳記中說鄭思肖"素不娶"妄改成"喪妻後不娶"。其實,此處所謂"三十五歲無君",也不是說國君已死,而是被擄北去啊!

午（按，即 1270 年），遷仁王寺；辛未（按，即 1271 年），遷雙板橋；甲
戌（按，即 1274 年），遷望信橋。德祐乙亥（按，即 1275 年）十二月，
陷虜。丙子（按，即 1276 年）九月，老母歿。己卯（按，即 1279 年），
遷皋橋，復遷望信橋。我凡七遷居，今猶未定。

爲何頻頻搬家，今不得而詳知，總之是生活不安定。

諸傳都說鄭思肖在元兵南下時，叩閣上疏，抗辭激烈，冒犯當局，又
引起衆人注意，於是被迫沉隱。陶宗儀說此時鄭氏改名，盧熊則說他
"宋亡乃改今名"。那麼，他究竟具體在什麼時候上疏，什麼時候改名的
呢？這在《心史》中透露了一點線索。據《大義集》己卯年（1278）正月所
寫的《自序》云："予幼好吟，長而尤苦於吟，自景定（按，即 1260 年）以
來，至咸淳五年（按，即 1269），所作極多。離亂之際，並所著散文盡失
之……厥後數載，竟不作，欲夭其隱。德祐乙亥（按，即 1275 年）冬，有
不可遏之興，時輒作數語，以道胸中不平事。"爲什麼咸淳五年後幾年，
突然停止創作欲"隱"了呢？看來即與那次冒死上疏後感到生命危險有
關。（那以後的連續搬家，應該也與此有關吧。）據查，咸淳五年春，蒙古
軍又圍攻樊城。宋軍屢次敗績，襄陽、樊城均危急萬分。而當朝權臣賈
似道十日一朝，入朝不拜，日坐葛嶺，大造樓閣，塑己像於其中，取宮人及
倡尼有色者爲妾，又聚寶玩於閣，每日登玩，有言邊事者則貶斥之。鄭思
肖看來就是在這時憤而上書的。

《心史》中作於辛巳（1281）年的一篇《自序》中又說："疇昔咸淳壬
申（按，即 1272 年），嘗確然立志，悉委舊學，已絕筆硯文史，謀入山林，
蛻去姓字，甘與草木同朽盡，敬以我還之於無聲無臭之天。向非德祐虜
禍天下，無復賦詩作文矣。"也就是說，具體在 1272 年頃，鄭思肖曾停止
寫作，決心隱居，甚至連名字也"蛻去"，即改名了。因此，鄭思肖之改名
號，嚴格地說起來，是在宋亡之前；正式署用，則在乙亥（1275）年冬，也
在宋亡之前。

我一直有一個看法，即"思肖"此名，對鄭思肖來說本來就是有著雙
關意思的：一，"肖"就是趙，"思肖"就是心想趙宋國家；二，"肖"就是像，

“思肖”就是“期於肖”，做一個像父親一樣的正直愛國的人，不做不肖之子。在宋亡前，後一種意思也許還更多些；在宋亡後，前一種意思更多些，以致後來的鄭傳作者都只知道前一種意思，並認為必改名於宋亡之後。

　　我這樣的看法，是有充分根據的。在《心史》中，鄭思肖再三激勵自己不能做不肖之子。如在詩集之後的一篇《自序》中，他說：“思肖幼本不肖，且大不孝，資質頑鈍，授之以學，若水灌石，了不相入。先君子盡平生精力，竭其所學，癡咒枯木，望其必花。今若鳥雛能飛，詎敢易父母所行之轍，恣謬其所之？”特別是在《久久書後九跋》中，說得更多。如其二說：“我之命受于父母之天，我之學得于父母之傳，縱萬萬臠其肉，亦弗復遷之。故不敢與天下人相遊於同，惟守天理於至久而立於獨。以我父母不與天下人父母一，其立心與天地一，與古聖賢一，敢為不肖子辱之哉！”其三又說：“厥今三綱五常之道盡廢，人而禽獸爾。孤立無朋，唯心自語。我父剛方純正，行三綱五常之道者也。萬不肖其一二，烏取其為人子？念念思之，心痛如割！今當誓死行其所教，終期於肖；不然，我父教我何事？”其五又說：“我父今逝十八年矣！昔在膝下時，教我極嚴，隨事陳義，啟其昏頑。行坐寢食，無一事一時而不教，且痛加之鞭撻，直欲吐其心納我胸腹間，使其速肖於人。譬如種種子于枯埼之土，今萌芽者百不一二。”其九又說：“我父氣如烈日，秋霜其嚴；行如精金，粹玉其潔。今洞觀一世人，竟無似其毫髮者。我欲學之也，自始逮今，愈學愈不肖。仰而望之，巍然其天乎！始教我為君子也，今小人矣！易形革面，蹢躅獸走，得罪天理，不齒人類，如之何不使我哭泣摧折，痛割心肺，晝夜悔恨，若莫能救！人莫不有子，其子未嘗不肖父；誰謂我父有子乃如是！”他反復強調的就是“期於肖”，思肖“我父”！

　　在德祐元年（1275）冬，因國家已到最危急關頭，他又開始拿起筆來抒發自己的悲憤。第二年，元軍就攻入行在（杭州），擄三宮、宗室北去；而二王倉皇南遁，暫時維繫最後的“一絲正統”（鄭思肖語）。鄭氏取號“所南”、字“億（憶）翁”，應該在二王南遁之後。不過，在此前也還是有可能的，因為對於北來的侵署者，他所在的地方本就是南；而且，行在杭州,也本在蘇州的南面。

《心史》中記述鄭思肖家世史料最豐富的,是《書先君跋先著作叔翁行述後》和《先君菊山翁家傳》。特別是後一文,本書下面將作重點研究。先看前一文:

思肖幼聞先人每喜道先大著高叔祖之事,長而知其本末之詳,蓋奇人也。先高叔翁事孝宗朝,極有聲,忠蓋極諫,斥罵姦邪,不顧一身,唯爲天下慮。當時晦菴、南軒、東萊、文軒諸公,極深敬之。三十歲兩優釋褐,三十八歲卽世。今所存者唯注《易》一部。天不壽之,亦命也夫!

先高叔祖贅於丞相陳正獻之家,遂居於莆。今其直下子孫,亦莫知其爲何如,想亦猶吾爲先人之子,有靦面目也。先叔翁與吾先人,剛毅正直,同此一天。子孫俱遭時艱,伶仃孤苦,俱不得學乃祖乃父之事,誠有愧於爲人之子孫。祖宗父母冥冥間有知,必痆我棄墜忠孝家法之罪,實何辭焉!用是書於先人《跋先著作叔翁行述》後,以見子孫一縷哀苦之誠云爾!

先高叔祖諱鑑,字自明,號植齋。

"高叔祖"也就是高祖(四世祖,卽祖父的祖父)的弟弟。鄭思肖的這位高叔祖鄭鑑,確實是頗有名的,《宋元學案》《宋詩紀事》諸書均有其傳,可與鄭思肖這篇文章對照。雖然非常可惜,鄭思肖父寫的那篇《行述》現在看不到了,但我們現在仍可考知鄭鑑生平行事和生卒年等,並足見思肖此文不虛,也不可能"偽造"。清·徐景熹修、魯曾煜等纂《福州府志》卷五四載:

鄭鑑,字自明,連江人。乾道間補太學生,扣閽言鞠毬事。淳熙初兩優釋褐,除太學生正,入對孝宗,題其眞切。召試館職對策,論大臣權倖,得行其說,孝宗又嘉之。除校書郎,遷著作郎權郎官,屢引對言時政。爲時相韓侂胄所惡,遂屢乞外出,知

台州。陞辭劄七上,孝宗爲之改容。及辭東宮,太子語之曰:
"前後講論,無如侍講直切。"

鄭鑑補太學上舍,是乾道九年(1173)之事。自《永樂大典》輯編的
《宋會要輯本》卷二一九四七《崇儒》一載:

> (乾道)三年,黃倫以兩優釋褐。自紹興建學,至是始有兩
> 優,用崇寧恩例,授承務郎國子錄。四年正月二十一,詔太學生
> 黃倫升補上等上舍,特與補左承務郎,除太學錄國子監。言:
> "興復太學已來,未有行過上等上舍事例,至是特有是命。"九
> 年十一月二十四日,鄭鑑亦如之。

《宋會要輯本》卷一九七九二《興服》四又引《乾道會要》記此事,時
日畧有差異,内容相同。茲不錄。所謂"釋褐",就是"脱去布衣"的意思
(指改著官服)。宋·周密《癸辛雜識》後集"成均舊規"條云:"解褐舍
法:下等上舍,先免解,後免省,待三年後到殿;中等上舍,徑到殿,或特旨
徑行釋褐,釋褐恩數成而優者謂之狀元。"又,《宋會要輯本》卷二一九四
七《崇儒》一還引《野朝雜記》云:"舊制,太學上舍生積校已優,而舍試又
入優等者,就化原堂釋褐,號'釋褐狀元',例補承事郎、太學正錄。淳熙
初,鄭鑑自明由此選,不四年而爲著作郎補郎。"又云:"自明數言事,上
甚喜;久而稍厭之。"而據宋·梁克家淳熙時修《三山志》卷三十人物類
五·科名·本朝,"淳熙元年甲午太學兩優釋褐"條載:

> 鄭鑑,南卿之孫,字自明。自興太學,始再見釋褐,授左承
> 務郎國子正,召試除校書郎,遷著作郎,兼史院官太子侍講,除
> 著作郎權郎官,終宣教郎,知台州。

而鄭鑑兼太子侍講,亦見《宋會要輯本》卷二三九《職官》七。
鄭鑑"兩優釋褐"在淳熙元年甲午(1174),而鄭思肖說他"三十歲兩優

釋褐,三十八歲卽世",據此,我們可以推算出鄭鑑的生年當是乙丑(1145)年,卒年當是壬寅(1182)年。而據上引《三山志》,我們又知鄭鑑的祖父(卽鄭思肖的六世祖)叫鄭南卿。值得指出的是,這個先祖的名字是連鄭思肖也不知道的,他在《心史》中沒有提及,而且從未有人提到過。①

鄭思肖說,鄭鑑忠藎極諫,奮不顧身,當時晦菴、南軒諸公都極敬重他,這也不是吹噓。《朱文正公文集》卷七八就有朱熹(晦菴)《祭鄭自明文》,曰:"偉哉自明,凜乎有古爭臣之風。求之近臣,則措之鄒、陳之間,而無怍者也。"《宋元學案》卷五三鄭鑑傳亦附錄張栻(南軒)《與朱元晦書》,云:"鄭自明直言亦不易,朝廷容受固可喜,但未見用其言,而自明兩遷矣。"陳傅良《止齋文集》卷九《鄭自明哀詞》則云:"自明若不愛其死者。"意思是鄭鑑既嫉惡如讎不怕死,同時又不輕生而"重其死"。

鄭思肖說鄭鑑贅於丞相陳正獻,遂居於莆。今知陳正獻名俊卿,字應求,諡正獻。福建莆田人。《宋史》卷三八三、《宋元學案》卷三四均有傳。陳氏劾黜秦檜黨,疏言張浚忠藎、清廉、好學,也是一位正人。據考,陳氏生年爲宋徽宗癸巳(1113)年,卒於孝宗丙午(1186)年,做鄭鑑的岳父,年齡完全符合。

以上種種表明,鄭思肖的這篇《書先君跋先著作叔翁行述後》完全可信,也是別人根本僞造不出來的。

三、《先君菊山翁家傳》研究

鄭思肖的《先君菊山翁家傳》更提供了較詳盡的重要家世史料。茲

---

① 《(淳熙)三山志》卷二七《人物類》二《科名》"崇寧二年癸未(按,1103)霍端友榜"又載:"鄭南卿,字仲昇,連江人,終朝奉郎。"可知鄭南卿亦曾登進士,並可知他官至朝奉郎。按,《三山志》成書於淳熙九年(1182),卽鄭思肖父出生前十七年,刻本極罕見,連清代四庫館臣亦僅見鈔本。鄭思肖顯然未曾見過。鄭南卿之名,其後則見於明弘治時修《八閩通志》和清乾隆時修《福州府志》。當然鄭思肖也不可能見到。又,今在連江透堡還流傳著"公孫三進士"的傳說,卽鄭南卿與其子鄭壹、孫鄭鑑相繼登進士,據說透堡的鄭氏族譜上還記載鄭壹官至廣東巡撫。這樣說來鄭思肖的五世祖叫鄭壹。但鄭壹登進士在《(淳熙)三山志》上無記載,鄭壹任廣東巡撫在史書、方志上也未見記載。這就有點不足置信了。而且,《(淳熙)三山志》記鄭鑑,只說他是鄭南卿之孫,而不說他是鄭壹之子,如果鄭壹也是進士,而且還當過廣東巡撫,就不大可能這樣漏寫了。

不嫌其長,節錄重要段落於下:

　　鄭姓得於周宣王母弟桓公受封之後,至晉永嘉分派入閩,居於連江東導村,今十數世矣。高祖上字秀下字穎,曾祖上字昭下字嗣,祖左氵右斤,世世襲以讀書傳家。先君兄弟二人,伯氏蚤喪。先君字叔起,號菊山,名與字之下字同,早年嘗名正東方之卦。生於慶初(按,指慶元,《心史》忌"元"字),終於景定壬戌,壽六十四歲。先君四十歲始生思肖,今所記者惟先君五十歲以後事。前乎此時,正當早年豪傑時,奇氣偉節,未易可以形容。父子間禮甚嚴,非親見事不敢問,又無伯叔、長兄教之。今前輩或有能道其早氣豪邁者,特髣髴爾。

　　獨憶思肖七歲時親歷之事。淳祐丁未,前丞相鄭清之以侍讀入朝,泊於湧金門外,朝廷忽除之再相。先人聞除命下,痛哭流涕,謂:"我自上流歸,聞端平出師復兩京之敗,皆鄭相誤國罪!"即登其門,歷歷數之,屬聲大罵曰:"端平敗相,何堪再壞天下耶!"竟爲鄭相執下天府,母、妹、思肖俱遭執去。當時士氣頗盛,京尹趙與𥂕越一宿俱縱之。鄭相乃命天府廣布耳目吏卒於長橋所居左右,密物色,至於朋友往來、出處云爲,排日錄聞天府,堅求瑕疵,欲以他罪加焉。如是二年,莫能得毫髮。鄭相去國,事乃寢,鄰人始言其布置欲陷人以罪之事。先人爲社稷生靈憂,蹈此危機,有司求之二年,不得其過,可以見平日大節目矣!

　　在京師居時,屋後有淫祠,因先母病,鄰人謂宜禱之。先人以爲狄仁傑嘗毀江南淫祠一千七百,獨畱禹廟、泰伯廟、伍子胥廟,程子尚謂伍子胥廟亦不當畱。先人竟手毀廟像,後亦無他。每事正直無邪諂,率皆若是。讀書之外,唯好飲酒、嗜食茶,他皆不切切焉。客京華三十餘年,不行狹邪徑竇之門屈其氣節。世俗通賕賂事,一毫未嘗破戒。四方饋以禮,唯正則受。有酒即飲朋友,有錢即與朋友。聞人之善昌言之,見人之惡面折之。

意氣飛動，不協於時。人固敬之，抑且畏之，或頗忌之。平生獨冠巍巾，異於衆。議論氣象、出處言動，皆正直嚴毅有法度。當時宰執賢其賢，欲官焉，恥出私門之恩，終忤其事。每與平章貫似道論得失，累忤其意，後竟爲彼所疏。凡公卿大夫交，言不及利，語不阿媚，卒無親妮黨比之交。其實情則藐視一時人物，寄心澹泊，以道自鳴，高潔其行，白首《六經》。家不蓄銀器，不蓄直錢之貨，不喜玩圖畫骨董，不親博弈，不言私事，惟家藏古今書數千卷。

自庚辰出闈，游京師。庚子，於潛縣請主於潛學，時居渡子橋，作《三膜記》。甲辰，伏闕言姦相史嵩之，奉旨免解。丙午，上江陵。丁未，遷居西湖長橋，扁其廬曰"水南半隱"，作《水南半隱記》。壬子，伏闕言水火災，不報。漕臺請爲諸暨縣主學、蕭山縣主學。甲寅，絜居吳門。浙西倉臺請爲尹和靖書院堂長，淮東閫請爲泰州胡安定書院山長，平江府請爲三高堂長，無錫縣率請至邑庠開講。環轍淮左浙右，據坐臯比，深衣竹筇，講性理學，一時學者翕從焉。講道來歸，故廬小圃，植幽花修竹，逍遙其間，意不欲復出，將閉門養道，遂其閒適。天不壽以年，不得終此高隱計。

早年場屋不利，卽潛心窮理盡性之學，極有所得。至老讀書不倦，晚年造詣益深。正欲毀舊《太極無極說》，別作《太極書》，病已亟矣！將易簀際，盡歷歷言得失，且命思肖："至中年，加以學力，削改補釋，足成《易注》。我丁未年後，卽醟心注《易》，今十六年，汝勿廢我生前志！汝終身所行之道，平日語汝久矣！"遂卒。先人素自許以治國平天下之道，制於命而不伸，痛哉！使其生至今日，決不忍陷於賊阱，必一死盡臣子報國之節。

著述有講義、詩集、雜著、前後《讀書愚見》、《太極無極說》、《修攘事鑑》、《南北要畧》、《深衣書》、《鄉飲酒書》，並注《易》六十卦，外又有碑銘記序百五十餘篇、詩百餘篇，皆晚年所作。亂後故稿爲賊取去,僅存於別稿者,文得十一篇,詩得十五篇,餘篇不可復得,深爲痛惜!

　　先人生子女二人,思肖長焉,女弟適人不諧,終願爲尼,修淨業……干戈擾擾,閭閻正苦,吾族在鄉甚盛,誰歿誰存,今俱可傷。墳墓累累,盡埋沒荆榛戰血中。獨先祖墓在江陵城外。先人早失怙恃,寄食外氏,亦莫知地之詳。先人丙午遊江陵,嘗望祭焉。先人墓在姑蘇甑山西隴,亂後幸無恙。先母兵火間丙子歲荼毗,水化骨殖矣。

　　這篇《家傳》極富史料價值,眞實可靠。與其他史料對勘,不僅無懈可擊,而且更顯出它的可貴。怪不得清人鈔、刊《清雋集》時,便將這篇《家傳》也收入了。這篇東西是絶不可能"僞造"的,我們可以從它的"細部"認眞考察一番。

　　《家傳》首言其先祖"至永嘉分派入閩,居於連江東導村"。據史籍記載,永嘉之亂,晉室南遷,是我國歷史上因內亂而大移民的首次。當時,確實有中原"流人"遠遷至閩浙沿海的。[①] 鄭思肖的祖籍,元明清諸傳均說是福建連江,最多再說到"透鄉",從未聞"東導村"之名。直到民國時曹剛等修、邱景雍等纂的《連江縣志》,在卷七明載:"遺民鄭思肖宅在安德里透堡東導村。"(按,當是卽據《心史》,然鄭思肖並不出生在那裏。)這個鄭氏祖宅的村名是他人無法僞造的。

　　尤令人驚喜的是,思肖自述高祖的名字,竟然也能在宋淳熙時修《三山志》中找到。該志卷二八"人物類三・科名・本朝"載紹興"二十四年甲戌(按,卽 1154) 張孝祥榜・特奏名",其中有"鄭秀穎,適之從侄"數字記載。從年歲上推算,此人正是鄭思肖的高祖,可見這個名字不是"僞造"的。思肖伯父早喪,所以他寫不出伯父名字,這一點也反映出這篇《家傳》不是憑空"僞造"。《家傳》說其父"名與字之下字同",卽名起;"早年嘗名正東方之卦",卽初名震。然而,有認定《心史》爲"僞

---

① 　羅香林《中國民族史》稱此一派爲"青徐流人"。

書”的人，看不懂“正東方之卦”的意思，對“鄭氏父親之名，或謂起，或謂震”深感疑惑，說“兩說不知孰對”，甚至懷疑諸傳所說鄭父初名震“此說未知何據”①。其實，所據卽是此篇《家傳》中說的“早年嘗名正東方之卦”，而“正東方之卦”卽“震”也。(《易·說卦》：“萬物出乎震。震，東方也。”②)

《家傳》說，“先君四十歲始生思肖”，準確地說，應是四十三歲；又說“今所記者，惟先君五十歲以後事”，“獨憶思肖七歲時親歷之事”，思肖七歲時其父四十九歲。這裏兩處都不過說了個相近的整數，而竟然有人卻抓住這些作爲《心史》是“僞書”的證據，③實在也太令人啼笑皆非了。“僞造者”如欲僞造，難道連這麼簡單的數字加減也不會嗎？

《家傳》記淳祐丁未(1247)其父登門痛斥鄭清之一事。鄭清之，《宋史》卷四一四有傳，端平元年爲相，“入洛之師大潰”，因而二年“上疏乞罷”，三年“乃授觀文殿大學士、醴泉觀使兼侍讀……”；而淳祐七年丁未，“清之再相”；十一年，致仕。《家傳》所記，與史吻合。但《宋史》所傳鄭清之，基本上是個好官。《宋史》特別提到“端平之間召用正人，清之之力也”。在《宋史》所列舉的端平之間召還之“正人”名單中，如眞德秀、魏了翁、崔與之(未赴召)、徐僑(《心史》記作嶠)、趙汝談、游似、洪咨夔、王遂、李宗勉、杜範、李韶等人，均是鄭思肖極尊敬的人物。④ 從這一點推測，他長大後也許不會對鄭清之抱有很大的惡感，他只是如實記載當時的情形。所以，這也恰可證明《家傳》所記不可能是編造的。

《家傳》提到的“京尹趙與懲”，《宋史》卷四二三亦有傳，景定元年(1260)卒(時鄭思肖二十歲)，亦不是捏造的人物。思肖七歲時全家

---

① 見楊玉峯《〈心史〉作僞論署》。
② 順便提及，在《(淳熙)三山志》一書中，也有鄭震(叔起)之名，然而可惜的是，這位鄭震不是思肖之父。(思肖父出生時，淳熙朝已過去十年。)在《(淳熙)三山志》卷三一“人物類六·科名·本朝”“嘉泰二年壬戌(按，卽1202)傅行簡榜”的最後，有“鄭震，字叔起，居閩縣，貫建康”；同卷“開禧元年乙丑(按，卽1205)毛自誠榜”的“文舉特奏”，又有鄭震名(無小傳)。然而，壬戌年思肖父僅四歲，乙丑年也僅七歲。可見這位閩縣(思肖父籍貫則是連江)的鄭震是非常巧合的同姓同名同字的另一人。我因此認爲，思肖父鄭震爲何後來改名鄭起，可能就是因爲同在福州(三山)還有一位大幾十歲的同名者之故。
③ 見姜緯堂《辨〈心史〉非鄭思肖遺作》。
④ 詳見本書第四章所述。

被捕一事,僅見於《家傳》,但極值得重視。此事對他一生性格的影響,顯然不可低估。《家傳》又提到其父謝絕"私門之恩",累忤賈似道,後又"伏闕言姦相史嵩之",都是很值得注意的。這些都印證了柴志道《清雋集序》中說的"早年游京師,即有聲","照耀一世豪傑之耳目"。

　《家傳》記其父甲辰(1244年)伏闕言史嵩之。據《宋史》卷四一四《史嵩之傳》:淳祐"四年(按,即1244),遭父喪,起復右丞相兼樞密使,累賜手詔,遣中使趣行。於是太學生黃愷伯、金九萬、孫翼鳳等百四十四人,武學生翁日善等六十七人,京學生劉時舉、王元野、黃道等九十四人,宗學生與寰等三十四人,建昌軍學教授盧鉞,皆上書論史嵩之不當起復。不報。"由此可知鄭起伏闕言事,也必是反對史嵩之起復。"當時士氣頗盛",鄭起也參加了這場盛大的抗議活動。

　《家傳》云:"丁未(按,即1247年),遷居西湖長橋,扁其廬曰'水南半隱'。"而過了近五百年,人稱"學問淹洽,尤熟精兩宋典實,人無敢難者"[1],"熟於宋代掌故,二百年來幾無其匹"[2],且又世居杭州的清初著名學者厲鶚,仍然查實和憑弔了鄭思肖童年居住過的這座"水南半隱",並作詩詞記詠之。如厲氏《南宋雜事詩》卷六《無題》詩云:"水南半隱傍花宮,猶是承平處士風。一卷《十空經》在否? 有兒不愧鞠山翁。"《樊榭山房集外詞》卷二《秋林琴雅》中《驀山溪》詞又云:"湖南深曲,元是漁樵社。攲礙架長橋,綠陰中、幾椽秀野。今來怊悵,不見岸烏巾,衣帖沒,釣船空,牧豎收羊馬。　　風蘭幾葉,應看佳兒寫。古月墜空山,似飛來、冬青樹罅。無多半隱,幽意自乾坤,休憑弔,半間堂,螢火明秋夜。"可證《家傳》所說非虛。另,清人朱彭《南宋古蹟考》、徐逢吉《清波小志》諸書,也都記載了鄭氏父子故居"水南半隱"。徐氏是與厲鶚一起去查核"水南半隱"並同賦《驀山溪》詞的,本書後面還會再寫到。

　《家傳》又記"壬子(按,即1252年),伏闕言水火災,不報。"而此事

---

① 語見清·沈德潛等《國朝詩別裁集》卷二四。
② 語見清·陸心源《儀顧堂題跋》卷十三。

又與史載該年江南大水、京師大火相吻。查《宋史》卷四四《理宗紀》："淳祐十二年(按,卽1252),六月丙寅,嚴、衢、婺、台、處、上饒、建寧、南劍、邵武大水。""十一月丙申夜,臨安火;丁酉夜,火乃熄。"

《家傳》記其父主講的尹和靖書院、胡安定書院、三高堂等,多見於其父詩篇,如《清雋集》中有《虎丘尹和靜書院示開講》詩,自注:"從前聽者少,今日聽者衆。"詩云:"和靜書堂八面開,新分半席在山隈。若無人聽都歸去,傳語生公借石來。"又有《吳江三高祠堂》詩。前引柴志道文章及盧熊寫的鄭思肖傳等也都提及安定、和靖之名。而且,我們在明清地方誌中仍能見到這些書院的名字,可見是歷史悠久的學術重地。如清光緖《蘇州府志》卷二六:"和靖書院在虎丘雲巖寺西。宋和靖先生尹肅公焞於紹興間(按,1131~1162)讀書虎丘西菴,題其齋曰'三畏'。嘉定七年(按,1214),知府陳芾度西菴隙地建祠祀之。"如果鄭起未曾做過它們的山長,誰敢隨便造這個謠,而不怕別人揭露?

如上所述,《家傳》不僅無可懷疑,而且提供了不少"獨家材料",如鄭氏高、曾、祖三代之名或字等,尤其是介紹了其父詳盡的生平、爲人及著作書目。而其父的《讀書愚見》,現在還能從元·陶宗儀輯選的《說郛》中讀到片斷,這也有力地證明《家傳》是完全可信的。

《家傳》中也有一處與他人所傳不同,值得我們作番分析。《家傳》中云"祖左氵右斤",也就是說,其祖父叫鄭沂。然而,前引盧熊的鄭傳中卻說其祖名"咸"。這是怎麼回事呢?我認爲,自當以《家傳》爲準。盧熊所說,我認爲可能與本書前引王逢的詩序中說的"曾大父咸仕宋"一語有關。然而,"曾大父"卽曾祖父,並非祖父啊!再說,王逢在這句話後馬上又說"父起,淳祐道學君子",怎麼一下子就從曾祖跳到父親了呢?[①] 因此,我認爲王逢寫的這個"咸",應該不是人名,而只是個副詞。這句話應讀作:"曾、大父咸仕宋。"(大父卽祖父。)也就是說,王逢的意思是鄭思肖的曾祖父、祖父都在宋代爲官,至其父以科場不利,但以道學君子名。只有如此理解,上下文理才可通。因此,我自以爲發現和糾正

---

① 我認爲盧熊大概就是因爲覺得不說祖父而徑說曾祖,於文理不通,因而認爲這個"曾"字是衍文,而把"咸"字猜成是其祖之名。(盧熊寫傳時,《心史》尚未出井,他當然也看不到這篇《家傳》。)

了幾百年來盧熊等人的一個誤讀,不知對否,敬請當今碩學教正。①

另外,還值得注意的是,《家傳》言及其父故稿亂後"為賊取去",不知是說被小偷竊走呢,還是說曾遭元兵或土匪抄家或搶掠。又說"僅存於別稿者,文得十一篇,詩得十五篇";而後來,大德五年(1301)柴志道序仇遠所編《清雋集》時,卻說仇氏搜集了其父之詩四十首。而且,柴氏序中提到鄭父"有詩曰《倦遊稿》",而《家傳》言及其父著作書目時卻無此。我想,這可能因為仇氏是後來從鄭起在杭州的故友處訪得者。而思肖寫《家傳》時,人在蘇州,更無法看到仇氏後來搜集之詩,也不知《倦遊稿》②。這也只能證明《家傳》一文絕不是後人搜尋資料"偽造"而成的。

四、一些備考的材料

最後,還可提到一些備考的材料。

《心史》最早的張國維刊本後面,有自稱鄭思肖裔孫的鄭敷教(1596~1675)的《心史跋》,中稱:"按家乘,先安陸公稱'忠孝狀元',仁宗(按,1023~1063 在位)以'忠孝之家'四字圖書賜之。迄公凡十傳。"按,鄭敷教說的"家乘"今未之見。所說的"安陸公",當指鄭獬(1022~1072),字毅夫,宋安州(今河北保定)安陸人。北宋仁宗皇祐五年(1053)進士第一,神宗朝拜翰林學士。為王安石所惡,出知杭州,徙青州提舉鴻慶宮,卒。有《鄖溪集》。宋·王得臣《麈史》卷中載:"神文重於選士,皇祐五年廷試既考定前一日,取首卷焚香祝之曰:'願得忠孝狀元。'泊唱名,乃鄭獬也。"鄭獬距鄭思肖二百十九年。鄭獬是鄭思肖的十世祖嗎?存疑,俟再考。

鄭思肖的原名,久已文獻無考。然而 1990 年代初,在鄭氏祖籍福建

---

① 然而,鄭思肖祖父至死也不過在離家千里外的枝江小縣裏當個管管公牘的佐吏,說他"仕於宋"似乎有點勉強。另外,其曾祖當過什麼官,我們也不知道。

② 《清雋集》如果在鄭思肖生前曾在"吳中義梓"的話,因《心史》已經沉井,這篇《家傳》也沒法修改了。

連江縣內發現了清道光二十八年(1848)刊刻的《上鄭族譜》,卷二《傳讚》有《所南公傳實補鐫》,爲"二十一代孫儒臣謹識",該文沒有提供什麼新的史料,但首句卽曰"祖原名少因",令人驚異!可惜該文僅僅只有這樣五個字,沒有說明任何根據,又因撰文刊刻時已在鄭思肖身後五百多年,令人不敢輕信。迄今也沒有發現任何有關鄭少因的記載。不過,此說畢竟出自鄭氏族人,而且不是鈔本,還是刻本,又據說鄭儒臣也是滎陽鄭氏遷居連江始祖的後裔,故錄以備考。

鄭思肖入元以後的事蹟,除了諸傳所記者外,今人知道的也不多。而福建民間及南洋華僑間有傳說他曾去過印度尼西亞的,也不知是否眞確。這裏僅摘錄有關學術刊物上的兩則文字以備參考。

1926年3月,上海商務印書館出版的《東方雜誌》二十三卷五號上,有南洋歷史地理學者李長傅(1899~1966)的《中國殖民南洋小史》,其中寫到:

> 關於南洋羣島華僑有目的之移殖,當始於十三世紀之中葉。宋亡於元,宋遺民之避地海外者,多趨於南洋。據南僑口碑所傳說,華僑至爪哇殖民之第一人,爲宋遺臣鄭思肖。(字所南,福建連江人。)初至地爲今之巴達維亞(華僑呼巴城),其居畱地曰八茶罐,乃以茶八罐,與土人相易者。當時建屋二十六間,遺蹟至今猶存。

1997年8月,江西《農業考古》第四期上,又有福建省漳州市的常發撰寫的《鄭思肖與印尼"八茶罐"》,寫道:

> 後來(按,指宋亡後),鄭思肖回到家鄉福建,不久卽從泉州出國,搭大帆船前往印尼,在爪哇島西北岸登陸,那裏就是後來的巴達維亞埠。鄭思肖到達印尼之後,孑身一人,無立錐之地,想覓一塊地方辟爲園林,但當年那裏的土地均屬當地土酋所有。怎樣才能得到一塊土地墾植呢?鄭經過打聽,得悉酋長很

喜歡品飲中國的茶葉,便用八個瓷罐裝滿茶葉作爲見面禮,土
酋一見是茶葉,大喜過望,當下生火泡飲,口感極佳,大加讚賞,
加之聞悉鄭思肖乃赫赫有名人士,土酋就更加熱誠招待。言談
之中,鄭思肖向土酋訴說起,初抵印尼,尚無棲身之地,酋長便
動情在屬地中劃出縱橫一英里的土地相贈。從此,鄭思肖把這
塊土地辟爲園林,精耕細作,逐漸成爲華僑的聚居地,並別出心
裁把這個地方命名爲"八茶罐"以作爲紀念。因福建的"茶"音
讀如"TEA",外國人把它譯作"PETEABOAN",至今六百多年
這個地名一直沿用。如今"八茶罐"已成爲名聞東南亞的華人
市場,僑胞曾在此創辦"八茶罐學校"。這裏的華僑華商喜歡
品飲祖家的茶葉。也喜歡背誦鄭思肖的《感念詩》:"有懷長不
釋,一語一辛酸。此地暫胡馬,終身只宋民。讀書成底事,報國
是何人?恥見干戈裏,荒城梅又春!"

　　抗戰時期漢奸文人顧天錫在呼喊"大東亞戰爭發動了!南洋羣島,
成爲東亞共榮圈裏的物資豐富的重要地域"的時候撰寫的《宋遺民鄭所
南〈心史〉評價》一文中,也提到這件事,認爲:"我們可以推想而知的,就
是他(按,指鄭思肖)和崖山失守以後出海逃亡的失敗者的一羣,一定再
祕密中互通聲氣的……而陳宜中、張世傑等失敗出亡者,到了南洋各地,
爲著要維繫人心起見,一定也揚言國內名流如鄭所南輩的德望相孚者,
也和他們一同逃向闍婆(爪哇),藉以轟動大眾。因此至今爪哇島上,尚
遺留著'八茶罐'地方的鄭所南遺跡,始終爲歷史上布勒一個疑陣。"其
實,這種"推想"實乃無稽!因爲當時陳宜中、張世傑等失敗出亡者根本
不可能知道有鄭思肖其人,鄭思肖更絕不可能擁有什麼超越國界的"德
望",又怎麼"藉以轟動大眾"呢?
　　文獻學家陳登原(1900~1975)在1962年出版的《國史舊聞》第二冊
《鄭思肖心史》一則中,引了上述李長傅文章,也認爲:"至於或傳思肖爲
浮海移居,此亦不必深論,要亦被侗浮海之宋代遺民戴此觥觥之人,聊作
號召云爾。"但其實,鄭思肖生前決不是什麼具有號召力的"觥觥之人"。

他最後孤苦伶仃死在蘇州，連埋葬在哪裏也毫無文字記載。還是陳氏在一首詠鄭思肖的詩裏說的對："何須萬里蠻荒老，志士山棲此已深。"鄭思肖只是在身後三百二十年因《心史》現世，才得以驟享大名的。

有人還僅僅根據這個"八茶罐"傳說，便撰文論述我國茶葉輸往東南亞的歷史，也是不足令人置信的。

但是，這件事並非"不必深論"。鄭思肖在《心史》沉井後還活了三十多年，期間他的活動情況，我們知道的很少，現在不能絕對排除他曾去過南洋的可能。我認爲，應該努力查找中國或印尼的有關文獻。或者，可以先從查考這個"八茶罐"傳說最早出現的時間入手：如果是在《心史》出井以後（即清初以後）出現這個傳說，很可能就是假的、僞託的；但如果確實是在《心史》出井以前，而且人名也沒有搞錯，那此事就必然是眞的。

通過以上的考證與討論，我們已盡可能全面地瞭解了鄭思肖的家世與生平。同時，我們也已經可以清楚地看到《心史》不會是"僞書"。

第二章　鄭思肖的繪畫

繪畫的題材—題詠和著錄—推篷竹卷—絹本墨蘭—國香圖卷—清宮國寶—備考材料

鄭思肖是位有成就的詩人，也是一位有名氣的畫家。談他的文藝創作，首先不能不談他的畫。古人說過，"文者無形之畫，畫者有形之文，二者異蹟而同趣"。又稱畫爲"不語詩""無聲詩"，稱詩爲"能言畫""有聲畫"。古人還稱讚優秀作家"詩中有畫，畫中有詩"。對鄭思肖來說，他的優秀作品也是這樣。而且不僅如此，他最早受人注意的，或者說他首先知名於時的，正是他的畫作；而他的詩名，則是在他身後三百二十年，發現《心史》稿本以後，才大著於世的。然而，關於鄭思肖的畫，幾乎沒有專門的研究文章。一些美術史、美術詞典或鑑賞圖冊中提到他的畫，所述都或多或少有錯漏之處。因此，本書專列此章，予以論述。

鄭思肖的《心史》，老有人說它是"僞書"，但其實絕對是眞的；而歷代假畫多矣，卻從來沒有文章說過有假冒的鄭思肖畫，但據我考證，確曾有過贗品，而且還流傳到國外，甚至假冒鄭思肖畫的照片還誤收於國內外最權威的圖書之中。

對於古代繪畫一道，本人是門外漢。雖然努力研究了一些畫史、著錄等，然而其中有關鄭思肖的資料極少，鄭氏存世畫蹟更是罕見。我迄今只見過書上所刊載的幾張鄭畫的照片，有的還相當模糊。我雖去過日本東京、大阪，但尚無目睹存於彼處傳爲鄭氏原畫的幸運。我深知有關古畫的眞僞、流傳源緒、題畫者的考證等等，是一門高深的學問，爲自己學力所不及。因此，我盡可能向有關專家請教，並希望自己的文章能起到拋磚引玉的作用。

一、鄭思肖繪畫的題材

鄭思肖繪畫中最有名的，當然是他的墨蘭；此外，不少書中還提到他畫竹也極有風致。人所周知，蘭與竹正是我國古代"文人畫"中最常見的題材。鄭思肖對蘭與竹非常喜愛，這在《心史》中也能看出。《心史》的《大義集》中，就有一首《墨蘭》：

> 鍾得至清氣，精神欲照人。
> 抱香懷古意，戀國憶前身。
> 空色微開曉，晴光淡弄春。
> 淒涼如怨望，今日有遺民。

這首詩，我認爲大概不是自題畫詩（迄今亦未見題有此詩的墨蘭圖的著錄）。因爲此詩意思直露，與鄭思肖其他自題畫詩"其意深密"（陸行直語）、"險異詭特"（鄭元祐語）頗爲不同。在《心史》的《中興集二卷》中，又有《愛竹歌》，中云："此君氣節極偉特，令人愛之捨不得。"可見，鄭思肖之愛畫蘭竹，完全是爲了寄託他的精神與氣節。

除了蘭與竹外，鄭思肖還畫其他題材嗎？此一問題從無人提過。但我從元明之際王達的《鄭所南先生傳》中讀到鄭氏"題其畫菊"詩，認爲他還曾畫過墨菊。該詩曰：

> 花開不並百花叢，獨立疏籬趣未窮。
> 寧可枝頭抱香死，何曾吹墮北風中！

詩中"抱香"一詞，似未見前代詩人用過，卻又見於上引《心史》中《墨蘭》一詩，引人注目。① 我認爲，王達說鄭思肖畫菊，此言極可信。

---

① 清人沈濤《瑟榭叢談》已指出："嘗謂朱淑眞《菊花詩》'寧可抱香枝上老，不隨黃葉舞秋風'，實鄭所南《自題畫菊》'寧可枝頭抱香死，何曾吹落北風中'二語所本。"宋代女詩人朱淑眞之詩見《斷腸詩集·補遺》。

《心史》中有不少詠菊詩,而且他愛菊是與他父親有關的(其父卽號"菊山")。如《大義集》有《對菊四首》,其一云:"天風吹古秋,獨立殿寒馥。我父昔愛之,終身不忘菊。"《中興集二卷》又有《菊花歌》《餐菊花歌》等。而且,元代詩人陳昱在爲鄭思肖墨蘭題詩時,寫的卻是一首菊花詩:"家學相承寶祐年,東籬幾度菊花天。紫莖綠葉齧殘墨,更覺秋光分外妍。"(詳見下文分析)"齧殘墨"一句,意思顯然是鄭思肖還有墨菊齧存。陳昱詩中還講到鄭思肖與他父親的關係(家學相承),極可注意。可惜的是,我們未能見到鄭思肖畫的菊花,甚至也沒有見到有什麼書著錄或記述過他的墨菊圖。

另外,我認爲鄭思肖極有可能還畫過水仙花。水仙產於閩地,正是鄭氏故鄉。元明之際的王逢爲鄭思肖墨蘭題詩的序中,在引用鄭氏《寒菊》"寧可枝頭抱香死,何曾吹落北風中"這兩句題菊詩後,接着便引了他的《水仙》詩:"禦寒不藉水爲命,去國自同金鑄心。"(陶宗儀《輟耕錄》中把這兩句詩說成是《寒菊》詩,顯然不確,菊花與"藉水爲命"云云沒有關係。)我認爲這兩句也當是鄭氏題其自畫詩。另外,明·張丑《清河書畫舫·卷七下·宋·文全》云:"與可墨竹妙絕,古無其人,後惟補之、叔雅畫梅,子固、所南蘭蕙水仙,差堪繼響。此外如日觀葡萄,世人以得草書法稱之,然鄙性絕不喜也。"(清·卞永譽《式古堂書畫彙考》卷四一亦引之。)似乎也證明了鄭思肖眞的畫過水仙。

還有,鄭思肖對梅花也十分鍾愛,《心史》中便有《己卯十一月朔又夢食梅花夢中作》《梅花》等詩,及一篇寓言奇文《夢遊玉眞峯餐梅花記》,我認爲他也極有可能畫過梅花的。明清之際的侯方域在《與方密之書》中說:"密之或他日念僕,以僧服相過,僕有方外室三楹,中種閩蘭粵竹,上懸鄭所南畫無根梅一軸,至今大有生氣,並所藏陶元亮入宋以後詩篇,當共評玩之。"(《壯悔堂文集·遺稿》)侯氏此信所說非常嚴肅,不像是虛話。陶淵明入劉宋後詩篇,也實有其作。而"無根梅"顯然是有寓意的,與畫蘭不畫土根一樣,自是作於故土淪亡之後。可惜的是,此事除侯氏所言這一"孤證"外,似尚未見他處記載。但侯氏以後,洪亮吉在《鮚軒外集·唐宋小樂府·鄭所南》中云:"畫樹不畫根,畫蘭不畫土。

誰說鄭所南,不及王炎午?"似乎他也目睹或知道鄭思肖有"畫樹不畫根"的畫,那該是"無根梅"吧?

《心史》中還有《南山老松》詩:"凌空獨立挺精神,節操森森骨不塵。半夜波濤驚鶴夢,幾番風雨護龍身。心貞寧受歲寒變,氣老常涵古意新。終見取爲梁棟去,紫煙空鎖碧磷峋。"完全可與他的詠竹、詠蘭詩對讀。他可能也畫過墨松吧? 當然,這只是我的猜測;但他曾畫過梧桐,卻是有記載的。清初顧復《平生壯觀》卷九,記所見鄭思肖畫蹟有《枯梧》:

> 《枯梧》,帋,上題云:"鳳鳥不至樹已殭,陰霾毒霧何其長,安得日出兮照大荒。"余從黄堰嶺西去爲景嶺,嶺上有昭明寺,北去數里爲小茅山,再往北爲陶巷,有石貞山者,其弟介山,村中訓蒙,藏此。

顧氏字來侯,號方涇上農,原籍武陵(今湖南常德),居江蘇常熟。顧氏精於書畫鑑賞,並延交東南藏家,積三十餘年所見所聞,著錄成《平生壯觀》一書,很有史料價值。該書另記有鄭思肖蘭卷二種、竹卷一種,均非杜撰,此卷枯梧也應屬可信。文中提到的昭明寺,在蘇州吳縣西四十里陽山王宴嶺西,錦峯山之麓(顧氏所記音同字不同)。相傳南朝梁·昭明太子蕭統曾居此,後構寺,因以名。此畫的藏有者石介山,只是一位無名的鄉村教師,似不可能僞造鄭思肖遺作,並騙過很有鑑定能力的顧氏。而且,從未傳說過鄭思肖會畫梧桐,因此,僞造的可能性和必要性也就幾乎沒有。從題詩看,顯然此畫亦作於宋代亡國以後。可惜顧氏語焉不詳,此畫的署名、印章、尺寸等等均未記,不免令人遺憾。

總之,鄭思肖所畫花卉草木,肯定不止蘭、竹二種。"文人畫"中最常見的"歲寒三友"(竹、梅、松)、"四君子"(竹、梅、松再加上蘭)、"五清"(竹、梅、松、蘭再加上水仙)等,他都可能畫過的。鄭思肖不止一次地說過,他一生受其父影響最深。但他父親似乎並不是一個畫家。《心史》中的《先君菊山翁家傳》說,其父生活簡樸,因而"不喜玩圖畫骨董";但我認爲鄭思肖之喜畫蘭、竹、菊等,仍是與其父有關的,因《家傳》中又說其父"故廬小圃,植幽花修竹,逍遙其間,意不欲復出,將閉門養道,遂其閒適"。因此,"幽花修竹"之入其畫,顯然與他從小仔細觀察,並受其父長期薰陶分不開的。

那麼,除了花卉草木以外,鄭思肖有沒有畫過人物呢?此一問題更從未有人提過,而我的回答則是肯定的。鄭思肖作有《一百二十圖詩》,自序云:"今或遇圖而作,或遇事而作,而或者又欲俱圖之。"這中間有沒有他自己畫的圖,今不得而知。但鄭氏友人張炎在一首詞的序中曾說過:"所南翁詩書之暇,爲屈平寫真。"(詳見下文引錄)這樣看來,鄭思肖至少爲屈原畫過像。可惜未能保存下來。另外,我們知道他還曾爲自己畫過像。盧熊《鄭所南小傳》云:"自讚其像曰:'不忠可誅,不孝可斬,可懸此頭於洪洪荒荒之表,以爲不忠不孝之榜樣。'"王達的《鄭所南先生傳》也引了這段自讚,且與該文前面的"題其畫蘭曰""題其畫菊曰"並列,而寫道"題其畫像曰",那麼,這"像"與前面的蘭、菊一樣,也應是他自己的作品。可惜的是,這幅像也未能保存下來,也未被人著錄於畫籍。元明之際王行在《題周草窗畫像卷》中說:"前二十年時(按,約 1360 年頃),獲瞻所南先生立像於吳門唐氏(按,即唐謙,鄭思肖友人唐東嶼的後人)。所南孤勁嚴峭,有凜然不可犯之色。"我想,此幅立像也可能是鄭氏自作。

更有人稱鄭思肖還畫過龍,但很遺憾,這乃是誤說。鄭思肖自稱億翁、所南翁,後人又多稱他所翁。[①] 宋末何希之《雞肋集》中有《書陳益清所藏所翁竹畫(竹二、龍一)》一詩,很易令人以爲這位所翁就是鄭思肖(鄭思肖也正擅長畫竹)。今臺灣故宮博物院藏有署名"所翁"的水墨龍畫一幅(見臺灣故宮博物院《故宮書畫圖錄》,編號:律一六六 261,故畫丙〇三·〇〇·〇三四七三),而在臺灣"中央研究院"數碼文化中心的

---

① 例如,明末抗清犧牲的林垄,在其遺稿《爲鄢德都寫竹》一詩中曰:"所翁之蘭無土,耻齋之竹無根。想見千百年後,熒熒紙上血痕。"清韓騏《補瓢存稿》卷四《題金耿庵墨梅卷》云:"披圖猶得見先生,淡墨蕭疎太古情。破碎山河霜幹老,頹唐風月暗香清。肯邀東閣詩人賞,略借西湖處士名。除是所翁蘭作伴,一般幽怨兩無聲。"(金氏是《心史》出版題跋者。)清高士奇《江村銷夏錄》卷一《宋鄭所南墨竹卷》云:"曉烟初破日微紅,岸竹蕭蕭弄野風。寒翠也從篷底見,題詩如對所南翁。庚午仲冬,舟行石門道中,推篷見竹,惜不能畫,聊題所翁卷後。"清宋咸熙《朱少仙以畫蘭見贈奉酬》一詩中亦寫道:"君不見千秋墨蘭數子固,至今那得覔縑素?又不見高人鄭所翁,一腔幽怨誰能同?"

網站《典藏臺灣》上，①就赫然著錄該書是鄭思肖所作。然而，這位所翁卻是與鄭思肖同時、同爲閩籍、同爲遺民的長樂人陳容（號所翁）！②

二、有關的鄭畫題詠和著錄

關於鄭思肖墨蘭的具體記載，元明之際陶宗儀在《南村輟耕錄》卷二十中記有："嘗自寫一卷，長丈余，高可五寸許，天眞爛漫，超出物表，題云：'純是君子，絕無小人。深山之中，以天爲春。'"陶氏友人夏文彥《圖繪寶鑑》卷五也著錄："鄭思肖……工畫墨蘭。嘗自畫一卷，長丈余，高可五寸許，天眞爛漫，超出物表，題云：'純是君子，絕無小人。'"陶、夏二人同時，這兩段文字相同（惟夏氏所錄題詞只有八句），也不知是誰鈔誰的。但有此十六字或八字題詞之鄭氏墨蘭，後世的名畫載錄中均未之見，似乎很早就失傳了。不過，明末陳繼儒在《白石樵眞稿》中說："予嘗見鄭憶翁蘭於婁江沈生所。旁題八字云：'純是君子，絕無小人。'其卷不能徑二尺。"未審是否卽陶氏所見者？（陶、夏說"長丈餘"，似難想象，不如陳氏"二尺"之可信。）③又，後來清人周文禾好像收得過題有"深山

---

① 見 http://catalog.digitalarchives.tw/item/00/11/0f/4b.html。
② 元人劉壎《隱居通議》卷八《詩歌》三《所翁詩句》云："長樂陳公儲容，自號所翁，登科入仕。善畫龍，筆勢入妙。而賦詩作字，俱奇勁可愛。"元夏文彥《圖繪寶鑒》卷四："陳容，字公儲，自號所翁。福堂人。端平二年進士，歷郡文學，倅臨江，入爲國子監主簿，出守莆田。賈秋壑招致賓幕，無何，醉輒狎侮之，賈不爲忤。詩文豪壯，善畫龍，得變化之意，潑墨成雲，噀水成霧，醉餘大叫，脫巾濡墨，信手塗抹，然後以筆成之。或全體，或一臂、一首，隱約而不可名狀者，曾不經意而得，皆神妙。時爲松竹，云：'作柳誠懸，墨竹豈卽鐵鉤鎖之法歟？'寶祐間名重一時。垂老筆力簡易精妙，絳色者可並蕭羽，往往贋本亦托以傳。"清乾隆魯曾煜主修《福州府志》，卷五十三《人物》五《列傳·長樂》載："陳容，字公儲，號所翁，長樂人。端平二年進士，官至朝散大夫。初令平陽，從容簡易，政務修舉。時集諸生，敷衍經義，士風大凡。暇則與佳士論文賦詩，凡山川勝迹，多罄題咏。嘉熙間通判臨江軍州，以才名受知理宗，入爲國子監主簿，去後人常思之。賈似道欲招置賓幕，容酒酣輒卑侮之，似道亦敬而不怒。出知興化軍。詩文豪壯，尤善畫龍。子夢發龍興府判。（萬曆《府志》，參《江西通志》）"
③ 清·卞永譽《式古堂書畫彙考》卷十五《鄭思肖蘭卷》附錄《外卷》云："《書畫舫》云鄭所南《蘭卷》爲沈潤卿藏本，本身上有陳清全一詩及元賢跋語，固是甲觀。"此處所云"沈潤卿"與陳繼儒說的"婁江沈生"當非一人。據考，沈潤卿名津，明長洲（今蘇州）人。又，陳清全卽陳深，有陳深題詩及"元賢跋語"的鄭氏墨蘭今存（詳見本書下述），上無"純是君子，絕無小人"的題詞。

之中,以天爲春"的鄭氏墨蘭,他的《讀井中心史》詩中云:"昨得一卷脫沙蘭,墨香深沁遺民骨。深山之中天爲春,題辭可溯心孤子。"

元·王逢《梧溪集》卷一《題宋太學鄭上舍墨蘭》詩序中,記有鄭思肖"嘗題蘭云":

> 玉佩凌風挽不回,暮雲長合楚王臺。
> 青春好在幽花裏,招得香從筆硯來。

然而,有此鄭氏自題詩的墨蘭,今亦未見,也未見著錄於有關畫史載籍;而且,王逢所題鄭氏墨蘭,顯然也不是有此鄭氏自題詩的這一幅。題有王氏這首"舊傳獨行老康成"詩(按,王詩見前一章所引,此處不贅)的鄭氏墨蘭,今亦未見,且也未見載入著錄專書內。

今我見到的題詠鄭思肖墨蘭的古人詩詞有很多。這些詩詞都比較精彩,也能說明鄭思肖墨蘭的巨大影響,值得欣賞和研究,故將自己記下的引錄於下。近人的作品未能多錄。

宋元之際詩人張炎(1248~1320)《清平樂》二首,均收於《山中白雲詞》中。鄭思肖與張炎認識,並曾爲《山中白雲詞》一書作序(詳見下一章)。張炎詞曰:

清平樂·題處梅家藏所南翁蘭(一本作:所南翁
詩書之暇,爲屈平寫眞,一片古意,照耀心目,
然不然,是不是,君其問賈長沙於湘水之濱)
黑雲飛起,夜月啼湘鬼。魂返靈根無二紙,千古不隨流水。
薌心淡染清華,似花還似非花。要與閑梅相處,孤山山下人家。

清平樂·蘭曰國香,爲哲人出,不以色香自眩,乃
得天之清者也,楚子不作,蘭今安在,得見所
南翁紙上數筆,斯可矣,賦此以紀情事云

三花一葉,比似前時別。煙水茫茫無處說,冷卻西湖風月。

貞芳只合深山,紅塵了不相關。嬴得許多清影,幽香不到
人間。①

　　宋元之際學者、詩人俞琰(1258～1327),字玉吾,號林屋山人,學界
稱石澗先生。吳縣(今蘇州)人。寶祐間以詞賦稱。宋亡隱居不仕,於
書無所不讀,精於《易》。尤好鼓琴,所著書千餘卷。俞琰可能認識鄭思
肖,其《林屋山人漫稿》有《題鄭所南墨蘭手卷》詩,則寫於鄭思肖逝
世後:

　　　幽花頳晴旭,修葉偃微風。
　　　名載《騷經》中,千載香無窮。
　　　何人爲此圖?所南鄭仙翁。
　　　仙翁今何在?已歸蓬萊宮。
　　　我欲往從之,海闊天濛濛。

　　元詩人、著名畫家倪瓚(1301～1374),有《題鄭所南蘭》,收入《雲林
集外詩》中,又收入《吳都文粹續編》卷二五:

　　　秋風蘭蕙化爲茅,南國淒涼氣已消。
　　　只有所南心不改,淚泉和墨寫《離騷》。

　　明·朱凱(?～1512),蘇州人,字堯民。終身不仕,日惟挾書吟詠。
著有《堯民集》,不傳。其《題鄭所南畫蘭》一詩,載錢謙益《列朝詩集》丙
集卷九,又載陳邦彥等編《御定歷代題畫詩類》卷七五:

　　　渚宮春冷北風寒,九畹蕭條入塞垣。

---

① 　今存《山中白雲詞》此首"三""風"二字殘闕。我據四印齋本《歷代詩餘》補。

老死靈均在南國,百年誰爲賦《招魂》!

明著名詩人、畫家文徵明(1470~1559),也是蘇州人,也寫有《題所南先生畫蘭》,收入《吳都文粹續編》卷二五,有誤字;此處錄自《閩畫記》:

江南落日草離離,卉物寧知故國移?
卻有馨香滿幽谷,居然不受北風吹!

清代畫家錢載(1708~1793),字坤一,號籜石,浙江秀水(今嘉興)人,曾官至二品,精於書畫鑑賞。其《籜石齋詩集》卷三三有《觀鄭所南畫蘭(其自題云:一國之香,一國之殤,懷彼懷王,于楚有光)》,此畫今存於世(見本書下述),錢詩云:

兩葉一花根不著,似添一藥猶含萼。
腕驅瓖詭可奈何,先生僅不《離騷》作。
先生自製祭鬼法,每夜祭鬼響若答。①
國之殤兮國之殤,春夜風生秋瑟颯。
比于畫馬家淮陰,謝翱、唐珏有同心。
蘭兮蘭兮不形似,王孫愁絕豈知音。

清代詩人黃金臺(1789~1861),字鶴樓,浙江平湖人。布衣。在其《木雞書屋詩選》卷一有《題鄭所南畫蘭》:

濕雲壓窗孤花泣,流水柴門日無色。
三外野人夷齊風,烟霞圍繞芝蘭室。
一樹冬青刧火侵,北風獵獵龍悲吟。

① 作者自注:"鄭元祐題云。"

孤臣無限滄桑痛，繪出空山君子心。

淋漓墨灑鵞溪絹，風技露葉開生面。

畫菊能知靖節懷，畫蘭曲寫靈均怨。

回首三山歲月過，叢蘭不畏雪霜多。

蓮花莊上王孫筆，臭味差池奈若何！

黃詩最後將鄭思肖與趙孟頫相比，諷刺了後者。從詩中可知所詠此書是絹本。

清代詩人趙允懷(1792~1839)，字孝存，又字閭鄉，江蘇常熟人。其《小松石齋詩集》卷二有作於壬午(1822)的《鄭所南墨蘭》：

遙望湘江雲，遺民淚如雨。

翦翦秋皐蘭，含馨默無語，

似悲九畹間，託根非故土。

山鬼泣含睇，殤魂痛懷楚。

一卷《離騷經》，與之共終古。

清代詩人李振鈞(1794~1839)，字仲衡，號海初，自題守石道者，安徽太湖人。其《味鐙聽葉廬詩草》卷下有《題鄭所南墨蘭眞蹟(此卷與子固水仙皆淵北珍藏極品，以一匣雙貯之，炎宋遺風，可稱雙絕)》：

西山薇蕨許同倫，勁草離披撇澹痕。

不似楚香託沅澧，此曾無地著孤根。

清代詩人孫周(？~1891)，字則莊，江蘇元和(今蘇州)人。布衣。在其《大瓠堂詩錄》卷四有長詩《鄭所南畫無根墨蘭》，最後也諷刺了趙孟頫：

幽蘭無根不著地，秀葉疏花見姿致。

誰歟作者鄭所南，尺幅中藏浩然氣。

翁昔生逢板蕩辰，不婚不宦老遺民。

中興有願嗟難遂，草莽空畱報國身。

平生出處同晞髮，士節千秋賴扶植。

雨露長懷天水恩，猗蘭一曲音悽惻。

"天地無情正北風"①，幽香憔悴等飄蓬。

萬里烽煙歸未得，條坊賃廡傍梁鴻。②

天意存亡事非偶，盟檄徒勞書久久。③

南都根本早摧殘，海國舟師同拉朽。

萬目中原荊棘場，君親哭罷涕沾裳。

江山已換元人本，巖谷猶存王者香。

哀怨騷情寓微旨，井中聞說傳《心史》。

義著西山歌蕨薇，魂招湘水吟蘭芷。

獨抱孤芳鬱不宣，美人香草寫吳箋。

箸書枉作申申詈，署款應稱甲甲年。④

當日孤臣心最苦，花葉之間有餘怒。

天涯何處託微根，袛恨趙家無尺土。

七百年來紙尚新，滄桑閱盡未消淪。

至清鍾得乾坤氣，凝結精神常照人。⑤

淚痕磨痕作寶色，疑有貞魂呼欲出。

姓名長與此花芬，手蹟重教後人惜。

同時別有趙王孫，能事咸推藝苑尊。

金枝玉葉天潢貴，蕭茂艾榮何足論！

清末民初詩人沈曾植（1850~1922），浙江嘉興人，作有長詩《鄭所南

---

① 作者自注："集中句。"
② 作者自注："《郡志》：所南故宅在條坊巷。"
③ 作者自注："《心史》有《臣子盟檄》《久久書》等篇。"
④ 作者自注："集中宋亡後諸作紀年皆稱'德祐甲甲年'，有疊書至九甲字者。"
⑤ 作者自注："'鍾得至清氣，精神常照人。'集中題畫蘭句。"

畫蘭卷,樊山所藏,元明題者三十餘人,末有張文襄題詩,樊山自題七言長篇一、絕句八,皆丁未都中作也》,收於《晚晴簃詩匯》卷一七三、錢仲聯《海日樓詩註》卷五。詩如下:

> 硯光闇脫由拳紙,小字凋殘丁子尾。
> 尖毫破墨不破水,元是孤臣淚鉛汢。
> 昔為王者九畹香,今掃僧殘一錐矣。
> 圖中兩花間九葉,左方長短參差七,
> 六陵雲黯一星移,白鴈聲催北風急;
> 右方二葉短復短,心在零丁海洋畔,
> 可知正統遠仍存,塊肉猶延丙丁算。
> 國香零落天之涯,國殤毅魄懷王知。
> 南翁儻有南公語,木穴嗟當木壞時。
> 嘔血總為天水碧,啼魂常抱凍青枝。
> 當門翻恨無摧折,祭鬼何妨入煉持。
> 遺事鄭(元祐)陳(基)韓(奕)各寫,精爽何分在朝野?①
> 刳心史已瘞承天,代舞靈應依亳社。
> 滄桑幾度紅羊換,長卷珍罍清閟玩。
> 題詩原是太平年,黃閣紫樞眉壽願。
> 十年我輩草間存,一老不遺箕尾遠。
> 酒闌坐客重披看,若有人兮淚如霰。
> 嗚呼! 舜禹之事盜跖章,昔為狄滅今梁亡。
> 西州華屋渺龍荒,馬策餘淚秋淋浪。
> 我無橋亭之硯,端笨知陰陽;
> 亦無西臺竹如意,朱鳥有噣空彷徨。
> 《春秋》不作《騷》不光,蕭艾變化蘭無芳,提筆擲筆歌慨慷。
> 人間誰要埋憂地,一往牢愁天上寄!

---

① 作者自注:"吳中先輩謂'所南是在野,文山是在朝',道衍跋中述其語。"

　　據《樊山集外》，此詩作於癸丑（1913）四月。此一卷末有張之洞（1837～1909）和樊增祥（1846～1931）題詩的墨蘭，今知可能藏於美國，可能是做作，詳見下述。張、樊題詩之年丁未爲 1907 年。據此詩可知，題跋者有鄭元祐、陳基、韓奕和姚廣孝（道衍）等元明人。

　　清末民初詩人陳衍（1856～1937），福建侯官（今福州）人。其《石遺室詩集》卷四有《題所南翁畫蘭卷子，爲樊山布政作》（據陳聲曁《侯官陳石遺先生年譜》，此詩作於"著雍涒灘五十三歲，在都"，卽 1908 年）：

> 淨土茫茫馬一角，楊妹題詩管常握。
> 鞵尖久已錯到底，天水河山入牛角。
> 髑髏南面蘭上里，薇蕨罷餐頭顱斲。
> 二難合喚鼻亭公，攬掇命名嚴南朔。
> 子蘭已死木棉謝，幽蘭已摧木波捉。
> 蘭亭入水水仙出，蘭室差池鷗波濁。
> 此蘭端合倚雲栽，濁世翩翩何數數。
> 騷之苗裔楚之望，麥飯冬青幾唐珏。
> 樊山道人樊樓感，南望十空水香邈。
> 我有蘭衰菊秀詩，黃土稽山行一覿。

　　清末民初詩人王式通（1864～1931），山西汾陽人，亦作有長詩《樊山布政屬題所南翁畫蘭》，收於王氏詩集《志盫詩稿》卷一。詩曰：

> 絹海風吹秋盈幅，湘艸湘花懐入目。
> 靈均以後生斯人，泠泠相赴心一搯。
> 龍沈鳳杳不復還，蟬蛻穢濁砭懦頑。
> 筆底芬芳通楚畹，夢中涕淚望崖山。
> 崖山塊肉今存否？香抱枝頭死相守。
> 酸魂落魄挂乾坤，善畫王孫聞卻走。
> 平[月]泉、汐社先後開，著身無地同悲哀。

高詞擊碎竹如意,故人慟哭登西臺。

靈禽啄粟《冬青引》,謝、唐故事人寰震。

平視修竹揖霽山,幽蘭泣露心心印。

回首故宮見黍禾,蒲、黃之輩何其多。

三百餘年無寸土,畫蘭至此空滂沱。

有父詩存《清雋集》,有母書受寶林笈,

女弟同歸不二門,香艸靈根舉家拾。

清風郁郁本穴高,野人夜夜南向號。

吳會遊蹤遍僧舍,楚些怨思含霜毫。

翰墨流傳差可喜,不隨故宅歸流水。①

十空造成金字經,百拜重見鐵函史。

吁嗟乎!《正氣》一詞光日星,《晞髮》一編照汗青。

與此畫兮相駿駖,披襟千載長芳馨。

王氏此詩亦甚佳。然而王氏所見樊增祥藏畫,與沈曾植所題那幅,肯定不是同一幅。因爲從王詩的第一句看,他見到的是"絹"本,而且王詩的最後一句又提到了"襟";而沈氏詩第一句卽明確寫明他所見的是"紙"本。這樣看來,樊氏所藏鄭畫,可能不止一幅,而是有紙本與絹本兩種?而鄭思肖確實也可能作過絹畫(詳見下述)。沈曾植的那首題畫詩,王式通也是應該看到過的。因爲王氏曾助徐世昌編選《晚晴簃詩匯》,沈詩卽收於該書中。

還有吳士鑑亦爲樊增祥題詩,他看到的也是"襟"本。吳氏字絧齋,號公詧,浙江錢塘(今杭州)人。光緒壬辰(1892)榜眼,官翰林院侍讀、南書房行走。有《含嘉室集》。孫雄《道咸同光四朝詩史》甲集卷六收有吳氏《題鄭所南畫蘭卷子,爲樊山丈作》一詩:

秋來空谷幽芳墜,靈芽筆底含顜頷。

---

① 作者自注:"所南宅在蘇州樂橋東條坊巷。"

地老天荒墨不枯，中有孤臣數行淚。

一自錢塘潮汐停，木波轉徙水雲醒。

不向竹山譜花柳，惟聞夜雨泣冬青。

南天閩嶠雲煙變，漁滄潭下人淒戀。

抱香竟欲死枝頭，那管北風橫白雁。①

野人三外洞元機，處士無絃說義熙。

夢裏山川猶本穴，覺來竟體自芳菲。

芳菲建品緗叢碧，伸紙攎毫寫盈尺。

當門委棄任誅鋤，託根無地乾坤窄。

是花是葉兩模糊，持向伽藍示女嬃。

莫問此花眞色相，《十空經》裏本虛無。

七百年來醫妙筆，《錦綫詩》存鐵函出。

東嶼題碑渺舊阡，白眉說法無祇律。

只餘縑素展溫摩，疑是青泥化碧痕。

一樣國香零落盡，天涯何處有王孫？②

　　另可一提的是元明之際的袁華（1316～1382），字子英，崑山人，明初爲蘇州府學訓導，後因其子爲縣吏時獲罪而坐累逮繫，死於京師（南京）。袁氏有《耕學齋詩集》，卷十二有《題鄭所南畫》二絕：

弓劍空遺瘴海涯，南冠悵望淚偷垂。

滿頭白髮心如鐵，自寫幽芳慰所思。

鄭君獨行今重見，圖畫仍兼著述存。

多少梁園舊詞客，長裾又曳向誰門！

　　前一首，從"自寫幽芳"句看，當是題寫鄭氏墨蘭。"心如鐵"句，似

---

① 作者自注：" 用所南詠寒菊詩意。"
② 作者自注：" 昔人題子昂畫蘭詩：' 近日國香零落盡，王孫芳草徧天涯。' 見《雪濤詩評》。"

與"鐵函心史"暗相巧合。後一首,從"鄭君獨行今重見"句看,似乎題寫的可能是鄭氏自畫像?"圖畫仍兼著述存"句極佳,說明了鄭氏繪畫實有代替其著述存世以傳其人的功能,尤其在《心史》出井之前。

題詠鄭思肖墨竹的詩,相當於他的墨蘭來說,要少得多。除了下面我們要寫到的《推篷竹卷》的題詠外,這裏且錄舉乾隆時朱滋年《南州詩畧》所收清初當塗無名詩人金朝垕(睭軒)的一首《鄭所南畫竹》:

> 《十空經》就欲沾巾,自寫霜筠覺有神。
> 莫示多情趙承旨,風流不似管夫人。

這裏還要提到,甚至有不少日本人也寫漢詩文以頌揚鄭思肖墨蘭,令人矚目。[①] 較早,大概當數江戶後期著名詩人賴山陽(1780～1832),他寫過一首《題或畫露根蘭》:

> 所南用筆意須論,黃壤青藜竝不存。
> 六十餘州萬年土,何邊不可託芳根?

賴氏詩題中之"或"字爲日語(卽"某"的意思),寫在漢詩中實在不倫不類;詩中"六十餘州"句乃吹噓其本國。可知該詩實是題日本畫家模仿鄭思肖之作。而另一位著名江戶後期詩人梁川星巖(1789～1858)則專詠《鄭所南墨蘭》:

> 鞠山兒子有寧馨,雙鬢飄蕭雪涕零。
> 甌取丹心歸楮墨,餘香吹入《十空經》。

大槻磐溪(1801～1878)《題露根蘭》也是題詠仿鄭之蘭畫:

---

① 日本昭和八年(1933),東京章華社出版的中山久四郎《讀史廣記》一書中,有《當賴山陽先生百年祭時懷想鄭所南之露根蘭與〈心史〉》一文,便蒐羅了不少這方面的史料。當然,我也發現中山氏還有遺漏未及者。

西山食薇蕨,猶是周土毛。

畫蘭不畫地,最覺所南高。

所題該畫可能卽大槻本人之作。而大槻氏還作過不露根之墨蘭,自題云:"深山幽谷皆王土,不學所南描露根。"其實,這仍然表明他是很崇敬鄭思肖的。

向山黃村(1825~1897)有專詠《鄭所南墨蘭》:

一葉一花描斷魂,人間無土託芳根。

趙家三百年清氣,端賴先生筆墨存。

永阪石埭(1845~1924)寫有《題篁村山人梅蘭畫冊》(篁村山人可能是島田篁村),也詠及鄭思肖墨蘭:

鄭所南圖王冕詩,誰能收拾兩家奇?

憐君快筆存間氣,蘭作露根梅倒枝。

永阪氏將宋元之際鄭思肖墨蘭和元明之際王冕的自題墨梅絕句這樣兩個時期兩項詩畫合在一起吟詠,別有意味。"間氣"乃謂英傑人士上應星象,稟天地特殊之氣,間世而出。

另外,明治十一年(1878)川口江東發表於《明治詩文》第十四集的《題鄭所南露根蘭圖》一文亦非常有名:[①]

彼蒼蒼者天,天不可階而升;有地焉,皆爲奇渥溫氏之有矣!何地容吾身?吾身卽趙氏遺民,安忍屈膝醜類,著足穢土哉!是所南之所以作露根蘭也。夫所南,宋季一布衣,而其節操之卓如

---

① 如明治十七年(1884)東京奎文堂出版的村山自彊著《古今文章評解》、明治二十六年(1893)東京奎文堂出版的村山自彊編《漢文科尋常讀本》等書中,都選收此文。

此。余嘗藏趙孟頫一墨帖,及得此圖,怒而投之,呼賊者三!

　　下面,我們來談談正式載入古代繪畫著錄專書的鄭思肖畫作。除了上面說過的《枯梧》一種以外,僅見記有四種,三蘭一竹,均有鄭思肖題詩及他人大量題跋。由於這些題跋大多十分精彩,很有研究價值,現在一般讀者又很難找見,所以下面將根據具體情況,較詳細地作些引徵和考辨。

三、鄭思肖的推篷竹卷

　　明·朱存理(1444~1513)《鐵網珊瑚》①十六卷本的《書品·卷三》著錄鄭氏墨竹,題爲《鄭所南推篷竹卷》。其後,在清康熙時集中出現的一批書畫著錄專書,如卞永譽《式古堂書畫彙考》、顧復《平生壯觀》、高士奇《江村銷夏錄》、吳升《大觀錄》中,以及後來的陳撰《玉几山房畫外錄》等書中,對此畫皆有著錄。

　　《江村銷夏錄》記:"宋鄭所南《墨竹卷》,紙本,高三寸,長四尺。詩款在卷中錯雜於竿葉之間。頹毫焦墨,筆法蒼老,若不經意。真逸品也。先生爲宋宿儒,入元高隱,蓋信國之儔也。"《式古堂書畫彙考》記:"所南老子《推篷竹圖》並題卷,紙本,高三寸,跋高七寸,長四尺。"說明圖和題跋是分開的,跋高七寸。《大觀錄》記:"鄭所南《竹枝圖卷》……此卷紙

---

①　四庫館臣認爲《鐵網珊瑚》實明·趙琦美(1563~1624)得無名氏殘書,又以自己所見書畫真蹟增補編次而成;或因朱存理別有《珊瑚木難》之書,後人遂傅會此書爲朱氏所作。故《四庫全書》否認此書著者爲朱氏,徑著錄爲《趙氏鐵網珊瑚》。但錢曾《讀書敏求記》卷三《朱存理鐵網珊瑚十四卷》云:"存理字性甫,別號野航,吳之長洲人。採輯唐宋元名人書畫跋語裒成一集,名曰《鐵網珊瑚》……其留心蒐討,真不遺餘力矣。余……近購得所南老子《推篷竹卷》、徐禹功倣楊補之《梅花卷》……又得張伯雨楷書《玄史》等……野航採此三卷,俱編入'法書''名畫'中,定爲上品。可見吳下名蹟登此書者多矣……趙清常《脉望館書目》更有《續鐵網珊瑚》,未知誰氏所集,吾不得而見之矣。"可知錢氏確認《鐵網珊瑚》爲朱氏所作。而趙氏藏目既著錄他人之續書,怎麼不提是自己寫的此書?據《鐵網珊瑚》趙氏跋,他先從秦四麟(酉陽)處得此書鈔本(書品、畫品各四卷);後從焦竑(弱侯)處得另一卷帙較多鈔本。因兩本互校,增爲書品十卷、畫品六卷,調整次序,又以自己所見少許真蹟續於後,成於萬曆二十八年(1600)。趙氏且提到朱氏名字。可見他雖整理過此書,但非其著者。

本,高僅三寸,長四尺。此君(按,指竹)清標勁節,於澹煙蒼靄間如見瀟瀟寒玉。跋紙高七寸,題詠散華落藻,並元明妙蹟。余錄南宋諸賢故事,附公於簡末者,亦以公爲宋遺民有採薇終焉之志也。"《平生壯觀》記"《推篷竹卷》,帋高三寸,長四尺。上不露竹頂,下不見竹根",後人的題跋則是寫於"後紙"。

可見,這幅墨竹構思極爲精巧,就像推開篷窗一條縫,僅見長方形一橫截。故又稱"推篷竹卷"。明初陸居仁歎爲"機杼自別","咸出意表"(詳見下引)。後來,墨竹中專有"推篷竹"這一名目,殆卽創始於鄭思肖。①

《鐵網珊瑚》首錄鄭思肖題詩二首,其後有十八家題跋:

> 清曉清風吹過後,露出青青一罅天。
> 一似推篷偷看見,竹林半抹古蒼煙。　　所南老子②
>
> 萬頃琅玕壓碧雲,清風幽興涉無垠。
> 當時首肯說不得,不憶相知有此君。　　所南
>
> 翰墨不到處,凜然冰雪姿。
> 分明圖畫見,何似倚篷時。　　樗叟善住(妙湛居士、容與室)③
>
> 要寫秋光寫不成,愁凝古竹澹煙橫。
> 葉間尚有湘妃淚,滴作江南夜雨聲。　　翠寒

---

① 今人啟功在《啟功絮語》的《推篷竹圖,效鄭所南》詩序中說:"所南翁墨竹矮卷,只畫竹叢之中截,號曰推篷,蓋寫船窗中所見也。"但推篷圖之首創,肯定不是鄭思肖。我認爲可能是比鄭思肖早百餘年的宋人陳伯西。元·劉壎《隱居通議》卷十一《詩歌》六《詠梅詩詞》載:"陳伯西……吉之泰和人,學楊補之作梅,其酷嗜如師而得筆外意,作推篷圖,或半梅,或一樹,橫斜曲直,莫不天成……世言補之未嘗作半樹梅,惟伯西喜作半樹。"陳伯西生卒年不詳,其師楊無咎(1241~1318)比鄭思肖早一百四十多年。

② 末爲題跋署名,下同。又,諸書所錄題跋,文字畧有小異處,則擇善而從,爲避繁瑣,不出校記。

③ 括弧中爲名字後所鈐印章文字,據《江村銷夏錄》,下同。

孤竹君家元姓墨，墨君消息要深參。

詩人莫作推篷看，認取南枝見所南。　越來子俞焯

鄭老寧非老畫師，筆端瀟灑發天機。

披圖葉葉清人骨，似帶秋聲出翠微。　周維新（周維新章、
周氏彥德）

碧雲午夏楚山冷，白雨六月湘江寒。

南翁筆底得佳趣，瀟瀟半壁青琅玕。　烈哲（西城、烈哲、好問）

我身坐船中，竹自在沙渚。

靜觀不推篷，固已識全體。

喜來踏破漆桶底，小作此君聊戲耳。

此君徹下徹上旨，相逢無言只彈指。

春山車馬春風前，荒深一派秋花天。

百年斯文誰爲傳？欲吊是翁吾亦顛！

至元二載，中春既望，吳人陳昱題。（會心清賞）

橫空飛佩珊珊，翰墨散落人間。

瞻望清風高節，管中時見一斑。

所南先生，貞節之士，有夷齊之風者。書畫散落人間政自
不少。雖片紙不盈數寸，或蘭或竹，必有題詠。然其意深密，非
高識韻士，豈容易窺見哉！予自童稚至壯，時得承顏接辭。而
先生去世幾二十載，今獲觀小軸，如在其右，展卷懸情慨想。甫
里陸行直書於壺中天。

筆底琅玕入骨清，松煤染葉帶微馨。

開窗展玩高風別，人說先生眼自青。　仁仲葛壽孫（壽

孫、葛氏仁仲）

試觀所南之墨竹，中有深意固不俗。
未肯全泄造化機，聊露一斑於片幅。
隱其全體顯一蟉，知此理者機在目。
能將隱顯同一觀，明月清風皆自足。
此翁談玄亦如然，微露一機與人參。
舉一不以三隅反，扣其餘蘊終莫宣。
如悟厥理本一致，斯明畫竹之意焉。

所南鄭翁，先考之益友也。深於玄學，善畫蘭竹，求則不與，不求或與。一枝半朵，片言隻字，乘興而作，興盡則止，流布人間多矣。然大概用意叵測。舉其始而不肯安其終，談其粗而不肯言其精。將由言者不足以語之耶？或知者不言而言者不知耶？雖畫亦然，將由求者不足以與之而吝與之耶？不求者或可以與之而固與之耶？今觀遺稿，不覺感慨，敬述數語，以敍其本懷云爾。識者幸恕其僭。

時至元五年，歲次己卯，季春朔日，吳門靜山周壽孫書於小隱齋。（靜山、小隱齋）

所南翁，吾鄉老先生也。殘筆剩墨，流落人間，爲世珍美。時或蒼煙半抹，斜月數竿，超出意外。姑蘇徐君彥用，果好事者，傾橐而表出之。當代賢豪，浩有題跋。余忝幸桑梓之末，敢不貂續數語，涕泗感激，爲徐君謝云。

蕭郎絕筆後，墨竹不世有。
間生所南翁，獨擅無雙手。
虛心抱直節，逢人好"呈醜"。
橫斜兩三莖，絕勝一千畝。
想渠欲畫時，自有神扶肘。

想渠欲題時,自有鬼擘口。
時或風雷怒,宛聽蛟龍吼。
翁兮惜淪喪,百世名不朽。
半抹古蒼煙,寂寞歲愈久。
具眼今爲誰? 千金買弊帚。
寶愛等性命,起敬若父母。
再拜謝徐君,停雲屢矯首。
丙午①八月十六日,三山王廷器書。

昔與此君曾半面,短篷今日試重推。
葉聲冷瀉銀床露,老鶴幾番驚夢回。　　蔣堂(吳郡)

墨胎之墨死不化,固應此君長入畫。
雨裏推篷暑見來,至今風節傳天下。　　遂昌鄭元祐(遂
昌山樵)

偶爾推篷聊看竹,卻非坐井小觀天。
先生多少清高趣,不許時人識得全。　　叔淵(高雲亭)

南翁高臥似淵明,不種黃花種竹君。
掛起北窗長見此,蒼煙一抹帶斜曛。　　錢良祐奉題(錢
氏翼之)

雅趣端如金鐵,幾度凌霜傲雪。
風前暑露煙梢,未許人窺全節。　　藏六翁書

空雲影外泛孤舟,向曉乘風遍十洲。

---

① 丙午,殆誤。卞、高、吳三書均作丙子。又,這一句話三書均置於詩序之末。

驀地推篷得看見，蒼煙翠竹弄清秋。

至元改元，歲次辛巳，閏五月十有九日，虛室生白居士王育，書於讀書精舍薜荔窗南。（雲蘿草堂）

淡煙古墨縱橫，寫出此君半面。

不須日報平安，高節歲寒曾見。　　　　汪遂良（汪氏子忠）

須溪劉先生嘗題墨竹長卷云：“摩訶池上龍千年，化爲匹練橫曳煙，我見其面何必全。”詩與畫適相類此，故爲書之。吳江湖南野逸張淵。（張氏靜夫、張淵之印）

以上題跋十八家，可知基本都是元代人士。有些人（如善住、翠寒、俞焯、周維新、錢良祐等）的題跋，看來寫於鄭思肖生前。又，上述翠寒、錢良祐的題詩，又被清·顧嗣立編《元詩選》初集卷三六、三集卷八收入；翠寒、烈哲、蔣堂、錢良祐的題詩，又被清康熙《御選宋金元明四朝詩》選入，收《御選元詩》卷七三；陸行直的題詩，則收上述《御選元詩》卷八十；俞焯、周維新、葛壽孫、蔣堂的題詩，又被清·陳邦彥等人編《御定歷代題畫詩類》選入，收卷八十。

今將以上題跋諸家中我已考知其生平者畧述於下。

善住（1278~?），元初著名詩僧，字無住，號雲屋，從此畫題跋又知號樗叟、妙湛居士。卒年不詳，知泰定丁卯（1327）尚在世。善住長居蘇州報恩寺，往來吳淞江上，與仇遠、宋无、白珽、虞集諸人相酬唱。鄭思肖可能認識他。今存其《谷響集》，未見此詩。明·張昶《吳中人物志》卷十二稱其“精於詩，有《谷響集》，仇遠、白珽爲序，仇稱其五言似隨州，七言似丁卯，絕句似樊川，古詩出韋陶諸作”云。《四庫全書總目》卷一六六稱其“但工近體，大抵以清雋琱琢爲事，頗近四靈江湖之派，終不脫宋人窠臼，所言未免涉於過高。然造語新秀，絕無蔬筍之氣，佳處亦未易及，在元代詩僧中固宜爲屈一指也”。

翠寒，即宋无（1260~1340），元初詩人，字子虛，號翠寒，舊字晞顏，名名世，晚自稱寐叟、懵騰鄉人。家於晉陵（今江蘇常州），以兵亂遷吳，冒朱姓。至元十八年（1281），代生病的父親領征東萬戶案牘，從征日本，歷盡艱危，幸得歸還。丁亥（1287），中丞王西溪舉茂才，以奉親辭。初侍親江西，從歐陽巽齋學。壯歲負氣，視富貴漠然。與鄧光薦、趙孟頫、馮子振爲友。有《翠寒集》《嗃噔集》等。此題畫詩載《嗃噔集》。宋无也可能認識鄭思肖。

俞焯，字元明，號午翁、越來子，崑山人。泰定四年（1327）進士，授將仕郎、仙居縣丞，遷德興令。又見其在書畫題跋上自署“洛陽令”。精書畫鑑賞，與著名畫家黃公望（大癡）、朱德潤（澤民）輩爲友，又著有《詩詞餘話》。

元人烈哲、陳昱，生平不詳。可一提的是，他倆和鄭元祐、王育，四人不僅爲鄭思肖的這幅墨竹題跋，另外還曾爲鄭思肖的另一幅墨蘭題跋（詳見下敍）。烈哲爲鄭思肖墨蘭題跋所鈐之三枚印章，與此幅墨竹題跋所鈐文字完全相同。陳昱此跋作於“至元二載”，當是1336年，鄭思肖已逝世十八年了。而王育跋於“至元改元歲次辛巳”，則是1341年。陳昱，據墨蘭題跋及所鈐印章，知其字彥明，號臥龍山人。據清內府鈔本《祕殿珠林續編》卷六《乾清宮藏》六《列朝名人書畫》六記載，陳昱曾收藏宋刊細字本《妙法蓮華經》，題跋時又署“彥明”。王育，據此畫題跋，知其號虛室生白居士；據王育題跋墨蘭所鈐章，知其字彥生，號元齋，又知號虛白道人。

陸行直與鄭元祐二人，本書前一章已作過介紹，這裏不再贅述。

蔣堂，字子中，吳人。幼聰敏過人，讀書有大志，及長以孝友稱，與人誠敬。嘗從永嘉林寬學。中泰定三年（1326）鄉試第三人，有文譽，累辟不就，隱居吳中，四方受業者甚衆。至正二十一年（1361），被太府薦爲嘉定州儒學教授。有詩文藏於家。

錢良祐（1278～1344），元初著名詩人、書法家。字翼之，號江村民，平江（蘇州）人。以博學工書知名，但無意仕進，屢薦不赴。至大年間（1308～1311）曾任吳縣儒學教諭。鄭思肖逝世時，錢氏已四十一歲，二人當見過面。

藏六翁,據元初《月泉吟社詩》,即宋遺民詩人方德麟,又名方賞,號藏六。桐江(今浙江桐廬)人,後徙居新城(今浙江富陽)。在月泉吟社徵賦、評選《春日田園雜興詩》的活動中,他在詩榜上名列十一。

汪遂良生平不詳,僅知與著名詞人劉辰翁(1232~1297)爲友。從此書題跋又知字子忠。

張淵,據考生於宋景定時1264年。吳江人。據《縣志》,張淵字清夫(此書題跋作靜夫),號心遠、用拙道人。博學好古,有詩名,尤工書法。元皇慶中(1312~1313)薦爲東省提舉。著有《素心堂集》(《吳中人物志》《松陵文獻》稱書名爲《心遠堂集》)。張淵此跋所引詩見劉辰翁《須溪集》卷七,題爲《題墨竹長卷與汪遂良》。未知劉氏所題墨竹長卷是不是鄭思肖所作,我認爲極有可能。張淵題跋漏記原詩第三句,當爲:"摩訶池上龍千年,化爲匹練橫曳煙。拔石數莖衝蒼天,我見其面何必全。"

比朱存理晚出世一百八十八年的錢曾(1629~1701),在《讀書敏求記》卷三記其讀到的朱氏《鐵網珊瑚》是十四卷本(估計就是趙琦美在萬曆二十八年(1600)所據以整理的卷帙較多的原焦竑藏本)。錢氏讚曰:"其留心蒐討,眞不遺餘力矣。余舊藏子昂《重江疊嶂圖》,經營慘淡,虞伯生、柳道傳嘆其絶佳,間考卷中諸跋,咸載於此集……近購得所南老子《推篷竹卷》;徐禹功倣楊補之《梅花卷》,吳瑩之、吳仲圭續畫兩梅于後,中間雜綴趙子固諸公題跋;又得張伯雨楷書《玄史》等篇,及陸友仁八分書《世說語》數十則,共成一卷,乃清閟閣最所寶愛者。野航採此三卷,俱錄入'法書''名畫'中,定爲上品。可見,吳下名蹟登此書者多矣!間窗靜坐,爐香郁然,覽玆墨妙,是正書中一二譌字……伊子何幸,得對此縹囊緗帙,晨夕欣賞,撫已惄惶,又不覺逌然以思,而悄然以恐也!"可見,錢氏曾買得鄭思肖這一墨竹圖,又曾"晨夕欣賞"朱氏《鐵網珊瑚》並"是正書中一二譌字",那他必然也會將鄭氏墨竹圖"卷中諸跋"與書中所記兩相對照。如有不確,特別是重大漏記、誤記,他一定會寫到的。因此,我認爲曾經錢氏收藏的這幅墨竹圖,肯定不是本書下面要寫到的嚴澍在幾十年前(1592年)買到的那一幅。

　　《鐵網珊瑚》所記該畫的題跋人名單順序如下：[所南老子、所南]、善住、翠寒、俞焯、周維新、烈哲、陳昱、陸行直、葛壽孫、周壽孫、王廷器、蔣堂、鄭元祐、叔淵、錢良祐、藏六翁、王育、汪遂良、張淵。即除了鄭思肖自己題寫兩詩外，共有十八位元代人題跋。但與錢曾同時的顧復（本書前面寫到過他，生卒年不詳），在其康熙三十一年（1692）成書的《平生壯觀》卷九中，對此畫題跋諸家的人數和順序的記述，卻與《鐵網珊瑚》所載不同。值得指出的是，問題的複雜性在於，今所見之《鐵網珊瑚》是經過後人整理的，卞、高、吳諸書也均經過後人整理，因此，我們不能簡單地以各自成書時間的先後，來判斷何人看到的諸家題跋的順序爲正確。而顧復下面記述的則比較可靠：

　　　　《推篷竹卷》，帋，高三寸，長四尺，上不露竹頂，下不見竹根。自題詩云：“清曉清風吹過後，露出青青一罅天。一似推篷偷看見，竹林半抹古蒼烟。”欵“所南老子”。後紙：蔣堂、鄭元祐、周惟新、錢良右、莊[藏]六翁、汪遂良、張淵、王廷器、陸行直、哲烈[烈哲]、葛壽孫、周壽孫、陸居仁、詩跋①；嚴澍題末，云此卷所南尚有一絕句詩，更有善住、翠寒、俞焯、陳昱、叔淵、王育六人題詩。想拆去別作假本以騙人耶？今查《武陵筆記》，良然。重題詩云：“萬頃琅玕壓碧雲，清風幽興渺無垠。當時首肯說不得，不意相知有此君。”

　　也就是說，顧氏所記之畫題跋順序如下：[所南老子]、蔣堂、鄭元祐、周惟新、錢良右、藏六翁、汪遂良、張淵、王廷器、陸行直、烈哲、葛壽孫、周壽孫、陸居仁、張富信、嚴澍。即畫上只見鄭思肖題詩一首（另一首“重題詩”似是顧氏從嚴澍題跋中錄下的），《鐵網珊瑚》所述十八位元人中少了善住、翠寒、俞焯、陳昱、叔淵、王育六人，另外卻多了陸居仁、張富信及嚴澍三人。可惜顧氏沒有鈔錄那些題跋文字。他說的《武陵筆

---

① 此處“詩跋”當指張富信，因張氏未署名，僅蓋章。顧氏或未細看圖章？

記》,今未見,亦未知何人著作;①顧氏武陵人,也可能那是他自己的讀書筆記吧？由此看來,顧氏所記這幅畫,與《鐵網珊瑚》記的可能不是同一幅。我認爲顧氏所記此畫,當與《式古堂書畫彙考》所載爲同一幅。

《式古堂書畫彙考》的作者卞永譽(1645～1712),字令之,號仙客,蓋牟(今遼寧蓋州)人,隸漢軍鑲紅旗。康熙間由蔭生補通政司、知事,後官至刑部左侍郎。嗜古人書畫,長於鑑別。《式古堂書畫彙考》書前有宋犖(1634～1713)、錢曾兩人序和卞氏自序(又見一鈔本,前有潘耒序),自序作於康熙壬戌(1682),當是成書之年。卞氏鈔錄了鄭思肖《推篷竹卷》的元明人士題跋文字,嚴澍以前的人物的次序與顧復相同:[所南老子]、蔣堂、鄭元祐、周維新、錢良佑、藏六翁、汪遂良、張淵、王廷器、陸行直、烈哲、葛壽孫、周壽孫、陸居仁、張富信(印)、嚴澍、[所南]、善住、翠寒、俞焯、陳昱、叔淵、王育。也就是說,他在顧復的名單後補上了鄭思肖(另一首題詩)和善住等六位元人。(題跋內容與《鐵網珊瑚》所記相同。)卞氏在卷首"所南老子"一詩後注"題竹葉間",似乎看過原畫。他鈔錄的嚴澍跋語及印章爲:

> 按,所南名思肖,字所南,福州人。深於玄學,工畫墨竹墨蘭,嘗以畫墨蘭一卷,高可五寸許,天真爛漫,超出物表,題云:"純是君子,絕無小人。"此卷僅高三寸,大作竹枝,飄瞥離披,情景俱異。題跋十又四人,悉元名士。壬辰冬日,得之拾遺,入手且易,顧自喜。第《鐵網珊瑚》中具載諸人題跋,尚有所南自製一詩、六人跋語,是必爲狡獪之徒,分成兩卷,不稱完璧,爲深惜耳。諸詩悉有佳致,詳錄之左方,且爲異日合劍張本。
>
> 是歲臘月廿又五日,嚴澍書於滋蘭室中。(欣賞、滋蘭室印、嚴氏道時、嚴澍之印)

---

① 今查到清人顧觀光《武陵山人雜著》,未見提及此畫。

　　這樣看來,顧復、卞永譽鈔錄的鄭思肖另一首題詩,和卞永譽鈔錄的善住等六位元人的題跋,均是嚴澍"詳錄之左方"之文字,而不是諸人的原蹟?

　　嚴澍,字道時,室名滋蘭室。常熟人,生年不詳,據其在其他書畫上的題跋可知是明萬曆時人。據《蘇州府志》,年甫三十二卒。善書,又好畜古尊彝書畫。嚴氏此跋頗值得研究。他得畫之"壬辰"當爲萬曆二十年(1592)。得之之"拾遺"不知爲誰。嚴氏自述據《鐵網珊瑚》補錄了所缺之詩跋。但錢曾曾經收藏過這幅畫,錢曾又爲卞氏此書寫序,應該看到書中記載的嚴澍此跋,也應該發現書中記載的這幅畫與自己收藏的不一樣。他怎麼不說話啊?嚴氏認爲"必爲狡獪之徒,分成兩卷";但是,據《鐵網珊瑚》所載,這六人跋語是錯雜於其他人之間的,並不是連在一起的,又如何能"分成兩卷"呢?而且,鄭思肖自題的兩首詩,又怎麼能分爲二處呢?總之,因爲未能見到原畫,令人對嚴氏此跋心存疑惑。我猜想,嚴氏所得者會不會是摹本或贋品呢?

　　卞永譽鈔錄的陸居仁、張富信二人題跋、印章如下(張富信未署名):

　　　　竹之與筍,蓋艸木中之殊名,親屬一物。其根葉茂而堅,其莖心空而直,其枝背庆而嫋,其葉玲瓏而繁,貞而不剛,柔而不屈,居天下之大端,貫四時而不易葉,蓋得氣之本也。是故君子愛之。壯者謂之竹,弱者謂之筍,厥譬母子焉,少慕長焉,言其濟人之利溥矣。

　　　　所南畫竹,機杼自別,雖片楮斷軸,咸意出塵表。此卷寫掀篷見竹,尤爲瑰奇。因書竹事短句。

　　　　洪武五年夏月,陸居仁書。(珸湖居士)

　　　　高節南翁世所優,當時遺墨竟誰收?

　　　　嚴陵公子多清致,罝得湘江一段秋。　　　　(張富信印、素行齋)

陸居仁(1300~1387)，元末詩人，字宅之，號巢松翁，又號雲松野褐、瑁湖居士。華亭(今上海松江)人。泰定三年(1326)鄉試僅得第七名。後隱居鄉間，教書度日。與王逢、楊維楨、錢惟善交往密切。去世後，與楊、錢同葬於干山，被稱爲"三高士墓"。陸氏此跋寫於1372年，已入明。

張富信生平待考，肯定是位明人。詩中提到的"嚴陵公子"當卽是嚴澍。

《大觀錄》的作者吳升，字子敏，吳郡人，以古董爲業，與很多書畫家來往，所見廣博。此書有王琰(1645~1728)、宋犖和翁方綱(1733~1818)的序。宋犖年最長，他在此書序中說："子敏雅有嗜古癖，得古人真蹟、斷墨殘楮，追其神，補其蹟，因遊藝苑間，遂推海內第一。"宋犖序作於康熙壬辰(1712)，當爲《大觀錄》成書之年。書中鈔錄鄭思肖《推篷竹卷》的元明人士題跋，次序也基本同卞永譽、顧復所記：[所南老子、所南]、蔣堂、鄭元祐、周維新、錢良右、藏六翁、汪遂良、張淵、王廷器、陸行直、烈哲、葛壽孫、周壽孫、善住、翠寒、俞焯、陳昱、叔淵、王育、陸居仁、張富信(印)。但沒有嚴澍。鄭思肖的另一首詩放在了前面；而且，善住、翠寒、俞焯、陳昱、叔淵、王育六人置於陸居仁、張富信二人之前。這是符合年代先後的。不知道是吳升自己調整的呢，還是親眼所見原畫卽如此？

《江村銷夏錄》作者高士奇(1645~1704)，清初詩人，書畫鑑賞家。字澹人，號江村、瓶廬，康熙賜號竹窗，晚號獨旦翁。錢塘(今杭州)人。曾入內廷供奉，累擢爲詹事府少詹事，被劾休致回籍，遂撰此書。後又被召，官至禮部侍郎，以母老辭。該書前有宋犖、朱彝尊序文和高氏自序。自序作於康熙癸酉(1693)夏，朱序亦言："書成於康熙三十有二年(按，1693)六月，故以'銷夏'名編。"自序云"其所錄者，皆余親經品第，足資鑑賞者也"，並說"近代《鐵網珊瑚》……亦載世間名筆而多未精詳，恐尚有傳聞之病"。書中《凡例》更強調該書"未寓目者，不敢妄載"。在卷一著錄此卷墨竹時，也引了各家題跋，文字、次序全與卞永譽《式古堂書畫彙考》相同，只是最後新增了高氏自己的三首跋詩。據考，高氏三首詩

作於 1690 年,又收入高氏《歸田集》卷六,詩云:

> 曉煙初破日微紅,岸竹蕭蕭弄野風。
> 寒翠也從篷底見,題詩如對所南翁。
> 庚仲冬,舟行石門道中,推篷見竹,惜不能畫,聊題所翁卷
> 後。　　江村高士奇
>
> 歸來懶尋水與山,病多酒杯終歲閑。
> 小齋闢地種修竹,愛此翠色窗扉間。
>
> 湖鄉船行亦安宅,寒梢濛濛覆船碧。
> 適情隨處成林園,鄭翁同是天機客。　　是日又題。

　　高氏自己就收藏過鄭思肖《竹枝》,惟不知是否即此《推篷竹卷》?清·端方《壬寅銷夏錄》著錄《元·吳仲圭松泉圖卷》,鈔有高氏晚年題跋,提及此事:

> 孫北海少宰博物大雅,請告後構亭於西山隆教寺側,遠俯秋林,周迴泉水,名曰退翁亭,著書其中。此來又得其所藏王元章《墨梅卷》,與向藏鄭所南《竹枝》、楊補之《雪梅》、趙子固《水仙》,並此《松泉圖》,潔一小室,明窗淨几,入冬則擁爐相對,名曰歲寒齋,終此獨旦之年。他日垂死,命兩子仍以二卷歸之總憲,亦林間佳話也。江村獨旦翁高士奇並書。

　　這一《鄭所南推篷竹卷》今是否存世?我曾向國家古籍整理出版規劃小組成員、國家文物鑑定委員會常委傅熹年先生請教,蒙傅先生賜告此畫曾印於《槐安居樂事》中,曾爲日人高島菊次郎藏,此人早已去世,不知轉歸何處。在友人幫助下,我總算找到這本《槐安居樂事》,是 1964 年 5 月日本東京求龍堂出版的高島菊次郎所藏中國古代繪畫、法書、法

帖、碑拓的圖冊。高島菊次郎(1875～1969)，齋名槐安居，印這本書是作爲他九十歲的紀念。此書繪畫部分目錄第一幀卽此鄭氏墨竹。可惜的是，《槐安居樂事》中無一語記述此畫的來歷。從照片上看，疑竇甚多。

首先，此畫確如《平生壯觀》所說"上不露竹頂，下不見竹根"，長方形一橫卷，竹葉瀟瀟，約有三四竿。但竿葉之間題詩只有"所南老子"一首，另一首落款"所南"的詩未見。從筆蹟看，與存世鄭氏墨蘭的自題詩相較，似乎不大一樣。其次，後人題跋均寫於畫之上端，高度與畫心差不多，但僅見前文已記錄的陸居仁、張富信、高士奇三人，且高士奇只有前一首詩及跋，①後二首未見。其他元人所題，一無所見。另外，在陸居仁之後，張富信之前，卻有落款"照"、鈐印"張長卿"的詩一首，爲上述各書所未著錄：

> 犯雨蒙霜只自知，淸陰不改歲寒時。
>
> 一叢翠玉荒江上，供給先生寫《楚辭》。

此人當是張照(1691～1745)，淸初華亭(今上海松江)人。初名默，字得天、長卿，號涇南、梧囧、天瓶居士。康熙四十八年(1709)進士，由檢討歷任侍講學士、左都御史、內閣學士、刑部尙書等。張氏善鑑賞，晚年曾在乾隆宮內鑑定過鄭思肖墨蘭卷(見本書下述)。但這卷墨竹怎麼會有張氏題跋，而且寫在張富信、高士奇之前？（張照及高士奇存世墨蹟不少，當可鑑認是否眞蹟。）另，這卷墨竹首尾還鈐有"靜寄軒圖書印""文徵明印"等。此畫冊未標明此畫尺寸，按比例測算，如照《江村銷夏錄》《平生壯觀》等書說的"高三寸、長四尺"，則此畫之長尙缺四寸左右。

此畫今存何處？據說今東京上野的日本東京國立博物館藏有鄭思肖《推篷竹卷》。我託日本關西友人工藤貴正查核，他乘上京出差之便

---

① 詩中"如對"二字作"卻愧"。詩後鈐有"竹窗""高士奇""江村"三印。

幫我證實果然有的。據該博物館的資料介紹,此卷正是"高島菊次郎氏寄贈"①,紙本墨畫,縱 17.5 釐米,橫 107.8 釐米。那麼,它高有五寸多,長僅三尺餘,與諸書所載尺寸亦不符。又據該館資料載,該畫除本紙上有四人題跋外,畫後尚有蔣堂、鄭元祐、周維新、錢良右、藏六翁、汪遂良、張淵、陸行直、烈哲、王廷器、葛壽孫、周靜山(按,即周壽孫)、嚴澍、高士奇的跋。可惜未見畫後諸跋照片。總之,這卷畫是否鄭氏眞蹟,十分可疑,因爲日本該館資料所說的題跋名單次序,與上述康熙時各書著錄者竟無一相同。

必須指出,鄭思肖所畫墨竹肯定不止這一"推篷竹"。這在本章的最後還要寫到,這裏就不說了。

四、傳爲鄭作的絹本墨蘭

近人裴景福(1854~1926)《壯陶閣書畫錄》卷五,錄有《宋鄭所南蘭花卷》。裴氏字伯謙,號睫闇,室名壯陶閣、吟雲軒。安徽霍丘人。光緒己卯(1879)中舉,丙戌(1886)進士,授戶部主事。壬辰(1892)分發廣東,先後任陸豐、番禺、潮陽、南海等知縣,有政績。乙巳(1905)因受陷被撤職查辦,遣戍新疆。宣統己酉(1909)被赦,卜居無錫。入民國,曾先後出任安徽省公署祕書長、安徽政務廳長。生平好吟詩,又以收藏鑑賞金石字畫自娛。著有《睫闇詩鈔》《河海昆侖錄》《壯陶閣書畫錄》等。《壯陶閣書畫錄》一書在裴氏死後約 1937 年由中華書局排印出版。裴氏著錄及收藏的此卷鄭思肖蘭花,是他處未見的:

> 絹本,高七寸五分,長一尺八寸。葉雲谷、潘德畬藏。予得
> 之南海。絹色已黯,令良工洗之,墨色畧淡。幽蘭兩株,生於土

---

① 今查 1946 年戰時文物損失清理委員會徐森玉主編之《中國甲午以後流入日本之文物目錄》,卷七"高島菊次郎"名下,有根據日本 1938 年東京博文堂書店出版《日本現在支那名畫目錄》而記錄的"南宋鄭思肖墨竹卷,紙本,高三寸,長三尺六寸",卽此畫。

坡,葉長花放,豐神絕世。題詩行楷,大逾指,得《蘭亭》《枯樹賦》神骨,擬摹入帖。所南翁蹟,生平祇見此一種。湘蘭題詩既佳,字倣《枯樹賦》,亦奇女子也。

　　首先令人注意的是,此畫是"絹本";而其他有記載或存世的鄭氏畫卷均是紙本,僅前引王式通、吳士鑑題畫詩所見者爲絹本。其次令人注意的是,這兩株蘭花是"生於土坡"的;而據有關鄭思肖傳記資料,以及今存世的二幅鄭思肖墨蘭的照片,都是不畫土的。裴氏說"得之南海"云云,當是他任職廣東時所收得。葉雲谷卽葉夢龍(1775~1832),淸南海(今廣州)人,字仲山,號雲谷,官戶部郎中,歸里築倚山樓,頗富藏書。據裴氏記載,此幅畫隔水綾鈐有"雲谷曾藏識者寶之""葉夢龍印"二章。潘德畬卽潘仕誠,淸番禺(今廣州)人,字德畬,一字子韶,道光間官兵部郎中,以鹽商致富,爲粵省四大藏書家之一。裴氏記鄭思肖自題詩云:

　　　　明月曉風不自由,湘江楚水碧於油。
　　　　無人空谷誰能賞? 獨領離騷一段秋。　　所南老子(鄭)①

　　而"湘蘭題詩"實際共有八首:

　　　　馨蘭不合生幽谷,駐馬援琴空感目。
　　　　緗葉緣何上素縑,滿堂倒掛湘江綠。

　　　　孤花一榦有餘香,縹蒂無人祇自傷。
　　　　何因繪自高人手,水簾醼月氾淸光。

　　　　平生雅意慕幽潔,此詩此畫成雙絕。
　　　　想見興酣落筆時,淋漓滿腕飛香雪。

_____

① 　括弧內爲印章文字,下同。

憶昔靈均作楚騷,近惟此老清風高。
王香獨蒙眞鑑賞,頓令千載抱清操。

曾貌瀟湘水上竹,森梢咫尺風煙逐。
得此幽蘭兩美懸,眼中何處置塵濁。

蓋聞先生信國流,瀟灑惟憐素影秋。
畫將一片三生石,此外託足知何求。

世人物色惟擷藻,孤標澗蹟風塵老。
多少申椒委路傍,豈獨芳蘭儕衆草。

十年作畫慕高風,意態難言點綴工。
聊題巴曲附卷尾,或者愛花兼愛儂。　　　湘蘭女史題(馬
湘蘭印)

　　湘蘭女史卽馬守眞(1548~1604),明代女畫家、詩人。守眞一作守
貞,小字玄兒,又字月嬌,號湘蘭。金陵(今南京)人。曾爲秦淮歌伎,與
王穉登友善。著有《湘蘭詩集》,善畫蘭竹。今從其"曾貌瀟湘水上竹"
一首看,似乎馬氏也曾見過鄭思肖《推篷竹卷》。馬氏上述詩文是該幀
畫上第一家後人的題跋,距鄭思肖時已約三百年。據裴氏所錄,該幀畫
上還有兩家題跋:

　　右鄭所南畫蘭一幀。按,所南名思肖,福州人,生宋末,入
元爲高隱之士。故其筆墨迥出塵表。雖零縑片楮,當世皆知寶
玩。此卷舊爲錢文敏公所藏,今歸子兼,爲得所矣。其善藏弆,
無爲巧偷豪奪者所快也。
　　丁卯浴佛後一日,左田黃鉞跋。(黃鉞之印)

所翁有銕匣《心書[史]》，至明而後出於井。其遺集則杭州鮑氏刻入《知不足齋叢書》。自是天下學者皆知有翁矣。宋之遺民，惟翁爲最著。國亡後，畫蘭不畫土。此則根盤土石間，當作於神州陸沈前矣。翁名思肖，蓋隱寓思趙義。今題曰“所南老子”，其印止一“鄭”字，朱文，則姓也。尺幅中而具豪邁之氣。故自元以今，鑑藏者皆宇內顯著之士。可辨識者，款下幅盡處爲趙孟頫印，其右一印不可辨，幅首稍顯者爲高士奇印，下一印亦不可辨，再下爲梅花莽印，左爲楊維楨印，當中者爲“緝熙殿寶”諸印，並模糊。就日中水洗之，僅僅可見。恐遲之又久，絹素愈黯，愈無從推求篆法也，故詳記之。後附馬緗[湘]蘭題詞，其年其節兩不類，而敬慕之志乃能於弱腕傳之。噫藝林佳話也。又一子兼印，即黃左田尚書丁卯跋所稱“今歸子兼爲得所”者。其謂此卷舊藏錢文敏公所，而通幅乃無一印，即所常用以印識書畫如“稼軒”印亦無之。而反有蘀石先生坤一鑑藏印，何耶？

甲辰六月再旬又六日，偶取曝，遂書。梁廷枏謹識。

黃鉞（1750～1841），清詩人、畫家，字左田，又字左軍（一作左君），安徽當塗人。乾隆庚戌（1790）進士，嘉慶間官至戶部尚書。此跋作於嘉慶丁卯（1807），上距馬守眞又已二百多年。黃氏提到的錢文敏公即錢維城（1720～1772），清代畫家。初名辛來，字宗磐，號茶山、幼菴，晚號稼軒。江蘇武進人。乾隆乙丑（1745）狀元，官至刑部侍郎。黃氏提到的子兼，待考。

梁廷枏（1796～1861），字章冉，號藤花亭主人。廣東順德人。道光乙未（1835）任職廣州海防署，己亥（1839）任廣州越華書院監院。有愛國思想，林則徐曾慕名往訪，咨以禁煙戰守諸事。梁氏此跋作於甲辰（1844），甚值得研究。首先，梁氏因爲此墨蘭“根盤土石間”，遂判定“當作於神州陸沈前”。（臺灣研究者楊麗圭也同意梁氏的見解。）其實這種推論未必可靠。因爲，所謂“所南老子”的署名就基本能說明並非作於靑年。那麼,此畫畫有土石,到底是鄭思肖在神州陸沈後作畫的一個例外呢,還是作僞者的破綻?梁氏又提到"自元以後鑑藏者",其實除明末馬湘蘭以外,都只有印章而無題跋。據梁氏所述,計有元初的趙孟頫(1254～1322)、元代楊維楨(1296～1370)、清代高士奇(1645～1704)、清代錢載(1708～1793)等人。現在的問題,倒不是馬湘蘭與鄭所南"其年其節兩不類",或黃鉞提到的錢維城爲何未蓋章;而是此畫若果眞爲鄭思肖所作,爲何有三百來年竟無一人題跋,而讓馬氏佔先?既云有高士奇之印,而其《江村銷夏錄》一書成於晚年,記錄了一生所見古畫,爲何無一字涉及於此?自元至清,那麼多書畫著錄之書,爲何除裴氏此書外,從未見他們記述此畫?再說,鈐蓋印章者,爲何沒有一位蘇州人?

裴氏此書在記錄梁氏題跋後,自己又寫了四段話,這裏不一一引錄了。總之,裴氏雖然從未見過鄭思肖畫蹟,卻深信此畫是眞品。他還說:"卷軸名蹟,藏印太繁,固是可厭。果系名人藏印,篆法硃泥皆精,雖多何妨。題跋,後人尙可移拆作僞;若藏印,則無是患。凡名蹟,未有不入名人眼者,多一藏印與多一題識無異。"其實亦不然,僞造印章倒要比僞造題識手蹟容易。此畫僅有數枚元人印蹟而無元人題跋,正是十分可疑。有明三百年間,僅馬氏一人題跋,亦難以理解。而最可異的是畫上竟有"緝熙殿寶"一印。考"緝熙殿"乃南宋理宗所建,《玉海》:"紹定六年癸巳(1233)六月甲午,緝熙殿成,御書二字榜之。""緝熙殿寶"是理宗趙昀內府所藏書畫印璽。理宗時鄭思肖剛出生,他在宋亡後作的畫怎麼可能由理宗來鑑賞呢?此印如非誤辨,則此畫必是僞品。此印如系誤辨,也還不能排除後人做作的可能;如果那樣,那麼那首"所南老子"的題詩倒不一定是假的。此畫未知今尙存否。

五、鄭思肖的國香圖卷

現今大型工具書《辭海》《大辭海》的"鄭思肖"條,寫道:"存世畫蹟有《國香圖卷》《竹卷》等。"《中國大百科全書》的"鄭思肖"條也這樣說。只是都不說明其依據。《竹卷》已見上述；所謂《國香圖卷》，當是指題有"一國之香……"的蘭卷。此卷墨蘭，有時可在一些美術史著中看到照片。惟輾轉翻拍，十分模糊，而且誰也不說明此畫今存何處。例如，1991年上海人民美術出版社出版的楊仁愷著《國寶沉浮錄》第八十六頁，便印載此圖。蘭花右側有題詞：

> 一國之香，一國之殤。懷彼懷王，於楚有光。　　　所南

右側又有方形印章，據照片細辨，爲"所南翁"陽文印。從題詞字蹟看，與存世鄭思肖另一幅墨蘭上的字蹟"向來俯首問義皇……"似乎不太相像，與上述《推篷竹卷》題字倒有點像。

這幅墨蘭有沒有什麼人題跋過？當今研究者的書中都沒提到，我最初僅在清初康熙時顧復的《平生壯觀》卷九《鄭思肖》條看到一段著錄文字：

> 蘭卷，紙，二尺，微有霉點。題云："一國之香，一國之殤。懷波（按，"彼"字之誤）懷王，于楚有光。"款前"所南"圖書。一花二葉。拖尾：沈右、錢逵詩，鄭元祐跋，俞濟、彥質無款有圖書、李孟孚、吳天民詩，陳基跋，金華山人、陳聚、陸伯誠、朱文瑛詩，姚廣孝跋，韓奕詩跋，朱凱詩，黃雲跋，都穆、祝允明、徐禎卿、蔡羽、張靈、文璧詩，徵明楷跋。

從拖尾題跋名單看，除了個別尚待考者外，都是些居住在蘇州一帶的元、明人士，計二十餘位。今將已知行狀者畧述於下。

沈右，元代詩人。字仲說，號訥齋，又號御齋，蘇州人。元·陶宗儀《輟耕錄》卷五《嫁故人女》即記其人。明正德《姑蘇志》卷六十、崇禎《吳縣志》卷四七亦記其人。錢謙益《列朝詩集》甲集卷十九云："右字仲說，吳中世家，能掠去豪習，刻志詩書，所居東林有樓曰清輝，王子充、陳

敬初爲記文學行誼,一時重之。"①

鄭元祐(1292~1364),元代詩文家。字明德,號遂昌山人。寓居蘇州。(本書前已有介紹。)

陳基(1314~1370),元代詩文家。字敬初。臨海(今屬浙江)人。幼孤,與兄陳聚從游於金華黃溍之門,遂依黃溍遊京師,授經筵檢討。後引避南歸,至蘇州教授諸生。曾爲張士誠參謀軍事。明朝平張,餘多被誅,陳基獨得全,預修《元史》,書成而還。卒於常熟河陽。有《夷白齋稿》存世。

金華山人,很多記述此畫的人都以爲此人是宋濂(1310~1381),如樊增祥、吳湖帆、吳梅。(美國耶魯大學耶魯畫廊的說明也認爲是宋濂,詳見下述。)宋氏字景濂,號潛溪,金華(今屬浙江)人。元末曾爲翰林編修,後辭去,閉門讀書。明初受知於朱元璋,累官至翰林學士承旨,知制誥。宋氏曾自號金華山人,如他爲《劉彥昺詩集》寫的序末就署"金華山人宋濂"。但今從此則跋詩前後爲陳基、陳聚兄弟來看,我認爲此人也有可能是黃溍(1277~1357),因爲他是陳氏兄弟的老師。黃溍字晉卿,婺州(今浙江金華)義烏人,延祐二年(1315)進士,授台州寧海丞,歷諸暨州判官,有政聲。仕至侍講學士。有《金華黃先生文集》。黃溍也自署金華山人,如他寫的《廣莫子周君碣》。不過,宋濂也是黃溍的學生。

陳聚,字敬德,元代詩文家,陳基之兄,以工文名家。至正中官常熟州教授,修禮樂,嚴祭祀,招徠諸生,使復其業。攝州事,首理豪民侵田,又捐荒田之租,勸民耕,士民悅服。秩滿去,後擢儒學提舉,封臨海縣子。

姚廣孝(1335~1408),元明之際蘇州人。字斯道。十四歲出家爲僧,法名道衍。洪武中爲燕王心腹謀士,後勸燕王起兵,燕王卽位(明成祖)後復姓,賜名廣孝,授太子少師。命蓄髮,不從,常居僧寺。曾與修《永樂大典》。有《姚少師集》等。

韓奕(1334~1406)本書前已提及,元明之際詩人。字公望,號蒙菴。蘇州人。明初吳中高士以韓奕與王賓爲首,二人俱隱於醫。王賓爲郡守

---

① 沈右有題詩,僅見記於顧復,其他載籍和今存畫蹟均未一見。而顧復此段文字之"沈右"又只能理解爲別人名。爲什麼別人都沒有見過沈氏的題詩呢?奇怪!

姚善所禮,姚善又欲因王賓而招致韓奕,數往而終不成。有《韓山人集》,鈔本存世。

朱凱(？～1512),明詩人。字堯民。蘇州人。前引《列朝詩集》等書中朱氏題蘭一詩,可能卽題此畫。

黃雲,明有二位黃雲,一明初崑山人,一明末淸初泰州人。從顧復所列名單排列順序看,當是明初崑山人,字應龍,號丹巖。詩文家。有《丹巖集》傳世。

都穆(1459～1525),明代詩文家。字元敬(一作玄敬),號南濠居士。蘇州人。官禮部郎中,加太僕少卿。精書畫鑑賞,有《寓意編》《金薤琳琅錄》等。

祝允明(1460～1527),明代詩文家。字希哲,號枝山。蘇州人。與唐寅、文徵明、徐禎卿並稱爲“吳中四才子”。有《懷星堂集》等。

徐禎卿(1479～1511),明代詩文家。字昌穀、昌國。蘇州人。少時爲“吳中四才子”之一,後又與李夢陽、何景明等人並稱爲明“前七子”。有《昌穀集》等。

蔡羽(？～1541),明代詩文家。字九逵,號林屋山人、左虛子。蘇州人。有《林屋集》等。

張靈(1471～1520?),明畫家,字夢晉。蘇州人。與唐寅交往頗深。名見《珊瑚錄》《古緣萃錄》等書。

文壁,當作文壁,卽文徵明。

徵明,文徵明(1470～1559),明代詩人、畫家。初名壁,以字行,更字徵仲,號衡山居士。蘇州人。詩文爲“吳中四才子”之一。畫與沈周、唐寅、仇英合稱“明四家”。著有《甫田集》等。前轉引《閩書記》文氏一詩,可能卽題此畫。

這些題跋者都很有名,有的還很有書畫鑑別能力,而且又大多是蘇州人,生活年代先後相仍,所以這幅墨蘭是比較可信的。例如,我最初雖然尚不知都穆題詩的內容,但看到他在《寓意編》中確實提到此畫:

鄭所南墨蘭,自題詩云:“一國之香,一國之殤。懷彼懷

王,於楚有光。"所南,宋太學生而不仕元,其畫蘭獨不畫土,人
問其故,答曰:"土爲番人奪去。"近朱堯民與余觀於夏侯橋沈
氏,堯民云是韓蒙菴故物。

朱堯民卽也爲此畫題詩的朱凱,可見實有其事。而韓蒙菴就是爲此
畫題詩作跋的韓奕,韓奕自小盲目,筮得"蒙"卦,便匾其室爲"蒙齋",又
自號"蒙菴"。

根據以上考索,這幅畫長期流傳,一直被鑑認爲眞品。到明初,曾爲
韓奕收藏;而都穆、朱凱二人則在蘇州夏侯橋沈氏家鑑賞過。又據我所
知,其後不久,此畫又被嚴嵩(1480~1569)、嚴世蕃(？~1565)父子佔
有。嚴家於嘉靖四十四年(1565)被皇帝下令抄查,記載從嚴府抄得的
歷代著名書畫的目錄《天水冰山錄》中卽記有鄭思肖墨蘭一卷,而負責
查抄的文嘉撰寫的《鈐山堂書畫記》中則明記:"此本乃吳中沈氏物。"當
卽"夏侯橋沈氏"也。另,明人汪砢玉《珊瑚網·畫錄》中《嚴氏畫品手卷
目》中亦記有此卷墨蘭。[1]

此卷墨蘭旣然今天猶能見到照片,當然至少其摹本應該尚存人間。
但人們一直不知今藏何處。我獲得傅熹年先生賜教,他曾在 1987 年於
美國耶魯畫廊庫中見過,他當時認爲是假的。傅先生還鈔示了他當時的
讀畫記錄:

> 鄭所南蘭花卷,紙本,水墨。款:"一國之香,一國之殤。
> 懷彼懷王,於楚有光。所南。"是舊紙新畫,墨不入紙,然字有
> 似處,或是曾見《推篷竹》者。後有錢逵、鄭元祐、朱文瑛、李孟
> 孚、吳天民、陳基、金華山人、姚廣孝、韓奕、都穆、祝允明、徐禎
> 卿、蔡羽、張靈、文壁等題。韓奕以前均僞,都穆以後似眞,需細
> 閱,或是截割來者。

---

[1] 又,明代江西人鄭仲夔(字龍如),所撰《偶記》卷三(《偶記》又收入他的《玉塵新譚》)有《終身不
踐土》一節,提到"鄭思肖,宋末人,工寫蘭……余在費茂才家見其遺筆,疏枝簡葉,宛爾芳馨。後
有跋語數則,余不記,記其一爲韓奕云",未知是否此畫。

從所記題跋名單看,比顧復說的少了沈右等好幾位,也不知傅先生是否漏記。我想,此幅畫卽使是做作,那些題跋也很值得研究。因此,我冒昧地再次向傅先生求教,又承傅先生熱忱回信賜示:

　　耶魯大學本我剛好手邊有一冊《The Communion of Scholars Chinese Art at Yale》,所著錄之第四十七件文物,卽鄭所南墨蘭。現復印寄上。印有一圖及記錄描述文字,又印有最前面三跋。這三跋都是摹本。鄭元祐以左手書,所摹尤似。據此可知是原有眞本的。後葉(按,指影本第二頁)還記有題跋者名單,共三十人。據我記憶,明都穆以前諸跋均爲摹本,以後爲眞蹟。大約此圖原有眞本,商人做此僞本,並前半段僞跋,而以後半明都穆以後之眞跋配入,以爲欺人手段。原有眞本及韓奕以前諸眞跋另行出售。此爲明末以來畫商之慣用手段。目前只存此僞本,眞本久未見於著錄,存亡不可知。

　　又,尊函云又見沈子培詩言樊山有藏本。按此耶魯卷上正有樊增祥跋,沈氏所見當卽此本。從後有夏敬觀、吳湖帆、馮超人(按,當作馮超然)、王同愈諸跋看,大約近代流傳於上海收藏家手中,後流轉至耶魯畫廊。

從傅先生提供的英文資料說明中,可知此畫高 23.5 釐米,長 55.9 釐米。又知陳基的跋中將鄭思肖與同時代人龔開作了比較,姚廣孝跋中把鄭思肖比作文天祥(按,從前面提到的沈曾植的詩注中可知,姚氏說的是"所南是在野文山,文山是在朝所南");還知道文徵明在三十年後再次題跋,提到此時已經只有他與蔡羽還活著。說明中認爲此畫眞僞難定,還說美國弗利爾美術館所藏鄭思肖畫可能是十九世紀的僞作(按,詳見下述),而耶魯所藏此畫比起弗利爾的那幅要好,時間也早多了。說明中還提到了鄭思肖墨竹和日本大阪所藏鄭氏墨蘭。這份資料的最後還有此畫題跋三十人名單,其中元、明人二十人,與顧復所記相對照,次序暑有不同,少了沈右、陸伯誠二人;同時還注出錢逵的生卒年爲 1313~1384,朱文瑛爲 1345~1392(不知何據)。這份英文名單經我反復考證譯出如下:錢逵、鄭元祐、俞濟、朱文瑛、彥質、李孟孚、吳天民、陳基、宋濂、陳聚、姚廣孝、韓奕、都穆、祝允明、徐禎卿、蔡羽、張靈、文徵明、朱凱、黃雲、樊增祥、孫原湘、吳湖帆、張之洞、吳鬱生、端方、馮超然、夏敬觀、王同愈、吳梅。

而最難得的是看到了其中三人的題跋,儘管據傅先生判斷是偽蹟,然而只要是有根據的臨摹本,對我們還是有用處的。其中第二人鄭元祐的跋文,我們在前一章中已經引用過了,其他二人的題跋爲:

九畹憑誰種? 孤標每自持。

西□秋欲晚,葉葉向南吹。　　　錢逵

我識所南叟,清才亦自奇。

國香生筆底,隨手便成詩。　　　俞濟

這三人僅僅只是題跋者的十分之一,就如神龍見首,其他内容都還看不到,實在遺憾。這裏最值得注意的自然是鄭元祐的跋文,與《遂昌雜錄》的那篇鄭傳對讀,可證此跋確爲鄭元祐作。那麼,即使此書是摹本,那些題跋内容也是眞的。

我既已獲知美國耶魯大學藏有此畫,當然非常希望能更詳細地瞭解其題識等方面的情況。可惜我沒有機會去美國,也沒有那邊的合適的朋友可拜託。後來,我向學友、時任中國美術學院教授丁寧博士談起此事,丁兄說他認識一位耶魯大學藝術史專業畢業的博士白謙愼教授。這正是太"對路"了,我與丁兄都給白兄寫了信。數月後,我便收到了波士頓大學白教授萬里迢迢郵寄過來的一疊非常珍貴的復印資料。雀躍之餘,未敢自祕,不嫌其長,應予披露。

首先,我知道了此畫原曾經吳湖帆收藏。匣簽題"宋鄭所南國香圖眞蹟神品,吳湖帆祕笈",卷簽題"宋遺民鄭所南國香圖卷眞蹟神品,吳湖帆寶藏"。由此可知"國香圖卷"命名之由來。畫前題有：

> 宋伯仁《梅花喜神譜》宋刻本，今貯我梅景書屋，爲鎮寶。
> 辛未（按，1931）得此卷，乃更鐫"宋梅鄭蘭之室"田黃小印，以爲
> 吾家雙璧之記。

　　吳湖帆（1894～1968），著名書畫家、鑑賞家。蘇州人。生於燕北，故名翼燕，字通駿；更名萬，字東莊；又名倩，號倩菴。別署醜簃，書畫則署湖帆，齋名梅（楳、某）景（影）書屋、雙修閣等。該畫上即鈐有"宋梅鄭蘭之室""梅景書屋""吳湖帆珍藏印""雙修閣圖書記"等印。由上述題記，知此圖是辛未（1931）年爲吳氏所收藏的。該圖還鈐有"竹田心賞"及殘缺不清的"竹田別字梅……"印章，似乎還曾爲明末清初的黃雲所鑑藏（黃雲，1621～1702，泰州人，字仙裳，號舊樵，又號竹田，詩人，畫家，與石濤交近三十年。有《悠然堂稿》《桐引樓詩》。）此外，尚有"屈氏""屈氏祕笈""繡囊清祕"諸印，不知爲誰，當與孫原湘有關（詳見下）。又有"藹達思默墨悟珍藏印"，好像是一個外國人收藏家（?）的印，亦待考。
　　畫後題識，前三位錢逵、鄭元祐、俞濟，前面已經介紹過，今繼續介紹以後各條的內容。有的地方影本實在看不清也猜不出的，只能有待今後繼續設法補齊了。

> 言念君子，溫其如玉。
> 我心寫兮，在彼空谷。　　　朱文瑛
>
> 千載楚魂香可返，肯隨桃李競濃纖？
> 欲知無限沅湘意，盡在南翁老筆尖。（彥質）[1]
>
> 但使觀華蕊，疇能識本根？

---

[1]　括弧中爲印章文字。下同。

斯人不復作,誰吊楚湘魂! 　　　李孟孚(李孟孚章)

春風裊裊汛崇光,寫入毫端韻更長。
楚畹佩紉非此品,爲言詞客細平章。 　　　靜隱吳天民(靜隱處士)

所南鄭先生之畫蘭蕙蓀芷之屬,如淮陰龔先生之畫馬,觀者但當取其風神氣韻,不可以流俗書畫風格一律論也。予旣爲沈君伯新跋先生所畫蘭,又以此卷見示,展玩之餘,謹識下方。
至正十年七月廿八日,天台陳基書。(陳基私印)

千載風流擅楚江,吳興去後信無雙。
世人只解求形似,近歲紛紛數雪窗。 　　　金華山人

美人只在湘江上,欲寄相思奈遠何。
雨後山中采芳草,幽蘭著蕊已無多。 　　　陳聚(陳聚之印)

余少時士林中游,見先生長者言:"鄭所南乃在野之文天祥,文天祥乃在位之鄭所南。"時余未之信。及觀《所南文集》,又見此畫蘭數葉,根不著土,雖遊戲翰墨,亦不忘乎宋。所南之心,眞如鐵石,磨不磷而涅不緇者也。人以文天祥擬之,信然!
永樂三年春三月廿二日,姚廣孝書。(太子少師姚廣孝圖書、壽椿堂)

秋風蘭蕙化爲茅,南國淒涼氣已消。
只有所南心不變,淚泉和墨寫《離騷》。
右雲林翁所題,余年十二三時聞此詩,四十餘年來忘其第二句焉。近得此幅,妄爲補之,以識其上。所謂置猶於薰,臭味

自辨矣。　　　奕(天之小人)①

香魂零落仗誰招？千古靈均恨未銷。

卻憶含毫垂淚日，北風吹鬢正蕭蕭。　　　丹陽都穆(都穆
之印、都氏□□)

湘猶國地，蒙古何境？

九畹一死，嗚呼屈、鄭！

潤卿書齋閱後附題，允明(允明、晞哲)

是處丘原成草莽，芳根無地著幽蘭。

南人自寫西風恨，合與《離騷》一例看。②　　　後學徐禎卿
(昌國)

靈均維澤，子真有谷。

悠悠此風，千載同鬱。　　　蔡羽(林屋山人)

帝澤汪汪滿部州，羣生開瘁預人謀。

蘭英誰不知憐護，卻摑幽香棄楚丘！　　　張靈(方內閒人)

江南落日草離離，卉物寧知國事移。

卻有幽人在空谷，居然不受北風吹。③

沈潤卿示予所南畫蘭，董識小詩。文璧(□門□家、文璧印)

---

① 此題跋前有印章"安陽"。此跋後又有韓奕一詩一文，詩的內容與本章下一節所述鄭思肖另一幅
墨蘭上韓奕的題詩相同(約有十來字相異)；詩後復有一篇跋文，內容同《韓山人詩集》，已見本書
第一章所引(此處省略)，末署"安陽韓奕"。末鈐二章，文字不詳。(按以下的跋識所鈐印文，影
本大多無法辨認。)

② 此詩又載《吳都文粹續集》卷二五。

③ 此詩又載《吳都文粹續集》卷二五、《婁東詩派》卷二十。

渚宮春冷北風寒，九畹蕭條入塞垣。

老死靈均在南國，百年誰爲賦《招魂》！　　朱凱拜題（朱
堯民印）

弘治癸亥五月十三日，徐禎卿再觀。

建文時，翰林侍講方孝孺謂，楚屈子以《春秋》袞鉞是非之
筆，施諸草木，而蘭蕙尤在所褒。孝孺死於忠，無愧屈子，而其
言立。宋鄭思肖當九鼎既遷，乃畫屈子所褒之蘭，以附忠節，揆
其人品，謝翱、唐珏一類。相見九京，亦當釋然一笑。此眞本爲
沈潤卿所藏，蓋天經人紀攸繫，豈特鼓蘭之芳風而已。安得伯
夷西山之薇一薦，以致予顯忠之心哉！

正德十一年夏五月九日，崑山黃雲薰毫端，拜題於有餘齋。
（丹巖逸民）

徵明往與徐迪功昌國閱此卷於潤卿家，各賦小詩其上，是
歲弘治十三年庚申也。及今嘉靖己丑，恰三十年矣。追憶卷中
諸君，若都太僕元敬、祝京兆希喆、黃郡博應龍、朱處士堯民、張
文學夢晉、蔡太學九逵、及昌國，時皆布衣，皆喜譚郡中故實，每
有所得，必互相品評以爲樂。及是，諸君皆已物故，惟余與九逵
僅存，亦皆頹然老翁，非惟朋從淪散，無從請質，而亦頹懶荒落，
無復當時討論之興矣！潤卿去任中州，將攜此卷以往，因得重閱
一過。念交游之凋喪，愈感聰明之不逮，不能不爲之慨然也！

是歲仲夏五月六日，前太史牛馬走文徵明題。（徵、明）

"鄭所南是在野之文山，文文山是在朝之所南。"惜哉，此
語乃出姚少師，是何閭黎表章忠義忘怍惡！所南畫蘭不著土，
白鴈江山定誰主。黃冠逝矣汪水雲，朱噣傷哉謝皋羽。此卷流
傳七百春，元明題者二十人。南風不競北風勁，一花兩葉常鮮

新。紅心點入湘娥淚，淡墨招回屈宋魂。所南翁，側身天地何孤窮。蘭有國香，翁是何國民？蘭爲香祖，翁乃無子孫。自署"不忠不孝鄭思肖"，千古忠臣孝子誰如君！蘭之高潔以喻翁之身，翁之節義以爲花之根。蘭爲無主花，翁爲亡國臣。是花是人那可分，本穴國裏無纖塵。求者不得得轉訝，千金尺幅寧論價。卷首擬寫文山《正氣歌》，卷尾休續管趙歐波書。

光緒戊申居京師，從廠肆得此卷，古色辨駮，題墨爛然，遂收入五十麝齋。元明題者凡二十人，若宋景濂、姚壽椿、徐昌毅、張夢晉，皆其至難得者也。持畀同社諸君，並加歎賞，即取爲詩題，各賦七言古詩一章。此卷自入國朝，僅有孫子瀟一詩，豈非瓌寶當前，愛重之至，不敢輕於著墨耶？余詩先成，即書於待詔之後，以當嚆引。待詔三十年中，兩題此□，不勝人琴之感。余默計更三十年，吾同社中人必能操觚酌酒如今日之健。宋詩云："唯有紫樞黃閣老，再開圖畫看瀟湘。"夫豈其然！

觀蓮節前三日，樊山樊增祥並識。①

自寫貞蕤與自看，北風颯遝整南冠。
疊山卦肆餘佳硯，乞與先生畫墨蘭。

異代同聲廓露琴，在前屈子亦知音。
井中鐵匣他年出，中有幽蘭一寸心。

日落靈淵百鷳鳴，故宮禾黍不勝情。
美人空谷憑君畫，不是當年謝道清。

南北梅花兩向開，國香未抵國殤哀。
懷王沒後餘三戶，曾見江東卷土來。

———

① 後有二印章，文字不詳。

是日雨中天琴翦燈拜題，時寓成壽寺東院。（東園公）

夜烏飛上冬青泣，半壁東南盡荊棘。
獨立天榛地莽中，國香一朵無人識。
其根半死猶半生，其葉不枯亦不榮。
棄根寫葉明爾貞，葉其肺腑花丹誠。
問根在何許，乃在白雲之鄉碧落宇。
朝披髮兮逐夸父，夜瀝肝兮訴天鼓。
願天還我本穴國中一塊土，斬淨蓬麻植香祖。
南風堂上葉葉翻，一葉一扇招魂旛。
孽肝作紙淚作墨，寫此國殤好顏色。
二王之靈耶？文山、疊山諸君之精英耶？
海波湯湯雲冥冥，護此兩葉幽蘭馨。
卑如陸柔柔，賤如毛惜惜，亦許同棲此花碧。
惡草叢叢巫芰拃，莫如酺夢炎與黃萬石。
道光壬午臘月，題於屈氏繡囊書屋，心青居士孫原湘。（孫
原湘印、心青居士、天眞閣）[1]

光緒三十四年八月廿七日，無競居士張之洞題記。（張之
洞觀）

光緒戊申九月觀於瞻園。　　　祖謀（彊村）

湖帆出此見示，展卷歎息，時壬申九月九日，北風淒厲，關
塞蕭條，紉佩銜愁，美人不見，倚裝記此，萬感橫集。

---

[1]　孫原湘此詩收入其《天眞閣集》卷二七，文字畧有異處。其後爲吳湖帆一長段題跋，墨色甚淡，影本實在看不清，經仔細辨認，乃鈔錄沈曾植題鄭所南蘭卷一詩，本書前已引。後從《吳氏書畫記》，知沈詩後吳氏題：“沈寐叟爲樊樊山題所南翁畫卷，載入集中，當時未書。辛未四月，卷歸余所，因補錄於空。湖帆識。”

鈍叟吳郁生,時年七十又九。①

宣統元年月正元日,浭陽端方觀於瞻園。

所南眞蹟,生平僅見。醜簃護之,珍同璆寶,宜矣。
癸未四月十三日,於嵩山草堂,晉陵馮超然拜題。②

所南翁畫蘭,千古絕調。此卷有宋遺民、元明賢題字,凡二
十餘家。七百年來,珍重備至,洵人間劇蹟也。舊藏樊山方伯
處,今歸余所,固應與宋槧《梅花喜神譜》同珍之。　　吳湖
帆識③

刼餘花葉,楚畹容光別。露泣煙啼那可說,不受等閒風月。
芳魂零落荒山,根荄終古相關。好伴一編《心史》,長畱沈
恨人間。
清平樂,依玉田題所南翁畫蘭體韻,爲醜簃詞兄題。
孝臧(孝臧)

筆頭染淚與東風,葉葉幽蘭泣露叢。
亦是當時三斗血,十空寫作大無工。
醜簃世先生吟壇屬題,映菴夏敬觀。④

倭寇儌擾,避地吳門,此卷攜帶行篋,展觀以消積悶。將於
明日買棹棲息香溪,題記以還湖帆三兄。
壬申春正月廿五日,書於藝海小築,栩緣王同愈,時年七

---

① 後有一印章,文字不詳。
② 後有一印間,文字不詳。其後又有一段跋識,字太小,影本無法看清。
③ 後有一印章,文字不詳。
④ 後有二印章,文字不詳。此詩收入夏氏《忍古樓詩》卷十三。

十八。①

騷魂呼起,招得靈均鬼。千古傷心囂一紙,認取南朝天水。

北風吹散繁華,高丘但有殘花。花是託根無地,人還浪蹟無家。

清平樂,步玉田韻。壬申四月,湖帆宗兄先生以此卷見示,且謂余曰:"玉田《清平樂》二詞皆爲所南翁作,今古微丈已和其一,尚有一首君盍和之?"因賦此解,恨不如古丈之工也。卽希教正。   霜厓居士吳梅②

經本人反復查考研究,搞清楚如下一些人物的生平及題跋所涉及的史事。

錢逵(1313~1384)字伯行,吳縣(今蘇州)人,卽前面寫到的錢良佑(又作祐、右)之子。刻意力學,年四十猶無宦情。至正間歷左右司都事,陞淮南行省員外郎。洪武初選詣太常議禮。爲人淳厚雅飭,稽古考訂,雖老不倦。篆隸行楷,書追古人妙處。所著有《櫓巢藁》。錢逵的題詩,最後一句與他的《趙子固蘭蕙卷》題詩相同:"王孫書畫出天姿,痛憶承平髩欲絲。長借墨花寄幽興,至今葉葉向南吹。"

朱文瑛,今見元・貢師泰《玩齋集》卷六《朱氏族譜序》,有丹陽(今屬江蘇)人朱文瑛,字子中,歷廉訪宣慰兩司掾,授鎮江路知事,泉州惠安縣尹,以紹興餘姚知州致仕。又據明・張元忭萬曆《紹興府志》卷二八《職官志》四《縣職》,知此人任紹興知州時爲至正六年(1346)。惟不知此人是不是這位題畫的朱氏。朱氏所題四句詩,皆集自《詩經》。

吳天民題詩"春風裊裊泛崇光",爲蘇軾《海棠》中句。

陳基跋識題於至正十年(1350)七月(距鄭思肖逝世三十二年),提到"予旣爲沈君伯新跋先生所畫蘭,又以此卷見示",可知陳氏又曾爲鄭

---

① 後有二印章,文字不詳。

② 後有一印章,文字不詳。此詞又見載於夏敬觀《忍古樓詞話》,夏氏評爲"豪宕透闢,氣力可舉千鈞。"

思肖另一卷墨蘭題跋,那幅畫後人一無所知!我在陳基《夷白齋稿》卷六看到有同時(至正十年夏)寫的雜言古詩《沈孝子行,送醫師沈伯新》,可知沈伯新是個醫生。未審其與沈右的關係。後來,明人多次提到的"夏侯沈氏"(都穆)、"吳中沈氏"(文嘉)、"婁江沈生"(陳繼儒),以及祝允明、文徵明、黃雲的朋友沈潤卿等,或是沈伯新的後人?

金華山人,疑爲金華人宋濂或黃溍,尚未能確認。如有二人墨蹟,當可辨。詩中說"吳興去後信無雙",吳興當指趙孟頫(1254～1322);"近歲紛紛數雪窗",雪窗(？～1352?)乃元僧,畫家,俗姓曹,松江(今屬上海)人。鄭思肖死後二十年,爲蘇州雲巖寺住持,後又爲承天寺(即《心史》沉井處)住持。雪窗也許未能見到鄭思肖,但肯定會見過他的畫,並受其影響。雪窗亦以畫蘭稱,當時畫家柏子庭甚至有詩說蘇州"戶戶雪窗蘭"。雪窗蘭對日本畫壇也很有影響。

姚廣孝跋,作於1405年,已是七旬老人了。所記"少時"聽到的"鄭所南乃在野之文天祥,文天祥乃在位之鄭所南"的口碑,爲獨家材料,極值得重視。

韓奕晚年回憶倪瓚題鄭所南畫蘭詩,說第二句沒把握。今經對照(本書前面已引倪詩),一字未記錯(倒是第三句最末一字署異)。值得注意的是他自題一詩,竟和存世另一鄭思肖墨蘭所題一樣(只是另一幅沒有詩後跋語,詳見下文)。這是怎麼回事?如能將在美國這幅畫與在日本的另一幅畫上的韓詩字蹟對照一番,當能釋疑。

蔡羽所題"靈均維澤,子真有谷",前者指屈原,人所皆知;後者出班固《漢書》卷七二《王貢兩龔鮑傳》:"谷口有鄭子真……修身自保,非其服弗服,非其食弗食。成帝時元舅大將軍王鳳以禮聘子真,子真遂不詘而終。""谷口鄭子真不詘其志,耕於巖石之下,名震于京師。"

文徵明與朱凱的題詩,果然就是我們以前已知內容(文氏詩,字署有異)。今從文氏第二次題跋,知二人題於1500年。文氏後來重題於1529年,這時確實除了蔡羽外,朱氏等友人均已物故。

黃雲跋於1516年。黃氏將鄭思肖與方孝孺等人相提並論,其說可喜。從其末署可知確是崑山人。

樊增祥(號天琴、東園公)題於戊申(1908),七絕僅四首;張之洞亦題於 1908 年,未見有詩。本書前面曾引沈曾植詩,題曰"有張文襄題詩,樊山自題七言長篇一、絕句八,皆丁未都中作也",似不確。沈詩云"黃閣紫樞眉壽願","黃閣紫樞"即見於樊氏跋中,可知沈氏所詠即此卷;但沈氏未題詩於此畫,所以吳湖帆從沈集中鈔錄,書於卷末。樊氏所引"宋詩"爲韓忠彥《題江干初雪圖》詩句。樊詩中提及"鄺露琴",鄺露(1604~1650)爲南明唐王時任中書舍人,永曆中受桂王命至廣州,清兵破城,抱古琴殉國。另,樊氏後於癸丑年(1913)又寫過一首長詩《鄭蘭倪柏歌》,中有"一花兩葉照天地,九畹喚起離騷魂","讚歎何來姚廣孝?題署終愛衡山文"句,肯定亦指此書也。

孫原湘(1760~1829),字子瀟,號心青,昭文(今江蘇常熟)人。有詩集《天眞閣集》,集中頗有反映民生疾苦的好詩。此題畫詩亦不錯,題於 1823 年初,收入《天眞閣集》卷二七。

朱祖謀(1857~1931),又名孝臧,字古微,號彊邨,爲近代著名詞人。在本卷拖尾,朱氏先有 1908 年題字,後又因吳湖帆之請寫詞。但美國耶魯大學的英文資料中,竟然漏了他的名字。

吳梅應吳湖帆邀,題寫次張炎韻《清平樂》一首;其實,張炎另一首《清平樂》詞吳梅也步了韻。1935 年 10 月 16 日章太炎主編的《制言》半月刊第三期發表吳梅《鄭所南畫蘭卷》,序曰:"此見《都氏寓意編》《堯山堂外記》,錄所翁題蘭詩,正與此同。詩云:'一國之香,一國之殤。懷彼懷王,於楚有光。'卷後有明人廿一家題詞,如鄭元祐、陳基、宋濂、韓奕、錢達、姚廣孝、都穆、文徵明、唐寅、祝允明、張靈等。皆不可多得之作。今藏吳湖帆家。"詞曰:

> 靈修芳草,一筆龍蛇埽。零落北風知懊惱,高臥空山還好。
> 孤臣懷抱秋清,那堪徧地笳聲。偷見凌波仙子,應知難弟難兄。

吳梅在該期《制言》同時發表的另一首《又題所南蘭卷》,即直接題在該蘭卷上者,上面已經引錄了。該蘭卷其他有關近代題跋人士的情況之類,限於篇幅,這裏就不多寫了。

　　吳湖帆收藏此卷墨蘭和後來轉讓給龐元濟(字萊臣,號虛齋,1864~1949)的經過,在今存他的日記裏有記載。1931 年 5 月 29 日記:“得宋鄭所南畫蘭卷於曹友卿手。自鄭元祐而下,元明題字凡廿一家,若陳基、宋濂、錢逵、姚廣孝、韓奕、都穆、祝允明、徐禎卿、張靈、蔡羽、文衡[徵]明。其尤著者,在明嘉靖時藏蘇州沈潤卿處,潤卿住夏侯橋,見都元敬《寓意篇》。此卷於吾蘇頗有掌故關係,不獨爲名蹟重也。今從樊雲門家所出,余傾囊而得,費數千金,亦平生豪舉,可與宋伯仁《梅花喜神譜》同寶。”1933 年 5 月 29 日記:“徐竹蓀來,龐虛齋丈屬借鄭所南蘭花卷。”6 月 3 日“訪龐虛齋”。6 月 4 日記:“劉定之自蘇攜來……寄存(潘)博山處之鄭所南卷,龐虛齋借觀,即晚託定之攜去。”6 月 6 日“劉定之來,還鄭蘭卷”。6 月 7 日“午後……往訪龐虛齋”。1934 年 1 月 27 日記:“竹蓀作緣,將鄭所南蘭花售於虛齋,價五千七百元。”

　　又據我所知,吳氏在得此《國香圖卷》當年(1931),還曾專門臨摹了一卷,鈐印:“湖帆臨古”“東南之美”,籤條:“湖帆臨鄭所南國香圖”,題識:“宋遺民鄭所南畫國香圖眞跡一卷。辛未四月,吳湖帆所得,對摹一本如此。”前隔水吳氏題:“原卷宋紙本,寬廣悉與此紙同,所南翁印左邊已被切去。元明人跋俱影摹如後。湖帆記。”後紙吳氏摹錄鄭元祐、錢逵、俞濟、朱文瑛、彥質、李孟孚、吳天民、陳基、金華山人、陳聚、姚廣孝、韓奕、都穆、祝允明、徐禎卿、蔡羽、張靈、文徵明、朱凱、黃雲、孫原湘、樊增祥、張之洞、朱祖謀、端方等二十五人跋。吳氏又於癸酉年(1933)題跋:

　　　　辛未四月,得宋鄭所南國香圖卷,凡元明清題字者二十五人。其中元人一題無名,鈐印曰“彥質”;明韓奕、徐禎卿、文徵明皆再題之;清樊增祥七古一章之後,繼一長跋,復四絕句。余旣對摹鄭氏原跡及印記外,自元鄭元祐起,至明黃雲止(除韓奕二題因原跡太小非影摹),凡書題二十節皆依原本影摹,筆劃位置、大小寬狹悉同，聊存舊觀云爾。後如文徵明第二跋，亦以不耐小楷書，與清五家題皆隨筆錄之。計凡五日夜而畢，不可謂非好事矣。沈寐叟一詩因原卷無之，余以集中補錄（原卷上補于張文襄之前），故書於後。癸酉八月二十三日識于宋梅鄭蘭之室。吳湖帆。（湖帆書畫、宋梅鄭蘭之室）[1]

其後吳氏另錄沈曾植、朱孝臧、王霜厓、夏吷菴、吳郁生詩。鈐印"吳萬"。後又有吳氏之再跋：

元代入主中原，所南隱于蘇州承天寺。此卷畫蘭無根，題字亦傷高懷遠，或即寄寓承天寺時所作。畫紙之左存半印，文字不辨，疑是元時舊印；另有屈竹田藏印及湘絹小印。元明跋者如鄭元祐、陳基、韓奕、姚廣孝、都穆、祝允明、徐禎卿、蔡羽、張靈、文璧、朱凱、黃雲，皆知名士，毋庸余贅。錢逵爲錢良右子。第五題無款字，鈐"彥質"印，據朱彊邨先生云姓范，不知何玫。今丈已作古丈，無從質詢爲憾，姑拈此以俟博雅君子。金華山人即宋學士濂也。文衡山前後一詩一跋，相距三十年，皆爲沈潤卿題也。潤卿名源，吳人，居城中夏侯橋，距吾家不滿半里，不意四百年後仍歸吾吳人所有，定具宿緣也。惜沈氏之後不知藏於何處，明清之交閴焉不彰。至道光時爲常熟屈竹田所得，孫子瀟太史一詩即題于屈氏者也。據樊山跋，"持際同社，各賦七言古詩一章"，今卷中俱未書入，僅于沈寐叟先生集中得一首，其它若干人惜俱無從稽考矣。前年余得原卷後，重摹一本爲副，乃將名家題字悉摹如此，並爲跋記之。吳湖帆。（湖帆書畫）[2]

抗戰期間，1939 年 11 月 10 日上海創刊的《國光藝刊》（徐邦達主

---

[1] 括弧中爲印章文字。下同。
[2] 這段話後來又收於《吳氏書畫記》，文字少有更動。

編)上,又見有"吳縣某景書屋舊藏""宋鄭所南思肖國香圖卷"的介紹,載有照片,並錄前人跋識(從鄭元祐至孫原湘)。署"舊藏"兩字,是因爲該畫卷早已在五年前就割讓歸於龐氏了,甚至已經流出國外了吧?

　　最後,再談談此畫流至美國之事。據鄭逸梅《清末民初文壇軼事》一書謂:

　　　　其時吳興龐萊臣的《虛齋藏畫》,印有若干集,以有鄭虔而缺鄭所南爲憾,見湖帆所藏鄭所南無根蘭,羨慕不置,一再求其割讓,旣歸於龐氏,龐氏答贈以其他名畫,作爲交換。過了幾年,湖帆高足王季遷赴美,在美某富豪家,看到鄭所南這幅畫,函告湖帆,湖帆爲之懊喪累日。

　　又據2011年4月《收藏界》雜誌第四期李烈初《書畫新語》(三),"後據王季遷告知,他在美國看到此圖已歸一富孀名馬亞者所有,後捐贈某大學"云。

　　如此看來,原爲吳湖帆珍藏的這幅畫,是被龐元濟售至美國的。但是,龐氏的《虛齋名畫續集》中,又記載了另一幅鄭思肖墨蘭(肯定是贋品,本書下面將談到),可能也被售至美國去了。那麼,此卷眞蹟到底是何時、如何流失國外的?"藹達思默墨悟"是否就是那個美國富孀馬亞?我還希望今後能見到更多的資料,來解開這些謎。

六、清宫國寶去何鄉

　　鄭思肖畫作中最爲人知的,是1306年他六十六歲時畫的一幀墨蘭。這是曾經清代皇宫正式著錄的國寶,可惜已被盜賣至日本。乾隆甲子(1744)春,張照等人奉敕整理内府珍藏書畫時,將此卷編定爲"上等陽一",並著錄於《石渠寶笈》卷三二。爲素箋本,右側有自題詩:

向來俯首問羲皇：汝是何人到此鄉？

未有畫前開鼻孔，滿天浮動古馨香。　　　所南翁

　　左側題有"丙午正月十五日作此壹卷"，下鈐"所南翁"朱文印和"求則不得，不求或與，老眼空闊，清風今古"白文印各一。再左，又有陳深所題：

芳草渺無尋處，夢隔湘江風雨。

翁還肯作楚花，我亦爲翁楚舞。　　　深（陳氏子微）①

　　卷前有"乾隆鑑賞""商丘宋犖審定眞蹟"諸印，中部有"嘉慶御覽之寶""石渠寶笈""御書房鑑賞寶""三希堂精鑑璽""宜子孫""乾隆御覽之寶""宣統御覽之寶"等印，尾部有"則之"一印，後綾有"宣統鑑賞""無逸齋精鑑璽"等印，又前後均有半印二，不可識。拖尾題跋甚多，極有價值，因鈔錄於下：

所南老翁磊落人，胸底飽含萬刼春。

吐出必須作恠異，聚空削有還強陳。

撮山捏雲欲隱袖，爭自兩手無力空張脣。

歸來垂頭默無語，懼然捉得身內神。

從此縱橫踏天地，顚狂闊步誰能倫。

倒拂溪藤直畫蘭，花紫葳蕤香可餐。

清風無聲煙露翠，月白凝秋半夜寒。

入夢迷人燕如醉，相逢援琴愁對歎。

老翁不見今何在？忍看遺墨眉皺攢。

人亦香兮蘭亦香，相思脉脉欲斷腸。

雲開山阿見圭璧，風散羣飛聞鳳凰。

---

① 括弧中爲印章文字，下同。

　　長使逍遙不拘束，與蘭千載共幽芳。　　　中吳王育賦（彥
生父、王元齋印）

　　雨過春山曉，雲歸空谷香。
　　靈均不可見，惆悵對幽芳。　　　烈哲（西城、烈哲、好問）

　　南子毫端有古香，不求或與意尤長。
　　如今好事非前輩，只愛昌陽掛屋樑。

　　曾遊澧上過湘中，袛見菹花作小叢。
　　近日靈均生意轉，衡從千畝媚春風。　　　餘澤題（天泉）

　　南望湘江歌楚聲，癯癯鶴骨老山林。
　　濡毫爲染萇弘血，澹掃幽芳寄此心。　　　魏俊民（魏氏
彥章）

　　家學相承寶祐年，東籬幾度菊花天。
　　紫莖綠葉留殘墨，更覺秋光分外妍。　　　臥龍山人陳昱
（吳人陳昱彥明）

　　南冠江上哭湘纍，淚著幽蘭雨裏枝。
　　不獨萇弘血化碧，孤芳愁絕有誰知。　　　遂昌鄭元祐（一
丘一壑）

　　君子譬如蘭在谷，所翁得之香可掬。
　　湘江浩蕩波濤空，月落蒼梧滿秋屋。　　　屠澤釋德欽（欽雪
堂印）

　　老子平生忠義俱，棲棲山澤太清癯。

疏豪不作尋常醉,恰似三閭楚大夫。

鄭所南胸次不凡,文章學問有古人風度,不偶於時,遂落魄湖海。晚年學佛,作詩作畫每寓意焉。然其白首南冠,磊磊落落,或者有未知也。　　　王冕(王元章、會稽佳山水)

鄭公高蹈出風塵,心蘊靈均九畹春。
每向毫端適幽興,自然花葉逼其眞。　　　胡熙

手種沅湘九畹春,所南心事似靈均。
古今俛仰俱塵蹟,紙上幽芳見是人。　　　汴段天祐

惟公生南楚,侍宦來吳中。
身遭宋國亡,耿耿懷孤忠。
無家又無後,南冠號北風。
灑淚寫《離騷》,呭呭如書空。
幽花間疏葉,孤生不成叢。
翛然數筆間,遺恨自無窮。
圖成綴數語,語怪誰能通?
流落爲世重,心苦寧論工。
此花有時盡,此恨無時終。
吁嗟匹夫心,所受由天衷。
我思殷頑民,千古將無同!　　　奕

所南不易作,作必賢士。不然寧付之方外,不肯落凡夫手。此紙先藏於衲子,今歸吾子魚。所南在地,必欣然以爲得也。
　　　正德辛未,祝允明記。

拖尾跋首部又有"虛白道人""王"二印,中有"張則之"印,尾有"緯蕭艸堂畫記""鬱岡居士"諸印。

在此卷本身上題跋的陳深，今人楊仁愷在《國寶沉浮錄》中作陸深，大誤。陸深爲明代書法家，而此詩顯然題於鄭思肖生前，當是宋元人；再說，所鈐印章很清晰，是姓陳。陳深（1260～1344），宋元間詩人、學者，字子微，號清全，別號寧極，學者稱寧極先生。吳縣人。從鄭氏墨蘭的陳氏題詩看，陳氏顯然認識鄭思肖，是鄭的忘年交，所以我們有必要稍詳介紹。今查明崇禎壬午（1642）版《吳縣志》卷四八《人物》十一《文苑》有根據陳氏之子陳植之文寫的傳：

> 陳深，字子微。曾祖佑，祖德一，父遷，並隱居教授。深篤志古學，以賦知名。已更憂患，未嘗廢學，著《讀易》《讀詩》《讀春秋》各編、《寧極齋集》《東遊小稿》，至釋老、方技、稗乘，悉有序錄。書法追魏晉，篆楷行草皆臻其極。天曆間（按，1328～1329）以能書薦，潛匿不出。然學者請益，戶屨恒滿。年逾八十，學益超卓。凡道經吳門者，必求見，深蓋泊如也。自名其齋曰"清全"。卒之前，惟飲酒，誦白樂天詩，陶然輒止。謂子植曰："吾年八十五，中無所愧，惟歸全而已！"（陳植志畧）

由此可見，陳氏亦是一位氣節堅貞的遺民，顯然也深受鄭思肖的影響。

畫卷拖尾開頭題跋的王育、烈哲，以及稍後的陳昱，前已提到，這三位曾在鄭思肖另一墨竹卷上題跋。雖生平待考，但均可確認是元時蘇州人士。王育一詩極佳，然而詩中則稱此畫"遺墨"，可知從王育開始所題者都是在鄭思肖身後。

餘澤，蘇州僧人。據王鏊《姑蘇志》卷五八："餘澤字天泉，姓陸氏，郡人。學天台教，觀辭鋒辯博，音吐如鐘。大德中（按，1297～1307）住永定，遷北禪，召住杭之下竺。會朝命勘金書藏經，澤居于京師，與翰林集賢諸老倡和。後聞有《雨花別集》，虞集序。"

魏俊民、釋德欽、胡熙諸人，均不詳生平。鄭元祐（1292～1364），已見前述，此處不贅。

　　王冕(1287~1359)，元代著名畫家，字元章，號煮石山農、飯牛翁、會稽外史、梅花屋主等。浙江諸暨人。以畫墨梅最爲有名，著有《竹齋集》。

　　段天祐，今人楊仁愷書中作殷天佑，誤。元·陶宗儀《書史會要》卷七："段天祐，字吉甫，汴(按，今河南開封)人。官至江浙儒學提舉，亦號能書。"明·凌迪知《萬姓統譜》卷一〇一："登泰定甲子(按，1324)進士第，授靜海縣丞，後擢國子助教，遷應奉翰林文字，除浙江儒學提學，未任而卒。"

　　僅署名"奕"的題跋者，清宮《石渠寶笈》定爲鄒奕。鄒氏爲元明之際作家，字弘道，吳江(今屬江蘇)人。元至正時進士，調饒州錄事。洪武初任御史，後出知贛州府，十七年(1384)謫甘肅，永樂初召還。有《吳樵稿》。看來，鄒氏作爲題跋者是可能的。今人楊仁愷等從之。《書畫記》則定其爲吳奕。吳氏字嗣業，吳寬之子，明代蘇州人，官至中書舍人，擅臨石鼓。作爲題跋者也是可能的。而《平生壯觀》定爲韓奕。其實本書前已寫到，韓氏曾爲鄭思肖"一國之香"蘭卷題跋，內容亦爲此詩(但有一長跋)，署名"安陽韓奕"。[①] 查未刊鈔本《韓山人詩集》，也證實此詩作者該是韓奕。《石渠寶笈》等書誤。此詩首句"惟公生南楚，侍宦來吳中"，對鄭思肖家世所述不確，本書前已提及。

　　最後題跋的祝允明是明人。祝氏生平已見前述。此跋題於1511年，從跋中可知此畫先藏於衲子(僧人?)，後歸吾子魚，二人均不詳。從"所南在地必欣然以爲得"來看，吾氏(?)亦當爲狷潔之士？

　　如前所述，此畫至遲在清乾隆初已經入宮並經鑑定。那麼，在此之前，吾氏(?)以後，根據畫上所鈐印章，至少還經過民間四人的鑑認或收藏，卽：

　　一、王肯堂(1549~1613)，畫上"鬱岡居士"是他的印。明金壇(今屬江蘇)人，字宇泰，室名"鬱岡齋"，萬曆進士，選庶起士，授檢討，官至福建參政。

────────────

① 韓奕同一首詩題兩幅畫，也是一件蹊蹺的事。可惜我未見此幅畫的題詩字蹟，否則可以對比研究，看看是不是同一筆蹟。

二、張孝思，畫上有"張則之"朱文印。張氏字則之，號懶逸。明末清初京口（今江蘇鎮江）人，一作江蘇丹徒人。善書法，喜畫蘭竹，精鑑賞，富收藏，家有"培風閣"。

三、宋犖（1634～1713），畫上有"商丘榮犖審定眞蹟"印。清河南商丘人，字牧仲，號漫堂，又號西陂。累擢江蘇巡撫，吏部尚書，加太子少師銜。撫吳甚久，爲吳中風雅總持，好收藏，精鑑賞。此畫必是他撫吳時所見或所得。

四、宋至（1656～1725），畫上"緯蕭艸堂畫記"是其印。宋至是宋犖之子，字山言，晚號方菴，康熙四十二年（1703）翰林，工書法。

此外，上面提到的《書畫記》，在卷三《鄭所南幽蘭圖紙畫一卷》中，記載著者吳其貞也曾鑑認過此畫：

> 紙墨佳畫。蘭花兩叢，共有數葉，左叢開一花，右叢無花。畫法高簡，意趣有餘，信千古妙作。識一十字，曰："丙午正月十五日作此卷。"是刻板印成，惟"正""十五"三字是墨筆寫成。如此作用，始見于此。又題七絕云："向來俯首問羲皇：汝是何人到此鄉？未有畫前開鼻孔，滿天浮動古馨香。所南翁。"有名深者，題六言絕一首，書法章草。上有數方古印，未詳其文。卷後，元有王育、烈哲、餘澤、陳四立、魏俊民、鄭元祐、釋懷欽、王元章、胡熙、天祐等十人題，明有吳奕、祝枝山等題。此卷於虎丘陳孝將寓觀之，時仲秋朔日也。

吳其貞（1607～?），安徽休寧人。清·丁丙《善本書室藏書志》卷十七記："《書畫記》六卷，精鈔本，鳴野山房藏書，徽州吳其貞撰。其貞字公一，精賞鑑，盛交遊，家藏書畫之外，嘗就蘇、杭、維揚諸家，遇有眞蹟，品題剳記，於行欵方幅、大小尺寸、印記紙絹、裝潢卷軸，詳列賅博，惟不錄前人題跋耳。始自崇禎初年，至本朝康熙十餘年，方克成書，有鳴野山房印。"吳氏與其父其子三代經營書畫。《書畫記》最後一則所寫觀書日期是丁巳十二月六日，陽曆已是1678年，說明吳氏年逾七旬。上引《鄭所南幽蘭圖紙畫一卷》，據其上下則文字，知吳氏觀所南此畫之年爲癸巳（1653）。

在上面這則記中，除了"吳奕"之"吳"是誤猜外，還有"陳昱"誤作"陳四立"，識十一字誤成"一十字"（漏了"壹"字）。儘管如此，我仍認爲吳氏見到的就是那幅所南真蹟。因爲他提到的陳孝將實有其人，此人與明清之際題跋《心史》的朱袞等人相熟，在明人姚希孟的《循滄集》和明清之際施男的《邛竹杖》中都寫到過他。不知道這幅畫怎麼會在他的家裏。

令人萬分憤恨的是，這卷薈萃鄭思肖詩、書、畫、印，益以元明諸名家題跋及清帝鑑章，流傳有緒，極爲珍貴的國寶，竟被民國所廢的遜帝溥儀以送人的名義，盜出宮外，最後流出國門！據 1934 年國立故宮博物院編的《故宮已佚書籍書畫目錄四種·賞溥傑書畫目》，在清宮殘存的所謂"宣統十四年"（1922）"十一月初五賞溥傑"的記錄單子中，有"鄭思肖畫蘭""一卷，靜字九十三號"。當卽此卷。後來，又爲日人阿部房次郎（號笙洲，1868～1937）所得，[①]今藏日本大阪市立美術館。1941 年 9 月的《同聲月刊》第十期上，有無覺的《疎篁館雜綴》，提到：

> 頃從友人陳柱尊教授處，假得日本阿部房次郎氏印行《爽籟館欣賞》六巨冊，所載皆氏家藏歷代名畫。攝影精印，直與真蹟無殊。中有宋遺民鄭所南翁畫蘭，原爲清宮藏本，乾隆、嘉慶、宣統三朝御璽，赫然具在。流往域外，爲時當尚不遠也。所南翁自題一絕云（按，從畧）。後附元明諸家題句，多爲世不經見之作，因並錄之，聊供譚助……

關於該畫被盜賣外流的經過，2010 年 9 月 26 日《東方早報·上海書評》載《洪再新談日本收藏的中國古書畫》中有所披露：

---

① 今查 1946 年戰時文物損失清理委員會徐森玉主編之《中國甲午以後流入日本之文物目錄》，卷五"阿部房次郎"名下，有根據日本 1930 年阿部氏印行《爽籟館欣賞》而記錄的"宋遺民鄭思肖畫蘭卷，紙本墨畫，高八寸五分，長一尺四寸一分"，卽此畫。

　　由溥儀帶到天津的這幅畫,是怎樣進入阿部"爽籟館"藏品的呢? 原田悟郎(按,日本書畫商、博文堂老闆,1893～1980) 回憶道:"這件是劉驤業先生拿過來的。劉驤業是宣統帝的帝師陳寶琛先生的外甥……劉先生年輕,到日本來過好幾次的當兒,日語也講得不錯了,但記得的總是些風月場裏的語言,這方面花了好些錢。錢不夠了,就到我這裏來,說這個就放在這裏作抵押,下回還有這件、那件拿過來。然後就弄一筆錢讓他帶走……這幅《蘭》也是劉先生說急著用錢才放在這裏的東西。"由此可知,溥儀在天津"張園"小朝廷的隨從們是如何以倒手清宮舊藏來滿足個人私欲的,致使一些國寶流入日本市場。

　　而且,這卷名畫還不止一次被偽造,甚至其贗作竟然也被賣至國外。這些事,迄今尚未見書畫研究專家撰文指出過。

　　近人龐元濟的《虛齋名畫續集》卷一,著錄有《宋鄭所南蘭花卷》,並云:

　　　　圖,紙本。高八寸,長二尺九寸六分。水墨春蘭兩本。一著花,一無花。每本數葉,下不畫根。筆墨簡淡,清氣侵人,極爲高古。題款、年月,分寫畫之左右。陸深題於本身。後跋三紙,尺寸不錄。據郭頻伽跋內有"舊題皆前代勝流"一語,似當時尚有元明人題跋。或爲後人割截。記此以俟延津之合。

　　從這段說明可知此畫卽上述鄭氏墨蘭(本身)的倣作(龐氏並記錄了"向來俯首問義皇"題詩、日期及陳深一詩),但沒有偽造乾隆、宋犖諸鑑藏印(如有,龐氏當記錄,而他另外記錄了清人鑑賞印共十九方),甚至沒有偽造"陳氏子微"之印(否則,龐氏不會誤作陸深)。

　　龐氏所說的"後跋三紙",共記有五位清人的題跋,卽翁方綱於嘉慶

四年(1799)、趙懷玉於同年、郭麐於道光四年(1824)、彥槐於道光九年
(1829)、李振鈞於道光十年(1830)的題識。雖然翁、趙諸人也頗有學識,
但這回顯然上了假書的當。前已提及,鄭思肖此卷真蹟至遲於乾隆初便
入藏清宮,直至宣統時一直深藏大內,因此,翁氏等人所題者只能是贗品。

郭麐跋中說"舊題皆前代勝流",翁方綱跋中也提及王冕、陳昱的題
跋,可知偽造者確實還曾摹做過幾個元明人的題跋,大概後來覺得太易
露出破綻,乾脆就不多造了。趙懷玉跋中說他"觀於京師鐵廠之小聚沙
盦"。郭麐跋中說"淵北仁弟通守得於邗上(按,今揚州),出以見示",彥
槐跋也說"淵北先生以所藏鄭所南真蹟見示",龐氏並記此畫鈐有"萬淵
北寶藏真蹟印""承紫私印""萬石君"等,可知此卷假畫爲萬承紫(1775
~1837?)所藏。萬氏南昌(今屬江西)人,字淵北,號乙未生,室名碧香
居、映紅仙館等。此假畫今未知在何許。

這幅假畫的清人題跋鈔錄於下,以備參考:

> 逸氣來天地,無言擬谷香。
>
> 秋風起纖末,心事接蒼茫。
>
> 歲月鬱回首,纖題空自傷。
>
> 不知暮容鬈,何以晤羲皇?
>
>
> 伏闕陳書日,趨庭及壯年。
>
> 山依蘭晚臭,人在菊秋天。
>
> 培養論才早,精神待用全。
>
> 想饒坡石韻,風露正娟娟。[①]
>
>
> 鄭所南,宋遺老,入元不仕。客吳下,寄食僧寺以終。自稱
> 景定詩人,有《咸淳集》。《宋遺民錄》稱其畫蘭自更祚後不畫
> 土根者也。此卷自題"丙午正月",不著年號。按,陸行直跋所

---

① 兩詩收入翁方綱《復初齋詩集》卷五三《嵩緣艸》一,題爲《鄭所南墨蘭二首(自題丙午正月)》,其
中"擬"字作"託"。

南墨竹云："予自童穉至壯,時得承顏接辭,而先生去世幾二十載。"陸行直此跋亦不著年歲。然予攷陸行直生於德祐元年乙亥,逮元成宗丙午歲,陸年三十二矣。是此卷自題"丙午",是元成宗改元(此年號二字是方綱家諱)之十年丙午無疑也。王冕題有"晚年學佛""白首南冠"之語。又,吳人陳昱詩有"家學相承寶祐年,東籬幾度菊花天"之句。予攷鄭所南題《井中心史》自署云"德祐五年乙卯三山菊山後人",蓋所南之父名起,號菊山。以陳詩證之,知其承過庭之訓,在宋末寶祐時,而其詩稱"景定""咸淳"者,特自敍宋代遺民之詞。而其隱居吳下,則入元已久矣。卽此一卷,可得貞士之苦心,具詩人之始末,豈僅作翰墨觀已哉。

嘉慶四年,歲在己未,春三月廿日,北平翁方綱識。

儵然空谷異當門,渲染都成血淚痕。
天使寸縑逃刼火,人無餘地託靈根。
井寬差喜能藏史,世大何曾別受恩。
獨抱秋心盟楚客,年年芳草怨王孫。
嘉慶四年己未四月十七日,觀於京師鐵廠之小聚沙盦,距大德丙午蓋四百九十四年矣。武進趙懷玉題。

鄭所南畫蘭卷,三葉一花,儵然孤寄,洵逸品也。舊題皆前代勝流。最後北平翁侍郎爲之援據題識甚詳。淵北仁弟通守得於邢上,出以見示,且告之曰:"余家以先德之諱,凡圖畫有此花,皆不忍□張。錢籜石先生爲先人同年,嘗爲畫卷,以先友之故,謹爲裝治,時出敬觀,以寄永慕。今此卷爲遺民節士義氣所託,假令先人見之,必不令落他手。又舊得趙子固水仙卷,惟此可耦。爰以重價購之,將與錢、趙同藏,以示子孫無忘。子其爲我志之!"
余曰:"有是哉,子之志也!家諱之避,莫嚴於六朝,及李

唐猶然，此昌黎《諱辯》所爲作也。昔人有諱'岳'而不聞樂，諱
'石'而不履石者，以爲獨行則可，要非中道。《禮》所謂"見似
目瞿，聞名心瞿"者，亦即是以廣其孝思而已。今此卷既出遺
民節士之手，而鄭重收藏，以永無窮之慕，其爲心目之瞿也大
矣！不匱之錫，尚其類之！"遂爲書於後。①

　　道光四年正月，吳江郭麐跋。

　　豈惜衆草伍，難爲王者香。
　　離披三五葉，千古斷人腸。

　　畫蘭不畫土，此意先生獨。
　　風雪一花開，幽香滿空谷。

　　九畹根何託，三閭意亦勞。
　　寒窗一展卷，殊勝讀《離騷》。

　　更有趙王孫，孤高同谷口。
　　配食水仙王，天然兩佳友。（淵翁以此卷與趙彝齋水仙卷合裝
一匣，故云。）

　　淵北先生以所藏鄭所南眞蹟見示，焚香展玩，暢然於懷。
所南人品之高，筆墨之妙，前賢論之詳矣。爰題四絕句，附名卷
尾，以志景仰欣幸云。

　　時道光九年，歲在己丑，十一月十一日，彥槐並識。

　　西山薇蕨許同論，勁草離披撇澹痕。
　　不似楚花託沅澧，此曾無地著孤根。

　　道光十年庚寅，長至後二日，獲觀於樂無事日有喜宜酒食

___

① 　此跋收於郭麐《靈芬館雜著三編》卷七。

之室,歎美弗諼,敬題二十八字。李振鈞海初甫。

　　鄭思肖此畫的另一贋品,今知流至外國,藏美國弗利爾(Freer)美術館。今見照片,並收入 1988 年文物出版社《中國美術全集》繪畫編四‧兩宋繪畫‧下。此畫偽造得惟妙惟肖,乾隆諸印均有,陳深一章清晰無比(因此不會是上述龐氏所記那幅)。據《中國美術全編》說明,縱 25.4 釐米,橫 94.5 釐米,與大阪所藏眞蹟(縱 25.7 釐米,橫 42.4 釐米)不同,倒與龐氏所見者相近。此畫如何流至美國,暫不管它;倒是我國最著名的國家級專業出版社隆重推出,又聚集了一大批國內書畫鑑定界頂尖級專家任顧問、主編的這樣一部六十冊煌煌巨著《中國美術全編》,一時疏忽竟收入這幅贋品,實在令人失敬!

　　鄭思肖存世墨蘭雖然只有上述這樣兩種(“國香圖卷”和“丙午正月作卷”),但影響十分深遠。因爲蘭花自古是中國的國花。最早讚美蘭花的大概是孔子,如《孔子家語‧在厄》云:“芝蘭生於深林,不以無人不芳;君子修道立德,不爲窮困而改節。”從屈原的千古絕唱《離騷》起,我國歷代愛國人士都以蘭花爲民族氣節之象徵和愛國精神之寄託而詠諸詩文。《全唐詩》卷四六七有牟融《山寺律僧畫蘭竹圖》詩,說明至遲從唐時起,已有畫蘭者。然而早期的蘭畫均失傳了。如南宋時鄧椿的《畫繼》中說,曾見過北宋米芾畫的墨蘭;又有人說,蘇軾也畫過蘭花。都未能流傳下來。現見最早的畫蘭作品,當爲北宋宮廷畫師畫於絲質團扇上者(藏故宮博物院),但在歷史上沒有什麼影響。而傳存下來的最古老、最著名而且確知具體創作年月的墨蘭圖,就是這幅今流落保藏在日本大阪的鄭思肖“丙午正月十五日作此壹卷”。明人張弼有《題蘭》詩(見《張東海詩文集》詩集卷四),題下注云:“詠蘭首及所南,亦具詩史。”

　　值得注意的是,吳其貞《書畫記》說,這幾個字“是刻板印成,惟‘正’‘十五’三字是墨筆寫成。如此作用,始見于此”。但明末陳繼儒《妮古錄》卷二,則曰:“曾見鄭所南蘭一卷,畫左有‘丙戌正月十五日寫此一卷’共十一字,其‘月’‘日’‘寫此一卷’皆墨刷印者,其‘丙戌’‘十五’四字則手書填之。”所說署有不同,殆誤記也;若不能完全排除二者不是一種之可能,或陳氏所見乃倣造者? 今見大阪藏畫照片,"正""十五"三字墨色正是較他字爲濃,當是手書之故。那麼,鄭思肖爲什麼要這樣刻板墨刷呢? 臺灣研究者楊麗圭認爲:"思肖所爲,必有其用。或思肖所繪者題皆同,且爲數夥,蓋用以散於四方,以喚起民族意識之覺醒也。"所說似有道理。那麼,陳氏所見是另一幅眞蹟? 然而,鄭思肖卽使眞的曾經這樣大量墨刷題款,現在也不過僅僅脣存下來藏在大阪的那麼一幀而已!

然而,儘管就只是這麼一二幅墨蘭流傳下來,鄭思肖仍不愧爲蘭畫的一代宗師! 學他的人很多很多,我能舉得出來的後來明確學他畫蘭的名家就有金俊明、文徵明、孫克弘、陸治、陳元素、鄭旼、石濤、朱耷、薛雪、鄭燮、李鱓、汪士愼、羅聘、李方膺、吳昌碩等等;名氣畧小一點的還有周天球(公瑕)、陸治(叔平)、嚴熊(武伯)、李海州(伯材)、趙彝齋(壽承)、鶴峯(按,未知其姓,李調元盛讚之)、梁福草(九圖)、鄭洛英(西瀾)、吳霖(稼軒)、汪日賓(秩在)、周拔(淸漢)、許鏞(蘭谷)、董洵(企泉)、品蓮月禪師(藕船)、梅履端(雅村)、尹際昌(笑樵)、俞杏苑(庭芳)、楊際靑(映舟)、張亨嘉(鐵君)、魏大鏞(振東)、沈弈藻(翰宣)、盛誥(春塘)、蘇修五(有典)、趙樹屛(翔漢)、張爾源(本如)、余昌佳(竹修)、薛祇先(演疇)、翟紹庭(近民)、朱衣點(硏山)、程棟(樸村)等等。連民國時著名戲劇家梅蘭芳也學畫鄭氏墨蘭。

方若在《藥雨談畫四種·墨竹墨蘭墨梅派別》中則認爲:"墨蘭,元鄭思肖變前人鈎勒色描法而爲墨寫法,一時趙孟堅出其妙腕,譜傳韻致,孟奎、孟頫同擅此長,幾成一家法矣。傳者明文徵明、唐寅、周天球、徐渭、女史馬守眞,各得其逸;陳淳、陸治、陳元素、何淳之、王穀祥、王向,各得其秀。淸則逸如釋道濟、惲壽平,秀如羅聘、錢載、李治運,不讓前賢;鄭燮、李方膺,亦足別樹一幟。"[1]

薛雪(生白)在《一瓢詩話》中提到鄭氏墨蘭,甚至認爲"作詩之訣,於此推求,思過半矣。"又說:"余爲友人寫蘭,止數葉一花一蕊而已,覺渠不甚愜意,因題幀首云:'逢場爭說所南翁,向後人文半已空。不是故

---

[1] 方若(1869~1955),浙江定海人,本名城,字楚卿、藥雨,號劬園,別號古貨富翁。他的這篇文章載 1944 年 4 月 5 日《同聲月刊》第三卷第十一號。

將花葉減,怕多筆墨惱春風。'亦以畫法通詩法,論今之作者也。"

鄭燮(板橋)在其所作畫跋中更多次提到"吾家"鄭思肖。例如,乾隆戊寅(1758)姑洗月(三月)題自畫蘭云:"吾宗所南翁,寫蘭蕙每居至高之地,從不些著[著些]塵土。因想我輩作畫者……殊可愧也。"庚辰(1760)秋九月又題自畫蘭竹云:"文與可、梅道人畫竹,未畫蘭也。蘭竹之妙,始於所南翁,繼以古白先生。鄭則元品,陳則明筆。"壬午(1762)小春月(十月)又題自畫蘭竹石云:"昔人畫竹者稱文與可、蘇子瞻、梅道人,畫蘭者無聞。近世陳古白、吾家所南先生,始以畫蘭稱。"還有不知何年月題自畫蘭竹石云:"平生愛所南先生及陳古白畫蘭竹。"又據近人孫靜菴《棲霞閣野乘》卷下《板橋圖章》記,鄭燮還有"所南翁後"一印。據黨明放《鄭板橋年譜》,此印爲江陰沈鳳(字凡民,盱眙、旌德、宣城三縣知縣)所刻,見乾隆七年(1742)鄭燮手訂《詩鈔》扉頁。由此亦足見其對鄭思肖景仰之至。①

前面已經提到,日本有不少詩人題詠鄭思肖的墨蘭。其實還有一些畫家也學他的墨蘭。同樣的情況也出現在韓國。最值得一說的是金正喜(1786～1856),字元春,號秋史、阮堂、禮堂。禮山(今屬忠清南道)人。師從彼邦"北學(按,卽學習中國)家"著名學者朴齊家。己巳年(1809)隨其父來華,在北京與翁方綱、阮元、曹江等交游,書畫、鑑識大進。歸國後,任成均館大司成、兵曹參判等職。金氏《阮堂先生全集》卷六有《題石坡蘭卷》,論及畫蘭之歷史和鄭思肖的地位等,甚精闢:

---

① 鄭燮以墨竹最爲有名,世但知他畫蘭取法於所南,其實其畫竹也是向所南學習的。今見北京故宮博物院藏鄭燮墨竹長卷,就有他在乾隆七年(1742)書錄的鄭思肖墨竹卷上的諸多題跋,鄭燮並題云:"宋鄭所南先生墨竹一卷,題詠甚富,古巖王先生錄而藏之有年矣。乾隆七年,見板橋畫竹,謬獎有所南家法,不愧其子孫,命作長卷。板橋羞汗不敢當,又不敢辭,畫成並錄舊題於後,奉教命也。"按,時人認爲鄭燮畫竹亦"有所南家法"者,不止古巖王先生一人(本書下面還要寫到)。當然,鄭燮主要是"師其意",並博采衆家。他在《靳秋田索畫》一文中就說:"鄭所南、陳古白兩先生善畫蘭竹,燮未嘗學之;徐文長、高且園兩先生不甚畫蘭竹,而燮時時學之弗輟。蓋師其意不在跡象間也。"清人宣鼎《夜雨秋燈錄》卷一《雅賺》則認爲:"鄭板橋先生書法鍾、王,參以米、蔡,轉似篆隸;畫則得所南翁家法,更參以徐青藤老人,揮洒雄傑之致,便卓然大家。另外順便提及,鄭燮還書寫過鄭思肖的《隱居謠》,文字一字不差,只是不知道他是直接從《心史》中書錄的呢,還是從其他地方看來的。若是前者,自能證明鄭燮亦是肯定《心史》者。

　　寫蘭最難。山水、梅竹、花卉、禽魚，自古多工之者，獨寫蘭無特聞。如山水之宋元來，南北名蹟，不一二計；未聞王叔明、黃公望並工蘭。竹之文湖州，梅之楊補之，亦無並工蘭。蓋蘭自鄭所南始顯，趙彝齋為最。此非人品高古特絕，未易下手。文衡山以後，江浙間遂大行；然文衡山書畫甚多，其寫蘭又不十之一二，其罕作可知。所以不可以妄作橫掃亂抹，如近日之無少忌憚、人皆可以為之也。鄭所南所畫，嘗及見之。今世所存，纔一本而已。其葉其花，與近日所畫者大異。不可以妄擬仿摹。趙彝齋以後，尚可以求其神貌蹊徑；至於仿橅，又猝不可能。所以鄭、趙兩人，人品高古特絕，畫品亦如之，非凡人可能追躡也。近代陳元素、僧白丁、石濤，以至如鄭板橋、錢籜石，是專工者，而人品亦皆高古出群，畫品亦隨以上下，不可但以畫品論定也。且從畫品言之，不在形似，不在蹊逕，又切忌以畫法入之。又多作然後可能，不可以立地成佛。又不可以赤手捕龍，雖到得九千九百九十九分，其餘一分最難圓；就九千九百九十九分庶皆可能，此一分非人力可能，亦不出於人力之外。今東人所作，不知此義，皆妄作耳。石坡深於蘭，蓋其天機清妙，有所近在耳。所可進者，惟此一分之工也。余推鹵甚，今又頹唐無餘，鸞飄鳳泊，不作已二十餘年。人或來要，一切謝不能。如枯木冷灰，無復生趣。見石坡所作，有河南見獵之想。雖不能自作，以前日所知者，率題如是寄付。石坡須專意並力，更不使此退院老雛強所不強，有勝於吾之自作。人之欲求於吾者，皆於石坡求之可耳。

可知金氏亦曾寫蘭，自然也是學習鄭思肖的。上書同卷金氏又有《題石坡蘭帖後》云：

　　寫蘭，亦須多見古人劇迹。如所南漚波，大江南北，亦罕未易見。僅得所南一本見之，與元明以來諸作大異。惟我宣廟御畫墨蘭，有所南筆意。非人人所可規仿其一葉一瓣。近人如陳

元素、僧白丁若爪，皆天趣流發，尚可以尋得門逕矣。石坡蘭
法，夬脫白窠，書以貽之。

又可見，金氏認爲連朝鮮國王李昖（1552～1608）畫蘭也是學鄭思肖
的。在《阮堂先生全集》卷七《書示佑兒》中，金氏再次指出：“吾東畫蘭，
絕無作者，惟伏覩宣廟御畫天縱，葉式花格，似鄭所南法。蓋於時宋人蘭
法流傳於東，御畫亦以臨倣也。”

本節的最後，我引用晚清一位知名的浙江學者、詩人李慈銘（蓴客）
（1829～1894）《杏花香雪齋詩》丙集《題順德梁福草封翁九圖仿鄭所南
畫蘭册二首》之二（又見蔣汝藻編《越縵堂詩話》卷中，“憂”作“幽”）：

> 思肖不畫土，高風無與儔。
> 承平根久著，烟墨外何求。
> 海上夷花怒，庭前帶草憂。
> 誰將千畝茜，自比富民侯？

詩作於光緒己卯（1879），李氏自稱“此詩用意微妙，非世人所知”，
無非借鄭氏墨蘭之高風，表達對現實的不滿。再引晚清一位不知名的福
建畫家、詩人郭籛齡（子壽）（1825～1886）《吉雨山房詩集》卷二《題自畫
蘭》中的一首詩，詩中的“大空”是指《大無工十空經》：

> 憂時心事《楚騷》同，一卷眞經號《大空》。
> 花與畫花人絕肖，借花貌出所南翁。

七、幾則備考的稀見史料

本章臨末，還要提到幾則有關鄭思肖畫作的從未經人提及的稀見

史料。

先說鄭思肖墨蘭。

趙士春（1599～1675），字景之，號東田、蒼霖，江蘇常熟人。明季曾入復社。崇禎十年（1637）進士，曾入閣，因上書忤旨，謫福建布政司照磨，終左春坊中允。入清不仕。趙氏曾在"南中制草近三百道"，其中就有發給張國維者（見《保閒堂集》卷十六）。趙氏《保閒堂集》卷十有題爲《花甲圖十餘本見贈，漫作長歌以謝，兼代捧觴，予家舊有鄭所南眞跡，故首及之》的詩："昔有仙人工畫蘭，一朝刦破悲荒寒。終身畫蘭不畫地，墨花點染多生氣。余家三世藏此卷，不敢賦題入畫苑。二十五讚如日星，國香千載無飄零……空林無人聊自芳，前屈後鄭同輝光。"從"余家三世藏此卷"可知，這幅鄭氏墨蘭是從明代其祖父趙用賢起就珍藏的。此卷的具體情況不詳。"二十五讚"，我意當指屈原的《離騷》二十五篇，所以後面又說"前屈後鄭同輝光"。

清初和清末還有兩則流落到商人手裏的鄭思肖墨蘭的記載。一是李肇亨（1591～1658後）在《夢餘集》卷三有壬辰（1652）寫的一首詩，題目甚長：《歸義之隱於吳門，身居貿易，心好書繪，所蓄頗多。有同志者，卽出示評騭，欣然忘倦；非其人，不屑一見也。内君甚賢，亦同所好。傍無子女，日夕罷市，必相對小樓，篝燈展覽，精蔬佳醞，小飲數盃，不復知在囂塵中矣。壬辰春晚，予過訪，獲登其樓，所見倪、黃諸蹟，及方方壺山水、鄭所南墨蘭，皆奇物也，述之以詩》。可知清初在蘇州有一個名叫歸義之的商人，就藏有鄭思肖墨蘭。李氏字會嘉，號珂雪，晚號醉鷗，是當時有名的浙江嘉興書畫家和鑑定家，今存明清諸書畫譜和著錄書中多見其鑑賞跋識，因此，其所記此幀鄭氏墨蘭應當是眞蹟。其詩中云："肆列刀緡混塵土，樓藏寶繪富雲霞。鑑眞不共時人說，嗜篤還同內子誇。"

另一是王韜（1828～1897）在光緒乙酉（1885）作序並在上海刊刻的許起的《珊瑚舌雕談初筆》卷六有《銀蓮金贏》一則，記許氏在居滬經商的四明（寧波）巨富楊某家裏，竟看到過"鄭所南蘭花册子十二幅"！許起（1828～？），字壬瓠，齋名蒨萊草堂，蘇州人。許氏寫的這則材料更吸引眼球，因全錄於下：

　　四明巨商楊某，貿易滬上，以洋貨起家，富甲東南。時當軍需孔亟，鉅公往往與之商貸，以是勢燄衝霄漢。嘗有一官弁，執香長跪門首三日，求其代向上游緩頰請免罪案，則其要結當路，炙手薰灼可知。平日起居飲食、器用服御之侈，亦可想見。其家所藏，竟有出人意表之物，余所目擊者。

　　嘗折簡來招，訂期邀飲，余訝素昧平生，詢諸來人，方知特請五客，欲將所購書畫骨董一一質之，以定品評。屆期肩輿來迓，至則已到兩客，一爲金陵馬大年處士驥，一卽同邑嚴起雲明經承健。無何，又至陽湖趙霞標上舍赤城，番禺林錫九中翰昌齡。早有門客陳生陪坐，旋見楊君恭服出拜，暑敍寒溫，遂把卮各敬一巡，卽倩陳生陪飲而入。有侍史五六輩，陸續捧出卷軸、鼎彝、金石、硯瓦、甕玉等，羅陳於前，堆几盈案。陳生卽請吾儕加以賞鑑。

　　余竊思識見譾淺，何敢妄評，惟於六法稍知萬一，而孰知倩余只辨別畫而已。書則起雲，牌板則大年，鼎彝之屬則錫九，甕玉硯瓦則霞標也。余不得已，於數十種中擇其四：一鄭所南蘭花冊子十二幅，一金冬心無量壽佛像小立軸，一羅兩峯鬼趣圖十六幀，一陳洪綬芭蕉雞冠花小橫披。餘悉贗本。馬、嚴諸君亦各有去取。

　　事畢撤飲，偕步中庭，庭有兩座紫檀架，架上供青地粉白雲龍甕盎兩口，圍約四五尺許，盎植四色蓮花各四朵，葉七八莖，修短不齊，花葉亭亭，光耀奪目，風吹之鏗鏘有聲，音韻欲流。細視之，蓮之花葉乃朱提之骨鑄而鏤成之，色則設五色藍石耳。清水之下寸許，五色石子滿貯盎底，瑩然如錦。水面各有金蠃兩三箇，居然放屑噴水，蜒於盎口。諦審之，殼則赤金鎔成也。同人無不異之。

　　後不數年，楊病卒，眷屬歸鄉，嫡庶爭產致訟，家貲頓落。想此兩盎中物，安得無恙耶？

據謝國楨《明清筆記談叢》，"四明巨商楊某"卽獻媚清朝、勾結英美侵晷軍鎮壓太平軍的買辦資本家，捐官做到候補道的楊坊；"往往與之商貸"的"鉅公"卽李鴻章。從許起的記載中可知，直至晚清猶有"鄭所南蘭花册子十二幅"流傳於世，可惜今不知其下落！

下面再說鄭思肖墨竹。

我在乾隆時吳興女詩人沈彩（虹屛）《春雨樓集》卷十三，見有《題鄭所南竹卷》：

> 鄭所南，宋末高士也。其所寫竹，疎疎朗朗，直節干雲，殆自寫其胸次耳。豈求工於筆墨間者所能彷彿哉！

沈彩所題鄭思肖墨竹，肯定不是前述《推篷竹卷》，因爲又見她著《春雨樓書畫目》一卷，中有《宋鄭思肖竹卷（紙本）》云：

> 自題絕句云："傲骨棱棱迥出羣，鳳梢龍鬚勢干雲。堅貞漫說惟松柏，高節清風有此君。"前有唐寅題"虛中勁節"四字，後有婁孟堅跋。主人跋云："今使登首陽之山，挹孤竹之高風，有不悠然神往者乎？閱所南此卷，亦當相賞於筆墨之外。"言簡意括，爲跋語之極佳者。

可知此卷墨竹曾由明代著名書畫家唐寅、婁孟堅及"主人"鑒定題跋。"主人"卽陸烜（沈彩爲其妾），字子章，號梅谷，又號巢雪，浙江平湖人，乾隆時諸生。工詩擅畫，富收藏，著有《梅谷集》，編有《奇晉齋叢書》。沈彩《春雨樓書畫目》有跋云："主人少好書畫，所著《寶蹟錄》已縹緗盈卷矣。續以好古敏學，別有關心，不甚寶愛，散棄遂多。並其《錄》亦爲友人持去，無從追索矣。壬子（按，1792）之秋，主人以病瘧瘵後，余與飄君日侍奇晉齋，進茗添香之次，日展法書名畫爲消遣，因欣賞其至精美者，另置一榻，令彩編錄之，識其梗概，著爲《目》。且曰：'家貧兒眾，長物終將化爲烏有,畱此枝贅,使後人得而考之,因以見吾數人貧而樂,同心而偕隱,此物此志也。'時夫人在座,莞爾而笑。遂書之以爲後序。"此卷墨竹後來毫無蹤蹟可尋。

我又在 1914 年上海土山灣印書館出版的張漁珊、晉都祿譯《墨井書畫集》中,看到第二十二幅畫上有吳歷的一則題跋:"倣所南翁'風晴雨露'墨竹法,稍得其意。墨井道人。"吳歷(1632~1718)爲著名畫家,常熟人,明季諸生,清初遺民,最後歸從西方天主教。字漁山,號墨井道人。他是陳瑚的學生,又學畫於王時敏、王鑑,學琴於陳岷。此四位師長均是明遺民,而且陳瑚正是熱烈肯定《心史》者。吳氏所模倣的鄭氏"'風晴雨露'墨竹",可惜今未之見! 但我認爲可以肯定也不是前面寫過的"推篷竹"。因爲"推篷竹"畫法的最大特點就是所謂"推篷",而吳氏則毫未涉及"推篷",說的卻是"風晴雨露"。

曾見清初黃圖珌《看山閣集》古體詩卷七《畫竹歌》小序云:"畫竹有風晴雨露,晴則如笑,雨則如醉,露則如睡;獨風,清芬雄氣,參差錯落於筆墨間,飄飄欲仙,使人有出神入化之想也。"如此畫藝,真可謂不可思議! 真想知道鄭思肖是如何表現竹的"風晴雨露"的! 關於"風晴雨露"墨竹一法,再古之論述未見,最早我只見到明人的記述,如焦源溥《逆旅集》卷十九《題梅道人竹卷》云:"往余在陽陵楊元周精舍見梅道人戲竹,風晴雨露,體無不備。"梅道人即元畫家吳鎮,比鄭思肖約晚四十年。上述吳歷的題跋如果沒有記錯,有可能正是鄭思肖創造了"風晴雨露"墨竹法!

清道光時詩人謝塈(佩禾)在其《春草堂集》卷五有《范廉泉明府以鄭所南竹石、錢舜舉職貢、蔡女蘿花鳥諸冊見視,三用前韻》:"金粉鎔成筆底霜,細分□突見陰陽。攜將墨寶藏官署,招得芳魂入水鄉。異國冠裳新畫院,數行竹石舊文房。臥游飽讀成追憶,冀北新徵八月梁。"據考,范氏名仕義,字質爲,號廉泉,雲南保山人,嘉慶癸酉(1813)、甲戌(1814)聯捷成進士,官如皋知縣,有《廉泉詩鈔》。范氏所藏鄭思肖"竹石"今已不知下落。

我又在清人方濬頤(1815~1889)的《二知軒文存》卷二一,看到其《記王子喤所藏書畫》中提到鄭思肖的一幀墨竹:

抱書畫之癖，老而不倦，隱於一官，舟車出入恒以籤賮自
隨，行止坐臥輒與古人相晤對，屏棄塵俗，樂此不疲若吾子勇，
近今殆罕有其匹。子勇奉檄通州，筊布捐久，與予在白門一見
卽相契。自是，三四年来每到邗上掉扁舟，必載卷軸以示余。
余亦請觀夢園所藏。如是者屢屢。予所見明以前眞蹟無慮數
十種，皆夢園所無者。惜乎過眼雲烟，未獲有所著述也。丙子
（按，1876）正月十二日，春陰如晦，晨起枯坐寶米齋，研井字硯，
正思作書，門者忽報子勇至，則兩童所擎者又復不少，急索讀
之⋯⋯皆精妙絕倫，目不暇給。時已禺中，欵之小酌。子勇曰：
"毋多肴，吾但啖飯也。"因相與抵掌談世事，咨嗟太息者久之。
自言家無長物，所寶者祇此金題玉躞耳。方將挂帆歸去，倘徉
於瀟湘二水間。予旣心欽其高曠澹泊，而又恨肥津相距太遠，
他日歸田，無緣過訪，色頓爲之不豫。子勇曰："勿爾介介！吾
二月尚來此。且舟中尚有書畫，子明日盍往觀乎？"予諾之。
翌日，晴旭杲杲，暖風徐吹，亟赴河干，復見⋯⋯鄭所南墨竹，紙
本，立軸，李馥堂觀，於此可識板橋門徑⋯⋯子勇告予曰："僕
嘗有句云：'有好不辭終日累，無才樂得一身閒。'子與予同癖，
故不憚傾囊倒篋而出之。否則，恐爲儈父所忌。子毋輕以告人
也。"榜人趣解纜，予遂悵悵與子勇別，歸寶米齋，亟走筆記之。
君之好非葉公，予之癖亦殊屈到，千載而下，定有解人。

這裏用了"屈到嗜芰"一僻典，表明其是眞賞者。尤可注意"於此可
識板橋門徑"一語，即方濬頤（或李馥堂）認爲鄭燮畫竹其實也取徑於鄭
思肖。[1] 但方氏看到和描寫的是"立軸"，可知絕不是本書上面寫的"推

---

[1] 應該指出，這並不只是方濬頤（或李馥堂）的一己之見。例如，自謂與鄭燮"同心知我稱石交"的
金德瑛（1701～1762）有詩《題鄭板橋贈蘭竹畫》云："畫蘭不多三五莖，畫竹不多三五幹。紙寬
墨潤腕力餘，更添古石三五片。微香馥馥清影搖，滿堂觀者增欣美。齊東有竹却無蘭，玉版尊師
唯悟半。板橋家法所南翁，心花無根舒爛漫⋯⋯"所說鄭燮師法鄭思肖，就不僅是指蘭畫，而且
"有竹"。本書這裏下面寫到的何栻，更明確地說"鄭板橋臨橅所南翁畫竹"！

篷竹"。這裏提到的李馥堂,可能就是著名畫家李鱓(1686~1762)①,
"揚州八怪"之一,鄭燮之好友。李鱓康熙辛卯(1711)中舉,三年後任內
廷供奉,因遭排斥而被解職。後出任山東滕縣知縣,又因負才使氣,觸犯
權貴,於乾隆庚申(1740)罷官歸里,流落揚州,賣畫爲生。但馥堂也有
可能是李逢辰,江蘇元和(今蘇州)人,嘉慶甲戌(1814)進士。不管怎麼
說,這幅有李馥堂題識的紙本立軸鄭氏墨竹,後來就再也未見任何文獻
提及了!

　　另外,我在清人何栻(1816~1872)《悔餘菴詩稿》卷七看到一首詩
《荇農同年屬題鄭板橋臨橅所南翁畫竹長卷及諸家題跋》,題目中卽明
確地說鄭燮"臨橅"的是"所南翁畫竹長卷"。詩中云:"南翁高節不可
攀,板橋酷似鬼在腕。千个萬个風雨兼,十行五行篆隸半。放手直到秦
漢間,置身疑在湘沅畔。(卷尾寫蘭兩叢。)"這一臨摹之作,也不知存世
與否。今北京故宮博物院藏有鄭燮墨竹一長卷,當可稱爲"推篷竹",畫
後有他書錄元明清諸家題鄭思肖墨竹之跋識;②但該卷墨竹鄭燮自稱
"板橋畫竹",並未說是"臨橅",卷尾有蘭似乎僅一叢。因此,何氏看到
的鄭燮墨竹長卷,不知道是否卽今故宮博物院所藏者。何氏和"荇農同
年"(按,卽周壽昌,1814~1845)認爲的鄭燮所"臨橅"的"所南翁畫竹",
也不知道是鄭思肖的哪一幅。

　　總之,綜上所述,鄭思肖繪畫品種決不止墨蘭一種,也不止蘭、竹二
種,可惜除墨蘭外不爲人知,而且所作墨蘭也晉存極少,流傳極稀。早在
明末,卽使在蘇州,也已經是很罕見了。如明末吳中劉振之(原起)墨蘭
上有蘇州名人徐樹丕題語:"余生平所見畫蘭,僅趙松雪耳。以前如鄭
所南輩,皆不及見。"(見黃賓虹《冰鄿雜錄》)由於鄭思肖之畫作大多遺
失,大大影響了他在中國美術史上的地位。我們有必要強調說明這一
點,而且還應著重指出他在繪畫中的創新精神,如"推篷竹"的巧妙構

---

① 李鱓,後人多寫爲李鱓,誤。李鱓字宗揚,號復堂,名、字、號皆取自《禮記·檀弓下》杜蕢揚鱓
故事。
② 按,卽鄭思肖《推篷竹》之諸家題跋。鄭燮書錄的是"古巖王先生錄而藏之"者,並非直接錄自鄭
思肖原畫。據對照,王氏所錄與高士奇《江村銷夏錄》所錄次序一致。

思，如無土無根的象徵寓意等。

鄭思肖的繪畫，是他的愛國思想的表現形式之一。在他的《心史》未被發現之前，實際起了代替他的詩文的作用，也使後來長達三四百年間的人們不至於完全忘記了他。這真如明人袁華詠鄭思肖的詩中說的"圖畫仍兼著述存"。而他的題畫詩，完全可以與《心史》中的詩相輝映。

鄭思肖的繪畫，後人曾有偽作。在這方面還有待專家來進一步研究、鑑定。歷年來有關畫史、畫冊、辭典、鑑賞手冊之類圖書中提到鄭思肖及其畫作之處，錯誤甚多，亟待消除。

最後，我要再一次提到，今存的鄭思肖的繪畫，甚至其摹本或贗作，現在全部都流失在國外！這是值得我們每一位有愛國心的同胞和外籍華人深長思之的啊！

第三章　　鄭思肖的詩文與創作歷程

著錄諸書(《大無工十空經》《釋氏施食心法》《太極祭鍊》《謬餘集》《所南文集》《一百二十圖詩》《錦錢餘笑》)**—佚詩佚文—《心史》**—三個創作高潮

　　鄭思肖的著作,據盧熊《蘇州府志》中的鄭思肖小傳,除了《大無工十空經》一卷以外,"又著《釋氏施食心法》一卷,《太極祭鍊》一卷,《謬餘集》一卷;《文集》一卷,《自敍一百二十圖詩》一卷,與菊山先生詩集並行於世"。另外,鄭元祐《遂昌雜錄》記有《錦錢集》。這些,便是除了《心史》以外,人們所知道的鄭思肖的著作的書名。

　　此外,我還找到兩部鄭思肖佚著的重要線索。一,元·王逢《梧溪集》卷六有《租籍銘》,其小序曰:"租籍一帙,先庫使菜亭翁之手書也。逢倉卒去乙未亂,物多散遺,而此儼在。沾灑伏覽,尊容如對之字畫外。因憶幼侍側承言:'近代有王士良者,本庸氓,歲租入義,令種尸自量。士良字由。自量易致,感雨蘇旱。見載鄭上舍所南錄。爾小子善推是心,曷事不濟?'"王逢所記菜亭翁那句話,文字似有舛誤,但大體意思還能懂,就是說鄭思肖曾記載元代有個王士良,對待交租的農民很有人性。由此推斷,鄭思肖是否還曾有過一部名叫《所南錄》的書?(有關王士良的事,未見《心史》及今存其他鄭思肖詩文有記。王逢和菜亭翁當然也不可能看過沉在井底的《心史》。)二,清嘉慶鈔本錢謙益《絳雲樓書目》卷四《道書類》,還記有"鄭所南《脩眞全書》十二冊";又,道光後重修《福建通志》卷六九亦載鄭氏有"《脩眞全書》十二卷"。這該是一部道教巨著了,惟不知其內容,也從未有人(包括錢謙益、道教界人士、道教研究者)談起過,亦怪哉。

　　在明末之前所有鄭思肖傳記材料中,都沒有提及《心史》。也正是這一點,使某些人對《心史》產生了懷疑。其實,這個問題倒可以請他們逆向思維一下:如果真的有人要偽造鄭思肖的書,那麼爲了取信於人,偽造者完全可以用一個傳記中有、而書已佚的書名(如《謬餘集》),何必取這樣一個容易讓人起疑的書名呢? 而明末之前諸傳中均未提到《心史》,那是當然的。因爲鄭思肖在《心史》中反覆提及此書"實難其託",一旦洩露就可能有殺身之禍,①當然他在生前就不會輕易示人;而自從密封沉井後,不至浚智重現之日,自然也就不爲人知。但是我認爲,在明末《心史》出井以前的鄭思肖傳記中,其實仍然隱隱有著《心史》一書的影子或線索。那就是那卷神祕的《大無工十空經》。

讓我們來重溫一下盧熊《蘇州府志》鄭思肖小傳中對它的說明:

> "空"字去"工"而加"十","宋"字也,寓爲"大宋經"。造語奇澀,如廋詞,莫可曉。自題其後云:"臣思肖嘔三斗血,方能書此。後當有具眼識之。"

從這裏,我們可知《大無工十空經》也就是《大宋經》;而《心史》出井時,其手稿外緘封紙上寫的書名是《大宋鐵函經》。《心史》基本編定後,作者曾經經過頗長時間的考慮,才最後決定用鐵函密封後沉井的(詳見下述);那麼,在未用鐵函之前,不也正是可稱作《大宋經》的嗎? 此其一。

傳中又說《大無工十空經》"造語奇澀,如廋詞,莫可曉",而《心史》中的《久久書》正是"昔分其字而九九錯綜書之",如同今日之密電,"祕其機,神其事,庶幾便出入,眾不疑其文且奇,其嗇傳可以久久"(《久久書》正文前鄭思肖語)。《久久書》又稱《前後臣子盟檄》,作者自己解釋說:"曰《臣子盟檄》何義? '臣'不敢忘君,'子'不敢忘父母,誓吾心不變曰'盟',勸國人皆忠曰'檄'。""盟檄"共有兩篇,故稱"前後",同時大概也是做效諸葛亮《前後出師表》。《久久書》是最激烈的反對蒙元的政

---

① 元代統治者對文人的高壓政策是很殘酷的。《元史》卷一〇四《志》第五十二《刑法》三《大惡》就明文載著:"諸妄撰詞曲,誣人,以犯上惡言者,處死。""諸亂制詞曲爲譏議者,流。"動輒殺頭、充軍。

治宣言,在元初是絕對不可能公開示人的。所以作者用了這種"九九錯綜書之"的方法,可見這是作者爲了希望它可以久久"䩓傳"而想出來的一種方法,因而造成一般人讀不懂,這與傳中所說《大無工十空經》完全吻合。此其二。

《久久書》在戊寅(1278)年就已"九九錯綜"寫好,但在壬午(1282)年基本編定《心史》時又重新"釐爲正文"(卽"解密"),"舊文茲不更錄"。所以,傳中所說的"自題其後"的那句話,就成了多餘的而未鈔錄。因爲"莫可曉"的"䫨語"已恢復成不須"具眼"也能"識之"的話了。但《久久書》中仍多處提到"大宋孤臣三山所南鄭思肖億翁<u>泣血</u>誓心而書",《久久書》的跋中也保<u>畱</u>有"久久觀之,當自通其文"諸語,與傳中所記的那句"自題其後"的話是極相似的。此其三。

還有,《心史・中興集一卷》有一首《送僧遊西湖歸永嘉》詩,中云:"熟路有緣家易到,<u>空經無字世難聞。</u>"其下句當是暗示他已撰成《大無工十<u>空經</u>》("空經"卽"大無工十空經"的簡稱),但就像沒寫(無字)一樣,難以問世。考此詩作於己卯(1279)冬,其時《久久書》尙未釐正。這也透露了《大無工十空經》和《久久書》的關係。此其四。

因此,我認爲《心史》在祕密函沉以後,原題作《大無工十空經》的《久久書》舊文被鄭思肖友人看到了,或者被人收藏了,[①]所以這個書名便流傳開去,並被寫進了傳裏。而這正可證明《心史》實有其書,或者說,這是《心史》以另一種特殊的形式和書名被記載在鄭思肖的傳記中了。

總之,我認爲,廣義地說,《心史》(《大宋鐵函經》)就是《大無工十空經》;具體地說,《大無工十空經》一卷,也就是《心史》中的《久久書》。

《釋氏施食心法》一書,今未見。明末爲《心史》作跋的長洲(今江蘇蘇州)許元溥在跋中說他見過此書,而明末刊刻《心史》的新安(今安徽歙縣)汪駿聲在《書心史後》中說:"《輟耕錄》及《吳郡志》載先生'晚究性命之學,以壽終',則其所著《大無工十空經》及《釋氏施食心法》諸書

---

① 王達《宋鄭所南先生傳》中提到:"《大無工十空經》……好事者或藏於家。"

爲晚年之作無疑矣。安得盡見於今世也！"

今按，如上所述，《大無工十空經》含意爲《大宋經》，與所謂"性命之學"無關，而且也不是作於晚年。而《釋氏施食心法》，顧名思義，是佛教的一種"祭鬼法"，此書更不是晚年之作。鄭思肖晚年署名"三外老夫"爲《太極祭鍊》一書寫的序中，提到有人向他提及"昔者著《釋氏施食》《道家祭鍊》二書"時，他說："我聞之，如搦弄舊夢於掌上，竟不知爲何物。"當然，這可能是一種誇張的寫法；但他又說"昔年著二書，童習未斷耳"。足見《釋氏施食心法》和《太極祭鍊》都是他年輕時寫的。

在《太極祭鍊》的一則跋中，鄭思肖還寫道："從道家者學仙公煉度，從佛家者學阿難施食，一有肯心，不必問其從釋從道也，均之爲濟度幽冥也。"可知《釋氏施食心法》與《太極祭鍊》有相通的地方。所以，鄭元祐在《遂昌雜錄》中說鄭思肖"有《祭鬼法》"，其實當包括這兩部書。鄭思肖在《太極祭鍊》的跋中又說："又著《釋氏施食心法》《施食佈施支說》，幾二萬言。"由此可知此書的大致字數。（這裏雖然用了兩個書名，其實肯定就是一本書。就像《太極祭鍊》一書，又分寫爲《太極祭鍊內法》和《太極祭鍊內法議署》一樣。）此書內容雖然今人未必會感興趣，但仍盼望今後在某個寺廟或其他角落中能發現它，對研究鄭思肖肯定是很有用的。

《太極祭鍊》一書，今存。本書第一章裏我們已經談過，因此有的內容此處便不再重復。此書分上中下三卷，上卷題爲《太極祭鍊內法》，中、下卷題爲《太極祭鍊內法議署》。本書除鄭思肖的一篇序及三段跋文外，後又陸續有張宇初、徐善政、張遜、侯以正、沈子我等元明道教人士的序。

據任繼愈主編的《中國道教史》第十五章《宋元符籙派道教》，此書闡揚的是"靈寶派祭鍊之道"，並認爲鄭思肖"自是爲超度抗元亡魂，以寄託他對故國的哀思"。今按，鄭思肖在後來爲此書作序、跋及出版時，肯定寄託了他對宋朝的哀思。但他在撰寫此書時宋並未亡，只可以說他懷著"超度抗蒙（按，當時還沒有"元"呢）亡魂"的目的，但不能說什麼寄託"對故國的哀思"。

還值得注意的是,鄭思肖此書雖然是道教著作,但亦融攝釋氏之學,而其所重則仍在儒家常說的"心""誠"之說。如書中曰:"天地之間,一至誠大道而已。《中庸》曰:'唯天下至誠,能爲經綸天下之大經,立天下之大本,知天地之化育。'故一切事無大小,悉以至誠爲之……先立至誠爲本,至誠者無毫髮雜念,極純一之心也。"又曰:"心之廣大,渺無邊際,與大道周流於無窮無礙之天。豈可短智狹量,以自小之? 一日克己復禮,天下歸仁焉。"這些論述,與《心史》是完全相通的,甚至連語句也差不多。劉師培《讀道藏記太極祭鍊內法》就認爲:"合觀所言,論心論仁,並與《心史》他篇相合。"於此也可看出《心史》確是鄭思肖所著。

《謬餘集》一書,今未見。然明人楊士奇即曾見過。清《四庫全書》所收楊氏《文淵閣書目》,在"寒字號第一厨書目·佛書"下著錄:"所南翁《謬餘集》一部一冊"。(按,四庫館臣稱:"《文淵閣書目》四卷,明楊士奇編……是編前有正統六年題本一通,稱各書自永樂十九年南京取來,一向於左順門北廊收貯,未有完整書目,近奉旨移貯於文淵東閣。臣等逐一打點清切,編置字號,寫完一本,總名《文淵閣書目》。"可知該書目非楊氏自編和取名。)明人葉盛《菉竹堂書目》卷六"佛書"類亦著錄。在清代猶有多人提到和讀過,如全祖望在《周先生囊雲集序》(收入《鮚埼亭集外編》卷二五)中說:"予嘗見鄭所南《謬餘集》,其中多佛語。"錢大昕在其《補元史藝文志》卷四"集類"中,也載有"鄭思肖《謬餘集》一卷"。

"謬餘"何意?《心史》雜文卷有《責謬》一文:

> 我凡與人語,人皆不解我意。謂我語不可曉耶? 我心中了了無礙。謂我語可曉耶? 人聞之懵懵相視。波斯呶呶梵語,別國人俱莫辨之。譬之以此,則我誠愚矣! 我始之待人爲君子也,十必望其八九,久之則七六矣,又久之則五四三二矣,又久之至於一亦無所取者有之。雖然,我之觀人固如此,焉知人之

觀我不如此哉？斯二者其謬抑甚矣夫！故作《責謬》。

《謬餘集》之取名，殆亦與此相關乎？《謬餘集》曾被拆散收於《永樂大典》，而《永樂大典》後來大多已毀失；但不幸中之幸，今《永樂大典》殘存"卷三千三·九眞·人·詩文"中錄有"所南翁《謬餘集》"一則：

閱人齋記（十月作）

　　王德符扁讀書寓舍曰"閱人齋"。天地亦傳舍爾，奚獨傳舍哉？傳舍閱人耶，人閱傳舍耶？如欲知之，問諸傳舍。

這篇記僅四十一個字。但不僅證實鄭氏確有《謬餘集》，又因"所南翁"（按，今人整理本誤認"所"字爲"存"）之名，可知此書可能作於晚年。惟"十月"不知何年，王德符不知何人。今見元初釋大圭《夢觀集》卷四有《哀王德符》詩："深期久屈一時伸，白髮蓬廬竟不春。在抱孤兒方識母，藏書萬卷付何人。總帷像設空堂暮，蕭寺琴尊異世身。同社相逢俱涕落，百年無復見遺民。"鄭思肖之友當卽此人，亦宋遺民也。這篇《閱人齋記》又可見《心史》不僞：一是如此短文，《心史》中也正有多篇；二是此文風格與《心史》中的《呆懶道人凝雲小隱記》最末幾句很神似。（《呆懶道人凝雲小隱記》云："問君而君不知，問吾而吾不識……或欲識之，請問於凝雲小隱主人呆懶道人。"）希望今後還會發現《謬餘集》。

　　鄭氏傳中所謂"《文集》一卷"，全名卽附收於今本《清雋集》後的《鄭所南先生文集》。但仇遠所編鄭起《清雋集》的柴志道序（作於1301年），只說書中附收鄭思肖《一百二十圖詩》，而未提及《文集》，可知《清雋集》初版只附了《一百二十圖詩》，《文集》是後來的人附上的。今從《文集》中的文章來看，也可知均作於大德五年（1301）以後。

　　《文集》共收八九篇文章，第一篇《我家清風樓記》是精彩的寓意深遠的散文,適可與《心史·雜文》中的《南風堂記》《三膜堂記》等對讀,都是寫虛幻想像中的樓堂,但文字更長,更汪洋自恣;此文顯然是晚年所寫,又公開發表,所以便沒有了《心史》中那種痛罵元蒙的話。但文中"惟終身以天理行吾之志而已"諸語,不僅表達了心蹟,而且與《心史》一脈相通。

　　《文集》中《無弦處士說》一文,也可與《心史·雜文》中的《一是居士傳》相對讀,也比後者更長更恣肆。從文中"晉徵士陶潛卒後八百七十七年"句來看,可知作於大德八年(1304)。

　　接下來是兩篇同時寫給吳山人(不知其爲誰①)的文章,一是《送吳山人遠遊觀地理序》,二是《答吳山人問遠遊觀地理書》。特別是後一篇,灑灑洋洋,竟達一萬三千多字。而文中說"今吾六十四歲矣",可知亦作於1304年。晚年而有如此筆力,殊堪欽佩。而且,這兩篇文中還涉及不少自然科學知識。清末黃節對此文研究後,在所撰《鄭思肖傳》中指出:"觀其所學,則通夫天體、地文,與夫人身解剖之學,而於地文之說,尤多所發明。"黃節認爲,鄭思肖在此文中實際上已涉及近代天文學、地理學上的地球橢圓之說、地球公轉之說、海潮關係於月球引力之說、地球形成之說,以及南北極圈之說、地球水陸分佈之說、地球內部高熱外部沉降之說等等,並觸及地理學與社會學的關係等等。今按,這到底是鄭思肖自覺地提出了這些科學觀點呢,還是偶然臆中,是可以進一步研究的;但黃節指出這些,非常值得我們重視。他萬分感慨地說:"距今七百年上,②泰西地文學尚未發明,而所南乃持之有故、言之成理如此。嗟夫! 使所南可以致用於時,其發明將如何? 又使後之人由其說而發明,則吾國之科學將如何? 而天下乃忽之!"③而令人遺憾的是,卽使

---

①　臺灣研究者楊麗圭認爲"吳山人"可能就是《文集》中《辭吳泮請儒師書》中的"吳泮"。我認爲絕對不是。因爲,一則吳山人是由外地來吳,吳人"皆不識",而吳泮則在吳地辦學;二則此是"山人",彼是"廣文先生"(卽儒學教官);三則吳山人年輕,故鄭思肖稱他爲"子",而稱吳泮則是"先生"。

②　黃節此文發表時(1905年4月24日),離鄭思肖撰寫這兩篇文章,相隔六百年。

③　鄭思肖對地學提出不少卓見,甚至可以令人驚訝。不過,黃節說"'地文'二字之名詞,所南已創有之矣",則似有不確。《莊子·應帝王》中卽有"鄕吾示之以地文,萌乎不震不正"之文,清人疏云:"文,象也……地以無心而寧靜,故以不動爲地文也。"或曰,《莊子》中的"地文",意義與今允有不合;那麼,北齊·劉晝《新論·慎言》有云:"日月者,天之文也;山川者,地之文也;言語者,人之文也。天文失,則有謫蝕之變;地文失,必有崩竭之災;人文失,必有傷身之患。"可見"地文"一詞,並非創自所南。

今天的中國科學史研究者,也似乎仍然完全忽視了鄭思肖的這些有關"科學"的論述。[①]

《辭吳泮請儒師書》是謝絕一位姓吳的廣文先生邀請他當儒師的信。[②] 文中提到"我父有言"云云,與《心史》中常說"終身所法惟學我父而已"也是一致的。

書中最後是《三教記序》及三篇記《早年遊學泮宮記》《十方道院雲堂記》《十方禪刹僧堂記》,充分地論述了作者晚年對儒、道、釋三教的看法,並反映了"我自幼歲,世其儒;近中年,闖於仙;入晚境,游於禪;今老而死至,悉委之"的歷程。《早年遊學泮宮記》中說:"我自三十六歲科舉既斷之後,絕不至於學校。又三十一年,終不能忘其爲儒也。"可知這三篇記均作於作者六十七歲(卽 1307 年)。序中又云:"吾其絕筆於斯文乎!"可知這"三教記"很可能就是鄭思肖最後的著述了。

綜上所述,可知《文集》一書,基本作於作者六十四至六十七歲間。鮑廷博《知不足齋叢書》第二一集所收《所南文集》之末,印有"平江路天心橋南劉氏梅谿書院印行"(還印有"周雪客借閱過"數字)。據黃丕烈注顧廣圻《百宋一廛賦》,劉氏當是宋元之際"吳郡梅溪劉瑄伯玉"。劉氏還刻有《詩苑衆芳》,今存,爲宋末詩選,《江湖小集》之流亞。劉氏與陳深爲詩友,與鄭思肖也當認識。(周雪客則是周亮工長子周在浚,清初人,當是鮑氏友人。)《知不足齋叢書》在所收《所南文集》之前的鄭起《清雋集》、鄭思肖《一百二十圖詩》《錦錢餘笑》後,印有"大德辛丑吳中義梓,所南翁文附後"字樣(應該是鮑氏的話),可見《所南文集》的刻書年份自當在"辛丑"(1301)之後。而《清雋集》《一百二十圖詩》《錦錢餘

---

① 令人驚喜和佩服的是,英國著名科學家李約瑟則已注意到鄭思肖在自然科學方面的傑出思想。例如,在李博士的巨著《中國科學技術史》的《地學》卷《礦物學》一章中,便提到了連黃節也沒指出的鄭思肖有關地下水的成礦作用的論述,並認爲鄭氏有關描述是"最爲生動的""卓越的見解",比德國有名的礦物學家阿格裏柯拉的相類論述要"早兩個世紀"。李博士還指出:"值得注意的另外一點是:鄭思肖還把古代醫學理論中關於因毛孔閉塞而致病的理論應用到他的[地學]學說中,從而很自然地描繪出一幅在宏觀世界和微觀世界之間具有相似性的圖畫。"此外,李博士在他的巨著的《天學》卷《氣象學》一章中,也提到了鄭思肖。

② 臺灣楊麗圭認爲"廣文先生"是吳泮的"別號",誤。廣文先生卽儒學教官的通稱。杜甫有詩曰:"諸公袞袞登臺省,廣文先生官獨冷;甲第紛紛厭梁肉,廣文先生飯不足。"

笑》之"吳中義梓"者,也可能是劉瑄吧。可惜劉氏刻本今未見。

又據今存的翁方綱纂四庫提要稿的《清雋集》條,大德五年仇遠編的《清雋集》爲"汪汝煓校正","吳趙汪汝煓刊"。汪汝煓其人失傳。翁氏還註明《清雋集》所附《錦錢餘笑》《一百二十圖詩》爲"吳趙汪汝煓重鐫",似乎是第二次刊刻(那麼,初刻可能是劉瑄吧)。吳趙卽蘇州,汪氏刊本當然也是"吳中義梓",今亦未見。鄭思肖的《一百二十圖詩》《錦錢餘笑》和《所南文集》看來都是附刊於其父《清雋集》之後的,雖然好像"吳中義梓"不止一次,但未必有過單刻本。

鄭氏傳中所謂《自敍一百二十圖詩》,是一百二十首的組詩。題目中的"自敍"二字難解,當屬衍文。(按,《一百二十圖詩》前固然有自敍,但鄭氏其他書前也多有自敍,何必加此二字?或者,可能是爲了表示這一百二十幅圖均爲鄭氏自作?)《一百二十圖詩》(無"自敍"二字)在柴志道《清雋集序》中卽已提到,可知作於大德五年(1301)之前,但也肯定是晚年之作。詩前鄭思肖自敍說:

> 昔嘗序湯西樓先生《壯遊集》,云:天地之靈氣爲人,人之靈氣爲心,心之靈氣爲文,文之靈氣爲詩。蓋詩者,古今天地間之靈物也。吾生也冥頑,其不靈於詩,不靈於文,不靈於心,不靈於人也久矣。棄物若然者,孤孤枯枯,迂迂疏疏,是誠不靈不然也。以其不然不靈也,凡有求,皆不作。絕交遊,絕著作,絕倡和,漸絕諸絕,以了殘妄爾。
>
> 今或遇圖而作,或遇事而作,而或者又欲俱圖之。胡然乎?乃然彼不然,然而然;恣不絕其絕,而絕於不絕;以無作,作其所不作;將欲靈夫不靈之靈,以爲靈。其靈靈乎?其不靈靈乎?此其所以滿目青山綠水,垂笑於無窮、無窮、無窮也耶?

湯西樓,盧熊《蘇州府志》[①]有傳:"湯仲友,字端夫,先名益,淹貫經

[①] 按,明初盧熊《蘇州府志》難找,本書轉引自清人馮桂芬同治時修《蘇州府志》,下同。盧志"壯遊"誤作"北游",明清之際褚人穫《堅瓠集》、清陳衍《元詩紀事》等皆誤,今從鄭思肖文改正。

史,氣韻高逸,學詩於周弼,早登知府二吳之門,浪迹湖海,晚復歸吳,自號西樓。有《壯遊詩集》。其《過葛嶺賈相宅》一篇最爲人所稱。"其後,王鏊《姑蘇志》、張昶《吳中人物志》、牛若麟《吳縣志》、厲鶚《宋詩紀事》等書均傳其人。王鏊《姑蘇志》卷五四又云,與湯氏同時學詩於周弼者還有高常、顧逢、陳瀧,"皆端淳名士",郡人合稱爲"蘇臺四妙"。湯氏《壯遊集》中"最爲人所稱"的《過葛嶺賈相宅》一詩,爲諷刺賣國姦臣賈似道之作。① 可惜我們至今未能覓見,不然還可找到鄭思肖的一篇佚序。湯氏學詩於周弼,而周弼正是鄭思肖父執。柴志道《清雋集序》中說:"在昔林鈞齋、周伯弜(按,即周弼)行輩,當時人物林林焉,如龍虎不可測,如鳳凰不可睹。"(詳見本書第一章)湯氏當與鄭思肖同輩或畧小。湯氏"晚號西樓",亦見鄭思肖此佚序必作於晚年。

鄭思肖這篇《一百二十圖詩》的自敍生動地描述了自己晚年的孤枯迂疏狀態。而最後幾句玄奧難懂(甚至難於標點)的話,正是鄭氏特有的一種文章風格,《心史》中也時有這類文字,他人是難以做僞的。其自述"今或遇圖而作,或遇事而作,而或者又欲俱圖之",意思大概是這些詩或是題畫,或是詠史,或者旣題畫又詠史。而"又欲俱圖之",是不是想爲所有的詩配圖? 這一百二十首詩均是七言絕句,從上古聖賢逸士傳說,春秋戰國諸子言行,漢代政治人物故事,兩晉文人逸聞,一直寫到唐宋詩人佚事。以曉暢澹淡的筆觸,描繪了長長的一幅歷史及傳說中人物的畫屏。這在中國文學史上也是不多見的。作品表面上是詠懷古人,其深處則是隱晦曲折地抒發內心復雜的感情。此處畧舉幾首,如《堯民擊壤圖》:

> 百姓相忘堯帝春,耕田鑿井淡無情。
> 只今正是何年月? 日日月從東向生。

---

① 元·蔣正子《山房隨筆》:"賈秋壑敗師亡國,後有人刺以詩……湯西樓詩云:'檀版歌殘陌上花,過牆荆棘刺層牙。指麾已失鐵如意,賜予寧存玉辟邪。破屋春歸無主燕,壞池雨產在官蛙。木棉菴外尤愁絕,月黑夜深聞鬼車。'有人和云……"明·陸楫《古今說海》、清·潘永因《宋稗類鈔》、陳衍《元詩紀事》等書皆收入此詩。

《寧戚飯牛圖》：

> 斯人豈是飯牛者？浩歎空懷扣角悲。
> 說到漫漫長夜處，南山白石也攢眉。

《屈原餐菊圖》：

> 誰念三閭久陸沉？飽霜猶自傲秋深。
> 年年吞吐說不得，一見黃花一苦心！

　　瞭解鄭思肖生平的人，不難看出詩中隱含著的對故宋的深沉懷念和對元朝的反抗。"慵將醒眼閱年華"，作者雖在一些詩中對現實表達了一種消極反抗的態度，但在有的詩中仍然有著悲憤激烈的吶喊。如《卞和泣玉圖》：

> 大璞中函天地精，卞和抱出愈分明。
> 一番刖足一番哭，哭殺世人無眼睛！

　　而作者吟詠歷史上愛國志士如屈原、蘇武、孔明、陶潛等人的詩篇，更與其年輕時寫的《心史》中的詩歌是一脉相通的。

　　《錦錢餘笑》也是組詩。共二十四首，形式則是五言八句古風體。《錦錢餘笑》之名，未見於柴志道《清雋集序》，但也必是作於鄭思肖晚年。《錦錢餘笑》中有"二十餘年來"一句，即可知乃作於入元二十多年後。詩前有一題解："或問：'錦錢'者何義？曰：以'錦'爲'錢'者，雖美觀，實無用也。"雖然有了這一解釋，但我們仍是看不大懂："以錦爲錢"是什麼意思？若是物物交易，以錦代錢，又爲何說"無用"呢？[①] "餘笑"

---

① 清·全祖望《鮚埼亭集》外編卷三四《心史題詞》中寫作《錦綫集》。這從意思上來說倒是可通的。因爲以錦絲爲綫是容易斷的，眞的"雖美觀實無用"。清人梁紹壬有《金綫集》，云"取唐人《貧女》詩意而名其集"。"錦錢"或"錦綫"字形相近而誤耶？

又是何義？令人費解。但如果撇開這個問題，直接欣賞其詩的話，可以說差不多每首都可以擊節叫好。近人張元濟在 1934 年寫的《影印鈔本清雋集跋》中稱讚《錦錢餘笑》說："皆白話詩，饒有風趣。"

魯迅在買到商務印書館影印的這本書後，在 1935 年 3 月 22 日日記中寫道："爲今村鐵研、增田涉、馮劍丞作字各一幅，徐訏二幅，皆錄《錦錢餘笑》。"① 魯迅一次從同一作品中錄寫這麼多幅字，這在他一生中尚未見有過第二次，足知他對《錦錢餘笑》的欣賞。今見魯迅手蹟三幅，爲《錦錢餘笑》第十九、二十、二十二首：②

> 生來好苦吟，與天爭意氣。
> 自謂李杜生，當趨下風避。
> 而今吾老矣，無力收鼻涕。
> 非惟不成文，抑且錯寫字。

> 昔者所讀書，皆已束高閣。
> 只有自是經，今亦俱忘卻。
> 時乎歌一拍，不知是誰作。
> 慎勿錯聽之，也且用不著。

> 頑絕絕頑絕，以笑爲生業。
> 剛道黑如炭，誰知白似雪。
> 笑殺娑婆兒，盡逐光影滅。
> 若無八角眼，豈識四方月？

如仔細體會，這些詩大多在詼諧裏浸潤著血淚，在戲謔中隱含著激憤。從風格上說，是可以遠紹唐代王梵志、寒山、拾得、豐干諸公的。錢鍾

---

① 據考，魯迅給徐訏寫的兩幅字，其中一幅寫的不是《錦錢餘笑》中的詩；魯迅給馮劍丞寫的字幅，迄今尚未發現。

② 照此猜想，魯迅書贈馮劍丞的那幅，可能是第二十一首。

書《談藝錄》指出："初唐寒山、拾得二集……自出手眼；而意在砭俗警頑，反復譬釋，言俚而旨亦淺。後來做作者，無過於鄭所南《錦錢餘笑》二十四首，腔吻逼肖，荆公輩所不及。"更值得指出的是，這種風格乃至形式、內容的詩，在《心史》中也有好幾首，亦"腔吻逼肖"。今隨手鈔錄二首，以作對照，同時也可見《心史》確是鄭思肖所作的。如《十三礪十首·其七》：

> 嗟汝兒女曹，至蠢亦孔醜。
> 面笑心搖搖，欲進乃卻走。
> 憨癡弄盲語，捧酒祝鬼壽。
> 傷哉復傷哉，醒眼頻騷首。

又如《十七礪》：

> 我有真黃金，只作土價賣。
> 陪笑遍示人，竟無一人買。
> 日暮哭歸來，反爲眾所怪。
> 安得明眼人，與之語痛快！

　　除了上述諸集和《心史》以外，鄭思肖還有一些佚詩佚文，其中有的保存在元明人爲他寫的傳記中。這些鄭氏傳記，本書第一章已論述過，這裏爲便於研究，再將其中所引鄭思肖佚詩輯錄於下。

　　《自題墨蘭》（據陶宗儀《南村輟耕錄》）：

> 純是君子，絕無小人。
> 深山之中，以天爲春。

　　《自題墨蘭》（據王達《鄭所南先生傳》）①：

---

① 今存鄭思肖"丙午正月十五日作"墨蘭圖，在所鈐"所南翁"印章下，有白文閒章，印文卽此四句詩，唯"萬"字作"今"。

求則不得，不求或與。

老眼空闊，清風萬古。

《自題墨蘭》（據王逢《梧溪集》）：

玉佩凌風挽不回，暮雲長合楚王臺。

青春好在幽花裏，招得香從筆硯來。

《題菊》（據王達《鄭所南先生傳》）①：

花開不並百花叢，獨立疏籬趣未窮。

寧可枝頭抱香死，何曾吹墮北風中。

《過徐子方書塾》（據王逢《梧溪集》）②：

天垂古色照柴門，昔日傳家事具存。

此世但除君父外，不曾別受一人恩。

　　以上是五首完整的詩，有的詩題是我代取的。此外還有一些殘句，如王逢文中有《水仙》：“禦寒不藉水爲命，去國自同金鑄心。”③盧熊文中有《過徐子方書塾》（？）：“不知今日月，但夢宋山川。”另外，盧熊還引錄了鄭思肖文章《贈人》中的兩段話，盧熊與王達都引了鄭思肖自讚畫像的一段話，《永樂大典》殘卷中還保畱著《謬餘集》中的一篇短記，均見本書前面所述，這裏就不鈔了。值得指出的是，所有這些都不見於《心史》，而《心史》如

---

① 此詩後二句，又見於王逢、盧熊寫的傳記中。均題爲《寒菊》，“墮”字均作“落”。

② 此詩後二句，又見於陶宗儀、盧熊文中。陶氏題中人名爲“齊子芳”，盧熊題作《題鄭子封寓舍》。王達文中亦引全詩，題作《題鄭子封書塾》，詩中“照”作“映”，“昔日”作“千古”，“但”作“只”，“別”作“重”，“一”作“別”。

③ 陶宗儀書中亦引此二句，但題爲《寒菊》，誤。

是後人僞造的,他肯定會"利用"一下這些佚詩佚句,一方面毫不費勁,一方面又可取信於人,何樂不爲? 現在《心史》中沒有,那麼只能說明其不僞。

除上面這些,還可從古畫著錄等書中輯得一些鄭思肖佚詩。這些大多在前一章也已提及,爲便於研究,這裏再集中輯錄(有的詩題是我代取的,有的詩未必可靠)於下:

《自題墨蘭》(據存世鄭氏畫蹟照片):

> 一國之香,一國之殤。
> 懷彼懷王,於楚有光。

《自題墨蘭》(據存世鄭氏畫蹟照片):

> 向來俯首問義皇,汝是何人到此鄉?
> 未有畫前開鼻孔,滿天浮動古馨香。

《自題墨蘭》(據斐景福《壯陶閣書畫錄》)[1]:

> 明月曉風不自由,湘江楚水碧於油。
> 無人空谷誰能賞? 獨領離騷一段秋。

《自題墨竹》二首(據朱存理《鐵網珊瑚畫品錄》):

> 清曉清風吹過後,露出青青一縛天。
> 一似推篷偷看見,竹林半抹古蒼煙。

> 萬頃琅玕壓碧雲,清風幽興渺無垠。
> 當時首肯說不得,不意相知有此君。

---

① 此詩或不可信,詳見本書第二章所述。

《自題墨竹》(據沈彩《春雨樓書畫目》):

> 傲骨稜稜迥出羣,鳳梢龍籜勢干雲。
> 堅貞漫說惟松柏,高節清風有此君。

《自題枯梧畫》(據顧復《平生壯觀》):

> 鳳鳥不至樹已殭,陰霾毒霧何其長,安得日出兮照大荒。

《閨怨》(據褚人穫《堅瓠四集》)①:

> 畫眉夫婿客游梁,獨理瑤琴山水長。
> 莫上翠樓憑檻望,陌頭無數碧垂揚。

除了上面提到過的《謬餘集》一則《閱人齋記》外,我還找到了鄭思肖寫的四篇散佚的序跋文。

鄭思肖有一篇跋,載於北宋文字學家郭忠恕(? ~977)《汗簡》一書卷末:

> 《汗簡》一編,乃郭忠恕所集,凡七十一家字蹟爲證,古《尚書》爲始,《石經》《說文》次之。觀其源委,深有自來。嗟夫!字學之始,始於蒼頡。無字之字,天眞粲然;有字之字,筆法宛然。古無筆,筆於秦,至秦而小篆生矣。今人率皆遺小篆之法,不古之尚而今之尚,流而愈流,亡本亦是。古人制字,良多有說,特後世莫知其故,傳之久而復久,不免有舛謬,竟喪其本眞。《汗簡》之作,追古法於旣泯,派新傳於無窮,郭公之功多矣。

---

① 此詩又見康熙戊午(1678)吳綺刊《宋金元詩永》卷十八,和康熙庚辰(1700)太倉鄭氏刊《鄭氏六名家集·鄭所南先生詩選》(後者稱系"從宋詩錄出")。詩中"獨理"作"夜埋","檻"作"几"。又見清初錢尚濠《買愁集》卷上所引,"檻"作"几"。

後之業字學者，可不知之！

庚寅六月，所南鄭思肖爲山澗葉君題《汗簡》後。

庚寅爲 1290 年。鄭思肖寫此跋時，《心史》已沉井七年。此跋未經鄭思肖研究者提及，可能因爲《汗簡》不常見，或有的《汗簡》版本未收此跋。其實，明·朱存理《珊瑚木難》卷四，清初王士禛《香祖筆記》卷十、《帶經堂集》卷九一，清·倪濤《六藝之一錄》卷一八〇等，都提到或引載此跋。鄭思肖對郭氏《汗簡》一書評價甚高。值得指出的是，清代一些著名學者對此書頗多貶責，如錢大昕在《汗簡跋》中說："郭忠恕《汗簡》，談古文者奉爲金科玉律。以予觀之，其灼然可信者多出於《說文》，或取《說文》通用字，而郭氏不推其本，反引他書以實之。其他偏旁詭異不合《說文》者，愚固未能深信也……至如《峋嶁文》《滕公石室文》、崔彥裕《纂古》之類，似古實俗，當置不道。而好怪之夫依倣點畫，入元楷書，目爲古文，徒供有識者奉腹爾。"鄭珍則作《汗簡箋正》，專門駁難郭氏，說"其歷采諸家，自《說文》《石經》而外，大抵好奇之輩，影附詭託，務爲僻怪，以炫末俗。"然而，王國維、羅振玉則堅信"《汗簡》所載漢魏間古文非出臆造"（1916 年 6 月 7 日羅致王信）。近數十年來由於地下文物大量出土，研究者經與出土古文字進行比較研究，也發現郭氏此書雖然有一些訛錯，但所引古字大多與地下古文字相合。特別是研究古文字的學者，借助《汗簡》釋認了許多戰國文字。事實有力地證明了鄭思肖對此書的評價是正確的。

從這篇佚跋中，我們知道了鄭思肖對古文字學也是深有造詣的。在《心史》和鄭思肖的其他作品裏，我們不時看到他喜用一些冷僻的古字，看來也是和他對古文字頗有研究相關。甚至我認爲可以說，鄭氏自己取名也與古文字學有關。清人曾廉《元書》卷九一《鄭思肖傳》，即指出鄭思肖"以《戰國策》故書'趙'爲'肖'，言思趙也。"①今人孫貫文《讀書劄

---

① 甚至有清人因此而誤記思肖爲姓趙者。許仲元《三異筆談》卷三《死後爲神》云："率性任情，如<u>趙思肖</u>所云'純是天理，絕無人慾'（按，"純是君子，絕無小人"之誤記）者。"

記甲編·以趙爲肖》云:"金文中作爲國名、姓氏使用的趙字中,惟趙孟壺與侯馬盟書作繁體趙,其他如璽印、兵器等一律使用簡體字肖。可見趙省作肖,自古已然。"

鄭思肖又有一篇《張玉田白雲詞敍》,載於宋元間詞人張炎(1248~1320)的《山中白雲詞》卷首:

> 吾識張循王孫玉田先輩,喜其三十年汗漫南北數千里,一片空狂懷抱,日日化雨爲醉。自仰扳姜堯章、史邦卿、盧蒲江、吳夢窗諸名勝,互相鼓吹春聲於繁華世界。飄飄微情,節節弄拍。嘲明月以謔樂,賣落花而陪笑。能令後三十年西湖錦繡山水猶生清響,不容半點新愁,飛到遊人眉睫之上,自生一種歡喜痛快。豈無柔劣少年,於萬花叢中,喚取新鶯稚蝶,羣然飛舞下來,爲之賞聽?
>
> 三外野人所南鄭思肖書於無何有之鄉。

張炎還比鄭思肖小七歲,鄭爲何稱張爲"先輩"? 難道張比鄭先入太學? 張炎的祖父爲元丞相伯顏殘酷殺害,並被籍沒全家財產,張炎滿懷國讎家恨,自此落拓浪遊,生活潦倒,詞風亦從風花雪月轉至傷今懷昔。而鄭思肖此序則似乎寫得"歌舞昇平",似無亡國之痛,這是怎麼回事? 我認爲,從"三十年汗漫南北數千里"一句,可確認此序作於入元三十年後。此時鄭思肖作爲故宋遺民,沒有"言論自由",序中所說,只能是作者"佯狂",或者是故意說反話。從"無何有之鄉"一語,①也可看出一點端倪。總之,此文的風格確實是鄭思肖的,也從沒有人懷疑它是僞作。近人夏敬觀(1875~1953)對此文頗爲不滿,批曰:"瘋狂之語,似通未通,開明季惡風氣之先。"②其實夏氏乃不審鄭氏是佯狂反語。

鄭思肖還有一篇佚跋,載於元延祐三年(1316)吳中報國寺僧秋穀

---

① "無何有之鄉"出於《莊子》,如"彼至人者,歸精神乎無始,而甘冥乎無何有之鄉。"

② 見吷菴手批《彊村叢書》。

刊刻的《壇經》。卷末有鄭思肖和景瞻的題跋，鄭氏跋文爲：

> 　　《壇經》乃述六祖禪師本末，與夫接門弟子問答之語。其辭直截，谿露分明，示人更無隱語，達磨而下最爲奇特，可謂直指人心、見性成佛之快捷。但其間別有一句，雖不出於文字語言之外，卻不在於語言文字之中。試問，諸人還讀得麽？若讀得出，立地化凡成聖；其或未然，且只循行數墨，亦福不唐捐。
>
> 　　秋穀長老捐財入梓流通，撒向諸人面前，直是老婆心切。不知誰解體悉此意耶？
>
> 　　所南翁跋。

此秋穀刊本《壇經》今未見，後高麗有翻刻，又經高麗傳入日本。今據日本印本鈔錄。“且”字誤作“旦”，二“捐”字均作“損”。跋中所謂“別有一句”，當指《壇經》中的“師告衆曰：‘吾有一物，無頭無尾，無名無字，無背無面，諸人還識否？’”由此可見題跋者鄭思肖牢牢把握了《壇經》的精髓。

鄭思肖另有一篇佚跋，見於臺灣故宮博物院藏宋人葉鼎隸書《金剛經》冊後：

> 　　此《六如經》一卷，是釋迦老子獨與須菩提說底消息。但問金剛之言何在，只向他道掩彩。
>
> 　　所南翁。

此《金剛經》的書寫者，就是鄭思肖庚寅（1290）六月“爲山澗葉君題《汗簡》後”的那位葉君（字和仲，號山澗）。

又，我還看到臺灣故宮博物院藏有宋人劉松年《九老圖》，卷末有鄭思肖題跋：“會昌五年三月二十四日，胡、吉、劉、鄭、盧、張等六賢皆多壽，余亦次焉，於東都履道坊敝居合齒之會。七老相顧，既醉且歡。靜而思之,此會稀有。因各賦七言詩一章以記之,或傳之好事者。其年夏,又有二老年貌絕倫,同歸故鄉,亦來斯會。續命書姓名年齒,寫其形貌,附於圖右。仍以一絕贈之云:雪作鬚眉雲作衣,遼東華表暮雙歸。一鶴尤稀有何幸,今逢兩令感當時。所南翁錄。"由於鄭思肖此跋基本鈔錄自白居易詩文,所以我想不必算作鄭氏佚文了。此外,《石渠寶笈》卷六《貯乾清宮六·宋燕文貴江干雪霽圖一卷》記載:"素絹本,著色畫,款識云'燕文貴摹王右丞江干雪霽圖',拖尾有鄭思肖題句一,柯九思、班惟志、沈度記語三。"因此,如果這幅圖還能找見的話,就又可以發現鄭思肖的一則題句。

還有一些鄭思肖佚文的線索。例如,鄭思肖曾爲湯西樓《壯遊集》寫序,可惜《壯遊集》迄今沒有找見。又,清末姚光發纂,[①]光緒癸未(1883)刊《松江府續志》卷三八有《附·冢墓考證》,談到《華亭縣宋章氏墓碣》云:

> 案,明·章台鼎[②]輯《章氏宗譜》云:"宋·元沖公維聰暨配陸孺人,葬海隅鄉蘊士里,今屬青浦,其合葬墓碣鄭思肖撰,存郡城雲峯寺。"前《志》青浦不載維聰墓,而第稱章氏墓碣在雲峯寺,又不明指其人,均失考。

可知,如果這塊章維聰夫婦墓碣還存於世,我們就可以看到鄭思肖的一篇碣文了。

又,據清·夏荃《退庵筆記》卷七《徐神翁像》記載,鄭思肖還可能爲

---

① 姚光發(1800~1888),字衡堂。江蘇婁縣(今上海松江)人。由拔貢任高郵州訓導,建業門牆者,多知名士。道光戊子(1828)成進士,適臥病,次年,改庶起士,散館觀政戶部。以母老乞歸,養親事畢,年已六旬,不復出山。當路延君主講雲間、求忠、景賢三書院。時遭兵燹之後,學殖多荒落,賴其啟迪善誘,有登鼎甲者。重修縣府志,爲總纂,三年而書成。董積穀倉事,井然有條理。年八十有九。

② 《松江府續志》:"章台鼎,字青蓮,華亭人,諸生。工詩文,與董其昌、陳繼儒鼎立詞壇。姚宏緒稱其詩如雲中白鶴。萬曆間陳繼儒修《郡志》,台鼎實助其成。"

北宋道士徐守信寫過一篇像贊，[①]今未見，亦未知其真偽：

> 徐神翁像相傳翁自畫，今奉城內斗姥宮。考神翁像，舊供東觀，卽《志》所稱仙源萬壽宮，在今城東門內，不知此像何時歸於此。城內三官殿亦有翁像，紙色頗舊，疑卽當日西房道士所摹臨者。姜丈桐軒又稱翁像舊存大隱觀，今歸斗姥宮，當亦有本。戊子（按，1828），余從陳祿褙鋪捧像歸，懸廳事前瞻仰竟日。道巾深衣，腰長縧，貌豐腴，雙眸炯炯。幀之上方列王鞠劬中憲自書所撰翁像得失始末，時順治戊子（按，1648），中憲年七十矣，距今幾二百年。煙薰塵積，字迹昏闇。余細加拂拭，矗可讀。凡字之殘闕者，玩其辭意，會其偏傍，十得八九。全脫者闕焉，約十餘字。後取三官殿像補其闕字。像贊自宋發運使蔣之奇、檢討劉谷、鄭所南數公後，迨國朝乾隆間諸詩人，題詠殆遍，有可採者。越日，仍送像至祿褙處所。疑者，田公雲鶴撰《神翁像記》稱蔣、劉諸贊皆翁自書，而中憲《記》反未之及，何也？城外東仙壇有摹本神翁像，迺時下俗工爲之，不足重。

近時，有人在刊物上發表文章，稱從廣東某地《趙氏族譜》中發現了一篇鄭思肖佚文《贈郡王》，但祕不披露該文，甚至連發現的地方也不

---

① 關於徐氏其人，清・陸心源《宋史翼》卷三七據《春渚紀聞》《清波雜志》《家世舊聞》《輟耕錄》《鐵圍山叢談》諸書敍述如下："徐守信（蔡絛《鐵圍山叢談》作徐守貢）泰州人，少孤，役於天慶觀。嘉祐四年（按，1059）天台道士余元吉來遊，示惡疾，守信事之無倦。忽於溺器得丹砂，餌之，自是常放言笑歌，日誦度人經，絕粒，至數日，爲人言禍福如影響。蔣之奇爲發運使，至泰州謁之，坐定，了無言說。將起，忽自言曰：'天上也不靜，人世更不定。'蔣固叩之，曰：'天上已遣五百魔王來世間作官。'蔣叩其身之休咎，徐曰：'發運亦一赤天魔王也。'蔣以經中有'神公受命，普掃不祥'之語，呼曰'神公'。自是，人以'神翁'目之。蔡京好方士之術，崇寧初作相，爲徽宗言蘇軾如揚州，遣人求字於神翁，神翁大書曰：'泄慢墮地獄，禍及七祖。'神翁雖方外士，而能疾元祐[黨]人，徽宗頗喜之。群閹又言，元符中哲宗嘗遣人密問聖嗣，神翁曰：'吉人君子。''吉人'者，徽宗名也。於是召至都下，用太宗見陳摶故事，御繼褥，卽便殿以賓禮接之。既至，未久郇物故，年七十六，賜大中大夫，給葬用四品禮，厝城東鞠林原。弟子苗希頤編次其事爲語錄。相傳召至京時寫字與人多驗。蔡京得'東明'二字，皆以爲吉，後京貶死潭州城南五里外東明寺。高宗在藩邸，神翁獻詩云：'牡蠣灘頭一艇橫，夕陽西去待潮生。與君不負登臨約，同上金鼇背上行。'建炎庚戌（按，1130）高宗航海至牡蠣灘，見金鼇山，易衣登岸，至福濟寺，壁間見此詩，方信神翁爲異人。"

說。但我還是考查出，該族譜爲民國二十六年（1937）廣東新會石印，譜中收入《贈郡王》一文署名"三外野人思肖"。文中提到宋宗室趙必迎"其先數世居連[江]"，今據《趙氏族譜》，知確有其事；文末所署"三外野人"，也確是鄭思肖晚年之號。但此文卻極爲可疑。一、鄭思肖存世文章，包括集外佚文，風格都非常鮮明，極易判斷，如何此文文辭頗拙，一點也不像？二、鄭思肖雖是連江人，但出生於臨安（杭州），十四歲後生活於吳門（蘇州），與趙必迎年齡又相差十六歲，如何與他"結爲同交，至忘形骸"？三、趙必迎"奉詔書入廣"，時在"恭帝即位"即咸淳十年（1274），此時鄭思肖人在蘇州，如何"時把酒數行餞公車"？四、鄭思肖如果認識趙必迎，又曾把酒餞行，更知其在南方抗元，如何在《心史》詩文中，特別是在《大義署敍》中一無提及？五、鄭思肖曾在《德祐謝太皇北狩攢宮議》一文中提出，寫文章"凡遇'元'字，並削之，直書爲'賊虜'，仍不得存賊虜年號。如我朝'元年'，宜易爲'初年'，或爲'一年'。其他一切值用'元'字，並以理易之。一得中興天子興，凡姓'元'者，宜勅下易姓爲'宋'，或易姓爲'胡'。絕僞逆微蹟，使不復聞其聲、見其字。"如何此文中卻多次出現"元"字？因此，我認爲此文不宜算作鄭思肖佚文。[1]

---

[1] 《贈郡王》全文如下：

　　公諱必迎，字恩賚，號海雲，太宗皇帝第四子商王元份九世孫。其先數世居連以來，代有嘉施，邑懷其惠。公生於官邸，長於皇族，好讀書，儉服用，樸貌寡言，慮深識遠，天性至孝。嘉肖不佞，遂結爲同交，至忘形骸，而一毫帝胄之氣象不露。嘗言及朝廷多艱，必極言當出力効忠，有"國存與存，國亡與亡"之語。嘗會客飲，或報父自外署歸，懷不樂意，即走歸左右，開豁父意，或未釋，至忘寢食。父母有疾，禱天親藥，無所不至。其母邱氏安人嘗指之爲"劬勞子"。

　　先以宗子蔭補保義郎。恭帝即位，元伯顏逼于北方。計臣獻策，宜募兵于南都諸路。宗室多從事。公忠憤，特慷慨，請勤王。擢爲建安郡公。十二月，兼督廣州路府法大參軍，奉詔書入廣。肖時把酒數行餞公車。公殷勤與諸弟言別，載父母同行。端宗即位，又馳詔封公爲王，意天南有底柱也。

　　歷數年，不聞公豎纛，而厓山既屋矣！天耶，人耶，遙吊烈魂，想公在焉。至今又十二年，有客來自粵，肖問之而公薨始數月也。細問何以不死于當年，乃知入廣初練諸路，頗建奇勳，未幾父喪，即奉旨入葬於新會之苦萆，而厓山之事不興。公欲死者非一，而家人以後嗣勸之，公憮然曰："既不忠，又不孝，將焉死得！"後數年，生一子，甫四歲，而公死得死所矣。其在十五年之後事乎？臨死，囑其家人修墓但存規模，不必表銘，杜元害也。

　　噫，公之烈烈逐宋魂，視今之靡靡食元祿者，公實以節義垂萬世矣！肖不孝不忠，有愧於公。因客還粵，聊具炷香，望粵拜稽。灑淚滿胸，瀝血數語，寄謁公靈。公來省我，駕雲乘風。拭淚拜祝：公之瓊居，昊昊穹穹；公之胤嗣，綿綿隆隆；趙朔有靈，孤起山中！

　　三外野人思肖頓首拜贈。

　　最後,我曾經一直想:詞,在宋代達到其藝術高峯,是當時具有代表性的文學樣式,鄭思肖的熟人中即有張炎、仇遠那樣的著名詞人,鄭思肖不僅爲張氏詞集作序,而且他自己的《試筆漫語》等作也頗有詞的意趣,那麼,他會不會也寫過詞呢? 直到近年,才有研究者從南京圖書館所藏未刊稿本,清康熙二十二年(1683)雲間(今上海松江)宋慶長輯集的三十六卷本《詞苑》的卷一中,輯得鄭思肖《十六字令》(一名花嬌女、絳州春、蒼梧謠)一首:①

　　　　身,莫置操心比石堅。風自疾,勁草上粘天。

　　惟不知宋氏輯自何處,亦不知鈔寫是否有誤。詞的後一句甚有氣勢,令人想到《心史》中的被洪亮吉《北江詩話》譽爲"古今奇語之冠"的詩句"翻海洗靑天"。

　　以上,我們縱覽了鄭思肖《心史》以外的全部存世作品。一個突出的印象是作者多才多藝,不僅能詩會畫,而且涉及自然科學和古文字學等。上述這些作品,文字風格一致,且具有個人獨特風格;而更值得注意的是,其風格與《心史》也是完全一致的,一看即知出自一人之筆。然而,如果僅有以上這樣少量作品,鄭思肖在文學史上的地位還是絕不能與謝翱並列的,也不能與同被程敏政《宋遺民錄》列入"附錄"之列的汪元量、林景熙等人相比。理由很顯然:一是上述作品數量較少,基本都是晚年之作(那就不能稱爲"宋代"作家,而只能稱爲元代作家了),而且不少還是我們盡力搜尋所得,一般讀者並非都能看到;二是上述作品中似乎沒有什麼感情熾烈、憤悲抗爭,可以與謝、汪、林等人的愛國詩文相頡頏的詩文。②

　　然而,鄭思肖的《心史》在三百多年後終於出井了。《心史》的愛國激情和藝術感染力,比起謝、汪、林等人的作品來,遠過之而無不及。眞

---

① 　見 2000 年華東師範大學出版社出版《詞學》第十二輯鄧子勉《宋詞輯佚五首》。
② 　當然,其實還是有一點悲憤愛國的內容的,不過大多極爲含蓄,需要瞭解作者生平,並讀過他的《心史》的人,才能體會出來。

如清代愛國人士梁廷枏說的:"自是,天下學者皆知有翁矣。宋之遺民,惟翁爲最著。"①

《心史》的《大義集》前有己卯(1297)年寫的《自序》,云:"予幼好吟,長而尤苦於吟。自景定以來,至咸淳五年,所作極多。離亂之際,並所著散文盡失之。今記憶者,惟詩五十篇,目曰《咸淳集》,姑存舊也。厥後數載,竟不作,欲天其隱。"景定爲理宗(趙昀)最後所用年號,共五年,起於1260年,時鄭思肖二十歲;咸淳爲度宗(趙禥)年號,五年爲1269,鄭氏二十九歲。由此自敍,可知這十年間作者詩歌創作極盛。因此鄭思肖在《心史》中自稱爲"景定詩人"。這可以稱爲他青年時期的第一個創作高潮。

可惜的是,這一創作高潮因政治原因而被打斷,作者被迫韜光養晦,暫停創作(詳見本書第一章所述)。而後,又在兵荒馬亂中丟失了稿子,僅憑記憶錄出五十首,②題爲《咸淳集》,編爲《心史》的第一卷。也就是說,全靠《心史》爲我們保留下作者第一個創作高潮中的部分作品。又據作者《中興集二卷》卷首自序(約作於1280年)云:"我苦心吟事二十餘年矣,德祐前詩僅存一二,記序等作則盡亡之。"則知這僅存的五十來首詩,僅占他第一個創作高潮時詩作數量的十分之一二而已。

這一時期,蒙古軍尚未打到蘇、杭,但中原故土淪陷已久,頻仍的侵掠已給江南人民帶來巨大的災難。《咸淳集》中第一首《題多景樓》末句云:"試望斜陽外,誰寬西顧憂!"第二首《逢陳宜之伯義》的末句又云:"近聞邊事急,畎畝得無憂?"可以說,《咸淳集》的明顯的主調就是"憂"。作者希望能爲國效命,爲民解憂。《就泛省圖別》云:"每念蒼生受辛苦,願爲霖雨白雲中。"表達了他"男子抱奇氣,中原入遠謀"(《題多景樓》)的志向。在《詠懷》等詩中,也抒發了這一壯懷。《咸淳集》不僅表達了這種愛國精神,在藝術上也已相當成熟;不過,當時尚未到亡國的最後關頭,因此這卷詩作遠沒有其後的《大義集》《中興集》那樣悲憤強烈,那樣深刻動人。

---

① 見甲辰(1844)六月梁氏爲相傳是鄭思肖墨蘭圖寫的跋。
② 其中《重題多景樓》一首,據鄭思肖自注,當作於咸淳九年。

　　鄭思肖晚年在《三教記序》中說自己"近中年，闖於仙"。這在《咸淳集》中也透露了出來。如《古詩三首》其二云"我欲封綠章，天門高岹嶢"，《越州飛翼樓》云"直欲蓬萊去，因風問大鈞"，《山中聞鶴》云"欣然有所得，長嘯度蓬瀛"，等等，都有飄飄欲仙之意。至如《贈老王道人》《仙興》諸詩，則更是當年他熱衷道教"闖於仙"的見證了。值得指出的是，他此時嚮往"仙人"的重要原因，正是對於現實世界的強烈失望和不滿。《寄蕭梅初二首》其二便明確地說自己"曾學屠龍技"，但"學成無所用，舉世亦錯愕"，因此，"不齊臯夔肩，當跨孤飛鶴"。而由於作者當時浸沉於神仙道教，使他的一些詩作充滿想像力和浪漫主義色彩，如《秋歌》《春秋》《琴女行》《遇秋澗》《雪中醉題》《前雪歌》《後雪歌》《歲旦登萬佛閣觀雪》等一批詩，都洋溢著神奇詭譎、瑰偉怪誕的意象與熱烈迷狂、追求宣洩的情緒。《春歌》諸詩，後來還得到清代著名詩人袁枚的讚賞，譽爲"殊妙"。《心史》中後來的《大義集》《中興集》中，雖然其主要風格如老杜之深沉悲憤，但也有太白式狂放飄逸之作，如《狂歌》《醉鄉十二首》《餐菊花歌》《二十五礪五百字》等詩就是。卽如其晚年所作《錦錢餘笑》諸詩，也可以看出其想像奇特的浪漫氣息。這都與他青年時受道教影響這一點分不開的。廈門大學的詹石窗就從"道教文學"角度對鄭思肖詩文作了專門研究，可以參考。

　　鄭思肖在《心史》卷首的《自序》中，提到自己"且汗漫湖海，從天下士游"；而據他晚年自述，自江南淪陷於蒙元軍後，數十年間他只是"幅巾藜杖，獨行獨住、獨坐獨臥、獨吟獨醉、獨往獨來古闔廬城（按，卽蘇州）"而已。① 那麼，他的"汗漫湖海"之遊只能是在青年時代。而《咸淳集》內正好留下一點痕蹟，使我們知道，他的遊蹤大概主要是在江浙一帶。如他曾去過江寧（《遊觀音山懷鄉僧貴月溪》）、鎮江（《題多景樓》《逢陳宜之伯義》）、南京（《別故人》）等地，又曾去過杭州（《寄友人》）、紹興（《越州飛翼樓》）等地。而在其後的《大義集》《中興集》裏，則絲毫沒有這類痕蹟。這也透露出《心史》絕不是僞造的，僞造者怎麼可能如

①　語見《十方禪剎僧堂記》。

此心細似髮、一絲不苟？

《大義集》卷首《自序》，在寫到上面第一次創作高潮被中止數年後，又說："德祐乙亥冬（按，即 1275），有不可遏之興，時輒作數語，以道胸中不平事。至於丁丑歲（按，即 1277），擇七十篇，目曰《大義集》。"德祐乙亥冬發生了什麼事呢？作者在卷首題目下就特地寫了一行字："德祐初（按，作者因忌恨元蒙，故不寫"元"字）年乙亥十二月初二日，寓吳陷虜。時我年三十五。"在己卯（1279）正月廿一日寫的該序中又寫道："三宮在北，二王在南。"（而二月六日，陸秀夫即背負祥興帝在崖山跳海了。）可知此時作者正面臨宋朝最後亡國的悲痛歷史時刻。

南宋滅亡後的詩，作者編爲《中興集》，共有二卷。由於作者一直未能確知或不願相信作爲"南國正統"的"二王"均已敗亡，[①]相反，以爲"以天道人事驗之，中興迫矣"，故命之曰《中興集》。《中興集一卷》爲"己卯（按，即 1279）夏後至庚辰（按，即 1280）八月所作"，共六十一首。《中興集二卷》從庚辰九月至辛巳（1281）約九月頃，共六十九首。加上《大義集》七十首，以上六年間創作的二百首詩，可視作他的第二次創作高潮。

《大義集》中的詩，作者還曾作過挑選，仍按五言、七言、律詩、絕句等格式編排；而《中興集》兩卷則無心擇選，亦無心編排，"隨得隨入，更不刪去，主於述懷，不以辭語爲選擇"。而且，"所作無題者，俱以'礰'之一字次第目之。'礰'者，言淬礰乃志，決其所行也。"今見《中興集二卷》中最後一首詩，即爲《二十礰五百字》。這樣按時間全錄的方式，對後來的研究者來說尤爲可貴，不僅保存了作者創作的原始面貌，令我們更清晰地看到詩人的思想和生活經歷，而且細心的讀者更可由此看出這樣的詩集絕不可能由他人"僞造"。[②]

這一時期，"八荒翻沸，山枯海竭"，詩人親歷了社會極大的動亂，身

---

① 作者在辛巳（1281）七月寫的《二唁詩》的序中，仍說在崖山"張侯（世傑）奉祥興皇帝俄乘機死戰出賊重圍矣"。在壬午（1282）春寫、癸未（1283）春正月重修的《大義畧敘》中，也一直不願說"南國正統"已亡。大概到癸未四月，才最後絕望，才將《心史》封固沉井。

② 如詩集中記某時黃河水清，某日白晝太白、太陰俱現等，均合符史實和史上發生的時間，後人難以僞造。詳見本書第十二章等處所述。

受家國傾亡的慘痛(老母也憂憤病故),因此,他這時的詩也就"倍懷哀痛,直若鋒刃之加於心,苦語流出肺腑間"(《大義集自序》),"哀痛激烈,剖露肝膽,灑血誓日,期毋渝此盟"(《中興集一卷·自序》),生動地記錄下這一滄桑巨變和自己的真實思想。《大義集》中的《陷虜歌》(又名《斷頭歌》),作於"德祐乙亥(按,即 1275)十二月廿八日",就記述了姑蘇城淪陷後遭蹂躪的慘史。但這時他還祈望"厥今帝怒行天刑,一怒天下淨如洗。要荒仍歸禹疆土,四海草木需新雨。"再如《德祐二年歲旦》二首,詩前註明"時逆虜未犯行在",詩中說"朝朝向南拜,願睹漢旌旗",又說"此地暫胡馬"。一個"暫"字,表明他當時雖身陷被佔領的蘇州,但仍懷有希望,企盼南方王師的光復。而翌年,行在(杭州)也陷淪了,德祐皇帝被擄北上,二王則倉皇浮海南逃。詩人更加痛心疾首,但堅持"詩後唯書德祐年"(《偶成二首》),倣陶淵明在晉亡後仍書"義熙"年號的故事,表示自己"此身雖墮胡塵裏,只是三朝天子臣"(《寄同庚友》)。他在《寫憤四首》中說"三宮猶萬里,一念只孤臣",又說"北虜昔深入,東甌亦未曾",表示"未能歸趙璧,我不厭干戈"。把全部希冀寄託在"以舟為國"的"一絲正統"上(《和文天祥六歌》)。祈望因南方國土的遼闊而能延續"南國正統",以待轉機;更希望南方能干戈抗戰,以歸全璧江山。

　　然而,不過三年,"南國正統"就覆亡了。壞消息不斷傳來,詩人且懼且疑,在詩中吼出了揪人心肺的呼嚎。雖然如上所述,他是較長時間未確知或不願信這一消息,但他發出了知其不可為而為之的殉道者的誓言。庚辰年(1280)初所作《德祐六年歲旦歌》中,他仍說"南望二王未駐蹕"(實際已亡一年);但他又說:"或謂逝水不可覆,吒我癡忠空愁顰。焉知漢絕十八載,光武乃興春陵兵!"詩中提到了東漢劉秀復興漢朝的故事,而值得注意的是劉秀並不是出於西漢諸帝之下的"正統",可知此時鄭思肖對於形勢已經只抱有最後的一線希望了。但他還堅持激勵自己的鬥志和信念,仍盼望著奇蹟的發生。在《二嗐詩》序中,他就幻想著陳宜中等人"一旦從天而下,盡復藝祖、高宗境土,寧不快哉"。他的詩就這樣真切地反映了時勢的變動和他的思想。要說這些而能"偽造",真是不可思議的想法!

　　前面說過,他後來索性把一些詩題"俱以'礪'之一字次第目之",今見共有二十勵,四十首,最後一首是五百字的長詩。"一礪二礪至萬礪,盟執牛耳血爲誓!"(《三礪》)這個"礪"字,實可槪括他第二個創作高潮的詩的主調。他反復表示"終身只宋民"(《德祐二年歲旦》),"赤心懷趙日"(《卽事》),就像"湘蘭終戀楚,吳橘不逾淮"(《卽事》)。他一再宣誓:"田海雖遷志不磨"(《自題大義集後》),"篇篇字字皆盟誓,莫作空言只浪傳!"(《八礪》)他甚至"夢中亦問朝廷事"(《偶成》),如《補夢中所作》《憶夢哭歌》等詩,均是極爲感人的。他還多次設想投筆從戎,"如今好棄毛錐子,望北長驅馬一鞭";甚至還想"擧大事",幻想自己"挺身攄大志,四方皆風動"(《礪志》),"劍攜入手霜三尺","匪伊談笑定時危"(《答》),甚至"屢曾算至難謀處,裂破肺肝天地哀"(《十二礪》)。但他畢竟只是一個手不能縛雞的書生,又沒有文天祥那種傾資募兵的能力,不過"掌中籌地理,燈下論兵書"(《卽事》),流於空想罷了。他只得祈求讖言之靈驗,"蒼蒼今愧禍,讖應兩中興"(《寫憤》);或者只得仰觀星相,俯查曆書,以盼天助,"連宵驗天象"(《卽事》),"索曆驗其次"(《辛巳夏七月》);或者希冀於民間謠諺的應驗,如聽說黃河水淸數日,便以爲應了"黃河淸,聖人生"的民謠,"然則中興有日矣"(《黃河淸·序》)。

　　那麼爲什麼失敗竟這麼快?"勢去若瓦解,哀告不可譬",這不得不讓詩人"憂抑並塡膺,反復論此事"(《勵志》)。當然,因爲歷史的、階級的局限,他不可能找到眞正的根本的原因;但是,他在詩中痛斥了"權姦弄破國"(《勵志》),揭露了"官空帑藏金"(《對雨有懷》),指出:"權臣持國,士氣沮喪,畏禍燃身,相尙賣諛……養成德祐莫大之禍,不可救藥!"(《自序》)詩中痛斥了那種"馬犯金湯卽棄關"(《次韻三首》)的投降派,還多次諷刺了那些失節賣身的卑鄙小人:"彼儒衣冠誰家子,靡然相從亦如此? 不知平日讀何書,失節抱虎反矜喜!"(《陷虜歌》)"嗟汝兒女曹,至蠢亦孔醜。面笑心搖搖,欲進乃卻走。憨癡弄盲語,捧酒祝鬼壽。"(《十三礪》)這些詩句眞如禹鑄九鼎,使姦邪無從遁形。

　　而與此同時,他又以滿腔的熱情歌頌了愛國者、忠臣勇將,如文天祥,如《五忠詠》中歌詠的李苗、李庭芝、姜才、王安節及内嬪某氏。他高度讚揚了"誓不辱國、誓不辱身"的某嬪妃,認爲"能行男子難行事,羞殺朝中投閤人"!(《五忠詠》)他還熱烈歌頌了地位低賤但忠心愛國的普通百姓,如將普通婦女陸柔柔與叛臣黃萬石相對比,指出後者雖是所謂"上庠人物",其實"禽獸不如",痛言道:"德祐叛臣,賤婦也! 柔柔,古之英偉男子乎!"(《歐陽夢桂忠妾柔柔傳》)

在鄭思肖第二個創作高潮中,還有幾點值得注意的。

第一,詩人本身只是一介書生,就連他父親也沒有做過宋朝什麼官。誠如元明之際王行說的:"蓋先生,亡國一太學生耳,非有官守言責而享祿位之崇也;顧其不屈也若是,則夫受國恩、承顧託,乃俯首帖耳,若無所與,而諉曰'運數有歸'者,獨何心哉!"鄭思肖不僅與這類人物截然不同,而且在這一點上,比起同是宋季愛國詩人的文天祥、謝枋得、林景熙等人來,也更屬難得。因爲文氏等人畢竟都曾擔任過宋朝的官職。

第二,在這時期的詩中,鄭思肖還寫下一些揭露元朝"驅徭椎剝極煩苛"(《十四碩鼠二首·其二》)、反映民生疾苦的作品,如《江南絲》記述了元朝統治者在江南遍設織造局,強迫各行業勞動者都爲他們趕織絲綢布帛,進行殘酷榨取的事實。詩人眼中見到的工匠們繡織的絲帛的花案是:"驚心蟠鳳愁應死,淚手攀花痛不香。"他悲憤地控訴:"貧者只宜巖谷隱,草紉槲葉當衣裳!"在《郊行卽事》《久雨後郊外獨行》諸詩中,詩人繪寫了當時江南農村生產凋敝、民不聊生的悲涼景象。這些詩作,體現了作者對勞動人民的態度。因此,有論者說《心史》中沒有社會、沒有人民、更沒有"個性"概念,這不僅是苛求,也是不符合事實的。

第三,詩人寫到了元朝統治者"東征"日本的不義戰爭,並對此作了譴責。衆所周知,中日兩國有二千多年悠久的友好交往,近代則有一段兩國關係不正常時期,是因爲日本侵畧中國。然而在歷史上,中國的封建統治者也有過對日戰爭,那就是元朝初期忽必烈發動的"征日"。這是兩國關係史上的一個例外。1281 年暮春,正當元朝準備攻日之際,鄭思肖寫了《元賊謀取日本二絕》,在這兩首詩中他如實地反映了"此番去者皆唧怨",卽被強徵去作戰的中國士兵(包括蒙古族士兵)都對這場戰爭極爲不滿,並預言了它的失敗。而當元兵果然大敗後,他又寫了一首《元韃攻日本敗北歌》,在序中說忽必烈"竭此土民力","欲空其國(按,指日本)所有而歸",明確指出這場戰爭的非正義性。詩中再次譴責元蒙統治者的貪心,並控訴了統治者的窮兵黷武給中國人民帶來了災難,令他這樣的"志士悶悶病如蠱"。元軍的侵日,因遭中國人民的反對和日本人民的抵抗,再加上自然原因等,雖發動數次,但爲時甚短,因而事實上未給日本人民造成較大損害。但卽使這樣,在我們中國,至少就有鄭思肖這樣一位詩人,寫下如此態度鮮明的正義的詩歌。這是值得我們尊敬和驕傲的。①

以上主要談的是詩歌,除此以外,鄭思肖這一時期的散文創作也很值得一談。他有不少短小但極雋永的佳作,如《一愚說》《靜淨說》《答天然子辭》等,均富有哲理;《呆懶道人凝雲小隱記》《一是居士傳》等,是幽默的自況;《南風堂記》《三膜堂記》等,用虛構中的堂名以寓志;卽如最短小的《試筆漫記》等,也有如精煉的格言。我認爲,晚明小品短雋瀟灑、怡人性情的一些特點,在鄭思肖的散文中已可見端緒。這一點似可引起研究者注意。② 至於《心史》中較長的散文,也頗可觀。如《夢游玉眞峯餐梅花記》,便是一篇想像奇特的佳作。《文丞相傳》,生動地記述了文天祥的愛國言行。集中最長的《大義畧敍》,雖稍遜文彩,卻是一篇元蒙發展小史,也是一篇宋朝失國的痛史,記錄了賣國者的種種醜行和愛國者的英勇鬥爭,具有重要的史料價值。

鄭思肖在入元二十多年後,亦卽《心史》沉井十多年後,開始了他一生中的第三次、也是最後一個創作高潮。那就是本章一開始談到的後人所編其父《淸雋集》一書後面附刊的他的《一百二十圖詩》《錦錢餘笑》,以及編爲《文集》的幾篇記、序、書信等。在這之前,《心史》沉井後,似乎

① 此事亦引起日本學者的注意,吉川幸次郎(1904~1980)在《元明詩概說》中說:"元朝對日本的侵劃,也卽所謂的'元寇',在其他詩文集中,都不太涉及,但此書的數篇詩歌,則對其失敗表示高興。如果這不是後人僞作的話,也可作爲一種資料。"而其實,當時寫下這類反戰詩的中國人還有不少。如汪元量寫了《燕歌行》《關山月》等,控訴"披霜踏雪度海東","冤魂戰鬼成行泣";直到元末,丁復在《扶桑行》中還借古諷今,譴責元朝統治者"穢德腥外邦"。
② 前引及的近人夏敬觀云鄭思肖《張玉田白雲詞敍》"開明季惡風氣之先",雖是貶評,卻也反映了晚明小品與鄭氏散文在風格上的相近或相承。

他也不大會有集中的大量的創作。就像他在《一百二十圖詩》的自序中說的,久已"絕著作,絕倡和,漸絕諸絕"。而在這以後不久,他便逝世了,就像他在《三教記序》中說的"吾其絕筆於斯文乎"。關於這第三個高潮的作品,因本書前面已有所論述,這裏就不再多說了。

鄭思肖曾感慨:"我生大不幸,適焉逢此逆境!"(《大義畧敍》)然而,鄭思肖又何其幸運:他一生的主要著作,都保存了下來。尤其是他的《心史》的發現,正好填補了此前人們不知道的他的主要文學創作的重大空白,在他身後奠定了他在宋元之際文壇上的重要地位。《心史》不僅填補了鄭思肖創作的重要空白,而且與他的其他存世作品毫無卯榫不入、扞格不安之處,渾然一體,相得益彰。

這裏,我們不妨把與鄭思肖同時的愛國文人方鳳(1240~1321),來和鄭氏作一對比。方氏是謝翺的摯友,也是宋末的太學上舍生(因此鄭、方二人也可能相識),而且後來與鄭氏同被明人程敏政收載於《宋遺民錄》一書中。據元明之際宋濂為方氏所撰傳,方氏著有《正人心書》(已佚),又"發於詠歌,音調淒涼,深於古今之感","所著詩三千餘篇,曰《存雅堂稿》"。但方氏死後,其門人因畏禍,僅選印其詩三百八十篇;而僅此不全的詩集後亦亡逸,至清初由其里人博搜諸書,掇拾殘剩,僅得七十余首而已!職是之故,雖然方鳳寫詩的數量應該遠多於鄭思肖,而且從殘存的詩來看質量也相當不錯,但他在後人撰寫的宋元文學史上卻是毫無地位的。與鄭思肖相比,方鳳又何其不幸!

綜上所述,我們審視了鄭思肖的基本完整的創作道路,瞭解了他的三次創作高潮。我們看到了詩人思想、感情的發展,線索清晰,十分眞實;作為背景的史實,或詩中紀事,也十分可信。眞堪稱史詩!

第四章　鄭思肖與宋季愛國文人

父母—朋友（蕭皆吾—陳伯義—王垓—孟正傳—貴月溪—秋澗—天然子—顧逢—趙溪梅—陳瀧—高常—柴志道—仇遠—張炎—陸處梅—湯仲友—枚應發—唐東嶼—鄭元祐—王德符—葉鼎—文瑩—秋穀—持正—景瞻—馬心吾—沈子我—吳泍—雪心—吳山人—齊子芳—陳深—宋无—陸行直—善住—錢良祐—劉瑄—汪汝煓—章維聰）—**文天祥、謝枋得、謝翱—所仰名相**（崔與之—李宗勉—游侣—杜範—吳潛—董槐）—**所仰閫臣**（孟琪—彭大雅—余玠—趙葵—陳靴—向士璧）—**所仰名臣**（徐元傑—蔣重珍—度正—徐僑—潘牥—郭磊卿—張端義—劉漢弼—章琰—李韶—張忠恕—王遂—劉宰—蔡範—王邁—曹豳—杜淵—徐經孫—蕭𡋯—陳昉—黃自然—洪天賜—范丁孫—李伯玉）—**所仰道學**（眞德秀—趙汝談—袁蕭—蔡杭—趙汝騰—錢時—徐霖）—**所仰文臣**（李心傳—洪咨夔—魏了翁—危科—程公許—劉克莊—湯漢—劉子澄）—**所仰詩人**（徐逸—戴復古—敖陶孫—趙汝回—馮去非—葉紹翁—周弼—盧方春—翁孟寅—曾幾—杜汝能—翁逢龍—柴望—嚴中和—李龏—嚴粲—吳陵—嚴羽—阮秀實—章康—孫惟信）

鄭思肖在宋亡後，孑然一身，人稱其孤僻；他本人也自稱"棄物"，"孤孤枯枯，迂迂疏疏"，"絕交遊"，"絕倡和，漸絕諸絕"（《一百二十圖詩集自序》）。然而，我們卻不能孤立地研究他，而必須廣泛注意他與同時代文人的關係，尤須著重考察對他有直接影響的父執與朋輩。

人是社會關係的總和，愛國志士乃時代精神的代表和民衆的先進。我們已經說過，《心史》史詩般地生動反映了那一個時代。這裏，我們有必要極簡畧地補敍一下鄭思肖創作《心史》的那個時代和當時的政治。

　　鄭思肖生於南宋理宗（趙昀）淳祐元年（1241），此時朽弱無能的趙宋王朝自從向北方女眞貴族完顏氏金朝屈膝稱臣被迫南縮後，苟安東南已有百餘年。而此前，十三世紀初，孛兒只斤氏的蒙古貴族政權則崛起於北疆，迅速擴張並進攻金朝，在紹定六年（1233）又再次"邀約"南宋出兵，雙方夾擊金軍。宋朝既欲一雪百年宿恥，同時也幾無其他選擇（蒙必亡金，而宋又不宜與蒙爲敵），遂於端平元年（1234）正月與蒙古聯合滅金。（時爲鄭思肖出生前七年。）本來，蒙古曾承諾滅金後把河南地方歸還宋朝，而且，滅金後蒙軍也一度北撤。但宋理宗被"勝利"沖昏頭腦，於六月倉促下令出兵收復中原，並進軍洛陽，遂遭蒙軍伏擊。所謂的"端平入洛"，不到兩個月卽慘告失敗。而蒙古一旦沒有了金的牽制，便直接成爲南宋更兇險的敵人，從此開始了長達半個世紀的侵宋戰爭。鄭思肖一出生，就處在這樣的戰爭年代。

　　蒙軍先是長驅入侵四川，大肆擄掠，而南宋則無險可守，危機四伏。然而，就在這樣嚴重的形勢下，南宋當局卻依然非常昏庸腐敗。幾位皇帝都沉湎聲色，括斂無厭，中樞權柄則先後由史彌遠、史嵩之、丁大全、賈似道等一干姦臣把持。他們對內大肆剝削百姓，迫害忠良；對外政策失誤，屈膝投降，不戰而逃。儘管南宋愛國軍民不怕犧牲，英勇抵抗蒙古軍的侵晷，但由於當軸爛朽，無可救藥，最後終於在鄭思肖三十六歲那年（1276），行在臨安失陷。又過三年，陸秀夫在崖山背負幼帝蹈海，宋遂告亡。蒙古貴族終於在中國土地上建立起了統一的大元帝國。一個文化落後的少數民族的統治階級，靠血腥的軍事手段統治了全中國，這是前此未有的千古奇變。

　　站在今天的歷史發展觀點來看，元朝消滅了偏居東南一隅的宋，再次實現了全國大一統，對中國多民族國家的形成和發展，是起了一定的作用的。蒙古族是我們的國內兄弟民族之一，腐朽衰敗的漢族趙氏皇朝被強悍的蒙古族孛兒只斤氏皇朝推翻，似乎也不值得我們今天爲之傷悼和惋惜。但是，這不是平等的民族聯合，而是野蠻的入侵和壓迫。對當時的南宋人民來說，他們遭受的是別一民族的血腥征服，亡掉的不只是一個趙姓皇朝，而是自己的民族國家。而且，從文化方面說，更是一場極大的災難。

王夫之《宋論》卷十五《度宗》痛曰："漢、唐之亡,皆自亡也;宋亡,則舉黃帝、堯、舜以來道法相傳之天下而亡之也!"[1]用顧炎武的話來說,那就不僅僅是亡國,而且是"亡天下"! 南宋政治雖然腐敗,但王國維曾指出:"天水一朝,人智之活動與文化之多方面,前之漢唐,後之元明,皆所不逮也。"(《宋代之金石學》)陳寅恪也多次說過,"天水一朝之文化,竟爲我民族遺留之瑰寶"(《贈蔣秉南序》),"華夏民族之文化,歷數千載之演進,造極於趙宋之世"(《鄧廣銘宋史職官志考證序》)。因此,對當時的讀書人來說,蒙古亡宋更意味着優秀傳統文化的慘遭破壞。而且,元朝軍隊在南方肆行搶掠,蒙古、色目貴族又實行殘暴的民族壓迫。因此,十三世紀宋元易代之際,在被壓迫的漢族人民中便產生了大量的愛國主義詩文作家。他們對內反對權姦人物的腐敗和賣國行徑(一般他們不指責或不敢直斥皇帝),對外堅決反抗異族統治者的侵畧。他們歌頌愛國軍民的英雄鬥爭,激勵當時及後來的愛國者。他們之間也互相影響,互相激勵。鄭思肖便是其中的一位佼佼者。

鄭思肖反復強調,一生中對他影響最大的,是他的父母,特別是父親鄭起(震)。鄭起雖然在宋亡前十七年已逝世,但他顯然正是南宋後期的一位愛國文人。前第一章已提及,鄭思肖從記事時起,即親見其父奮不顧身指斥"端平敗相",以致全家被執。又說其父曾"伏闕言姦相史嵩之",還曾"每與平章賈似道論得失,累忤其意"。所以,鄭思肖在宋亡之際自豪地說他的父親:"使其生至今日,決不忍陷於賊阱,必一死盡臣子報國之節。"(《先君菊山翁家傳》)今存鄭起的詩,如《謁岳王墳》《讀馮道傳》等,均洋溢着強烈的愛國精神。所以,元人柴志道在爲鄭起《清雋集》及鄭思肖《一百二十圖詩》作序時就說:"知有所本,橋梓輝映,抑亦俱有光焉。"鄭思肖自述,其父一貫教導他:"我祖我父,傳家惟忠孝而已,庸授於汝,毋忘父

---

[1] 章太炎曾說:"余十一二歲時,外祖朱左卿授余讀經。偶讀蔣氏《東華錄》曾靜案,外祖謂:'夷夏之防,同於君臣之義。'余問:'前人有談此語否?'外祖曰:'王船山、顧亭林已言之。尤以王氏之言爲甚,謂:'歷代亡國,無足輕重,惟南宋之亡,則衣冠文物,亦與之俱亡。'……余之革命思想伏根於此。"(見朱希祖《本師章太炎先生口授少年事迹筆記》)

言!"而其母親樓氏(？～1276)則一直叮嚀他:"唯學父爲法","汝不行汝父之言,汝不如死!"(均見《心史‧久久書》)這些,對他來說是銘心刻骨的。本書第一章已經寫過鄭思肖"思肖我父",這裏就不多寫了。

一、鄭思肖的朋友

除了父母親的身教言傳以外,則是父執與友輩對鄭思肖的影響了。明末張國維在《心史序》中說,鄭思肖"披裘吳地,意此中必有忠義之侶,相與悲歌慷慨、澤畔行吟者"。鄭思肖特立獨行,他的朋友可能不會太多。本章開頭所引他自稱"棄物"的話,那是晚年所寫,時入元已久,年事已高,作爲老遺民,棄世憤俗,自然有這種慨歎。但從本書前面提到的諸家所撰鄭氏傳記等資料中,仍可看到他晚年交往的朋友至少有柴望、周弼、張炎、湯仲友、王德符、葉鼎、柴志道、陳深、齊子芳(一作徐子方,又作鄭子封)、梅(枚)應發、僧秋穀、唐東嶼、陸行直、鄭元祐等等。

《心史》中有庚辰(1280)九月鄭思肖四十歲時所作《一是居士傳》,其實正是作者的"自我寫照"。其中說:"居士生而弗靈,幾淪於朽棄……有招之者,拒而不從,決不妄以足蹟及人門。癖於詩,不肯與人唱和……寡與人合,間數月竟無至門者。獨往獨來,獨處獨坐,獨行獨吟,獨笑獨哭,抱貧愁居,與時爲仇讎,或癡如哆口,不語瞠目,高視而僵立。衆環指笑,良不顧。"從這些帶有自嘲的也許有點誇張的話中,可知他的這種孤僻的性格自中年時代起卽已有之。不過,緊接着此文,《心史》中又有一篇《交情集序》:

> 朋友,人倫也。今廢之,豈道哉! 尚何望於"一生一死"之間耶? 邇來詩家者流,率尚唐人法度,以"苦吟"爲得趣,得一聯於終歲者有之。死而不傳,爲朋友盡惻然於懷? 我是以創意於《交情集》,非故舊不與於斯。得朋友盛名,與清風俱無窮於天地之間,則詩亨矣!

可見鄭思肖非但不否認"朋友"一倫,相反,還看得很重,並曾創意編了一本《交情集》。可惜該書稿未見傳存,否則,我們就能看到他們如何"相與悲歌慷慨、澤畔行吟"了。《心史》中的《久久書後九跋》之四又云:

> 朋友居人倫之一,今天下大變,風俗一爲之污染,欲得相與語吾語者,竟不可得。《伐木》麗澤之議,殆將廢矣!抑天下果無人乎?故出則獨遊,歸則高臥,爲世嫌罵,指以爲癡。

於此又可見鄭思肖認爲交友很難。《心史》中的《責謬》一文更云:

> 我凡與人語,人皆不解我意。謂我語不可曉耶,我心中了了無疑;謂我語可曉耶,人聞之懵懵相視。波斯呫呫梵語,別國人俱莫辨之,譬之以此,則我誠愚矣!我始之待人爲君子也,十必望其八九,久之則七六矣,又久之則五四三二矣,又久之至於一亦無所取者有之……

《心史》中的《久久書後九跋》之二也云:

> 夫今之人,吐語無奇氣,爲時所變化,叱古直,拜富貴,萬其心,一於利,初若剖肝膽相授,熟窺於久實不然。坐空一世,悉莫我之合,或相與游,終非心於吾之天者也。

可知鄭氏痛感擇友之難,一是因爲在天下大亂之時風俗受到污染,二是因爲有些人對他的思想行爲不理解。《心史》又有《結交二首》,其一云:"鳳鴉同爲禽,麟虎同爲獸。以彼善惡殊,致令分去取。惡者僞以善,惑世不可究。唯在行事間,以理觀於久。或不近人情,避之如避臭。君子重結交,芳名垂宇宙。"其二云:"《伐木》義不古,僞敬溢顏面。交接無眞情,面是背乃變。疏則易爲恩,密則將成怨。當學晏平仲,終始保相見。"亦見其不想交往的"朋友",均是氣節有虧,或是僞敬而無眞情者。有關傳記材料中提到的他拒絕與趙孟頫見面,以及與本中峯不屑多談,可作爲生動的例子。

正因爲如此,《心史》中提到名字的有詩文交往的幾位朋友,就更值得我們注意了。但非常遺憾的是,雖然經我盡力查考,但幾乎都無法知其生平。(《心史》中沒有寫出名字的詩文之友,我們當然更沒法查考。)例如,《心史》中有五首詩是寫給**蕭皆吾**(梅初)的,可是我對他一無所知。其他還有**陳伯義**(宜之)、**王垓**(梅塢)、**孟正傳**(耐翁)、僧**貴月溪**、**秋澗**、**天然子**等人,也是如此。其中秋澗其人,臺灣研究者楊麗圭在她的碩士論文《鄭思肖研究及其詩箋注》(台灣中國文化大學,1977,未刊)中認爲卽王惲。王惲是元代著名詩人,號秋澗,有《秋澗集》。鄭思肖寫到的秋澗不是王惲呢? 且看《心史·咸淳集》中《遇秋澗》一詩:

> 靈襟吐洩山川秀,擒勒造化歸雙手。
> 玄雲飛雨破青空,聲動萬象鬼神走。
> 我昔先人游荆州,曾同君醉江漢樓。
> 手捉明月入口吞,足踏清風跨海遊。
> 於今二十二年後,古吳國中相邂逅。
> 先人雖負一代名,不似先生今白首。

鄭思肖《先君菊山翁家傳》記其父"丙午(按,卽 1246)上江陵(按,卽荆州)",鄭起《清雋集》中《鄂州南樓》等詩也明記"淳祐六年(按,卽 1246)冬十月"登江漢樓。因此,《遇秋澗》此詩當作於咸淳四年(1268),秋澗是鄭思肖父親的朋友。鄭父生於 1199 年,王惲生於 1227 年,鄭父長王惲二十八歲;鄭父登江漢樓那年四十八歲,而王惲當時二十歲。王惲能不能成爲鄭父的朋友,並同醉江漢樓,是令人懷疑的。而鄭父享年六十四歲,鄭思肖寫《遇秋澗》詩時王惲僅四十二歲,怎麼能說其父"不似王惲今白首"呢? 特別是,王惲於蒙古中統初(1260)任翰林修撰、同知制誥兼國史編修,至元五年(按,卽鄭思肖寫《遇秋澗》的 1268 年)拜監察御史。試想，鄭思肖怎麽會給王惲這樣的蒙古朝廷高官寫詩呢？因此，《心史》中的秋澗絶對不可能是王惲。

我偶爾在明人朱存理編《珊瑚木難》中，倒找到了鄭思肖的幾位詩友。《珊瑚木難》卷六有顧梅山詩《雪中同鄭所南訪趙溪梅》，詩有自注："所南，菊山之子。"詩云："移宅雖然遠，攜筇到兩間。只知相別去，不道又重來。溪鯽和冰煮，鄰醅帶雪開。詩家堪入畫，滿眼玉樓臺。"清·厲鶚《宋詩紀事》卷七九亦載。可知顧氏和趙氏是鄭思肖的兩位朋友。

顧逢，其實我們在前面寫到湯仲友時已經提到過的，字君際，號梅山、梅山樵叟，吳郡(今蘇州)人。宋末舉進士不第。學詩於周弼，與湯仲友、陳瀧、高常擅名於理宗端平、淳祐間，有"蘇臺四妙"之稱。尤長於五言，周弼稱之爲"顧五言"，其自署所居爲"五言田家"。有《船窗夜話》《負暄雜錄》及詩集(詩集曾由來華日僧傳至日本，由李龏作序，事見收入《詩淵》中的顧逢詩《寄謝李雪林》)，可惜今均已佚。顧逢於元初辟爲吳郡教諭，卒年七十四。(見明正德《姑蘇志》卷五四、《元詩選》癸集甲等。)

趙溪梅，可惜查考不出。這裏提到的周弼、湯仲友，也是鄭思肖的朋友(下面將詳述)，而"蘇臺四妙"既與鄭思肖同時同地，則除了顧逢、湯仲友外，**陳瀧、高常**兩人自然也應該都是認識的。

又，明初無名氏所編《詩淵》(今存殘本)輯有顧逢詩，中有《寄八十僧寶月溪》一首，[①]而這位"僧寶月溪"，我懷疑與《心史》中《遊觀音山懷鄉僧貴月溪》詩所懷的"僧貴月溪"殆爲一人。

我還從鄭思肖《心史》以外的零星作品中，以及元明之際一些文人的筆記、序跋等資料中，找到了鄭思肖晚年交往的一些朋友的名字，有些本書前面已提到過，這裏將可以考知生平的簡述於下。

前面引過的元人柴志道《三山鄭菊山先生清雋集序》中，曾提到與鄭父同時的著名人士林希逸(鬳齋)、周弼(伯弜)及柴望(秋堂)。這周、柴兩人是鄭思肖認識的，在《心史》中也提到，我們將在下面再寫。**柴志道**則是柴望的弟弟，作此序時，鄭思肖年六十一歲，當也認識。從柴序中

---

① 詩云："同庚同志又同師，湖海無人是舊知。百念俱灰惟一癖，死爲鬼後亦吟詩。"又，《詩淵》似將顧逢與梅山顧先生視爲二人，詩中並有《顧逢詩集》之題，是否一人已不能明云。

可知,周弼等人均與鄭父一樣"有古君子之風","氣節挺然"。

柴序又說,《清雋集》爲仇遠所輯編。**仇遠**(1247~1326),宋元之際著名詩人,字仁近,號山村,又號淳祐遺民。錢塘(今浙江杭州)人。吳渭《月泉吟社·春日田園雜興》列第四十四名。元初,部使者強以學職起之,爲溧陽州學教授,旋以杭州路總管府知事致仕。項夢昶輯《山村遺集》中,有仇氏於至治元年(1321)寫的《書與士瞻上人十首》,其第九首中云:"壁(一作筆)上墨蘭香可掬,令人常憶所南翁。"時鄭思肖已去世兩三年,味詩中語,仇氏應認識鄭。而明初梁時(用行)跋仇氏詩卷亦云:"先生所交多偉人,在方外亦皆卓卓如晦翁輩人物。先生詩中稱所南,所南鄭憶翁,其制行不可屈撓,世之人多重之。先生稱之,先生爲人可知矣。"

張炎(1248~1320?),宋元之際著名詩人,鄭思肖曾爲其《山中白雲詞》一書作序;張氏則作有《清平樂·題處梅家藏所南翁蘭》,收於《山中白雲詞》中。均已見本書上述。張氏祖父爲元丞相伯顏殘酷殺害,並被籍沒全家財產。鄭思肖與滿懷國讎家恨的張氏爲友,此中意義已不須多說。張詞題中的"處梅",在《山中白雲詞》中多次涉及其人,姓陸。**陸處梅**生活在蘇杭一帶,餘不詳,當亦是鄭思肖的友人。

湯仲友,鄭思肖曾爲他的《壯遊集》寫序,已見本書上述。此人亦是頗可一說的宋遺民。明初盧熊《蘇州府志》有傳:"湯仲友,字端夫,先名益,淹貫經史,氣韻高逸,學詩於周弼,早登知府二吳之門,浪迹湖海,晚復歸吳,自號西樓。有《北游詩集》(按,"北游"自是"壯遊"之誤)。其《過葛嶺賈相宅》一篇最爲人所稱。"

湯氏"最爲人所稱"的那首詩,就是諷刺賣國姦臣賈似道的。元·蔣正子《山房隨筆》載:"賈秋壑敗師亡國,後有人刺以詩……湯西樓詩云:'檀版歌殘陌上花,過牆荆棘刺簷牙。指麾已失鐵如意,賜予寧存玉辟邪。破屋春歸無主燕,壞池雨產在官蛙。木棉菴外尤愁絕,月黑夜深聞鬼車。'"元·戴表元《剡源集》卷十八《題湯仲友詩卷》云:"湯君仲友,兵後猶在吳中,余屢得其詩讀之,蓋年七十餘矣。深沉醞藉,足稱遺老。"元·袁桷《清容居士集》卷四八有作於大德庚子(1300)的《書湯西樓詩後》,云:"吳門湯君,往得其《過葛嶺》諸詩,'玉辟邪''鐵如意'之警策,有得乎玉溪生之深切精遠。余每欲蒐其精良者而一讀之。来吳門,其從游陳子久相過,知湯君之詩雕搜會粹皆子久任其事。余不識湯君,而知其用意間有與余合,遂書玉溪生作詩之源委、宋三宗詩體之變,以慰湯君,庶知湯君非苟於言詩者。"

枚應發,明初盧熊《蘇州府志》的鄭思肖傳中寫到:"天目本中峯,禪林之白眉,聞公(按,指鄭思肖)名,欲見未果,偶會於孝子梅應發家,一見各默不語。"鄭思肖不願意與本中峯說話,因此我們不能把本中峯視作他的朋友;但他去梅應發家,梅顯然是他的朋友。不過,本書前已說過,此處"梅"字當是"枚"字之誤。據崇禎時修《吳縣志》卷四三《人物》四〇《孝友》,有"枚應發,居閶門市。母病,醫藥弗療,刲股和羹以進……"等記載。

唐東嶼,明初盧熊《蘇州府志》的鄭思肖傳中還提到鄭思肖臨終前,囑其友唐東嶼曰:"思肖死矣,煩爲書一牌,當云'大宋不忠不孝鄭思肖'。"本書前已寫過,唐氏是元明之際著名蘇州文人韓奕的外祖父。

鄭元祐(1292~1364),字明德,號遂昌山人,處州遂昌(今屬浙江)人。早年隨父寓居錢塘(今杭州),父死後遷家平江(今蘇州),優遊吳中近四十年。元祐不僅與思肖同姓,且一生寓居之地也相同。而元祐年輕時,崇敬南宋遺老,曾游諸老之門,質疑稽隱,充然有得,並以奇氣自負。元祐較思肖小五十一歲,但他在爲思肖所遺墨蘭寫的跋中稱"先生於元祐爲執友"。

王德符,鄭思肖曾爲他的書房"閱人齋"作《閱人齋記》,已見本書上述。我又查到元初僧人大圭寫的《哀王德符》詩:"深期久屈一時伸,白髮蓬廬竟不春。在抱孤兒方識母,藏書萬卷付何人。緦帷像設空堂暮,蕭寺琴尊異世身。同社相逢俱涕落,百年無復見遺民。"可知此人也是宋遺民。詩中提到"同社",很可能鄭思肖也參加他們的詩社活動。

葉鼎(1235~?),鄭思肖曾爲葉鼎收藏的《汗簡》和書寫的《金剛經》題跋,已見本書上述。葉氏字和仲,號山澗,古括(今浙江麗水)人。元·陶宗儀《書史會要》卷六記其名,稱其"篆隸皆能書"。今存葉氏書《金剛經》冊係用金粟山藏經紙,隸書,金摺裝。本幅三十八對葉,每葉五行,行十六字;題跋三對葉。葉氏跋語云:"歲在大德己亥(按,1299年)蠟八日(按,12月31日),古栝葉鼎年逾六袠,幸喜目明,以八分書《金剛經》一卷,仰答四恩,同資三有。端平乙未人葉鼎題。"端平乙未爲1235年,乃葉氏生年,可知他比鄭思肖年長六歲。經卷上葉氏所鈐印章爲"山磵散人""柘上鮫翁"等。

僧人**文瑩**,上述寫本《金剛經》葉鼎題跋後,爲鄭思肖之題跋,鄭跋後面則有釋文瑩之跋:"金剛般若者,心法也。心之所之,法之所由也;心之所止,法之所歸也。古栝山磵葉公,由心法得字法,止心法得佛法;字法既玅,佛法亦然。默於心畫中,發明如來大智慧海矣。至夢幻將滅時,持經施好事者,唯吳城天龍菴敬山主得之。聞余喜隸書,出此作供展玩。至鄭所南著語處,不覺失笑。時延祐戊午蠟八日,住橫山福壽禪寺比丘文瑩書。"延祐戊午蠟八日爲公元1318年12月30日,鄭思肖即逝世於是年。橫山就在蘇州吳縣,從文瑩題跋的語氣看,他是認識鄭思肖的。文瑩跋後所鈐印章爲"雪堂",當是其號。另外,文瑩提到的"敬山主"不知其名,也許也是鄭的朋友。

僧人**秋轂**、**持正**、**景瞻**,本書前已寫過,元延祐三年(1316)吳中報國寺僧人秋轂刊刻《壇經》,鄭思肖爲之題跋,末云:"秋轂長老捐財入梓流通,撒向諸人面前,直是老婆心切。不知誰解體悉此意耶?"報國寺系宋咸淳年間僧人持正所建,明·祝允明《懷星堂集》卷三十《勅賜蘇州府報國禪寺記》云:"傳亡宋遺老鄭君所南久居其中。所南狷獨少合,寺多佳僧亦可知矣。"另,秋轂所刻《壇經》在鄭思肖跋後,還有同時"瑞光景瞻拜書"的跋,景瞻當是報國寺南比鄰的瑞光寺的僧人。

道士**馬心吾**(1256~?),字行之。本書前已寫過,鄭思肖曾在三十六歲生日時(1276年)授其《太極祭鍊》並題跋。此人在明正德時修《姑蘇志》卷五八、《吳中人物志》卷十一等書中記有其名,爲著名道士莫起炎(月鼎)的弟子。

沈子我,本書前已寫過,他曾請鄭思肖爲早年所作《太極祭鍊》作序。沈氏十八歲時從鄭思肖處獲得《太極祭鍊》。餘不詳。

此外,我還看到有**吳泮**(廣文先生)、**雪心**、**吳山人**等與鄭思肖有詩文來往,則均未能考知其生平。還有鄭思肖去過其書塾並爲之作詩的**齊子芳**,一作徐子方,又作鄭子封,連正確名字都不能肯定。

本書前已寫過的爲鄭思肖畫作題跋的人中,有的也是,或很可能是鄭思肖的朋友。如:

陳深(1260～1344),宋元間詩人、學者,字子微,號清全,別號寧極,學者稱寧極先生。吳縣(今蘇州)人。陳氏爲鄭氏墨蘭題詩,顯然認識鄭氏,爲忘年交。明崇禎壬午(1642)版《吳縣志》卷四八《人物》十一《文苑》有陳氏傳:"深篤志古學,以賦知名。已更憂患(按,指宋亡),未嘗廢學,著《讀易》《讀詩》《讀春秋》各編、《寧極齋集》《東遊小稿》,至釋老、方技、稗乘,悉有序錄。書法追魏晉,篆楷行草皆臻其極。天曆間(按,1328～1329)以能書薦,潛匿不出。然學者請益,戶屨恒滿。年逾八十,學益超卓。凡道經吳門者,必求見,深蓋泊如也。自名其齋曰'清全'。卒之前,惟飲酒,誦白樂天詩,陶然輒止。謂子植曰:'吾年八十五,中無所愧,惟歸全而已!'"從陳深題畫詩看,是認識鄭思肖的。

宋无(1260～1340),宋元間詩人,字子虛,號翠寒,舊字晞顏,名名世,晚自稱寐叟、憒憒鄉人。家於晉陵(今江蘇常州),以兵亂遷吳,冒朱姓。至元十八年(1281),代生病的父親領征東萬戶案牘,從征日本,歷盡艱危,幸得歸還。丁亥(1287),中丞王西溪舉茂才,以奉親辭。初侍親江西,從歐陽巽齋學。壯歲負氣,視富貴漠然。與鄧光薦、趙孟頫、馮子振爲友。有《翠寒集》《嘮嘈集》等。宋无也可能認識鄭思肖,我認爲《心史》中對元蒙攻日的記述應該就是從宋无那裏聽來的。

陸行直(1275～?),字季道,又字輔之,號德恭,又號壺天、湖天。吳江(今屬江蘇)人。陸氏曾爲鄭思肖所遺墨竹題跋:"所南先生,貞節之士,有夷齊之風者。書畫散落人間政自不少。雖片紙不盈數寸,或蘭或竹,必有題詠。然其意深密,非高識韻士,豈容易窺見哉!予自童稚至壯,時得承顏接辭。而先生去世幾二十載,今獲觀小軸,如在其右,展卷懸情慨想。"所謂"時得承顏接辭"就是與鄭思肖交遊。

善住(1278～?),元初著名詩僧,字無住,號雲屋、樗叟、妙湛居士,卒年不詳,知泰定丁卯(1327)尚在世。善住長居蘇州報恩寺,往來吳淞江上,與仇遠、宋无、白珽、虞集諸人相酬唱,因此也可能與鄭思肖交遊。明·張昶《吳中人物志》卷十二稱其"精於詩,有《谷響集》,仇遠、白珽爲序,仇稱其五言似隨州,七言似丁卯,絶句似樊川,古詩出韋陶諸作"云。《四庫全書總目》卷一六六稱其"但工近體,大抵以淸雋琱琢爲事,頗近四靈江湖之派,終不脱宋人窠臼,所言未免涉於過高。然造語新秀,絶無蔬筍之氣,佳處亦未易及,在元代詩僧中固宜爲屈一指也"。

錢良祐(1278~1344),元初著名詩人、書法家。字翼之,號江村民,平江(蘇州)人。以博學工書知名,但無意仕進,屢薦不赴。至大年間(1308~1311)曾任吳縣儒學教諭。鄭思肖逝世時,錢氏已四十一歲,二人可能認識。

劉瑄、汪汝瑞是鄭思肖生前在蘇州爲思肖父子刻書的人,當也是思肖的朋友。鄭父《淸雋集》所附《所南文集》末,印有"平江路天心橋南劉氏梅谿書院印行"數字。據黃丕烈注顧廣圻《百宋一廛賦》,此人即"吳郡梅溪劉瑄伯玉"。劉氏與陳深亦爲詩友。又據翁方綱所纂《四庫全書》提要稿,鄭父《淸雋集》爲"汪汝瑞校正","吳趨汪汝瑞刊";在所附《錦錢餘笑》《一百二十圖詩》還注有"吳趨汪汝瑞重鎸"。

章維聰,生平不詳,華亭(今上海松江)人。本書前一章提到,據光緒時刊《松江府續志》記載,鄭思肖曾撰寫華亭縣章氏墓碣文。那麼,章氏肯定是他的朋友。可惜此墓誌銘今未見。

上面考知生平的人物,如湯仲友、張炎、陳深、王德符等,也是很有氣節的人士,可稱鄭思肖的"忠義之侶"。可見不僅是鄭思肖影響了他人,他人也必然有"回報的影響"。[1] 正如陳深爲鄭思肖墨蘭題詩所云:"翁還間作楚花,我亦爲翁楚舞。"

二、鄭思肖最敬佩的同時代人

鄭思肖在《心史》中,還提到不少同時代對他很有影響的著名愛國

---

[1]　此借用郭沫若語。郭曾詳論朋友關係是一種相互的社會關係,見《魯迅與王國維》。

人物的名字,不過這些人都是他所不認識的。如《五忠詠》中的李芾、李庭芝、姜才、王安節及內嬪某氏,《二唶詩》中的陳宜中、張世傑,《哀劉將軍》中的劉師勇等等。而他最敬佩的同時代人,無疑就是偉大的愛國名臣、詩人**文天祥**(1236~1283)。他曾一連寫過《和文丞相六歌》《文丞相敍》《文丞相讚並序》等詩文。他在《祭大宋忠臣文》中祭祀了十四人,為首的就是文天祥。他在《大義畧敍》中也記述了文天祥的愛國言行,用了最崇高的贊詞:"文公天祥,大忠極烈,超前絕後。"確實,文天祥是時代的一面旗幟,鄭思肖的愛國精神也是深受文天祥的激勵的。可惜的是,文天祥雖然曾在德祐元年短期任平江(蘇州)知府四十天,鄭思肖也知道文天祥"至平江開閫"(《文丞相敍》),但一介平民的鄭思肖卻未能與他結識。然而,鄭思肖說得好:"思肖不獲識公面,今見公之精忠大義,是亦不識之識也。"他不僅以實際行動學習文天祥,並希望:"人而皆公也,天下何慮哉?"(《文丞相敍》)清詩人孫枝蔚《讀鄭所南作文丞相敍》也說得好:"人生貴相知,何必識容顔。"而民間,就一直流傳著"鄭所南乃在野之文天祥,文天祥乃在位之鄭所南"的口碑(見本書前面所引明·姚廣孝所記)。

與鄭思肖同時的著名愛國詩人**謝枋得**(1226~1289)的名字,《心史》中也提到。不過情況頗為特殊。《大義畧敍》中說:德祐一年(1275)"江東提刑謝枋得降賊,後挾鄧、傅諸洞民兵反正,殺賊甚多,示榜主張大宋氣數甚力。"謝枋得確實於德祐一年任江東提刑,但史傳及諸書中均未記載他有降賊(蒙元)及反正諸事,或疑鄭思肖聽信誤傳。近人余嘉錫認為,《心史》中的誤記,莫過於此事。(不過,歷來主"偽書說"者卻從未提及此。[①])余氏還認為:"蓋枋得在宋亡之時,名不甚著,卽思肖亦未測其究為何等人,故無暇為之辨別耳。"(《四庫提要辨證》)我則認為,這一特殊的記載,正可表明《心史》不可能是後人偽造的。蓋謝枋得於至元二十六年(1289)被拘執到大都,終不降元,絕食而死,此事震撼全國。後來,他的愛國詩文也廣為流傳。如是後人來偽造《大義畧敍》,是

---

① 僅見不同意"偽書說"的清人趙懷玉在《亦有生齋集》卷七《心史跋》中提到:"《心史》,或以為偽書,紀事與《宋史》亦多不合,文山、疊山其尤著也。"但趙氏說:"余謂是則《心史》之可信也。"

絕對不會這樣寫他"降賊"的。而謝氏就義之壯舉,我想鄭思肖也一定
會知道,但此時《心史》早已封固沉井,他也無法補充修改了。也許他也
對自己曾那樣寫謝氏而深感歉仄吧? 不管怎麼說,謝枋得的愛國詩文肯
定也是對鄭思肖有影響的(至少《心史》中就寫到謝氏有"主張大宋氣數
甚力"的文字)。①

　　與鄭思肖同時代、同省籍的著名愛國詩人謝翱(1249~1295),在《心
史》中沒提到他的名字;但我認爲鄭思肖肯定也是知道他的。《心史·
後敍》的最後,鄭思肖寫道:"今竟絕筆言語之文,養自得之學,誓以正天
下,淵然無思,一以誠之,天者定,人者正,我心始閑閑然。若夫《大宋中
興頌》《鐃歌鼓吹曲》等作,一付之天下文人騷客矣。得彼爲之,卽我爲
之也。"而謝翱當時卽寫過《宋鐃歌鼓吹曲》十二首,載《晞髮集》卷一。
(鐃歌鼓吹曲是一種軍樂,其詞多顯示武威。漢時卽有之,唐柳宗元寫
過《唐鐃歌鼓吹曲》。)又,謝翱曾編過當時愛國詩人的選集《天地間集》,
似未收入鄭思肖詩(今存書不全),但收入的柴望等人,正是鄭的好友。
因此,鄭思肖當聞知謝翱其人。他所感到欣慰的"得彼爲之,卽我爲之"
的"天下文人騷客",應當主要就是指謝氏。

　　《心史》中提到宋末人物名字最多的,是排在《中興集二卷》最末的
一篇《自序》。這篇《自序》實際是爲《心史》全部詩歌集二百五十首而寫
的後序,②帶有總結的性質,十分值得重視。該序作於"德祐七載,歲在
辛巳(按,卽1281),陽月望日(按,卽十月十五)"。序文一開頭便寫道:

　　　　思肖生於理宗盛治之朝,又侍先君子結廬西湖上,與四方
　　偉人交遊,所見所聞廣大高明,皆今人夢寐不到之境。中年命
　　於塗炭,泊影鬼區。仰懷理宗時朝野之臣,中夜倒指,嘗數
　　一二。

① 謝枋得《疊山集》卷一,一開卷就有《代上杜按察》三首,其三有"萬物寧無吐氣時,平生愛誦杜陵
　詩"之句,而《心史·中興集二卷》有《十五礪二首》,其一有"賴有《二盟》在,寧無吐氣時"之句。
　不知是巧合如此呢,還是鄭思肖看到過謝枋得的詩?
② 現在一般《心史》的印本和《心史》的研究文章都把這篇《自序》歸屬於《中興集二卷》,實爲大誤。

接着，他便分"名相""閫臣""名臣""道學""文臣""詩人"，一下子寫出了七十二位人物的名字，然後說："其他賢能名官、豪傑人物、老師宿儒、仁人義士，僻在遐方異縣、深山窮谷，誠匪車載斗量所可盡。如斯諸君子，落落參錯天下，當時氣焰，何其盛哉！"理宗時算不算得"盛治"，我們姑且不論；鄭思肖這樣集中地提出這一份名單，卻是值得我們重點研究的。

第一，他並不是隨隨便便舉些人名，而是認眞地囘憶、有選擇地舉出他最崇敬的一些父輩人物。早在寫此文的一年前，他就寫有《憶前輩二首》，可與此文對讀，亦可知此文構思甚久：

> 昔在先皇帝（理宗），當陽四十年。
> 文明照天下，俊傑立王前。
> 一自胡兵入，俄驚漢鼎遷。
> 致今人道亂，空谷遯遺賢。
>
> 治世衣冠盛，人才極典刑。
> 開心呈日月，吐語走風霆。
> 氣象近三代，文章出六經。
> 今焉不可得，四顧一冥冥。

第二，他舉出的七十二人，除了有幾位"閫臣"（統兵在外的將帥）是純粹的武人外，都是著名文人，正可視作宋季愛國文人羣體中的代表人物。

因此，我決定重點詳細研究這份名單，有兩個目的，或者說可以達到"一舉兩得"的效果。一個目的，即首先想看看對鄭思肖有重大影響的這些同時代人是些什麼人，有些什麼共性？他們之間，及他們與鄭思肖之間，有些什麼精神聯繫？台灣研究者周冠華在 1976 年寫的《鄭所南與〈鐵函心史〉》（刊於《藝文誌》第一二六期）中認爲："這些人物，大概都是所南父親的交遊，與所南不一定完全認識。至於他們交往的親疏，自然更無從懸揣了。"當年臺灣研究生楊麗圭也沒有具體考察這些人,同樣認爲"彼等當爲菊山先生之交遊,而思肖或未及親炙","親疏無從懸揣"。那麼,我想進一步看看這些人中,有哪些是肯定與鄭思肖交遊或可能見過面的,哪些是不可能見面的;而即使不可能見面的,既然也是鄭思肖心目中的崇敬者,也應探討他所崇敬的是什麼。另一個目的,是想通過考察,看看這份名單有沒有什麼"破綻",例如,有沒有這些人? 是不是確實生活在理宗時? 如能發現什麼"破綻",則可懷疑《心史》是偽書;反之,如果沒有"破綻",或者甚至還能找出特殊的内在證據,則可進一步證明《心史》不可能偽造。因此,我決心下笨功夫,來一一查考這些七百多年前的人物。這當然是很累的。

我引徵最多的,是清人厲鶚的《宋詩紀事》及黃宗羲、全祖望等人的《宋元學案》。這不僅是因爲厲氏人稱"學問淹洽,尤精熟兩宋典實,人無敢難者"(沈德潛語)"熟於宋代掌故,二百年來幾無其匹"(陸心源語),黃氏、全氏亦是著名大學者;而且,也因爲這兩部書中的人物小傳的文字比較精煉,適於徵引;更因爲只要能入此二書,其人即可認定是詩人或學者。其實,我在研究中是盡可能地查閱了大量的史料的。

以下,我便按這篇《自序》中所舉人名的次序,一一簡畧敍述與考證。

三、鄭思肖仰懷的理宗朝名相

《自序》中提到的"名相"共六人:

崔與之,《宋史》卷四〇六、《宋元學案》卷七九均有傳。崔氏字正子,廣州人。紹熙四年(1193)舉進士。廣州之士由太學取科第,自崔氏始。曾領導揚州等地的抗金鬥爭。後知成都府、本路安撫使。開誠佈公,善於用人。蜀知名士如家大西、游似、李性傳、李心傳、度正等人均薦達之。召爲禮部尚書,又除參知政事,進右丞相,皆辭不就。歷仕四十七年,被稱爲清風高節,屹然師表。嘗書座右銘曰:"無以嗜欲殺身,無以財貨殺子孫,無以政事殺民,無以學術殺天下後世."死時遺誡不得作佛事.諡淸獻.明·崔子璲輯有《崔淸獻全錄》十卷.《宋史》載崔氏嘉熙三年(1239)致仕,卒時八十二歲.黃震《古今紀要逸編》云崔氏致仕之年薨.是年爲鄭思肖生前二年,那麼兩人不可能見面.

李宗勉,《宋史》卷四〇五有傳,李氏字彊父,富陽(今屬浙江)人.開禧元年(1205)進士.紹定元年(1228)遷著作郎,入對言邊事,敢直諫.後拜參知政事,及左丞相,兼樞密使.曾提出"欲保江南,先守江北",抗擊蒙古入侵,堅決反對史嵩之主和之議.《宋史》稱他"守法度,抑僥倖,不私親黨,召用老成,尤樂聞讜言.趙汝騰嘗以宗勉爲'公淸之相'".以光祿大夫觀文殿大學士致仕.卒,贈少師.諡文淸.《宋詩紀事》卷六〇亦有小傳.據考,卒於1241年.乃鄭思肖生年,故不可能與之交遊.

游佀,①《宋元學案》卷七九:"游似,字景仁,南充(按,今屬四川)人.嘉定十四年(按,1221)進士.累官吏部尚書,入侍經幄.帝問貞觀治效何速如是,對曰:'人主一念之烈,足以旋乾轉坤.或謂霸圖速而王道遲,不知一日歸仁,期月已可,王道曷嘗不速!'淳祐中,爲右丞相兼樞密使,自南充伯進爵國公.卒,贈少師."《宋元學案》馮雲濠按,游氏號克齊.《宋季三朝政要》提及游似曾受史嵩之排擠.《宋史》卷四一七亦有傳,謂游氏於淳祐十一年(1251)致仕.時鄭思肖年十一歲.

杜範,《宋詩紀事》卷六一:"範字成之,黃巖(按,今屬浙江)人.嘉定元年(按,1208)進士.端平中,拜監察御史,累遷禮部尚書.淳祐二年(按,1242),拜右丞相.卒贈少傅,諡淸獻.有集."《淸獻集》二十卷,詩有四卷.《宋元學案》卷六六有傳,提及杜氏爲御史後,卽因直言忤時相鄭淸之,遭忌.並稱杜氏"雖秉鈞未久,不能大有所匡正,而其忠君愛國之忧,悱惻懇到,於宋之末葉求之,蓋亦難其選矣".宋·黃震《古今紀要逸編》云,杜氏入相時,"已病,亦力疾思報,條革時弊.善類相慶,都人歡呼載道,天下方欣欣望太平.會範疾甚,爲相才八十日,薨.""識

---

① "佀"爲古"似"字,明林古度本《心史》作"游侣",當是誤認鄭思肖手稿,(明張國維本《心史》"佀"字比較模糊,似亦爲"侣"字),此正可看出《心史》不可能爲明人偽造.

與不識，皆相吊失聲。輀車所過，聚祭巷哭。"《宋史》卷四〇七杜氏傳，還記杜氏晚年領導五河抗元鬬爭，並得到勝利，時爲淳祐五年（1245）。宋·佚名《宋季三朝政要》卷二記："淳祐五年……杜範再入相，薨于位；劉漢弼以腫疾死；徐元杰暴卒。時謂諸公皆中毒，堂食無敢下筯。"杜氏死時，鄭思肖年五歲。

吴潛，《宋詩紀事》卷六一："潛字毅夫，寧國（按，今屬安徽）人，淵弟。嘉定十年（1217），進士第一。淳祐中，歷官特進、左丞相，封許國公。以沈炎論劾，謫化州團練使，循州安置。有《履齋遺集》。"據《宋元學案》卷七七吴氏傳，端平初，吴氏"以直論忤時相，罷奉千秋鴻禧祠"。"鄂州被兵，疏劾丁大全等。論國家安危治亂之原，由近年公道晦蝕，私意横流，仁賢空虧，名節喪敗，忠嘉絶響，諛佞成風。時羣小側目，國事日非，適將立度宗爲太子，先生密奏云：'臣無彌遠之材，忠王無陛下之福。'帝怒。先生以沈炎論劾落職，責循州安置。賈似道使武人劉宗申毒之，先生鑿井臥榻下，毒無從入。復開宴趣赴，辭之者再。不數日，移庖就先生，遂得疾，曰：'吾將逝矣，夜必雷風大作。'已而果然。四鼓開霽，撰遺表，作詩頌，端坐而逝。時景定三年（按，1262）五月也。循人聞之，咨嗟悲慟。"時鄭思肖已二十二歲。《宋元學案》對吴氏的評價是："先生四綰郡組，所至民不能忘。其在政府，時時以畜人材、儲邊防爲亟。遺疏雖不盡傳，然其《與史彌遠》諸書具載集中，猶想見嶽嶽不撓之概。詩詞激昂淒切，在南宋亦不失爲佳手，是固不但其人品足重矣。"《宋史》卷四一八亦有傳。鄭思肖在《大義畧敍》中說："似道當國十六年，獨攬大權，禍福天下……貶死前丞相吴潛。"

董槐，《宋元學案》卷六四云：字庭植，濠州（按，今屬安徽）人。少喜言兵，論事慷慨，自方諸葛孔明、周公瑾。後發憤向學，登嘉定進士。寶祐二年（1254），進參加政事，言事無所隱，不爲容悦。三年，拜右丞相兼樞密使。劾丁大全邪佞不可近，因於四年（1256）被丁某逼迫罷相，以觀文殿大學士提舉洞霄宫。據《宋季三朝政要》，時人有詩云："空使蜀人思董永，恨無漢劔斬丁公。"後封許國公。《宋史》卷四一四有傳，云董氏卒於景定三年（1262）。其時鄭思肖年已二十二歲。

四、鄭思肖仰懷的理宗朝閫臣

《自序》中提到的"閫臣"共六人：

孟珙，《宋史》卷四一二有傳。字璞玉，隨州棗陽（今屬湖北）人。嘉定十年（1217）曾助父抗擊金兵，獲勝，功補進勇副尉。十六年，以功特授承信郎。父死後統其父所屬忠順軍，累官京西兵馬鈐轄。紹定六年（1233），受命與蒙古軍合圍金哀宗。端平元年（1234），首先攻破蔡州南門，亡金。此後在抗擊蒙古軍的戰鬥中屢建戰功，收復襄陽、信陽、樊城等地。先後在棗陽、秭歸、漢口一帶大興屯田。拜寧武軍節度使、四川宣撫使兼知夔州，進封漢東郡侯兼京湖安撫制置使。坐鎮荊襄，以恢復中原爲己任。又據《宋季三朝政要》卷一，孟珙在四川還創立南陽書院與竹林書院，"射軍中而亦讀書，頗能文，尤多著述"。後病重，致仕，卒於1246年。時鄭思肖六歲。《心史》中多處寫到孟珙，如《大義畧敍》提到："始孟珙嘗曰：'助韃滅金，自此韃必盛，他日斷爲江南害，深可慮。'其言至今始驗。"可知孟氏不僅是一員愛國勇將，同時還頗通文，並且深有戰畧眼光。

彭大雅，《宋史》及《宋元學案》等無傳。鄱陽（今屬江西）人。字子文。嘉定進士，官朝請郎。紹定五年（1232）曾以書狀官隨鄒伸之奉使蒙古。後爲四川安撫制置副使，爲防禦蒙古軍入侵，創建重慶城。《宋季三朝政要》卷二中說："時蜀已殘破。大雅披荊棘，冒矢石，竟築重慶城……爲蜀之根柢。自此支吾二十年，大雅之功也。然取辦促迫，人多怨之。"淳祐元年（1241，鄭思肖生年），詔除名，贛州居住。十二年，追錄築城功，復承議郎，官其子。彭氏不只是"閫臣"，且有文化修養。元人鄭构《衍極》卷三即寫到"宋彭大雅以漢碑完者四十本作橫卷，刻於渝州博古堂"。彭氏並著有《黑韃事畧》，爲研究蒙古史重要專著，近人王國維有箋證本。

余玠，《宋史》卷四一六有傳。字義夫。分寧（今江西修水）人，僑寓蘄州（今屬湖北）。初投淮東制置使趙葵幕下，抗擊蒙古，屢建功績，擢工部郎官。淳祐元年（1241，鄭思肖生年）率兵援安豐，陞淮東制置副使。次年，見理宗，願以恢復全蜀爲己任，旋授兵部侍郎、四川安撫制置使兼知重慶。革除弊政，招賢舉能，屯田練兵，又築釣魚、青居等山城十餘，有效地抗擊了蒙古軍的進攻。寶祐元年（1253），因朝廷猜疑，召赴臨安，被迫服毒自殺。《宋史》說“蜀之人莫不悲慕，如失父母”。時鄭思肖已年十三。

趙葵，《宋詩紀事》卷六五：“葵字南仲，號信菴，範弟。少從父方軍中，補承務郎，以淮東提刑平李全有功，進兵部侍郎。淳祐中，拜右丞相，兼樞密使。咸淳初，特授少師，武安軍節度使，封冀國公。薨贈太傅，謚忠靖。有集。”趙集今未見，僅知劉克莊跋《趙忠靖集》曰：“趙公事兩朝，出將入相，四十餘年。發曠懷於翰墨，寓雄心於杯酒。其訏謨定命，則雅人之致；家庭唯諾，則萬石之訓；結交氣義，則河梁之作；望古慷慨，則梁父之吟。至於陶寫性情，賞好風月，雖《玉臺》《香奩》諸人，極力追琢者不能及也。”《宋元學案》卷七〇亦有傳。《宋史》卷四一七傳云咸淳二年（1266）致仕，薨年八十一歲。時鄭思肖至少已二十多歲了。《心史》中還有好幾處提到他。

陳靴，《宋史》卷四一九、《宋元學案》卷五五均有傳。字子華，侯官（今屬福建）人。登開禧進士。早年帶兵抗金，後屢平內亂。累官參知政事、知樞密院事、湖南安撫大使兼知潭州。以觀文殿學士知福州。召赴闕，落致仕，充體泉觀使。授福建安撫大使兼知福州。久之，提舉沖佑觀，力請致仕。景定二年（1261）卒，年八十三。《宋史》稱：“陳靴，將帥才也。”陳氏死時，鄭思肖已二十一歲。

向士璧，《宋史》卷四一六有傳。字君玉，常州（今屬江蘇）人。紹定五年（1232）進士。歷任平江府通判，淮西制置司參議官、高郵軍制置使等，均以臣僚言罷。合州告急，制置使馬光祖命向氏赴援，數立奇功。帝亦語羣臣曰：“士璧不待朝命，進師歸州，且捐家貲百萬以供軍費，其志足嘉。”進祕閣修撰、樞密副都承旨。開慶元年（1259），涪州危，又命向氏往援。未久辟爲宣撫司參議官，遷湖南安撫副使兼知潭州。後堅守潭州，浴血奮戰，擊退蒙古兵。而賈似道入相，嫉其功，非獨不加賞，反唆人一再劾罷之。向氏坐是誣殺,妻妾亦被拘。向氏死於 1260 年後,時鄭思肖已二十多歲。《宋季三朝政要》卷三談到向氏被賈某誣陷,"至今邦人言之,有垂涕者"。鄭思肖在《心史·大義畧敍》中寫到賈似道"獨攬大權,禍福天下"時,便悲憤地舉例:"殺守潭州有功向士璧。"

五、鄭思肖仰懷的理宗朝名臣

《自序》中提到的"名臣"共二十四人:

徐元傑,《宋詩紀事》卷六四:"元傑字仁伯,信州上饒(按,今屬江西)人。紹定五年(按,1232),進士第一。歷著作佐郎,兼兵部郎官,進太常少卿,兼給事中,國子祭酒。卒諡忠愍。"《宋元學案》卷八一也有傳,說徐氏於淳祐四年(1244)反對史嵩之起復,慷慨激昂,疏出,朝野傳誦。"明年,以暴疾卒。或以爲嵩之毒之,太學生相繼訟冤,臺諫交疏論奏。詔付臨安府逮醫者及常所給使鞫治,獄迄無成。"《宋史》卷四二四有傳。清《四庫全書》收有輯自《永樂大典》的徐氏《楳埜集》十二卷。本書前已引《宋季三朝政要》卷二記:"淳祐五年……杜範再入相,薨于位;劉漢弼以腫疾死;徐元杰暴卒。時謂諸公皆中毒,堂食無敢下箸。"徐氏暴卒之年,鄭思肖五歲。

蔣重珍,《宋詩紀事》卷六二:"重珍字良貴,無錫人。嘉定十六年(按,1223),進士第一。理宗朝,歷官集殿修撰、刑部侍郎,致仕。卒諡忠文。"《宋元學案》卷八〇有傳,稱其爲魏了翁門生。《宋史》卷四一一有傳。明·邵經邦《弘簡錄》卷一三七、清·陳鼎《東林列傳》卷一等亦有傳。知蔣氏勇於上書,如紹定二年(1229)入對,首言自昔周勃握璽,以授文帝;霍光定策,以立宣帝。皆今日卽位,明日攬權,未聞臨御八年,曾無所作爲者。今進退人才,興廢政事,皆曰此丞相意。一時恩怨雖歸廟堂,異日治亂實在陛下。豈有上天之子,下民之主,自朝廷達於天下,皆言相而不言君哉?天之所以火宗廟、火都城者,殆以此!又如端平初(約 1234)入對,復上五事。言昔者隱蔽君德,咎在相臣,故臣專詆,以昭君德。今乃在陛下之身,臣不得不以責難望於君父。夫君子小人難辨,人主當精擇人望,處之要津,日聞正論,則必知君子姓名、小人情狀矣。明洪武《無錫縣志》卷三提到蔣氏"奏語剴切,忤丞相史彌遠"。蔣氏生卒年不詳,鄭思肖似未必能與交遊。

度正,《宋史》卷四二二、《宋元學案》卷六九有傳。字周卿,合州(今四川合川)人。少從朱熹學。紹熙元年(1190)進士。有《性善堂稿》十五卷存世。明·柯維騏《宋史新編》卷一五六也有傳,謂度氏敢於獻策,"其言鯁亮激切",曾言陛下:"養心以清明,約己以恭儉,進德以剛毅,毋以旨酒違善言,毋以嬖御嫉莊士,毋以靡曼之色伐天性,不惟可以消弭災變,殄滅寇賊,雖以是建久安長治之策可也。"又對理宗曰:"慘莫慘於兵,而連年不戢,則甚於火矣;酷莫酷於吏,而頻歲橫征,則猛於火矣!"又言:"世之識治體而憂時幾者,以為天運將變矣,世道將降矣,國論將更矣,正人將引去而小人將登用矣!執持初意,封植正論,兹非砥柱傾頹之時乎!若隨才器,使各盡其分,則短長小大,安有不適用者哉!"又言"謹政體、正道揆、厲臣節、綜軍務"四事。度氏曾知溫州,歲饑救餓者五萬人。官至禮部侍郎,以言罷。生卒年不詳。其進士年為鄭生前六十一年,恐未必得見。

徐僑,《心史》作徐嶠,未能查得,我認為當作徐僑。《宋詩紀事》卷五六:"僑字崇甫,號毅齋,婺州義烏(按,今屬浙江)人。淳熙十四年(按,1187)進士。理宗朝,仕至工部侍郎,寶謨閣待制,奉祠,卒。諡文清。有集。"《宋元學案》卷六九有徐僑傳。《宋史》卷四二二徐僑傳,記徐氏先是"忤丞相史彌遠,劾罷",端平初(約1234)與諸賢俱被召,"趣入覲,手疏數千言,皆感憤剴切,上劘主闕,下逮羣臣,分別黑白,無所回隱。帝數慰諭之,顧見其衣履垢敝,愀然謂曰:'卿可謂清貧。'僑對曰:'臣不貧,陛下迺貧耳。'帝曰:'朕何為貧?'僑曰:'陛下國本未建,疆宇日蹙,權幸用事,將帥非材,旱蝗相仍,盜賊並起,經用無藝,帑藏空虛,民困於橫斂,軍怨於掊克,羣臣養交而天子孤立,國勢阽危而陛下不悟。臣不貧,陛下乃貧耳!'又言:'今女謁閹宦,相為囊橐,誕為二豎,以處國膏肓,而執政大臣又無和緩之術,陛下此之不慮,而耽樂是從,世有扁鵲,將望見而卻走矣!'"帝爲之感動改容,咨嗟太息。後"金使至,僑以無國書,宜館之於外,如叔向辭鄭故事,迕丞相意"。《宋史》還提到:"僑嘗言:'比年[朱]熹之書滿天下,不過割裂掇拾,以爲進取之資。求其專精篤實,能得其所言者蓋鮮。'故其學一從眞踐實履爲尚。奏對之言,剖析理慾,因致勸懲,弘益爲多。若其守官居家,清苦刻厲之操,人所難能也。"鄭思肖所記,必是此人。據《兩浙名賢錄》,其享年七十有八。惜不詳其卒年,未知鄭氏能否接識。

潘牥,《宋詩紀事》卷六五:"牥字庭堅,閩人。端平二年(按,1235),進士第三。歷太學正,通判潭州。有《紫巖集》。"據周密《齊東野語》卷四,潘氏"初名公筠,後以紹歲乞靈南臺神,夢有持方牛首與之,遂易名爲牥","跌宕不羈,傲侮一世","終身坎壈"。劉克莊志其墓曰:"公論如元氣兮,入人之肝脾。有一時之榮辱兮,有千載之是非。"《宋史》卷四二五有傳,云端平二年策進士時,對者數百人,潘氏語最直。潘氏生年不詳,約逝於淳祐初。周密謂其"不得年",又說"余少侍先君子⋯⋯嘗識之",周比鄭大九歲,鄭思肖似未必能面識潘氏。

郭磊卿,《宋詩紀事》卷六一:"磊卿字子奇,仙居(按,今屬浙江)人,嘉定七年(按,1214)進士。端平初,拜右正言,尋擢右史。以直言爲史嵩之所忌,除起居郎。卒諡正肅。有《兌齋集》。"《宋元學案》卷六九有傳。《宋史》卷四一六記郭氏與曹豳、徐淸叟、王萬等被人稱爲"嘉熙四諫"。明·宋端儀《考亭淵源錄》卷十六,記郭氏端平初彈劾權幸,無所避,或勸其少柔順,曰:"上不以磊卿不才,使居此位,每有所聞,卽當忠告,豈可改所守耶?"曾上疏劾姦臣曰:"臣聞鷗鶒入林,鳳凰遠去;豺狼當道,騏驎自藏。不仁者在高位,則抱道懷德之士莫之敢近矣。陛下欲聚羣賢,以興致治,而股肱喉舌之任,乃使姦邪厠迹於其間,是却行而求前也。"又記:"史嵩之三世相位,勢可炙手,多怙權不法,時名士徐霖等及三學諸生皆誦言其惡,磊卿疏已具,俟召對奏之,而爲嵩之耳目所得,遂除起居郎,疏不獲上。遂出國門求去,嵩之以書畱行,且白上,遣中使宣押入國門。磊卿鬱鬱不得志,遂嗚咽而卒。時與丞相杜範、侍從徐元杰、劉漢弼等同心同德,以忠正爲已任,世號'端平六君子'。天下方想聞其風采,而皆相繼以没,中外頗疑嵩之,有異論。磊卿少嘗取康節《洗竹詩》一聯題其讀書之竹亭曰:'徧地冗枝都與去,倚天高幹一齊雷。'蓋其扶善去惡之志已見於此矣。"惜生卒年不詳。

　　張端義,《宋詩紀事》卷六五:"端義字正夫,自號荃翁,鄭州人,居姑蘇。端平中,應詔三上書,韶州安置。有《貴耳集》。"又附《自作小傳》云:"應端平詔,上第三書,得旨韶州安置。以螻蟻之微,嬰斧鉞之威,人皆危之。當國者云:'詔以直言,罪以直言,非祖宗制。'幸脱萬死。"又云:"余生於淳熙之己亥(按,1179),書於淳祐之辛丑(按,1241),年六十有三。"則作自傳之年正是鄭思肖生身之年。淳祐六年(1246),著《貴耳集》成。時鄭思肖六歲。他們也許有見面可能。《宋元學案》卷七四亦有傳。

　　劉漢弼,《宋元學案》卷八一:"劉漢弼,字正甫,上虞(按,今屬浙江)人。成嘉定九年(按,1216)進士,累官侍御史。首論濮鬭南、葉賁爲時相史嵩之腹心,且言嵩之久擅國柄,願聽其終喪,亟選賢臣,早定相位……已感疾,遂卒,謚曰忠。先生之殁也,太學生蔡德潤等上書訟冤,程公許著先生墓誌,與徐元傑並稱,其旨微矣。[1]史稱先生學明義利,律身嚴正,故不容於小人傾軋之世,至以微疾暴亡,是則可哀也已。"《宋史》卷四〇六有傳。劉氏死在徐元傑前(因徐氏《楳埜集》卷二提到他與皇上談劉氏的後事),本書前已引《宋季三朝政要》卷二記:"淳祐五年……杜範再入相,薨于位;劉漢弼以腫疾死;徐元杰暴卒。時謂諸公皆中毒,堂食無敢下筯。"鄭思肖時年五歲。

　　章琰,《宋史》《宋元學案》《宋詩紀事》諸書均無其傳。《宋史》卷四二三李韶傳提到:"[史]嵩之服除,有向用之意。殿中侍御史章琰、正言李昴英、監察御史黃師雍論列嵩之甚峻。詔落職予祠。"李韶等人曾爲章琰等人落職抗疏。"未幾,琰、昴英他有所論列,並罷言職。詔復上疏雷之。"可知章氏亦是敢於直言的名臣。據至順時修《鎮江志》卷一八,章氏字子美,號立菴,潤州(今江蘇鎮江)人。寶慶二年(1226)進士,授

---

[1]　意思是,有人懷疑劉氏之死與徐氏一樣,是被人毒害的。

溧陽尉,歷太府少卿,拜侍御史,彈劾無所避,出知江州,忤丁大全,解職。另,劉克莊集中也曾提到他。生卒年不詳。

李韶,《宋史》卷四二三有傳,字元善,嘉定四年(1211)進士。不以有當國之親故而求官。端平元年(1234)入召,轉太府寺丞,遷都官郎官,遷左郎官。未幾,拜右正言。敢於直諫,並屢乞歸。帝怒,但諭左右曰:"李韶眞有愛朕憂國之心。"嘉熙三年(1239),上書痛論:"端平以來,天下之患,莫大於敵兵歲至。和不可,戰不能,楮券日輕,民生流離,物價踴貴,遂至事無可爲。臣竊論以爲必自上始,九重菲衣惡食,臥薪嚐膽,使上下改慮易聽,然後可圖。"史嵩之攻擊他與杜範,但據《宋史》,時人皆知"二人廉直,中外稱爲李杜"。遷權禮部尚書。淳祐十一年(1251)卒,年七十五。《宋史》稱讚:"韶忠厚純實,平粹簡澹,不溺於聲色貨利。默坐一室,門無雜賓云。"李氏死時,鄭思肖已十一歲。

張忠恕,《宋史》卷四○九、《宋元學案》卷五○均有傳。張氏字行父,學者稱爲拙齋先生。以祖任入官,所至皆有聲。入爲戶部右曹郎,曾上言薦舉科墨之弊,互送苞苴之害,及苛斂虐徵、賄訟鬻獄、剽奪民產之禍。知不爲權臣所容,請外,以直祕閣知贛州。未久,又罷職。歸講學於嶽麓書院。理宗紹定三年(1230)卒,年五十七。時在鄭思肖生前十一年,當然不可能認識。

王遂,《宋詩紀事》卷五九:"遂字去非,一字穎叔,金壇(按,今屬江蘇)人。嘉泰二年(按,1202)進士。理宗朝,歷江西安撫使,權工部尚書。卒諡正肅。"《宋元學案》卷七一亦有傳,稱王氏號實齋,曾疏奏"極論進君子退小人"。又稱其"爲文雄健,無世俗浮靡之氣"。《宋史》卷四一六有傳,載王氏曾上奏指斥史嵩之"欺君誤國,天下知之,而朝廷猶且惑焉"。所以《宋史》稱他"讜論疊見,豈不偉哉"。我們下面即將寫到的王邁,在其《臞軒集》卷十六稱讚王遂爲"端平初第一臺諫"。生卒年不詳。

劉宰,《宋詩紀事》卷五八:"宰字平國,金壇(按,今屬江蘇)人。紹熙元年(按,1190)進士。調江寧尉,眞州司法。寧宗朝,韓侂胄枋國,不復仕。自號漫塘病叟。寶慶初,除將作少監,進直敷文閣,知寧國府,不拜，卒。諡文清。有《漫塘集》。"《宋元學案》卷七一、《宋史》卷四〇一均有傳。《宋史》稱他死時，"鄉人罷市走送，袂相屬者五十里，人人如哭其私親"。因爲他爲鄉里做過很多好事，"凡可以白於有司、利於鄉人者，無不爲也"。劉氏約卒於理宗端平年間，鄭思肖不可能見面。

蔡範，《宋元學案》卷五三："蔡範，字遵甫，文懿第四子。編《宋通志》五百卷。守衢，化行山峒。終吏部侍郎。（參《溫州舊志》）"蔡氏爲瑞安（今屬浙江）人，還曾編撰《黃巖志》。據明·徐象梅《兩浙名賢錄》卷三五蔣峴傳，史嵩之嘗"以書罪蔡範、袁肅等。峴曰：'此有用之才，不可誣也。'"可見蔡氏也是被史嵩之誣陷的名臣。生卒年不詳。其父卒於嘉定十年（1217），則其自是理宗時人。

王邁，《宋詩紀事》卷六一："邁字實之，號臞軒居士，興化軍仙遊（按，今屬福建）人。嘉定十年（按，1217）進士。調南外睦宗院教授，召試學士院，改通判漳州。應詔直言，爲臺官所劾，削二秩。淳祐中，知邵武軍，予祠。卒贈司農少卿。"《宋史》卷四二三、《宋元學案》卷八一均有傳。《宋史》載王氏亦堅決反對史嵩之復相，上書曰："舊相姦憸刻薄，天下所知，復用則君子空於一網矣。"周密《齊東野語》卷四將王邁與潘牥並提，認爲都以豪俠聞世，不相上下。並記王氏爲指責史彌遠而頂撞皇帝一事，帝罵他爲"狂生"，他即自稱"敕賜狂生"。王氏約死於淳祐年間，鄭思肖尚幼。

曹豳，《宋詩紀事》卷五九："豳字西士，號東畎，溫州瑞安（按，今屬浙江）人。嘉泰二年（按，1202）進士。擢祕書丞、倉部郎，累遷知福州、寶章閣待制，致仕，卒諡文恭。"《宋史》卷四一六曹叔遠傳後附有曹豳傳，《宋元學案》卷六一亦有傳，均稱曹豳爲諫官，"與王萬、郭磊卿、徐清叟，俱負直聲，當時號'嘉熙四諫'"。曹氏任浙西提舉常平時，還曾建虎丘書院，以祀尹和靖；而據《心史·先君菊山翁家傳》，鄭思肖父"甲寅（按，1254）絜居吳門，浙西倉臺請爲尹和靖書院堂長"。曹氏生卒年不詳。明·王鏊《姑蘇志》卷二四載景定二年（1261）陳淳祖建曹豳祠堂，時鄭思肖二十一歲。

杜淵，據《宋元學案補遺》卷六六，淵爲杜範次子，黃巖（今屬浙江）

人。父卒，鄭清之再相，以私憾損其恩數大半。淵兄弟食貧七年，閉門讀書，淡然不問。生卒年不詳。又據萬曆時修《黃巖縣志》，杜氏字源卿，官終浙東提舉。據雍正時修《浙江通志》卷一六五牟大昌傳，杜氏任浙東提舉時，提拔應文天祥檄而與姪聚義兵勤王的牟大昌爲都將率衆抵禦元兵。

徐經孫，《宋詩紀事》卷六四：“經孫字仲立，初名子柔，豐城（按，今屬江西）人。寶慶二年（按，1226）進士。累遷刑部侍郎、太子詹事，拜翰林學士、知制誥。忤賈似道，罷歸，閒居十年。卒諡文惠。有《矩山存稿》。”《宋史》卷四一〇有傳。記其爲官不貪，部下敬服。明·黃汝亨《廉吏傳》亦載其人。據考，徐氏至少活至 1272 年，時鄭思肖已三十多歲。

蕭崱，①明隆慶時修《臨江府志》卷十二：“蕭崱，字則山，新喻（按，今江西臨江）人。紹定五年（按，1232）進士，以史舘校勘遷武學博士，進大府丞，求補外，遂奉祠。得肆力於文字，碑銘、記序得盤誥體。工篆隸，凡名勝匾額多其所書。尤善吟詠。號大山，有《大山集》。”清人厲鶚《宋詩紀事》卷六四、曾燠《江西詩徵》卷十九、倪濤《六藝之一錄》卷三四九、裘君弘《西江詩話》卷五、孫岳頒《佩文齋書畫譜》卷三五、陶樑《詞綜補遺》卷九等也各有小傳。生卒年未詳，僅知景定二年（1261）猶爲金陵賞心亭作記，時鄭思肖已年逾二十，有可能面識。《心史》刻本均作“蕭山則”，刊刻者可能不知其人，誤識鄭思肖手稿，將一字認作二字了（果如此，恰可見《心史》非後人僞造）。不過，蕭崱似又一作蕭山則，在他書中亦偶見，如上述《賞心亭記》所署。

陳昉，《宋詩紀事》卷七三：“昉字叔方，號節齋，溫州平陽（按，今屬浙江）人。以父任入官，累除吏部尚書、端明殿學士。卒諡清惠。”據《宋元學案》卷四六，陳氏曾與劉克莊等八人被稱爲“端平八士”。曾知福州，“重士愛民，威惠兼至，蠲宿捕，卻例冊。去郡之日，帑庚充牣。閩人論良牧，必以先生爲首。”著有《穎川語小》《北庭須知》等。生卒年不詳。

---

① 《心史》兩明刊本均作“蕭公山則”。

咸淳時修《杭州府志》記，都亭驛東侍從宅名"進思堂"，其御題堂名有吏部尙書陳昉景定三年跋，景定三年爲1262年，鄭思肖已二十二歲。

黄自然，據《閩中理學淵源考》卷二五，黃氏浦城（今屬福建）人；又據隆慶時修《臨江府志》卷十一、康熙時修《江西通志》卷六一，黃氏爲建安（今屬江西）人。字元輔，嘉定十年（1217）吳潛榜進士，教授郡學，以禮學誨諸生，齋宿問辯，率至夜分。歷校書郎、祕書丞、著作郎及將作少監，官至禮部侍郎。據宋·葉紹翁《四朝聞見錄》卷一甲集，嘉定時喬行簡上書建議奉幣金庭，激起太學諸生黃自然等"同伏麗正門，請斬行簡以謝天下"。生卒年不詳。

洪天賜，《宋史》卷四二四、《宋元學案》卷四七均有傳。洪氏字君疇，晉江（今屬福建）人。寶慶二年（1226）進士。後拜監察御史，兼說書。累疏言："天下之患三：宦官也，外戚也，小人也。"又曾上言："上下窮空，遠近怨疾，獨貴戚宦閹享富貴耳！舉天下窮且怨，陛下能獨與數十人者共天下乎？"曾申劾中貴，而帝猶力護之，疏上至六七，最後請還御史印。《宋史》稱："言雖不果行，然終宋世閹人不能竊弄主威者，皆天錫之力也。"而洪氏亦自是去朝矣。度宗即位，以侍御史兼侍讀召，進工部侍郎，力辭，致仕。疾革，草遺表以規君相。帝震悼，特贈正議大夫，謚文毅。崔與之《崔淸獻全錄》卷八有《送洪暘巖赴班》詩，盛讚洪氏法吏、儒生，擅兼兩長，"期以柱天極"。周密對洪氏評價也極高，《齊東野語》卷七云："近世敢言之士，雖間有之，然能終始一節，明目張膽，言人之所難者，絕無而僅有，曰溫陵洪公天錫君疇一人而已！"據考，洪氏卒於1272年。時鄭思肖已三十二歲。

范丁孫，劉克莊《後村大全集》卷六七提及此人，知官除大理卿。《宋史》卷四五一亦提及此人，記其曾與馬光祖、李伯玉等人大力推薦忠義人士趙良淳。餘不詳待考。

李伯玉，《宋詩紀事》卷六五："伯玉字純甫，饒州餘干（按，今屬江西）人。端平二年（按，1235），進士第二。仕至敷文閣待制，權禮部尙書，兼侍讀。卒。有《斛峯集》。"《宋元學案》卷七九有傳。《宋史》卷四二四傳云，初名誠，以犯理宗潛諱，更今名。曾歷詆貴戚大臣，"直聲暴起"。敢於抵制賈似道。賈氏擅國權,度宗"以伯玉舊學,進入臥內,相對泣下,欲用以參大政。似道益忌之。而伯玉尋病卒。"《宋史》又稱:"趙汝騰嘗薦八士,各有品目。於伯玉曰:'銅山鐵壁。'立朝風節,大較似之。"宋·周密《癸辛雜識》別集卷下云"景定間(按,1260~1264)除禮部尚書侍讀,入政地矣。甫入閣門,一疾而卒。伯玉初號畏齋,又號斛峯。"李氏卒時,鄭思肖已二十來歲。

六、鄭思肖仰懷的理宗朝道學

《自序》中提到的"道學"共七人:

眞德秀,《宋詩紀事》卷五八:"德秀字希元,浦城(按,今屬福建)人。慶元五年(按,1199)進士,中詞科。紹定中,拜參知政事,進資政殿直學士,提舉萬壽觀。卒諡文忠。學者稱西山先生。有集。"《宋元學案》《宋史》有傳。《西山文集》今有《四部叢刊》本。眞氏是學宗朱熹的著名學者,人稱"小朱子"。爲人正直,關心民瘼,敢忤權要,有政績。嘉定、紹定年間兩知墨竹,整頓市舶,復興海外貿易,懲貪官,勸農本,興修水利,鞏固海防,捕捉海盜,深得泉州士民和蕃商的擁戴,被立祠。① 其生年1178,卒年1235。死於鄭思肖生前六年,因此兩人不可能相識。

趙汝談,《宋詩紀事》卷八五:"汝談字履常,號南塘,太宗八世孫,居餘杭。淳熙十一年(按,1184)進士。累官至西外宗正。理宗時,歷給事中,權刑部尚書。卒諡文懿。"劉克莊《後村詩話》對他的詩評價甚高,但鄭思肖未將他列入"詩人"而入"道學",當是因爲他是朱熹和葉適的門人,並爲《易》《書》《詩》《論語》《孟子》《周禮》《禮記》等書作過注。《宋史》卷四一三有傳,記其爲人正直,力主抗金。清·閻若璩《潛邱札記》稱其治學有"卓絕特立之見"。《宋元學案》卷六九亦有傳,馮雲濠按語據咸淳時修《臨安志》謂趙氏卒於嘉熙元年(1237)。時爲鄭思肖生前四

---

① 但是,清·張均衡《後村題跋》提到:"眞西山於史相[彌遠],諂詞諛語不亞於後村[劉克莊]。"

年,因此鄭不可能與他交遊。

袁肅,《宋元學案》卷七五:"袁肅,字□□,絜齋之子也。從廣平(按,指舒璘)於新安,其後知名於世。"王梓材按:"先生號晉齋,慶元五年(按,1199)進士,官至少卿,嘗知江州。《蒙齋文集》(按,袁肅弟袁甫所著)有《和晉齋兄韻》云:'晉齋作詩,誨語勤劬。觀詩末章,荷兄警余。'又《和晉齋兄韻三章》,其首章云:'不愛金章紫綬紆,欣然玉局自安居。'其卒章云:'家塾提綱屬晉齋,絜齋氣脉遠乎哉。'"據宋·佚名《南宋館閣續錄》卷七,袁肅字恭安,慶元府鄞縣(今浙江寧波)人。本書前已據明·徐象梅《兩浙名賢錄》卷三五蔣峴傳,寫到史嵩之嘗"以書罪蔡範、袁肅等。峴曰:'此有用之才,不可誣也。'"可知袁氏也是被史嵩之誣陷的有用之才。袁氏進士之年,爲鄭思肖生前四十二年,也卽鄭父生年。鄭思肖與之交遊的可能性較小。

蔡杭,《心史》作蔡抗,《宋詩紀事》卷六四:"抗字仲節,號九軒處士,元定孫,沈之子也。紹定二年(按,1229)進士。累官擢吏部尚書,端明殿學士,同知樞密院事,拜參知政事,以忤時相落職,奉祠。卒諡文簡,改文肅。"《宋史》卷四二○有蔡抗傳,記其曾疏奏"權姦不可復用,國本不可不早定"。福建建陽人,其祖蔡元定和父蔡沈均師從朱熹。《宋元學案》卷六七作"蔡杭",是。① 據該書馮雲濠按,"《(萬曆)金華志》云:仲節,元定之孫,博通經史,邃於理學,淳祐十一年(按,1251)知金華郡,亟踵北山(按,卽何基)、魯齋(按,卽王柏)二先生之門,請爲主教麗澤,魯齋一出而婺(按,卽金華)之禮俗興。"又據《資治通鑑後編》卷一四五,蔡氏卒於開慶元年(1259)。時鄭思肖已十九歲,他有可能見過這位閩籍父執。

趙汝騰,據《宋史》卷四二四,字茂實,宗室子也(太宗八世孫)。居福州。寶慶二年(1226)進士。累官禮部尚書兼給事中、翰林學士承旨

① 從其兄蔡模、其弟蔡權之名看,則作"杭"爲是。明·蔡有鵾輯有《蔡氏九儒書》,其中《九軒公集》一卷正署名"蔡杭"。清·錢大昕《十駕齋養新錄》卷十二《宋人同姓名》云:"其名本是'杭'字,《史》誤从'手'旁。"卷十四《癸辛雜識》又云:"《宋史》本紀、表、傳並作'蔡抗',予曾見石刻題名,乃是'杭'字。《雜識》固誤,《宋史》亦未可據"。

等。著有《庸齋集》。爲人正直,敢於進諫,《宋史》記趙氏曾對上言"節用先自乘輿宮掖始",又"入奏言:'前後姦諛之臣,傷善害賢,自取穹官要職,何益於陛下,而深損於聖德!興利之臣,移東就西,順適宮禁,自遂谿壑無厭之慾,何益於陛下,而深戕於國脉!則陛下私惠羣小之心可以息矣!'又言:'陛下有用君子之名,無用君子之實。'"可謂敢言。死於景定二年(1261),鄭思肖已二十一歲,有可能見過他。《宋元學案》卷四九亦有傳。

錢時,《宋詩紀事》卷六五:"時字子是,號融堂,淳安(按,今屬浙江)人,受學慈湖(按,即楊簡)之門。嘉熙二年(按,1238),以薦授祕閣校勘,出佐浙東倉幕,召爲史館檢閱。有《蜀阜前後集》。"《宋元學案》卷七四有傳。《宋史》卷四〇七亦有傳,附於楊簡傳後,稱他:"幼奇偉不羣,讀書不爲世儒之習,以《易》冠漕司,旣而絕意科舉,究明理學。江東提刑袁甫作象山書院,招主講席,學者興起,政事多所裨益。郡守及新安、紹興守皆厚禮延請,開講郡庠。其學大抵發明人心,論議宏偉,指摘痛決,聞者皆有得焉。丞相喬行簡知其賢,特薦之朝,且曰:'時夙負才識,尤通世務,田里之休戚利病,當世之是非得失,莫不詳究而熟知之。不但通詩書、守陳言而已。'"生卒年不詳。《宋史》說"寶祐間守季鏞祠於學",據景定《嚴州續志》卷四,爲"寶祐甲寅(按,1254)知州季鏞繪肖於學宮之先賢祠"。那麼,錢氏被祠於學宮時,鄭思肖已十四歲了。

徐霖,《宋史》卷四二五傳曰:"霖字景說。衢州西安(按,今浙江衢縣)人,年十三有志聖人之道,取所作文焚之,研精六經之奧,探賾先儒心傳之要。淳祐四年(按,1244)試禮部第一。知貢舉官入見,理宗曰:'第一名得人。'嘉獎再三。"授沅州教授,擢祕書省正字,遷著作郎,兼國史編修,實錄檢討,兼權尙左郎官,兼崇政殿說書,兼權左司。徐氏忠直愛國,入官後首發宰相史嵩之之姦,措辭激烈。據《宋史》記載:"霖上疏,歷言其姦深之狀,以爲'其先也奪陛下之心,其次奪士大夫之心,而其甚也奪豪傑之心。今日之士大夫,嵩之皆變化其心,而收攝之矣。且其變化之術甚深,非章章然號於人使之爲小人也。常於善類,擇其質柔氣弱易以奪之者,親任一二;其或稍有異己,則潛棄而擯遠之,以風其餘。

彼以名節之尊不足以易富貴之願,義利之辨亦終暗於妻妾宮室之私,則亦從之而已'。疏奏,見者吐舌,爲霖危之。"又曾對上直言:"人主無自強之志,大臣有患失之心,故元良未建,凶姦未竄。"徐氏爲陸九淵的傳人,理宗時講學頗有名望,謝枋得卽其學生。《宋元學案》卷八四亦有傳。卒於景定三年(1262),年僅四十八歲。徐氏比鄭思肖年長二十六,卒時鄭思肖二十二歲。

七、鄭思肖仰懷的理宗朝文臣

《自序》中提到的"文臣"共八人:

李心傳,《宋史》卷四三八有傳。字微之,號秀巖。隆州井研(今屬四川)人。慶元元年(1195)鄉試下第,遂絕意應舉,閉門著書。寶慶二年(1226),以崔與之、魏了翁等先後二十三人之薦,爲史館校勘,賜進士出身。旋又出爲成都通判,遷著作佐郎,兼四川制置司參議官。踵修《十三朝會要》,書成,召爲工部侍郎。李氏爲著名史家,著述甚富,爲官亦敢於進諫。《宋史》載其上言:"陛下所宜與諸大臣掃除亂政,與民更始,以爲消惡運、迎善祥之計。而法弊未嘗更張,民勞不加振德,既無能改於其舊,而殆有甚焉。故帝德未至於罔愆,朝綱或苦於多紊,廉平之吏所在鮮見,而貪利無恥敢於爲惡之人挾敵興兵,四面而起,以求逞其所欲。如此而望五福來備,百穀用成,是緣木而求魚也……陛下願治七年于此,災祥飢饉史不絕書,其故何哉?朝令夕改,靡有常規,則政不節矣;行齎居送,畧無罷日,則使民疾矣;陪都園廟,工作甚殷,則土木營矣;潛邸女冠,聲焰茲熾,則女謁盛矣;珍玩之獻,罕聞郤絕,則包苴行矣;鯁切之言,類多厭棄,則讒夫昌矣……願亟降罪己之詔,修六事以同天心,羣臣之中有獻聚斂剽竊之論以求進者,必重黜之,俾不得以上誣聖德。"未幾,"復以言去,奉祠,居潮州。淳祐元年(按,1241)罷祠,復予,又罷。三年(按,1243)致仕,卒,年七十有八。"《宋元學案》卷三〇亦有傳。李氏卒年鄭思肖僅三歲,因而不可能與之交遊。

洪咨夔,《宋史》卷四〇六有傳,《宋元學案》卷七九亦有傳。《宋詩紀事》卷六一云:"咨夔字舜俞,於潛(按,今屬浙江)人。嘉定元年(按,1208)進士。理宗朝,累官刑部尙書、翰林學士、知制誥,加端明殿學士,提舉萬壽觀。卒諡忠文。有《平齋集》。"《宋詩紀事》又引仇遠《稗史》:"洪平齋新第後,上衛王書,自宰相至州縣,無不捃摭其短。大槪云:'昔之宰相,端委廟堂,進退百官;今之宰相,招權納賄,依勢作威而已。'凡及一職,必如上式,俱用'而已'二字。時相怒,十年不調。洪有桃符云:'未得之乎一字力,只因而已十年閑。'"今人錢鍾書《宋詩選注》說:"他是抨擊當時政治黑暗的著名人物,集裏常有諷刺官吏、憐憫人民的作品。"洪氏還參加過抗金鬥爭。清・錢保塘《歷代名人生卒錄》卷五謂洪氏卒於端平三年(1236)六月,爲鄭思肖生前五年,因此兩人不可能相見。

魏了翁,《宋史》卷四三七有傳,《宋元學案》卷八〇有傳。《宋詩紀事》卷五八云:"了翁字華父,號鶴山,邛州蒲江(按,今屬四川)人。慶元五年(按,1199)進士。理宗朝,累官簽書樞密院事,改資政殿學士,福州安撫使。卒贈太師,諡文靖。有《鶴山集》。"魏氏乃淵博學者,於理學、經學、文學、醫學等領域均有建樹。爲官恪盡職守,頗有宦績。又先後在蒲江、靖州等地創辦鶴山書院,澤被後學。他亦勇於上書言事,《宋史》多有記載,故屢遭排擊。如某次入對,"首乞明君子小人之辨,以爲進退人物之本,以杜姦邪窺伺之端;次論故相十失猶存;又及修身齊家、選宗賢、建內小學等。皆切於上躬者。他如和議不可信,北軍不可保,軍實財用不可恃,凡十餘端。復口奏利害,晝漏下四十刻而退"。魏氏死於嘉熙元年(1237),爲鄭思肖生前四年,當然也是不可能見面的。

危科,即危積,《宋史》卷四一五有傳曰:"危積,字逢吉,撫州臨川(按,今屬江西)人,舊名科。淳熙十四年(按,1187)舉進士,孝宗更名積。"危氏進士之年,是鄭思肖生前五十四年,那麼他比鄭至少要大七十多歲;據《宋史》,危氏卒年七十四歲,那麼二人幾乎不可能見面。而在鄭思肖生前五十多年危氏卽已改名,何以在近百年後鄭氏卻能寫出他的原名(以至我在查考時頗費了一番周折)？這是頗耐尋思的。然而卻可見《心史》不會是後人僞託,後人一般怎麼會用"危科"這個名字？危氏頗有文采,據《宋史》:"洪邁得積文,爲之賞激。""楊萬里按部驟見嘆獎,偕遊廬山,相與酬倡。"危氏亦勇於上書,屢忤權貴,後自請歸鄉,並與鄉里耆艾七人成立了一個"眞率會"。

程公許,《宋詩紀事》卷六一云:"公許字季與,一字希潁,號滄洲,敍州宣化(今四川宜賓)人。嘉定四年(安,1211)進士。理宗朝,累官中書舍人,禮部侍郎,進權刑部尚書。有《塵缶集》。"(按,原集散佚,清修《四庫全書》時從《永樂大典》輯得十四卷。)《宋史》卷四一五有傳。程氏亦敢於上言,如《宋史》記:"嘉熙元年(按,1237)御史杜範論執政李鳴復,不行,徙右史,竟拂衣東歸。鳴復坐政府自若。公許輪對,言:'志士仁人嬰逆鱗,賈衆怒,不過爲陛下通耳目,爲朝廷立綱紀而已。今也假以職而棄其諫,幸其退而優其遷,則是自裂其綱紀,自蔽其耳目！遂使居是職者雖被親擢,言不得行,始焉固辭而弗從,終焉強畱而飲愧。臣恐自此同類沮失,各起退心,來者相戒,以爲容默,陛下愈孤立無助矣！'"《宋元學案》卷七二也有傳,說他"生平沖澹寡欲,人不得干以私。與故相史嵩之不合,鄭清之尤忌之"。今見其詩中多有痛恨蒙古兵蹂躪,並直斥南宋誤國"元老"之作。據考,程氏出生於1182年,爲鄭思肖生前五十九年。

劉克莊,《宋詩紀事》卷六六:"克莊字潛夫,號後村,莆田(按,今屬福建)人,以蔭仕。淳祐中,賜同進士出身,官龍圖閣直學士。卒諡文定。有《後村集》。"劉氏在南宋後期,官職不低,名氣不小,詩詞文均卓然一家,而《宋史》居然沒有立傳,怪哉！《宋元學案》卷四七有傳。清·陸心源《宋史翼》卷二九亦有傳,云劉氏知建陽縣時,眞德秀還里,劉氏"師事之,學益進"。劉氏爲官時曾劾權相史嵩之,貶知漳州。後又屢因直言敢諫,不避權貴,而落職。《宋史翼》記其對帝言:"本朝三有狄難,三大臣皆以身當之。耶律氏越幽薊,犯河朔,決大駕親征之策者,寇準也;完顏氏越太行、黃河,犯汴京,決堅守京城之策者,李綱也;逆亮百萬南下,百官欲散,而統海卒之扈乘輿幸建康者,陳康伯也。臣嘗謂,此三人者奮由諸生,口不談兵,一旦國家有急,所立奇偉如此,豈有他哉,直以忠義之氣吞敵人耳！"他的詩文也表達了愛國情懷，悲壯激越。他卒於咸淳五年（1269）正月，鄭思肖已二十九歲，可能見過面。①

湯漢，《宋詩紀事》卷六六："漢字伯紀，安仁（按，今江西餘江）人。江東提刑趙汝騰薦於朝，免解，差充象山書院堂長。赴禮部別院試正奏名，授上饒簿。淳祐中，差充史館校勘。度宗朝，仕至刑部侍郎，權工部尚書，提舉玉隆宮，以端明殿學士致仕。卒諡文清。有集。"《宋史》卷四三八有傳，記湯氏亦屢上正論，如"上封事曰：'臣聞任天下之大，立心不可不公；守天下之重，持心不可不敬……不當信私人……不當有私令……不當殖私財。陛下於皇天祖宗之德弗永念，而報答私恩；於羣黎百姓之疾苦弗深恤，而富貴私親；公卿在廷，其信任不若近習之篤；中書造命其除行，不若內批之專。則陛下之立心，既未能盡合乎天下之公矣。往者陛下上畏天戒，下恤人言，內則拘制於權臣，外則恐怯於彊敵，敬心既不敢盡弛，則私意亦未得盡行；比年以來，天戒人言既以玩熟，而貪濁柄國黷貨無厭，彼既將恣行其私，則不得不縱陛下之所欲爲，於是前日之敬畏盡忘，而一念之私始四出而不可禦矣！'"可謂尖銳。湯氏年七十一而卒，鄭思肖有可能見過面。

劉子澄，②宋·陳起《江湖後集》卷二云："子澄字清叔，泰和（按，今屬江西）人，曾知襄陽，後較畫軍事，爲賈似道所忌。劉將孫稱其有史才。所著有《平淮疏補史》，行於世。事見《江西通志》。案《宋史》子澄坐唐州之役削秩而敗，衄實由似道，故志書云。然其詩亦有和似道者，蓋一時倡酬之作也。集名《玉淵吟藁》。"《宋詩紀事補遺》卷六五云劉氏嘉定十三年（1220）進士（爲鄭思肖生前二十一年）。《宋史》卷四二〇沈炎傳提及他遭貶時爲"沿江制置司參謀官"。宋·釋居簡《北磵詩集》卷二有《傷劉子澄死於貶所》詩。清康熙時《御選宋詩》中有其詩，並有小傳，云劉氏號玉困。

---

① 但王士禎在《居易錄》卷二和《帶經堂集》卷七二《蠆尾文》八的跋《劉後村集》的文字中，提到劉氏曾撰有《賀賈相啟》《賀賈太師復相》《再賀平章》等，"諛詞諂語，連章累牘。豈眞以似道爲伊周、武鄉之比哉？抑踞雄、邕之覆轍而不自覺耶？按後村作此時，年已八十。惜哉！"

② 宋·朱熹《晦菴集》卷八七、陳傅良《止齋文集》卷四六，均有《祭劉子澄》，此爲同姓同名另一人，湖南沅江籍，曾任衡陽守。

八、鄭思肖仰懷的理宗朝詩人

《自序》中提到的"詩人"共二十一人：

徐逸，《宋詩紀事》卷五七："逸字無競，號抱獨子，天台（按，今屬浙江）人。"厲鶚又引仇遠《稗史》云："徐抱獨少與朱文公爲友，公提舉浙東日，過其家，然燈夜話，至鐘鳴而別。公嘗託無競作謝恩表，書云：'可放筆力稍低，使人見之，無假手之議也。'其推獎如此。"今見從宋咸淳時修《臨安志》和宋・陳景沂《全芳備祖》各輯出徐氏一詩，知其曾居杭州。宋・陳世崇《隨隱漫錄》卷四有徐氏紹定壬辰爲陳氏父親寫的跋，時1232年，爲鄭思肖生前九年；徐氏少時與朱熹爲友，朱提舉浙東乃1181年頃，爲鄭思肖生前六十年。不知鄭能見得到徐氏否。

戴復古，《宋詩紀事》卷六三云："復古字式之，號石屏。嘗登陸放翁之門，以詩鳴江湖間。有《石屏集》。"戴氏黃巖（今屬浙江）人，長期遊歷江湖，足蹟遍於東南各地，布衣終生，爲江湖派名詩人。其詩渴望恢復中原，同情民生疾苦。今人錢鍾書《宋詩選注》云："據說他爲人極謹愼，'廣座中口不談世事'，可是他的詩裏每每指斥朝政國事，而且好像並不怕出亂子得罪人。"他生於1167年，卒於理宗年間，壽八十餘。比鄭思肖年長七十四。比鄭思肖大十四歲的方回（1227～1305）在《瀛奎律髓》卷二十說："予及識其人，今亦歸九泉。"未知鄭思肖能及識其人否。

敖陶孫，《宋詩紀事》卷五八："陶孫字器之，長樂（按，今屬福建）人。慶元五年（按，1199）進士。官泉州簽判。有《臞翁集》。"厲鶚並引葉紹翁《四朝聞見錄》云："慶元初，韓侂胄既逐趙忠定，太學諸生敖陶孫賦詩於三元樓。（按，詩畧。中有"狼胡無地居姬旦，魚腹終天吊屈原。一死固知公所欠，孤忠幸有史長存"等句。）方書於樓之木壁，壁已不復存。陶孫知捕者至，急更行酒者衣，持暖酒具下，捕者與交臂，問：'敖上舍在否？'對以：'若問太學秀才耶？飲方酣。'陶孫亟亡命，歸走閩。"此事廣爲流傳，然而劉克莊《臞菴敖先生墓志銘》則云"趙丞相謫死，先生爲《甲寅行》以哀之,語不涉權臣(按,指趙侂胄)也",並說"京尹承望風旨,急逮捕,先生微服變姓名去",並認為上述題壁詩非敖氏所作。但不管如何,可知敖氏乃一愛國詩人,曾被追捕,幸而機智逃逸。《歷代名人生卒錄》卷五云敖氏卒於寶慶三年(1227),為鄭思肖生前十四年,因此兩人不可能相見。

趙汝回,《宋詩紀事》卷八五:"汝回字幾道,永嘉(按,今屬浙江)人,太宗八世孫。嘉定七年(按,1214)進士。終主管進奏院。"《兩宋名賢小集》卷二二九有趙氏《東閣吟稿》。趙氏進士時,為鄭思肖生前二十七歲。二人有見面可能。

馮去非,《宋詩紀事》卷六六:"去非字可遷,號深居,南康都昌(按,今屬江西)人,椅子。淳祐元年(按,1214)進士。幹辦淮東轉運司。寶祐四年(按,1256),召為宗學諭。"《宋史》卷四二五有傳,記馮氏與三學諸生一起反對左諫議大夫丁大全,與蔡抗(杭)同時"以言罷歸"。舟泊金焦山,丁大全派人登舟示意,冀其投靠,並許復官,馮氏"奮然正色"曰:"老夫今歸吾廬山,不復仕矣!斯言何為至我!"絕之不復與言。據考,馮氏生於1192年,比鄭思肖大四十九歲。馮氏進士之年即鄭思肖生年。方回(1227~1305)在《桐江集》卷四云:"年八十餘卒,今亦無復斯人矣。"鄭思肖當能見到。[1]

葉紹翁,《宋詩紀事》卷七一、《宋元學案》卷五五有傳,皆太簡單。宋·陳思《兩宋名賢小集》卷二六〇載:"葉紹翁,字嗣宗,建安(按,今屬福建)人。博學工詩,嘗居錢唐,卜隱於西湖之濱,與葛天民往來酬倡。《靖逸小藁》一卷,辭澹意遠,頗耐人咀味。如'春色滿園關不住,一枝紅杏出牆來。'至今膾炙人口。雖邨巷婦稚,皆能誦之。梅屋許棐贈詩云:'聲華馥似當風桂,氣味清於著露蘭。'斯言可謂雅稱。著有《四朝見聞錄》,搜羅遺佚,足補正史之闕,不徒屑屑以聲韻見長者。"葉氏曾向著名學者葉適問學,又與真德秀友善,約生活於寧宗、理宗時期,生卒年不詳,

---

[1] 《宋詩紀事》卷六五柴望《靈芝寺別祖席諸友》詩後,有厲鶚按語,記淳祐六年(1246)鄭思肖父親與"南康馮去辨"等人一起為受迫害歸田里的柴望設祖席,各賦詩為別。這位"馮去辨"與馮去非籍貫相同,又據周密《浩然齋雅談》字可訕,顯然與馮去非為兄弟。

未知是否能與鄭思肖見面。

　　周弼,《宋詩紀事》卷六五:"弼字伯弼,文璞之子。有《端平集》。"汶陽(今山東汶上)人。嘉定十三年(1220)進士,在浙東一帶爲官;十七年(1224)辭官而去,周遊江湖。死後李龏選其詩作近二百首刻行於世,題爲《端平詩雋》,對其評價甚高。清·王士禎《居易錄》卷二認爲,《南宋詩小集》二十八家,"所謂江湖詩也,大概規橅晚唐,調多俗下,唯番陽姜夔堯章《白石集》、汶陽周弼伯弜《端平詩雋》、臨江鄧林性之《皇荂曲》三家最可觀……蓋鐵中錚錚者也"。周氏進士之年,爲鄭思肖生前四十一年;周氏約卒於1257年,鄭思肖約十七歲,二人是有可能見面的。本書前已寫過,元人柴志道爲鄭思肖父《清雋集》作序,亦曾提及周氏。柴氏在鄭思肖生前大德五年(1301)寫的該序中說:"儒者有古君子之風,始可以曰儒。儒非止於文章之謂。文章者,所以發揚其實詣、而著見於實理也,豈可空有其名哉!鄭菊山先生,蓋抱其實而當其名者也。在昔林膚齋、周伯弼行輩,當時人物林林焉,如龍虎不可測,如鳳凰不可睹,非有以自植立於天地間,何以與諸公相參錯,照耀一世豪傑之耳目邪?"於此可推測周氏與鄭父是認識的。而從厲鶚所引柴望墓誌銘,可知鄭父確實與周氏相識,並同在淳祐六年(時鄭思肖六歲)與柴氏等人飲酒賦詩。(詳見下文述柴望一節。)

　　盧方春,《宋詩紀事》卷六五云:"方春號柳南,永嘉(按,今屬浙江)人。嘉熙戊戌(按,1238)進士。"盧氏進士時爲鄭思肖生前三年。他們有可能後來見面。盧氏生平不詳,據劉克莊《後村集》卷一〇六,知是其番禺同官。陳起《江湖後集》卷七有趙汝回《送盧五方春分教端州》詩,爲其度遷嶺南鳴不平:"天豈恨汝月蝕篇,罰使獨吟瘴海邊。"從《宋詩紀事》見盧氏詩有"鏡裏無慚色,囊中有諫書"句,可知亦當是位正人。又從宋·陳世崇《隨隱漫錄》卷一,得讀其卻人送牛肉小簡:"昔人亦珍此味,所謂如享太牢是也,然一犁春雨,數町秋雲,既食其力,又食其肉,可乎?余不忍,敢請改命!"從明·徐渭《古今振雅雲箋》卷七,得讀其謝友人贈水雞、蒸餅小簡:"蛙魚、炊餅,併以爲貺,何感如之!但恐青艸池塘,失一部鼓吹;而精鑿十字之折者,未暇論也。"(按,青艸池塘,宋·趙師秀詩"青艸池塘處處蛙",徐渭誤記爲司馬光詩;一部鼓吹,齊·孔德璋:"門庭内艸萊不剪,有蛙鳴曰,我以當半部鼓吹";十字之折,晉·何曾性豪華,日食萬錢,猶云無下箸處,其蒸餅不折十字者不食。)此二簡可見其人本色。後人編周敦頤《濂溪集》,卷十一附收有盧氏淳祐癸卯年(1243)寫的《南安周程書院記》,時鄭思肖三歲。

　　翁孟寅,宋·周密《絕妙好詞箋》卷三有傳:"孟寅字賓暘,號五峯,錢唐(按,今杭州)人。《四朝聞見錄》云:'翁孟寅,其先本建之崇安(按,今屬福建)人。祖中丞彦國,僞楚張邦昌僭帝時嘗提兵勤王,爲李丞相綱之亞。父謙之,進士。孟寅,首登臨安鄉書。'"宋·周密《浩然齋雅談》卷下記:"翁孟寅賓暘嘗遊維揚,時賈師憲開帷闔,甚前席之。其歸,又置酒以餞,賓暘即席賦摸魚兒云……師憲大喜,舉席間飲器凡數十萬,悉以贈。"據《宋詩紀事》卷六五柴望《靈芝寺別祖席諸友》一詩後的按語,知翁氏與鄭思肖父相識。(詳見下述柴望一段。)而存世思肖父鄭起《清雋集》四十首詩的最後一首,即《招魂酹翁賓暘》,詩中反映二人交情甚深,又可知翁氏逝世於鄭思肖十四歲之前(時鄭家居杭州)。又,周密《武林舊事》卷五《湖山勝概》載,翁氏墓在杭州小麥嶺。

　　曾幾,《宋詩紀事》卷三七:"幾字吉甫,贛縣(按,今屬江西)人,徙河南。以兄弼恤恩授將士郎。試吏部優等,賜上舍出身,歷校書郎。高宗朝,歷江西、浙西提刑。與秦檜不合,去位。僑寓上饒,居茶山寺,自號茶山居士。檜死,召爲祕書少監,權禮部侍郎,提舉玉隆觀,致仕。卒諡文清。有集。"(按,今傳本《茶山集》爲清代修《四庫全書》時從《永樂大典》中輯出。)《宋史》卷三八二有傳。曾氏爲官清正,多次被削職爲民,力主抗金,反對和議。《宋史》與《宋元學案》均載其"乾道二年(按,1166)卒,年八十二",則死於鄭思肖生前七十五年,非理宗時人。曾氏死時,連鄭父亦尚未出生,因此鄭思肖不可能與之相見。又,曾氏號"茶山",鄭思肖寫作"蒼山",乃音近以致誤記,亦可想見他僅聞其名而已。

　　杜汝能,《宋詩紀事》卷七六云:"汝能字叔謙,號北山,太后諸孫。居西湖之麴院。有能詩聲。""太后"爲宋太祖趙匡胤之母杜氏,卒於建

隆二年（961），年六十。杜汝能如果是杜太后“諸孫”，那麼就不可能活
到理宗時（1225～1264）。“諸孫”之説有誤。① 厲鶚《宋詩紀事》收有杜
氏《贈陳隨隱》一詩，註明輯自《隨隱漫筆》一書；而陳世崇《隨隱漫筆》一
書今存（厲鶚所輯之杜詩，見其書卷三），讀該書可知陳氏乃宋末元初之
人。《宋詩紀事》卷七六也有陳世崇小傳，説他“入元，著《隨隱漫錄》，多
述宋季事”。又，前面提到的周弼有《寄杜北山詩》。這些均可證杜氏確
是理宗時詩人。鄭思肖可能認識他。

　　翁逢龍，《宋詩紀事》卷六五云：“逢龍號石龜，四明（按，今屬浙江）
人，嘉熙中平江（按，今蘇州）通判。”嘉熙是理宗年號（1237～1240），鄭
思肖有可能與翁氏相識。延祐時修《四明志》卷六記翁氏中嘉定十年
（按，1217）吳潛榜。至順時修《鎮江志》卷十七有“翁逢龍承直郎，紹定
三年（按，1230）至”鎮江“幹辦公事，亦總領所屬官”的記載。於此可畧
知其生平。

　　柴望，《宋詩紀事》卷六五：“望字仲山，號秋堂，衢州江山（按，今屬
浙江）人。嘉熙間，爲太學上舍，除中書奏名。淳祐六年丙午（按，1246）
元旦日食，詔求直言，上《丙丁龜鑑》，忤時相意，詔下府獄。趙節齋疏
救，得放歸田里，因又號歸田。景炎二年，端宗登極，三山孔大諫奏薦，特
授迪功郎，史館國史編校，辭歸山中。宋亡後，稱‘宋逋臣’。有《道州臺
衣集》《詠史集》。”柴氏爲人與爲文，均頗與鄭思肖相類。其作品，連《四
庫全書總目提要》都説：“黍離麥秀，寓痛至深，騷屑哀音，特爲淒切，亦
可與謝翱諸人並傳不朽。”據蘇幼安《宋國史柴望墓誌銘》，其生年爲
1212年，比鄭思肖大二十九歲。卒年爲1280年，鄭思肖四十歲。柴望
之弟柴志道，在鄭思肖生前（1301年）爲《清雋集》所作序中説：“曩聞先
兄秋堂先生望曰：先生（按，指鄭思肖父親）人物昂然，氣節挺然，議古喻
今，無不的當。”柴望與鄭父相熟，自當與思肖認識。厲鶚在《宋詩紀事》
所載柴望《靈芝寺別祖席諸友》一詩後，加了按語：“淳祐六年（按，是年
鄭思肖六歲），秋堂以上《丙丁龜鑑》下獄，趙京尹節齋疏救之，放歸田

---

① 宋·周密《武林舊事》卷五《湖山勝概·北山路·杜北山墓》注曰：“汝能，字叔謙，太后諸孫。居
　 麴院，能詩，有聲。”厲鶚所説本此。

里。設祖道湧金門外者,爲三山鄭震(按,卽思肖父)、邵武吳陵、建安葉元素、松溪朱繼芳、錢唐翁孟寅、田井、陳麟、黃溱、南康馮去辨、西江趙崇嶓、曾原一、旰江黃載、汶陽周弼。時晚色涵岫,商飆振林,各賦詩爲別,見蘇幼安所撰墓誌中。靈芝寺正在湧金門外。"由此可見柴氏與鄭父之關係非同一般。①

嚴中和,據鄭思肖同時人周密《浩然齋雅談》:"嚴中和,號月澗,近世詩人,間多佳句。"餘不詳。《宋詩紀事》等書無傳。前面提到的鄭思肖詩友顧逢寫有《嚴月澗同飲湖邊》詩。

李龏,《宋詩紀事》卷七一:"龏字和父,號雪林,笠澤(按,今江蘇吳江)人,家吳興三匯之交。效元白歌詩,不樂仕進,年登耄期。有《漱石吟》《梅花衲》《翦綃集》。"李氏與周弼、顧逢爲詩友,故亦當與鄭思肖父相熟。李氏曾爲顧氏在日本出版的詩集作序。又於寶祐五年(1257)編選周弼詩集《汶陽端平詩雋》。翌年又爲所編《唐僧弘秀集》作序,時鄭思肖已十八歲,他們可能相識。清·吳騫《桃溪客語》卷四記:"李龏卒,趙王孫孟奎葬之弁山下,樹梅數百本,題曰'宋詩人李龏墓'。"

嚴粲,《宋詩紀事》卷七三:"粲字坦叔,邵武(按,今屬福建)人。登第,官清湘令。有《華谷集》。"陳思《兩宋名賢小集》卷三二九:"嚴粲字坦叔,一字明卿,邵武人,羽之族弟也。登進士,授清湘令。嘗著《詩緝》,與朱晦菴《詩傳》相表裏。"嚴氏生卒年不詳,寶慶時修《會稽續志》卷二載:"嚴粲淳祐九年以朝請郎八月二十一日到任,十年正月除倉部郎官。"宋·袁甫《蒙齋集》卷十一有《贈嚴坦叔序》云:"坦叔抱負才業,有志當世,以余耳目所睹記,才如坦叔蓋寡。坦叔有詩名,寓意推敲,細入毫髮,似非磊落度越繩墨者。及遇事,挺身直前,勇無與抗。喜接雄豪

① 鄭思肖父帶頭爲柴望設宴、賦詩一事,影響很大。《四庫全書總目提要》卷一六五云:柴氏"出獄歸里,士大夫至祖道湧金門外,賦詩感慨,傾動一時。王應麟《困學紀聞》尚載其表中之語,以爲佳話。宋末士氣之浮囂,於是爲極。"《四庫全書》收有柴氏《秋堂集》及《柴氏四隱集》,均附錄柴氏里人蘇幼安所撰柴氏墓誌銘,其中詳載此事。柴氏集中亦有《靈芝寺別祖席諸友》,詩云:"落日寒城暮雨餘,滿斟離酒意何如。見妻還指張儀舌,痛國誰憐賈誼書。贏馬病僬旋雇債,寺禽山猨亦欷歔。長安可是深居處,更向深山深處居。"清·朱彭《南宋古蹟考》卷上"豐豫門"條亦載此事,但誤爲淳祐八年。柴氏《丙丁龜鑑》一書爲《四庫全集》列於"存目"中,然今猶存,收入《寶顏堂祕笈》。值得注意的是,當時疏救柴氏的趙京尹,也就是翌年釋放鄭氏全家的人。

士,握手吐心肝,相期功名,人亦樂與共事。余每與語,深知其志向,必不虛爲一世人。善謀能斷,密而通,敏而耐。坦叔之才,其細寙易劇無施不宜者歟!士固以有用爲貴,雖然,遇不遇時也,奚可有固必意? 余老矣,同寮三年,坦叔之助不可縷數。"戴復古曾贈詩給嚴粲和嚴羽云:"我自得二嚴,牛鐸諧鐘呂。……二嚴我所敬,二嚴亦我與。"

　　吳陵,《宋詩紀事》卷七〇僅云"陵字昭君"。清末陸心源《宋詩紀事補遺》小傳補正卷三亦謂陵字昭君。今人孔凡禮《宋詩紀事續補》附錄《厲輯小傳補正》指出:"《詩淵》第二十二冊錄《絕句》詩,下署'宋昭武吳陵季高'。據此,季高乃陵之字;昭武乃爲陵之號,古人之號,往往與住地有關係,昭武似爲地名。古有王昭君,昭君爲字,士大夫所諱,疑有誤。"按,孔說是,厲、陸兩氏均誤。據前引《宋詩紀事》卷六五柴望一詩後厲鶚按語,"昭武"正爲地名(今屬福建),並知吳氏與鄭思肖父相識。又知吳陵著有《詩說》,已佚,宋·蔡正孫《詩林廣記》後集卷十錄存一條。吳氏又字景仙,爲嚴羽繼叔,嚴羽有多首诗贈他。又,據鄭思肖《心史》這篇後序,可補吳氏號樵溪。柴望《秋堂集》卷二有《吳樵溪山居》诗。

　　嚴羽,《宋詩紀事》卷六三:"羽字丹丘,一字儀卿,邵武(按,今屬福建)人。自號滄浪逋客。有《滄浪吟》。"嚴氏一生未仕,其詩被戴復古稱爲:"飄零憂國杜陵老,感遇傷時陳子昂。"今人尤看重他的詩論專著《滄浪詩話》,以此名世。嚴氏生於1192年,比鄭思肖大四十九歲,約卒於1245年,鄭尚幼稚。因此,兩人可能不識面。

　　阮秀實,《宋詩紀事》卷七六:"秀實號梅峯,興化軍(按,今屬福建)人。早見知於趙昌甫,僑居吳門,游賈秋壑之門最久,人號'阮怪'。咸淳初,攝蕪湖茶局。"咸淳初,鄭思肖已二十多歲,當然完全可能見面。阮氏雖游賈似道門,但據元·方回《桐江集》卷四《跋阮梅峯詩》,云阮氏"平生用似道錢無數,而詆似道不直一錢",又云"予爲學官時,秀實謁似道,似道不爲禮,甚怒,歸閩。乃訪予,求閩中監司書以行,意若可憐。年八十餘卒"。《桐江集》卷一《送俞唯道序》又云:"有阮梅峯者,年八十餘,在蕪湖,索予詩藁往觀,批抹圈點,有去有取,'飲若山頹無舊侶,坐如泥塑有新功'，梅峯所選。予乃大悟大進，阮、陳（按，名傑）之力居多。"劉克莊《後村集》卷八一有《看詳阮秀寔進所撰文藁申省狀》，力薦阮氏文章有"先人所未及"，云："柳宗元《封建論》甚辨，先儒嘗掊擊之矣；秀寔於先儒掊擊之更出新意，以矯其偏，文勢甚奇。記序雜文，頗簡潔麗密，蓋苦心積勤而作者。其人少有儔聲，故趙尚書汝談喜其文，安晚鄭丞相序其稿，而才高命窮，頓挫場屋，失身右弁，老之將至，手鈔所作文藁十六冊兩部投進，無一點一畫草筆，其真專有如此者！顧使陸沉於小使臣廣南監當，忱爲可惜！""欲望朝廷詳酌，於格法之外，將秀寔加旌異，少慰其生平燈窗之勤，亦以見聖世蒐羅遺逸之意。"又，今據《心史》此序，我們還可知阮氏字賓中，是爲諸書所失載。

章康，《宋詩紀事》卷六三："康字季思，浦城（按，今屬福建）人，居吳（按，蘇州），隱居不仕，人稱曰'聘君'。從學於朱晦菴。淳祐中卒，有集。"《宋元學案》卷六九："章康，字季思，吳縣人。安貧樂道，居城西，人稱之曰'聘君'。嘗問學於朱子，默有所契。年七十，步履如飛，或訝其有方外之遇，問之，曰：'吾師聖賢，無外學也。'淳祐五年（按，1245）卒，年七十九……所著《雪崖文集》十卷、《詩集》五十卷。"從《宋元學案》章氏所著書名，可知《心史》稱他號雪崖是對的。而厲鶚不知其號，《宋詩紀事》卷六六又有章雪崖小傳云："雪崖，平江（按，蘇州）人。問道於朱子。"竟誤作二人。清·陸心源《宋詩紀事小傳補正》已指其誤。又查正德時修《姑蘇志》，章氏實淳祐六年（1246）卒也。章氏逝年，鄭思肖六歲。

孫惟信，《宋詩紀事》卷五八："惟信字季蕃，號花翁，開封（按，今屬河南）人，居婺州（按，今浙江金華）。光宗時，棄官隱西湖。有集。"厲鶚並引劉克莊《花翁墓誌》（按，文載《後村集》卷一五〇，厲氏所引有刪節）："季蕃貫開封，少受祖澤，調監當，不樂，棄去。始昏於婺，後去婺游，囿蘇杭最久。一榻之外無長物，躬爨而食，書無《乞米》之帖，文無《逐貧》之賦，終其身如此。名重江浙，公卿間聞花翁至，爭倒屣。所談非山水風月，一不掛口。長身縕袍，意度疏曠，見者疑爲俠客異人。其倚聲度曲，公瑾之妙；散髮橫笛，野王之逸；奮袖起舞，越石之壯也。"周密

《武林舊事》卷五《湖山勝概》記杭州葛嶺路有孫花翁墓,並注:"惟信字季蕃,隱居湖山,棄官自放。能詩,詞尤工。趙節齋葬之,劉後村爲志,杜清獻爲文以祭之。"(按,杜範祭文失收於《清獻集》)清·錢保塘《歷代名人生卒錄》卷五:"孫惟信淳祐三年(按,1243)九月壬寅卒,年六十五。"則孫氏生於1179年,爲鄭思肖生前六十二年;卒年鄭方三歲。因此,鄭思肖不可能與其交遊。

以上,我全面考察了《心史》中的這份名單,可以得出如下看法。

全部七十二人均經查實,確知都眞有其人;其中除了曾幾(茶山)一人不是理宗時人以外,其餘都可確認是理宗時人。而曾幾非理宗時人,這惟一之不確,也不能僅僅因此便認爲這篇《自序》是後人僞造的,而宜推測爲鄭思肖曾耳聞其名(所以將他的號也記錯了),因崇敬其人而寫入名單。

名單中約有四十人,可以基本確認死於鄭思肖出生後,因此,其中不少人鄭思肖有可能與之相識,如柴望等人是肯定認識的;名單中約有十人,可以基本確認死於鄭思肖出生前,這些人鄭思肖當然不可能與之相見;其餘二十來人,則生年或卒年不詳。名單中近一半人,出生或生活在蘇杭一帶;約四分之一人,出生或工作在福建。由此,更可以看出這些人確實是鄭思肖父親的朋友,亦可見這份名單確實是出於鄭思肖之手。

鄭思肖十四歲時從杭州遷居蘇州,二十四歲以前生活在理宗朝。大概爲了說明理宗朝(1225~1264)如何如何"盛治",誇耀當年他如何侍從父親"與四方偉人交遊",他在寫這份名單時看來似乎帶有一點"標榜"、"借重"的意思。其中有十人以上是他不可能與之"交遊"的(特別是曾幾其人,是連其父也不可能"交遊"的),只不過是從其父口中聽說過大名而已。鄭思肖這樣的的寫法,後人經過分析,也是可以理解的。

這裏,我便聯想到與鄭思肖同時的意大利旅行家馬可波羅。馬可在他的遊記中更有誇大其辭和自我吹噓的毛病,例如把蒙古軍攻陷襄陽說成是自己一家的功勞等等;但我們後人卻不能僅僅因爲這個而否定馬可一書的眞實性,更不能僅僅因此而斷定馬可不曾來過中國。相反,除了年代與立功是假的以外,馬可所敍述的攻陷襄陽的情節與《元史》等歷史典籍所記基本相合,可以推測這是他在中國聽到的。而鄭思肖,我們還不能說他也有馬可那樣的"毛病",因爲他寫的這份名單總的說來是可信的,多是他崇敬的父執輩。而在他三百多年後,如有人想僞造這份名單,則簡直是不大可能的。那樣做的話,作僞的"成本"實在太高,沒有必要。那要有多麼高深的歷史知識啊?又多麼累啊?

更有幾條內證,恰恰可以看出這份名單絕不可能是後人僞造的。如明末刻本《心史》均誤將"游佀"刻成"游侶"("蕭山則"也可能是"蕭勛"的誤刻),可知明末那些刊刻者(亦均是飽學之士,詳見本書第六章所述)都因不知其人而誤認《心史》手稿,那麼,後來的"僞造者"又怎麼能有本事造得出這樣的名字來呢?還有吳陵、章康的號,連清代最著名的宋詩專家屬鶚都不知道,那麼,後來的"僞造者"又怎麼會有那麼大的學問而造得出來呢?再如,這份名單中的柴望,曾因直言而被捕,後爲"趙京尹節齋疏救";而《心史·先君菊山翁家傳》記,第二年鄭氏父親也因直言斥丞相而全家被捕,而"當時士氣頗盛,京尹趙與篜越一宿俱縱之"。試想,這個趙京尹的名字,那樣一個僻字,後來的"僞造者"又怎麼能造得出來呢?還有如范丁孫、嚴中和,我是經過"上窮碧落下黃泉"般苦查資料,方才得知確有其人,但仍對兩人的生平事蹟很少瞭解,那麼,後來的"僞造者"又怎麼能造得出這兩個人的名字來呢?

鄭思肖對這份名單中的人物的"分類",在我看來並不盡合理。如果說,凡是被收在《宋詩紀事》裏的人都可以稱爲詩人的話,那麼,這份名單中至少有六成以上的人都可以稱作詩人,那就超出鄭思肖寫的"詩人"數(二十一人)一倍以上了;如果說,凡是被收進《宋元學案》裏的人都可稱爲"道學"的話,那麼,這份名單中就有近四十人了,也遠超出鄭思肖寫的七人之數,達五倍以上。名單中又有約二十五人,既入《宋詩紀事》,又入《宋元學案》,可見"詩人""道學"有時候也是很難區分的。還有,"名臣"和"文臣"更很難區分。但不管怎樣,我們可以看到鄭思肖寫入名單的這些人,有一個基本的共同點,那就是爲人正直,憂國憂民。他們大多數人有感人的事蹟、言論通過文獻記載流傳至今。例如,約有三十人有敢於直諫的記載，約有十多位以反對史嵩之聞名，還有不少人反對賈似道、丁大全、史彌遠等姦臣，甚至有的因而獻出了生命。鄭思肖以極其崇敬的心情提到這些人物，也就鮮明地反映了他的思想傾向，當然，也反映了這些人物對他的巨大影響。

這裏需要小結一下了。本章寫的是鄭思肖交遊考，以及鄭思肖所崇敬的同時代人物考。人數加在一起已經多達一百十來位，而且基本上都是著名的愛國文人。因此，我們通過以上考察，可以說幾乎是比較全面地檢閱了宋季愛國文人主要代表人物的隊伍，溫習了一遍宋末的動盪歷史和愛國主義思想文化。這是很有意義的。這使我更深刻地體會到，在宋季板蕩時代，出現鄭思肖這樣傑出的愛國詩人，絕不是偶然的，也不是孤立的，而是符合歷史規律的。鄭思肖從宋末愛國主義的深厚土壤中生長出來，又以其不朽的作品和人品使這一廣大的精神土壤變得更加深厚。鄭思肖與宋季愛國文人羣體的共同傾向及其相互激蕩，是值得後人深思和崇敬的。

第五章 《心史》出井與刊刻經過

出井經過—《四庫提要》之誤述—張本刊刻經過—林本刊行經過—
兩本之比較—此後的刊本

　　《心史》手稿在三百五十多年後出井，絕對是一件奇事。不要說在
當時，即使在今天發生，也肯定是一件極大的奇事！可惜明末當時，沒有
現今這般發達的報刊，更完全沒有電臺、電視、互聯網媒介，也沒有現今
的文物保護專業部門，所以沒有記者的報導或文物部門的正式報告，沒
有引起全世界的轟動。但是，有關《心史》出井的經過，還是被當時人記
錄了下來，事情還是很清楚的。雖然這很像傳奇小說，[①]但那確實是事
實。我們今天根據有關文獻記載，把三四百年前的這件事盡可能還原寫
出來，仍然是會引起世人驚訝的。

　　書稿發現過程，首先見載於《心史》最初的兩種明末刻本的有關序
跋，和所附刊的《承天寺藏書井碑陰記》等文章。

　　《心史》最早的刊本，一是張國維捐資並作序、於庚辰（1640）春在蘇
州刻成（以下簡稱張本），二是由林古度作序、於同年秋在金陵（今南京）
刻成（以下簡稱林本）。張本序跋者甚多，其中關於手稿出井的記述各
有詳畧，最早傳鈔《心史》手稿並提議爲之刊刻的陸嘉穎、文從簡二人，
所述相對較詳。陸嘉穎跋中說：

　　　　《心史》藏承天寺井中，至我大明崇禎戊寅十一月初八日
　　（按，即 1638 年 12 月 12 日），因旱浚井，破鐵函而出，緘封書"大宋

―――――――――――――――――――――――――――――――――――
①　當今著名武俠小說作者金庸，在《鹿鼎記》第四十回，即寫了奇書《心史》發掘出井的情節；另一著
　　名武俠小說作者梁羽生，在其《萍蹤俠影錄》第十五回，也寫了這一情節。

孤臣鄭思肖百拜封"十字。古香撲鼻,楮墨如新,計三百五十六春秋矣。

文從簡跋中說:

> 崇禎十有一年,歲戊寅,冬十一月八日,姑蘇承天寺狼山中房浚井,啟一鐵函,中藏勝國鄭所南翁《心史》一本,完好如新,正有宋失國時作,皆痛哭流涕之言……獲書井中爲寺僧達始,亦好修因緣,俱非偶然。

其他人的跋文提到的就比較簡單。如張世偉云:"崇禎戊寅冬,忽傳承天寺浚井獲一鐵函,中有書,所載多宋德祐已後事。"楊廷樞云:"《心史》者,承天寺井中鐵函中物,以浚井而出者也。"朱袞云:"崇禎戊寅冬,承天寺僧房浚井,出鐵函,發之,乃得所南先生《心史》一本,楮墨如新。邑之人咸相傳訊,歎爲奇絕。"華渚云:"右《心史》,宋孤臣鄭思肖撰,凡七萬□十□字,藏吳郡承天寺井底,越今三百五十有六年,戊寅歲,夏旱井水涸,冬十一月,寺僧穿井,得鐵盒,《心史》出焉。嗟乎異哉!"

張本所附陳宗之(陳氏亦有跋文)的《承天寺藏書井碑陰記》,所記《心史》手稿出井經過及緘封題字等較詳:

> 崇禎戊寅歲,吳中久旱,城居買水而食,①爭汲者相捽於道。仲冬八日,承天寺狼山房浚智井,鐵函重匱,錮以堊灰。啟之,則宋鄭所南先生所藏《心史》也。外書"大宋鐵函經"五字,內書"大宋孤臣鄭思肖百拜封"十字。自勝國癸未迄今戊寅,閱歲三百五十六載,楮墨猶新,古香觸手,當有神護。

---

① 據明清之際蘇州佚名某士人所撰《啟禎記聞錄》(後收入孫毓修編《痛史》)卷二載,是歲"亢旱經年,城中河井俱涸,民艱於得水,貧人往城外擔水售人,視地遠近索價。近者數文,遠者至每擔三十文。冬間藏水百斤,價二百文。"可見這種細節是後人難以僞造的。

尤可一提的是,該本在張國維序文後有未署名的一頁《心史式》,實際可視作有關《心史》出井情況的報告:[1]

藏《心史》:

　　外鐵函,函內石灰,灰內錫匣,匣內生漆,書摺成卷(匣俱毀失)

內緘封:

　　大宋孤臣鄭思肖百拜封(此紙己卯八月遺失)

外緘封:

　　大宋世界無窮無極

　　大宋鐵函經

　　德祐九年佛生日封

　　此書出日一切皆吉

　　(此紙庚辰閏正月二十四日寺僧達始於廢紙中簡出,諸生文枏勘係真蹟,今附原本中)

林本序跋不多,亦記述手稿出井經過。林古度序中云:

天下有奇人,始有奇事。宋德祐間,吾閩連江鄭所南先生隱於吳門,憤宋亡國……取其詩文,名曰《心史》,用蠟封固,而函以錫,錫復函鐵,沉於承天寺狼山中房古井中,以待千載後人得見其生平。此其立志,不亦奇歟!果今三百五十六年,一旦爲予友君慧上人浚井而得之,其事尤奇。寺僧均以釀爲活,獨慧公酷好詩文,非先生之靈自爲呵護,即慧公是其後身轉世,不可知也。

---

[1] “心史式”三字印在此頁書口版心。近人余嘉錫《四庫提要辨證》稱此爲“序後別紙”。值得指出的是,我查到的存世張本,有不少都缺少此頁。另外,極少的張本在此頁前(或後)還有題爲“心史原式、線釘”的原書手稿封面、裝訂的圖樣。這是古人在沒有照相、影印技術的條件下爲我們留下的影像,極值得珍視。

汪駿聲跋中則云:

> 　　鄭所南先生當宋社旣墟,窮心謀度,無策自奮,彙其著述約六萬餘言,名曰《心史》,鐵函重匱,外署"大宋鐵函經"五字,內題"大宋孤臣鄭思肖百拜封"十字,沉於吳門承天寺眢井中。今崇禎十一年戊寅冬十一月八日,爲寺僧達始浚井所得,啟之,紙墨完好。按先生《盟言》,《心史》沉井爲宋德祐癸未,至今戊寅實三百五十六年矣!

林本內封頁上還印有刊者識語。① 署名"悅安艸堂",近人鄭振鐸認爲就是汪氏:

> 　　先生名思肖,字憶翁,閩福州人,宋末徙居吳門。其孤忠介節,詳《輟耕錄》諸書,而其文未傳。崇禎十一年歲戊寅,冬十一月八日,吳門承天寺中浚井,獲一鐵函,啟之,乃得是集。係先生手書,紙墨完好。考緘固沉井,爲宋德祐癸未,至今戊寅,三百五十六年矣。誠足異也! 詳校繕梓,以傳先生之心,後學者之責也。　　悅安艸堂識

以上文字,雖互有詳畧,但毫無齟齬,②已將《心史》手稿重現的時間、地點,發現的原因、經過,最初發現的人,以及鐵函封固的方法等等,說得很清楚了。但是,後來有人要把《心史》說成是"僞書",那麼出井之事當然只能認爲是無中生有;然而,對那麼多當時人寫的序跋,對這些序跋中記述的發現經過,又怎麼解釋呢? 從來的"僞書說"對此都避而不談,只有一位極其大膽的論者乾脆把這些序跋統統稱爲"倒塡年月"的

---

① 我查到的存世林本,有不少都缺少此頁。此頁左下框外還鈐有朱文長方印:"選紙精印每部定價兩錢"。
② 只有馮維位跋文中說"其書越井孤蜇,不蝕於敝甕",似以爲手稿是藏於"甕"中,那是因爲他不在當地,不瞭解情況;又,林古度序中所說"君慧",卽達始。均詳見下文。

"僞作"①。所以,"諸家序跋所侈言與渲染之井中出書,乃屬故造之神話,實無其事"②。這樣一來,爽快是極爽快的,只可惜說不出任何根據,經不起一問(詳見本書第十一章)。要知道,張本與林本的"諸家序跋",共有二十二家之多!無論是這二十二家一同來"僞作"序跋,還是明清之際有人一下子"僞作"了二十二位<u>當代人</u>的序跋,都是一件不可思議的事情。再說,明清之際"侈言與渲染"井中出書的,除了這二十二家外,還大有人在,我至少已找到還有二百二十多位確信井中出書事的當時人,詳見本書第七、八章所述。這裏,只先引其中一位劉廷鑾的《五石瓠》中的有關記述。因爲其中還有一些"獨家材料",並涉及《心史》刊刻經過:

> 崇禎十一年戊寅,冬十一月八日,蘇州承天寺狼山中房僧達始字君慧浚眢井,得一物,以爲甄也,浣之則鐵,有字一行,云"大宋鐵函經"。不敢啟,供之佛龕,聞者爭玩識。久之,欲啟視,僧不得已,破鐵,中署"大宋孤臣鄭思肖百拜封"十字。其內則函之以錫,錫之內又封以蠟,始見紙本,書曰《心史》,乃連江鄭所南於宋德祐癸未中所著……士大夫驚異傳誦,爲古今所未有。其紙本原稿藏孝廉陸坦家。坦字履常。吳門賈版行之。十三年庚辰,閩人林茂之重加校正,同郡葉益蕃、高拱京爲之賞,屬新安汪駿聲鋟行金陵,又寓書曹能始學佺爲序。序至,茂之卜日於木末亭設位,望祀所南,焚《心史》一部以告其靈。是書始大行於天下……

這段記述中"有字一行"云云,似乎是以爲寫在鐵函外面的,有人也這麼理解。但那是不可能的,因爲卽使鑄刻其字,也不可能在水中歷經三四百年而不銹蝕。實際當如前引資料所述,這一行字(按,實際共四

---

① 見姜緯堂《辨〈心史〉非鄭所南遺作》。
② 見姜緯堂《再辨〈心史〉非鄭所南遺作》。

行字)應是寫在外緘封紙上的。除了這一點敍述不夠確切以外,其他均與《心史》刊本的序跋、附錄的文章相符。而說"僧達始字君慧",又記初以爲磚、後供之佛龕等情節,均未見於其他文獻。記林古度得到曹學佺序後,於木末亭設位焚書祀所南一事,亦是獨家材料,而且十分可信。因爲木末亭不僅是金陵名勝,又遙對明太祖朱元璋的孝陵,更是明初堅貞不屈、被暴君慘誅十族(據說達八百七十三人之多!)的方孝孺的衣冠塚(萬曆時才新建的)所在處。明末士人多把方氏視爲最大的忠臣。① (對《心史》充分肯定,後來在抗清鬥爭中慷慨就義的陳函輝,在《絕命詞》中就也把方孝孺與鄭思肖並提。)而且憑弔歌詠木末亭之詩也很多,如曹學佺《石倉詩稿》卷二《金陵集》中,就有寫他在南京時與林古度等人同登木末亭的詩。② 因此,林氏在該地設位焚書祭所南,自是出於<u>精心選擇</u>。可見,劉氏此段記述極可珍視,也相當可信(劉氏生平等,詳見本書第八章)。

關於《心史》的發現經過及刊刻過程,最早正式提出"僞書說"並舉出"理由"的清乾隆間官方的《四庫全書總目提要》,也有極簡畧的敍述:

> 此書至明季始出,吳縣陸坦、休寧汪駿聲皆爲刊行,稱崇禎戊寅冬蘇州承天寺狼山中房浚井,得一鐵函,發之有書,緘封上題"大宋孤臣鄭思肖百拜封"十字,因傳於時。

這裏所說的明末刊本共有兩種,是不錯的;但說最初的刊刻者爲"吳縣陸坦",誤。實際上,陸坦只是張本衆多作跋者中並不特別重要的一位;而本書前已提及,張本的最先倡刻者是陸嘉穎(即陸坦的父親)、文從簡,最主要的出資支持者是張國維。而在刊刻中具體負責的則是張劭(詳見下述)。四庫館臣只先寫到陸坦,是毫無道理的。對此,近人余

---

① 如朱國禎(？~1632)《方氏義舉碑記》稱方孝孺"亘古亘今忠臣之第一";陳繼儒(1558~1639)《求忠書院記》稱方氏"爲國朝第一忠臣"。但也偶有持異議者,如蔡秩宗(1620~1680後)《方孝孺論》認爲方氏"釣名沽譽""不得稱忠""並有乖於孝"。

② 木末亭後在清初被火,施閏章等人有詩記之。2000年復建。

嘉錫《四庫提要辨證》卷二四中早已辨正:"張國維本雖刻成,流行不廣,《提要》亦未之見,致展轉傳聞,誤以爲吳縣陸坦所刊。不知坦跋中明云:'今幸遇我大中丞張太公祖'(余氏按,明、清人稱地方長官爲公祖),表微闡幽,梓以行世。'坦何嘗刊此書乎?"

余氏指出張本"傳世頗稀",正是事實。例如,著名學者、藏書家顧沅、梁啟超、吳梅、鄭振鐸等人所見的《心史》,就都是林(汪)本,而非張本;而且,顧沅、吳梅還都是蘇州人!又如,1933 年《江蘇省立蘇州圖書館圖書目錄》,在"特藏部"所載《心史》,也僅是林本,而非刻於本地的張本。而且,傳世頗稀的張本,其跋文較全的本子更屬罕見。就連余嘉錫所見張本,跋文也是不全的。[①] 1970 年代臺灣碩士研究生楊麗圭在寫畢業論文《鄭思肖研究及其詩箋注》時,曾遍查臺灣"中央圖書館"(該館在 1940 年代末從大陸運去大量善本珍籍)及島內各大學、研究院圖書館,所見張本的序跋也均不完整。我在大陸南北各大圖書館查過多種張本,所附跋文篇數亦多寡不一。而且,至今未見張本《跋文姓氏》目錄中著錄的文柟一跋。我想,這可能是《心史》原書刻成後,在所附跋文尚未全部刻好之時,即陸續裝訂成書而流傳的緣故。

而書中《跋文姓氏》目錄中,並沒有馮維位其名,但跋文較完整的張本卻首列馮氏《書心史後》。馮氏並在該跋中說:"中丞張公刻宋遺民鄭所南《心史》成,讀之而不禁廢書歎也。"可知馮氏就是先讀到已裝訂成書的張本後,才寫跋文的。《四庫全書總目提要》在《心史》版本上的誤說,如余氏所云,就是因爲未曾見到張本;而我認爲,同時也可能是誤讀上引劉廷鑾《五石瓠》所致,因劉氏只提了陸坦的名字。[②]

甚至連余嘉錫對《五石瓠》也頗有誤讀,[③]他在《四庫提要辨證》中引用《五石瓠》"其紙本原稿藏孝廉陸坦家"一句,便在其後加按語云:"王

---

① 張本目錄最後一行印有"跋文共十五篇",實際最全的本子共有跋十七篇。甲申年(1644)重印本最末又添鄭之謨一跋,爲十八篇。

② 據我所知,這種誤讀或誤聞,從清初就開始了。明遺民、山西人李中馥在《原李耳載》卷上《井中心史》條(作於康熙二年 1663)便說:"陸氏(坦)爲之刊行。"

③ 余嘉錫痛斥"僞書說",對《心史》研究貢獻極大。余氏學問深,我非常佩服;但他在論述中也時有小差錯,本書將隨處提及並指正。

宏撰《山史》①卷一云:'鄭所南《心史》,其元本在陸孝廉履長處,予曾親見之,有朱筆圈點。'與此皆傳聞之過。坦家所藏,乃其父嘉穎從原搞鈔出者耳。"其實,劉廷鑾說"其紙本原稿藏孝廉陸坦家"的"藏"字或許尙可斟酌(因爲原稿後來是藏於鄭敷教家的),而王宏撰說"其元本在陸孝廉履長處"則完全沒有錯。陸坦父親陸嘉穎確實是最早將原稿借到家裏來傳鈔的。陳瑚的《確菴文稿》卷二有《訪陸履長不遇,其尊人子垂先生出心史手蹟,拜而讀之》一詩,從題目中"手蹟"二字卽可證明"其元本在陸孝廉履長處";陳瑚《確菴文稿》卷三上又有《讀歸玄恭傳陸履常事有感,兼弔子垂先生》詩,在注中再次提到"《心史》手蹟"。因此,王宏撰明確說"予曾親見之,有朱筆圈點",言之鑿鑿,說明他正是明季能證明《心史》非僞的最有力的見證人之一,後人是不能無根據地說他"傳聞之過"的。

余氏又在引《五石瓠》的"吳門賈版行之"一句後按曰:"此本未見。"後面又說:"觀此知此書初出,卽有吳門賈人刻之以射利,林氏遂據以重校付梓。"這裏的誤讀就更嚴重,進而將《心史》的版本源流都搞錯了,比四庫館臣誤認爲是陸坦刊行錯得更離譜。余氏此一誤讀,也影響到臺灣研究生楊麗圭,她也認爲吳賈刊本未見,"此是疑點之一"。而其實,根本就不存在所謂"吳門賈人刻之以射利"之本,而林古度"據以重校付梓"的刊本就是張本無疑(詳見下述)。《五石瓠》所說"吳門賈版行之",不能讀解爲"吳門賈人刊行之"。原文"賈"是動詞,非名詞"賈人"。劉氏用一"賈"字,正表明他瞭解情況,知道陸嘉穎向承天寺僧借出原稿時,是付了錢的;最後刻版刊行,也全靠張國維捐款(詳見下述)。至於余氏寫到的"射利",最爲不確。試想,如果刻印《心史》能"射利",陸嘉穎們何以苦苦奔走籌款達半年之久尤未能成? 又何必最後直至驚動"其時江南最高長官"②張國維親掏腰包呢? 而且,如果賈人眞能"射利"而刻書,那其印數一定不會太少,又何至於"此本未見"呢?

① 當爲《山志》,而王宏撰號"山史"。
② 陳寅恪語,見《柳如是別傳》。

連博學愼思的余嘉錫都會誤讀至此,那麼,四庫館臣在未見張本的情況下誤讀《五石瓠》,以爲是陸坦所刊,就不足爲奇了。而《五石瓠》中不提首倡刊刻者陸嘉穎,而只提他的兒子,大概是因爲當時陸坦比其父的名氣要響。據我查考,後來的《蘇州府志》便只寫到陸坦而未提及其父,《嘉定縣志》和《明遺民錄》等書則是在陸坦傳中或傳後才附帶提及其父的(詳見本書下一章)。而與劉廷鑾一樣同是明遺民的山西人李中馥,在《原李耳載》卷上《井中心史》條(作於清初 1663 年)中,顯然也是因誤讀了《五石瓠》,而說陸坦"爲之刊行"。(詳見本書第八章)

我認爲,近代以來有的論者敢於說《心史》爲偽書,也與他們未見那麼多序跋,不瞭解《心史》的刊刻經過、版本源流有關的。所謂"無知者無畏"也。而連余嘉錫這樣堅信《心史》非偽的大學者,也對《心史》的刊本有所誤會,那麼,把這些梳理清楚便是很有必要的了。下面,先述張本的傳鈔、刊刻、序跋過程。

如前所說,崇禎十一年戊寅冬十一月初八,即公元 1638 年 12 月 12 日那天,蘇州承天寺狼山中房僧人因旱浚井,發現了封藏《心史》手稿的鐵函。發現者主要是寺僧達始(字君慧),而最早知道此事的文人是趙均(靈均),他告訴了陸嘉穎(子垂)。陸氏跋中說:

> 是書初聞之趙靈均,而靈均遠遊,思維[惟]文彥可先生橋
> 梓與寺僧善,僕僕奔走者三閱月,於季春二十六日始得假歸,倩
> 手分鈔。凡改擴塗抹,批點裝潢,摩倣悉如原稿,存其模範。

陸嘉穎因趙均離蘇遠遊,想來想去只有文從簡(彥可)、文柟父子與寺僧相熟(而趙均本是文從簡的女婿,詳見下述),便託他們與達始商量借閱。不料對方不肯,交涉了三個多月,好不容易才於翌年己卯三月二十六日(即 1639 年 4 月 28 日)借得原稿。而據張劭的跋文,"書爲陸子垂先生極力購求",可知陸嘉穎爲借出原稿還花了一筆錢。於是,陸氏父子與文氏父子便分頭摹鈔,"悉如原稿"。而後,陸氏和文氏等便有刊刻之意,但因缺少資金而犯愁。然後,陸嘉穎在"己卯端陽"(五月初五,

卽1639年6月5日)、文從簡在"己卯五月"各寫一篇跋文,在友人間傳觀鈔本,希望大家想辦法付梓。

陸跋曰:"穎欲繡梓,仰體公(按,指鄭思肖)之'一化而爲忠臣孝子'之心,以公天下。自慚薄劣,更坐困窮,不能不屬望時賢君子,表彰建樹,爲魯靈光,爲火中蓮,載之《郡乘》,佟亙古絕無僅有一奇事,廉頑立懦,垂化無窮者也!"文氏跋亦云:"陸子垂將刻其書行世,爲文勒碑井傍,祀木主於寺中,若世之尸祝信國然。今而後世,將日星翁(按,指鄭思肖)之名,而金石其言,翁於是千古如生矣!子垂名嘉穎,品最潔,慕義若渴,趙朔、李固之客奚讓焉。"

然而,約兩個月過去,仍無進展。姚宗典後來(1639年10月下旬)寫的《心史跋》曰:"夏杪,一日過維斗楊子,見其案頭有此書,余欲取歸讀之,楊子以'爲讀未竟'而止。"可知約在七八月間,陸嘉穎等又將鈔本特請復社名流楊廷樞(維斗)過目。又據當時文壇耆宿張世偉寫的《心史跋》:"蓋書出後,陸丈子垂亟過文先生索錄,謀刻苦於無資,將屬楊子跋之,以上諸名公,其期迫甚。"楊廷樞於是在"己卯秋八月"也寫了一篇跋文,對《心史》作了高度評價。而此時張世偉聞訊之下去找楊廷樞商議刊刻《心史》之事,在楊處看到鈔本後,便借去閱讀,並主動提出自己亦爲其寫一跋文。作於"己卯中秋"(卽1639年9月12日)的張世偉跋云:"余曰:'余亦附題數行,何如?'楊子曰:'甚慰。'余遂懷之歸,竟日力終卷,勞極洒洒,夜不成寐。早,據案書之曰:'宋亡能以遺民矢滅虜之志者,如此公有幾哉!'"

又據張世偉跋云,《心史》出井之事,一開始他就曾聽說了,但未知其詳,又因年事較高(已七十多歲),"卒卒忘之,約畧記雷文彥可先生所。越明年,秋八月,丘天民過我,談及書爲鄭所南筆。余咤曰:'是宋遺民鄭所南耶?'問其概,並計其紙費,自是時時在心,懇甚。卜日乃將晤維斗楊子,而後造文。"這樣,他才在楊廷樞家裏看到了《心史》。七旬老人張世偉操心《心史》刊刻之事,很令人感動。而且我們也可看到,爲刻印書"計其紙費"諸事,確實是很傷腦筋的。決不是一件後人想像中的"射利"之事。

　　在楊、張二位名流題跋的同時，陸嘉穎身邊的一批蘇州文人朋友
（很多爲復社成員）也紛紛爲此書題跋。如丘民瞻（天民）之跋題作於
"己卯中秋"（卽1639年9月12日），華渚跋題於"己卯秋"，許元溥跋題
於"己卯重陽後三日"（卽1639年10月8日），鄭敷教跋題於"己卯九月
二十日"（卽1639年10月16日），姚宗典跋題於"己卯霜降日"（卽1639
年10月23或24日），姚宗昌跋題於"己卯暮秋"。上述諸跋均尚未提及
已呈書稿於張國維，僅作於"己卯中秋"的張世偉跋云"將屬楊子跋之以
上諸名公"，同日丘民瞻跋亦云"謀請之當今大賢爲千秋計"，可見已有
這樣的打算，但至1639年9月12日尚未上呈。另，陳宗之、朱衮、凌一
槐、朱鎰四人之跋，未題時間，亦均未提及呈書稿於張國維事。

　　然而，題於"己卯九日"（重陽節，卽1639年10月5日）的陸坦跋，
則已寫到"今幸遇我大中丞張太公祖，表微闡幽，梓之行世"。看來，直
至此時，刻書之經費問題終於得以解決。將《心史》鈔本及諸人題跋上
呈應天巡撫張國維請求幫助的，是諸生張劭和丘民瞻二人。張劭跋題作
於"己卯臘月廿六日"（卽1640年1月18日），曰："劭與丘子民瞻呈之
撫軍"，"撫軍張太宗師一手是編，捐資授刻"。陳宗之《承天寺藏書井碑
陰記》亦云："鄉先輩陸子嘉穎始發明其書，假鈔題識，冀廣其傳。同志
中多興起者。而諸生張劭遂獻其書於大中丞金華張公。公覽而異之，立
捐俸繡梓。"可知，張國維是捐出自己的俸金，來助成這一好事的。而且
張氏還於"己卯長至"（卽冬至日，1639年12月22日前後）寫序，高度評
價此書："鄭所南《心史》先獲我心也。""吳門張子、丘子持以相示，述其
事甚奇。余受而讀之……靡不足泣鬼神而動天地。"張氏序中也高度評
價了陸嘉穎等蘇州文人的愛國熱情，說："今海內文章節義，莫首吳門。
此史一出，竟若歷斗挹星者之表章恐後。記云'藏之名山，傳之其人'，
余獨奇九淵能藏，而又嘉諸君子皆其人也，授梓而弁以序。"

　　《心史》因張國維之序而增光彩（張氏的非凡事蹟見本書下一章所
述），而張氏捐資刊刻《心史》的意義，張劭在跋中說得很好：鄭思肖"以
忠教之性抒爲實錄。中天地之中，立人極焉。使當時不沉之井底，則一
片孤忱未必不爲兵燹所厄；然沉之井底而不彰諸盛世，猶弗藏也；卽出之

井底而不廣諸人間,猶弗傳也……惟先生(按,指鄭思肖)有金石不渝之志,故其書可以藏;惟撫軍有勵人忠孝之懷,故其書可以傳也。"張劢又說:"劢與丘子民瞻呈之撫軍,參對三番,及頒刻之日,又幾經較閱,卽一筆一畫,必取原本細勘,而後登諸梨棗。不敢負撫軍,不敢誤先生也。"而鄭敷教《桐菴年僧》中也明確說:"諸生張劢領其事。"

張國維在百忙之中於 1639 年 12 月 22 日前後爲《心史》作序;而張劢的跋則作於 1640 年 1 月 18 日。這時,《心史》原文當已刻好。因爲張本所載序跋中最遲寫成的是署"庚辰閏正"(即 1640 年 2 月 22 日至 3 月 21 日)的馮維位的跋。而馮跋中即說"中丞張公刻宋遺民鄭所南先生《心史》成"。而上文已提及的張本"序後別紙"所印《心史式》(即有關《心史》出井情況的報告)中,還提到"庚辰閏正月二十四日"(即 1640 年 3 月 16 日)寺僧達始於廢紙中檢出《心史》外緘封之事,可知張本最後正式刻成當在其後。這樣,我認爲將張本正式刻成的時間定在崇禎十三年庚辰(1640)春,是不會錯的。[①] 又據新發現史料,張本在 1644 年 10 月 6 日以後,即刻成四年半、崇禎自殺近半年以後,還曾重印(或部份重印,重新裝訂)過一次,增加了鄭之譓跋文一篇,並在《跋文姓氏》最後添上鄭之譓。詳見下一章所述。

由上所述,張本的刊刻、序跋頗費時日,但過程十分清楚,可信,無懈可擊。更不用說還有其他大量資料均可證明張本確實出版於 1640 年。如錢肅樂、歸莊等人都在出書的當年便爲之寫下很多詩,甚至還有祁彪佳的日記、徐𤊑的書信、牛若麟主編的《吳縣志》、周聖楷的《楚寶》、查繼佐的傳奇《梅花讖》、鄭郊的《史統》等等,也均可證明《心史》必初刻於明亡之前(詳見本書第七、第八章)。然而,有人爲了要把《心史》說成是僞書,竟硬說其刊刻年代必在"甲申(1644)之後",[②]這在上述事實面前是

---

① 張本因始刻於崇禎十二年己卯秋後,絕大多數序跋亦署己卯,所以各種書目及余嘉錫《辨證》諸書均徑稱張本爲崇禎十二年己卯本。但實際最後刻成當是十三年庚辰春。其先後裝訂流出之書,序跋多寡又不同,已見上述。臺灣研究者楊麗圭畢業論文《鄭思肖研究及其詩箋注》沒弄清這一點,誤認爲張國維己卯本"今已不見",說"其後輾轉翻刻,故序有不同,而仍以崇禎十二年本稱之"。這也是一種版本上的誤會。

② 見姜緯堂《辨〈心史〉非鄭所南遺作》及其"再辨"一文。

完全站不住腳的。

關於出井遺物及鄭思肖其他遺物後來的去向，這裏尚可提到幾條極僻見的從無人提及的線索。

一、明清之際方孝標《鈍齋詩選》卷五有《書雙羿寺僧卷》一詩，當作於"康熙改元"卽 1662 年。（所謂"雙羿寺"，卽蘇州承天寺；"僧卷"，卽藏於寺僧的《心史》鈔本。方氏爲避禍，故意這樣寫。）詩中云："老僧又欲建高閣，稠桑修竹恣荒度。中塑先生旁列書，衣冠伏臘虔冥漠。同時更有一盌与一杖，杖鐵蒼然似老龍，盌質冰花如玉盎，設之左右同鼓鐘。客來拜舞歊神貺，兵戈不見布金人。"這就使我們獲悉，直至康熙初，卽《心史》出井二十四年後，承天寺"老僧"猶想爲鄭思肖建立紀念館，而當時鄭氏珍貴遺物尚有"一盌与一杖"存世。方氏此詩又云："圖書貴賤各有時，三十年來事復閟。猶幸本朝法網寬，尚容稗乘陳書肆。"所謂"貴賤有時"，所謂"事復閟"，是說此時《心史》又由顯轉晦，其刊本已很罕見了，估計方氏就只看到鈔本而沒看到過刻本；那麼，詩中說的蘇州書肆中"尚容"陳列"稗乘"，該"稗乘"若指《心史》，那就只是他聽說的事了，或者"稗乘"未必是指《心史》。這一點可參見下面吳其貞的記載。

二、本書前面引述過明清之際吳其貞的《書畫記》，在其書卷五《王梅溪小楷書一小本》一則中，還有這樣一段引人注目的記載："……觀于蘇城承天寺古錫齋龍間、本瑞二上人。而'古錫'者，係同鄭所南《井中新史》一齊起出之物，故名其齋曰'古錫'。其史爲所南後裔取去，不可得見，當時已入于梓，今亦無矣。時癸卯（按，1663）仲冬之望。"時間與方孝標在承天寺看"僧卷"非常接近。而吳其貞寫出了兩位僧人的名字。但吳氏卻沒能讀到藏於寺僧的《心史》鈔本，只是聽僧人說起《心史》出井之事，而此時他也連刊本也看不到，"亦無矣"[1]。可見當初的刻本就不多，此時更是難遇的"危險品"。因此，他連書名也誤記爲"新史"。從吳氏所記，我們再次確知《心史》手稿後爲"所南後裔"（按，卽鄭敷教）取去。鐵函不知歸於何處，可能已壞；而函內的錫匣則仍由寺僧

---

[1] 但據楊賓日記，他在康熙丁亥（1707）還在蘇州買到過《心史》（詳見本書下述），當然未必是"陳書肆"的。

保存,至少 1663 年還在,寺僧還取了一個"古錫齋"的齋名。此時君慧
(達始)上人已經去世了。

　　三、清人翁方綱《復初齋文集》卷二七《跋慈谿姜氏蘭亭》中寫道:
"慈谿鄭三雲以姜葦間先生所藏蘭亭二石本見贈,云葦間歿後,石歸武
林周禮部岐年,今不知歸何氏矣。此本一低行一高行,高者刻於石背。
葦間自跋云是唐摹,又云懷仁所集。王篛林謂葦間自以爲褚摹者,偶誤
記也。篛林譏其嫩弱,竹垞稱其飛動。惟徐壇長語焉特詳,曰低一字本
'崇山'與'曾'字兩處皆用雙筆勾下,而尾極長,項氏祖本正同。又<u>鄭所
南《心史》出井本</u>,其落字添處,俱與此絲毫無異,可知'僧'字之謬。"此
處竟用鄭思肖"出井本"原稿"落字添處"的樣式來考證禊帖!所謂"落
字添處",謂漏字鈎入之長筆;"僧"字云云,似謂因"雙筆勾下而尾極長"
而將"曾"字誤認作"僧"字。[1]　因此,翁氏(或翁氏文中提到的徐壇長,
生於 1656 年)應是看到過《心史》出井原稿本,或至少看到"凡改擭塗
抹,批點裝潢,摩倣悉如原稿"的摩鈔本(影寫本)的![2]

　　四、清人全祖望《鮚埼亭集》外編卷三四《心史題詞》寫到:"吳兒喜
欺人,至今謬稱瘞井舊物,以索高價。凡有數本,予見其二。"《鮚埼亭詩
集》卷五全氏又有一詩,題曰:《蘇人造爲所南心史舊本,索高價不一而
足,然卽係舊本,亦屬海鹽姚叔祥之筆,並非所南故物也,閣丈百詩蓋嘗
辨之,而吾友厲二徵士獨以爲眞,則嗜奇之過矣,是用作歌,以曉蘇人,兼
寄徵士》。詩中云:"邇來書估船,益復造舊箋。裝潢審行墨,動索十萬
錢。"從"舊箋""行墨"及"索高價"來看,我認爲全氏遇見的很可能正是
《心史》的原稿本,或至少是摩鈔本!可惜全氏先入爲主,硬斷定它是贗
品。全氏的題詞和詩,據我考證(詳見本書第十一章所述)當作於 1738
年後。

　　下面,我們再回到《心史》刊刻的問題上來。

　　吳門(蘇州)《心史》張本的刊刻,費了好大的周折;而金陵(南京)林

---

①　此爲請教復旦大學吳格兄而得知,特在此表出,以致謝!

②　又,沈曾植《海日樓碑帖題跋・跋蘭亭敘(潘貴妃本)》亦首引翁方綱此段話,可知沈氏亦自肯定
　　"鄭所南《心史》出井本"。

本的刊刻經過則似乎要簡單得多。

余嘉錫《四庫提要辨證》中以爲，林古度是根據"吳門賈人刻之以射利"之本（其實根本不存在這種本子）而"重校付梓"的。說什麼"蓋古度僑寓金陵，偶至蘇州，爲時甚暫，故未見所南原稿，亦不知有張國維鋟版事，宜其序中於此書流傳之端緒不甚了了矣"。他又說，林本"序跋皆草草，自不如張國維本之足資考證"。今按，林本序跋僅三篇，爲張本的六分之一還不到，確實不便於今人考證。但如細讀其序跋，並結合《五石瓠》等其他史料，林本重刻的原因、過程及所據之本子等等，也還是比較清楚的。余氏所說有不確之處。

林古度序，署"崇禎十三年庚辰閏正月望日"，即 1640 年 3 月 7 日。時林氏年已六旬，寓居金陵。由上述可知，此時吳門《心史》已經刻好，最多只是馮維位等人的跋文尚未刻，但書則已先行陸續裝訂流傳了。在金陵，較早得到《心史》的是葉益蓀（鴈湖）。據林氏序："予何幸，垂老而適同高鍾陵會府，得見於葉鴈湖民部署中，共相驚異。"他們這時見到的，我認爲就是先行裝訂的張本（當然，也不排除是傳鈔本的可能性；但不大可能是井中原稿，因原稿已歸鄭敷教保藏）。林序又說："鴈湖、鍾陵與予皆郡後學，急謀較梓，以傳先生（按，指鄭思肖）之心。友人汪權奇欣任其事，鴈湖、鍾陵捐資助成。表章先賢，皆急忠義者。"可見，林古度等人"急謀較梓"，除了"急忠義""以傳先生之心"的目的以外，也因爲他們三位都是福建人，他們認爲自己才是眞正的鄭思肖的"郡後學"，所以有責任也刻印一本，以不落於蘇州文人之後。因爲，張本所載跋文，作者大多自署"吳郡後學""姑蘇後學""長洲後學""茂苑後學"等等（按，地名都是蘇州的別稱），而張國維序中又有"今海內文章節義，莫首吳門"之語，這對同樣也是非常愛國的林古度等人來說，是有刺激的。所以，林序一開頭就特意強調"宋德祐間，吾閩連江鄭所南先生隱於吳門"。從這一點看，我更認定林氏他們當時見到的就是吳門張本。

汪駿聲（權奇）倒不是福建人，而是新安（安徽歙州）人。明代安徽汪姓從事刻版印刷業者甚多。汪駿聲"欣任其事"，自當與此有關。而林本出版較爲順利，除了因有葉、高二位捐資外，當與汪氏與刻版印刷界關係密切、辦事能力強有關。汪氏跋作於"庚辰夏四月二十有七日",即1640年6月16日,此時張本早已最後完成。

林氏還特地去函福州,請曹學佺(能始)寫序。這不僅因爲曹氏是林氏老友(也是汪氏的父執),更因爲曹氏也是福建人。曹氏比林氏還年長五歲,威望很高。照當時錢謙益的說法:"今天下文士入閩,無不謁曹能始。"(《初學集》卷八六《題顧與治偶存稿》)曹序作於"庚辰孟秋之朔",即1640年8月17日。林氏收到曹序後,又請揚州文人強惟良書寫一遍,刻印後冠於書首。據前引《五石瓠》記載,林氏又擇吉日設位焚書以祀所南。林本即發行於天下,流傳存世也畧多於張本。林本最後刻成時間,我認爲當定於庚辰(1640)秋。林氏後來是託去福州的袁于令帶新刻的《心史》給曹氏的(詳見本書下述)。

汪氏跋中說:"井中原稿藏吳門,予敢訂其刻本之訛而表出之,並輯諸書所載先生佚詩遺事爲附錄焉。"汪氏既說"井中原稿藏吳門",那麼他應該就沒有看過原稿,否則早就會強調自己看過手稿了;他所說的"刻本",自是張本無疑,此外也根本不可能還有其他刻本。而曹序中說:"汪權奇原作者之心,重爲淨本以傳。"所謂"淨本",當是針對照錄"改攛塗抹"的摹鈔本而言。另外,劉城《重寄茂之仍用前韻》詩自註也云:"鄭所南《井中心史》,茂之再校刻之。"

那麼,林氏諸人的"再校",到底只是用張氏刻本作"本校""理校"呢,還是用摹鈔本對校,甚至是用井中原稿對校呢? 特別是,林氏諸人究竟有沒有可能看到過鄭思肖手稿呢? 今雖未敢遽下結論,但我認爲這種可能性很小,不過也不能絕對排除。我們細味林氏序中語,一則特意稱僧達始爲"予友君慧上人",二還誇"寺僧多以釀爲活,獨慧公酷好詩文"①,三甚至不適當地稱"慧公"可能是鄭思肖的"後身轉世",看來林氏似有可能曾向達始借過原稿的。而且林氏確實與達始相熟(詳見下述)。當然,林氏這樣寫,也不能排除他原本未見原稿,或只是得到摹鈔

---

① 明清之際蘇州佚名某士人所撰《啟禎記聞錄》(後收入孫毓修編《痛史》)卷二云"承天寺多富僧",並云"寺有酒工",可見林古度稱"寺僧多以釀爲活"爲事實。這種細節也是後人難以僞造的。

本,但爲了擡高自己刻本的"身價"而如此表白的可能性。總之,林本如果眞的是依據手稿重新校勘,就應該會自豪地明確說明的。

張本與林本內容相同,畧有所異。

一是分卷,張本分上下二卷(可能原稿卽如此),而林本則據卷目析爲七卷。

二是附錄,張本鄭敷教跋云"其詩文散佚僅存於志乘及人間者,嗣輯集之,以載其後",可知原有此種計畫,但後來刊本末尾除了附十多篇跋文外,只附載了一篇《卓行傳》(卽鄭思肖傳,輯自《姑蘇志》);而林本則輯集附載了陶宗儀《南村輟耕錄》、鄭元祐《遂昌雜誌》、吳寬《姑蘇卓行傳》、文肇祉《虎丘山志》、陳繼儒《白石樵眞稿》、李詡《戒菴漫筆》等書中有關鄭思肖的記載,還有文徵明的《題所南先生畫蘭》等詩。(林本資料附收得多一點,這當然很好。不過,在《虎丘山志》後所附"鄭所南《宿虎丘寺詩》"實誤。因爲此詩乃鄭思肖父親的作品,見於《三山鄭菊山淸雋集》。)

三是正文,文字畧有差異。雖然汪氏跋中稱"敢訂其刻本之訛",但經我對校,林本也頗有錯訛,偶然還有漏字漏句;當然林本確實也有比張本正確的地方。總的看來,二者互有優劣,可以對讀。

下面,我舉出二者的一些文字差異,以說明我的看法。

一、林本與張本文字相異中,有不少是兩可的,卽二者皆通。

張本《咸淳集·越州飛翼樓》"流眄入無垠"、《大義集·次韻三首》"人間轉眄皆陳蹟"、《中興集一卷·醉鄉十二首》"慈眄福下土",這些"眄"字,林本均改爲"盼"。張本《雜文·文丞相敍》"公朗然辯析"、"強辯者皆屈",及《大義畧敍》《語戒》諸文中的很多"辯"字,林本均改爲"辨"。眄與盼、辯與辨,因形近,自古多互訛或通用。還有,張本中不少寫作"序"字的地方,林本均改爲"敍"等。這些似乎都不必多說。值得舉出的有:

張本《中興集一卷》卷首短序中"澤畔孤吟鬼然其形",林本改"鬼"爲"塊";

同卷《勵志二首》"德化仍漸被",林本改"仍"爲"成";

《中興集二卷·九日》"歸鴻盡處暮天長"，林本改"天"爲"雲"；

同卷《餐菊花歌》"聞到菊花大歡喜"，林本改"到"爲"道"；

同卷《十一礪四首》"罔使竟食言"，林本改"使"爲"俾"（另，《大義
畧敍》中亦如此）；

同卷《二唁詩》"嘗遣使賫香一器遺張侯"，林本改"賫"爲"齎"（另，
《大義畧敍》中也有多處如此）；

《久久書後九跋》"今天下大變"，林本改"變"爲"壞"；

同上"彼無知音爲時所瞽"，林本改"彼"爲"使"（按，此處似張本
較勝）；

同上"哭泣摧折"，林本改"折"爲"抑"；

《雜文·夢游玉青峯餐梅花記》"四垂斗絕"，林本改"斗"爲"陡"；

同篇"曠無瘥時"，林本改"曠"爲"懵"；

同卷《文丞相敍》"沮遏伯顏直入屠弑虜掠京城百姓之㐫"，又《大義
畧敍》"遽逢㐫禍"、"㐫勢已迫"，三處林本均改"㐫"爲"凶"，而"㐫"是
"凶"的異體古字；

同卷《一是居士傳》"精神肖貌"，林本改"肖"爲"笑"；

同卷《先君菊山翁家傳》"尹和靜書完"，林本改"靜"爲"靖"；

同卷《因山爲墳說》"昔我西域"，林本改"域"爲"役"；

《大義畧敍》"陳丞相儒懦，張少保武臣，勢不能統攝"，林本改"儒
懦"爲"懦儒"（按，此處似林本較勝）；

同上"領兵十萬餘"，林本改"萬餘"爲"餘萬"；

同上"漆而金相"，林本改"相"爲"鑲"；

同上"獨信用叛臣靑陽夢炎語"，林本在"夢炎"前加"雷"字（姓）；

全書《後序》"古人糟魄"，林本改"魄"爲"粕"；

全書《自跋》"性理"，林本改"理性"（按，從上下文看，林本勝）。

今因未能獲見原稿本，以上這些都難以判斷究竟原稿用的是何字。

二、張本文字有誤，林本改對了不少。（當然，也不能排除原稿本就
是如此，張本照原樣不作改正。）

張本《咸淳集·春歌》"紅紫茸茸爛如纈"，林本改"茸茸"爲

"茸茸";

《中興集一卷·醉鄉十二首》"苦於爭戰悲獝狔",林本改"獝"爲"狄";

同卷《德祐六年歲旦歌》"上籀忠孝兩字文",林本改"籀"爲"籍"（按,上兩例張本均是錯別字）;

同卷《勵志二首》之二"綱嘗安厥居",林本改"嘗"爲"常";

同卷《和文丞相六歌》"叱我癡鈍無天姿",林本改"姿"爲"資";

《中興集二卷·續洗兵馬》"班超已著《王命論》",林本改"超"爲"彪";

同上"逆俗汙染咸惟新",林本改"惟"爲"維";

同卷《二唶詞》"偰我王師來",林本改"偰"爲"偰";

同卷《二十礪五百字》"洪福溥無彊",林本改"彊"爲"疆";

《久久書》"未奏膚公",林本改"公"爲"功";

《雜文·夢游玉青峯餐梅花記》"探宵篠",林本改"宵"爲"宵";

同上"大寶珠王",林本改"王"爲"玉";

同上"老子夢遊罽賓",林本改"罽"爲"罽";

同卷《先君菊山翁家傳》"先君字叔起,號菊上",林本改"上"爲"山";

同卷《因山爲墳說》"漢陽王孫裸葬",林本改"陽"爲"楊";

同卷《歐陽夢桂忠妾柔柔傳》"三搭瓣髮",林本改"瓣"爲"辮";

《久久書·後臣子盟檄》最末"大宋孤臣三山所南鄭思肖億子泣血誓心而書",林本改"子"爲"翁";

同卷《久久書後九跋·二》"容色槁悴",林本改"槁"爲"槁";

《大義畧敍》"安遽已矣乎",林本改"遽"爲"遽"（按,張本遽實無其字）;

同上"不類家人",林本改"家"爲"蒙";

同上"爲轄囚脅取",林本改"囚"爲"酋";

同上"多所遣忘",林本改"遣"爲"遺"。

以上這些改正,都很有必要。可證林本功不可沒。

三、張本不誤而林本反而改誤(或刊誤)的也有不少。實屬遺憾。

全書卷首《自序》"立身三綱五常之天"，林本改"天"爲"大"(實際鄭思肖一直是這樣使用"天"字的)；

《大義集·五忠詠》"夏澂冒險……丐公之屍"，林本改"丐"作"丏"；

同卷《狂歌》"淨洗世界泠然清"，林本改"泠"作"冷"；

《中興集一卷·醉鄉十二首》"刳刷膏肓俗"，林本改"肓"作"盲"；

《中興集二卷》卷首短序"凡有所作，意在大事"，林本改"有所"作"所有"；

同卷《二唁詩》"約以挾外國兵來合"，林本改"約"作"糾"；

同卷《二十礪五百字》"血凍天下土"，林本改"土"作"立"；

《雜文·南風堂記》"時維夏月"，林本改"維"作"雖"；

同卷《語戒》"非靳於力，勢不可耳"，林本改"靳"作"勤"；

《大義畧敍》"俗傳爲同同之先所自出也"，林本改"自"作"日"；

同上"地坐無別"，林本改"地"作"也"；

同上"至易十數主"，林本改"主"作"至"。

另外，更有林本漏字漏句的地方，如:《久久書》"衣冠禮樂"，林本漏一"冠"字；

同上"身不過五尺長，弓莫挽三斗強"，林本漏一"莫"字；

《久久書後九跋》"嘗思百工之人，各知以業授其子"，林本漏後一句七字。

這些失漏，都導致文義不通。以上是林本反而不如張本的地方。

四、還有張本、林本均誤的。

"巳卯"，兩本均誤，當改作"己"；

《大義集·秋成》"刀斗聲中又一年"，兩本均誤，當改作"刁"；

《中興集二卷·梅花》"明年無限風花在，奪得春同是此花"，前一"花"字與後句重字，兩本同，當改作"光"(章太炎就以意改之)；

同卷《二唁詩》"中台勢將圻"，兩本均誤，當改作"坼"；

《雜文·夢游玉靑峯餐梅花記》"探宵篠"，兩本均誤，當改作"篠"；

《雜文·古今正統大論》"神農傳至榆岡"，兩本均誤，當改作"罔"（查《史記》可正）；

同卷《因山爲墳說》，張本"月牆酹"，林本改爲"酵"，均不通，或當改爲"埒"；

《久久書》"吾違茲盟，雷殛其形；理誅其罪，人違茲盟"，兩本同，然而根據上下文，這後面兩句理當乙轉。

《大義畧敍》"金主本無姓……乃譯曰元顏"，兩本同，當爲"完顏"。

而最有意思的，是本書已在第四章中指出的《中興集二卷》卷末《自序》中提到的"遊公侶"，當爲"伹"；"蕭公山則"當爲"崱"，兩本均誤，而鄭思肖原稿則肯定不會錯的。

由上可知，《心史》原手稿本今雖未見，但因爲有了兩種明季刻本，對後世的研究者來說還是很幸運的。張本與林本各有長短，應該對照研究。而由其原稿之發現、傳鈔、序跋和刊刻經過，以及明末兩種刊本的異同等方面來研究，亦可知《心史》絕非"僞造"矣。

最後，再附帶談談《心史》在明末蘇州、金陵兩刻本以後的刊本。以我所知見，重要者殆有如下幾種：

一、南明隆武元年（1645）冬，福建方潤、洪士升序跋、刊刻《合刻鐵函心史晞髮集》。（洪氏跋作於"乙酉仲冬望日"，已入1646年，恰爲元旦。）今未見有合刻之《晞髮集》，僅知日本公文書館藏原內閣文庫有《宋鄭所南先生心史》二卷（編號316～0035），線裝二冊，爲"林大學頭家本"，有林鵞峯手跋，上冊卷首刊有方、洪序跋。

二、清凝碧堂《重刊宋鄭所南先生心史上下二卷》，標"明季梓本""凝碧堂藏板"。巾箱本。內容卽照張本，但非張本原版，且張本原書之跋均未附印。

三、清咸豐、同治年間長沙余肇鈞（苹皋）輯印《明辨齋叢書》，其二集收有《心史》二卷，其內容、樣式與上述凝碧堂本完全一樣，只是未標明"明季梓本"及何處藏版。

四、日本文久三年（1863）保岡孚（吉甫）木活字印本《鐵函心史》，分天地人三冊。保岡氏序云"原本係《晞髮集》合刻，今逸之"，表明乃據上述隆武年方潤等人刻本,但僅收詩集。前有方潤、洪士升序跋。此本中國國內極罕見。上海復旦大學有藏。

五、清種竹書屋《鐵函心史》,標"仿照原本""光緒甲午年(按,1894)六月開雕""種竹書屋藏板"。二卷。據張本,但未印跋。

六、甲辰年(1904)三月,日本東京清國留學生會館思漢叢書社付東京翔鸞社鉛印本《鄭所南先生鐵函心史》,四卷。乃據日本文久三年木活字印本,僅收詩集。前有方潤、洪士升序跋。此本今罕見。上海圖書館、四川圖書館有藏。

七、清光緒三十一年(1905)五月,上海廣智書局鉛印本,五卷。梁啟超在日本作序、校刊付印,錯字甚多。翌年四月又訂正再版,實際錯字仍多。

八、1933 年 8 月,南京支那內學院刻《鄭所南心史》,二卷。線裝二冊。支那內學院院長歐陽漸序,乃其子歐陽格施資刻成。未附明人諸跋。末頁印有:"歐陽格施資敬刻《心史》,上下二本,連圈計字序雙算六萬八千七百四十九個,扣洋四百五十三圓七角四分三釐,封面簽條尾葉四圓七角,功德書二十部,實共支洋四百七十四圓零四分三釐。民國二十二年秋八月支那內學院識。"

九、1936 年 2 月,北平隆福寺街文殿閣書莊鉛印本,一冊。據張本校印,目錄則不依原本;又收入梁啟超的重印序和無冰題詩等,可見底本用上海廣智書局本。[①]

十、1941 年 10 月,福建鄭貞文將所編《鐵函心史晞髮集合刊》交由福建永安風行印刷社鉛印線裝出版。此本不是隆武合刻本重印(鄭貞文未見隆武本),所收《心史》據廣智書局鉛印本,附有鄭貞文所撰《鄭思肖傳》《鄭思肖世系表》《鄭謝年譜合編》等。

十一、1944 年 7 月,戰時陪都重慶出版,周貫仁編刊,篇目、次序有

---

① 據孫殿起《琉璃廠書肆三記·附隆福寺及其他》,文殿閣書莊 1934 年開設,主人王殿馨,字渟馥,束鹿縣人。該書莊曾印行過不少難得的史籍。又見香港中文大學圖書館古籍書目,居然載錄有"光緒北京文殿閣書莊刻本"《心史》(藏書號 PL2687 C488T5)!據查,原來是鉛印而非刻本,而且還不是民國時北平文殿閣書莊本,而應是清末上海廣智書局本。可見香港該館從業人員水平差到什麼程度!

變,鉛印土紙本,一冊。書中收有國民黨軍政官員等題詞多篇,還附錄了一些抗日詩文。

十二、1956 年 2 月,臺北世界書局據南京支那內學院刻本影印《鐵函心史》,爲《世界文庫》《四部刊要》《民族正氣叢書》之一,楊家駱主編,劉雅農總校。後附高蔭祖、楊家駱的跋。1965 年 4 月,該書局又重印,爲《增訂中國學術名著》第一輯、《增補中國文學名著》第一二集合編,與鄭成功、鄭經《延平二王遺集》合爲一冊出版。

十三、1975 年 6 月,臺北信江出版社影印出版《鐵函心史晞髮集合刊》,卽鄭貞文所編本(縮小頁面,非線裝)。

十四、1981 年 8 月,臺北老古文化事業公司影印張本《心史》,但明人諸跋印在了卷首,個別文字描潤有誤。署發行人南懷瑾。

十五、1988 年臺北新文豐出版公司出版《叢書集成續編》,第一三〇冊收入《心史》,爲影印《明辨齋叢書》本。

十六、1991 年 5 月,上海古籍出版社出版陳福康校點《鄭思肖集》,收有《心史》及鄭氏其他作品,及有關序跋等。

另,據葉昌熾《緣督廬日記鈔》卷七光緒丙申(1896)五月廿六日日記:"昨從廠肆取歸鈔本《三朝事案》一部,北宋一卷題北宋遺民著,南宋一卷題鄭思肖著,《甲乙事案》則吾吳文秉所著也。細閱之,《北宋事案》卽《南燼紀聞》,惟字句稍有改易;《南宋事案》卽《井中心史》;惟文氏書不得其蹤躑,據郡志一卷,而此爲四卷。文所著《烈皇小識》刻入《明季稗史彙編》,當取而覈之。"可知在淸朝後期,有人將《心史》改名爲《南宋事案》而鈔入《三朝事案》中。此鈔本今未見。

此外尚可一提的是,1999 年北京大學出版社出齊的《全宋詩》,收錄了《心史》中的全部詩作;2006 年上海辭書出版社等出齊的《全宋文》,則收錄了《心史》中除詩以外的全部文章。但 1997 年北京出版社影印出版的《四庫未收書輯刊》,全套精裝十六開三〇〇冊,收古籍近二千種,和 2002 年上海古籍出版社影印出版的《續修四庫全書》,全套精裝十六開一八〇〇冊,收古籍五千餘種,居然都忘了收入《心史》!然而,在此前後畢竟還是有幾種大型叢書影印收入了《心史》。

有兩種出版較早,一是約1990年代初(書上未印出版年份)書目文獻出版社出版的《北京圖書館古籍珍本叢刊》,全套精裝十六開一二〇冊,計收古籍四六二種。二是齊魯書社1997年出齊的《四庫全書存目叢書》。全套精裝十六開一二〇〇冊,計收古籍四五〇種。兩大叢書均收入《心史》,是值得慶幸的。但它們影印收入的卻都是金陵林古度刊本,而非吳門張國維刊本。如前所述,張本明明刊刻在先,而且序跋篇數也大大多於林本。無論從文獻學、版本學的常識來說,還是從這兩大叢書所訂的收書原則來說,舍張本而取林本都是難以理解的。(當然,林本也自有其價值。)而且,在北京圖書館(今名中國國家圖書館)及其他大圖書館裏,均藏有張本。

因此,我當時不得不遺憾地指出,這種取捨是不妥的,只能說明編者對《心史》的版本源流還沒有搞清楚。儘管這兩大叢書都是由全國最著名的權威學者擔綱或掛名主編的,但在選收《心史》的版本問題上,均出現這樣的不識之失,令人惋歎! 因爲,本來《四庫全書總目提要》關於《心史》的版本論述卽有謬誤,今人在編刊這樣大型的叢書時適可予以糾正;不料卻又一再失去了這樣的機會,使張本更加湮沒不彰,誰曰不憾!

令人欣異的是,在臺北莊嚴文化事業有限公司1997年同時出版的《四庫全書存目叢書》臺灣版,所收《心史》卻改用了北京大學圖書館所藏的張本。

其後,於2004年北京線裝書局出版的《宋集珍本叢刊》,全套精裝十六開一〇八冊,計收古籍四〇五種,和2005北京出版社出齊的《四庫禁燬書叢刊》,全套精裝十六開四〇一冊,計收古籍九二四種,終於都收入了吳門張氏刊本。這樣,一般讀者終於可以比較方便地看到這一本子了。然而,可惜的是明人寫的跋文一篇也沒見。①

---

① 《四庫禁燬書叢刊》據以影印的山東省圖書館藏本《心史》(原爲國立清華大學圖書館藏書),是我所見過的保存明人跋文最完整的一本。特別是最後的鄭之謨的跋文,僅見於此本,而且從未經研究者提及。《四庫禁燬書叢刊》全然刪去不印,是很大的失策。

第六章 《心史》明刊本的序跋者

張本的序跋者等（張國維—馮維位—張世偉—文從簡—文柟—陸嘉穎—陸坦—陳宗之—楊廷樞—姚宗典—姚宗昌—許元溥—朱袞—華渚—丘民瞻—凌一槐—朱鎰—張劭—鄭敷教—鄭之謨—達始—趙均—鄔繼思）—**林本的序跋者等**（曹學佺—林古度—汪駿聲—葉益蓀—高拱京—強惟良）—**所謂的"作偽者"**

張國維刊本《心史》印有《跋文姓氏》（按，今存張本也有失載此份重要名單的，殆當時尚未印好此頁即裝訂者），共十七人（按，有一種極罕見的 1644 年重印本最末多出一人，爲十八人），今鈔錄於下（旁邊的生卒公元年份均爲本書著者考證所得）：

張世偉	異度	1568～1641
文從簡	彦可	1574～1648
陸嘉穎	子垂	1578～1657
陳宗之	玉立	
陸　坦	履嘗①	1594～1654
楊廷樞	維斗	1595～1647
文　柟	瑞文	1597～1669
姚宗典	文初	
姚宗昌	瑞初	
許元溥	孟宏	
朱　袞	九章	1602～1675

---

① 原文如此。其他資料中作"履常"，此處當是爲避明光宗朱常洛之諱。

凌一槐	序夏	
丘民瞻	天民	~1649
華　渚	方霄	1607~1675
朱　鎰	彥兼	~1658
張　劭	孟拙	~1646
_{裔孫} 鄭敷教	士敬	1596~1675
鄭之謨①	仙發	1614~

　　這份名單,基本與書中跋文的實際排列順序相同,②而與題跋時間的先後無必然關係。看來是適當考慮各人年齒,長者在先,而鄭敷教則因是"裔孫"而殿尾。名單表明文梇應寫有跋文,但我迄今未能找見,也從無研究者提到過,不知是當時沒有寫呢,還是沒刻。而實際題跋者,又有未列入上述名單中的馮維位。這十八九位明末人士,加上作序者張國維,以及跋文中提到的僧達始和趙均,再加上我認爲是爲張國維序書寫上板的鄔繼思,與張本有關的值得考證的明末人士共計二十三人。以下逐一加以論列。

　　張國維(1595~1646)是明末極有名的人物,我見到過的明遺民和清人爲他作的傳記就有三十多篇。如張廷玉等撰《明史》卷二七六、王鴻緒等《明史稿》列傳第一五二、陳鼎《東林列傳》卷十一、陳濟生《啟禎兩朝遺詩小傳》、陳田《明詩紀事》辛簽卷八、張岱《石匱書後集》卷四十、查繼佐《國壽錄》卷三、黃宗羲《思舊錄》、李聿求《魯之春秋》卷三、翁洲老民《海東逸史》卷四、徐秉義《明末忠烈紀實》卷十四、邵廷采《東南紀事》卷五、溫睿臨《南疆逸史》卷二九、徐鼒《小腆紀傳》卷三九、趙吉士《續表忠記》卷四、屈大均《皇明四朝成仁錄》卷八、楊陸榮《殷頑錄》卷三、姜埰

---

① 此人名字列於鄭敷教之下,我僅於山東省圖書館所藏張本《心史》見補刻有此名,並見其跋文。

② 本書前已提及,今見初刻《心史》各本跋文多寡不一,當是《心史》本文刻成後,在擬附明人跋文尚未全刻好之時,即陸續裝訂成書的緣故。今跋文較全的本子極罕見,其跋文的實際排列順序如下(數字是刻本版心之頁碼,馮維位的頁碼是單獨的,張世偉以下則連續,其中有"又"則表明乃後來插入):馮維位(一、二)、張世偉(一、二)、文從簡(三)、陸嘉穎(四、五)、陳宗之(六)、陸坦(七、八)、鄭敷教(又八)、楊廷樞(九、十)、姚宗典(十一)、許元溥(又十一)、姚宗昌(十二)、朱衮(又十二)、華渚(十三、十四)、丘民瞻(十五)、凌一槐(十六、十七)、朱鎰(十八)、張劭(十九、二十)。

《敬亭集》卷八、高宇泰《雪交亭正氣錄》卷三、徐鼒潤《南忠紀》、查繼佐《東山國語》浙語四、汪有典《前明忠義別傳》卷二三、《史外》卷七、李瑤《緯史恤諡考》卷一、黃嗣艾《南雷學案》卷四、計六奇《明季南略》卷六、凌雪《南天痕》卷十四、蔡方炳《廣輿記》、王宗炳《金華徵信畧》、抱陽生《甲申朝事小紀》二編卷六、張世鵬《先府君行述》、王尢生《張國維傳》，以及《浙江通志》《金華府志》《蘇州府志》等書中均有張氏傳。

據《明史》記載，"張國維，字玉笥，東陽（按，今屬浙江）人。天啟二年（按，1622）進士。……崇禎元年（按，1628）擢刑科給事中。……七年（按，1634），擢右僉都御史，巡撫應天（按，今南京）、安慶等十府。……國維爲人寬厚，得士大夫心。屬郡災傷，輒爲請命。築太湖、繁昌二城，建蘇州九里石塘及平望內外塘，長洲、至和等塘，修松江捍海堤，浚鎮江及江陰漕渠，並有成績。遷工部右侍郎兼右僉都御史，總理河道。歲大旱，漕流涸，國維浚諸水以通漕。山東饑，振活窮民無算。"按，《心史》出井及呈書於張氏，就在張氏任江南巡撫並領導治河、抗旱期間。崇禎十六年（1643），清兵"入畿輔，國維檄趙光忭拒螺山，八總兵之師皆潰。言者詆國維，乃解職，尋下獄。帝念其治河功，得釋。召對中左門，復故官，兼右僉都御史，馳赴江南、浙江督練兵輸餉諸務。出都十日而都城陷。福王召令協理戎政……馬士英不用……國維乃乞省親歸。南都覆，……閏六月，國維朝魯王於台州，請王監國。卽日移駐紹興，進國維少傅兼太子太傅、兵部尚書、武英殿大學士，督師江上。……順治三年（按，1646）五月，國安等諸軍乏餉潰，王走台州航海，國維亦還守東陽。六月，知勢不可支，作《絕命詞》三章，赴水死。年五十有二。"

張國維最後犧牲的情節，《明史》未詳記，非常從容而壯烈，見張岱《石匱書後集》：

> 六月，貝勒發兵入閩，道東陽，將抵陷坑嶺。國維邀東陽令吳琪滋至，謂曰："吾乃大臣，今日以死報國！天氣正炎，若形骸腐爛，不可辨識，則謂吾逃，必貽禍此地。故特相邀，視吾死耳。"吳令涕泣。國維命取白絹一幅，制詩三章，一曰《負國》，

二曰《念母》，三曰《誡子》。楷書畢，又顧其僕曰："有佳箋否？
吾欲畱詩贈一故人。"其僕曰："無有。"國維遂署絹尾曰"大明
遺臣張國維絕筆"。冠帶北面叩頭，謂其僕曰："吾死於王事，
禮也。後兵將在東陽者，皆因我而及於難，我死，可舁屍詣門一
謝之云：'今生無以相報也！'向太夫人，勿言我死，止言遯去。
可仍坐我於中堂，俟達官見，始可殮耳。"遂赴水。……北騎
至，圍國維宅。國維屍坐廳事，面色如生。北兵見，有叩頭者，
有痛哭不已者。同夥問之，則多濟寧（按，今屬山東）人，皆向年
食其粥以活者……

張氏最後以自己壯烈莊嚴的死，震懾了清軍頭目，感動了清軍士兵，
使得東陽免遭屠城。斯人眞不愧爲民族英雄！（而據清·李天根《爝火
錄》，降臣阮大鋮還懷疑張氏詐死，竟開棺驗屍乃罷！）而且，他的長子張
世鳳亦被執不屈，後殉節錢塘！因此，張氏之捐貲助刻《心史》，可知決
不是偶然的行爲。張氏助刻《心史》之事亦絕無可疑，除《心史》諸多題
跋外，在當時人寫的張氏傳裏亦有提及，如查繼佐《國壽錄》中就寫到
"國維撫觀之，歎曰：'此書出，我明數行厄矣！'"（當然，張氏沒有將這一
悲觀的心情寫入序中。）

在刊刻《心史》前後，張氏還刊刻了所撰水利學巨著《吳中水利全
書》二十八卷（後被收入《四庫全書》），支持刊刻了我國古代最偉大的農
業百科全書《農政全書》六十卷（徐光啟著）、明代政治經濟軍事文化百
科全書《皇明經世文編》五〇四卷（陳子龍等編）等巨著，還刊刻了明人
周鑑編寫的兵書《將畧標》六十六卷。可見，他對文化事業的貢獻也是
巨大的。然而非常遺憾，關於這些今人卻很少提及。

清咸豐庚申（1860）刻本《張忠敏公遺集》十卷，爲張氏族孫張振珂
（春珊）所編。看其書前所刻目錄，在第五卷中原無《心史序》，但今見該
卷最後一篇則爲《心史序》。可知必是後來找到而補刻進去的。該書卷
十爲張國維年譜，"崇禎十二年己卯"載："正月，上《請會勦疏》。三月，
上《請吳縣崑山漕折蠲免疏》。輯《吳中水利全書》三十卷書成，進呈帝

覽焉。刻徐文定《農政全書》六十卷、鄭所南《心史》十六卷。六月,病,上疏請告,不允。自甲戌至己卯,撫吳六載,吳人戴德,建生祠虎邱堤,肖像祀之。"這裏有關《心史》的卷數不確,但其家族後人也是必定知道張氏刊刻《心史》其事的,否則怎麼會寫入先人的年譜?①

張本《心史》卷首目錄中"跋文姓氏"列十七八人,而序跋較全的張本實際排在第一篇的跋文,卻是未列入十七八人名單而又最後交稿的**馮維位**(1569~1648)。我認爲,這顯然是經張國維之手的特殊來稿,刊刻者張劭等人出於對張氏的尊重,而將它列爲首跋。何以知之? 一是馮氏乃義烏人,義烏與東陽緊鄰,同屬金華府,因此張氏與馮氏是同鄉;二是從馮氏跋文中可知,其祖先在宋亡後是金華地區有名的遺民,因此張氏將宋遺民寫的《心史》送給馮氏,並請馮氏題跋(或馮氏自己主動題跋),都是十分自然的;三是據我考證,馮氏年長張氏二十五六歲,當時已是七十多歲老人,尊重他是完全應該的。而這些都絕不可能爲後人"僞造"。因爲,馮氏祖先之名從未見於《宋遺民錄》諸書,除張國維外,他鄉人不會知道;馮氏當時顯然不住蘇州,故對《心史》出井情節不甚瞭解,以致在跋中誤將鐵函說成了"敝甕";尤其是馮氏在跋文中所述其十世祖馮友仁與九世祖馮道傳的事蹟,今查《義烏縣志》《馮氏宗譜》所載,完全吻合。

馮氏自署"宋忠靖公十世孫",文末刻章曰"字居易"。跋中寫到宋亡時"余先忠靖古淡公友仁,先孝子廿六世孫也,時以溧陽廣文綰溧篆,集諸生,號慟於明倫之堂,焚印綬,遯歸。時年三十,未子也。更號'遯齋',戒族姓毋胡俗,毋胡士。故終元世九十三年,而余家耕田讀書,稱'宋里'。……歸三十四年,而子徵士公道傳生,生十六年而公卒,遺命有'胡虜無百年之運,韓亡子房奮,勉報宋恩,以畢吾志'之語。……迨我太祖駐師積道山,道傳賣牛酒迎犒,出語人曰:'吾屬有眞主,吾父之

---

① 值得一提的是,《張忠敏公遺集》附錄有崇禎十七年別人代皇上寫的一則"誥命",曰:"爾協理京營戎政太子太保兵部尚書張國維,體蘊中和,器包才傑,理花封以起譽,踐瑣闥以攄忠。逮夫南紀擁牙,惠風曾流澤國;長河護運,沈璧能飛湧泉。久宣作牧之猷,晉陟筦樞之位,叱馭當流氛之始,綢繆徹烽燧之餘……"其中"沈璧能飛湧泉"云云,是不是指濬井出函之事? 否則又能作何解? 這樣看來,《心史》出井一事張國維有可能上報了,或上面也有人知道了。

志畢已!'首轉八百石餉。以老不受官,而服賜衣以歸。登極後,子始應徵辟,從孫始魁首科焉。"

馮跋中的這段記述,在未查閱《義烏縣志》和《馮氏宗譜》前,是不易看懂,甚至連句讀也很難的。[①] 所謂"先孝子",指唐代馮子華,見新舊《唐書》馮宿傳。故今見《馮氏宗譜》又稱《赤岸孝馮氏宗譜》,前冠一"孝"字。"積道山"位於金華東南,東鄰義烏,南連永康,是浙江中部金衢盆地惟一的孤山,平地而起,山勢雄奇。朱元璋曾駐兵於此。"從孫始魁首科",據《馮氏宗譜》,指馮道傳三子馮翊在明初首科入試翰林,中高等,除新淦令。嘉慶《義烏縣志·列傳》載:"馮友仁,居赤岸。以明經教諭溧陽,縮邑篆。值宋危,舉義,勿克。焚印,航海歸。戒人毋改服,毋官。自此,族無仕者,將九十年。友仁雅善晉曹夢炎,夢炎相元,薦友仁,屢徵,以疾辭,不赴。遺命其子道傳曰:'不百年聖人出矣,當毀家以佐軍興!'明太祖下金華,道傳輸餉以犒,賜袍服。……萬曆二十年,學使者陳大綏祠友仁額曰'忠靖'。"於此可知"忠靖"私謚之由來。又可知上引馮跋中說的"以溧陽廣文縮溧篆",是指馮友仁在宋末非常時期,毅然以溧陽教諭的身份,挺身而出,掌管溧陽縣印。

馮維位名不見經傳,亦無著述存世,今查僅存於義烏當地的《赤岸孝馮氏宗譜》,卷十《行傳》中正記載著:"維位,字汝順,又字居易,號行素。府庠生,入太學,以功授貢士,選授通判。生於隆慶己巳(按,1569)十一月初一日子時,卒於順治戊子(按,1648)九月初一日巳時。"[②]又僅在明·孔貞時《在魯齋文集》卷二《紀在魯齋評文姓氏》中,見到提及"華川馮居易維位",華川卽義烏的古稱。馮氏這個人物及其跋文,豈是後人"偽造"得出來的?

除了上述兩位金華人外,張本其他題跋者全是吳地人,都住在蘇州(按,張國維當時也住在蘇州,官署名"待旦堂"),幾乎都在清代的《蘇州

---

① 如上海古籍出版社1991年版陳福康校點《鄭思肖集》附錄此跋的標點,及臺灣楊麗圭《鄭思肖研究及其詩箋注》(未刊)附錄此跋的標點,便都不免有錯。

② 爲查考馮氏生平,我請教過好幾位義烏、東陽人士。其中對我賜教最多的是馮志來和吳世春同志,特在此致謝!

府志》①中可以找到名字。其中年齡最大的,是《跋文姓氏》列於首位的張世偉。

張世偉(1568～1641),字異度,明末吳中名士,與錢謙益極熟。錢氏對張氏推崇備至,曾爲《張異度文集》作序(收《初學集》卷三三),云當代"窮老未第,文與行巋然若魯靈光,則惟異度一人"。錢氏又曾在《吳中名賢表揚續議》(收《初學集》卷二六)中讚曰:"峻嶒自守,不依附東林講席以釣聲名。……晚年謝公車不赴。閭里有難,必望走焉。有不善相戒曰:'無使張孝廉知。'其所居,嚴重於公卿。"張氏逝世,錢氏又爲撰《張異度墓誌銘》(收《初學集》卷五四),並記:"崇禎十四年正月六日,吳郡張異度卒於泌園之書舍,年七十四。"於此可知張氏生於1568年,卒於1641年2月15日,卽《心史》刊行後一年。而《心史》張氏跋卽自署"泌園叟"。又據錢撰墓誌銘,張氏世居吳江之越來溪,卜居吳門之泌園原係名士陳惟寅之漾心園。張氏時署"泌園人"。又齋名"自廣","蓋取賈傅長沙時賦鵩以自廣其意云也"(張氏《自廣齋記》)。明末"吳門五君子"齊名,卽張世偉、文震孟、姚希孟、周順昌、朱陛宣。文震孟是張氏摯友,姚希孟是張氏學生(張氏小女嫁姚氏之子姚宗典),周、朱均是張氏後輩。②

張氏弟子徐增《祭張異度先師文》說:"斯世之不可一日無先生也。天下之正人君子,必以吳門爲歸;吳門,人以先生爲首。自吾明以來,未有盛於先生者也。"張氏如此盛名,但布衣終身。而且,他先未依附東林,後也不入復社,儘管他與他們中不少人都很義氣相投。天啟年間,張氏積極參加反抗魏黨逮捕殺害周順昌的鬪爭,並準備犧牲,"挾匕首以待,俟信至卽自殺……後邀天幸得免"(見文秉《姑蘇名賢續記·孝廉張異度先生》)。他爲《心史》題跋,完全出於自願與主動。跋中曰:"前冬不知著書何人,若遺若棄;迨知爲所南先生,而矜奮若斯也。"張氏有《自廣齋集》(卽錢謙益"崇禎戊寅嘉平月(按,卽十二月)"作序的《張異度

---

① 本章主要引用清·馮桂芬在同治時修的《蘇州府志》,以其較常見,也較詳盡。

② 文震孟是文徵明長子之孫,當時已故,所以未能爲《心史》題跋;姚希孟是題跋者姚宗典、姚宗昌之父,也因已故,不及題跋;周順昌被害,不及題跋;朱陛宣亦病故,由其子朱鑑爲《心史》題跋。

文集》,後被清官方列入禁燬書目),其自序作於"戊寅日長至"(即 1638
年 12 月 22 日前後),時《心史》手稿剛出井約十來天。可惜,此時張氏
還不知道這一大事,因此《自廣齋集》中當然沒有收入他後來爲《心史》
寫的跋文。但這位正直的七旬老人,豈會參與"僞造"!

文從簡(1574~1648)與其子文枏(1597~1669)最早得知《心史》原
稿出井,並設法向寺僧借出傳鈔。他們後來都是有名的明遺民,見於各
種遺民傳中。乾隆時修《蘇州府志》卷五六載:"文從簡,字彥可,和州學
正嘉之孫、元善子。爲郡諸生,端方自守。母王穉登女,甘貧守約,能訓
其子,從簡事之甚孝。年逾六十,始以歲貢入京,不就選而歸。尋遭世
變,隱於寒山之麓。居五年,卒。子枏,字端文,尤狷介絕欲,從父隱居終
身。女淑,嫁趙均,亦有才名。文氏自徵明以來,世善書畫,從簡父子能
傳其法,行誼尤爲時所重云。(姚宗典述)"文從簡是文徵明次子之孫,
與文震孟同輩。晚號枕霞老人、枕煙老人。據崇禎《吳縣志》載,文從簡
是崇禎十二年(1639)歲貢,所治爲《尚書》。清·葉廷琯《鷗陂漁話》卷
四《范石夫朋舊尺牘跋語》,錄有明末范公柱(石夫)論文從簡語:"世當
衰晚,道德凌夷,而佩服聖賢,砥礪名教,爲人倫師表,惟彥可文先生一
人。至其楷法丹青媲美先待詔衡山公,特文采之一端耳。"

文氏父子爲人正直,均有文名,但都沒有參加復社。鄭敷教爲文枏
寫《端文先生墓誌銘》(收《桐菴文稿》),敍其生平甚詳。文枏"晚更自
號慨菴","居嘗不近城市,停雲一廛,未久而徙。奉親入山,寓居趙徵君
凡夫別業。父歿,即葬,卜居北郊,寄蹟池上,然幾於無家矣。再遷停雲,
不兩月而卒。公以萬曆乙卯(按,1615)補邑諸生,再躓棘闈,遂絕意科
名。見幾而作,先於未亂,可謂能明篤實之君子也。""公生於萬曆丁酉
(按,1597)八月十二日",青年時"社事方盛,四海同風,公泊然退處,嚴
事學博公(按,即其父),啜菽飲水,陳說古今。""嘗手摘《二十一史》,繕
寫校讎,寓傷今弔古之懷。年逾七十,爲童子師,口授而指畫,之悴不告
勞,竟以是病,病且死。""戊申十二月十一日卒,距公之生七十二歲。"
(按,十二月十一日已入 1669 年)文枏又字曲轅。可惜,他爲《心史》所
作一跋,迄今在我所知見的《心史》初刊本中均未見。

最早籌畫刊刻《心史》的發起人**陸嘉穎**（1578～1657），《蘇州府志》中未見其傳，《復社姓氏傳畧》中亦未見其名。清・朱彝尊《明詩綜》卷七二曰：“嘉穎字子垂，蘇州嘉定人，天啟中官主簿。有《硯隱集》。”據《四庫全書總目》卷六二・史部十八・傳記類存目四，陸氏又字明吾（按，一作鳴吾），著有《銀鹿春秋》。光緒時修《嘉定縣志》卷二十載：“嘉穎，字子垂。明諸生，工詩，精醫，有高行。”甲申遭變，與子陸坦偕隱，“饘粥不繼，嘉穎怡如也。未幾，坦以窮餓死，嘉穎曰：‘兒不辱我。’後三年，亦卒”。可見父子均是極有氣節的遺民。

又查汪元量《水雲集》，有陸嘉穎兩跋，一作於崇禎壬申（1632），署“研隱老人記於吳門之西郊草堂”（按，《心史》陸嘉穎跋也署“吳門之西郊草堂”）；一作於乙酉（1645），云：“避亂鄧尉山印可僧寮……時年六十有八。”由此可推知其生年。而《嘉定縣志》說他死於陸坦後三年，則當卒於1657年，享年正好八十。陸嘉穎刊刻《心史》之事也載入方志，如嘉慶時修《直隸太倉州志》卷五三有曹扶蒼《陳安道（碻菴）先生遺書序》，即寫到“文彥可、陸子垂諸先生之表章《鐵函心史》”。

陸坦（1594～1654），《蘇州府志》在鄭敷教傳後附帶提及，《復社姓氏傳畧》《太倉州志》《小腆紀傳》《（乾隆）江南通志》等均有傳。清・吳山嘉（愚甫）《復社姓氏傳畧》[①]記：“字履常，嘉定人。崇禎庚午（按，1630）舉人，與同年楊廷樞以名教自任。銓授南豐令，不赴。隱鄧尉山。有《庚除詩集》。”王煒《鴻逸堂稿》卷四《陸母楊太孺人七十序》云，明末宗社傾圮之際，“海內無不知有吳門二孝廉”陸坦和楊廷樞“同途分轍，履仁蹈義”。而陸坦的妻子就是楊廷樞的妹妹。《嘉定縣志》又說陸坦與楊廷樞、鄭敷教、許元溥，人稱“吳門四孝廉”。黃容《明遺民錄》卷四有陸坦傳，並附陸嘉穎傳。稱陸坦“一芥不苟取，性高曠”，“甘貧樂道，以奉其親”。又稱陸嘉穎“心敦厚而口激直，年耆德劭，操節不渝，古之獨行君子也”。

鄭敷教寫的《陸坦傳》（收《桐菴文稿》），敍其父子生平最詳。記陸

坦生於萬曆甲午（1594），卒於順治甲午（1654）八月。"甲申冬，謁選南都，應得縣令，家貧，捧檄非其本懷。然子垂先生顧不樂，趣余作書沮之。履長念時事日非，重違膝下，遂棄歸。未久遭亂，隱鄧尉，徙支硎、鳳泗間。有傾慕者延致家塾，半載遄反，隱卜祇園菴，後寓利濟寺。西郊往來，晨出酉歸，風雨寒暄，日無再食。然非垂簾所入，一介必嚴，屢空晏如，無幾微不豫之色。有問以朝夕者，笑曰：'吾猶鼠也，餂硯枯；吾猶蠹也，食書之盡。'"死前，"仰天太息曰：'獨憐望八老親，獨子無養耳！'"又記陸坦"後自託方外，更名宗墦，別號庚除"。惠棟《九曜齋筆記》卷二《鄭桐菴敷教交遊籍》亦記陸坦晚年"披剃爲頭陀"。

陳宗之在《心史》張本中不僅有跋，還有一篇《承天寺藏書井碑陰記》。（該碑陰記寫明"茂苑陳宗之記，吳郡文從簡書"，惟不知該碑後來果眞鐫刻沒有，迄今未見有人提及。我看過的清人寫的《吳郡金石目》一類書中均無記載。估計當年兵荒馬亂，實未能鐫刻。）從記中可知他是張世偉的學生。陳氏在《蘇州府志》卷八七有傳。《復社姓氏傳畧》云："陳宗之，字玉立。祖光祖，父繼華，皆舉人。宗之攻苦力學，崇禎癸酉（按，1633）以《春秋》舉於鄉。癸未（按，1643）中會副授推官，以親老，辭歸。性端方沈篤，邃於古學，詩文無纖靡之習。有《持論十集》《古樂府存》《匏園賦草》《山志》《鷗吟》《雪籟》《吳鈴》等書。（《蘇州府志》）"可知著述甚豐，惜今均未傳。

王鐸《擬山園選集》卷二九有《陳玉立詩集序》，稱："余在姑蘇交玉立陳君，其門多蕪草，其人恥逢世，淡聲利嗜欲，專于丘索，讚生通志。故其詩悅注幽理，可謂暉曠于高時，不踞其遠心者矣。余心敬之，數過從。時邊寇莽眩，談及兵事，衝飆破敵，籌畫盪汰，絕無論硋。慷志沉毅，必欲築鯨鯢之觀，然後愜其气力。斯其經世恢廓，豈第楯鼻磨墨，旁視之魚愕雞睨，同一轍迹哉？嗟夫！"據徐增《九誥堂集·陳玉立詩序》，陳氏號匏園；張世偉曾對徐氏說："吾及門有天下士之目者，自現聞宮詹（按，指姚希孟）而後，惟陳子玉立。"

清·葉廷琯《鷗陂漁話》卷四《范石夫朋舊尺牘跋語》，錄有明末范公柱記陳氏："玉立力行嗜學，博洽天人經濟等書，所著古文詩詞，力追古人。居恆未嘗疾言遽色，務以道義自閑，而於出處之際尤審其正。登癸未副榜，例選司理，力辭而歸。國變後隱居鄉間，或往來北禪寺，自作小像，號'易菴道人'。一日深昏，寺僧聞扣門，問之知爲玉立，啟扉寂然。僧方訝之，卽玉立易簀時也。未幾有夢，爲邑之城隍者。生平崇道守正，亦理之可信者歟？"

楊廷樞（1595～1647），字維斗，號復菴。據侯岐曾日記，國變後楊氏化名莊復，又號中道人。在《蘇州府志》與《東林列傳》《復社姓氏傳畧》等書中均有傳。他不僅是復社名流，更是一位載入《明史》的英勇抗清而犧牲的民族英雄。《明史》卷二六七徐汧傳附傳楊氏，云徐氏"與同里楊廷樞相友善。廷樞，復社諸生所謂'維斗先生'者也。天啟五年（按，1625），魏大中被逮，過蘇州，汧貸金資其行。周順昌被逮，緹騎橫索錢，汧與廷樞斂財經理之。當是時，汧、廷樞名聞天下。崇禎……三年（按，1630），廷樞舉應天鄉試第一。"蘇州陷於清兵後，楊氏走避鄧尉山中，因他名氣大，都說他是義軍首領。其實據《蘇州府志》，爲反清義軍運籌者乃戴之儁，戴氏是他的學生。

他雖屬牽連被逮，卻毫不躱閃推辭，"被執於舟中，賦《絕命詞》十二首，裂衣幅作遺書，自題其後曰：'吾自少讀書，慕文信國之爲人，今日之事，乃其志也！'"《明史》載，"當事者執廷樞，好言慰之，廷樞嫚罵不已。殺之蘆墟泗洲寺，首已墮，聲從項出益屬"，這是何等壯烈！郭麐後來在《蘆墟重建楊忠節公祠堂記》裏說，當時"萬衆駭歎，以爲宏演納肝、萇叔藏血不是過也。乃共設木主於寺"。（值得提及的是，殺害楊氏的"當事者"卽明降將土國寶。陳子龍、顧咸正、夏完淳等人均死於土某手下，而後來又有姦人想通過土某來陷害鄭敷教，詳見下述。）楊氏《心史跋》中稱陸嘉穎爲"年伯"，從張世偉跋中可知正是陸氏"屬楊子跋之"。

姚宗典、**姚宗昌**是兄弟。其父姚希孟，《明史》有傳，是文震孟的外甥，因受姦人誣陷，《心史》出井時已故。姚氏兄弟在《蘇州府志》均有傳，《復社姓氏傳畧》云："姚宗典，字文初，長洲人，文毅公希孟子。能傳家學，爲人敦孝友、重節槪。中崇禎壬午（按，1642）順天舉人。國變後隱居山中。有《雯菴詩文集》。"錢謙益《牧齋有學集》卷十三《東澗詩集》下有《放歌行,爲絳跌堂主人姚文初作》,知姚家號絳跌堂。據侯岐曾日記,國變後姚宗典化名虞文身。又據清·葉昌熾《緣督廬日記鈔》卷十五,姚宗典又嘗自署"虞權","蓋取虞仲'身中清、廢中權'之義"。徐增《九誥堂集》稱其號鑑三,又號旻菴。清初葛芝《卧龍山人集》卷四有《姚文初生還却寄》詩:"徽縲俄然繫,艱危行路驚。秖因存苦節,豈爲傲微名。鴻矯方離弋,葵傾得衛生。從今高卧日,隴首共躬畊。"又據惠棟《九曜齋筆記》卷二《鄭桐菴敷教交遊籍》記:"文初入山(按,指避難光福山),乃更深,俄於五更時擁無賴百人,從枕上縛其父子至滸墅,有陳都司者頗相逼迫,遂申文解撫軍,翦其髮而釋之。"可知明亡後姚宗典父子遭到嚴峻的政治迫害。又,周茂源《鶴靜堂集》卷十一有《同吳梅村祭酒虎丘閒步,遇姚文初孝廉爲頭陀》,詩中云:"皓首投空何處客,相逢還唱白浮鳩。"可知姚宗典晚年與陸坦一樣出家,虎丘爲僧。

《復社姓氏傳畧》又云:"姚宗昌,字瑞初,希孟子,諸生,名與兄宗典齊。屢試不遇。有《皇明鑑始》《莖齋詩文稿》。"清初閻爾梅《白耷山人詩集》卷六上有《訪姚文初於絳跌堂,遂哭現聞老師、瑞初二兄》詩,知姚宗昌卒於其兄前;閻書卷八又有《單子寄我圖書二方,謝之》詩,小序中云:"文初遭禍,幾死金陵;瑞初自淮上歸,以疾終。"

從姚宗典《心史跋》中可知,《心史》出井已將一年,他尚未能拜讀,僅在楊廷樞案頭見過傳鈔本。而作跋則是丘民瞻來傳達陸嘉穎"之命"。因此,姚宗典在跋中問:"夫陸先生將以余聞其人不必讀其書哉?""余不敏,因提筆題此數語,以復陸先生,將請其書而卒讀焉。"而寫跋文在其後的姚宗昌,則顯然已經讀到《心史》了。他認爲鄭思肖《心史》的價值遠遠超過了同是宋代愛國詩人的辛棄疾的《南燼》《竊憤》二錄。①

許元溥亦見於《蘇州府志》諸書。前已提及,他與崇禎庚午(1630)同榜的楊廷樞、鄭敷教、陸坦被人合稱"吳門四孝廉"。《復社姓氏傳畧》

---

① 按,《南燼錄》當作《南燼紀聞》,或作《南渡錄》。此二書與《竊憤錄》都可能是託名辛棄疾之書。

云:"許元溥,字孟宏。父自昌,官中書舍人,以篤行稱,構梅花墅,聚書連屋。元溥生而沈靜,日出其書遍觀之。於經義罔不淹通,尤邃於《易》。立高陽社,課子弟。喜購書,自號千卷生。崇禎庚午(按,1630)舉於鄉,不仕。卒,私諡孝文。"從許氏《心史跋》中可知,他還見過鄭思肖所著《釋氏施食心法》一書。許氏是藏書家,他高度鑑定《心史》的文獻價值,認爲"《宋書》既出元人手,凡夷狄亂華,可憤可痛事,豈無隱諱刪改?幸此書揭日月而行,補闕正訛,實錄十存一二,裨於世道人心不淺"。因此,"《井史》當與《壁經》並觀"。許氏跋還透露他"嘗增輯《宋遺民錄》,纂《古吳文獻志》",可惜今均未傳。

明末陳子龍《安雅堂稿》卷四有《許孟宏集古文佚序》,稱:"我友許孟宏,博雅士也,好古嗜奇,研搜羣籍,剔詭祕,剪殘缺,自山經、郡乘、二氏、雜說,及於塚墓祠廟之文、鬼怪婦女之作,取其尤異者集之,名曰《古文佚》。文成數萬,其目數十,表類也。六季以前者十二,唐宋以後者十八,徵信也。然其中雖或有矯託纖細、無當大雅者,然以孟宏較讐之精,裁論之辨,不足當稗官之所傳、黃車之所購乎?雖海內藏書之家,載籍極博,其鈎深標雋罕能及焉!"可惜這部《古文佚》也佚失了!不然,我想必能看到其中也選入《心史》之文。

朱衮(1602~1675),其人實際在《明遺民錄》《明詩紀事》《小腆紀傳》《清史列傳》等書中都有其傳,只是寫的都是"金俊明,字孝章",今人便不易知道這位金氏卽朱氏了。《復社姓氏傳畧》云:"朱衮,字九章。本姓金。少從其父永昌宦寧夏參軍,往來燕趙間,馳騎遊獵,頗任俠自喜。諸邊帥爭欲延入幕府,意不屑也。既歸里,始折節讀書,補縣學生,復本姓,改名俊明,字孝章。數試於鄉,不利。最後復赴試,筮《易》,得《蠱》之《艮》,遂不終試而歸。逾年明亡,又逾年王師(按,指清兵)渡江,人始服其知幾云。善書畫,長於梅竹。卒年七十四,私諡貞孝。有《春草閒房詩集》《退量稿》。(汪琬撰墓誌)"

清初汪琬收於《堯峯文鈔》卷十五的這篇《金孝章墓誌銘》又云:"自有明既亡,吳中好事者亦皆棄去巾服,以隱者自命,當其初流離患難之中,希風慕義,儼然前代之逸民遺老也;既而天下蕩平,苦其饑寒頓踣,有能初終一節,老且死牖下不恨者,蓋實無幾人。若孝章金先生,庶幾《大易》所謂樂天知命者與! ……先生既善書,平居繕錄經籍祕本,以訖交游文橐,凡數百種,無不裝潢成帙,庋置縢鐍惟謹。予嘗走詣,先生老屋數間,塵埃滿案,與客清坐相對久之,自起焚香瀹茗,稍出其書畫與所錄者娛客而已。予嘗論之,以爲先生非忘世者也。既已遭逢不偶,積其激昂奇偉之材,與夫輪囷結轖傲兀不平之氣,訖於暮年而劃削未盡,不得已寓諸書畫間。吳中後生晚進高談賞鑑者,徒推其書畫之工,且欲求諸筆墨蹊徑之內,俱未爲知先生也!先生年七十,徧乞常所往來者賦生輓詩,引陶淵明《自祭文》爲況。蓋其風流雅趣如此。嘗有學使者慕先生名,欲招致之,不可得。因歎曰:‘清眞絶俗,雖古之沉冥不過也!’……晚而自號耿菴,又嘗自書其堂額曰孺宜。”

清·朱彝尊《靜志居詩話》卷二一亦云:“鄭虔三絶,孝章克兼之。……平生好錄異書,靡間寒暑。仲子侃亦陶繼之,矮屋數椽,藏書滿櫝,皆父子手鈔本也。”可想,朱氏藏書中自當有《心史》也。清·陳康祺《郎潛紀聞》卷十四記:“國初吳郡有隱君子三人,曰拔貢生考授知縣彭行先,曰舉人鄭士敬,曰諸生金俊明。皆以鉅人長德見推於州里。三人者,歲時過從,鬚眉皓然,相與評論文史,揚扢翰墨,杯酒豆肉,談笑移日,見者羨爲神仙中人。士大夫稱爲‘後三高’。”(按,蘇州舊有“三高祠”,祀漢梁鴻、唐陸鴻漸、宋蘇子美。)

汪琬所撰墓誌中,並沒有說朱氏歸里後即復姓改名,今從《心史》該跋見署名朱袞,換名或當在其後。又見跋文末所刻印章二方爲“本姓金氏”“一名俊明”。朱氏在跋中高度評價《心史》:“是書出,而訂疑刊僞,功加於正史萬萬,則又曷可以少哉!”

朱氏存世有極珍貴的《耿菴詩稿》手稿本(今藏臺北“國圖”),其中“丙戌(按,1646年)詩”中有《贈馮登明二首》,詩題注曰:“尊人二有氏所著有《瀆上編》,登明謹藏,如鄭思肖之於《心史》也。”其一尾聯云:“瀆上遺編在,深心繼所南。”

朱氏子侃,與歸莊女結婚,趙經達《歸玄恭先生年譜》謂“孝章生於萬曆壬寅”,即知爲1602年。

華渚(1607~1675),《蘇州府志》有傳。《復社姓氏傳畧》云:"華渚,字方雷。其先自無錫徙吳。少穎悟,弱冠補諸生,時張溥、張采、楊廷樞方主盟文社,渚皆遊其門。鼎革後,充諸生,屏居搜討六經子史,及醫卜種植之書。文筆古峭,兼工書。年六十九卒。有《逸民傳》《句吳華氏本書》。(李奕拓傳)"明末張溥《七錄齋詩文合集》文集存稿卷三有《華方雷稿序》,曰:"楊子維斗,吾郡之所謂教父也。游其門者,學焉而稱最,無若華方雷。方雷以淵確之才,求峻上之理,沈湛於書,忘其朝夕,猶聲色之有嗜好,弗能强也。"

清初錢謙益《牧齋有學集》卷二五有《華母龔夫人八十壽序》,提到入清後華氏奉母命閉門讀書,而"華子有良才,郡守議修郡志,人謂華子'是誠在子'。華子不言,而有憂色。夫人語之曰:'"我聞有命,不敢以告人。"汝之業,其在《揚之水》之篇乎!'華子於是欣然受命,囊書櫝筆,鍵户而不出。"按,"我聞有命,不敢以告人"出自《詩經·唐風·揚之水》,詩中曰:"旣見君子,云何不樂?""旣見君子,云何其憂?"華氏因受友人推舉和修志誘引,雖未領受而若有所失,鬱悶不悅,其母看在眼裏,引《揚之水》開導之,堅定其不負先師楊廷樞等君子的期望。其母極有文史修養和民族氣節,令人欽敬。華氏《逸民傳》成於康熙四年(1665),錄二百六十二人,其中當有鄭思肖。可惜今未之見。華氏生卒年據清·高鑠泉《錫山書目考》卷七所記。

丘民瞻(? ~1649)在《蘇州府志》中有傳。《復社姓氏傳畧》載:"丘民瞻,字天民,諸生。少游文震孟、朱陛宣之門,持身甚嚴,內行純備,篤於倫誼。國變後,野服不入城市。(徐晟撰傳)"。又據徐晟《續名賢小記》,丘氏國變後鄉居五年病卒,可知逝於1649年。從丘氏爲《心史》作的跋中可知,他是最早從文從簡處得知井出《心史》其事的。後來,他爲此事走訪張世偉,又與張劭一起呈書稿於張國維。可知在《心史》出版過程中,他是一名積極奔走者。徐增《九誥堂集》稱其號賁園,亦記其卒於己丑(1649)。

凌一槐,《蘇州府志》《復社姓氏傳畧》《明遺民錄》諸書中均未見其傳。我僅知同治《蘇州府志》卷一三六《藝文》一,在寫到"吾吳遭寇亂,篇簡散失者多,今所采不皆見原書,故不分四部,分縣,從《人物志》例"
時,在"吳縣·明"下記有"凌一槐《古史貫擇》《風俗粲》"。(民國《吳縣
志》卷五六上,亦據以載錄。)可知實有其人。餘皆俟考。所著之書今亦
未見。

朱鎰(? ~1658),《蘇州府志》無傳。其父朱陞宣(德升)極有名,
《蘇州府志》據張世偉所撰傳入志,但傳末未提及朱鎰。姚希孟《文遠
集》卷二六有致"朱年姪彥兼"書,與他談朱陞宣死後私諡等事。文秉
《姑蘇名賢續紀》在朱陞宣傳後提及:"子鎰,有時譽而不永其年。"可知
他英年早逝。《復社姓氏傳畧》有傳:"朱鎰,字彥兼,吳江人。八歲好讀
《春秋》,十二歲作《貞貴篇》稿行世。父陞宣以其文呈文震孟、姚希孟,
兩公皆奇之曰:'此吾輩中人也!'一時聞人,如艾南英輩,至蘇必投刺求
見。十八歲三試冠軍,爲吳縣學生。亂後隱於黃冠以卒。(《松陵文獻》
《同里志》)"

明末張溥《七錄齋詩文合集》文集存稿卷一有《朱彥兼稿序》稱:"彥
兼,吾郡眞孝廉德升先生之長君也。其年典謁,卽囊括文雅,能著賢者之
說。楊子維斗,身爲上范,與之歌《伐木》焉;徐子九一、朱子雲子,淵令
冲勝,出於德升先生之門,與彥兼誼又兄弟也。夫是三子者,重五倫之
義,敦六行之說,其自爲治詳矣,其觀於人備矣,然每稱彥兼卽頌嘆交發,
流賞極情,縣是知美士之感深也。"

清初葛芝《臥龍山人集》卷十三有《祭朱彥兼文》,提到朱氏"年甫踰
壯,神京再崩,天地改色,子雲美新,平原入洛,長此罔恤。君一儒生,不
忍蔑棄,行吟山澤,抱石湘江,慟哭西臺,長夜嗚咽。閒情所寄,白石丹
砂,聊以云適,左把洪崖,右拍浮丘,從列仙伯",亦卽"隱於黃冠"。又說
他逝世時"未見素絲,未及五襲",卽年不到半百。清·陸心源《皕宋樓
藏書志》卷二八著錄元刊本《吳越春秋》時,記有原藏主周靖手跋曰:"丁
酉歲(按,1657)……父執朱彥兼先生以《檀孟合刻》及此本相贈閱,一年
而朱先生物故。"則朱氏卒年爲1658。

同丘民瞻一起呈書稿於張國維的諸生張劼(? ~1646),在《蘇州府
志》《復社姓氏傳畧》《明遺民錄》諸書中均未見其名。乾隆時修《震澤縣

志》根據張氏家傳爲其立傳："張劭字孟拙,十都人,諸生。負志節,有幹濟才,爲巡撫張國維所知。宋鄭所南《心史》出於郡城承天寺眢井,劭請於國維,爲校勘而刊行之。崇禎十七年(按,1644),以薦授讚畫餉務司知。後國維死節東陽,劭亦死於官。"還提到:"劭之死於官,其鄉人皆言之,又載孔興份《見聞錄》。"孔氏《震澤見聞錄》一書著錄於《震澤縣志》和《蘇州府志》,惜今未見。張氏具體怎麼死的,亦不詳。鄭敷教《桐菴年譜》亦記張劭受張國維命領刻《心史》。祁彪佳日記《甲申日曆》五月廿六日記有:"時諸生張劭受張玉笥之聘,爲讚畫同知,同倪司理來晤。"也證明張氏後來還英勇加入張國維領導的救亡鬥爭。張氏年紀輕輕死於崗位上,其逝世當與張國維同年。

鄭敷教(1596～1675)見於《蘇州府志》《明遺民錄》諸書,並有自審及自撰《桐菴年譜》等傳世。《復社姓氏傳畧》:"鄭敷教,字士敬,號桐菴。長洲人。[①] 學有師承,文章卓行,爲儒者所宗。崇禎庚午(按,1630)舉於鄉,時詔巡方舉核孝廉,歷四院,皆疏薦。丁丑(按,1637)舉賢良方正,以母老辭。晚歲鍵戶著書,年八十卒。私謐貞獻。"鄭氏在明末蘇州文化界甚有名望,《蘇州府志》稱:"敷教生徒之盛,亞於廷樞。兩人俱爲鄉里所宗。時人語曰:'前有朱(陛宣)張(世偉),後有鄭(敷教)楊(廷樞)。'"阮大鉞等人則常帶有殺機地揚言:"孔孟之門三千,楊、鄭聚徒有萬,不反何待?"[②]而鄭敷教爲《心史》題跋,亦因"受命子垂先生,敬附數言"。

尤可一提的是,就在《心史》刊刻的第二年辛巳(1641),知縣牛若麟主編《吳縣志》,特請鄭敷教、楊廷樞二位"參而核之"(卽當顧問)。鄭氏在壬午(1642)九月望寫的《重修吳縣志序》末,所鈐印章爲"鄭敷教印""一字南孫"。又,清·孫星衍《平津館鑑藏記》卷一記所見元刊《蒼崖先生金石例》一書,亦鈐有收藏印"鄭敷教印"(白文方印)和"一字南孫"

---

① 從鄭敷教堂兄鄭欽諭字"三山"來看,會不會其祖籍亦爲福建?
② 見《桐菴年譜》弘光元年乙酉所記。按,阮氏等人此話,在清人書中多見記載,可知影響極大。如方苞《望溪集》文集卷五《書楊維斗先生傳後》、顧師軾《吳梅村先生年譜》卷一、阮葵生《茶餘客話》卷十、姚之駰《元明事類鈔》卷十四人倫門、陳和志《震澤縣志》卷三七雜錄一、朱彝尊《靜志居詩話》卷二一、吳翌鳳《鐙窗叢錄》卷一、顧公燮《消夏閑記摘鈔》卷下等等。

（白文方印）。這個"一字"，顯然是《心史》出井後新取的，意思爲"所南
裔孫"①。該《吳縣志》在卷六《古蹟》中引了《心史》中《夏駕湖晚步懷
古》一詩，卷二四《僧坊》引了《心史》中《春日遊承天寺》一詩，卷二十
《祠廟》有"鄭所南先生祠"，記載《心史》出井事，並收入陳宗之《鄭所南
先生藏書井記》（即前述陳氏所作碑陰記）。② 由此亦足證井出《心史》
乃當時實事，否則當時當地縣令和其他撰寫者豈會同意這樣編寫？

　　鄭敦教不僅爲《心史》作跋，而且還在不少文章中寫到從祖鄭思肖
及《心史》。例如，他在《文信國公忠烈祠記》（收《峭帆樓叢書·重編桐
菴文稿》③）中卽說："予讀《宋史》至信國公事，及《井中心史》所載《文丞
相序》，未嘗不骨顫魂搖，有甚於謝翺之慟哭也！"又如，存世《桐菴年譜》
（收《甲戌叢編》），前半部分爲鄭氏學生所撰，鄭氏本人過目；後半部分
則鄭氏自撰，在崇禎戊寅（1638）項下，卽記載了《心史》出井、刊刻及最
初建祠未果諸事：

　　　　夏大旱，自此吳中旱蝗相仍，先生（按，卽鄭氏）從官師紳襟
　　徒步祈禱。承天寺狼山房浚井得鐵函所南先生《心史》，外書
　　"大宋鐵函經""德祐九年佛生日封"，內書"大宋孤臣鄭思肖百
　　拜封"。老生文從簡、陸嘉穎等聞於中丞張國維，梓而行之。
　　諸生張劭領其事，以原本歸先生，將建祠守藏，以陞任未果。④

---

① 鄭旼於"丙辰（1676）五月下旬"爲明·鄭景順（可菴）所遺家訓題詩，並有跋云："……昔游吳門，
　聞有孝廉鄭君名敦教，遭亂後不赴公車，更字'南孫'，謂是宋鄭所南先生裔。姚剩頑曾向予大
　笑，予爲剩頑解之云：'其理固非，而其志實可重也。'蓋南公不娶，而後世何必定言其有後？不娶
　是南公大義，并書《家傳》之痛……"有意思的是，鄭旼此跋後鈐章亦爲"所南後人"。
② 關於這些，本書第十一章內還將論及。
③ 該文又收乾隆時官修《江南通志》卷三八（該通志又收入《四庫全書》）、康熙時刻《百城煙水》卷
　三、同治時修《蘇州府志》等。
④ "陞任"指崇禎庚辰（1640）正月張國維陞工部右侍郎，加兵部右侍郎，總理河道，兼提調徐、臨、
　津、通四鎮漕餉事。二月初，張氏卽北上赴京，所以爲鄭思肖建祠一事便暫緩（暫設位於承天寺
　內）。據《桐菴年譜》，至甲申（1644）八月，祠乃建成。然而，近人編《丙子叢編》中收有鄭敦教
　《南風呈賦》，記鄭思肖祠堂建成於壬午年（1642），年份季節均與《桐菴年譜》不同。今有人據此
　認爲建祠實無其事，鄭敦教在編造神話，並進而懷疑鄭敦教"僞造"《心史》。關於這些，本書將在
　第十一章詳論。

《桐菴年譜》還記載了明清動亂之際有惡霸姦人企圖借《心史》來陷害鄭敷教之事,很值得一提。先是在癸未(1643),年譜記有:"鄭之先世有祭田六百余畝,爲富猾吳好古所奪。上年壬午五月,闔族控縣。閏十一月,好古訐先生(按,指鄭敷教)於按院,人心共憤。至是年八月案結,當事同力倡義決斷回贖。"此事又見於錢謙益《初學集》卷四四《長洲鄭氏新復祭田記》,該《記》即鄭敷教特請錢氏所撰,以志"訟而贖之,按碑以崇祀,歸餘以息爭"。①

孰料吳好古並不甘心,在清軍佔領蘇州後,便想通過改朝換代後新的統治者來翻案。年譜順治七年庚寅(1650)載:"九月中,吳好古以前事訟於土撫,土與吳甚密而相待有禮。"而這個與吳某關係甚密的"土撫",就是殘酷殺害楊廷樞、陳子龍、顧咸正、夏完淳等人,曾在蘇州婁門李王廟一次坑殺七百名抗清義軍的漢姦劊子手土國寶!次年辛卯,吳某再訟於清朝巡按。於是,鄭敷教被迫外出避難,至順治九年壬辰(1652)才敢回家。是年年譜(按,此時年譜爲鄭氏自撰)記:

> 五月中,訟始結。後在淨社,有老人鄒澹玄爲余言:"好古賄屬鄒大廳,使謀於中路,大廳怒拒之。"鄒同族,故知之,且誓於佛前,以明不妄。又乙酉年(按,1645),好古以《心史》激李廷齡怒。幕中有張職方者,振臂而前,以書示李曰:"何得以宋元間陷人!"瞋目大叱。吾友顧南征所目見也。

這條記載極爲生動!乙酉年即清兵剛打進江南那年。李延齡與土國寶同爲降清官員,名均見於顧炎武《聖安本紀》卷六,稱李爲"侍郎",土爲"降將",二人同"鎮蘇州";二人名又同見於南園嘯客《平吳事畧》,稱李爲"都督",土爲"總兵"。吳好古這一著確實極爲陰險毒辣!但畢竟還有張職方這樣的仗義直言者。由此可知,身在蘇州的張職方,以至吳好古、李延齡等人,也都清楚地知道《心史》確實是出於當地吳井的

---

① 此事又見載於明清之際蘇州佚名某士人所撰《啟禎記聞錄》(後收入孫毓修編《痛史》)卷三。該人是同情吳氏而不支持鄭氏的。可參看。

"宋元間"鄭思肖所寫的書,吳好古也不過是想以它的強烈愛國主義、民族主義言論來"激怒"叛臣而已;如果《心史》是後來有的人說的鄭敷教等人在明亡之際"僞造"的書,那麼"僞造"的目的當然在於反清,不問可知,那在當時清兵大肆屠殺的情況下,鄭敷教是不可能活命的了。

鄭之譓(1614~?),字仙弢,爲鄭敷教長子。《桐菴年譜》萬曆四十二年甲寅(1614)記:"二月生長子之譓。"崇禎十一年戊寅(1638,卽《心史》出井之年)記:"是年亓院瑋取長君之譓入長洲縣學第一名。"康熙十二年癸丑(1673)鄭敷教自撰年譜載:"二月初六日長兒之譓六十歲。"明末萬壽祺《鄭仙弢試義序》(收《隰西草堂詩文集》文集卷一)云:"今皇帝(按,指崇禎)十年(按,1637)①一之日,予至吳會,仙弢以解試冠諸博士弟子。仙弢之試義既出,序仙弢者各有正論,予乃爲言其立身與其立言。……今仙弢既年少博物,修其孝弟之行於家,閉戶讀書,而四方之號稱通儒者,莫不知其名字。或縣其立身,或縣其立言。以是知君子之學靡弗有者,不徒蒙虎豹之飾、趨觀場之勇而已。自予與其尊人士敬,有庚午之籍,志有同求,義有同諫,縣其家刑,考其世業,曷可疑乎? 曷可疑乎? 初仙弢每試必蹶,既冠博士弟子,人或推其論義,以爲張美,而不知服行修詞家庭俯仰之閒久矣宏遠矣! 天下稍稍有事,正君子之義,赴國家之急,行將奮其内學,立身立言,縣兹事始,寧惟一試之篇章其淵博與!"

今我從山東省圖書館所藏張本《心史》(1644年重印本)②之末得讀鄭之譓跋文,寫於北都傾覆之後(時鄭敷教四十九歲),爲歷來研究者所未覩者,極其珍貴! 因全錄於下:

> 嗚呼,此爲吾從祖所南先生之遺筆也。先生身遭宋德祐之變,三光淪沒,海水羣飛,文丞相觚乳不歸,陳宜中棄師遠遁,瓣香莫叩,燕子誰依。此日之人,誰屬無心,其爲土梗弁髦於故主也,積威約之漸也。先生無尺寸之柄,草莽吽嚘,百靈呼答,子

---

① 萬氏所言,比《桐菴年譜》所記早一年,不知何者爲是。
② 該本將鄭敷教跋文調整至張劭跋文之後,然後是鄭之譓的跋文。

規血灑於蜀江,精衛怨塡於東海。數十年来未盡之身,若刻刻
有一大宋之故主,與數百萬臣民起而圖滅虜之事者,若目斷而
心搖,若呼天而呼父母無已。將此一段怨離窮恨之志,寄之記
載、詩歌、敍論之中,猶望之千世百年之後。

　　噫,推先生之志也,其身在布衣窮躓之中,猶一念不衰如
是,倘得居朝廷之任,或軍旅之寄,其果銳強毅不遺,一虜事又
何如也! 其時在腥羶遍地、人心絕望之時,猶一刻不忘如是,倘
其在得爲之時,遘可乘之會,其纏綿悽惻、死而後已,志又何如
也! 奈何哉,任人家國,事有可爲,而竟致崩裂斬絕,如有宋德
祐事哉! 此先生所以太息痛恨而不能已已於記載、詩歌、敍論
中者也!

　　是書出,前大中丞刊布之,諸先生表章之。今年夏,家祠肇
建,奉先生主而尸祝之,余伯父與家君實董厥成焉。乃感時觸
緒,不能不捧先生之書,正告通國。倘有感而興起,與廢書而
嘆,或流連不忍去、一讀泣數行下、不能再讀者乎? 是在今日之
有心人矣! 小子何多贊焉!

　　甲申重陽前三日,裔孫之謨顯識於長安旅舍。

甲申重陽前三日,乃 1644 年 10 月 6 日,爲《心史》初刻成四年半之
後,崇禎皇帝自殺已近半年了。鄭之謨此跋記“家祠肇建”在是年夏,
“余伯父”指鄭欽諭,可參見本書下面第十一章駁姜緯堂時所述。

　　除以上所考述者外,未列入《跋文姓氏》名單,但與張本《心史》有關
者,還有僧達始與趙均及鄔繼思。

　　達始(君慧),除了明末《心史》刊本二三篇跋文及《五石瓠》等書中
有關《心史》出井的記載裏提到他以外,其他筆記、方志等書中均罕見其
名。《心史》張本十八篇序跋中,僅文從簡跋中提及他的名字:“獲書井
中爲寺僧達始,亦好修因緣,俱非偶然”。看起來,這似乎只是爲了照顧
他的面子而一提。因文氏與達始較熟,陸嘉穎正是通過文氏向他租得原
稿的,所以這樣寫一下。而陸氏跋中則只稱“此僧”,並似乎頗帶不滿地

說:"若只就此僧祕藏,與埋沒重淵何異?"張劭跋中更明記陸氏是"極力購求"才借得原稿的。可見,達始只是一個偶然的幸運的發現者,對於《心史》的傳鈔、刊刻工作似未作出什麼積極貢獻,相反,好像還"待價而沽","祕藏"甚至拒借甚久。殆亦職是之故,張本大多數題跋者均不屑提及他的名字。(不過,他在庚辰閏正月二十四日從廢紙中檢出《心史》外緘封一事,功不可沒。)

我原先還以爲達始不是斯文中人,因爲當時我所看過的明清蘇州人的詩文集中,從未見提及過他。而金陵本《心史》林古度序稱"獨慧公酷好詩文",我曾以爲那可能只是一句應酬話(這似乎表明林氏向他借過原稿)。因爲如果達始眞的酷好詩文,而且他又是最早的發現者,自應爲刻本寫一篇跋的。但是,後來我讀到極爲罕見的崇禎末年刻本《林茂之文草·藏雲集》,中有《清足軒詩序》,卻是林古度爲達始所作詩寫的序。由此序可知,林氏曾在《心史》出井前的某年春"寓吳承天寺匝月",由此認識了寺僧"清足軒主人君慧",後又看過其詩,稱曰"足異"。林氏云"君臘尙淺,神最秀,性最解,而好學又最篤",可知那時達始年紀不大。林氏又稱"予與君往還酬倡之詩遂成一集"。但《清足軒詩》好像並沒有出版。林序最後云:"君吳江人,李姓,法名達始,君慧其字也。"雖然達始"臘尙淺",但據吳肅公約寫於 1649 年的《錄鄭所南先生詩文序》中說"慧梓是書(按,指《心史》)成亦卒",則達始殆卒於 1640 年頃。另外,我在徐增的《九誥堂集》中還看到他代文彥可寫的《祭君慧上人文》,可惜文中沒有提供具體的生平事蹟。

趙均(1591~1640),字靈均,其名附見於《蘇州府志》文從簡傳之末,未見於《復社姓氏傳畧》。錢謙益《初學集》卷五五有《趙靈均墓誌銘》,記趙氏原爲文從簡學生,"少而受學,遂以其女娶焉",成了文氏女婿。趙氏"從其父傳六書之學,又從燕山僧見林授大梵字,並諸國字母變體形聲譜韻之奧,指畫形聲,分署部居,移日分夜父子自相講習"。其父死後,趙氏仍"與賓客搜金石,論篆籀,問奇字,訪逸典,長日永夕,無所俚賴,間託于虞初諸皋,以耗磨光景"。今見萬曆己未(1619)九月趙氏爲其父所作《趙凡夫寒山金石林敍》,自署墨丘生。趙氏金石方面的著述,至今尤傳。陸嘉穎當初徵求《心史》題跋時,趙氏殆"遠遊"未歸,不然也應該寫一篇的。而不久,"庚辰五月"他便死了,"年五十"。因此,可推知其生卒年。他是與《心史》出版有關的人士中,在《心史》問世後最先過世的。

與張本《心史》有關的,還有一位我發掘出來的書上並未出現姓名的人,那就是張序的書寫者。初刻本只有張國維序是手書鐫字上板的,今人一般都以爲書者即張氏本人,如《愛國名臣張國維》一書的編者就這樣認爲。更有論者極爲荒唐地以此爲"理由"來論證《心史》爲僞。[①]但我對照張氏存世字蹟,[②]覺得很不像。後讀到張氏於崇禎十年丁丑(1637)指令刊刻的明·周鑑《將畧標》一書,前亦有手書張氏序文,所見字蹟正相同,而序末明記"同邑社弟鄔繼思書",始知《心史》張序的書寫者亦是這位周氏的丹徒同鄉鄔氏。

鄔繼思,號沂公(從所書《將畧標》張國維序文末所刻印章可知)。明清之際顧炎武、萬壽祺和顧夢游、方文、邢昉、孫枝蔚、杜濬、曾畹、梅磊等人詩文集,都見有贈鄔氏之詩,即可知其人的思想傾向。鄔氏不僅工詩善書,還精於醫,後並隱於醫,賣藥揚州市。羅振玉撰《萬年少[壽祺]先生年譜》提及此人,認爲海桑之際鄔氏"亦必與於義師之役者",並感歎"惜其事實不可知矣。……若鄔處士,則僅見名姓於[萬壽祺]先生集,及亭林先生贈詩而已。嗚呼,當有明末季,士之抱介節而行義,不傳於當時者多矣,安得一一鉤稽而表章之乎!"那麼,本書鉤稽出鄔氏還曾爲《心史》書序,亦不失爲一佳話吧。

以下我們再說《心史》林本的序跋者等。

冠於林本之首的序作者**曹學佺**(1574~1647),與張本序作者張國維一樣,也是《明史》立傳的著名人物,也是在抗清鬥爭中英勇獻身的烈士。就這一點來說,盡管林本序跋者遠少於張本,但林本也可與張本相媲美了。《明史》卷二八八云:"曹學佺,字能始,侯官(按,今福建福州)人。弱冠舉萬曆二十三年(按,1595)進士,授戶部主事。中察典,調南

---

① 詳見本書第十一章所述。
② 如張國維爲故鄉白雲洞所題的字蹟等。

京添注大理左寺正。居冗散七年,肆力於學。累遷南京戶部郎中、四川右參政按察使。"天啟六年(1626),以"私撰野史,淆亂國章"罪名削籍回鄉。"崇禎初,起廣西副使,力辭不就。家居二十年,著書所居石倉園中,爲《石倉十二代詩選》,盛行於世。嘗謂:'二氏有藏,吾儒何獨無?'欲修《儒藏》,與鼎立。採摭四庫書,因類分輯,十有餘年,功未及竣,兩京繼覆。唐王立於閩中,起授太常卿,尋遷禮部右侍郎,兼侍講學士,進尚書,加太子太保。及事敗,走入山中,投環而死。年七十有四。詩文甚富,總名《石倉集》。萬曆中,閩中文風頗盛,自學佺倡之。晚年更以殉節著云。"曹氏別號雁澤,晚號西峯居士。

曹氏《石倉全集》的《石倉五稿‧用六篇》收己卯年(1639)之作,其中有《金陵傅蒼郎以林茂之書來過訪,卽別,因寄茂之》《送林祖直歸金陵,寄壽其尊公茂之》《林茂之六袠壽文》等詩文,均未涉及《心史》,可知此時林古度與曹氏均尚不知《心史》出井之事。而《石倉六稿‧六七集》(按,作於六十七歲,庚辰年)的文章部份,第二篇卽是《刻鄭所南先生心史序》,亦可證曹氏之序絕非僞造。曹氏在序中肯定:"鄭所南先生不仕元,義也。然在宋時,先生亦未嘗仕,乃所以成其義也……夫仕宋而後仕元者勿論已,不仕宋而仕于元,此亦人之恒情也。先生之不仕宋,固已預定不仕元之念……噫,此非先生一人之心也,乃天下萬世之人心也。則其爲史也,非僅宋末元初之史也,乃天下萬世之信史也!"

而且,該集又有《袁令昭诗序》一文,可知林古度他們刻的《心史》是託袁于令帶給曹氏的。曹氏在《袁令昭诗序》中重申了他在《心史序》中的觀點:"吳門袁令昭携所新刻鄭所南先生《心史》來……夫以宋德祐之時攷之,其仕者人人也,其仕宋而復仕元者非人也;然仕宋而不仕元者亦常人也,惟不仕宋而卽立不仕元之念,且以誅元復宋爲心如所南先生之《心史》者,此則天下之有人心也!"

林古度(1580~1665)是著名詩人,清初年輩最高的遺民耆宿之一。有關傳記材料甚豐。黃容《明遺民錄》卷五云:"林古度,字茂之,閩莆田人。父章,字初文,移家金陵。萬曆中,嘗詣闕上書論事,不報。古度少賦《摑鼓行》,爲屠隆所激賞。與曹學佺、鐘惺尤善。順治末,見之秦淮,年八十餘矣。自言故居近華林園,久廢爲馬厩。晚歲卜生壙於乳山,死卽歸葬。嘗紉一萬曆錢於衣帶間。康熙初卒。"林氏號那子,別號乳山道士,福建福淸人。明亡後特地佩戴一枚明萬曆年間的錢幣,終身不離,成爲當時一種著名的象徵符號。吳嘉紀、汪楫卽各自有詩《一錢行》詠之,分見於《陋軒詩》《悔齋集》;屈大均還模倣而佩一枚晚明永曆錢,並撰有《一錢說》。林氏自作生壙曰"繭窩",歿後周亮工爲營葬。

清人王士禛《居易錄》卷四、《帶經堂詩話》卷八云:"福淸林古度茂之,亦八十餘,數自金陵過訪。每集諸名勝,文宴紅橋平山堂之間,予親爲撰杖。康熙甲辰除夕,茂之以萬曆甲辰已來六十年詩屬予刪定。不減數千篇,皆曹能始、鍾伯敬、譚友夏諸前輩所鉛黃。予爲存其甲子(按,1624)以前風華近六朝者,而刪其甲子後詩幾盡。施愚山閏章見之,曰:'吾與林翁久游處,非君選不知其本色乃如是。君之功林翁大矣!'"王氏所說施閏章之語,我頗不信。實際王氏之壞林翁大矣!誠如近人鄧之誠《淸詩紀事初編》卷二所云:"王士禛盡去天啟甲子以後之作,謂'刊落楚風,歸於正始',於是古度故君故國之思、憑弔興亡之作胥不傳矣!"這實在太可恨了!否則,其間必有詠及《心史》之詩。

錢謙益在《列朝詩集》丁集中爲林父"林舉人章"作小傳,其中寫到:"古度與余好。居金陵市中,家徒四壁,架上多謝皋羽、鄭所南殘書。婆娑撫玩,流涕漬濕。"錢氏《有學集》卷一有詩多首,寫到林氏撫摩《心史》以度殘年的情景,如《觀閩中林初文孝廉畫像,讀徐興公傳,書斷句詩二首,示其子遺民古度》《次韻答皖城盛集陶見贈二首,盛與林茂之鄰居,皆有目疾,故次首戲之》《歲晚過茂之,見架上殘帙,有感,再次申字韻》等。明末劉城《嶧桐詩集》卷九《重寄茂之仍用前韻》中有"月泉舊社誰爲續,《井史》遺書君已傳"句。林氏的愛國詩篇雖然多因王士禛懼以文字貽禍,託言標格而刊落失傳;但林氏親自序刻、至死寄予深情的所南《心史》畢竟流傳於天下!

林氏與曹學佺是同鄉好友,曹氏在《林茂之六衰壽文》中寫到:"余友茂之林君,曩在金陵,與余相依最久。余之蜀,之粵,兩招茂之入署,不應。頃者……茂之以省墓之役,與余朝夕西峯,又不減於金陵時。"可知己卯年(1639)林氏還曾因掃墓而歸鄉,此時尚未知《心史》之事。

尤可一提的是,林氏的《心史序》亦收於崇禎末刻本《林茂之文草》,亦鐵證絕不可能是明亡後人士所偽撰!

林本的唯一作跋者**汪駿聲**(權奇),其生平未詳。但錢謙益的詩文中曾提及他,如錢氏《列朝詩集》甲集前編卷八下《玉山名勝集詩》小序中,即寫到"新安汪權奇"買書事。錢氏《有學集》有《新安汪氏收藏目錄歌》,其中還提到汪氏父親汪宗孝(景純)也是他的故交。錢氏《歷朝詩集》閏集選了汪宗孝一首詩,並說"景純,天下大俠也。人不知其能詩",還說他"憂時慷慨,期毀家以紓國難",並"好畜古書畫鼎彝之屬"。明末朱國禎《湧幢小品》卷一甚至說汪父爲身懷絕技的奇人:"汪宗孝,歙人,有義概受廩,獨好拳捷之戲,緣壁行如平地,躍而騎屋瓦無聲,已更自簷下屹立,不加於色。偃二丈竹水上,驅童子過之,皆股戰,則身先往數十過,已復驅童子從之。諸鼓舞木熙、跳丸飛劍之屬,見之蒙然自廢也。"汪駿聲刻印《心史》的愛國行爲,自是受到其父"憂時慷慨"思想的影響。

除林氏和汪氏外,《心史》林本目錄後標明參與"同校"的還有鄭思肖的"同郡後學"葉益蕃(鴈湖)和高拱京(鍾陵)兩人。林氏序中說明,"高鍾陵會府"與"葉鴈湖民部"是此書的"捐資助成"者。

葉益蕃,明末胡正言《印存初集》卷三有"葉益蕃""鴈湖"二印。乾隆《福州府志》卷四一·選舉六·明·廕敘·福清,記"葉益蕃,向高孫,補廕中書舍人。"明·葉向高《續綸扉奏草》卷十三《乞休第四十六疏》就寫到"臣孫中書舍人益蕃"。清·繆荃孫《藝風堂藏書續記》記有葉氏刊刻的《陶靖節集》六卷,云:"板心有'春畫堂'三字,葉益蕃刻。林有跋異卿手書上板,後有'崇禎庚辰(按,即《心史》刊刻之年)中秋既望,閩中林寵異卿書於金陵清涼寺'兩行。"可知葉氏確實是住在金陵的閩人,齋號"春畫堂"。

葉氏當任職於明末南都戶部。余嘉錫《四庫提要辨證》中說葉氏"蓋以戶部主事権稅於蘇州鈔關者",未知何所據而言。明末林垐《居易堂詩集》有《葉鴈湖睡鸚鵡圖,題曰隴西飛夢》《葉民部春畫堂卷》諸詩。王時敏《王奉常書畫題跋》卷上,有約1636年寫的《爲葉鴈湖作武夷山圖》跋語。又,《林茂之文草》中有《初旭樓記》,林古度記曰:"民部葉鴈湖先生分司三山門,蒞任之始,葺治署舍。舍左有一室,卑濕黝暗不可以居。先生相度其地,可以樓焉",並請林氏題名,適林氏購得石印,"有'初旭樓'三字者,篆文甚古,予舉以似先生曰:'此印得非爲署樓名耶?'"可知葉氏又有齋名"初旭樓"。

高拱京,我僅查見清·法式善《陶廬雜錄》卷四記"王晫《檀几叢書》五十種,每種一卷,集其同時人之著述,雖涉瑣屑,而零金碎玉往往而在"。其中有"高拱京《高氏塾鐸》"一書,今未見。高氏生平不詳。總之,高氏與葉氏皆爲福建籍而在南京爲官者。

此外,林本《心史》曹氏序之末頁註明"邗上強惟良書"。**強惟良**,生卒年未詳,孫靜菴《明遺民錄》卷十八載:"字真長,揚州人。其所著詩,有見於《影園集》中者,蓋亦明季之遺民也。"阮元《淮海英靈集》丙集卷三云,強氏"博學多聞,與葉彌廣、阮玉鉉同稱'湖上三高士'"。民國《續修鹽城縣志稿》卷十四引會稽徐沁《借菴隨筆》云,強氏後入史可法幕,史氏著名的《答清攝政王多爾袞書》"謂出新建歐陽五敕及江都強惟良手"。

以上論及與明末刊本《心史》有關的明季人士共計二十九人。其中僅有極少幾位的生平所知無多,但都已證明真有其人。他們都絕非有人胡說的是什麼後人虛構的烏有先生、亡是公。

很明顯,張本與林本的序跋者,主要是一批住在蘇州的文人和幾個住在南京的文人(後者又主要是福建人)兩個羣體。兩個羣體各自内部關係也歷歷可考。如張本有關人士除了朋友關係外,文從簡與文柟、陸嘉穎與陸坦是父子,文從簡與趙均、張世偉與姚宗典是翁婿,姚宗典與姚宗昌是兄弟,張世偉與陳宗之、楊廷樞與華渚、張世偉與二姚之父是師生,鄭敷教、楊廷樞、陸坦、許元溥是同榜舉人,楊廷樞和陸坦又是姻親,等等。林本有關人士,則只是朋友關係。錢謙益與這兩批人中的主要人士都很熟悉。但這兩個羣體之間卻看不出有什麼直接的聯繫。

這些序跋的文筆風格各自不同,顯然出自不同作者,一人難以僞造如此。這些序跋不僅記述了《心史》原稿發現、傳鈔和刊刻、序跋的經過,而且反映了各人的身份及各人對《心史》的看法等等,毫無"破綻"。世上從無一本僞書而有如此衆多的當時人撰寫的這樣具有見證性的序跋,世上也從無一本僞書而有這樣清晰的有關發現、傳鈔、刊刻、序跋經過的記述。有人莫名其妙地把僞(?)《古文尚書》與《心史》相提並論,我們且不說其他,僅從序跋和刊刻經過來說,二者就可謂風馬牛不相及。我們既搞清了《心史》最初兩個刊本及兩個序跋者羣體,那麼,其不可能作僞也就更加一目了然了。

　　歷來"僞書說"所說的《心史》作僞者,不外這樣幾種:第一種說法最早,卽徐乾學、閻若璩所說的姚士粦,①二是清乾隆朝四庫館臣、三通館臣所說的"明末好異之徒",②三是"復社中人",③四是鄭敷教,④五是僧達始或其他僧人,⑤另外還有一些人則只說是"僞書",乾脆不說是何時、何人僞造。信口瞎說或"大膽假設",那是毫不費力的;若要"小心求證",可就沒那麼輕鬆了。比方說吧:

　　第一種說法,至少必須畧微舉出一點姚士粦與上述兩個羣體有些什麼關係的證據,必須說明何以那麼多學者(大多聲望、學識遠遠超過姚氏)都會爲他的僞作大寫序跋卻又一句也不提到他,或者須說明這麼多人何以均甘心幫同姚氏作僞。至於姚氏之作僞動機何在?國未亡而姚氏的遺民情感何從而來?姚氏可能對鄭思肖的家世及宋元史事如此熟悉嗎?這類問題也就不必多問了。

　　第二種說法,如果莫須有的"明末好異之徒"指的就是上述二十多人,那麼至少要舉出這些正直的、飽學的人士(其中包括七旬老翁)如何"好異"的哪怕一丁點兒例證來,還須說明這幫人何以"好異"到了父子、翁婿、師生、姻親一起串通了來"作僞";如果"好異之徒"指的是序跋者以外的人,那麼,也得解釋"好異之徒"究竟用了什麼神奇的手法,竟能使這麼多有名的學者(包括七旬老翁,包括不相屬的兩個羣體)統統

---

① 見徐乾學《資治通鑑後編》卷一五二、閻若璩《尚書古文疏證》卷五。
② 見《四庫全書總目提要》卷一七四、《續文獻通考》卷一九〇。
③ 見姜緯堂《辨〈心史〉非鄭所南遺作》。
④ 亦姜緯堂發明,亦見上文。
⑤ 見劉兆祐《〈心史〉的著者問題》。

上當。

第三種說法謂"復社中人"僞造,但如上文考證,最初獲悉原稿出井、最早設法商借原稿並籌畫刊刻者,都沒有參加復社。林本的全部有關人員也都不是"復社中人"。其說已不値一駁。如說成是復社有組織的僞造活動,那更是厚誣古人。再說,"復社中人"又怎麼來收買寺僧,使他(們)也一起來作僞證呢?

第四種說法謂鄭敷教僞造,固然,鄭敷教作爲"裔孫"可以"沾光";但其他二十多位有識之士爲何甘心幫他作僞呢?而且,鄭敷教在跋中明明寫自己"受命子垂先生"即陸嘉穎,才"敬附數言"的。更不用說,以傳世鄭敷教作品與《心史》對勘,其文筆風格完全不同。也不用說《桐菴年譜》的有關記述(包括《心史》在清初險些給鄭敷教帶來殺身之禍)了。莫非鄭敷教"僞造"了《心史》還不夠,還那樣周到地再僞造自己的年譜及有關作品?須知,鄭敷教的年譜及有關作品是直至二十世紀三十年代才被人發掘出來發表的呢!

第五種說法謂寺僧僞造,亦屬荒唐無稽。試問,這麼多高雅學者,難道這麼容易地會上一個名不見經傳的"騰尙淺"的和尙的當?或者,會一起來幫一個和尙作僞證?他們的"作案動機"又是什麼呢?如果明末一個和尙而能寫出《心史》中那樣多、那樣好的詩,又具有《心史》涉及的那麼多三百多年前宋元之際的歷史知識,那麼,此僧的學問恐怕已不能以斗升量海了,又何必僅僅僞造區區這樣一本書呢?

至於乾脆不說何時、何人僞造的說法,我們當然也就只好無言以對了。

以上只是隨便提些反問,已足見所謂《心史》"僞書說"是何等不近情理!因此,如果有人還想剝奪鄭思肖對《心史》的著作權,那麼,請他先把《心史》刊刻的源緖,以及最初的序跋者的情況搞搞清楚,再來發言,也不爲遲吧。

本章論述《心史》明末兩刊本①的有關人士,除了可以清楚地證明

---

① 南明隆武年間,在福建還有過一次《心史》的刊刻,本來也可以算是"《心史》明末刊本"的。本書爲敍述方便,放在下一章再寫,特此說明。

《心史》絕不可能僞託以外，更有一個重要意義，便是爲了清楚地看到《心史》與明季愛國文人羣體的關係。以上所述人士，絕大多數都是愛國的正直之士，而且很多人是非常著名的文人。其中有張國維、曹學佺、楊廷樞這樣在抗清戰鬥中慷慨就義的烈士，有年紀輕輕就死於救國第一線的張劭，也有林古度、陸氏父子、鄭氏父子這樣堅持氣節、貧病而終的"遺民"。他們有的青史垂名，有的則已經被湮沒在歷史的塵埃中了。

我在上面發掘出的一些他們的事蹟，數百年後猶能廉頑立懦，令人感動不已。他們爲《心史》寫的序跋，是明季愛國主義文學的重要文獻。近人謝國楨在《增訂晚明史籍考》卷四中說得對："諸君子抗節不屈，或蓄志恢復，甘老荒江……有此一卷題跋，可當明季抗清史乘讀也。"他們這些人如此熱心地刊刻和序跋《心史》，絕不是一種偶然的現象，我們可以感受到的正的是我中華民族一以相承的愛國主義血脉的搏動。一方面，諸君子傳鈔、序跋、捐款、刊刻《心史》，自是出於他們的愛國精神，普通文士和高官名宿相互感奮，姑蘇文人又激勵了寓居金陵的三山文人；另一方面，《心史》所表現的強烈愛國精神又極大地教育和激勵了上述諸君子，在隨後的民族鬥爭中堅守了崇高的氣節。古今交流，相互激蕩。這是一段非常可歌可泣的眞實的歷史，是中華傳統文化史上極其動人的一頁！

本書下一章，將繼續論述《心史》在明清之際愛國文人中的影響。而本章也可以說是將下一章《〈心史〉與明清之際愛國文人》中的一部分內容先行寫了。

第七章 《心史》與明清之際
愛國文人（上）

　　專詠及步韻《心史》者（黃居中—顧夢游—歸莊—錢肅樂—陸賨—王夫之—方文—孫枝蔚—楊補—胡世安—李肇亨—彭孫貽—方孝標—顧炎武—元賢—方孔炤—吳之器—蔣臣—張岱—萬泰—徐孚遠—黃淳耀—沈榮—劉命清—薛敬孟—楊炤—陳軾—宋曹—吳維基—劉城—陸世鑰）**序跋、刊印、選錄**《心史》者（王嗣奭—陳弘緒—方潤—洪士升—賀復徵—王御—鄭起泓—楊崙—周裳—鄭定遠—陳焯—吳綺—邵曷—柯弘祚—顧景星—惠康野叟—周之標—何一泗）**詩中提及**《心史》者（范鳳翼—王鬯—讀徹—陳函輝—邢昉—董守諭—道忞—林時躍—吳銘—郭都賢—徐開任—陶汝鼐—揭重熙—陳璧—許楚—朱鶴齡—王岱—沈壽民—姜埰—祝祺—紀映鍾—彭士望—黃宗羲—俞塞—方以智—宋之鼎—陸世儀—函可—孝濱—宋龍—徐增—錢澄之—陳瑚—金堡—陳子升—葉矯然—龔鼎孳—許友—余縉—錢肅圖—林時益—程守—王揆—潘江—張煌言—黃宗裔—呂師濂—汪价—鮑忠勒—董說—李鄴嗣—黃生—孔自來—沈珽—郭士髦—孫錫蕃—李鳳—陳僖—龐嘉鼇—范梧）

　　《心史》在明末雖有蘇州、金陵兩種最早的同年刻本，幾年後在南明隆武年的福州也重刻過一次，但印數都不可能很多，閩本還立即燬板。又因兵禍、天災、明朝社稷覆亡、清朝大興文字獄等等，《心史》的流傳不可能很廣。但儘管如此，它仍然在明清之際煥發出異常奪目的光彩，激起了十分巨大的反響。此亦該奇書之一大奇焉。

　　然而，關於《心史》問世後古人對它的歌頌和彰揚，今天的國內外的文史研究者在很長的一段時期内,大多只知道明清之際有過顧炎武一人寫過一首《井中心史歌》而已!甚至可以毫不誇張地說,許多人幾乎就是僅僅知此而已!事實如此,見諸他們的論文、著作,許多人甚至連本書前面寫到的在《心史》傳鈔、刊刻過程中出力的二十多位寫過序跋的明末人士也不知道。現在,經我多年研究發掘,已知道至少還有二百多位明清之際的著名人士曾經爲《心史》題詩、作文,或引用《心史》,或以其他形式提到《心史》。這些明清之際人士幾乎全部都熱烈地讚頌和認同鄭思肖的愛國精神,更無一例外地完全肯定或相信這部奇書之出於皆井鐵函。居然曾有那麼多明清之際人士歌頌和彰揚《心史》?這是今天很多僅靠拍拍腦袋就作結論的人所不可能相信的。因此,爲了使人信服,我只能一一擺出事實,列出書證。希望不要隨便給我戴上"繁瑣考證"的帽子。

因爲明清之際談及《心史》的人物和詩文數量甚多,本書擬分爲上下兩章論述。本章和下一章所舉的人士,基本都是出生於 1623 年前,卽這些人在《心史》出井或刊刻時均已成年。這些同時代人所畱下的文字,不僅強有力地見證了《心史》絕非僞書,而且他們的詩文大多本身就產生於血與火的民族抗爭之中,本身就是非常優秀的愛國主義作品,具有重大的思想價值與藝術價值。通過這些詩文,人們也可以更清楚地看到《心史》對明清之際愛國詩文的巨大影響。然而,這一極其重要的歷史、文學現象,卻爲我們歷來的文學史著作所全然忽視。再詳盡的文學史書,也從無片言隻字提及這一客觀存在的文學史實。因此,我今天來梳理有關史料,重述這一《心史》奇觀,自然也就帶有填補文學史空白、表現文學史原狀的重要意義了。這是我不必過分謙虛的。

明清之際談及《心史》的人物,很大部份是明遺民。明遺民詩文,是清代文學史上最光輝、最有價值的篇章。這一點,以前似乎沒人這樣強調指出過。但嚴迪昌在 2002 年出版的《清詩史》,不惜以四分之一以上的篇幅專門論述遺民詩,就充分證明了這一點!我在讀書中驚奇地發現,明遺民文人只要能讀到《心史》的,無不感動激奮,並形諸詩文;而這些詩文,往往也就是清初最優秀的作品。

一、明淸之際專詠及步韻《心史》者

我們先來談專門吟詠鄭思肖《心史》及步韻《心史》中詩的詩作。由於這些詩作今天幾乎都不易找見,而且大多是佳作,所以就較多地作點引錄。

首先要提到的,是迄今所知爲《心史》寫詩的人士中大概最年長的**黃居中**(1562~1644)。《心史》出版時,他已近八十高齡。黃氏字明立,號海鶴,福建晉江人。萬曆乙酉年(1585)中舉,任上海縣學教諭。後任國子監丞,久居南京。好藏書。《心史》一書肯定是他在南京獲讀的(那麼他見到的當是林古度刊本)。未久,甲申(1644)聞變,不食而死。可知是一位極有民族氣節的老人。今見他遺存長詩一首《閱宋遺民鄭所南井中心史》,當卽作於《心史》刊行之年:

> 愚公欲移山,夸父思逐日。
> 寸心苟不渝,何論功可必。
> 綱常自我肩,忠孝理惟一。
> 草莽亦王臣,詎能忘國恤。
> 宋社嗟已墟,羌兒亂帝室。
> 雖云天運乖,所繫人事失。
> 君臣若置郵,華夷翻改革。
> 烈士切同讎,豈曰無衣七。
> 顚非一木支,數丁百六厄。
> 孤憤欲回天,聲吞而氣噎。
> 空餘血滿腔,聊寄千秋筆。
> 旣正夷夏防,更嚴誅叛律。
> 大統非湯、武,正閏明褒黜。
> 生死懷舊臣,信史存故實。
> 鐵函裏遺編,入水水不沒。

神物有護呵,一朝井中出。

汲塚發周書,孔壁傳緗帙。

地靈顯奇珍,天覬呈祕密。

久久開大明,百年合符契。

黃鉞洗腥膻,反正願方畢。

匹夫志獨行,安得終沉汩。

塵盡鏡新磨,卷完墨如漆。

匪求身後名,寙香自芬苾。

讀罷悲且吟,反騷同哀屈。

萬載首陽薇,高風等蓽萃。①

　　詩十分精彩。"草莽亦王臣"句,肯定了平民百姓也有愛國的權利。"所繫人事失"句,揭及宋朝亡國的根本原因。詩中充分肯定《心史》乃信史。黃氏雖然頗注意《心史》中"若赤伏符"的"我知我《久久書》必開大明之天"諸語,但絕不疑其為偽。詩中同時還隱含著對明末國事的憂慮。黃氏詩作今甚罕見,此詩收於《天啟崇禎兩朝遺詩》卷十。黃氏室號"千頃堂",藏書甚富。其子黃虞稷(俞邰)(1627~1691)最後編成的《千頃堂書目》,是我國書目文獻學重要著作,其二十九卷即著錄有《心史》。

　　顧夢游(1599~1660)字與治,江寧(今江蘇南京)人。施閏章《學餘堂集》文集卷十七《顧與治傳》:"少稱神童,十歲作《荷花賦》,十九廩學宮,數就闈試,輒病不終牘。一意攻古文詞,與四方名士賢豪深相結……時閩人曹學佺輯《石倉十二代詩選》,士爭附以立名不可得,獨呕錄夢游詩刻之,歎曰'真詩也',其聲大振。是時夢游雖諸生,然名家世冑,生長陪京,公卿大夫肩相比,皆好文辭,或式廬從之游,取一言為重,餽遺交屬。明亡,棄舉子業,會當領歲薦,卒不就。僧祖心(按,即函可)憤世佯狂,與夢游為方外交,至則主其家。禍發連繫(按,顧氏因函可文字獄案被捕),刃交于頸,夢游詞色不變。卒免於難……夢游善行草書,閒逸自

① 作者自注:"《井史》有《大統論》《大義畧》《久久書》,《書》有'必開大明天'之句,若赤伏符云。"

喜,牋素委積,所至無少長、貴賤、方伎、女史,皆應之。晚年閉關,以書易粟,求者成市。將歿前一日,猶爲僧作大書,從容如平時。所撰詩文散佚,歿歲餘,其友施閏章收輯,得十卷,行世。"

今見《顧與治詩》卷一有《詠井中心史》,題下自注云"社集黃海鶴先生千頃堂分賦"。可知黃居中老人不僅自己爲《心史》寫詩,而且還組織詩社同人共詠。可惜如今除了黃、顧二人,其他人分賦之詩皆未得見。顧氏之詩如下:

> 烈士忘其軀,豈顧千載名。
> 所悲道日喪,呼世長疾聲。
> 共秉君父性,獨含深苦情。
> 鬱鬱復鬱鬱,穹蒼鑒精誠。
> 德祐墜西日,人天一時傾。
> 矯矯鄭夫子,方與陽九爭。
> 舉手挽天河,願洗塵穢清。
> 其事如可就,夷齊安足並。
> 雪涕淬霜鋒,大義期共明。
> 四海無一士,持此將何成!
> 鎔劍裹心血,沉淵入澄泓。
> 蛟龍鐵旁臥,飲泣不敢驚。
> 夜夜轆轤上,光氣如豐城。
> 神物不自閟,出爲盛世禎。
> 沉吟想當日,子影申幽盟。
> 一往開萬里,四顧仍憤盈。
> 至今心炯炯,敢以文字評?
> 拾鐵付歐冶,鑄劍揮攙槍。

《顧與治詩》卷六還有《寄壽范異羽先生八十》四首,其二提到《心史》:

漢室才名尊董、賈,文章老去更無前。

瓢筒歲歲分同社,梨棗家家手一編。

後起眉山仍絕代,別雕《心史》待他年。

綠陰清晝賡家慶,新句應將洛紙傳。

從第三句看,范氏與顧氏爲"同社",可能也是"社集黃海鶴先生千頃堂分賦"《心史》者之一吧。

今確知在《心史》刊刻當年卽題詠的,還有著名詩人**歸莊**(1613~1673)。歸氏字玄恭,又字爾禮、元功、元公、懸弓,號恒軒,入清後改名祚明,又稱歸藏,別號歸乎來、鏖鏊鉅山人等。蘇州崑山人。歸有光曾孫。青年時參加復社。明亡之際一家五人死難,四人不知所終。英勇抗清,曾鼓動羣衆殺死降清縣令。後喬妝僧人,號普明頭陀、圓照,亡命江湖,佯狂玩世,窮困以終。平生與顧炎武相知最深,時有"歸奇顧怪"之稱。歸氏多才多藝,他爲《心史》寫了一首比黃居中更長的五言長詩。此詩舊無刊本,二十世紀五十年代在蘇州發現歸莊手寫詩稿,題曰《庚辰詩卷》(庚辰卽1640年),詩卷第二首就是《讀心史七十韻》:

昔人亦有言:板蕩識忠臣。

臣節固其宜,所難在逸民。

哀哉宋之季,天造逢厄屯。

快意殲世讎,亦自亡其脣。

西京旣喪敗,胡騎扼江津。

守將多跋扈,王師利逡巡。

險阻數百里,所在豺狼蹲。

衝城百雉摧,野戰萬井堙。

丘山封白骨,原隰熒青磷。

金甌半殘缺,銅駝剩荆薪。

虎噬越江表,吞食抵甌閩。

三宮遂北駕，仲子竄海瀕。

時危更短祚，中路埋龍輴。

法章鄙在莒，勃蘇空赴秦。

蛟龍助其虐，乘輿問水濱。

妖氛蝕三光，血腥蕩八夤。

常令百代下，烈士雙瞳瞋！

在昔都汴京，政清風俗醇。

朝士盡國器，文學何彬彬。

偏安在東南，國步日以頻。

世為姦臣誤，天王非癸辛。

一朝翦為夷，上帝何不仁！

養士三百祀，人思奮其身。

天定不可勝，捐生扶大倫。

烈哉陸與張，先後從靈均。

信公矢忠孝，後死良有因。

其時殉國難，累累多薦紳。

為國固首陽，乃有公其人。

公故抱儒術，遭亂竟沉湮。

慷慨勵志氣，忘身之賤貧。

穹廬滿中華，猶冀舊邦新。

商裔常五遷，周祖亦去豳。

一夫揮長戈，力能回日輪。

庶幾嚴殺盡，復得睹陽春。

天地好反覆，長暮遂不晨。

殷墟有禾麥，楚丘無枲榛。

《春秋》謹戎盟，筆之以庚辰。

賈生慮倒懸，盛時猶諄諄。

晉代實始禍，延祚江之濆。

鮮卑有中原，正統歸梁陳。

靖康罹大艱,宋鼎尚未淪。

痛極祥興後,溥天揚胡塵!

世祀縱當絕,國史不可泯。

亦有儒者流,去作新國賓;

其餘或臨難,託志秋風蓴。

當時無記載,後將失其眞。

正朔沿德祐,著述始咸淳。

《中興》致其意,《大義》夙所遵,

《盟檄》孤憤激,誦之涕沾巾!①

誰當傳此書? 此書胡虜嗔。

誠慮簡冊毀,不懼禍患臻。

名山尚不固,瘖井庶可瑾。

後有撥亂主,此志終得伸。

胡運不百年,腥穢通蒼旻。

高帝起徒步,整旅何振振。

健將馳北轅,捷如盧搏麚。

出塞清朔漠,拓邊至無垠。

滅胡非爲宋,恥與犬羊鄰。

炳然開大明,史讖若有神。②

神物久不滅,下逮歲戊寅。

出之重泉下,鐵函色如銀。

苦節古罕儔,良史世所珍。

上下數百載,皇天誠無親。

歷數遞相嬗,昭格在明禋。

當今豈末造? 海內何齗齗!

---

① 作者自注:"德祐二年,帝㬎北駕,歷端宗景炎、帝昺祥興,又四年而宋亡。元世祖改元至元。是書敍端宗迄元世祖數年間事,仍以德祐紀年。咸淳,度宗年號。是書首《咸淳集》,次《中興集》《大義畧》《臣子盟檄》等篇。"

② 作者自注:"自跋《久久書》有'開大明之天'等語,似爲昭代受命之讖。"

　　　　邊城烽火熾，中邦驟車轔。

　　　　軍府募壙騎，司農算錢緡。

　　　　安得舉斯世，措之於重茵，

　　　　百川歸大海，眾星拱紫宸，

　　　　欽哉復欽哉，景命自天申！

　　歸氏此詩題下有自注："宋末隱士鄭所南著。崇禎戊寅冬，蘇州承天寺浚井得之，今張中丞梓以行世。"可知他讀的《心史》是張國維刊本。詩中讚揚鄭思肖"苦節古罕儔"，肯定《心史》"良史世所珍"。又值得注意的是，詩尾歸氏說"當今豈末造，海內何斷斷"，表明當時他還不願意承認國家已到末日，當然不會想到再過三四年明朝就會覆亡。

　　與歸氏同樣讀到張本《心史》並同時題詩的，還有時任太倉知州的錢肅樂。

　　錢肅樂（1607～1648），字希聲，又字虞孫，號止亭，浙江鄞縣（今寧波）人。復社成員。崇禎丁丑（1637）進士，授太倉。爲官清廉，有政績，後辭歸。清兵南下，錢氏起兵抵抗，轉戰海上，最後"憂憤卒於舟"（《明史》）；一說"憂憤嘔血，聞連江破，以頭觸床而死"（《通鑑輯覽》）。關於錢氏詠《心史》詩一事，一直頗有誤傳，如顧炎武說："太倉守錢君肅樂賦詩<u>二章</u>，崑山歸生莊和之<u>八章</u>。"（《井中心史歌》序）後人又大多未窺全豹，如最早 1887 年上海圖書集成印刷局及後來商務印書館多次印行的計六奇《明季北略》，卷十四中僅載錢氏《和心史詩序》及詩中一殘聯，而該序中還誤寫爲"成詩<u>一律</u>"；1984 年，中華書局據清初舊鈔足本重新點校出版《明季北略》，記錢氏詠《心史》詩共有十首，可惜該鈔本對其中四首未錄全。其實，錢氏這十首詩及序早就由全祖望編入《錢忠介公集》中，該書 1934 年又由張壽鏞輯入《四明叢書》第二集。不過，其詩的次序與《明季北略》所錄頗有不同，文字上也有一些差異。

　　據《錢忠介公集》卷二三錢氏的弟弟錢肅圖（退山）所作《忠介公前

傳》記，錢氏這十首詩在當時還曾像傳單一樣刊刻過。李鄴嗣（杲堂）在悼錢氏的詩中也說："奚爲獨鐫詩，哭酹鄭思肖？"王御（戒菴）的《所南先生詩序》中也畧約提及此事。① 可是，這單行刊刻的詠《心史》詩，除了這樣三位明清之際人士外，極罕見還有別的人或後來的研究者提起過。我僅在民國時《續修四庫全書總目提要》稿本中，見到明崇禎刻本《庚辰春偶吟》的提要（今知是趙萬里所撰），提到錢氏這十首詩，但一般人看到該提要都以爲是一部別集。② 我本來想，當年兵荒馬亂，後又歷遭刼難，該"詩傳單"原件很難存世；沒想到我竟在臺灣看到了！該鐫詩原件今存臺北故宮博物院，完整無缺，上鈐"國立北平圖書館收藏"印，世間恐無第二本，絕對是珍貴文物！③ 錢氏詩前有"眷社盟弟查繼佐伊璜氏敬題"的《詩敍》（本書在下面寫到查繼佐時再介紹）。錢氏詩的題目是《讀宋鄭所南先生心史詩（並序）》，前面卻印有"《庚辰春偶吟》，甬上錢肅樂著"字樣。內容與《錢忠介公集》所載同（個別文字小有差異），今鈔錄於下：

> 士君子不可一日遭《心史》之事，而不可一日不存《心史》之心。此心之失，則人而禽矣！中國而夷狄矣！白日而昏夜矣！文字召妖，口舌戰血矣！金鑠而石穿矣！此心之存，則人而天矣！仙矣，佛矣！一日而千古矣！詩文而史矣！亦經矣！亦圖錄矣！眢井爲名山之藏，石匣有甲子之護矣！心之重於人也如是。今聖天子在上，政教翔洽，士大夫皆崇尚節義，歲以戊寅，而鄭所南先生《心史》見於承天寺井中。撫公張大人梓以

① 但王御云："昔在歲庚、辛之間，甬東錢公范婁，得《井中心史》。夫《心史》之在井，宜其湮之深，深而且出之，殆天不欲實義士之心於泯漠，夫豈偶然哉！公令筑人梓之，以賜諸生，於是咸知天地間有所南先生。"好像是說錢氏"令筑人梓之"的是《心史》，而不是他的詠《心史》之詩。
② 如近人馮貞羣（孟顒）在《重編錢忠介公遺集後序》之附記中云："錢公自著之書，尚有……《庚辰偶吟》，見錢肅圖撰傳。其《偶吟》一書列入'違礙書目'，乾隆四十三年軍機處奏準全燬。……凡此皆錢公著作之可考見者，用並記匡畧於此。"今日大陸研究者大多僅見《續修四庫全書總目提要》，或臺北故宮博物院藏書目錄，便都以爲那是一本書。
③ 這是 1930 年代日本發動"九一八"侵畧後，北平圖書館移藏上海，然後於 1941 年秘密運至美國保存，後來 1965 年美國又轉交給臺灣的善本中的珍品之一。趙萬里說，《庚辰春偶吟》原是天一閣舊藏。2013 年，北京國家圖書館出版社根據 1943 年美國國會圖書館所攝縮微膠捲，影印出版了《原國立北平圖書館甲庫善本叢書》，其中就有《庚辰春偶吟》。

行世,海內見先生之《史》者,無不知先生之心矣!然此心非獨
先生有也。余以暇日,偶覽斯編,成詩十律,豈敢附吟詠之末,
亦以性情所鍾,不能自絕。世有觀者,得位置希聲於行道乞人
之列,足矣!

臣虜衣冠狗彘徒,多情野草志吞胡。
叫呼日月狂偏甚,痛哭英雄淚欲枯。
四海無王還戴宋,一腔熱血肯爲奴!
緘題德祐年間事,鐵匣泥函永不渝。

崖山舟覆已無徒,四面江河盡屬胡。
井火沉劉煙欲斷,隔苓思美望終枯。
衰年殘夢依吾主,冷眼狂歌罵逆奴。
鍔鍔霜鋒出井底,心光血字豈容渝!

殷戈猶未倒前徒,向日鵝行遍拜胡。
金策賜秦天尚醉,銅人遷鄴水爲枯。
獻符儘是稱功德,卻帝何人笑婢奴?
獨有誓詞延萬刼,石風金火不能渝。

共向新亭憶舊徒,義師何日起平胡?
魂號故國血應碧,淚灑西風鬢欲枯。
有恨《離騷》託湘水,無情錦句覓奚奴。
大讎未報君恩重,片石山靈誓不渝。

時事知非夢亦徒,年來每飯未忘胡。
十三門裏秋聲冷,百二關中王氣枯。
欲迓龍輿歸帝子,願清虎穴走匈奴。
子山饒有《江南賦》,吟罷淒然不忍渝。

我亦行吟澤畔徒,可能三戶兆亡胡。

銜泥小燕爭歸爐,戢翼寒蟬獨集枯。

筆續《春秋》書黜楚,匣開風雨勢驅奴。

但囂一點英靈在,桂月松濤共不渝。

被髮伊川非我徒,百年天運竟歸胡?

西山採蕨歌猶壯,東魯悲麟筆幾枯。

讖擬河清生聖主,印懸侯爵待人奴。

皇天不鑑孤臣苦,兩鬢秋風歲月渝。

燕市長吟豈酒徒,筑聲欲借抵強胡。

動人鐘鼓書猶在,沸地笙歌骨已枯。

三輔道傍爭待漢,隴西門下恥降奴。

烹魚誰是同心者?舊菀芝蘭應未渝。

嘯呼山澤與誰徒,短髮蕭蕭愧曼胡。

錦里湖光風霧慘,帝城月色管弦枯。

銅駝荊棘先悲汝,蟋蟀平章不鬭奴。

坐使腥風污草木,忍看龍劍匣中渝。

未忍煙波作釣徒,獨攜一劍寶風胡。

馬嵬道上春雲暗,凝碧池邊秋草枯。

七日申胥能復楚,三年文種乞爲奴。

英雄定有陰符策,不信夢夢天意渝。

從序中"今聖天子在上,政教翔洽"諸語看,錢氏當時也不願意承認明朝已到末日,也沒想到馬上就會亡國。另外,錢氏在後來寫的《病中戲和秋史韻》中有"傷心吳井難沉字"句,用的也是《心史》典故。

錢氏把這十首詩寄給歸莊,歸氏在剛剛寫過一首長詩後,又激動地步韻和了十首,仍見上述《庚辰詩卷》中,題爲《讀鄭所南心史已成七十韻,後錢希聲明府以十律見示,復次韻得十章》。從詩註中可知歸氏對宋元史事十分熟悉。

抗節西山義士徒,國亡猶志剪強胡。
託身草莽經綸偃,舉目山河血淚枯。
豈望單于立漢帝,終期突厥作隋奴。
汗青故挾風霜氣,黃土深埋墨未渝。

扶義勤王實有徒,其如天運助驕胡!
五旬星斗妖氛動,①三日江沙水澤枯。②
奉表未能詛法駕,③賦詩安得走匈奴。
悠悠萬古餘悲恨,青史丹心兩不渝。

江淮昔日喪師徒,讖兆亡秦果在胡。
井澳夜濤聲慘咽,④蘭亭秋樹色凋枯。⑤
甘爲吳市無名卒,羞作常山失節奴。⑥
心誓有詞沉井底,鼎遷邑改不能渝。

帷幄謀臣一醜徒,方驅狐尾進狼胡。
百年太社壇壝改,⑦萬頃公田禾麥枯。⑧
靈武勳勞郭太尉,東都事業寇雍奴。
可憐一二遺臣盡,空賦《羔裘》歎不渝!

---

① 作者自注:"景定中,熒惑入南斗,雷五十日。"
② 作者自注:"德祐末,元兵在浙江,多駐沙上,南人方幸之,而江潮三日不至。"
③ 作者自注:"元兵南下時,宋人奉表求降,不許,於是幼主遂北狩。"
④ 作者自注:"端宗航海至井澳,颶風壞舟,帝溺,幾不救,因得驚疾而崩。"
⑤ 作者自注:"元兵發紹興諸陵,宋人竊收遺骸葬蘭亭,植冬青樹其上以識。"
⑥ 作者自注:"蕭梁王褒事。"
⑦ 作者自注:"紹興中,定都臨安,作太社壇。"
⑧ 作者自注:"景定中買公田。"

桓桓諸將率公徒,守禦無功反應胡。
深塹投鞭竟飛渡,高峯立馬又摧枯。
程嬰忍死難存趙,去病忘家未滅奴。
瞻望中興眞主出,陣前重見舞《巴渝》。

攘壤中原盡逆徒,海瀕尺土又歸胡。
湖山慘澹揚塵黑,竹箭蕭森看淚枯。
非復遼金長作敵,豈惟懷愍辱於奴。①
天高地下今翻覆,滿野腥羶風物渝。

食酪披氈非我徒,難將愁眼向羣胡。
椎秦壯士魂猶毅,復楚孤臣骨未枯。
焉得偏安收粵駱,漸看逐北涉狐奴。
天心倘爲人謀勝,火德炎炎烈未渝。

國家養士異官徒,臣子何心更事胡!
史筆每於三叛凜,詩腸多爲《七哀》枯。
累累曠野悲尼父,碌碌朝廷愧阿奴。
光武宣王終有望,平陂往復理難渝。

邈哉先生聖之徒,手執簡書誅逆胡。
指日陳詞鬼神泣,仰天長慟形容枯。
帝號終歸江左國,王正不予鮮卑奴。②
飄零宋室一遺老,苦節終身涅不渝。

未敢公言討賊徒,著書猶勝鼓嚨胡。

────────────

① 作者自注:"謂德祐帝復陷虜,不獨徽、欽也。"
② 作者自注:"《心史》記元世祖一統後事,仍稱德祐年號;又著《正統論》,黜拓跋氏。"

殘生竟以深山老，神物寧隨舊井枯。

此日孤臣長戴宋，百年英主起驅奴。

河清似爲明興頌，①天命將歸疇敢渝！

歸氏便成爲爲《心史》寫詩最早、最多的一位詩人了。

還有一些明清之際詩人的題詠《心史》之作，也可以考知其創作年份，這裏就先寫。

陸寶（1581～1660 後），字敬身，一字靑霞，號南軒，學者稱爲中條先生。浙江鄞縣（今寧波）人。少喜爲詩，屠隆、余寅、沈光融諸公引爲小友。以太學生高等特授中書舍人，與葛一龍、汪遺、林古度唱和最多。明崇禎己巳（1629），以邊事請纓自效，論者壯之。帝詔報答，已而母老乞養，居鄉論學。清順治乙酉（1645），鄞人舉兵反清，陸氏傾家輸餉。事敗遁去。久之歸里隱居，年過八秩，詩逾萬首，自慰曰："吾不愧放翁之後矣。"藏書甚富，足爲范氏天一閣之亞，後散失殆盡。有《霜鏡集》《辟塵集》《悟香集》等。《悟香集》中詩《戊寅元日》云"流年五十八廻新"，《壽周農半八十初度四首》之三又云"我與君生各見辛"，是以確知其生年爲辛巳。

《悟香集》卷十四有專詠《心史》之長詩《鄭所南憤元代宋，作心史沉井，近吳僧濬井得之，感賦一首》，作於《心史》出井後未久，認爲《心史》重現於危急關頭，實勝過雄兵十萬：

厓山以後天如夢，虜馬吹腥川岳動。

趙孤不立信公亡，戴笠批氈心所痛。

鄭君自負國士奇，肯令胡運掩鬚眉！

呼天不應憤欲死，眦裂髮指將何爲！

匹夫難借揮戈手，且唾且罵不絕口。

太祖太宗靈在天，著書亟欲傳諸後。

---

① 作者自注："宋末丁丑、戊寅，連年黃河清，公爲之謠，又賦詩數章。"

傳諸後,事未明,一字一淚血沾纓。

淚可枯兮血可竭,此心此恨何時平!

妻挐不告意有以,默禱明祇如尺咫。

鎔鐵函封沈井底,夜夜精光水怪潛,何況蛙黽與鮒徒。

俄經三百六十年,瓦礫堆深鐵不穿。

君心比鐵知更堅,有始有卒書幾篇。

老僧甃井手牽索,有物塊然費錘鑿,乃是宋之遺民鄭所作。

爭傳萬口閧如雷,繡字板行徧六幕。

卽今邊烽未靜虜交馳,主聖方虞斬馘思。

此書一出當其時,感激賢於十萬師!

王夫之(1619~1692),字而農,號薑齋,一號夕堂,又號一瓢道人、雙髻外史,晚自署船山病叟,學者稱船山先生。湖南衡陽人。今人皆知王氏爲明清之際大學者,但其生前名不彰顯,獨學少友,身後著作亦不行於世。直到晚清曾國藩刊其全書,天下始得讀其書而重其學。孫靜菴《明遺民錄》卷十一記王氏"年逾冠,與兄介之同舉崇禎壬午(按,1642)鄉試,以道梗未與計偕。明年,張獻忠陷衡州,士類多汙僞命,其不屈者投之湘江,夫之走匿南嶽雙髻峯下"。而就在這時,王氏寫了九首專詠《心史》和鄭思肖的詩,可惜後來僅酉存一首。丙寅年(1686),王氏回憶早年詩作,撰《憶得》,中有癸未(1643)所作《九礪》之一:

賊(按,指張獻忠)購索甚亟,瀕死者屢矣。得脫,匿黑沙潭
畔,作《九礪》九章。"九"倣《楚辭》,"礪"倣宋遺士鄭所南《心
史》中詩。自屈大夫後,唯所南《心史》忠憤出於至性,與大夫
相頡頏。願從二子遊,故倣之。大亂後盡失其稿,僅約畧記憶
其一,緣從賊者斥國爲賊,恨不與俱碎,激而作此。

父母生汝身,蒼天覆汝上。

土梟甘母肉,欲啼心已喪。

利劍不在手,高旻從汝謗。

一聞心已寒,屢聽魂空漾。

訴天求長彗,一掃雲霾障。

回問汝何心,面目還相向?

不見汝妻孥,昨夜歸賊帳?

昏醉白日中,哀汝萍隨浪。

陸地而行舟,寒淢誇其蕩。

雌劍不發光,摩挲氣益壯!

王氏反對士人投奔張獻忠,今人對此可以有不同看法;但他認爲"自屈大夫後,唯所南《心史》忠憤出於至性"的極高評價,卻是非常值得重視的。他後來堅決抗清的愛國行爲,無疑也與深受《心史》的影響有關,而這點似未曾有人指出過。

王氏還有很多詩文涉及《心史》,如《薑齋詩集》卷二《六十自定稿》,有《昭陽菴同須竹夜話,云乘木葉秋波探五老之勝,因便送之》①:

儻覺當年不易談,披雲躎石意猶貪。

袖圖有迹傳河畫,血字無心錮井函。

白日只今原不損,青山向後定誰堪。

知君欲訪匡廬瀑,摘去蓮花池上參。

王氏《薑齋詩集》卷三《七十自定稿》,有《得嘉魚李西華兄弟書,追憶雨蒼》:

湖水阻青鞵,南遊弔大崖。②

探書蒼水絶,藏史血函埋。

遺怨喁鴻字,③孤吟閉鹿柴。

---

① 詩又載《晚晴簃詩匯》《沅湘耆舊集》《楚風補》《衡州府志》《衡陽縣志》等。
② 作者自注:"世卿先生自白沙歸,遊南嶽。"
③ 作者自注:"雨蒼舊作《孤鴈行》見寄。"

郎君勤慰藉,難遣老夫懷。

　　王氏於順治末年創作大型組詩《落花詩》,見《薑齋詩集》卷五,計有
《正落花詩》十首、《續落花詩》三十首、《廣落花詩》三十首、《寄詠落花》
十首、《落花諢體》十首、《補落花詩》九首,共九十九首。以落花飄零之
隱喻,抒亡國之痛,喻不屈之志。瑰麗奇幻,深鬱悱惻,深得屈子香草美
人之致。順治辛丑(1661)所作之《廣落花詩》三十首之十涉及《心史》:

　　　　飛光煎壽籤英雄,鬼豔仙才委巷風。
　　　　白也魂歸關塞黑,虞兮騅泣固陵紅。
　　　　玉樓賦筆還天上,鐵束經函錮井中。
　　　　多幸天年樗眼白,微眠長日據甎粢。

　　王氏《薑齋詩分體稿》卷三有《爲芋嚴定遺稿感賦二首》,其第一首
有句云:"井函有字唯思趙,箭鏃無書肯帝秦?"
　　王氏《遣興詩》有《廣遣興五十八首》,其第四十五首有句云:"井底
史置坑外字,秦廷筑和雍門琴。"
　　王氏《鴈字詩》有《前鴈字詩十九首》,其第六首有句云:"清泉涵片
影,井底血函經。"
　　王氏《鼓棹集》有《鷓鴣天·杜鵑花》:

　　　　錦國春從恨裏栽,雲安涪萬深淺開。山頭萬片醼芳影,枝
　　上三更結怨胎。　　紅淚滴,血函埋,他時化碧有餘哀。傷心
　　臣甫低頭拜,爲傍冬青一樹栽。

　　王氏《鼓棹集》又有《滿江紅·寫怨》:

　　　　離亭人散,折不了、柳絲垂綠。儘桃花,飛盡故枝,緣終難
　　續。鴈影更沈湘岸月,鵑弦誰奏燕臺筑? 只空山、剩得老青蓑,

掘黃獨。　　汗青照，文山福；紫芝采，商山祿。但荒草侵階，脩藤覆屋。<u>井底血函空鄭重</u>，知音誰與挑鐙讀！問杜鵑：何日血啼乾，商陸熟？

王氏《周易內傳》卷二下《剝》，在解釋"象曰：君子得輿，民所載也。小人剝廬，終不可用也"時，引用《心史》中詩曰：

　　無君子，則世無與立。陰雖盛，不能不載君子。小人剝廬亦何所用乎？徒自失其依止而已。<u>鄭憶翁云</u>："<u>天下皆秋雨，山中自夕陽</u>。"

王氏此語又爲民國張其淦《邵村學易》卷六所引。

方文（1612~1669）也多次題詠過鄭思肖與《心史》。方氏安徽桐城人，字爾止，號嵞山，明季諸生，復社社員。入清隱居不仕。有詩集《嵞山集》，風格質樸，當時獨樹一幟，但被清朝列入禁書。《嵞山集》卷一有《宋遺民詠》十五首，註明作於甲申年（1644），序云："程篁墩先生作《宋遺民錄》於萬曆初年，是時海內全盛，人爭趨朝，而先生卽興懷遺民，亦奇矣。崇禎甲申之變，從古所無，士生其時者悲痛欲絕，甘心隱遁，不復萌仕進之念。因取宋遺民而詠之……亦可以知予志之所在矣。"其第七首卽《鄭所南思肖》。程氏《宋遺民錄》中有鄭思肖傳而未及《心史》（當時《心史》尚未出井），方氏則著重寫到此書：

　　憶翁客吳門，年齒未衰暮。
　　只因傷故墟，終身遂不娶。
　　有田施諸僧，梵刹悉吾寓。
　　坐且不向北，北人焉肯晤。
　　寄興或寫蘭，恥作泉石具。
　　吐詞惟痛快，忌諱所不顧。
　　當時文網密，肝膽向誰訴？

其書曰《心史》,熔鐵以爲錮。

沉之枯井中,三百年始露。

出世曾幾時,朔風又如故!

顯者忌其言,高人益欽慕。

金石有銷沉,此書終不蠹!

　　詩中說"顯者忌其言",當有所指(我認爲可能指錢謙益,詳見後述);但很顯然,當時雖有人忌其言,但卻並無人說其僞。而方氏自己對《心史》的"欽慕"之情則表露無遺。

　　同書卷十二,又有作於庚寅年(1650)的《六聲猿》六首,序曰:"昔徐文長作《四聲猿》,借禰衡諸君之口,以泄其胸中不平,眞千古絕唱矣。予欲傚其義,作《六聲猿》,蓋取宋末遺臣六事,演爲雜劇。詞曲易工,但音律未諧,旣作復止。先記以詩,俟他日遇知音者始塡詞焉。"可惜方氏欲寫的這六出雜劇我們未能看到,只見其詩;而其第四首詩則是《鄭所南鐵函藏書》:

吳門青草綠參差,枯井藏書那得知。

三百餘年書始出,中原又似畫蘭時!

　　後來,在丙午年(1666)方氏又詠詩一首,收入《嵞山續集》卷四,題爲《閱鄭所南詩》:

億翁頭白尚無家,流落吳門老歲華。

《心史》雖然藏井穴,精誠終不隱泥沙。

生憎"地走人形獸",也覺"春開鬼面花"。

斯語至今猶妙絕,一回吟詠一長嗟!

　　"地走人形獸,春開鬼面花",爲《心史·中興集二卷》中《辛巳歲立春作》的詩句。方氏不僅在愛國思想上與鄭思肖共鳴,而且認爲鄭詩在藝術上也是極妙的。

方氏在其他一些詩中也經常涉及《心史》。如《嵞山集》卷三作於丙戌(1646)的《贈別周穎侯》中說："予雖未仕金馬門,父祖十年承國恩。幾欲捐軀勵微節,亦以親故遂苟存。君不見,陶公集中書甲子,鄭公井底傳《心史》,千秋萬代睹幽貞,豈必首陽同餓死?"同書卷八作於壬辰(1652)的《錢旣白爲予書〈嵞山集〉成,賦此謝之》:"故人書法師顏柳,龍臥蕪江道已高。憐我詩篇多苦思,不辭炎暑爲揮毫。松風竹月長相對,暮往晨來恐太勞。他日鐵函藏鄭史,也須名姓著同袍。"同卷又有《水崖哭明圃子雷》,末句云:"漫勞鐵匣藏枯井,此日流傳血已丹。"

而《嵞山續集》卷二還有方氏作於癸卯(1663)的《常熟訪錢牧齋先生》,末云:"三十年來臭味同,好將疑義質宗工。忽聞都市焚書令,鐵篋惟應置井中。"(按,其實錢氏一度對《心史》未能共鳴,而是"忌諱""惡聞"。詳見下述。)《嵞山集》再續集卷一《贈孫懷澧》云:"其音淒以苦,聽之傷心魂。祇合深山中,鐵函埋雲根。世人多忌諱,此意誰復論。"方氏二十多年來反復詠及《心史》,並以之比喻自己及友人的作品,亦可知《心史》對他影響之大。可見,方氏雖然未"捐軀"、"餓死",但遺民以終,便是以鄭思肖爲楷模。

孫枝蔚(1620~1687),字豹人,號溉堂,陝西三原人。明季諸生。明亡嘗起兵,入清至揚州經商,屢致千金,旋棄去。旣而歸里,閉門讀書,刻意爲詩,有名於時。康熙己未(1679)以布衣薦博學鴻詞,辭歸還山。名益重,家益貧。其《溉堂集》後亦成爲禁書。孫氏讀過《心史》,《溉堂前集》卷一有作於丙戌年(1646)詩《讀鄭所南作文丞相敍》:

> 文山在獄中,贗詩稍流傳。
> 蓋出賊臣手,將以損忠堅。
> 北軍氣轉揚,殘喘竟堪憐。
> 不遇鄭隱翁,受誣長九泉。
> 敍文數千言,終始何了然。
> 人生貴相知,何必識容顏。

後世奉龜鑑,何必馬與班!

《心史》中的《文丞相敍》首次提出當時流傳的文天祥詩作中混有叛臣的僞作,揭露僞造者目的是"揚北軍氣焰,眇我朝孤殘",並"損公壯節"。孫氏高度肯定此敍的史料價值,並認爲鄭思肖雖不認識文天祥,卻是眞正的相知。

同書卷四還有孫氏作於乙未年(1655)的一首《登多景樓》,末句云:"億翁曾到此,愁絕爲襄陽。"孫氏自注云:"鄭所南有多景樓詩,自注云:'時叛將劉整圍襄陽。'"《心史》中有二首題多景樓詩,孫氏提到的是第一首(也是《心史》全書的第一首)。這均表明孫氏對《心史》沒有絲毫懷疑。

楊補(1598~1657),字無補,又字曰補,號古農。同治時修《蘇州府志》卷八八云:"其先江西清江人,父潤,始徙長洲。補少好讀書,家貧,工詩畫,爲人孝謹,重然諾。崇禎初游京師,一時館閣諸公皆與定交。後與高淳邢昉、金陵顧夢麟遊,刻意爲清新古淡之學,詩益大就。甲申聞變,歸隱鄧尉山。南都再建,柄國諸人多舊遊,屢趣之出,不應。與同里徐汧最善,汧爲馬、阮所搆甚急,補乃立起如金陵,詣所知楊文驄,責以大義,遂得解。汧將自沈,就補謀死所。汧歿後,補哭之極哀,鬱鬱數年,卒,年六十。"

楊氏《懷古堂詩選》有順治十六年(1659)刊本,較罕見(今人黃裳有藏)。卷二有《懷古十詠》,序曰:"戊子(按,1648)度夏樊涇草堂,翻閱之次,得古之遭亂自立者數輩。所處雖或不同,有足歆企感激者。爲寫景十冊,賦詩於左,以寓吾懷。"其第十首卽詠鄭思肖及《心史》,惜乎其畫冊於今不傳。詩曰:

鄭公傷趙宋,塊然處蕭寺。
食息斗室間,署以本穴字。
灑墨有深情,寫蘭不施地。
著書何苦心,沈井終自秘。

天道本茫茫，區區精衛志。

哀哉懷若人，千秋有餘淚！

胡世安(1593~1663)，字處靜，號菊潭，又號秀巖。四川井研人。明崇禎元年(1628)進士，選庶吉士，官至詹事府少詹兼侍讀學士。清兵至，曾被拷掠至三。然順治擢其爲翰林學士，遷禮部侍郎，晉禮部尚書、武英殿大學士兼兵部尚書、祕書院大學士，累加少師兼太子太師。清初典章及曆律等，多所參定。順治辛丑年(1661)致仕。及卒，康熙賜祭葬，廕卹有加。著有《秀巖集》等。

胡氏雖入清爲大官，但肯定《心史》爲眞，甚至還專門題詠。《秀巖集》卷二二《石芝軒七言絕句二》有《閱心史二首》，約作於壬辰(1652)至甲午(1654)年間，詩寫得彆腳，而且是站在滿清立場上的：

宋社誰令北倭鼉，龍宮衷冕是新諳。

書年己卯今仍昔，筆舌長嘔鄭所南。

刳心血顈圖存趙，三百餘齡避綖牟。

不是大明天向閩，重函何自出甓泉？

《秀巖集》卷二八《石芝軒續存二》有《癸甲集引》，其中還提到："星查遄發，羽檄紛馳，促冀北之鶯花，廻江南之杖屨。時余光封銀海，慮缺金甌，話別蝸廬，偋觀厪市，跡岐去住，緣訂死生。嗟天步其艱難，緬國手於沉痼，鬱諸胸臆，託是謳唫……甓泉存待發之鐵函，壽棗衍不磨之橡筆云爾。集中感遇，別有弁言。同里友人某識。"

李肇亨(1591~1658後)，字會嘉，號珂雪，晚號醉鷗，浙江嘉興人。明太僕卿李日華之子。工詩善畫，有寫山樓，常聚朋友。明末與譚貞默(埽菴)同主駕社，入清後舉慶生社、風雅社、滌塵會等。後爲僧，法名堂瑩，住超果寺，以詩畫娛老。今見其《夢餘集》殘刻本，卷四有組詩，題甚長：《乙未三月三日舉滌塵第二會，集於福城大悲閣，擇古人書畫兼擅者分詠之,五言古,不限韻（有小引,是日醉鷗主會）》。乙未卽 1655 年。
小引亦甚長:"滌塵會旣各賦詩,又欲兼寫山以觀繪事,此埽翁意也。但
勝集初諧,唱酬伊始,未暇徧徵名筆,乃於第二會,擇古來詩畫兼擅,有篇
章可誦、妙蹟流傳者,繇唐至明若而人,分詠之,寧簡毋濫,以寄景思。卽
顧、陸、張、吳、荊、關、董、巨,皆不與,則以其無詩可兼也。此亦埽翁意
也。畫法,自唐而上,多以鬼神佛像見奇,然而獲存者寡矣;唐宋之文人
逸士,乃尙以山水竹石寓其高致;迨元而神韻益妙,蹊逕益超,一時士流,
往往皆能點染。夷考其故,大抵傷時晦蹟,不甘仕進之榮,感事攄詞,又
恐轉喉觸忌,不若娛弄筆墨,渲染煙雲,自相煦沫耳。撫今追昔,能無嘅
乎! 請先詠歌,嗣觀盤礴。（予拈得四人）"

可知此次聚會由李氏主之,而"擇古人書畫兼擅者分詠之"之創意,
乃出自埽翁（譚貞默）。又知滌塵會諸君皆肯定《心史》爲鄭思肖之作。
因爲如果沒有《心史》,鄭氏亦主要只有題畫詩罟傳而已,那麼顧、陸、
張、吳、荊、關、董、巨等人也同樣都是有題畫詩的,爲什麼他們"皆不與"
呢? 可見鄭氏"有篇章可誦"者卽《心史》也。可惜我們不能盡得該次滌
塵會出席者之名。

李氏拈得之四人,爲黃維、鄭思肖、龔開、項元汴。其專詠鄭氏及
《心史》的《宋鄭所南（思肖）》云:

> 宋季多孤臣,幽居抱忠憤。
> 至今讀《心史》,碧血猶耿耿。
> 畫蘭不著土,失土寄悲哽。
> 千載首陽薇,高風同不泯。

今又見道光辛卯（1831）木活字排印本李氏所著《婦女雙名記》,書
中寫道:"婦女雙名者,王弇州《卮言》、張睿父《琅琊代醉編》、吾郡陳無
功《枡醒漫錄》中皆有所載,而彼此未備,予暇日偶有所睹,卽隨手錄出,
又兼錄三書,考其出處,附載於此。"其中寫到嘉興歷史上陸柔柔其人:

柔柔：……元歐陽夢桂宋亡後作詩，意望翠華内歸，爲元所殺。妾陸柔柔不肯再嫁，自經死。嘉興海鹽人也。見<u>鄭所南</u>《<u>心史</u>》。

彭孫貽（1615～1673），字仲謀，一字羿仁，號茗齋，又號管葛山人。浙江海鹽人。幼穎異，與兄孫求有“機、雲”之譽。試於學使者，五次第一，名噪一時。啟禎間三吳、雲間倡文社，各方邀之執牛耳，均謝不往。崇禎壬午（1642）秋闈，陳子龍見其卷，奇而薦之，主司已擬元，以病不克終場，報罷。感陳氏爲知己，遂稱及門。次年，以明經首拔於兩浙。丙戌（1646），其父彭期生守贛州抗清，並與楊廷麟等同日盡節。爲尋父遺骸，布衣蔬食，不交人事二十餘年。有時獨立書空，或中夜起坐，悲歌痛哭。迨有義士運骸至，制服擇地以葬。後抑鬱以卒，私諡孝介先生。彭氏擅諸體詩，又善畫。曾與同邑吳蕃昌（仲木）創瞻社，爲名流所推重，時稱“武原二仲”。著作今存《茗齋集》《茗齋雜記》《流寇志》《客舍偶聞》《山中聞見錄》《虔臺逸史》《湖西紀事》等。

《茗齋集》卷七有《四君子詩，寄懷李潛夫先生》，所懷爲堅貞遺民李確（天植），序曰：“靖節抗志柴桑，不屈于劉氏；皋翁遯蹟山中，悲憤行歌，時人莫測也；霽山手樹石函；所南不見朔客。斯數公者，遘運遷革，絕疏干祿，流連詠歌，以寄其志。撫今追昔，則今古適同時地也。潛夫李先生，身遇龍戰，栖遯靈湫，其真四君子之友矣。春秋今七十，江南人士多爲詩歌，以相詠歎。海鹽彭孫貽則爲《四君子詩》以況之。”其四爲《鄭上舍所南》，專詠鄭思肖及《心史》，當作於 1660 年：

> 鄭子飢耿介，流涕平生恩。
> 作書錮寒泉，旅蹟寄虞樊。
> 迴裾謝朔客，意氣無一言。
> 幽蘭自爲芬，誰復託孤根！

《茗齋集》卷六又有《包義士行》詩，末云：“龍湫野老吞聲哭，欲寫哀歌編野錄。漆書且自藏壁間，井中《心史》今誰續？"

　　方孝標（1618～1696），原名玄成，後避康熙諱作元成、元澄、元錫，號樓岡，又號樓江、鈍齋，字孝標，以字行。安徽桐城人，隨父遷居金陵。順治己丑（1649）進士，改庶吉士，授編修，歷官侍讀學士。丁酉（1657）以江南科場獄牽連，父子兄弟同被遣戍極北冰雪之寧古塔。辛丑（1661）總算遇赦生還，畱淮揚五年。後因借貸還債而赴閩。康熙庚戌（1670）又赴滇黔。歸來後作《滇遊紀行》《滇遊紀聞》，收入《鈍齋文選》。晚年居金陵。不料在他去世後的康熙辛卯（1711），同邑戴名世《南山集》案發，因《南山集》採其《滇黔紀聞》，官方就從《滇黔紀聞》查出他有"悖逆之心"，並稱他曾附吳三桂叛，因而慘遭剉屍，家族原處死刑，後遭連謫，方氏遺書皆遭禁燬。"清一代無敢存孝標隻字"（見孟森《心史叢刊》一集《科場案》）其實方氏文中並無反清文字，相反還歌功頌德，而且他根本未曾附吳爲叛，只是康熙將他和另一個姓方的誤爲一人而已。這真是駭人聽聞的文字冤獄！

　　方氏《鈍齋詩選》今僅見鈔本，卷五有《書雙峩寺僧卷》一詩，當作於"康熙改元"卽1662年，時方氏得赦剛返江南。此詩專詠《心史》，奇妙的是卻連"心史"二字都未敢出現，而以所謂"僧卷"替代；甚至也不寫承天寺而作"雙峩寺"（按，據《姑蘇志》等記載，蘇州承天寺又名雙峩寺，以寺前有二土阜也；或云舊有二異石，故名）。可見其心有餘悸、膽怯謹愼到了何等程度。所謂"僧卷"當不是鄭思肖手稿而是僧人的鈔本，若是手稿方氏當會有一番描述；而且鄭思肖又不是僧人，其書稿不得稱爲"僧卷"。此詩所述有不夠準確之處（如說《心史》是"轆轤引綆"而得、鐵函之"函陰"有字、"賈人射重利"等），但提供了若干重要史料。如從"我聞此帙崇禎季，不知卽是雙峩寺"可知，方氏於《心史》出井的崇禎末年卽聞知此書，但未知承天寺卽雙峩寺。從"三十年來事復閡"可知，至康熙初（其實還不到三十年），有關《心史》之事已爲一般人不提或不敢提，《心史》其書又由顯而復歸晦。所謂"猶幸本朝法網寬"，實際就是說《心史》是觸犯"本朝法網"的。但承天寺僧則居然猶想爲鄭思肖"建高閣"，並知當時鄭氏珍貴遺物尚存有"一盌與一杖"等。詩云：

古人無死法，古心有明時。

所以古井内，獲得古人詩。

先生生何日，陽遯不守三宮躓，

戰將如葉堅城摧，孑然窮窶獨不屈。

曳履行歌歌聲哀，紙上至今呼欲出。

我聞此帙崇禎季，不知即是雙栽寺。

康熙改元我來吳，老僧爲我述其事。

古井夜夜吐光芒，轆轤引綆綆何長。

綆盡鐵函方盈尺，函内貯灰灰内錫。

蠟裹繩頭鴛絹黃，血沉龍甲鵑痕碧。

當時薦紳尚節義，爭傳競玩稱奇異。

遂令節鉞問窮簷，至使賈人射重利。

圖書貴賤各有時，三十年來事復闋。

猶幸本朝法網寬，尚容稗乘陳書肆。

但其函陰有特筆，"此書出日一切吉"。

鼎革東南如沸羹，不知吉者是何日？

河洛二代呈芭符，絲竹三經來屋壁。

瑞應或爲本朝先，神明別有扶持力。

老僧又欲建高閣，稠桑修竹恣荒度。

中塑先生旁列書，衣冠伏臘虔冥漠。

同時更有一盌与一杖，杖鐵蒼然似老龍，

盌質冰花如玉盎，設之左右同鼓鐘。

客來拜舞歆神貺，兵戈不見布金人。

殘經破屋空惆悵，我謂志在事必成，乾坤且爲先生更。

人心一日不即死，先生一日如長生。

老僧但能存此志，安見祇園無數楹。

異時華棟臨深井，萬古常聞慨息聲。

《鈍齋詩選》卷二二還有《偶成》二首，也是絕不寫出"心史"二字，但也確是歌詠《心史》的詩：

> 夜讀前人詩句哀，殘僧述自鐵函開。
> 字痕斬斬蒼天血，非死非生見爾來。
>
> 盟檄堅心如築防，恐將絲蟬漬汪洋。
> 閑邪即是天根立，安敢幽居任望羊。

《鈍齋詩選》卷九《與某友》四首，肯定是詠某位明遺民，但"不書名"；其四用了《心史》典故，但也不出現"心史"二字：

> 比隣棲異地，每訝往来輕。
> 似爲尋山水，還言訪友生。
> 歌終常夜哭，詩就不書名。
> 枯井開金篋，聽君嘆息聲。

《鈍齋詩選》卷十九《贈別丁德輿（建寧人，少從渭南冢宰遊，後應寧夏開府之聘，流轉秦晉四十餘年，始歸，先爲詩投我，而後來晤，又贈我四六長篇，賦此答之）》二首之二，也暗用了《心史》典故：

> 未見先投金石編，知余性癖在詩篇。
> 駢言更許唐初比，高義都堪物外傳。
> 鶴返玉笙迷近俗，龍吟錄篋信他年。
> 昌黎此去逢人說，可是推敲重閬仙。

方氏專詠及涉及《心史》之詩，是我見到的所有歌詠或引及《心史》的詩中最爲奇特、最爲隱祕的。我敢說，現在即使把這些詩放在有的研究者面前，他也不會聯想到《心史》的。更不要說那些只靠查電腦現有

資料的人了。① 但方氏儘管如此小心愼畏,死後竟然還會遭到那種慘
禍,眞令人不可思議!

顧炎武(1613～1682),本名繼坤,改名絳,字忠清;南都亡後,改名炎
武,字寧人,號亭林,自署蔣山傭。蘇州崑山(今屬江蘇)人。少落落有
大志,耿介絕俗,與同里歸莊相善,共遊復社,有"歸奇顧怪"之目。於書
無所不窺,尤嘔心經世之學。乙酉(1645),與崑山令楊永言、諸生吳其
沆等起兵浙東,授爲兵部司務,事敗得脫。奉母遺言,勿事二姓,入清後
不仕。遭逆僕陸恩告其通海,及誤罣陳濟生《忠義錄》之獄,幾遭不測。
垂老入關中,與李二曲、傅青主、王山史、李子德爲友,尤究心水地音韻諸
學,而其實皆一本於致用,開有清考證之學實事求是之風,爲一代開山
大儒。

他題詠《心史》時,已在書出井後整四十年(1678)了,而且是在離蘇
州千萬里之遙的陝西;但他最初是在張國維刊本問世時即就近讀到,並
嘔下深刻印象的。顧氏《井中心史歌》及序廣爲人知,因其極具史料價
値和思想價値,此處仍予鈔錄:

> 崇禎十一年冬,蘇州府城中承天寺以久旱浚井,得一函,其
> 外曰"大宋鐵函經",錮之再重,中有書一卷,名曰《心史》,稱
> "大宋孤臣鄭思肖百拜封"。思肖號所南,宋之遺民,有聞於志
> 乘者。其藏書之日爲德祐九年,宋已亡矣,而猶日夜望陳丞相、
> 張少保統兵外來,以復土宇。至於痛哭流涕而禱之天地,盟之
> 大神,謂氣化轉移,必有一日。於是郡中之人,見者無不稽首驚
> 詫。而巡撫都院張公國維刻之以傳,又爲所南立祠堂,藏其函
> 祠中。未幾而遭國難,一如德祐末年之事。鳴呼悲矣! 其書傳
> 至北方者少,而變故之後,又多諱而不出,不見此書者三十餘
> 年,而今復睹之富平朱氏。昔此書初出,太倉守錢君肅樂賦詩
> 二章,崑山歸生莊和之八章。及浙東之陷,張公走歸東陽,赴池

---

① 近年,有在學術上乳臭未乾的黃毛小兒,以爲有了電腦後像錢鍾書、陳寅恪這樣的被他們稱爲
"兩腳書櫥"的學者的活兒他們就都能干了。眞是可哂不知天高地厚!

中死;錢君遯之海外,卒於琅琦山;歸生更名祚明,爲人尤慷慨
激烈,亦終窮餓以沒。獨余不才,浮沈於世,悲年運之日往,值
禁網之愈密,而見賢思齊,獨立不懼,故作此歌,以發揮其事
云爾。

> 有宋遺民鄭思肖,痛哭元人移九廟。
>
> 獨力難將漢鼎扶,孤忠欲向湘纍吊。
>
> 著書一卷稱《心史》,萬古此心心此理。
>
> 千尋幽井置鐵函,百拜丹心今未死。
>
> 厄運應知無百年,得逢聖祖再開天。
>
> 黃河已清人不待,沈沈水府韜光彩。
>
> 忽見奇書出世間,又驚牧騎滿江山。
>
> 天知世道將反覆,故出此書示臣鵠。①
>
> 三十餘年再見之,同心同調復同時。
>
> 陸公已向崖門死,信國捐軀赴燕市。
>
> 昔日吟詩吊古人,幽簀落木愁山鬼。
>
> 嗚呼,蒲、黃之輩何其多,②所南見此當如何!

其實,顧氏除了寫《井中心史歌》以外,在他自稱"平生之志與業皆
在其中"的名山之著《日知錄》中,也引徵了《心史》。這卻從未經研究者
提及。《日知錄》卷十九《古文未正之隱》條中寫道:

> 鄭所南《心史》書文丞相事,言公自序本末,未有稱彼曰
> "大國"、曰"丞相",又自稱"天祥",皆非公本語,舊本皆直斥彼
> 酋名。然則今之集本或皆傳書者所改。

這段話當是顧氏於富平朱氏處重讀《心史》時寫下的。③《日知錄》

---

① 作者自注:"《禮記·射義》:'爲人臣者以爲臣鵠。'"
② 作者自注:"宋末蒲壽庚、黃萬石。"
③ 這一條在《四庫全書》所收《日知錄》中被刪去。

卷二九《吐蕃囘紇》條還有一條顧氏原注："鄭所南《心史》：'畏吾兒乃韃靼鞑為父、回回為母者也。'"另外，顧氏還著有《金石文字記》，卷六《識餘》有《拱極觀記跋》曰：

> 右小碑本在拱極觀，觀已久亡，萬曆中有人掊地得此碑，置之嶽廟中，與宇文周碑並立。其碑文鄙淺無足采，然吾於是有以見宋人風俗之厚，而黄冠道流猶能念本朝而望之興復，其愈於後世之人且千萬也……其沒于土中久而後出，豈陷金之後，觀主埋之，如鄭所南《井中心史》之為邪？

更有很多明清之際詩人專門題詠鄭思肖《心史》，我因不知其確切的題詠年份，姑且接著大致以其年齡為序介紹於下。

元賢（1578~1657），字永覺。福建建陽人。俗姓蔡。幼習儒，年二十為邑諸生，而每懷出世之志。年四十，往壽昌落髮為僧。未幾往博山居香爐峯三載，又歸閩居金仙菴。後歷主鼓山湧泉寺、泉州開元寺、杭州真寂寺、劍州寶善寺等。最後復歸鼓山。前後住鼓山三十年。世壽八十，戒臘四十也。著作有《永覺元賢禪師廣錄》，為嗣法弟子霖道霈重編，順治丁酉（1657）刊行。卷二四有詩《懷鄭所南》，序云："所南氏，宋末一布衣耳。宋亡，孤憤不已，齎志而沒。嘗作《心史》一書，用鐵為函，沉蘇州承天寺井中。至崇禎戊寅，其書始出。予讀之，悵然有懷。"詩云：

> 世局如秤子，頃刻變每新。
> 反覆絕無定，豈論君與臣。
> 何如鄭處士，堅作宋遺民。
> 未沾升斗祿，秉志自忠貞。
> 鐵函裹《心史》，語語泣鬼神。
> 畫蘭不畫坡，此意良獨深。
> 直輕呂望富，甘作伯夷貧。
> 縱有堯舜出，傲骨亦難平。

壯志雖未酬,抵死惟一心。

斷斷不可轉,豈貪後世名。

挑燈讀君書,掩卷爲長吟。

安得借清風,披拂世間人!

方孔炤(1591~1655),原名若海,字潛夫,號仁植,桐城(今屬安徽)人。著名大學者方以智之父。萬曆丙辰(1616)進士,初授嘉定知州,官至湖廣巡撫,力主剿滅"流賊"。明亡後,隱居桐城白鹿山。私謚貞述先生。錢澄之稱其"立朝爲直節之臣,居官爲廉幹之吏,在家爲純孝之子,在鄉爲禮義之師"。方氏有詩《井中鐵(崇禎末,吳門浚井,得鄭所南書)》:

連江鐵函書似漆,吳門浚井一旦出。

沈埋一十三萬日,羣鬼嘶叫風雨溢。

男兒之血本不死,蛟龍蟠護千年紙。

腐篥場中羽變徵,咸淳淚激三江底。

淚無端,江且乾,防江不難防心難。

丸泥難塞圓通關,天使井水澆人間。

"至今首陽山,不生周草木。"此語歌之古今哭!

詩題醒目、精練,詩也極佳。所引詩句見《心史·中興集二卷》的《十一礪四首》之三:"獨有首陽山,不生周草木。至今插天高,與商無終極。"方氏有詩集六卷,在清列爲禁書,迄今未見。但此詩,一收於徐璈選輯《桐城集》,並賞評曰"借題抒意,出之以山谷詩格";再收於卓爾堪選輯《遺民詩》;又收於陳田撰輯《明詩紀事》。終於使這首好詩流傳下來了。(後兩種書在清也皆列爲禁書。)

吳之器(1595~?),字賜如,號神嶽,浙江義烏人。崇禎壬午(1643)舉孝廉,入清爲遺民。吳氏在崇禎年間撰有地方人物志《婺書》,文壇上也畧有名氣。清·王晫《今世說·賞譽》甚至稱:"陳吳興嘗言:浙東之有吳賜如，猶西華有青柯坪，黃河有碣石，蜀江有灩澦堆也。蓋有削夷爲阻之功，眞文苑之禦侮。”吳氏是張國維的好友，與張氏有詩唱和，張氏殉國後吳氏又寫過不少悼念詩作。今見吳氏詠《心史》一詩，即收於《張忠敏公遺集》附錄卷四：

> 止菴（按，即張國維）撫吳時，有浚井者得遺書於鐵函，皆記
> 宋德祐事，止菴爲梓之，題曰《井中心史》。
> 　井石冥冥古寺陰，鐵函遺史墨痕深。
> 　年過四百人三祀，猶見孤臣一日心。

　　蔣臣（1597～1652），本名姬胤，字子卿；更名後，字一个。晚號誰菴。安徽桐城人。復社成員。崇禎末舉賢良，尋授戶部主事。曾見知於太倉張采、張溥，註名復社。後北上，爲倪元璐所薦，召對平臺。蔣氏後在《徵君劉公伯宗行畧》中囘憶：“當是時，天下事已萬不可爲矣！局殘且盡，無下子處，更命奕秋，能無歙手？然……予則復爲倪文正公力挽以出。予素不識公面，及賜對殿廷，出乃謁公，於私第相見，遽曰：‘公何相迫之甚耶？今日之事，雖使舜、禹同堂，伊、呂並世，亦何能爲？無已，獨有以死報公耳！’及除目下，即馳書老親及友人訣別。遂及甲申之難，予殉難於彝倫堂中，死且半日矣，有遷余就瘞者，乃復活。其人爲余毀形易服，復護予以出，隻影遯荒，中間顚躓狂發，瀕死者屢矣。”眞是一位可歌可泣的愛國英雄！蔣氏有《無他技堂遺稿》，卷十六有題《讀心史偶題其後》四首：

> 　萬古共彝倫，肩承仗一身。
> 　塡膺惟恨事，開眼盡儺人。
> 　歲月因循老，河山涕淚新。
> 　敷天甘左衵，之子獨含辛。
>
> 　已信天難問，何辭拙與愚。

同羣憐匪虺,識字愧爲儒。
堯舜空焉聖,巢由亦豈徒。
所求唯一是,精衛諒非迂。①

吞聲無可說,淚迸自淫淫。
易朽千年骨,難灰一寸心。
黃泉埋積憤,白日照孤吟。
止畢生平事,寧論稱到今。②

塵沙曾一瞬,久久竟開天。
朝露王孫貴,③沚顏儒者賢。④
精魂鑄日月,夢想結山川。
稍識君臣義,聞風亦泫然!

蔣氏自注中與鄭思肖並提的"履善先生",就是文天祥。《無他技堂遺稿》還多處寫到和引用《心史》,如卷五《壽隱君鄭中翁七衮序》中,蔣氏對求序的鄭中翁之子說:

> 子聞子之先有所南先生者乎? <u>井底鐵函</u>,<u>直繼獲麟</u>,雖與日月爭光可也!《玄經》擬經而畔經,《心史》名史而寔經。榮陽號爲望族,世多名卿相,而以所南視之,卽康成猶當讓席,況瑣瑣與程卓競刀錐者,又何足云爾乎? 然所南言必稱菊山先生,述先志也。

卷八《徐貞女傳》中,引了《心史》之《昭君歎》句:

---

① 作者自注:"先生云,堯舜雖聖,非吾君也。有《一是居士傳》。"
② 作者自注:"先生云:'骨縱已成土,心終不肯灰。'履善先生云:'妾婦生何益,男兒死未休。'以知一死原不了丈夫事也。"
③ 作者自注:"謂承旨也。"
④ 作者自注:"謂許、吳列從祀也。"

所南氏之詩曰:"德祐百官人稷契,腹飽理學縱橫說。尚棄君父從背叛,乃教妻女學貞烈?男兒或老不曉事,女子正少欲守節?天生至性教不得,時危罕見人中傑。"讀詩至此,血繼淚迸,眥亦數裂矣!

卷十三《告倪文正公文》中,引了《心史》之《警終》中語:"鄭所南先生曰:'天與人以生,與人以富,與人以貴,與人以安,與人以壽,獨不與人以死。'",又云:"履善先生曰:'男兒死未休。'所南亦云:'骨縱已成土,心終不肯灰。'"又一次將文天祥與鄭思肖並提。

卷十三還有上面提到過的《徵君劉公伯宗行署》一文,寫到:"友人陳士業寄予書曰:'所南先生,危行孤往,若不能終日,尚寄承天寺中,積七十六年而後死;范粲在車中,三十六年,不交人一語。'古人所以忍此至艱至苦不即死者,何故?嗟乎,文履善云:'男兒死未休。'所南亦云:'骨縱已成土,心終不肯灰。'可以想見其志矣!"又一次將文天祥與鄭思肖並提。還提到劉城"自署'謝髮鄭心'"(按,本書前面已經寫到),並再次盛讚:"《心史》一書,有聲皆淚,有字皆血,此心不死,即天地常存!"

卷十四《送靜休上人住山疏》中,引了《心史》之《辛巳歲立春作》句:"所南居士云:'地走人形獸,春開鬼面花。'"

卷十六《壽吳振公》詩,序中云:"夢有示余以徑尺璧者,肉好完整,古色紛披,余戲拈筆題四詠其上,覺而忘之,唯憶五六兩聯,亦不自解,夢中或謂余曰:'"未能歸趙璧,我不厭干戈",所南語也,子詩始謂是乎?'余頷之。"

張岱(1597~1689),字宗子,號陶菴,又號石公、蝶菴居士、古劍老人等,浙江山陰(今紹興)人。明遺民。祖籍四川綿竹。明末諸生,屢試不第,遂棄絕科舉。明亡之際,曾慷慨上書魯王,請斬馬士英以鼓軍心。邵廷采《明遺民所知錄》載,張氏於明亡後"屏居臥龍山之仙室,短簷危壁,沉淫於有明一代紀傳,名曰《石匱藏書》,比擬鄭思肖之《鐵函心史》也"。而張氏晚年《自爲墓誌銘》(收入《琅嬛文集》卷五)的最末云:"必也尋三外野人,方曉我之衷曲。""三外野人"是鄭思肖晚年自號(不見於《心史》,用於《辭吳泮請儒師書》及集外佚文《張玉田白雲詞敍》),足見張岱對鄭思肖之心儀,和對其作品之熟稔。張氏多才多藝,詩文有"冰雪之氣",爲明遺民文學之佼佼者。

張氏有專詠《心史》之作《讀鄭所南心史》,收《琅嬛文集》稿本中,今收入夏完淳輯校《張岱詩文集》詩集卷二:

> 宋室有遺民,宋亡日夜哭。
>
> 嘔血作《心史》,錯簡不可讀。
>
> 鐵匱又重函,眢井藏其匵。
>
> 至我崇禎間,是書方發覆。
>
> 逆溯宋亡年,三百五十六。
>
> 觀其畏死心,縝密亦已篤。
>
> 此書無他奇,止是罵獢鬻。
>
> 藏匿不使知,此罵有誰暴?
>
> 直至今日開,罵毒亦不毒。
>
> 余與三外老,①抱痛同在腹。
>
> 余今著《明書》,手到不爲縮。
>
> 書法凜冰霜,皦皦如初旭。
>
> 論余及所南,疏密眞不逮。
>
> 余遇勝祥興,②昆陽自當伏。
>
> 願爲《前漢書》,《後漢》尚有續。

張氏《張子詩秕》鈔稿本,卷一有作於己丑(1649)九月的《快園十章》,其八云:

> 伊作懷人,客到卽喜。

---

① 作者自注:"所南別號。"
② 作者自注:"帝昺年號。"

園果園蔬，不出三簋。

何以燕之？雪芽襖水。

何以娛之？佛心《心史》。

《張子詩秕》卷三又有《毅孺弟作石匱書歌，答之》一詩，亦論及《心史》，毅孺爲張氏族弟張弘：

古來作史無完人，窮愁淹蹇與非刑。

《石匱書》成窮徹骨，誰肯致米周吾貧！

皇明史宬遭刧火，《思宗實錄》不能補。

老人聞見只尋常，如何續得《廿一史》？

曾見《心史》意周密，藏之瞽井錮以錫。

南狐字字挾風霜，明予世人供指摘。

敢於龍門爭勝場，文非《國策》卽《公羊》。

地名官職皆非古，枉卻聲牙付子長。

白水眞人天一隅，中興有日定還車。

班彪只許完《前漢》，范曄還成《後漢書》。

《張子詩秕》卷四猶有《謝周戩伯校讎石匱書二首》，其一有云："皇明無史乘，五鳳屬誰修？九九藏《心史》，三三祕《禹疇》。"

張氏不僅一直將自己的歷史巨著《石匱書》與《心史》相比，而且還在他的一部辭書性質的小類書《夜航船》卷八《文學部·經史》中寫到《心史》。這可以說是在我國的文史工具書中首次載入《心史》條目：

《心史》：鄭所南作《心史》，醜元思宋，以鐵函重匱沉之古

吳瞽井，至明朝崇禎戊寅，凡三百五十六年，而此書始出。

張氏還寫過一部《史闕》，大旨爲史書多闕文隱匿，但可從野史雜記

中求取眞相。該書卷十三《南宋紀》寫到鄭思肖，在鈔錄的鄭氏傳後還專門寫了《心史》一節（雖然頗有不確之處）：

> 鄭思肖造《心史》二卷，名《九九書》。蓋篇中積九字卽割裂錯綜書之，非細心湊合，則一字不可解釋。思肖以此書函之鐵匱，以錫錮之，藏於姑蘇承天寺眢井中，土蓋其口。是年爲至元二十年辛卯，至明崇禎十一年戊寅，相距三百四十七年，姑蘇大旱，狼山房僧達浚井，縋人下視，有鐵匱一函。啟之，則《心史》二卷藏之。墨香猶在，字蹟如新。閩人林古度割裂補湊，遂成全書，上下二卷。蓋誌元初諸事，大肆醜詆。鏤板行世，金陵爲之紙貴。

張氏晚年又與徐渭之子徐沁（野公）合作《越人三不朽圖讚》（收入乾隆時修《諸暨縣誌》卷四三），寫到"傅中皇［黃］（日烔），庠生。甲申聞變，日惟痛飲，以解牢騷，自誓必死……慷慨賦詩沉江"，讚曰：

> 鄭所南作《心史》；商彭咸沉江滸；勉子死忠，母爲澇母；生祭文山，友爲炎午。慷慨從容，以歸視死，斯人也，能痛飲酒而熟讀《離騷》，是眞名士！

此外，不僅張氏名著《石匱書》是比擬鄭思肖之《鐵函史》，其《陶菴夢憶》《西湖尋夢》之書名顯然也是受《心史》中《憶夢哭歌》詩並小序"夜夢遊西湖上，舊游宛然，行至戎馬蹂踐之地，憶今天子不在咸陽宮，大哭隕絕而覺"的刺激而取的。

萬泰（1598～1667），字履安，晚號悔菴。鄞縣（今浙江寧波）人。生而魁梧，崇禎丙子（1636）舉人，自爲謀生。從學劉宗周，加入復社，以激揚名節自任。嘗與無錫顧杲、吳縣楊廷樞、蕪湖沈士柱、餘姚黃宗羲聚講南京。與署《畱都防亂公揭》。魯王授戶部主事，督餉餉，固辭不獲，乃以角巾視事，終不受職。旋邂蹟奉化之榆林，衣道士服。後歸里，盡力救援抗清義士。晚年出遊杭州、蘇南、廣州，病卒於江西。足跡所至，輒以詩記其遺事，表其遺民，慷慨悲涼，黄宗羲讚爲詩史。又工書法，善行草。有子八人，人稱"八龍"，以斯同最爲有名。著有《萬履安行卷》《寒松齋集》《明州唱和詩》《續騷堂集》等。

《續騷堂集》有《讀井中心史》，佳詩：

> 我懷德祐年間事，鐵匣今傳一卷書。
> 豈是名山畱副墨，若爲易世戒前車。
> 重泉未灑孤臣淚，瞀井如聞古鬼歔。
> 多少衣冠稱識字，可堪執卷撫襟裾？

《續騷堂集》又有長詩《劉瑞當薙髮入山，爲潔供疏，傳之同人，予以李長蘅畫作供，而系之以詩（瑞當變姓，名全復，字去古）》贈給好友、隱於僧的明遺民劉氏，開頭就寫到《心史》：

> 有僧名復字去古，結茅空山一環堵。
> 瓣香爇向首陽巔，常山、信國列兩廡。
> 更有井中藏史人，晨夕嘯詠相賓主……

徐孚遠（1600～1665），字闇公，晚號復齋、釣璜堂，江蘇華亭（今上海松江）人。崇禎壬午（1642）舉人。復社社員，《留都防亂公揭》署名。與同里陳子龍、夏允彝等友善，又同創幾社。南都破，與夏、陳等起兵抗清，不克，遂入閩，唐王授福州推官，擢兵科給事中。唐王敗，浮海至浙，而浙亦潰，遇錢肅樂於永嘉，慟哭偕行。又投魯王，擢左僉都御史。舟山破，從亡，入閩。又支持鄭成功抗清，鄭氏頗器重之，曾隨鄭入臺。戊戌（1658），滇中桂王遷其爲左副都御史。即入滇，迷失道路，入安南。還從魯王。明年，鄭成功失敗，未幾鄭亡，徐氏失去最後希望，浮沉海上，不久亦悲憤而卒。

徐氏有《釣璜堂存稿》，卷十八有《題心史》一詩：

亡宋孤臣鄭所南，蕭然無室亦無男。

欲傳萬古傷心恨，遺史成時鐵作函。

　　《釣璜堂存稿》卷十二還有專詠之詩《鄭所南心史鋼之井中，其書始出而胡又亂華，不知復有作史如先生者乎，若果屯大瞿，將濡筆以俟之》（所謂"屯大瞿"，指當時有人提議屯田海外大瞿山，徐氏認爲此"亦全節俟時之一策也，鄙人日望之"），詩云：

　　　　每懷興替日清清，難把愁容住世間。

　　　　海外一丘眞絕跡，雲峯千疊莫窺關。

　　　　不知晉魏堪長隱，可作陽秋付別山。

　　　　井底不沈亡國恨，高風今古尚能攀。

　　在張煌言的詩集《奇零草》卷首，還有徐氏"永曆十五年辛丑歲"（1661）"題於思明"（廈門）的一篇序文，其中提到：

　　　　南宋之末，文信公忠貞冠江左，今勿論矣。鄭所南悼宋國之覆，作《心史》，鋼之井中，三百餘年其書始出，書中猶曰宋室中興有日也。然則所南先生固不知宋之不復中興矣！

　　黃淳耀（1605～1645），初名金耀，字蘊生，號陶菴。蘇州嘉定（今屬上海）人。曾參加復社，並署名於聲討阮大鋮的《留都防亂公揭》。崇禎癸未（1643）由《心史》序刊者張國維親擢爲進士，但未受官，南歸與侯峒曾隱居郊外，研讀經籍。清軍南下圍嘉定，與侯氏一起被民衆推爲首領，起兵英勇抗清。城破，懍然太息，與弟淵耀相對自縊。當時有人勸："公未服官，可無死。"黃氏曰："城亡與亡，豈以出處貳心！"有《陶菴集》，卷十四有《讀鄭思肖心史》詩一首，《天啟崇禎兩朝遺詩》卷七、《練音集補》卷六等亦載：

一夕崖山卷陣雲，百年吳會泣斯文。

人間再見陶徵士，地上元無滄海君。

心入漏泉終化鐵，氣塡溝壑亦成墳。

千秋萬古靈均意，只有西川杜宇聞。

沈德潛在《重刻黃陶菴先生全集序》中云：“宋之文山文公，明之正學方公，讀其書卽可知爲志士仁人也。堪與二公爭光日月者，斷推陶菴黃先生……至見之韻語者，如《寄弟詩》《野人歎》《井中心史》諸什，皆一一以忠義自許。故一聞國破君亡而從容赴義，如飢渴之赴飲食，寒暑之服裘葛也。”所說《井中心史》一詩就是此處所引者。

在《天啟崇禎兩朝遺詩》卷十，我們還看到沈榮(仁叔)在清初寫的一首詠《心史》的詩。《遺詩》僅註明他是浙江歸安(今湖州)人。在陸世儀《復社紀畧》中，可知沈氏是復社社員。但其生平極難查證，諸書所無。幸從清歸安人楊鳳苞《秋室集》卷四得讀《沈簡討傳》，方知沈榮乃一今已完全被人遺忘的抗清烈士。楊氏友人張鑑(1768~1850)《冬青館集》甲集卷六文三《書詩兼逸集稿本後》一文提到，壬辰(1832)正月他看到一本題爲《明詩兼逸集》的稿本，“所選共二十有二人，人各係小傳”。“吾友楊秋室修校《吳興詩錄》，曾就沈舳翁《湖州詩摭》及是册采掇。今書內……開卷卽爲嚴石墩(按，卽沈榮)”。張鑑感歎曰：“選中諸什，傳世絕少……余恐後之讀者不察，必致墜於蝸涎鼠穴。”而如今，《詩兼》及《詩錄》《詩摭》等早都已化爲雲烟，我們所能看到的沈榮的詩，也就是《兩朝遺詩》諸書保存下來寥寥幾首而已。

沈榮(？~1659)字仁叔，一字塵外，本姓嚴。(《兩浙輶軒續錄》《國朝詩人徵畧二編》諸書卽著錄嚴榮其人。)祖父嚴正邦，明末官太常博士，烏程沈演之師。沈演旣貴，感師恩，嚴氏孫生未彌月卽乞爲假子，以云報也。故改姓沈。《沈簡討傳》：“長而才具揮霍，志節矯然，汲古好學，于書無所不窺，敝衣破帽，垢膩不澣濯，對客捫蝨而談。偶及史册中某人某事，雖奧篇隱帙，皆能詳其始末。詩文數千言，揮毫立就，有古大家風。頗以匡濟自負，著義俠聲，一時名士皆與之游。注名復社。”“崇禎之末，國勢傾危，慨息任事之無人，作《浙三大功臣詩》以見志。三大功臣者，劉、王兩文成，及于忠肅也。自以世臣之家，思爲勤王之舉，散財結客，劍俠奇才坐上常滿。當是時，四方豪傑之士無不知有上林沈石墩者。”（因沈氏有別墅在化石墩，人因以石墩呼之。）四方義師皆其舊識。往來黃蜚、吳易軍中，爲之運籌。而韓繹祖、費宏璣恢復郡城，沈氏亦佐之。魯王監國於東江，沈氏傾家輸饟，遂被遙授翰林院簡討。後事敗被執至江寧，“忼慨對簿，曰：‘五世相韓之痛，夙所盟心。事皆有之，何必問！’”己亥（1659）三月，死於西市，臨刑口授絕命詞，神色不變。

《天啟崇禎兩朝遺詩》選有沈氏九首詩，所詠多爲史上愛國名人，前八首題爲《首陽》《周四皓》《漢梅子眞》《東漢管幼安》《晉陶淵明》《宋唐玉潛林霽山》《宋謝皋羽》《宋汪水雲》，最後一首則是《宋鄭所南》：

> 　　所南姓名僅見於《輟耕錄》，及先帝丙子吳郡承天寺中浚井得一鐵函，中藏一卷書，曰《井中心史》，乃所南所紀宋末見聞及其詩文在焉。撫軍張玉笥先生諱國維爲刊佈之，而所南名乃大著。亦有忠義姓名不見於宋元之史賴此以傳者。噫，所南一腔忠憤，血淚交流，宜乎鬼神呵護數百年如一日也！然必俟先帝時始出，將無厄運相同耶？抑示我後人潛德必曜，必堅幽蘭空谷之志耶？嗚呼，我何從而質之！
>
> 　　所南寫幽蘭，臨風下無土。
>
> 　　筆掃塵垢空，眞香自玄圃。
>
> 　　《心史》藏井中，血淚炯萬古。
>
> 　　鐵函永不磨，鬼神司扃戶。
>
> 　　宵旰垂十年，終夜神光吐。
>
> 　　將毋厄運同，如彼讖緯譜？
>
> 　　抑欲開景行，前哲建旗鼓？

精衛思填海，鄭也此其伍。

試看煉石金，天柱猶能補！

　　沈氏詩序中說所南姓名僅見於《輟耕錄》，不確；說《心史》出井於丙子年（1636），亦屬誤記。但詩寫得很好，序中並提到宋季若干人物不見於史籍而賴《心史》以傳，實卽指出了鄭書的史學價值。詩中提及《心史》在明末出井"將毋厄運同"的問題，後來有些人懷疑《心史》是偽書也與此問題有關；但《心史》出在明亡之前就不會是偽造，因當時沒有誰會料到宋亡的慘劇那麼快就會重演。沈氏是在明亡後寫此詩時才提到這個問題，而他絕不疑及《心史》的眞偽。

　　劉命淸（1610～1682），字穆叔，號但月仙（按，明遺民李世熊自稱"但月人"，"但月"卽"明一人"之意，劉氏殆亦於此義取號，意爲"明一山人"歟？），又號虎溪漁叟。江西臨川人。明末捍禦土寇，有方畧。福王時，揭重熙薦充館職，辭不就。後揭氏被難，撫其遺孤。嘗館於施愚山，與高阮懷、陳伯璣相倡和。其狂歌痛哭往往見於詩文中。與傅占衡平叔友善，人稱"臨川二叔"。以布衣終。

　　李伍漢《塈雲篇文集》卷十六《劉虎溪先生行畧》云："所著經史兩論、詩文詞賦有《漁叟集》《但月仙集》《虎溪渺聞塡辭》《虎溪夢》諸書，彙輯成帙，可高三尺許，經閩莆名儒鄭郊牧仲手訂定者也。家故貧乏，不能梓行。"今可見者有《虎溪漁叟集》，卷八《詩餘》有《八聲甘州》四首，分詠《文文山正氣歌》《謝疊山辭聘書》《謝臯羽西臺記》《鄭所南久久書》。其《八聲甘州·鄭所南久久書》是專詠《心史》的一首詞：

　　三山鄭、德祐二年盟。陽九幾時平。縱姬興發主，[①]首陽熟睡，豈墮紛更。自促何人偏死，肯媚鬼長生。問孤衷誰寄，特地錚錚。　　歎息井中《心史》，算憶翁此日，愁恨交並。念姜

---

① 　"主"字在饒宗頤等人主編的《全明詞》中誤爲"生"。

陳李趙，都玉碎金鏗。孰忍悖、吾君吾父，無窮濕淚，曉夜哀鳴。
還待約、天開六幕，諷爽傳聲。

《虎溪漁叟集》卷十一《史論》上，還有專文《鄭所南》：

> 先生集中所載（按，三字殆衍）《井中心史》，附以詩歌，並繪
> 鐵函圖式。觀書中所載，內有"大明"字，及寺僧得之於井乃在
> 崇禎六年，然則朝廷之興亡皆豫爲其所占矣！可知匹夫而懷忠
> 義之氣，自足貫徹乎天地。至誠前知，事固有然，何必寶誌冀矜
> 爲奇慧哉！至其詩歌，所謂"一縷血忱開白日，兩篇心誓哭蒼
> 旻"，與夫"夷齊道喪綱常壞，湯、武兵興叛逆多"，俯仰感慨，都
> 堪著淚。但其所引謝疊山先生一段，謂其曾舉衆降附，殊爲不
> 經。豈生當兵火搶攘，雖共處吳越之郊，傳聞亦多失實歟？謝
> 公心跡固明，亦何可不致辨也！

原書文字署有不通順處，當係誤刻。也有少許誤記，如不是"鐵函
圖式"而是原稿圖式；出井時間也不確。劉氏雖然說《心史》關於謝枋得
的有關記述"殊爲不經"，但絕不認爲它是僞書。文後又有揭重熙後人
的按語："確甚。先大夫初得《井中心史》，卽補《謝臯羽合傳》入《古今人
才大宗》正集。時陳孔莊在座，惜未鈔存。不孝貞傳泣識。"可知揭重熙
亦是肯定《心史》者。
　　《虎溪漁叟集》卷十三《序》又有《但月仙集自敍》，末云：

> 特授之弱子，藏之名山，使後之君子，知一代遺民，飂音激
> 楚。庶幾玩《晞髮》之什者，如聞竹節之聲；諷《心史》之文者，
> 不棄井塵之溧。是余之幸也夫，是余之幸也夫！

薛敬孟，生卒年不詳，僅知其自述"甲申年甫壯"，則約生於 1615
年。字子熙，號勉菴，又號山逃子。福建福清人。崇禎貢生，壬午

（1642）曾赴省試，未中。明亡，在鄉農圃自業。① 順治辛丑（1661）有海民內徙之令，薛氏千辛萬苦攜家人寄食城郭，日憂火絕，連遭大小十喪，不能具殯。無奈之下一度以舌代耕，教人作應舉業。康熙戊申（1668）春，應友人邀，遊會稽。辛亥（1671）刻詩集《擊鐵集》。從林垐《居易堂詩集》中《客歸夜坐有懷及門薛子熙諸子》詩，可知薛氏是攜《心史》抗清犧牲的林垐的弟子，因此薛氏自當讀過《心史》，果然，我們在《擊鐵集》卷七見到他的《讀鄭所南心史》：

> 片鐵函爲經，藏得心頭史。
> 日月五百年，憶翁猶未死。

　　楊炤（1617~1692），楊補之子，同治時修《蘇州府志》卷八八在楊補傳末云："子炤，字明遠，髫歲能詩，長爲諸生。乙酉（按，1645）後棄去，奉親以隱，更字潛夫，專力於詩，規模少陵，絕去雕飾，晚更出入香山，沿波討源，遂得其骨。前後詩凡四十九卷，皆風雅可誦，性尤耿介，不屑與時俗涵，動必循禮法，望之使人自生畏敬。年七十有六卒。"楊炤與其父一樣亦爲著名遺民，且亦有《懷古堂詩選》。今見其書卷一亦有《懷古十詠》，未知作於何年，其十云：

> 開闢無此世，所南丁其時。
> 畫蘭且無地，我身將安之。
> 本穴顔其廬，尺土存宋遺。
> 著書寄孤憤，精誠天地知。
> <u>鐵函井中出</u>，桑滄旋復移。

---

① 乾隆時修《福州府志》卷六十云："薛敬孟，字子熙，福清人。崇禎貢生，明亡不求聞達，放浪山水間，工諸體詩，有《擊鐵集》十卷。（《福建通志》）"但道光時《重纂福建通志》卷二二三則云："薛敬孟，字子熙。學識宏博，工諸體詩。唐王時，以恩貢生對策授萃士。魯王入閩，擢兵部主事。王敗，授徒講業，吟嘯自娛。曾遊張秋，又之眞定，卒於恆山。"未知何據，似與其《擊鐵集》自序所述不合："甲申年甫壯，乃從友人泝禾江，曾以省觀入雲間，一覷三泖之勝。正思渡江……值鼎湖龍去，大江以南若沸羹，遂倉卒奉老父南旋，瀕於險者屢矣。從此戒心，無意世事……乃退居北卓，以農圃自業……間亦耘硯而食，則輒以倦廢……"

天道不可問,吾生良可悲!

卷四又有壬子歲末(已入 1673)寫的《又賦五首》,其五詠及《心史》:

我自要曆日,笑他書甲子。

有筆寫新詩,不用作《心史》。(莪侯惠曆與筆)

陳軾(1617～1694),字靜機,福建侯官(今福州)人。明崇禎庚辰(1640)進士,授南海縣令;南明隆武時陞御史;丙戌(1646)隆武亡,至粵從桂王永曆,官廣西分守蒼梧道。庚寅(1650)永曆敗走廣南,逃散未得扈從。辛卯(1651)歸里,隱居道山。據《榕城紀聞》載,己亥(1659)陳氏曾以鄉紳身份與生員二人"貪功"領命(按,或另有動機,不詳)前往"招安"鄭成功,未果而返,以"通賊"罪下獄;庚子(1660)因天災獲釋,辛丑(1661)復遭監候。陳氏著有《道山堂前後集》。清謝章鋌《賭棋山莊詞話》續編卷一云:"《道山堂前後集》,吾鄉陳靜機軾著,首有黎士宏、黃周星序。靜機勝朝遺老,采薇不出,蓋氣節之士。"《四庫總目提要》卷一八一稱其"入國朝官至廣西蒼梧道",竟將南明官職說成清朝官職,大誤,大誣!

《道山堂後集·詩集》卷二有《鼇江懷古二首》(按,鼇江爲流經鄭思肖故鄉連江的一條河),其二爲專詠《鄭思肖所南》:

社稷淪亡未肯休,畫蘭無土爲誰憂。

山川有夢孤臣淚,[1]禾黍興歌故國愁。

瞖井鐵函厓史牒,寢園玉椀只荒丘。

蘇臺浪跡題寒菊,長望天南泣楚囚。

---

[1] 作者自注:"所南詩:'惟夢宋山川'。"

同卷還有《壽衛公叔》二首,其一有"<u>青編曾借鐵函函</u>,瘦頰丹心據上流"句。

宋曹(1620~1701),字邠臣、斌臣,又作份臣,號射陵,齋名會秋堂。淮安鹽城(今屬江蘇)人。與同里王之禎齊名,小王氏七歲,兄事之。甲申(1644)海內震動,鹽城濱海僻壤,姦宄竊發,與王氏以書生結甲,統率里人各數千人,名東西義社,以捍桑梓,鹽人德之。後參加弘光朝抗清活動,被授中書舍人。南京失守,史氏死節,聽從王氏勸告,歸里侍親,自號耕海潛夫,名其圃曰蔬枰,躬自灌園。後清廷詔舉山林隱逸,郡縣敦趣上道,辭疾不就徵。又有大臣復舉應博學鴻儒選,堅謝益力。與萬壽祺、冒襄、歸莊等交遊,並與潛往南方的崇禎表弟新樂小侯劉文炤結爲兒女親家。曾赴南京纂修《江南通志》,於忠節人物尤所加意,總其校事,書成堅拒列名。平生獨好爲詩,凡草木變衰、哀時感舊、悲來填膺則壹託之於詩。又善書,並著有《書法約言》。有人甚至稱其爲中國草書之殿軍。

近人趙嶠山辛苦輯其詩文成《會秋堂集》,未出版,手槁捐贈上海圖書館。《會秋堂詩集》卷九有專詠《心史》之詩《雨中閱憶翁集》:

> 日暮空成萬古吟,頑民自可託知音。
> 素秋刻燭懷人夜,<u>荒井遺編故國心</u>。
> 文信與君高宋骨,《春秋》同此作書林。
> 悠悠風雨相思處,滄海攜歸姓氏沉。

卷九又有1650年作《庚寅四月燕譽堂宴新樂小侯劉雪舫(文炤)》二首,其一涉及《心史》:

> 極目江南一鴈疏,舊時天地重躊躇。
> 萇弘血染青青草,<u>瘖井心傳久久書</u>。
> 甌戀故人千里月,荒涼新樂小侯居。
> 最憐乞食吹簫絕,獨坐湖頭看打魚。

同卷又有《題萬年少》,亦用《心史》典故:

> 雨到青山楚色深,鴈鴻千里絶知音。
> 空餘斗室蒼苔滿,尚有匡牀薜荔侵。
> 夢寄稊歸悲隱地,書從瑵井見寒心。
> 隴西人去三湘外,秋夜招魂再鼓琴。

吳維基,生卒年不詳,字衷翌,福建連江人。民國時修福建《連江延陵吳氏族譜》載:"第十八世,諱維基,弱冠入庠,補太學。謹交遊,慎言笑,閉門靜坐,日與古人相晤對,好吟詠,未嘗炫耀於人。"該譜收有吳氏《讀鄭所南先生心史》一詩。從"我朝代興宋冤雪"句看,自是明末人。

> 所南先生邑中傑,性秉忠孝心如結。
> 產於宋末德祐間,目擊國亡氣塞噎。
> 雖無長劍斫賊權,惟存篇什討賊舌。
> 囂身欲乘便報君,託詠猶懷履虎咥。
> 一部《心史》有誰知,狼山寺內久沉洌。
> 當時若無鬼神呵,孰使上人將井渫?
> 三百五十六年心,捧出人間啟函鐵。
> 句句悉寫常山恨,字字總瀝侍中血。
> 茲尚忠義者爲誰? 同郡諸君相擊節。
> 迨余披閱燭君衷,遠害始終顯明哲。
> 君身雖朽名自香,君志勿申寧湮滅。
> 吁嗟元祚無百年,我朝代興宋冤雪。
> 冥冥忠魂想有知,杜鵑夜裏聲勿咽。

劉城(1598~1650)則是今所知步《心史》詩韻最多的一位詩人。劉氏字伯宗,晚更號存宗,貴池(今屬安徽)人。幼折節讀書,及長,爲文雄放,與里中吳應箕齊名。出則遍遊名公卿,爲復社眉目,曾署名於《南都防亂公揭》。慨然有救世之志。其好友蔣臣曰："余所心折伯宗者，汪洋千頃，澄之不清，撓之不濁，則黃叔度也；縝密醇摯，意思深長，不激不隨，不可得而親疏，則在伯言、幼安、嗣宗之間也。"所爲書疏議論以及詩歌，皆切中時弊，乃屢蹶場屋。崇禎丙子（1636）下詔舉賢，史可法等人薦之，事寢而歸。癸未（1643）始應歲貢，繼而明亡矣。避兵山谷，轉徙數年，聞吳應箕抗清死難，悲傷辭世。劉氏有《嶧桐集》，乾隆時禁書，卷十三有詩四首步《心史》韻，①據近代刻印其書的劉世珩考證，此四首步韻詩作於順治丙戌（1646）。《觀雪（用所南韻）》二首：

> 空山宜看雪，雪滿粘天色。
> 幽人聳詩肩，天地俱一嘿。
> 罣壁句何鄙，鹽叉韻有極。
> 獨立欲悟時，聰明靜自得。

> 幾人同對雪，對雪幾顏色。
> 欣賞發浩歌，憂傷但閴嘿。
> 寓矚聊意行，空闊渺何極。
> 魂魄濯冰壺，淺深隨所得。

《春朝觀雪（用所南韻）》二首：

> 春日驚看雪，雪盛埋春色。
> 將芽樹不禁，欲語鶯還嘿。
> 天地黃昏中，高樓黯無極。
> 四山豈不多，微翠不可得。

> 殘梅當盛雪，似與梅添色。

---

① 所步鄭思肖原詩均爲《心史·咸淳集》中《觀雪》："吾獨愛觀雪，心與雪同色。清興匝空朗，或語或時默。李白有狂才，飛筆寫無極。驚倒天上人，世間曉不得。"

　　黃雲絕人影,幽香枝上嘿。

　　騁望一迷離,茫茫目何極。

　　我思藐姑人,今日靜中得。

　　同書卷十七又有步《心史》詩韻者共六首。《峽川溪閣(用所南多景樓韻)①》:

　　屋裏青山滿,開門當遠遊。

　　風來杵白籟,日俯稻粱謀。

　　樹老形成怪,人悲物自秋。

　　望逾墟落外,曠士亦多憂!

《感事二首(用所南郊行卽事韻)②》:

　　漂搖已毀室,繞幣又誰巢?

　　馮鄧無勳府,宣光未卜郊。

　　競傳同破竹,昨恨失前茅。③

　　一寸中華地,君王且勿拋!

　　天心如有在,江漢出潛沱。

　　新室徒戚鬬,夏凶誰處戈?

　　中原方烈焰,海嶠亦頹波。

---

① 所步鄭思肖原詩爲《心史·咸淳集》中《題多景樓》:"英雄登眺處,一劒獨來遊。男子抱奇氣,中原入遠謀。江分淮浙土,天闊楚吳秋。試望斜陽外,誰寬四顧憂!"

② 所步鄭思肖原詩爲《心史·中興集一卷》中《郊行卽事四首》的前二首:"一變太平業,民生若失巢。乏牛耕瘠土,多馬壞荒郊。花圃半栽菜,谷田今長茅。幡然欲深隱,遠與世相拋。"其二:"五年前事別,一說淚滂沱。帝業雖遷鼎,人心未倒戈。日光疑白晝,天影愧淸波。背立官塘路,風前慷慨歌。"又,據劉世珩考證,這兩首韻詩亦作於順治丙戌(1646)。又,"昨恨失前茅",乃痛惜黃道周、金聲在抗淸鬬爭中壯烈犧牲!

③ 作者自注:"指石齋、正希也。"

大雅浮浮句,勞余夢中歌。①

《村步雜感(用所南郊行卽事韻二首)②》:

世絕麟游藪,余同鳩寄巢。
畏人藏短髮,問信斷荒郊。
度日薪如桂,全身藉用茅。
歸來就燈火,詩卷未容拋。

屐重泥沾齒,風高雨欲沱。
刑天方舞戚,蝸角尚稱戈。
羣計田分耦,誰言海不波!
榮期雖有樂,帶索未成歌。

《晚步溪間(用所南僧房夜坐韻)③》:

煙際莽回互,參差見幾家。
古楓齊自列,寒水曲成涯。
佛冷鳩啼髻,坡陽藤著花。
憑高來曉霽,何芽不成芽!

　　劉氏這十首山居避難時寫的詩,不僅步《心史》詩韻,而且極具《心史》神韻,在不怕苦難、曠達樂觀中深含著憂傷激憤,爲遺民詩中極佳之作。劉氏另外還在很多文章中提到《心史》,或用《心史》典故。文如《合

① 作者自注:"時惟楚撫何公騰蛟張甚。"
② 所步鄭思肖原詩同上二首。據劉世珩,這二首《村步雜感》作於順治丁亥(1647)。又,這二首詩被收於《晚晴簃詩匯》卷十六。
③ 所步鄭思肖原詩爲《心史·咸淳集》中《僧房夜坐》:"說到死生處,令人羨出家。法身終不壞,濁世自無涯。梵夾金銷字,經簾彩散花。擁爐待月上,溶雪煮春芽。"據劉世珩,這首《晚步溪間》作於順治丁亥(1647)。

錄疊山斗山兩集序》，提到"十年以來，南宋文集頗章著於世"，"謝皋羽、鄭所南，德祐、祥興之末也，其集忽竟傳，爭板行之"。《山中呵凍錄序》云："余抱病入山，都無長物。舊所擁書，亦漸殘闕。几案所置，惟《離騷》《淵明》，手不能釋；次則皋羽《晞髮》、所南《心史》與須溪《點閱》諸書，以縱心娛目而已。"《書男蛾刻樂府變後》云："夫皋羽自哭，何與人事，而記語隱譎，詭文山爲唐宰相，託友人以甲乙，斯固已異矣；至所南一書，以錫鐵層函之，更沈井底，其謹嚴閟惜何如哉！痛之深，守之固，又不獨銘磨兜堅意也。"《李慗傳》云："慗所爲詩文，手以古文奇字，好寫之，納藤篋牢鑰焉，未嘗示一人……何厚自祕爲？蓋生而有鐵函沈井之志也矣，悲夫！"

至於其詩中用《心史》事者則更多。如《答山賓》二首，小序云："山賓至峽，用杜韻見贈，謂余以弱女幼子慰情遣意，几上惟《離騷經》及淵明、皋父、所南諸集云。知余意之所在，答次二詩，其聲甚緩，志孔悲矣。"其詩之二有云："石礦書沈井，瓊花曲窄簾。"詩後註云："鄭《心史》，以'礦'字命篇百十首；謝《後瓊花引》，哀李、姜揚州死事也，有'宮花窄簾塵掩襪'之句。"《重寄茂之仍用前韻》有云："月泉舊社誰爲續？《井史》遺書君已傳。"自註："鄭所南《井中心史》，茂之再校刻之。"《已矣》："有鐵須函井，無金莫閉門。"《初歸就峽川山居》："不死儒冠已負慚，謝翺、鄭肖欲成三。"《峽居》："新詩句句吟皋父，舊史重重續億翁。"《寄關中韓聖秋》："浮漢渡江遊歷遍，纂言應鑄鐵爲函。"《得陳伯璣書有感》："詩雖金管積，史且鐵函無。"《哭李敬仲》："鐵函藏爾名山句，副本吾當出世間。"《趙友沂孝廉還楚潭，過池州，畱書見訪，因述姜如須、冒辟疆、李玉潤、孫坦夫、方爾止、何瘠明垂念老夫，卽次其荷池分韻六首寄懷》："商亂不言金匱訣，宋衰但祕鐵函經。"

劉氏尚有一事極有名，卽以《心史》事刻入印章。本書後面將寫到的蔣臣的《徵君劉公伯宗行畧》中，也提到此。陳弘緒的《徵君伯宗劉君墓誌銘》云："或有至豫章者，余問伯宗近何事，曰伯宗自署一私印曰'謝髮鄭心'，將自比於皋羽之髮、所南之心也。余曰，伯宗摩挲此四字以終年，幸甚。"其實，劉氏此印還不止一方。《嶧桐集》卷八有《印記》一文，劉氏自述此事甚詳。《印記》有"今國家南渡，皇帝新鑄傳國寶"云，知此印治於南明政權未亡時。又云："余生平獲私印，無慮數十家，輒散亡，及徙峽川，益少。猶存篆刻者八家。"其中之一"曰'謝翱鄭心'，小篆，陰文，戴本孝刻。本孝字務旃，戴敬夫子也。鎸其旁曰：'皋羽《晞髮集》、所南《心史》，伯宗先生讀之，悲其志遇如此，命作是印，本不敢辭。'"另有一枚亦曰"謝翱鄭心"，亦是小篆，"因戴氏刻乃方者，故引而長之，與'明之遺民''嶧陽孤桐''宋有曾孟明則存宗'同作引首。"由此可見劉氏此四字印至少共有二枚，一方一長，長的是作"引首"用。可惜的是這些印章大概均未能保存至今，否則應是極珍貴文物了。

步韻《心史》的還有**陸世鑰**（1598～1648），字兆魚，蘇州長洲人。明季諸生，明亡後英勇起兵抗清。顧炎武《聖安本紀》卷六《長洲諸生陸世鑰首倡義於陳湖》記其事，"時同舉義者，兵部主事吳易、諸生戴之儁等。後或投誠授職，或流而爲盜。兆魚見大勢已去，竟飄然長往，棄妻子不顧也。"顧公燮《消夏閑記摘鈔》卷中記："陸世鑰，字紹魚。巨富。聚眾千餘，皆佃戶也。兵敗，亡命得脫，削髮爲僧，不知所終。"據《崑山人物傳》，陸氏有《夢餘存草》，惜今未見。《天啟崇禎兩朝遺詩》卷九錄有陸氏《步宋鄭所南先生韻卽事》詩一首：

> 呼吸相通欲問天，任人號泣只茫然。
> 夢中頻叩南州事，醒後遙呼隆武年。
> 節序亂傳時異昔，塵氛密佈日空懸。
> 中原逐鹿心徒切，佇望雲臺共著鞭。

該詩所步的是《心史·大義集》中《偶成二首》之一。①

以上記述已知三十一位明清之際詩人的專門題詠鄭思肖《心史》或步韻《心史》的已知六十八首詩詞（按，這些詩人的僅是提及而非專詠《心史》的詩，均未計在內），合而觀之，實是明清之際一組極其悲壯雄偉

---

① 所步鄭思肖原詩爲："劒氣熒熒夜屬天，忍觀禾黍廢蒼煙。夢中亦問朝廷事，詩後唯書德祐年。花柳有愁春正苦，江山無主月空圓。如今好棄毛錐子，望北長驅馬一鞭。"

的愛國詩歌大合唱(除了像胡世安這樣的極個別者),充分表現了中華民族反抗侵暑、反抗掠奪與屠殺、反抗民族壓迫的崇高精神,在藝術上大多也十分優秀,完全值得後人珍視! <u>短短數年間</u>,有那麼多人爲<u>一本詩文別集</u>專門寫了那麼多詩作(須知,這本書當時印數不會很多;須知,這些詩人和詩詞還僅僅是我<u>個人</u>在歷經<u>三四百年</u>滄桑之變後所找到者),這種情況在歷史上是<u>很少見的</u>! 而我們的文史學者以前幾乎僅僅提及其中顧炎武一人的一首詩而已! 在今人寫的那麼多文學史書中,至今對這一<u>極其重大的文學現象</u>毫無記述和反映! 我不得不悲憤地說:這是多麼的<u>不合理啊</u>!

二、明清之際序跋、刊印、選錄《心史》者

明清之際,除了上述專門爲《心史》吟詠詩篇者,以及前一章寫過的爲《心史》籌畫刊刻、寫序跋者以外,還有不少文人以其他各種形式高度肯定了《心史》。(所謂"以其他各種形式",在上面寫過的人士中也有,如黃居中在書目中著錄《心史》、方文欲寫雜劇來頌揚鄭思肖及《心史》、劉城以篆刻印章的形式肯定《心史》、張岱在工具書中載列《心史》,以及很多人在專詠《心史》以外的詩中涉及《心史》等等。)本書下面繼續介紹和論述。

在《心史》吳郡張本、金陵林本出版以後,繼續又有不少明清之際人士或爲它題寫序跋,或將其全部或部份刊印,或摘錄鈔掇其文等等。此節便大致以這些人物的年齡爲序論列。

王嗣奭(1566~1648),字右仲,號於越,別號鄞塘田叟、遙集居士、艱貞居士、拙修老人等。浙江鄞縣(今寧波)人。據乾隆時修《鄞縣志》卷十六,王氏"萬曆二十八年(按,1600)舉於鄉,教授黃巖、宣平,知宿遷縣,左遷建州經歷,擢知永福縣。姦民多以米餉海盜,嗣奭嚴禁其闌出者,復力卹鹽商之困。遷知涪州,與監司忤,罷歸,執贄劉宗周之門,曰:'吾以罪失官,反以罪得學,可謂失魚而得熊也。'年八十三卒。少時爲

余寅所賞,酷嗜杜詩,嘗夢見少陵與握手論句法。及官涪州,以事至錦官城,過浣花草堂,遺像宛如夢中。(《續耆舊傳》)"王氏爲遺民,拒不薙髮。著有《杜臆》及《管天筆記》《夷困文編》等。其《管天筆記外編》稿本附麗於《杜臆》稿本之後,卷上《尙論》鈔錄了《心史》卷首《自序》中自"詩之法,祖於《三百篇》"到"歸於性情之正,毋爲時之所奪焉"百餘字一段話。這當然表明王氏對《心史》的肯定。(按,王氏在這段話前寫"鄭所南云",其實鄭思肖說這是他父親的教導。)

陳弘緖(1597~1665),字士業,號石莊,齋名寒崖草堂。江西新建人。復社成員。明末除晉州牧,後謫湖州經歷,署長興、孝豐二縣事,有政聲。調安徽舒城知縣,以治邑豪故,爲巡按御史劾罷。入清屢薦不起,隱居邑內章江,與黃宗羲交好,授徒講學。輯《南宋遺賢錄》以見志。施閏章爲其撰墓誌銘云:"君性疾惡,議論侃侃……服官清愼,俸入輒購書。累車昇還,家人發之,咸相視歡笑。"陳氏有《鴻桷集》,卷一載其《鄭所南心史序》:

> 宋以忠厚禮義治天下,迨其亡也,慷慨而葬魚腹者至十餘萬人。鳴呼盛哉!自有生民以來,夷狄猾夏莫如祥興之變爲甚,故其忠憤之發也爲尤烈。予意當時遺民故老,望島嶼而唏噓,吊溟海而太息,寄寓於歌詠紀載若謝皐羽《冬青樹引》《西臺痛哭記》之類者,尚多有之。腥羶汙漫,日月昏霾,書與人之不傳久矣!頃得鄧光薦《督府忠義傳》、宋子虛《淕嘆集》,卓然足補正史之缺,遂欲因而廣之,於荒巔遐滋、神林鬼冢間,庶幾猶有斷簡殘帙存焉。
>
> 辛巳春,過楊伯祥太史,展案頭新刻,題曰《心史》,蹴然曰:"是宋鄭所南先生思肖之書也,何以獲此奇異?"伯祥曰:"是出之於姑蘇承天寺某井中。"予亟假而手錄之。詩凡二百五十,雜文四十五篇,類皆睠懷君父、扶植綱常、切齒於仇讎左袵之作。鏘然如刀劍夜鳴,愀然如鞞笳互作,嗚嗚然如隴水之悲激而寒蛩之哀號也。視皐羽諸詩文,孤峭相似,而感憤壯烈

殆過之。嗟乎！世能言之士，類急於後世之傳，或鑴之金石，或託之梨棗，惟恐其逾時而朽壞。今鐘鏄、彝鼎、匜盤、卣甗，與夫碑版、碣石，委棄銷滅者何限？雖其剞劂而懸之國門，苟非六經三史，亦未幾送等雲煙之散。所南先生此數卷，特井底苔蘚之餘爾，何以四百年而完好如是？然則，固有不恃金石而堅者，而況於梨棗與？先生之言曰："此書雖紙也，當如虛空焉，天地鬼神不能違，雲霧不能翳，風不能動，水不能濕，火不能然，金不能割，土不能塞，木不能蔽！"嗟乎，此豈區區語言文字之力也哉！

辛巳即崇禎十四年(1641)，是年春《心史》初刻問世方不久，故曰"新刻"。楊伯祥即楊廷麟，我們下面會寫到。惟不詳其所見《心史》爲蘇州本抑金陵本耳。陳氏好博覽，猶精熟宋季史實，他手錄《心史》全書，自是毫不懷疑。他評價《心史》詩文的藝術魅力，認爲超過了謝翺的詩文，那幾句話十分精彩，值得我們重視。

《鴻桷集》卷二，又有《寒崖藏書記》，寫到：

> 南渡鄭思肖以鐵函重匰，扃其自著之書，沉古井中，幾四百年，忽騰出於吳郡承天寺，完好如故。夫……水之腐物也，何有於鐵？然皆逾久不壞。

陳氏還在一封信中提及《心史》。清初周亮工編的《尺牘新鈔》卷三，收有陳氏《與黃俞邰》(黃氏即前述黃居中之子)，中曰：

> 虞山錢氏，古文爲當代第一，藏書聞亦冠東南，頃乃亦爐於阽隧，豈張司空所謂"積油萬石，自然生火"乎？鄭所南《心史》，越四百年而出於井中。物之精英，必有光怪。故魯壁無書則已，有則必爲絲竹鐘磬之音；汲塚無書則已，有則必不待發而出。豈非所謂石沉海底，火性千年不滅乎？

　　錢謙益絳雲樓藏書被焚,時在順治庚寅(1650)十月。陳氏此信,當作於此後不久。另,陳氏在爲劉城作的墓誌銘中也說到《心史》,本書前面已提及。

　　《心史》初刻後僅四年,明朝北都即破;但全國各地奮起抵抗,展開了英勇的反清鬥爭。翌年乙酉(1645)閏六月,福建誕生了擁立明太祖九世孫朱聿鍵爲帝的政權,建元隆武。就在這年冬天,福州有人將鄭思肖的《心史》與同是閩籍的宋季愛國詩人謝翱的《晞髮集》合刻出版。[①]有方潤的序和洪士升的跋。兵荒馬亂(隆武政權逾年八月即亡),此書存世極少,這兩篇序跋尚未見有別的研究者提及過。

　　方潤(1605~1681),我最初好容易從民國時修《閩侯縣志》卷九一看到很簡短的傳:"方潤,字具蒙,諸生。當唐王時,時事日非,嘗重刊《鐵函經》《晞髮集》,序而行之,以見志。唐王敗,潤隱居,授徒自給。"所謂"鐵函經"就是《心史》。又知他是林垐(恥齋)好友,曾撰《林恥齋先生行狀》,署"臺江遺頑方潤"。後來,我查到天津圖書館珍藏明清之際榕城(福州)謝杲《靑門節義錄》稿本,卷下有方氏傳,極鮮見,因鈔錄於此:"方潤,字具蒙,閩縣諸生。喜讀書談論,朋儕咸樂親近。雖舌耕自給,常有不可一世之致。當隆武二年丙戌,時事日非,翻刻《鐵函》《晞髮》兩集。序文有'踏殺陰山之草,鋪平遼水之流'語,見者膽落。頃之,閩中局解,友人爲燬其板,潤付一笑。痛國運不振,置身物外,教生徒如舊章。常語同人:'昔馬融才學,固堪爲人北面;惜制行不堅,依權貴取官爵,又在位貪濁,毫無操守。吾不知其生平所通何經,適足爲梟比羞!'故潤雖布衣疏食,胸次磊落,泰然自適。先是,江西鉛山縣丁丑進士胡夢泰,官兵科給事中,承召赴行在,盡節於延平府。因大水,棺漂至侯官江潯,爲人所收。胡家僕同一僧至,靳不付運同,停荒村,被賊斧破。

潤同王訪箕、莊以浚、楊觀、陳發曾醵金換柩，卜葬鼓山積翠菴[巖]。通郡至今傳爲盛事。後至辛酉秋八月卒，得壽七十七。"由此可推其生卒年，又知因避禍而所刻《心史》爲友人燬版，故該本極爲罕見。方氏《敍》文如下：

> 凡讀書之士，處乎今之世而穆然於宋之秀，未有不知涕之何從者矣。帝轅北狩，宸極南臨，辮髮易我冠裳，縉紳甘爲臣妾。流雲鼠獸，覥然視息之顏；獻地墮城，誰復撫膺之慟！嗟乎，愴懷乾淨之土，跼踏腥羶之區，空山大哭，猿木爲悽，吾豈敢謂世無其人哉？然何寥寥不一見也！
>
> 夜靜鬼語，天涼夢秋，往往與洪子俊先取所南、皋羽二先生若詩若文，詠之歌之。悲風若酸，山月皆苦。感今昔之同時，畍乾坤爲有限。夫《指南》二錄、《正氣》諸歌，尚曰"大臣與國存亡"；若二先生者，相府之幕僚、明經之上舍耳，死固爲烈，生亦何愬？而懷靈均乎九畹，望夫君於湘流，彼二先生者果何爲哉？亦其感憤激烈之氣，九死不移於君父，而以成吾"一是"云爾！然則，使二先生者得攝尺寸之柄，而盡其所欲爲，踏殺天山之艸，平鋪遼水之流，何多讓焉？卽不然而縮符剖節，必能爲睢陽守死，以抗東南半壁之天下。豈效夫首鼠偷生，而昂然論列於士大夫之林者哉！然吾猶恐夫不善讀二先生者，謂夫"險語破鬼，高言媿皇，吾亦能之，彼二先生者亦徒言之爾"；今其言具在，吾將以愧夫世之知讀二先生而不克爲先生者！
>
> 隆武改元冬，古閩方潤敬題。

方氏高度肯定了平民匹夫自覺愛國的可貴性，痛斥了那些覥然偷生的官僚，並認爲如果能用鄭思肖這樣的愛國者，則必能消滅侵畧者或保半壁江山。痛哉斯言！

洪士升,[①]生平難詳,與方潤序中說的"洪子俊先"自是一人,俊先當是字。洪氏跋尾署"題於同文書院"。按,福建建陽有同文書院,宋乾道間朱熹建以貯書,宋末曾遭兵燹,元大德辛丑(1301)、明洪武甲戌(1379)、明正統戊午(1438)重修。洪氏所云同文書院殆即此?他大概只是該書院一位普通教師。其《合刻鄭所南謝皐羽二先生鐵函經晞髮集跋》如下:

國家之所以蟠固者人心,倡人心以忠孝;宇宙之所以撐持者士氣,鼓士氣以文章。斯爲迂宿之談,而實不易之理也。語云,讀諸葛公《出師表》而不流涕者,其人必不忠。是知文章患未至耳,至則諷詠臾連,感觸淒惻,忠孝之念有不油然而生也哉!吾茲誦鄭所南、謝皐羽二先生之詩若文,不勝泫然以悲也。

所南先生,宋季一布衣耳,運遭陽九,世暗夷氛,猶欲噓死灰於復燃,廻狂瀾於既倒;迨數易勢窮,齎志而老,時發爲詩文,鐵函重祕,沉於淵井之中。一往忠憤激烈之氣,何其壯哉!四百年來,湮沒不彰,一旦發其光怪,泉土不能銷蝕,又何神也!尤異其不漫出於辛治之時,特見於崇禎烈皇帝之世,迺知先生精爽在天,將以甲申之變,天地昏慘,神鬼痛號,甚至犬羊亂羣,羶風扇世,冥冥中能無怨痛?故適顯其遺史。所云"一人忠,教百千萬人忠;一人孝,教百千萬人孝",先生《盟言》爲不朽矣!

若皐羽先生之詩文,古穆峻拔,前哲論之已詳。考其出處,僅爲文丞相之幕僚,乃能捐貲募士,破家爲國,忠誠斷勃,浩然凌霄。至事不可爲,自放于山巓水涯間,每一念及,則慷慨淋

---

① 洪氏跋文,我最先是從日本文久三年(1863)木活字本《心史》卷首看到的,該文末署"三山洪士恭升題於同文書院"。該"洪士恭升"究竟應該是"洪士恭–升"呢,還是"洪士–恭升",抑或視作"洪恭–士恭"?頗難定奪。本人以前介紹該跋時,無奈之下姑作"洪士恭–升"。後來陳慶元《福建文學發展史》等均從之。但本人心中實一直未安。後在旅日學者顧偉良兄熱情幫助下,見到今知僅存於東京的隆武版《心史》之照片,方知原來洪氏跋文末署乃是"三山洪士升恭題於同文書院"!日人一個小小的刊誤,過了一百五十年方由本書首次指出!

漓,哭泣悲傷以死。貞烈之性,有足多者!

夫二先生,皆閩產也。今聖明南御閩邦,文武奮起,掃腥羶
而恢區夏,先生之神,實式臨之! 敬梓以傳,俾夫世之讀二先生
之文者,廉頑立懦,激高風於無窮;卽敦古懋修、山林自好之士,
亦將有感於斯文。

時隆武元年,歲次乙酉,仲冬望日,三山洪士升恭題於同文
書院。

洪氏同樣強調了鄭思肖是"布衣"及謝翺僅爲文天祥之幕僚的身
份,看來洪、方二位也當是一介平民,"名不見經傳"(生平難考),所以鄭
思肖對他們來說就更加感到親切與自豪。洪氏等人序刻《心史》是起到
了激勵人心的作用的,至少方潤的好友林垒,就是讀了《心史》而深受鼓
舞,並以生命來體現《心史》的愛國精神。我們在後面將寫到。

明清之際賀復徵(1600~?),因感於吳訥《文章辨體》一書所收未
廣,遂別爲搜討,編成《文章辨體彙選》。該書後被收入清乾隆"欽定"
《四庫全書》集部總集類。館臣認爲:"其卷帙旣繁,稿本初脫,未經刊
定,不能盡削繁蕪。然其別類分門,搜羅廣博,殆積畢生心力,鈔撮而成,
故墜典祕文,亦往往有出人耳目之外者。且其書只存鈔本,傳播甚稀,錄
而存之,固未始非操觚家由博返約之一助爾。"是書卷四三《檄二》,選入鄭
思肖《臣子盟檄》《後臣子盟檄》,以及兩篇盟檄後所附十篇跋(亦卽選入了
《心史》中《久久書》全卷);卷五三三《傳六》,收選了《心史》中的《歐陽夢
桂忠妾柔柔傳》;卷五四三《傳十六》,又收選了《心史》中的《一是居士
傳》。賀氏旣選收了《心史》中這麼多文章,亦足證其相信並喜歡《心史》。

須知,正是四庫館臣正式判定《心史》是"僞書",並在《四庫全書》中
剔除《心史》及鄭思肖其他著作(詳見本書第十一章所述);但《四庫全
書》中《文章辨體彙選》所收的這麼多鄭文卻忘了刪去,這眞是對四庫館
臣所謂《心史》"僞書說"的莫大諷刺!《四庫全書》中相似的情況還有不
少,本書後面還將一一揭出。

關於賀氏生平,《四庫全書總目》卷一八九提要也畧有所考:"復徵

字仲來,丹陽人(按,今屬江蘇)。是書首無序目,書中有復徵自著《道光和尚述》,云'先憲副(按,卽賀氏父親)昔宦夔門,時爲天啟甲子(按,1624)六月,越歲乙丑(按,1625)予入蜀,悉其事先憲副爲郎南都,嗣後入粵,歸吳。'又云'先宮保中泠公請師演說《金剛經》',又《吳吟題詞》云'辛未(按,1631)秋,家大人粵西命下,予以病侍行。'考丹陽賀氏一家,登科名者邦泰,嘉靖己未(按,1559)進士;邦泰孫世壽,萬曆庚戌(按,1610)進士,官總督倉場、戶部尚書;世壽子王盛,崇禎戊辰(按,1628)進士。按之復徵所序祖父官階年月俱不相合……均莫詳其故也。"其實,該《彙選》卷三五一卽收有丙子(1636)冬季陳繼儒作《壽憲副賀景崖大夫八十序》,記賀氏父親生平甚詳,四庫館臣失諸交睫也。(賀父景崖,萬曆庚子 1600 年舉於鄉,甲辰 1604 年挂乙榜。)該《彙選》卷五一又收賀氏自作《雲社約》,云"予不佞復徵字仲來,行二","予不佞復徵萬曆庚子年三月二十六日生",知賀氏生年爲 1600 年。陳繼儒上述序中讚美賀氏"仲來詞賦、古今文,識者擬之於金馬木天之間。"

清初康熙年間,太倉鄭氏賜書堂又編選《心史》詩歌一三二首,刻爲《鄭所南先生詩選》一卷,收入《鄭氏六名家集》叢書內。(按,該叢書收六種書,共十冊。該所南詩選爲第四種,第四冊。)該詩選前有王御《所南先生詩序》、鄭思肖《自敍》(卽原載《心史》詩集後的《自序》)、鄭定遠《重刊所南先生詩引》、《蘇州府志忠義傳》、鄭思肖《一是居士傳》等。書前署"宗孫起泓同男定遠重訂,孫肇熹、發祥校字"。

王御(1613~1705)所作《所南先生詩序》頗有見解,又提供若干史實,而且從未經研究者言及,因引錄於下:

> 昔在歲庚、辛之間,甬東錢公葹萋,得《井中心史》。夫《心史》之在井,宜其湮之深,深而且出之,殆天不欲實義士之心於泯漠,夫豈偶然哉!公令筑人梓之,以賜諸生,於是咸知天地間有所南先生。

> 自甲子再更以來,余幸與紀淳翁交。翁之乃祖於宋稱開國名臣,如文正、忠肅、忠愍、文肅,歷有其人;而雲仍之在宋季,至

所南而又一振。先生夙稟先天之正氣,承先世之洪謨,生不逢辰,遭九五之厄,行吟於野,首陽一片土,玄陰杳冥,日月無光,凌冬衆卉皆沒,而青松一枝,挺然獨立。惟此孤陽一線之生氣,扶乾穹以不裂,伊誰之功也!

信國有《正氣歌》《零丁洋》之詩,詩心之悲憤嗚咽,後之人讀之者三歎息也。先生之吟,篇帙更多,其悲憤嗚咽、抑鬱不平之意,壹於詩焉,發之一字一淚,淚之如霰者逐溪流,而之於西江遙遙之滸以止。蓋開國、平橋諸公,皆有詩,詩之正風也;先生之詩,詩之變風。變而爲苦以削,試招信國於九天而讀之,當爲擊石以助之哀。雖稱青蓮多魔於仙,右丞多溢於華,先生則超超乎塵埃千仞之表矣!

甄一述遵先人之志,爰授之梓,忠義之文,嘉言孔彰,所以勸也。俾千載而下,頑興懦立,豈云小補之哉!

康熙庚辰季冬,西村老人王御拜草,時年八十有八。

康熙庚辰爲1700年(“季冬”則可能跨入1701),距《心史》初刻已一甲子了。而王御八八高齡,則當生於1613年。西村老人當爲其號;而據書中序末所刻印章,可知又號戒菴。查嘉慶時修《直隸太倉州志》卷二八有:“王御,字聖乘。敦正學,憤流寇披猖深,慕王守仁爲人,思廓清世難,與陸世儀、王發祥諸人講求兵法,天文、地輿、阨塞無不精究。以選貢登崇禎九年鄉薦,十二年會試副榜。國朝順治十二年,就選得宿松縣學教諭,移六安州學正。所至整葺學宮,誨迪士子。遷房山縣令,以簡靜慈愛爲政,革除規例,不名一錢。邑有盜殺人,親率兵獲其魁。告歸年已耄矣,好學不衰。世儀謂其超悟似陳白沙。年九十三卒。學者私謚敬一先生,祀鄉賢祠。”清初俞天倬《太倉州儒學志》卷二謂王御號戒菴,可確知卽斯人也。《復社姓氏傳畧》卷二有王氏傳,知爲復社社員。王氏當卒於1705年。

王序中所說“甬東錢公”,卽“庚、辛之間”(1640~1641)任太倉知州的錢肅樂(希聲)。前已提及,錢氏所梓者乃自撰《讀宋鄭所南先生心史

詩（並序）》，而非《心史》其書。王氏年久有所記誤，但恰可從某種角度
證實錢氏印過自己的詠《心史》詩，並知當時錢氏還曾"以賜諸生"，擴大
了《心史》的影響。王氏高度評價了《心史》的思想價值，對鄭詩的藝術
特點亦有精彩論述，並將鄭思肖與李白、王維、文天祥等人的詩作了比
較，尤值得注意。

而從王御這篇序文及整部叢書中，我們還可知道至少還有下面四位
明清之際太倉人士參與序刻《心史》中詩。他們當然是相信《心史》爲鄭
思肖所作的。

鄭起泓（1612～1693），嘉慶時修《直隸太倉州志》卷五十："鄭起泓，
字紀淳，崑山人。族父伯昌得禁方，精于醫，戶外屨滿，輒遣起泓代往。
性絕敏，於諸方書稍涉獵即有神解，遂臻勝妙。然非其意也，嘗發篋得先
人遺稿數十種，皆梓以行。力不足，繼以資貸。避家難，來太倉。年六十
二（按，疑當作八十二，見下述）卒。"所說"避家難"，不詳，待考。所說
"先人遺稿數十種，皆梓以行"，後來收入《四庫全書》的只有明代的鄭文
康《平橋藁》和鄭若曾《鄭開陽雜著》兩種，餘不詳。而云其人倡導"忠
義"，是可以肯定的。又據《鄭氏六名家集》，知其號忍園。鄭氏晚年哀
錄《心史》五七言詩一百三十餘章（即《心史》中詩的一半以上），正擬登
梓，疾革未果，後由其子完成其遺願。

楊崙，《鄭氏六名家集》總序作者。嘉慶時修《直隸太倉州志》卷三
十："楊崙，字星源，康熙二十七年（按，1688）進士，授洵陽知縣。洵多虎
患，崙製文禱山神，患遂息。葺學舍，集士子講論，洵人始知學。善決訟，
洞中民隱。興利剗弊，不遺餘力。官舍隘陋，土壁藜牀，菜羹麥飯，稱貸
自給。居三年，以卓異陞戶部主事。四十一年（按，1702），擢河南道試
監察御史。以疾卒，同年釀錢殮之。"又據《鄭氏六名家集》，知其字昆
濤。楊氏在序中高度肯定"所南高士之忠肝義膽"。

周裳（1620～？），字雲彥，《鄭氏六名家集》總序作者。清初俞天倬
《太倉州儒學志》卷二記，順治甲午（1654）"周裳雲彥經魁，乙未（按，
1655年）會副榜，宿遷教諭。"清·汪學金《婁東詩派》卷十四選其詩二
十二首。並云："有《元覽閣集》。程迓亭云：雲彥少有雋才，後爲州侯白

林九所知，起守高郵時延致署中，多所讚益。白侯弟官粵，復偕往，垂老而歸。其詩刻意長吉，神骨逼真。"

鄭定遠，鄭起泓之子。《鄭氏六名家集》的刊刻者，也是作序者。字甄一，號達齋。生卒年不詳。其在康熙己卯（1699）所撰《重刊所南先生詩引》中云："先生不同信國之遇，而有信國之節；不同信國之死，而存信國之心。彼此殆一轍也。所著《心史》，沉之眢井，越三百餘年而始出，實亙古未有之奇。一時名公鉅儒，闡揚倍至。今其書已光天壤。先大人雅意表章，每慮忠賢手澤或致湮沒。癸酉（按，1693）夏季，身抱微疴，尚手一編不置，哀錄五七言詩一百三十餘章，正擬登梓，疾革未果。閱今六載，竭蹶質貸，始得與先忠肅公《奏議》、先提學公《僑吳集》、先傳臚公《平橋藁》、先參軍公《江南經畧》諸書，次第剞劂。非特發潛德之幽光，抑以竟先大人未竟之志耳！"①據此，其父鄭起泓當逝世於癸酉（1693）或其後不久。上引《直隸太倉州志》傳中稱他"年六十二卒"，則當生於1632年或其後。但那好像是錯的，因爲王御云"自甲子再更以來，余幸與紀淳翁交"（"甲子再更"當指改朝換代），稱鄭起泓爲翁，並用了"幸與……翁交"這樣的表述，鄭就不可能比王小二十來歲。因此，我疑"六"乃"八"之誤。

陳焯（1619～1692）所編《宋元詩會》一書中，大量選入了《心史》中的詩。該書後被收入清乾隆"欽定"《四庫全書》集部總集類。陳氏安徽桐城人（生年根據方中發云與其父親同庚推算得出）。清·馬其昶《桐城耆舊傳》卷七："陳公諱焯，字默公，號越樓……七歲能屬文，年二十遊吳越間，作《寶帶橋望月歌》，吳人王子稼譜入管絃。明末建海屯之議，兵科陳公子龍上其策，授以部職，辭不就。國朝以拔貢生爲中書舍人，退請與鄉試。順治九年（按，1652）進士殿試，讀卷官擬進呈第一，以曾官內閣引嫌，改置第五，授兵部主事。乞歸……工於詩，善草隸，著《滌岑

---

① 這裏提到的幾本書，即宋·鄭興裔《鄭忠肅奏議遺集》、元·鄭元祐《僑吳集》、明·鄭文康《平橋藁》、明·鄭若曾《江南經畧》。而《鄭氏六名家集》所收六家是唐·鄭谷《雲臺編》、宋·鄭興裔《鄭忠肅奏議遺集》、宋·鄭準《開國公遺集》、宋·鄭思肖《鄭所南先生詩選》、元·鄭元祐《僑吳遺集》、明·鄭文康《平橋藁》。

詩文前後集》十卷,又輯《古今賦會》若干卷;《宋元詩會》一百卷,采錄九百餘家,文淵閣著錄,謂足與吳之振、顧嗣立二書相輔。嘗修《安慶府志》《江南通志》。年七十四卒。學者稱文潔先生。"

據《四庫全書》所收《宋元詩會》書前紀昀等館臣的案語,王士禎《香祖筆記》記康熙甲子(1684)年陳氏曾訪問他,帶上此書稿本十大冊,說是二十年所輯,請王氏再鑑擇之。因此,四庫館臣案語中認爲:"是其卷帙本極繁富,而今刊行之本僅止此數,或經士禎鑑別之後,焯重加釐定而復爲刪繁以就簡者。"而現見該本之卷五四,仍收入《心史》之詩《避暑入古寺》《嗟汝二首》(按,即《十三礪十首》之七、八)、《苦懷》《菊花歌》《題多景樓》《逢陳宜之》《越州飛翼樓》《山中聞鶴》《聽琴》《別故人》《詠懷二首》《晚晴》《即事二首》《宿半塘寺》《追獎並序》《辛巳歲立春作》《夏駕湖晚步懷古》《送人之行在》《飄零》《醉鄉二首》《二礪二首》《吊揚州瓊花並序》《湖上漫賦》《絕句二首》《小春花》《春日二首》(按,即《春日偶成五絕》之一、二),多達三十三首。這個數目,在全書所收近五百名詩人中,大約名列第五十。

而且,陳焯在該卷卷首還明確寫到:"鄭思肖,字所南,別號億翁。宋亡僑寓姑蘇,黍離之痛,一飯不忘。著有《心史》,以鐵函藏承天寺井中,至明崇禎間,因淘井得之。"四庫館臣既胡說《心史》是"僞書",但對《宋元詩會》所收這麼多鄭詩都視同未見,連上述這段卷首語亦未刪去。這又是對所謂《心史》"僞書說"的莫大諷刺!在《宋元詩會》卷五三《汪元量》小傳中,陳氏還說汪元量"所作詩皆紀亡國降元之事,詩而兼史,與所南鐵函長存天壤可也"。凡此不僅足證陳焯堅信並喜歡《心史》,甚至也可知王士禎對《心史》也並不懷疑。

陳氏還於"歲旃蒙大荒落"(1665年)爲方其義(方以智弟)《時術堂遺詩》寫《後序》(載該書卷首),也寫到《心史》:

> 及玆有元受命一時,趙宋遺民抗志不屈者,皋羽、億翁而外,則有新安之胡餘學、慈溪之黃東發、廬陵之劉須溪,與不知誰何之張孟浩。乃今世學者,動言謝、鄭,而不識餘子,徒以西

臺之詩、鐵函之史故也。然則士生標季,履貞蹈素,苟未能自鳴
其志,輒冀後世之知我,豈易得乎!

吳綺(1619~1694),字薗次,號豐南樗叟,一號聽翁。因有"把酒囑
東風,種出雙紅豆"句傳誦一時,又稱紅豆詞人。安徽歙縣籍,居江都
(今江蘇揚州)。清順治甲午(1654)拔貢,歷中書舍人、兵部主事、武選
司員外郎,康熙丙午(1666)出爲湖州知府。湖人謂爲"三風太守",謂多
風力、尚風節、饒風雅也。時人又稱其吳湖州。己酉(1669),以風雅好
事罷歸,貧不能自振,遊食四方,曾寓居蘇州。著有《林蕙堂全集》。
　　吳氏於康熙戊午(1678)序刊所編選的《宋金元詩永》,共收入《心
史》中詩十四首:《古詩三首》(其二、其三)《愛竹歌》《逢陳宜之》《送友
人歸》《送人之官》《睡覺有懷王梅塢垓》《懷歸》《夏駕湖晚步懷古》《訪
隱者》《春日登城》《春詞》《懷友》《春日遊承天寺》,足見他是多麼肯定
《心史》! 這也是我們所知刊印最早的選有《心史》中詩的書。
　　《林蕙堂全集》卷十九《亭臯詩集》有《贈趙雙白炎》一詩:

　　　閩客浮家泖水湄,孤蹤不許俗人知。
　　　春衣盡典緣沽酒,晨突無煙獨愛詩。
　　　晞髮未忘文信國,論心常憶鄭當時。
　　　如何忽作思鄉曲,擷采幽香絕妙詞?

　　此詩又爲沈德潛、翁照、周準輯《國朝詩別裁集》卷八選入(題爲《贈
趙尊客》)。鄭當時,西漢時人,事蹟見《史記》《漢書》,沈德潛即如此註
釋;但此人並無"論心"之語,吳氏詩中乃借指寫了《心史》的鄭思肖。此
詩所贈對象是閩人,又與謝翱及文天祥對舉而提到"鄭當時",則必然是
指與謝、文同時的鄭思肖。這一是爲了詩的押韻,二是可隱去思肖本名,
是一種高妙的修辭手法。
　　《林蕙堂全集》卷十二還有《有明御史仲淵何公墓表》,其中也寫到
《心史》:

舟覆厓山,問趙孤而莫在;途窮蜀道,持漢節以安歸?永夜
狂呼,血洒伶仃之淚;顚崖直墜,命捐辛苦之軀。而心不忘君,
縱百傷而未絶;魂猶戀國,雖九死而還生。勉從父老之言,暫易
浮屠之服。駱丞驚竄,曾來靈隱寺中;潘閬潛奔,竟出延秋門
外。朝朝痛哭,溪邊碎讀《離騷》;處處哀吟,井內獨存《心史》。

邵鬲,字葵園,號白厓,當湖(今浙江嘉興平湖)人,生平不詳。邵氏於
康熙癸酉(1693)、甲戌(1694)編選《宋詩刪》,同里柯弘祚參閱。邵氏在
《凡例》中說明,編選是書主要是因《宋詩鈔》"卷帙浩繁,不便初學,故加刪
定。要在精簡,雖蘇黃大家,不敢多登。寧失之刻,毋失之汎"。又說:

> 詩雖盛於唐,然晚益衰靡,至於氣節遠不逮宋。如謝疊山、
> 鄭思肖忠憤所激,發爲詩歌,不當以聲律求之。疊山謂黍離無
> 興周之志,所南以鐵函貯集沉井,以□□宋之心,此等血誠,皆
> 唐末詩人所絶無。《宋詩鈔》有其目而無其集,今爲搜茸一二,
> 以存正氣。

在《宋詩刪》卷下,選收了鄭思肖的詩六首,全部出自《心史》。爲
《題多景樓》《逢陳宜之》《送人之行在》《偶成》(二首之一)《五忠詠》
(五首之一《制置李公芾》)《梅花》。邵氏在《凡例》中又說:"匡予不逮,
則柯山先生之力居多焉。相助有成,敢忘所自。"從語氣看,柯氏與邵氏
應該是平輩人。

柯弘祚(1620~1694後),號柯山,亦當湖人,明季諸生。幼穎異,好
讀書。甲申(1644)後屛儒冠,徧交方外,與江南北宗門諸老宿遊。晚歸
舊隱,以詩文自娛。尤究心道學,病時體舛謬,多所論定。性孤介,所如
不合。嘗歷齊楚燕薊,馮弔欷歔,知希自貴。著有《禮經拾遺》《陰符經
疏》《居家月令》《草堂說書》《九山志林》《九山草堂詩鈔》及雜文數百
首,今均未見。柯氏和邵鬲一樣,顯然都是肯定《心史》的。

顧景星（1621~1687），字赤方，號黃公，自稱江漢逸民。湖廣蘄州（今屬湖北）人。生之夕，父夢星降，因以名焉。六歲能賦詩，有"江夏黃童，天下無雙"之譽。長而究心經世之畧，明季流寓蘇州崑山，後往來吳楚間。當事交章薦辟，皆不就，作《秣陵謠》暗譏朱由崧好色無作爲。康熙戊午（1678）舉博學鴻詞，以病乞還。顏其堂曰"白茅"，取《易》"无咎"之義也。有《白茅堂集》。該書卷三三有《重刻鄭所南心史序》，從未見研究者提及，很精彩，雖長也照錄：

崇禎十三年正月，蘇州承天寺井，晨夕白氣屬天，或如飛帛颭颭檐際。僧浚井，得鐵礅甚固，則宋鄭憶翁思肖所著書也。名《心史》。思肖義節見史傳雜說，嘗著《錦錢集》《大統論》；又別著《大無功（按，當爲工）十空經》一卷，皆詭言也。又自敍著書一百二十卷，不傳。今井中書祕記，史不載者十數條，詩文二百九十五首，泣鬼神而貫金石。四百年泉土中物，一旦赫然。讀者聞者、紳士婦女、賈傭牧豎，莫不悲涼感激，繼以撫膺泣下，歔咽無聲。嗟乎，孰使爲是！當思肖著此書，藏之石室，錮以重泉，庶幾他日精神見於山川，此思肖志也。思肖不能擇時而使之顯也。而若或使之，非思肖所能爲也。

宣和末，中原無事，汴京歌鐘沸天，士大夫褎衣譚不急之務，忽得范質《晉記》，述少帝遷黃龍、居建州十八年苦甚悉，一時傳誦歎歔，至錄藏祕閣；又濠州斸井，得石匣，藏鄭向《五代記》，其銘曰"自朱矯命，終紫游位"云云；①嘉定初，有人於林屋洞獲一簡"太歲壬戌"云云；明英宗正統中，得之如前；又眞定龍興寺佛耳，得《靖康異變記》一卷；崇禎己卯，太學生李嗣玄

---

① 此事見宋・張邦基《墨莊漫錄》卷二："濠州州宇含桃閣下，因斸土得一石匣，始羨疑中藏金玉，開之，得巨編數帙，乃陳雷鄭向所述《五代開皇紀》三十卷。乾興元年（按，1022），向以向書屯田員外郎爲郡守，瘞此書於閣下。中有銘曰：'自朱矯命，終紫游位。二十四年，一十三帝。興亡行事，魚貫珠綴。瘞藏於斯，如地之利。'此書亦行於世。"可見那次發現是因"斸土"，並非浚井。而且，鄭向之書實際曾經上呈，據《宋會輯稿・崇儒五・獻書陞秩》："天禧……五年（按，1021）五月，太常博士鄭向表進所撰《五代開皇紀》三十卷及《天禧聖德頌》一首，求試，詔令與優便任使。"

始出祖綱《靖康傳信錄》《建炎進退志》，梓行；又汪若海《靖康
麟書》、元·杜清碧《谷音詩選》，一時盛傳；又《宣和遺事》記二
帝蒙塵，投上皇坑中作油，與《金史》單徒（按，當爲徒單）太后、
太原尹單徒（按，當爲徒單）阿里出虎畧同。蓋當時從難之臣，
祕記不傳，而忽傳於巳、庚兩歲中。噫，其誰使之哉！《遺事》
即《阿計替》《南爐紀聞》，後人羼入小說，地里、年號多謬。

惟《心史》最奇，士大夫爭傳誦。年來漸罕有言者，友人懼
其遂不傳也，謀更梓，問序於不肖。夫書傳不傳，傳之遠不遠，
皆未可知。必也人心維持，然後楮墨堅於金石；不然，雖山頭羊
公之碣，水底杜侯之碑，罕能舉其文久矣！然則，是書也以晦而
存，安知不以顯而亡？天下事，以晦而存，以顯而亡，豈獨是書
也與哉！曷亦人心維持，如火不絕於陽燧，水不絕於鑑諸，庶幾
其不亡焉矣！

崇禎歲次甲申嘉平月。

甲申（1644）之嘉平月，也就是農曆年底，已入 1645 年。此序撰寫
之時，崇禎實已自殺九個月了。序中所說《心史》出井時間（其實爲林古
度寫序時間）、鄭思肖有“自敍著書一百二十卷”云云，均有誤。但此序
最值得注意的，是列舉了好幾個北宋末以來的文獻新發現，認爲只是
“《心史》最奇”，以此說明《心史》的出現並不是不可思議的；還說“思肖
不能擇時而使之顯也。而若或使之，非思肖所能爲也”，說明《心史》出
現的時機雖然很是特殊，也並不是不可思議。這是非常有見地的。序中
又說年來《心史》漸罕有言者，故友人懼其不傳而謀更梓。不知此位神
祕的友人是誰，也不知其“謀更梓”後來成功與否。（後來我們看到的自
稱“明季梓本”“凝碧堂藏板”的《心史》，以及清咸豐、同治年間長沙余肇
鈞（苹皋）輯印《明辨齋叢書》中的《心史》，會不會就是顧氏友人所雕
之版？）

《白茅堂集》卷二八還有一篇《論正統論》，提到《心史》中關於古今
正統之論，持有不同看法，但絕不認《心史》爲僞：

正統之論,類感激而爲之者歟?其說皆未公也……<u>鄭思肖</u>曰,普六茹那羅延者,隋文帝也;涼武昭王暠七世孫者,唐高祖也。於是統不得爲正。惟三皇、五帝、三代、漢、宋,正。然則其間嘗百年,數百年其君不得爲君,相不得爲相乎?雖有賢君,不得如桀、紂、幽、厲之虐,桓、靈之亂夷,赧、劉禪之昏庸乎?雖有賢相,不得如廉來之惡,林甫、國忠之姦,秦、韓、史、賈之欺誤乎?曰,彼猶正統之君相,甚矣其言之激也……<u>鄭子不與隋、唐,爲宋諱也,爲諸夏存也</u>。故曰,皆有私與激而言,皆未公也。若夫歷代得失之故,有可言者,是則天道之公,俟諸聖人,質諸鬼神,而無所疑惑焉者也。

卷四三《雜著》又有《答江如》,提到:"元混一華夏,亦剃髮。《心史》云尚書黃萬[石]聞元兵將渡江,'卽剃三搭辮'。"

《白茅堂集》卷末還有顧氏兒子記錄其平時講話的《耳提錄》,在《書籍瑣談》一節記有"府君曰:吾在蘇時,他無所置,惟置書甚富。"又記"府君曰:書之顯晦有數,若出於天。《宣和遺事》《心史》《李綱文集》,何以至明末一時並出,又皆盛行?《遺事》《心史》慘毒尤甚,雖婦人孺子皆能言之,至流涕歔咽。嗚呼異矣!"所謂"慘毒尤甚",當指《心史》等書中記載的喪土亡國痛史。

明末還有一部署名惠康野叟的《識餘》。(《筆記小說大觀》《中國叢書綜錄》等均列其爲明代之書。)觀書中稱《剪燈新語》及《餘話》爲"國朝名士手筆",稱王實甫、高則誠等人爲"勝國詞人",則自是明人無疑。惟我迄今未能考出惠康野叟的眞名及生平。

《識餘》卷一爲《文考》,收有《久久書正文》《一是居士傳》《德祐謝太皇北狩攢宮議》《文丞相讚並序》《歐陽夢桂忠妾柔柔傳》《大義畧敍》(節選,主要爲記蒙古人風俗習慣部分)。均錄自《心史》,但均未註明出處。

《識餘》卷二《詩考》則收錄了《心史》中的詩《制置李公芾》《丞相李

公庭芝》《察使姜公才》《都統王公》《隨駕內嬪某氏》《秋歌》《春歌》《勵志二首》（其二）、《追獎並序》《續洗兵馬》《吊揚州瓊花並序》《丞相陳公》《少保張公世傑》《哀劉將軍並序》《元韃攻日本敗北歌並序》。也都沒有註明錄自鄭思肖《心史》。

惠康野叟鈔錄了這麼多《心史》詩文，足見他完全相信並極爲重視這本出井不久的奇書。

周之標，字君建，明清之際蘇州文人。他在所輯古小說《香螺卮》中收錄了《心史》中的“宋鄭思肖《夢遊玉青峯餐梅花記》”。此據友人黃霖賜告：日本東京大學圖書館藏有國內未見的這部文言小說選集，共十卷十冊，從漢代作品選起，其最後一篇就是鄭思肖此文。此篇充滿浪漫色彩，確有小說意境，周氏之選具見目力，並寫有精彩評語：

> 評曰：所南先生爲宋末忠臣，載在《郡志》。《井中心史》令人一讀一悲憤。其文清峭孤異，自露其人本色。錄其一，以傳之不朽，未可以“小說”目之。

據王重民《中國善本書提要》集部詞類《吳歈萃雅》一書敍錄：《吳歈萃雅》原題“茂苑梯月主人選輯”，卷端題辭則署“長洲周之標君建甫題”，小引又署“梯月主人走筆漫題”，王氏認爲：“玩其語意，當同出一人之手，然則梯月主人卽周之標也。之標事蹟無考，余僅憶明末清初間刻本《封神演義》有之標序，殆其人清初猶存。茂苑卽長洲，疑之標與名畫家周之冕爲兄弟行也。”《吳歈萃雅》小引作於萬曆四十四年（1616）。鄭振鐸《中國古代木刻畫史畧》提到《吳歈萃雅》，注曰：“梯月卽周之標，是蘇州的一個有名的出版家。”我又查得周氏還曾輯有《賽徵歌集》《珊瑚集》《蘭咳集》等書，並於清初順治四年（1647）列名爲《南詞新譜》的參閱人。

何一泗，本姓李，字衍之，新建（今江西南昌）人，明遺民。幼博學善文，受知於蔡懋德（雲怡）、侯峒曾（廣成）二督學。崇禎己卯（1639）舉於鄉，出秦鏞（弱水）門。禮闈爲徐汧（勿齋）首薦，中副車，考授推官，未就。蔡、侯、徐先後殉難,秦亦病故,何氏爲室祀先聖四人,配下又列蔡、侯、徐、秦四先生主,飲食必祭。自號支離叟。晚益貧困,躬樵汲,粗糲或不繼,泊如也。據裘君弘《西江詩話》卷十、曾燠《江西詩徵》卷六三,及同治時修《南昌府志》《新建縣志》,何氏"杜門講學,手錄程朱要言,隱括金仁山、許白雲、鄭所南諸集,爲《我思錄》。"何氏"隱括"的鄭思肖集,就是《心史》無疑。可惜《我思錄》今未之見。

《新建縣志》卷七八還收有何氏《癡崖記》一文,其中也提到《心史》沉井:

> 昔愚溪以柳子名,洛溪以元子稱,二子老於盛唐,不類於予。予所慕者,瀧水之文山、芝山之止水,兩者同其時矣,而其位不同。哭故人於西臺,沈《心史》於胥井,二子者終於流寓,不類於予。予所慕者,入洪崖而著書,向蘭江而講道,兩先生者同其志矣,而其境不同。嗚乎!

三、明清之際詩中提及《心史》者

還有很多明清之際詩人,雖然我還沒有找到他們專詠《心史》的詩,但他們在詩中稱揚《心史》,或者在詩中使事用典涉及《心史》(前面提過的很多人,如方文、劉城、錢肅樂、張岱等等也均有這類詩),這正可證明他們對《心史》的肯定,和對出井其事毫無懷疑。而且,大量的稱揚《心史》和使事用典涉及《心史》的詩,也正可證明《心史》在明清之際的重大影響。因此,非常值得我們重視。

下面據我平時讀書所見,畧依作者年齡先後列述。

范鳳翼(1575~1655),字異羽,號太蒙(濛)。南通州(今江蘇南通)人。萬曆戊戌(1598)進士,除灤州知州,自請改順天府學教授。歷國子助教,遷戶部主事,改吏部。以用賢遠姦爲己任,因而遭忌,乞終養,里居八年。謫長蘆運判。天啓初起工部主事,進尚寶司丞、本司少卿、大理寺丞,皆不赴。權閹用事,以東林黨削籍爲民,怡然處之。崇禎改元(1628),復原官。民變作,避地金陵,里中父老數千人迎其歸。乙酉(1645)福王立,拜光禄少卿,堅臥不起,與遺民高僧遊。著有《勳卿集》。

今見《范勳卿詩文集》詩集卷十五有《答周江左》一詩,作於甲申國變後。其中"詩史何殊鄭所南"句自當指《心史》,因爲除了《心史》,鄭思肖其他詩作均當不起"詩史"二字。

> 先帝誰忘德廣覃,傷民哭主共如惔。
> 義熙莫負陶元亮,詩史何殊鄭所南。
> 依舊山河安有恙,美新臣子豈無慙!
> 野夫浩氣空悲壯,治亂興懷捫虱談。

王毓(1587~1667),會稽(今浙江紹興)人,本名資治,後改毓,字予安,號石衲(納)、石叟,又號遁樗,室名妙遠堂、匪石堂、夕菴。少孤,由叔父舜鼎撫養成人。袁崇煥督師薊遼時,以諸生參幕。後又參加南明的抗清鬥爭,任兵部職方武庫司郎中。治古兵法,常以不獲一展爲憾。後隱跡爲僧,號大很。與祁豸佳、陳洪綬、董瑒、王雨謙、趙甸、王作霖、羅坤、魯集、張遜庵,人稱"雲門(寺)十子"。順治庚子(1660)冬,延屈大均館其家,視爲忘年交。平生最愛陶詩,有《妙遠堂詩》《湖霜集》《雨游集》《匪石堂詩》等。今見《匪石堂詩》稿本,有杜濬、胡恒、曹學佺、陳洪綬作序,張可仕、魯栗、陶履卓、王猷定、杜濬諸人作評。王氏是堅貞遺民,自稱"天之僇民",寫詩"外慨河山,内傷骨肉",可惜埋沒無人知,連最關心鄉邦文獻的魯迅、周作人也未曾提及。

《匪石堂詩》卷六有《徐武子先生壽》,序曰:"武子爲姚文毅現聞先生東床,而文初之姊倩也。二子禎起、綏祉皆吳中之雋。"(按,武子即明遺民徐樹丕,文毅即姚希孟,文初即姚宗典。)詩中寫到《心史》:

> 嶽瀆都清淑,神物領天英。

洞庭府靈奧，亭毒鬱固禎。

粲粲二徐子，衫屨覿若驚。

頎然公輔器，不愧文毅甥。

登堂拜尊甫，大雅推宗盟。

鐵函富《心史》，玉芃紛瑤瑛。

洋洋鹿門隱，靜好洽琴笙。

薄游瞻華渚，恭壽誦同聲。

亭亭霜柏老，宜此南山觥。

讀徹（1588～1656），著名詩僧。俗姓趙，初字見曉，後更字蒼雪，別號南來，人稱蒼雪大師。呈貢（今屬雲南）人。童年隨父祝髮於昆明，十九歲時遠游至吳中，後長期主持蘇州中峯寺等。王士禎《漁洋詩話》認爲：“近日釋子詩，以滇南讀徹蒼雪爲第一。”而吳偉業《梅村詩話》更認爲其詩“蒼深清老，沉著痛快，當爲詩中第一，不徒僧中第一也”。《心史》出井時，讀徹正在蘇州，而且當時傳鈔、序跋、刊刻的蘇州文人他幾乎都認識。如鄭敷教還曾爲其詩集作序。他還認識承天寺僧人穹玄，曾寫有《贈雙峩寺穹玄七十》詩。因此，他也正是當時當地一位有關《心史》出井的見證人。讀徹的《南來堂詩集》補編卷三上，有《山居贈鄭桐菴（按，卽鄭敷教）二首》，其一云：

上世家聲載史林，孫謀貽厥步芳塵。

芝蘭不易秋來性，<u>鐵石難移井底心</u>。

南渡偏安休望昔，崖山遺恨到於今。

西南半壁回天力，會見風煙挽日沉。

陳函輝（1590～1646），字木叔，號寒山，台州臨海（今屬浙江）人。崇禎甲戌（1634）進士，除靖江知縣，爲人劾罷。北京淪亡後，倡義起兵抗清，與錢肅樂等會師，後失敗，自經死（一云赴水死）。犧牲前慷慨賦《絕命詞》十首，其第九首曰：

手著遺文百卷,尚存副在名山。

正學禁書亦出,所南《心史》難刪!

　　陳氏臨終前因自己的遺文而提到《心史》,可見《心史》在他心目中的崇高地位;而且,他已預料今後有人會想"刪"掉《心史》,但認為那是徒勞的,刪不掉的! 陳氏的《絕命詞》流傳很廣,影響很大。

　　邢昉(1590~1653),字孟貞,一字石湖,高淳(今屬江蘇)人。明末諸生,入清居石臼湖上,隱遁不仕,所交均遺民高士,作詩深寄易代之悲。有《宛游草》《石臼詩集》。長詩《讀祖心再變紀,漫述五十韻》作於明亡後,載《石臼後集》卷一,又收《晚晴簃詩匯》卷十五。祖心就是僧函可,本書下面就要寫到;《再變紀》是紀事長詩,所謂"再變",一變是北京的崇禎滅亡,再變就是南京的弘光傾覆。邢昉詩云:"此紀乙至丙,大書得梗概。正氣苟勿渝,細不遺裙屩。"稱讚《再變紀》作者函可:"大師南海秀,夐立風塵外。辛苦事掇拾,微辭綴叢薈。毛錐逐行腳,蠅頭裝布袋。"不料近日祖心卻遭難了,邢氏記曰:"前日城門過,禍機發近邇。命危瀕伏鑕,鞠苦屢加鈦。良以筆削勞,幾落遊魂隊。"詩的最後邢氏以十年前出井的鄭思肖《心史》來激勵祖心:

　　……雖然怵網羅,慎勿罷紀載。

　　伊昔鄭億翁,著書至元代。

　　出土十載前,金石何曾壞!

　　董守諭(1596~1664),字次公。浙江鄞縣(今寧波)人。少受業於黃道周,負性耿介,不俯同流俗,為文恥循常襲故。天啟甲子(1624)舉於鄉,後七上公車均不第,遂杜門讀書。曾加入復社。魯王監國駐紹興時,董氏被授戶部餉司職。未幾而方國安、王之仁有分餉分地之議,又有請稅人法、請官賣大戶等,吵得不可開交。董氏則力主一切從抗戰大局出發,竟然引起不滿,有兵士抽刃守門以威脅之。王之仁甚至說:"朝廷

大臣尙不敢裁量,幕府何物豎儒,乃爾事事中格乎!"揚言:"得孟軻百,
不如得商鞅一;得談仁講義之徒百,不如得雞鳴狗盜之雄一。"欲殺之以
洩憤。魯王無奈,陰使董氏避之,董氏慷慨對曰:"餉司命吏,生殺聽於
主上,非之仁所得專!桓溫、劉裕何許姦雄,亦必託晉陽之甲,無敢擅出
一檄執朝臣而去者!臣歸死上前,之仁能以臣血濺丹墀?"不爲所動。
江上師潰,董氏遯蹟荒郊十幾年,乃卒。學者稱爲長嘯先生。

　　全祖望《續耆舊》盛讚之曰:"明季遺民之盛,莫如甬上;甬上諸遺民
詩筆之健,莫如先生。晉蘭唐之司空,宋之方、謝、龔、鄭,元之楊戴,尙不
敢斥言質言之;而先生之稱情而出,恣其欲道者,斯爲西山易暴之歌以後
所有也!此其所以爲石齋之高弟歟!"《續耆舊》卷二十《東林四先生之
一》收董氏所作《七哀詩》,其七爲《兵部尙書李公向中》,董氏小序云:
"公避兵舟山,以居憂不仕,獨坐,對客惟手《心史》一編,予故組所南詩
中語以哭之。"詩曰:

> 宋亡紀二李,今復見奇男。
> 寒菊不落北,生花且向南。
> 斷頭降豈易,亡國死猶甘。
> 吾事告無罪,仰天長嘆三。

　　董氏和他歌頌的李向中這樣的英雄,正是深受《心史》激勵的!董
氏詩中說的"宋亡紀二李",就是《心史》中記載、歌頌的李芾、李庭芝。
　　道忞(1596～1674),俗姓林,字木陳,號山翁,晚號夢隱。廣東潮州
人。明末諸生,旣而棄儒服,走匡廬,參天童。天童寺悟禪師示寂後,繼
主之。順治己亥(1659),清帝遣官徵至京,住齋宮萬善殿,結冬開堂,勅
封弘覺禪師。辭而南歸,主海鹽金粟等刹。著有《布水臺集》。此書卷
一作於1646年的《丙戌孟秋送黃梅二司馬歸楚(諱日芳、之焻)》二首,
其一提到《心史》:

> 九死從君再造朝,誰知風雨正飄颻。

黃冠未奪孤臣願,楚魄尤煩弟子招。

千里關山收夕夢,<u>百年《心史》付重溜</u>。

采薇我亦理歸桴,匡阜期聽夜墼潮。

林時躍(? ~1663),字遐(霞)舉,號荔堂,門人稱端節先生。浙江鄞縣(今寧波)人。少負志節,受學於劉宗周,又受學於黃道周,歸而與華夏、王家勤爲講社,所稱宸山七子者也。明季以明經貢太學。乙酉(1645)錢肅樂薦之,魯王監國授大理評事,辭。後竄伏草莽,雅自矜重,人或笑之曰:"荒朝一命,何足自喜?"林氏唾其面曰:"君子受國家一日之榮,千秋重之!"

華夏死節,夫人將投繯,忽徘徊曰:"吾一子已殉,僅存一子,挈之死則絕嗣,留之則辱,將若之何?"林氏聞之,曰:"是易耳。"乃竊取其子匿於家,而取瘖子以代。當時偵邏四出,儻遭發覺,禍且不測,而林氏不顧也。踰十年,爲華氏子婚,哭而誡之曰:"汝固忠節之後也。汝父死,吾捧頭舐血而殮之;汝母死,吾躬市櫬木焉。吾亦不料得自全以全汝也。今幸矣,汝有室,汝妹亦有家矣。汝爲王裒,莫爲嵇紹,則吾所望于汝者也!"于是高斗樞爲賦《孤兒行》以紀之,諸遺民皆感而和焉。

林氏深埋土室,不屈其志。自丙戌(1646)後,周旋忠義之後甚力。張煌言轉徙山海,密書往復,一歲數至。林氏爲之飛書發使。及煌言散兵時,鬱鬱而卒。所著有《明鶴草堂集》《甬東正氣錄》《丹史》《逆案》《十三陵圖記》等,今皆罕見。全祖望《續耆舊》卷三三《鶴山七子之一·端節先生林時躍》保存其詩二十幾首,就有兩首涉及《心史》。如《答李杲堂》:

長懷白露在湖濱,說有新詩餉故人。

杖履何緣進大隱,衣冠可得葬孤臣。

<u>流淵篋史開何日</u>,葬土遺文著幾人?

坐嘯春風研舊國,嶺頭蕖黃自嶙峋。

還有《挽無界先生》:

> 竹橋昨共泛蒲觴,驚悼先生奄忽亡。
> 一輩友朋埋碧血,百年清梦熟黃粱。
> <u>好將逸史沉眢井</u>,賸有遺文埋石倉。
> 始信杜陵推健語,陶公應作挽歌行。

又,全祖望《續耆舊》卷三四《鶴山七子之一·徐明經鳳垣》引林氏爲徐鳳垣(掞青)《負薪集》所作序曰:

> 掞青吟侘傺于楚些,寫離愁于雍門,西臺雜詠,含詬鞠愍,遇物抒懷,故其爲詩充笥積帙,獨與予私相把和,不肯輕出示人。但長望黃流,幾何人壽?一旦磨滅于脉望鼠餘,則<u>眢井之書</u>何時而出?石倉之副世莫之知!予因稍爲點次,雖未足傾倒奚囊,然出其什一,已堪與日月爭光矣!

吳錂(?~1668)字若金,安徽宣城人。明遺民,埋名甚久,諸書罕見記述。少與沈壽民齊名吳中,錢禧亟引重之。詩尤清拔。桑海後,兄弟五人俱棄舉子業隱居。與顧夢游(與治)、施閏章(愚山)等親交。據其子吳參公回憶:"庚子歲(按,1660)遭難北逮","會邑令虐士,士讙於庭,當事藉是羅織,以折三吳士氣。先君名素著,遂罹其禍。及事白,而家已蕩析。"吳氏作品因此大部散失,僅"刼灰之餘"編爲《浮筠軒遺稿》,亦極罕見,中有《臨江寓中蘄州顧赤方招飲,臨贈二首》,其一提到夢中猶吟《心史》:

> 披衣眞不那,折簡卽相過。
> 院午市聲寂,杯寬暑氣和。
> 膽瓶花索笑,《心史》夢猶哦。
> 暮雨催歸屐,詩成且放歌。

郭都賢（1599～1672），字天門，湖廣益陽（今湖南桃江）人。明天啟壬戌（1622）進士，授行人，遷吏部主事，歷員外郎，出爲四川參議，遷江西副使，以右僉都御史巡撫江西。有政聲，曾提拔史可法、魏禧等人才。因不滿明末腐敗，於崇禎甲申（1644）正月棄官入廬山。聞北都陷，悲憤絕食。弘光立，史可法邀出山，未赴；桂王又召爲兵部尚書，時已披薙入浮邱山，隱於僧，號頑石，又號些菴。自此流離無定，以詩累，多次繫獄，死於江陵之承天寺。著有《些菴詩鈔》等。

鄧顯鶴《沅湘耆舊集》云：“先生負經世才思，匡屯難及。遭時多故，知事不可爲，銷聲晦迹，至於祝髮空門。流離轉徙，客死荒寺，故國之戚，一飯不忘。遠則鄭憶翁、謝皐羽，近則蘗菴、青原、晦山、大錯諸公，心事一轍，高風千古……先生有《補山堂歌洞庭秋》七律盛傳於時，和之者徧海内，錢受之和章至云‘眼前突兀見此堂，摩空浴日開洪荒’，傾倒極矣。而《列朝詩選》《明詩綜》二書竟不登些公一字，虞山、秀水若合力以屏之者然，殊不可解。”

今見《些菴詩鈔》卷十二《浮家》有《贈錢牧齋先生》二首，其一言及《心史》：

> 雨後清和定午煙，半塘鶯老不聞鵑。
> 布單掛卻三千里，函丈新披尺五天。
> 心向井邊私問史，魂來江上遠勞箋。
> 風流江左依然在，賭墅爭看一著先。

徐開任（1600～1684），字季重，蘇州崑山（今屬江蘇）人。鼎革後杜門著述，歷數十年。從子徐乾學、許元文位通顯，貽書惟勗以砥礪名節。高風介節，與吳門徐枋、同里朱用純並爲鄉邦所推重。歲舉鄉飲禮，邑令前後凡三請，終謝邰。畱心明史，仿晦菴義例，輯《名臣言行錄》，貫穿精核，全祖望謂其“搜羅稗野諸鈔，與實錄相參錯，可謂勤矣”。論詩上溯《風》《騷》，所撰樂府及五言記事詩，朱鶴齡稱其“原本少陵，深情至性激發而出,使讀之者流連往復,不能自已"。康熙庚申(1680)年八十一,刻詩集《愚谷詩稿》六卷,後被官方列爲禁書。其卷三有《感事書懷五十韻》,中云:

> ……蘭死香猶戀,石移蘚自妍。
>
> 理憂杯酒足,寄興寓言全。
>
> 種菜園中老,藏書井底傳。
>
> 寧違時匿影,勿學少摩肩……

陶汝鼐(1601~1683)字仲調,一字燧友,號密菴,又號菊延。湖南寧鄉人。少奇慧,童子試拔冠數郡。崇禎癸酉(1633)舉於鄉,兩中會試副榜。初就廣東新會教諭。福王時,授翰林待詔,改職方郎,任監軍,復授檢討。南都覆,薙髮隱溈山,號忍頭陀。陶氏爲人子曲盡孝養。嘗爲人雪奇冤,冒險難,活千餘人,然不自言也。詩古文有奇氣,書法險勁,名動海內,有"楚陶三絕"之目。與遊皆天下名士。因參與反清復明運動,順治癸巳(1653)被捕,經人營救出獄,不改初衷。康熙甲辰(1664)結廬於寧鄉縣廓之西溪,自匾"榮木堂",取義於陶淵明《榮木》詩。著有《嚔古集》等,清代多列爲禁書。今見《榮木堂合集》詩集卷七和《陶密菴先生遺集》卷八有《羊城逢方密之夜話》一詩談及《心史》:

> 高歌不放自悲秋,一夕天涯淚盡流。
>
> 未上樓船疑廻脅,獨函《心史》信埋憂。
>
> 吳門漸欲藏梅福,酒肆何堪向馬周。
>
> 忍死有爲今不恨,對君吾已賦同仇。

兩位志士深夜密謀國事,相對流淚,情景極爲動人。頸聯用典深刻:梅福,漢成帝時人,常冒死上諫,多不見納,王莽篡國後變名逃匿,據說爲吳市門卒云;馬周,唐太宗時人,因代人寫諫書而爲太宗賞識,即日榮陞,進言均被採用。(但此前馬周在落拓時曾遭到旅店怠慢,不過他卻命酒悠然獨酌。）此詩爲《沅湘耆舊集》《資江耆舊集》《楚風補》等書收選，可見好詩有目共賞。

揭重熙（1605～1651），《明史》卷二七八有傳。字君緝，號蒿菴。《明詩紀事》辛籤卷九上云："重熙字祝萬，臨川（按，今屬江西）人。崇禎丁丑（按，1637），以五經成進士，除福寧知州。福王時，擢吏部主事。唐王立，遷員外兼兵科給事中，擢右僉都御史。桂王立，拜兵部尚書兼右副都御史，總督江西。戰敗被執，不屈死。乾隆中賜諡忠烈。有《蒿菴集》。"可見他堅持抗清到最後。張岱《石匱書後集》卷四六記其犧牲甚爲壯烈。

尤須指出的是，清人鄭郊說，揭氏"在甲申，官不過一知州，五品外吏耳，於社稷乎何與"，而且乙酉又有"外艱"（父喪），但他卻義無反顧地投入生死戰鬥。誠如清人傅古衡說的："五經登朝，僅試州郡，遂膺國難。涕泣登舟，介甲揚聲，忼慨入衛。自是而典銓，而開府，而秩樞，賜鉞尚方，經畧南夏。失一君復立一君，亡一地期闢一地。陵山掘塹，宿露餐風，大小百戰，艱貞八年。徒懷顧瞻之哀，獨踐顛沛之難，至於崩剝勢極，矢盡糧窮，而後死焉。古稱社稷臣者，文、謝而後，可多見哉！"

今見《揭蒿菴先生集》遺集卷二，有作於獄中"干支詩"多首，隱晦難懂；其間又有《集亂》七首，小序曰："若歌若哭，句耻猶人。一緯一經，思欲溯古。紫陽之註，屈子俟諸。將來之間，乃名賓王。庶幾解者，爰爲之亂。是曰自箋。"其第一首即說到《心史》：

> 勁骨窮逾屬，枯腸懶索吟。
> 干支二千字，風雨百六心。
> 片玉未堪碎，名山倘可尋。
> 井中有《心史》，千載是知音。

《揭蒿菴先生集》文集卷一《古今正氣紀序》云："余昔有《古今人才大宗》二百卷。"而揭氏友人劉命清《虎溪漁叟集》卷十一《鄭所南》文後，見有揭氏兒子的按語："先大夫初得《井中心史》，即補《謝皐羽合傳》入

《古今人才大宗》正集。時陳孔莊在座,惜未鈔存。不孝貞傳泣識。"可知揭氏曾據《心史》補充其《古今人才大宗》。

陳璧(1605～1673後),字昆良,號雪峯,常熟人。明末諸生,參加東林黨和復社,曾在張國維手下做事,受到器重。崇禎甲申(1644),張氏薦授他爲兵部司務。陳氏稱張爲老師,在張犧牲後曾多次寫詩悼念。南都破後陳氏仍積極參加抗清鬥爭,奔走於閩、浙、兩廣之間,最後以遺民終。陳氏既爲張氏學生,又與顧炎武、歸莊、錢澄之、陳瑚、陳濟生等人交遊,自當肯定《心史》。可惜其詩文多因家人懼禍而被焚燬,今僅見未刊稿第四、五兩卷(且亦殘缺),約三百多首詩,果然在原稿卷四《集唐》一詩中,看到他用了《心史》沉井的典故:"孤臣下筆動心傷,只好深山井底藏。"(按,這兩句均非唐詩。)

此外,他詩中提及鄭思肖的地方還有不少,如《答家定齋見贈二律》:"憑君采入《遺民錄》,鄭、謝行中第一箋。"《過吳君冊山房題贈二律》:"鄭穴逃禪膽可避,陶菴種菊隱堪招。"《出扇索仰二水畫作米家山水贈我,信筆題四絕以答》:"一片煙波無地著,所南蘭竹有同情。"《賦得相逢俱是歲寒人》:"廬山結社逃名字,本穴懸書對鬼神。"《看白鵬再疊前韻》:"萬里河山一旦空,蕭條本穴梵王宮。"《答許逸民春日過亦園見贈》:"月泉精舍嘔吟老,本穴幽人世界香。"《性癖》:"況復艱難時,何處是本穴?"《戴巾爲人矚目偶成》:"本穴所南君故國,月前[泉]皋羽我前身。"

許楚(1605～1676),字芳城,號旅亭。後得鍾山青山巖硯石,因號青巖。安徽歙縣人。明諸生,入清後棄去。往來吳越燕趙間,有攬轡澄清之志。因明皇裔朱由榓稱王案株連,執赴皖城,慷慨陳詞,得釋。及歸黃山,喪明,又失子,居寢藺室中十餘年始卒。許氏少以白社與張溥復社相呼應,董行甚尊;晚以詩文與湯燕生、黃周星、林古度、杜濬、沈壽民諸人唱酬。有《青巖文集》《南村草堂集》《遺民集》《新安外紀》《藝文幸存錄》《士窮錄》《廣輿記補》諸書。

《青巖集》卷四有《畫蘭行,贈王楚璞,兼寄新亭老友》,寫到《心史》:

士人愛畫蘭，蘭品邁荊棘。

黃荃徐熙市上兒，此中深意誰能識？

憶翁去後無眞傳，《離騷》古本皆茫然。

世人但識趙松雪，落筆精工稱妙絕。

金題玉躞遍人間，那及瑾井一函鐵？

錚錚拔俗有王子，板榻婆娑羅萬紙。

疏枝弱幹營松心，九畹清芬蘊香水。

秋深偶出蓮花溝，提莉挾研參牛頭。

長干定見楊荊州，麟閣丹青遜爾儔。

《青巖集》卷八有《江晚柯年都部小序》，中云：“恐沼蓮將碧，《井史》無滓，劉脫之塚難卜，阿賈之腕亦勞。傾謀剖劂，以廣同好。”

《青巖集》卷十二又有《書宋遺民靖一鄭先生傳後》云：

先生爲邑貞白里侍御達公五世孫，信國文丞相帷幄高弟。值宋鼎陸沈，潔身齎志，以終土室。三百年光天烈日之下，國史、郡書及簋墩《文獻》《遺民》諸錄缺焉弗載，一旦從殘煤敗楮中燐燐頹頹，得傳錄于族孫眐之手，爲里社榮幸。如嚴陵許劍亭側又增一冬青老友，遙分俎豆，與吳城《井中心史》事，近在三十年間。可見節義文章，雖費造物呵護，而流鑠天壤，竦人瞻仰，又自有時，洵不可強。

朱鶴齡（1606～1683），字長孺，號愚菴，蘇州吳江人，諸生，精於唐詩，曾注杜甫、李商隱集，盛行於世。黃容《明遺民錄》稱他：“生平殫精經史，遺落世事，晨夕一編，行不識路途，坐不知寒暑，人或謂之愚，因自號愚菴，命所著詩文爲《愚菴小集》。”朱氏認爲，復社中“負盛名、矜節概者固多，而借此鑽營竿牘、奔競科場亦實繁有徒”，因此，儘管他的老師推薦他去見張溥，他也不去，後在《傳家質言》中說：“余之不往，亦不失爲自立骨脊也。”但是當明亡以後，他卻毅然參加了顧炎武等人的祕密抗清社團驚隱詩社（又名逃社、逃之盟，意爲躲避清朝的殘酷迫害）。時人有將他與李顒、黄宗羲、顧炎武並稱爲四大布衣者。

《愚菴小集》補遺一，有《詠史》一首涉及《心史》：

> 《海錄》遺編手自披，百年丁運欲何之。
> 鐵函怨史文難滅，釣瀨狂歌鬼亦悲。
> 匹馬居庸符白雀，雙丸淮右整朱旗。
> 不知王戴諸山叟，底事終身痛黍離！

王岱（1606～1686），字山長，號了菴，一號石史，又號戈山人。湖南湘潭人。王士禎從兄。明崇禎己卯（1639）舉人，庚辰（1640）計偕不第，癸未（1643）從金陵返，絕意仕進。與顧炎武、施閏章等友善，所至納交賢豪名宿。桑海之際，家人死亡甚多。順治壬辰（1652）奉詔起隱，官隨州學正，陞順天府教授。康熙己未（1679）舉博學鴻詞，越三年擢廣東澄海知縣，卒於任。王氏能詩文，兼工書畫，有《了菴詩文集》。該書多處提到《心史》。如詩集卷八《陸麗京沽酒湖樓（公絕仕進，著書，隱於醫）》云：

> 湖岸水蒼茫，樓開納遠凉。
> 壺觴飛白墮，菡萏發紅香。
> 避世《井中史》，全生《肘後方》。
> 對君渾無忌，不必話義皇。

又如詩集卷九《贈魏冰叔處士》四首之二：

> 憑弔虎林地，麻衣泣六陵。
> 中原成畫虎，往事盡轟鷹。
> 悲憤藏《心史》，牢騷繼雪僧。
> 最憐湖水上，歌舞歇還興。

詩集卷十二《晤郭天門先生長沙舟中,憶隔十一載》:

> 春漲江深嶽色消,孤竿百尺坐漁□。
> 驚心髮白添雙鬢,釋手神傷歷二朝。
> <u>甲子井中藏紀事</u>,楚些湘上賦魂招。
> 蒼梧日暮頻回首,帝子烽烟隔絳霄。

詩集卷十五《次宋潛夫見贈韻》又云:

> 風度蒼然已服膺,蘇門驚嘯見孫登。
> 彝倫百代爲懸鐸,《心史》千秋有續燈。
> 欲寫孤忠聊慟哭,豈求沒世藉虛稱。
> 太空澹定原無着,一任塵埃野馬騰。

詩集卷十九《題吳子班一草亭》四首之四也云:

> 所南《心史》千秋業,[①]不比淮南浪著書。
> 獨笑雞林摛藻客,猶從遺逸乞灰餘。

該書文集卷三《楊中丞聽湘集序》,末云:"然則是集也當與《離騷》並著,所南《心史》不足多矣。"

文集卷四又有《百韻詩序》,末云:"楊子雲《太玄》精渺,時且譏其尙白,百世而下其業始傳;鄭所南《心史》危言,藏之井底,精光不滅,三百餘年仍一吐露。"按,王氏此序後爲徐旭旦所剽竊。徐氏在康熙丁亥(1707)後刻印的《世經堂初集》卷三的《綱鑑讀詩序》中,全文鈔襲了王氏"鄭所南《心史》危言,藏之井底,精光不滅,三百餘年仍一吐露"這句

---

① 作者自注:"樓山有《明事紀》。"

話。(因此,雖然可據此認定徐氏也是肯定《心史》者,但本書則鄙之不屑寫他了。①)

沈壽民(1607～1675)字眉生,號耕農,安徽宣城人。博通經史,善古文,崇禎丙子(1636)巡撫張國維以賢良方正薦,徵赴闕下,即抗疏劾大司馬楊嗣昌奪情誤國,總督熊文燦不能制敵,不報,拂衣歸。黃道周歎曰:"此何等事,在朝者不言,而草野言之。昔眞希元在朝一月,而封事三十六上,吾豈可遠媿希元,近慚沈子?"隨拜疏爭之,由是臺諫諸臣競抗疏。阮大鋮得志時,將出緹騎逮之,乃變姓名爲王子雲,攜家匿金華山中。久之還故里,終老不出。與蘇州徐枋、嘉興巢鳴盛合稱海內三遺民。臨終諭門人劉堯枝、施閏章等曰:"以此心還天地,以此身還父母,以此學還孔孟。"語畢而卒。私諡貞文先生。著有《姑山遺集》。

《姑山遺集》卷五,有壬辰(1652)四月《與宜春張芑山書》云:

> 不肖弟有生之不如死也久矣!孤萍東泛,訖無麋薄。上之不能如仁山處士、江漢先生發明程朱,淑人以道;次之不能覓趙氏塊土,揮拳扼吭以殉;又次之不能歌嚴臺之楚聲,投鄭井之史簡,欷歔感憤,洩嗚嗚而攄皦皦。謬以半餘殘骨,沉浮瀪水,昭昭乎上者不浸以曬耶?

《姑山遺集》卷十四,有《吳圖南翁八十序》,開頭云:

> 前吾世而同之,其諸至元、大德之際也哉?方是時,億翁、皋羽、玉潛、德暘諸賢,忠感淋漓,放唫自壯,山之椒,水之瀕,擊

---

① 徐旭旦(1659～1720),字浴咸,號西泠,浙江錢塘人,康熙己未(1679)應博學鴻儒試。癸酉(1693)充副貢生。累官至廣東連平知州。有《世經堂詩鈔》《世經堂詞鈔》《世經堂樂府鈔》《世經堂初集》等。徐氏非不能文者,《清代詩文集彙編》便編其作品爲一巨冊;且交際極廣,收入此篇剽竊之作的《世經堂初集》卷三卽署"同學李因篤天生選"(可惜李氏被他騙了)。我曾在2010年《萬象》第五期《逮住一個剽竊者》一文中有所揭露。而據《文學遺產》2012年第一期黃強、申玲燕《徐旭旦〈世經堂初集〉抄襲之作述考》指出,徐氏《世經堂初集》收文四九五篇,其中抄襲明以前人文六篇,明人文五十九篇,同時代人文章二十二篇,合計共八十七篇。實際恐怕還不止此。徐氏可謂文壇慣竊巨盜!

石而歌,沉鎮而史,樹冬青焉而詩,亦謂之振古瑰杰者矣!

《姑山遺集》卷十八《明故孝廉同文吳公暨配張孺人合葬墓誌銘》云:

> 夫皋羽記哭於西臺,憶翁函心於古井,後世所號爲魁節絕德也。文詞具在,曷嘗不低徊追歎其先人?是故君子知學之有本也。

《姑山遺集》卷二二《跋文信公傳後》作於戊申(1668)七月,以《心史》所記爲文天祥辯誣:

> 右少保文信公傳一通,予季治先蓋參覆諸本而手更定之入《鷲洲三祀志》者也……甚矣史氏之惑也!登所不必登,畧所不應畧,一"黃冠故鄉"之說而獨摅爲事實流至今。向非所南先生辨之於先,陳徵君士業斷之於後,又予季此傳加審焉,而爲之正其舛、截其蕪、補其遺、標其大,即公千載無餘恫與!

《姑山遺集》卷三十《聞里中諸子放歌寄憤書古諷之》詩六首之二云:

> 且將熱血向寒泉,心事悠悠井內傳。
> 忽憶三山鄭處士,曾無酬唱到人前。①

姜埰(1608~1673),字如農,山東萊陽人。崇禎辛未(1631)進士,授密雲知縣,調儀眞,遷禮部主事。壬午(1642)擢禮科給事中,與熊開元俱以建言而激崇禎怒,下詔獄拷訊,欲殺之。逮姜、熊至午門,並杖一百。

---

① 作者自注:"所南《醉鄉》詩序有'不求''不與''不倡''不和'等語。")

姜垓已昏死,弟姜垓以口含尿灌之,乃復蘇,仍繫刑部獄。甲申(1644)
正月始獲釋,命戍宣州,將赴戍所而都城陷。福王立,遇赦,起故官,以父
艱不赴。後流寓蘇州,懷念已自殺的崇禎,自號宣州老兵,又號敬亭山
人,欲結廬敬亭山(在宣州)以終謫戍之命。時阮大鋮得志,怨恨姜氏兄
弟,必欲殺之。姜垓避至徽州,姜垓變姓名逃至寧波。久之方俱返吳。
姜垓將死,語其二子曰:"吾奉先帝命戍宣州,死必葬我敬亭之麓。"二子
如其言。門人私諡貞毅先生。姜垓有《敬亭集》,卷三《雜詠五首》之
四云:

> 聞道膠東郡,詩書起雉羅。
> 剖心梁獄苦,投匭漢廷苛。
> 敢比億翁史,深懷杜甫歌。
> 宋人終未獻,燕石免譏訶。①

祝祺(1608~?),字山如,號樸巢,安徽桐城人。明末諸生。癸未
(1643)避亂金陵,甲申(1644)仲冬歸里。家貧,得錢即償書值。匿名
跡,遠權勢,嗜酒,所爲詩博奧蕭遠。與錢澄之、方文、潘江、姚文燮等爲
詩友。著有《樸巢詩集》,清官方列入《軍機處奏准全燬書目》。《樸巢詩
集》卷四《重崖上人過訪兼遺近詩》涉及《心史》:

> 聞說空山內,吾師古鏡菴。
> 柴門雙樹老,菜甲四時甘。
> 照影圖金粟,謌詩貯鐵函。
> 偶來城訪我,破衲帶晴嵐。

紀映鍾(1609~1681)字伯紫,一作伯子,號憨(戇)叟,自稱鍾山遺
老。江南上元(今江蘇南京)人,移居儀眞。崇禎時復社肇舉,四方雲集

---

① 作者自注:"余詩從未示人,蓋慎之也。"

響應,至金陵者則必以紀映鍾、顧夢游(與治)二人爲職志。國變後,以青雲白雪之身矙然不淬。與方文、林古度齊名,白髮當歌,紅牙聽曲,說青溪舊事娓娓不倦。有《眞冷堂詩稿》等。今見鈔本紀氏《戀叟詩鈔》,卷首第二題《眞州謁文山先生祠》即寫到《心史》:

> 落木荒祠野水濱,重過輟食拜階塵。
>
> 狀元宰相完名是,取義成仁識字眞。
>
> 隔浦秋山爲俎豆,掃門村嫗辨君臣。
>
> 雅言□盡惟《心史》,卻訝黃冠語不馴。

彭士望(1610~1683),字達生,又字公狉,號躬菴,又號晦農,室名恥躬堂,江西南昌人。明季諸生,追慕黃道周。曾入史可法幕,後辭歸,徙家寧都,與魏禧等居翠微峯,躬耕自給。旋赴楊廷麟督師贛州之招,爲監紀。事敗返,講學易堂,爲"易堂九子"之一。重躬行,務實學,於當世豪傑之士,無不傾心接納,尤善李世熊。鄉人有死節者,其子幼被掠,傾囊贖之,爲娶妻成家。著有《恥躬堂文鈔》《恥躬堂詩鈔》等。

彭氏詩中經常涉及《心史》,如《恥躬堂詩鈔》卷十一有作於戊申年(1668)的《除夕懷夏玉田》,有句云:"蘆中有士眉不揚,井中有書函鐵箱,人中有冤沉中腸。"

同卷又有作於同年的《冬心詩三十首(存二十七首)》,末首之末云:"長吉投廁坑,退之覆酒漿。井泥四百年,鐵函千尺光。是其志所發,不必問偕藏。"

卷十二有作於己酉年(1669)的《感舊詩,送沈方鄴遊羅浮,兼寄令從父畊巖先生》,有句云:"盱水鄱湖儘傲流,井泥甕葉多稗史。"

卷十五有作於丙辰年(1676)的《贈建寧布衣丁德犨》,有句云:"獄中寶劍動星文,井底鐵函傳隔世。"

彭氏文中亦涉及《心史》。《恥躬堂文鈔》卷六《讀書簡要說序》(又收李祖陶《國朝文錄》、賀長齡《皇朝經世文編》)云:

詩書有時而不驗,聖賢有時而不信,天地鬼神有時而不靈,俾俊傑利益萬世之言,曾不獲一時之用。仁人志士爲之呼搶飲血,徒以其書沉之井泥,傳之異代,博後之人一喟。嗚呼,可不謂大哀耶!

又,魏禮《李君元仲墓誌銘》中云:"躬菴評識《寒支集》(按,李世熊著),以爲超越而絕類《心史》《晞髮》,可置廢當世名宿。"

黃宗羲(1610~1695),字太沖,號南雷,又號梨洲,浙江餘姚人。黃氏與顧炎武、王夫之,今人並稱爲明清之際三大思想家。明監察御史黃尊素長子。年十四補諸生,受業於劉宗周。崇禎元年(1628)以父受閹黨陷害致死,入京訟冤。冤白以後,埋頭讀書。清軍南下,曾起兵英勇抵抗,授爲職方主事,改御史。江上師潰,乃入四明山結寨自固。乙丑間,魯王在海上,赴之,擢左副都御史。歷盡艱險,數年後,奉太夫人返里。收徒講學,爲浙東學派之先導。畢力著述,極爲宏富,多被清朝列爲禁書。其《南雷詩曆》卷二《申山人墓》詩中用了《心史》典故:

> 金粟霜林古寺邊,一抔黃土草芊芊。
> 樓頭曾記南屏醉,井底長沈德祐年。
> 姓氏未銷遊俠口,故人猶泊上墳船。
> 從來多少難平事,不是因君獨泫然。

同書卷四,又有《次孫靜紫中翰見贈韻》,中云:"范陽雷紀事,大火照卑牏。後世或讀之,將無同《久久》?"黃氏自注:"《久久書》,鄭思肖所著。"

同書卷五,有《贈諸暨傅平公》詩:

> 與君邂逅亦難哉,月下歌聲共一杯。
> 身掛麻衣能不染,心非蠟燭未成灰。
> 已將前夢畱《心史》,不惜人言是怪魁。

柱杖丁丁童稚笑，更無岐路費徘徊。

至於黃氏文章中涉及《心史》的地方則更多。如《南雷文定前集》卷一《撐杖集》有《陳葦菴年伯詩序》，中曰：

> 蓋詩之為道，從性情而出。人之性情，其甘苦辛酸之變未盡，則世智所限，易容埋沒。卽所遇之時同，而其間有盡不盡者，不盡者終不能與盡者較其貞脆。謝皋羽、鄭所南同為亡宋之人。皋羽之詩皎潔。<u>當年所南沉井之時，年四十三歲，至七十八歲而卒，沉井以後三十五年，豈其斷手絕筆，乃竟無一篇傳者？苟其井渫不食，羸羊失護，寧保《心史》之不終錮乎？</u>

《南雷文定前集》卷七《汪魏美先生墓誌銘》曰：

> 嘗思宋之遺民，謝翱、吳思齊、方鳳、龔開、鄭思肖為最著。方、吳皆有家室；翱亦晚娶劉氏；開至貧，畫馬，有子同居；唯思肖孑然一身，乞食僧廚……遺民之中又為其所甚難者……銘曰：學問之道，在乎立志。凡可奪者，皆原于偽。桑海之交，士多標致。擊竹西臺，沉函古寺。年書甲子，手持應器。物換星移，不堪憔悴。水落石出，風節委地……

《南雷文定後集》卷二，又有《謝時符先生墓誌銘》，其中寫道：

> ……或者以君之焚書為惜。夫鄭思肖之《心史》，鐵函封固，<u>沉之井中</u>，是時思肖年四十三耳。至七十八而卒。當其沉之之時，與君火之之時，其心一也。蓋皆付之烏有耳。思肖豈望三百五十六年之後，其書復出而行於世乎？《心史》斷手，其餘年三十有五，亦不聞別有著撰也。自有宇宙，只此忠義之心，維持不墜。但令悽楚蘊結，一往不解，原不必以有字無字為成

虜耳。君之子孫,可置無悲!

黃氏幾次提到鄭思肖在《心史》沉井後再無著作留傳,其實不確,黃氏未見而已。黃氏對《心史》的崇高評價,以前從未經研究者提及,卻值得我們高度重視。黃氏《南雷文約》卷四《萬履安先生詩序》,又提及《心史》,並認爲《心史》是詩史:

> 天地之所以不毀,名教之所以僅存者,多在亡國之人物。血心流注,朝露同晞,史於是而亡矣。猶幸野制遙傳,苦語難銷,此耿耿者明滅於爛紙昏墨之餘,九原可作,地起泥香,庸詎知史亡而後詩作乎?是故景炎、祥興,《宋史》且不爲之立本紀,非《指南》《集杜》,何由知閩、廣之興廢?非水雲之詩,何由知亡國之慘?非《白石》《晞髮》,何由知竺國之雙經?陳宜中之契闊,《心史》亮其苦心;黃東發之野死,《寶幢》志其處所。可不謂之詩史乎?

黃氏在《南雷文定五集》卷一《曹氏家錄續畧序》中用《心史》典故:

> 語溪曹叔則,靜深眞實,一切好名之事,如講學、選文,皆所不爲。其與人交,光風霽月,亦不爲翕翕熱。余在語溪四年,欽其風槩,肥遯之士蓋庶幾焉。手抄填海沉井之書,牛毛細字,盈於筐篋,從之借抄,亦所不吝……

黃氏又在《南雷文定五集》卷二的《呂勝千詩集題辭》中寫道:

> 夫此戚然孤露之天眞,井底不能沉,日月不能老,乃從來之元氣也。元氣不寄於衆而寄於獨,不寄於繁華而寄於沉寂,蓋知之者鮮矣!

黃氏還在《日本乞師記》之末寫到：

> 宋之亡也，張世傑嘗遣使海外某國借兵，陳宜中亦身至占城借兵。崖山旣陷，兩國之師同日至，遂不戰而返。今日之事，何其與之相類耶？

此段議論卽以《心史·大義畧敍》爲根據，下劃綫的地方就是《心史》原文。尤其是張世傑遣使海外某國借兵一說，除《心史》外它書未見。

俞塞（1611～1660）字吾體，號無害，婺源（今安徽徽州）人。少孤，母弟相繼殁。出遊不能歸，遂改姓獨孤。性孤介，不輕受人一錢，不妄交一人。爲張自烈弟子。以古大儒自任，恥章句學。著有《易窳》《詩起》《四書心話》《理學資深錄》諸書，皆佚，僅存詩約三百首。至死貧未娶。私諡曰節孝先生。俞聘編《兩孤存》中收入俞塞《大剛集》，卷下有《冷坐》一詩，涉及《心史》：

> 玄風賞與子雲亭，招得維摩人坐屏。
> 不錯金根車半字，如緘鐵葉井中經。
> 石藏冷手懷知己，花現愁眉悔識丁。
> 藥樹救人先救節，水非冰比蘗林靑。

方以智（1611～1671），字密之，號鹿起、曼公，別號浮山愚者。安慶桐城人。方孔炤長子，方文從子。復社成員，與侯方域、陳貞慧、冒襄時人並稱"四公子"。崇禎己卯（1639）舉人，庚辰（1640）進士，後任翰林院檢討。李自成破北京城，被執受刑，矢死不屈，旣得脫，南奔抗淸，任永曆侍講學士，備嘗艱辛。順治庚寅（1650），在廣西平樂爲淸兵所執，披緇得免。壬辰（1652）北返，經樟樹（有藥都之稱），停廬山，抵桐城。次年春往南京曹洞宗禪師覺浪道盛所，圓具足戒，法號弘（大）智，字無可，號藥地和尙、極丸老人等。乙未（1655）因父喪破關回桐城,廬墓三載。服闋,禪游江西,於康熙甲辰(1664)入主青原山淨居寺。辛亥(1671)因"粵案"牽連,押赴廣東,在文天祥詩中寫到的惶恐灘投水自殺。① 私諡文忠。方氏博覽羣書,著述宏富,其子方中通云:"老父三歲知平仄,七歲賦詩,十歲屬文,十五歲讀罷《十三經》《廿一史》,舉之指掌。童角時即名播海內。生平著作百餘種,別有書目,總名之曰《浮山全書》。至百家技藝,若書法、若畫、若奕、若圖章,弗克枚舉,無不窮變造極。"方氏是傑出的思想家與文學家,可與顧炎武、黃宗羲、王夫之等人並峙而無遜色。

方氏《浮山後集》卷二有《六叔廬山見訪》三首(六叔即方文),其三云:

> 井底書成血不枯,《咸淳集》已滿江湖。
> 醉罳白眼看猶子,老費丹心傳小姑。
> 到處山川歸翰墨,邇來日月照菰蘆。
> 嚴寒正愛冰霜色,補作梅花五老圖。

方氏帶有辭書性質的名著《通雅》,卷首之三《詩說》之一《庚寅答客》中云:

> 謝皋羽曰:"紛紛古人呼不起。"鄭所南曰:"至今首陽山,不生周草木。"如此快痛,非吹毛之劍乎?

鄭詩句見《心史》的《中興集二卷·十一礪四首·其三》,原句爲:"獨有首陽山,不生周草木。至今插天高,與商無終極。"方氏所記,畧有差異;而我們前面提到的其父方孔炤《井中鐵》中也是這樣引用的。足見他們都是憑記憶寫下來的,亦可知印象之深。"庚寅"爲1650年,時《心史》已刊行十年。

---

① 參見余英時《方以智晚節考》增訂本(北京三聯書店2004年出版),和曹剛華《方以智晚節考補》(《清史研究》季刊2013年第二期)。

　　方氏又有名著《物理小識》，卷二《占候類·歲候》提到"鄭所南曰瓊花占歲，猶之師曠以先生占草也（薺先生豐，葶藶苦，水藻惡，蒺藜則旱，艾則病，蓬則流）"。所謂"鄭所南曰瓊花占歲"，就是指《心史·中興集二卷》中的《弔揚州瓊花（並序）》。該書卷十二《異事類》又記：

> 崇禎辛巳（按，1641），曾同姜如須過後湖，入一菴，後殿封鐍具施，乃開，皆裸佛交搆形，凡數百尊。守者曰："天地父母前年大內發出者。"其像皆女坐男身。有三頭六臂者，足下皆踏裸男女，累人背而疊之。考元成宗大德九年，天寧寺有祕密佛，卽言此像，圓殿茜帽，已兆演揲。鄭所南《久久書》亦言塑裸佛與妖女合，是也。其言邪教淫殺尤甚。今聞外有剌馬僧，猶有食肉近女，如此等者；但不取童男女血，生剌孕乳血，以點佛唇爲供養耳……

　　這段話，見於清光緒寧靜堂刻本，在《四庫全書》收入的《物理小識》中已被館臣刪除。但清人趙吉士《寄園寄所記》的《滅燭奇》中也曾引用過。方氏提到的鄭思肖語，並不出自《久久書》（當爲《心史》中的《大義畧敍》），但雖然記錯，卻可再次說明他是肯定《心史》的。

　　方氏《浮山集·此藏軒別集》卷一《岣岣崖》云：

> 岣岣崖爲天壽右護，《帝京景物畧》載之。壬午（按，1642），同劉淇雲、翚鴻圖遊，從紅門望長陵而西，迆入峽中，爲得勝口。關城雉堞，樓櫓甚壯。渡溪上嶺，十二盤爲中菴，再十二盤爲玉皇殿。殿踞一崖之獨出者，嶗嶭壁立，廊檻環之。更登其高頂，遙望諸陵，藏抱疊嶂之下。雲中明樓，黃射斜陽，圖此半幅，猶儼然也。蒼蒼茫茫，敕勒何限，銀山也耶？一靈蒲伏，松色尚存，憶翁《歲旦》之歌，碧寧有改。

　　這最後一句，刻印文字疑有錯漏，但"憶翁"就是鄭思肖署於《心史》

的字,所謂"億翁《歲旦》之歌",當指《心史》中的《歲旦登萬佛樓觀雪》《德祐六年歲旦歌》等。

方氏又有《藥地炮莊》,卷八在解讀《莊子》的《雜篇·外物第二十六》"儒以詩禮發冢"時,刻本天頭有"閒翁曼衍"評語,又提到《心史》:

> ……招隱曰:鍾繇發韋誕之墳,溫韜發昭陵之帖,雖惡而猶韻也。若夫汲郡之冢藏書,億翁以井埋匧,豈不望後世人發之爲知己乎?一笑。

秦光玉《明季滇南遺民錄》談及方氏"治學方法有特徵三端:一曰尊疑,二曰尊證,三曰尊今"。今從他多次徵引《心史》並給予高度評價來看,他是經過認眞思考後毫不懷疑的。

宋之鼎,字商玉,生卒年不詳,方以智的友人或學生。方氏編撰《青原志畧》,據施閏章《學餘堂集·青原山志序》云,"其先後編校相助有成者,則陳伯璣、宋商玉、郭入同諸子之力與焉"。《青原志畧》卷十一有宋氏《次劉須溪青原韻》,詠及《心史》:

> 搖落巖頭見幾花,長吟好句市無涯。
> 千年赤社歸滄海,一片青山憶故家。
> 我向鐵函搜逸簡,誰憐筆管泣悲笳?
> 歸雲獨上聊舒目,掃壁揮毫漫點鴉。

陸世儀(1611~1672),字道威,號剛齋、眉史氏,晚號桴亭。太倉(今屬江蘇)人。明末諸生。時復社方盛,陸氏厭黨同伐異,招之勿往。乃與同里陳瑚(確菴)、盛敬(寒溪)、江士韶(藥園)相砥勵,以道義爲體用之學。見時事孔急,尤注意於兵事戰守形勢陣法及鄉國利病之事。嘗上書南都,不能用。有招之者,不赴。張采曾提議往叩劉宗周,擔簦具矣,不果往,後終身以爲憾。因與陳瑚曰:"我不見蕺山,我將私淑矣!"(一說,陸氏少時曾從劉氏講學。)亂後,閉門不通賓客,鑿池十畝,築亭其中,名之曰桴亭,遂以自號。絕意科舉,講學爲生。與陸隴其並稱"二陸"。門人稱遵道先生、文潛先生。著有《桴亭先生詩文集》。

其詩集卷二有四首詩寫給陳瑚,題目卽是小序:《陳子碻菴讀拙著,贈五言古二首,有身隱焉用文之句,嗟乎,予文也乎哉,又諷予以魯壁及承天寺井,嗟乎,世無桓譚,雖藏無益也,漫賦四首以答》。所謂"承天寺井"卽指《心史》之事。(查今存陳瑚《碻菴文稿》,卷一見《讀陸道威八陣發明寄贈》五言古一首,有"身隱焉用文"之句;但諷陸氏"以魯壁及承天寺井"那首則未見,可惜!)

陸氏詩集卷三《端士王子北上公車,非其志也,卽席口占二律贈別》之二又寫到《心史》:

> 短衣匹馬上離亭,白日黃埃古道經。
> 鄒魯新營兵氣滿,河淮舊戰血痕腥。
> 久拚筆墨藏瘖井,那有文章入□庭?
> 此去好將千尺淚,燕山臺下哭冬青。

上詩有一字原書空闕,當然是刻書者因爲害怕而避諱。陸氏詩集卷四《次韻答歸玄恭》(又收《婁東詩派》卷十)又云:

> 側身天地此何時,忽漫相逢得子期。
> 我輩有心常自合,世人無膽輒稱奇。
> 義熙日月柴桑老,景定詩篇鐵匣知。
> 聞道昆明池正好,眼中猶見漢旌旗。

詩集卷五《重陽後一日,含綠堂吟社雅集,分韻得七虞》詩(又收《婁東詩派》卷十、《明詩紀事》卷十三、《晚晴簃詩匯》卷十一),亦用《心史》之典故:

> 茱萸插罷酒還沽,餘興龍山尚未孤。

萬古乾坤皆草莽,一時人物在菰蘆。

月泉開社天星聚,鐵匣緘詩井水枯。

宇內誰成三不朽? 壯心空老北山愚!

　　函可(1612～1660)字祖心,號剩人,廣東博羅人。本姓韓,名宗騋,爲明禮部尚書韓文恪(日纘)長子。其堂兄韓如璜爲復社成員,也是嶺南士人的首領,宗騋受其影響,少負才名。崇禎己卯(1639)二十九歲入匡山爲僧,法名函可。乙酉(1645)至南都請經(實際當是祕密從事救亡活動),適值國變,詠歌憑弔,作有《再變紀》,記載抗清死難烈士事蹟。因被清當局發現而遭逮下獄,嚴刑拷打,後流放東北瀋陽。初至,入普濟寺讀經,繼歷主諸大刹,苦行精修,暇輒爲詩。還組織被流放諸人成立冰天詩社,相互唱和激勵。函可在詩社中稱搉搕(意思爲垃圾)和尚。有《千山詩集》,被清廷列爲禁燬。《千山詩集》中涉及《心史》者很多,如卷九有《寄茂之二首》之一:

　　　　髫年見爾蚤登壇,瓦鉢藜羹每共飱。

　　　　兩世交游情更切,七朝耆舊淚難乾。

　　　　孤山未得林逋適,後學誰知范叔寒?

　　　　料得歲殘吟倦後,鐵函偸啟避人看。

同卷《寄澹心》:

　　　　木佛寒邊尚未燒,黔王宅畔夢相招。

　　　　攄眸直可爍千界,揮藻眞堪賤六朝。

　　　　碎却青衫天地裂,收回殘魄日星昭。

　　　　鐵函珍重休沉井,那見黃塵徹底飄。

卷十二《寄無壞師》:

擲却儒冠換衲衣,松門流水自棲遲。

曾尋鄭子論《心史》,獨向寒山問舊詩。

塞草蔓蔓應未刈,秋風颯颯易相思。

東來白馬君知否?莫守孤巖日已欹。

卷十三《和潤季兄臨死詩》:

賦罷金門淚未收,陣連珠海誓無休。

崖門一夜洪波接,柴市千年正氣醻。

已把髮膚還父母,更將心膽寄春秋。

鐵函聞說埋羅嶽,何日敲開柱杖頭。

卷十四《寄黃子》:

詞賦髫年事,腰間三尺寒。

鐵函無限淚,獨許老僧看。

《千山詩集》卷二十爲"冰天社詩",其第二次活動在函可處舉行,有孝滨一詩亦寫到《心史》。**孝滨**,生卒年未詳,江西人。《千山詩集》卷五《贈載三》詩序云:"孝滨,章江士也。初不願從父之楚遊,因披薙入空門。既聞其父見逐,乃薾頂髮,代役海濱,朝夕樵采,以供菽水,胸懷盡裂。"孝滨詩如下:

十年前現比丘身,舊習難忘下筆神。

《心史》未能藏古井,新詩直欲問高旻。

誰知濁世佳公子,便是湘江老逐臣。

海畔行吟時說法,人天八萬盡霑巾。

宋龍,字子猶,號菊齋,太倉崇明(今屬上海)人。明萬曆諸生。曾

師事張采,爲張氏所重。遭亂避地婁東,與陸世儀、陳瑚、盛敬、郁江、王
育等人爲友。嘗扁舟入富春山,慟哭謝翺祠。錢肅樂見而奇之,置門下
上座,謂當與崑山歸莊相伯仲。未幾大亂,遂遘奇疾,狂走信足,泛海至
舟山,張肯堂客之,使爲孫授課,而其病亦愈矣。順治辛卯(1651)肯堂
一門就義,獨畱其孫。宋氏重趼至鄞,因張之孫在鄞縣囚中也,乃百計求
全出之。後祝髮以返里門,則已無家可歸矣。方旁皇間,而閩師入江,張
煌言在軍中識之,尊稱爲"宋先生",作詩相慰。後遷居太倉,隱於岐黃
以自給,其道竟大行。而歸莊亦起兵不遂,放浪湖海,完節以終,時稱
"錢門二傑"。全祖望曾爲其作傳,並嘆曰:"嗚呼,如菊齋者,詎可使其
湮沒無傳哉!"然而諸《明遺民錄》中竟均無其名!

　　宋氏曾與陸世儀、陳瑚、歸莊諸人多有詩唱和,惜如今僅從汪學金
《婁東詩派》卷九得見其一首《祀蘗菴熊公》,爲悼念隱於僧的明遺民熊
開元,詩中提到了《心史》:

> 孤臣敬祀梵王宮,論定儒林秩禮崇。
> 九死危言成一謔,千秋大義醒羣蒙。
> 井中遺史心同赤,綿上荒烟氣似虹。
> 莫道此身竟灰滅,形銷骨化不磨忠!

　　徐增(1612~1673),初字子益,又字無減,後字子能,以子能行,號而
菴、梅鶴詩人、二園。江蘇吳縣人。張世偉學生,張氏故後,更拜同門陳
宗之爲師。又嘗從錢謙益、金聖嘆問學。據徐氏《陳玉立詩序》自述,張
世偉曾對他說:"吾及門有天下士之目者,自現聞宮詹(按,卽姚希孟)而
後,惟陳子玉立,今又僅見吾子能。然子病,不當習時藝,當畢力名山爲
不朽計。"徐氏患風痹,足不能行,明亡後隱居石湖。平生寫詩爲樂,文
壇交友極其衆廣,令人驚異(其《感懷》詩寫到的友人竟達四百多人),與
當時題跋刻印《心史》諸人當然更爲熟識。徐氏沒輪上爲《心史》作跋,
當與他年紀、資歷相對較淺有關。徐氏有《九誥堂集》精鈔本存世,其
《詩之十九》卷有《戊戌歲鄭井鐵曾北上,江天際畵濯足萬里流卷送之,

茲出卷索題》：

> 吁嗟乎，丈夫墮地氣概空九州，
> 安能守此蓬蓽不作京師遊！
> 遊非爲富貴與交納，浩浩落落並無一物橫胸頭。
> 廣陵鄭公子，宇內莫與儔。
> 愛讀《井中心史》日再過，書聲朗朗木葉飛清秋。
> 滔滔陸地盡波浪，一帆直去風颼颼。
> 王侯貴人實無數，與之蕩漾如浮鷗。
> 所南先生畫蘭不畫地，鄭子謝絕車馬乘輕舟。
> 江郎爲採太沖句，圖成《濯足萬里流》。
> 風濤湧洶身不動，雙眸俯視何有一切魚鱉與蛟虯。
> 吁嗟乎，鄭子之腳何處不可投，拜謁天壽歸邗溝。
> 姚家花王影已散，思親復建百尺拜影之高樓。
> 鄭子忠孝有如此，吾將從之濯足游滄州！

戊戌歲爲 1658 年，這個"廣陵（今江蘇揚州）鄭公子"的名字顯然是《心史》鐵函出井後重取的。這位鄭井鐵顯然也是明清之際一位熱烈肯定《心史》者，可惜我還沒有查考出其人！

徐氏《九誥堂集·詩之二十二》還有贈所南裔孫鄭敷教的《鄭桐菴先生七十》，當作於 1665 年：

> 不其帶草種吳城，近日經家係重輕。
> 業授河汾兼將相，道成天竺儼先生。
> 風吹鐵史傳冰氣，春老桐菴有葉聲。
> 高節古稀寧易及，孝廉名在漢西京。

錢澄之（1612～1693），原名秉鐙，字幼光；更名澄之，字飲光；號田間，又號西頑。安徽桐城人。方以智好友。明季諸生，入復社。以詆閹黨聞名。南明弘光朝時為馬、阮所惡,馬、阮興大獄,錢氏變名逃亡。南都亡,起兵抗清,不克,妻子兒女跳水自沉。錢氏又入閩投奔隆武朝,考授漳州府推官。福州陷,又入粵。永曆朝,授禮部儀制司主事,翰林院庶起士,知制誥。廣州陷,又走桂林,崎嶇兵間,堅韌不拔。順治辛卯(1651)間道歸鄉里。之後南北謀食,不廢問學。晚號田間,窮愁著述以終。

　　錢氏《田間詩文集》詩集卷一《江上集》,有寫給林古度的《寄訊姚休那先生臥病》:

> 先生玩世者,老在亂離年。
> 疾篤無車寢,書奇付井傳。
> 可憐薪已盡,猶望火重然。
> 欲問天南事,新詩有數編。

　　詩集卷四《江上集》有《南陔壁上有范車管榻謝髮鄭心八字,各系一詩,以詠其志》四首(按,關於此八字對聯,本書後面寫到王潢時還會分析),其四云:

> 志士心已灰,鄙夫心竟死。
> 如何井中函,以心名其史。
> 學道求無心,問君何者是。

　　詩集卷五《江上集》又有《輓天界和尚四首》,當作於 1659 年。其一云天界和尚"十年三點所南詩",這"所南詩"無疑就是《心史》中詩。(天界和尚卽道盛,本書下面還要寫到。)錢氏詩云:

> 佛法從來未問師,經時親炙覘威儀。
> 起居自在無心處,生死從容不動時。
> 萬世獨知《莊子》解,十年三點所南詩。

　　託孤已信存吾道,①此日眞孤更託誰?

《輓天界和尙四首》其三又云:

　　三百年來一老髡,灰心獨念本朝恩。
　　井中史記死猶讀,獄裏經聲今尙存。②
　　佛寺彫殘悲國土,御碑漫滅慚山門。
　　兵興堅臥毘盧閣,字字新詩有淚痕。

　　詩集卷十七《客隱集》還有辛亥年(1671)寫的《嘉禾曹秋岳齋中話舊》二首之一:

　　屢有過從約,高談此夜深。
　　言於知己盡,事託故人尋。
　　已信蒐求切,寧存忌諱心。
　　當時曾載筆,久向井中沉。

　　《田間詩文集》文集卷十八《贈魏交讓五十初度序》中云:

　　夫古之稱爲高士,未有非無懼而能遯世者。陳咸之用漢臘,陶潛之紀甲子,謝皐羽有《晞髮》之集,鄭所南有《心史》之編。有懼心者而能之乎? 然而此數人者,卒能保全其節,以終其天年……

　　另外,在其所著《所知錄》的序中又云:

　　出嶺時,頗遭兵掠。是編爲小兒法祖藏敗絮中得存。歸而

---

① 作者自注:"師以莊生爲孔子眞孤,託老子以存。"
② 作者自注:"師觸時諱下獄,獄中遂成道場。"

深匿之,將作"井中史"矣!

錢氏將自己歷盡險難而保存的著作比作"井中史",當然也是高度肯定《心史》的。錢氏《所知錄》後亦爲清朝列於禁書。

陳瑚(1613~1675),字言夏,號確菴,又號無悶道人。江蘇太倉人。博通經史,兼精律曆兵農之學。與陸世儀、江士韶、盛敬相劘切,世稱四先生。崇禎壬午(1642)舉於鄉。明年江南大饑,上當事救荒策,又著私議,皆切要。明亡,奉父隱居崑山之蔚村,力耕以養。村田窪下,導鄉人築堤捍水,歲獲豐稔。立孝弟、力田、爲善三約,衆皆悅從。嘗徙居常熟之隱湖,後往來四方,晚年又移雙鳳。游其門者多俊偉英暑之士。清廷詔舉隱逸,力拒。卒後門人私謚安道先生,蔚村人立祠祀之,巡撫卽其故居建安道書院。所著詩文清時列爲禁書。

陳氏詩文中大量涉及《心史》,詩如《確菴文稿》卷一《頑潭集》有《寒溪八詠,爲盛聖傳賦》,其三《倚竹》云:

> 君子非似竹,竹乃似君子。
> 六月清風生,科頭讀《心史》。

《頑潭集》還有《諸合甫約其宗人鼎甫、惠甫、莊甫月吉告祖,悔過遷善,感而有作》:

> 孤將忠孝續先傳,誓墓文成告几筵。
> 五世衣冠君子澤,百年譜牒後人賢。
> 門風恥與時流伍,《心史》勤搜國事編。
> 海內只今誰舊德? 韋家花樹尚依然。

同書卷二《隱湖集》有《訪陸履長不遇,其尊人子垂先生出心史手蹟,拜而讀之》:

賣卜何如謝侍郎,著書偕隱有高堂,

井中四百年間物,跪讀猶聞翰墨香。

《隱湖集》還有《瞿稼軒臨桂挽辭》四首(又被收於《晚晴簃詩匯》卷十三),爲瞿式耜英勇就義後之悼詩,第四首中涉及《心史》:

昆湖家世濬源長,耕石還餘舊德堂。

山水煙雲環丙舍,琴書冰雪照匡床。

僮亡散佚丹青盡,①僧老猶存翰墨香。

令子文孫工繼述,不煩瘞井鐵函藏。

同書卷三上《玉山集》有《讀歸玄恭傳陸履常事有感,兼弔子垂先生》詩,此時陸坦父子均已過世,陳氏擔心《心史》手稿的存亡:

一門風節與人殊,先後淪亡歎恨俱。

絮酒尚虛徐孺子,麥舟可有范堯夫?

功臣斷碣今何在,②義士遺書定已無?③

當代文章誰似汝,好傳耆舊到吾吳。

同書卷三下《婁江集》有《遲李映碧先生渡江不至》:

美人渺渺隔江流,有約相過肯放舟。

皓月乍傳千里思,碧雲先散一天愁。

仙帆只想迎元禮,玉軸誰知戀鄭侯。

何日西窗聽夜雨,一編《心史》續陽秋。

---

① 作者自注:"家中名畫,僅輦孷之遁去。"

② 作者自注:"劉錡廟碑。"

③ 作者自注:"《心史》手蹟。"

同書卷四上《婁江集》有己亥（1659）寫的《戲和錢宗伯題玄恭僧服小像四絕句》，其一寫到《十空經》就是《大無工十空經》，即指《心史》：

> 年年涕淚灑冬青，搖落江潭老客星。
> 《四十二章》君不解，一心持誦《十空經》。

同書卷六上《蟻橋集》有《磨兜堅》，自注"哀潘吳也"，作於潘檉章、吳炎遭難後，極憤恨悲痛。中亦提到《心史》：

> 磨兜堅，慎勿言，言之輸國情。
> 挾筆硯，慎勿書，書之殺其身。
> 有耳不如聾，有舌不如瘖。
> 將隱焉用文，自昔以爲箴。
> 定、哀多微辭，絕筆於獲麟。
> 大聖尚慎哉，何況我後人？
> 君不見，宋范曄，魏崔浩，一朝鼎烹天下笑；
> 獨有昌黎韓退之，人禍天刑兩不知？
> 不見鄭所南，《井中心史》鐵爲函？
> 不見陶南村，《輟耕之錄》埋樹根？
> 逃名養晦盡如此，君獨何爲闇斯理？
> 嗚呼，歌未終，淚如雨！

同書卷八下《後蟻橋集》有作於己酉年（1669）的《讀史雜感二十首》，其十九首云：

> 趙宋山河痛不堪，袴衣席帽綹成三。
> 信公既死宜中遯，尚有函書鄭所南。

　　陳瑚文中寫到《心史》者亦很多,如《確菴文稿》卷十二有《東日堂藥序》,一開頭就說:"稼軒瞿公殉難之三年,其宗人叔獻歸自桂林,手《心史》一卷示瑚,瑚始知公之死事爲詳。"即把瞿式耜遺著稱爲《心史》。同書同卷《孫岷自遺詩序》云:"荀卿有言,儒者隱於窮簷漏屋,'無置錐之地,而王公不能與之爭名'。昔者趙宋之亡,謝皋羽、鄭所南之徒皆以窮死,而作爲詩歌,抒其孤憤,埋藏於空山智井之間,易世而後出。"同卷《瞿叔獻六十壽序》又云:"其追維故人,時時欲慟,則似謝皋羽;表年紀事,大義炳如,則似鄭所南;繭足風塵,物色天下士,則似戴叔能;今且經卷繩牀,學浮屠法,又似丁鶴年矣。"

　　陳氏又作有《頑潭詩話》(收於 1903 年繆荃孫輯刊《東倉書庫叢書》和 1917 年趙詒琛輯刊《峭帆樓叢書》),其《自序》寫明亡後隱居鄉里,與友人結蓮社,"間於吾友散後,筆而志之,編年別部,彙成一帙,始自甲申,以迄今茲。其間有一人爲一類者,《指南》《心史》之續也;有一事爲一類者,《月泉吟社》之續也;有一時爲一類者,《谷音》之續也。"《頑潭詩話》卷上有《寒溪八詠》,收有陳氏《倚竹》一詩寫到《心史》,已見上述《確菴文稿》卷一《頑潭集》。

　　金堡(1614~1680),原名金浚,後改名金堡,字道隱,號衛公。浙江仁和(今杭州)人。崇禎庚辰(1640)進士,授臨清知州。甫五月,因催科不及額,坐解職。唐王立,魯王猶稱監國,除職方郎中,不拜,間關走福州。任氣敢言,以給事中監軍江上。閩敗,桂王用以原官。因爭孫可望不宜封,被以欺君誤國罪下錦衣獄,杖八十,出血復甦,戍清浪,因阻兵未得達。過桂林,瞿式耜欲畱爲書記,以事已不可爲辭。桂林破,隱於丹霞山爲僧,名今釋,字澹歸,號舵石翁。後返浙,死於平湖。近百年後,乾隆於 1775 年惡狠狠批曰:"朕檢閱各省呈繳應燬書籍內有僧澹歸所著《徧行堂集》……其人本不足齒,而所著詩文中多悖謬字句,自應銷燬。"

　　《徧行堂集》卷三七詩之八有《贈劉安士》涉及《心史》(所贈劉幼鍾,江西吉水人,乃爲世人遺忘的堅貞遺民詩人):

萬里中流不用随，漫漫烈燄未成灰。

玉皇選吏無踰此，鐵匣緘書欲喚誰？

入世心惟從日短，報親淚只背人垂。

因君記起當年夢，月下呵冰斷緶歸。

《徧行堂續集》文卷三有《陸嗣常遺詩序》，亦涉及《心史》(所序陸深原，字嗣常，號芝石，浙江平湖人，乃爲人遺忘的明遺民詩人)：

此編乃令子戚戚從破藥囊中偶得之，蠹穿魚蝕，捧之流涕，手錄笥緘，時當省侍。予獲覽焉，筆陣排奡淵涵，如入武庫，如讀岣嶁之碑，如望江沙古八陣圖，其悲憤伉壯則呵壁問天、錮鐵沈井適可相方耳。

又據沈起《查東山先生年譜》，丁酉(1657)查繼佐有事小甕(廣州)，金堡以公務來自閩中，弈罷而別，各賦《弈罷》詩。金堡詩中涉及《心史》，而失收於今見《徧行堂集》及其續集中。《查東山先生年譜》記其詩如下：

秋到珠江客思闌，小甕殘話又更端。

井中史莫丹心在，局外人休刮目看。

東海近時猶木石，南陽往日竟衣冠。

知君十載悲凉處，雨入荒鴉夢亦寒。

陳子升(1614~1692)，字喬生，號中洲，廣東南海(今廣州)人。明末諸生，弘光時以明經舉第一，隆武改元拜中書舍人，桂王時拜吏科給事中，遷兵科右給事中。入清不仕。錢謙益稱其"學殖富有，才筆日新，以《風》《雅》爲第宅，以《騷》《選》爲苑囿"。有《中洲草堂遺集》，卷十四《吳門旅興》涉及《心史》：

浪跡吳門且暫休,幾多拋擲幾多收。

百金未買不龜手,一石尚看能點頭。

斷簡故開智井匣,寒梅新照面山樓。

木人獨入叢花國,誇盡王孫春草遊。

葉矯然(1614~1711),字子肅,號思菴,自稱龍性氏。福建閩縣(今閩侯)人。順治壬辰(1652)進士,居京,授工部主事,因營先人窀穸歸里。乙未(1655)再入都,明年選授樂亭知縣,康熙癸卯(1663)謝病歸,至武林。庚戌(1670)冬躡里門。壬戌(1682)在虎丘精舍自序《龍性堂詩集》。此前還有《不暇懶》《東溟集》《鴈唳編》等。《龍性堂詩集》卷下有《詠吳門古蹟十二首》,其十爲《鄭所南宅》:

先生閩產寄吳門,智井函經不敢論。

菊只報香蘭去土,無家誰與賦《招魂》!

葉氏又曾爲蘇州承天寺井題聯:"閩人大節千秋在,智井函經百世存。"

龔鼎孳(1615~1673)字孝升,號芝麓,安徽合肥人。明崇禎甲戌(1634)進士,授兵科給事中。李自成陷都城,任爲直指使。清兵至,迎降,被授吏科給事中,改禮科,遷太常寺少卿。順治中與馮銓相傾軋,被降八級。康熙初起左都御史,遷刑部尚書。卒諡端毅。乾隆己丑(1769)又詔削其諡。龔氏有文才,與錢謙益、吳偉業合稱江左三大家。朱彝尊、陳維崧遊京師時貧甚,獲其資給。傅山、閻爾梅陷獄,皆賴其力得免。著有《定山堂集》。

龔氏同錢謙益一樣,雖乏民族氣節,但亦認可《心史》,有詩爲證。《定山堂詩集》卷二五有《人日同張登子、鄧孝威遊海幢寺,訪澹歸上人》二首(澹歸上人卽抗清失敗隱於釋的著名遺民金堡)。其二云:

盡收殘淚臥空山，鐵甲風霜隻影還。

天外赭衣飛戰血，井中青史問柴關。

團瓢世隔文難隱，出處心傷鬢已斑。

他日誅茅參半偈，可容同臥竹坪間？

　　許友（?～1663）①，初名案（宰），更名後，字有介；又更名爲友眉，字介壽、介眉；號甌香。福建侯官（今福州）人。明末諸生，入清以遺民終，②卒年四十餘。③ 工詩，錢謙益《吾炙集》選詩，許多人只錄一二首，而許氏獨多，竟錄一〇七首，可謂賞識之至。王士禛亦曾手錄其詩數十首。又善書畫，初學陳洪綬、倪元璐，後酷慕宋人米芾，構米友堂祀之，又名箬繭室。朱彝尊讚爲"才兼三絕，名盛一時"。然著作頗多佚毀，今有存於日本的內閣文庫藏本《米友堂集》（刻本）和據殘稿石印的《米友堂詩集》等。又有所謂據殘稿本排印之《箬繭室詩集》④，則全然是抄襲、胡改元明詩人的僞書。

　　《米友堂詩集》稿本有《秋日歷游六朝諸寺》六首，其六云：

　　　　幽棲僧舍戶常扃，破研時摩古字銘。

　　　　戹酒廢臨《鹿脯帖》，瓣香莊誦《鐵函經》。

---

① 顧景星《白茅堂集》卷三四《許有介詩集序》："有介爲名士……順治初，周櫟園亮工官方伯，物色得之，奉爲上客。櫟園徵入部院，有飲章誣告往事，督閩者劾下刑部，獄詞及有介，繫刑部一載。事解乃出，又三載，以病瀀卒……卒年三十餘。"又云："丁酉（1657）冬，有介旣出獄，遇予金陵，抵掌笑談，意氣如昔，獨其詩益悲。明年，哀所作緘寄乞敘。予未及爲，先以書勸毋自苦，有介善之，而未能也。而卒鬱鬱以殀，悲夫！"由此推之，許氏似卒於 1660 年。但據周亮工《賴古堂集》卷六《十月廿六日城陽寄冠五》詩記"許眉信（按，指凶信）已眞"，和其子周在浚《周亮工年譜》對該詩的系年，可考定許友卒于康熙癸卯（1663）。陳夢雷《松鶴山房詩文集》卷十七《許母黃孺人傳》也明確記："癸卯夏，有介先生寢疾，孺人躬侍湯藥者累月，百計問醫呼籲，竟不起。"
② 許友無疑爲遺民，但諸種《明遺民錄》均失記，惟錢仲聯主編《清詩紀事》列其於《明遺民卷》。
③ 顧景星《許有介詩集序》云"卒年三十餘"，實誤；周亮工《印人傳》則云"四十餘"。今見許氏遺詩中有作于戊寅年（《心史》出水之 1638 年）者。許氏《江寧村居病起寫懷》詩有"醉舞狂歌四十年"句。又見許氏詩《題畫送徐存永之汴涼》云"相看俱是四旬外"，可知許友與徐存永差不多同齡。黃曾樾《徐存永先生年表》認爲許氏題畫送徐詩作于 1659 年，徐氏則生于 1615 年；陳慶元《徐𤊀年譜簡編》據《荊山徐氏譜·世系考》則認爲徐氏生于 1614 年。
④ 1936 年石榮暐（蓋年）鉛印之《蓉城仙館叢書》本。今《清代詩文集彙編》居然也收入此一僞書，並據此僞書來撰寫許友小傳和推算許友"康熙二十年（一六八一）尙在世"！眞是荒唐之極！

雨中眾樹無邊綠,雲外諸峯不斷青。

半日偶能晴氣爽,瘦筇多共上孤亭。

詩有眉批:"《心史》自無人用,拈出甚古,但'鹿脯'對不當。"該批者能看懂"鐵函經"即《心史》,又指出用"鹿脯帖"爲對仗不妥,頗有識力。(《鹿脯帖》爲唐·顏眞卿與李光進書:"病妻服藥,要少鹿肉,幹脯有新好者,望惠少許。")但本書已用大量事實證明,當時用《心史》之典的人其實很多;而且《心史》發現未久,也談不上"甚古"。(據陳衍題《米友堂詩集》稿本卷末之跋,卷中評語"相傳爲周櫟園先生手筆"云。)

在日本藏《米友堂集》中又看到《秋日出華嚴寺看蓮,分得十五咸》詩,表示自己寫詩乃繼承《心史》精神:

乞食城中無一寺,看花郊外借千岩。

森森古瓦深慈佛,點點秋潮落照帆。

老樹藤穿楥箬笠,晚秧針補芰荷衫。

謾言歲月成詩史,半卷它年續《鐵函》。

余縉(1617~1690)字仲紳,號浣公,浙江諸暨人。明崇禎丙子(1636)舉人,清順治壬辰(1652)進士,授河南封丘知縣。兵火之後,曾爲民請命。庚子(1660)授山西道御史,乞養歸。起河南道御史,上書以敢言稱。康熙時命巡視長蘆鹽政,五十七歲時乞歸,閉戶讀書,以至沒世。著《大觀堂文集》,卷八有約作於壬子年(1672)的《春日讀宋史偶作》涉及《心史》:

皀帽桐江處士家,鐵函書祭夜沉沙。

西山已絕孤臣蕨,東圃誰耘召氏瓜?

德祐夢傳遼海鶴,義熙人老鏡湖花。

春郊野叟吞聲處,幾樹冬青冷月斜。

錢肅圖(1617~1692),字肇一,一字芥叟,號退山,浙江鄞縣(今寧波)人。錢肅樂之弟。本書前面曾記述他寫過錢肅樂刻其所詠《心史》詩之事。肅圖以諸生參與肅樂幕府抗清,已而從魯王流亡,官至監察御史。嶇崎海壇化南之間,身歷百死。肅樂授命後,與諸弟繼續從軍抵抗,栖泊山海之間。諸弟相繼犧牲,爲保全宗祀計,嘆曰:"吾不可以輕死。"展轉患難中,五十九歲始舉一子,即立爲肅樂之後。然家已被籍,無一瓦之覆,一壠之植,不得已始出而索食。李聿求《魯之春秋》卷五載:"辛卯(按,1651)舟山破……肅圖被執不屈,臨刑,監刑者熟視,忽釋之,非所望也。……故國故君之感,未嘗一日去諸懷。以子瀎恭爲肅樂後。其後,肅圖老而益貧,攜瀎恭出而索食,每至江上,惝恍四顧,哭而謂瀎恭曰:'此汝嗣父太保大學士忠介公故營所稱瓜瀝軍者也……' 噭然而哭。其後肅圖卒於家。"

丁酉(1657)立冬前三日,錢肅圖爲錢肅樂遺書作序,在一段非常精彩的話中隱隱提到《心史》:

> 上古之世,以事業爲文章,所謂經天緯地者是也。迨臯《謨》伊《誥》,事業之餘見爲文章,皆以鼓吹休明,賡揚盛事。其後不多見焉。若姬公,當流言遭謗,《東山》《鴟鴞》有憂患矣,然事業與詩文竝傳。自茲以後,人文彌厄。如屈原之沈汨羅,愍孫之隕石頭,文山之死柴市,事業之厄也如此!歷覽往古文章,明晦之運,或藏漆荆,或沈壞冢,或匿瞀井,文章之厄也又如此!士君子不得爲《謨》《誥》之遺,復不得爲《東山》《鴟鴞》。而僅爲屈子、愍孫、文山諸公,以厄其事業;又僅爲漆荆、壞冢、瞀井之沈,以厄其文章。則大不幸也!

清·丁紹儀《聽秋聲館詞話》卷九載錢肅圖《滿江紅·題聖月兄歸來圖》,又提到《心史》:

> 斷水殘雲,囂不住幷州覊客。且收拾新亭孤淚,江濱吟魄。

下榻漫淹徐孺子，歸來好賦陶彭澤。把柴門、遙向夕嵐開，餐山色。　　水繞屋，漁燈白。雲滿袖，詩筒碧。更鬭茶僧舍，尋篿村北。半卷《陰符》摩醉眼，一編《心史》圖秋壁。有袁安高臥在東鄰，堪投蹟。

林時益（1618～1678），字確齋。本明宗室，姓朱，名議霶，字用霖，授奉國中尉。南昌人，與彭士望同里好友。國變後，彭氏與寧都魏禧一見定交，極言金精諸山可爲耕種處，乃變姓名，攜家同往。先是，其父以崇禎丁丑（1637）進士，知江夏縣，日在官舍，而於奇才劍客、四方負異奇傑士，必令其與遊。因慨然自有當世之志。父卒於官，嘗支帑金數萬修城，黠吏匿其籍，林氏覼縷追憶，條寫而目算之，無纖毫爽，攝印者驚以爲神。然因過勞，自是得嘔血疾。比遷寧都，已盡破其產。林氏與諸子結廬金精之翠微峯，講《易》讀史，人稱“易堂九子”。彭氏嘗遊四方，林氏以病多家居，並督二家事。後徙家冠石，其子及門人皆帶經負鉏，歌聲出金石，過者如觀古畫圖焉。冠石宜種茶，林氏以意製之，香味擬陽羨，人稱“林岕”。康熙戊申（1668），詔故明宗室子孫有竄伏山林者悉歸，田廬姓氏皆復舊，而林氏拒之，山居三十年而卒。工書，喜爲詩。晚好禪悅，著《冠石詩集》五卷。今見《朱中尉詩集》卷一《谷中九九詩》選五十六首之四十九，寫到《心史》出世而揭穿了元人“善政”的謊言：

> 元人入中國，“善政”乃百年。
> 至今《心史》出，始悉異所傳。

程守（1619～1689），字非二，號蝕菴，安徽歙縣人。明季諸生。少時同許楚、江滔（後號漸江）、王煒等爲知友。長與查繼佐、沈壽民、顧宸、顧景星、錢澄之、姜垓、施閏章、吳嘉紀、趙吉士、屈大均、王攄等交遊。王煒《祭蝕菴文》記：“蝕菴九齡詠鏡囊，有神童目。弱冠列仁和諸生。詩古文名播海內……然爲諸生不克奮翅，擲去且五十年。家廢，子孫弱，夫人痼疾。平生詩文散棄，交遊遍天下。死之日，室無盍粟，桁無懸衣，親

串無能爲計，徒有失聲相向。"程氏著有《省静堂集》，今未見。茲從康熙
元年(1662)陳允衡刻《國雅初集》（及閔麟嗣《黄山志》卷七《賦詩志》）
見程氏《沈眉生先生住黄山文殊院奉寄》一首，詩中對著名明遺民沈氏
所云"鐵函"自當指《心史》：

> 家人從不拜書筒，言念秋楸止一通。
> 性命孤存鈎黨外，文章半付鐵函中。
> 周遭石勢分趨避，頃刻雲光變始終。
> 自有此山初辟詔，他年憑弔指龍蜒。

王揆（1619～1696），字端士，號芝廛。蘇州太倉人。崇禎己卯
(1639)舉人，曾參加復社。順治乙未(1655)進士，授推官，不出仕。康
熙己未(1679)薦舉博學鴻詞科，與顧炎武、吕留良等力辭不應。

甲申(1644)季夏，明帝崇禎自殺，太倉朱明鎬（昭芑）寫《悲憤八
首》，王氏和之，其第三首用了《心史》之典。詩見馮夢龍《甲申紀事》卷
十三：

> 父母吞聲泣路旁，猶聞上相鎖銀鐺。
> 清流白馬誰收骨？明月銅駝幾斷腸。
> 瘖井蒼涼沉碧血，烏臺慘澹落星芒。
> 忠魂地下還攜手，卻勝南朝一侍郎。

潘江(1619～1702)，原名大璋，字蜀藻，以世居木山之厓，因號木厓，
又號耐翁，別號龍眠山人。安徽桐城人。明末諸生。避亂居金陵，亂定
還里。康熙己未(1679)以博學鴻詞薦，辭以母老，後兩徵皆稱疾不赴。
晚年隱居桐城北郭之河墅，學者稱河墅先生。工詩文，四方從遊甚衆。
戴名世卽其受業弟子。潘氏《木厓集》卷八有《懷方爾止、子䍥》，寫到
《心史》：

龍眠巨室推桂林，文章節義世所歆。

國初沈淵有斷事，節義寥寥直至今。

爾止知止故不殆，子甾甾身將有待。

嗟爾兩人豈好名，但求天下後世告無罪。

貢舉車馬何駢喧，云何携手去都門。

一家叔姪同心少，萬古君臣大義存。

白露爲霜西風急，滿天鴻鴈秋翎湮。

念爾兩人立蘆中，手持一編歌且泣。

或云泣盡淚亦乾，有詩慎勿與人看。

看者或悲亦或忌，恐有不測之波瀾。

君不見，《淵明集》中無宋字，億翁《心史》守宋志，

其人無恙其書傳，忠孝之名復何媿？

予亦雅志在蕨薇，其如孤子孀親情依依。

念爾兩人文行何峻潔，欲往從之時勢非。

却怪世人何太譎，己則不能笑人拙。

月落屋梁楓林青，爾盍歸來話離別！

　　《木厓集》卷十一《廪山歌,祝方姑母六十》有句云：“痛哭西臺髮欲晞，長埋井底心猶錮。”卷十八又有《哭方子甾》八首，據考當作於1653年，其八云：

形容瘦薄詩情苦，怪爾生來相亦窮。

豈料遽成黃壤客，嘗疑不是白頭翁。

曾將遺稿歸王粲，直待何時託所忠。

惆恨鐵函《心史》後，爲君封貯草堂中。①

　　《木厓續集》卷十八有《跋盍山續集後》三首（按，方文的《盍山續

集》是方氏女婿王畿(安節)刻印的),其三云:

> 李錦唐瓢委蠹蟲,一朝傳播始江東。
>
> 元來思肖無佳壻,祇合沉埋眢井中。

《木厓續集》卷二十又有《齊方昇歸自白門,攜王安節所刊盦山全集至,張燈快讀,喜而有作,並柬安節》,中云:"吁嗟乎! 生男勿喜女勿悲,有壻能傳絕妙辭。從此鐵函《心史》出,長與清碧《谷音》垂。"(自注:"杜本字清碧,有《谷音》表宋遺民詩。")

張煌言(1620~1664),字玄箸,號蒼水。浙江鄞縣(今寧波)人。明崇禎舉人。南明弘光朝覆亡後,同錢肅樂等擁魯王監國,據守浙東,官權兵部尚書加右僉都御史。翌年丙戌(1646),松江提督吳勝兆起兵反清,張氏率水軍往援,不幸舟到崇明遇颶風而覆。脫身後間道歸海上。後隨魯王遷舟山。舟山破,入閩依鄭成功。永曆甲午(1654),又率水軍攻入長江,克京口,威震南京。戊戌(1658),永曆帝封爲兵部尚書兼東閣大學士。己亥(1659),與鄭成功合軍復入長江,傳檄江南郡邑,收復四府三州二十四縣。不幸鄭成功兵敗南京城下,遂孤軍作戰,兵潰銅陵,退守浙東,流寓海島。甲辰(1664)被清軍執捕,拒降不屈,於杭州英勇就義。正如黃宗羲爲他寫的墓誌銘中說的"公丙戌航海,甲辰就執,三度閩關,四入長江,兩遭覆沒,首尾十有九年",其艱危卓絕甚至超過了文天祥。

張氏在其詩集《奇零草》卷首有"永曆十六年"(1662)所作自序一篇,文末提到《心史》:

> 嗟乎! 國破家亡,余謬膺節鉞,旣不能討賊復讎,豈欲以有韻之詞,求知於後世哉? 但少陵當天寶之亂,流離蜀道,不廢風騷,後世至今名爲詩史。陶靖節躬丁晉亂,解組歸來,著書必題義熙。宋室卽亡,鄭所南尚以鐵匣,投史眢井,至三百年而後出。夫亦其志可哀,其精誠可念也已! 然則何以名"奇零草"? 是帙零落凋亡,已非全豹,譬猶兵家握奇之餘,亦云余行間之

作也。

可見張氏之《奇零草》，正是深受《心史》影響的作品。《奇零草》卷二有作於順治庚子（1660）的《得朱子成書》詩：

> 書來惜分手，正憶皖城秋。
> 入海仍精衛，還山尚蒯緱。
> 參差非恨事，倉卒少良謀。
> 異日傳《心史》，孤忠冀見收。

《奇零草》卷三有作於順治辛卯（1651）的《挽華吉甫明經》：

> 魚檄繞傳身已危，英魂烈骨任披離。
> 華夷兩字書生辨，節義千秋史氏知。
> 逝去玉樓堪作賦，投來鐵匣尚罍詩。
> 更聞鍛鍊神偏壯，慷慨如歌易水辭。

《奇零草》卷六有作於順治辛丑（1661）的《莫指》：

> 莫指招搖望泰階，小戎同澤已難諧。
> 三山波浪靈鼉蹟，半壁烽烟祖逖懷。
> 紀事可能無鐵匣，班師豈復有金牌？
> 皇天倘識匡扶義，萬古臣靡獨我儕。

黃宗裔，字道傳，浙江餘姚人。生卒年不詳。爲黃宗羲族弟。弱冠卽受學於黃宗羲。宗羲嘗謂：“吾於道傳，平居則詩文唱和，患難則架漏牽補。當骨寒心折、周章跼蹐之時，相與周旋者唯一道傳。”著有《南浦草》及《毛詩瑣言》等。康熙辛巳（1701），宗裔應宗羲之子之請，爲黃宗羲《四明山志》作序，認爲此《志》就像《心史》，雖沉井亦必大光於天下：

> 主一克承家學，志切父書，嘗以此《志》未刻爲憂。余曰，無庸也。古來書刻而不傳者何限？吾嘗冷觀當世：人擅作家，新書紛出，錦匭牙籤，輝煌鄴架。平情而談，其可傳者有幾？蓋以今日赫奕勢利之長鞭，不能及後世之馬腹也。若此《志》之光氣燭天，則雖沈之瞽井，後人必有發而布之者，何以刻不刻爲慮乎？

呂師濂，字黍字，號守齋，明末清初浙江山陰（今紹興）人。著有《何山草堂詩稿》《守齋詞》。明嘉慶、萬曆時太傅呂本之曾孫。甲申（1644）遭亂，事定一省故墓而去，浮大江，渡黃河，頓蹙于梁宋燕齊之郊，歷九邊，至酒泉、張掖，久之挾策入滇中，滇人士比之枚乘、劉楨焉。與王夫之、魏畊、陳維崧、王士禛、方孝標、朱彝尊、陳鼎、姚文燮等人交遊。好談兵，豪於酒，善書。古文滔莽雄渾，詩豪邁不羈，時寓滄桑之慨，填詞峭雅而旨艷。嘗醉而自數曰"詩一，字二，酒三，文四，詞五"。《晚晴簃詩匯》卷十七收呂氏贈原明兵部尚書呂大器之子呂潛的《贈宗先達半隱先生》三首，其一寫到《心史》：

> 耆舊今誰在？吾宗叔父行。
> 文教天下讀，史故井中藏。
> 蓑笠辭三聘，琴樽促半牀。
> 非熊空有夢，安穩釣溪璜。

汪价，字介人，號三儂，嘉定（今屬上海）人。生卒年不詳。崇禎壬申（1632）隨父宦楚。乙亥（1635）入泮，己卯（1639）赴試失利。崇禎末曾習射，三匝月其技大進。鼎革後遭屯難，沉痼書城。順治辛卯（1651）應試，人謂其必掄元，最終報罷。丁酉（1657）險陷文字之獄。已亥（1659）應河南巡撫賈漢復邀，與修《河南通志》。踰年修成，又採諸書所

載軼聞瑣事薈粹以成《中州雜俎》。康熙戊午（1678），有官員欲以博學
宏詞薦，上劄啓謝。年逾七十卒。汪氏行蹟半天下，客兩河者前後十數
年，所至以客爲家。擅詩文，精音律，有《三儂贅人集》。張潮《虞初新
志》卷二十收有其自敍萬言長文《三儂贅人廣自序》。汪氏似曾是錢肅
樂的學生，《錢忠介公集》附錄有《戊子六月先生死難閩中，今壬辰先生
令弟以訃音至，其門人哭之以詩》，其中有"鄮縣汪价价人"詩二首，其
二云：

> 向從文字識先民，何幸驚傳節義新。
> 嶺上有魂呼彼昊，井中無史待何人？
> 更逃海外非周土，得死崖間卽漢臣。
> 忠魂於今祇自慰，不爭後世問沈淪。

鮑忠勑（1620~1670），字畏簡，安徽歙縣人。生平不詳。今從順治
乙未（1655）黃傳祖刻《扶輪廣集》卷十一見鮑氏《病餘雜述》一首，其中
寫到《心史》：

> 狂搔短髮已蕭疏，十載攸之悔讀書。
> 不信縑能酬隻字，何堪笠可捍軒車。
> 盛顔未嫁青樓去，浪跡驚傳白社墟。
> 待來心函沉井底，百年運會總躊躇。

董說（1620~1686），字若雨，號俟菴，浙江烏程（今湖州）人。年十
七爲諸生，撰《夕惕篇》以自勵。嘗受三易之學於黃道周。明亡後祝髮
爲僧，名南潛，字寶雲，從南嶽和尚退翁受佛戒。順治辛卯（1651），退翁
以海上事牽連，幾及禍，徒衆星散，董氏獨負書杖策相從不去，以是尤爲
時所重。董氏經學極博，癖嗜文字，老益篤，相與賞析者若江夏黃周星、
吳中徐枋、金俊明、顧苓、吳江顧有孝、徐崧，烏程韓曾駒，嘉興巢鳴盛，桐
鄉張履祥等，皆著名遺民。其後居堯峯以終。所著小說《西遊補》最爲

今人所知,另尚有《補樵書》等多種著作(補樵亦其自號也,一生名號近五十種之多),涉及詩文小說、天文象數、史學紀曆、文字音韻、詩學樂律、醫藥佛教等等。可謂多才多藝的異人。當今研究者趙紅娟《明遺民董說研究》一書對他有深入的論述。

董氏《豐草菴詩集》中第六種,作於癸巳(1653)的《紅蕉編》有《答兒輩問疾,因話出門,復用前韻》:

> 青松架滴雨珠疎,累汝勤鈔十日書。
> 只把《隱謠》吟萬遍,①不須精舍問何如。
> 筒郵樵子倘求茗,信到秋山省寄梳。
> 豐草他年畫前像,衲衣人在百花渠。

《隱謠》卽《隱居謠》,爲《心史》中詩。同書第十一種《鬭韻牌編》又有作於丙申(1656)的《前題(按,指《春日感懷限韻》),用樵兒韻》:

> 江左風流事已訛,那堪寶馬憶盤陀。
> 書悲吳郡人投井,技讓西川客補鍋。
> 夢裏舞筵翻破陣,詩中鐵甲搗朝那。
> 死灰不解紅裙醉,閑殺瀟湘六幅拖。

"吳郡人"指鄭思肖,"投井"之書當然就是《心史》。"補鍋客"則用明初典故,有建文帝故臣不仕新主而隱於四川補鍋,"人有欲學補鍋者,卽教之,補鍋不索謝,令負擔從"。(見《罪惟錄》卷二一)

此外,董氏《寶雲詩集》第六種《掛瓢集》有《雪蘭》詩,"埋藏絕谷""南宋遺民"云云卽指鄭思肖墨蘭,也暗喻《心史》:

> 白雪幽蘭緒各端,兩般琴道一時看。

---

① 作者自注:"余住菴之初,手書鄭所南《隱居謠》,命兒輩日誦一過。"

埋藏絕谷心還吐,縞素千山香正寒。

積減幾分沉綠色,銷成何處冷花瀾。

思量南宋遺民畫,天地茫茫遣墨難。

李鄴嗣(1622~1680),原名文胤,字鄴嗣,以字行,又字杲亭,號杲堂。浙江鄞縣(今寧波)人。明季十六歲補諸生,隨父宦嶺外。其父爲崇禎九年進士、禮部儀制司主事,順治戊子(1648)爲謝三賓告密,死於獄。李氏亦被縛置馬廄中,七十日事始解。自此絕意人世,穿竄草石。庚寅(1650)馮京第之難,其監軍黃宗炎刑有日矣,李氏與馮道濟傾家救出之。康熙初,有司搜得中土薦紳與張煌言往還筆札,欲按籍殺之,以奇計使中止,所護尤多。李氏私淑蕺山之學於黃宗羲;私淑漳浦之學於何義兆、呂漢恩,終身忠孝自持。康熙間有大吏薦詞科,堅辭之。晚年力任文獻之重,輯《甬上耆舊詩》,皆遺民悲憤之作,人各有傳。其《題甬上耆舊詩未刻十卷後》即用《心史》典故:

馬火兵磷照眼時,誰從野爐拾遺詞?

魯公故客爭傳句,翟氏門人亦有詩。

斗過庚申文益妙,人存甲乙事俱奇。

埋山沉井須史出,豈待他年定是非!

此詩收入李氏《杲堂詩鈔》卷六,亦見全祖望《續耆舊》卷五三《砌里三李》之一。全氏《續耆舊》卷五三還錄有李氏《歸來歌,題寒灰道人像》,亦用《心史》典故:

……先生歸來乎,徐君墓前劍草蕪,岩陵臺上朱鳥逋。

有雲浮鬱復南至,千年蒼石空齟[齬]。

黃冠一去終不返,君行何處招靈巫!

先生歸來乎,六經狼藉橫荒塗,二十一編事盡誣。

詩中數字傳甲子,名函久久沉浮屠。

我生但願不識字,眼前文采非吾徒。

先生歸来乎,先生歸来宜荷鋤!

在錢肅樂《錢忠介公集》卷二六,有李氏哀悼錢氏一詩,中亦涉及《心史》:"憶公守婁江,旦夕登華要。奚爲獨鐫詩,哭酹鄭思肖?早堅《井史》心,魂魄已介紹。"

在黃宗羲選定的《杲堂文鈔》卷一,有李氏《續騷堂集序》,序末亦用《心史》之典:"夫詩文之道,上關君父,下關友朋。然則先生此集,匪特鬼神默助其筆,埋山沉井,終使必傳,亦先生自吐夙心.樂以高論忠義之言正告吾黨者也。"

在馮貞羣編的《杲堂文續鈔》卷一,有李氏《補西臺慟哭記註序》,更大寫《心史》:

> 崇禎戊寅仲冬,故宋連江鄭所南先生《鐵函經》出自吳承天寺井,計此書沈三百五十六年而始出。及後,讀梨洲黃先生所註《西臺慟哭記》,亦曰"歲在戊寅",則溯晞髮先生野哭之歲亦三百四十八年而注成,乃與《函經》出世其年適同。僕讀而異之。嘗攷宋諸遺民,惟連江、長溪二先生義最高。斯時宋社坵墟,兩先生以閩海布衣,棄其家,走吳越,數千里外,四顧空空,淚盡心破,乃取其文數□,重置百拜,投諸枯甃中,以至欲哭所知而無地,則登古人百尺臺,上矚蒼天,下瞰白水,始一發聲,嘶其毒憤淳鬱。天地靈祇實鑒哀之,因而默護此文,以俟諸數百年後,值其時與其人適相類,然後沈者出,隱者顯。故曰,此有鬼神通之也。……獨是《心史》最晚出,……惟《晞髮集》二十卷幸存十一。

《杲堂文續鈔》卷四《題繭菴雜詠卷首》又言及《心史》:

> 噫乎今者,占世事而得明夷,詠吾生而入板蕩。讀殘史以

一慟,恰值其時;愁古人者萬端,竟遭於我。大可哀矣,能無怨乎! 乃有唐前進士,尚在天寶末年;漢故大行,具述西京遺事。驚劫燼之重飛,歎曾泉之再墜。廢墟遙望,常歌漸漸離離;瞀井終埋,誰哭兼兼久久? 竟沈龍子,難招鯤壑君臣;莫問馬人,空說鼉宮將相。……

《呆堂詩鈔》卷四,有《織簾先生誦,爲礜樵大兄壽》(織簾先生爲南朝宋逸民,礜樵卽李文續),詩佳(所謂"史在井"卽云《心史》),因不嫌其長而錄之:

> 織簾先生年八十,火下寫書數十篋。
> 適志每聞鼓素琴,養身曾見賦《黑蝶》。
> 先生行年才六十,爽氣炤人鬢間出。
> 王家七葉重文章,曹氏遺倉今石室。
> 少年喜搜秦漢書,鵠頭蚊腳爭三餘。
> 剡藤日寫幾十紙,束之一歲盈一車。
> 自從遭亂六籍焚,落棠山外逐殘曛。
> 遺經在壁史在井,《花前》之集隨飄雲。[1]
> 先生一身亦坐繫,秦吉無聲春燕去。
> 排空惟有鴈飛來,行行寫作傷心字。[2]
> 一朝破械身歸來,日向山中賦《八哀》。
> 山頭片石千春在,西臺哭罷登東臺。
> 此時歸覓篋中篇,上花蝕盡義熙年。
> 夜鈔重積三千卷,坐聽霜深鶡鴠天。
> 其中一編更卓絕,魯連之淚魯公血。
> 龍威所守百靈扶,三百年來豈容缺。
> 先生開書重流涕,歷歷紀行事堪記。

---

[1] 作者自注:"先生所錄曰《花前集》。"
[2] 作者自注:"先生繫中有《賦鴈》百首。"

栢桐初刦義公年,山川舊弔睢陽處。

是書重鈔閉篋中,颯颯四壁生寒風。

夜半疑有弓劒集,階前不敢啼秋蟲。

先生所書重如此,織簾先生小小爾。

天噩碩果歷冰霜,益州耆舊名堪齒。

歸乎來,彼刺船者古成連,求羊二仲耕滄田。

吾亦採芝此中去,重與先生發一編。

《杲堂詩鈔》卷五又有《哭周貞靖先生四首》,其三云:

遺書藏梵井,殘史祕僧瓢。

心向雙林盡,魂從片石招。

魚傳前席響,草發故山苗。

頗憶扶藜出,曾逢谷口樵。

黃生(1622~1696),又名子呂,字扶孟,號白山,安徽歙縣人。明季諸生,入清隱逸,與屈大均爲好友。客居揚州,康熙甲戌(1694)始還鄉。鑽研音訓,多有創解,著有《字詁》《義府》,後被收入《四庫全書》,獲評價甚高。又有《杜詩說》十卷。亦寫詩,有《一木堂詩藁》,多忠義悲憤之語,乾隆時遭禁燬。《一木堂詩藁》卷七《送汪幾希之吳門》提到《心史》:

山山黃葉落,天氣已深秋。

我自甘高臥,君仍愛遠遊。

井中窺鐵史,臺下拜羊裘。

早晚冰生浦,嚴灘返客舟。

孔自來,初名儼鏮,字伯靡,一字啟宇,江陵(今屬湖北)人。生卒年不詳。明遼簡王八世孫。少孤,折節讀書,補江陵弟子員。國變後易姓名,放浪三湖間,自號句曲山人。爲抗清烈士張同敞(別山)好友,後爲張氏編遺集。又與陳弘緒(士業)交遊。著有《江陵志餘》。廖元度《楚風補》、楊鍾羲《雪橋詩話餘集》、丁宿章《湖北詩徵傳畧》、錢仲聯《清詩紀事‧明遺民卷》等書,均收入孔氏《寄懷陳士業》一詩,中提到《心史》:

> 江城風雨論文日,回首章門又五年。
>
> 爽氣西山應自嘯,暗香東閣爲誰妍?
>
> 枕邊《心史》書皆鐵,篋底《卮言》字亦玄。
>
> 天際美人勞寤寐,由來邢尹解相憐。

沈珽,生卒年不詳。據卓爾堪編《明遺民詩》卷十三,沈氏字公厚,號稼亭,宣城(今屬安徽)人,有《稼亭詩鈔》。《明遺民詩》中選了沈氏《硯歸歌》,是一首好詩。其序曰:"先子有端溪大硯,規制極古,唐宋硯式,以朴雅端方爲尚者是也。失去廿年,頃知爲里中富兒所得。子廷玠適以錢糴米,聞之亟持錢往贖。祕不肯。予三往,始抱以歸。喜作是歌示諸子。"而詩中撫硯思昔,用了《心史》典故:

> ……三徑忽荒松菊盡,舊社已屋鐘石移。
>
> 鐵函紀述空瞽井,濡毫唯爾硯常隨。
>
> 硯兮硯兮歸何遲,吾雖老矣詎汝離……

沈氏若非堅信《心史》,是絕不會在歌詠先人遺物時提到它的。

郭士髦,字斯士,江蘇太倉人,明末諸生。嘉慶時修《直隸太倉州志》卷四十載:"甲申遘變,思以身殉,輒中夜披衣起,欲自沉舍旁池水,念其父老且病,不能引決。然拊膺植髮,蹈海沈湘之志無刻去懷。所居毀於兵,徙茜涇,終身遯蹟,罕入城市。侍父疾七年,孝謹如一日。年六十五卒。"曾顏其堂曰"如邨居"。乃約老友數人爲詩社,名曰"晚香",一月兩集,寒暑無間。有《如邨居詩集》,今未見。

清‧汪學金《婁東詩派》卷九選有郭氏詩十首,其六爲《蘭無根》,題下注"鄭所南每作蘭,多不著根,謂無土也",詩曰:

> 荆棘叢生卧豹虎,極目郊原無淨土。
> 蘭兮蘭兮王者香,託根無所況儔伍。
> 所南先生日思肖,思之不得頭常俯。
> 愁苦滿懷語者誰,把臂寥寥狎樵豎。
> 一生酷愛寫墨蘭,墨汁淋漓香已吐。
> 花苗疎秀葉森森,欲著根株淚如雨。
> <u>曾以此意作《心史》</u>,精血成書水不腐。
> 畸人瑞物寄託殊,蕭艾容容何足取。

孫錫蕃,明清之際人,字羔臣,號復菴。黃岡(今屬湖北)人。清拔貢生,科場不利,官至山東霑化知縣。著有《復菴全集》,其《復菴删詩舊集》爲甲申三月前所作的删存詩,請陳名夏、龔鼎孳、紀映鍾、高世泰等人校定,刻於康熙初。此集王一翥有跋曰:"當天下無事時,予自金陵歸,羔臣才名震中原,伊呂澄清之志已見於《測時十畧》,而《天學易理》窮微極渺,悉發古人所未備。至其《衣篋几杖》,隱隱金石,所謂'詩以道性情'耳。而磊落爭光之氣,見於《久久書》之序焉。"從王跋中看,孫氏當在明末學鄭思肖作過《久久書》(或爲鄭思肖《久久書》寫過序?),惜今未之見。

《復菴删詩舊集》卷一有《北山行,寄韋念莪同學》,寫到《心史》:

> 連翩北山下,山空塞長嘯。
> 苦筋兼榮軀,作賦行年少。
> <u>所南偶著史</u>,顧名稱思肖。
> 如何孟頫才,懶把灘頭釣。
> 黃雲蔽千里,白月孤心焴。
> 微子歌中人,嚴霜哭九廟。

李鳳,生卒仕履均不詳(因同名者太多,難考)。今見道光時修《遵

義府志》卷四五《藝文》四,及民國時修《桐梓縣志》卷四六《文徵下集》
詩一,引錄明·李鳳寫的《平播州夷人歌》(平播州是明末事)。李氏詩
的最後寫到《心史》:

> ……憶昔蔡城慘罹災,死人寃憤生人哀。
> 誰知地雷來復處,雪中霜裏又海開。
> 深山猿鶴雲霞友,宵談共酌醍醐酒。
> 無懷渾沌葛天民,惟解鼎成數用九,
> 《心史》千秋傳不朽。

陳僖,生卒年不詳,康熙己未(1679)舉博學鴻詞。字藹公,號餘菴,
一號想園,直隸保定(今屬河北)人。有《燕山草堂詩》,卷首自序云:"髫
年好爲詩。甲申後詩不止存,非不足存,則不可存,歷年焚去什之九。"
可知陳氏入清後因懼文字禍而焚去不少詩作,故今集中未見涉及《心
史》之作。陳氏曾北走大同,南游山左汴梁,結交傅山、陳瑚、王弘撰、顧
炎武等遺民。傅山《霜紅龕集》後附錄"燕山陳禧藹公"(可知"僖"或作
"禧")悼傅山的《輓石道人二首》,其一提到《心史》:

> 石室文星落,吾曹失羽儀。
> 道心眞隱士,俠氣烈男兒。[1]
> 穴井應藏史,呼天不愁遺。
> 姑蘇流寓友,好結九京知。[2]

詩當作於 1684 年傅山逝世時。(顧炎武則卒於 1682 年,故曰"好結
九京知"。)

龐嘉奎,生卒年不詳。字祖如,南海(今廣州)人。明末貢生。與屈
大均爲同學。據清陳伯陶《勝朝粤東遺民錄》卷一,龐氏"曾祖嵩,字振

---

① 作者自注:"謂昔年救白袁學道寃。"
② 作者自注:"謂顧寧人。"

卿,湛若水弟子。其學能會通甘泉、陽明二家之說,世所稱'弼唐之學'者也。弼唐鄉,林木幽清,風土敦樸。甲申以後,避亂擇鄰,人以弼唐爲安土,嘉奎復爲之居停。"龐氏曾在弼唐鄉匿藏過陳恭尹、僧函昰等人。據《勝朝粵東遺民錄》,"嘉奎既自晦,嘗詠《冬泉》以自況,有'欲煉神丹須爾就,因函《心史》見人遲'語。"

范梧,字素園,一字寄翁,生卒年不詳。明末諸生。浙江鄞縣(今寧波)人。全祖望《續耆舊》卷一三三《諸韋布詩》有"范布衣梧"傳,云范梧與其弟范核學詩於宗正菴之門。宗氏詩多山林草澤之音,范梧亦其中一高弟也。惜以無後而散佚,其弟拾殘稿屬全氏論定。全氏所選詩中有《補祝林繭菴先生九十》,其中寫到《心史》:

> 天教東海有孤臣,九十仙仙鶴髮新。
> 舊主敢忘修禊月,編年重感義熙春。
> 千秋事業函《心史》,一代文章剩角巾。
> 試向畫樓闌上望,墨痕堆處盡龍賓。

繭菴卽著名老遺民林時對。詩末寫到的"龍賓"是神話中的墨精。

陳福康 著

井中奇書新考（中）

鄭思肖《心史》暨宋季明季愛國詩文研究

上海外語教育出版社
SHANGHAI FOREIGN LANGUAGE EDUCATION PRESS
外教社

上海交通大學出版社
SHANGHAI JIAO TONG UNIVERSITY PRESS

第八章 《心史》與明清之際
愛國文人（下）

　　文中提及《心史》者（徐𤊻—馮夢龍—王家彥—錢士升—文德翼—黃見泰—馮舒—趙士喆—談遷—王潢—毛瑩—蕭雲從—杜越—徐樹丕—張自烈—黎元寬—王猷定—盧若騰—沈光寧—王澐—黃家舒—李模—查繼佐—許自俊—祁彪佳—李世熊—周聖楷—馮班—張怡—李騰蛟—吳偉業—郭金臺—黃周星—鄭郊—王之禎—李煥章—謝文洊—甘京—黃晉良—朱潮遠—陸貽典—徐崧—徐雲祥—盧涇材—沈明揚—欽蘭—朱明德—尤侗—顧有孝—黎士弘—潘永因—潘永圜—李宗孔—沈謙—方享咸—王弘撰—劉廷鑾—計六奇—林時對—毛奇齡—戴移孝—李中馥—張芳—趙巏—顧復）**其他可知肯定《心史》者**（牛若麟—王煥如—徐沅—王心一—許重熙—楊廷麟—譚貞黙—道盛—袁于令—朱尚雲—李清—林垐—李文繡—吳宗潛—蔣燦—李向中—王兆熊—潘達—凌駉—謝杲—陳濟生—周容—嚴渤—許奮—紀許國—阮文錫—周西—王纘—戴本孝—徐枋—董劍鍔—朱樹滋—鄭井鐵—劉定應—汪溥—朱舜水—錢謙益）

四、明清之際文中提及《心史》者

　　明清之際，在各種文章（如專著、雜記、序跋、書簡、日記、書目等等）中肯定《心史》的人士還有很多。今亦據所知，畧依其生年先後，予以介紹。

　　徐𤊻（1570～1643），初字惟起，更字興公，號鼇峯居士、天竹山人、讀易主人、竹窗病叟等，齋名紅雨樓、綠玉齋。福建閩縣（今福州）人。與兄徐熥齊名。博貫古今，考據精覈。以詩鳴，自樂府至歌行及近體無所不備。萬曆年間與曹學佺狎主閩中詞盟，後進皆稱興公詩派。比林古度年長十歲，爲好友。性嗜古，雖貧而喜聚書，至萬卷。所居鼇峯麓，客從竹間入，環堵蕭然，而牙籤四圍，縹緗之富，卿侯不能敵也。徐氏卒於崇禎壬午（1642）十一月二十五日，已入 1643 年。著有《筆精》《榕陰新檢》《鼇峯集》等。

萬曆戊午（1618）所刻之謝翱《晞髮集》，載有徐氏之序，曰：「吾鄉於宋遺民，得兩先生焉，一爲長溪謝翱皋羽，一爲連江鄭所南思肖。……其所託蹟畧同，而其所爲詩歌亦峭峻相似。」然而萬曆時《心史》尚未出井，徐氏該序中又稱「思肖有《錦錢集》，歲久軼弗傳」，則其當時所見鄭詩只是些題畫詩而已，似尚不足以與《晞髮集》媲美。在《心史》出井之前，極罕見有將鄭、謝二人之詩相提而並論者。因此，我初以爲徐氏此序可能作於《心史》刊刻之後，而爲人補於萬曆刻本者。但徐氏序末明明署有「萬曆戊午孟春晉安後學徐熥興公撰」，又說：「若夫思肖之遺言，可與皋羽凌駕，予求之四方，二十年而不能得。或有發名山之藏，出帳中之祕，予將稽首而受之，庶知吾閩宋有兩義士皆以詩稱者也。」可知他在看到《心史》前，的確已預見鄭、謝二人之詩可以媲美，這非常了不起，亦因他是閩人才會有這樣的想法。

徐氏暮年，幸而得知《心史》出井之事。其《紅雨樓集》稿本幸存於世，今藏上海圖書館，中有《答林若撫》信，云：

> 弟去冬爲漳游，今夏始返，落落猶故。偶逢蔣弢仲先生謫戍入閩，聚首數月，於其歸也，寔難爲情。<u>因聞承天寺古井拾出鄭所南《鐵函經》</u>。忠義之士，歷數百年遺文不泯，亦大異矣！

今考，徐氏在崇禎己卯（1639）十一月長至前，因赴弔友人顏繼祖而去漳州。此《答林若撫》當寫於翌年庚辰六月頃。據此可知，徐氏於 1640 年夏，方從蘇州人蔣燦（弢仲）那裏聽說《心史》出井之事。（按，蔣氏從蘇州謫戍入閩，後又赦歸。）徐氏聞後，深信不疑，因此立即在給林雲鳳(若撫)的信中提到。① (林氏亦蘇州人也。)徐氏自當立即尋訪《心史》,可惜我們現在不知道他到底讀到了沒有。(那麼,告訴徐氏《心史》出井的蔣燦,自然也是知道《心史》爲眞的一位蘇州籍的見證人。本書下面再寫。)徐氏未久即卒於明亡之前,此信亦可證所謂"《心史》必是明亡後僞造"的說法是多麼多麼的無稽!

馮夢龍(1574~1646),字猶龍、子猶、耳猶,號墨憨齋、茂苑野史等。蘇州長洲人。青年時家道敗落,幾至絕糧。五十七歲(1630)始爲貢生,後爲丹徒縣學訓導,未久(1634)任福建壽寧知縣,有政聲。崇禎戊寅(1638)卸職返里,正值《心史》出井之年。馮氏崇拜李贄,喜愛民俗文學,曾編印《掛枝兒》《山歌》《情史》《廣笑府》《古今譚概》《智囊》等,刻印《水滸傳》《三言》《三遂平妖傳》等,著有《中興偉畧》等,著述宏富。明清鼎革時,他撰《甲申紀聞》,編刊《甲申紀事》,不久憂憤而亡。

在《甲申紀事》中他收入的王揆《悲憤》詩,即用《心史》之典(已見前述)。1645年馮氏作《題楊忠愍贈養虛先生詩冊三絕句》,詩序開頭說"東漢之節士,釀於客星;南宋之忠臣,胎於祕誓"。此處"南宋之忠臣"即指鄭思肖,"祕誓"即指《心史》或《心史》中祕密宣誓的《前後臣子盟檄》(久久書)等。

王家彥(? ~ 1644),字遵五,號開美,福建莆田人。天啟壬戌(1622)進士,授開化知縣。擢刑科給事中,歷戶科都給,事憂去,起吏科。在官彈擊權貴無所避忌。清軍入京畿,王氏協理戎政,寢處城樓。李自成軍破城,罵而不屈,被段斬於城樓;一說乃自縊於民間空屋。明弘光中贈太子少保兵部尚書,諡忠端;清順治九年賜諡忠毅。有《王忠端公文集》,卷十一《銓部林公讓菴致奠文》中所言說明王氏知道井中鐵函《心史》,並以之歌頌剛剛獻身的林胤昌:

---

① 據我考證所知,《心史》書稿出井時,其實徐爣正好人在蘇州。今見"崇禎戊寅長至(按,即1638年12月22日前後,時爲《心史》出井約十來天),閶郡徐爣書於吳門之蓮華菴"的《元人十種詩序》;又見徐氏當時《寄王馬石司理》和《寄杜言上人》,皆言在"吳門度歲";徐氏《寄黃海鶴》又云"抵姑蘇,爲申清門方伯噩寓寫兩旬";其子徐延壽爲《書林外集》題跋又云:"崇禎戊寅冬,予侍家大人客姑蘇,偶同友人林若撫於閶門敗肆中得《書林外稿》一册……"但非常遺憾的是,當時徐氏與林雲鳳均不知《心史》出井之事。

嗚乎！追思國難，聲嘶氣結。湛湛青天，白日流血。曲池叢魂，《井史》銷鐵。開闢以來，未有斯孽。公丁其辰，慷慨引決。痛在須臾，芳垂史冊。

錢士升（1575～1652），字抑之，號御冷，晚號塞菴。嘉善（今屬浙江）人。萬曆丙辰（1616）殿試第一，授修撰，以母老乞歸。趙南星、魏大中、萬燝被璫禍，破產營護之，以是爲東林所推。崇禎戊辰（1628）起少詹事，掌南京翰林院，旋謝病歸。辛未（1631）起禮部右侍郎，署尚書事。癸酉（1633）召拜禮部尚書兼東閣大學士，曾箴崇禎"寬以御衆，簡以臨下，虛以宅心，平以出政"，帝優旨報聞而意不懌也。無何，因首實籍没之法而抗疏極言，不報，遂乞休。甲申（1644）聞國變，北向號慟，自誓必死，子孫環泣守之，因不得死。著有《周易揆》《南宋書》《遜國逸書》《皇明表忠記》等，清《四庫全書》均列入"存目"。

所著《南宋書》，《四庫全書總目提要》著錄爲"浙江鮑士恭家藏本"（當是鈔本），館臣評價甚低："是編以《宋史》繁冗，故爲刪薙。然所刊削者不過奏疏及所歷官階而已，別無事增文省之處，亦不見翦裁熔鑄之功。"並特地提到："至所增鄭思肖數人列傳，亦疏畧不詳。"然而，錢氏所增二百餘字的鄭思肖傳，卻是在正式的宋代史書（儘管不是官修）上第一次爲鄭氏立傳，其意義不可低估！而且，錢氏明確記載了剛剛出井不久的《心史》，更是意義重大！見《南宋書》卷六二：

鄭思肖，連江人，爲上舍，嘗叩闕上疏，犯新禁，衆爭目之，遂變今名。字所南，義不忘趙北面也。德祐二年，作《臣子盟檄》，四年，作《後盟檄》，分其字而九九錯綜書之，託其名曰《久久書》，心誓盡之。隱居吳中，一室蕭然，坐必向南。歲時伏臘，望南慟哭，而再拜乃返，人莫識焉。誓不與朔客交，或於朋友坐見有北音者，即自引去。工畫墨蘭，不妄與人。邑宰求之不得，以賦役脅取，思肖曰："田可奪，蘭不可畫！"嘗自寫一幅，長丈餘，題云："純是君子，絕無小人。深山之中，以天爲春。"
又題寒菊云："禦寒不藉水爲命，去國自同金鑄心。"自裛其詩，
名曰《心史》，沉之井中。

文德翼（1584~1672後），字用昭，號柴桑里人，又號燈巖子、石室老
人、補堂等。江西德化（今九江）人，明崇禎甲戌（1634）進士。司李浙江
嘉興七八年，有政績。後内召秉銓。值國變，遠遯歙之商山。左良玉奔
九江，文氏以病爲辭，然爲之調和文武官員矛盾。曾參與南明政權。康
熙壬子年（1672）文氏猶在世。明末揭重熙《循例乞表境内大臣疏》曾稱
讚他"才誠並絕，夷險一致"。文氏博貫經史，長於詩古文辭，所著有《求
是堂集》《文鐙巖詩集》《雅似堂集》等，清代均遭禁燬。文氏與陳弘緒爲
忘年交，其讀《心史》必是從陳氏處得之（見下述）。《求是堂文集》寫到
《心史》的地方極多。如卷四《郭聲希菊存艸序》云：

> 嗚呼，吾友以約能作《久久書》者。不錯，不錯，洵吾鄉老
> 博士歟？聲希未覩謝家之奕，空彈阮氏之絃，以《菊存》一艸見
> 示，余讀而悲之……嗚呼，今之誦詩，亦有知人來歷者否歟？苟
> 不知之，《久久》之書止可封之叢下耶？不然，吾私有以告郭
> 子：鄭先生不嘗畫蘭不著土乎？菊□蘭類也。不知聲希一解畫
> 與否？願畫菊且著土，不然晚香種子盡矣！

卷五《李昭武賜隱樓詩序》：

> 而隱者或寓荆臺，或樓吳市，或沈書於瞽井，或許劍於崇
> 阿。凡攄性情而託意致者，强半屈宋遺音耳。

同卷《何紫屏詩草序》：

> 觀八月之壯濤，覽六朝之佳麗，放懷天地，洗眼山河，函詩

之井空聞，許劍之亭何在。

同卷《蘆中人詩艸序》末云：

> 《上音》一集既已鐵函入井，同鄭氏之《久久書》矣。

卷九《祝湖日王賓明孝廉六袠序》提到：

> 乃讀宋之《晞髮集》及《久久書》，謝翱一秀才爾，鄭思肖一上舍生爾，尚未舉於鄉而棲遲山谷，或盟汐社，或藏《心史》，而亦無不獲全於時。

卷十《城南舍利寺募疏》中云：

> 轉輪閣上藏書，半遺姓字；轆轤井中出史，全是文章。

卷十三《烟水亭藏趙文敏石刻大士記》云：

> 近有藝地者，得一石刻大士，客僧攜，置之回龍磯神座上。余一日過之，取水浣濯細視，乃趙文敏寫，而先輩楊龍涌重鐫之者。文敏之手筆出於土中，猶所南之《心史》出於井中，人雖不同，時則不異也。余恐爲好事者夜半負舟而去，特語司農溫仲清，移置之南湖烟水亭中。

卷十五有《報陳士業書》，爲初次打聽《心史》之信，因僅耳聞其事，竟寫成“鐵板《心史》”，而陳氏必立即將自己崇禎辛巳（1641）春從楊廷麟處鈔錄的《心史》給他看。

> 弟傴息瀼溪，如寄生之艸，寄居之蟲，無他生計，但倚杖聽

田間泉聲，差可與故人道之耳……嗟乎，西臺無涕可灑，汐社有髮堪晞，足矣！他復何言？寂寂深山，惟書可娛，十餘年來，所積大類《金石錄後序》。古兒女子尚能忘情，丈夫反未遣此，爲之一笑……聞鐵板《心史》社翁先得之，有梓本否？絶未一見。

卷十六《書大非子卷後》云：

昔鄭所南、謝皋羽痛哭悲歌……《心史》猶在，汐社不移。

卷十七《偶記》：

余……几上書，《陶淵明集》、鄭所南《心史》、謝皋羽《晞髮集》、《遜國紀》及《杜詩》，不敢離手，外多列佛書禪冊而已。

卷十八《明文學嚴君子觀墓表》記嚴子觀(這裏說的嚴渤，當然也是肯定《心史》者，本書下面再寫)：

不數日而病遂大漸，忽蹶然起，執子餐手曰："兵入城否？"曰："入。""然則城如何？"曰："降。"痛哭曰："文章無用矣！功業不可爲矣！"因索鄭所南《心史》，伸紙書曰："天命尚屬漢，大夫空美新。"擲筆而臥，臥不寧，頻作語曰："文章眞無用矣！功業不可爲矣！"……嗚呼，未結南村之素心，旋悲西臺之朱咮。越夕乃卒，得年僅二十有六云……顧子觀辭幕府，入菱舟，啟鐵函，引絶筆，遠憶勞勞之渚，近懷久久之書，史輕百六之搖，詩重二十之礪，嗚呼，一死誠重也哉！

文氏還編有類書筆記《備吹錄》，皆採集古人新巧字句，蓋沿楊愼、謝華啟秀而廣之者。清康熙間求是堂刻行。書中多處寫到《心史》。如卷五："祁孔賓作《二九神經》；鄭所南作《九九書》，改爲《久久書》"；卷六:"杜恕《體論》,思肖《心史》",又有"矑仙《阮阮銘》,所南《久久書》";卷十:"許敬之石函,鄭所南鐵函";卷十二:"空中書般若,擬諸天讀之;井底藏空心,憶來世知之";《傭吹錄》二集卷二還有:"[蘇]東坡曰益智候禾,鄭所南曰瓊花占歲"。

　　黃見泰(1589 前~1670),其人湮沒於歷史塵埃中久矣。認識黃氏、曾參與魯王海上抗清、後以遺民學者而終的金敵(1618~1694),在《金闓齋先生集》卷十《客窻偶記》中云:"黃赤石先生,諱見泰,福清人,癸酉(按,1633)科孝廉,授五經博士。喪亂後,居可溪,敗屋數椽,教授灌園以自給。刻厲堅苦,操行方嚴。即至困極,幾不能自存,人欲以一絲粟餽之,不可得。邑令某慕其名,數欲見之,卒不獲。邑將爲令壽,令曰:'如得黃先生文,則幸甚。'邑人士公請之,亦卒不獲。令命吏察先生負稅以困之,先生聞之曰:'朝廷已無寸土,博士尚安得有田耶?'令核籍,果一無所得。乃嘆曰:'黃先生,眞可望而不可即者矣!'"可知黃氏的行事甚肖鄭思肖。金氏該書卷八還有《奠黃赤石先生文》,知黃氏卒於庚戌(1670)仲冬。

　　屈大均《翁山文鈔》卷四《高士傳》所記署有不同:"黃見泰,字見石,福清人。舉崇禎庚午(按,1630)鄉試,明年會試副榜。隆武之初(按,1645)授國子監博士。天興城陷,束髮入山,朝夕白巾苧衣,敝壞不改。家設襄皇帝位,朔望朝拜,以木版爲笏,跪讀表文,聲琅琅徹於戶外。人皆怪之。縣役持檄催租,見泰大署紙尾曰:'大明無寸土,博士安有田!'縣令朱廷瑞者,高其誼,誡勿問。爲其翁媼,乞祝嘏言,厚餽之,辭不受。荷鉏藝蔬以自給,妻亡不再娶,以兄子爲子,不令就試。年七十餘卒。所著有詩文集,藏于家。"乾隆時修《福州府志》卷六三《人物》十五《隱逸》則云:"黃見泰,字士必,福清人。崇禎庚午舉人。性狷介,素以名節自期。隱居村落,常自題小影云:'家以貧破,書以貧焚,惟有靑山將不去,容吾着脚看浮雲。'後以節終。"

　　黃氏是堅信《心史》者,今見《金闓齋先生集》卷六有署"八十二椒圖贅老、通家社弟黃見泰"寫的《詩序》,云:

不特廓明(按,全敵字廓明)之詩,廓明之史也……詩中雖自道其身所閱歷,而取類遠廣,抽絲緒長,足補後日野史之遺,而入《綱目》之例。無詩非史,無史非心,確乎不拔,堅過井函之鐵。

馮舒(1593~1649),字已蒼,號黙菴,又號癸巳老人,室名空居閣。常熟人。明季諸生,負詩名,善持論,爲錢謙益所推許。崇禎中曾因錢氏獄事牽連被逮。清·王應奎《柳南隨筆》卷一記其受政治迫害而死甚慘:"吾邑馮舒,字已蒼,嗣宗先生(復京)子也。嘗以議賦役事,語觸縣令瞿四達,瞿深啣之。會已蒼集邑中亡友數十人詩爲《懷舊集》,自序書'太歲丁亥',不列本朝國號年號,又壓卷載顧雲鴻《昭君怨》詩,卷末載徐鳳《自題小像》詩,語涉譏謗,瞿用此下已蒼于獄。未幾死,蓋屬獄吏殺之也。已蒼之孫修與余善,爲述其顛末如此。又聞已蒼在獄中梏拶而桎,友人往候之,已蒼自顧笑曰:'此特馮長作戲耳。'蓋已蒼頎然長身,人以'馮長'呼之,'馮長'與'逢場'同音,故云爾。"同治時修《蘇州府志》亦載馮氏"爲人直腸快口,不避權要,小人嫉之如仇,搆蘖於邑令,指所著《懷舊集》爲訕謗,曲殺之"。馮氏有《詩紀匡謬》,其中《大風歌·鴻鵠歌》一則云:

> 宋人《竊憤錄》一書,記徽、欽北狩事,容齋極辨其妄。萬曆末年郡中人從嚴氏鈔本鬻之,本無撰人,余邑有吳君平者,妄增"辛棄疾"三字於卷首。余謂之曰:"此從何來?"君平曰:"世人不知書,若無姓氏,便爾見忽,故借重稼軒。此僅可欺不知者,如公自不必怪也。"近有一友作《心史》序,首句便云"余嘗讀辛稼軒《竊憤錄》",不覺失笑。

馮氏既指出邑人吳君平竊借辛棄疾名作爲《竊憤錄》作者,又提到有友人爲《心史》作序誤信《竊憤錄》爲辛作,但絲毫沒有言及《心史》作者也是借名,因此自然可以認定他不以《心史》爲竊名之書。馮氏提到的友人我認爲是姚宗昌。（按，姚氏跋《心史》，首句云："余讀辛棄疾所著《南燼》《竊憤》二錄……"）

趙士喆（？～1655），字伯濬，山東掖縣（今萊州）人，明末貢生，好學能詩文，著述等身。曾倡山左大社，以應江南復社。甲申（1644）後避兵登州之松椒山，遂不家歸。與弟子董樵耦耕海上，顛沛終老，亦臨江節士、扶風豪士之流。著有《石室談詩》《建文年譜》《遼宮詞》《東山詩外》《觀物齋集》等。卒後鄉人私諡文潛先生。王士祿（西樵）稱其"遵海大節，近扳謝、鄭，遠媲夷、齊"。乾隆初修《萊州府志》卷十一《隱逸》記趙氏"著《建文年譜》，自擬所南《心史》"。今見其撰《建文年譜》之《凡例》中亦言："從亡臣《傳》，藏山麓者，如宋人《井史》，不知何日得出人間。"

談遷（1593～1657），浙江海寧人。原名以訓，字觀若；明亡後改名遷（表示以司馬遷爲榜樣），字孺木。明季諸生。南都立，以中書薦名入史館，辭曰："余豈以國家之不幸博一官耶！"入清更隱居不仕，專攻明史，歷盡艱辛撰成明史巨著《國榷》。一夜有盜入其室，盡發藏橐以去。談氏喟然曰："吾手尚在，寧遂已乎！"又從嘉善錢氏借書，堅韌不拔復成之。連《清史稿》的編寫者也看出其"身雖隱而心不死，至事不可爲，發憤著書，欲託空文以見志，如遷者其憂憤豈有已耶"！

談遷又有《棗林雜俎》，該書《聖集·藝簀》中有《心史鐵函》一節：

> 崇禎戊寅十一月八日，蘇州承天寺浚瀆井，得鐵函重櫝。啟之，宋鄭所南先生《心史》一部，外標"大宋鐵函經"，內書"大宋孤臣鄭思肖百拜封"，自元世祖癸未歷今三百五十六年。按，《心史》行世久矣，想副本流傳，不待瀆井啟函也。

談氏顯然是相信《心史》的，但後面那句按語似乎以爲《心史》在出井前即已行世，則實屬不確，沒有任何事實根據。據我調查，在明崇禎末年以前的古書、文獻中，不僅從無提及《心史》，而且幾乎從無將"心史"

二字作爲一個詞使用的情況。① 談氏是嚴謹、博學的史學家,應該不會寫出那樣想當然的話。因此,我懷疑這句按語有可能是他人所"想"所"按",而後被人誤竄入正文。(類似情況在古籍中時有發現。)但有研究者據此謂談氏所說"全與《心史》刊本所載不符"②,竟連"按"字前那麼一大段話都視同未見。也有研究者據此把談氏列入"主《心史》爲僞者"③。其實談氏明明是肯定《心史》的。

談氏暮年又撰有《北遊錄》,在《紀文》卷中收有《寄吳默實太史書》,其中說:"義熙已革,僅存甲子之書;德祐久亡,或錮智井之史。"再次肯定了《心史》。談氏是海寧人,收信者吳太沖也是海寧人,均近鄰海鹽,又認識海鹽姚士粦,因此也可證徐乾學所謂《心史》乃姚氏僞撰,全然是胡說。否則,談氏在《寄吳默實太史書》裏豈會寫"智井之史"?

王瀿(1593～1676),各種《明遺民錄》中有傳,稱其亂後高臥不出,以節義聞天下。如孫靜菴《明遺民錄》卷十四載:"明王瀿,字元倬,上元(按,今南京)人。崇禎丙子(按,1636)舉人。戶部郎中倪嘉慶薦於朝,瀿念世亂親老,賦《南陔詩》以見志,不就。嘗與顧炎武同詣孝陵。炎武稱其詩深婉和摯,不失三百篇溫柔敦厚之旨。"據方文癸卯年(1663)作《王元倬先生七十》詩:"君生萬曆之癸巳,鄉舉崇禎之丙子。"王氏生年當爲1593年。④ 又據《金陵通傳》,其卒年八十四。

王氏《南陔詩選》今未見,估計其中必有詠及《心史》者。今見黃周星《嚴逸山先生文集序》中寫道:"余今年秋秣陵過王先生故居,得讀其《南陔詩選》。印視壁間,仍大署其生前一聯云:'范車管榻,謝髮鄭心。'

---

① 有道是"說有易,說無難"(趙元任語)。經我多年嘔心查索,僅僅找到在《心史》出井前不久(萬曆年間)所刻呂坤《呻吟語》內篇卷二有云:"毋以人譽,而遂謂無過。世道尚渾厚,人人有心史也。人之心史真。惟我有心史,而後無畏人之心史矣。"《呻吟語》流行甚廣,文字通俗,但其所謂的"心史"顯然與鄭思肖所說全然不同,且難以理解其後句所云。(有人解釋此"心史"爲"心中的帳"或"心對往事的記憶",說每個人心中都有一本"帳",他人心中的"帳"才是真的。那麼,言下之意本人心中的"帳"就未必真實。既然如此,爲什麼又說只要我心中有"帳"就不懼怕他人心中的"真帳"呢?)
② 姜緯堂《再辨〈心史〉非鄭所南遺作》。
③ 楊麗圭《鄭思肖研究及其詩箋注》。
④ 顧炎武乙卯年(1675)《聞五月十日》詩云:"更憶王符老,飄零恨不同。"作者自注:"王徵君瀿,昔日同詣孝陵行香,今年七十七矣。"則王氏生年當爲1599年。顧氏所說有誤。施閏章王子年(1672)後作《尋王元倬孝廉,是年八十有一》詩亦可爲證。

爲之欷歔流涕,徘徊之不能去。"錢澄之也有《南陔壁上有范車管榻謝髮鄭心八字,各系一詩,以詠其志》詩四首,已見本書前述。王氏所署之聯,"謝髮鄭心"指的就是謝翱的《晞髮集》和鄭思肖的《心史》。(首先創用這一成語的,如不是本書前已寫過的劉誠,那麼可能便是王氏了。)而"范車管榻"也很有意思,是兩個僻典,且似未見他人這樣聯用過。

"范"當指三國時的魏人范粲。范氏字承明,累官至武威太守。司馬師廢魏帝曹芳,范氏素服拜送,哀動左右。後稱病閉門不出,佯狂不言,直至病故,竟達三十六年。司馬師曾特詔爲侍中,范氏遂寢於所乘車中,足不踐地。此即"范車"之典的出處,事見《晉書·隱逸傳》。

"管"指也是三國時的魏人管寧。管氏字幻安,其"割席"一事爲人周知,《世說新語·德行》:"管寧、華歆嘗同席讀書,有乘軒冕過門者,寧讀如故,歆廢書出看。寧割席分坐曰:'子非吾友也。'"已見管氏志氣高潔。而"管榻"則典出晉·皇甫謐《高士傳》:管氏"常坐一木榻上,積五十五年未嘗箕踞,榻上當膝皆穿"。

王氏用包括《心史》在內的四個典故,以表示他的民族意志之堅貞。這一對聯,確實是好,怪不得黃周星要欷歔流涕了。

毛瑩(1594～1666後),初名培徵,後改名瑩,字湛光,一字休文,晚號大休老人,室名晚宜樓、竹香齋。江蘇吳江人。明季諸生,不應科舉,超然物外,放浪山水,負志節。晚年寄居周莊鎮。有《晚宜樓集》。在其《雜體》卷有《題鄭靑山像》:

> 維鄭之先,寔始周室……名賢代興,世罕其匹。繫我仲子,柔嘉維則。先民是承,庭訓是式……丹窮勾漏,經研孔壁。<u>井中之史</u>,爰究其極……

蕭雲從(1596～1673),原名蕭龍,字尺木,號默思,又號無悶道人,晚稱鍾山老人。當塗(今屬安徽)人,生於蕪湖。崇禎戊寅(1638)與弟雲倩偕入復社。次年爲副貢生。入清不仕,鍵戶力學。或賦詩作畫,或遨遊名山大川。著書甚多,藏於家。嘗爲屈子《離騷》作圖,又畫《太平山水圖》,曲盡其妙。郡守欲求其蹟,不可,乃於公牒入其名,鉤致之,不得已爲畫四名山於太白樓壁。至百年後乾隆時,四庫館搜求遺書,高宗見蕭氏《九歌圖》而異之,並題讚詩。其實蕭氏本悲憤遺民,繪圖以見志,僅署甲子而不書順治年號。《九歌圖》末有《畫九歌圖自跋》,更明確地以自繪之圖比作鐵函《心史》:

> 余,老畫師也。無能爲矣,退而學詩。耽精《文選》,怪吾家昭明黜陟《九歌》,取《離騷》讀之,感古人之悲鬱憤懣,不覺潸然泣下……僕本恨人,既長貧賤,抱病不死,家區湖之上,秋風夜雨,萬木凋搖,每聞要眇之音,不知涕泗之橫集,豈復有情之所鍾虖? 謝皐羽擊竹知意,哭於西臺,終吟《九歌》一闋;雪菴和尚汎舟貴陽河,讀《楚辭》畢,則投一紙於水中,號鳴不已。兩人心湛狂疾,戀慕各有所歸,使見《九歌》之圖,則必有天際真人之想,颺拜舊識,破涕爲笑,或未可知爾。余浮沉斯世,既不爲廣文,亦不爲水部,戴種種之髮,拾古人之殘膏賸馥,而渲未染碧,炤燿自娛,檃散而終天年,則亦已矣,寧欲其見知於後世也哉? ……然而冥心澂慮,寄愁天上,而幻出之,所謂"思之思之,鬼神通之"者,畫師亦難言矣。嗟乎,屈子棲玉笥山,作《九歌》以樂神,又託以風諫,彼其時尚有擯之者也,有讒之者也,我將何求乎? 吾用此與《天問》諸圖,錮鐵函中,沈於幽泉,使華林諸君子庸補《蕭選》之闕云爾。

杜越(1596~1682),字君異,號紫峯,直隸定興(今屬河北)人。明季諸生,爲同邑鹿善繼高弟。以父執事孫奇逢,互相砥礪,不求聞達。明末左、魏之難,倡議釀金納贖,匿魏學洢、朱祖文於複壁,不稍畏避。入清家貧,布衣蔬食,授徒自給,一時才俊無遠近咸師事之。康熙己未(1679),詔舉博學鴻儒,與太原傅山同徵至都,拒不就試,授內閣中書銜放歸。卒,門人私諡文定。有《紫峯集》。卷十一《跋》有《跋李氏先德錄》,中云:

蓋昭往勸來,兼弘錫類,非根自至性,鮮不謂迂。兹錄亦猶彷是意,固宜序而傳之有餘。慕昔鄭思肖遺集得自民間廢井銅匭中,前人精神,屬有呵護。然以知泥塗者何限,古今人文固有幸不幸歟?

徐樹丕(1596～1683),字武子,號墻東,蘇州長洲人。少補諸生,姚希孟器重之,妻以女。屢試不利,益博覽羣籍。崇禎己巳(1629)參加復社。明亡後隱居龍池山一雲寺,自號活埋菴道人。著有《中興綱目》《識小錄》《杜詩注》《埋菴集》,均未見刊本。惟《識小錄》稿本四冊,丙辰(1916)由商務印書館收入《涵芬樓祕笈》第一集影印出版。《識小錄》卷二有《鄭思肖》一節,專記《心史》:

> 戊寅冬,吳中大旱之後,承天寺浚井,得一鐵函,題曰"大宋孤臣鄭思肖封"。中有書二冊,皆一生詩文及紀宋亡國事。其志吞逆虜,慷慨復讎,不啻三復言之。其紀文信國、陳宜中等事,多與正史合,無甚異聞;但云賈似道死於木棉菴,張世傑至漳州按鄭虎臣擅殺之罪,則與正史稍異,蓋正史俱云殺虎臣者陳宜中也。紀宜中逃占城後,曾有信更通本國,及虜主奉國師妖僧姦穢事甚悉。紀汴京七陵,則云太祖昌陵獨不罹發掘之禍,虜人登高瞰諸陵,纍然七堆,而自下覓之,僅有六耳;又昌陵松栢,每至寒食則遍掛紙錢,虜中疑之,常先期列騎巡守,而紙錢如故。其說頗可喜。大抵思肖一老腐儒,其志吞逆虜,慷慨復仇,實具一段精誠,斷斷然熔鐵錮其書,而沉之井中,其念不可泯也!

張自烈(1597～1673),字爾公,號芑山,又號誰廬居士、瘠道人。江西宜春人,僑居南京。崇禎末爲監生,博物洽聞,家中藏書甚豐。明亡,閉門著述,累徵不就。晚卜居廬山,主講白鹿書院。著有《四書大全辨》

《諸家辨》《古今文辨》《正字通》等。

　　《正字通》是一部著名的字典，方以智子方中通有詩，題曰《芑山先生初輯字彙辯，時過竹關，取老父通雅商確，後改名正字通》。後清朝官方編纂《康熙字典》實際卽以《正字通》爲藍本增益而成。《正字通》中多處引徵《心史》。如卷四“心”部“愚”字，摘引“宋鄭思肖《一愚說》”；卷五“曰”部“書”字，引“宋鄭思肖云：文非外致者。始于進學，必籍以書；終于造道，當蛻其書。泥書則物矣”（摘自《心史·後敍》）；卷七“皿”部“盟”字，引“又‘心盟’，鄭思肖曰：臣子盟檄何義？臣不敢忘君。子不敢忘父，誓吾心不變曰盟，勸國人忠曰檄。作于德祐二年期，後世罔違是盟”（摘自《心史·久久書》）等。

　　張氏《芑山詩文集》中，更多處涉及《心史》。如卷九有丁未年（1667）《復李乾統書》，末云：

　　　　《綱目》與《大事記》，二者無緩急，皆廢。雖求爲瞽井鐵函，不可得，惡在能追躡龍門、紫陽哉？嗟乎，僕豈可爲得爲而不爲者哉！周鼎遷而不反，《漢史》闕而無傳，《四朝》慘酷于厓山，《大事》埃飛於灌莽。偷陰何所？後死何顏？若僕者尚忍言哉！

　　卷十二有戊申年（1668）《澹寧齋集序》（後收入《國朝文匯》卷十六），末云：

　　　　先生不幸居後死之地，忘疾餒，外非譽，孳孳著書辨惑不遑暇。可謂獨任其至難，所無慼於君父者甚苦，有功於鄒魯濂洛者甚深，非鄉者慟西臺、錮鐵函，區區絕羣齋恨，爲足以盡先生也。嗟乎！

　　卷十四有癸丑年（1733）《雪嗛詩序》，中云：

熊子……變易姓名,退身著書,堅忍貧賤窮困者垂三十年。自蒙難洎今,瀕死數矣。雖不自引決,不踵躋昔賢之匿芒碭、錮鐵函,懷影濟意,與物無競,其心則確乎不拔也。若然者,非幾於道不能也。

卷十五有甲辰年(1664)《邵鎮之先生八十序》,中云:

余比年出遊四方,數邂逅皋羽、所南若而人,巢棲穴臥,緇撮如初;甚有記不西臺,史非鐵函,恥雷姓名天壤間者。焉有少習《春秋》,明討賊復讐大義如先生。必勉自厎厲,而後能無虧玷乎!

卷十五還有丙午年(1666)《孟調之先生六十序》,中云:

昔賢砥節抗行,不乏人西臺鐵函,卽令非近名,未免有意於傳;先生無意於傳,名益彰,庸得以涯涘計哉!

張氏爲抗清失敗,絕食犧牲的戴重的《河村集》作序,文載該書鈔本(未見刊本)卷首:

《河村集》,予友戴敬夫先生遺稿,其子務旃無忝輯次,授予爲鏤版行世者也。生平詩古文頗富,存軼各半。其存者,感時諷俗爲多。風雨晨夕,偶一覽誦,輒流涕。視西臺號慟、鐵函斑剝,蓋異世同揆。孰謂今人遠遜古人哉!

張氏還寫了《閱炮莊與滕公剗語》,後方以智作爲其《藥地炮莊》卷首序之二,其中寫道(宓山卽方氏),"十空著經"亦暗喻《心史》:

宓山蒙難正志,子身紹衣如一日,可不謂艱且勄?較之本穴紀運,十空著經,抑又深隱矣。知不知何損于宓山?

黎元寬(1597~1676),據康熙時修《江西通志》卷七十:"字博菴,南昌人。明崇禎進士,授工部主事,権浙南關,歷兵部郎中,浙江提學副使。明亡,絕意仕進,構草草廬於谷鹿洲,日與及門講磨周秦以來古文之學。順治初,有薦之者,以母老固辭。年八十,以壽終。著有《進賢堂稿》。"曾燠《江西詩徵》卷六二又云"元寬字左嚴"。康熙壬子(1672)黎氏爲友人鄭郊(南泉)的《史統》作序,自稱"舊督學"。

黎氏曾爲友人曾旅菴重刻《文山先生全集》作序,載諸全集卷首,又收入《進賢堂稿》卷二,序末云:

> 文山就義,雖曰從容,終無濡忍,此正氣與浩然之氣所以得同論也。而獨掩於本傳中"黃冠故鄉"數語,乃其自爲書暨諸家之論著皆不云耳。其云爾者,亦何代之史氏也哉?鄭所南先生,固與先生同時而後死,其署別號亦似有取於兩《指南錄》者;旣嘗致疑其歌詩中一二平易語,以爲皆畏禍之人所僞撰,遂"雜播四方,損公壯節"矣!不識旅菴可求其爲《文丞相敍》者一入之集中否?

"雜播四方,損公壯節"卽《心史》中語。黎氏高度重視《心史》,建議將《心史》中的《文丞相敍》收入《文天祥全集》中。其《進賢堂稿》卷十八又有《土音集跋》:

> 崑山其頹,嘗不敢哭,爲有嫌焉也,有親焉也。皇天賦以奇才,無過一具,而文章之獄歸之,黨錮之書傳之,廢頑之籍收之,網無時而不密。老杜所云"世人皆欲殺",豈有幸哉!讀《土音集》,思初悼末,悱惻之意本原忠孝,而不及怨怒。高者呼天,細乃比物,猶有和平。此豈自燒之桂、自煎之膏之屬乎,而不免也!然亦旣與以千秋之名矣!北寺地乃卽舊內,魂魄樂思,抑

所謂在帝左右,且無俟徵老姥于驪山,尋銅駝乎矜棘,不幸之中有幸焉。于是雖剖麟烹鳳,終不謂其有似梟鳴而或唾之也。家傳户誦,金石之聲如在朝廟,鐵函井水且姑放閒,然後知欲殺者之未始不憐才,而冤與親之實平等耳。

《土音集》爲清初蕪湖沈士柱在獄中所著。沈父爲明御史,曾提拔過黎氏。沈氏明末受阮大鋮迫害,幾遭難。明亡,乙未(1655)以西通李定國牽連被執,尋脱歸;丁酉(1657)復被執囚於南京;己亥(1659)鄭成功攻金陵,清朝當局慮其通海,乃殺之獄。《土音集》未像《心史》那樣沉井,故黎氏曰"鐵函井水且姑放閒"。

《進賢堂稿》卷二二,又有《明封中憲大夫直隸河間府知府石公玉完墓誌銘》(又爲同治時修《瀘溪縣志》卷十二《藝文志》上收入),末云:

> 若隱其身,以囂遺民,模楷後人。
> 維石巖巖,姓字兩函,神鬼臨監。
> 礪詩乃成,乃誓乃盟,所南先生。
> 僅十年間,精衛在山,我甲難摄。
> 野哭歔欷,丘首獨巍,中藏古衣。
> 正氣絪緼,蒼梧有雯,壹與排紛。

百年後,乾隆己亥(1779),黎氏所著《進賢堂集》《不已集》等,以所謂"有違碍語句"而被軍機處"繳進銷燬""一體飭禁"。

王猷定(1598～1662)字于一,號軫石,江西南昌人。明末貢生,入清不仕。明季與黄岡杜濬(于皇)俱以詩文名天下,世稱"于一于皇"。又善古文。爲人倜儻自豪,晚年客死杭州。有《四照堂詩文集》,其文集卷五有《書袁山先生四山樓藏卷補入潯陽手蹟事》(又收李祖陶《國朝文錄·四照堂文錄卷二》),末云:

> 余嘗過四山樓下,風雨晝昏,星辰夜動,如肅衣冠,呼之或

出。精誠之至,斷而復連,將公灝氣所憑二祖烈宗其呵護之者
歟!嗚乎,昭陵玉匣,金粟寒堆,其誰知之?定與孝先當效鐵函
沉狼山古井,年年焚香,陳酒漿祭醼,聽杜宇,哭冬青耳。公其
鑑諸!

盧若騰(1600~1664),字閒之,一字海運,號菴菴,福建金門人。因
居地爲唐監牧地,又號牧州。明崇禎乙亥(1635)舉於鄉,庚辰(1640)進
士。累陞武選司中郎,總京衛武學。福王立,薦渥鳳陽巡撫,辭不赴。鄭
芝龍擁唐王立,號隆武,起盧氏於家,單騎赴召,授浙東巡撫,駐節溫州,
後加兵部尚書銜。鄭成功舉兵金、廈,加賓禮焉。鄭氏取臺、澎,盧氏與
沈佺期、許吉燝等同渡海,舟次澎湖而疾作,忽問今是何日,侍者以三月
十九日對,蹙然曰:"是先帝殉難日也!"一慟而絕。遺命題其墓曰"有明
自許先生盧公之墓"。生平著述甚富,學者稱牧州先生,有《菴菴文集》
等。2007年臺灣學者編集《全臺文》,列盧氏爲第一人(按,其實盧氏並
未到達臺灣本島)。《菴菴文集》中有《林子濩詩序》(按,子濩名霍),提
到《心史》:

> 夫宋末二士鄭所南、謝皋羽,世所目爲奇男子也。鄭曾居
> 太學上舍,謝經佐丞相戎幕,均之誼無可逃、情亦難恝焉。子濩
> 童稚之年,草莽貧賤,所處之地與二公不侔,而嚴《春秋》夷夏
> 之辨,守"屯爻"不字之貞。富貴功名,不以動其心;困窮十稔,
> 不以易其節。豈非性值於天,而識克於學者乎?凡所爲詩,皆
> 根心爲言,不待外借,行幅之間,生氣勃然。蓋與《鐵函心史》
> 《晞髮集》並爲宇內真文字。

沈光寧,號五峯,生平不詳(僅見明·顧應祥有《沈五峯郡博往松江
視其乃壻清[青]浦縣學諭王君,詩以贈之》詩),鄞縣(今浙江寧波)人。
在張煌言的詩集《奇零草》卷首,除了徐孚遠序外,尚有"同里後學五峯
沈光寧"一序,亦涉及《心史》。沈氏序作於甲辰歲(1664),一開首云:

> 昔錢希聲先生敍胥井《心史》云:"吾人不可一日無此心,吾人不可一日有此事。"夫此心此事,初無二理。所遭者順,則存此心;所遭者逆,則行此心。

這裏憑記憶所引錢肅樂《讀宋鄭所南先生心史詩》的序,字句並非原文,但意思基本準確。亦可見錢氏關於《心史》的觀點在明末抗清志士中是很有影響的。沈氏序文的最後,再次提及《心史》:

> 余之藏茲集,非僅爲吾鄉存文獻也,蓋將使信公不獨有詩文而長焕,實爲有明一代存文字,與《正氣歌》共垂千古耳。第不識他日罶傳,亦有如錢氏之敍《心史》,如其人爲之敍否?

王澐,原名溥,字大來、太來,一字勝時、勝持,號僧士。華亭(今上海松江)人。明末貢生。世居聽鶴軒東,爲陳子龍弟子。子龍死,收葬之。晚歸老康園,著有《輞川詩鈔》。王氏爲同鄉徐孚遠寫《東海先生傳》,以徐氏遺詩比爲《心史》:

> 先生著書甚富,每云十七史後學苦其浩繁,不能遍讀,東萊呂氏雖有《詳節》一書,而又削去宋、齊、梁、陳、魏、齊、周七史,未成全璧。因數更寒暑,纂成《十七史獵俎》一百四十五卷,眞讀史之津梁也。又著詩五千餘首,以抒其忠憤,較之《心史》無以加,茲未知鐵函何時復啟。

黃家舒(1600~1669),字漢臣,梁溪(今江蘇無錫)人。明末諸生,馬世奇(君常)弟子。啟禎年間與錢陸燦、唐德亮、顧宸、吳澀時、華時亨、呂陽、碩煜、王玉汝、秦鉽、秦鏌、王永肩、許王儼、王延禧、黃傳祖、馬瑞、繆振先,號無錫"聽社十七子"。曾入復社。甲乙以後,遺棄一切。體素羸與病,終始坐卧斗室,交窗密護。秋風微振,已襲重綿。竟日之需,脫粟半器而已。常州守宋某欲見之,拒不納。其學無所不探,皆務究根柢。文章典褥,金聲玉亮。周亮工極重之,攜其全槀,欲爲付梓,會緣事抄籍,其槀遂亡,僅有《焉文堂初槀》行世。咸豐年間周有壬(佩安)編訂《梁溪文鈔》,在補編中收有黃氏爲一張姓明遺民作《青巖集序》,其中提到"讀書成底事,報國是何人"詩句,出自《心史》中《德祐二年歲旦二首》之二:

> 天水之波逝,而遺民故老哀音四起。聖予、皋羽、梅邊、所南、孟會諸君,其最著者也。每讀淮陰之《贊君實》,吉州之《祭信公》,天囘日低,山立霆碎。至詠"鳳雛龍穴,宣和清淚""讀書成底事,報國是何人"之句,流連鳴咽。悲乎悲乎,湘纍、少陵之遺調,其猶有存焉者乎……青巖諸詩歌古文詞,或峻烈類所南,或峭逸類孟會,或慷慨類聖予,或奇麗幽越類皋羽,曲折淋漓類梅邊。惟其有之,是以似之……

李模(1600~1679),據清同治時修《蘇州府志》卷八一:"字子木。其先太倉人,避倭移居郡城……天啟乙丑(按,1625)成進士,除東莞知縣,舉卓異,授御史。屢上疏言事。巡按眞定諸府,與分守中官陳鎮夷相劾奏,貶南京國子監典籍。福王立,起爲河南御史。時封黃得功等爲侯伯,謂之四鎮,模上言:'當擁立時,陛下不以得位爲利,諸臣何敢以定策爲名,甚至侯伯之封,輕加鎮將?夫諸將,事先帝未效桑榆之收,事陛下未彰汗馬之績,案其實亦在戴罪科,而予之定策,其何以安?諸將性果忠義,必大慰先帝殉國之靈,而後可膺陛下延世之賞。'模見時事不可爲,遂以病歸,事父依依孺慕。當事式廬,稀得一見。里居三十餘年卒。(《乾隆志》)"

清光緒時修《廣州府志》卷一〇六又記李模:"由進士授東莞令,甫弱冠,摘伏如神,黠胥皆懾伏。丙寅(按,1626)邑大祲,飢民多攘奪,模單騎馳諭,乃搒首亂二人于通衢,捐俸倡賑,令富室平糶,邑賴以安。其于振興文教,尤孳孳不倦,立鵠社,定爲季考月課,與人士窮經講藝。以治最擢御史。去之日,士民攀送數百里,建生祠以祀。"清道光時刊鍾步崧《夢琴山館詩續選》有《吳中老和尚詩》,稱李氏於清初"易緇流裝"而隱,"歿後,民感其惠,因建堂於宅旁,設像祀之,顏曰'老和尚堂',從公志也"。《清史稿》列傳二八七記李模:"幼與徐汧爲總角交。汧死國事,爲卹其家,而存其孤,不渝舊好。年八十卒於家。"

李模又字灝夫、灝谿。當時吳地刻印之書多見其文,如曾爲宋遺民徐大焯《燼餘錄》撰寫按語,又爲明末所修《吳縣志》作序等。李氏著有《碧幢集》等。今從周叔弢1942年《壬午鬻書記》中見到,在一部蘇州初刻的《心史》上有順治末年(1661)李模的朱筆題識:

> 按,先生於德祐初年十二月初二日陷虜,時年三十五,後絕筆於德祐十年甲申,先生年四十四(德祐至祥興實共止七年),至年七十八尚有三十四年。爾時先生宜別有著作,豈未付鐵函,多湮沒耶?即《謬餘》諸卷,尚未得見,豈遺本固存海內,而余未之見耶?抑復有如鐵函上藏高山、下沈深淵,特待時而再現耶? 辛丑閏七月初四日,後學李模識於密菴。

查繼佐(1601~1676),原名繼佑,因應縣試時試冊誤書爲繼佐,遂仍之。字伊璜,一字敬修,號興齋、東山釣史。浙江海寧人。明崇禎癸酉(1633)舉人,曾參加復社。弘光亡,赴浙東抗清。更名省,字不省。入粵後,或隱姓名爲左尹、非人(取"伊"字之偏旁湊合而成)。及己亥(1659)以後,凡有大書,率用"櫨",以"查"古篆缺也。專心著作,人稱東山先生、朴園先生。康熙初曾受莊廷鑨《明史》案牽連下獄。

查氏早在庚辰(1640)春,就以"眷社盟弟"的身份爲錢肅樂的《庚辰春偶吟·讀宋鄭所南先生心史詩》"敬題"《詩敍》,由錢氏刻在自己的詩前印行。查氏在《詩敍》中曰:

> 鄭先生當無勢之日,處無勢之位,以其胸中有物,不肯柔轉,形之紀載,存注忠烈,曰吾三百年後自有朋徒來從,作吾氣,

執吾號,召後百代人物,立壘建旗,而與賊戰,戰豈有不勝者哉！

查氏著有《國壽錄》,在卷三《內閣兼兵部尙書張國維傳》中寫道:

> 崇禎末年,爲都察院右僉都御史,巡撫蘇嵩。時天寧寺得
> 宋忠臣鄭思肖文集。思肖,字所南,教授常州。宋鼎廢,集諸誓
> 書及傷時諸詩歌一帙,號《心史》,以鐵匣封固,藏蘇之天寧寺
> 井底。國維撫觀之,歎曰:“此書出,我明數行厄矣！”

按,查氏這段記述頗有差錯,如“嵩”當爲“松”,“天寧寺”當爲承天
寺,鄭思肖也未聞“教授常州”等。但無疑說明查氏當時是聞知並堅信
《心史》出井之事的。查氏記述的張國維關於《心史》的感歎,也是可信
的。在明清之際人士所撰寫的張氏傳中,惟見查氏此傳提及《心史》,頗
值得珍視。

查氏又有《罪惟錄》,在《志卷》之五《藝文志》記有崇禎“十六年,撫
臣張國維發姑蘇承天寺井,得宋教職鄭思肖所藏《心史》,蓋鉄錮在沉且
三百餘年矣”。雖然所說時間、發現人等都有不確,但也表明他是堅信
《心史》的。同書列傳卷之二一又記:“王兆熊……篤行好古,嘗讀鄭所
南《心史》,涕泣盈把。”

查氏又是有名的戲曲家,他還曾將《心史》寫入戲曲。可惜由於該
劇並未發表與演出,所以此事知者甚少。清·沈起《查東山先生年譜》
“癸未(按,1643)先生四十三歲”條記有:

> 【補】癸未,草傳奇《梅花讖》,入鄭所南《心史》一節,及稗
> 氏中山狂人自劉事,又以翠爲美人,陪和靖林先生。方七月草
> 成,忽庭梅花開西南枝。或曰:“筆墨感無知矣。”先生曰:“非
> 時不祥。”旣攜書入閩,見興化鄭郊,爲所南後裔,尙未知《井
> 史》事,遂存副本。
>
> 【外紀】又,半劇爲書生擲筆弄兵事。數年,三吳果應

此識。

所謂“中山狂人”,爲宋元之際薛寶住(一作薛保住),自稱宋主,有衆千人,欲救北困的文天祥。(按,《心史》亦提及“有中山府薛姓者”。)查氏此處所謂“非時不祥”,亦可與上面“此書出我明數行厄矣”相對讀。

許自俊(1601～1684),字子位,號韞齋、潛壺,江南嘉定(今屬上海)人。明崇禎癸酉(1633)舉人,屢躓春闈。至清康熙庚戌(1670)進士,時年已七十矣。又九年,舉博學鴻詞,報罷,授山西聞喜縣令,分校鄉試,尋乞歸。又三年,卒。許氏記誦該洽,詩文絢爛。事父孝,構遲日草堂,爲父招老友,時尋壺觴花藥之樂,里有“老萊”之目。與同郡周陳俶(義扶)齊名,時稱“嘭城二老”。著有《潛壺集》《韞齋集》等。

許氏於康熙癸亥(1683)爲同里嚴衍所撰《資治通鑑補》作序,文末提到《心史》等書(所說“疑信相半”當指書中記述之史實,並非言書之眞僞):

> 嚴子蕭蕭布衣,抱荊山之玉於冷風清野之中,誰過而問之?一旦饑荒流散,兵燹飄零,不化而爲風蟬露蠶者幾希矣!寧不爲草間埋珀之音哉!竊聞《汲冢周書》《竹書紀年》及《<u>井中心史</u>》《杜元凱序》,例不過盈寸數卷,雖疑信相半,至今存之。倘嚴子肯另爲一書,而以先人正失補闕之文,注於編年記事之首,如楊鐵崖之《史義拾遺》,更爲簡省。上比於盲、腐二史,下亦不失爲《公羊》《穀梁》二傳也。以俟有識者商之。

祁彪佳(1602～1645),字弘吉,一字虎子,號世培,一號幼文。浙江山陰人。明天啟壬戌(1622)進士,授興化推官。崇禎初官至御史。後請終養,居家九年,從劉宗周學。南明弘光立,擢右僉都御史,巡撫江南。因受馬士英等人排擠,囬籍隱居。南都失守,絕粒,端坐池中死。祁氏與張國維爲“同年”,私誼甚篤,氣節相倣。祁氏平時記有日記,在其《小捄錄》所記辛巳歲(1641)五月初五日云:

舟中觀闡人鄭所南先生《井中心史》。先生當宋末，念念
不忘恢復，忠烈之氣貫於天地。觀其《大義畧》，言亡宋事，與
史書所載大同小異。先生藏其書於吳門井中，戊寅歲始出，張
玉筍爲刊行之。

其實，我們僅僅只要舉出這段明人當年的日記，就足以證明《心史》
絕對不是僞造的了！

李世熊（1602~1686），字元仲，明亡後號寒支，晚號媿菴，齋名但月
（即"明一人"之意）、檀河，又自稱但月人。福建寧化人。年十六補弟子
員，甲申後屏居不見客。閩中擁唐王監國，黃道周、曹學佺、何楷交章薦
其才，辭不赴。明亡後，居常戚戚，母問："汝亦官耶?"對曰："然。兒弱
歲食饟，歲縻朝廷金錢十餘兩……"清順治初，有郡帥威逼入都，且言不
出山禍將不測，李氏復之曰："死生有命，且某年四十八矣，諸葛瘁躬之
日僅少一年，文山盡節之辰已多一歲！"矢死不爲動。康熙時耿精忠反，
遣使敦聘，亦嚴拒。山居四十餘年，八旬時仍讀書至夜分始休。著有
《寒支集》《狗馬史記》《寧化縣志》等。

《寒支集》中多處提到《心史》，如初集卷二《反恨賦》中云：

琴亂酒寒，十八宮人兮哭別黃冠；犬年羊月，二三義士兮愴
收龍蛻。瞀井函九久之書，西臺哽甲乙之淚。其時日月不死，
河山頓異。怪尻首之倒懸，突巾髻之改易。荐虺蜴以匡床，參
豺狼以嬰赤。禮樂接廝皁之流，冠冕承倡優之溺。

《寒支集》初集卷七《答連城杜令君》也寫到《心史》：

從來知解文詞，沾泥攪絮，雖復《續騷》《藏史》《臺記》《井
書》，以道眼觀之，猶魘囈耳。去年問道青原，訪奇廬阜，頗受
有道鉗錘，更獲江山淘汰，回視生平筆札，無字可存。不圖道師

垂喬接蕍,嘉其少作。頓使裸人衣繡,渾沌畫蛾,媿矣媿矣!

《寒支集》初集卷九有《畫網巾先生傳》(此文極爲有名,被黄宗羲收入《明文海》補遺、《明文授讀》卷五四,屈大均、文德翼、張岱、吳偉業、溫睿臨等人均有鈔引、改寫,戴名世還襲爲己有),文末寫到:

> 往鄭所南作《鐵函經》,事至隱祕矣,逮明崇禎戊寅間,寺僧浚井忽得之,按其歲月,已三百五十六年,而所南之名始大著於天下。其鬼神緘之,而鬼神啟之。

《寒支集》初集卷十《徐叔亨象贊》又用了《心史》典故:

> 昔吾見公,戟髯電瞳,嘯若簫韶,文蠁虎龍;今吾見翁,兀如孤松,負懷霜雪,挲攫雨風。每肅裳而入裸,若揮絃而送鴻。鷗狎啄鳳之鷟,懷卷救日之弓。記不必臺而慟,書不必井而封。毫楮是其干櫓,謳吟卽其球鍾。雖使虎頭命筆,可能貌其始終乎?

《寒支集》二集卷四,有作於壬寅(1662)二月的《答蔡方山》,蔡氏參加抗清武裝鬥爭,李氏信中云:

> 知吾兄險阻歷嘗、百折不回之狀,自非命世駿雄,何以堪此?使世界若無兄等枝拄天維,人類之滅久矣!媿弟埋首荒山,而撩頭履尾,時亦戒心,每邀天倖,墳墓無恙。今桑榆既迫,蒲柳易零,不知此生尚得望見天日,申展契濶否?若遂胸臆約結,泯泯長逝,幽靈不散,誓必再來人間舒吐宿憤,終不如鄭所南作書投井,□□□□□也。

《寒支集》刻本頗有剟削,可知原文非常尖銳危險。同卷又有《答徐叔亨》，又在涉及《心史》的地方有挖剜：

> 　　息交以來，意緒窘澀，每欲通訊，吮毫輒輟者屢矣。念與叔
> 亨復欲何言乎？所聞不可道，所見不可道，所傳聞不可道，惟闇
> 結鬱瞀而已。意吾叔亨欲有所披示時，情事定當如是。則不孝
> 與叔亨，意往神來，無日不相面語也，安在楮毫驛騎始通彼我
> 乎？<u>來書以所南相況</u>，謂筆落憤隨，某則安敢？卽所南，未足當
> 也。<u>埋函瞽井</u>與埋諸血坎何異？烏在其為憤耶？王季重云：
> "欲嘆則氣短，欲罵則惡語有限，欲哭則近婦人。"今所苦者，亦
> 欲憤末由耳！審能憤者，雖懸國門可也，何為<u>幽蔽瞽井</u>，
> □□□□□乎？某以為天下無健者，直淹淹如泉下人，不知吾
> 叔亨所命曰憤者何也！

《寒支集》二集卷六《明孝廉涂虞卿墓表》，末又云：

> 　　嗟夫，林宗野哭於人亡，<u>思肖沉書于瞽井</u>。讀孝廉之遺文，
> 而追慕其風節，九原如可作也。微斯人，誰與歸乎？

周聖楷（1603～1643），字伯孔，湖南湘潭人。明清之際陶汝鼐《榮木堂文集》卷八記周氏："年二十，負才而狂，遊白門（按，卽南京），與竟陵、鍾伯敬善。一夕為《秦淮竹枝詞》百首，妙麗驚人，名滿白下。歸而攻舉子業，繩經切傳，刻意為大家，雖常試高等，屢困場屋。年四十，築湖嶽堂於江干，擁經、史、玄、釋之書而研繹之，則闐然枯禪也。纂《楚寶》四十卷，集《生氣錄》，著《中庸讚》《湘水玄彝》《湖嶽堂詩》若干卷，皆行世。既貢，而以迍脅沒於亂。"

清·鄧顯鶴《沅湘耆舊集》卷四一云："《楚寶》四十五卷，蔡忠烈公為序，刊甫竣而國變，板燬，故其書不甚行。"按，蔡道憲的序作於辛丑（1641）十月，《楚寶》當卽刊刻於是年（卽《心史》刊刻的第二年）。光緒時修《湖南通志》卷一六六，據周系英筆記等，記張獻忠打長沙時，周氏

"棄家避於南嶽,賊必欲得之,移文將族其家,乃以病見。賊將祭江,索祭文甚迫,聖楷兩手持空紙宣讀,語多醜詆,賊覺,怒而殺之"。

《楚寶》爲分類輯集楚中人物名勝並畧加考證之書,其"卷八・大將・李庭芝"記有:

> 《井中心史》曰:"丞相李公庭芝受刑後,書吏夏澂冒險白於虜酋阿朮,丐公之屍,斂棺葬于揚州堡城司空廟後。人皆危之,亦義士也。"又云:"庭芝受刑頸無血。"按,此二事可補史傳異聞。

這表明周氏以最快的速度將《心史》中的史料吸收到自己的書裏去了。周氏曾"名滿白下(卽南京)",當認識林古度等人,所以這麼快就在長沙看到了《心史》並記入自己的書中的吧。

馮班(1604~1671),字定遠,號鈍唫居士,江蘇常熟人。明季諸生,入清隱居,讀書著作。其兄馮舒(本節前已寫到),兄弟倆並稱"海虞二馮"。同治時修《蘇州府志》稱:"其爲人落拓自喜,奴視法度士,意所不可,掉臂去。胸有所得,曼聲長吟。經行市中,履陷於淖,衣裂其幅,望望去之,如無見一人者。當其被酒無聊,抑鬱憤懣,輒就座中慟哭,人亦不知其所以。班行第二,時稱爲'二癡'云。"馮氏《鈍唫老人文稿》有《書吳浩然逸事》,其中寫到《心史》:

> 明季四方騷動,里中有爲捍禦計者,慕先生之爲人,欲羅而致之幕下。先生拂衣起。擔登之琴川,愛琴川之佳山水,因居焉。滄桑頓改,閉門著書,大約《輟耕錄》《井中新[心]史》之流,俱爲友人取去。

按,吳氏安徽新安人,諱道配,博學敦行,鼎革後隱居教授,卒葬虞山,私諡清節先生。楊鍾羲《雪橋詩話餘集》卷一云:"'堪與西山分義字,遠同雒邑得頑民。'錢牧齋贈吳浩然句也。浩然自新安隱於海虞,終身衣白布衣,人謂之白衣先生。閉門著書,編《宏永紀事》未成,存者有《春秋析義》。湯文正撫吳,物色之,已前卒矣。"

張怡(1608~1695),初名鹿徵(出生時因園中鹿亦產子,故名),一名遺,字瑤星,號璞生。上元(今江蘇南京)人。明季諸生。父爲都督,死於兵亂,事聞,蔭授錦衣衛千戶。甲申(1644)後避歸故里。弘光卽位,復舊官,陞指揮使。馬、阮亂政,欲殺周鑣、雷縯祚,張氏不可,故獄久不決。其後羅織復社諸生,將盡殺之,緹騎四出,先執陳貞慧、吳應箕於獄,張氏與鎮撫司馮可宗會鞫,語馮曰:"此皆忠節之士,有何罪而拷問!"得不加刑。左兵南下,乃陰縱之。明亡,掛冠入棲霞山(攝山)白雲觀(一說僧舍),更名怡自,號白雲道者。與方文、方以智、錢澄之、黃兪邰、鄧顯鶴等交厚,孔尚任將他寫入《桃花扇傳奇》。終身素衣冠,不入城市五十年。

方苞《白雲先生傳》云:"當是時,三楚吳越耆舊多立名義,以文術相高;惟吳中徐昭法、宣城沈眉生,躬耕窮鄉,雖賢士大夫不得一見其面。然尚有楮墨流傳人閒;先生則躬樵汲,口不言詩書,學士詞人無所求取。四方冠蓋往來,日至茲山,而不知山中有是人也……入其室,架上書數十百卷,皆所著經說,及論述史事。請貳之,弗許,曰:'吾以盡吾年耳。已市二甕,下棺則幷藏焉。'"著有《三禮合纂》《古鏡菴詩内外集》《玉光劒氣集》等。今見其《濯足菴文集鈔》(鈔本),卷下有爲趙士喆寫的《建文年譜序》(亦載該《年譜》刊本卷首,署"舊京餘黎張遺"),肯定趙氏"忠孝至性,天植不移。自擬所南,人亦韙之",更肯定《心史》[①]:

> 天地正氣,亘古不磨。一經筆墨,動有鬼神呵護。昔腐遷作《史記》,欲藏之名山,傳之其人。楊子雲不度德,作《玄》擬《易》,猶曰後世必有知者。何況忠臣義士,精誠激烈,堅踰金石,其所紀載,星日爲昭。世界搋壞,此無壞理。所南《心史》,出自井中,歷三百年,完好如故。是非其明驗與!

───────────────

① 《濯足菴文集鈔》卷上還有《二勞遊記》,記:"戊午,微雨,謁封嶽先生。先生文心謝髮,百世可師。對之肅然。言念昔遊,悲喜交集。""文心謝髮"一語從未有人用過,我頗疑乃"鄭心謝髮"之誤鈔。

李騰蛟(1609~1668)，字力負，號咸齋。江西寧都人。四歲卽熟記卦圖。長爲縣諸生。明亡，隱翠微峯，與諸子講易。爲"易堂九子"年最長者，諸子兄事之。後徙居三巇峯，以經學授徒。與臨川陳際泰、羅萬藻，寧化李世熊，同邑邱維屏爲文會。病革，猶命門人歌詩。死後弔祭者堵塞路途，哭聲震耳。眾議其生平，魏禧曰："先生當乙丙間除諸子籍，二十年非法之物勿服也，非法之人勿見也，可不謂貞乎？性誠厚愛人，與人熙熙然惟恐傷之，雖子弟門人犯之勿較，可不謂惠乎？"遂私諡"貞惠先生"。著有《周易賸言》、《半廬詩文集》等。

今見《半廬文稿》卷一有《答臨川陳少游》，寫到《心史》：

> 海內變態至今，靡有極紀。一部《廿二史》，如此遭逢，指不數屈。我輩何不幸而與之值，又何幸而與之值乎！弟自甲乙以來，卽無意人間事，匿影窮巖，惟寒山一片石可語耳……尊刻二種，數番展讀，古道照顏，慷慨激烈之氣，拂拂從紙背透出。所南鐵史，文山曷帶，雖與日月爭光可也。以視山中寒蟬，寂寂無聲，間有吟弄，不過蝸笙蚓笛，敢與黃鍾大呂爭鳴乎……

吳偉業(1609~1672)，字駿公，號梅村。蘇州太倉人。明崇禎進士，歷編修、左庶子等職。弘光朝任少詹事，與馬士英、阮大鋮不合，憤而歸里。清順治時被徵，辭而不果，官至國子監祭酒。後辭歸。吳氏曾爲復社首領，擅詩文。吳氏同楊廷樞、楊廷麟等與《心史》有關的人士均很熟悉，與鄭敷教(士敬)還是同齡好友。他在爲鄭敷教侄子寫的《鄭孝子青山墓誌銘》(收《梅村家藏稿》卷四六)中說：

> 若夫所南之《心史》，埋沒於重淵絕地之中，三百年而後出，其高風灝氣，旁礴太虛。

又在爲鄭敷教堂兄寫的《保御鄭三山墓表》中說：

余旣論次君行事,進而求之所南先生,似乎首陽、柱下之不同;然君子之道,或默或語,汩泥揚波,蓋所以救世也,歸潔其身而已矣。《易》曰"不事王侯,高尚其事",所南有焉;《詩》曰"凡民有喪,匍匐救之",三山有焉。所南之書,埋之絕壑之下;君之碑,刻之高原之上。

所謂"重淵絕地"、"絕壑",是吳氏一種誇張的說法,他當然知道《心史》是沉井的,此無非表示對《心史》之堅信與推崇。

郭金臺(1610~1676),光緒時修《湘潭縣志》卷八載:"字幼隗,本姓陳氏,名湜,字子原。父嘉謨厄於豪猾,盡奪其產,父子散居,使金臺依舅氏,遂從郭姓焉……生而超穎,狀貌秀偉,讀書目十行下,下筆萬言。然居家恂恂,如不能言。吉王禮聘之,監司牧令爭延請問政事,慷慨屬節。與蔡道憲友善,以忠義相期許。屢薦不仕,以副榜積分例授學官,亦不赴。隆武稱號,舉於鄉,何騰蛟、堵允錫交薦,授職方郎中,再以僉事起之,辭母老不出。潰卒劫掠,結鄉團,佐官軍保守鄉里,縣人依聚,所全護甚眾。明亡,隱衡山,教授生徒,多尚實學,絕口不復言天下事。康熙初卒,豫題墓碣,稱'遺民郭金臺'。知其名者,皆高尚其志行焉。"

郭氏有《石村詩文集》,文集卷上《江陵公小傳》末云:"聞粵中有記錄瞿、王謳唱爲一帙,非遇其人與其時不敢傳,然久之,如《井中心史》亦必傳。"可知亦爲篤信《心史》之遺民。

黃周星(1611~1683),少育於湖南湘潭周氏,故曾姓周(改姓後,名字中仍有周字,爲不忘養父之意)。字景虞,號九煙、圃菴。寄居上元(今江蘇南京)。崇禎庚辰(1640)進士,曾授戶部主事。甲申(1644)燕京陷,卽歸金陵。明年江南淪失,遂棄家走閩。國亡爲道士,更名人,字略似,號半非,晚號笑蒼道人,僑寓苕溪(今浙江湖州)。初黃氏奔走四方者幾四十年,意若有所爲,而阨於天。歲癸亥(1683),海外悉入清版圖,故所交游盡死亡,言念世事,四顧寂寥,忽感愴傷心,仰天歎曰:"嘻,吾今日可以從古人遊矣!"遂與鄉里慷慨訣別,於端午節飲醇酒盡數斗,書絕命詞二十四首,負平生所著述書,效屈原,躍入湖州霅湖自盡。

黃氏有如此強烈的民族氣節,詩文中自當提及《心史》。今知《九煙詩鈔》中有黃氏次韻《心史》中《寄同庚友》詩,其序曰:

> 讀鄭思肖《心史》,有絕句《寄同庚友》云:"淳祐初年同下生,已經三十七番春。此身雖墮胡塵裏,只是三朝天子臣。"予生於萬曆辛亥,迄今歲丁亥,春秋恰三十七。自庚辰舉制科筮仕,正歷三朝。今日所遭亦復相類。異哉,此詩何與予巧合也!

今又偶見清順治間刊明末嚴書開《嚴逸山先生文集》卷首之黃氏序,其中也涉及《心史》:

> 以余所睹聞,當吾世而克稱真孝廉者,有兩先生焉。其一為秣陵(按,即南京)之元倬王潢,一為苕溪(按,即湖州)之三求嚴書開。元倬以崇禎丙子(按,1636)舉於南闈;三求原名胤昌,與余同登癸酉(按,1633)賢書,但有燕浙之分。兩先生皆獨行君子,積學有聲,值改玉(按,即明清換代)後,杜門卻掃,謹謝公車,發為詩文,並堪不朽。今兩君俱齎志歿矣。余今年秋秣陵過王先生故居,得讀其《南陔詩選》。印視壁間,仍大署其生前一聯云:"范車管榻,謝髮鄭心。"為之歔欷流涕,徘徊之不能去。

這一對聯,本書在前面寫到王潢時已經說過了。

鄭郊(1612~?),字牧仲,福建莆田人。李清馥《閩中理學淵源考》卷五七記其:"博學能文,幼嗜經史,長以著述自任。家雖困乏,意豁如也。補郡弟子員,為督學郭之奇、李長倩所賞識,拔置第一。嘗謁銅山黃道周,稱之曰:'鄭牧仲一日千里,未易材也。'雲間夏允彝、徐孚遠皆與定交。已居壺山之南泉,遂號南泉居士。未嘗一至城市。著書甚多,《註易》十七卷,廬陵知縣于藻為之刊行。尚有《史統》百四十五卷,及

《南華十轉》《冰書折衡》《偶筆寓騷》《孝經心箋》及雜詩文若干卷藏於家。"

今上海圖書館藏有《史統》清好古堂鈔本(按,饒宗頤著《中國史學上之正統論》,從《千頃堂書目》知有此書,可惜未嘗獲讀),自述"肇於丙子(按,1636)秋七月,成於甲申(按,1644)秋九月"。方中履所作《史統敍》曰:"先生之爲書也,主於明統。'正統'之外,特創例曰'正而不統'、'統而不正'、'不正不統'、'正統之變'。永叔、東坡、億翁諸家紛如,一朝而定。"可知此書是引用出井未久的《心史》中的《古今正統大論》的。而《史統》卷九七"正而不統"的南宋《名臣列傳》的家鉉翁傳後,附及鄭思肖,並提到《心史》:

> 宋亡後,閩人鄭思肖號所南,終身不北面而坐,見北人輒峻謝避之。思肖家故饒,至是無所自容,盡散其田園於佛剎及佃者,取裁足衣食而止。著有《心史》,以鐵函裹之,沉於吳中承天市[寺]井中,至崇禎戊寅旱,寺僧濬井得之,去藏書之時三百五十六年矣。思肖所著書及諸經中多稱說"大明",其意以宋朝爲火德,故曰"大明",而其機已兆于國家掃除胡元之應矣。

又據本書前已引過的沈起《查東山先生年譜》"癸未(按,1643)先生四十三歲"條:"癸未草傳奇《梅花讖》,入鄭所南《心史》一節,及稗氏中山狂人自到事,又以翠爲美人,陪和靖林先生。方七月草成,忽庭梅花開西南枝。或曰:'筆墨感無知矣。'先生曰:'非時不祥。'既攜書入閩,見興化(按,即莆田)鄭郊,爲所南後裔,尚未知《井史》事,遂存副本。"可知鄭郊爲思肖後裔,他是從查繼佐處得知《心史》的,一見迅即用於自己的論著之中。

王之禎(1613~1703),字筠長,號青巖,淮安鹽城(今屬江蘇)人。同里宋曹(邠臣)比他小七歲,兄事之。甲申(1644)時,海內震動,鹽城濱海僻壤,姦宄竊發,王氏與宋氏以書生結甲,統率里人各數千人,名東西義社,以捍桑梓,鹽人德之。弘光元年(1645),史可法舉王氏充選貢,辟置幕中,掌機宜文字,史氏致多爾袞書卽出其手筆云。南京失守,史氏死節,王氏布衣草屨歸鹽,躬耕讀書,教授生徒三十餘年,從學者數百。康熙己未(1679)有人舉他鴻博,堅辭。著有《青巖文集》《楚辭纂注》等。

《青巖文集》今僅見十五篇,存於道光時鹽城人陶性堅所編《射陽文存》(殘),其中有《會秋堂詩稿序》(約寫於1661年,又收於縣志),是爲宋曹詩稿所作。序中寫到滄桑之際勸告宋氏歸里侍親,宋父教之曰:"吾子心靈手敏,學猶泛而未專。以故泛於見才,泛於取友,究且以神思紛若而致疢。曷早約之於詩,使其功有所受,意有所慰?"序中還贊道:"善乎,鄭菊山之訓其子也:'遠追淳古之風,歸於性情之正,毋爲時奪'而已。"鄭菊山就是鄭思肖的父親,鄭父教誨思肖的這句話,見於《心史·自序》。於此足見王氏肯定《心史》。

李煥章(1614~1689),字象先,號織齋,山東樂安(今廣饒)人。明末諸生,入清棄舉子業,肆力於詩文古辭。陳鼎《畱溪外傳》卷五《隱逸部》上《山東隱逸列傳》,記李氏明亡後"與濟陽諸生張稷若、陽信諸生毛桂甫,皆披髮佯狂,或塗面吞炭,或裸裎赤體,或痛哭悲歌,或仰天長笑,顚放終身而死"。所著有《龍灣集》《無學堂集》《老樹村集》,凡百餘萬言,後合諸集而刊削之,定爲《織齋集鈔》。《四庫全書總目提要》稱"其文跌宕排奡,氣機頗壯,而汪洋縱放,未免一瀉無餘。至於明季忠烈諸臣,多爲立傳,其表微闡幽,亦可謂畱意史學,然所載不能一一審核"云。

今從民國時續修《廣饒縣志》卷二四見李氏《遙祭顧寧人先生文》(約作於1682年),其中寫到《心史》:

> 吾嚮讀先生文,極嘆服。吾之來,以山左忠臣義士抗難殉軀,及夫棄妻孥、變姓名,出亡於絕徼異國、深山窮谷,隱於緇衣黃冠、牛衣市販,長往不返,慷慨著書,與墨臺之《采薇辭》,文山之《正氣歌》,鄭所南之《井中心史》,謝臯羽之《西臺慟哭詩》,王炎午之《生祭文》,程濟、史仲彬之《從亡·致身錄》相後先,恐其湮沒弗彰,亟爲闡揚掇拾,使天下後世不忝所生,歸於

忠孝，吾今日之所望於先生也！

謝文洊（1615～1681），字秋水，號約齋，晚號顧菴。江西南豐人。明季諸生。年二十餘，入廣昌香山閱佛書學禪。後讀龍溪王畿書，遂講陽明之學。四十歲後，轉而一意程朱之學，闢程山學舍於城西，名其堂曰尊雒，與其徒敦實行，修古禮，人稱程山先生。與星子之髻山七隱、寧都之易堂九子，合稱“江右三山”。卒後，門人私諡曰明學。有《謝程山先生集》。該書卷十一《送陳默公集》云：

> 古人著書，有刻而傳者，有未刻而傳者，有刻而仍歸於散亡磨滅者……宋末鄭思肖著《心史》，未刻而以鐵函埋於眢井，歷三百餘年，忽有光燭天，掘之得書。此則不待刻，而其精誠與世運相關而傳者……而默公於其鄉所心折者，自方密之外，又有沈眉生，三十年閉影，持麥麋爲活，矻矻著書。其人在千里外，欲識其面而不可得。默公歸，幸索其書寄我，毋徒錮以鐵而藏之眢井也。

甘京，字健齋，原名鵬翚，字上卿。生卒年不詳。江西南豐人。明季諸生，與謝文洊（約齋）同學，一日會講程山，服其理趣昭博，便請北面稱弟子。負氣慷慨，期有濟於世。慕陳亮（同甫）之爲人，講求有用之學。又與易堂諸子講習，文益進，魏禧兄事之。不應試，隱居爲童子師以自給。嘗編《家禮酌宜》，修《了溪家譜》。又取其十九世祖以下七人詩次之，爲《了溪一家言》。自著《軸園稿》，魏禧爲之序。卓爾堪《遺民詩》錄其詩。甘氏作有《正統論》（收《國朝文匯》卷五），文中提到“鄭子作《正統論》曰……”，即指《心史》中的《古今正統大論》。故甘氏自是肯定《心史》者。

黃晉良（1615～1689），字朗伯，晚號東叟，別號處菴，一作處安。福建閩縣（今閩侯）人。明季諸生。南明唐王授中書舍人，擢工部主事。入清後遺民自居。擅詩文，工書畫，遍遊齊楚吳越間，每託詩文以見志。晚居三山（福州）之井上草堂，著有《井上述古》和《和敬堂全集》。

《和敬堂全集》文部卷四《孫聖湖遺稿序》涉及《心史》：

> 嗚呼，孫子往矣！茂苑古井之遺經，西臺夕陰之舊簡，當不許餘人細士濯手抉眼贅論於其旁。

《和敬堂全集》詩部卷三《讀林恥齋先生居易堂集》又寫到《心史》：

> 吾讀文文山，又觀謝枋得，
> 不暇諜文章，氣魄隨社稷。
> 亦有《鐵函經》，以及《晞髮集》，
> 逸民揮靈爽，稍稍兼理色。
> 殺身成性命，惻念舒羽翼。
> 學術苟有行，運會豈憂塞……

朱潮遠（1616~？），自稱朱子之後，著有《四本堂座右編》初、二集，各二十四卷。為家刻本，今難找，僅見第二集。署"邗水韓山子卓月朱潮遠輯"，因知朱氏為江蘇揚州人，字卓月，號韓山子。方文有《同豹人、聖羽飲朱卓月總戎宅》詩，稱讚朱氏："沈雄自負幽燕氣，秀脫仍標河朔姿。解組十年多勝侶，鮮民一見即深知。"

《四本堂座右編》二集卷二四《心穴》云"崇禎戊辰（按，1928）秋，余甫十三歲"，據此可推知朱氏生年。該集卷十二《靜觀》有如下記述：

> 辛巳歲，予督漕姑蘇。值承天寺僧浚井，得一鐵函，隨上之撫軍張公國維。啟之甚輕，函內蠟封，封內紙裹。悉啟，乃宋德祐年鄭思肖所藏詩文，所言皆亡國事，四百餘年始傳人間。[①]

---

① 朱氏這段記述，清·焦循《易餘籥錄》卷九有引用，一字不差。清·趙吉士《寄園寄所寄》的《焚塵寄·勝國遺聞》中也有引用，但文字畧異，並誤辛巳為辛酉。

朱氏在該集卷四《政治》中也說自己"崇禎辛巳，督理三吳漕糧"。但《心史》出井事在"辛巳"前三年。因此，朱氏有點吹牛，他其實並非"值"《心史》出井之時"督漕姑蘇"。所有爲《心史》作序跋的人，也從來沒有提到過他。他記述的某些細節（如"鐵函隨上之撫軍"）也不夠確切。但他作爲三年後赴蘇州督理漕糧的官吏，也可證明確有《心史》出井之事。

陸貽典（1617～1677 後），一名貽芬，字敕先，號覿菴。江蘇常熟人。明季諸生。自少篤嗜文典，與同邑馮班同師從於錢謙益，王應奎《海虞詩苑》稱其"師東澗（錢謙益）而友鈍唫（馮班），學問最有原本"。藏書、鑑定、校勘，多有善本。工詩，陳瑚爲其詩寫序。又工書法，漢隸尤勝。

陸氏於戊申（1668）仲冬寫《馮定遠詩序》（載馮班《鈍唫全集》卷首），提到錢謙益曾爲馮氏之詩寫序，並將錢氏遺著比爲井出《心史》。雖然比擬不倫，但可證陸氏不以《心史》爲僞：

> 然而重有感者，牧翁生平慎以文章許人，特於定遠有國士之目，而先生岱宗之遊亦且五年於此矣。余不徒嘆定遠之窮老，而於先生尤有哲人之痛。且不知《有學》遺編何時起瘞井而懸秦市，俾爲蚍蜉之撼者觀大樹而亦少衰息也。

徐崧（1617～1690），字松之、嵩芝，號臞菴，吳江（今屬江蘇）人。仕履待考。今知徐氏平生交遊者趙均、金俊明、楊補、黃周星、孫枝蔚、王弘撰等，多高潔之士，亦都肯定《心史》者。清初，徐氏曾輯抗清志士隱逸詩人遺事爲《歲寒詩紀》，惜今未見。又輯《百城煙水》一書，逝世後由蘇州張大純補訂。該書卷二《吳縣·承天寺狼山房》記載："崇禎戊寅十一月八日，浚井得鄭所南鐵函《心史》。"又記："外鐵函，函內石灰，灰內錫匣，匣內生漆，書摺成卷，內緘封'大宋孤臣鄭思肖百拜封'，外緘封'大宋世界無窮無極，大宋鐵函經，德祐九年佛生日封'。

計三百五十六年矣。"並引錄了《心史》中《春日遊承天寺》一詩。同卷《夏駕湖》引錄了《心史》中《夏駕湖晚步懷古》一詩。卷三《長洲·壽聖教寺》又引錄了《心史》中《宿半塘寺》一詩。足見徐氏是肯定《心史》的。

本書前面寫到鄭敷教時，提到有《鄭桐菴先生年譜》存世。該年譜上半部份（至鄭敷教五十歲）爲鄭敷教學生所撰；下半部份（至鄭敷教八十歲卒）爲鄭敷教自撰，學生補充。由於該年譜詳載了《心史》出井、刊刻以及鄭敷教爲思肖立祠等事，因此，凡參與年譜寫作的學生當然都是肯定《心史》的見證人。① 該年譜卷後註明，"年譜上"爲徐雲祥、盧涇材"編次"；"年譜下"爲沈明揚、欽蘭"重輯"。

徐雲祥，生平不詳，僅知字實父。

盧涇材（？～1645），字渭生，長洲（今蘇州）人。（一作名渭，似誤。）明末諸生，與其兄弟源材（河生）均爲復社社員。崇禎癸未（1643）秋，史可法擢南京兵部尚書，董理東南軍務，盧氏接連上書，頗爲切要。甲申（1644）五月，史氏準備出鎮淮揚，盧氏等伏闕上書，言"可法不宜出"，"秦檜在內，李綱在外，宋終北轅"。朝野傳誦，以爲名句，時人方之陳東云。弘光元年（1645）歲貢，當得官，不受職，赴揚州謁史可法，酉其幕下參贊軍事。甫二旬，城陷，盧氏監守鈔關，投河殉國。鄭敷教在《鄭桐菴先生年譜》下之卷首云："余自五十以後，益不堪述，而渭生蹤跡亦在江南江北，致身戎幕，踉蹌以死，可哀也！"徐枋《居易堂集》卷六《贈業師鄭士敬先生序》最末寫道："初，史相國督師淮上，吳人盧涇材以諸生慷慨從軍。揚州陷，盧生卒從相國以死，以死節聞天下。盧生者，亦吾師高第弟子也。吾師之門多聞人，而此其尤著者云。"

沈明揚，生平不詳，僅知字玉當，長洲（今蘇州）人。清同治時修《蘇

---

① 其實，除了參與撰寫鄭敷教年譜的徐雲祥、盧涇材、沈明揚、欽蘭和徐枋以外，鄭敷教的其他學生也都應該知道《心史》一事。鄭敷教學生衆多，我今能知姓名者至少還有：繆慧隆、繆慧遠、張邕、宋德宸、宋德宜、朱可選、陳王前、蔣統埈、陳匡國、嚴化行、宋世澔、金廷焯、顧芳菁、周夏賢、張瑜光、沈元樞、沈元枋、管捷、何楳、沈皋、章夏、濮顓肅、汪寶璐、金廷旦、王賓、章來成、樊呈祥、繆彤、陳濟思、朱苯、侯曰欽、沈滉、郁裝、王震吉、沈孝先、沈治、朱旭、金式祖、余穀詒、倪會稔、李穎、顧屯、盧前、陳元揩、張墊、許麟昭、徐長春等。

州府志》卷一三七《藝文》二《長洲縣·國朝》記載沈氏著有《揚燈數古篇》。

欽蘭(1618~?),長洲(今蘇州)人。尤侗《艮齋雜說》卷五云:"處士欽蘭,字序三,少爲諸生,有名。鼎革後高尚不事,賣文自給,文博雅,詩有漢魏風。顧性孤介,離其妻,無子,寄友人家以終。予索其遺藁,無一存者,悵然惜之。序三與予同庚,爲總角交,出處雖異,甚相得也。嘗屬予作傳,以誌生平,忽忽未果,將就湮没,昔人所以有'人死畱名'之歎也。"欽氏曾應邀爲尤父撰寫"生壙誌",又爲尤氏亡妻撰寫"合郡公祭文",可見交情之深。欽氏又與陸世儀、蔣棨、馬世俊、宋之繩等人交遊。好爲五言詩,清同治時修《蘇州府志》卷一三六《藝文》一《吳縣·國朝》記其著有《素園詩草》。王士禎《感舊集》卷六選錄其詩三首,馮班《鈍吟雜錄》稱其爲詩"自許甚高"。

朱明德(1618~?),字不遠,江蘇太倉人。少治經義有聲。明亡後隱居爛溪之濱,潛心學問,曾參加驚隱詩社,歲於五月五日祀三閭大夫,九月九日祀陶徵士。同社麕至,咸紀以詩。弟子數百人,教授有方,卽俗學而引之理學,頗有成就。時同隱諸人或以語言文字賈禍,朱氏則内介而外和,不爲矯激崖異之行,故患難不及。著有《句吳外史》,記鼎革時事甚悉。又著《廣宋遺民錄》,顧炎武爲序。《廣宋遺民錄》今未能獲見,僅從清光緒丁酉(1897)徐氏味静齋刻本《顧亭林先生詩箋注》卷十六《井中心史歌》的徐嘉所作注中,看到所引《廣宋遺民錄》中有關鄭思肖的文字:

> 鄭思肖,福之連江人,初名某,以太學生上舍應博學宏詞科,寓吳之條坊巷。德祐北狩,憤恨若不欲生,遂改今名,字憶翁,號所南。作《臣子盟檄》兩篇,目之曰《久久書》,遂與所作《咸淳集》一卷、《大義集》一卷、《中興集》二卷,及雜文、詩,總爲《心史》,入之鐵函,投承天寺井中。崇禎戊寅十一月八日,狼山中房僧達始因旱浚井,啟而得之。計先生藏年至是,三百五十六春秋矣。不濡不滅,完好如新。

尤侗(1618~1704),字同人,一字展成,號晦菴,一號艮齋,晚號西堂老人,長洲(今江蘇蘇州)人。生而警敏,博聞强記,然歷試不利。以貢生爲永平府推官,因撻旗丁而罷歸。所作詩文流傳禁中,康熙覽而稱善,己未(1679)舉博學宏詞,授檢討,與修《明史》。三年後,告歸家居,鍵戶著書。求詩文者無虛日,亦應之不倦。己卯(1699)康熙南巡至吳,獻賦獻詩,被賜書"鶴栖堂"三字。癸未(1073)復南巡,即家晉侍講。

尤氏於庚午(1690)成書的《看鑑偶評》卷四談到《心史》:

> 文信國居獄四年,畢命柴市,視死如歸,豈肯乞黃冠歸故鄉?此《元史》飾詞,或因世祖(按,即順治)賜汪水雲爲黃冠師南還之誤也。鄭所南《心史》已辨之。其門人王炎午作《生祭文丞相文》,知其矢死決矣。

尤氏《西堂詩集》的《于京集》卷二有《文丞相祠》詩:"柴市死如歸,小樓可高臥。祠堂草木深,至今碧血浣。豈肯乞黃冠,再向零丁過?"自注亦曰:"黃冠之言,蓋《宋史》飾詞,辨見《心史》。"

尤氏《西堂雜組》雜組一集卷三《西山移文》云:"家封介子之山,人祭田橫之墓。罵馮道爲老奴,嗤許衡爲窮措。叱咤則《正氣》再歌,唏噓則《黍離》重賦。篋藏《久久》之文,空書'咄咄'之句。斗酒相勞,《離騷》自注。"《西堂雜組》雜組二集卷八《項靖伯誄》又云:"亦有作者,曦[晞]髮洗耳,山巔木涯,自著《心史》。"

顧有孝(1619~1689),字茂倫,號雪灘釣叟、雪灘頭陀。江蘇吳江人,明末諸生。少任俠,遊陳子龍之門。子龍死國難,顧氏亦隱去。爲人善談論,喜交遊。家釣雪灘,陋巷蓬門,四方賓至無虛日,傾身攬接。明末吳中詩多漸染鍾、譚之習氣,顧氏與徐白、潘陸、俞南史、周安、顧樵輩揚榷風雅,一以唐音爲宗。所選《唐詩英華》盛行於世,詩體爲之一變。繼又有《五朝詩英華》《明文英華》諸選。雅好汲引人,有寸長必咨嗟激賞,寒素多依以揚聲。故雖布衣窮屠,而名聞海內。

顧氏在《明文英華》卷二選了高啟的《胡應炎傳》，高傳云："余爲兒童時，聞父老言元兵取常時事甚悉。及壯，觀史多所未載。豈蒐采有失，而致然歟？抑著作者有所諱避，而弗錄歟？或其事多繆悠，初皆無有，特好事者爲之說歟？是皆不可知也。每竊恨焉。近遇胡鷫江上，間爲余言其祖應炎死節始末，與余昔所聞無異，斯固足徵矣……因掇其語，作《胡應炎傳》以補史氏之闕云。"顧氏在該傳末特爲附寫了一段重要的話：

> 按鄭所南《心史》，都統王公安節，節使王堅之子，所部三百軍皆陷，公雙刀孤戰，所殺不計數。元將擲示十萬戶金牌與之，不受，口則罵，手則殺，以馬失利而死。又曰，步帥劉公師勇守常州，屢戰皆勝，元兵合圍月餘，其回回砲甚猛於常砲，用之打入城，寺觀樓閣盡爲之碎，四門殺入，一城盡死。劉侯走至平江，僅餘四五騎，徑朝行在，隨二王南奔，死於南中。元因常州難攻，深疑平江有備，及得之，曰："平江鐵城紙人，常州紙城鐵人。"以此可見劉侯勞苦矣！

以上，一錄自《心史》的《大義集》中《五忠詠》四之詩序，二錄自《中興集二卷》的《哀劉將軍》之詩序。顧氏不僅相信《心史》，而且與高傳相對照，以證"斯固足徵矣"。

黎士弘（1619~1697），字媿曾，室名託素齋、仁恕堂。福建長汀人。明季諸生。少時讀書山中二十年，篤於孝友，師從李世熊（本書前已寫過他）。清順治甲午（1654）舉人，康熙元年（1662）授江西廣信府推官。爲政清廉，善斷獄平亂，官至甘肅布政司參政，以母老乞歸，家居二十八年。黎氏以詩文聞天下，著有《託素齋文集》《託素齋詩集》《仁恕堂筆記》等。

《託素齋詩集》卷三有贈其師李世熊的《壽李元仲先生八十》（當作於1681年），詩中涉及《心史》：

> 執經五十年前日，嶺半山堂記六聲。

獨臥滄江囂逸老,直看白髮到門生。

晚年論著當《心史》,舊曲淒涼幾目成。

遙識絳帷秋似水,一籬寒菊拜長庚。

《託素齋文集》卷六有悼其師的《祭李元仲先生文》(當作於 1686年),文中亦涉及《心史》:

> 悲矣哉,天之生先生也!其有意乎?其無意乎?以爲有意,則將參錯燕許,步武隨陸,翔步當塗,華軒繡轂,人其人,作一世之津梁,書其書,成昭代之秘錄;使無意其生,亦竟可削智劌心,廻光曤目,鐵化井底之函,劍埋斗間之獄,無爲賦昇絕姿,矯角前修,駭筆玄文,抗塵走俗,遂將以囂嚴霜之碩果、崩河之砥柱也!

清·費冕編《費燕峯先生年譜》在康熙癸酉(1693)記錄了"黎愧曾先生爲先生(按,即費密)作詩序"。黎氏在該年初秋所作詩序中云:"文章,公物也。原不爭一人之信從,一時之毀譽。即使此度(按,即費密)今日一字不存,付之雜燒,投之溷廁,錮之井底,而予終謂此度必傳。蓋其精神固在千百世,而豈愛此旦夕爲也!"

潘永因,字長吉,齋名續書堂,編有《宋稗類鈔》《明稗類鈔》。**潘永圜**,字大生,著有《讀史津逮》。前者弟,後者兄,金沙(今江蘇金壇)人。兩人生於明末,生卒年及生平均不詳。據潘永因《續書堂明稗類鈔緣起》云:"康熙改元之歲(按,1662),壇邑士紳,絓誤海案,嬰慘禍,井里蕭條,知交零落。潘子避地平陵之畫史。"當時清廷藉"通海"案而大肆逮捕無辜,潘氏逃至平陵,埋頭編著,成《宋稗類鈔》八卷,署"金沙潘永因長吉氏編輯,兄永圜大生氏訂定"。康熙己酉(1669)請李漁(笠翁)撰序,後刊行,並於乾隆年間被收入《四庫全書》,變爲三十六卷。①《四庫

---

① 據余嘉錫《四庫提要辨證》分析,此書原被斥於《四庫全書》存目,后因李清、周亮工有三部書被《四庫》撤銷,故以此書補入;又因卷數不夠充數,故被析爲三十六卷。

全書總目》列於卷一三六‧子部四六‧類書類二。(但又曾見列於姚覲元《清代禁燬書目四種‧外省移咨應燬各種書目》中,眞是奇怪。)《總目提要》對書的評價爲:"是書以宋人詩話、說部,分類纂輯,凡五十九門,末附搜遺一卷,以補諸門之所未備,亦江少虞《事實類苑》之流……宋代雜記之書最爲汗漫,是編撨集英華,網羅繁富,且分門別類,較易檢尋,存之亦可資考核也。"

《宋稗類鈔‧忠義》(四庫本卷十二,單行本卷三)在輯錄《鄭思肖傳》後加有按語,可知編者潘氏乃堅信《心史》非僞:

> 所南先生當宋社旣墟,無策自奮,著《心史》六萬餘言,鐵函重匱,外著"大宋鐵函經"五字,內題"大宋孤臣鄭思肖百拜書"十字,沉於吳門承天寺眢井中。崇禎戊寅冬,寺僧達[始]浚井得之。自德祐癸未至崇禎戊寅,實三百五十六年矣。

除《四庫全書總目提要》外,清編《皇朝文獻通考》及《金史紀事本末》《遼史紀事本末》《續資治通鑑長編拾補》等書,以及清人張宗泰(1775~1850 後)《魯巖所學集》、民國時修編《清史稿》《清稗類鈔》等書,也都說《宋稗類鈔》爲潘永因所編。但清初大官僚王氏《寶翰堂書目》[①]和徐乾學《傳是樓書目》,卻均記爲李宗孔所編;清末傅以禮(節子)《華延年室題跋》也稱"是書乃江都李宗孔書雲編輯,刊行未久,卽爲金壇潘永因所攘,如郭象《莊子》故事……近得李氏原槧,首有龔鼎孳、曹申吉、周瑞岐三序暨李氏自序,末題康熙八年……是李書甫成卽爲潘

---

① 王氏當是清初禮部尚書王崇簡、工部尚書王熙父子。清咸豐同治時順德李文田鈔本《續書堂明稗類鈔》卷末,鈔有"五千卷書室主人"(按,殆爲嘉慶道光時會稽諸生陶思曾)之跋云:"知此書卽編輯《宋稗類鈔》之人也……《四庫書目》……亦題永因撰。王氏《寶翰堂書目》撰於康熙中,則云李宗孔撰……爲潘? 爲李? 抑別有撰人耶?"其後,傅增湘於丙子(1936)撰讀書題記云:"《續書堂明稗類鈔》十六卷,順德李若農師家鈔本。據若農先生記,云鈔自貴筑黃國瑾家。不著撰人姓名,惟前有《緣起》一篇,自稱'潘子',言'宋旣有稗,明烏可已,感而復爲《明稗》'云。考《四庫提要》,有《宋稗類鈔》三十六卷,清潘永因撰,則輯此書者卽輯《宋稗類鈔》之潘氏矣。然檢王氏《寶翰堂書目》,又題《宋稗類鈔》爲李宗孔撰,是在清初卽有異說,爲潘? 爲李? 殆難以確定也。"(《藏園羣書題記》卷九)謝國楨亦見該鈔本,《晚明史籍考》云:"順德李文田借黃再同藏稿本傳鈔,並由繆荃孫校正一過。李氏遺書寄存於鄧之誠先生家。"

攘"云云。而今見此"李氏原槧",署"邗水李宗孔書雲輯,西蜀周瑞岐北川、李仙根子靜全較",李氏序作於康熙八年"長安邸署"。時間居然與潘本李漁撰序爲同一年!

我經查對李氏康熙刻本和潘氏乾隆(年代據書中避諱字判斷)刻本,可以確認潘氏乾隆本除卷首李漁序是自刻的以外,書內竟全是從李本原板署作刪節和挖改而來!確如傅氏《華延年室題跋》所云,潘書"卷二少《疆索》一門,《凡例》中亦有刪削,並失載《引用書目》";但傅氏又說,他曾見過"雍正中汪氏刻本"之潘書,"署潘之名氏,而於原書尚無刊落"(按,該雍正刻本我尚未找見)。而且,《四庫全書》所收潘書亦非據今見之挖板的乾隆本,因其未少《疆索》一門,但改名爲《邦交》。

李宗孔(1620~1699),字書雲,號祕園。江都(今江蘇揚州)人。據阮元《淮海英靈集》丁集卷一,李氏"順治丙戌(按,1646)舉人,丁亥(按,1647)進士,由部授御史,改給事中。在臺垣先後疏凡四十餘上,皆關吏治民生,每同九卿奏事,侃侃直言,不附不阿。請假歸。康熙三十八年(按,1699),即家晉大理寺少卿,御書'香山洛社'額以寵異之。家藏書畫甚多"云。李本《凡例》的最後一段(爲挖板而成的乾隆潘氏本所割去,《四庫》本則依例不收),談到成書和刊刻的經過云:"宋稗之有鈔,自余外祖金壇于惠生先生也……其《宋稗》一書,蓋鼎食一臠,不過自供朵頤爾……間嘗與同志相商榷,潘子大生亦曰:'宋稗所宜錄者尚多,君伯舅昭彥氏亦有錄,俱未可奉爲典要。'余偉其言,竊欲集一代大成,垂諸不朽,遂窮搜博採……凡裘葛五更,寢興於此……初欲隨錄之先後爲編次……繼欲照朝代排序……再欲就所採之書各自爲條……因遵劉氏《世說》、何氏《語林》例,事以類分,時以代次,凡爲類六十,約五倍於惠生先生所鈔……編次既定,藏之篋笥。會周北川謁選天官,一見此書,把翫弗釋,私與子靜李子謀壽棗李,日夕校讎……戊申(按,1668)北川出宰澄江,遂畢業焉……己酉(按,1669)孟夏,書雲氏又識。"該《凡例》對自己編採刊刻過程亦可謂言之鑿鑿,而且語及潘永圜,似令人不能不信。

余嘉錫未見"李氏原槧"《宋稗類鈔》,但其《四庫提要辨證》引了潘永因另編《明稗類鈔》(鈔本)卷首的《續書堂明稗類鈔緣起》。(按,該

《明稗類鈔緣起》在葉德輝《郋園山居文錄》卷上、謝國楨《晚明史籍考》卷二二亦引及。)在《明稗類鈔緣起》中潘氏自述其先編成《宋稗類鈔》,人問"宋即有稗,於明烏可以已乎","於是感其言,睠懷故國,黍離麥秀之悲,未免有情,何以遣此,始矢志復爲《明稗》"。末署康熙癸丑(1673)六月。該《緣起》中無一字涉及李氏。余嘉錫反復推敲,認爲如是傅氏所言,《宋稗》爲李氏所撰,則潘氏乃並竊《宋稗》《明稗》二書。然二人生當同時,《宋稗》兩本皆有同時人序,即身刻行,人皆見之,而潘氏公然攘竊,不畏人之發其覆,似近於不情。且潘氏爲勝國遺老,而李氏則當代顯官,潘氏方惴惴於通海之案,恐被羅織,安敢竊李氏之書,以速禍乎?余氏又言:"昔宋宇文紹弈代汪應辰撰《石林燕語辨》,汪書既行,宇文書復出,遂兩本並傳。迨及近世,此例正多。《宋稗》之書,將毋類是?"這個問題,連傅增湘、余嘉錫都吃不准,繆荃孫、鄧之誠、謝國楨都未發表看法,可見情況複雜,必有隱情,究竟如何,尚待細考。至少,現在還沒有找到乾隆前的潘本。

但不管怎樣,潘氏兄弟和李氏顯然都不認爲《心史》是僞書。因此,不論《宋稗類鈔》的編者到底是誰,本書並入三人於肯定《心史》者列。

沈謙(1620～1670),字去矜,號東江,仁和(今浙江杭州)臨平人。少穎慧,能辨四聲。崇禎壬午(1642)補縣學弟子。鼎革後不言時事,益讀書寫詩,與毛稚黃、張祖望、陸麗京、吳錦雯、柴虎臣、陳際叔、孫宇台、丁飛濤、虞景銘被稱爲"西泠十子"。弱不勝衣,與人語,氣纏屬;及發辨議,則電閃霆擊,摧屈一坐。爲文雅淡秀鬱,錯以綺麗。僻處杭之東偏,養魚,兼通靈素之術以自活。然聲名藉藉,吳越齊楚之士過鼓村,車轍恒滿。嘗自言:"著作須手定自刻,庶保垂遠;若以俟子孫,恐故紙斤不足當二分直也。"所著有《東江集鈔》《臨平記》等。

臨平乃界於仁和、海寧二縣之一鄉聚。沈氏自言,譔《臨平記》"經始於崇禎癸未(按,1643)三月,告成於甲申(按,1644)十二月,歲凡再閱,稿用三更。其間或困於疾厄,或疲於亂離,墨突孔席,幾無一息之暇。每當兵火倉卒中,輒恐此稿散失,乃於愁病之餘,勉竣厥事"。其書卷二記:

恭宗皇帝德祐元年冬十一月，丞相陳宜中檄浙西制置使文天祥提兵勤王，退守臨平。(鄭思肖《心史》:"湖州獨松關陷，於潛千秋關陷，陳丞相檄浙西制置使文天祥提兵勤王，退守臨平，國勢危迫。")謙曰:文山忠孝性成，當宋室顛危之日，涕泣馳義，奮不顧身。至於退守臨平，亦孔棘矣。大厦之傾，天祥卽糜體，何救哉? 此所南紀之而有餘痛也!

方享咸(1620~1679)，字吉偶，號邵村，江南桐城(今屬安徽)人。工詩文，善書，精於小楷，兼善山水。秦祖永《桐陰論畫》首卷列其於明清十六位"書畫大家"之一。順治丁亥(1647)進士，知獲鹿縣，察姦戢盜有聲。調麗水，築好溪堰、通濟堰，田無旱潦，利及鄰邑。擢主事，陞刑部郎中，恤刑，湖廣、江西多所矜豁。帝召入禁內，授陝西道御史。及歸，因丁酉(1657)江南科場案，舉家遣戍塞外寧古塔。康熙初放還。後居金陵，賣書賣畫爲生。

方氏是蔣臣門人。今見嘉慶時修《桐城蔣氏支譜》卷四《贈言》有方氏題語，提及《心史》:

……先師之令子文孫以《無他技堂遺稿》見示，焚浣而莊誦之。想見先師之文章節義，必有藏之名山、傳之其人者，當與井底鐵函共燐炳人世也!

王弘撰(1622~1702)，據孫靜菴《明遺民錄》:"字無異，號山史。華陰(按，今屬陝西)人。諸生。兵部侍郎□□(按，當爲"之艮")之子。嗜學，收藏古書畫金石最富。著《易象圖述》及《山志》《砥齋集》，關中人士之領袖也。康熙戊午(按，1678)，以鴻博徵，不赴。初與李因篤同學甚密，及因篤就徵，遂與之絕。顧炎武《廣師》嘗曰:'好學不倦，篤於朋友，吾不如王山史。'卒年七十五。"(按，所說卒年誤。據《華陰縣志》，王氏"康熙四十一年壬辰[午]卒於家，年八十一歲"。)

明遺民李沂《鹿馬山人歌》序云:"鹿馬山,烈皇帝葬處也。關中王弘撰于三月十九日匍匐山下泣奠,自稱'鹿馬山人'。"又據《清史稿·遺逸傳》,王氏"交遊遍天下,甲申後奔走結納,尤著志節",並云當年王氏與顧炎武等人"華下集議,實有所爲也"。王氏所撰《山志》是一部嚴肅的學術著作,清代學者李元春《時齋文集續刻》卷四《重刻山志序(代)》盛讚:"今讀其書,中何所不有。有漢人之訓詁,而無其牴牾;有唐人之文章,而無其浮蔓;有宋人之語錄,而無其黱僅;有野史之紀載,而無其妄說。爲山史之學,學山史之人,皆在是矣。"《山志》初集卷一有《心史》條(本書前面已提到過),明確記述其親見鄭思肖原稿,非常值得珍視:

> 鄭所南思肖著《心史》,以鐵函藏之井中。其元本在陸孝廉履長處,予曾親見之。所言皆宋末元初事。詩文有朱墨圈點。崇禎己卯已有刻本行世矣。所南善寫蘭,獨不寫培塿。與倪雲林不寫人物,其意畧同。別號三外老夫。又嘗作《太極煉法》。蓋元時高士多寓蹟二氏,如黃子久、吳仲圭皆是也。所南父名起,字叔起,號菊山。此人所鮮知者,故表出之。

劉廷鑾(? ~1662)是同樣記述《心史》原稿曾藏陸家的明清之際人士。劉氏字在公,一字得輿,號輿公。安徽貴池人。復社成員。生年不詳。乾隆時修《江南通志》卷一六七《人物志》記:"父城(按,本書前已寫過劉城),明季以文雄江左。廷鑾少承家學,又師事父友吳應箕,盡得其傳,日益淵博,詩文皆偉麗,聲名籍甚。康熙元年(按,1662)以貢考授州同知,未仕,卒。所著《梅根集》及他纂述凡數百卷。"劉氏《五石瓠》卷五有《井中心史》一節,前面也已提到過,這裏引錄全文:

> 崇禎十一年戊寅,冬十一月八日,蘇州承天寺狼山中房僧達始字君慧浚智井,得一物,以爲磚也,浣之則鐵,有字一行,云"大宋鐵函經"。不敢啟,供之佛龕,聞者爭玩識。久之,欲啟視,僧不得已,破鐵,中署"大宋孤臣鄭思肖百拜封"十字。其

內則函以錫，錫之內又封以蠟，始見紙本，書曰《心史》，乃連江鄭所南於宋德祐癸未中所著，歷紀南宋陷□之悲，□元腥穢之政，①詩文甚奇僻，議論極慷慨。士大夫驚異傳誦，爲古今所未有。

其紙本原稿藏孝廉陸坦家。坦字履常。吳門貫版行之。十三年庚辰，閩人林茂之重加校正，同郡葉益蘩、高拱京爲之費，屬新安汪駿聲鏝行金陵。又寓書曹能始學佺爲序。序至，茂之卜日於木末亭設位，望祀所南，焚《心史》一部，以告其靈。是書始大行於天下。自德祐癸未距崇禎戊寅，凡三百五十六年。

南昌陳士業文集有《鄭所南心史序》，蓋辛巳春鈔自楊伯祥太史而序之也。

劉氏此文除個別地方不確（說"大宋鐵函經"一行字在鐵函外），所敍細節較爲詳盡，且提供了不少他處所無的獨家材料，值得注意。（詳見本書第五章所述。）

計六奇（1622~1867?），字用賓，號天節子，別署九峯居士。江蘇無錫人。青年時隨岳父讀書於無錫洛社，正是《心史》刊刻之年。未久，計的哥哥又館於蘇州沈氏。因此他有可能很早就讀到《心史》。計氏兩應鄉試未第，遂放棄仕途，教書爲生，並立志著述，好留心遺存，訪問故老，尤注力於晚明史研究。以六年之功，於康熙辛亥（1671）撰著成《明季北略》《明季南略》二部史書。因當時文禁森嚴，未能付梓。至嘉慶、道光年間二書始有刊本，惜均已遭刪改。據直至 1984 年中華書局出版的足本《明季南略》，卷十四有《蘇州井中鐵函》一節：

崇禎十一年戊寅，蘇州承天寺井中屢有白氣沖上，使人入井淘之，得一鐵函，封緘甚固。發視，內藏《心史》一部，自宋端

---

① 二字原闕，當是"胡"或"虜"之類。

宗起,迄元成宗止,皆言宋政寬厚及元人殺戮等事。乃宋末鄭
思肖所作。思肖字所南。是時端宗景炎止三年,帝昺祥興僅二
年,餘卽元世祖至元三十五年、成宗元貞十三年耳。所南《史》
內所載數十年事,俱書景炎幾年,不用至元、元貞等號。所南名
思肖者,思趙也。自矢今生不能復趙,願來世興趙云云。時蘇
州巡撫張國維見而異之,梓行於世。然則《心史》作於三百年
前,而出於三百年後,天蓋隱示以明之將復爲宋也歟?元世祖
在位三十五年,實承正統十六年,則《心史》約三十餘年事。此
書一時盛行,須再核其起止。

計氏寫《明季南畧》時顯然《心史》不在手頭,而是憑早年讀過的記
憶,因此有誤記。如所說《心史》起迄年代卽不確(計氏亦自言“須再
核”),所說鄭氏記年用景炎亦不確(實際當是德祐)。但總的沒說錯。
應該指出,這是最早在編年史著中記載了《心史》。

《明季南畧》同卷,計氏還寫有《錢肅樂和心史詩並跋》一節,說:“和
鄭所南《心史》韻十首,止錄其六,並有跋一篇附後(按,“跋”當爲
“序”)。張、錢二公,一梓其史,一和其詩,厥後品節亦不愧所南云。”計
氏書中未全錄錢詩,且次序亦與原詩不同(本書前面已據錢氏《庚辰春
偶吟・讀宋鄭所南先生心史詩(並序)》引錄原詩),但他對張、錢二公深
受《心史》影響的評價是非常正確的。

林時對(1623～1713),字殿颺,號繭菴。浙江鄞縣(今寧波)人。林
時躍之弟。崇禎己卯(1639)庚辰(1640)連薦成進士,授行人司行人。
少執經倪元璐門下,錢謙益聞其名,招致之不往。於同官最與劉中藻、陸
培、沈宸荃相暱。或曰:“冷官索莫,何以自遣?”曰:“苟不愛錢,原無熱
地。”丁憂歸里,錢肅樂一見契之。宏光時召爲吏科都給事,疏言不應掣
肘史可法,當重用劉宗周、方以智。熊汝霖、章正宸皆引之爲助。阮大鋮
深惡之,乃嗾方國安以“東林遺孽”糾之,遂與同里沈履祥偕去。江上之
役,熊、錢諸督師交章薦,乃起。佐其房師孫嘉績幕,進太常卿,累遷右副
都御史。江干師潰,監國遐去,慟哭棄冠服,轉徙山海間久之,而年未四

十也。博訪國難事，上自巨公元老，下至老兵邏卒，隨所聞見，折衷而論定之，曰《繭菴逸史》，曰《詩史》。當事薦之，以病辭。有同年生來訪以出處，答曰："此事寧容商諸人邪？吾志自定，爲君謀寧有殊？"同年愧其言而止。未幾，遺老凋落殆盡，林氏獨踽大耋，幅巾深衣，躑躅行吟，至莫可與語，於是悒悒彌甚。乃令小胥舁籃輿，遍行坊市。一日湖上演劇，遠望場間有冕旒而前者，或曰"此流賊破京師也"，因狂號，自籃輿撞身下踣地，暈絕流血，而伶人亦共流涕，爲之罷劇。嗣是不復出，撥關咄咄而已。及卒，遺命柳棺布衣，不許以狀聞。

今見林氏《葂補堂文集選》卷四《公弼盧大令纂殉忠列傳序》，將自己國亡後所編著之書比作《心史》：

> 《春秋》一書，聖人扶綱植紀，垂世立教，於仗節死義者，咸力爲表彰……大書特書，使讀者興起激發，爲萬世慮至深遠也。蓋自有天地，卽有父子，有君臣，人生大倫，厥惟忠孝，一絲血路，萬變不磨。若舍此，則人道或幾乎熄矣……嘗慨有明中葉，頻丁多難，自啟禎以來，一膺璫禍，再罹寇氛，荼毒摧殘，橫遭冤酷。其間忠臣烈士，念綱常之大義，懷君父之深恩，裂帛膏刃，湛族燔骸者，殆難縷數……公弼盧大令，天懷亢爽磊落，多大節，雅慕古今忠孝義烈，低佪憭歎。平生游屐所至，不憚於車塵馬跡間，周咨廣詢，手寸管，編摩濡削，搜采靡遺……闡幽表微，裒然成集。余受而讀之，見其綜述瞻該，敍次簡潔，屬詞勁挺，論斷精嚴，不激詭，不抑抗，詳而有體，覈以存眞，深得昌黎、盧陵筆意，當與《表忠紀》《世法錄》《枯膝錄》《頌天臚筆》《遜國年譜》諸書，存有明一代實錄，眞千秋信史也。余不敏，向嘗輯《表忠》《碎筑》二集，蒐羅年來殉難事甚悉，長言之不足，又詠歎以傳之，將錮諸鐵函，以藏井底。今得盧子此書，炳炳麟麟，昭垂星漢，豈非廉頑立懦，存大防而維名義，爲古今不朽鴻文哉！以視余所紀，殆如儋父覆瓴，山人浮瓢，直等諸敝帚斷梗矣。

毛奇齡（1623～1713），又名甡，字齊于，又字大可，號秋晴，人稱西河先生。浙江蕭山人。明際諸生。曾參加抗清鬪爭，失敗後流亡山谷，築土室，讀書其中。康熙己未（1679）舉博學鴻詞，授翰林院檢討，充《明史》纂修官。乙丑（1685）以病乞歸，遂不再出，專意著作。淹貫羣書，學問淵博，長於考據，尤喜辨駁求勝。但他對井中《心史》之眞僞則從無疑慮。所著《西河合集·書》卷四中有《寄張岱乞藏史書》（亦附載於張氏《琅嬛文集》卷末），信中說：

> 不揣鄙陋，欲懇先生門下，慨發所著，彙付姜京兆宅，鈔錄寄館，以成史書。夫《漢書》藍本肇於叔皮，然而遠勝他書者，以史官分嚴，慮有得失，反不若茂才閉戶之閫而公也。若夫歐陽《五代》，成於私著，然後宋直用之，而迥不及他史者，以匹士疏漏，三家言事，萬不若史局之審而核、博而通也。今以先生之學力，媲美茂才，然且家有賜書，遠過歐九，其苦心撰著，原不欲<u>藏之井中</u>，而一旦移入史乘，傳之其人，將先生忼慨亮節，必不欲入仕，而寧窮年矹矹，以究竟此一編者，發皇暢茂，致有今日，此固有明之祖宗臣庶，靈爽在天，所幾經保而護之、式而憑之者也。

從"苦心撰著，原不欲藏之井中"諸語，即可知毛氏亦肯定《心史》者也。

又，毛氏曾爲謝翱《冬青樹引》作註，云："第九句'開花時'，猶鄭思肖望陳宜中從占城至也。"意思是謝翱"此樹終有開花時"一句，就等於《心史》中寫的盼望陳宜中自占城"一旦從天而下，盡復藝祖、高宗境土"。

戴移孝，字無忝、爰丁，號笏山道人。和州（今安徽和縣）人。其父敬夫爲明末湖州推官，崇禎甲申後遯跡河邨，嘗絕粒不死，臨終賦絕命詩數首，語極沈痛。其兄本孝（1621～1691後），本書將另外寫到。重氣節，兄弟志行相似，弟詩品高於兄云。移孝又以書畫名於時。性喜獨遊，不娶，老於布衣。著有《碧落後人詩集》，今未見。其子戴昆，有《約亭遺詩》，至乾隆時因其遺詩內有"長明寧易得"諸句，被安徽巡撫閔鶚元定爲"悖逆"，上奏朝廷，於庚子（1780）判爲"語多狂悖""造作逆詩，肆其狂吠"，對去世多年的戴氏父子戮屍示衆，孫世道斬立決，族人皆棄市發配，財產入官。

今見清·魯一同撰《白耷山人年譜》附《寅賓錄》有《戴無忝致山人（按，卽閻爾梅）孫千里帖》，其中提到《心史》：

> ……弟以暮齒，兩次入都，乞以先君傳載之《明史》。史館諸公，皆口諾而心不然，或陽以傳稿相示，而陰復乙去。惟世好陳其年兄慨爲立傳，不幸其年捐館，後人復焚其稿。且史館中皆斷自聖安爲止，豈德祐以訖祥興皆盡削去，而江、文、張、陸諸忠並不足傳乎？此脫脫丞相之識所以大遠於今時也！弟今七十有四，痛先人之遺烈未彰，<u>井中之鐵函欲泐</u>，左耳聾而齒牙落，復能幾何人世？惟恨家貧力薄，不克少梓血淚之編，使我先人得與史、瞿諸公齊名後世，則不孝之罪萬死莫宥！意欲竭此精力，傭書入幕，以取資斧而成其志。猶未得也。不知老世翁尚能爲指南乎？

李中馥，字鳳石，山西太原人。生卒年不詳，約卒於康熙初。《山西通志》李氏傳曰："天啟四年（按，1624）舉人。性剛鯁，進退不苟，爲孝廉五十年，未嘗一入公府。明季直指使薦，辭不赴。雅嗜讀書，晚年益勤，朝夕不釋卷，揄揚後學不去。"著《原李耳載》二卷，曾孫李從龍編定，初刻於乾隆丙子（1756），其卷上有《井中心史》一節：

> 鄭思肖，字憶翁，號所南，宋末福建人。易代後，僑居蘇州，不仕不娶，養父盡孝。能畫蘭竹，不畫土根，人問之，答曰："此土非吾有。"見《宋遺民錄》中。文徵明嘗題其畫，讚之極口。

崇禎十三年,虎丘僧浚井,得如磚者,鐵鑄,有字一行云
"鐵函經",供之佛前。一日,孝廉陸坦、鄭敫教強僧啟視。鐵
內爲錫,錫內爲蠟,蠟內爲書數冊,乃所南手著詩文稿,分《心
史》《大義集》《咸淳集》諸名,詳錄宋亡諸事。恐世不傳,是以
深藏於此。

"思肖""所南",皆心語也。稱宋曰"本穴世界",又曰"大
無工"。詩曰:"至今首陽山,不生周草木。"餘多類此。紀宋歲
月後,連寫十七甲子,不可解。陸氏爲之刊行。閩人林古度,字
茂之,鍾竟陵、董華亭老友也,斂貲別梓於金陵。總名《鄭所南
井中心史》。茂之今年八十五,無恙。

所紀元事亦悉,唯事演撰兒佛尤詳。

從"茂之今年八十五"句,可知此文撰於 1664 年,並知李氏認得林
古度。李氏文中頗有誤記,如"養父盡孝"(鄭父早亡,應是養母)、"崇禎
十三年"(當是十一年)、"虎丘僧浚井"(與虎丘無關)等,但仍不失其史
料價值。李氏此文與前面提到的顧炎武、孫枝蔚、王弘撰的詩文,還能說
明《心史》在明清之際不僅盛行於南方,並且還流傳到北方晉陝諸地。

本章第一章中提到明江陰人李詡(1506~1593)的《戒菴老人漫筆》
卷三有《鄭所南傳》。李詡卒於《心史》出井前,他寫的鄭傳中當然未及
《心史》。然而李詡的玄孫李成之於清順治五年(1648)據明萬曆本重刻
李詡此書時,對原書作有若干補充,並用小字刊出。在《鄭所南傳》文末
添有:

崇禎戊寅歲,有所南《心史》一帙,得之於吳寺瑁井中,撫
臺張國維刻行於世。

李成之生平不詳,若以三十年爲一代,當生於十六世紀末,肯定在
《心史》出井之前已成年。

張芳,明末清初人,字菊人,號鹿牀,又號祴菴拙叟。句容(今屬江

蘇）籍江寧（今南京）人。順治壬辰（1652）進士，甲午（1654）任湖南常寧知縣，計八載，清操如一日。創建桃花洲書院，課士親爲指授，一時成就甚衆。

據羅正鈞《船山師友記》卷十六引《常寧縣志·藝文》所載張芳致王夫之書，可知張氏亦肯定《心史》者。此信約作於辛丑年（1661）：

> 王先生學解深源，物莫之窺，年未五十，箸述大就。藏之名山，傳之其人，旦暮遇之，必可期也。雖井中鐵函，不以當河汾之論著矣。何時得一披帷覽祕，極論天人之際哉！

趙巖，字國子，生卒年不詳，江西廬陵人，崇禎末副貢，與方文、文德翼、顧景星、金堡、黎元寬、錢澄之等人交好。顧景星《白茅堂集》卷三四有《趙國子集序》，記趙氏“甲申之變，上書史相國，相國大奇之，薦於朝，卒爲權臣所逐。最後，游閩粵，與瞿稼軒、張別山善。閩粵既歸版籍，而國子已黃冠施藥矣”。所謂“游閩粵，與瞿稼軒、張別山善”，當是參加瞿式耜、張同敞領導的抗清鬥爭。瞿、張同日犧牲后，趙氏隱於醫道。

其父趙爾圻（千里）在崇禎末曾與李明睿等倡議太子南遷監國，以防萬一，未果而國破，悲憤而死。趙巖寫五言排律記其事。方文《嵞山集》續集《西江遊草》中有《廬陵趙國子巖讀李太虛先生召對錄，悲其言之不用，作五言排律百韻，弘瑋瑰異，洵詩史也，予欲取而註之，並刻以行世，先成三十韻，書其詩後》，詩中云：“卽此一篇詩，足以傳趙巖。”王岱《了菴詩文集》卷四《百韻詩序》，亦稱趙氏百韻詩“居然一代史也”，並認爲“鄭所南《心史》危言，藏之井底，精光不滅三百餘年，仍一吐露；國子《百韻》，殆若是焉。”

在《天啟崇禎兩朝遺詩》卷十中，收有趙父甲申三月絕筆詩《惡風折海棠行》，詩末有趙巖寫的跋語：

> 昔先君燕游，不肖兄弟俱未奉侍。亂中遺稿，強半狼籍馬蹄矣。首丘時，與兄弟輩重閱手澤，俱憂憤語，然求其絕筆不

得。今夏,巖有吳行,攜《輿記》小本,忽揭本中稍厚襯紙取視,
則《惡風折海棠行》也。反復再四,感痛欲絕!其《輿記》爲先
君客笥中物。秦淮邸中,出示林茂之先生,爲道其故。先生曰:
"《心史》鐵函,數百年後始見;十餘年隱晦,豈足奇哉!"相與悵
歎久之。

丁酉(按,1657)重九十賚叔子趙巖謹跋。

趙氏記錄的林古度的一句話,非常值得珍視。亦可證趙氏必是相信
《心史》。

顧復,字來侯,號方涇上農。武陵(今湖南常德)人,世居常熟。明
清之際著名書畫鑑定家。著有《平生壯觀》,書前有康熙壬申(1692)徐
乾學序,云:"吳中鑑賞家夙推武陵顧氏來侯、維嶽昆季,爲人溫醇儒雅,
宇内人士聞聲爭交驩。余與之游處三十年於茲矣。維嶽時相過從……
一日攜其兄來侯所撰《平生壯觀》十卷見示,且屬爲之序。余避暑山莊,
編摩稍暇,爲之瀏覽數四,深喜其考覈良至,用心良勤……誠可謂真知鑑
賞者。"《平生壯觀》卷九,在著錄鄭思肖四種畫蹟後有一段重要評論:

> 崖海覆舟,將相殉國,而志士之遠性風踈、逸情雲上者,因
> 斯時以表見於元畫史中得三人,爲淮陰龔聖與、吳興錢舜舉、及
> 吳中鄭所南耳。所南作《心史》藏于眢井,明末乃出。吾最喜
> 其"地走人形獸,春開鬼面花"諸句,壯激新奇。茲又見其畫不
> 作土,題詠間猶美一身之守死,望三戶之報仇,流連涕泗於陸沉
> 滄海之餘,思深乎、愀乎、攸乎,其採薇嗟薰之嗣音乎!惜其胤
> 子無人,不得聞"王師北定中原日,家祭無忘報乃翁"之囑也,
> 悲夫!

顧氏自是鑑定《心史》爲真者。深有諷刺意味的是,公然胡說《心
史》是僞書的徐乾學自稱對《平生壯觀》"瀏覽數四"(那就必然會看到上
引熱烈肯定《心史》的文字),卻又熱烈讚揚顧氏"考覈良至","誠可謂真

知鑑賞者"。自扇耳光,有如是乎!

五、明清之際其他可知肯定《心史》者

還有一些明清之際人士,我們雖尚未能看到他們像上述人士那樣寫下有關《心史》的文字;但從一些材料中可證明他們也是相信《心史》的。下面也舉幾個例子。

《心史》出井那年,吳縣(今蘇州)知縣是牛若麟。辛巳年(1641),即《心史》初刻之翌年,牛氏提出重修縣志,親任主編,並請文人王煥如執筆。壬午(1642)仲春完稿,季春鳩工雕版,至八月基本刻成。稿子完成時,牛氏與王氏請當地文壇耆宿楊廷樞、鄭敷教"參而核之",又請徐汧、王心一、李模及鄭敷教分別爲該志寫序。在該《吳縣志》卷六《古蹟》中,引錄了《心史》中《夏駕湖晚步懷古》一詩;卷二四《僧坊》又引錄《心史》中《春日遊承天寺》一詩。又在卷二十《祠廟》有"鄭所南先生祠",載明:"公著有《心史》,貯鐵匣,投寺井中,至本朝崇禎十二(按,一之誤)年,僧浚井獲之。啟匣,其中儼然。士人陸嘉穎輩上之巡撫都御史張國維,刻傳其書。"這是《心史》之事最早載入蘇州方志。該卷還收有陳宗之《鄭所南先生藏書井記》(文字基本同本書前面提及的《藏書井碑陰記》)。楊廷樞、鄭敷教二位本是《心史》張國維刊本的題跋者,這前已說過。

《吳縣志》主編**牛若麟**,據清同治時修《蘇州府志》卷七一:"字玉書,黃岡人。天啟進士。崇禎十年(按,1637)知吳縣,時連歲旱蝗,民困飢疫,死尸枕籍,姦民乘機刦奪,若麟請之上官,發廩煮糜,又市藥延醫,以療病者,凶徒悉按以法,境內始寧。又延舉人楊廷樞、諸生王煥如等,輯成《縣志》。十五年(按,1642),以艱去。(《乾隆志》)"由於牛氏卓有政績,因家喪離去後,縣民還給他立了生祠,徐汧還爲他寫了《去思碑記》。①

---

① 清同治時修《蘇州府志》卷三七:"周程十子祠,在虎邱斟酌橋西,明崇禎十六年吳縣知縣牛若麟建,並爲學舍,額曰'正修書院'。其後士民思之,即祀若麟於其中。見徐汧《去思碑記》。"

《吳縣志》執筆**王煥如**，據同治時修《蘇州府志》卷八二：“字至翁，爲郡學生，屢困場屋，嗜讀經史及古今人物，罔不探閱。明崇禎中，巡撫張國維彙訂《吳中水利全書》多出煥如手。後吳縣令牛若麟延修《縣志》，成書五十四卷，極其詳備。又有《府學志》《聖恩寺志》。（《康熙縣志》）”乾隆時修《江南通志》卷一六五則謂：“字仲玉，崑山人。有經世畧，凡先代典故，兵農禮樂，無不瞭如指掌。攻古文詞，搜覽考訂，準以體要。所著有《吳中水利》等書。”《吳中水利全書》署張國維撰，但王氏出了大力。張氏出資刻印《心史》，王氏當然是知道的。所以在王氏執筆的《吳縣志》中就有了上述那些記載。

《吳縣志》序者**徐汧**（1597~1645），是楊廷樞最親密的朋友，《明史》後來將二人並提，這在本書前面已說過。他最後在清軍淪陷前壯烈殉國。《東林列傳》卷十：“徐汧，字九一，長洲人。少孤貧，事節母朱至孝。諸生時即以名節自任。嘉善魏給事大中被逮，過吳門，汧慕其忠直，以内子簪珥質二十金贈之。周順昌聞而嘆曰：‘國家養士三百年，如徐生者，真歲寒松柏也！’崇禎戊辰（按，1628）成進士，選庶吉士，上不次用人，散館親試拔，置第三，授編修，遂召對平臺，說書便殿。汧發言愷切，上心器之，有意擢用，而汧遠權勢，甘淡薄，告假家居。爲園於廬之旁，中有垂柳二株，遂以陸慧曉事，名二株園焉。時與門生子弟講課文藝，獎借後進，恒若不及。庚辰分較禮闈，得孫廷銓、高爾儼、姜垓、胡周鼒數人，皆爲名臣。歷官詹事府少詹事。”甲申國變後，“汧遂謝賓客，去聲伎，日夜涕泣，朔望朝服，北嚮而哭。會南中議立福藩，諸公彈冠相慶，汧獨蹙然曰：‘相無王導、謝安，將非祖逖、陶侃，區區新造之江左，分門別戶，燕雀處堂，其能旦夕安乎？吾惟有一死，以報十七年故主耳！’每指園中池，謂人曰：‘此吾止水也。’乙酉（按，1645）五月，汧知金陵失守，徂鄉掃墓，還，投於虎丘之新塘橋下而卒。”

《吳縣志》序者**王心一**（1572~1645）是一位幾起幾落、大起大落的正直之臣，《明史》居然無傳（僅卷二四六提及）。孫靜菴《明遺民錄》卷二一有傳。姜紹書《無聲詩史》卷七：“王心一，字玄珠，生於寒素，曾執事丹青，爲陳煥入室弟子。幼有大志，不願俛首藝事，夜卽篝燈讀書。登萬曆癸丑（按，1613）進士，仕至應天府尹。"

　　清同治時修《蘇州府志》卷八一："王心一，字純甫。萬曆癸丑進士，授行人。熹廟初元（按，1621）試御史，尋真授。時詔給奉聖夫人客氏護墳地二十頃，魏進忠陵工敍錄，心一上《以義裁恩疏》曰：'遼左破敗，三軍之士臥不解衣，食不重飽。今重念宮中之私勞，輕念邊臣之疾苦，流播聽聞，殊傷聖德。況梓宮未殯，先規客氏之香火；陵工甫成，强入進忠之勞績。於禮爲不順，於事爲失宜。'上怒責之。科臣倪思輝、朱欽相論客氏不宜出入宮禁，有旨降謫，心一合臺臣具疏申救，亦降調。旋起巡視盧溝橋，巡按廣西，最後以保薦忤璫御史劉大受，爲崔呈秀所惡，削籍歸。崇禎初，起原官，劾罪輔馮銓，上《禮義廉恥疏》，甄別姦黨，保全善類。擢太僕寺少卿，督餉兩粵，事竣，請終養。丁艱服闋，起應天府丞，尋遷尹。時張獻忠破和州，蹂躪盧鳳、安慶閒，烽火接於畿甸，心一撫循綏輯，清馬戶，甦驛遞，飭江防，城屬邑之無城者，補軍餉之無額者，獻忠覘知，不攻而去。擢大理卿，轉通政，晉少司寇。薛國觀柄國，以定逆案，舊怨中以危法冠帶閑住。福王立環召，不起。南都失守，悲悸而歿。（顧詒祿傳）"

　　王猷定《四照堂詩文集》卷四《檇叟傳》記一事極感人："叟姓袁，名芳，長洲人，善醫……天啟六年（按，1626）魏忠賢亂政，御史王心一糾客氏及忠賢，罷斥，錦衣指揮田爾耕受閹意旨，殺天下賢士大夫，使其元蔭私賂叟，叟陽與元蔭交，而陰趣御史歸里。夜乘一驢，送之崇文門外，平時賓客無一人至者。御史謝曰：'若歸，無累若？'叟策驢行且憤曰：'嗟乎，袁山人一頭，何惜不爲御史殉耶！'抵張秋風，雨中痛飲，泣下別去。"又據清·朱琦《國朝古文彙鈔二集》卷二一，王心一最後是因牽連明故宗室玉哥案，爲清吏逮治，死於獄中云。[①]

　　《吳縣志》序者李模，前面已經寫過了，這裏就不說了。以上寫的四位，當然均知《心史》其事。如果其書其事是僞造的，這些當時當地的如此正直的名臣、文士豈會容忍將這一假書假事寫入他們的縣志？

---

① 　見張慧劍《明清江蘇文人年表》所說。

許重熙(1592~?),常熟(今屬江蘇)人。據同治時修《蘇州府志》:"許重熙,字子洽,上蔡知縣河孫,爲太學生,以史學著當世。崇禎九年刻《五陵注畧》,觸誠意伯劉孔昭忌,將發難,祭酒倪元璐爭之,因並攻元璐,牽連參閱姓氏七十五人,俱東林指名。時溫體仁當國,陰主之擬旨推究,三上,不允而解。後周延儒復相,令所親敦請,不往。"

許氏曾加入應社、復社,參與撰修《蘇州府志》。還著有《國朝殿閣部院大臣年表》《許子洽小草》等。許氏爲錢士升好友,錢氏增削重撰《南宋書》,許氏多所資助,並在書中每一卷後撰寫"論"與"讚"。《南宋書》爲鄭思肖立傳,並記載《心史》沉井,許氏自然也是同意這樣的記載的。

楊廷麟(?~1646),字伯祥,號機部。江西清江人。復社成員。明崇禎進士,官兵部職方主事。弘光政權覆亡,於贛州起兵抗清。隆武時進東閣大學士、兵部尚書。隆武二年(1646)堅守贛州,清兵破城,從城上投濠死。楊氏與同是贛人的陳弘緒(士業)友善,陳氏得讀《心史》卽從楊氏處手鈔。本書前面曾引陳氏爲《心史》所題序文,陳氏於楊氏案頭見新刻《心史》,驚問:"何以獲此奇異?"楊氏答:"是出之於姑蘇承天寺井中。"於此足見楊氏是肯定《心史》者。他的最後壯烈殉國,也充分體現了《心史》的愛國精神。

譚貞默,生卒年未詳,字梁生,號埽菴,齋名水香居、硯曙樓,浙江嘉興人。天啟甲子(1624)順天中式,崇禎戊辰(1628)進士,任工部主事。清初徵爲國子監司業,以老疾辭。好古文詞,居家十五年,杜門益著書,有《三經見聖編》《韻史蒐詮》《閱代新詩》《其間集》《埽菴詩存》《著作堂集》《譚子雕蟲》等。卒年七十七。嘉郡稱文學者,自李日華外惟譚氏云。曾與同里李肇亨同主駕社,入清後舉滁塵會等。

李肇亨,本書前已寫到他有詠《心史》詩。李氏晚號醉鷗,其《夢餘集》卷四有組詩,題甚長:《乙未三月三日舉滁塵第二會,集於福城大悲閣,擇古人書畫兼擅者分詠之,五言古,不限韻(有小引,是日醉鷗主會)》。乙未卽1655年。小引亦甚長:"滁塵會既各賦詩,又欲兼寫山以觀繪事,此埽翁意也。但勝集初諧,唱酬伊始,未暇徧徵名筆,乃於第二會,擇古來詩畫兼擅,有篇章可誦、妙蹟流傳者,緣唐至明若而人,分詠之,寧簡毋濫,以寄景思。卽顧、陸、張、吳、荆、關、董、巨,皆不與,則以其無詩可兼也。此亦埽翁意也。畫法,自唐而上,多以鬼神佛像見奇,然而獲存者寡矣;唐宋之文人逸士,乃峕以山水竹石寓其高致;迨元而神韻益妙,蹊逕益超,一時士流,往往皆能點染。夷考其故,大抵傷時晦蹟,不甘仕進之榮,感事攄詞,又恐轉喉觸忌,不若娛弄筆墨,渲染煙雲,自相煦沫耳。撫今追昔,能無嘅乎! 請先詠歌,嗣觀盤礴。(予拈得四人)"李氏所詠四人之一卽鄭思肖。

此次聚會雖由李氏主之,而"擇古人書畫兼擅者分詠之"之創意,則出自譚氏。今可知滌塵會諸君皆肯定《心史》爲鄭思肖之"篇章可誦"者。因爲如果沒有《心史》,鄭氏亦主要只有題畫詩罨傳而已,那麼顧、陸、張、吳、荆、關、董、巨等人也同樣都是有題畫詩的,爲何"皆不與"呢?可見所謂鄭氏"有篇章可誦"者卽《心史》也。可惜今不能盡得該次滌塵會出席者之名,但本書至少可將創意者譚氏算作肯定《心史》者。

道盛(1592~1659),字覺浪,號浪杖人,福建浦城人。俗姓張,幼業儒,但好禪寂,依端巖識和尙出家,棲夢筆山。初參博山元來,旋謁晦臺元鏡禪師於建陽東苑。元鏡讚歎曰:"吾壽昌這枝慧燈屬子矣!"卽付源流,承嗣曹洞宗三十三世。崇禎乙亥(1635)開法於福船寺,遷住廬山圓通寺三載,後入主金陵天界寺。入淸,明遺民頗多出家爲僧,投名門下者有方以智、倪嘉慶等,後皆主江西名山大寺。順治乙未(1655),應請囘江西,入主廣豐縣博山能仁寺。翌年五月與徒黎川壽昌寺住持等赴宜黃曹山,主持重建本寂祖師墓塔。旋返博山。己亥(1659)囘天界寺休夏,日午書偈擲筆而逝。魏禧稱其"以忠孝名天下"。錢澄之稱他"坐道塲說法四十年,雲興泉湧,歸依者幾半天下",曾"以語錄犯時忌得罪,繫太平獄"。歸莊曰:"余不識覺公,嘗見其所著《莊子提正》,以爲今世方外之名流當首推之。"

我認爲道盛必是肯定《心史》者,不僅因爲他與衆多肯定《心史》的明遺民交往,主要根據錢澄之在《田間詩文集》詩集卷五《江上集》中透露的重要信息。錢氏在《輓天界和尙四首》其一中這樣稱頌道盛:"萬世獨知《莊子》解，十年三點所南詩。"萬世而有獨知的《莊子》解，就是歸莊首推的《莊子提正》；而十年三次點讀的"所南詩"，無疑就是《心史》中詩。《輓天界和尚四首》其三又云："井中史記死猶讀，獄裏經聲今尚存。"表明道盛至死還在誦讀《心史》！錢氏又稱其"字字新詩有淚痕"，可惜現在僅囿存道盛極少的一兩首詩，否則當能讀到他的詠《心史》詩。

袁于令（1592～1672），初韞玉，一名晉，字于令，以字行；又字令昭，號籜公，晚號籜菴。吳縣（今蘇州）人。明末諸生，十九歲作《西樓記》傳奇而出名。崇禎元年（1628）作《瑞玉記》傳奇，描寫魏忠賢、毛一鷺及太監李實搆陷周忠介公事甚悉，詞曲工妙，甫脫稿即授優伶。清兵下蘇州，袁氏齎表迎降。後官荊州府知府，十年不調，惟縱情詩酒，不理公事。監司謂之曰："聞公署中有三聲：弈棋聲，唱曲聲，骰子聲。"袁答曰："聞明公署中亦有三聲：天平聲，算盤聲，板子聲。"監司大怒，揭參云："大有晉人風度，絕無漢官威儀。"由是落職。褚人穫《堅瓠集》六集卷二《書門符》載："袁籜菴于令以荊州守罷歸，流寓金陵，落魄不得意，大書門聯云：'佛言不可說不可說；子曰如之何如之何。'"吳偉業作有《贈荊州守袁大韞玉》四首，序曰："袁為吳郡佳公子，風流才調，詞曲擅名。遭亂北都，佐藩西楚，尋以失職，空囊僑寓白下，扁舟歸里，惆悵無家。"宋起鳳《稗說》卷三記袁氏暮年"探勝禹穴，以老病終於會稽"。

爲《心史》作序的曹學佺，在《石倉六稿·六七集》中的《袁令昭詩序》中寫道："吳門袁令昭攜所新刻鄭所南先生《心史》來，仍以己之《習隱堂詩》示予而併讀之。"可知袁氏從南京爲曹氏帶來新刊《心史》，同時送上自己的詩集，請曹氏"併讀之"，這當然說明袁氏也是相信《心史》者。

朱尚雲（1595～1669）字槐生，號羽南，南京人。先世福建莆田，嘉靖中曾祖因避倭徙居南京，遂占籍上元。自幼敏穎嗜學，弱冠補弟子員，而竟蹶於場屋。崇禎甲申（1644），以歲薦當貢京師，值變故遂自廢。常閉戶涕泣，不理生產，家以中落。及兵革少戢，北江人士競設皋比以迎，束脩之積，舊業得復，遂歸老。築一室，面鍾山，朝夕倚杖吟詩，詩成輒泣，泣罷復吟。晚復學浮屠法，用自排遣，而遺民真性不可易。每值歲之暮春,國變之時,尤鬱鬱不歡。曾有舊游新第,揚揚盛騎,從造謁入,朱氏則喃喃誦佛號,徐步以出,既相見,忽熟視其人,欷歔不自勝,若重哀其窮者。其人錯愕,只得上馬馳去。與杜濬爲摯友,據杜濬《羽南先生墓志銘》,朱氏"五十以後別號羽南,志慕皋羽、所南也"。著有《羽南集》,似未刻行。今雖未能看到朱氏詩文,但可斷定其自是看過並肯定《心史》者。

　　李清(1602~1683),字心水,別號映碧,晚號天一居士。揚州興化人。崇禎辛未(1631)進士,凡三居諫職,章奏先後數十上,並寢閣不行。常觸時諱,上則劘切人主,下則與貴臣權幸爲敵,不顧生死利害。南都失守前,遷大理寺左寺丞加一級。後隱居棗園。徐元文曾薦修《明史》,謝病不行。惟著書自娛,與陳瑚爲摯友。著有《歷代不知姓名錄》十卷。(佚名朝鮮人撰《皇明遺民傳》卷一則稱其書名爲《古今不知姓名錄》。)

　　《歷代不知姓名錄》原鈔孤本(已殘)後存故宮博物院,書前有乾隆乙巳(1785)四庫館臣紀昀等人的提要按語(今本《總目提要》中已刪去),其中說:"是編以列史所載有事蹟而無姓名者,類而聚之,勒爲一書,以備考據……大端以二十一史爲主,而稗官野乘則必擇其可信者錄之。中間如《晉乘》《楚檮杌》爲吾邱衍作,《井中心史》爲姚士粦作,皆出僞書,而詳加徵引,未免失審核。"乾隆後於丁亥年(1787)三月十九日下令撤毀此書。這是《四庫全書》即將完成時乾隆最早下令撤毀的書。從四庫館臣的話中即可見李氏對《心史》是堅信不疑的。

　　今又見國家圖書館藏《歷代不知姓名錄》鈔本,在卷一《忠臣類》,有"阮正己子",卷二《義士類》有"靜江七百人"、"某都統",卷八《女丈夫類》有"趙淮僕"等條,均註明錄自《心史》。

　　林垐(1606~1647),字恥齋,號子野,福建侯官(今福州)人。曾入復社。明崇禎癸未(1643)進士,授海寧令。南都不守,隆武即位閩中,黃道周督師,疏請與林氏偕,授員外,轉餉軍前,又由監察御史宣諭浙西,召囘授吏部。清兵下福州,林氏護隆武帝至譚,建守關策。據林氏友人方潤《林恥齋先生行狀》:"當時事有旁掣,適江右來迎,乃單騎西行。潰兵蔽江而下,羣臣皆不能從,公號慟欲絕,久之乃歸,有'少陵無計達行在,淚盡啼鵑半夜聞'之句。於是蓄髮山中,授徒餬口,惟挾《鐵函》《晞髮》二集以往,曰'吾師吾友盡在是矣。'時歌時哭,發爲詩文,皆以寫其蕭騷牢落不平之意。"

丁亥(1647)秋,魯王航海入閩,林氏拜別父老,荷戈起兵,旬日間集數千人。九月十七日,在與清兵血戰中壯烈犧牲,年四十二。林氏所作詩文可惜睯存不多,未能見到涉及《心史》者。在其《海外遺稿》中見到《爲鄒德都寫竹》一詩(亦見《天啓崇禎兩朝遺詩》中),倒是提到鄭思肖:"所翁之蘭無土,恥齋之竹無根。想見千百年後,熒熒紙上血痕。"雖未見林氏談《心史》的文字,但他在危急之際"惟挾"《心史》與《晞髮集》(未知是否當時的合刻本),最後英勇獻身,眞對得起他說的"吾師吾友"!

李文纘(1608~1682),字昭武,一字夢公,號礜樵。浙江鄞縣(今寧波)人。李鄴嗣堂兄。全祖望《鮚埼亭集》卷十四《碑銘》九有《李駕部墓誌銘》,《續耆舊》卷四七《砌里三李之一》有李氏傳,内容大致相同,並稱他"最與先大父贈公(按,卽全氏祖父全吾騏)厚"。李聿求《魯之春秋》卷二十亦有傳。

李氏少以詩古文辭聞名,兼工書畫,時稱三絕。錢肅樂起兵抗清,爲諸李之最先從之者,魯王授駕部郎。已而事去,胸中悒悒不可化。丁亥(1647)夏,由天台故道入舟山,因謀從魯王於閩,馮京第勸其聯絡山寨以爲援,乃歸。與董志寧、華夏(過宜)謀以起事。叛臣謝三賓得其帛書,告發之,遂下獄。與華夏、楊文瓚、倪元楷等同獄,被拷不屈。因華氏獨承其事,乃放歸。李氏嘆曰:"過宜生我。過宜之義,我之慚也。雖然,我不求生,過宜自成其義耳。嗚呼,過宜何曾死,我虛生矣!"已而楊氏亦死,李氏以其子娶其女,因撫之,追踐囚中之諾也。己亥(1659),張煌言長江之役兵敗,間道至天台,李氏募死士衞之。此後邀遊四方,皆仿謝翱爲遊錄。嘗著《峻聽雪》,或問雪可聽乎?曰:"《聽雪篷》者,先儒番禺黃哲所自著也,陸居無屋,舟居無水,安在雪之不可聽也?此一義也。且年來傲骨忍寒,長携冰霜一卷,倔強如昨,累與膝六僵臥,戰勝于袵席間,而豪氣轉上,豈向春而反怯乎?縱徑年雪不可化,亦聽之而已,委身任運,又一義也。"蓋其志垂老不衰如此。臨終手書"衆人皆清我獨濁",

凡數十過,碎而嚼之,乃卒。

李氏博學,曾從成勇(寶慈)講學深造,又私淑高攀龍。國難後入秦,尤與李顒相契。生平露鈔雪纂,手錄三千餘卷,上自星緯、律歷、方輿、禮樂、名物,以至詩話、叢談,無一不具。晚年尚作小楷,薈萃羣儒言。全祖望《續耆舊》卷四七記:"先生《賜隱樓集》,其詩不下五六千首。蓋先生享名最早,自少遊閩,即與曹能始、徐興公、林茂之諸先生(按,本書前已論及,此三人均爲肯定《心史》者)倡和。雖戒菴先生(按,即李文純),尚出其後。其感懷圖難、徧哭諸忠詩,別爲數卷,尤不肯出。杲堂(按,即李鄴嗣)所云'魯連淚、魯公血'者也。今先生之後甚微,其集散亡,予力求之不得。李生昌昱,砌里後起之秀者,請予親至其家,發敗篋,得草藁數卷,漫漶中得理其可存者若干,畧見梗概。然此其一班耳。尚望有心者共求之。"又記:"其詩古文辭曰《殖闈草》,曰《跪石吟》,曰《賜隱樓集》。其緝香諸編,有《三峻聽雪》,有《石臼閑課》,有《鹿溪新語》,有《井中錄》,今皆散佚少傳者,惟《鹿溪新語》存。"其《井中錄》一書名,即從《心史》而來無疑。可惜今未之見!

吳宗潛(1609~1686),初名系,字方輪,號東籬(一作里),門人私諡貞毅。吳江人。吳振遠弟。清·陳和志乾隆時修《震澤縣志》卷十八《人物》六《節義·明》據潘檉章《松陵文獻》並參王載撰傳,云吳氏:"兄弟七人,並有才藻,而宗潛與弟宗漢、宗泌尤知名。宗潛負經世之學,酉戌間(按,1645~1646)往來南都東浙,數蹈危險。振遠之執,宗潛時在魯王所,既而知事無成,幅巾歸隱。遂與同邑旁郡邑文士而高蹈者,結驚隱詩社。歲以五日祀屈原,九日祀陶淵明,除夕祀林君復、鄭所南,宗潛常爲祭酒。後十餘年,以序人選詩觸忌諱,遂與同事者繫獄,時相倡和,有《圜扉鼓吹編》。久之得釋,遂隱於醫,著名苕雪間。治疾不問貴賤,惟當事招之必不往。人謂其通而介。年七十八卒。"楊鳳苞《秋室集》卷五《吳氏四子紀畧》所記全同。

從驚隱詩社每逢除夕祀鄭所南"宗潛常爲祭酒"看,可知吳氏是肯定《心史》者。

蔣燦,本書前面寫到,明末徐燉從由蘇州謫戍入閩的蔣氏那裏始聽說《心史》出井之事。那麼,蔣氏自是《心史》爲眞的一位蘇州當地(蔣氏爲長洲人)的見證人。據淸同治時修《蘇州府志》卷八七:"蔣燦,字弢仲,育馨子,崇禎元年(按,1628)進士。除餘姚知縣,調上蔡縣。修城闉,嚴保伍,練壯勇,爲守禦備,流賊不敢犯。陞兵部主事,歷員外郎、郎中,擢天津兵備參議,繕衛城,作三臺於丁字沽、楊村、楊柳靑,以爲捍蔽。保全南浙白糧數萬,南直解餉十萬,長蘆鹽課六十萬。坐事謫戍福建,赦歸。明亡後杜門養母,母歿哭泣病目,至雙瞽。卒年六十九。(家傳)"

李向中(？~1646),號立齋,湖廣鍾祥(今屬湖北)人。《明史》卷二七六載:"崇禎十三年(按,1640)進士,授長興知縣,調秀水。福王時歷車駕郎中,蘇松兵備副使。唐王以爲尚寶卿。閩事敗,避海濱,魯王監國召爲右僉都御史,從航海,進兵部尚書,從至舟山。及是破,大帥召向中,不赴。發兵捕之,以衰絰見。大師呵之曰:'聘汝不至,捕卽至,何也?'向中從容曰:'前則辭官,今就戮耳!'"於是壯烈犧牲。

全祖望《續耆舊》卷二十收有董守諭《七哀詩》,其七就是悼念他的《兵部尚書李公向中》,據董氏小序中說,李氏最後"避兵舟山,以居憂不仕,獨坐,對客惟手《心史》一編"。可知李氏也是胸懷《心史》而終的!

王兆熊(？~1646),號漫士,福建福寧人。查繼佐《罪惟錄》列傳卷之二一記王氏"爲浦城學諭,篤行好古,嘗讀鄭所南《心史》,涕泣盈把。甲申聞國變,號不食者數日。其門人潘達爲砒進飲食不死,遂鬻其所藏書,得三十金給妻孥,訣曰:'若以此歸舍,譬兆熊此日死。'衰絰出門,北踰嶺,每至城市人烟處,便下拜呼曰:'若祖父衣食何家?天子死社稷,胡不起?'條金陵八事,格不得上。依史閣部揚州,史曰:'公此心無所用矣,奈何!'爲對泣。卒縞素不茹葷。史後殉國,兆熊不知所終"云。

《沅湘耆舊集》卷一二五據《零陵志》云王氏崇禎時歷官御史太僕少卿。奉使往蜀,遇淸兵,遂遯於黃溪明月菴。自以八世國恩,義當死報,於八月廿三日絕粒。九月旣望,自題一聯云:"不辱國,不辱身,不辱祖宗,不辱所學,吾知免夫;何愧心,何愧理,何愧君臣,何愧中邦,夕死可矣。"有簡陳正誼詩云:"欲白予衷,言之實難。同心之言,其臭如蘭。"又云:"有如皎日,望天咫尺。昭揭大義,每懷靡及。"十月十三日,自題絕命詩云：“我是大明臣，使蜀經此地。義必不可生，絕粒而永逝。寄語同生者，與我原共世。”十月十七日卒。遺囑從者止以平日縞素冠服葬之。

另外，王兆熊的學生**潘達**當也是肯定《心史》的。查繼佐上文說：“此潘達爲余言之。達字雪生，癸未（按，1643）贄余門，善書。余命書余柱聯十字：‘何人也作史，吾黨未成章。’”

凌駉（1612~1645），原名雲翔，字龍翰。徽州歙縣（今屬安徽）人。崇禎進士。授兵部職方主事，督輔軍前讚畫。參與鎮壓山西農民軍，受傷敗走臨清。福王立，任浙江道監察御史，巡按山東。弘光元年（1645），改巡按河南，守歸德抗清，城破自縊死。我認爲凌氏也是肯定《心史》的，因爲他後來特意更號井心。

凌氏殆最早以《心史》取名者。清初還有人取名“鄭井鐵”，後來又有孟森（1869~1937）號心史，羅振常（1875~1942）號心井，鄭貞文（1891~1969）號心南，等等。

謝杲（1615~1684後），字靑門，福建長樂人，謝肇淛（1567~1624）最小的兒子。晚年編撰《靑門節義錄》，其生平署見於該書自序：“壯歲逢卦之革，自媿代受國恩，偷生人世，凡山高水深，靡不遊歷，以舒忿鬱……庚戌（按，1670）仲春，浪跡北遊，自吳楚以及齊魯燕趙，嗟河山改色，望宮闕而徘徊，難禁潸然淚下……庚申（按，1680）秋杪，歸自吳門，抱病中私計，八閩僻在海澨，國變時吾鄉殉難苦節輩，品誼炳若日星，倘或不爲表章，使將來記一漏百，致蹇蹇偉人，與愚不肖同湮没於寒煙蔓草中，責將誰諉？於是爰取丙戌、丁亥（按，1646、1647）燭理死國，潛身沙門，暨夫絕意進取，遯世無聞者共若干人，一一概爲敍述，討論務詳，取裁期確，起辛酉（按，1681），迄癸亥（按，1683），三歷寒暑，乃克竣帙，名曰《節義錄》……時一元甲子（按，1684）□春望日也。”

謝國楨《晚明史籍考》卷十七《傳記》上“明季地方文獻人物傳記之屬”記有“天津市人民圖書館藏舊鈔本”《靑門節義錄二卷補遺一卷》，曰：“杲爲謝肇淛之季子，少秉庭訓，學有根柢。慨自明社既屋，甲申乙酉以後，忠義之士，所在多有，而東南海隅，豈無英才？乃輯八閩忠貞遺逸，若甘冒鋒鏑，慷慨就義；或披緇剃度，遯跡逃禪；或高蹈不屈，閉戶潛修,著述終老。錄自李時興、黃儒、林化熙等凡百餘人,有單傳,有列傳,釐爲二卷;後又增輯鄔廷誨、李世熊等人,則爲補遺一卷。其著錄諸人,多有他書所未詳者……如記……諸生方潤翻刻《鐵函》《晞髮》之集,有'踏平[殺]陰山之草,補[鋪]平遼水之淵[流]'之句。又長樂人王挺[珽]潛修不出,嘗云:'自變革以來,諸生不能自保其身,比比皆是;否則不列'倡之下、丐之上'也!'聞者多之。皆足以備史乘之資也。是書繕寫甚工,恐係稿本。"按,謝氏《節義錄》所記方潤翻刻《鐵函經》(卽《心史》)一事,是除了方氏在翻刻原書上的序文以外,我們所能見到的最早的記述。所記"倡之下、丐之上"語,出自《心史》。另外,該《節義錄》的李世熊傳中,也寫到《鐵函》《晞髮》。可見,謝呆必是肯定《心史》者。

陳濟生(1618~1664),字皇士,號定齋,蘇州長洲人。明末官太僕寺丞。清初,與歸莊、顧炎武等人結成祕密反清的驚隱詩社。順治癸巳(1653)起,陳氏開始編纂《天啟崇禎兩朝遺詩》,歸莊特寓蘇州僧舍,爲陳氏助編。己亥(1659),此書基本編成。詩作和詩人之傳,大體皆隨到隨選隨刻,因此各本內容多寡不一。後又謀繪刻諸遺老小像,以陳氏疾革未果。此書最大特點是以人品爲重,以節義爲主。所收詩作大多反映明末仁人義士反對姦佞、反對清軍的鬥爭,具有強烈的愛國精神。可惜歷經告訐查禁,流傳極少,今所得見亦非最全之本。但仍從中見到收入不少吟詠《心史》之作,有的還是僅存於此書者。這體現了陳氏的慧識,當然也表明陳氏對當年出井於當地的《心史》的肯定。陳氏還在此書《自序》中說:

> 啟禎以來,理學節義,名臣偉儒,國史家乘,彰彰可考。人不必以詩傳,而詩則以人重……若夫乙酉建國,上無東晉之強,下無南宋之久,疆土人民一朝淪喪,貞人烈士捐軀赴義、陷脰絕胸,則又有所南、信國之遺風焉!

在寫到"人不必以詩傳,而詩則以人重"的時候提到所南遺風,那當然只能是指《心史》。更值得注意的是,陳氏竟將鄭思肖列於文天祥之前,無疑亦表明他對《心史》的高度肯定。

周容(1619～1679),字茂三,又字鄮山,別號躄堂,浙江鄞縣(今寧波)人。明季諸生。少爲御史徐心水賞契,後徐氏遭海寇劫持,周氏挺身賊壘,以己質之,遂代受刑梏,自是足躄,因別署躄翁。明亡,入靑雷山寺爲僧,後以奉母,還俗告歸。康熙己未(1679)江浙總督薦博學鴻儒,堅拒。平素遊歷山水,浪跡天涯,所交多遺民。全祖望《周徵君墓幢銘》說:"先生踪跡遍天下,所至皆有詩。於浙最厚查方舟,於山右則申鳧盟、傅靑主,於江右則王於一,於閩則許有介,於山左則于公冶、紀伯紫。"著有《春酒堂文存》《春酒堂詩存》《春酒堂詩話》等。

全祖望《續耆舊》卷六十《諸遺民》之一《周隱君容》云:"先生(按,指周容)論詩,以爲千古來屈大夫、杜拾遺後,鄭所南有其性,而筆墨鹵莽,于大雅無當。此乃先生所以默自位置。知此乃識先生與楊猶龍輩(按,指仕清者)唱和之作,非其性也,所謂委蛇索食者也。"按,周氏這段論詩之語,未見於今存《春酒堂詩話》,而見《春酒堂文存》卷三《與張又陶書》:"僕詩無它,大約字中見血,字外見聲,千古來屈原、少陵後,鄭所南有其性,而筆墨鹵莽,于大雅無當焉。"周氏將鄭思肖的詩與屈原、杜甫的詩相比較,當然只能是指《心史》中的詩了,否則怎麼好比。這一比較的本身,就是對《心史》的高度肯定。他說的"筆墨鹵莽,于大雅無當",若從全祖望的引文來看,似乎是對《心史》中詩的評價,則我不能苟同;但看其原文,原來是說自己的詩。他說自己的詩"字中見血,字外見聲",有點鄭思肖的性格。

嚴渤(1620～1645),是上面寫過的文德翼所提到的臨死前書寫《心史》詩句的人,當然也是肯定《心史》的。嚴氏字子觀,浙江餘杭人。十五歲補邑弟子員,十八歲餼於邑。文氏《明文學嚴君子觀墓表》記"子觀知天下將亂,與三兄約,每日以午刻爲斷,前治文事,後治武事。習射淸泰城下,引滿命中,殆無廢時……立的三十步外,每一發飲羽,輒以大白自浮。更取家所藏《奇門》《太乙》《壬遁》諸書閉戶習之,或觀乾象實其驗徵,或指輿圖明其扼塞,殆欲得一當以報國也。未幾,聞烈皇帝殉社稷,披髮長號數日不絕,設位朝夕奠。率同志昌言當事,以義共奮。聞者縮舌，輒危冠正色責數之。曁大司馬史公統釣江外，用職方韓聖秋，薦子觀有文武才，題參軍事。倏南中告變，兵卒四潰，馬士英潛逃，復縱家養健兒鳩民間亡賴者數萬，從獨松關入杭，刼焚郡邑，不可嚮邇。子觀旣不克應聘，思去軸全宗，枕戈衛里……子觀憤甚且懼甚，不數日而病遂大漸，忽蹶然起，執子餐手曰：‘兵入城否？’曰：‘入。’‘然則城如何？’曰：‘降。’痛哭曰：‘文章無用矣！功業不可爲矣！’<u>因索鄭所南《心史》，伸紙書曰：‘天命尚屬漢，大夫空美新。’</u>擲筆而臥，臥不寧，頻作語曰：‘文章眞無用矣！功業不可爲矣！’五更忽蹶然起，語子餐曰：‘欲得吳無稱一見。’無稱名泰裔，初與子觀議練鄉勇固險自守，故欲屬之。嗚呼！未結南村之素心，旋悲西臺之朱咮。越夕乃卒，得年僅二十有六云。”可見嚴氏原本身體應該很好，臥薪嘗膽，期以大事；可惜竟然在兵荒馬亂之中染疾，在聞知清兵入城後憤亡，惜哉！

許翥，字大辛，號鐵函子，卽取義於鐵函《心史》。浙江海寧人，與其父令瑜均爲明遺民。與陳確爲好友，卒於陳前。《乾初先生遺集》鈔本詩集卷五，有陳確約作於 1652 年的《九日和許大辛五噫亭登高詩》，題下有陳確後人的註：“《[海寧]州志·隱逸傳》：‘許翥，字大辛，邑庠生。杞山先生元孫，父令瑜。自蕺山之教遠被海昌，翥共一二有志之士，遵《人譜》爲省過之會，競相砥礪。生平落拓高寄，不問家人生產，屢空晏如。古文峭折如柳州，詩有江潭澤畔之意。<u>慕宋所南翁，自號鐵函子</u>。’《許[氏宗]譜》：‘元忠公（按，卽許令瑜）歸隱時，幽憤无聊，仿伯鸞《五噫歌》以見志，遂築五噫亭。亭在翠薄之上，題其扉曰“樂无知”，柱書一聯云：“一寸有天懸日月，九州無地哭山河。”亭三面皆牕，東南隅啟扉，南累石爲垣。’”又，盛楓《嘉禾徵獻錄》卷二三載：“令瑜子翥，晦蹟著書，有《鐵函子集》。”（按，一作《鐵函集》）

紀許國（1621~？），字石青，福建同安（今屬廈門）人。明末諸生，與父文疇並受業於黃道周。黃氏弟子二百餘人，紀氏年最少，黃氏獨許以掉臂獨行，贈之詩曰：“蒼茫千古囿石青，不與世界爭零星。”著有《丁史》《焦書》數卷。崇禎壬午（1642）舉於鄉，爲臨川揭重熙所得士，與同榜林說、林尊賓有“三異人”目，著有《同岑草》一峽。北都變，有《望燕吟》一卷。復從父舉義。事敗避地廈門,四明沈宸荃薦於魯監國,授禮科給事中,未就。廣平路振飛薦之永曆帝,以道阻不果行。鄭成功欲致之幕府,亦不就。與諸老脫粟煮芋,相對欷歔,爲詩文以傳。所著《吾浩堂詩文集》,同里林霍(子護)爲之序。

今從清道光時修《廈門志》卷九《藝文畧》見紀氏爲阮某詩集《嘯草》所作之序,議論精彩,其中高度肯定阮某詠《心史》之詩:

> 古之爲詩者,不甚滯聲響筆墨間。至唐而諸體始嚴密,然皆根於情,寓於境,不必以爲雕鏤綺繢也。故其時以詩名者,往往多山林抗浪之士,不則挫於下僚、欝於勢會,而以其奇怪瑰卓者,散寄於篇什之中,情之所至,時代不足以限之矣。然則天下之詩人,皆天下之深情人也。而世之論者,方且遺本而飾貌,踵事而增華,不已淺乎!鷺島峯巒竦秀,煙垂雲接,異人多棲托其中。余僑居島上已五載,諸友人有言阮子雋敏,善詩歌者,余心識之。既而阮子出《嘯草》相示,羅羅清疎,言必稱乎情,如《詠鄭所南心史》及《贈陳白雲》《和王百穀》諸作,皆峭出,無世俗雕鏤綺繢之習。然則阮子其瑰偉懷感慨而有以自振者歟!阮子年最少,思甚銳,由是而造焉……

上面紀許國寫到的阮子,據考卽**阮文錫**(1625～1704後),字疇生,亦福建同安人,明代功臣之後。世居海上,幼孤,泛海學賈以養母。母歿,躬負土石,與父合葬鷺門。甲申國變,方弱冠,慨然謝舉子業。師事峽江曾櫻,傳心性之學,患難與共。又講習風雅,旁及道藏、釋典、兵法、醫卜、方伎之書,靡不淹貫。曾氏逝世,傾囊助喪事。寡言笑,絕交遊,取予不苟。一裘三十年,一履五年,終身不衣帛。出覽名山大川,北抵東華,託處十餘年後,乃逃於釋氏,名超全,號夢菴,又稱輪山遺衲。論者謂是鄭所南、謝皋羽之流。著有《夕陽寮存稿》《海上見聞錄》等。年八十餘卒。今從紀許國爲其詩集《嘯草》所作序中可知,阮氏寫過詠《心史》詩,可惜今未能找見。

周西(1621~1688),字方人,布衣,人稱勁草先生。浙江定海人。全祖望《鮚埼亭集》卷二七和《續耆舊》卷七三均有其傳。周氏少善讀書,不至雞三號不止。丙戌年(1646)棄去舉業,以教書奉母。己亥年(1659)奉母逃深山中,猝遇盜。盜見其母豐碩,以爲富家媼,用火薰之以索金。周氏挽母痛哭,奮力撲火,願以身代。盜遂揮戈斫其右之將指,幾殁,旁一卒曰"是孝子也",乞舍之,以是得免。據全祖望《續耆舊》,周氏著述頗多,但"生平心蹟所寄,尤在《防秋譜》一篇,尝曰:'死後當盡取吾所著書,置石匣藏之墓中。而是篇則可比之鄭所南《心史》。'""自爲之說,其文甚奇。周鄭山見之曰:'此胡文定《春秋傳》意也。'"

王纘,明末諸生。據李焕章《織水齋集》(清鈔本)的《王纘傳》,王氏字紹述,博興(今屬山東)人。其曾祖爲邑令甚廉,家貧。至其時,無田產,爲人傭耕壠上,不受人恩惠。久之,補弟子員,試皆高等。食廩餼,買破屋,飾爲塾舍,教授里中弟子,不計月奉錢。所居舍傍城下,有聯"午夜書聲城半在,晴時湖影室全收"。室中供陶靖節、周廉溪、林和靖。池植蓮,蹊種菊,蓄雙鶴。註皇甫謐《高士傳》、黃姬水《貧士傳》。負土鑿坯,築顏蠋處士茆堂。甲申京師破,蹺足哭三日,詣學宮,棄衣巾,謂其家人曰:"國破家亡,草莽之臣義不當死,我其長往。"終不顧妻若子矣。去十年,家人覓消息不得。一日忽還家,語其宗族曰:"昔某去時急,未得辭祖宗父母墳墓,與負罪而逃者何異?我不可以己故辱我先人。"乃具牲醴錙帛,泣拜墓下,告以文。其畧曰:"某爲明諸生,食廩餼,比於庶人,在官之祿雖微而賤,不得援'君憂臣辱,君辱臣死'之例,不忍列於編氓爲室家謀。井中之心事未忘,方外之游踪可託。某其脱青衿,著黃冠,與海上安期生成連,參太上玄元之教,不還矣。"又二十年,里中有適勞山者遇見之。後大小勞諸宮觀皆肖像而事之云。從其"井中之心事未忘"語,可知亦讀過《心史》而不忘者也。

戴本孝(1621~1691後),本書前面曾寫到劉城《嶧桐文集》卷八《印記》曰:"'謝髮鄭心',小篆,陰文,戴本孝刻。本孝字務旃,戴敬夫子也。鎸其旁曰:'皋羽《晞髮集》、所南《心史》,伯宗先生讀之,悲其志遇如此,命作是印,本不敢辭。"戴氏亦自是肯定《心史》者。戴氏號鷹阿山樵,齋名守硯,和州(今安徽和縣)人。其父敬夫爲明末湖州推官,崇禎甲申後逃跡河邨,嘗絶粒不死,臨終賦絶命詩數首,語極沈痛。戴氏布衣終身,以書畫篆刻爲生。王士禎稱讚他"詩畫皆超絶"。有詩集《前生錄》《餘生錄》等,但被判爲"應燬專案查辦悖妄各書",在雍正時即遭禁。

徐枋(1622~1694),字昭法,號俟齋,別號秦餘山人。江蘇長洲(今蘇州)人。少有才名,崇禎壬午(1642)中舉,未及殿試而南都失守,其父汧將殉國,枋日夜號泣欲從死。汧曰:"吾不可以不死,若長爲農夫以沒世可也。"乃奉父命,拮据營葬,逃蹟不出。每遇莊烈忌日及父死之日,必痛哭三晝夜方休。初居鄧尉山中,後隱靈巖之上,沙土舍數椽,名澗上草堂,讀書其中。布衣草履,終身不入城市。家貧,常賣畫自給,雖藜藿不繼,而莫能强以一錢之餽。平日往來皆奇節之士,此外雖至戚罕得見面。時以徐枋與宣城沈壽民、嘉興巢鳴盛爲海內三遺民。

川湖總督蔡毓榮慕其名,具書致名藥厚幣,託幕下友馮羽道意,謝不受,遺書馮生畧曰:"僕年二十四,守先人沒世之言,長往避世,今已五十一矣。親知故舊都謝往還,絶問遺,顧敢與當世之公侯卿相通交際邪?且當世之公侯卿相,亦安用此衰悴廢民爲也?幸爲我善辭,以安我素,拜賜多矣!"睢陽湯斌撫吳,尤欽其節,嘗屏騶從,兩詣山中訪之,傳說亦不得見,歎息而去。弟子潘耒舉鴻博授官歸,跪門外三日,始許入見,責之曰:"吾不圖子之至於斯也!"

徐氏畫山水宗董巨,間法倪黃,當其得意,自謂前無古人。書善行草。俱爲世所重。今存《居易堂集》,所收詩文未必全,因未見直接吟詠《心史》者。但在卷十一見有《題畫芝》云:

> 鄭所南先生嘗自題其墨蘭云:"淒涼如怨望,今日有遺民。"託興湘纍,思深故國,雖數語,直與《離騷》同其哀怨。余每讀而悲之。乙巳小春,偶畫墨芝,捉筆黯然,以其時考之則可矣。

"淒涼如怨望,今日有遺民"詩句,未必是鄭思肖"自題其墨蘭"。因爲存世歷代畫蹟,從未見題有此句的鄭氏墨蘭;歷代文獻中,亦從未見著錄此句之書的記載。按,此句實出於《心史·大義集》。因此,徐枋"每讀而悲之"的,卽《心史》無疑。乙巳乃康熙四年,徐氏四十四歲,那年小春有何事使徐氏"捉筆黯然",特地要讀者"考之則可"?是不是徐氏憶及其父殉國二十周年?

徐氏又是鄭敷教門生,《鄭桐菴先生年譜》詳記《心史》發現和刊刻事,而今存該年譜卽據徐氏手鈔之本刊印者。徐氏自當是肯定《心史》者。

董劔鍔(1622~1703),字佩公,一字孟威,號曉山、大曉山人。鄞縣(今浙江寧波)人。其父聞北都陷,痛哭,謂其曰:"兒曹無庸讀萬卷書,且挽五石弓耳!"董氏抱父而泣,焚去衣巾,自是父子互相鏃厲爲遺民。當時,錢肅樂、張煌言皆董家壻,故國世臣之感,兼以姻眷所連,倒庋傾筐以相從於焦原者,其家較諸故家獨多。董氏與同邑華夏善,共參密謀,聯絡山寨,嘗潛行至海上,覘諸幕府。已而煙沈潮息,相繼淪喪,乃力固首陽之節,不妄交一人,其所鬱結皆見之詩古文詞。曾與宗誼(正菴)、范兆芝(香谷)、陸宇燝(披雲)、葉謙(天益)、陸崑(雪樵)、余龠(青神)結社,人稱西湖七子,而爲之職志者卽董氏。著有《墨陽内外集》等。

《錢忠介公集》卷二一(附錄一)《葬錄上·文》有董氏所作《錢虞孫先生葬錄序》(錢虞孫卽錢肅樂),寫到《心史》:

> 蓋閩故多異人,如所南、臯羽輩,至今未墜也。冬青紀陵,事頗類此,而儉德滋深。卽慷慨疾怨無痛快《心史》一書者,然尚需鐵函之固,久而始啟,卒未有毅然申大義於天地之間、氣不少詘、言不少諱若是錄者也。

朱樹滋,本書前面提到顧炎武"著雍敦牂"(1678)年所作《井中心史歌》的序中說:"不見此書(按,指《心史》)者三十餘年,而今復睹之富平朱氏。"顧氏同時所作《關中雜詩》,自注云:"時寓富平朱文學樹滋齋中,藏書甚多。"這位住在陝西的朱氏自是肯定《心史》者,惟其生平年齡等未詳。其父朱之馮在《明史》等書中有傳,在明末李自成破宣府城時自縊而死。

王士禛《居易錄》卷三一稱朱樹滋是其"富平門人"。張穆《顧亭林先生年譜》有注:"元譜:樹滋字長源,故宣府巡撫都御史之馮子,長齋繡佛,以終其身。"我疑此注"字長源"有誤。蓋清·汪有典《明忠義別傳》卷三十、汪氏《史外》卷三十及《清史稿》列傳二八六均有《朱長源傳》,記:"朱永慶,字長源,以字行,大興縣諸生。父之馮,撫宣府。"但汪氏在傳末云:"長源示微疾,跚趺而化,時順治丁亥(按,1647)秋某月也。"則顧氏所寓之"朱文學樹滋"殆是長源(永慶)之弟乎?

鄭井鐵,本書前面曾寫到徐增《戊戌歲鄭井鐵曾北上,江天際畫濯足萬里流卷送之,茲出卷索題》詩云:"廣陵鄭公子,宇內莫與儔。愛讀《井中心史》日再過,書聲朗朗木葉飛清秋。"這個"廣陵(今江蘇揚州)鄭公子"的名字顯然是《心史》鐵函出井後新取的,此人顯然也是明清之際一位熱烈肯定《心史》者。可惜其生平無從考查。

劉定應,清康熙時修《高淳縣志》卷十七《列傳》三《志義·明》載:"劉定應,字猶龍,蚤列庠士,性生忠義,明經授徒,志在山林,跡絕城市。崇禎甲申,李賊異變,恨無權位,莫可救援,仰天號哭,如狂如癡,惟把皋羽、所南詩歌反復吟誦,絕食而終。"清嘉慶時修《江寧府志》卷三六《人物志》三《敦行》亦載:"劉定應,字猶龍,高淳人,性忠介。甲申之變,仰天號泣如狂,惟持謝皋羽、鄭所南詩集數卷,反復吟誦,絕食而終。"劉氏絕食時所持鄭所南詩集卽《心史》無疑。

汪溥,清康熙時修《徽州府志》卷十五載:"汪溥,字貞明,號丹石,歙槐塘人。明末補錢塘博士弟子員。國變,隱居著述,足跡不入城者四十年。常作《金陵懷古詩》以見志。所著有《丹石齋史論》《沉史》《越吟》諸書。"《沉史》書名顯然只能取義於沉井《心史》。

寫到這裏,想起還該寫到朱舜水(1600～1682)。朱氏名之瑜,字楚璵,一字魯璵,浙江餘姚人,寄籍松江。被日本水戶藩聘為賓師後,取號舜水,云"舜水者,敝邑之水名也",以示不忘故國故鄉。後以號行。

朱氏初為明末諸生,曾以詩見知于張國維。兩奉徵辟,不就。福王立,召授江西按察司副使兼兵部職方司,力辭。馬士英以其不奉詔,將逮

捕,乃走避舟山。與王翊相謀恢復,數度渡海,赴日乞師,募集軍餉。魯
王監國,累徵辟,不就。又赴安南,國王強令拜,不爲屈,國王轉敬禮之。
復至日本,時舟山旣失,師友擁兵者如朱永祐、吳鍾巒等皆已死節,乃決
蹈海全節之志,遂亶寓長崎。日人師事之,束脩敬養。水户侯德川光圀
厚禮延聘,待以賓師,爲製明室衣冠服之。朱氏教授日人二十餘年,循循
不倦,彼邦文教爲之彬彬焉。卒後日人諡曰文恭先生,立祠祀之。朱氏
也是明清之際肯定《心史》者,只是本書爲方便敍述起見,具體內容將放
在後面第十章再寫。

以上寫到的所有明清之際人士,基本都是高度肯定或認同《心史》的
愛國精神的。最後還要提到當時一位特殊人物,他對《心史》的態度也有
點特別(不過,他對《心史》的真實性從來沒有懷疑),此人便是錢謙益。

錢謙益(1582～1664),字受之,號牧齋,一號尚湖,晚號蒙叟、東澗老
人。江蘇常熟人。明萬曆庚戌(1610)進士。崇禎間官禮部侍郎。福王
立,爲禮部尚書。順治二年(1645),清兵南下,竟覥然出降。三年正月,
授禮部侍郎,管祕書院事,充修《明史》副總裁。六月,託疾歸。錢氏早
年因魏忠賢羅織東林黨而削籍,官禮部時因溫體仁攻訐而下獄,品在清
流,又有文才,爲東南壇坫之主。乃依附馬士英、阮大鋮爲南明尚書,已
見利慾薰心;後竟率衆官迎降,視馬、阮猶不及。而降清後未得志,又暗
圖復明。死後,於乾隆間被官方斥爲"貳臣",著述均遭禁燬。"半生出
處滋多議,一代文章定許傳。"(錢澄之《書有學集後》)錢氏人品氣節曾
有污點,但學問深、文章好仍是爲人公認的。

《心史》出井時,錢氏雖賦閑林下,但正處於文壇宗師的巔峯。有論
者便以爲"倘張國維果曾付刊《心史》,必當特請錢氏品題,而列名東林、
以關切國運時艱爲標榜之錢氏,亦必以奇書奇事形諸詩文";而《心史》
一書旣無錢氏序跋,且刻於崇禎十六年(1643)的錢氏《初學集》中亦無
反映,於是有論者便聲稱"僅舉"此一"反證",便"足證《心史》之出必在
'甲申之變'以後","以見井出《心史》之必無其事"①。我真得佩服這位

---

① 姜緯堂《再辨〈心史〉非鄭所南遺作》。

論者,在並非必然的"推理"中,居然咄咄逼人地使用這麼多"必"字! 那麼,對於"井出《心史》"這一"奇書奇事",錢氏究竟有無"形諸詩文"呢? 其實只要隨便翻翻,就能找出幾條來。

錢氏《有學集》卷十,有《徐元歎勸酒詩十首》,其八云:

> 瞖井荒臺愁殺儂,巢車無那老松筠。
> 新蒲近入靈崖社,共哭山門日暮鐘。

首句"瞖井荒臺"便分別用了鄭思肖《心史》沉井和謝翱西臺慟哭的典故。錢氏在《有學集》卷二二《贈愚山子序》中,稱徐芳(仲光)"有西臺瞖井之節"。乙末年(1655)錢氏爲楊補(本書前已寫到,是肯定《心史》的人)《懷古堂詩選》作的序中,說楊氏"自託於西臺東井之倫"。辛丑年(1661)錢氏爲李漁《李笠翁傳奇》作的序中,又說"西臺之哭聲久湮,瞖井之沉書未啟"。都是合用了鄭、謝二人之事典。錢氏在《有學集》卷十一,又有《題畫四君子圖,爲王異公》(王異公卽王撰,王時敏三子),其中題蘭一首便涉及《心史》。此詩在前面講到錢曾時已提及,此處鈔錄全詩:

> 糞穢塞穹壤,諸天爲掩鼻。
> 芬蘭抱國香,一枝自殊異。
> 懷哉瞖井翁,畫蘭不畫地。

《有學集》卷十九,錢氏在《彭達生晦農草序》中也隱約用了《心史》之典故:

> 若宋之謝翱,當祥興之後,作鐃歌鼓吹之曲,一再吟詠,幽幽然如鴟啼鬼語,蟲吟促而猿嘯哀。甚矣哉! 文章之衰,有物使然。雖有才人志士,不能抗之使高,激之使壯也。達生遭時坎陷,自比於睎髮、水雲之流。其文昌明閎肆,涵蓄馳驟,去元

和未遠也。今將以斯文投瞽井,實魚腹,沉埋於羊年犬月,①吾
知必有精靈光怪,抉肩發匱,飛躍而去。

錢氏在所撰《列朝詩集》的《林舉人章》小傳中還寫到:

> 古度與余好。居金陵市中,家徒四壁,架上多謝皋羽、鄭所
> 南殘書,婆娑撫玩,流涕漬濕。

這裏提到的"鄭所南殘書",當然就是二十年前林古度作序刊刻的
《心史》。若是鄭氏其他著作,就不能與謝翱之書並提,也不會引起林古
度傷心落淚。錢氏這裏不僅生動地描寫了林氏暮年的遺民感情,而且似
乎也是認同的。

同樣的詩還有不少,如《有學集》卷一《觀閩中林初文孝廉畫像,讀
徐興公傳,書斷句詩二首,示其子遺民古度》,其一云:"抗疏捐軀世所
瞻,裳衣戌削貌清嚴。可知酹古陳同甫,應有承家鄭所南。"又有《歲晚
過茂之,見架上殘帙有感,再次申字韻》(茂之卽林古度,所謂"架上殘
帙"卽前面說的"架上多謝皋羽、鄭所南殘書"),詩云:"地闊天高失所
親,淒然問影尙爲人。呼囚獄底奇餘物,點鬼場中雇賃身。先祖豈知王
氏臘,胡兒不解漢家春。可憐野史亭前叟,掇拾殘叢話甲申。"

而最直接地明確地肯定《心史》的,有錢氏《復林茂之》一信,收於
《錢牧齋尺牘》卷一:

---

① 按,在古書中我僅見有"犬年羊月"一語,且與宋陵"冬青之役"及謝翱、唐珏等人有關(似是宋末
讖謠)。如唐珏《冬青花》:"君不見,犬之年羊之月,霹靂一聲天地裂。"王宗炎《鈔谷音畢,題以
長歌》:"燈檠出土冬青枯,忍記犬年與羊月。"李世熊《反恨賦》:"琴亂酒寒,十八宮人兮哭別黃
冠;犬年羊月,二三義士兮愴收被蛻。瞽井函九久之書,西臺哽甲乙之淚。"全祖望《遊天章寺,遇
王布衣,自言脩竹先生之後》:"犬年羊月吁可懼,穆陵頭顱飛上樹。"周長發《六陵懷古》:"園陵
寂寂半荒苔,一樹冬青慘不開。羊月犬年空下淚,金燈玉匣總成灰。"褚元緒《冬青行》:"犬年羊
月讖先成,清明麥飯誰爲主。"舒位《青林寺》:"犬年羊月淚連絲,親拾寒瓊有夢思。"陳光緒《宋
六陵》:"犬年羊月不復識,鳳巢龍窟難重尋。"而從未見"羊年犬月"之語(僅見鄭元祐《冬青花》
中有"君不見,羊之年馬之月,霹靂一聲山石裂",疑其誤記),更從未見"羊年犬月"與"瞽井""沉
埋""抉肩發匱"相聯繫者。因此,我懷疑錢謙益是特意將"犬年羊月"一語改爲"羊年犬月",以
暗射《心史》。蓋《心史》沉埋於癸未年,正是所謂"羊年"也。

洞庭郵中,得和詩長篇。詩出老手,不煩讚歎,但喜其壯心生氣,漏出筆間。知乳山老人(按,指林古度)當亦如錢後人(按,錢氏自稱),老而不死,苦駐人間,看盡滄桑世界也。詩集排攢已定,是大好事,<u>此今日一部《井中心史》也</u>。

信中所說"詩集排攢已定",有研究者一再認爲卽是錢氏編選的有明一代《列朝詩集》[①],誤。因爲錢氏緊接着就說:"翁詩非吾,誰當序者?"所以,這裏說的是林古度整理好的自己的詩集。錢氏在寫給曾經作序、刊印《心史》的著名遺民林氏的信中,把林氏的詩集比爲今日《心史》,自是褒揚肯定之意。

錢氏還有《爲沈石天題高士冊》,收於《牧齋外集》卷二五。所謂"高士",共有於陵仲子、柳城君、老萊子妻、桐君、道明尊宿、子雲先生、譚化之、司空圖、船子和尚、謝臯羽、鄭所南、沈遴士十二人。錢氏爲鄭所南寫的是:

> 死心《心史》,史成可死。
> 死在天上,生在井底。

如上所述,錢氏絕對不以《心史》爲僞,而且他對《心史》的立場、態度與明清之際絕大多數文人似乎沒有什麼兩樣。或如清人李慈銘說的:"其文亦純爲本朝臣子之辭,一似身未降志者。"(《越縵堂詩話》)然而,顧炎武在《日知錄》卷十九《文辭欺人》中揭露說:"今有顚沛之餘,投身異姓,至擯斥不容,而後發爲忠憤之論,與夫名污僞籍,而自託乃心,比於

---

① 我以前沒找到《錢牧齋尺牘》,見裴世俊《錢謙益古文首探》一書中兩次說"詩集排攢已定"指《列朝詩集》(後來他在《四海宗盟五十年:錢謙益傳》一書中也是這麼說的),因此不幸也跟著說錯了。錢氏此信中提到"爾止已游齊矣",考方文游齊,時在庚子(1660)春夏。可知此信寫作的時間,而《列朝詩集》早在1652年就已經刻成。後來,錢氏沒有踐諾爲林古度寫序。錢氏死後,林氏於1665年請王士禛編定《林茂之詩選》,王氏竟盡去天啟甲子以後之作,於是林氏故君故國之思、憑弔興亡之作胥不傳矣。

康樂、右丞之輩,吾見其愈下矣!"顧炎武在己未年(1679,時錢氏已死)爲朱明德《廣宋遺民錄》寫序時還說:"大江以南,昔時所稱魁梧丈夫者,亦且改形換骨,學爲不似之人。"說的就是錢氏。

今人錢仲聯認爲:"錢謙益降清而抗清,自圖晚蓋,其心事,其心蹟,黃梨洲知之,歸莊又知之,其餘弘緒等愛國人士無不知之。獨顧亭林不諒,則錢氏抗清事實,知其事者亦當爲之保密,亭林蓋不知底裏也。"(《夢苕菴詩話》)認爲歸莊、黃宗羲、陳弘緒諸人(按,當時知道錢謙益"其心事,其心蹟",並且又與顧炎武熟悉的,絕不止這幾個人)會對顧炎武"保密",這種說法顯然是沒有說服力的。顧氏不肯原諒,自有他的道理。① 我們今天肯定錢氏晚年的祕密抗清活動,讚許他"自圖晚蓋"②的轉變;但是,仍應看到,錢氏晚年的思想、感情,畢竟與堅貞的愛國人士有所不同。

這一點,特別體現在他對《心史》的另一番看法上。如錢氏在爲廣東陳子升(喬生)的《中洲集》作序中說:"自悼之章,七哀之什,長懷思陵,永言金鑑。魯陽之落日重揮,耿恭之飛泉立湧。豈猶夫函書瞀井,但懺庚申;慟哭荒臺,徒傳甲乙而已哉!"再次用了鄭、謝二人之事典。但一個"豈猶夫",一個"而已哉",表示了貶低和不喜歡。

又如錢氏在爲徐開任(本書前面已提及,是明季肯定《心史》的人)的《愚谷詩稿》寫的序中說:

> 余老耄多忌諱,惡聞人間所稱引越臺、吳井、谷音、月泉之詩。白楊荒楚,鳴號啁噍,若幽獨君之孤吟,若甘棠之冥唱,蒙頭而避之,唯恐遺音之過吾耳也。

"越臺、吳井",便是指謝翱、鄭思肖之詩;"谷音、月泉",亦多是宋遺民之詩。錢氏竟表示避之如讎,還煞有介事地說了一番"理由":"何謂

---

① 但顧炎武也肯定錢氏學問傑出。據傅山《爲李天生作十首》詩註,顧氏晚年"向山云今日文章之事","歷敍司此任者至牧齋,牧齋死,而江南無人勝此矣"。
② "晚蓋"一詞古已有之,見《國語》晉一;用在錢謙益身上,殆始於歸莊《祭錢牧齋先生文》。

死聲？怨怒哀思、怗懘噍殺之音是也……著見於國運之存亡廢興，兵家之勝敗……《水調》急而隋亡，《入破》繁而唐蹙。自古及今，未有易此者也。"錢氏竟然把民眾喜愛的"人間所稱引"的《心史》等愛國詩文貶之爲"死聲""冥唱"，甚至想嫁以亡國的罪責，這種見解眞是荒唐！在《答彭達生書》中，他又說：

> 僕西垂之歲，皈心空門，於世事了不罣眼。獨不喜觀西臺、胥井諸公之詩，如幽獨，若鬼語，無生人之氣，使人意盡不歡。

錢氏又在《吾炙集》中評論何雲（士龍）的詩時說：

> 才情意匠，蒼老雄健。尤其其《七夕行》，感激用壯，有玉川子《月蝕》之遺音。他日采詩，可以繼元和之後塵，非如西臺、《井史》之流，幽憂逼塞，與吟蛩寒蟬，索然俱盡者也。

錢氏在林古度等人面前也讚許《心史》，然而一轉身卻又這樣一而再、再而三地大肆妄貶，表示"惡聞"、"獨不喜"，這種感情是與當時及後來的極大多數的中國人不相通的，也是與上引錢氏自己寫給林古度等人的詩和信中所說過的話完全對立的。《心史》固然不能使人暢意歡樂，但絕非"無生人之氣"的"鬼語""死聲"，而是悲憤壯烈、激人奮起的愛國救亡詩文！

曾爲《心史》作序，不久又壯烈犧牲的張國維說："《春秋》爲衰周之《心史》"，"《心史》爲故宋之《春秋》"（按，孔子所修《春秋》，在舊時代是最高經典，因此，張氏的這句話也是最高評價）。另一位曾爲《心史》作序，不久也壯烈犧牲的曹學佺說："噫，此非先生（按，指鄭思肖）一人之心也，乃天下萬世之人心也；則其爲史也，非僅宋末元初之史也，乃天下萬世之信史也！"在抗清鬭爭中英勇自殺又被人救活的蔣臣說："井底鐵函，直繼獲麟（按，指孔子修的《春秋》），雖與日月爭光可也！""《心史》名史而實經。""《心史》一書，有聲皆淚，有字皆血，此心不死，卽天地常存！"直至清末,梁啟超也說:"嗚呼,啟超讀古人詩文辭多矣,未嘗有振盪余心若此書之甚者!""嗚呼,此書一日在天壤,則先生之精神與中國永無盡也!"這幾位如看到錢氏這些貶損《心史》的話語,眞不知將會如何憤怒!

明末福建人洪士升在爲《心史》作的跋文中說:"語云,讀諸葛公《出師表》而不流涕者,其人必不忠。"此語極爲深刻。① 明末在抗清鬥爭中壯烈犧牲的楊廷樞爲《心史》寫的跋文中也說:"苟讀此而不泣數行下者,必非忠孝人矣!"錢氏對《心史》的這種態度,不正是表明其人的某種"不忠"嗎?

自從陳寅恪《柳如是別傳》出版以來,人們對錢謙益晚年祕密反清復明的事蹟大多比較瞭解了,我們當然不能簡單地只說錢氏是個"貳臣";但是,如今對錢氏的評價,從一個極端轉到另一個極端的現象存在不存在呢? 我想,從錢謙益對《心史》的態度,來分析探討他的思想,倒也不失爲一種獨特的角度。可惜迄今研究者尚未注意及此。另外還須再次指出,錢氏對《心史》也只是"蒙頭而避之",卻沒有像某些論者說的那樣,否定"井出《心史》"這一奇書奇事的眞實性。

以上兩章所述二一一位人士,基本都是在《心史》初版時已經成年者。他們都是具有獨立判斷能力的人,是《心史》最早的一批讀者。因此,再加上本書第六章寫的與《心史》初刻本序跋、傳鈔、出版有關的另外二十九位人士,一共已知二四〇位明清之際人士,他們的有關《心史》的論述與態度,也就最值得後人重視。他們都可以證明《心史》絕不是什麼僞書! 他們中間絕大多數是忠貞的愛國者,他們大多對《心史》作了極其崇高的評價,或懷著極其崇敬的感情。由此,我們也可以清楚地看到《心史》在明清之際愛國文人羣體中的影響有多麼重大了!

那麼,今後如果還有什麼學界勇士或者什麼學術大著,企圖剝奪或

---

① 南宋趙與時《賓退錄》卷九記:"讀諸葛孔明《出師表》而不墮淚者,其人必不忠;讀李令伯《陳情表》而不墮淚者,其人必不孝;讀韓退之《祭十二郎文》而不墮淚者,其人必不友。青城山隱士安子順世通云。"南宋謝枋得《文章規範》卷六,亦說此爲南宋安子順之語。後有誤傳爲蘇軾語者。這三句話,尤其是前兩句(後一句又有人改爲"讀柳河東《捕蛇者說》而不涕零者,其人必不仁"等),流行甚廣,如明人郭良翰、何喬新、廖道南、潘希曾、詹景鳳、鮑應鰲、陳僖等人都引用過。甚至毛澤東在 1939 年爲《八路軍軍政雜誌》寫的發刊詞裏也引了"從前人說"的此語(前兩句)。

否認鄭思肖對《心史》的著作權的話，我想，那就不必與區區在下爭論了，而是請自量其力，首先向以上兩百四十位明末《心史》出井、刊刻時的當時人士對陣挑戰吧！今後，如果還有什麼國家級重要辭典、大百科全書及權威的中國文學史等，非得提到《心史》爲"僞託"這莫須有的"一說"時，是不是另外也請同時提一下這兩百四十位明末《心史》出井、刊刻時的當時人士之衆說啊！

第九章 《心史》在清代及其後的影響(上)

　　《心史》在清初乾隆前(魏禧—楊復晟—涂尚崔—曾燦—沈漢—潘檉章—吳□—瞿有仲—徐介—吳肅公—方授—王昊—朱用純—冷士嵋—馮武—蔣梧—趙吉士—呂畱良—黃虞稷—陳元鐘—全吾騏—聞性道—錢曾—朱彝尊—魏禮—屈大均—陸次雲—陳恭尹—陳阿平—喬寅—李一鳳—許瀗—張雲鶚—李枝芃—潘問奇—揭貞傳—李灠水—方中德—鄭旼—方中通—李騫—王士禛—毛師柱—唐孫華—魏憲—宋長白—王譽昌—褚人穫—熊賜履—吳孟堅—陳玉璂—張大純—方中履—萬斯同—萬言—汪懋麟—田舜年—沈寅—方中發—孫淴—吳之振—徐豫貞—范希仁—濟永—馮秉恭—王之績—廖燕—裘璉—楊昌言—汪薇—王式丹—沈受宏—葉良儀—潘耒—姜實節—姚際恒—趙作羹—邵廷采—黃中堅—楊賓—易宏—查愼行—陳夢雷—先著—梅庚—馮景—王敔—李崧—徐逢吉—陳景鐘—曹寅—李堺—張大受—吳暻—陸廷燦—費錫璜—張符驤—顧嗣立—儲大文—魯之裕—聶大綬—張璨—沈懋華—屈復—吳銘道—李文炤—蔣汾功—洪天桂—陳正瑈—陳芝光—趙信—陳邦彥—王史鑑—蔣徽蔚—陳梓—羅天尺—諸錦—厲鶚—鄭方坤—韓騏—金檀—馬曰璐—陸汾—王棠—黃容—張仕可—劉授易—曹扶蒼—袁棟—吳敬梓—吳爌文—鮑倚雲)—《心史》在乾隆時和乾隆後(沈德潛—魯曾煜—姚培謙—惠棟—蔡顯—楊擁—姚範—程穆衡—孫世儀—趙一清—徐景熹—鄭炎—陳之蘭—李清馥—邱振芳—孫士毅—童鈺—張泓—朱鳳英—秦武域—王昶—趙文哲—汪縉—孫濤—徐長發—趙翼—陳若蓮—鮑廷博—翟灝—包彬—朱興悌—周廣業—王初桐—朱彭—吳宗元—吳騫—翁方綱—席世臣—李調元—彭紹升—徐祚永—陳登龍—吳翌鳳—秦瀛—際祥—沈赤然—洪亮吉—趙懷玉—楊鳳苞—張敷—馮培—張炳—張鳳苞—孫原湘—凌揚藻—黃培芳—鄭傑—劉嗣綰—徐熊飛—焦循—楊知新—何元錫—查撰—方廷瑚—陳文述—姚椿—查元偁—梁章鉅—李祖陶—宋翔鳳—汪守愚—鄧顯鶴—吳慈鶴—查世灃—姚承緒—胡珵—平翰—蔣鳴珂—馮登府—厲志—徐湘潭—孫步瀛—柳樹芳)

本章和下一章，主要談談《心史》在清代的巨大影響，其後繼續談談《心史》在民國時期（特別是抗日戰爭時期）及在國外的影響。由於內容較多，也分爲上下兩章來寫。

有人認爲，《心史》在歷史上沒有什麼重大影響，也就是鄙拙書爲"小題大做"，沒多大意義。我想起了清代著名學者錢大昕的一句話，雖然錢氏可能誤信《心史》爲僞，但他在《春秋論》中說的一句話極有道理："史者，紀實之書也。當時稱之，吾從而奪之，非實也；當時無之，吾強而名之，亦非實也。"而拙書自認就是"紀實之書"，如果《心史》在歷史上確實影響無之，而我強而說有，是非實也；如果《心史》在歷史上確實大有人稱之，而今想強而奪之，亦非實也。而《心史》在歷史上究竟有沒有重大影響，也只能靠事實來說話；如果因爲事實實在太多，即使它眞是一個"小題"，那我也只能"大做"。

本書前面兩章已經談過的《心史》明季刊本的序跋者，和爲《心史》作過詩文等等的明清之際愛國文人，大多數人的文學活動也是延續到清初的。因此，這好多人本來也是可以放在這一章裏來寫的。不過，這些人大多數是堅貞的明遺民，後來的文學史論著也都不把他們混同於一般的清文人。本書一則爲了論述的方便，二則當然也是爲了尊重這些可敬的明遺民的感情，就不放在這裏寫。這是需要向讀者說明的。

我在剛開始研究《心史》時，最重要的目的，當然無疑首先就是判定其書的眞僞。因此，我當時最費心耗力查閱的是明季和明清之際的有關史料，年代越往後便越不及關注。相對於明季和明清之際人士"資格"較遜的清代文人及更晚的民國時人士，他們的有關《心史》的論述和引用等等，我在研究的前期便沒有著意搜集，或只做了一點簡單的瀏覽和筆記。但後來，我發現在明清鼎革多年以後，在明季有關人士故世多年以後，仍有大量的清代學者、詩人以及民國時人士對《心史》作過肯定性的評述和引用。我讀到的這些資料，越積越多，遂覺得不僅棄之可惜，而且也是非常值得整理和研究的。

　　繼而思之,我對有關《心史》的評論等等的搜集和研究,本來就不應該局限於只爲了考辨《心史》之眞僞,同時也應該是爲了闡明《心史》之價值和其實際存在過的影響。而且,我還不斷發現這些資料裏面包含著大量被現在人寫的文學史書所茫然無知或有意無意忽視的史實。我一直認爲,要改變現在某些文學史研究者所預設的僵化的所謂"宏觀"思維,和要改變現在某些文學史研究者的空虛的可憐的"微觀"視覺,最好的辦法就是舉出大量的可以令他們閉口無言、甚至瞠目結舌的事實。更不用說,那些罕爲人知的生動的史事和詩文,本身就是值得人們好好談論和鑑賞的珍貴文化遺產。於是,便大大後悔自己當初漏記了不少東西。於是,大量的看過的書便還要重看。這樣"自討苦吃"我倒並不那麼後悔,只是這樣一來,應該遊弋的書海就更加浩瀚無邊,而本人的學力和精力十分有限,以有涯隨無涯,也只能做到哪步算哪步了。

　　清朝入主中土近二百七十年,本書根據現在看到的清代有關《心史》的文字材料的多少,擬大體分爲清初(乾隆前)—乾隆時和乾隆後—晚清,這樣三個階段來寫。這裏之所以把乾隆一朝特別提出來,我所考慮的一個重要因素,便是乾隆時官方編纂了一部我國歷史上最大的叢書《四庫全書》,又編撰了一部我國歷史上最大的書目文獻學專著《四庫全書總目提要》,還編纂了一部《續文獻通考》等,而正是《四庫全書總目提要》和《續文獻通考》正式判定《心史》是僞書。當然,本書具體寫到一些文人及其詩文時,爲了敍述的方便,只能主要根據其人的生年先後而大致將其劃在某一時段。而事實上,有不少人當然都是"跨時段"的,還有不少人我還未能考知其確切生年;而且,有的人是在年輕時發表對《心史》的看法的,有的人則是在其晚年表達對《心史》的觀點,更多的是我不知道他在具體什麼年齡歌詠或談論《心史》。因此,我也只能根據情況,作大體合理的劃歸。

　　我在瀏覽海量文獻後看到的事實是,《心史》實際存在過的影響,以明清滄桑之際爲最著,談到它、彰揚它的人物很多很密集,吟頌、引用它的詩文也很多;以後,隨著時間的推移,在晚清之前,總的趨勢是影響越來越小。雖然,清代中葉以後人士出版的書囯存至今的,遠較明清之際的書爲多;但這麼多書中談到《心史》的,卻越來越稀見。此中原因不言而喻。這不僅與清朝統治者的民族政策總的說來從初期的血腥殘暴而後有所調整以至漸趨和緩有關,與其文化政策後來也極力標榜崇敬中華傳統儒學有關;同時更與以乾隆朝爲代表的極其嚴厲的圖書禁燬政策之下,《心史》顯而復晦,其流傳越來越稀,能讀到它的人越來越少的情況密切有關的。這種情況一直延續至晚清,在外患内憂更加劇,矛盾更激化,民族革命運動興起之際,《心史》適時再版,其影響才重新被激活點亮,而立即光華萬丈。到民國抗日戰爭時期,"中華民族到了最危險的時候",《心史》與愛國志士的心聲再次共鳴,從而又一次煥發出巨大的異彩。

一、《心史》在清初乾隆前

談論《心史》在清初乾隆前的影響,首先要寫到《心史》出版時較年幼的在明末出生的人士。必須說明的是,在本書寫到的這些人士中,有很多也是非常值得尊敬的堅貞不屈的明遺民。若從其"本志"來說,他們當然也是肯定絕不願意被稱作清人的。他們發表的關於《心史》的看法也非常重要,非常有見證性。只是因爲他們出生的時間,較諸本書前面寫的明季和明清之際人士來說畧晚了幾年,在《心史》出井和刊刻時尚未成年,所以本書前面沒有寫他們而放在這裏來寫。這實在是"委屈"了他們,要祈求他們在天之靈之原諒了! 另外,還有一些出生於清初的明季"烈士"二代和明遺民二代,他們也是不認同清朝的。①

---

① 當代大學者饒宗頤對清初詩人有過精彩的論述,他在《論顧亭林詩》中認爲,清初"在野的詩人羣中,有先朝的舊臣,有從事救亡運動的烈士,有倔强不肯出仕的遺老,有逃避現實託蹟空門的藝人。像吳日生的《從軍行》、伍容菴的《續正氣歌》、方嵞地的《哀哉行》、王船山的《悲落葉》、石濤的《詠零碎山顛倒樹》。其他效白香山的,有趙千里的《惡風折海棠行》,書甲申三月十九日事。學杜的有高出之《前後出塞》與《河東諸將》。至如李長科、金起士的《五歌》《七哭》及《哀國變》七言長古等等,無不長歌當哭,怵目驚心,令人不忍卒讀……貳臣的詩,不免心懷隱痛,說不出的怨憤,流露於字裏行間(如吳梅村),這類的詩,嚴格說來,亦應部分附入明詩的領域……康熙元年,明祚才完全壽終正寢。但在遺老的心中,卻不信眞爲亡國。顧亭林在這一年的三 (轉下頁)

《心史》"僞書說",是從清初徐乾學、閻若璩開始,才被"發明"出來的(詳見本書十一章所述)。因此,同樣是從這一時期開始,也就才有吳肅公、姚際恒、查慎行等人提及"僞書說"並正面給予駁斥。當然,徐、閻二人的"僞書說"只是片言隻語,語焉不詳,吞吞吐吐,躲躲閃閃,因而吳、姚、查等人的批駁就也只能是比較簡單的。徐、閻二人的"僞書說"在此時的影響究竟大不大呢?從這一時期涉及《心史》的絕大多數人的文字來看,他們依然是堂堂正正、自自然然、毫無疑慮地引用或評論《心史》,可見他們中大多數人也許並不知道有所謂"僞書說",自然也就沒有評論或批駁"僞書說"。或者,可能有的人雖然知道徐、閻二人的"僞書說",但根本不屑理睬。事實證明,"僞書說"一開始的影響是微乎其微的。

下面我就舉例。

魏禧(1624~1680),字冰叔,一字叔子,號裕齋,又號勺庭。江西寧都人。崇禎甲戌(1634)補諸生。與其兄祥(伯子)、其弟禮(季子)並能文章,世稱"三魏",而禧尤知名云。明清易代,抱亡國之痛,與其兄弟及彭士望、曾燦等共九人結生死之交,隱居守望於距寧都四十里之翠微峯,結廬曰"易堂"。初爲避兵,自耕以食;繼則講習教徒,氣節相尚。人稱"易堂九子"。年四十乃出游,涉江踰淮,抵吳越,聞有隱逸士,不憚千里造訪。於吳門交徐枋、金俊明,西陵交汪渢,乍浦交李天植,常熟交顧祖禹,毘陵交惲日初、楊瑀,方外交藥地、橋木,皆遺民也。方以智亦曾以僧服往依之。康熙戊午(1678),會以博學鴻儒徵,有司迫就道,

---

(接上頁注①)月,三謁天壽山,有《三月十九日有事於(懷宗)攢宮,時聞緬國之報》一詩。自注引《莊子》,楚言凡亡者三,而凡君謂'凡之亡不足以喪吾存,則楚之存不足以存存。由是觀之,則凡未始亡,而楚未始存也'。這可代表明正式滅亡後遺民的最後呼聲。自清初至康熙,明雖亡而猶未亡,大家剛嘗過宗社淪胥之痛,亡國之音哀以思,他們的詩心不期然地與文文山《指南錄》、鄭所南《心史》等異代互相呼應。文、鄭之詩正寫於元世祖隆盛之世,後人把它列為亡宋之詩,是合理的。照這樣說來,清初遺民的詩是應列入晚明,方符合這些詩人的意志。"我想補充,還有一些在抗清鬥爭中獻出生命的人士的在清初出生的後代,和明亡後遺民以終的人士的在清初出生的後代,這樣兩種人雖然似乎不能稱爲明遺民,但他們中不少人充滿了遺民的情感(如本書寫到的楊賓、姜實節、先著等人),也值得研究者充分注意。而且,當時就有人徑將他們視作遺民,如冷士嵋故仍稱姜實節爲"明處士",鄭旼則直稱姜氏爲"明季遺民"。甚至還有本書寫到的陳梓這樣的人,只是明遺民的學生,亦始終堅持遺民立場。

固辭不赴。及敦迫數數，遂遯而北遊，竟病卒於道。其妻聞訃，亦絕食而亡。

魏氏著有《魏叔子文集》，卷一有《正統論》，專門論及歐陽修、蘇軾的《正統論》及鄭思肖《心史》中的《古今正統大論》。雖然魏氏不完全同意鄭氏的正統理論，但他認爲"三者之說，皆近於理，而鄭氏爲尤正"。"鄭氏身當宋亡，發憤於《心史》，雖元魏之修禮樂、興制度，亦所不取。其尊宋之極，至於黜唐。"

魏氏《正統論》文後還記述其門人**楊復晟、涂尙律**對其《正統論》的讚許。楊稱魏氏"發明鄭氏之說"，涂曰"鄭氏非通論也"，顯然，這兩個人也是肯定《心史》非僞者，可惜此二人生平不詳。

《魏叔子文集》外篇·文集卷五，有戊申（1668）六月《答楊友石書》，云：

> 知先生貧益甚，無一尺之土以自食，所爲冰雪草堂，苟完牆戶，蔽風雨而已。或采摘野菜益粥食，或竟日不舉火，又每不免……弟每自念家日貧，舉責日重，教授所得不薄，不足以償主責者……是安所取資？惴惴然恒懼，不免每立一友石先生於其前，以當所南之九九礦礦，然未知他日究竟何似也……

按，楊友石名益介，著名明遺民。所謂"所南之九九礦礦"，卽指《心史》中的《久久書》和諸《礦》詩。

《魏叔子文集》外篇·文集卷七，又有《與楊友石》，云：

> 舊從蔡生讀先生詩文，以爲鄭億翁復出。然億翁文采不足傳，獨以愚忠愚孝孤立天壤，猶使數百年後瘖井效靈；以後世視先生，復何如也？

所稱"億翁"之"億"，卽出《心史》，此外諸傳皆作"憶"；所謂"瘖井效靈"，當然更是指井出《心史》。魏氏雖然對《心史》之"文采"評價不高,但絕不以爲它是僞書。①

《魏叔子文集》外篇·文集卷九,有《聽鸝軒詩敘》,末所云"冶鐵沈諸井"也是說的《心史》:

> 吾聞江陰多志士,甲乙間嬰城而守,甘死禍如飴,至闔門數十人趣死無噍類者,不勝數。今其遺民剩夫,當猶有存作,爲詩若文,以自遣釋,亦當不乏。李子試爲我求之,毋徒<u>冶鐵沈諸井</u>、納諸瓠而浮乎江海也!

曾燦(1625~1688),江西寧都人。本名傳燦,字青藜,號止山。少有詩名,喜然諾,方明季多故,與其兄思以功業自見,折節下士,一洗貴介之習,士論翕然歸附。乙酉(1645)楊廷麟組織抗清,曾氏往閩地山澤間聚衆,未久其父病故,贛州亦破,乃散去。曾氏爲"易堂九子"之一。後薙髮爲僧,遨遊浙、閩、兩廣。其父舊同榜龔鼎孳,特力勸其出仕,拒弗應。祖母、母親想念其成疾,乃始歸家謁省。以祖母命受室,築六松草堂,躬耕不出者數年。晚歲客游京師以卒。著有《六松堂詩文集》《止山集》《西崦堂詩集》等,曾選海内名家(主要是遺民)詩爲《過日集》。其《六松堂詩集》卷六《秋旅遣懷,兼柬易堂諸子》四首之三中,用了《心史》典故:

> 記得當年萬馬嘶,虎頭城外戰聲悲。
> 關山作客同狐貉,風雨招魂半友師。
> <u>匣裹祇應存德祐</u>,塚邊長欲結要離。
> 蕭蕭黃髮今何在?痛哭西臺有所思!

《六松堂詩集》卷七有《雪中贈沈心仲五十》二首,其一又用了《心

---

① 《魏叔子文集》同卷又有《與彭躬庵》云:"吾兄詩于古人體無不備,而至性昌言,隨處噴薄,則自成一家。至於君國之際,哀傷流漣,雖飲食游戲,繪寫蟲鳥,亦自有不平之氣,痛刻之情,滿於言裏。此宋鄭億翁之情也,然而文采規矩,過之十舍。"亦認爲《心史》情感滿沛,文采畧遜。

史》典故:

> 微風拂檻曉光新,喜爾懸弧值小春。
> 《鄭史》但知書甲子,《楚騷》且自溯庚寅。
> 坐來藜榻觀朝氣,識得桃源結隱淪。
> 瓢掛東村聊玩世,天容一老作閒人。

沈漢,生卒年不詳,字天河,一字書樵,鹽城(今屬江蘇)人。明末諸生,性孝友,幼孤,有弟三人皆早卒,撫諸孤如己子。家貧,膏火不繼,居近城隍廟,夜輒就神前燈光讀書達旦。順治戊子(1648)舉人,戊戌(1658)進士,授宣府司李。有政績,調遵義。兩任刑官,執法不阿,而宅心平恕。以缺裁罷歸。值河決,河工需柴柳,檄民間促辦,沈氏力言於當事,除其令。林居三十餘年,杜門卻掃。著有《聽秋閣詩集》《臥園文集》《杜律校評》行世。《聽秋閣詩集》有《壽宋眉長》詩,詠遺民宋蘇,收入光緒時修《鹽城縣志》卷十六《藝文志》下。小序云:"眉長先生與余爲同學,試輒冠軍。甲申後,以諸生閉戶著書,足不入城市者四十餘年。其清風介節,不愧古人。今八十矣,詩以贈之。"詩中寫到《心史》:

> 蹈海曾聞說魯連,先生抗節邁前賢。
> 何妨抱道貧原憲,竟以傳經老服虔。
> 誰起眉山驚絕業,獨嚚《心史》照他年。
> 知君素矢惟貞白,雪煮松根上酒筵。

潘檉章(1626~1663),原名章,字聖木,一字更生,號力田。江蘇吳江人,寄籍浙江桐鄉。明末諸生。生有異稟,九歲從父受文,纔過目,爇於燈,責令覆寫,不訛一字。乙酉(1645)後隱居韭溪,肆力於學。綜貫百家,欲倣司馬遷書作《明史記》。友人吳炎所見畧同,遂與共事。潘氏分撰本紀及諸志,吳氏分撰世家、列傳。潘氏長於考核,吳氏長於敍事,互相討論,撰述數年,書成十之六七。會南潯莊廷鑨《明史》獄起,所列參閱者有潘、吳名，竟及於難。莊氏書二人實未嘗寓目，徒以名重爲所攝引，卽皆罹慘禍。然授命之際談笑自若，眞傑士也。其《明史記》亦不傳，亶有《觀物草廬焚餘稿》《國史考異》等。《觀物草廬焚餘稿》今見鈔本，其"五言古詩"中有《題鄭所南墨蘭卷》，寫到《心史》：

> 畫蘭如君子，柔若無眞骨，
> 而能秉眞意，在幽香愈欝。
> 蕭艾小人心，堅脆移毫髮。
> 大宋三山翁，攄寫絹素末。
> 早深湘沅思，不隨井函閟。
> 高堂披葳蕤，王者懷未歇。
> 獨怪畫無坡，滋根日月窟。
> 不受塵土侵，此意何人豁？
> 猶題德祐年，大書期不沒。
> 麗霜昨夜零，寒郊失槎蘖。
> 欣欣見紫莖，正氣使之活。

　　潘氏《觀物草廬焚餘稿》卷首有"同邑吳□"（鈔本佚其名）的悼詩十七首。吳□，生平不詳。自稱"予與力田爲金石交"，又云"公父貞靖公以國士期予"。吳詩之六寫到《心史》：

> 辛丑曆書能辨誤，松陵文獻肯傳疑。[1]
> 他年正學新編出，函鐵千秋好護持。

　　瞿有仲(1626～1675)，字與名同。（瞿氏兄弟師周、有仲請陳瑚命字，陳氏倣古人子儀、浩然之例，而卽字瞿氏兄弟曰師周、有仲，見陳瑚《瞿師周有仲字說》。）海虞(今江蘇常熟)人。陳瑚的學生。與人交訥訥

①　作者自注："著有《辛丑曆辨》《松陵文獻》等書。"

不出口,對知己則辯論泉湧驚座人。其詩亦多鬱勃感激之概。陳瑚《確菴文稿》卷十下有《瞿有仲五十》,小序中說"吾門瞿子有仲,今之振奇人也……因成四章,以敘其抑塞磊落之概",詩中說他"志大才高運未逢,側身天地一吳儂",又說他"曾輕萬里走天涯,鼓角霜寒鳥道斜",詩注又說他"近著《紅曉樓詩》,猶《離騷》之懷美人也"。

陳瑚己酉年(1669)作《讀史雜感二十首》,第十九首寫鄭思肖(本書前已寫及)。瞿氏和作二十首,其十九曰:

> 井中遺恨刼灰餘,炯炯精光照碧虛。
> 吾欲續君詩作史,柴桑中子不堪書。

徐介(1626~1697),清·吳慶坻《蕉廊脞錄》卷四云:"初名孝直,字孝先;後改今名,字堅石,號狷菴。又名曠,號淥溪。仁和(按,今杭州)人。明季諸生,陸圻之甥也。家塘栖落瓜堰。乙酉年(按,1645)二十,棄諸生,易其名曰介。妻死不娶,子死不嗣,去田園,壟墓白衣冠,垂五十年,轉徙無定所。後入河渚,愛浦溆陂塘之勝,遂寄棲施石農廡下。嚴毅疾惡,狹中鮮容。非分之餉,錙黍不受。性豪于飲,大醉取詩牋寸寸碎之投水中,曰:'世安有能讀徐生書者!'又善哭,醉益甚。春晚聞杜鵑聲,則抆淚擊涕,發聲礚礚而不可止。見者以為狂生,曰:'我非狂,乃狷也。'因號狷菴。既以為狷不敢希,復易為狷次云。"徐氏如此堅貞遺民,可惜諸多《明遺民錄》中竟遺忘了他!

徐氏敦篤友誼。有友繫獄,謂"非顧景范(祖禹)不可解,而非狷菴(徐介)不能致景范"。時景范適主徐乾學之家,徐介絕不樂見徐乾學,然急友之難,遂不遠數百里買舟而往,竟不登岸,一介招景范至河澨,立談別去,而友人事竟立解。徐乾學聞徐介至,亟造舟請謁,已解維矣。好友魏禧死眞州,徐介走千里哭之,手鈔其遺稿。

徐氏嘗集陶潛、杜甫詩句各一卷,又集文天祥、鄭思肖詩。鄭詩自是出自《心史》,否則何能與文詩相匹?可惜今未之見,僅見其友人魏禮(魏禧弟)有《讀徐淥溪集文文山鄭所南詩序》,曰:"文詩之佳者有似杜

詩,而鄭詩之佳者則有似於文詩;淥溪解其成篇,自爲編偶,以寫其懷抱
情事,遂成淥溪之詩……淥溪之言曰:'宋之末造有信國公爲宰相於上,
有思肖先生爲處士於下,皆能與天地爭菀枯。宋雖亡,二公足存其生
氣。'嗚呼,豈不信然哉!……雖然,忠臣義士何代無之?……如顏魯公
有書法,後人得憑其書法,以效其倣仰;文鄭二公有詩,後人得憑其詩而
寄其嘅慕,以發其情焉。詩曰:'維其有之,是以似之。'淥溪似之矣!"又
見錢唐蔣炯編《狷菴先生年譜》"康熙二十四年乙丑五十九歲"載:"集鄭
所南詩成,寧都魏和公爲作《析集文鄭詩序》。"

吳肅公(1626~1702後),字雨若,號晴巖,一號逸塢,人稱街南先
生。安徽宣城人。少時從其叔父吳坰學,又游於沈壽民之門。明末諸
生,海桑後諸父棄諸生,吳氏亦鍵户不應試。力窮聖學,闢異端,著《正
王論》以辨王陽明言天愈渺而見性愈微,比於釋氏而弗惜也。授徒爲
生,又賣字行醫,黃冠野服。善病,多廢疾:目眇,臂攣,疝痔,鼻淵,晚而
喘咳足痿,然著述不輟。有《街南集》《街南續集》,均被列入禁燬書目。
又有《明語林》,《四庫全書總目》列於存目。

《街南文集》卷二十《銘贊襍著》有作於乙卯(1675)的《自題匡坐
圖》,用《心史》典故:

> 爾何爲者,行何適,隱何林?時臨街賣藥,時廢策長吟,時
> 皋比而講,時函鐵而沉。茲乃翛然一榻,撫弦無聲。豈聞見之
> 表,淵乎其默識;抑辨論之餘,適然其冥心?彼貌取者,將何以
> 測其淺深耶!

《街南續集》卷二有《錄鄭所南先生詩文序》:

> 宋鄭所南先生《心史》詩文若干首,崇禎十一年戊寅吳門
> 承天寺浚井出鐵函而得之者也。沉井時爲宋德祐癸未,迄崇禎
> 戊寅,三百五十六年而始發。異哉,迨甲申而國亡矣,距書出時
> 才七年耳!豈天故齎是書以覺斯民,而以先生爲木鐸乎?或疑

改革後好事者附會，或以其詞之直而深諱之。嗚呼，何書之出非其時耶？是先生既窮于生前，復窮于身後也。悲夫！又或者以詩法病先生。嗟夫！鳥之哀者，不暇擇音；士之託于山林者，聲詩相尚，雕辭繪句，博風雅名則得矣，自號孤忠不亦誣乎？亦將何所取法焉？予故選錄之，以時哦誦焉！

　　初，是集出，梓之者寺僧君慧，序之者曹公石倉。慧請序于曹公，累月不獲報，設位而祭先生，事畢而序至。曹公以丙戌殉難，慧梓是書成亦卒。噫，先生之靈，蓋陰擇人而付之哉？考先生埋史時，年四十有三，至其卒，年七十八矣。然則其三十五年之書，絕無傳者，豈旋作而旋毀之歟？抑禁不復作歟？又或別瘞他所歟？嗚呼，莫可知也已！

吳氏該序中不同意"或疑改革後好事者附會，或以其詞之直而深諱之"，也不同意"或者以詩法病先生"，據理駁斥，很有見地。所謂"改革後好事者附會"的說法，似乎並不是徐乾學、閻若璩"首創"的"偽書說"（因為他倆只說是明末即改革前姚士粦所偽撰）；"好事者附會"，倒有點像是四庫館臣說的，不過館臣說的"好異之徒"卻也是"明末"而不是"改革後"。不管怎麼說，吳氏是迄今我看到的反對"偽書說"的人士中年紀最高者，值得研究者重視！當然，他所說的《心史》"梓之者寺僧君慧"，祭鄭事畢而曹序方至，以及《心史》沉井後鄭氏之作絕無傳者云云，均有不確。

《街南續集》同卷又有《宋遺民四先生詩序》，云：

予習為詩，少陵而外，喜宋遺民林霽山、謝皋羽、鄭所南三先生，時取其詩詠誦之……所南託身蕭寺，並家室無所係，獨其詩文憤激指斥，俱其見嫉于當時，是以鐵石重函，井澠置之……所南書至三百五十年而始出，抑更奇已！（程篁墩《宋遺民錄》惟霽山、皋羽原有集，故采之……汪水雲、吳子善、所南俱無一首，蓋世遠湮沒也。《心史》之出，惜篁墩不及見。）

同卷還有《宋林霽山先生詩序》,可知他看到《心史》時已是滄桑之後:

> 往戊子、己丑(按,1648、1649)之歲,予得鄭億翁《心史》,歔歔諷詠,不能自持,已復得謝皐羽《晞髮集》、林霽山《白石樵唱》,更選錄之,序以存焉。諸先生皆宋忠臣,其幽貞介節,無所軒輊也。

《街南續集》卷六有《與蔣大鴻》,云:

> 弟嘗與友人言,我輩詩寧失聲調,毋失性情。彼夫抱孤憤之懷,高峭獨之行,其性情所至,必有以大異者。天下而無若人則已,天下而有若人,肯一襲嚬笑於芳華,而拾衣冠於優孟乎?所南慟心於泥井,樵夫晝吟於沙岸,果皆"正聲"乎?

《街南續集》卷二還有《詩集自序》,可知吳氏一讀到《心史》,即把自己的一本詩集命名為《鐵函集》:

> 余少學為詩,旣以為不足學,去而學為文,然而興會所屬,吟詠未嘗廢也……一二門人請錄輯之,因簡括廢筍,自乙酉(1645)迄今五十年,有《鐵函》《懸壺》《邐灘》《吳江》諸集,斤而名之,曰《街南詩集》。

方授(1627~1653),字子留,一字季子,號圃道人,安徽桐城人。明末諸生,嗜學工詩,無意科舉。甲申(1644)後棄諸生,祝髮狂走方外。扁舟東下,望見鍾山孝陵,痛哭失聲,躍赴水,為舟人所持。所至賦詩悽愴,聞者泣下。順治丁亥(1647)至鄞縣,四明山中結茅採橡,時人謂其"真隱"。實則求畸士友之,與華夏、王家勤諸人游,並參與其事。五君子之難,幸得漏網,則傾囊捄諸人之急。明年,諸人皆死,方氏亦念母歸省。又與於英霍山寨之謀,遭名捕,盡破其家。壬辰(1652)復之鄞,寓湖上。明年,自天門山遊石浦,嘔血不起,悒鬱以死,年才二十有七。湖上詩人以此罷社者期年。卒後錢澄之爲撰《方處士子畱墓表》。潘江爲其好友兼兒女親家,潘氏寫有《懷方爾止、子畱》《哭方子畱》諸詩,並爲其刊刻遺作。清康熙時修《桐城縣志》載方氏"所著有《澌江詩草》,與謝臯羽、鄭所南後先唱和";光緒時續修《桐城縣志》亦載方氏"所著有《澌江詩草》,多和謝臯羽、鄭所南之作以見志"。方氏所和所南詩自是《心史》無疑。

王昊(1627~1679)字惟夏,別號碩園。婁東琅琊(今江蘇太倉)人。王世貞後人。善詩,早歲即才情華贍,辭氣激昂,有睥睨一世之概,錢謙益等與交,吳偉業歎爲天下無雙之才。與黃與堅等,人稱"婁東十子",王氏尤錚錚有聲。順治庚子(1660)坐奏銷事被逮,家以之廢。雖翌年得釋,自是灰心,孤憤抑塞,頓挫沉鬱,纏綿悱惻,合於變雅楚辭之義。康熙己未(1679)舉博學鴻詞,授內閣中書,命下先卒。著有《碩園詩稿》《當恕軒偶筆》等。

《碩園詩稿》卷五有《陶菴先生遺集歌》(又收汪學金《婁東詩派》卷十五),作於順治己丑(1649),爲紀念黃淳耀而作。詩中將黃氏遺著比爲《心史》:

> 錢唐水腥崖山冷,野老血書埋廢井。
> 祥興鐵匣開模糊,撫卷滄浪淚如綆。
> 吾今亦閱冰霜詞,寒雲石硯流清漸。
> 一往筆墨裹真性,作之者誰百世師。
> 江夏人宗稱卓犖,夙昔胸中墳五嶽。
> 栗里時傳處士名,青溪舊本先生學。
> 中年射策向皇州,隨返澄江臥碧流。
> 猝爾烽塵動江左,環堙鐵騎孤城愁。
> 義軍已灑平陵血,上谷悲風天地裂。

故人知我定相從,珍重生平從此訣。

日暮寒星墮郭門,空壕烏雀亂黃昏。

蒼茫自寫孤臣字,慘淡誰招野寺魂。

回首春秋俄幾度,錦江弟子今如故。

篋裏還珍魯郡書,馬前空拜江都墓。

收藏更剩舊青編,縱有侯芭不敢傳。

墨渝紙敝罷遺詠,持比燕臺吟嘯篇。

元氣上干眞宰惻,天遣蛟龍陰衞翼。

應共丹碑翠碣垂,不隨土羓銅花蝕。

捧看眞本是烏絲,鐵骨冰心盡在兹。

不見其人誦其句,此身如在先生時。

先生大節今誰覿? 兩言堪作一生譜。

八代文章變古今,百年正氣還君父。

君不見,剡溪紙價當年新,宗伯文章江左珍,

偶然名行汙牙齒,一時千載俱灰塵!

　　朱用純(1627~1698),字致一,號柏廬。江蘇崑山人。年十七補郡諸生,甫三載卽遭國變,父殉難,遂棄去諸生冠服。因慕王裒廬墓攀柏之義,故號柏廬。隱居教授,資修脯養母至孝。覃精理學,知行並進,而一以主敬爲程。康熙己未(1679),當路以博學鴻儒薦,以死堅辭,作《朱布衣傳》以見志。邑宰欲舉鄉飲式廬之禮,並固謝不應。與徐枋、楊無咎(皆明季死事之遺孤)並稱吳中三高士。學者私諡孝定先生。有《治家格言》名於世。著有《愧訥集》等,多忠義語。

　　今見《朱柏廬先生未刻藁》(又名《朱孝定先生未刻藁》)鈔本,中有《長鳴詩存序》,卽以《心史》中詩比王鏌的《長鳴詩存》:

　　　　維度先生[1]至性過人,又身罹多難,舉平生愁苦憤懣沉痛

———————————

[1]　據考,當是崑山人王鏌,字維度,明末與陸世鑰同倡義旗,世鑰亡命,鏌亦幾不免。

難言之隱，盡寫於詩，緜婉卓犖，蓋在所南、皐羽之間。

冷士嵋（1627～1711），字又湄，號秋江，江蘇丹徒（今屬鎮江）人。明季諸生。其兄起義抗清，被執不屈而死，親屬僅免，由此家破。感家國之變，遂服古衣冠而隱。鄉黨苦禁之，不得已變服，然終身未嘗著赤緌。博通經史，爲文數千言立就，落落自成一家。尤長于詩歌樂府。父歿，哀毀過禮，喪葬畢，乃鬻産托迹商賈以遊，所至輒登高賦詠，與其地賢豪長者相結，盡蕩其貲。既歸，益不問生産。自號秋江散人，結江泠閣，著書其中。與同志張自烈、魏禧、魏禮、宗元豫等相贈答。人問：“先生未嘗食祿前朝，先世亦無仕者，何自苦乃爾？”答曰：“昔龔詡有言，吾仕無害于義，但負金川門一慟耳。吾亦不欲負吾初心故也！”有《江泠閣詩集》《江泠閣文集》等。

《江泠閣文集續卷》卷上有《明處士萊陽姜仲子墓表》，爲姜埰之子姜實節而作（實節生於清初而冷氏仍稱其爲明處士），其中涉及《心史》沉井：

> 一日，收其所作詩文，燔而瘞諸生壙之側，曰：“以此還造化。”没之前一日，起沐浴，肅衣冠，拜祖忠肅（按，姜瀉里）、父貞毅（按，姜埰）公遺像迄，扶南向坐。本仔（按，姜實節之子）等泣。曰：“死何足悲？得全而歸之，足矣。”遺命歛用貞毅公所賜授室衣，曰：“服以見先人於地下。”以所著《酸心集》付本仔：“俾他日錮鐵函沉諸井，不可以示人也！”遂卒。

馮武（1627～1712後），又名長武，字竇伯，號簡緣，室名世夛堂。江蘇常熟人。祖復京（嗣宗）有文名。大伯舒（已蒼）、二伯班（定遠）均爲著名遺民，皆肯定《心史》者。父知十（彥淵）於乙酉（1645）抵抗清兵，奮臂格鬪，飛矢中胸仆地，被斫死。家多藏書，其舅毛晉更爲著名藏書家、出版家，因在汲古閣讀書十餘年。其師陳瑚（確菴）亦肯定《心史》之著名遺民，曾爲他作《馮竇伯詩序》，稱“愛而重之，以爲不當在弟子列者也"。善書,著有《書法正傳》。更有詩文集《遙擲稿》十九種,其中《枕流草》中有《確菴夫子六十生日》六首(當作於 1672 年),其三寫到《心史》:

> 人心漸漸不如初,禾黍依然遍故墟。
> 爲問龍門十二策,如何甂井一函書!

蔣槎(1628~?),字荆名,號天涯。布衣,遺民。原蘇州人。遭時多艱,隱而躬耕,耕不逢年,饑驅出疆,流寓淮陰三十年。蔣氏有《天涯詩鈔》,卷四有 1693 年寫的悼一位老遺民之詩《癸酉暮秋哭胡天仿先生(一號棟居)》,卽提到《心史》。此詩又載於宣統時修《續纂山陽縣志》:

> 孝廉今碩果,韋布久飄蓬。
> 自結忘年友,俱成避世翁。
> 仙遊逾耄耋,道在歷窮通。
> 遺墨藏《心史》,千秋苦棟風。①

趙吉士(1628~1706),字天羽,一字恒夫,號漸岸,又號寄園。祖籍安徽休寧,居杭州,入錢塘籍。順治辛卯(1651)舉人,康熙戊申(1668)知山西交城縣。該地自明季劇盜嘯聚深山,吏不敢詰,吉士乃以奇兵破之。又開山通水道,溉田十萬餘頃。治邑五載,凡修學宮、立義倉,次第具舉,又罰贖令種柳於清源文水間,延袤四十里,夾道垂蔭,民號曰"趙公柳"。陞戶部主事榷揚關,修《會典》及《鹽漕書》成。丙寅(1696)擢户科給事中。性豪爽好義,憫鄉里遊京師者無所棲止,出三萬金建造全浙會館,寒士得庇其宇下。又築墅京城西,號寄園,日嘯詠其中。以故遭劾罷官,旋補國子監學正,卒於官。著有《續表忠記》《萬青閣自訂集》《寄園寄所寄》等。

《寄園寄所寄》是主要採掇諸家說部,偶亦記其所見所聞的一部筆

---

① 作者自注:"先生崇禎壬午孝廉,高隱棟居。"

記。分爲十二"寄"：《囊底寄》皆智數事也，《鏡中寄》皆忠孝節義事也，《倚杖寄》述山川名勝也，《撚鬚寄》詩話也，《滅燭寄》談神怪也，《焚塵寄》格言也，《獺祭寄》雜錄故實也，《豕渡寄》考訂謬誤也，《裂眥寄》記明末寇亂及殉寇諸人也，《驅睡寄》遺事之可爲談助者也，《泛葉寄》皆徽州佚聞也，《插菊寄》皆諧謔事也。書中有好幾處提到《心史》。如卷四《撚鬚寄》有其《和趙給諫贈詩原韻六首》，其三曰：

> 枯林霜冷小臺前，點點鐘聲悟昔緣。
> 白苧欲成歌石爛，絳桃已謝羽人苑。
> 井中《心史》憑誰出？閣上青藜仗火然。
> 幸有茗香恣往復，閑情試一賦遊仙。

《寄園寄所寄》卷五《滅燭奇》中，還引用了方以智《物理小識》中的"鄭所南《久久書》亦言塑裸佛與妖女合，是也。其言邪教淫殺尤甚"一大段記載。尤其是卷六《焚塵寄》的《勝國遺聞》中記有：

> 辛酉（按，朱潮遠《四本堂座右編》原文是"辛巳"）歲，姑蘇承天寺僧浚井，得一鐵函，隨上之撫軍張公國維。啟之甚輕，函內蠟封，封內紙裹，悉啟，乃宋德祐年鄭思肖所藏詩文，所言皆亡國事，四百餘年，始傳之人間。（《座右編》）
> 家玉峯少宰巡撫浙江時，立志開杭州城河，方患無從覓舊徑，忽得一祕冊，細註某處石碼、某處土岸、某處幾丈尺，折而東西，瞭如指掌。按圖指示，折毀豪家侵占房屋，河遂濬開，若得神助。

如果說，趙氏書中引用朱潮遠《四本堂座右編》中有關《心史》的記載，還不過是他的"採掇"而已；那麼，他在這段紀載後面自己添寫的有關趙士麟（玉峯）的一段話，就顯然表明他對《心史》出井一事是絕對不疑的。

呂雷良(1629~1683),字莊生,初名光輪,字用晦,號晚邨。崇德(今浙江桐鄉)人。明亡時雖未成年,然散萬金結客,投筆從戎抗清,往來湖山間。清初棄諸生籍,遺民爲伍,以死拒薦博學鴻儒。晚年削髮爲僧,更名耐可,字不昧,號何求仙人。能醫,又號呂醫山人。著書多種族之感,嚴華夷之辨,受鄭思肖影響甚深。呂氏曾聘黃宗羲館於家,執經問學。顧炎武曾將他與黃宗羲稱爲"一代豪傑之胤"(《答李子德》)。死後五十年,爲曾靜文字獄所牽連,竟被剖棺戮屍,闔門受誅,遺書多遭禁燬。然民間仍有流傳,今見《呂晚邨先生文集》《東莊吟稿》等。

《呂晚邨先生續集》卷二《宋詩鈔列傳》的《清雋集》,介紹鄭思肖父水平,主要引自《心史》。

呂氏存詩中常借《心史》典故以明志。如《東莊吟稿·悵悵集》中有《餘姚黃晦木見贈詩,次韻奉答》二首,之一云:

> 吾頭猶戴巳殘身,子袖相攜亦點塵。
> 遠抱硯山尋北固,偶隨流水過西鄰。
> 井中史在終難滅,壁裹書傳豈易湮?
> 今日草堂占氣象,星光劍氣摠非淪。

《東莊吟稿·悵悵集》又有《題如此江山圖》,中云:

> ……吾今始悟作圖意,痛哭流涕有若是。
> 當時遺老今遺民,自非草服非金紫。
> 如此江山偏太平,越畫繁華越愁悒。
> 不見鄭億記私書,只好鐵匣置井底?
> 又不見梁棟愛做詩,庚寅受禍依其弟?
> 以今視昔昔猶今,吞聲不用枚唧嘴。
> 盡將皋羽西臺淚,研入丹青提筆沘……

《東莊吟稿·零星集》有《遙連堂集飲,次雪客韻》四首,其一云:

春江東下客西來,瀲灩傾君江上杯。

杜宇冬青愁羸羸,玄猨山竹弔蓬萊。

夜臺沽酒誰知己？驛壁鈔詩我愛才。

十載口中生石關,無端今日鐵函開。

《東莊吟稿·零星集》又有《訪王元倬酳飲同州來子固》二首,其二云:

古屋燈明窗眼紅,深衣挂杖立秋風。

上書卻聘謝枋得,持咒盟神鄭億翁。

萬事已非吾舌在,九京可作此心同。

當年曾廣《遺民錄》,豈謂牽連附傳中。

《東莊吟稿·零星集》中《衡陽周令公同孟舉過村莊小飲贈句,次韻奉酬》有"且封鐵匣歸寒礬,未放《蘭亭》出古墳"之句。

《東莊吟稿·零星集》中還有《讀薇苫桐江隨筆,再次原韵奉題》云:

井底書還紀漢年,壁中經不受秦煙。

翻從佛院存吾道,且把神州算極邊。

德祐以來當別論,永和之際愧諸賢。

但看舌在斯文在,何用茫茫問醉天！

黃虞稷(1629～1691),字俞邰,一字楮園,號不緇道人。上元(今江蘇南京)人,本籍福建晉江。黃居中(海鶴)之子,明末諸生。康熙己未(1679)舉博學鴻詞,遭母喪,不與試。薦修《明史》,召入館,食七品俸,分纂《列傳》及《藝文志》。徐乾學開書局於洞庭山,修《一統志》,請以偕行。力疾從事,以勞卒。

黃父於甲申年(1644)聞國變,不食而死於金陵,酳下大批藏書。黃氏卽繼承編撰《千頃堂書目》。該目具有重要學術價值，卷二十九載有鄭思肖《心史》，並註明："崇禎十一年，蘇州承天寺僧濬井，得鐵函，發之卽是書，乃行於世。"

　　陳元鐘，明代著名學者陳第（1541～1617）之曾孫，字孝受，原字孕采，福建連江人。當生於明末。康熙時，安徽池州人郎遂（趙客）於甲寅（1674）起稿、乙丑（1685）成書的《杏花村志》，陳氏爲參訂者之一，志中並收錄其詩文多首。《杏花村志》卷三稱陳氏"以文獻世其家"，卷六云陳氏"生鄭所南之鄉，高尚著書，猶有遺風"，卷七又云陳父曾貶官池州，有政績，"署齋清靜，與子元鐘考論今古，名聞當世"。特別引人注意的是卷三還引了《雪浪餘聞》紀《癙梅》一則："陳孝受隨父宦游池上，一夜夢同鄉孝廉林初文過訪，因同步梅花樹下，時花盛開，及別去，林畱詩爲贈"云云，而林氏正是明末刊刻《心史》的林古度的父親林章（1551～1599）。陳氏居然夢與林氏交遊。

　　清·鮑廷博《知不足齋叢書》第十九集收陳第《世善堂藏書目錄》，其卷下《集類》"宋元諸名賢集"中載有："《鄭所南集》，鈔，一本"，後有注："《鐵函經》後出。"《鄭所南集》當卽元大德年間編印的《鄭所南先生文集》，《鐵函經》則無疑就是《心史》。"《鐵函經》後出"的意思，應是指《鄭所南集》寫出於《心史》之後；或者是說，《心史》出現（出井）於《鄭所南集》鈔本之後。反正，由此可知書目的編者絕不認爲《心史》是僞書。據陳第自序，知此目初編於萬曆丙辰（1616），此時《心史》猶未出井，且陳第翌年就逝世了。鮑氏在該目跋語中說："右《世善堂書目》，明萬曆間連江陳第手自編定，而其子若孫時時增益其間者也。"今見書目中有《尚書疏衍》四卷，後注"曾祖一齋公"（一齋卽陳第）；《易用》六卷，後注"先祖心一公"（心一爲陳第長子陳祖念）；《易用補遺》二卷，後注"先父問心公"（問心爲陳第孫陳肇復）等。可以據此判斷現見書目爲陳第曾孫元鐘所定稿。因此，儘管書目中肯定《心史》的那句注，完全可能是陳祖念或陳肇復等人所寫，本書也只把它歸於陳元鐘。陳氏乃連江的文獻世家，可見明清之際鄭氏故里人是肯定《心史》的。

　　全吾騏（1629～1696），字聿青，號北空。浙江鄞縣人。清代著名學者全祖望的祖父。據全祖望《鮚埼亭集外編》卷八、《續耆舊》卷六三,其祖父是極有民族氣節的明遺民。全吾騏有《聽濤樓集》,李文纘序云,桑海之際,报國自矢,全吾騏與其生父全大程"同荷戈行間"。"及夫瓦解魚爛,蕉悴于荒江寂寞之間,父子相唱和。其親不至有仲儒之愧,其子不至有侍中之慚,可謂世臣矣!"

全祖望《鮚埼亭文集·外編》卷四四有《奉萬西郭問魏白衣息堂集書》,中提及"家大父《懷所知》詩有'廿年熱血埋瞽井,萬里桑田寄柳車'之句"。所引全吾騏詩句,用了《心史》之典。又,馮貞羣(孟顓)所編《馮侍郎遺書》,在附錄卷二《酬贈詩》中收有全吾騏《日本乞師使者返棹四首》(又收入《續甬上耆舊詩》),其一涉及《心史》,用鄭思肖盼望占城援兵來比喻馮京第乞師日本:

> 海外賦《無衣》,飄零亦可悲。
> 卻聞高廟幣,尚重亶洲夷。①
> 事類占城杳,心懸瞽井癡。
> 悲風何瑟瑟,落日黯長崎。

聞性道,生卒年未詳,字大直,又字天逇,號崧泉,浙江鄞縣(今寧波)人。博學,專用功于詩古文辭。明末諸生,清初棄之。順治辛卯(1651)清兵平舟山,張肯堂闔門殉節,聞氏訪得其骸骨,貯以三大甕,至雪交亭謀葬之。適汝應元自補陀至,相與共瘞之茶山,世人義之。康熙戊午(1678)詔舉博學宏詞,巡道許宏勳欲以聞氏應,力拒。其後,縣令汪源澤延其纂修《鄞縣志》,癸亥(1683)竣工。鄞縣之有《志》自此始。又著有《環流草堂集》《崧泉手學》《四明龍薈》等。

全祖望《續耆舊》卷六六稱聞氏曾修《寧波府志》,人皆賞之;"而《鄞志》頗遭物議,然其援据皆有原本"。今見《鄞縣志》卷十九《品行考》八《列女賢母傳·宋·樓氏》爲鄭思肖母立傳,並寫到"思肖著《心史》,錮

---

① 作者自注:"日本以庫中所貯洪武錢數十萬助軍,於是海上諸營皆用之。"

緘鐵函,藏承天寺井中"。

錢曾(1629~1701),字遵王,晚號也是翁。蘇州常熟人。明季諸生,入清不仕。曾隨錢謙益學詩文,甚受賞識。以畢生精力採集遺書祕笈,鈔校宋元精槧,藏書甚富,室名述古堂、也是園。錢曾曾爲錢謙益的詩集作箋注,如《有學集》卷十一有錢謙益《題畫四君子圖爲王異公》,其中題蘭一首有句"懷哉智井翁,畫蘭不畫地"。錢曾箋注云:"鄭所南著《心史》,藏之北禪寺井中,故目之謂智井翁。"這裏將寺名記錯了,但肯定《心史》則無疑。今見其《也是園藏書目》,卷二也載有:"鄭所南《心史》二卷。"其《夙興草堂集》有《讀宋遺民錄泫然題其後》云:"世界幾時歸本穴? 至今猶得憶翁狂。"

朱彝尊(1629~1709),字錫鬯,號竹垞,又號鷗舫,晚號小長蘆釣師、金風亭長。浙江秀水(今屬嘉興)人。嗣父朱茂暉是明末復社成員。少時家貧,痛心明亡,意圖恢復。旋因通海案發,外出避禍,客游四方。所至叢祠荒塚,破爐殘碣之文,莫不搜剔考證,與史傳參校同異。又爲詩課文,名聲漸噪。康熙己未(1679)試博學鴻詞,除檢討,與修《明史》,有所建樹。後因私自攜小吏入史館鈔書,被彈劾降職,未能繼續與修《明史》。顧炎武嘗曰:"文章爾雅,宅心和厚,吾不如朱錫鬯"。趙執信論清朝之詩,以朱氏與王士禎爲大家。亦善填詞,與陳維崧、納蘭性德並稱。著有《經義考》《日下舊聞》《曝書亭集》等,又嘗選《明詩綜》《詞綜》。

朱氏《經義考》,《四庫提要》謂其"博識多聞,學有根柢,復與顧炎武、閻若璩頡頏上下。凡所撰述,具有本原。"《經義考》卷一一六《張氏次仲待軒詩記》有云:"嗟乎,先生之行潔,先生之心苦。以謝皋羽、鄭所南之蘊義而發揮於經術,豈其有司馬名山之念、桓譚必傳之語哉!"朱氏若認爲《心史》是僞書,是不會將鄭、謝並舉的。同書卷三五寫到鄭思肖父鄭起的《易注》,引了"子思肖《家傳》曰……"一大段話,即出自《心史》。更由此可知朱氏絕不以《心史》爲僞。

魏禮(1630~1695),字和公,號季子。江西寧都人。少魯鈍,受業於叔兄魏禧,禧不之喜。一日,禧檢其所誦書,得見其雜記一條云"叔兄每答罵我,愛我也",歎曰"此子有心人也",喜過望。南明隆武二年(1646)

十七歲,補諸生。尋隆武亡,棄巾服,請於父,從叔兄後。平素寡言,急然諾,喜任難事,往往面折人。爲學又甚苦,易堂諸子年長二十以上者,皆與爲昆季交。嘗遠遊,足跡幾遍天下。年五十,倦遊返鄉,隱居邑內翠微峯,構屋五楹,榜曰吾廬,因號焉。著有《魏季子文集》,易堂原版。

《魏季子文集》卷七有《徐淶溪析集文文山鄭所南詩序》:

> 淶溪徐子生旣析集文文山、鄭所南詩,□□□□,以授其友人。魏禮閱之,於時坐淶溪館樓終夕而竟。論之曰:文詩之佳者有似杜詩,而鄭詩之佳者則有似於文詩。淶溪解其成篇,自爲編偶,以寫其懷抱情事,遂成淶溪之詩。淶溪之詩,其分劑足與文方駕,而鄭詩於原篇居然爲優多也。淶溪之言曰:"宋之末造有信國公爲宰相於上,有思肖先生爲處士於下,皆能與天地爭菀枯。宋雖亡,二公足存其生氣。"嗚呼,豈不信然哉!……忠臣孝子不肯稍屈服於天,天乃往往屈服於忠臣孝子。何者?觀其臨命時,風霾晝晦,若虹雷雨雹是也;堅護其靈物,不使消滅者是也。文、鄭二公之事,可徵矣。雖然,忠臣義士何代無之?而有所授者則尤著。如顏魯公有書法,後人得憑其書法,以效其倣仰;文、鄭二公有詩,後人得憑其詩,而寄其嘅慕,以發其情焉。詩曰:'維其有之,是以似之。'淶溪似之矣!

"文詩之佳者有似杜詩,而鄭詩之佳者則有似文詩。"而可與文天祥詩相媲美的"鄭詩",當然就是《心史》中詩;所謂天"堅護其靈物,不使消滅者",當然就是指《心史》也。

《魏季子文集》卷十四有爲李世熊寫的《李君元仲墓誌銘》,中云:"躬菴(按,卽彭士望)評識《寒支集》,以爲超越而絕類《心史》《晞髮》,可置廢當世名宿。"

屈大均(1630~1696),初名邵龍、紹隆,號非池,字翁山;又字介子,號畢池,又號冷君。番禺(今廣州)人,明末諸生。曾參加其師陳邦彥領導的抗清起義,失敗後削髮爲僧,法號今種,字一靈,又字騷餘。又與魏耕、祁班孫等密謀反清,事泄遭搜捕,避居桐廬。旋還俗,改今名。能詩,尤工五言。與陳恭尹、梁佩蘭齊名,人稱南海"三君"(見《漁洋詩話》)。屈氏詩文後遭清廷屬禁。屈氏崇敬鄭思肖,亦曾自署"三外野人"①。

屈氏《翁山文鈔》卷二有《二史草堂記》,寫到《心史》:

> 予也少遭變亂,屏絶宦情。蓋隱於山中者十年,游於天下者二十餘年。所見所聞,思以詩文一一載而傳之。詩法少陵,文法所南,以寓其褒貶予奪之意。而於所居草堂名曰"二史"。蓋謂少陵以詩爲史,所南以心爲史云。

屈氏《道援堂詩集》卷七,有順治戊戌(1658)秋賦《寄剩禪師(二首,時謫戍瀋陽,開法於首山寺)》(又收卓爾堪《遺民詩》卷七),其一云:

> 黑水黃沙滿塞天,穹廬深處一燈然。
> 三更望斷羅浮日,②十載吞殘北海氈。
> 水月道場聊宴坐,山林《心史》好重編。
> 蘇卿有節終歸漢,祇是鬚眉白可憐!

陸次雲(1630~?),字雲士,號天濤,浙江錢塘(今杭州)人。康熙己未(1679)試博學鴻儒,罷歸。尋作吏河南郟縣,有善政。丁父憂,去之日民走送累百里,後並爲其立生祠。起復,知江陰縣。著述有《八紘繹史》《湖壖雜記》《尚論持平》《澄江集》《玉山詞》等。《澄江集》七言律詩中有《文丞相祠》,提到《心史》:

---

① 屈氏因未見鄭思肖在《心史》沉井以後寫的《三教記》等文,僅見《白雲詞敍》鄭氏所署"三外野人",所以他對鄭氏所署"三外野人"的意思其實並不瞭解。見其《翁山文外‧三外野人讚》。
② 作者自注:"師博羅人。"

495

信國成仁西市日，乾坤畫晦變風雲。

空中雷吼辭元爵，天上魂歸覓宋君。

痛哭釣臺皋羽淚，大招瑩井所南文。

我來亦復悲忠烈，劍佩瞻依慟夕曛。

陳恭尹（1631～1700），字元孝，號半峯，晚號獨漉山人，又號羅浮布衣。廣東順德人。其父邦彥起兵抗清，死事甚烈，時其年甫十八。增城義士湛粹（如珩）迎之，複壁深藏，並以女妻之。及永曆帝返都肇慶，陳氏疏陳其父殉難狀，賜爲世襲錦衣衛指揮僉事。永曆南走雲貴，道路阻隔，陳氏乃北遊浙閩，西出湖湘，欲以追隨。時永曆已南奔緬甸，未幾陳氏被清兵所執。後乃繪九邊輿圖，將身所經歷之處，悉疏其險要，置諸篋，以爲他日之用。其蓄志積慮與顧寧人無二。又復遠遊零丁海島，訪求志節之士。見事不可爲，終於築室羊城以老焉。死後私諡貞諡。有《獨漉堂詩文集》，詩集卷十《寄祝胡朝翰年伯》寫到《心史》：

海隔紅塵不閉門，東風攜杖木棉溫。

今時父輩人無幾，先代遺民君獨存。

霜雪滿頭腸自熱，水天多浪晝常昏。

著書豈必沈吳井，韋氏傳經有子孫。

《獨漉堂詩文集》文集卷八《重刻嶺南文獻徵啟》，末云：

昔杜少陵有唐詩史，入夢而自明遺恨之思；王子安四傑宗工，旣沒而朗吟落霞之句。詞人結習，自古而然，與於斯文，能無珍惜！所願孔庭竹簡，八音自奏於重牆；吳郡鐵函，一夕光浮於古井。其爲重覝，何啻十朋，三冬爲期，九頓以請。

陳阿平，生卒年待考，字獻孟（一作吉），一字愚溪，號鉢山居士。廣東東莞人。康熙時廩生,文名甚籍,復工八法。與陳恭尹、屈大均、梁佩蘭往來唱和。著有《鉢山堂詩集》,梁佩蘭作序,《四庫全書總目》入存目。卒年七十一。今見同治時修《興國縣志》卷四三錄有陳氏《寄懷張太史》詩二首,其二寫到《心史》:

> 憶昨羅浮下採風,城南聯句孟、韓同。
> 徘徊井上求《心史》,慷慨崖前弔宋宮。
> 小物盡編《南紀》內,①新書還奏北辰中。
> 嶺雲贛水相鄰並,持節何由到海東?

喬寅,生卒年待考,字東湖。廣陵(今江蘇揚州)人。好交友,重氣節。清初棄諸生,放浪山水,以詩名。有《遊黃山詩》《理詠堂集》《碧瀾堂集》。與施閏章、吳綺、吳肅公、李驎、孔尚任、卓爾堪、阮元等人詩文往來。孔尚任於康熙丁卯(1687)爲《碧瀾堂集》作序,稱其詩"纏綿柔克,多深心近情之語","乃士之傷懷遲暮者,委曲反覆,比于幽蘭芳芷,以寫其姱修信美之意"。楊鍾羲《雪橋詩話》三集卷二,記卓爾堪選《遺民詩》時,喬氏贈以詩云:

> 刼火燒殘圖籍空,藏山沈井慨何窮。
> 誰搜放失傳遺老,獨表幽潛續變風。
> 浩氣長噓冰雪後,高吟多在草茅中。
> 所思賴爾重相見,把卷依然笑語同。

李一鳳(1631~1702),初命晚鳳(因其父五十七歲始舉子),字五文,號草堂。江西南豐人。據清·梁份《懷葛堂集》卷七《李草堂墓誌銘》:"草堂爲博士弟子,餼於庠,歷年二十,志不得遂,鬱鬱終世……草堂生而神采煥發,性倜儻好學,勇於爲義。幼師弘齋邵夫子,獨器重之,

---

① 作者自注:"陸賈有《南行紀》。"

謂爲可傳其學者也。長事李先生淑旦,學舉子業,爲文日益有名。其天資英敏,學益務博,喜涉獵詩歌古文辭,習眞楷草書,間作畫,皆臻於工妙,丐求者無虛日。坐則書卷、筆硯、楮墨未有不隨身。善談論,常擘畫時事,指得失成敗,娓娓動聽。聞言兵事則踴躍勃發,有張橫渠少年風……家旣貧,以教授資衣食。閩有邨曰白眉,距吾邑不百里,延舘其地,凡四十年。門下士以百計,祖父子孫四世執弟子禮爲多。於是吉凶、憂患、燕樂,下至錢穀之微,莫不稟命受成算。婦人孺子聞其言,俯聽唯謹。遠近以是稱之。歲甲寅,滇閩變,喜事者爭攘臂,草堂作詩見意云:‘熟審千秋業,何如著《鐵函》?’人以是知其不可強起也。”按,甲寅(1674)“滇閩變”指耿精忠叛清。當時有人躍躍欲試,李氏作詩委婉表態,詩中提到鄭思肖寫《心史》。

許瀞(1631~1681後),吳縣(今蘇州)人。原姓鄭,幼育於許家,遂許姓。字致遠,號懦菴。居於莫釐山(東洞庭山),因號莫釐山人。與其兄鄭階(字晉之,有《愼獨居詩》,陳田《明詩紀事》紀之)、鄭圃(字薇令,著有《讀易緒言》)似均爲明遺民。平日與黃周星、歸莊、徐崧、顧有孝、施珵、朱用純、葉芳標、魏憲等人交遊,同吳不官、葉梅友、施佩宜最稱莫逆。許氏傳世有《許子詩存》《許子文存》。因家國多故,身世浮沉,不無憂生感憤之作。詩集中甚至有直刺“滿州兵”的《圍城行》。許氏又輯有唐宋元明《四代律存》,未傳世,今僅見《唐律總論》《宋律總論》《元律總論》《明律總論》及《金律附論》諸文。

在《宋律總論》中,許氏寫道:“今取宋人詩而讀之,歐陽公之純正,蘇子瞻之浩瀚,安石、庭堅之堅老,務觀、與義之雄放,潞、魏兩公有德有言,信國、所南淋漓慷慨,彬彬乎自寫諸人之情性,自成一代之氣運……余故於宋人詩嚴加去取,削其近於弱、近於腐,存其變化於唐而出其所自得者,庶以見兩宋之眞詩故自有在,而未必不可爲繼於三唐也。”可知,在其《宋代律存》中必定選了《心史》之詩。

張雲鶚,生卒年不詳。字次飛,一字鐵公,江西貴溪人。明末諸生。與同里鄭日奎(字次公,1631~1673)善,人並呼爲次公。工詩古文辭,雅以文章氣節自命。明亡絕意仕進,築室章源山中,焚棄儒冠,髮鬖鬖不薙，裹頭自製一氈帽，盛暑燕私不脫去，終日正襟危坐，風采森森，足跡不入城市者三十餘年。惟與同里周鳳儀、金谿孔大德、臨川陳孝逸爲煙霞交。著有《腕草》《晚香堂集》。

今於同治時修《貴溪縣志》卷九《藝文志》見張氏《題同社畢白山先生七餓盟詩後》二首，其二寫到《心史》：

> 遺文副卷祔名山，《心史》靈光獨未刪。
> 青簡他年酬義骨，臣精已半托行間。

李枝芃（1632～1685 後），字羡士，號詩樵主人，人稱西園先生。江蘇盱眙人。少負志，好讀書深思，諳練事故，願爲經世之事。方及壯，遽罹沉痾，伏枕不起。二十餘載，杜門卻掃，謝絕塵氛，以詩文自娛。有《西園詩集》，黃周星爲訂。卷五有《贈閭古古先生，次麻城李子鵠韻》十首，其八云：

> 著成《心史》不摧殘，字字生冰六月寒。
> 蠟屐獨行深澀勒，漁竿常掛舊班蘭。
> 煙江縱眼青油舫，土屋蒙頭白布冠。
> 太息一聲千載憤，知君無意避三端。

潘問奇（1632～1695），錢塘（今浙江杭州）人。字雲程，又字雲客，號雪帆。明季諸生。陳鼎《霅溪外傳》卷五《隱逸部》傳云："幼性耿介，數歲即岸然自異，不與羣兒同跬步。年十五即以詩鳴于於越，有囊括兩晋、席捲三唐之志。於是越之人嫉者蜂起，皆欲殺之矣。問奇聞而歎曰：'大丈夫不能脫然出袖裏青蛇光耀一世，使庸人豎子膝行匍伏不敢仰視，便當飄然遠引作物外遊，惡可與鄉里小兒爭伎倆耶？'遂北之大梁，拜夷門信陵墓，撫膺泣之。大梁多慷慨悲歌士，聞之多樂與交，遂客焉。旣而南遊於楚，渡瀟湘，汎洞庭，吊屈大夫於汨羅之渚。乃溯流入蜀，上瞿唐，達成都，悼武侯之功不成，而爲詩以悲之。還客京師，哭明帝十三陵,遂登西山,懷之以詩……後流寓江都,年六十四而卒。"

明清易代之際潘氏雖年少,但堅尚氣節,爲詩亦多憤激之辭。卓爾堪《遺民詩》卷六及陳田《明詩紀事》辛籤卷三四、沈德潛、周準輯《明詩別裁集》卷十二,均收其詩。潘氏晚年曾出家爲僧,有《拜鵑堂詩集》。潘氏又與祖應世(夢巖)編選《宋詩啜醨集》。據潘氏《拜鵑堂詩集》卷四《南歸䀹別夢巖四首》小引云"僕自壬申冬客雍陽,即有《宋詩啜醨》之役,明年夏杪集已成",則是集主要是潘氏編成於 1693 年。今存該書未見收有鄭思肖之詩,但看卷一所收徐鉉(鼎臣)詩後潘氏之評語,可知他也是完全肯定《心史》爲眞的:

> 南唐人物,鼎臣頗稱傑出,今觀集中所載,無一語及宗國者。豈以身仕宋室,不能復唱《渭城》邪?抑如《井中心史》,卒與石函同朽邪?夫黍禾之歌,載在篇什,當時周、召諸人未聞以此遽疑西雝之客也,而竟嘿嘿者,何居?

揭貞傳(1632~1704),字憲武,號鶴溪。本書前面第七章寫過的揭重熙之子。明末十二歲時曾游郡庠,後即不復應試。據李伍漢《揭憲武行畧》:"幼負異質,幾於過目不再。尊人乃博延名師,以裁成之。十齡便已遍頌五經,自是握筆爲文,一日可得二十餘藝。當流離奔竄中,乃更勤苦力學,不恥下問。弱冠遂成通儒,復研精理要,鑽摩奧堅,於以參洛閩之席,而由以入洙泗之樊,無惡也。卒于皇清康熙四十有二年癸未臘月二十有七日。抱疾幾于一載,病中猶欲備集西江文獻,以繼先人所著《古今人才大宗》後。而病日甚,書未底于成,且並塗乙其生平所作之詩文而焚棄之,則氣有所不能持,而奇疾有以中之也。"

揭氏父執劉命清《虎溪漁叟集》卷十一《鄭所南》文後,有揭氏的按語:

> 先大夫初得《井中心史》,即補謝皋羽合傳入《古今人才大宗》正集。時陳孔莊在座,惜未鈔存。不孝貞傳泣識。

蔡方炳《憲武公墓志銘》亦記其父殉難後,"數年流離奔竄,奉母夫人逃荒無地,泣控無門。雨綻藏身,風鶴怖影。甫踏里門而追呼籍産之牒又且踵至。撫躬則旦不保暮,餬口則夕不謀朝";但就在這樣的苦難中,他還"走七閩,訪求先人遺文。忌諱宏多,隱約葸縮,匿而不出,散而難尋。灑數年之血淚,而後得遺稿數帙以歸"。眞是難能可貴!揭氏還把亡父的遺稿比作《心史》。其《祭梨棗神文》云:

> 己未歲(按,1679)九月晦日,不孝孤子貞傳恭刻先府君文集十六卷、詩集十三卷告成,謹焚香跽梨版於庭,奠以酒,血爲文,泣告於府君廟墓,而祝於梨棗神曰:鳴呼,惟兹詩文,若出自穴。三十年前,巢破烟滅。西山無薇,井中有鐵。耿耿幽光,泥而不涅……

又,揭貞傳友人**李灄水**有《憶憲武》詩四首,附載《揭蒿菴先生集》卷末,記揭貞傳祕携亡父遺稿"託鷺門友人藏貯訂梓",其一云:

> 念爾乘潮去,茫茫一月餘。
> 樓駔春水穩,島嶼精雲舒。
> 石友曇遷侶,鐵函《心史》書。
> 遺稿得所託,搖艣賦歸與。

按,曇遷爲南朝時高僧。慧皎《高僧傳》卷十三記,南朝宋"范曄被誅,門有十二喪,無敢近者。遷抽貨衣物,悉營葬送。"李氏亦自是肯定《心史》者。

方中德(1632~1716),字田伯,號依巖,安徽桐城人。方以智長子。清初遭難,破巢之餘,饑驅南北,爲人延攬,授課謀生。早年與弟中通、中履侍父側,曾論及各人資性,議以各取所近爲業,中德親史學,中通愛質測,中履喜攷覈,後各有所成。隨杖之暇,其父偶論古人相似之事,命之曰："何不集而比之?"於是漁獵史傳,有一言一端之符合者,輒登諸策。數十年遠近所得,如《淵海》《同書》《駢志》《事偶》《偶記》《談薈》《備吹》《問奇》諸編數十種,合生平所弋獲,露鈔雪纂,滙而成類書《古事比》,以完先訓之一端。康熙丙戌(1706)刻行。又有史著《尚論》,未見問世。《古事比》卷三十《輯文》寫到《心史》:

> 司馬子長之《史記》,則得其外孫(楊惲)以傳;昌黎之集,考亭之錄,皆得其壻以傳(韓壻李漢,朱壻黄幹);歐、蘇以子傳;子西、子由又得其弟與姪以傳;白樂天至以僧傳(《長慶集》別錄三本,一寘東都聖善寺律庫中,一寘廬山東林寺經藏中,一寘蘇州南禪院);<u>鄭億翁更以井傳</u>;向秀、譚峭乃以盜而益傳。

方氏三兄弟均爲遺民。其弟中履在乙卯年(1675)爲叔父方其義《時術堂遺詩》作跋也寫到:"昔夫子之六經,尚不能不遺失,然終得其弟子以傳;子長之《史記》,則得其外孫以傳;昌黎之集、考亭之錄,皆得其壻以傳;歐、蘇以子傳;子西、子由又得其弟與姪以傳;白樂天至以僧傳;鄭億翁更以井傳;向秀、譚峭乃以盜而益傳。"未知是弟用了兄的資料呢,還是兄用了弟的資料。

鄭旼(1633~1683),字慕倩,一作穆倩,號半癡、慕道人、甀殘等。安徽歙縣鄭村人。或言旼本名旻,國變后移日於左,寓無君之痛也。嘗輯《杜詩箋注》,尤嗜理學,擅詩文,有《拜經齋集》《致道堂集》《正己居集》等,今均未見。又善繪畫,如陸心源《穰梨館過眼錄》卷三十記有《鄭慕倩山水册》,並於光緒己丑(1889)題云:"愚嘗見旼詩集,多幽憤之詞,蓋亦明季遺民姜實節、徐俟齋之流也。"《穰梨館過眼續錄》卷十一又記有《鄭慕倩山水卷》。鄭氏與林古度、孫枝蔚、吳肅公、許楚、李驎、周斯盛、先著、孫默諸人遊。曾居吳門,姜實節師事之。吳肅公稱:"穆倩,高士也。其癡狂類王冕、龔開之爲人。"

清代歙人鄭靖《雙橋先德錄》云:"旼字慕倩,號遺甀,又號荆蠻民……幼承家學,耽志墳典,擅時畫,精篆刻。鼎革後,疏狂不羈,孤懷幽

憤,瓣香所南。所寫蘭冊,每鐫'前身本穴所南翁''井中詩史前因'等小
印。父病故,以不得於後母,每遭陷害。國憂家難,身世悲傷。賦性偏
激,實由於此。"

　　畫家、歙人黃賓虹(1865～1955)1919 年 9 月在《時報・美術週刊》
發表《畫蘭露根》介紹鄭思肖,又云:"越明之亡,其族裔旼,字慕倩,亦畫
蘭,師其意,自稱'井心未了前因',蓋以所南翁《井中心史》寓意焉。"逾
二十年,黃氏又在 1939 年 11 月《新北京》報《藝術週刊》發表《鄭慕道
人》,云鄭旼"明亡隱於狂疾,服如野僧,或有言觸往事者,輒哭不休,或
望空下拜,拜凡以三。簪紱中人有願近昵者,哭以拒之,或先避去,雖堅
請不出也。饑則以詩畫易米,然以金帛予之則必不予,卽或成幅亦毀之。
時畫蘭,有小印曰'鄭所南後身',又曰'井心未了前因'。"(按,經查黃氏
主要鈔自石國柱《歙縣志》卷十)中華書局 1926 年出版的柴萼(1893～
1936)《梵天廬叢錄・畫蘭露根》又照鈔黃氏云:"鄭思肖……臨歿,囑其
友唐東嶼曰:'煩爲題一牌位,當曰"大宋不忠不孝鄭思肖。"語訖而逝。
越明之亡,其族裔旼,字慕倩,亦畫蘭,師其意,自稱'井心未了前因',蓋
以所南翁《井中心史》寓意焉。"

　　清・方濬頤《夢園書畫錄》卷九著錄《明・沈石田訓子圖卷》,鈔錄
了鄭旻(旼)於"丙辰(1676)五月下旬"爲明・鄭景順(可菴)所遺家訓
題詩,詩後並有跋(跋後鈐章有"所南後人"),提到:"……昔游吳門,聞
有孝廉鄭君名敷教,遭亂後不赴公車,更字'南孫',謂是宋鄭所南先生
裔。姚剩頑曾向予大笑,予爲剩頑解之云:'其理固非,而其志實可重
也。'蓋南公不娶,而後世何必定言其有後?不娶是南公大義,并書《家
傳》之痛……"而鄭旼亦自稱"所南後人"!

　　由此,吾人雖未見鄭旼詩文集,亦可知他必是肯定《心史》者。

　　方中通(1634～1698),字位白(伯),小字鍾生,晚號陪翁,法名興
馨。安徽桐城人。方以智仲子。幼隨父宦京邸,其父遭迫害,他也一度
改姓。康熙辛亥(1671)其父死,方氏正被有司羈縻故里,乃踰禁千里奔
喪,歸又自行投案。方氏承父教,又從學於洋教士穆尼閣、湯若望,究研
天人、律數、音韻、六書之學,著有《周易深淺說》《四藝畧》《揭方問答》

《數度衍》《律衍》《音韻切衍》《篆隸辨從》等書,多在丙寅(1686)家遭火災時燬去。有詩文集《陪集》《續陪集》存,多忠孝血淚、悲壯激越之作,十分感人。

《陪集·陪古》卷一有爲其弟方中履《古今釋疑》所作序,中云:"竊慨孔壁鄭井,將出何年;石室名山,安知所托。又未嘗不廢書而太息也。"

《陪集·陪詩》卷四《惶恐集》有《哀述》詩十首,作於辛亥冬方以智殉難後,其九用了《心史》典故:

> 多才絕世古今奇,十歲能文七歲詩。
> 複壁五車猶未竟,鐵函一字亦堪悲。
> 丹青別染神州色,黑白空傳故里棋。[1]
> 石上閒名鐫漢篆,印泥落處幾人知。[2]

李驎(1634~1710),字西駿,號虬峯,揚州興化人。著有《虬峯文集》,表彰忠義遺民。後其作品爲清廷下令禁燬,甚至在乾隆辛丑(1781)因《西齋集》文字獄而遭當局掘墳戮屍!《虬峯文集》卷十三有《卓鹿墟選遺民詩成索贈》二首,其二云:

> 孤曜能明昏黑天,西山高義得君傳。
> 鐵函瘞井藏《心史》,肯使沉埋四百年?

《虬峯文集》卷十八還有《書宋襲鈐轄事》文,不僅肯定《心史》所記史實"可謂備悉顛末",而且還補充了有關史實:

> 予觀《心史》所載靜江馬墍(按,李書誤刻作墍,今改,下同)事

---

[1] 作者自注:"浮山爲遠公祖庭,數年來不孝兄弟建報親菴於山下,故鄉諸公復迎老父主華嚴法席,將歸而難作矣!嗚乎痛哉!"

[2] 作者自注:"老父三歲知平仄,七歲賦詩,十歲屬文,十五歲讀罷《十三經》《廿一史》,舉之指掌。童角時即名播海內。生平著作百餘種,別有書目,總名之曰《浮山全書》。至百家技藝,若書法、若畫、若奕、若圖章,弗克枚舉,無不窮變造極。非五地再生,而能若是乎!"

甚詳,曰:武臣馬墍於廣西募壯士數千人,入靜江開府庫,備守
禦,自請於福州行朝,時經畧李與已死,而任以廣西之寄焉。及
城陷,墍提兵巷戰,爲所獲,不屈被殺。參議鄧得遇不屈,水死。
一城之民俱遭屠僇,得逃入西山者七百人。厥後許以不殺,招
其降,七百人不自降,皆自殺。

可謂備悉顚末矣。而獨遺一婁鈐轄:鈐轄於城陷後,以二
百五十人獨守月城,不下。元將笑之謂:"此何足攻?"圍之十
餘日。鈐轄從壁上謂元將曰:"衆饑不能起,願得一飽,當出
降。"元將遺以牛米,鈐轄遣一將開壁受之,仍閉壘。元軍從高
視之,見其衆分米,炊未熟,臠牛生啖之,立盡,鳴角伐鼓,若將
戰然。元軍甲以待,見其部卒忽擁一火礟,然之,聲如萬雷,城
震若崩,煙漲蔽天,外兵亦多驚死。火息入視,灰燼無遺矣。

見於《靜江志》者如此,何其烈也!予性喜表忠義,發幽
光,未得《靜江全志》讀之,憶七年前偶於友人几上他書內見載
此一則,錄以片紙持歸,擬書其事以傳,使海內盡知有婁鈐轄。
藏諸篋,衍忘之久矣。刻集將竣,忽得之於舊帙中。得非鈐轄
靈爽未泯,而有待於四百年後之予,以傳天下後世乎? 惜哉,其
名不可得而考也。

又按《宋史》:元兵攻靜江三月,墍前後百餘戰,城破被害,
斷其首,猶奮立,踰時乃仆。《心史》亦未載。嗟嗟,西山遺民,
月城將士,不可與田島義士爭烈齊名,並昭垂萬古哉? 甚矣,宋
之德澤入人深也!

王士禛(1634~1711),字貽上,號阮亭,又號漁洋山人。山東新城
(今淄博桓台)人,順治戊戌(1658)進士,授揚州推官,行取禮部員外郎,
改翰林院侍講,官至刑部尚書。康熙甲申(1704)罷官歸里,數年後詔復
職,未久卒,謚文簡。詩爲一代宗匠,與朱彝尊並稱。有《漁洋》《蜀道》
《鼂尾》《南海》《雍益》等集,合爲《帶經堂集》。

《四庫全書》所收陳焯編選《宋元詩會》,書前有四庫館臣案語,云王

士禎《香祖筆記》記康熙甲子(1684)年陳氏曾訪問他，帶上《宋元詩會》稿本十大冊，請王氏再鑑擇之。因此四庫館臣認爲：“是其卷帙本極繁富，而今刊行之本僅止此數，或經士禎鑑別之後，焯重加釐定而復爲刪繁以就簡者。”但現見該本之卷五四仍收入《心史》之詩多達三十四首，並明記：“鄭思肖，字所南，別號億翁，宋亡僑寓姑蘇，黍離之痛一飯不忘，著有《心史》，以鐵函藏承天寺井中，至明崇禎間因淘井得出。”於此足證陳氏堅信並喜歡《心史》，也足證王氏對《心史》亦不懷疑。在《宋元詩會》卷五三《汪元量》小傳中，陳氏還說汪元量“所作詩皆紀亡國降元之事，詩而兼史，與所南鐵函長存天壤可也”。此語亦未經王氏及四庫館臣刪去。

王氏所輯《感舊集》，卷九收孫枝蔚詩三十二首，中有《登多景樓》，末句云“億翁曾到此，愁絕爲襄陽。”孫氏自注“鄭所南有多景樓詩”，詩出《心史》。王氏選此詩，當然也表明他不認爲《心史》是僞書。

毛師柱(1634～1711)，字亦史，晚號端峯。江蘇太倉人，州諸生，從陸世儀桴亭學。工詩。順治辛丑(1661)奏銷之案，誆誤削名，遂棄舉子業，益精於詩。有《端峯詩選》，唐孫華序云：“吳中奏銷事起，一時才俊率皆廢錮，亦史名在籍中，既以盛年推挫，遂絕意進取，益肆力於聲韻之學。含咀沉浸，大放厥辭。繼以家貧親老，橐被遠游，旅維揚，客京師，所至與名人魁士往復唱酬，旗亭驛壁傳寫殆遍，王公大人纚屨到門，爭相賞重。由是亦史之詩名赫然矣。貧無負郭，不能自安於家，復走汴梁，歷函秦，過滎陽成皋，觀劉項戰爭之地。至西京，緬想五陵八川漢唐都邑之盛。登臨懷古，慨焉歎息，發爲聲詩，益沉雄蒼老。而亦史亦已倦游矣。”沈受宏《端峯先生傳》云：“先生前後客遊者三十年，及老倦遊而歸，歸七年而病，病八年而歿。”

《端峯詩選》有《奉贈華天御先生》詩，以《心史》來歌頌一老遺民(華乾龍，字天御)，詩又被選入汪學金《婁東詩派》卷十九。而此位明遺民不爲人知，此詩頗有史料價值：

襄陽耆舊龐德公，苦節不與尋常同。

足蹟未始入州府,肯復獻賦甘泉宮。
鹿門山深誓終老,世人遙望真冥鴻。
時衰用晦乃如此,況當天步悲終窮。
先生致身非不早,鵰鶚奮翮龍蟠胸。
榮名脫屣謝時輩,至性感激誠由衷。
避人埋照五十載,衡門兩版菰蘆中。
綱常豈必間窮達,布衣亦可全孤忠。
不隨朝槿遞榮落,後凋松柏撐嚴冬。
漸漸蔘秀那忍見,年年三月愁春風。
八十之年忽已至,兔烏出沒何忽忽。
江山蕭條墟里廢,只有野老神常充。
明燈細字老能讀,長篇小楷書尤工。
逸妻令子復偕隱,孫曾繞膝如荀龍。
茅簷月出地爐煖,瓦盆盛酒春融融。
醒來萬事不挂口,北牕高枕憂危空。
天畱碩果作書種,故使絕學開盲聾。
<u>他時《心史》井中出</u>,姓名方許人間通。
先生之風巢許輩,慎勿輕擬磻溪翁。
卓哉可望不可卽,武陵洞口桃花紅。

　　毛氏《端峯詩續選》卷三又有康熙辛巳(1701)年寫的《讀深柳周先生遺詩》二首,亦歌頌一位不爲人提起的老遺民(按,我認爲當是周西臣,字儆文),其二也以《心史》來比之:

　　　　乾坤駴龍戰,不改桃源春。
　　　　畢生慰寂寞,文只如其人。
　　　　慮澹轉多趣,格高彌入神。
　　　　身隱亦焉用,陶陶任天真。
　　　　傾壺更一醉,直與柴桑隣。

《心史》且同調,遺編良足珍。

唐孫華(1634~1723),字實君,號東江,晚號息廬老人。江蘇太倉人。前已寫到他是毛師柱好友,曾爲毛氏詩集寫序。康熙戊辰(1688)進士,選陝西朝邑知縣。後遷禮部主事,調吏部考功司。丙子(1696)充浙江主考官,嗣以罣誤歸。嘗授揆敍讀,揆敍方貴幸用事,屢勸之起,不應,優遊林下幾三十年。有《東江詩鈔》,卷九《壽郭雉先七十》二首之一提到《心史》:

> 城南蕭灑得吾廬,清德如村處士餘。①
> 地下早揮金椀淚,井中重洗鐵函書。
> 敢邀榮祿違先志,薄有田園足隱居。
> 細字巾箱殘卷在,傳家經訓是薔畚。

魏憲,字惟度,號兩峯居士,齋名枕江堂。福建福清人。生於明末。順治甲午(1654)副貢生。卓爾堪《遺民詩》卷三收其詩。著有《枕江堂集》,卷四《山寺坐雨,遇千松開士,訂過雲巖》寫到《心史》:

> 草草尋幽至,逢君風雨昏。
> 寒峯搖竹榻,新水抱松門。
> 念亂空存骨,偷生敢定魂。
> 晴明聯袂去,《心史》好重論。

《枕江堂集》卷七《謁鄭介夫先生一拂祠》五首之四,把北宋末鄭俠(介夫)的詩文集比作南宋末鄭思肖的《心史》:

> 碧檻丹楹護短垣,先生《心史》貯千言。②

---

① 作者自注:"如村,斯士先生齋名也。"
② 作者自注:"祠存先生詩文全集。"

官卑不憚爲民請,念切何妨與帝論。

果應滂沱天亦泣,誰驅旱魃世堪援。

行行淚洒清涼下,六代英雄幾輩存?

　　魏氏還在康熙時編選明清之際詩,意在補曹學佺《十二代詩選》。先成《詩持》,凡三集(後官方《軍機處奏准抽燬書目》和《應繳違碍書籍各種名目》曾列其書,軍機處謂其書"詩中有意寓感憤、措詞不合者,應行刪燬;其餘應請毋應全燬"云);後編《百名家詩選》,共八十九卷。《百名家詩選·凡例》開首聲稱"是選以人爲重,人以品節爲主","於世遠者槪不復及,惟於天啟甲子以後、康熙壬子以前"者收入。吳梅村爲作序,指出"惟度之志固深且遠矣";但朱彝尊則寫詩,諷其書中多選清代顯宦。《百名家詩選》卷五九選孟瑤(二靑)詩,魏氏作《小引》所云"鐵函"即指《心史》:

　　　　嗟乎,二靑死矣,其生平忠孝之旨、悲憫之懷、骯髒磊落之槪,盡見之詩者,能必其傳乎? 不能必,而必之若操券者,有天焉,有人焉。天能嗇之以無災兵火,人能永之以貞諸金石,其功勳也。汲冢、鐵函,昭若日星,此物此志焉耳。

　　宋長白,原名俊,字長白,以字行。號岸舫,又號觀奕道人。又有梅谿、菊籬、半齋、無證、愼旃諸印章。浙江山陰(今紹興)人。生於明末。康熙乙酉(1705)編成《柳亭詩話》,《四庫全書總目》對它評價不高:"自三代以迄近人,凡涉於詩者多所記錄,時以己意品題,而議論考據多無根柢,猶明季山人之餘緒也。"宋氏又有《岸舫集》,吳綺《林蕙堂全集》卷三有《宋長白岸舫集序》,曰:"長白夙懷大志,雅負儁才。終子雲早歲入關,欲請纓而未果;陳孔璋頻年作客,徒草檄以空傳。若鯉湖,若鼉海,行役維艱;或玉塞,或金臺,悲歌未已。賀蘭山上,常奮筆以詛題;楓葉江頭,忽投書而竟去。才情若此,遇合如斯!"似乎宋氏早年參加過抗清武裝鬪爭。

《柳亭詩話》卷十三有《蘭菊》一則,題下記"所南嘗曰:'大宋不以有疆土而存,無疆土而亡'",文曰:

> 鄭所南隱居吳下,每寫闌,根下不著土,以無土可著也。嘗自題其上曰:'純是君子,絕無小人。深山之中,以天爲春。'又題菊曰:'禦寒不藉冰爲骨,去國還同金鑄心。'作《心史》一書,函以鐵,沉諸井。其後有人得之,於宋事悉其顛末云。(倪高士、宋逸民俱有題鄭所南畫詩。)

王譽昌(1635~1705後),字露湑,號話山。江蘇常熟人。諸生。陳瑚弟子。工詩善畫,有《崇禎宮詞》百首。又有《含星集》,卷三《感舊寄陳子莊》寫到《心史》:

> 仙舟同泛子陵灘,風雨頻催別夢殘。
>
> 不道情懷惟感慨,大都時勢到艱難。
>
> 經秋草木聲如怨,入夜河山氣自寒。
>
> 聞說傳家有《心史》,可容人啟鐵函看?

褚人穫(1635~1719後),字稼軒,號石農,一字學稼。蘇州長洲人。著有筆記《堅瓠集》,頗負盛名。又,《隋唐演義》亦當爲其所著。其父褚篆爲堅貞明遺民,鄭敷教好友。褚氏在《堅瓠四集》卷四有《鄭所南》一節,提及鄭氏"爰作《心史》,沉於寺之狼山房井中。歷四百餘年,至崇禎戊寅仲冬,僧浚智井,而其書始出。鐵函重匭,錮以堊灰。啟之,則楮墨猶新,有《咸淳》《大義》《中興》等集,《久久書》及《雜文》"。褚氏在文中還引了《心史》中的七八首詩。在《堅瓠廣集》卷三《美人雙名》一節中,褚氏還提到《心史》中寫到的"陸柔柔",注云:"宋歐陽夢桂妾,鄭所南有傳。"(書中另外還提到《心史》中的"毛惜惜"。但毛惜惜在《隨隱漫錄》《輟耕錄》諸書及《宋史》中亦曾提及。)於此足見褚氏是堅信《心史》的。

熊賜履(1635~1709),字素九,一字敬存,又作敬修,號靑嶽、淸凉

子,晚號愚齋。卒諡文端。湖北孝感人。順治戊戌(1658)進士,選庶吉
士,授檢討,遷祕書院侍讀學士、翰林院掌院學士、武英殿大學士,至東閣
大學士,兼禮部尚書。官翰林時曾上萬言疏,極陳時政得失,道人所不敢
道,力竭志殫,雖一身犯同人之忌,而益荷康熙之知,日侍經筵。後一度
奪官,僑寓金陵,閉戶著書,以道統自任,專崇程朱之學。著有《經義齋
集》《澡修堂集》《些餘集》等。

《經義齋集》卷十二《尺牘》有康熙丁卯(1687)六月六日《答友人》,
以《心史》沉井比諸自己被奪官後所作:

> 放後行唫江畔,得長短篇如干首,名之曰《些餘集》,意本
> 無所爲,然恐自章、董輩觀之則皆可以數,自是沉之井底矣,不
> 敢以示人矣!

《經義齋集》卷十四《小簡》又有《復杜于皇》,稱《心史》是"好文",
不患其不傳:

> 剞劂易事爾,先生何苦難至此? 有好文不患不傳,卽投之
> 壁中、冡中、井中,皆傳也。況大作聲光如此,抑又何憂乎?

吳孟堅(1635~1718),字子班,安徽貴池人。吳氏是抗清英勇犧牲
的吳應箕之子。應箕殉節,孟堅甫十一,育於外家。稍長,叔父遇劉廷鑾
授之學,於書無所不讀。每痛父,長號泣血,作《大哭賦》《小哭賦》《大呼
九章》。徒步入京,上書史館,請爲父立傳。歸著《讀史漫筆》,始關龍
逄,終文天祥,覽者可以悲其志矣。著有《偶存草》《南都紀畧》,又編有
《逸民心畧》,序文收於《偶存草》,中云:

> 余少遭孤苦,有志四方。及壯,歷遊秦、齊、燕、趙、梁、晉之
> 郊,吳、楚、閩、粵、江、漢之地,足跡幾徧天下。遇賢豪長者、奇
> 傑豪邁之士,悉竭志訂爲心交。見先友氣節足貫星日、不可磨

滅者,畧紀其心志,以誌《心史》之意。

《偶存草》中又有《追壽先大人文烈公九十初度引》,當作於 1685 年,其父已壯烈殉國四十年了。他說:

> 先子之報國,先子之志也。其見背時,不孝堅甫十齡。煢煢孤苦,奔走流離。亡弟稚奎,又復早夭。家道中衰,弓冶幾墜。遺篇鐵函,大節未彰。此不孝堅之所以日夕撫膺,心傷而泣血也!

今又見其父應箕《東林事畧本末》鈔本,卷末附有孟堅於乙巳(1665)秋寫的《奉孫蘇門、傅青主兩先生書》,提到亡父《啟禎兩朝剝復錄》一書:

> 蒙兩先生下索數番,知護惜人文,𥋝心家國,敢不奉教。適同曲沃李仲木客大梁,特錄稿囑其代寄,幸存爲他日之信史,不則效《心史》沉鐵函於井底耳。

陳玉璂(1636~?),字賡明,號椒峯、夫椒山人,江蘇武進人。順治庚子(1660)舉人,康熙丁未(1667)進士,官中書舍人。遽遭父喪歸里,後就舍旁隙地築室三楹,名曰學文堂,讀書其中。與魏禧、姜宸英、徐喈鳳、邵長蘅等交遊。於天文地理、禮樂、兵農河渠諸務,無不講求。賓客雜集,應酬不倦,暇則成詩,旬日之間,動至盈寸。遠近目爲才人。有《學文堂文集》《史論》等。書中頗多表章忠臣義士之文。

《學文堂文集·序十九》有《湖壖雜誌序》,強調《心史》徵信:

> 予觀古今來其有袞然成一代之史,或失之誣,或失之穢,反不如稗官野乘,信而可傳。是故文人之所爲,亦論其傳而已,何必問國史與非國史乎?北盟之編、井中之史,至今日始大行於

世,安知二書紀載不更徵信於國書?

《學文堂文集·書後五》有《書萬人死義傳後》一文(光緒時修《武陽志餘》收入卷五之四《兵事》上),再次表達了上述觀點:

> 《萬人死義傳》,菀葊作,逸其名,載宋末吾郡死事諸君事,與《宋史》及《郡志》多不合。然《宋史》出元人筆,往往抹忠義,自侈戰功,豈真實錄?……嗟乎,史未必是,傳未必非。即間有緣飾,亦當存其說,以鼓天下忠臣義士。年來遺史疊出,如《建文從亡姓名》,得自轉輸藏;《從亡錄》,得自吳江史氏;鄭所南《心史》,得自姑蘇井中。安必果合於史者爲足信也?

張大純(1637~1702),字文一,號松齋,長洲(今蘇州)人。生平待考。本書前面提到徐崧(松之)輯撰《百城煙水》一書,專記蘇州古蹟,其中多處引錄鄭思肖《心史》中的詩,並在記述承天寺狼山房時,記載了《心史》出井事。而徐崧逝世後,該書稿即由張氏修訂,以"吳江徐矓葊、長洲張文一同輯"的名義,於康熙庚午(1690)年由影翠軒刊行。張氏亦自是肯定《心史》者。

方中履(1638~1688),方以智三子,字素北,號合山,一號小愚。亦爲堅貞遺民。少承家學,酷嗜文史考核,隨筆所至,久而成帙,成《古今釋疑》一書。又有《汗青閣文集》等。其《吳孝隱先生墓誌銘》中提到《心史》:

> 嗚呼,自桑海以來,遺老種民,所在皆有,而姓名湮沒,可勝道哉!深山窮谷之中,固不求知於世,然世之網羅記載者或亦寡矣。彼干時趨進之徒,方且惡其異己而毀之;即有識第,心知可重,誰敢復插齒牙,樹頰胲,相與稱道之?是以鄭億翁語言文字,至錮以鐵而埋諸井;謝皋羽西臺痛哭,但以乙丙記人。嗚呼,諱忌而不敢語,語焉而不敢詳,其可悲也已!

方氏乙卯年（1675）爲叔父方其義《時術堂遺詩》作跋，也提到《心史》（按，"子長之《史記》"云云，亦見其兄方中德的《古事比》一书）：

> 喪亂憂患之餘，履既編次先公文集成四十卷，從弟有懷亦求得吾叔父遺詩六卷，俾履爲之整比以行。既竣，作而歎曰：古人之文章，不傳者多矣……昔夫子之六經，尚不能不遺失，然終得其弟子以傳；子長之《史記》，則得其外孫以傳；昌黎之集、考亭之錄，皆得其壻以傳；歐、蘓以子傳；子西、子由又得其弟與姪以傳；白樂天至以僧傳；鄭億翁更以井傳；向秀、譚峭乃以盜而益傳。由是觀之，傳不傳固在書，非門人、親戚、子弟之能傳其書也……

方氏又曾爲鄭郊《史統》寫《敍》，其中提到《心史》中的《古今正統大論》：

> 先生之爲書也，主於明統。"正統"之外，特創例曰"正而不統"、"統而不正"、"不正不統"、"正統之變"。永叔、東坡、億翁諸家紛如，一朝而定。此一善也。

萬斯同（1638～1702），字季野，號石園，私諡貞文。浙江鄞縣（今寧波）人。明遺民萬泰第八子。少不馴，弗肯帖帖隨諸兄，諸兄亦忽之。其父思寄之僧舍，已而以其頑，閉之空室中。乃竊視架上有明史料數十册，讀之甚喜，數日而畢；又見有經學諸書，皆盡之。既出，伯兄斯年試之，汗漫千言，俄頃而就。伯兄大驚，泣曰："幾失吾弟！"其父亦愕然曰："幾失吾子！"始爲新衣履，送入塾讀書。逾年，更請業於黃宗羲，則置之絳帳中高坐。康熙戊午（1678），巡道薦徵博學鴻儒，力辭。明年，開局修《明史》，總裁徐元文許以七品俸，稱翰林院纂修官，然萬氏僅以布衣參，不署銜，不受俸。前後近二十年，諸稿皆送其覆審手定。徐乾學撰

《讀禮通考》,亦由萬氏參定。時京師上下無不呼"萬先生",而其自署只曰"布衣萬斯同"。著有《歷代史表》《紀元匯考》《儒林宗派》《群書辯疑》《石園詩文集》《宋季忠義錄》等。《宋季忠義錄》卷十一有鄭思肖諸傳,錄自《蘇州府志》《閩書》《福建通志》《輟耕錄》,其中所錄《福建通志》即涉及《心史》:"有《鐵函經》,藏蘇州承天寺古井中,至明崇禎庚辰(按,年份誤)始出,人異之。"而在諸傳之末,萬氏撰有按語(所述《心史》卷數不確,"十"或爲"七"之誤,則萬氏所見爲林本):

> 先生悲宋室之亡,作書十卷,名曰《心史》,中多詆刺蒙古事,不敢顯行,乃爲鐵匣錮之,沈於蘇州承天寺井中。至明末崇禎戊寅歲,僧人浚井得之,上於巡撫張國維,爲鋟梓以行,一時傳爲異事。未幾而明社亦屋矣!

萬言(1638~1705),字貞一,號管邨,浙江鄞縣(今寧波)人。萬斯年子。少與諸父萬斯大、斯同同學於黃宗羲,以古文名。黃氏極賞之,斯同則謂:"使我有汝筆,班馬不難企也。"後入王士禎門,王氏請其爲《漁洋山人續稿》作序。又與同里李鄴嗣等遊,亦甚得獎勉。康熙乙卯(1675)副浙榜貢生,後參與修《明史》及《清一統志》。時故國輔相子弟多以賄求史館減其先人罪,而萬氏適主《崇禎長編》,力拒之。坐是出知安徽五河縣,史館恨之未已,又令大吏以事致其罪論死。其子萬承勳四處奔走,友人助集巨金贖免。萬氏著有《管邨文鈔》,久未得刊行,多散失。至1930年,《管邨文鈔內編》始由張壽鏞刻入《四明叢書》。張氏認爲書中多"鼎革之後抱故國之思情,不自禁流露於行間字裏"者。

《管邨文鈔內編》卷二有《公奠李映碧先生文》,當作於1683年,末云:

> 嗚呼,吳井鐵函,嚴臺如意,亡宋之淚,百年猶漬。以公相方,庶幾無媿,一代完人,萬口同喟……

同卷又有作於同時的《祭李映碧先生文(代李貞孟讚善)》，末云：

　　卽至閉門祖臘之後所爲，朱墨縱橫，筆削無已者，亦惟是崇
　正抑邪，以定國論而闡幽貞。故迄今天祿石渠之著作，所以施
　褒貶於季世，半資夫<u>瞽井之所函</u>與敗壁之所籲，嗚呼！

　　汪懋麟(1639～1688)，字季甪，號蛟門，晚號覺堂。江蘇江都人。康
熙丁未(1667)進士，授內閣中書。舉博學鴻儒，以持服不與試。後以刑
部主事入史館爲纂修官，與修《明史》。罷歸後杜門謝客，晝治經，夜讀
史，專事研究，銳意成一家言。方三年，遽得病卒。與同鄉汪楫同有詩
名，時稱二汪。著有《百尺梧桐閣文集》等。

　　其《百尺梧桐閣遺藁》卷三有《在昔一首，贈前廷尉李映碧先生》，
中云：

　　……隻手扶日輪，片言補天罅。
　　方期薄海晏，詎料鼎湖夜！
　　世已忘晉魏，公遂反潁瀕。
　　短褐謝簪裾，長鑱事桑柘。
　　土室暗莫窺，《心史》吁可怕。
　　遺恨痛溫、周，餘生美文、謝……

　　田舜年(1639～1706)，字韶初，號九峯。湖北容美(今鶴峯)人，土
家族。承襲容美宣慰使。後因屢奉徵調，康熙壬戌(1682)以功賜少傅
兼太子太傅、左都督，正一品印。善詩文，喜交遊，著有《廿一史纂要》
《廿一史補遺》《白鹿堂集》《歡餘吟》《清江紀行集》等，多佚亡。今見同
治時修《宜昌府志》卷十四錄有其《奉和嚴首昇原韻》詩，其中寫到《心
史》(按，規通窺)：

　　……陶家處士在，嚴氏古民遺。

問字揚雄酒,閒遊王粲幕。

正襟餐道味,潦倒著僧衣。

達與才歧路,安同壽麋茲。

《太玄》身後顯,《心史》井中規。

目擊全書出,牙籤富貴貲……

沈寓(1639~1717),初名已任,字右以,後更名寓,號寄廬,亦曰煙波客。江蘇崇明(今屬上海)人。布衣,能詩古文,獨不屑治舉子業。五十歲前四方壯遊三十二年,所至發爲詠吟。曾慕汪琬名,通以書札,琬亦雅重其文,招之,不可。倦遊歸里,自顔其居曰"白華莊"。著有《煙波筆嘯文集》《煙波筆嘯詩集》,欲各編六十編,自云乃"師晉陶元亮甲子之遺意,借平生之所著以編其歲月"。惜生前在康熙壬午(1702)卽遭祝融之災。刧餘文稿及晚年所作,生前未能問世。直至乾隆庚午(1750)年間,方由其後人請程穆衡(維惇)選編爲《白華莊藏稿鈔》文集十六卷、詩集六卷,又請沈德潛、程穆衡等人作序刻行。其中頗有出忠入孝之詩文,亦記述了滄桑之際普通樵夫牧豎的節烈忠孝事。

《白華莊藏稿鈔》文集卷八有沈氏於康熙庚辰(1700)春寫的《春波閣長嘯編序》,歌頌明遺民百子先生(按,據嘉慶時修《直隸太倉州志》,此人是"洛中王子方"),認爲其文可與《心史》相比:

> 自古奇文出於奇人,而奇人胸中必吐奇文。奇文者,奇人不自以爲奇,第世無其人,其文祕,而傳之千百世後,然後以爲奇文出於奇人也……吾因有慨於明末造之百子先生焉……其人則大奇人也,其文則大奇文也。讀之而當皐羽之哭,讀之而廣聖予之傳,讀之而儔[儜?]憶翁之《心史》,《出世》之表並其忠,《正氣》之歌同其烈!

同卷又有庚辰春同時爲百子先生之孫少隱(逖)所著詩集寫的《他鄉吟序》,讚其詩可續《心史》:

百子先生暨印史先生,父子並科,遭逢百六逐波亂流,遺世
獨立,不以故鄉爲可樂,而惟以故國爲可悲。採薇蕨於吳山,埋
姓名於越水。父子祖孫,自相師友,爲當世之隱者,作千古之完
人……《他鄉吟》者……藏之名山大川,發異日之光怪,將以續
《心史》而固後世之人心,浩歎於無窮者也!

《白華莊藏稿鈔》詩集卷四有戊子年(1708)寫的《贈天如弟》:

> 屢出雄談驚世醫,超超玄著解人頤。
> 何年學問乾坤試,今日文章兄弟期。
> 道藝軒岐權一脈,心身孔孟隱三犁。
> 精誠不泯井中史,滄海遺民千古奇。

方中發(1639~1721),原名中泰,字有懷,又字輔伯,號鹿湖、遯叟。
安徽桐城人。方孔炤孫,方以智侄。以智避難時,中發追及於西江市汊
舟中。後以智卒,中發又同以智子中履千里奔喪,護櫬以歸。中履臨卒,
又託以遺孤,中發爲撫其子,教養成立。終身隱居楊橋(今安慶)白鹿山
莊,五十年足不近城市,與錢澄之交遊。又嘗捐宇建先人理學祠,刊《兩
世遺書》百卷。讓產推財,鄉黨咸欽孝友。所著有《白鹿山房集》。

方氏《白鹿山房詩集》卷一,有爲陳焯祝壽的《壽陳司馬滁岑先生一
百七十二韻》,中云:

> ……萬卷擁南面,軒冕猶粃糠。
> 黃金高如山,不易作一囊。
> 翻憐入廟犧,還嗤轉九蜣。
> 榮華耀當世,過眼如飛蚄。
> 海田不能變,今古唯墨莊。
> 不見金絲書,破壁列庠黌?

不見<u>鐵函史</u>,<u>出井吐光芒</u>? ……

同書卷十有作於康熙甲戌(1694)的《客桓臺,承孫楓麓表兄枉詩見寄,賦答二章》,其二云:

> 患海歸來五十年,雙扉深閉市塵邊。
> <u>井函史在誰能見</u>,紙筆兒多盡可憐。
> 對客祗聞經典語,思親最痛《蓼莪篇》。
> 商山舊侶知多少,終讓淮陽一老賢。

卷十又有作於戊寅年末(已入 1699)的《除夕二首》,其二云:

> 修文早歲痛嚴親,屈指今朝大耋辰。
> 愛日有心虛寸草,延年無地仰靈椿。
> 辛盤尚想當時臘,戊社長爲泣血人。
> <u>猶幸鐵函罨史在</u>,千秋知是宋遺民。①

孫洤(1640~1700),字靜紫,號靜堂、擔峯。直隸容城(今屬河北)人。孫奇逢之孫。康熙壬戌(1682)進士,官内閣中書。精研理學,爲人推重。性好遊,足跡遍天下。著有《徵言祕旨》《擔峯文集》《擔峯詩》等。《擔峯詩》卷三有《聞田間先生作古,詩以哭之》,當作於 1693 年明遺民錢澄之逝世之時:

> 古道蓁荒學術岐,先生豈是蓋棺時!
> 老年遊戲衷難白,滿腹悲涼世莫知。
> <u>沉井終傷《心史》閟</u>,謚康肯使褆衣歍。
> 逸民埋骨蒼蠅集,爲問何人題墓碑。

---

① 作者自注:"先大人以除夕生,是年八十。"

吳之振(1640～1717),字孟舉,號橙齋,一號黃葉村農。石門(今屬浙江)人。康熙時貢生,官中書科中書。吳氏母極爲賞識呂留良,命其與呂氏訂交,爲摯友。吳氏與呂氏等合編《宋詩鈔》,後收入《四庫全書》。(但因呂氏受文字獄牽連,毁墓戮屍,所以四庫館臣抹去了呂氏名字,只提吳氏。)呂氏肯定《心史》,已見本書前述;吳氏自當同樣肯定《心史》。《宋詩鈔》將鄭思肖列入"有錄無書者",當是懼怕文字獄之故。但卷九八《鄭震清雋集鈔》的小序乃全鈔自《心史》的《先君菊山翁家傳》,並且還提到"所南作《家傳》云得詩十五篇",亦可證吳氏確實是肯定《心史》的。

徐豫貞(1641～?),字德宣,號滄浮,又號逃莽。浙江海鹽人。監生。康熙乙巳(1665)曾一游京師,磊砢難合,遂杖策東歸。築室秦山中峯下。晚年逃禪自娛,因曰逃莽。寫詩以蒼深樸厚爲尚,古詩參以韓(愈)蘇(軾),近體學習陸(游)楊(萬里)。著有《滄浮子詩鈔》,即《逃莽詩草》。卷二有《讀閭古古先生遺稿感賦》二首,其二云:

> 冰海蠶崖路欲窮,風塵何處著英雄。
> 山河半落行吟外,天地都歸慟哭中。
> 鐵匣有時開信史,銅駝無地問遺宮。
> 詩篇盡是孤臣淚,剪燭猶驚漬血紅。

卷三《題呂晚邨東莊詩鈔後》云:

> 牢落東莊一卷詩,深情古抱異今時。
> 故應此老扶疎筆,學得誠齋樸妙詞。
> 化後蟲沙供涕笑,夢中日月老頑癡。
> 且須祕著中郎枕,他日終同鄭史垂。

范希仁,浙江海鹽人。生卒年不詳。據光緒丁丑刊《海鹽縣志》卷十九《人物傳六·隱逸·國朝》:"范希仁,字文若,性質古,不事舉業,工於詩。家貧甚,賦詠一市樓,耄而不輟。生平積書數千卷,盡出手錄。年七十三卒,無嗣。著錄散佚不傳。徐滄浮贈詩,所謂'郭西有布衣,市隱寄茹廉'者也。"徐滄浮即上面寫到的海鹽詩人徐豫貞,他寫的《贈范文若》十分生動:"郭西有布衣,市隱寄茹廉。家貧愛典籍,搜攬心獨苦。身居闤闠中,日與古人伍。炊烟上朝暾,吟聲出環堵。家人織畚賣,半用酬書買。藜藿不願餘,經史腹撐拄。蠅頭寫奇文,漁獵無今古。偶得余斷編,手錄勤織組。吾言糟粕耳,嗜此亦何補?中有不可傳,神奇寓臭腐。子或心得之,雞跖叨肥膴。"范氏齋名也趣軒。

縣志傳中說他手錄諸書皆散佚不傳,其實至少有兩部留存至今,並均被視爲國寶!一部是他鈔補完備的《唐音統籤》一〇三三卷,今珍藏於北京故宮博物院。書內鈐有"邢村文若范氏家藏"及"希仁號文若藏"二印,並題有"邢村范希仁文若鈔"。該書於清初采進宮中,康熙乙酉(1705)命編《全唐詩》時,即用此書爲底本,合季振宜等所編唐詩集,參互校訂增補。另一部是他整理鈔寫的《宋人小集》,共二四一卷,七十八種,十一冊。今珍藏於臺北"國圖"。其中第四十五種爲《鄭所南先生詩鈔》五卷,爲范氏按詩體所編選。計收五言古風十九首,七言古風九首,五言律詩二十八首,七言律詩二十一首,七言絕句三十首。共一〇七首,全部出自《心史》。

濟永,比丘生,不知其年齡、生平。李顒(1627~1705)的《二曲集》卷二三,有襄城縣知縣張允中寫的《襄城記異》,記康熙辛亥(1671)三月李顒爲其父及明末襄城殉難五千人鐫碑時"鬧鬼"一事,並錄有靈巖比丘生菴濟永"讀《襄城記異》有感"詩四首。其詩之二寫到《心史》:

> 濂洛遙通洙泗清,百川一洗九州腥。
> 《蓼莪》不忍吟皋比,《心史》何時得殺青?
> 豈爲備員編隱逸,肯因探策諫清寧。
> 江雲渭樹人千里,極目思登木末亭。

馮秉恭,字子近,號蒿齋,浙江平湖人。清初人(或生於明末)。沈季友《檇李詩繫》卷二五謂其"名家子,放跡不羈,骯髒與俗忤,善哭,意有不適,長號者移時。爲諸生,不遇。晚居北郊別墅。貯法書、古瓷以自玩。嘗與劍客飲,人拔地起舞。或醉臥水草間,與牧豎爲伍,驅犢負蓑,作野老態。奧古之致,發爲詩歌,多憤張之詞。亦近代一恢侘士也。有《亦諺》《蒿齋》諸集"云。

楊鍾羲《雪橋詩話續集》卷一有馮氏輓曾參與抗清的同鄉、明遺民錢士馨(稚農)之詩(按,沈季友《檇李詩繫》卷二五收入馮氏《輓錢稺農》詩,竟將關鍵的一句妄改爲"一編傳《圃史》")云:

> 北地登樓罷,還鄉未十年。
> 一編傳《井史》,百結上花船。
> 人事詩名誤,天眞草聖傳。
> 松楸卽長夜,猶恐出談玄。

王之績,字懋功,齋名鐵立。安徽旌德人。清初諸生。生卒年不詳,康熙甲申(1704)猶赴閩訪友。爲人沉靜簡默,不妄言。勤學好問,欲讀盡古今書。聞友人家有書,遂從索觀,徹夜不寐。著述頗豐,惜多不傳,以文論出名。今僅見《評注才子古文》與《鐵立文起》。前者主要在金聖嘆所評選古文上再加評注,且續補元明文兩卷。後者廣泛摘引文論各家,多採《文章辨體》《文體明辨》,而以己意參補之。

甲申(1704)九月二十九日,王氏應明遺民李世熊(但月)之子向旻(允懷)之邀,爲李氏《寒支集》二集作序,云:"往予讀《宋遺民錄》,潸然不知涕之何從也。甲申秋,予以訪舊至閩,與李但月先生嗣君允懷遇,延至檀河精舍,屬以刪選《寒支》前後兩集。……允懷又以二集序見命。"王氏序中寫到《心史》:

> 惟有忠武出師,睢陽爲屬,萬里止水,文山柴市,以稱人於千古,而後可無愧。奈何徒以文論,而不一辨其人哉!但月先生曰:"河山易位,人物失倫。欲哭則不敢,欲泣則近婦人,欲

死則二耄在堂,相依爲命。當爾之時,如失路之兒,喪巢之鳥,徬徨愴惴,視晝如昏。"固宜其自謂"久處幽篁,不見天日"矣!嗚呼,<u>所南《心史》埋井幾何年</u>,皐羽空山墮淚全無數。以此論人,而其人固可知;以此論文,而其文亦愈見矣。

廖燕(1644~1705),本名燕生,棄諸生後字夢醒,後字人也,號柴舟。廣東曲江(今韶關)人。康熙壬寅(1662)補弟子員,旋棄去。築室武水西,額曰二十七松堂,閉門不出,日究心經史。明遺民釋澹歸(金堡)曾與論學,極稱於人,由此名震。康熙丙辰(1676)曾短暫從軍(反清)。畢生不得志,教书游幕,潦倒布衣。肆力於詩古文,善草書,又能戲曲,思想具異端色彩。有《二十七松堂集》,日本曾刊刻,日人評價甚高。

《二十七松堂集》民國時鈔本卷二有《三統辨》,論及《心史》中的《古今正統大論》。其短序云:"歐陽永叔、蘇子瞻、<u>鄭所南作《正統論》</u>,寧都魏凝叔分三統以反其說,余故辨之。"文章開首又云:"千古帝王之統,論位不論德,故有正統、偏統,而無竊統。竊統者,雖湯、武不免也。正統之說,歐陽永叔、蘇子瞻、<u>鄭所南論之詳矣</u>……"可知廖氏對《心史》之眞絕無懷疑。

裘璉(1644~1729),字殷玉,一字蔗村,號廢莪子,人稱橫山先生,浙江慈谿人。其父永明抗清殉明。早歲從黃宗羲學,以詩名。蹭蹬場屋五十餘年,康熙甲午(1714)始舉順天鄉試,次年進士,改庶常時已七十餘矣。未幾致仕歸,著述不懈。裘氏年輕時曾作《擬張良招四皓書》,内有"欲定太子,莫若翼太子;欲翼太子,莫若賢太子","先生一出而太子可安,天下可定"等語。雍正時有人誣告該擬書是爲廢太子允礽所作,坐此被捕,死於北京獄中。裘氏工樂府,擅戲曲,著有雜劇《昆明池》《集翠裘》《鑑湖隱》《旗亭館》(合稱《四韻事》),及傳奇《女昆侖》等。另有《復古堂集》《天尺樓古文》《述先錄》《橫山文集》《橫山詩集》等。道光時裘姚崇《裘蔗邨太史年譜》記譜主未刻之《辛丑(按,1721)詩稿》中有《題陳義士集》,詩中寫到《心史》(按,壞巾卽僧巾):

> 血明孤劍影，魂作杜鵑身。
> 鐵匣沉瞀井，泥棺葬壞巾。
> 王褒與嵇紹，一樣泣松筠。

楊昌言（1645~?），字大聲，江南武進（今屬江蘇）人。明遺民二代，其父楊瑀（雪臣），顧炎武嘗謂："讀書爲己，探賾洞微，吾不如楊雪臣。"楊氏少承父教，不事科舉，教讀爲生，與諸老唱酬。著有《梧岡集》，卷六有《寄祝徐渼齋先生六十》四首，當作於 1681 年，其一云：

> 三吳名士數南州，鏡裏流光漸白頭。
> 案上詩編新甲子，井中書續舊春秋。
> 閒雲野鶴扶筇得，賸水殘山澄墨收。
> 縱有千金渾不顧，看囊那用一錢罍！

楊氏以這樣的詩寄贈著名遺民徐枋，自然是肯定《心史》非僞。

汪薇（1645~1717），字思白，號棣園、辱齋，江南歙縣（今屬安徽）人，康熙乙丑（1685）進士。選庶常，改户部主事，陞部郎。丁丑（1697）年任福建省提學道，以崇實學、端士習爲首務，考校公明，斷絶請託，取士爲天下冠。時謂：振興文教，常袞後一人而已。秩滿告歸，閉户讀書。卒之日，九郡人士聚而哭之，後爲他建祠於道山。著有《經概》五卷、《詩倫》二卷。

《詩倫》成書於康熙丁酉（1717），書中收有《心史》中《苦懷六首》一首（其二）。在詩句"小恩尚思報"後，汪氏批曰："沽名。"在詩句"大義反忘恥"後，汪氏批曰："貪富貴。"揭示鄭詩的批判意義。在詩後汪氏評曰："滄桑可變，《心史》不廢。錄《苦懷》一首見其概云。"

王式丹（1645~1718），字方若，號樓邨，室名鴻柯草堂。江南寶應（今屬揚州）人。沈德潛及翁照、周準輯《國朝詩別裁集》卷十九云："樓邨壬午（按，1702）鄉舉，年已六旬。明年會試、殿試皆第一。鄉舉時已定元矣，後得吳楚琦卷，改置第六。其實吳卷遠不逮王。知本朝三元應有待也。歸里後,以同年友累,至於對簿辨雪。未幾,遂成古人。藝林重其才,因悲其遇云。"王氏晚年曾在館閣十年,與修《佩文韻府》《大清一統志》《朱子全書》《淵鑑類函》等。其詩排奡陡健,王士禎、田雯諸人尤重之,宋犖輯刻《江左十五子詩選》以其居首。有《樓邨集》,《四庫》列於存目。

《樓邨詩集》卷三《龍竿集》有作於康熙甲戌(1694)的《讀家霜臯叔墓誌有感,卽贈崑繩弟》二首。(按,霜臯指王世德,1612~1693,字克承,號中齋,又號霜臯。少襲錦衣衛指揮僉事。甲申北都陷,拔刀將引決,爲僕所奪。妻魏氏已率諸婦女赴井死,世德遂易僧服,與梁以樟偕隱。嘗憤野史誣崇禎爲亡國之君,不可傳信,欷歔扼腕,作《崇禎遺錄》。)其一後爲楊鍾羲《雪橋詩話餘集》卷一所引,詩中以《心史》比喻其叔的《崇禎遺錄》:

> 牲石初封雪窖新,墓門應識宋遺民。
> 生前淚咽精魂苦,死後書傳舊事眞。
> 此日長編無定論,當年亡國果何人?
> 所南鐵血傳荒井,一樹冬青慘不春。[1]

《樓邨詩集》卷十《翠蘇集》有作於庚辰(1700)的《玉帶生歌》,序曰:"文信公舊硯也。銘云'紫之衣兮綿綿,玉之帶兮鄰鄰',凡四十四字。公旣殉國,硯歸謝臯羽。元末在楊鐵崖七客寮中,號曰'玉帶生門生',張憲有詩紀之。今爲中丞公(按,當是宋犖)寶藏,作歌屬和。"詩末云:

> ……昔時山海歷崎嶇,今日襟懷照清朗。
> 卻笑客寮非比倫,秋聲一輩同標榜。

---

[1]　作者自注:"叔有《崇禎遺錄》,足正傳訛。其《自序》一篇詳載墓誌。"

剪得蘭根《心史》香,好與石君熟來往。①

　　《樓邨詩集》卷十一《罨蘇集》又有作於辛巳(1701)的《題徐昭法先生澗上艸堂畫,兼貽西照頭陀》,序曰:"頭陀姓戴,名易,字南枝,越之遺民也,寄蹟於僧,賣字葬昭法先生于珍珠塢,著《虎丘表忠補》一篇,載文靖公及澗上遺蹟甚悉,又有《釣臺詩》五百首。"此詩失收於徐達源、羅振常等人輯編的《澗上草堂紀畧》,爲《江左十五子詩選》卷一、《國朝詩別裁集》卷十九所選,詩中提及《心史》,值得一讀:

> 鼎湖畫瞳龍無所,席藁孤臣淚如雨。②
> 香艸菴前魂夜飛,臣報其君子肖父。
> 一樹冬青半欲枯,枝上靈禽自儔伍。
> 鐵函荒井抱遺編,時有風流照毫楮。
> 翛然落墨仿倪迂,寂寂空巖帶平楚。
> 當年思肖畫蘭花,只畫根莖不畫土。
> 澗上襟情亦似之,自寫草堂心毒苦。
> 我今讀畫緬遺風,江南鬼哭珍珠塢。
> 埋骨憑將賣字人,更與流傳《表忠補》。
> 好把嚴陵五百篇,需伴此圖共千古。

　　沈受宏(1645~1722),字台臣,號白漊,別號餘不鄉後人。江南太倉(今屬江蘇)人。州貢生。年十二能制義,十四能詩,已而受業於盛敬,研極性命,學乃大進。吳偉業奇其才,授以作詩之要,名聲日起。同里王揆及長洲繆彤,俱以詩文相師友。遊京師,公卿折節下之。在名場五十年,終老不遇,而中心坦如。父母俱失明,精心奉養,撫弟妹及孤姪,以孝悌聞。著有《白漊集》等。《白漊集》卷三有《哭外大父莊溪先生四首》

---

① 作者自注:"宋公寶藏鄭所南墨蘭一幅,余謂鐵崖客寮中物皆不足與玉帶生爲伍,當以鄭蘭配之乃宜耳。"
② 作者自注:"席藁,文靖公遺言也。"

(按,詩又見載楊鍾羲《雪橋詩話餘集》卷一。莊溪卽王育,字子春,號石隱,明遺民),當作於康熙庚寅(1710),其二用了《心史》事典:

> 一室編摩二十春,書成斯籍證前身。[①]
> 千秋自信行天地,半夜曾經泣鬼神。
> 鄭井荒唐埋史日,揚亭寥落受經人。
> 平生陳、陸同方友,泉路相逢講說新。[②]

葉良儀(1645~?),字孚周,號齊安旅人,齋號三當軒。安徽休寧人。生平不詳。著有《簡崖雜著》。康熙丙戌(1706)其家人刊刻《餘年閑話》,爲葉氏平日讀書之餘議論之記錄。卷三有云:

> 余幼見《宋元通鑑》所載,文少保拘燕日有"倘蒙寬假,以黃冠歸故鄉,他日備顧問可也"之語,竊疑文山先生鐵石心肝人,何忽委蛇至此?及長,得讀鄭所南先生《心史》,而後知其果不爾也。《[心]史》云……其死之顛末如此,是何等激烈,而肯纖毫委蛇耶?大抵兩朝革命之際,史臣必多諱詞,或將忠憤之言,易爲和平之語,以至本人之眞面目不見。如文山先生乃其一耳。嗚呼,苟非鐵函藏於井底,安能使激烈之鬚眉,復昭然表白於三百餘年之後哉!

潘耒(1646~1708),原名棟吳,字次耕,又字稼堂,晚號止止居士。江蘇吳江人。幼孤,少有聖童之目,初從兄檉章學。兄罹莊史之難,家破,北徙戍邊。後南返,變名吳開琦,避地西山,從徐枋游。又至太原師從顧炎武。顧爲之議婚。先後得名師指授,故其學貫穿博洽。初未應試,後因徐乾學牽引,舉康熙戊午(1678)鴻博,授職檢討,參與纂修《明史》。與朱彝尊、嚴繩孫同由布衣入選,凡館閣經進支字必出三人手,潘

---

① 作者自注:"先生著《六書論正》二十四卷。"
② 作者自注:"確菴、桴亭兩先生時已先歿。"

氏尤敢言無避,故遭同僚忌惡。甲子(1684)坐降調,遂歸。癸未(1703)康熙南巡,復原官,終未出。潘氏爲亡兄刻《國史考異》《松陵文獻》。又篤師門之誼,徐枋臨終以孤孫相託,潘氏爲謀置生產,衛其外侮,並爲徐氏刻《居易堂集》;顧炎武所著《日知錄》《亭林遺書》,由潘氏出資以刻,始得傳世。

潘氏有《遂初堂集》,多處寫到《心史》。如詩集卷四《夢遊草》有《壽李映碧先生八十二首》,其二云:①

> 考獻徵文重石渠,蒲輪遠貢竟何如。
> 班彪久矣能成史,范粲終知不下車。
> 北部姓名鈎黨後,東京人物《夢華》餘。
> 惟應獨拜江邊榻,公論憑開井底書。②

《遂初堂集》詩集卷六《近遊草》又有《訪吳東籬先生》(又載乾隆時修《震澤縣志》卷三四):

> 燒殘刼火少遺民,猶喜空江剩一人。
> 井底書函畱甲子,壺中藥物辨君臣。
> 仲連老去神仍王,叔夜歸來性已馴。
> 塵土勞勞成底事,慚將小草對松筠。

《遂初堂集》詩集卷十三《楚粵遊草》有《讀武源顧將軍傳》:

> 中原已見臥銅駝,一旅厓山事若何!
> 填海空啣精衛石,迴天莫挽魯陽戈。

---

① 按,詩中"姓名"原作"人文","人"字與下句重,今據《郎潛紀聞》改。蓋此詩又見陳康祺《郎潛紀聞》卷七,但陳氏說忘記了作者;又見於孫靜菴《棲霞閣野乘》下,孫氏也沒能寫出作者。而今人錢仲聯主編《清詩紀事》,竟據《郎潛紀聞》誤入"明遺民卷"的"無名氏"中!

② 作者自注:"史局初開,先生被徵不應。"

身埋絶島忠難泯，骨返家山恨不磨。

猶有鐵函存姓字，孤兒莫漫淚滂沱。

《遂初堂集》詩集卷十五《臥遊草》有《送聖玉再往遼左二首》，其二云：

養就針鋒解指南，重溟來往片帆堪。

不妨刻印還銷印，一任朝三與暮三。①

劍到波心終自躍，珠藏龍頷定須探。

病夫待爾歸來早，《心史》相將訪鐵函。

《遂初堂集》文集卷六《殉國彙編序》（又收《吳江縣志》卷五五）又云：“嗚呼，鐵函之書，至易代而卒顯；轉藏之籍，歷數朝而竟傳。毅魄所憑，不可磨滅！”

姜實節（1647～1709），字學在，號鶴澗，一號仲子，又號思未（按，暗寓“思朱”）。山東萊陽人，流寓吳中。明末禮部給事中姜埰次子。生有異質，以時艱謝去舉子業，從事詩古文。總卯時即有驚人句，曹顧菴、王西樵見而嘆異之，謂其父曰：“此子他日必以詩名擅海內。”父故（1673）後，與兄安節遵遺命，奉父柩葬宣城戍所敬亭山下，哀毀羸瘠，並建二姜先生（祖、父）祠於蘇州虎丘。又築諫草樓於祠後，爲棲息所，足不入城市，人稱鶴澗先生。年逾四十，即自製生壙及墓銘。冷士嵋《明處士萊陽姜仲子墓表》（按，實節生於清初而冷氏仍稱其爲明處士）記其臨終時言及《心史》：

一日，收其所作詩文，燔而瘞諸生壙之側，曰：“以此還造化。”沒之前一日，起沐浴，肅衣冠，拜祖忠肅、父貞毅公遺像迄，扶南向坐。本仔（按，其子）等泣。曰：“死何足悲？得全而

---

① 作者自注：“時有不准納贖之信。”

歸之，足矣。"遺命斂用貞毅公所賜授室衣，曰："服以見先人於地下。"以所著《酸心集》付本仔："俾他日鋼鐵函沉諸井，不可以示人也！"遂卒。

姚際恒（1647～1715），字立方，又字善夫，號首源，齋名好古堂。安徽徽州人，居杭州。諸生。一生坎壈，兀兀窮年，惟手一編枯坐。先世既有藏書，乃復搜之市肆，久之而插架與腹笥俱富。據吳焯《薰習錄》，姚氏少折節讀書，泛濫百氏。旣而盡棄詞章之學，專事於經。年五十曰："向平婚嫁畢而游五嶽，予婚嫁畢而注九經。"遂屏絕人事，閱十四年而書成，名曰《九經通論》。又著《庸言錄》若干卷，雜論經史、理學、諸子，末附《古今偽書考》，持論雖嚴，足以破惑，學者稱之。

閻若璩《尚書古文疏證》卷八記，康熙癸酉（1693）冬閻氏因毛奇齡介紹而與姚氏結交。姚氏亦認《古文尚書》爲偽，閻氏認爲其書稿"亦有失有得……得則多超人意見外"，因"喜而手自繕寫"，散置於自己的《尚書古文疏證》各條下。然而，姚氏《古今偽書考》一書卻在《於陵子》條下針對閻氏和徐乾學寫了這樣一段話：

> 劉向曾上《於陵子》，今不傳。此乃明·姚士麟偽撰，見《祕册彙函》。又，宋·鄭思肖《心史》，相傳亦出於姚，世因謂姚造。余案，《心史》言辭甚多，而且鬱勃憤懣，自是一種逸民具至性者之筆，非可偽爲也！叔祥與胡孝轅輩好搜古籍，謂於吳門承天寺井中得之。林茂之序謂僧君慧浚井所得，或是。未敢附和以爲偽書，附辨於此。

姚氏在本是專門辨斥古今偽書的著作中，特地爲《心史》之非偽"附辨"，其意義實非同一般！另外，姚氏在"首源主人手編"《好古堂書目》的子部·雜家中，也著錄了鄭思肖《心史》（林本）。

趙作羹，字子和，號企山，山東博山（今淄博）人。生卒年不詳，清初康雍時人。生性孝順，喜好讀書，鄉里有聲。不願從事帖括，致力於詩古文辭,尤精於史學。晚年著書立說,不知疲倦。著有《季漢紀》《南北宋紀》《尚友集》等。享年八十三。《季漢紀》有雍正甲辰(1724)序鈔本。卷首趙氏《季漢紀緣起》中提到:

> 鄭所南《心史》曰:"西漢絕十八年,景帝之子、長沙定王發五世孫光武興漢,其派實不出於武、昭、宣、元、成、哀、平諸帝之下;東漢絕一年,亦景帝子、中山靖王勝之孫昭烈興漢,其派亦不出於東漢諸帝之下。"則光武、昭烈皆崛起而承大業者也。文文山云:"光武起南陽,昭烈帝成都,皆出於推戴。"

邵廷采(1648~1711),原名行中,字允斯,改名廷采,字念魯。浙江餘姚人。康熙時諸生。少從韓孔當講學於姚江書院,交蕺山(劉宗周)弟子,聞誠意慎獨之學,欣然有得。數困舉場。好求經世大畧,每談忠孝節烈事,奮袖激昂,神氣勃發。於明末諸臣尤能該其本末,搜討掇拾,欲成一書,稿初就,未竟而卒。弟子刻其文爲《思復堂文集》,《四庫》入存目。所撰《宋遺民所知傳》和《明遺民所知傳》,均收於《思復堂文集》卷三。在《宋遺民所知傳》中寫到鄭思肖,末云:

> 明崇禎間,吳人濬井,得鐵匣。外斲,陳漆甚固。發之,則思肖書,名曰《心史》,紀德祐、景炎、祥興五年事,爲二卷。內辨文天祥無"黃冠故鄉"語,乃雷夢炎等誣之耳。又自作《字名說》,思肖故思趙,以南爲所。見者莫不憐其意焉。

邵氏所述,畧有記誤,如鄭思肖並無《字名說》。但可知他絕不懷疑《心史》。在《明遺民所知傳》中寫到張岱所著《石匱藏書》時,他又說張氏是"以擬鄭思肖之《鐵函心史》也"。

《思復堂文集》卷十還有作於康熙丙寅(1688)的《擬徵啟禎遺書謝表》,中云:

有明……一代無奇功,故百姓蒙其修養;累朝多教澤,故縉紳皆重廉隅。第正、嘉以前之書,足徵文獻;啟、禎以後之事,半散冰灰。伯喈之逸才,恐其亡形江海;所南之《心史》,亦虞緘襲金函。若不及此蒐羅,何以終其條貫?

黃中堅(1649~?),字震生(一作孫),號蓄齋。吳縣(今蘇州)人。乾隆時修《蘇州府志》中有簡傳。初爲諸生,有聲,屢試不售,遂棄舉子業,肆力古文。與寧都魏禧遊,晚善冷士嵋。有《蓄齋集》,冷氏序曰:"震生少負文名,志期遠大,有不可一世意。中歲遭無妄,歷艱危憂患幾十年所。雖困于時,然年未艾卽以明經荐,人勸之仕,謝不應。嵩心古學,惟以著述自娛。"

所謂"中歲遭無妄",蔣良騏《東華錄》卷十五有記:康熙庚午(1690),徐乾學之姪徐樹屏"庇護光棍徐長民,將徐長民仇家、生員黃中堅聲言必受其害,嚇詐黃中堅金四千兩,田抵六百兩,又將黃中堅交與光棍徐長民,被毆折指"。事又見《清史稿》徐元文傳。

楊鍾羲《雪橋詩話餘集》卷三云:"震孫極推重亭林,所與游者魏叔子、冷秋江、楊大瓢、方靈皋。其《蓄齋初二集》,魏默深《文編》嘗采及之。所爲《秋江散人小傳》,謂易代之際必有高蹈之人而興,王亦不奪其志,誠以道雖不同而於世教有裨云云,亦足使酉夢炎、危素輩知所媿也。"這樣的人,自然是絕不會相信徐乾學的《心史》僞書說的。果然,在其《蓄齋集》卷一《正統論·上》,便引用了《心史》,雖然他並不完全同意鄭思肖的正統論觀點:

若夫鄭氏《心史》,三代而下獨尊漢、宋,卽唐亦在所不予,則其論實創見,而其意尤不公。彼謂"不以正得國,則奪之者爲非逆",則隋文之得國,果何如後周?而奪之于周世宗之手者,又何如奪之于楊廣也哉?夫天下,公器也。然旣已歸于一姓,則無論得之以道、不以道,而天下固其所有也。故雖其子孫不能守,而苟有嫡屬建號于一方,如蜀漢、東晉者,亦安得遽斥之,而歸其統于弑逆僭亂之人?春秋之時,吳、楚之强什伯東周,而夫子必尊天王以臨之,奉周之班制以治之,則三十六邑一日未獻,正統固儼然在周矣。不寧惟是,卽東周已滅,而六國猶未盡滅,夫子亦必不遽以正統予秦。何者?《易》稱"湯、武革命,順乎天而應乎人",秦之不能順天應人亦明矣,故知夫子不予也。若歐陽子之黜蜀漢、東晉,是亟于亡周;蘇子之進魏與五代,是亟于帝秦也。豈不悖哉?雖然,使秦既并天下,則帝王之統,舍秦其誰屬?吾知夫子雖惡秦,亦不能不以之繼周矣,而況于唐乎?鄭氏之黜唐尊宋,是猶毀湯以諛武,非伯夷而是叔齊也,眞處士之橫議也夫!

楊賓(1650~1720),字可師,號耕夫,一號小鐵,晚號大瓢山人。山陰(今浙江紹興)人。十三歲時其父因"通海"案被清廷流放寧古塔,己巳(1689)康熙南巡時迎叩御舟請代父戍,不許。乃出塞省雙親,途中墮馬幾殞。塞外人敬稱其"楊夫子"。父歿於戍所,不得還葬,楊氏跪刑部、兵部凡四百五十五天,終得奉母扶柩而歸,葬父蘇州,遂家焉,日與遺老山人爲伍。有《晞髮堂詩集》,又有《鐵函齋書跋》,顯然分別取義於宋季謝翱、鄭思肖的書名,可知其必是肯定《鐵函心史》爲眞。惜乎楊氏遺著大半散佚,極難尋覓,予幸得見若干鈔本影件。

鈔本《晞髮堂詩》卷二有《讀高青丘姑蘇襍詠,漫題簡末》,用了《心史》沉井之典:

> 姑蘇都會地,太史洛陽才。
> 俯仰看今昔,行遊嘆刼灰。
> 舊碑名姓缺,野寺棟梁摧。
> 雨洗千山樹,雲橫萬古臺。
> 畫船春送酒,蠟屐夜探梅。
> 策筴窮丘壑,題詩遍草萊。
> 武陵彭澤記,江左子山哀。

已續《吳中志》，寧同井底埋。

客途聊展讀，幽興若為開。

《晞髮堂詩》卷三有《所思》二十九首，其十二是懷念一個叫雙南（按，當是潘鏐，吳江人）的朋友，詩云：

白眼年年混酒徒，雄心處處話樵夫。

鐵函知有詩千首，沉到吳宮井底無？

予又從鄧之誠《清詩紀事初編》知楊氏有悼亡友詩四十七首，其中紀念明遺民冷士嵋的一首（約作於 1711）未見於上述鈔本《晞髮堂詩》（按，今見鈔本有剪缺），詩中"井中詩"自是指《心史》：

冷氏舉義旗，全家著忠烈。

秋江百死餘，皚皚滿頭雪。

朋舊化異物，往事向誰說。

終身白衣冠，表此一生節。

垂老乃識君，又復與君別。

贈言井中詩，看君語悲咽。

此別亦尋常，何以遂永訣。

維舟哭草堂，傷哉魂欲絕。

又見鈔本《楊大瓢雜文殘藁》，有為姜埰次子實節寫的《姜仲子焚餘稿序》，中云：

嗚呼，仲子忠孝根心，發為歌詠，真足揭日月而不刊，而乃就余所見者，皆焚而不存，則余所不見而焚者，更不知其凡幾，而所存顧僅止於是，此豈仲子之志也耶？昔謝皋羽往來汐社，慟哭西臺，鬱鬱而歿，而《晞髮》諸集自明初而後播。鄭所南作

《心史》,錮以鐵函,沈之井中,至崇禎十一年始出人間。今仲子《焚餘稿》其後人即能梓於身後,較之無子之臯羽、所南,不可不謂之獨幸,而其精神之所在者,則反焚而不傳,豈其地走天開,犯造物之忌,故爲六丁所奪耶?傳不傳不在焚不焚、梓不梓,而冥冥之中有物焉以相之,如《睎髮集》《心史》之類會有時而出耶?不然者,仲子之詩何僅僅以是傳也!

上面寫到的"地走天開",也是出自《心史》詩句"地走人形獸,春開鬼面花"。《楊大瓢雜文殘藁》又有《鄉思樓記》,末云:

> 攷吳之郡志:樓之北,臯伯通之廡下,梁伯鸞之所賃以舂者也;東北,則鄭所南之井,《鐵函心史》沈焉;東南,則蘇子美滄浪之亭;西折數武,則陳惟寅之漈水園,所謂朱園者是也。吾之樓適在其中,極陋且陋,誠不敢以滄浪、漈水比,獨不可廡下、井中比乎?夫伯鸞,秦人也,秦有終南、太白、鄠杜、曲江之勝;所南,閩產也,閩有九日、三山、武夷、雪洞之奇。而之二君者皆棄其故鄉名勝之地而甘心於廡下、井中者,何哉?亦時與勢爲之耳。今我先人旣葬於此而守之,則時與勢更有不同者矣。自是而往,卽以吳爲故鄉也可,以吳之樓爲故鄉之艸堂也無不可。然則吳之所謂鄉思者,亦以志吾之所自,而使後世子孫知先君子嘯歌之地在彼而不在此也。

楊氏又畱有部份日記手稿。1941 年夏,周作人從楊氏後人借得,倩人錄得副本,先後於 1944、1945 年兩次刊於漢姦雜誌《同聲》《文史》。楊氏日記原本封面題《楊子日記》,有印二,朱文曰"赤泉後裔"(按,漢楊熹封赤泉侯),白文曰"鐵函齋";卷末又有白文印曰"漢太尉伯起公五十二世孫"。所記爲康熙丁亥(1707)一年間事。其三月十九日記:"藍公漪爲楊子鐫印章八:一曰'楊賓之印',一曰'鄉思樓',一曰'抱香書屋',一曰'赤泉楊子家藏',一曰'大瓢山人',一曰'大瓢',二曰'鐵函齋'。"

可知他至少有兩枚"鐵函齋"印,皆藍氏所刻。① 而"抱香書屋"之號,也當出於鄭思肖名句"寧可枝頭抱香死,何曾吹墮北風中"。又在八月二十三日日記中看到他"市《綏寇紀署》《井中心史》"的記載。可知在《心史》刻行六十七年後,楊氏在蘇州竟能買到。

易宏(1650~1722),字渭遠,號秋河,亦號雲華子。廣東新會人。其父易其際是明遺民,易宏在父親影響下,不參加科舉考試。康熙初題詩海幢寺,制軍吳興祚見而奇之,延入幕。吳氏遷瀋陽,與之俱。因徧歷各地,五嶽登其四,凡高賢古蹟、仙靈窟宅、綺羅勝場皆有其詩。後罷遊,歸寓端州法輪寺,謝絕人事,著述以終。易氏《省先府君墓》詩用了《心史》之典:

> 魂氣飄飄不可期,寒雲壟上轉生悲。
> 黃河未倒孤臣水,白馬徒傷有客詩。
> 井冷久沉橋杌史,血飛長染杜鵑枝。
> 蕭蕭寸草逢寒食,淚浥松楸日暮時。

查慎行(1650~1727),初名嗣璉,字夏重,一作夏仲,號查田,又號他山,更名後改字悔餘,一字悔菴,晚號初白。浙江海寧人。少有才名,長游黃宗羲之門,所學益進,湛深經術。生平癖好尤在詩,初受詩法於錢澄之。康熙癸酉(1693)舉人,癸未(1703)進士,授編修。詩爲康熙稱善,比以唐之韓翃。供奉七年,乞歸家居。查氏爲朱彝尊之後東南詩壇領袖。雍正年間,受弟查嗣庭獄株連,盡室赴詔獄,後放歸,未久卒。有《敬業堂集》等。查氏曾在《人海記》卷下《鄭所南心史》中記道:

鄭所南《心史》,崇禎戊寅十一月八日蘇州承天寺君慧上

---

① 乾隆時修《福州府志》:"藍漣字公漪,侯官人。父籍,字興漢,善篆隸書。漣博物洽聞,工諸體詩,超脫道逸,而篆草八分皆有父風,兼擅給事。居道山麓,老屋三間,圖書插架,客至呼酒,賦詩竟日忘倦。自題其門曰:'朱絃不貪緣骨相,滄江終老作詩人。'其志尚如此。性喜遊,足跡遍齊魯衛魏吳越,在粵東羈棲尤久,與梁佩蘭、屈大均、陳恭尹交善。晚歲再至粵,人咸尊禮之,爲刻其集曰《采飲集》,遂卒於粵。"

人浚眢井,得鐵函重櫝,外標"大宋鐵函經",內書"大宋孤臣鄭
思肖百拜頓首封"。自元世祖癸未,歷三百五十六年,其書始
見於世,其精氣自不可磨滅也。朱竹垞云此是"僞託",不知
何據?

　　這段話沒有提供新的史料,而且所言鐵函"內書"還誤多"頓首"兩
字。但顯然查氏完全相信《心史》爲眞,並責問"僞書說"。但他詰問"朱
竹垞云此是'僞託',不知何據",而查朱彝尊今存所有著述,都未見有說
《心史》是"僞託"的話,相反,朱氏也是肯定《心史》的(已見本書前述)。
查氏可能是誤記?或者,查氏因爲也被徐乾學請去編書,所以不好意思
點徐乾學、閻若璩的名,但又爲了表示反對"僞書說",所以便故意瞎寫
一個名字?
　　而就在《人海記》卷下此則《鄭所南心史》的前面第三則,查氏還寫
有《僞書》一則,提到"海鹽姚士粦僞《於陵子》,皆不滿識者一哢也"。可
見查氏認爲《於陵子》是姚氏僞爲的,但絕不認爲《心史》也是姚氏僞撰。
查氏還在《敬業堂詩集》卷十九《讀白耷山人詩,和愷功三首》之三中肯
定了《心史》:

　　　　一卷頻浮大白開,卽論詩句亦雄才。
　　　　到天峭壁千尋立,破浪長風萬里來。
　　　　石火光中亡國恨,鐵函井底後人猜。
　　　　可憐芒碭無雲氣,山色於今死若灰。

　　陳夢雷(1650~1741),字則震,號省齋、天一道人,晚號松鶴老人。
福建侯官(今福州)人。康熙庚戌(1670)進士,選庶吉士,散館除編修。
癸丑(1673)告假歸里,適會耿精忠之變,脅授僞官,託病以稽之。事後
竟被誣下獄,幾遭不測。壬戌(1628)謫戍奉天尚陽堡,戊寅(1698)召
還,侍學誠親王,編輯《古今圖書彙編》。雍正元年(1723),復緣誠親王
失勢,遭遣黑龍江船廠,歿於戍所。有《松鶴山房集》。

　　清初最大的類書(也是今存我國最大的類書)《古今圖書集成》,實際上是陳氏於康熙丙戌(1706)時一人編成,原名《古今圖書彙編》。雍正初,朝廷又命人重編(實際變動不大),於戊申(1728)出版武英殿銅活字本,攘名爲《欽定古今圖書集成》。該類書中收入或引用《心史》中不少詩,如:

　　《明倫彙編・人事典・卷六十・志願部・藝文五・詩詞》收入《心史・咸淳集》中的《詠懷三首》中的一、三;

　　《明倫彙編・交誼典・卷十五・朋友部・藝文三・詩詞》收入《心史・咸淳集》中的《懷友》;

　　《明倫彙編・交誼典・卷七五・餞別部・藝文五・詩》收入《心史・咸淳集》中的《別故人》;

　　《博物彙編・草木典・卷九一・菊部・藝文二》收入《心史・中興集二卷》中的《菊花歌》;

　　《博物彙編・草木典・卷二九七・玉蘂部・雜錄》引用《心史・中興集二卷》中的《弔揚州瓊花》序及詩句;

　　《博物彙編・禽蟲典・卷八・鶴部・藝文二》收入《心史・咸淳集》中的《山中聞鶴》;

　　《博物彙編・神異典・卷二六七・神仙部・藝文八・詩》收入《心史・咸淳集》中的《仙興》;

　　《博物彙編・神異典・卷二九〇・方士部・藝文三》收入《心史・咸淳集》中的《贈老王道人》;

　　另外,《方輿彙編・邊裔典・卷八六・默德那部・雜錄》引有:"鄭所南《心史》:畏吾兒乃韃靼爲父、回回爲母者也。"《理學彙編・文學典・卷八四・文學名家列傳七二・鄭所南》引用《福建通志》,寫到《心史》出井事;而《方輿彙編・職方典・卷六七七・蘇州府部・彙考九・蘇州府祠廟考一》還記有:

　　　　鄭所南先生祠:祀宋末太學鄭思肖。嘗著《心史》,貯鐵匣,投能仁寺井中。(按,承天寺又稱"承天能仁禪寺")明崇禎,僧

浚井,獲之。巡撫張國維刻其書,建祠本寺,後移置東倉西。皇
清順治年間,移置廣生菴。

以上引錄和記載,不僅是對徐、閻二人"僞書說"的否定,而且此書
出於所謂雍正"欽定",正是對幾十年後所謂乾隆"敕修"《續文獻通考》
與"欽定"《四庫全書》時否定《心史》的莫大諷刺——小皇帝居然把老皇
帝的"欽定"給否定了! 如果持此質諸乾隆及其御用館臣,不知他們將
如何尷尬!

先著(1651~1721後),字遷夫(甫),一字渭求,號蠋齋,一號染菴,
晚號盍旦子,又稱之溪老生。先世四川瀘州,遷于金陵。(一說乃"託言
蜀地,並託言姓先,猶明代之孫一元,不知果秦人否也",見沈德潛等編
《國朝詩別裁集》。)楊鍾羲《雪橋詩話三集》卷五認爲先氏乃明遺民。葉
昌熾《緣督廬日記鈔》卷十六亦認爲"盍旦之鳥,夜則呼旦。旦者明也,
蓋明之遺民耳"。實際先氏誕於清初。著有《之溪老生集》,確可見遺民
情懷。卷三《藥裹集・上》有約作於康熙乙亥年(1695)的《傷鄭夢老》:

> 烈士一具骨,地下螻蟻侵。
> 祖心葬遼東,天門死湘陰。
> 老成愛少年,潛與結契深。
> 君家一上舍,故宋鄭所南。
> 國亡數行史,鐵函井中沈。
> 填海與移山,知非君所任。
> 新墳築北郭,古寺啼霜禽。
> 淚沾宿草根,悲風撼枯林。

卷五《藥裹後集・上》又有《北山寺,用抑高壁間韻》:

> 興來忘倦向香林,寺有松篁路覺深。
> 踏草已非前日綠,看花誰復少年心。

空憐井底埋藏史,但恐鋤邊捉視金。

不用閒僧知此事,煮茶聲裏對沈吟。

梅庚,生卒年不詳。字耦長,號雪坪,又號聽山翁。宣城人。少孤,力學。康熙辛酉(1681)舉人,爲竹垞所得士。然屢困公車。王士禛主禮闈,復被黜,王作詩自咎。工詩,施閏章一見即引爲忘年交。善八分書,寫山水花卉皆雅韻,然不多作,惟遇知名士贈之。爲阮亭輩所重。晚年知泰順縣事,邑苦歲修海船,梅氏涖任五年,累不及民。嘗作《修船謠》,人比杜甫《舂陵行》。尋以老乞歸。有"兒童失學田園廢,也算從官一度囘"句。所著有《吳市吟》《山陽笛》《漫與集》《聽山詩鈔》。沈壽民《姑山遺集》卷首刊有"年家姻世姪梅庚謹跋",引沈氏《吳圖南翁八十序》句,亦用《心史》沉井典故:

> 《姑山遺集》若干卷,先生之門人梅枝鳳、施閏章等釀金以授梓者也。鏤板甫竣,輒已流布。蓋海内想望姑山之書,亟欲得而卒業。其實先生之言,有未敢出以示人者,斯固不足以盡先生也……梅子庚受書,捧手歎息曰:先生少負君宗之望,公府交辟,文譽一時,翕然震南朔。顧今之可見者只此,又强半義熙以前之作,詎非時爲之歟?當其保舉而北也,家憂國卹,交恫於中,故慷慨論列,無所回避。未幾而飛章告密,酷及膚滂,則又先生危行言孫、儉德避難時也,身將隱矣,焉用文之?刻嗇羅高張,瞻烏靡止,向之所謂姑山草堂者,恍如異域,未能一日安處,不得已而屏跡於北碕南姥之間,"擊石而歌,沉鐵而史",彼其人寧復有後世之名在其意中哉?

馮景(1652~1715),字山公,一字少渠,號香遠,錢塘(今杭州)人。康熙時國子監生。於學無所不窺,年十七八即已學爲古文,涵濡沉浸,而說經之文尤邃。戊午(1678)遊京師,是年詔徵博學鴻儒,公卿列其名將上,固辭不就。有司營宮室,梁需楠木,難之,有請易大成殿梁者,馮氏上

書尙書魏象樞爭之,事寢,名震京師。尙書物色之,而馮氏旋遽,授經淮
安邱家十年。曾師事邵長蘅,又爲王士禛所賞識。與汪煜、湯右曾爲同
學密友,二人不愧言職,亦由馮氏激勵也。己卯(1699),宋犖撫三吳,以
禮聘就幕府,情好甚篤。宋氏内擢太宰,固請偕北上,以母老堅辭。歸
里,貧益甚,老病且劇,又無子。卒後學者私謚文介先生。著有《幸草》
《樊中集》《解春集》,惜皆燬於火。

馮氏深於考據,曾批駁閻若璩,補正毛奇齡、魏禧等人,而對《心史》
則毫不懷疑。今見萬斯同《石園文集》卷首有馮氏題詞:

> 余嘗讀宋遺民謝皋羽《晞髮集》及鄭所南《心史》二書,高
> 其節而哀其忠,輒爲廢書流涕。先生生於明末,爲世臣後,高才
> 博學,不求聞達,志良苦矣。六經百氏之書,無不淹貫,尤專心
> 有明一代之史,旁搜博採,衷於至當,成一家言,垂信來世。今
> 觀史論雜著三十六篇……發潛闡幽,予奪不爽,柳子厚所謂
> "報國以文章",此先生志也。謝鄭之遺,此爲爭烈矣!

王敔(1656~1730?),字虎止,湖南衡陽人,王夫之次子。幼隨父避
亂。康熙己亥(1719)貢生。王氏稟承庭訓,學問淵博,操履高潔,時藝
尤有盛名,與邵陽車無咎(補旃)、王元復(能愚)、攸縣陳之駓(桃文),稱
"楚南四家"。又有稱"楚中三王"者,謂王敔與王元復及漢陽王圭戩(伯
穀)也。潘原書(宗洛)視學楚地時延之入幕,襄校試卷,與宜興儲大文
(六雅)友善。《船山遺書》得入史館立傳儒林者,皆潘、儲左右之力。晚
築湘西草堂。著有《蕉畦存稿》《笈雲草》諸書。學者稱爲蕉畦先生。雍
正庚戌(1730)聘修邑志,力疾成數帙,歸草堂而卒。

鄧顯鶴《沅湘耆舊集》卷六十收有王氏《感懷詩》一首(又見羅正鈞
《船山師友記》卷十四),其中即寫到《心史》:

> ……穆惟我先公,六經發蒙昧。
> 子史析微芒,詩騷建宏幟。

傳書待其人，函井心無飢。

撫族慨凋零，綜緯示苗裔……

李崧（1656～1736），字靜山，號芥軒、嫩仙。江陰（今屬江蘇）人，隱居無錫鵞湖之浣香園，後徙梅里。工詩，有《芥軒詩草》。其《戴南枝八十》一詩，當作於1700年，歌頌明遺民戴易（戴氏山陰人，寄蹟於僧，曾以傭書賣字所得葬徐枋於珍珠塢）：

熱血難消白髮新，滄桑閱歷幾番塵。

獨書甲子依彭澤，老向乾坤哭富春。

畫裏無人元隱士，井中有史宋遺民。

一竿何處堪垂釣，流水桃花護舊津。

徐逢吉（1656～1740），字衡山，號紫珊，齋名黃雪山房，錢塘（今杭州）人，以詩稱。王士禛詩曰：“稗畦（按，指洪昇）樂府紫珊詩，還有吳山（按，指吳舒鳧）絕妙詞，此是西泠三子者，老夫無日不相思。”徐氏與比他小三十多歲的厲鶚相識並唱和。厲氏《秋林琴雅》云：“鄭菊山翁，諱起，即所南之父，有水南半隱，在清波門外長橋。予偕紫珊同賦《驀山溪》弔之。”並記徐氏之詞云：

西風野水，認得長橋路。亂竹小圍牆，是高人、當年流寓。滿城車馬，從不到門前，春一度，秋一度，白首隨朝暮。　　水南半隱，妙有柴桑趣。滄海忽揚塵，問誰知、畫蘭人父？草鞋藤杖，今日我來尋，東又雨，西又雨，幾處牛羊渡。

“水南半隱”只見於《心史》記載，因此徐氏自是相信《心史》者。徐氏此詞又收於其所著《清波小志》卷下。

而徐氏又請其年輕朋友**陳景鐘**撰《清波小志補》。陳氏生卒年不詳，字几山，號墨蘗，亦錢塘人。乾隆戊午（1798）下帷得花書屋授徒，辛酉(1801)舉亞元,北上,著《北遊草》。後隨蔣溥赴湖南,著《楚遊草》。陳氏著《清波小志補》後,又撰《清波三志》。在《清波小志》卷下徐氏那闋詞後陳氏還加了按語,引了《心史》中的《先君菊山翁家傳》。因此,陳氏亦自是相信《心史》爲眞者。

曹寅(1658~1712)字子清,號楝亭,又號荔軒,別號西堂掃花行者,晚年又有眗翁、柳山聾叟等別號。滿洲正白旗包衣。自署千山,蓋其先爲遼陽人。累官通政使、江寧織造。當康熙全盛時,曹氏久駐江淮,官至通政使。風雅好事,南中名士,無不交往,或爲之刻集,皆精美可玩。性喜聚書,多得季振宜、徐乾學所藏,尤多鈔本。其藏書目《楝亭書目》卷四《宋人集》卽明確載有:"《心史》,宋億翁鄭思肖序著,二卷,二冊。"

李塨(1659~1733),字剛主,號恕谷。直隸蠡縣(今河北保定)人。顏元師從李塨父,而李塨與大興王源同師從於顏元。[1] 善稼穡,雖儉歲必有收,而食必粢糲,妻妾子婦執苦身之役。康熙庚午(1690)舉人,晚歲授通州學正,浹月,以母老告歸。博學,工文辭,與慈溪姜宸英齊名。又嘗爲其友治劇邑,逾年政教大行,用此名動公卿間。明珠、索額圖當國,皆嘗延教其子,不就。安溪李光地撫直隸,薦其學行於朝,固辭而不謝。諸王交聘,輒避而之他。既而從毛奇齡學。著書甚多,皆儒家經學,因其說多本之顏氏,以務實相爭,毛氏惡其異己,竟作書以攻之,而當時學者則多躓李焉。

李氏亦相信《心史》者,其《恕谷後集》卷二有《張老園詩集序》,文末寫道:

---

[1] 顏元(1635~1704),原字易直,更字渾然,號習齋,直隸博野(今屬河北)人。青年時曾"耕田灌園",晚年在肥鄉漳南書院任教。教育上主張恢復"禮、樂、射、御、書、數"六藝實學,強調"習行""習動",猛烈抨擊宋明理學家"窮理居敬""靜坐冥想"的主張。經濟上主張"以七字富天下:墾荒、均田、興水利","天地間田宜天地間人共用之"。軍事上主張"以六字強天下:人皆兵、官皆將"。政治上主張"以九字安天下:舉人才、正大經、興禮樂"。弟子李塨弘揚師說,世稱顏李學派。著述有《四存編》《習齋記餘》等。《習齋記餘》卷七有作於1669年的《祭石卿張先生文》,文末有附記:"先生之學德,大約品近幼安,心同思肖,廉潔似孺子某,餓凍似袁安,謙抑樂接後學似郭有道,觀書詳密、講解諄切、雖甚疲病而不倦似朱晦菴……"同卷又有作於1684年的《祭壯譽王義士文》,寫道:"我三輔諸君子……節比幼安、心擬思肖者,指不勝屈。"顏氏多次提到"心同思肖""心擬思肖",我認爲卽指鄭思肖《心史》。顏元當亦爲肯定《心史》者。

在老園高蹈,方欲劐迹削名,何意以剩膏殘馥流播人世;而人故發之,天必闓之。昔鄭所南自沈詩稿於井底,迄明中葉,井光氣燭天,闓之,得石函,盛其詩,遂行世。

這裏說的"明中葉",不確;"闓"卽"掘"。此文後爲《清苑縣志》所收。

張大受(1660~1723),字日容,號匠門。其先江南嘉定(今屬上海)人,祖徙長洲(今蘇州)干將門(又稱匠門),因號焉。康熙庚午(1690)舉於鄉,數上春官,不第。四方造門講藝無虛日。乙酉(1705)入三館,修四朝詩。己丑(1709)始成進士,選庶吉士,授檢討。庚子(1720)主四川鄉試,比還道,奉命視學貴州黔中,設書院義學,風氣爲之一變。雍正聞其有聲,命再任。未幾疾作,卒於官。有《匠門書屋文集》,卷十七《江西訪求遺書檄(代)》中提到《心史》:

> 聖經幽遠,都攝拾於漢儒;史筆浩繁,每增加於馬紀。百家遞出,四庫彌盈。然而孔壁藏書,每仍科斗;周田勒鼓,不斷珊瑚。莊別內篇,嬰成外傳。祕藏杜集,經介甫而完;舊本韓文,待歐陽而顯。覽東南之都會,慨作述之俊英。洪都騷雅之壇,栗里清高之響。峯懸文筆,水合錦江。臨川則人擅筆詩,鄱陽則家徵文獻。由唐三王而後,溯明四家以前。源發崐崙,而百川異派;波涵海若,而萬瀆咸宗。文采猶存,風流安屬;巾箱未備,書簏空藏。置筐篋於家人,付名山之遺佚。敏非荀勖,誰翻冢下之書;忠似所南,或隱井中之史。蛟龍缺畫,苔蘚空滋;風雨斷碑,文章或碎。自非有心補綴,用力蒐羅,祇自恥其寡文,奚所資夫閱覽……

吳暻(1662~1706),字元朗,號西齋,江蘇太倉人。吳偉業之子。工篆隸,精繪畫,擅詩文。康熙戊辰(1688)進士,官兵科給事中,後以細故落職。上惜其才,命入武英殿,充《書畫譜》纂修官。晝考夕稽,殫精積瘁,爲書百卷將呈進,而太夫人病故,歸,卒以孝死。有《西齋集》《西齋自刪詩稿》行世。

《西齋集》卷六有吳氏康熙癸酉年(1693)寫的《後西湖雜感二十首》,序云:"唐宋詞人西湖之遊,遭承平盛事,流連景光,歌舞繁華,其樂忘死。牧齋先生以順治庚寅五月製《西湖雜感詩》,纏綿側麗,申寫雜陳,賦麥歌禾,風懷悽惋。雖其託寄于君臣朋友之間,唯以悲哀爲主,而西湖盛衰大署具載於篇矣。踰四十四年癸酉歲,余浪跡餘杭,孤篷雨屐,吟賞旁皇,得詩亦二十章,題曰《後西湖雜感》。其間登臨節物,情緒異同,非云託跡希風,亦以志余懷賢之意也。三月十九日,西齋居士書于烏戍歸舫中。"第十九首提到《心史》:

> 草木幽然十詠初,休文齋閣正郊居。
> 人才漫綴《先賢傳》,①風土曾繡府帥書。②
> 雌霓連蜷撫掌外,通天零落夢華餘。
> 厓山舊事巾箱在,《心史》叢殘老蠹魚。③

《西齋自刪詩稿》卷下又有《次和王異公七十自述詩六首》,第五首暗用《心史》出井之典:

> 十字風心義苑知,杜陵儒雅足爲師。
> 長居東海臣今老,好語中朝叔不癡。
> 牛角《漢書》行自掛,井頭《宋史》出何期。
> 江東豈讓劉三筆,家寶門才信在兹。

陸廷燦(?~1735後),字扶照,一作秩昭,號漫亭,一作幔亭。江蘇嘉定(今屬上海)人。王士禛、宋犖門人,曾編刊《嘉定四先生集》《梁園

---

① 作者自注:"《南史》:周興嗣著《先賢傳》五卷。"
② 作者自注:"宋府帥周淙撰《臨安志》。"
③ 作者自注:"昭嗣同年熟明季舊事,在東山書局分草《浙志》,故篇中及之。"

風雅》《王徵士集》等。後官福建崇安縣知縣、候補主事，潔己愛民，旌別淑慝，並較訂《武夷山志》。晚年歸里，著有《南村隨筆》及《續茶經》。

陸氏居鄉時，曾在南翔槎溪之上藝菊數畝以娛親，並請人繪圖，詩友名人題詠，又廣搜博采經史子集中有關菊的詩文掌故，積成卷冊。後於康熙戊戌(1718)在福建做官時，整理有關詩文刻成《藝菊志》八卷。其中卷四"五言古"和"五言絕"中分別收入了《心史》中的《對菊四首》，卷五"七言古"收入了《心史》中的《菊花歌》。

費錫璜(1664～1723後)，字滋衡，明遺民費密次子。祖籍四川新繁(今成都)，生於江都(今揚州)，著有《貫道堂文集》《掣鯨堂詩集》。王豫《淮海英靈續集》巳集卷二載："滋衡作樂府一闋，名《落雀》，或以呈勤郡王，王乃集名輩讀之，多不能句度。一時李唐思輩皆為擬作。在都中李合肥奯居貞松堂，對人常有太白之目。與黃叔威、劉靜伯倡古詩社，為時所宗。屈山人贈詩云：'開元大曆十餘公，盡在高才變化中。誰復光芒真萬丈，謫仙猶讓浣花翁。'其傾倒如此。沈文愨云：'古樂府蒼蒼莽莽，時有古音，然亦不無粗率處。陶汰之，取其古而近雅者，迥異時流。'見《盟鷗淑筆談》。"屈大均《翁山詩外》卷十四有《西蜀費錫璜數枉書來，自稱私淑弟子，賦以答之》四首，稱"詩歌豈敢作人師，私淑如君乃不疑"，上面王豫所引卽其第四首。章學誠《文史通義》外篇二《書貫道堂文集後》云："錫璜蓋生於康熙三年甲辰，而文中有及其六十餘歲之事，則雍正初年尚有其人矣……錫璜承其家學，亦有著述，詩古文辭兼擅其名……詩集今不可見，文則斐然可觀，雖不能醇，要於學有所得，能自道其所見，非依附於人而隨風氣者所為也。"

費氏《掣鯨堂詩集》今存，其"七言古詩"卷有一詩作於1711年，題目甚長：《辛卯十月登劍迹山，投詩文一卷于海，張印宣曰，投詩文海中，此詞場佳話也，遂和余云，萬里登臨眼，懷奇肯暗投，嗒焉齊得喪，逝者自沉浮，月冷鮫人泣，雲昏海若愁，翻毫光燄在，此事足千秋，余聞張亦將有狼山之遊，遂為之歌曰》。開首卽云：

君不見，李太白曾攜驚人句，憑高問青天？

又不見,鄭所南著《心史》,金錮埋井泉?
丈夫文章不傳世,便當變滅隨風烟……

張符驤(1664~1727),字良御,號海房,別號天傭子,江蘇泰州人。爲諸生時博學有名,留心前代掌故,表彰忠義。康熙南巡召試,獻《竹西曲》,張文正第其一等。康熙甲午(1714)舉順天鄉試,辛丑(1721)進士,選庶吉士,旋乞病歸。家居貧約,不私謁當事,善爲有益鄉里之舉,遊其門者甚衆。爲文師法歸有光,故名其集《依歸草》,另有《自長吟》《日下麗澤集》《順時錄》《海房文稿》等。

《自長吟》卷一有《悲》七首,其《一悲》涉及《心史》:

男兒樹立非矯矯,雖生百年猶爲夭。
德祐民今在者稀,舊遊淮上思咸老。
文公碧血重千春,殘□不使隨秋草。
垂死尚作西臺悲,苦心皐羽眞如搗。
已占王氣盡錢塘,還從草澤求屠釣。
鐵函知得竟何歸,升沉可許由心造。
嗚呼一悲兮成大咸,今朝市上無一韓!

《自長吟》卷七有《和姜學在自壽》(按,姜學在卽著名遺民姜垛之子實節,詩當作於1706年),又提到《心史》:

方寸原無市與樓,閒愁長自結心頭。
不當海宇滄桑局,獨占吳山六十秋。
但有井函成思肖,①未妨蝶夢寄蒙周。
五人地下應含笑,何物庾劉我一丘。

_____

① 作者自注:"姜自號思未。"(按,隱意"思朱"。)

張氏《依歸草》卷七有《續古今正統大論》一文,繼承和發揮《心史·古今正統大論》,爲今人饒宗頤《中國史學上之正統論》一書所未見。其文曰:

> 安內攘外,《春秋》之義也。執此而論後世之天下,則義有所不可通。蓋古之中國,其幅員不及後世十之四。春秋時,秦、楚、吳、越,胥見擯於聖人,又無論滇、黔、閩、粵也。自齊桓公死,而楚始益大;自韓、趙、魏分晉,而秦始蠶食山東之諸侯。溯乎前而言,虞舜、周文,一爲東夷,一爲西夷;要乎後而言,漢高帝、明太祖,皆淮南之匹夫亡命。孔子生於衰周,推原伯者之功,故其言如此。不知使孔子生春秋之後,尙能執《春秋》之法以槃繩漢、明歷代之爲君者乎?抑並執《春秋》之法以上繩舜、文王之爲君者乎?以孟子爲誣枉舜、文王乎?舜、文王所生之地,不可掩也。不以夷限舜、文王者,因舜、文王之德爲聖人而不敢夷之也。不當以孟子"東夷""西夷"之言例後世者,鄭所南氏之激論也……所南第知天地之常經,而不知古今之通義,以夷、齊自處,卽不能不菲薄湯、武。如其言,古今正統止有虞、夏、兩漢耳,何又恕殷、周乎?謂"篡國之君,義不當以正統歸之",窮羿、嬴政、王莽、曹丕,同馬炎、楊堅、李淵、趙匡胤,其罪均也。有少康、光武、昭烈之中興,則羿、莽、曹丕不成其爲君;無少康、光武、昭烈之中興,故晉、秦、唐、宋,槃成其爲帝。亦《綱目》之不得已也。然則宋後之史,義不當架漏百年以待洪武之興也。"願天早生聖人",特明宗誓天之言,實則天之所子,卽人之所君。自天視之,其無中外也久矣。區區之意,有見於古今之大論,故因所南以發之,詎有所回護而云然也哉!

顧嗣立(1665~1722),字俠君,一字心堅,號閭邱,別號秀埜園丁、醉愚居士、雙井客子、雲癡道人等。江南長洲(今蘇州)人。幼年失怙。六次鄉試,於康熙己卯(1699)順天始得舉人;五次會試,於壬辰(1712)纔

中進士。選庶吉士,改中書,以疾告歸。兄弟六人皆有才名,嗣立尤博學
工詩,喜藏書,又豪於酒,推爲江左第一。所居秀埜園,水木亭臺甲於吳
中,辟秀埜草堂,紙閣三間,傍花映竹,常集四方知名士,觴詠無虚日。輕
財好義,家以日貧,而風流文雅照映一時。有《閭丘詩集鈔》《秀埜草堂
詩集》等。所選《元詩選》等盛行於世。

《秀埜草堂詩集》卷二二有顧氏作於丙戌年(1706)的《題白衣先生
吳浩然逸事》(按,此詩又見顧氏《書館閒吟》卷一。白衣先生當是明遺
民吳道配,新安人,卒葬虞山,私諡清節先生,卓爾堪《遺民詩》選有其
詩),開頭即說《心史》:

> 《心史》徒將記筆端,此身常著白衣冠。
> 西山薇老腸堪飽,東海波平淚未乾。
> 浩氣直教疫鬼辟,真儒未博婦人歡。[①]
> 沙邨徐孺名相埒,清節吳中二老難。

儲大文(1665~1743),字六雅,號畫山,別號樊桐逸士,室名畫山樓、
存硯樓。江蘇宜興人。初從祖遊,讀書九峯樓數十年,有人竟稱之爲東
坡化身。康熙辛丑(1721)進士,選翰林院庶吉士,散館授編修。旋告病
歸。雍正庚戌(1730)晉撫聘其修《晉志》。乾隆壬戌(1742)主講維揚安
定書院,學者宗之。《四庫全書總目》卷一七三著錄其《存硯樓文集》,提
要云:"大文初以制藝名,歸田後乃潛心古學,尤究心於地理,故全集十
六卷,而論形勢者居七卷。凡山川阻隘,邊關阨塞,靡不詳究。"甚至稱
"國朝百有餘年,惟閻若璩明於沿革,大文詳於險易"云。

其《存硯樓二集》卷一《瓊花觀賦》有云:天西現鉢曇之種,帝釋裁聞
其名;所南夢玉真之梅,神僊莫識其質。"後句指《心史》中的《夢游玉真
峯餐梅花記》,鄭文中有此花"世不得聞,仙不得識"句。

同書卷五又有《梅花千詠序》,也提到:"夫唯子真梅市之尤,復絕塵

---

① 作者自注:"崇禎末,嘗欲以真儒召用,爲田妃所沮,遂不果。"

寰也。非梅也,其人也。此所謂得梅之眞,而遺其似者也。抑所南《心史》紀夢曰玉眞峯頂梅花'世不得聞,仙不得識'?"

同書卷十八《書王薑齋九招[昭]後》更有一段非常精彩的評語,論及《心史》的價值:

> 西江論文者曰:爵祿不能誘,刑斧不能懼。此至言也。必規規焉舉格律而肖之,此豈復有文乎?而況《離騷》乎?漢人以下擬《騷》者,非《騷》也。子山之賦,太白之《遠別離》,子美之《秋興》,義山之無題詩,以及韓致堯、徐鼎臣、元裕之諸詠,是眞《騷》也。不寧惟是,雖李重光、辛稼軒樂府,亦《騷》也。而志與時符者,尤莫若皐羽之《記》、所南之《史》。蓋《騷》於是備矣!世之人不以《騷》之眞者爲《騷》,而以似《騷》而非《騷》者爲《騷》,此《騷》之所以亡!而予讀薑齋先生《九招[昭]》之書,輒爲累欷統涕者也!

今又從光緒時修《豐義儲氏分支譜》卷八看到所收儲氏《梅隱先生傳》一文,其中又一次提到《心史》中的《夢游玉眞峯餐梅花記》,可見儲氏對所南此文確實是極爲喜歡的:

> 先生談制義甚微,而未嘗不範於尺度之中,不溢先正銖黍,故肆業者多獲雋,而匪若鄭所南《心史》所謂玉眞峯頂梅花"世不得聞,仙不得識"。

魯之裕(1666~1746),字亮儕,號偉堂,又號塵花軒主人。安徽太湖籍,湖北麻城人。康熙庚子(1720)舉人,雍正丁未(1727)授內閣中書,出爲河南確山知縣。歷官至清河道,乾隆壬戌(1742)致仕,寄居江夏,幾年後病故。所著有《式馨堂詩前後集》等,自爲刪定。魯氏晚年因戴世道之請,爲其祖戴昆《約亭遺詩》作序,乾隆庚子(1780)被查出該書多有所謂"悖逆之處",魯家即遭查抄。雖然乾隆批示"魯之裕身任道員,敢爲逆犯作序，使其人尚存，必當重治其罪；今已身故，姑免深究”，但其後人均被刑訊革職，其遺著亦橫遭“審查”。

魯氏亦肯定《心史》者，《式馨堂詩文集》文集卷十《長蘆鹽法志例言》中卽提到“井函”：

> 顧自有明萬曆以閱於今，百有餘年，中間未遑脩舉，文獻之不絕者如綫耳。縱極捃摭，保無殘缺失次乎？賴聖天子右文之化，壁策井函，靡不世出，薈萃貫穿，綱目畧備。

聶大綬，生卒年不詳，江西永豐（今廣豐）人，康熙丁卯（1687）鄉試中舉，後任知縣。他曾寫詩悼念鄉先賢、元末死於紅巾軍的劉鶚，詩附錄於劉氏《惟實集》卷末，詩中以《心史》比喻劉氏遺著：

> 富貴浮名何足數，惟有節義光千古。
> 骨化形銷聲不磨，地老天荒心獨苦。
> 先生壯歲入承明，晚向嶺嶠建開府。
> 韶石雲擾曲江翻，邑屋蕭條無淨土。
> 睢陽羅雀力已窮，越石重圍身無主。
> 邪許莫呼神鬼愁，西南地陷終難補。
> 只有一死報君恩，信國先後堪繩武。
> 人生死所最難得，英風不共草木腐。
> 父子雙忠事眞奇，綱常千載擎天柱。
> 寶氣埋光四百年，賫井函書聲華吐。
> 劫盡灰飛此集傳，都是萇弘碧血聚。

張璨，生卒年不詳，字豈石，號湘門，齋名學量，自稱學量老人。湖南湘潭人。康熙戊子（1708）舉人，官無錫知縣。雍正甲辰（1724）陞河間知府，官至大理寺少卿。因忤某親王，遂歸。歸時年五十七，家居二十餘年乃卒。著有《石漁詩鈔》，康熙辛丑（1721）刻，後列爲禁燬書。中有

《七日送梁大質人往肅州》二首（按，梁質人名份，1641～1729），又載《沅湘耆舊集》卷六六、《晚晴簃詩匯》卷五七及《梁質人年譜》等。據考，詩當作於康熙己丑年（1709），其二涉及《心史》：

> 一卷光芒《懷葛堂》，讀餘搔首望蒼蒼。
> 此生有願事千古，明日思君天一方。
> 金椀荒邱悲蔓草，<u>鐵函良史凜秋霜</u>。
> 岐陽此去應回首，記聽歌聲是楚狂。①

沈懋華，生卒年不詳，字芝岡，一字芝光，號容薌，太倉籍歸安（今浙江湖州）人。康熙辛丑（1721）進士，一說雍正癸卯（1723）進士，官由翰林改侍御。以輪進經史，被吏議候改部曹，不樂就，遂引歸。晚依佛氏，不復作詩。曾輯《復社紀事》八卷。鄭佶編《國朝湖州詩續錄》卷一，有沈氏作於乾隆年間的《病中寄懷湘客》二首，其一用了《心史》藏井的典故：

> 六十年來萬首詩，劍南去後得吾師。
> 不藏山骨須<u>藏井</u>，休與鄰家賣餅兒。

屈復（1668～1744後），字見心，號金粟，晚號悔翁。陝西蒲城人，布衣。年十九試童子第一，忽棄去。年二十七出遊，走京師，學詩者多從之。其論詩，於興賦比之外，專以寄託爲主。謂陶之飲酒、郭之遊仙、謝之登山、左之詠史，彼自有所以傷心之故，而借題發之，未可刻舟而求劍也。尚書張廷樞欲上章薦，力辭不就。乾隆丙辰（1736）召試博學鴻詞，未赴。無子，妻死不再娶，人以比林和靖云。著有《弱水集》，被清廷列爲禁燬。其書卷二《詠古十首》之九《鄭所南》云：

---

① 作者自注："質人著有《懷葛堂》諸書。"

精氣燭碧空,石函沉古井。

蕭條金仙域,贔屭銀牀綆。

《心史》出塵氛,炎宇忽清冷。

哭比皋羽祕,恨與文山永。

元代既漠漠,明時宜炯炯。

無天不闡幽,賚志難長冥。

其書卷二一有《樂府體詠古詩》,序中曰:"余流寓沂上,貧居多閒,偶取古人往跡有合於心者,次爲歌行,取彼音節,緯我性情,候蟲鳴秋,有不能自已者,非敢索知音於名山也。"中有讀《北史》而作《崔浩史》一首,提及《心史》:

崔浩史,史在身已死。

身死史不磨,殺之待如何!

漢皇焚《本紀》,《本紀》至今在。

所南藏井中,井中光更大。

窮居著述可千古,何必猖狂事魏武?

吳銘道(1671~?)字復古,號古雪山民,貴池(今屬安徽)人。抗清烈士吳應箕之孫。布衣終老,游跡半天下。康熙癸未(1703)曾從孫期昌學使游滇南,有《滇海集》詩。陳沆序稱其爲人奇警豪宕,酒酣燭跋,語及乃祖起兵時事,與其先世交游,歷落動人,亦奇士也。陳梓《吳復古金陀把卷圖》稱其"忙中尚手《鐵函史》,醉裏不忘鉅鹿戰"。又有《布帆集》,憑弔故都,感懷遺舊,豪宕激楚,多可傳之作。其《古雪山民詩後》卷三有《鄢陵二忠祠》(民國時修《鄢陵縣志》卷七收錄),序中介紹了明末"鄢陵二忠":"贈太僕少卿、知鄢陵縣劉振之,字而強,慈谿人。崇禎庚午舉人,以辛巳十二月流寇陷鄢陵,與杜尉邦舉罵賊不屈,爲賊支解。友人汪若木既尹斯邑,奉其尊人周士先生之命,爲之立祠,以永其祀。(劉爲黃公石齋所得士,初署東陽諭,題官舍柱曰:'人熱難因,吾鼎可愛。'又曰:'一片冰心堪贈友,滿腔熱血欲輸君。'其圍城日,手書一詩曰:'淅米向矛頭,枕戈臥城闕。之死矢靡他,誓洒一腔血。'所著有《畫溪近草》《冰壺先生遺橐》。)"詩中用了《心史》沉井的典故:

> ……自公至於今,歲已八十閱。
>
> 不有表揚功,誰知景前哲?
>
> ……聞公有遺編,<u>幽沈尚函鐵</u>。
>
> 何時出人間,匹美尹宙碣?

李文炤(1672~1735),字元朗,號恒齋,學者稱朗軒先生。湖南善化(今長沙)人。康熙癸巳(1713)舉人,授湖北穀城教諭,不赴。嘗主講嶽麓書院,從之者眾。學宗朱子,博通經史,長於性理之學。與邵陽王元復(能愚)、寧鄉張鳴珂(玉友)等切劘講論,於六經傳註、程朱緒言,旁及輿圖、象緯,《內經》《參同契》諸書,晰疑辨難,多所發明。所著治學諸書多被採入四庫。鄉人謂其經學之深,船山而後最著云。卒祀鄉賢祠。有《恒齋文集》,卷八有丁丑年(1697)寫的《讀鄭所南心史》:

> 誰把彈丸畫九州,仁人任士不堪憂。
>
> 春王老筆中天月,小雅殘聲滿地秋。
>
> 一片丹心沉紺井,九圍赤縣等浮漚。
>
> 雞鳴舞罷猶披讀,匣劍飛空劈斗牛。

蔣汾功(1672~1757後),字東委,號濟航,齋號讀孟居。江蘇陽湖(今武進)人。雍正癸卯(1723)恩科進士,湖北即用知縣,乞養歸。後官松江府教授,雍正甲寅(1734)罷官。又三年,授業溫州署中。約四年後歸里,賴爲人撰碑板以自給。善詩文,於《孟子》用功尤深,自謂尊孟,實取諸家之長。頗爲戴名世、方苞等所推重。有《讀孟居文集》等,後人又編有《蔣濟航先生文集》。

　《讀孟居文集》卷四有《正統論》(後收《國朝文匯》卷七),首曰:"古今爲正統之說者衆矣，皆自善其見，爲不可易矣。而其閒最著者，莫若歐陽氏、蘇氏。近世易堂魏氏因之，增以宋末鄭氏之言……"所謂"鄭氏之言"卽指鄭思肖《心史》中的《古今正統大論》。蔣氏自是肯定《心史》者。

洪天桂（1674～1718），字秋巖，家有知松堂，奉天開原（今屬遼寧）人。清初勛臣之子，但超然於膏粱紈袴之中，賦性疎朗，懷古讀書，不干仕進。擅詩文，有《知松堂詩鈔》行世。《知松堂詩鈔》卷二有《書屈翁山詩集後》提及《心史》：

> 興亡感憤寓言新，南海遺黎屈大均。
> 社稷已傾猶有諦，衣冠雖在竟無人。
> 採薇歌放餐周粟，哀郢辭傳媿楚臣。
> 文字聖朝寬法網，不須井底久沉淪。[1]

陳正璲（1675～1744 後），號五峯，安徽桐城人。雖承五世家學，但屢困場屋，後索性棄去，嘯傲林泉，吟詠自適。雍正戊申（1728），以積學純孝爲郡縣徵辟，堅辭不就。所著《五峯集》，約於乾隆甲子（1744）刊刻，未久卽被列爲禁燬書。《五峯集》五言律詩卷二有《白鹿莊呈懷廬老人（時年七十）》六首，詠一老遺民，其六寫到《心史》：

> 絕學追前代，依然五世薪。
> 得來書是種，老去筆如神。
> 大塊收無主，名山待有人。
> 千秋《心史》重，不朽宋遺民。

陳芝光，字蔚九，清初仁和（今浙江杭州）人，生平不詳，僅知他與沈嘉轍（？～1733）、吳焯（1676～1733）、符曾、趙昱（1689～1747）、厲鶚

---

[1] 作者自注："鄭所南事。"

（1692～1752）、趙信等人爲友。曾由沈嘉轍首倡，七人同撰《南宋雜事詩》，人各百首一卷，共七卷，陳氏所作爲第三卷，可推測陳氏年紀在沈、吳之後，符、趙、厲、趙之前。法式善《陶廬雜録》卷三云：“七人皆杭產，以其鄉爲南宋故都，所爲詩主紀事，故典故皆註詩下，所引書幾千種，可謂博矣。”

《南宋雜事詩》卷三陳氏有詩云：“海門樓櫓散煙塵，空憶神州舊日春。一自杜鵑啼不歇，高峯叫月有孤臣。”陳氏注曰：“《咸淳集》湖上詩：‘一望湖光鏡面平，暮鴉過盡斷霞輕。狂來飛上高峯頂，跌坐松柯叫月生。’”按，所引詩爲《心史·咸淳集》中《湖上漫賦二首》之二，可確證陳氏篤信《心史》者也。又按，此同撰《南宋雜事詩》七人應該都是篤信《心史》者，但我查到有文字根據的僅三人，陳氏外還有厲鶚（詳見下述）和趙信。

趙信，生卒年未詳，趙昱（功千、谷林）之弟，字辰垣，號意（薏）林。兄弟二人溫經研賦，掫訪祕編，時有“二林”之目。因《南宋雜事詩》受賞於李紱（穆堂）等人，乾隆丙辰（1736）以鴻博薦，惜二人均報罷。趙信爲詩婉秀，有《秀硯齋吟稾》。工書畫而不多作，作則清氣撲眉宇。《南宋雜事詩》卷七爲趙信之作，有詩云：“蕊官宣喚按新歌，爭捲珠簾踏舞韡。春到十三門裏路，内宮齊著縷金羅。”自注：“《心史》：宋行在十三門。”

陳邦彥（1678～1782），字世南，號匏廬道人，浙江海寧人。康熙癸未（1703）進士，官至内閣學士兼禮部侍郎。曾主編《歷代題畫詩類》，由康熙在丁亥年（1707）“御定”，後又被收入《四庫全書》。在該書卷四《地理類》收入《題蕭梅初舊所藏錢塘王畿圖二首》，卷三九《故實》類收入《題明皇按樂圖》，卷七五《蘭竹類》收入《墨蘭》，均出自《心史》。可見陳氏不以《心史》爲僞。（按，四庫館臣也未將這些詩剔出。）

王史鑑，又名鑑，字子任，號惕齋、抱山居士。江蘇無錫人。生卒年未詳（今知其兄王史直，又名直，字子擎，號慎齋，1679～1718），1742年尚在世。清諸生，何焯學生，[①]毛扆友人，自詡“聞古學於義門，窺藏本於

---

① 華希閔《醉經草堂集序》云何焯頗看重王氏，“不欲以弟子目之”。

汲古"。與兄兩人均熱心於鄉邑文獻的搜集整理。王氏著有《醉經草堂前集》,今見民國時無錫縣圖書館鈔本(有殘闕);輯有《宋詩類選》,康熙壬辰(1712)年刊行。① 王氏在壬辰年寫的《宋詩類選》的序中說:

> 晚宋諸人感傷變革,忠義蟠鬱,故多悽愴之作。文信國身任綱常,從容就義,壯烈之語,眞可驚風雨而泣鬼神。水雲之哀怨,晞髮之慟哭,霽山仗義於諸陵,所南發憤於《心史》,千載而下,猶堪痛心。

書中選錄《心史》中詩八首,還在有關詩的注解中引用過《心史》中的《一是居士傳》《先君菊山翁家傳》等文。

《醉經草堂前集》卷十三有《跋程篁墩宋遺民錄》,其中寫道:

> 予於康熙癸巳(按,1713) 清和月,從琴川毛蘠季先生(按,卽毛扆)假得此書鈔本。錄中,鄭所南事蹟甚畧。所作《心史》,至崇禎戊寅吳中久旱,城居買水而食,蘇州承天寺狼山房濬甃井,始得其書於井中,鐵函重鐍,錮以堊灰,故程學士原本未詳。予檢《心史》,增入所南先生《菊山翁家傳》及《一是先生[居士]傳》《德祐二年歲旦》與《五忠詠》諸書,並附錄張玉笥先生《心史序》、崑山顧寧人《井中心史歌》。其餘,蘠季先生所補亦備錄之,藏於家塾。

蔣徵蔚,一名蔚,字應質、起霞,號蔣山,江蘇元和(今蘇州) 人。諸生,年未二十雙耳遂聾,於是潛心鑽研經史,尤邃《說文》之學。阮元視學浙中,稱爲小友,延之入幕,爲刻其書。徧歷浙東山水奇勝,其詩愈佳,

---

① 王氏《宋詩類選序》見於《醉經草堂前集》目錄,收入卷六,但今存鈔本此序殘佚。王氏《答再姪晉川》云:"愚於年末三十時開雕《宋詩類選》,嘗是正於何義門先生,言此書可作《宋詩紀事》,補計敏夫之未及。"按,此時厲鶚《宋詩紀事》尚未編成,所以何焯認爲《宋詩類選》可繼補計有功之《唐詩紀事》。可見何氏對此書評價較高。

曾得袁枚好評。兄弟三人皆有文名,被稱爲吳中三蔣或三珠,而徵蔚名尤著。可惜後患瘋病。著有《經學齋詩集》。王昶《湖海詩傳》卷四三選蔣氏《題費處士密遺像》四首,詠老遺民費密,作於 1699 年後,其一提到《心史》:

> 蠻洞歸來客,滄桑刼後身。
> 江湖寒布褐,《心史》老遺民。
> 虎口人猶怖,蠶叢句獨神。
> 淒涼懷故里,愁絕草堂貧。

　　陳梓(1683~1759),字俯恭(又作勇公、敷公),又字古民(一作古銘,又作菰緝),號一齋,又號客星山人、鑑湖老髯。浙江餘姚人,僑居秀水(嘉興)。雍正元年(1723)舉孝廉方正,乾隆元年(1736)又舉博學宏詞,皆不應。授徒爲業。出劉宗周門,從張履祥弟子姚瑚(蟄菴)遊。陳氏雖生活在"康乾盛世",但以遺民自居,慷慨激烈,頗不畏懼。工詩古文,與北地李鍇齊名,人號"南陳北李"。善書,晚年偏癱而左書。康有爲嘆曰:"陳先生書法卓絕人間,而世人知之者絕少!"著有《井心集詩鈔》,顯然取義於"井中心史",未刊。今見美國國會圖書館藏鈔本,書中激揚民族忠義,提及《心史》處甚多。如卷一《春風集》有《吳復古金陀把卷圖》(按,吳復古名銘道):

> 前金陀,岳勸農;後金陀,曹司農;
> 今之金陀復古翁。
> 復古生平浪遊癖,千里能來掛雙舄。
> 偶然把卷一囂名,買園主人反爲客。
> 僧繇有意寫東絹,頟虎肩鳶目如電。
> 忙中尚手《鐵函史》,醉裏不忘鉅鹿戰。
> 金陀荊棘百年餘,縱有笙歌寔荒院。
> 得君寄此重洗除,喬松古石開生面。

噫嘻乎,復古復古,如今復何古!

爲勸農耶心獨苦,亡國之遺力何補!

爲司農耶噲等伍,黃鐘自毀瓦作釜!

此間立脚我爲主,肯向兒曹別門户!

齊山龍山古池州,昭明之臺蕭相樓,

桃源爲春兮,菊所爲秋。

歸來歸來兮,金陀不可以久霑!

《春風集》又有《題復菴先生集後》寫到《心史》:

醉里舊門閭,茆堂白日春。

逍遙東晉士,游隋大元民。

風俗今時魏,桑農古地豳。

蟻杯共聖賢,蜂户定君臣。

萍水籤初盍,天涯淚滿襟。

飄搖憐帝室,慷慨締周親。

履險忘魚服,懷忠冀蠖伸。

不因韓事漢,或者楚亡秦。

眞宰竟茫昧,旄星尚嚮晨。

悲涼傳列女,辛苦負先人。

我亦西臺痛,心懸北闕塵。

頻來宵醮坐,空度歲寒辰。

壞壁琴聲在,危樓月色新。

竹疎荒委地,梅老立孤聲。

遺薰心爲史,哀辭血未泯。

鐵函好收拾,他日獻丹宸。

卷一《歸越草》有《題先兄墓碑》用了《心史》典故:

入學聊書號，康熙也紀年。

雄才埋蔓草，愁思結荒煙。

姓氏樵夫誦，聲名野客憐。

鋟函三百首，何日爲兄傳！

卷一《長城集》有《疊韻答復古》四首，其二又用了《心史》典故（按，此詩又載吳銘道《古雪山民詩後》卷首，尾聯文字有異）：

鏤骨刳腸苦搆思，要留刪後不刪詩。

井埋碧血全身活，地凍黄鐘一管吹。

狂欲上天除彗孛，醉餘跨海碟窮奇。

大言俗輩休驚訝，階下芝蘭破賊兒！

卷二《裹雁集》有《自嘆》也用《心史》典故：

病身始滿又過二，月影同看僅得三。

心血不堪鎔鋟史，人情久已棄者簪。

忽來笑罵資深省，自歷艱危免大慚。

稚子籬根春漸長，浮生何用祝多男。

卷二《定泉集》中《許慕迂屬評宋詩鈔》，高度評價了宋遺民詩，其中也寫到《心史》：

……變雅諸遺民，殘山立蒼岫。

吉了數聲啼，長宵儼清晝。

閏餘節候乖，留此續宇宙。

唐風卻媿玆，鋟函紀德祐。

當年采詩人，哀吟日三復。

我今重感傷，秋蟲遶寒甃。

誰歟許月卿,素風見貞守。

什襲歸德星,紫微兩眉秀。

卷二《孤槎集上》,《追和元人張憲玉帶生歌》最後又提到《心史》:

……慷慨可憐晞髮子,子陵臺上題哀詞。

凍雷無竅洩帝怒,憔悴冬青滴寒露。

金烏失御蟾代司,百歲乾坤委流寓。

嗚呼,玉帶生計何拙,我為生歌重激烈。

墨痕香漬今何存,萬古精華井中鍇。

《孤槎集上》又有《答謝雪漁見懷韻》二首,其二用《心史》典:

夙願愁難雪,羸軀病日侵。

纍人成積憤,閱世剩初心。

鍇匣同年鑄,銀床百丈深。

寸衷都可表,孤月上遙岑。

卷二《孤槎集下》,《和馮養吾見寄六絕(錄二)》其二寫到《心史》:

平生風節企逾垣,南渡遺詩慨宋存。

不錄鍇函猶闕典,墨蘭有土井無源。

卷三《鹿杖集》作於壬戌(1742),有《題查伊璜山水圖》又寫到《心史》:

一角東南舊山水,海風吹塵暮煙紫。

阿誰高隱碧林中,矮屋深衣讀《心史》。

人趨人拜羣婦女,我春我秋魯男子。

墨光不是松間煤,忠臣之血義士髓。

萬杵搗成烏玉精,濃雲細吐玉帶生。

灑來一派清剛氣,蒼然古木含堅貞。

君不見,素綾黃色前朝物,多少淚絲斑斑指痕揑!

卷三《補履集》作於乙丑(1745),有《胡亂且罷》,序曰:"《書記洞詮》云:當五胡亂華之日,漢人之避兵者,凡事倉卒爲之,不能完備,相率曰'胡亂且罷'。因作《胡亂且罷》一章,章十二句。"詩中又寫到《心史》:

胡亂且罷,胡亂且罷,艸艸忽忽過長夜。

滋味何須尋老蔗,屋頭鵂鶹啼哑哑,女郎擁被得不怕。

君不見,<u>井中甲甲畫蘭者</u>,何曾聘老妻,何曾納少姹?

有兒無兒等閒事,胡亂且罷,胡亂且罷!

《補履集》還有《答楊朗山四絕(錄二)》,其一又寫到《心史》:

<u>鋠函重訂傷心稿</u>,琪樹難開斷種花。

天與老夫徵道力,故教冷眼看繁華。

卷四《聞魚集》作於丙寅(1746),時陳氏右手中風,戲作《懲右手二章,章十四句》,其二又提到《心史》:

懲右手:"爾胡評元詩?

元詩一代風雅師,爾乃依附朱傳筆削之,

亦降雅爲風,百年悲黍離?"

右手無名指,長歎泣而跪:

"臣不知忌諱,臣罪寔萬死!

<u>古井重沈鋠函史</u>,莫若唅《冬青引》《白石樵》,

冰堅指墮風蕭蕭!"

卷五《六卯唫》有《破帽泣》,序云:"昔侍蟄菴先生,嘗戴靑氈破巾,謂余曰:'生平不解作詩,或偶吟二語,如"普天率土忘中國,破帽寬袍剩幾人"是也。'語未畢,淚涔涔下。因作《破帽泣》。"

> 彼何人兮,戴切雲之冠;
> 寬袍洒洒兮,風雨寒。
> 對我泣且吟兮,使我心酸。
> <u>抱遺編兮鋇函</u>,拾冬青兮井南。
> 嗚呼,此帽不可得見兮,況此泣。
> 白髮披肩兮,痛何及。
> 鶪旦哀鳴兮,夜過戌。

《六卯唫》又有《承天寺》,該寺爲《心史》沉井處,該詩全詠《心史》:

> 佛日封函舊,滎陽託鮒魚。
> 《十空》聲默誦,《九礪》血無餘。
> 鋇鑄班班史,波沈《久久書》。
> 銀床重照月,爲我證如如。

卷五《殘閏集》有《倣易林六十首(錄十六首)》,其四十四詠鄭思肖:

> 啞人苦瓜,攢眉向天。
> 手抱《心史》,投井飲泉。

陳氏又著有《刪後文集》,卷九有《外舅金晨村先生傳》,傳末云:

> 論曰:鼎革之際,百卉改柯易葉。或父兄爲高士,而子若弟登巍科者,比比也。公獨恪遵家訓,以布衣完節,豈易得哉!昔

億翁題十甲子,楊園先生釋云:"甲者日之始也。"公亦自曰晨
村。後有論世者,亦足以覘公之志矣,悲夫!

所謂"億翁題十甲子",就是《心史》卷末《盟言》後所書十個"甲"
字。從陳氏此處文字來看,著名經學家張履祥(1611~1674)應該也是肯
定《心史》的。可惜,今在《楊園先生全集》裏未能查到有關論述。

羅天尺(1686~1766?),字履先,號石湖,又號百藥居士。廣東順德
人。少以淹博聞,吳縣惠士奇視學嶺南,大加稱許,手錄其詞賦示人,遂
聲譽斐然。然因嬰怯疾,母戒勿事舉業,乃鍵關養病吟詩。與南海何夢
瑤交密。所居里名石湖,因以自號,世因稱"後石湖",以比宋吳郡范成
大。今見其《瘦嵒山房詩刪》中有《乾隆辛巳鑑江午日觀競渡歌》,曰"百
藥道人七十六,閱盡繁華如轉燭"句,推知其生於1686年,又知其晚號百
藥道人。從卷末羅天俊丙戌年(1766)跋,推測其逝於是年或稍前。

《瘦嵒山房詩删》卷三有《鄧天木爲繪石湖小圖歌(鄧君堂,南海
人)》,可知羅氏肯定《心史》:

> 鄧君動筆搖山岳,二頃湖光一時作。
> 我祖精神畫裏生,儼然披氅立邱壑。
> 湖南湖北野蟬鳴,荔枝紅蘸湖波清。
> 種石種魚見野意,白雲白日流閒庭。
> 欸關兩翁知誰是,竹本先生①寒塘子②。
> 司空塚墓日同遊,角里衣冠古無比。
> 高人爭和輞川詩,野衲来看井中史……

諸錦(1686~1769),字襄七,號草廬,浙江秀水(今嘉興)人。雍正
甲辰(1724)進士,由庶吉士改知縣,選金華府教授。乾隆元年(1736)舉
博學鴻詞,授翰林院編修,官至詹事府左春坊左讚善。少孤家貧,遵母教

---

① 作者自注:"彭諱睿壦。"
② 作者自注:"梁諱璉。"

辛苦誦讀,得顧嗣立、張大受延譽,著名於時。性耿介,在京爲官時,不入權貴之門。博聞强識,工詩,亦精箋疏考證。著有《絳跗閣詩棄》《毛詩說》《補饗禮》等。《絳跗閣詩棄》卷三有作於 1724 年的《奉輓易亭先生》(按,所輓者卽明遺民楊無咎):

> 少微月犯哲人萎,太息風流一代摧。
> 已矣切雲高岌岌,翮何大鳥白皑皑。
> 手鈔黨部分南北,《心史》微辭紀定哀。
> 天爲遺民存碩果,丹心千古不能灰。

　　厲鶚(1692~1752),字太鴻,又字雄飛,號樊榭,又號南湖花隱、西溪漁者,浙江錢塘(今杭州)人。康熙庚子(1720)舉人。乾隆元年(1736)舉博學鴻詞,誤寫論置詩前,報罷。乾隆戊辰(1748)以貢士依次補縣令,將入都,道經天津,友人查爲仁雷之水西莊,觴詠數月,同撰《絕妙好詞箋》,遂不就選而歸。性孤峭,義不苟合。讀書搜奇嗜博,尤熟於宋元以來叢書稗說,所得皆用之於詩。工詩詞,品清高,樂府被奉海內第一。嘗客遊揚州,館馬曰琯小玲瓏山館數年,結邗江吟社。著有《遼史拾遺》《南宋院畫錄》《湖船錄》《東城雜記》《樊榭山房集外詞》等,所編《宋詩紀事》極有名。本書前已提到厲氏堅信《心史》,在此再集中一寫。

　　《宋詩紀事》卷八十,厲氏收錄了《逢陳宜之伯義》《送友人歸》《訪隱者》《春日登城》《春詞》《懷友》《春日遊承天寺》《湖上漫賦》《隱居謠》《醉鄉》(其九)等十首出自《心史》的詩。

　　《南宋雜事詩》卷六,厲氏作《無題》詩云:"水南半隱傍花宮,猶是承平處士風。一卷《十空經》在否? 有兒不愧鞠山翁。""水南半隱"出自《心史》。

　　《樊榭山房集外詞》卷二《秋林琴雅》,厲氏有《驀山溪》詞云:"湖南深曲,元是漁樵社。欹墼架長橋,綠陰中、幾椽秀野。今來怊悵,不見岸烏巾,衣帖沒,釣船空,牧豎收羊馬。　　風蘭幾葉,應看佳兒寫。古月墜空山,似飛來、冬青樹罅。無多半隱,幽意自乾坤,休憑弔,半間堂,螢火明秋夜。""無多半隱"亦指"水南半隱",出自《心史》。

又,全祖望《鮚埼亭集》外編卷三四有《心史題詞》云:"亡友長興王敬所嘗爲予言《心史》必是僞作,予是其言而無徵也。已讀閻百詩集,其中引萬季野語以爲海鹽姚叔祥所依託,則敬所已下世,歎其不得聞此佳證也。嘗以語錢塘厲樊榭,則謂:'叔祥豈能爲此詩文?'"厲氏反駁全氏之說,亦足見其肯定《心史》。(按,全氏說閻某"引萬季野語"乃誤記,其實閻某在《尚書古文疏證》中說的是"聞諸曹秋岳";而萬氏則是肯定《心史》者,見本書前述;而且,其父萬泰也寫過專詠《心史》的詩,其侄萬言也寫過肯定《心史》的文字。)

鄭方坤(1693~1754後),字則厚,號荔鄉。福建建安(今建甌)人。雍正元年(1723)進士,爲令邯鄲,屢擢至山東兗州知府。時禁人口出海抵奉天,悉勒還本土。鄭氏適知登州,以爲司牧者但當嚴姦宄之防,不得閉民衆謀生之路,爲白大吏,弛其禁。調武定,能盡心賑務。兗州饑,復移治之。曾活災民無算。鄭氏篤學嗜書,著述宏富,詩才凌厲,與兄方城齊名。有《蔗尾集》,又著編《經稗》《補五代詩話》《全閩詩話》《國朝詩人小傳》諸書。其《全閩詩話》刊於乾隆甲戌(1754),卷五引錄諸書有關《心史》的記載,當然说明他是堅信《心史》爲眞的。

鄭氏又撰《本朝名家詩鈔小傳》,卷一《梅村詩鈔小傳》中用《心史》之典:

> ……乃旋遭蟻賊之亂,都城失守,天子殉社稷,倉皇行遯,滿目蕭條。當其時,亦思引刃以自裁,捐軀以見志,徒以雙親年老,濡忍不決。及入本朝,逼於徵召,復有北山之移,論者惜之。然讀其詩詞樂府,故國舊君之思流連言外……聲有餘哀,情文兼至……悲憤自訟,不作一欺人語。讀者畧其迹,諒其心,可也。所作《永和宮詞》《琵琶行》《松山哀》《雁門尚書行》《思陵公主輓詩》諸什,鋪張排比,如李龜年說開元、天寶遺事,皆可備一代詩史。豈僅若函書瘞井,但說庚申;慟哭荒臺,徒傳乙丙已!或按節而歌,猶令人掩卷而三嘆也。

按,上文"函書瘞井"云云,乃襲自錢謙益《牧齋有學集》卷二十《陳喬生詩集序》:"豈猶夫函書瘞井,但記庚申;慟哭荒臺,徒傳乙丙而已哉!"

韓騏(1694~1754),初名繩祖,字其武,號筠圃,晚號補瓢。江南吳縣(今蘇州)人。貢生。淡於仕進,矩範自繩,處豐而約。有《補瓢存稿》六卷,沈德潛審定。卷三《題趙承旨畫》二首,其二《畫蘭》提到《心史》:

> 花花葉葉意交融,露側風欹自化工。
> 誰道遺民作《心史》,也將餘墨寫幽叢。

然而沈德潛等人所編選的《國朝詩別裁集》,卷二九所收韓氏《題趙承旨畫蘭》文字頗有不同,殆沈氏修改者,似乎流傳更廣:"花花葉葉帶春風,自出王孫揮灑工。猶有遺民作《心史》,也將餘墨寫幽叢。""趙承旨"指入元後官至"翰林學士承旨"的趙孟頫。趙氏也擅畫墨蘭,但其人缺乏民族氣節,所以沈氏在《國朝詩別裁集》中評曰:"將畫蘭不著土者(按,指鄭思肖)反襯,人品判然。"此詩發人深省。清·蔡顯《閒漁閒閒錄》認爲是"諸妙皆生于活,諸響皆生于老"的佳例。乾隆時旅寓福建的華亭(今上海松江)文人徐祚永(學齋),在《閩游詩話》卷上記載了邱振芳一詩(後黃錫蕃《閩中書畫錄》卷三亦引之)曰:"侯官邱素堂一絕云'《心史》何年出世間,早憐空谷解人難。吳興多少流傳墨,可抵先生尺幅蘭?'蘊藉可風。"邱詩可與韓詩對讀焉。

金檀,生卒年不詳,字星軺。浙江桐鄉人,後遷婁東(太倉),再遷吳縣(蘇州)。諸生。自幼嗜古,好蓄異書,築文瑞樓以貯之,親自校勘。自編有《文瑞樓藏書目錄》,楊蟠作序,稱其於桑梓文獻罔弗亹意,康熙己亥(1719)校刊《貝清江集》,可知其生於康熙時;據鮑廷博爲《危太樸集》所寫題跋,知乾隆乙亥(1755)鮑氏於吳郡金家得書,知是年金氏猶在世。《文瑞樓藏書目錄》卷七著錄:"鄭思肖《井中心史》二卷。連江人,以太學上舍應博學宏詞科。宋亡,變名隱居。"

馬曰璐(1695～1775),字佩兮,號半槎、半查,又號涉江。安徽祁門人,僑居揚州。國子監生。與兄曰琯(字秋玉)齊名,人稱"揚州二馬"。乾隆丙辰(1736)與兄同舉博學鴻詞,而皆不就,名重一時。與兄在東關街南搆書屋,曰小玲瓏山館,爲文友讌集之所,藏書甲於大江南北,四庫館開時亦曾獻書受奬。與厲鶚、全祖望、沈德潛等爲友。工詩,詩見于《邗江雅集》《林屋唱酬錄》者最多,詩筆清削。又喜刻書,杭世駿稱其爲"振奇汲古之士"。著有《南齋集》。

今見徐用錫(1657～1736)《圭美堂集》卷二三有《書布衣暖菜羹香詩書滋味長書箋後》一文記:"不知詩書滋味之長,方且日事詩書者,多矣。惟知詩書之味之長,雖布衣而暖,雖菜羹而香。暖與香,不存乎布衣、菜羹也。馬君涉江,附急足,踰淮越河,屬余書是語,其諸事詩書而知滋味之長者歟?何以知詩書滋味之長,曰返諸身而已。余非知詩書之味而有慕乎知味者,故不敢隱其臆見而書其後,以相質涉江味之久而有得焉。幸勿棄我之耄而祕不以告也。"按,"布衣暖,菜羹香,詩書滋味長"是《心史》中的一首《隱居謠》,馬氏如此"附急足,踰淮越河"屬徐氏書寫是語,足證他對《心史》的肯定。

陸汾,生卒年不詳,清初人(也可能生於明末),號雲間散人(因此可能是松江人)、倒埋散人。生平待考。康熙戊午(1678)爲著名詩僧讀徹編刊《南來堂詩集》並作序,序中云:

> ……今集成,而千百年不朽;千百年不朽,而公亦不死。昔孔子歿三百三十年,而壁經始出;<u>所南亡三百歲,而井中之史現</u>。今公去世二十四春秋而集乃成,非天之欲永其傳者,故祕其始乎?

王棠,生卒年不詳,清初人,字勿翦,齋名燕在閣。安徽歙縣人,自署豐山(今浙江紹興)人,晚年流寓揚州。王氏倣顧炎武《日知錄》、楊慎《丹鉛錄》,於"年近桑榆"之康熙丁酉年(1717)撰成《燕在閣知新錄》。書中有引用《心史》者,如卷十七《砲》條,末云:"鄭億翁《心史》云:元人

砲本得之于囘囘國,甚猛于常砲,至大之木,就地立穽,砲石大數尺,墜地
陷入三四尺,欲擊遠則退後,增重發之,欲近反近前。棠按,今世之所謂
大將軍者,卽此砲也。"

　　黃容,生卒年不詳,字敍九,號圭菴。江蘇吳江人。祖應熊,明末諸
生,抗清而死。黃容少好學,能詩,多從長者遊,有名於時,曾館汪文柏家
塾九年。朱鶴齡《愚菴小集》卷八《壽黃母六十序》云:"敍九固世所稱讀
書好古人也。入其室,翛然澄澹,巾瓶卷筴之外別無長物,若將以仲長
《樂志》終其身者。人皆曰敍九賢……失怙苦學……所恃以衣且食者,
惟村塾數童子。而硯田所收,恒值儉歲,瓶之罄矣……"周之夔《希砭齋
集》卷五《題黃圭菴小照》云:"余嘗慕晚邨呂子(按,呂畱良)之爲人……
有道其生平者,謂衣冠全效浮屠氏。余聞之,且疑且慨……吾邑圭菴黃
先生,博學洽聞,好古卓立,闇然内修,而尤敦大節。向與晚邨交最厚,今
且老矣。倩人作小影,布袍韋帶,短髮垂肩,爲頭陀狀。先生得之自喜,乞
友人之能文者跋其後,并以屬余。余惟晚邨爲昭代儒宗,遠紹程朱之緒,
每持論必痛闢異端,惟恐世之人惑於其說。顧躬自效,其衣冠豈其心有不
得已焉者。余以是爲之三歎。昔圭菴先生之締交於晚邨,與晚邨之莫逆
於先生者,以其道同也。兹覩先生之像,可謂同聲相應,不愧知己者矣!"

　　黃氏生平喜談忠孝節義事,凡所聞見,必纂述之。有《卓行錄》《忠
烈編》《圭菴集》等,今均未見。《卓行錄》爲《四庫全書總目》列於傳記
類存目,云:"是書成於康熙庚辰(按,1700),所錄多明末國初之事。後
有自序,稱集中體例主於表彰潛德,蒐輯逸事,其事蹟赫赫在天壤,他書
具載者,反不多錄。"又有《明遺民錄》十卷鈔本,今藏日本東京東洋文
庫。該書稿卷三《陳璧傳》中說:"南都陷,間關走萬里,卒無所遇。然後
暗臥氈車,固窮以老。撰著智井之文,淒吟月泉之社,與鼎翁、皐羽異代
同悲矣。"用了《心史》沉於智井的典故。

　　張仕可,字惕存,江南丹徒(今江蘇鎮江)人。康熙丙辰(1676)進
士,丁丑(1697)任河南提學道,壬午(1702)任分巡衡永郴桂道。雍正時
修《河南通志》稱其:"勤于校閱,所取士多獲雋,按臨各郡,薪水自辦,不
累民間。祀名宦。"他在康熙丁亥(1707)爲王夫之《楚辭通釋》等第一批

遺書刊本作的序中說:"燈下細翻,呼兒朗誦。井底不終沈,痛飲連浮數白;曲終如可見,望湘遙對峯青。"用了《心史》沉井的典故。

劉授易,字五原,號損齋,湖南湘潭人,明遺民劉赤(符九)長子。清附貢生。倜儻好奇,頗喜客游,有几案才,長於歌詩,所至傾其名宿。康熙中獻《南巡詩冊》,同試者五百餘人,劉氏三冊皆入一等,詔選五人扈從入京,劉氏在選中,然未就官。又喜西學,通景教。所著《損齋詩集》後被列入禁燬書目。

《沅湘耆舊集》卷五七收有劉氏詩《希青亭紀事,爲曹羽皇、汪公煒賦》,小序中提到《心史》:

> 羣盜如毛,明社旣屋。浪擬楚中三戶,竟成趙國長平。淋漓血肉,地下相從;浩渺河山,天意有託。仇不共戴,事同塡海之禽;時未可爲,情比悲狐之兔。黃君希倩、程君青來,卜地捹骼,已昭著於燐碧之天;曹君羽皇、汪君公煒,勒石建亭,復表彰於灰冷之日。野老敢云《心史》?鄙夫聊志口碑。蓋遇可痛而志可哀,爰功足嘉而事足紀也。時寓七十二峯,詩成三百六字。

曹扶蒼,生卒年不詳,康乾間人。嘉慶時修《直隸太倉州志》卷三六載:"曹扶蒼,字鴻儀,州庠生,性夷曠,澹於聲利,好爲詩古文,灑灑數千言,居家以孝友忠厚謙和訓子孫,年八十七卒。"又知他有《漸廬詩草》。

嘉慶時修《直隸太倉州志》卷五三、宣統初編《國朝文匯》卷五六,錄有曹氏應陳瑚之孫陳乾如之邀,約寫於雍正辛亥(1731)的《陳安道先生遺書序》。序中多次提到《心史》:

> 昔宋鄭所南先生《心史》一書,皆紀德祐以後事,貯一鐵函,沉吳郡承天寺僧房井中。至明崇禎十一年,天旱浚井,出之。相去三百六十年,楮墨完好。於是文彥可、陸子垂諸先生謀梓而傳之。蓋忠孝所感。必有神物呵護其間,非苟然者。安

道先生(按,指陳瑚)生於明季,負不世出之才……遺書具在,其
名節之重,等黃、農、虞、夏之思;其道理之醇,繼濂、洛、關、閩之
統。歷世久遠,必有如文彥可、陸子垂諸先生之表章《鉄函心
史》焉者。

　　……子興搜輯之;孫溥、潛自康熙庚寅,迄於雍正辛亥,爲
之定次序、校魯亥,搜羅補綴,凡十九年。雖祁寒盛暑,眼昏手
瘃,悉自鈔錄,始得成書。又仿古人鉄函置井遺意,將全書及
《焚餘集》《晚香亭集》《一齋詩文集》《尺牘雜錄》《遺壎集》《遺
篪集》《遺玉集》《伯叔仲兄遺稿》《端峯詩選》及溥自撰詩文
集,葬於居所,樹石于前,曰書塚。

　　袁棟(1697~1761),字國柱,號漫恬(一作田),別號玉田仙史。先
世松江陶姓,明代有贅袁氏者,遂承其姓,爲江蘇吳江人。代有隱德,以
讀書爲事,屢試不遇,怡然如故。無他嗜好,凡所披覽中有所得,隨時札
記,名曰《書隱叢說》。書隱者,所居之樓名,亦以自號也。《四庫全書提
要》云:"是書雜鈔小說家言,參以己之議論,亦頗及當代見聞。原序擬
以洪邁《容齋隨筆》、顧炎武《日知錄》,棟自序亦云摹仿二書,然究非前
人之比也。"其書卷三有《井中心史》,紀事簡潔:

　　宋末鄭思肖,字所南,吾蘇人。入元不仕,目擊心非,著
《心史》二卷,中有書元隱事,不敢示人,乃以匣盛鐵裹,而藏之
井中。至明末葉,張國維撫蘇時,民間撈井得之。張爲序而梓
之以傳,名曰《井中心史》云。

其書卷十六又有《幻術迷人》言及《心史》,雖然荒誕,可作談助:

　　宋·陳州蔡仙姑能化現丈六金身。常設淨水,至者必先淨
目。而入有廖縣尉者,只洗一目。及入,以洗目視之,寶蓮臺上
金佛巍然;以不洗目視之,大竹藍中一老嫗箕踞而坐。乃出而

擒之。《井中心史》載妖僧剖食孕婦,乃持所呪妖水,令元主君臣拭目,盡見孕婦母子乘綠雲而去。其意畧同,而胡僧之術尤工矣。

吳敬梓(1701~1754),字敏軒,號文木,又號秦淮寓客、粒民,晚號文木老人。安徽全椒人。諸生。雍正末年(1735)巡撫薦應博學鴻詞,不赴。自此不應科舉。乃移家金陵,集同志建先賢祠于雨花山麓,祀泰伯以下二百三十人。資不足,售所居屋以成之。家本膏華,然素不習治生,性復豪爽,不數年而產盡,時或至於絕糧。晚年尤落拓縱酒,竟客死揚州。精《文選》,善作賦。生平惡時文舉業,又費二十年心血著《儒林外史》,爲中國說部史上諷刺名作。今上海圖書館藏有吳氏《文木山房詩說》清鈔本(原爲王獻唐所藏),內容論說《詩經》,其第二十四則《魏風》頗涉及《心史》,乃知吳氏亦肯定《心史》者也:

> 魏爲舜禹之故都。昔舜耕於歷山,淘於河濱;禹菲飲食,惡衣服,卑宮室。一帝一王,儉約之化,於時猶存。其地嶢嶢,民貧俗儉,有聖賢之遺風焉。晉獻徒欲武與威以臨諸侯,竟滅其地而賜畢萬。魏以國小兵弱,無如之何。斯時,魏之君子豈無如鄭所南、謝皋羽其人者,傷心故國,形爲詠歌?今按其詩:《葛屨》,似惡晉獻之禍心不能容諸侯也;《汾沮如》,似言畢萬雖美,非我族類也;《園有桃》,所南之"一礪再礪,至於數十礪"也;《陟岵》,蔡子英之歌七章也;《十畝之間》,淵明之《歸去來》也;《伐檀》,西臺痛哭也;至於《碩鼠》,則惡晉已極,寧適他國,不樂居此。不轉瞬間而晉之公族盡矣。獻公身沒,國乃大亂,則亟亟于滅魏,何爲也哉!

吳熉文(1706~1769),字璞存,號樸庭,浙江山陰(今紹興)人。師事同里王霖,與桑調元、厲鶚、杭世駿、盧見曾相友善。八應鄉試而不售,遂究心古董,游於燕趙。爲人敦信,患難不移。高才博學,誨人不倦。嗜

山水,苦吟詠。有《樸庭詩彙》,卷三《題畫蘭竹》用了《心史》沉井之典:

> 管夫人去罷香澤,瞖井翁來見墨痕。
> 九畹芬芳千畝富,空山習靜兩無言。

鮑倚雲(1709~1778),字薇省,號蘇亭,又號退餘,安徽歙縣人。優貢生。乾隆南巡,召試,以病未就。嘗處閩學使者幕,苦心校閱,得疾而歸。年四十,遂不赴鄉舉,以經學授於鄉。有詩名,著《壽藤齋詩集》。該詩集卷二九《小斜川集》有《次韻奉和翼堂先生題壽藤齋拙集四首》,其四用《心史》典故:

> 莊語兒郎要不凡,①重淵魚出就鉤銜。
> 潛虬早有名山業,②自分沈淪井底函。

二、《心史》在乾隆時和乾隆後

清高宗愛新覺羅·弘曆(1711~1799),即乾隆皇帝,是中國歷史上最有名的帝皇之一。他在位六十年(1736~1795),時間之長,在史上僅次於康熙的六十一年;但他實際掌權的時間,仍然是中國的歷代皇帝第一。因為他雖在 1796 年禪位給皇太子(仁宗),改元嘉慶,自稱太上皇帝,但仍主持要政;而且,宮中時憲書及用太上皇名義發佈之敕諭等,仍用乾隆年號,直至其去世。

乾隆時期(主要是前期),為中國歷史上不多見的"盛世",同時也是政治黑暗時期。乾隆捍衛疆土,好大喜功,雄猜刻薄,軍事方面自誇"十大武功";在文化方面,他下令完成了《明史》《續文獻通考》《皇朝文獻通

---

① 作者自注:"余所得韻學甚淺,《祭詩》《訓子》等篇畧具曲折。"
② 作者自注:"外王舅艮齋吳先生《循陔堂詩集》二十卷、《文集》十卷尚未梓行。"

考》等,更開四庫全書館,督查編纂了《四庫全書》及其《書目提要》,同時
又禁書燬書,大搞文字獄。據統計,康熙朝六十一年,文字獄未超過十
件;雍正朝十三年,則近二十件。乾隆最初十幾年雖畧爲緩和,但從十六
年至四十一年,二十五年間竟達七十來起,形成文字獄高峯;而從四十二
年至四十八年,短短七年間更多達五十多件,形成文字獄最高峯!《四
庫全書》編成後,一共收書約三千四百七十種,而當時被銷燬的書當在
這個數字之上! 其中僅浙江省從乾隆三十九年至四十八年間被查禁
的書,就達一萬三千八百六十二種! 歷史學家謝國楨在《增訂晚明史
籍考》的序中說:"當清順治、康熙之間,雖有莊氏史獄,尚無禁書之
舉。康熙十七八年間,廣徵遺書,修編明史,尚未有禁燬之事。泊乾隆
三十年,修四庫全書,始同時焚銷野史。"因此,乾隆三十年(1765)頃,
可視作一個歷史節點。《心史》之正式被判爲僞書,卽出於編《四庫全
書》和《續文獻通考》時,就是殘酷的文字獄最高峯和大肆焚銷野史
之時!

我在讀史中還驚異地發現,乾隆本人對於四百七八十年前的鄭思
肖,是相當注意的。我甚至估計他有可能看過《心史》。雖然迄今未發
現乾隆對《心史》的評說文字,但找到了他寫鄭思肖的詩,而且居然還有
兩首。

一是乾隆"欽定"的清·蔣溥撰《盤山志》(收入《四庫全書》),在
《卷首二·天章一·御製詩》中,錄有乾隆作於乙丑(1745)的《去歲盤山
天成寺中橘樹子饒有佳致,因圖之以歸,幾餘展玩,正值橘月,漫成二章,
仍依舊韻》詩兩首,其二寫到鄭思肖,稱他爲"名家":

> 千户原輸三色柑,春風偶憶普明龕。[1]
> 色香重演無生偈,漫論名家鄭所南。

乾隆的詩常常很彆脚,甚至不知所云。如這首,其中用的典故不知

---

[1]　作者自注:"舊句云:'橘月燕山吟橘樹,春風一室小江南。'"

道爲了表達什麼意思,①也不知道他在幾餘展玩橘子圖時,何以"漫論"
到了鄭思肖。傳世鄭氏詩文中似乎從沒有議論到橘子的"佳致"和"色
香",只是在《心史》的最後一則《正覺摩醯首羅天王王療一切病咒》中寫
到"我觀我生,我實無生",不知乾隆所說的"無生偈"是不是指這個? 如
果是的話,那他就是看過《心史》的。

二是乾隆"欽定"的清·于敏中撰《西清硯譜》(亦收入《四庫全
書》),在卷九《石之屬》中有《宋鄭思肖端石硯說》,最後錄有乾隆於
1778年"御製"的《題宋鄭思肖端石硯》詩,歌頌鄭思肖"罜然"
(高大):

> 硯高四寸五分,寬二寸七分,厚一寸二分,宋老坑,端石也。
> 硯面平直,墨池作一字式,墨光可鑑。上方微泐,通體俱有剥落
> 痕。左側鑴"所南文房"四字,隸書;下有"鄭思肖印"四字方印
> 一,右跗天然微側,左跗亦有刓缺,覆手内鑴御題詩一首,楷書,
> 鈐寶二,曰"會心不遠",曰"德充符"。考趙昱《南宋雜事詩》引
> 《遺民錄》稱,宋鄭思肖,號所南,福州人,爲太學上舍,應宏詞
> 科,元兵南下,扣闊上疏,辭切直,忤當路,不報。宋亡後,坐臥

---

① "千戶""三色"出自梁元帝《玄覽賦》:"三色黃柑,千戶朱橘。"(見《全上古三代秦漢三國六朝文
·全梁文卷十五》)"普明龕"出自唐·釋慧祥《古清涼傳》卷下《游禮感通四》:"釋普明,俗姓趙,
濟州人也。年三十出家,止泰山靈巖寺,每聞清涼瑞像,乃不遠而來,遊於南臺之北,鑿龕修業。
忽遇一僧,姿形偉盛,來共談展。因問其所住,答'在此北邊耳'。遂共論生死難度,煩惱難調,言
甚切至,祇云'努力努力',既别而去。時每數來,方便周旋,唯方誠勗。後有暴賊四五人,倏然刼
奪,緣身畧盡,明且怡然,初無懼惜。賊failed,其僧遂至,明向敍之,彈指稱善,曰'努力努力'。未經
少時,有二虎哮吼直入菴内,明亦鎮懷不動。次兩日彼僧又來,明以情告,僧甚喜躍然,意望慇
懃,復言'努力努力'。更得月許,忽風雪飄駛,俄深數尺,凝寒猛烈,特異於常,日暮,有一婦人,
儀容婉嚴,告明曰'寒苦之甚,請寄龕中',明遂憫而許之。彼衣疎薄,又無茵蓐,更深雪厚,申吟
轉多,告明求寄床上,明初不許,比至三更,其聲遂絕,明以手撫之,上下通冷,纔有氣息,恐其致
殯,引使登床。明解衣蓋及手足,襯以煖之,庶其全濟。夜既深久,明忽爲睡纏,少頃而覺,女乃通
身溫適,細滑非常,明遂慾火内起,便生惡念,方欲摩牧,彼已下床,以手搭之,倏焉而失。明於是
遍身洪爛,百穴膿流,眉毛鬚髮一時俱墮,而疼痛辛苦,徹骨貫心,臭穢狼籍,蛆蟲滿室。明既獲
斯苦,慨責無限,舉身投地,一叫而絕。少復醒悟,投地如前,悲泣哀號,聲終不絕,唯云'大聖,願
捨愚蒙',聲聲相續,如此重悔。經二月餘,忽聞空中有聲曰:'汝無禪行,不可度脫,賜汝長松,服
之當爲俗仙矣。'明承斯告,雖慶所聞,但未識長松,彌加懇惻。後經七日,空又告曰'長松在汝菴
前',並陳色貌、採餌之法。明依言取服,經三日,身瘡卽愈,毛髮並生,姿顏日異,乃就娑婆寺僧
明禪師所居,具陳其事焉。不久之間,遂化仙而去。"

不北向，精墨蘭，自更祚爲蘭不著土。是硯當是其所嘗用也。
匣蓋鐫御題詩，與硯同，隸書，鈐寶二亦同。御製《題宋鄭思肖
端石硯》：

坐惟南向此龍賓，介石千秋尚有神。

博學宏詞世恒有，罕然叩闕上書人。　乾隆戊戌御題。

　　這個端石硯不知其來歷，未知他書記載，也未見乾隆以外的人的題
詠。據我所知，1934 年，北平《故宮週刊》第四〇七期曾以《宋鄭思肖端
石硯》爲題刊出上引文字和照片。該硯現存於台灣的故宮博物院，在互
聯網上也能看到其照片；那個匣蓋則在網上未見，不知尚存世否。[①]　乾
隆這樣關注鄭思肖，必然知道井中出書的奇聞，對《心史》也是該有興趣
的吧。

---

① 順便指出，鄭思肖用過的硯臺，曾經囤存的肯定不止一方。我曾見乾嘉時浙江海寧詩人、藏書家
吳騫（1733～1813）《拜經樓詩草》稿本（殘），中有作於嘉慶辛未（1811）的《上元前二日，招同半
圭、簡莊小集富春軒，卽席》四首，其三曰：“密坐藏鈎興欲酣，爭搜遺事續傳柑。最憐炙研寒牕
下，高節摩抄鄭所南。”自注曰：“時簡莊攜鄭所南沈泥竹節研見示，極古雅。”（按，此詩未見於編
年體《拜經樓詩集》刊本。“藏鈎”爲宮內遊戲，“傳柑”用宋時上元夜朝廷貴戚以黃柑遺宮人典
故，以襯托寒窗高士鄭思肖。）詩中寫到的簡莊，卽乾嘉時海寧詩人、藏書家陳鱣（1753～1817）。
陳鱣所藏的這方鐫有竹節龍紋的澄泥硯，肯定不是乾隆宮中那方，今不知尚存否。我又曾看到
嘉道時詩人夏寶晉（1790～1859）的《冬生艸堂詩錄》卷四有《埜雲山人除夕祭硯歌》，記“闕下布
衣朱埜雲”卽當時詩人、畫家朱鶴年（1760～1834）珍藏有三方寶硯。夏氏注云：“藏鄭所南、葉臺
山、趙凡夫硯，翁覃溪先生爲作《三硯並記》。”查翁方綱《復初齋詩集》，卷六十有《朱野雲祭研圖
二首》和《三硯齋歌爲朱野雲作》，詩注云朱氏“屬額三研齋扁”。阮元《揅經室集》四集詩卷十
《題柳徑停雲圖卷子，三疊萬柳堂詩韻》詩注亦云“山人三硯齋，覃溪先生書扁”。而翁氏《三硯齋
記》則見於《復初齋文集》卷六：“野雲朱君蓄三古硯於槅，予爲銘曰‘一卽三，三卽一’，是果用
《維摩詰經》語耶？坡公曰：‘吾兩手，其一解寫字，而有三硯，何以多爲？’客曰：‘再購以備損
壞。’坡公曰：‘眞硯不損也。’朱君此三硯，則趙凡夫，有自篆銘矣；葉臺山硯，有芝岳銘；鄭所南
硯，四周宋鐫曲水流觴圖，圖兩側有銘，背有所南臨禊帖，歲久磨失，屬予縮臨玉枕本以補之。是
則依然三君子之精神囤寄此銘矣。而朱君以十指作煙雲，驅風萬象，此三者皆相從而融液出之，
淋漓元氣，卽硯卽人也。故曰‘眞硯不損也。’此則所謂‘一卽三，三卽一’之説也。是日，野雲持
槅來，舉似吾齋坡像前，拈瓣香，相視而笑，遂書此以爲記。”又，繆荃孫《雲自在龕隨筆》（其子鈔
本）卷六更記錄了翁氏所作《朱野雲三硯槅銘》：“鄭所南、葉臺山、趙凡夫，同硯田。一卽三，三卽
一。萬煙巒，從此出。丁卯春，縮蘭亭。野雲槅，覃谿銘。”可知翁銘作於 1807 年。另外，我還在
阮元的《揅經室集》四集詩卷八，見有《題朱野雲處士鶴年祭研圖》詩（二首）；陳用光的《太乙舟
詩集》卷四，見有《題朱野雲祭硯圖》詩；斌良的《抱沖齋詩集》卷十二，見有《朱野雲畫叟祭硯圖，
陳荔峯閣學索題》詩；王懿榮的《王文敏公遺集》卷五，見有《朱野雲祭硯圖卷，爲徐年丈筱雲侍郎
題》詩等。可知此三硯當時在民間很有名氣，其中的鄭硯肯定不是乾隆所題那方，今亦不知尚存
否。

　　乾隆"敕修"《四庫全書》時，館臣們對宋代詩文別集進行了比較全面的文獻搜集和整理。查《四庫全書總目》，集部正式著錄的別集，從漢魏至清中葉共計九六一種，其中宋代最多，有三九六種（北宋一二二種，南宋二七四種）①，達《四庫全書》別集總數的四成強。共蒐羅宋代作家三八五人（北宋一一六人，南宋二六九人）。兩宋重要作家幾乎全部入收。尤其是，其中有一二九種宋人別集，即全書所收宋集的近三分之一，是從《永樂大典》中輯佚而來的。這個成績不能不表揚。但是，既然《四庫全書》收了那麼多宋人別集，那麼附有鄭思肖詩文的其父鄭起的《清雋集》明明已經收入了，最後爲什麼卻又被刪除呢（甚至當時已經寫好了提要，詳見本書第九章所述）？既然館臣們從《永樂大典》中輯佚了那麼多宋人別集，那麼鄭思肖的《謬餘集》明明就在《永樂大典》中（全祖望當時就在《永樂大典》中見到過，詳見本書第九章所述），爲什麼不輯錄，或者輯錄了不收入呢？出現這種奇怪情況，我認爲肯定是與乾隆和館臣們對《心史》的態度有關的。

　　實際由乾隆"總主編"的《四庫全書》及其《書目提要》，還有乾隆"欽定"的《續文獻通考》，雖悍然將《心史》擯棄於《四庫》之外，並且一棍子把它打成僞書，但實際所做的手腳又非常不乾淨（當然，也無法做到乾淨），在《四庫全書》中的很多地方雷下了確認《心史》爲眞的大量痕蹟（當然，也不能排除這可能是四庫館臣天良未泯，有意爲之，詳見本書第十一章所敍），完全不能自圓其說。這個，我在本書中已經（或者還將）隨處指出。這裏，就先舉一個特別嚴重、特別可笑的例子。

　　上一節已寫過，康熙四十六年"御定"的《歷代題畫詩類》中收了《心史》中四首詩。此外，我又查到康熙四十七年"御定"的《佩文齋廣羣芳譜》選入了《小春花》《菊花歌》等詩；最甚者，康熙四十八年的《御選宋詩》，竟"御選"了《心史》中多達三十四首詩；還有康熙四十九年"御定"的《淵鑑類函》，引用了《心史》中的《久久書》；康熙五十年"欽定"的《佩文韻府》，至少五處徵引《心史》（如卷六"平聲·六魚韻·書·韻藻·

---

① 張傳峯《〈四庫全書總目〉學術思想研究》在 162、176 頁重複說《四庫》收宋別集三九六種，北宋一二二種，南宋二七六種，不知爲何毫不顧及相加數量之不合。

增・蜕書"："鄭思肖文：始于進學，必籍以書；終于造道，當蜕其書。泥書則物矣"，卷七"上平聲・七虞韻・愚・韻藻・增・一愚"："鄭思肖《一愚說》：愚，衆所鄙之之稱也，喜而納之者，其隱于道乎"，卷六三"去聲・四寘韻・膩・韻藻・增・雨膩"："鄭思肖詩：草木荒寒生意澀，風腥雨膩一天愁"，卷八十"去聲・二十一箇韻・過・韻藻・增・銀彈過"："鄭思肖詩：星流銀彈過，月碾玉輪明［行］"，卷一百"入聲・十一陌韻・白・韻藻・增・淡白"："鄭思肖詩：曙蟾消淡白"。甚至更在"拾遺・卷三四・上聲・四韻・史・補藻"專爲《心史》立了條目，云："鄭所南集，鄭思肖字所南，集名《心史》"）；康熙五十九年"御定"的《韻府拾遺》"史"字部亦爲《心史》立了條目："《心史》，鄭所南集。鄭思肖，字所南，集名《心史》"；康熙六十一年"御定"的類書《御定分類字錦》卷五七《鳥獸・御定猿猴》二七，有"剝薜花"條，引《心史・訪隱者》詩句："滿山落葉無行路，樹上寒猿剝薜花。"以上足以證明，在清初康熙時代，《心史》還完全沒有被視爲僞書。而最奇妙的是，這七大部康熙"御定"的書，又全都收入了乾隆"欽定"的《四庫全書》中！而《四庫全書》不是判定《心史》是僞書嗎？若執此以質疑乾隆皇帝及其御用館臣，不知道他們將如何囬答！孫帝居然把自己祖皇的多次"御定"給否了！你說嚴重不嚴重、可笑不可笑？

這裏還想順便談一下清代坊間出版《心史》的情況。迄今所知，自從明末吳中（1640）、金陵（1640）、閩地（1645）三次刻印《心史》（其中閩刻本流傳極少）以後，直至清末光緒乙巳（1905）滬上出版鉛字排印本，其間整整二百六十年，亦即差不多整個有清一代，《心史》在國內一共僅僅刊刻過三次：

一、《重刊宋鄭所南先生心史上下二卷》。標明"明季梓本""凝碧堂藏板"，似乎是據所藏"明季"之板而重印者，實際則是按照明末吳中張國維本（板框高 20.7 釐米，寬 14 釐米）重刻的，且改爲巾箱小本（板框高 13 釐米，寬 10.3 釐米），未刻明季諸人諸跋。未知"凝碧堂"是何人，亦未知此版刻行於何時何地。也許也不能排除確是明季刻板而藏至清代印行的可能。

二、《心史》二卷。《明辨齋叢書》二集本。其板框、排版、內容與上述凝碧堂本完全一樣,當是用同板重印者,但未標明"明季梓本"及何處藏板,紙幅則比凝碧堂本畧大。而《明辨齋叢書》爲咸豐、同治年間(1851~1874)長沙余氏所輯印。

三、《鐵函心史》二卷。標明"仿照原本""光緒甲午年(按,1894)六月開雕""種竹書屋藏板"。據明末吳中張國維本重新刻板(板框高20.9釐米,寬14釐米),但紙幅更爲闊大。未刻明季諸人諸跋。

以上三種清刊本有一個共同點,就是書前書後都沒有刊刻者甚或前人的任何序跋文字。而《心史》本是一部奇特的書,刊刻者難道一點也不想說些什麼嗎?這在歷來所有的十幾種《心史》版本中,是非常特殊的現象,因此也顯得有點神祕。看來,只能都是因爲這些刊刻者對朝廷之文字獄深感恐懼。由此,今天我們全然不知這三種清本的刊刻經過,對刊刻者也缺少瞭解。[1] 而且,我在清人的書裏迄今從未見到對這三種版本有過任何的評述和著錄,就像是地下出版物,亦可想見其流傳和影響都比較小。就此看來,乾隆時對《心史》的禁燬是非常"有效"的。

下面,本書列舉乾隆朝及其後一段時間的肯定《心史》的人士的文字。可以看到,儘管乾隆時官方的四庫館、三通館判處《心史》爲僞,但當時的學人們大多並不予理睬(當然,有些人大概也沒有看到四庫館臣、三通館臣對於《心史》的判詞),仍一如既往地歌頌、讚賞、引用《心史》,其中有的還是乾隆朝的文臣甚至館臣、寵僚(他們應該是知道對於《心史》的官方判詞的)。如沈德潛,本來按其年齡應該放在上一節裏寫

---

[1] "凝碧堂"主,不知何許人。僅查知顧錫鬯有《凝碧堂集》(我迄今尚未找見該書),顧氏字孝威,號璜園,仁和(今杭州)人,乾隆丙辰(1736)進士,官江西廣饒九南道。凝碧堂《心史》或卽是此人所刻?但他既是乾隆朝命官,怎麼敢重刻《心史》呢?"明辨齋"主人,據查爲余苹皋,字肇鈞,湖南長沙人,曾官郡丞,著有《史書綱領》,請郭嵩燾、俞樾作序。餘不詳,更不知他爲何重印《心史》,也不知他怎麼得到凝碧堂藏板的。"種竹書屋"主人,亦不知何許人。偶見高澍然《抑快軒文集》有《種竹山房詩稿序》,謂"宜興儲氏,自宮庶先生,世以《毛詩》相授受,故其家有《竹屋傳經圖》。宮庶之曾孫青陽學博君紀堂,傳經之餘,肆力於詩。"據查,高澍然字雨農,嘉慶七年(1802)舉人,授內閣中書,未幾移病歸。他說的"青陽學博君紀堂"爲儲徵甲,字紀堂,宜興人,嘉慶九年(1804)舉人,官青陽敎諭,還著有《種竹山房詞鈔》。但種竹書屋版《心史》開雕已是光緒甲午(1894),卽使是宜興儲氏所刻,那也得是儲徵甲的曾孫輩了。總之,清代三位刊刻者至少有兩位生平極難考證。

的,卽因爲乾隆曾經對他特別重視,所以就放在這裏打頭了。

沈德潛(1673～1769),字確士,號歸愚,祖籍浙江吳興(今湖州),生於江南長洲(今蘇州)。乾隆元年丙辰(1736)舉博學鴻詞試。己未(1739)進士,改庶吉士,年已六十七,乾隆稱其爲“江南老名士”。壬戌(1742)授編修,後累遷內閣學士、禮部侍郎,命上書房行走。己巳(1749)以原品休致。辛未(1751)乾隆南巡時賜在籍食俸。丁丑(1757)復南巡時又加禮部尙書銜。卒後贈太子太師,祀賢良祠,諡文愨。沈氏生前受乾隆賜詩極多。但死後乾隆戊戌(1778)因徐述夔《一柱樓集》案,又奪其贈官,罷祠,削諡,以至仆其墓碑。

沈氏晚年是乾隆寵臣,但他不以《心史》爲僞。《歸愚詩鈔》卷十二《舟發蓉湖,過史漢公墓》中卽用了《心史》典故:

> 十里蓉湖路,鄉音此地分。
> 野塘孤客棹,衰草故人墳。
> 遺棄沈瞀井,閉門鎖亂雲。
> 梨花寒食候,誰爲薦夫君。

他在《歸愚文鈔餘集》卷一《重刻黃陶菴先生全集序》中,充分肯定黃淳耀的《讀鄭思肖心史》詩,云:

> 宋之文山文公,明之正學方公,讀其書卽可知爲志士仁人也。乃堪與二公爭光日月者,斷推陶菴黃先生……至見之韻語者,如《寄弟詩》《野人歎》《井中心史》諸什,皆一一以忠義哀傷自許。故一聞國破君亡而從容赴義,如飢渴之赴飲食,寒暑之服裘葛也。斯豈計無復之慷慨、決命於一時者可等量而並觀也哉!

楊鍾義《雪橋詩話三集》卷五還寫到,沈氏壯年時的詩中也用了《心史》之典故,云沈氏“《一一齋集》爲己卯至戊子(按,1699～1708)之詩,方在壯年,古體如……《題徐俟齋先生西山圖》云:'誰寫西山景,西山老逸民。<u>井中元有史</u>,畫裏竟無人。'"按,沈詩當從李崧《戴南枝八十》"畫裏無人元隱士,井中有史宋遺民"句化來。

魯曾煜(? ~1753),字啟人,號秋塍,會稽(今浙江紹興)人。康熙辛丑(1721)進士,改庶吉士,但未經授職卽堅決乞養歸,後以教授生徒爲生。著有《秋塍文鈔》《三州詩鈔》等。所謂"三州",卽廣州、汴州、杭州也,蓋其歷主講席游蹤所及之地云。然今知魯氏至少還去過福州。乾隆辛未(1751)朝廷頒行《大清一統志》後,福州知府徐景熹卽主持修撰《福州府志》,於甲戌(1754)成書。時魯氏爲知府徐氏所聘第一纂修人。今見該《福州府志》在卷六一《人物·忠義·宋》、卷七二《藝文·乙部史》中,都公然載有《心史》及其出井之事。可知魯氏是篤信《心史》者也。

姚培謙(1693~1766),字平山,號松桂、述齋,江蘇華亭(今上海松江)人。弱冠補邑庠生,再試於鄉,不利,輒棄去。發憤著述。云"吾鄉自明季陳、夏結幾社,狃主敦槃,東南名士雲集鱗萃",慨慕其爲人,乃設文會於家塾,寓書走幣,締交於當世之鴻才駿生。一時盃槃縞紵之勝,幾徧大江南北,而雲間之聲氣亦駸駸乎復古矣。然因慷慨任氣,賓客恒滿,亦以是受困。中歷憂患,晚而家益落,讀書詠歌則終始如一日也。家故多藏書,湘簾棐几,校理不倦。一字之疑,羣書比櫛,必疏通證明而後止。於排類比纂,尤爲專門。著有《松桂堂詩文全集》。尤其在乾隆年間編有類書《類腋》①,博覽子史,穿穴義疏,爲其一生心力所萃。姚氏所輯《類腋》卷七《天部·十二月》有"窮冬"條,引《心史·醉鄉行》詩句"窮冬驕寒凍地裂",可知姚氏讀過《心史》。

惠棟(1697~1758),字定宇,號松崖,學者稱小紅豆先生。江蘇元和(今蘇州)人。祖周惕,父士奇,皆治《易》,三世傳經,人贊爲佳話。早年,隨其父至廣東提督學政任所。父卒歸里,課徒著述,終身不仕。其學

① 姚培謙輯《類腋》,分"天地人物"四部。乾隆壬戌(1742),姚氏先成《天部》八卷、《地部》十六卷;乙酉(1765),姚氏與邑人張卿雲(栖靜)合作,又成《人部》十五卷、《物部》十六卷,邑人張隆孫(翰蕋)另成補遺三卷。嘉慶甲子(1804)姑蘇博古堂刻行。

沿顧炎武，一生治經以漢儒爲宗，以昌明漢學爲己任，尤精于漢代《易》學。乾嘉時考據學主要分爲吳、皖兩大派，吳派卽以惠棟爲首。從其《九曜齋筆記》卷二《鄭桐菴敷教交遊籍》看，可知惠氏對鄉先賢鄭敷教、陸坦、姚宗典等《心史》刊刻、題跋者非常熟悉。今見上海圖書館古籍善本部藏有明崇禎時蘇州初刻本《心史》，前鈐有"定于氏""惠棟印信"二印，書中缺頁則由惠氏手鈔補全，足見該本原爲惠氏珍藏。惠氏亦必肯定《心史》，否則一位考據名家豈會爲一部"僞書"恭敬蓋印、補鈔而不斥一字？（今見該本並鈐有于右任印章六種，可見後又爲于氏收藏。）

蔡顯（1697~1767），字景眞，號閒漁，江蘇華亭（今上海松江）人。雍正己酉（1729）舉人。一生潦倒，家居授徒。又潛心著述，陸續刊刻。《閒漁閒閒錄》於乾隆丁亥（1767）三月刻成，中有記述清南下時屠殺暴行及官場醜聞。當地鄉紳於街頭匿名揭貼，稱其怨望訕謗，號召公舉。蔡氏畏懼，於五月到府自首，請求作出公斷，實乃自投羅網。松江府上奏，蔡氏擬淩遲處死，長子擬斬立決，其餘家人俱解部給付勳臣之家爲奴。乾隆最初認爲蔡氏尚與訛謗肆逆者有間，著"從寬"改爲斬決，長子改爲應斬監。後又重閱該書，復下令"按律嚴治不得姑息"，株連甚慘。今見《閒漁閒閒錄》卷四引詩涉及《心史》，可知蔡氏絕不認《心史》爲僞：

　　黃岡杜茶村論詩云："諸妙皆生於活，諸響皆生於老。"偶錄諸前輩絕句，以明茶村論詩之確：……韓其武《題趙承旨畫蘭》云："花花葉葉帶春風，出自王孫揮灑工。猶有遺民作《心史》。也將餘墨寫幽叢。"

楊擁，生卒年不詳。著有《是菴日記》。據《四庫全書總目提要》卷一三九《子部》四九《類書類存目》三：是書"國朝楊擁編。擁字蔚芝，號是菴，爵里無考。卷首所列引用書目，有李漁《閒情偶寄》，則近時人耳。卷中採輯諸書，分類排纂，凡爲十四門。各註所引之書名，亦間附以己意。其《凡例》自云：'會心卽錄，敍次不倫，挂漏孔多，體殊握要。'蓋亦隨意撮鈔之書也。"清《皇朝文獻通考》卷二三〇、清《皇朝通志》卷一〇二亦均著錄。《是菴日記》卷十三鈔錄了前人書中一段話：“人有被殺而無血者。高僧示化，往往有之。唐周朴爲黃巢所殺，湧起白膏數尺。元董摶霄爲賊所刺，惟見白氣一道沖天。可謂異矣。”然後加了按語，按語中所謂“鄭所南《久久書》”卽《心史》也：

> 鄭所南《久久書》載文天祥畢命時無血，惟流白膏數斗。夫丞相忠義亙天，心血久經殫盡，白膏表異，丹碧匪貞，周、董先然，當是積冤之所致。二十四祖師子比丘還報，爲罽賓國王彌羅崛揮刃斷首，白乳湧高數尺，此固高僧示兆之一。

姚範（1702~1771），原名興涊，字南青，又字已銅，號薑塢，安徽桐城人。乾隆丙辰（1736）舉人，壬戌（1742）進士，選庶常，授編修，充三禮館纂修。在翰林不依附人，庚午（1750）卽歸，主天津揚州書院。姚氏爲文沈邃幽古，務求精深，不事華藻。又以考据、義理兩家互相譏詆，其流弊至無所歸，故於學無所偏主。自經史百家、天文地理、小學訓詁，無不精通條貫，而踐履篤實，一以程朱爲歸。所著有《援鶉堂詩文集》《援鶉堂筆記》等。

姚氏雖是乾隆的三禮館臣，但絕不以《心史》爲僞。其《援鶉堂筆記》卷三四《史部·四夷附錄》有一段錄自歐陽修《廬陵史鈔》的關於遼太祖阿保機治漢城的記載：“漢城在炭山東南灤河上，有鹽鐵之利，乃後魏滑鹽縣也。”姚氏加有按語，卽引据《心史》作了辨析：

> 按，炭山卽《水經注》沽水，發源丹花山，今世謂之丹山者也。炭與丹音誤耳。沽水與濡水下流俱合，故亦云沽水爲灤水也。《明一統志》灤河在雲州堡北六十六里，發源炭山，水并亂泉合爲此河，北源經古桓州南下，流入開平界。鄭思肖《心史》云：“蒙古素以歲二月往陘山避暑，八月還幽州。陘山又名炭山，在幽州西北八百里，地坐水鄉，金人舊避暑之地，陞開平府。”按，此乃元之上都，在今多倫諾爾之西北。炭山値其南，

爲上都河之源,而其下爲灤河,皆酈注之濡水也。而阿保機所欲居之漢城,疑卽今之熱河。又按,今丹山在獨石之西,而<u>鄭思肖</u>以炭山爲陘山,則炭山在元上都也,恐未可據,俟更考……

程穆衡(1702~1794),字惟淳,號迓亭。江南鎮洋(今江蘇太倉)人(原籍安徽休寧)。乾隆元年丙辰(1736)舉人,丁巳(1737)進士,授山西榆社知縣。邑多盜,親縛其魁。爲治勤約,不病民。然以耿介,不合上官,罷歸,貧如諸生時。一以著述自娛,至耄弗倦。曾預修《鎮洋縣志》,著有《據梧齋詩文集》《周禮闡微》《禮經發覆》《夏小正註釋》《國語·國策注》等。又取太倉人詩集,二百十人,甄爲三十六卷,凡遺民野老、枯槁不傳者,悉小傳以志顚末,惜未授梓。又有《吳梅村先生詩箋注》,在戊午(1738)年寫的序中以李密《陳情表》和鄭思肖《心史》來比喻吳偉業的某些詩:[1]

> 註詩之難,先哲言之備矣,而余以爲莫難於註梅村先生之詩……況言乎入洛,非覬崇榮;溯彼豳周,最關蕭瑟。情源秀逸,自難已於兼綜;思業高奇,或偶形諸短詠。旣抑揚之非體,又新故之罕兼。乃"荒朝"不見於令伯之文,則《<u>十空</u>》當會諸<u>所南</u>之《<u>史</u>》。

孫世儀(1710~1778),字虞朝,號漁曹,江蘇通州(今南通)人。國子監生,十赴鄉試不遇。卒後私諡文靖。嗜學,家多藏書。工詩文,善書法。古文宗韓愈,詩出入唐宋諸大家,晚年尤肆力於杜甫。有《雍松山房集》《文靖先生詩鈔》。《文靖先生詩鈔》卷五《庚寅歲詩》有《讀宋鄭

---

[1] 錢鍾書先生不同意程氏的這些話,在讀《吳梅村詩集箋注》的筆記中寫道:"然如卷十《滇池鏡吹》七律四首,則竟諛新朝之滅故國! 宜《援鶉堂筆記》深譏之,而程氏不著一語,何也?"按,姚範《援鶉堂筆記》卷五十《續編》:"昔人論劉文成《犁眉公集》云:'身參佐命,悲嘆咨嗟,其爲詩視在故元時飛揚硬矼之氣漸澌濺無餘,有逆其志而盡焉傷之者。'而梅村方且簪筆雍容,奏平滇之鏡吹,美薦達於鋒車,搖華散藻,采振墨飛,豈其生平志事與昔人有懸殊者,而文隨世變,鳴盛維新,亦有不必同者耶?"

所南先生心史感賦》。在乾隆庚寅年(1770)而能讀到《心史》並寫出專詠之詩,比較難得(最後的歌頌"聖朝"當然是官樣文章):

> 人身則死心不死,人心不死有眞史。
> 不爾玙筆萬千言,只是空文紙上耳。
> 先生有心燭天日,先生有心匡井水。
> 井水清冷十丈强,丹心熬井井水香。
> 瞬眼三百五六載,大明之天飛潛光。
> 陳詞瀝瀝心頭血,血久不枯心不滅。
> 孤忠絕孝死偏生,看取淋漓一方鐵。
> 匵藏大宋舊河山,鬼神呵恐蛟龍竊。
> 旌賢別惡宋《春秋》,德祐紀年無斬絕。
> 吟魂直唱心中冤,那有風雲事騷屑。
> 夢中洩漏眞精靈,玉眞峯頂梅花月。
> 先生之品信絕倫,我將擬之難其人。
> 西臺痛哭月泉老,林唐汪謝皆有神。①
> 可憐勝國開督井,七年鼎祚同飄梗。
> 忠肝義骨大有人,永曆、弘光徒畫餅。
> 聖朝一爲掃擾搶,六宇涵和績麟炳。
> 何處如君蘊苦心,古寺苔甃牵短綆。

趙一清(1711~1764),字誠夫,號勿藥,又號東潛。浙江仁和(今杭州)人。國子監生。家有小山堂藏書數萬卷。因祖母朱氏爲山陰祁彪佳外孫,祁氏澹生堂所儲大半歸之。杭世駿、厲鶚、全祖望、丁敬、符曾諸人常集其間。生平博極羣書,而羈旅奔走,老尚依人。師從全祖望,曾考校《水經注》,貢獻甚多。著有《東潛文稿》,卷上《宋忠義柳先生傳(代)》中有一段論述非常精彩,其中提到《心史》:

---

① 作者自注:"《心史》載《玉眞峯夢餐梅花記》,文絕奇。月泉老,謝公翱也。林公,景熙;唐公,玨;汪公,元量;謝公,緒。"

　　嗚呼,宋社之屋也,舉忠臣姓氏,咸指數文山、疊山,暨陸丞相、張樞密耳;次則李庭芝、趙昂發、江萬里、高應松。諸公食人之食則殉之,謀人之軍師則亡之;先生官止一尉,又以退閒,立志較然,爭光日月,顧名不掛於史冊,事僅紀於邑乘,論者疑焉。不知登西臺以竹如意擊石而歌招魂者,謝翱皋羽也;相嚮而會哭者,吳思齊子善、方鳳韶卿也;衛三宮北去、度爲道士者,汪元量水雲也;發狂痛哭蹈海而死者,皇甫子明東生也;斂陵骨而葬於冬青樹下者,義士林景熙霽山、唐珏玉潛也;足跡不下樓、畫蘭無土根者,鄭思肖所南也;作蒭媒問答詩以見志者,胡次焱濟鼎也;卽家置忠義局、敵至戰死者,林同子孝也;韜晦善藏、立則沮洳、坐無几席者,龔開聖予也;自題墨布衫以卻聘者,游汶魯望也;矯行晦跡、寄食西峯僧舍以終者,杜濬之若川也;《桑海遺錄》《月泉吟社》《天地閒集》中遺臣逸老,憯言故主,祇令人悲其行事,亦在若隱若現、或存或滅之際;<u>所翁《心史》,明季始出自井中</u>。湮沒不彰,奚獨先生爲然哉!

　　徐景熹(1716~?),字駿兩,仁和(今浙江杭州)人。性好學,乾隆己未(1739)進士,入詞垣。越五年,乾隆幸翰林院,宴諸館臣,命賦詩,徐氏頗受賞識。庚午(1750)任福州知府,後乾隆又特授福建鹽法道。徐氏固體弱,到任益勉勵,忘其勞苦,未久遂卒於官。徐氏曾與袁枚交遊,袁氏懷其詩中有"公瑾同年一月差"句,故可知徐氏生年。

　　本書上一節已提到,乾隆辛未(1751)朝廷頒行《大清一統志》後,福州知府徐氏卽主持修撰《福州府志》,後於甲戌(1754)成書。徐氏雖是乾隆寵臣,但在他任總裁的《福州府志》卷六一《人物·忠義·宋》、卷七二《藝文·乙部史》中,都公然載有《心史》及其出井之事。

　　鄭炎,原名源,字清渠(按,有作原名渠、字清源者,誤),號雪杖山人。秀水(今浙江嘉興)人。諸生,乾隆戊寅(1758)尚在世。時名騰庠序,試必前茅,但屢試不售。後游楚粵數載,歸老於環堵。尤耽吟詠,手口不暫輟；又極好酒，雖貧不知愁。胸次鬱塞蓬勃之氣，耳目應接觸忤疑怪之端，盡以詩寫酒澆之。嬉笑怒罵，無所顧忌。醉卽潦倒，任誕罵，坐酣寢。著有《雪杖山人詩集》，卷五有《古井》一詩，涉及《心史》：

> 啼遍天涯絡緯秋，銀牀斷綆碧梧愁。
> 銅瓶慣捷廚孃手，鐵匣長埋處士謳。
> 坐仰觀天黿兩部，行旋掘地橘千頭。
> 可憐女子來相照，素面眞堪映碧流。

陳之蘭，字韈儒，江西臨川人。生卒年不詳，乾隆時諸生。家世以文章著名，而其祖其父均爲明遺民。家貧力學，時時應聘爲人修志，或爲地方大吏幕賓，然律身甚嚴。李祖陶《國朝文錄續編》收入陳氏《香國集文錄》一卷，中有《祖母徐孺人九十徵詩文序》，爲李氏所激賞。陳氏在該序中云：

> 孺人甫成童而歸先大父。大父節義文章，曠世鴻儒，璠璵之質，不配碔砆，其爲偶也難矣，而孺人以柔靜莊肅配之。大父自前朝滄桑，後棄諸生，貯骨薜蘿，沒齒衣冠不改。家有漢臘，洞有秦民，其一腔痛國熱血，無處可灑，每託之悲歌，以自見其隱。謝皐羽《晞髮集》、鄭所南《井中詩》，暨大父而三人，共有千古。此意當時惟孺人解之，人勿解也。

陳氏以其祖父之詩與《心史》《晞髮集》並列爲三，似並不爲世所公認。考其祖乃陳孝逸，字少遊，號癡山，有《癡山集》《陳少游書》《蚊語》等，均被清朝列爲禁燬之書，但其作品無論影響和價值，還是不能與《心史》相比。儘管如此，陳氏這樣並提，自然表明他對《心史》的崇敬和熱愛。

李清馥，字根侯，福建安溪人。康熙時大學士李光地之孫，以蔭授兵部員外郎，官至廣平府知府。著有《閩中理學淵源考》。該書起意於乾隆辛酉（1741），完成於己巳（1749），卽被收入《四庫全書》，《四庫全書總目提要》譽爲"四五百年之中，尋端竟委，若昭穆譜牒，秩然有序"。其書卷三五，有"鄭叔起先生震"及"子所南"之小傳。前者主要引自鄭思肖《心史》中的《先君菊山翁家傳》，後者則明記："有《鐵函經》，藏蘇州承天寺古井中，以久旱浚井，得一函，錮之再重，中有書一卷，名曰《心史》。其藏書之日爲德祐元年，明崇禎庚辰始出，人異之。"雖然所說藏書之年和出井之年均不準確，但李氏自是相信《心史》者。而硬說《心史》爲僞的《總目提要》並未刪去這些內容，相反卻評價此書曰"考據頗爲詳核"。可發一噱。

邱振芳（1717～?），字滋九，號素堂，福建侯官（今福州）人。乾隆辛酉（1741）科本已中副解元，但因代其兄答卷作弊，事發而流放閩西。爲鄉間延聘，教讀爲生，頗有名聲。著有《所航餘草》五卷，未見晉存。清人黃惠（字成迪，號心菴）《餘事齋詩文集》卷二有《邱素堂壽言》，自稱與邱氏爲"齊年老友"，黃氏又曾自書履歷云"年三十八，由乾隆十九年進士候選知縣"，由此乃推算出邱氏之生年。乾隆時旅寓福建的華亭（今上海松江）文人徐祚永（學齋），在《閩游詩話》卷上記載了"侯官邱素堂一絕"，譽爲"蘊藉可風"。該詩詠及《心史》，並痛詆趙孟頫（後嘉慶時黃錫蕃《閩中書畫錄》卷三亦引之）：

> 《心史》何年出世間，早憐空谷解人難。
> 吳興多少流傳墨，可抵先生尺幅蘭？

孫士毅（1720～1796），字智冶，號補山，浙江仁和（今杭州）人，祖籍姚江。有米顛之嗜，擇最喜好之一百一枚石貯之書齋，因自署"百一山房"。乾隆辛巳（1761）進士，授內閣中書、侍讀，官至文淵閣大學士，贈一等謀勇公，死後賜諡文靖。孫氏乃乾隆朝大官，雖曾一度以失察奪職，然奉命纂校《四庫全書》，書成後復擢陞。但是，他完全不認爲《心史》是僞書，在其《百一山房詩集》卷四有《書桃花扇傳奇後》可證：

鐵函史筆費研摩,殘局蒼黃感慨多。

四鎮蟲沙空帶礪,一堂燕雀自笙歌。

黨魁東漢鈎牆密,①狎客南朝怨範瑳。②

賴有菰蘆遺老在,暗將清淚滴銅駝。

卷六又有《宋謝文節橋亭卜卦硯歌,爲查恂叔中丞賦》更可證:

橋亭卜卦日幾字?龜策告公白鴈至。

橋亭卜卦日幾錢?錢冪已非景炎年。

君不見,文、陸紛紛海上盡,諸陵夜泣《冬青引》,

徒令女子識韓康,無復孤臣問詹尹!

此硯當時出幽壙,記否飛書來馬上?

惜不逢《井中心史》鄭所南,又不逢空坑轉戰文丞相。

丞相軍前玉帶生,大都降表肯僉名?

丞相軍前謝皐羽,九鎖山中不見汝。

圍湖坪上血戰餘,研於此地曾飛書。

建陽市上淚沾臆,研於此時色如墨。

縣南門外朝天橋,疊山祠宇橫煙霄。

橋亭賣卜當在此,無聊讀《易》吞三爻。

有明出土三百載,完好如初色不改。

雲烟過眼竟來歸,前身君是程文海。

童鈺(1721~1782),字二樹,又字二如,號璞巖,又號借菴,浙江會稽(今紹興)人。初屢應試,不利,遂棄舉業,專攻詩古文。及長善畫,蘭竹水石皆工,而尤長於梅。天下名士爲作畫梅歌者數以千百,故所畫梅海內爭購,以爲珍玩。有高氏某,九喪未葬,童氏揮十紙助之,奄歲立辦。晚歲修《甘泉縣志》,客死揚州。著有《二樹山人詩稿》。袁枚爲寫墓誌

---

① 作者自注:"謂陳定生、吳次尾輩。"
② 作者自注:"謂阮大鋮輩。"

銘並爲其詩集寫序。

阮元《兩浙輶軒錄》卷三二收入童氏《題史閣部遺像並家書》,中云:

> ……大抵忠孝氣,朗若星日陳。
> 鴟夷怒未洩,精衛海可塵。
> 一卷鐵函史,古井難沈淪。
> 況此萇宏血,流碧垂遺眞……

張泓,乾隆時官員,漢軍鑲藍旗,遼海人,齋號買桐軒。據光緒時修《湖南通志》卷一二一,張氏於乾隆甲戌(1754)任衡州府知府,乙亥(1755)任鹽法長寶道(《皇朝經世文編》卷五十收有他的《滇南鹽政》文),乙酉(1765)任分巡衡永郴桂道。著有《滇南憶舊錄》,中有《書鄭所南文集後》一文,記當時《心史》有鈔本流傳到雲南:

> 余讀南宋《卓行傳》,載所南鄭先生……嘗閱而悲之,以不見先生全集爲憾。乾隆戊辰(按,1748),於迤西(按,今雲南大理)朱觀察處,見案頭有鈔本,乃先生所著……合訂之曰《心史》……精誠所結,沈之重泉而復出。豈避禍於當時,抑深慮集燬,而血烟灰滅耳。覽集中所載文文山遇難事頗詳,宋元之際其梗概亦甚備,大可作遺史觀。至其詩……大抵皆式微黍離之什。嗟乎,所南蓋無家之五柳,免死之疊山也!惜載覽數過,朱觀察卽寶而藏之。曷旣見其全,而竟不獲盡錄其全也。然而誦此者,亦可知一鼎之味矣。

從這段寫於戊辰(1748)年以後的回憶文中,可知張氏及當時迤西地區最高長官朱觀察,都是完全相信《心史》的。

張氏寫到的這位"迤西朱觀察",今查民國初年編撰的《大理縣志稿》卷十一秩官部,乾隆年間迤西道姓朱的道員只有一人,爲**朱鳳英**,南昌人。清·黄叔璥《國朝御史題名》雍正壬子(1732)記有:"朱鳳英,字翩羽,江西南昌人,雍正庚戌(按,1730)進士,由翰林院編修考選湖廣道御史,官至雲南迤西道。"據清·法式善《清祕述聞》卷五《鄉會考官類》五,知乾隆丁巳(1737)恩科會試,朱氏曾任湖南考官。從上述張泓《滇南憶舊錄》可知,朱氏赴雲南邊遠地區就任時,特地隨身攜帶一部《心史》,自然表明他是非常珍視的;他讓張氏"載覽數過"後即"寶而藏之",除了因爲非常珍視以外,大概也因爲《心史》在當時還是一部"危險"的"違禁"之書。

秦武域(1723~?),字紫峯,曲沃(今屬山西)人。乾隆庚辰(1760)舉人,官甘肅兩當知縣,丁亥年(1767)纂修《兩當縣志》。戊戌(1778)任湖北枝江知縣,創建丹陽書院,有政聲。著有《笑竹集》《聞見瓣香錄》等。其《聞見瓣香錄》癸卷有《鄭憶翁集》,此集即《心史》:

> 宋鄭所南名思肖,字憶翁,閩福州人,著有集。林古度序云……。有《咸淳集》《大義集》《中興集》,詩一百四十首,文九四十九篇。① 新安汪駿聲跋云……。按,五言如"山靜鬼行月,宵涼人夢秋。""星流銀彈過,月碾玉輪行。""赤心懷趙日,綠鬢染吳霜。""顚風掀曠野,癡雪厄寒林。"何減李賀、盧仝? 陶南村《輟耕錄》載其"此身但除君父外,曾不別受一人恩"之句。鄭元佑《遂昌雜錄》謂好事者刻其《錦錢集》行世。吳鲍菴《卓行傳》載其自贊其像云:"不忠可誅,不孝可斬,可懸此頭於洪洪荒荒之表,以爲不忠不孝之榜樣。"陳眉公《白石樵眞稾》載其著《大無工十空經》一卷,以寓宋字。題其後云:"臣思肖嘔三斗血,方能書此。後當有巨眼識之。"有《謬餘集》一卷、《文》一卷、《一百二十圖詩》一卷,蓋皆未見此集。

《聞見瓣香錄》己卷《吳制府》記所作輓吳達善一詩,中也寫到《心史》:

---

① 按,此處詩文篇數均不確,又誤衍一"九"字。

作神應匹隋擒虎，盡瘁還同漢臥龍。

《心史》永藏星海岸，口碑早勒峴山峰。

王昶（1725～1806）字德甫，號述菴，又號蘭泉，江蘇青浦（今屬上海）人。甲戌（1754）進士。乾隆南巡召試，授內閣中書。官至刑部右侍郎。嘗從征大小金川，前後九載乃還。致仕後家居十二年，主講婁東、敷文兩書院。博學善文，即磨盾鼻治軍書時，亦不廢吟詠。作詩不名一家，兼宗杜韓蘇陸。早年從沈德潛游，爲吳中七子之一，名傳海外。在京與朱筠互主騷壇，有南王北朱之目。所至提倡風雅，執經載酒，戶外屨滿。家富金石書籍，所編撰流傳最廣者爲《金石萃編》《湖海詩傳》，所著有《春融堂集》。

《春融堂集》卷二六《琴畫樓詞》二，有《聲聲慢·題諸草廬宮讚高松對論圖》，暗用了《心史》沉井的典故：

蒼枝偃雪，翠蓋生濤，翛然長覆荆柴。蘚逕荒涼，誰同解帶藤齋？生愁歲寒人少，對高陰、自躅吳鞵。聽屋角，正秋風乍起，落徧疎釵。　　回憶居名藏史，但莓牆、石井往蹟沈埋。剩有枯鱗，年時落落霜階。苔花半凝碧甃，照清泉，瘦影幽佳。伴詩老，看小窗詩卷新排。

趙文哲（1725～1773），字升之，又字損之，號璞菴、璞函，江蘇上海人。乾隆壬午（1762）南巡面試，賜舉人，授內閣中書。以漏泄禁中語去官。時尚書阿公桂將督師滇南，幕府缺書記，趙氏慨然辭家，匹馬短衣從阿公以南，由楚之黔，之滇，之緬甸，之蜀。大學士温福方督師勤金川，乃雷幕府讚戎事，乃殉難。卹贈光祿寺少卿。趙氏與王昶爲同鄉、同學、同僚，時相唱和。著有《媕雅堂詩集》《娵隅集》等。

今從王昶《湖海詩傳》卷二六見趙氏《有買得古碧玉小印者，文曰文雲孫，余謂此信國公舊署名也，爲作長歌，以諗好古者》一詩，約作於庚寅年（1770），其中提到《心史》：

……晞髮客去碎如意,纖綾婥老霉羅裙。

巾箱舊玩散榛莽,時見寶氣騰烟熅。

《井中心史》亦已出,此印足直金盈斤。

流傳估客辨眞贋,異名小字疑紛紜……

汪縉(1725~1792),字大紳,號愛廬,江蘇吳縣(今蘇州)人。年三十一始補博士弟子員,喜道程朱陸王之學,溝通儒釋。與彭紹升、羅有高來往論學。嘗一主來安建陽書院,以歲荒輟講,歸,教授里中。食廩歲滿,貢太學。著有《汪子文錄》《汪子詩錄》等。《汪子詩錄》卷三《題允初所造鄭所南先生傳》,即爲彭紹升而作。彭氏,本書下面即將寫到。彭氏寫的鄭思肖傳,載其所著《居士傳》,亦肯定《心史》者;而汪氏此詩寫到的食嚼梅花,即出自《心史》,當然也是肯定《心史》的。詩云:

罡風吹不到,上界一何清。

萬古雙眉豎,羣儜俯首迎。

汨羅沈屈子,海島老田橫。

賸有梅花舌,生天嚼玉英。

孫濤(? ~1774),字樂山,浙江石門(今桐鄉)人。於乾隆甲子(1744)事舉業之同時,開始搜集唐宋詩話。後未及進士,而以三十年之功,於乾隆甲午(1774)編成《全宋詩話》,同時還訂正、刊印了宋人所編《全唐詩話》。未久即逝世,故《全宋詩話》不及問世,僅存稿本。

孫氏埋頭研究詩話,名姓不彰。清·吳振棫《養吉齋餘錄》卷七載:"宋·尤文簡《全唐詩話》六卷,乾隆間浙人孫濤以搜羅未盡,取集中載其人而遺其事者續爲卷七,得五十三人;人與事俱未載者續爲卷八,亦五十三人。"而《全宋詩話》爲孫氏按《全唐詩話》體例而編,共十二卷,收宋代有詩有事者五七一人,其卷十一有鄭思肖,其中選有出自《心史》的《送友人歸》《春詞》《春日游承天寺》《醉鄉》(其九)等四首,並在最後所撰的介紹中說鄭思肖"有《錦錢集》《一百二十四(按,四字誤衍)圖詩集》《咸淳集》《中興集》"。《咸淳集》《中興集》即《心史》中詩集。

徐長發(1725~?),字象乾,號玉厓,婁縣(今上海松江)人。乾隆庚辰(1760)舉人,授戶部司務。辛卯(1771)進士,遷兵部主事,轉員外郎,歷郎中,補建昌道。以軍功賞戴花翎,署觀察使。備著勞績。官署之暇,輒與諸生講學。民安之,忘其爲長吏達官。年七十,乞歸。有《寒玉山房詩鈔》《經稼堂詩集》《魚通集》等。

徐氏亦乾隆朝大官,但他不認爲《心史》是僞書。嘉慶時修《清溪縣志》卷一《土地類·城市》錄有徐氏詩《清溪城濠中掘得銅章,係天順二年頒給蘆山縣印,鑄篆如新,偶題長句》,中有句云:"井中《心史》有時出,隱見未必無精靈。"

趙翼(1727~1814),字雲崧(一作耘松),號甌北(一作鷗白),晚號三半老人。陽湖(今江蘇常州)人。乾隆庚午(1750)舉人,辛巳(1761)進士,改翰林數年,簡放廣西鎮安知府,出守廣西鎮遠。時緬甸方用兵,詔選鄰省幹才,助蒐軍實,住滇半載。後遣之還粵,又調廣州,尋擢貴西道。以母老乞養,歸不復出。晚年主講揚州安定書院,著述自娛。趙氏與袁枚、蔣士銓友善,才名亦相埒,人稱乾隆三大家。性情倜儻,才調縱橫,機警過人。所遇名公卿,無不折節下之。初官中書,直軍機處,進奏文字多出其手。每扈從出塞,戎帳中無几案,率伏地起草,頃刻千百言,不加點傳。

袁枚在《隨園詩話》中懷疑《心史》(詳見下述),而趙氏也著有一部《甌北詩話》,且學問遠比袁氏好,另有《陔餘叢考》《廿二史劄記》等著。趙氏不以袁氏之疑爲然,並以《心史》所記史實來訂正元人所撰《宋史》之誤。例如,《陔餘叢考》卷十三《宋史三》,以《心史》記載與《宋史·張世傑傳》《元史·伯顏傳》對讀,並糾正《宋史·王安節傳》有關劉師勇記事之失檢。同樣內容,趙氏又在《廿二史劄記》卷二四《宋史各傳錯謬處》中提及。趙氏《陔餘叢考》卷十三《宋史六》,更有據《心史》而爲文天祥辨誣的重要文字:

又《文天祥傳》,元主欲降天祥,天祥不肯,曰:"不得已以黃冠侍樽俎可也。"此仍襲野史之訛。按鄭所南《心史》,有人告元主云:"漢人欲挾文天祥相擁德祐嗣君爲主。"元主召天祥面詰,天祥怒罵,但求刀下死。元主猶欲釋之,俾爲僧或爲道士,又欲縱之還鄉。天祥痛罵不止,元主始殺之。是"黃冠歸故鄉"乃元主之意,非天祥意也。而《宋史》移作天祥語,豈不厚誣耶!

同書卷二五寫到"陳弔眼據漳州起兵復宋"時,據《心史》補充"年號昌泰"。卷三五《常州忠義祠》,據《心史》補充"阮正己其子亦從父投水死"。卷四一《東坡晦菴南軒皆有賢子孫》,據《心史》補充"宋亡時趙淮被擒,逼使至揚州誘降,淮謂城上曰:'此城是我祖、我父所收拾,語李制置,決不可與賊!'賊怒殺之",以論證"是趙方有賢孫,趙范有賢子,此皆名臣子孫之不墜其家風者也"。又據《心史》補充"文丞相家人皆落元人手,獨妹氏更不改嫁,謂'我兄如此,我寧忍耶?'惟流落燕山,欲歸廬陵不可得",以論證"是信國亦有賢妹也"。卷四二《九儒十丐》,也引用了鄭思肖《心史》及謝枋得的有關"九儒十丐"的記述,認爲"蓋元初定天下,其輕重大概如此。是以民間各就所見而次之,原非制爲令甲也"。

趙氏《甌北集》卷二四《刪改舊詩作》二首之二,用了《心史》鐵函沉井典故:"漫勒鐵函藏,行復醬瓿覆。"卷三九《顧晴沙選梁溪詩成,瘞其舊稿於惠山之麓,立碑亭其上,名曰詩塚,爲賦七古一首》長詩中,也寫到《心史》:"元凱碑付江波沉,思肖函從井底墜。"卷四四有作於壬戌(1802)年七十六歲時的《題文信國致永豐尉吳名揚三劄》詩,又提到:"寺井沉函鄭所南,釣臺擊石謝皋羽。《宋史》忠義已漏書,《吟嘯集》亦未及數。"在自注中嘆惜"鄭思肖、謝皋羽二人,《宋史》及文山《指南》《吟嘯》二集皆無其人"。

陳若蓮(1728~1790),初名敬儆,字渠清,一字問渠,號香楞,浙江海寧人。邑庠生,入北雍,查瑩(映山)重其人,延主家塾。以子官,貤贈修職郎。博雅好古,淹貫經史百家言,工詩古文辭,性嚴毅方正,尤善啟迪,從游者踵至,造就益廣。著有《研雲文集》《香楞居小草》《西湖雜詠》等。

《西湖雜詠》詩二百絕,自爲之註,寫到水南半隱,肯定《心史》。詩曰:"晚節雖香寵日耽,何如鄭老蕨薇甘? 水南半隱畱嘉植,遠紹清芬有所南。"自注曰:

> 《井中心史》:鄭思肖父鞠山翁,名起,淳祐間居長橋,有《水南半隱記》。又按《四朝聞見錄》:韓氏南園在長橋南,有晚節香亭,取其祖魏公詩句名之,放翁記中所不及也。

鮑廷博(1728~1814),字以文,號淥飲,又號通介叟、得閒居士、援鶉居士,名其室曰"知不足齋"。安徽歙縣人,後寓浙江桐鄉。因所寫《夕陽詩》二十律非常有名,人稱"鮑夕陽";又曾以所寫《孤鴈詩》出名,人稱"鮑孤鴈"。爲諸生兩應省試,不售,遂絕意仕進。竭力購書刻書,搜訪散佚,成爲著名藏書家、出版家。阮元贈詩,稱其"當世應無未見書";又爲作傳,稱其對古籍"眞僞若何,校誤若何,無不矢口而出,問難不竭"。鮑氏著有《知不足齋隨筆》。

乾隆開四庫館下令全國徵書時,鮑氏無奈以其子士恭之名義呈獻藏書。《四庫全書簡明目錄》附錄乾隆三十九甲午年(1774)五月十四日"上諭"云:"今閱進到各家書目,其最多者如浙江之鮑士恭等四家,爲數至六七百種。"爲此鮑氏還獲乾隆"頒賞";至嘉慶癸酉(1813),暮年的鮑氏竟然還被"恩賜舉人"。據趙懷玉《恩賜舉人鮑君墓誌銘》云:"君雖不求仕進,遠蹟城市,一編在手,將以終身,而激濁揚清,往往義形於色。談忠義則欣然起慕,聞姦邪則憤然不平……於此可以窺見君之微,而與世之徒誇插架者異矣。"

鮑氏曾刻祕笈數百種,名曰《知不足齋叢書》。其中雖然沒有(或不敢)收入《心史》,但第二十一集收入鄭震(起)《清儁集》及鄭思肖《一百二十圖詩》《錦錢餘笑》《所南文集》時,鮑氏特地從《心史》中輯出《先君菊山翁家傳》一文刻於《清雋集》之後(按,清·林佶鈔本①《清雋集》即無此《家傳》)。另外,第二十四集收入明人程敏政的《宋遺民錄》,程書成於《心史》出井之前,所以雖寫到鄭思肖卻未及《心史》②,鮑氏又特地從《心史》中"補輯"了十二首詩刻入《宋遺民錄》。於此足證鮑氏是堅信《心史》爲真的。

今人鄭玲所輯《乾隆開四庫館鮑家進呈書目》中有"所南文集二卷,宋鄭思肖撰",從"二卷"看,應該就是《心史》。著名藏書家周叔弢曾藏有一部蘇州初刻《心史》,在《壬午鬻書記》中註明原是"鮑氏知不足齋藏本"(下卷還鈐有"歙西長塘鮑氏知不足齋藏"之印),亦可證鮑氏原來確是藏有並肯定《心史》的(該本在周氏收藏前曾流入丁氏八千卷樓)。

翟灝(?~1788),字大川,號晴江,又號艮山,齋名書巢、無不宜。仁和(今杭州)人。乾隆甲戌(1754)進士,不願官知縣,乃改金華府教授。性簡訥,好讀書,恒夜漏四下始寢,或竟至不寐。有質經史古書疑義者,如繅繭絲,反復數千言不竭。著有《無不宜齋未定稿》,編撰有《湖山便覽》等。特別是乾隆辛未(1751)翟氏編撰自刻的《通俗編》,學術價值甚高,其中多處引徵《心史》,並與其他史料相互證。如:

卷二《地理·蘇州獃》:"高德基《平江記事》:吳人自相呼爲'獃子',又謂之'蘇州獃',范成大《答同參》詩:'我是蘇州監本獃。'鄭思肖《獃懶道人凝雲小隱記》:'獃懶道人蘇人也,既獃矣,又懶焉,蘇人中真蘇人也。'【按】今蘇杭人相嘲,蘇謂杭曰'阿獃',杭謂蘇曰'空頭'。據諸說,則舊言'獃'者蘇人也;據田汝成說,則舊言'空'者杭人也。不知何時互易?趙宧光《說文長箋》云:'浙省方言曰阿帶,謂愚戇貌,阿入聲,帶平聲。一曰阿獃。'趙氏蘇人也。蘇人之嫁'獃'于浙,其自是時起歟?"

卷二三《貨財·撒花錢》:"《心史》:'元兵犯宋,凡得州縣鄉村,排門脅索金銀,曰撒花。'《元典章》:'中統庚申詔,凡拜見撒花等物,並行禁

---

① 該鈔本二冊,張立人舊藏,後爲上海商務印書館涵芬樓所藏,張元濟鑒定爲林佶(1660~?)所鈔。

② 明·許元溥《心史跋》:"有宋孤臣姓名,史多湮滅無聞,惟程篁墩《宋遺民錄》捃摭畧備;然於鄭所南先生,載傳二、題跋及詩各一而已……先生撰述竟無一字入集。"

絕。又官司收捕草賊,賊有降者,將刼擄財物于收捕官處作撒花錢,並宜禁斷。'《七修類稿》:'三佛齊國來朝貢時,跪于殿陛,先撒金銀花,次以眞珠龍腦,謂之撒花。蓋彼人至重禮也。後元兵至宋闕,索財與之,曰撒花錢,亦以重禮媚之耳。'"

同上卷《貨財·梯己》:"《心史》:'元人謂自己物則曰梯己物。'《元典章》:'押馬人員,于中夾帶梯己馬匹出使,經過州縣中間,要做梯己人情,如此類甚多。'《山居新語》:'嘗見周草窗家藏徽宗在五國城寫歸御批,有云"可付與體己人者",卽所謂梯己人。'【按】今西北人多有此言,若云狗私利耳。"

卷二五《服飾·海靑》:"《心史》:'元俗,以出袖海靑衣爲至禮。衣曰海靑者,海東靑,本鳥名,取其鳥飛迅速之義。'"

同上卷《服飾·搭護》:"鄭思肖詩:'驄笠氈靴搭護衣,金牌駿馬走如飛。'自注:'搭護,元衣名。'【按】俗謂皮衣之表裏具而長者曰'搭護',頗合鄭詩意。《居易錄》言:'褡襫,半臂衫也,起于隋時,內官服之。'乃名同而實異。"

卷二八《獸畜·猪爹》:"《心史》:'囘囘卽囘紇也。彼俗不食猪,俗傳爲囘囘之先所自出也。'"

另,翟氏《湖山便覽》卷七·南山路·淸波門·水南半隱,亦引《心史》。

包彬,字文在,號樸莊,又號惕齋,江蘇江陰人。乾隆戊午(1748)舉人。有《樸莊詩稿》。《晚晴簃詩匯》卷七五收有包氏《過姜貞毅宅,次徐莘友韻》,爲紀念著名忠臣、明遺民姜埰之作:

> 東海孤臣棲止後,淸波瘦石總堪傷。
> 忠魂黯慘埋殷血,諫草流傳想皂囊。
> 半刼鶯花梅尉市,百年風雅鄭公鄉。
> 遺民孝義終喞恤,此日誰探智井藏?

朱興悌(1729~1811),字子愷,號西崖,浙江浦江人。自乾隆癸酉

(1753)起赴考棘闈,一直蹭蹬不售,而經其指授者輒反得獲儁。凡考十六次,至辛亥(1791)始充歲貢生,候選儒學訓導,年已六十餘矣。丙申年(1776)曾應聘纂修縣志,又曾參與編纂《金華詩錄》。晚年邑侯聘主月泉書院掌教。擁書萬卷,無他嗜欲,至八十猶披吟不輟。著有《西崖詩鈔》《西崖文鈔》等。《西崖文鈔》卷八《浦陽朱氏先世遺著考》一文寫到《心史》:

> 自古著述家,書有傳有不傳,傳書有幸有不幸……所冀者,海內藏書家不無珍護插架,如《漆書》、《汲冢》、鄭所南之《心史》、李伯紀之《遺集》,沉埋久而復出,竊抱是願焉。

周廣業(1730~1798),字勤補,一作勤圃,號耕崖。浙江海寧人。早年喪父,教授生徒以奉母撫弟。乾隆癸卯(1783)始中舉,翌年入都,會試不第。時因四庫館亟需校勘人才,得與分校《四庫全書》。至丁未(1787),會試又落選,乃南旋,在杭州授徒。辛亥(1791),經安徽巡撫朱珪推薦,主持廣德復初書院,兼修《廣德州志》。周氏少通訓詁,辨音切,邃於經學,尤精論史,也善考訂。著有《孟子四考》《蓬廬文鈔》《經史避名匯考》等。《經史避名匯考》卷三九《親屬》五《宋》載:"鄭起,本名震,字叔起。其子所南翁思肖作《家傳》曰:'先君字叔起,號菊山,名與字之下字同。'"所引鄭思肖《家傳》即出自《心史》。

王初桐(1730~1821)初名丕烈,字于陽,號耿仲、賡仲,又號竹所、齷齪山人。江蘇嘉定(今屬上海)人。監生,乾隆丁未(1787)年任山東齊河縣丞,壬子(1792)任淄川知縣。治經史,精考據,善詞曲。其所編的有關女性的類書《奩史》,多處引用《心史》原文,如:

卷十九《妾婢門》一《妾》,引有《心史·大義畧敍》中的"韃靼有妻名,有妾名,累十累百,皆曰'小妻'";又引有《心史》中的《歐陽夢桂忠妾柔柔傳》。

卷二一《倡妓門》一《妓》上,引有《心史·中興集》中關於毛惜惜的文字。

卷五六《姓名門》引有《心史·大義畧敍》中的"韃靼無姓,或娶漢女爲婦,生子即隨母姓"。

卷六四《衣裳門》三《下服》引有《心史·大義集》"隨駕北狩内嬪某氏,有欲犯之者,乃書於裙帶上曰:'誓不辱國,誓不辱身!'遂自經"。

卷六五《冠帶門》一《冠》引有《心史·大義畧敍》中的"受虜爵人之婦,戴固姑冠,圓高二尺餘,竹篾爲骨,銷金紅羅飾于外。若在北行,婦人帶囘囘帽,加皀羅爲面簾,仍以帕子冪口障沙塵"。

卷九二《花木門》一《花》引有《心史·中興集》"揚州瓊花,天下惟一本,后土夫人司之"。

朱彭(1731~1803)本姓馬氏,字亦鐄,號青湖,錢塘(今杭州)人。諸生。少即以詩稱於時,而省試不遇,乃徧游江南諸勝,歸而詩益工。嘉慶丙辰(1796)舉孝廉方正,以年老固辭不就。阮元認爲:"杭自屬樊榭、杭堇浦、陳句山諸先生後,詩不振者數十年。徵士以雅潤清麗之旨,繼軌往哲,杭之言詩者多以朱氏爲歸。天之所爲塞其遇者,昌其文歟!"家素貧,居恒著書不輟,徵文考獻,爲《武林談藪》諸書,惜皆燬於火。乃益刻勵,爲《吳越古蹟考》《南渡寓賢錄》《書畫所見集》《抱山堂集》等藏於家。今見其《南宋古蹟考》,卷上一開頭《城郭考》即引:"《心史》云:'宋行在十三門。'"卷下《寓居考》寫到鄭起、鄭思肖父子所居之"水南半隱",又說:"詳見《心史》。"可見他與屬鶚等前輩一樣,完全肯定《心史》。

吳宗元(1732~1800),字大始,號岱芝,浙江石門(今桐鄉)人。乾隆庚午(1750)歲貢生。少時專精讀書,喜爲詩。曾攜所作拜會沈德潛,名遂稱籍。然屢攦棘闈,亦不以介意。中年後頗出游,南浮嚴瀨,北抵燕臺,東至登萊,瀕海諸郡。遊蹤所至,慷慨懷古,一寓於詩。後應聘入山右學使幕中。晚歲家居,栽花課孫,里中以詩文就正者踵相接。預修《嘉興府志》,表揚節義,不下百餘人。精醫理,頗諳內典。著有《南樓稿》等。今見其《約言書屋詩鈔》卷二《讀吳浩然先生集》(按,吳浩然爲安徽新安人,名道配,博學敦行,鼎革後隱居教授,卒葬虞山,私諡清節先生)一詩,用了《心史》之典:

琴川歸後下重簾，<u>井底書成記碧籤</u>。

分得西山義字好，鼎鐘不換蕨薇甜。①

吳騫(1733~1813)，字槎客，又字葵里，號兔牀、愚谷，浙江海寧人。貢生。幼多病，遂棄舉業。學識淵博，能畫工詩，喜藏書。每遇善本，不惜重金購置，或手鈔校勘。積有名刻善本五萬卷，築拜經樓以庋。常與同里陳鱣、周春、吳縣黃丕烈往來，鑑賞析疑，互相鈔校。每校一書，必撰題跋。曾得宋版乾道、咸淳、淳祐三朝《臨安志》近百卷，乃刻一印"臨安志百卷人家"。時黃丕烈擁有宋版珍本百種，自題爲"百宋一廛"；吳氏多宋元珍本，便題曰"千元十駕"。學林傳爲佳話。所輯《拜經樓叢書》，校勘精審，著名於世。著有《愚谷文存》。

《愚谷文存》卷二《陳乾初先生遺集序》寫到的鄭思肖之書即指《心史》：

……先生之書，其可以弗傳乎哉？有宋遺民謝翱、林景熙、<u>鄭思肖</u>、王鎡、鄧牧輩之書，往往摭拾於兵燹殘闕之餘，<u>世爭寶貴</u>。矧先生斯集，上可以尊經衛道，下足以風世勵俗，幽冥之中，豈無嘿爲之訶護，待其人而後顯哉？詩曰："伐柯伐柯，其則不遠。"學者苟於此沈機研討，以上溯劉子，庶幾可窺誠意三關之微旨，而奉羲勤勤蒐輯之功，爲不没矣！

翁方綱(1733~1818)，字正三，號覃溪，又號蘇齋。順天大興(今屬北京)人。乾隆壬申(1752)進士，改庶吉士，歷任編修、學政、內閣學士等。翁氏雖身爲《四庫全書》纂修官，出力甚多，但絕不疑《心史》爲僞。如本書第二章曾提及他著有《復初齋文集》，卷三三所收《跋鄭所南墨蘭》中就多次提及並引用《心史》。據考，該跋作於嘉慶己未(1799)，所

---

① 作者自注："先生有句云：'堪與西山分義字，還同雒邑得頑名。'"

題墨蘭實乃傲作。翁氏雖未能識其贋品,但肯定《心史》則是正確的。

最能證明翁氏肯定《心史》的,是他任四庫館臣時撰寫的提要稿中爲《清雋集》寫的按語,明確提到"思肖別有《咸淳集》《中興集》"①。這兩部詩集不就是在《心史》中嗎?

更值得注意的是,翁氏(或翁氏文中提到的徐用錫?②)甚至還似乎看到過《心史》出井原稿本(或原稿摩鈔本)! 在《復初齋文集》卷二七《跋慈谿姜氏蘭亭》中,一開頭寫道:

> 慈谿鄭三雲以姜葦間先生所藏蘭亭二石本見贈,云葦間殁後,石歸武林周禮部岐年,今不知歸何氏矣。此本一低行,一高行,高者刻於石背。葦間自跋云是唐摹,又云懷仁所集。王篛林謂葦間自以爲褚摹者,偶誤記也。篛林譏其嫩弱,竹垞稱其飛動。惟徐壇長語焉特詳,曰:低一字本,"崇山"與"曾"字兩處皆用雙筆勾下,而尾極長。項氏祖本正同。又鄭所南《心史》出井本,其落字添處,俱與此絲毫無異,可知"僧"字之謬。

此處竟用鄭思肖原稿"落字添處"的樣式來考證禊帖! 所謂"落字添處",謂漏字鈎入之長筆;"僧"字云云,似謂因"雙筆勾下而尾極長"而將"曾"字誤認作"僧"字。翁氏此處所引"徐壇長語",後又爲沈曾植《海日樓碑帖題跋·跋蘭亭敘(潘貴妃本)》所引用。③

席世臣,四庫館臣中相信《心史》非僞又一人。席氏生卒年待考,字鄰哉,室名掃葉山房。常熟人。乾隆丙午(1786)賜舉人,分校《四庫全書》。然而席氏在乾隆死後不久,嘉慶丁巳(1797),即校刊印行明末錢士升修訂、許重熙評讀的《南宋書》六十八卷,並作序。而該書明確記載鄭思肖撰著《心史》。《南宋書》被《四庫提要》貶入"存目"。

---

① 《翁方綱纂四庫提要稿》,原吳興劉氏嘉業堂藏,今藏澳門中央圖書館,已由上海古籍出版社出版。
② 徐用錫(1657~1736)原名杏,字壇長,號魯南,又字畫堂。江蘇宿遷人,占籍大興。安溪李光地入室弟子,爲其幕客。康熙己丑(1709)進士,官編修,後罷歸。乾隆初起授翰林院侍讀,年已八十。書法負名於世,著有《圭美堂集》。
③ 載 1944 年 6 月 15 日《同聲月刊》第三卷第十二號。

李調元(1734~1803),字羹堂,又字贊菴、鶴洲,號雨村、墨莊、童山蠢翁,四川羅江(今綿陽)人。乾隆癸未(1763)進士。與姚鼐、趙翼同年。歷官廣東提學使、直隸通永兵備道。遭誣陷,遣發伊犂,後以母老贖歸。晚年潛心學問,著述自娛。與從弟鼎元、驥元並著詩名,時稱"綿州三李"。著有《童山詩音說》《童山詩文集》《雨村詩話》《雨村曲話》《蠢翁詞》《淡墨錄》《然犀志》《唾餘新拾》等近四十種,輯有《函海》《蜀雅》《粵風》等。

《唾餘新拾》自謂:"予家多先人藏書。罷官以來,寂無一事,乃就目前常言所及,一一徵之載集。雖一字一句,必博採廣搜,溯厥由來。引用書目,幾及千卷,每條各用按語以識之。"又曰:"余居山有日,躁心化矣。家有億書樓,多江浙大老家寫本,牙籤插架,不啻萬萬卷,皆余遊宦以來所輦載而歸者,置之樓中。每於風雨晦明之餘,焚香坐擁,隨以手觸,遇有半解,輒以筆錄,加之考證,遂成卷帙。"《唾餘新拾》卷十涉及《心史》:

> 《心史》:"元人謂自己物則曰'梯己物'。"《元典章》:"押馬人員,于中夾帶梯己馬匹,出使經過州縣,中間要做梯己人情,如此類甚多。"《山居新語》:"嘗見周草窗家藏徽宗在五國城寫歸御批,有云'可付與體己人者',即所謂'梯己'。"

《唾餘續拾》卷二又涉及《心史》中詩句:

> 鄭思肖詩:"駿笠氊靴搭護衣,金牌駿馬走如飛。"自注:"搭護,元衣名。"按,俗謂皮衣之表裏具而長者曰"搭護",頗合鄭詩意。《居易錄》言:"褡襪,半臂衫也,起于隋時,內官服之。"乃名同而實異。

然而,李氏筆記中這兩條,當是摘襲翟灝於乾隆辛未(1751)編撰自刻的《通俗編》,而非自己考證而來。

彭紹升(1740~1796),字允初,號尺木、知歸子、二林居士。江蘇長洲(今蘇州)人。乾隆己丑(1769)進士,選知縣,不就。始讀儒書,喜陸、王之學。後專心淨業,絕慾素食,爲居士,法名際清。有《二林居集》《一行居集》《測海集》《觀河集》等。《二林居集》卷五有《顧亭林先生餘集敘》,據考,作於乾隆癸巳(1773)冬,敘中云:

> 文之至者,必根於天性。古之人,全忠孝之實,以成其身;外感於所遇,以成其行。明而爲日月,怒而爲雷霆,流而爲江湖,其氣充乎天地。故天地之氣之所之,卽莫非其氣之所之也。其有不容已於言以宣其忠孝之實,而其言亦遂與天地之氣上下同流,亙古今不息。唐虞三代,禹、咎繇、益稷之謨,伊周之訓誥,大小雅正變之詩,尚矣。下至屈原、賈生、劉子政、諸葛孔明、陸敬輿、劉去華、陳同甫、文宋瑞、鄭所南諸公之書,其生平未必其求工於言,不過道其意中所欲言,而後之人誦其言,往往感憤流涕,若生當其時,身其憂患者。蓋忠孝之實無間於人人,諸公第先得我心之所同然,而豈一人一世之事哉!

此處論文之旨,顯然深受鄭思肖《心史序》的影響。彭氏對鄭氏文章的評價,也是非常高的,又很精彩。後來爲清末嚴玉森引用。又按,收入《二林居集》的這篇敘,與存世《彭尺木文稿》稿本(及清代安越堂鈔本《亭林先生餘集》前彭氏序)的文字畧有不同,彭氏稿本(及安越堂鈔本)的該序最後還有一段話:

> 鄭所南《心史》沉古井中,垂三百年而出於世;今先生(按,指顧炎武)沒且百年,而斯文乃屬於予。是殆有不偶然者。

《二林居集》卷九又有《黃石齋先生手書周忠介公神道碑跋》,其中引用《心史》中的《夢游玉眞峯餐梅花記》:

> 鄭所南一腔忠憤,薄雲霄,貫日月,而生平嗜餐梅花。嘗夢

登玉眞峯頂,得古梅樹大百圍,華徑半尺,方盛開,摘而食之。
齒鍊爲丹,鼻舌毛孔逆散香霧,天光粲發,其心忽空,自爲記如
此。石齋先生其後身與? 讀此文忠憤猶絕類所南,而行畫間又
都作古梅香氣,殆若引我于玉眞峯頂矣。

彭氏又於乾隆乙未(1775)編成《居士傳》一書,卷三五有鄭所南傳,
提及鄭氏所作《一是居士傳》《夢遊玉眞峯餐梅花記》《正覺摩醯首羅天
王王療一切病咒》等,均出於《心史》。彭氏寫的鄭傳最後道:

> 晚自集所著文,名曰《心史》,誓教天下萬世,皆爲忠臣。
> 錮以鐵函,沉古井中。明崇禎時,承天寺僧浚井得之,新安汪駿
> 聲刻以行世。

可見,彭氏雖是蘇州人,但他知道的卻是金陵所刻林本。可知《心
史》蘇州初刻本更爲罕見。

徐祚永,生卒年待考,字价人,一字學齋,號散樵,又號佘山山人。江
蘇華亭(今上海松江)人。乾隆辛卯(1771)航海赴閩,寓居多年,並於壬
辰(1772)至丙申(1776)年間撰成《閩游詩話》。該書卷上寫到《心史》:

> 連江鄭所南先生,宋末太學上舍,剛介有志節。會元兵南
> 下,叩闕上疏,犯新禁,眾爭目之,遂變名,隱居吳下。一室蕭
> 然,坐必南向,義不忘趙也。著有《心史》。工畫墨蘭,多露根,
> 與雲林畫山水不畫人同意。嘗自寫一卷,長丈余,高可五寸許,
> 題云:"純是君子,絕無小人。深山之中,以天爲春。"有邑宰求
> 畫蘭不得,因脅以他事,先生曰:"頭可斫,蘭不可畫!"其狷潔
> 如此。趙雙白有句云:"畫中草木無元地,史上乾坤是趙家。"
> 十四字可包先生一生大節。侯官邱素堂一絕云:"《心史》何年
> 出世間,早憐空谷解人難。吳興多少流傳墨,可抵先生尺幅
> 蘭?"蘊藉可風。

　　徐氏寫到的趙雙白(名潛,又名炎,號尊客),應當也是清初肯定《心
史》之遺民,吳綺贈其詩曾曰:"晞髮未忘文信國,論心常憶鄭當時。"徐
氏此處又保存了福州才子邱振芳詠及《心史》的一首詩。此則詩話後又
爲嘉慶時黃錫蕃《閩中書畫錄》卷三所節引。

　　陳登龍(1742~1815),字壽朋,號秋坪,福建閩縣(今福州)人。乾
隆甲午(1774)舉人,署四川天全同知,調西藏裏塘同知,遷安陸府同知。
治政有方,人稱陳青天。少孤,勤苦力學,博涉典籍,尤長於詩古文辭,旁
及琴棋書畫。晚年杜門守困,授徒自給,與諸生詩書自娛。有《秋坪詩
存》《出塞錄》《裏塘志畧》《陳秋坪遺墨》等。

　　《秋坪詩存》卷一有作於乙酉(1765)的《何五梅(應舉)家藏文信國
琴,爲賦長句(上刻信國詩云:松風一榻雨瀟瀟,萬里封疆不寂寥。獨坐
瑤琴遺世慮,君恩猶恐壯懷消。後題云:景炎元年蒙恩遣問召入,夜宿青
原寺,感懷之作,譜於琴中識之。)》,詩末提到《心史》:

> 何生手攜五尺琴,云宋丞相信公物。
> 信公死已五百年,此物胡爲未淪没?
> 當時宋運際百六,白鴈渡江宗社屋。
> 勤王諸將孰劻勷? 嶺表崎嶇公所獨。
> 荊榛滿目迷天地,攜琴夜宿青原寺。
> 松風一榻雨瀟瀟,静理絲桐消壯思。
> 一彈再鼓有餘音,悽絶區區報國心。
> 宮絃爲君聲斷過,浩浩厓山海波闊。
> 商絃立辨殺且噍,淒涼精衛泣寒潮。
> 餘絃散漫絶難拊,歎息推琴淚如雨。
> 煉石無方補太空,黃冠人老哭西風。
> 琴兮遯竄向何處? 響絶聲沈自千古。
> 既不能同玉帶生,詩歌流播傳佳名;
> 又不能同六義士,姓字煌煌耀青史。

折軫翺徽姜草間,豈期猶一現人寰。

何生得自何人手,異物將無神所授?

<u>祕惜宜同瘞井書</u>,長存自比麗天宿。

肅觀屏息載摩挲,操縵安絃音既和。

爲生請作《懷沙引》,如見當年《正氣歌》!

吳翌鳳(1742~1819)。初名鳳鳴,字伊仲,號枚菴(梅葊)、漫士、句吳外史,晚號漫叟,齋名歸雲舫。江蘇長洲(今蘇州)人。諸生。中歲應湖南巡撫姜晟之聘,繼主瀏陽南臺書院。羈滯湖湘間幾二十年。操行潔白。既老,倦而歸,橐中惟書數千卷而已。平生節衣縮食,最喜購書鈔書,撰輯亦多。至老不倦,一目因而偏眚。今存《遜志堂雜鈔》,爲其讀書筆記,在丁集中有一條專記鄭思肖,主要錄自元明之際人士所撰鄭思肖小傳,並加上了《心史》出井之事:

> ……德祐北狩,憤恨欲死,遂改名思肖,字憶翁,作《心史》一卷,癸未三月與所作《咸淳集》一卷、《大義集》一卷、《中興集》二卷,並入鐵函,投承天寺井中。時距德祐之亡九年矣。崇正戊寅十一月八日,承天寺狼山房僧達始因旱浚井,啟而得之,計藏之日至是又三百五十六年。不濡不滅,完好如新。又有《釋氏施食心法》一卷、《太極祭煉》一卷、《謬餘集》一卷、《文集》一卷、《自序一百二十圖詩》一卷,並先生之父震《菊山集》一卷竝傳於世。

這裏將《咸淳集》《大義集》《中興集》寫成《心史》以外的書,顯然不妥;"癸未三月"亦不準確(當是四月初八)。但吳氏絕對不信"僞書說"則無疑。(但是,後來竟有人莫名其妙地引用吳氏此書來"證明"《心史》是僞書! 詳見第十一章所述。)吳氏又有《鐙窗叢錄》,卷五亦云:

> 鄭所南先生,福之連江人,初名某,以太學上舍應博學宏詞

科。恃其父來吳,寓條坊巷。德祐北狩,憤恨欲死,遂改名思肖,字憶翁。作《心史》一卷,癸未三月,與所作《咸淳集》一卷、《大義集》一卷、《中興集》二卷,併入鐵函,投承天寺井中,時距德祐之亡已九年矣。崇禎戊寅十一月八日,承天寺後房僧達始因旱浚井,啟而得之。計藏之時至是,又三百五十六年。不濡不滅,完好如新。又有《釋氏施食心法》一卷、《太極祭煉》一卷、《謬餘集》一卷、《文集》一卷、《自敍一百二十圖》一卷,並先生之父震《菊山集》一卷傳於世。

吳氏還編有《宋金元詩選》,卷三收有鄭思肖《心史》中詩三首,在鄭氏小傳中也寫到鄭氏有"《咸淳》《中興》等集"。所收鄭詩爲《別故人》《絕句十首》其四、其九。

秦瀛(1743~1821)字凌滄,號小峴,晚號遯菴,江蘇無錫人。乾隆甲午(1774)舉人,丙申(1776)乾隆巡山東,召試,賜內閣中書。辛丑(1781)入直,官至刑部右侍郎。有《小峴山人集》。秦氏是乾隆賞識的寵臣,但他不信《心史》爲僞,還以《心史》所記史實來核證故鄉先賢事蹟。《小峴山人集》詩集卷三有《詠梁溪雜事一百首》,作於1773年,序云:"癸巳夏五月,余之津門,舟中無俚,繫懷鄉土,偶有所記,輒成斷句,詩成共得一百首,語無詮次,聊以誌一時託興云爾。"其五十三首曰:

> 宋末孤忠得兩公,殘軍轉戰化沙蟲。
> 只今剩得《昭先錄》,雷伴芳名《井史》中。[1]

際祥(?~1814),字主雲,浙江歸安(今湖州)人,僧人。早歲持戒行,熟內典,書畫宗法董其昌,名著一時。與秦瀛、洪亮吉等交遊。乾隆乙卯(1795)自吳興移主錢塘(杭州)淨慈寺,卽請於浙撫,復修該名刹。後又編撰《敕建淨慈寺志》,卷二十三有"水南半隱",引用《心史》:

---

[1] 作者自注:"宋末通判陳炤守常州,與太守姚訔同殉難。炤,無錫人。元兵陷無錫,知縣阮應得及其子華死之。鄭所南《井史》載其事。《昭先錄》,炤孫陳顯曾撰。"

《井中心史》:"先人始居王城渡子橋,淳祐丙午遷養魚莊,丁未遷長橋,扁其廬曰'水南半隱',作《水南半隱記》。"《姑蘇志》:"鄭思肖父震,字叔起,號鞠山翁,淳祐道學君子,有《鞠山詩集》。"

沈赤然(1745~1817),初名玉輝,字韞山,號梅村居士,浙江仁和(今杭州)人,原籍德清。乾隆戊子(1768)舉人。官直隸豐潤知縣,以廉潔強項名。罷歸後閉門著書,常與吳錫麒、章學誠相切磋。工詩文。有《寄傲軒讀書隨筆》《寒夜叢談》《五硯齋詩文鈔》等。《寄傲軒讀書續筆》卷五寫到《心史》,雖然對《心史》所記元世祖剖食文天祥之事不信,但並未懷疑其是偽書:

> 世祖殺文天翠,誠無帝王之度;而鄭所南《心史》乃謂剖其心肺而食之,吾所不敢信也。

《寄傲軒讀書隨筆》卷七又疑《心史》所記"九儒十丐"之"儒"非真儒,而亦未懷疑其偽書:

> 元初制江南人爲十等,而儒居九,在娼之下、丐之上。儒曾娼之不若矣。然許魯齋亦儒也,何以又爲元主尊禮?豈所重者真儒,而大江以南之所謂闡闡秋秋者,皆"以詩禮發塚者"耶?

洪亮吉(1746~1809),初名蓮,字華峯,又名禮吉,赴試改名,字君直,一字稚存,號北江,室名卷施閣、更生齋。江南陽湖(今江蘇常州)人。與黃仲則、趙翼、趙懷玉等人爲好友。乾隆庚戌(1790)殿試一甲二名,授翰林院編修。未散館,充壬子(1792)鄉試同考官,督學貴州。任滿入直上書房,授皇孫讀,充咸安宮官學總裁。嘉慶己未(1799)因上書得罪皇帝,差一點"斬立決",後充軍伊犁。翌年赦還,因自號更生居士。

後歷主旌德洋川書院及揚州梅花書院。洪氏在乾隆癸巳（1773），曾負責爲四庫全書館在安徽搜採遺書；己亥（1779）赴京，又任四庫館讎校。著有《卷施閣集》《更生齋集》等。然而他根本不理會四庫、三通館臣的《心史》"僞書說"，有二事可證：

洪氏撰有《北江詩話》，卷五提到《心史》中"宋遺民鄭所南'翻海洗靑天'句"，予以極高評價，至譽爲："語至奇而理亦至足，遂爲古今奇詞之冠！"

又見人間孤本、宋刻宋伯仁（器之）《梅花喜神譜》卷後，有洪氏晚年在黃丕烈處得覩此書時之親筆題詞（按，爲集外佚文），其中提到《心史》：

> 余將放舟至吳門，偶於閒坊中得宋末鄭所南《井中心史》，愛其詠梅諸絕冷峭異常。今觀宋器之《梅花譜》，又在所南之前，詩筆疎放亦畧相似。皆南宋中逸格也。更生齋居士洪亮吉跋於士禮居。

趙懷玉（1747~1823），字億孫，號味辛，又號映川，晚號收菴（盦）、湼皋賸人，武進（今江蘇常州）人。自少努力爲學，家本素封。庚子年（1780）乾隆南巡，趙氏獻賦，被賜內閣中書，擢侍讀，任《四庫全書》分校官。出爲山東靑州府同知，署登州、兗州知府。以母憂去官。家漸貧，益自刻勵，自言不敢好名爲欺人之事，不敢好奇爲欺世之學。李廷敬嘗延葺《宋遼史詳節》，阮元、伊秉綬復延葺《揚州圖經》。晚年主通州石港、關中書院講席。文章粹然而純，淵然而雅，一以韓歐爲宗。詩以淸眞見長。與同里孫星衍、洪亮吉、黃景仁齊名，並稱孫洪黃趙。所著編爲《亦有生齋集》《亦有生齋續集》。

曾經懷疑《心史》的袁枚，在《隨園詩話》卷七說"近日文人，常州爲盛"（上述趙翼也是常州人），便首先舉了趙懷玉之名。趙懷玉雖是乾隆賜官，還是四庫館臣，但他非但不認爲《心史》僞，而且還直斥《四庫提要》的判詞。《亦有生齋集》文卷卷七，不僅有《欽定四庫簡明書目恭跋》，而且公然還有對抗《四庫提要》判詞的專文《心史跋》：

　　《心史》，或以爲“僞書”，“紀事與《宋史》亦多不合”，文
山、疊山其尤著也。其載文公云：“忽必烈意欲釋公，俾公爲
僧，尊之曰‘國師’；或爲道士，尊之曰‘天師’；又欲縱之歸鄉。
公曰：‘三宮蒙塵，未還京師，我忍歸忍生耶？但求死而已！’咸
勸殺之，毋致日後生事。始令殺公。”忽必烈者，元世祖也。於
謝公則云：“江東提刑謝枋得降賊。後挾鄧傅諸洞民兵反正，
殺賊甚衆。示榜主張大宋氣數甚力。”人多疑其語，而余謂是
則《心史》之可信也。曩讀《信國傳》，至“黃冠故鄉”之對，竊不
能無疑。且“大元革命，萬象惟新”，尤非公宜出諸口。蓋元人
忌公之名，形宋之弱，故文其辭如此。至疊山之降，人莫善於蓋
愆，且知者所爲，固不可測，安知非別有深意？《心史》爲謝公
表微，苟無其事而反誣之，必不然矣！文山獄中詩曰：“亡國大
夫誰爲傳？祇饒野史與人看。”元·徐世隆挽文山詩曰：“只恐
史官編不盡，老夫和淚寫新詩。”雖爲文山發，實不僅爲文山發
也。斯民直道之遺，久久而其眞自出，縱可欺一時之耳目，可以
淆天下萬世之是非哉！

　　關於《心史》文天祥紀事，趙懷玉與趙翼的看法完全一致。至於《心史》記謝枋得“降賊”後反正一事，趙氏更有獨到的見解。[①]

　　《亦有生齋集》詩卷卷十七還有作於“屠維協洽”（1799）的《鄭所南墨蘭（原題云：向來俯首問羲皇，汝是何人到此鄉。未有畫前開鼻孔，滿天浮動古馨香。後署：丙午正月十五日作此一卷）》一詩，云：

　　　　翛然空谷異當門，渲染都成涕淚痕。

[①]　趙懷玉的這一見解値得重視，應該進一步考證。《心史》在記謝枋得先降後反正一事之前，還記有：“饒州守臣唐震叛……卽殺賊反正，賊再至，唐震與賊戰，城陷爲賊殺。”然而，《宋史》卷四五〇《忠義五》唐震傳中，同樣也沒有唐震先叛的記載；《心史》同樣是爲唐氏表微，苟無先叛而誣之，於理亦不合。總之，不管他們有無先叛之事，鄭思肖必有所聞，乃記。

天使寸縑逃刼火，人無餘地託靈根。

井寬差喜能藏史，世大何曾別受恩。

獨抱秋心盟楚客，年年芳草怨王孫。

楊鳳苞（1753～1816），字傅九，號秋室，又號莫沂，亦號小玲瓏山樵，晚號西圃老人。浙江烏程（今湖州）人。歸安縣學廩生。世家烏程之南潯鎮，早工詞章，以《西湖秋柳詞》知名。後務爲正經摧史之學，尤軰心明季遺事。嘗病温睿臨《南疆逸史》體例未純，事多訛漏，擬另撰一書，未就。其大凡見其十三跋中。阮元督學浙江，欲拔以貢成均，因母病不赴試。其文多記明季遺事及鄉里掌故，其源出於史家者流。有論者謂博不及全謝山，而精則過之云。其詩囊括唐宋，沈博高華，求之清人可與彭干亭氏抗衡云。有《秋室集》，卷二《南疆逸史跋五》末云："夫壞牆之弃，廢閣之儲，鐵函之書，轉藏之籍，當代豈得盡見？""鐵函之書"當然就是《心史》。

張敿（？～1803），字茂初，號鶴儕，山東單縣人。監生。嗜酒，不屑治生產，累世所遺散盡，晏如也。惟兀傲，好持異議，頗遭衆忌。以酒致疾，卒。有《雲谷草堂詩鈔》。今見民國時刊《單縣志》卷九錄有張氏詩《題孫雪林蚓嘯集（名國顯，明崇禎年拔貢生，聞懷宗殉社稷，不食七日死）》，詠及《心史》：

燒殘故紙氣如生，急管悲絲見性情。

莫挽龍髯終抱恨，空餘蚓嘯尚傳聲。

焚書原不齧《心史》，絕粒何妨以病名。

幾輩文孫尋故里，一時封樹涕縱橫！

馮培，字仁寓，一字實菴，號玉圃，江南元和（今蘇州）人。乾隆壬辰（1772）舉人，內閣中書，軍機處行走。戊戌（1778）成進士，選庶吉士，改吏部主事。歷刑部郎中，擢御史，轉給事中。爲人篤內行，務切近之學，服官三十年歸，無一椽。歷主浙江崇文書院、江蘇紫陽書院，門下士多所造就。年七十二卒。丙寅年（1806），馮氏曾在紫陽書院敬觀著名明遺

民徐枋遺像、手蹟,題詩曰:

> ……峻節吳中最,芳名澗上傳。
> 巖阿甘遯蹟,土室屛塵緣。
> 潔豈膺三聘,高難恩一錢。
> 門車顏閭避,《丼史》鄭南編……

張炳,生卒年待考,字苣塘,號綺堂,錢塘(今浙江杭州)人。家貧好學,素性友愛,敦宗睦族。乾隆己酉(1789)進士,出宰榕城,歷知沙縣、閩縣、南平、晉江諸縣,所至循聲卓著。改官粵東,以年老就義烏教職。著《來鵠山房詩稿》。嘗結南屛詩社,萃爲《南屛百詠》,足當山志云。張炳《南屛百詠序》曰:"《南屛百詠》者,青湖夫子(按,卽朱彭)與同里諸君結社於萬峰菴山舫中所作也……乾隆丁酉(按,1777)春,適青湖夫子自北旋里,主講於沈君笠人家,從游日眾,炳亦請業焉。青湖夫子於論文之暇,兼許游覽,而又與心舟(按,南屛詩僧)有舊緣,遂偕沈君笠人、胡君三竹結社於山舫中。一月一至,來者日多,而因恐不羈之士之涉於詼笑嬉褻也,不則習爲龐浮怒張言之,發於情而未必止於禮義也,以南屛古蹟爲題,以七律限韻爲例,斂才就範,和若笙鏞,撫今弔古,足以移情。吾杭之會友樂羣、相宣以道者,孰盛於斯乎?年久集成,刊以質世。若夫攄懷舊之蓄念,發思古之幽情,後之游南屛者,亦將有慨乎斯篇也矣。"《南屛百詠》收有其長子張鳳苞(字桐友)的《水南半隱,在長橋,宋鄭起所居》,詩中所謂"遺文傳記"卽《心史》中的《先君菊山翁家傳》,當然表明張氏父子均認可《心史》。詩曰:

> 合是當年鄭所南,居名半隱過橋探。
> 衣冠巢許心兼澹,城市山林趣獨涵。
> 猶有遺文傳記一,[1]尚囂荒徑竚開三。

---

[1]　作者自注:"曾自爲記。"

桃花莫笑非人世,鷗鳥忘機我亦諳。

　　孫原湘(1760~1829),字子瀟,又字長眞,晚號心靑。江蘇昭文(今常熟)人。嘉慶乙丑(1805)進士,選翰林院庶吉士,充武英殿協修官。未及散館,乞假歸,遂不仕。歷主毓文、紫琅、婁東、遊文諸書院。善書畫,詩與舒位、王曇齊名。有《天眞閣集》,卷四《贈汪容甫明經中》用《心史》典:

> 我未識君面,君名在我耳。
> 乍見不相知,問名乃各喜。
> 訂交出脅肝,論文慧牙齒。
> 著述富丹黃,功名薄靑紫。
> 自言六百篇,①頗該十七史。
> 手抄雖有人,身死付誰氏?
> 予曰君勿憂,顯晦有時爾。
> 本朝推巨手,前輩可屈指:
> 寧都與堯峯,望溪及芥子。
> 惟君繼四家,而獨樹一壘。
> 羣公皆顯達,四海競誇美。
> 君今困賤貧,人得肆譏毀。
> 不見山上松,不見陌上李,
> 歲寒乃獨殊,春陽詎足恃?
> 喜捨置道場,潛沈或井底。
> 千秋萬歲後,安必無知己!
> 且沽新亭酒,共斫靑溪鯉。
> 一往桃花潭,深情似春水。

---

① 作者自注:"君譔古文稿六百首。"

《天眞閣集》卷十八有《書祝子遺書後》詩二首,小序云:"明祝淵,字開美,海寧人。崇禎癸酉舉人。劉宗周以劾周延儒下獄,淵上書捄之,逮治拷掠幾殆。既而延儒敗,流寇逼京師,有詔赦出,而城已陷。會吳麟徵殉節死,淵爲具斂,護其喪以歸。時馬士英亂政,擬具疏劾之,未及上而南都破。迺亟葬其母,自經死。事見《明史·劉宗周傳》。書大半與宗周講學之語,及奏疏、詩文,共四卷。"第二首尾聯極動人:

> 當年緹騎逮倉黃,詔獄沈沈繫范滂。
> 貫械不辭因李固,收尸恰許作楊匡。
> 蕺山祠閉空薇蕨,西直門開入虎狼。
> 地下忠魂若相見,一編《心史》話滄桑。

凌揚藻(1760~1845),字譽釗,號藥洲,廣東番禺人。年二十五,補廣州郡學弟子員,後補增廣生。嘉慶己巳(1809)秋,海寇迫內河,市井亡賴乘間刼掠,凌氏爲畫方畧,盜不敢犯。其論學以躬行爲本,以無自欺爲端,以期於有用爲歸宿。所著有《蠡勺編》《海雅堂集》等。《蠡勺編》亦《陔餘叢考》之流亞也,其卷十五有《文山無黃冠歸故鄉語》,以《心史》所述糾正《宋史》之誤:

> 鄭所南《文丞相敍》:"忽必烈欲釋之,俾公爲僧,尊之曰'國師';或爲道士,尊之曰'天師';又欲縱之歸鄉。公曰:'三宮蒙塵,未還京師,我忍歸忍生耶?但求死而已。'且痛罵不止。諸酋咸勸殺之,毋致日後生事,忽必烈始令殺之。"是安有"黃冠歸故鄉"語?作《宋史》者不識文山心,殆遷就其詞爲之爾!

而《海雅堂集》又分爲《藥洲花農詩畧》和《藥洲花農文畧》二編,在《海雅堂集》卷十九《藥洲花農文畧》十三有《書心史後》一文:

《心史》上下二本，宋太學上舍生三山菊山後人所南鄭思
肖憶翁撰。前有張玉笥國維序，後有裔孫敷教序……余向讀顧
寧人先生《井中心史歌》……道光丙戌，余從香山黃殿校香石
插架觀之。忠憤指陳，可補史氏紀傳之闕。目以《心史》，不誣
也……

道光丙戌爲 1826 年，此時能看到《心史》蘇州初刻本，頗爲難得。
珍藏者"香山黃殿校香石"，名培芳。

黃培芳（1778～1859），字子實，又字香石，廣東香山人。嘉慶甲子
（1804）中鄉試副榜，考取武英殿校錄，選授韶州府乳源縣學教諭，調補
陵水教諭。道光辛丑（1841）襄辦夷務，得內閣中書銜。黃氏自少以詩
名，太史馮敏昌賞其詩，集門下士曰："老夫當讓此子出一頭地。"閣學翁
方綱目張維屏、譚敬昭與黃氏爲"粵東三子"。工書畫，片紙尺幅，人爭
藏弄。咸豐丁巳（1857），英夷入城，居民遷徙一空，黃氏以先祠、圖書所
在，堅守不動，曰："脫有不測，則大夫死宗廟之義也，奚避爲！"因與坊鄰
竭力聯衛，卒無恙，人服其定識。著有《易宗》《浮山小志》《嶺海樓詩文
鈔》《香石詩話》等。黃氏珍藏《心史》初刻本，顯然也是肯定《心史》者。

鄭傑，字人傑，又字昌英，號注韓居士。福建侯官人。乾隆間貢生。
喜藏書，好讀韓愈詩，嘗註釋韓詩，故齋號注韓居。編有《閩詩錄》，丙集
卷十六收鄭思肖詩，在作者小傳中寫到鄭思肖有《咸淳集》《中興集》。
所選《心史》中詩有：《逢陳宜之》《送友人歸》《訪隱者》《春日登城》《春
詞》《春日遊承天寺》《隱居謠》《醉鄉》。

劉嗣綰（1762～1820），字芙初，一字簡之、柬之，又字醇甫，號櫻寧
子。江蘇陽湖人。乾隆甲寅（1794）舉人，嘉慶戊辰（1808）進士會試第
一，選翰林院庶吉士，散館授編修。服官十餘年，歸主無錫東林書院講
席。著有《尚絅堂集》。該書詩集卷十八《寓園集》有癸丑年（1793）作
《春日寓澄懷園有作》五首，其二云：

院靜如僧寺，風鈴自一檐。

花光生暗几,樹影落虛簾。

畫借山圖補,書從《井史》添。

香南無個事,日日課《華嚴》。

《尚絅堂集》詩集卷三十《蓬心集》又有辛酉年(1801)作《背光鏡歌》:

江心夜鎖潛蛟宮,冰盉鑄出元霜中。

一絲兔腳挂空壁,古月入簾飛向東。

菱花綠黯幾千載,相面何人偏相背。

隱隱層雲隻手翻,潭潭定水孤懷對。

秦臺膽破愁荒寒,百怪退走雙龍蟠。

空明照見古人影,清淚滴盡銅仙盤。

軒轅十二飛光死,井底迴文讀《心史》。

方池幻出影娥居,夜夜秋堂冰(去聲)眸子。

《尚絅堂集》詩集卷四十四《循陔集上》還有辛未年(1811)作《淳熙井》,小序曰:"瞻園有古井,曰普生泉,井甃石有'淳熙丙午邵永堅建'八字。"詩曰:

淳熙丙午六百春,邵永堅字題名真。

銀瓶牽斷轆轤歇,古井不照今時人。

景陽地辱鬼所恥,茲泉普生亦枯死。

石痕斑斑土花紫,有客寒鐙搨《心史》。

徐熊飛(1762~1835),字渭揚,號子宣,又號雪廬,別號白鵠山人。浙江武康(今德清)人。少孤,立志於學,年未及冠,詩已漸名。嘉慶丙辰(1796)阮元來試浙學,貢入成均,並命從秦瀛學古文義法。阮氏開詁經精舍於西湖,徐氏又從之治經義之學。甲子(1804)中舉,翌年會試落

榜,遂不復仕進,主講乍浦觀海書院。晚歲養疴家居,被特授翰林典籍
銜。著有《白鵠山房詩選》《白鵠山房文鈔》等。《白鵠山房詩選》卷一有
《文丞相洮河石研歌,和余伯扶先生(鵬年)》一詩頗佳(又被潘衍桐選入
《兩浙輶軒續錄》卷二二),其中提及鄭思肖和《心史》:

自從柴市沈秋星,血痕入地千年青。
人間囂此一片石,元精萬古昭忠誠。
幾經兵燹不改色,正氣凝結生鋒稜。
有時光彩忽騰上,欲與日月星辰爭。
宋家末世阨陽九,一聲白鴈橫江鳴。
不周山崩天柱折,河漢不向東南行。
文山受命在倉卒,思以赤手回天傾。
江山半壁無寸土,天之所廢誰能興。
惟公慷慨矢忠義,扁舟怒觸蛟涎腥。
厓山鏖戰將士潰,土樓閉置年華更。
自書讚語納衣帶,成仁取義深服膺。
想攜此研日揮灑,破窗風雨龍蛇驚。
洮河綠玉質光滑,青霞出水花含英。
昆明劫火碎不得,定有神鬼扶精靈。
爾時江介足奇士,滄桑變後皆飄零。
是研若隨謝皋羽,西臺慟哭山崢嶸。
或歸義士鄭思肖,《井中心史》書縱橫。
不然流入月泉社,黍離麥秀吟哀聲。
蟾蜍蝕月碧雲斂,至今墨霧餘淒馨。
高堂讌客夜將半,燭花四照窗虛明。
摩挲故物肅生敬,寶惜不異玉帶生。
公之大節在天地,手澤亦著千秋名。
尊前再拜奉尺璧,碧天雲葉含光晶。
莫教塵浣補天石,墨池夜夜生風霆。

　　焦循(1763~1820),字里堂(一作理堂),號半九主人,晚號理堂老人,江蘇甘泉(今江都)人。嘉慶辛酉(1801)舉人,應禮部試不第,即絕意仕進,足不入城,專心治學。葺其老屋曰“半九書塾”,又建“雕菰樓”,讀書著撰其中。博聞強記,精經史曆算、音韻訓詁,亦通戲曲,尤擅長於易學。弱冠即與阮元齊名,阮後爲之作傳,讚之爲“通儒”。焦氏肯定閻若璩《古文尚書疏證》,但在《易餘籥錄》卷九說:

　　　　萬季野、閻百詩俱說鄭所南《心史》乃海鹽姚叔祥所依託,全謝山言屬樊榭則謂叔祥豈能爲此詩文。按,朱潮遠《四本堂座右銘續編》載此事云:“辛巳歲,予督漕姑蘇,值承天寺僧浚井,得一鐵函,隨之上撫軍張公國維,啟之甚輕,函內蠟封,封內紙裹,悉啟,乃宋德祐年鄭思肖所藏詩文,所言皆亡國事,四百餘年始傳人間。”潮遠字卓月,流寓揚州,自述其所目睹如此,則非姚氏所依託矣。

　　“萬季野”的名字完全是全祖望誤記,已見本書前述;朱潮遠的回憶中也有些記誤,也見本書前述。但焦氏顯然不相信閻氏及四庫館臣的《心史》“偽書說”。

　　楊知新(1765~1841),字元鼎,號拙園,浙江歸安(今湖州)人。廩生,鄉試十四次皆不第,讀書益力。授徒獎勵後進。道光元年(1821)舉孝廉方正,力辭。平時與族兄鳳苞交流學問,鄉人稱爲二楊。好周卹貧困,亦好義,家道因之中落。性強記,尤諳《明史稿》,幾能背誦。校讎書籍善本數十種。工詩,有《凤好齋詩鈔》《凤好齋賦鈔》等。《凤好齋詩鈔》卷十五《南歸集》丙戌年(1826)作有《潤州懷古二十八首》,其十九首云:

　　　　爭說鐵城人似紙,毘陵相望欲懷愍。
　　　　遂令南國咽喉地,坐失中原左右驂。

分道出師爭半壁，截江敗績寄孤嵐。

回思多景登臨日，慟煞三山鄭所南！

　　首聯有自注，語及《心史》：“德祐二年元人圍鎮江，一鼓破之；圍常州，屢攻不拔。爲之語曰：‘鎮江鐵城紙人，常州紙城鐵人。’時常守將爲劉師勇，宋名將也。事見所南《心史》。”頸聯自注：“張世傑與元人戰於焦山，敗績，奔圌山。見《宋史·瀛國公紀》。”尾聯又有自注，語及《心史》：“《心史》中有《大風登多景樓》詩，題下注云：‘時蒙古圍襄樊已二年矣。’”今按，楊氏全憑記憶，多有差錯。《心史·哀劉將軍》序云德祐一年蒙軍攻佔常州、平江（今蘇州），曰：“平江鐵城紙人，常州紙城鐵人。”《心史》中有《題多景樓》詩，題下注云“時叛將劉整圍襄陽”；又有《重題多景樓》詩，題下注云“時逆賊劉整圍襄陽已六年”。雖然楊氏頗有誤記，但可知他必看過《心史》，並顯然不信“僞書說”。

　　何元錫（1766～1829），字敬祉，號夢華，又號蝶隱。錢塘（今杭州）人。監生。候補縣主簿。精於版本鑒定，藏書八萬卷，多善本。何氏刻有一藏書章，曰“布衣暖菜根香詩書滋味長”，文字出自《心史·中興集一卷》的《隱居謠》（按，“根”字《心史》原作“虆”）。魯迅在壬子年（1912）四月假江南圖書館藏何氏所鈔清·姚之駰輯本《謝氏後漢書補逸》作摘錄時，即記該書鈐有此一印章（魯迅記“詩”字爲“讀”）。何氏如認爲《心史》是僞書，必不會用《心史》詩句來鈐於自己心愛的藏書上。

　　查揆（1770～1834），又名初揆，字伯葵，號梅史，浙江海寧人。少好讀書，有大志，受知于阮元，嘗稱爲詁經精舍翹楚。中嘉慶甲子（1804）舉人，錢大昕、法式善皆寓書阮元，望其入京。歷知安徽巢縣、宣城等，道光乙酉（1825）署永年，治蝗有成績。後擢灤州知州，卒於官。著有《篛谷詩鈔》《篛谷文鈔》等。

　　《篛谷詩鈔》卷七《謝參軍西臺歌》中云：“橋亭卜卦客自去，井函作史心俱灰。”

　　《篛谷詩鈔》卷八又有《黃泥潭訪家伊璜先生故居，同胡秋白（元杲）作》。按，本書前已寫過，查繼佐（伊璜）正是肯定《心史》的明遺民。查揆該詩云：

> 負郭山菴草徑遮，舞裙歌串總空花。
> 百年舊業歸荒圃，一代遺民老狹斜。
> 子固畫蘭非故土，所南《心史》落誰家。
> 如何蝶粉飄零後，忍向東平問阿叉。

方廷瑚(1770~1839 後)，字鐵珊，號幼樗，浙江石門(今桐鄉)人。查揆《筼穀文鈔》卷五《幼樗吟稿序》云"揆與鐵珊齒相亞"。嘉慶戊辰(1808)舉人，辛未(1811)進士，官直隸平谷知縣，以廉明稱。好佛。歿於官，貧不能歸櫬。清風亮節，鄉人交頌之。善詩古文，以畫名，長於金石考證。今見其《幼樗吟稿偶存》卷四有《宋謝文節公犀角名印，周櫟園司馬家藏物也，偶於友人處見之，敬賦二律》，其二涉及《心史》：

> 朱文兩字未漫漶，徑寸居然抱璞完。
> 肘後枉誇如斗大，匣中疑自有龍蟠。
> 所南《心史》文山石，皋羽哀吟子固蘭。
> 一樣精神亙天壤，森森芒角耀詞壇。

陳文述(1771~1843)，原名文杰，字雲伯，又字儁甫，號退菴、碧城外史，晚號頤道、華胥子。浙江錢塘(今杭州)人。嘉慶丙辰(1796)受知於阮元，戊午(1798)從阮氏入都。明年又從至浙，盡受其學。庚申(1800)計偕入都中舉。繼遊京師五年，詩文與戶部官楊芳燦齊名，時稱"楊陳"。丙寅(1806)歸里。後試吏皖中，又改官江南，攝寶山、常熟、上海、奉賢、崇明等邑。所至均治水利，理疑獄，爲前明忠義建祠。然久困不遷。後以丁憂歸，不再出仕，生活貧困。著有《碧城仙館詩鈔》《碧城詩髓》《頤道堂詩選》《頤道堂文鈔》等，阮元對其評價甚高。

《頤道堂詩選》卷十一有長詩《雲間贈姚春木，兼懷吳巢松太史、嚴麗生孝廉》，其中提到《心史》：

……杜門結軫轄，徒步放騑裹。

《井史》資辨譌，《壁書》供蒐討。

蔚宗《隱逸傳》，孟堅《人物表》。

亭林釋《方輿》，季由儲《史橐》。

欲追龍門作，豈羨鴻都考……

陳氏又有《西泠懷古集》，卷五《水南半隱懷鄭鞠山所南父子》詩，序云："鄭思肖父鞠山翁，諱起，淳祐閒居西湖，有水南半隱，在長橋，作《水南半隱記》。思肖字所南，畫蘭露根無土，以寄桑海之感，著《心史》藏井中。"詩云：

幽禽聲裏問茆菴，不是花南是水南。

種鞠有籬懷楚澤，畫蘭無土感湘潭。

落英餐晚供浮白，香草紉秋詠采藍。

喜得《井中心史》在，夢梁遺事話傳柑。

上述陳文述之贈詩對象姚椿（1777~1853），字子壽，一字春木，號樗寮生，晚號蔫道人、樗寮病叟、東畬老民。江蘇婁縣（今上海松江）人。自幼從父宦滇、蜀。後師從姚鼐。道光辛巳（1821）舉孝廉方正，辭不就。歷主書院，以實學勵諸生。郭麐《靈芬館詩話》續卷五稱："松江姚春木椿，天下士也。年未四十即棄去舉業，杜門埽軌，以著述為事。"清《續文獻通考》稱其："才情宏放，所為詩出入李杜韓蘇之間，文亦有風骨，粹然儒家言，蓋嘗受業於姚鼐之門，淵源有自也。"著有《通藝閣詩錄》《通藝閣和陶集》《通藝閣文集》《晚學齋文集》《樗寮文續藁》等。陳文述詩中描寫姚氏整天研究《心史》與孔壁出書，及范曄、班固、顧炎武、萬斯同等人的史著，可證姚氏亦肯定是相信《心史》者。

查元偁（1772~1855），原名有篪，字德敷，又字岑華，號琲齋，一號又山。浙江海寧人。其晚年自述"生於齊，遷於京師，遊歷燕趙魯宋梁陳淮楚之郊,而又僑寓於吳"。嘉慶戊辰(1808)進士。歷官都察院監察御史及户、禮、刑、兵科給事中。論事侃直。道光甲申(1824)河決高家堰,糧艘壅滯,災黎塞塗,上疏請通海運,卹疏民,劾河漕積弊,舉朝震服。己丑(1829)以病乞歸。先世業鹽,家本素封,承父意捐贍族義莊錢五百萬,舉族利賴之。好古嗜學,善古今體詩,尤工塡詞。有《筇齋集》。

《筇齋集·筇齋詩存》有《南宋》詩,寫到《心史》("尚有《十空經》在否"句,似出自厲鶚《南宋雜事詩》"一卷《十空經》在否"):

> 小朝廷愛住江南,牛角山河一笑堪。
> 只戀臨安忘建業,縱標理學亦清談。
> 金元厄運紅羊刼,朱陸宗風白鹿參。
> 尚有《十空經》在否? 憶翁《心史》錮深潭。

梁章鉅(1775~1849),字閎中,一字茝林、茝鄰,晚號退菴。福建長樂人。嘉慶壬戌(1802)進士,改庶吉士,散館授禮部主事,入直軍機處,官至江蘇巡撫,兼署兩江總督。洞悉地方利弊,用人理財,能持大體。著述甚豐,有《浪蹟叢談》《歸田璅記》《楹聯叢話》等。詩拜翁方綱爲師,翁氏曾言門下詩弟子百十輩,梁氏最後至,而手腕境界迥異時流,不名一家而奄有諸家之美云。梁氏支持林則徐禁煙,鴉片戰爭時率兵駐防梧州,又率兵駐防上海。其《退菴詩存》卷八有《文信國公琴銘拓本》,歌頌文天祥、鄭思肖等人的愛國精神,並肯定《心史》:

> 錢唐江上白鴈來,獨松關外朱烏哀。
> 冬青蕭條碧血盡,天荒地老剩此枯桐材。
> 一彈天柱無人支,再彈厓山海水飛。
> 宮移羽換絃索絕,夢裏黃冠歸未歸。
> 青原寺本入閩路,景炎祥興亦氣數。
> 二十八字譜壯懷,萬里中原莽回互。
> 君恩世慮一片《離騷》心,王炎午那測其故?

《廣陵散》曲何可追,松風夜雨未必知危苦。

吾閭得此非無因,前何後李歷相付。

我亦著手親摩挲,隱約梅花斷紋露。

君不見臨安汪水雲,隨身綠綺驅駝羣,拘幽十摻難再聞?

又不見諸陵陵骨出,人間傳看穿雲質,貓睛龍肝等壞漆?

此時何地藏此琴,傷心《心史》先銷沈。

螭屑鼉掌鬱光怪,猶與嶺海同崴嶔。

玉帶生,藏器深。竹如意,空遺音。

無絃之德彌惜惜,但須拓紙日挂壁,定有紫雲回薄東南岑!

李祖陶(1776～1858),字欽之,號邁堂,江西上高人。嘉慶戊辰(1808)舉人,多次會試不第,遂絕意進取。博綜羣籍,工古文辭。以選著爲事,名盛一時。究心政事,兼治兵家之言。又以幕僚、講學爲職,數十年足跡半天下,見聞極廣。晚築尚友樓,藏書數萬卷,寢饋其間。輯有《國朝文錄》《金元明八家文鈔》,著有《邁堂詩存》《邁堂文畧》等。《邁堂文畧》卷一《校正選義林序》提到《心史》:

> ……先生以一往獨摯之情,矢百折不回之志,其立身如宋之遺民,其所著之書亦如鄭所南之《心史》、陶宗儀之《輟耕錄》。網羅放失,可以補史之遺;分別精粗,居然執聖之柄……

宋翔鳳(1777～1860),字于庭,一作虞廷,江蘇長洲(今蘇州)人。少不樂舉子業,嗜讀古書,不得則竊衣物易書,祖父夏楚之,不能禁。母爲常州莊述祖之妹,故初從舅父受業,得聞莊氏今文經學;比長,游段玉裁門,兼治許鄭之學。成爲常州學派裏僅次於劉逢祿的關鍵人物。嘉慶庚申(1800)中舉。歷任泰州學正、旌德訓導、新寧知縣等。咸豐己未(1859)重宴鹿鳴,加知府銜。宋氏淹貫羣籍,兼工詩詞。有《憶山堂詩錄》《洞簫樓詩紀》《樸學齋文錄》等。

《洞簫樓詩紀》卷十二,有宋氏作於戊子年(1828)的《吳江陸(維

朱子以蜀繼漢,而千古之大綱以正。東山老人(按,查繼佐)作《通鑑嚴》,以南唐繼後唐。後唐雖賜姓李而奉唐朔,立廟祀高祖、太宗、懿宗、昭宗;南唐,唐宗室裔也。《通鑑》以昇比昭烈,而紫陽曰"徐誥復姓李氏","復"之者大言之也。故直以宋接南唐,梁、晉、漢、周安得姦其統? 此亦特識也。明唐王無嗣,并有傳位監國意,桂王竄緬甸而歿,監國完全十七年,有始有終,雖不卽正,有維繫天下之勢。而一時之忠臣義士,霧集響應,卽殘山賸水,亦無異於宋之端、昺,以"春秋"屬魯,而以唐、桂附之,其義亦至正矣。其與正學之禁書、所南之《心史》,豈有殊哉? 健菴老友,好輯遺書,網羅放失,見余舊藏東山手稿一冊,借而錄之,并屬余校對,余喜是書之復有副本於世聞矣。此書紀事眞實,而評品得正,必傳於後無疑。署書數言於卷末,時咸豐壬子八月初五日也。熙臺識。

姚承緒,字纘宗,又字頻復,號八愚。江蘇嘉定(今屬上海)人。約生於乾隆末,著名學者王鳴盛(1722~1798)之外孫。屢不得志於有司,悉以其抑塞浩落之氣發之於詩。於三吳故實搜采尤富,而賦以詩章,眾體畢備,得五百四十六首,名之曰《吳趨訪古錄》(按,吳趨原爲吳地游之意,後爲吳地歌曲名,後又作吳地的別稱),於道光己亥(1839)出書。該書卷二《吳縣·寺觀·承天能仁寺》云:"在皋橋東。梁衛尉卿陸僧瓚捨宅建。明崇禎戊寅濬井,得鄭所南《鐵函心史》。"詩曰:

> 瑞雲重布闢禪扃,捨宅曾鐫古塔銘。
> 佛說傳燈銅鑄像,客來投轄鐵函經。
> 恩慈合併能仁祝,懺度還沾大藏靈。
> 惆悵名藍幾興替,上方鐘磬不堪聽。

卷三《長洲·第宅·鄭所南宅》云:"在樂橋東條坊巷。所南,連江人,隨父宦寓吳,初名某,宋亡改名思肖,字憶翁,號所南,皆寓意也。"
詩曰:

> 所南古遺民,大節在《心史》。
> 僑寓樂橋巷,舊蹟不可指。
> 江山漢臘存,歌哭《楚騷》似。
> 蘭草思靈均,深用踐土恥。
> 風雨蔽一椽,寄食半竺氏。
> 盟言大義申,中興紀甲子。
> 所惜孤臣心,枯如瞽井水。
> 同時陸、謝、張,艱難存趙祀。
> 崖山捻冷灰,海角一息視。
> 完璧計難全,攀髯情曷已。
> 先生較諸公,曾未膺祿仕。
> 慷慨矢奇節,哀音雜變徵。
> 倘假尺寸權,定建義旗起。
> 文山《正氣歌》,與君同不死!

　　胡珵(? ~ 1853),字孟紳,號琅圃。仁和(今杭州)人,道光丙戌
(1826)進士,官刑部山西司主事,庚子(1840)海氛告警,假歸省親,率兩
弟讀書,以吟詠唱和爲樂。後繼其父掌教崇文書院。著有《聽香齋集》。
有《詠元史帝后冠制二首》,收入潘衍桐《兩浙輶軒續錄》卷三二、楊鍾羲
《雪橋詩話三集》卷十一,其二《罟罟》提到《心史》:

> 唐有步搖冠,元制亦遵古。
> 后服史不詳,志賴析津補……
> 元后十五像,一一稽世譜。
> 惟於冠服式,非袞亦非黼。
> 但覺光陸離,九璪絢華組。

書缺或有閒,徵典懼忘祖……

蒙古語繙繹,厥名爲咢咢……

旁參小說家,譚柄資掌柎。

顧姑或固姑,諧聲叶訓詁。

我朝邁前代,重譯在庭戶。

定名古庫勒,餘說槩無取。

獨怪所南翁,畫蘭乏寸土,

身爲宋遺民,南冠行踽踽,

奈何《井史》中,博識翻自詡。

得毋玉貌仙,珠簾捲廊廡,

垂鬘翠匐葉,窺見窮杜甫?

繪像我未瞻,展卷意爲憮。

可憐至正朝,番僧迭狎侮。

祕密演撲兒,受戒亦何苦。

花鬘佛面妝,又試天魔舞。

《心史·大義畧敍》中寫到"固姑冠"。像鄭思肖這樣的老遺民,"南冠行踽踽",怎麼也會"博識"元朝宮廷裏女人的頭冠呢? 胡氏頗爲好奇,於是便浪漫地想像了"窺見"的一幕。他提到的"祕密演撲兒"云云,也見於《心史》。於此可見他是相信《心史》的。

平翰,生卒年不詳,字樾峯,浙江山陰(今紹興)人,道光己丑(1829)任上海知縣,官至江蘇常州知府、貴州遵義知府。著有《黔輶吟》。今見他曾題著名明遺民徐枋遺像詩三首,其二云:

宅邊種柳陶元亮,井底沈書鄭所南。

賴有詩人護持力,草堂無恙倚層嵐。

蔣鳴珂,生卒年不詳,僅知是乾隆時杭州人,諸生。字芥孫、蘭宜,齋名一楳(梅)軒。清末修、民國刊《杭州府志》卷九三記其著有《一梅軒稿》。他在乾隆甲辰（1784）夏還編選了一本《古今詩話探奇》，《敍》中自稱"卽案頭所積，任意展閱，錄其最爲奇絕者，集爲二卷，名曰《採奇》"（按，書中又寫作"探奇"），該書卷下卽選錄了《心史·咸淳集》中的《湖上漫賦二首》之二。

馮登府（1783～1841），字柳東，一字雲伯，號勺園，浙江嘉興人。嘉慶庚辰（1820）進士，選翰林院庶吉士，散館授福建將樂知縣。不兩月，因母病解綬去。服闋，改寧波府學教授。在任數年，將薦舉，力辭歸里。鴉片戰爭爆發，聞寧波淪陷，憂憤交加，病劇而卒。生平劬書好學，著述等身。嘗從阮元遊，與吳德旋、錢儀吉、錢泰吉、李富孫等交最密。治經學，尤邃於聲音訓詁，諳熟掌故，好金石篆刻。中年曾游閩，修《福建通志》《福建鹽法志》，名震海嶠。編有《曝書亭外集》《浙西後六家詞選》《梅里詞輯》等。著有《論語異文考證》《十三經詁答問》《金石綜例》《勺園詩話》《拜竹詩龕詩存》《種芸仙館詞鐫》《石經閣文初集》《石經閣文續集》等。

《拜竹詩龕詩存》卷三有長詩《鄺硯歌》，其序是一段文物史料："鄺名露，又名瑞露，字湛若，南海人，明季諸生。嘗丱縣令，亡命走粵西，爲蠻女雲䯖娘執兵符司書記，遍遊諸徼。著有《赤疋》三卷，詩曰《嶠疋》。明亡殉難。漁洋山人爲作《抱琴歌》，《明詩綜》採其詩。蓋謝皐羽、王炎午一流人也。生平臧有南風、綠綺二琴及此硯，爲三寶。有洗硯池，在光孝寺。硯長四寸二分，廣二寸七分。側有'天風吹夜泉'五字，八分書；'湛若'二字，正書；'明福洞主'小方印。背有'履二齋臧'四字，八分書；'述菴'小印。王蘭泉司寇得之梁山舟學士者，其孫紹基乞爲其尊甫菱溪上舍立傳，以硯歸余，因作此詩，以志金石緣云。"沈學淵《桂畱山房詩集》卷十一有和詩，並錄其序。馮詩甚佳，因較長，僅錄數句，其中涉及《心史》：

> ……吟到鬼門以外天，天驚石破来飛仙。
> 靖岭一枝供寫疋，山池翻到婆娑泉。
> 乾坤破碎殉家國，抱琴而死西山側。

琴亡硯在入《心史》,蟾蜍清淚消不得。

銘文印記備五體,洞天想像親摩刻……

　　《拜竹詩龕詩存》卷四又有長詩《玉帶生歌》,詠另一名硯,小序云:"硯藏閩李瓊宴家,己丑(按,1829)六月得見於湯總戎攀龍處。證以《鐵史傳》及竹垞跋,不合。重其為忠義之物,作歌紀之。"詩亦甚佳,亦因較長,僅錄數句,見其中亦涉及《心史》:

……竹石狂吟工寫怨,橋亭賣卜亦同哀。

磨折心堅長不死,後來流落歸誰氏?

肯供王孫畫水仙,好充鄭老賤《心史》。

石爛天荒獨抱遺,寮中七客暫相依。

同時義士多亡命,賴汝長罵絕筆詞……

　　厲志(1783~1843),學名允懷,字心甫,號駭谷,別號白華山人。浙江定海(今屬舟山)人。諸生。因困於棘闈,遂肆力於翰墨吟詠。善書,法明人,尤精行草,兼畫山水蘭竹,有李檀園逸趣。其詩,吳德旋比之元遺山,王燾等人則謂其原本孟東野,而於四明詩派絕類李杲堂云。與姚燮為忘年友。著有《白華山人詩集》《白華詩說》。

　　姚燮《疎影樓詞·蓺鐙夜語》有《賀新涼·宋信國公文丞相鐵如意》詞,附有厲氏同作一首,末句寫到鄭思肖沉井鐵函當與文天祥所遺鐵如意同哭泣:

漆黑千年銹。鏤銀紋,依稀名姓,是誰磨滅?我道先生踰嶺後,力絕手戈寸折。更柴市,霜鍔迸血。遺研遺琴都失卻,膡彎環,一柄爭傳說。遺落處,想南越。　　舊時幕府狂披髮,取箄篝,刻雕依樣,持來粉擊。揮淚西臺看鴈影,金杖北天森列。痛仙掌,銅人摧蹶。鑄錯六州徒惘恨,忍摩抄,冷逼冬青月。沈井匳,共嗚咽!

徐湘潭(1783～1846後),字東松,初號蘭臺,改號金溪、睦堂,江西永豐人。嘉慶癸酉(1813)拔貢生。幼穎敏,博極羣書,肆力於詩古文辭,撰述甚多。然艱於一第,家無長物,遊幕爲生。爲人樸眞磊落,又侘傺多病。與郭儀霄、黃爵滋、張際亮等交往,晚年主講臨湘蓴湖書院,客死未陽縣幕。嘗與修《南豐縣續志》《永豐縣志》。馮詢、劉德熙等捐款刻其詩文爲《徐睦堂先生集》。其中《睦堂文集》卷十九有作於道光乙酉(1825)的《讀新五代史記》上下篇,評論歐陽修等人的正統觀,在下篇中涉及《心史》中的《古今正統大論》:

> 與公同時論正統者卽有章望之、蘇文忠,其說皆與公有異
> 同。宋末則有鄭所南,元則楊廉夫,明則方正學、茅順甫,近日
> 則邱邦士、魏冰叔,所持皆有得有失。

孫步瀛,浙江富陽人,生卒年與生平均未詳。今從光緒時修《富陽縣志》卷九《地理志·山川·來公山》,見其《來公山懷古》一詩寫到《心史》:

> 奇峯屹立高插天,白雲出沒遮峯顛。
> 危樓一角峙雲表,此山竟以來公傳。
> 春山先生遭陽九,世事滄桑幾回首。
> 直將富貴作浮雲,今人則無古人有。
> 嚴陵老子古逸民,釣臺傍有謝家墳。
> 疊山去後文山死,慷慨悲歌寄此身。
> 所南《心史》井中出,銅駝荊棘言悲咽。
> 南宋之末東漢初,千古三人來寄蹟。
> 吁嗟乎,大澤羊裘高萬古,後世幾人能踵武!
> 謝、鄭丹心照汗青,春山高義感行路。
> 公之未來山無聞,公之旣來山得名。

樓內青山樓外水,一犁煙水踵前民。

君不見,嚴家釣臺謝家墩,地以人傳名永存。

山得公來山不朽,公與青山孰主賓!

詩中提到的春山即孫鉉高,字孟騫,號春山,浙江富陽人。崇禎季年(1644)選貢。重節氣,清初禮部尙書胡兆龍奏薦,特徵不起。堂名耕讀,詩酒自娛。詩多寄託,慷慨悲歌,有古烈士風。因恐文字搆禍,盡削其稿。年八十二卒。孫步瀛當是鉉高同族,同時人或後代。

柳樹芳(1787~1850),字湄生,號古查(楂),晚號勝谿居士,又號粥粥翁。江蘇吳江人。例貢生。性伉爽,多賢豪長者交。承父柳玉堂之樂善好施,賑濟鄉里,益以力善,聞於時。好古文,詩亦精警明爽,喜刻先哲遺著。著有《養餘齋初集》《養餘齋二集》《養餘齋三集》,合稱《養餘齋詩集》。《養餘齋初集》卷二有《觀顧氏家藏先世宋人墨蹟》,詩序曰:"按,傳一勅二。傳爲宋開寶二年正月旣望,樞密副使曹彬追傳齊處士顧歡;勅一爲皇祐五年十二月三日,勅吏部郎顧謙知開封府;一爲元豐二年九月十日,勅直龍圖閣學士、河東轉運使顧臨南。傳顧氏世守眞蹟,丙子(按,1816)夏,裔孫三坻乃廥出以示予,因爲作歌。"詩末云:

……物以人重足不朽,一傳二勅垂高文。

吾有一言告仍雲,<u>勿藏鐵匣深埋淪</u>。

何不傳之宇宙摹萬本,勒之金石垂千春?

君不見,錢氏世藏宋鐵券,請觀車馬方盈門?

在歌詠"宋人墨蹟"的時候建議主人"勿藏鐵匣深埋淪",當然是用了宋遺民鄭思肖鐵函沉井的典故無疑。

第十章 《心史》在清代及其
後的影響（下）

　　《心史》在晚清時期（袁翼—宗稷辰—汪端—季蘭韻—魏源—蔣湘南—楊豫成—蔡邦甸—管庭芬—顧沅—譚瑩—王文瑋—言啟方—董兆熊—周文禾—蔣敦復—鮑瑞駿—張文虎—徐鼎—貝青喬—董平章—徐一鶚—蔣光煦—顧復初—羅惇衍—方濬頤—王廣伯—高宅暘—金和—魏秀仁—陳錦—吳仰賢—俞樾—朱邁爔—邊浴禮—袁承業—楊泰亨—范寅—董沛—張寶琳—王棻—戴咸弼—孫詒讓—孫衣言—蔣曰豫—楊浚—汪芑—楊葆光—孫周—孫璧文—柴文杰—丁丙—徐錦—朱丙壽—郭溶—嚴玉森—王家振—勞乃宣—徐定超—樊增祥—林鶴年—李寶翰—王頌蔚—黃遵憲—張寶森—胡禮垣—徐邦—錢鈞伯—錢邦彥—陳玉澍—郭傳璞—文廷式—李宗褘—易順鼎—惲毓鼎—鄭鵬雲—丘逢甲—王龍文—李子榮—王式通—譚嗣同—黃人—曾習經—洪繻—徐兆瑋—吳士鑑—吳保初—汪春源—章太炎—孫峻—梁啟超—闞鐸—南潮—漢南—哀江南客—黃節—來裕恂—陳去病—高增—周實—丘復—羅振常—孫寰鏡—高旭—王國維—沈礪—鄧實—馬一浮—蘇曼殊—劉師培—易白沙—易本羲—錢玄同—陶成章—柳亞子—姚光—無名氏〈蘭心樓?〉—匪石—黃天—志攘—民明—寄懷客—宇—光明（漢才）—敵公—無名氏〈楊庶堪?〉）—**《心史》在民國時期**（陳作霖—金武祥—倪在田—繆荃孫—陳通聲—葉昌熾—吳慶坻—秦綬章—瞿鴻機—沈曾植—林紓—吳道鎔—鄒嘉來—朱檉之—符璋—蔣麟振—許南英—郭曾炘—金蓉鏡—陳伯陶—施士洁—徐翽—陳祖綬—朱祖謀—魏元曠—沈瑜慶—程學南—康有爲—陳壽宸—蘇澤東—梁鼎芬—趙啟霖—張其淦—章梫—劉崇照—張學華—葉德輝—成多祿—程頌萬—曾廣鈞—王松—孫雄—范褘—汪如淵—錢振煌—孫去疾—趙晉臣—王變—俞陛雲—章乃煒—劉貞安—施梅樵—李前普—巫魁楚—蕭遠—劉煥書—錢

崇威—吳庚—趙坉年—孫毓修—寶熙—歐陽漸—歐陽格—王培孫—羅惇曧—袁嘉穀—陳無名—張榮培—趙炳麟—王季烈—宗威—夏敬觀—李宣龔—陳炯明—連橫—王夷軒—陳篤初—吳貫因—周達—李致楨—梁鴻志—郭則澐—劉承幹—陳士廉—黎之彥—吳梅—蔣作賓—馬敍倫—黃侃—黃承潮—汪國垣—劉半農—鄭貞文—劉建緒—周瘦鵑—劉咸炘—鄭北野—吳其昌—張壽林—周貫仁—梁寒操—孔庚—王寵惠—周鍾嶽—成惕軒—甘乃光—鄧飛黃—吳忠本—馮玉祥—康澤—柴也愚—王之宇—宗仙—黃紹美—世璋—冷觀—謝遠灝—陳綬之—何鍵—連謀—王貫之—張時傑—熊鶴章—溫光熹—居正—柴海樓—高怡倫—張滔—李靜璉—萬啟英—于右任—李根源—蔣介石—蔣經國—諶福謙—余嘉錫—呂思勉—鄧之誠—周叔弢—顧頡剛—程懋圻—郁達夫—陳乃乾—鄭振鐸—繆鳳林—郭沫若—陳登原—錢海岳—王調甫—蔣逸雪—汪靜之—施曉湘—王季思—方天錫—陳灼如—李俠文—王建秋—翟宗沛—顧天錫—趙尊嶽—夏孫桐—黃孝紓—黃孝平—錢仲聯—戴正誠—袁榮法—吳玉章)—《**心史**》**在國外**(林鵞峯—人見卜幽軒—人見竹洞—無著道忠—柳田聖山—森川竹窗—梁川星巖—鷹羽雲淙—都徹阿警—伊藤松—保岡孚—小林泰輔—江馬天江—大橋正堯—小林二郎—小野湖山—土屋鳳洲—桑原隲藏—中山久四郎—久保天隨—羽田亨—和田清—石原道博—太田辰夫—李德懋—趙普陽—成大中—朴齊家—成海應—尹行恁—李圭景—金進洙—張福樞—宋秉璿—許薰—金澤榮—高羅佩—白鳥庫吉—江上波夫—田阪興道—牟復禮—蘭德彰—謝慧賢—田浩—吉川幸次郎—戴仁柱)

三、《心史》在晚清時期

　　我在讀書中,特別是在瀏覽八百巨冊的影印本《清代詩文集彙編》時,強烈地感到,在乾隆中葉以後,至晚清以前,學者、詩人的書雖然越出越多,保存至今的也比此前多得多,但提到《心史》的詩文卻驟然減少,而且越來越少。我想,那並不是由於此時的中國社會和讀書界已經對《心史》沒有了共鳴。事實上,乾隆中葉以後清朝便入衰運,國內民變開始屢見不鮮,至道光年間更有西方侵暑列強紛沓而至,國家一直處於內亂外患交迫之中,漸至面臨亡國滅種的危險。但我在此時的一些應該、或者很適合寫到《心史》的憂國憂民的詩文(例如,有專寫南宋遺民的詩文、遺物,或專寫曾在明末序跋刊刻《心史》的諸多明遺民,甚至專寫鐵函沉井所在地承天寺的詩文等)中,卻沒有看到提及《心史》。這是什麼原故呢?我想主要是因爲這些詩文的作者,根本就不知道有《心史》其書其事,否則怎麼會不寫到呢?此時,還有些作品雖然提到了《心史》,但給我的感覺,似乎這些作者也只是耳聞其事,作爲一個典故而已,好像並未嘗目睹其書。於此,可以看到乾隆時禁燬漢民族愛國文獻之毒辣而有效的惡果,以及數百年後原本印製不多的紙本圖書在兵燹水患、鼠啃蠹食、脆化腐爛之下無情的銷亡,使得《心史》復就淪湮!此誠良可慨已!正如後來鄭振鐸在《跋心史》中感歎的:"至《禁書目錄》成,《心史》被收入'全燬'目中,而此書乃益晦不顯矣……晦三百五十六年而顯(按,指《心史》沉井三百五十六年而現世),顯而復晦……何此書之多阨也!"

然而到了晚清,情況就發生了巨大的變化。

道光庚子年(1840),英帝國侵暑軍率先向我國發動罪惡的鴉片戰爭,至壬寅年(1842)清廷與之"議和",簽訂喪權辱國的《南京條約》,割地賠款,開五口"通商"。自此,中國更快速地淪入半殖民地半封建的深淵。這時,晚清愛國文人面對外國強盜的野蠻入侵就更悲憤憂慮不已,少數有幸讀到過倖存的《心史》的人士,便很自然地提起了堅決反抗民族壓迫的鄭思肖其人其書。此時,專詠《心史》的詩,特別是像清初顧炎武《井中心史歌》那樣的長詩,就出現了不少。而國內政局激烈動盪,如道光末年(1850)有太平天国起義,也打出了民族革命的旗號(如"天厭滿清""朱明再興"等)和聲明反抗外國列強的侵暑,但當時的士紳文人一般卻都是站在太平軍的對立面的,因此,此時有些文人提到《心史》,是爲了表達忠於皇帝朝廷和反對太平天國起義的意思。直至清末,民族民主運動風起雲湧,翌日愛國學生和梁啟超等思想家又將《心史》在東京和上海攦印出版。新式鉛字排印之書當然比木刻線裝書印數要大得多,流傳更廣。而且日本出版的《心史》也主要是在國內發行,國內報紙上也出現了宣傳《心史》的文字,[①]至此,《心史》重新被"激活",鄭思肖其人和《心史》其書便爲更多的國人所熟知。

清末的國粹學派、革命黨、反帝制派,尤其是南社詩人,爲拯救國家民族於水火危難,曾經大力彰揚《心史》的愛國主義、民族主義精神;而保皇黨和封建遺老遺少們則效忠於清王朝,他們也時常借用鄭思肖和《心史》來表達他們的信念。因此,此一時期有關《心史》的評論和引用相當熱鬧,呈現出種種複雜錯綜的狀況。對這些詩文和評論,今天的讀者自應作具體的分析和思考。不過,無論如何,這種種現象都能有力地證明《心史》的巨大深遠的影響力,都能有力地證明有很多晚清人士全然不認爲《心史》是偽書。特別是那些反抗帝國主義和反對封建主義的志士,此時對《心史》的讚美和引用,更證明了《心史》在問世二百多年後,再次煥發出奪目的愛國主義的光輝。這是不應忽視的歷史事實。

又值得注意的是,在這一時期,而且一直延續到民國前期,還有一些臺灣文人,包括一些大陸赴臺灣的文人,例如徐一鶚、楊浚、林鶴年、許南英、施士洁、易順鼎、鄭鵬雲、丘逢甲、王松、洪繻、汪春源、施梅樵、連橫、王夷軒等等,在他們的詩文中也寫到了《心史》,而且其中有的寫到《心史》的詩文更是直接用於反抗日本侵畧的。這一現象也生動地表明了臺灣同胞與大陸同胞血脈相連,悲歡相通,《心史》是我們共同的愛國主義經典。

本書這一節仍大體按人物生年的先後作些引述。

袁翼(1789~1863),初名書培,字毅廉,號中甫,室名邃懷堂。江蘇寶山(今屬上海)人。道光壬午(1822)舉人。官江西諸知縣二十餘年,有政聲。咸豐七年(1857)調玉山知縣,抗禦太平軍,以功加同知銜,陞直隸州知州。旋以疾致仕。工詩,以秀勝,晚遘亂離,漸歸蒼老。亦工爲

---

① 如宣統末年辛亥七月初九(1911年9月1日)上海《申報·自由談》的"慷慨悲歌"欄,就以《夾漈遺詩》爲題引載《心史》之詩,說:"讀之悲壯蒼涼,令人有亡國之感。"

駢文。有《邃懷堂全集》，書中多處寫到《心史》。如《邃懷堂全集》文集卷二《水一方人集殘稿跋後》末云：

> ……想當時尚有忌諱，祕而不敢傳歟？昔王方慶藏其先世二十八人墨蹟，武后設九賓，觀於武成殿；魏謩藏五世祖文貞公笏，文宗索觀，比諸召伯甘棠。此不過翰墨遺器，覩物思人，珍重若是；而況萇宏之血，嵇紹之淚，磅礴凝結，以成名將之《韜鈐》哉？中丞之事，聖朝久爲昭雪，且賜立祠。《井中心史》待時而出，後日必有得其全集於故家複壁間……

又如，詩集前編卷六《書懷》：

> 蕭蕭白髮吳興令，才退生花筆一枝。
> 藥草遍栽因療病，俸錢微積待鐫詩。
> 古人有恨傳《心史》，清議無私問口碑。
> 三八銜參歸未晏，遺編堆案尚勤披。

再如，詩集後編卷一《南禪古寺，康熙年循吏徐公寓此，詢諸邑人，罕有知者，感而賦此》：

> 樊川垂老鬢如絲，補撰韋丹遺愛碑。
> 座上衣冠誰復憶？井中《心史》總罣疑。
> 老僧化去藏遺蛻，壞壁傾頹失舊詩。
> 何處更尋欒布社？青華門外草離離。

宗稷辰（1792~1867），字滌樓，又作滌甫，號越峴山民，浙江會稽（今紹興）人。道光辛巳（1821）舉人，主虎溪、濂溪兩書院講席。己丑（1829），援例授內閣中書。充軍機章京，轉起居注主事、戶部員外郎、監察御史、給事中，官至山東運河道，賞加鹽運使銜。著有《躬恥齋文鈔》

《躬恥齋詩鈔》《四書體味錄》等。

《躬恥齋詩鈔》卷六上《湘中迂親草》有作於庚寅(1830)的《題李碧樵先生(文纘)墨蹟(浣雲齋藏)》,序曰:"先生明末官駕部,舟山敗後被收,同學華君自伏刑而力爭,釋之,以隱遁終。"詩共二首,其二寫到《心史》:

> 孤臣同大難,死友數危身。
> 罟得後凋樹,長爲太古民。
> 小樓閒送老,遺翰迥超塵。
> 莫問《井中史》,茫茫弔海濱。

《躬恥齋詩鈔》卷八上《松瓢草》又有作於乙未(1835)的《題范鐵笠丈(澍)心史百吟後》①。我最初讀到時,還興奮地以爲當時有范澍其人寫了百首詠《心史》的詩呢!繼經查考,方知"心史"當是"讀史"。沈濤《交翠軒筆記》卷二載:"龍州范今雨大令澍,官高邑知縣,性頗強項,以忤上官,謫戍賜環。後自號鐵笠生,益以詩酒自娛。嘗作《讀史百咏》以寓其抑塞磊落之感,新城楊子萱太令炳題詞云:'愜心動目,元氣不死。哀家一梨,脆乃如此。茫茫萬古,入其肺肝。千嚼百嚥,松風夏寒。'可以想見其詩矣。"丁仁《八千卷樓書目》卷十八集部亦載:"《讀史百詠》一卷,國朝范澍撰刊本。"但宗氏怎麼會將"讀史"記成"心史"呢?是他下意識記住《心史》因而寫錯了呢,還是范氏之詩即初名《心史百吟》呢?

汪端(1793~1839),女,字允莊,號小韞,浙江錢塘(今杭州)人。聰穎天授,七歲賦《春雪詩》,讀者謂不減柳絮因風之作,因以小韞呼之。嘗取唐宋元明及清朝人詩,閱一過輒棄去,罟高啓、吳偉業兩家已;又去吳,曰:"梅邨濃而無骨,不若青邱淡而有品。"及觀高啓以魏觀貽害而七子標榜成習,錢謙益、沈德潛選本推李夢陽而抑高啓,大恨之,誓翻詩壇冤案,因選《明三十家詩選》初、二集,有論世知人之識,明代賢姦治亂之

---

① 詩云:"義山艷體劇迷離,太白遊仙恣譎奇。三百十篇遺恨在,二千餘歲古人知。照姦筆舌然犀赫,砭俗心腸引鐵慈。幾許風瀾談笑盡,停琴倚枕息東籬。"

迹亦畧具焉。著有《自然好學齋詩鈔》,卷七《讀謝皐羽集》一詩寫到《心史》(按,古代女子詠及《心史》者極少見,我迄今僅知汪氏和下面即將寫到的與她同齡的季蘭韻二人):

> 許劍酬知己,文山識此才。
> 黃龍蹈東海,朱鳥哭西臺。
> 抱骨荒陵感,①攜琴故國回。②
> 井中《心史》在,③一樣逸民哀。

　　季蘭韻(1793~1848),女,字湘娟,江蘇常熟人,同邑屈頌滿(字宙甫,又字子謙)之妻。結褵方一載,其夫年甫廿五即逝世。季氏無子,備嘗艱難,仍寫詩作畫。著有《楚畹閣集》,卷十一爲作於道光乙未(1835)之詩,有《讀鄭所南心史》。舊時女性專詠《心史》者,迄今我僅見季氏一人,且有三首,尤爲難得:

> 生死惟知宋,詩編德祐年。
> 金縢雖未貯,鐵匣竟能傳。
> 容足悲無地,傷心自有天。
> 所思還本穴,南望涕澘然。

> 中興虛所願,孤立趙家難。
> 一卷《離騷》續,千秋志節完。
> 盟心惟皦日,寫影託幽蘭。
> 筆底無纖土,靈根要世看。

> 惜惜、柔柔事,題詩盡表揚。

---

① 作者自注:"唐珏。"
② 作者自注:"汪水雲。"
③ 作者自注:"鄭所南。"

但能肝膽赤,儻許姓名芳。

亦有衣冠輩,輸他妓妾腸。

須知《心史》筆,不讓董狐剛。

魏源(1794~1857),原名遠達,字默深,又字墨生、漢士,號良圖。湖南邵陽人,嘉慶庚辰(1820)遷居江蘇揚州。道光壬午(1822)舉人,後捐內閣中書舍人候補。辛丑(1841),入兩江總督幕府,直接參與浙東抗英鬥爭。因痛恨投降派昏庸誤國、清政府戰和不定,憤而辭歸,發奮著書。壬寅(1842)撰成《聖武記》。乙巳(1845)始成進士,任東臺、興化知縣。期間改革鹽政、築堤治水,又據林則徐所輯《四州志》撰寫《海國圖志》,後經反復修訂,至咸豐壬子(1852),成百卷本。書中提出"師夷之長技以制夷"。咸豐元年(1851),任高郵知州。晚年潛心佛學,法名承貫。

金應麟《金氏世德紀》卷上,有魏源1830年寫的《金氏家乘跋》,寫到《心史》:

……源嘗蒐明人文集,得《宋經畧奏疏》,皆萬曆中征救朝鮮疏檄文移,中葉元戎,震疊海外,而徧攷《明史》,竟無一字;元代開國元勳,首推四傑,而赤老溫無傳;姚闇與張巡、許遠同殉睢陽,見新舊《本紀》,而《列傳》缺如;董僧慧之忠義,見於《南史》,而《齊書》佚其姓名;至若儒林文士,如王通,如韋應物、張守節、司馬貞,不見《隋》《唐》二史者,又何怪焉?夫班史人表,不盡見於詩書;鐘鼎邦序,今猶仿其譽款。故正史所遺者,志乘碑碣得而補之;文人之傳記,子孫之譜牒得而補之。此元凱所以沈峴山之碑,<u>鄭生所以鋼鐵函之史</u>,圖書蝕其兵燹,金石淬其雨風,豈不唏哉!

蔣湘南(1795~1854),字子瀟,河南固始人,囘族。道光丙戌(1826)入京,結識阮元、顧蓴、黃爵滋、龔自珍、魏源等名流。後在兩江總督蔣攸銛府作幕僚,同江南學者交流學問。戊子(1828)年底,爲陝甘學政周之禎幕僚一年。乙未(1835)中舉。甲辰(1844)補虞城教諭,不就。自此絕意仕進,專事遊幕、講學,潛心研究經學,曾主講於關中書院、同州書院,並修纂《蘭田縣志》《涇陽縣志》《邷壖廳志》《同州府志》《夏邑縣志》《魯山縣志》等,最後完成《陝西通志》稿。有《七經樓文鈔》《春暉閣詩選》等。《春暉閣詩選》卷五《謁杜文貞公祠,和幼裹韻》云:

> 放歸李白更何營,公亦長歌到任城。
> 池裏菱蒲香並古,胸中稷契志難成。
> 千篇變雅傳《心史》,一哭窮途甚步兵。
> 署作詩人餘恨在,靈風灑灑大河橫。

楊豫成(1796~1863),字立是,一字立之,號繹堂,山西陵川人。道光辛巳(1821)舉人。會試十次,薦而不中。甲辰(1844)以大挑一等分發江西知縣,署安義縣;後補龍南縣,遷寧都、贛州、南安知府。好學勤勉,善詩文,著述不輟,有《享帚集》。

《享帚集》卷三《臥雲草》有長詩《冬青樹歌,和友人》,末云:

> ……想見山中盤遠勢,煙雲日月相虧蔽。
> 陰厓獨立鬼神愁,前有萬古後萬世。
> 我聞井中《心史》鄭所南,手植此樹依雲嵐,
> 下有神龍遺蛻在,詩成清淚沾瑤函。
> 又聞藏園詩老鉛山蔣,紅牙度曲非凡響,
> 寫出忠臣義士心,院本流傳遍天壤。
> 吁嗟乎,我詩不獨羞古賢,珠玉在前倍自憐。
> 搜索枯腸不嫌狂花與病葉,聊為二君及樹雷此翰墨之
> 因緣。

蔡邦甸(1797~1879),字仲昀,號篆青,又號禹卿。安徽合肥人。貢生,屢試不遇。授徒數十年,多有成就,李鴻章少時嘗從其學。尤嗜詩。

所作《晚香亭詩鈔》,生前請張樹聲於光緒戊寅(1878)作序,請李鴻章於己卯(1879)作序(按,實爲吳汝綸代寫,見《桐城吳先生詩文集》文集卷四),然未及刊印而逝世。光緒壬辰(1892),其姪又請於李鴻章而爲石印行世。李氏序云:"先生誼甚高,行甚清,自少名,能詩閭里。年八十餘矣,爲之不倦。滋益勤,所爲滋益多。"

《晚香亭詩鈔》有組詩《雜詠諸史》,作於辛未年(1871)後,中有《鄭所南》云:

> 國殤曾著《十空經》,本穴誰開日晦冥。
> 淡墨畫蘭思淨土,荒陵種樹哭冬青。
> 江山重換天長悶,晝夜狂歌世未醒。
> 賴得《井中心史》在,鬼神應爲護陰靈。

集中又有專詠《井中心史歌》:

> 天生思肖一老子,不作忠臣作義士。
> 佯狂散髮游人間,《十空經》著兼《心史》。
> 函封鐵匣投井中,靈氣盤鬱噴長虹。
> 龍威呵護鬼神守,井枯石爛開鴻濛。
> 先生之詩多隱語,奇憤上訴天應怒。
> 先生之文澀難讀,往往攜向江頭哭。
> 本穴天教世界開,趙氏河山安在哉!
> 太息國亡誤姦賊,葛嶺堂深鬪蟋蟀。
> 勾引豺虎入室來,木葉菴中死奚惜。
> 所惜白鴈下江東,錢唐踏碎花月空。
> 江南兒女遭殺運,腥痕血染征袍紅。
> 兩宮墮海大帥沈,精衛啣石填冤禽。
> 恨不島中求力士,一椎奮擊仇讐尋。
> 老人畫蘭不畫根,土宇奪去根何存!

荒涼誰拜諸陵墓，子規啼上冬青樹。

吁嗟乎，地老天荒日月昏，狂歌癡哭憤難伸。

幸有一篇《心史》在，千秋人錄宋遺民！

管庭芬（1797~1880），原名懷許，字培蘭，又字子佩，號芷湘，晚號芷翁、渟溪老漁。浙江海寧人，諸生。管姓爲海昌右族，注籍學宮者已十有四世。庭芬少耽典籍，著述甚夥，如有《海昌經籍志畧》《卝兮筆記》《一瓻筆存》《渟溪老屋自娛集》《履霜雜識》等。《履霜雜識》爲辛丑壬寅（1901、1902）時所輯夷務海防及禁食鴉片文件。管氏善六法，尤善畫蘭，性喜詼諧，人爭暱就之。日以書卷爲生活，以善本丹黃對勘，晨夕不輟，所校諸書士林重之。

康熙時吳之振、呂留良編選《宋詩鈔》，目錄中有鄭思肖，但書中未見其詩，當是懼怕文字獄而未敢鈔。管庭芬和蔣光煦於道咸年間續編《宋詩鈔補》，就收錄了《心史》中的《逢陳宜之伯義》《送友人歸》《訪隱居》《春日登城》《春詞》《懷友》《春日遊承天寺》《湖上漫賦》《隱居謠》《醉鄉》其九、《聽琴》《睡覺有懷王梅塢垓》《飄零》《懷歸》《虎丘》《古詩三首》其三、《琴女行》《墨蘭》《秋雨》《醉鄉》其一其四等詩。管氏自是肯定《心史》者無疑。

顧沅（1799~1851），字澧蘭，號湘舟，又號滄浪漁父，所居名賜硯堂（因祖上獲雍正頒賜古硯而名），書齋名藝海樓。長洲（今江蘇蘇州）人。國學生，道光間曾官教諭。好學，但不以科舉之學爲學，不求仕進。勇於爲善，激揚名教，表章湮沒。喜收藏，精鑒賞。故當地先後官長若陶澍、林則徐俱器重訂交。顧氏世爲吳中望族，文獻大家，曾刊《賜硯堂叢書》《乾坤正氣集》《吳郡名賢圖傳贊》《婁東文畧》等，還編有二百四十卷《吳郡文編》等。今見《吳郡文編》（稿本）卷二一一《書序》一，收有林古度《心史序》、曹學佺《重刻心史序》、汪駿聲《書心史後》。是可證顧氏確信《心史》。然而顧氏身爲蘇州文獻家，人稱"圖書之富，甲于東南"，卻僅見《心史》金陵刻本，而未見蘇州本地張刻本，後者禁燬後流傳之少亦可見矣。

顧氏所刊《吳郡名賢圖傳贊》又稱《滄浪亭五百名賢像贊》。道光丁亥(1827),顧氏輯蘇州歷代名宦先賢五百六十人圖傳,並各有四言十六字贊詞,由孔繼堯重繪,在巡撫陶澍、布政使梁章鉅支持下,刻石嵌於滄浪亭壁。所題《宋太學生鄭公思肖》贊詞爲:"宋之遺老,元之逸民。一編《心史》,抱恨千春。"按,據王汝玉(1798~1852)《梵麓山房叢稿》載,這些贊詞乃"擇吳中士十二人分任之"(即王氏外,還有陸元文、彭蘊章、褚逢椿、沈傳桂、蔣廧壔、黃壽鳳、陶亮采、朱綬、尤崧鎮、沈秉鈺、吳嘉詮)。分任鄭思肖贊詞者未知是誰。但顧氏是"始其事者"(顧震濤《吳門表隱》)。

譚瑩(1800~1871),字兆仁,號玉生,廣東南海(今廣州)人。少長於詞賦,阮元奇之,以縣考第一入泮。時有"粵東雋才第一"之稱。但鄉場屢黜,至道光甲辰(1844)方中舉人。然僅一循例計偕,官化州訓導,陞瓊州府學教授,嗣後遂不復北上。澹泊榮名,肆其搜覽,博考粵中文獻,助其友伍崇曜彙刻之,曰《嶺南遺書》五十九種,曰《粵十三家集》,曰《楚南耆舊遺詩》,益擴之爲《粵雅堂叢書》。咸豐中,軍興,以襄辦捐勞績,賞內閣中書銜。

譚氏有《樂志堂文集》,在續集卷一《重刊宋王象之輿地紀勝序(代)》中提到《心史》:"購之井底之函,保護幾同《心史》;祕似帳中之帙,酌量特付手民。"

王文瑋,生卒年不詳。字伯重,號窗山、衍梅子,齋名志隱。浙江會稽(今紹興)人。王衍梅(1776~1830)之子,曾隨父曺侍嶺南九載。道光年間任江西德興知縣,恂恂有儒吏風,屢任繁劇,有政聲。喜讀明季史。著有《志隱齋詩鈔》,卷八有《書霜猿集後》詩(又載楊鍾羲《雪橋詩話餘集》卷七),詩序曰:"虞山周鶴矓先生著,皆詠明思陵時事,凡四卷,七言絕句一百六十餘首,每首有注,多可補舊史之闕,已鈔副本,付木生莊氏刻入《長恩書室叢書》。先生尚有《松廬集》《素聲集》《玉沙集》《十一草》若干卷,記以俟訪。"王氏該詩用了《心史》沉井之典:

如聽哀猿嗁曉霜,竟疑血淚漬成行。

遺聞盡自宮中出,直筆無須井底藏。

細寫憂勤多史闕,極言菑害洵天亡。

長歌不解吳詹事,①偏把明皇儗烈皇。②

言啟方(1802 前~1841),字俁卿,號芝泉,江蘇武進(今常州)人。道光辛巳(1821)舉人,以知縣用,因作吏事繁,恐廢學業,辭不就。後選邳州學正,欣然而往,在任十九年,以老病告歸,年餘遂卒。治經,能詩文。有《有竹居詩鈔》。王相《友聲集》收言氏《有竹居存稿》,卷上有《書史氏致身錄後》長詩,最後表示不同意錢謙益對《致身錄》爲僞的判斷,並提到了《心史》:

……我思勝國幾遺老,蒙叟晚年真耄荒。

拜迎馬首意自得,直謂人地同三楊。

世間節義盡冰炭,指爲烏有庸何傷?

《列朝詩傳》借庇史,便騁私臆分低昂。

絳雲一炬實天譴,不然萬口騰雌黃。

竹垞、石園復何意,沿流吹沫波益狂?

要之此冊不可毀,井中鐵匣同光芒。

二十二人死不朽,排雲從帝游天閶。

董兆熊(1806~1858),字敦臨,號夢蘭。江蘇吳江人。據同治時修《蘇州府志》卷一〇七:"本姓王,父早世,母節孝君董氏。董無後,兆熊承祖命後董氏,遂冒母姓。節孝君親課之讀,爲邑諸生。兆熊少孤,事母極孝,家貧力學,一意著書。嘗病《新唐書》疏畧,取《舊史》《通鑑》,旁及山經地志,碑刻詩集,一一考訂其舛漏,成《新唐書注》若干卷。又以南宋一朝多載道之文,輯《南宋文錄》若干卷。又以勝國遺佚,散在天下,

---

① 作者自注:"某邨在明爲少詹兼侍讀。"某邨卽楳邨,梅村,吳偉業。
② 作者自注:"吳詩動稱天寶,可謂儗不於倫。又,牧翁詠南都云'豈有庭花歌後閣,也無杯酒勸長星',某邨則云'向言虛內主,廣欲選良家'。是故國君之感,錢過於吳也。"

輯《明遺民錄》若干卷。兆熊爲三書,計所借閲史集不下千餘種,故所爲
駢體文典核特工。時江震績學推陳壽熊、沈曰富二人務精論名理,至博
洽則讓兆熊焉。道光(按,咸豐之誤)紀元舉孝廉方正,未仕,卒。(任廷
暘《復書》,沈曰富《節孝君墓志》)"

　　董氏又曾助編《金山縣志》,著有《味無味齋稿》。從其編《南宋文錄
錄》《明遺民錄》,可見對宋季明季歷史素有研究。張鳴珂編《國朝駢體
正宗續編》卷四,收有董氏歌頌愛國英雄瞿式耜的《瞿忠宣公臨桂郡侯
行軍章記》。董氏在其所編《南宋文錄錄》序文中說:

　　……理宗而下,宋幾亡矣,而文山對策,誼若龜鑑,志如鐵
石,異日殺身成仁之事實根於此,固非若痛哭流涕者之才有餘
而智不足也。崖山之覆,宋真亡矣,而有<u>鄭所南之易名以存故
國</u>者,時時見之於論撰。天能亡宋,而終不能亡宋人之心也!

　　此一段話很值得注意,因其序寫作時間是"道光庚子八月癸未"(即
1840 年 9 月 21 日),正是鴉片戰爭在廣東(崖山就在廣東)開始已三個
月。我認爲,董氏只要是一個愛國者,在寫這一段話時,是不可能不想到
帝國主義強盜正在瘋狂地侵畧我國的。在該書卷二二《傳》中,收錄了
《心史》中的《一是居士傳》。

　　周文禾(1807~1887),字叔米,號實君,晚號江左老米、青雪老人,江
蘇嘉定(今屬上海)人。諸生。與張文虎爲好友。少負儁才,工駢體文,
尤邃於詩。年五十,盡棄舊作,立意爲一家言,積三十年,得詩二千餘首,
編集成,復刪爲《駕雲螭室詩錄》六卷。門下士有以過嚴爲言者,周氏
曰:"昔黃山谷晚年自定其集,止存詩三百八首。余於山谷無能爲役,則
茲之所存固已侈矣。"周氏另存世有《駕雲螭室別集》。

　　《駕雲螭室詩錄》卷六有《讀井中心史》:

　　井中之水不可絕,井中之史不可滅。
　　沈埋三百六十年,地老天荒一函鐵。

崇禎戊寅患蘊隆，智井龜坼水漿竭。

承天寺中亙浚來，塗泥奮出繡華結。

古香觸手紙百繙，線裝摺卷緘封密。

萬古不變烈士心，精衛之魂杜鵑血。

陳（宗之）文（從簡）諸君表章之，欲使頑廉懦夫立。

十讀三歎《久久書》，尚痛先生肝膽裂。

西山木石填滄溟，天水一碧空鬱勃。

異哉甬東全謝山，謂為鑿空吳兒譎。

大聲疾呼為辨誣，取證更有《錦錢集》。

昨得一卷脫沙蘭，墨香深沁遺民骨。

深山之中天為春，題辭可溯心孤子。

一書一畫兩合併，榮光高揭爭日月！

　　《駕雲螭室別集》即《南宋百一樂府》。周氏自序曰：“作南宋詠史長短句，強名之曰樂府，循楊抱遺、李畏吾兩先生例也。南渡事跡，記述紛如，茲所詠者，以《宋史》為經，諸家筆記為緯。然特百中之一，因名之《南宋百一樂府》。”據作者自述，此組詩初作於咸豐己未（1859），翌年“入夏，寇氛鴟張，邑遭焚掠，陷為賊巢。避難倉皇，豈能更事筆硯。秋間寓居墅溝，父女三人相依為命，念蹤跡之飄零，痛家室之殘毀，中懷憤懣，莫可言喻。夜恒不得寐，而此事輒往來於心，乃就枕上推敲得一二首……錄存敝篋，積至十一月下旬，方告卒業。而賊又西來，駭若鳥竄……”這裏的“寇”當指外患（英法聯軍），“賊”則指內亂（太平軍）。周氏如此境遇，《心史》於他自有特殊體會。

　　《南宋百一樂府》中“理宗”題下有《登門罵》，小序云：“賢鄭震也。震，所南父。事亦見《井中心史》。”

　　《南宋百一樂府》中“末帝”題下有《吾事畢》，小序云：“頌文忠烈公（按，即文天祥）也……余昔讀《宋史·文丞相傳》，頗致疑於‘黃冠備顧問’一語，蓋以忠烈乃心宋室萬變不渝，安肯苟且偷生以自污哉？茲閱《心史》而得其故矣。元世祖欲俾公為僧，尊之曰‘國師’；或為道士，尊之曰'天師'。公求死益堅,乃殺之。托克托等爲世祖諱,而以世祖之言易爲公之自請,不厚誣忠烈耶!"

《南宋百一樂府》中"末帝"題下更有《畫蘭歌》,小序云:"善鄭所南先生也。先生名思肖,字憶翁,連江人,寓居吳中。元兵南下,以上舍生叩閣,上疏切直,忤當路,不報。宋亡,坐臥不北向。匾其室曰'本穴世界',隱'大宋'二字也。初善趙文敏,文敏降元,絕之。著有集,明崇禎戊寅承天寺浚井,得鐵函,啟之則《心史》也。"詩云:

> 福州上舍鄭思肖,鐵心石腸天日照。
> 奏疏懷向帝閣叫,當軸忤之竟不報。
> 一旦胡塵飛九廟,本穴世界身自安,從此專精去畫蘭。
> 脫沙妙法揮霜紈,地爲人奪中心酸。
> 中心酸,涕汍瀾,天水碧,湘雲寒。
> 坐臥向南不向北,天蒼地莽思故國。
> 國香零落黯銷魂,天涯芳草來王孫!

蔣敦復(1808～1867),原名爾鍔,字純甫,號劍人、麗農山人。江蘇寶山(今屬上海)人。諸生。鄒弢《三借廬贅譚》卷二記蔣氏:"曾從戎幕府,以上書忤當道,削髮爲某寺僧。後復還俗。奇才俊曓,吾友秦膚雨詩人極佩服之,至比之爲非蘇文忠卽王安石一流。蓋不受人束縛者也。詩筆亦矯健。"蔣氏曾以策干楊秀清,後又作詩呈曾國藩。懂英語。爲僧時名鐵岸,法名妙喜。還俗後在上海爲人備書。有《芬陀利室詞》《嘯古堂詩集》等。

俞樾《春在堂隨筆》卷一云蔣氏"亦噌心天下事者",曾著《兵鑑》一書,惜未成。其已成書者,惟《英志》八卷,"紀英吉利國事甚詳"云。而英國其時正在侵曓我國。蔣氏《嘯古堂詩集》卷三有《井中心史歌》,形似散文,頗爲精彩:

> 德祐九年,大宋孤臣鄭思肖,爲位報國寺,

盟之大神,質之天地。

日夜望陳丞相、張少保統兵至,

復我社稷,還我疆土。

叫不應半壁天,哭不盡一斗淚。

以淚糊紙,百拜封裹,以鐵函投井中。

井中有心天水碧,心中有血井水紅。

奈何白鵰來,紅羊舞,蟋蟀經,蝦蟆鼓。

崖山日月浪花沈,柴市衣冠大風怒。

此時孤臣思肖,方謂氣化轉移必有一日。

不知晞髮子,登子陵西臺而歌曰:

魂來兮何極,魂去兮江水黑,化爲朱鳥兮其哰焉食。

又有白石樵,作《冬青樹引》曰:

石根雲氣龍所藏,尋常螻蟻不敢穴。

蜀魂飛去百鳥沈,夜半一聲山竹裂。

嗚呼,井中之史,胡不借參軍竹如意,

擊石而讀之,竹石俱碎!

胡不偕高孝兩函骸骨而瘞之,

髑髏無語土花香,青山酹酒孤臣在!

鮑瑞駿(1808~1883),字桐舟,號漁梁山樵,安徽歙縣人。道光癸卯(1843)舉人,同治初授山東館陶知縣,調黃縣知縣,官至候補知府,參與鎮壓"捻匪"。著有《桐華舸詩鈔》八卷,所附《桐華舸明季詠史詩鈔》一卷百餘首,約作於同治癸亥(1863),所詠多爲抗清英烈及堅貞遺民。其中《毛聚奎》一首提到《心史》:

西皐雙鳳著高蹤,朱鳥歌殘獨見容。

市上誰爲孫北海,人間猶識郭林宗。

天閶遺老傳《心史》,地有深山當庶春。

《吞月集》成銘石在,鐵函可付井中封。

張文虎(1808～1885)，字孟彪，又字嘯山，號天目山樵、華谷里民。江蘇南匯(今屬上海)人。貢生。自幼家貧。坐館金山錢熙祚家三十年，錢家藏書甚富，課餘勤奮借讀。道光甲午(1834)後，協助錢氏校勘《守山閣叢書》《指海》。道光末年，又協助錢培名校勘《小萬卷樓叢書》，至咸豐甲寅(1854)中止。同治辛未(1871)，爲直隸總督曾國藩聘爲幕僚，協助曾國荃校勘《王船山遺書》。壬申(1872)受李鴻章之聘，參與管理江南官書局。癸酉(1873)，蜀督吳棠聘其主持四川尊經書院講席，終以路遠年老辭謝。晚年連續總纂《上海縣志》《南匯縣志》《奉賢縣志》。

張氏著有《舒藝室全集》。其《舒藝室詩存》卷一《方正學祠》提到《心史》：

> 叔父非元聖，皇輿誤太孫。
> 九原眞可質，十族竟何論！
> 鐵案存《心史》，麻衣裹血痕。
> 景公祠不遠，風雨泣忠魂。

徐鼒(1810～1862)，字彝舟，號亦才，齋名未灰齋、敝帚齋。江蘇六合人。道光乙未(1835)中舉，翌年禮部試不售，卻受刑部尚書史致儼賞識，應邀赴江都坐館授徒，因而得讀史府豐富藏書。乙巳年(1845)進士，兩年後散館，授翰林院檢討。庚戌(1850)冬，充任實錄館協修官。學術日富，成淹貫經史之一代大家。咸豐壬子(1852)，同鄉探親，適逢太平軍攻打六合，便參與籌辦團練，拒守長達五年。因守城有功，蒙咸豐召見，並授福建福寧知府，調延平府。福建一帶爲白蓮教、金錢會舉事地區，徐氏負責防剿，同時重視振興文教，曾修葺近聖書院，並捐俸購置經史書籍。

徐氏鑽研南明史事，表彰忠義，著有《小腆紀年附考》《小腆紀年》等。在《小腆紀年附考》卷十一"明徵諸生李世熊爲翰林院博士辭不赴"一條後，徐氏寫道：

福州陳金城孝廉出所藏《寒支集》示嘉，皆愴懷故國、悼念師友之作。<u>思肖麥秀之悲，沈書眢井</u>；子期酒壚之感，聞笛山陽。所謂亡國之音哀以思歟！

在《小腆紀年附考》卷二十"明廣東文邨守將虎賁將軍廣甯伯王興自焚死"一條後，徐氏又寫道：

> 稗官家所載儒林、隱逸、方外、獨行之流，其行潔，其迹奇，其幽隱鬱結之衷，可以召鬼神而泣風雨，大者遼東幼安之節，小亦西臺皋羽之流，吾方欲搜彼《井史》，光我竈觚……

貝青喬（1810～1863），字子木，號無咎、木居士。江蘇吳縣（今蘇州）人。諸生，有幹濟才，一生爲幕客。道光庚子（1840）鴉片戰爭爆發，次年英侵畧軍第二次北犯，相繼攻陷廈門、定海、鎮海、寧波等地。十月，道光帝以侄子奕經爲揚威將軍，命往浙東抗英，時貝氏投奕經戎幕，不避艱險，冀有所樹立。並作《咄咄吟》百二十首七絕，具載當時軍中利病，識者以爲不愧少陵詩史。軍幕結束，爲功貢生。乃往游京師。歸，復之浙，之黔，之滇，之蜀，足跡半天下。太平軍起事後，先後入浙西及安徽戎幕。同治癸亥（1863），就直隸總督劉長佑之聘，卒於北上途中。貝氏工於詩，跌宕有奇氣，忠義激發。郭則澐《十朝詩乘》云："子木別有《感時述事》詩，亦《心史》也。"

貝氏有《半行盦詩存藁》。該集卷七有《葉丈（廷琯）甄錄近人詩，謬賞余作，搜輯成編，蓋其婦翁陳雲伯先生提唱吟壇，夙推祭酒，丈固綽有外家風範也，感謝呈詩》，寫到《心史》：

> 瑶清仙侶證同修，冰玉雙輝藻采流。
> 梁苑賦才賓館散，蕭樓選政婿鄉罟。
> 錦囊投廁憑誰拾，<u>鐵匣藏淵怕鬼儺</u>。

我坐苦吟遭詬病,何期宗匠襪材收。

董平章(1811~1870),字琴虞,一字眉軒,晚號退叟,又號仇池農隱。福建閩縣(今福州)人。道光癸巳(1833)進士,歷任戶部浙江司、雲南司主事。丁憂服除,出知甘肅環縣,調皋蘭,官至秦州直隸知州。咸豐癸丑(1853)引疾辭職,會道梗,仍寓秦署。同治丙寅(1866)始舉家南歸。有《秦川焚餘草》,卷四《和研因寫懷四律,仍疊春草韻》其二云:

> 休論廣武與成皋,豎子賢豪混捉刀。
> 高士惜傳《廣陵散》,才人甘唱《鬱輪袍》。
> 誰挈《檮杌》編《心史》,爲弔蘭荃著《反騷》。
> 利藪名場蹉跌易,何如歸臥白雲高。

同卷又有《鐵蘭吟》,序曰:“海東帆守府,將門世蔭,性喜圖書,偶購得鐵蘭一方架,徵詩於余。因往索觀,覺冶鑄精良,花葉扶疏,有非繪畫所能及,殆出江左巧工之手歟?率賦長古,聊用塞白云爾。”詩中云:“凡葩俗豔遜錚錚,曾結歲寒思肖盟。勁箭有風應馥烈,懸根無土自叢生。”“思肖盟”自當指《心史》中的盟誓而言。

徐一鶚(?~1875),字雲汀,福建侯官(今福州)人。以諸生身份從王凱泰就讀於西湖書院,道光壬辰(1832)以王氏之薦,主持道南書院講席。甲辰(1844)中舉人。與謝章鋌、高文樵、劉勳等組織“聚紅榭”詞社,實爲祭酒。謝章鋌《賭棋山莊詞話》續編卷五(約寫於1884年)記:“四十年前,有‘烏山十才子’,徐雲汀(一鶚)教諭其一也。君早以詩名,善爲淡遠偶句,同人傳爲‘雲汀派’。既而爲詞,蕭疏自喜。”據同治甲戌(1874)閩撫王凱泰(補帆)爲徐氏詩稿寫的序(及同年冬出版的《縉紳全書》),王氏於壬申(1872)春薦其主持道南書院講席,幾一年後癸酉(1873)三月又任寧德縣學教諭。翌年,赴臺灣某地任教官(徐氏有《赴臺舟中漫興》云:“三年羈旅慣,未敢告勞人。”)可惜,據劉勳爲徐氏《宛羽堂詩鈔》寫的序,“雲汀司鐸東瀛(按,指臺灣),半載卒於官”。今見其

《宛羽堂詩鈔》卷一有《鄭所南蘭》,其中寫到"淚凝古井",自是指沉井《心史》:

> 傷心天水舊山河,寫得幽蘭恨若何。
> 根盡中原無寸土,淚凝古井作寒波。
> 應憐屈子騷愁滿,不羨王孫畫筆多。
> 零落南朝好花草,故宮空欲問宣和。

蔣光煦(1813~1860),字日甫、愛筍,號雅山、生沐、放菴居士,浙江海寧人,諸生。十歲喪父,母課之讀。比長,益自屬於學。收藏古籍及書畫金石充牣几架,築"別下齋"以藏之。精於鑑賞。所著《東湖叢記》考索精審,《斠補餘錄》尤爲通貫。所刊《別下齋叢書》,多世未經見之本,爲學者所重。咸豐庚申(1860)其藏書爲兵火焚燬,痛心而亡。

本書前已寫過,康熙時吳之振、呂留良編選《宋詩鈔》,目錄中有鄭思肖,但書中卻未見鄭詩,當是懼怕文字獄之故。蔣光煦和管庭芬於道咸年間續編《宋詩鈔補》,就收錄了《心史》中的《逢陳宜之伯義》《送友人歸》《訪隱居》《春日登城》《春詞》《懷友》《春日遊承天寺》《湖上漫賦》《隱居謠》《醉鄉》其九、《聽琴》《睡覺有懷王梅塢坼》《飄零》《懷歸》《虎丘》《古詩三首》其三、《琴女行》《墨蘭》《秋雨》《醉鄉》其一其四等詩。那麼,蔣氏自是肯定《心史》者。

顧復初(1813~1894?),字幼耕(庚),又字子遠,號道穆、曼羅山人,晚號潛叟,堂號樂餘靜廉齋。江蘇元和(今蘇州)人。拔貢生。官四川新繁知縣。嘗入成都將軍崇實及四川總督吳棠、丁寶楨、劉秉璋幕。工書畫,被推爲蜀中第一書家。譚宗浚《荔村草堂詩鈔》卷八稱其:"君本孤冷人,憂國獨腸熱。放言豈阮稽,託志實稷契。詩騷怨誹詞,此義未磨滅。正論同箴砭,古音振疏越。感此念時艱,高歌唾壺缺。"與新都龍藏寺僧含澈(雪堂)交往甚篤,卒葬該寺。著有《樂餘靜廉齋文稿》《樂餘靜廉齋詩稿》等。

《樂餘靜廉齋文稿》中有《書建文遜國事後》,提及《心史》:

　　建文遜國之事,太倉王世貞嘗辨其誣。國初修《明史》,秀
水朱彝尊亦屢上書史館,辨駁此事,著論甚篤。然各家所紀,若
《吾學編》《昭代典則》《從信錄》《朝野彙編》《致身錄》《表忠
記》等,不應盡出鑿空。且史以傳信,獨建文之事決當傳疑?
何則主父入秦,而舉國大驚;王孫泣路,而途人頗識? 況以九重
之貴,下伍凡愚,神龍魚服,安免豫且之困耶? 又其時邏者四
出,機穽密張,覆庚冰以籧篨,出伍員以橐載,蓋亦難矣。而帝
則鴻飛遵渚,龍潛在淵,卒能脫於厄者,豈非以進退無恒,上下
無常歟? 諸臣彙饘從亡,有死無二,護舊主於荊棘之中,泖遺蛻
於風雲之表,其志苦,其跡晦。遂使博浪椎聲,窮於十日之索;
逆旅主人,免茲五漿之饋。嗚呼奇矣! 代易世殊,禁網寬弛,遺
編稍出,故老能言,得《心史》於井中,獲藏經於壁裏,蓋事之
常,無足怪者。

羅惇衍(1814~1874),字兆藩,一字椒生,號星齋,齋名集義軒,諡文
恪。廣東順德人。道光乙未(1835)進士,選翰林院庶吉士,散館授編
修。丁酉(1837)督四川學政。召對,上眊不遺。癸卯(1843)擢侍講,累
遷侍讀學士,轉通政副使太僕寺卿。丙午(1846)督安徽學政,遷通政
使。官至都察院左都御史、戶部尚書、工部尚書兼武英殿總裁。羅氏愛
重賢才,經手舉薦的官員有林則徐、駱秉章、周天爵、曾國藩、倭仁、鄭敦
瑾、袁甲三、吳廷棟、姚瑩仕、吳昌壽等。著有《集義軒詠史詩鈔》六十
卷,自周時老聃至明季史可法,千六百餘人,人各一首七律。爲中國文學
史上空前也是絕後(迄今)的大型詠史詠人之組詩。其卷四八有《鄭
思肖》:

　　盟橄經年九九參,孤臣有誓恨長含。
　　避人深絕吳門躓,去國稀聞朔客談。
　　玉骨蘭珍春已寂,金心菊鑄水空涵。

乾坤是處滄桑感，憔悴連江鄭所南。

　　詩後自注"盟檄"曰："少帝德祐二年作《臣子盟檄》，端宗景炎二年作《後盟檄》，分其字而九九錯綜書之，託其名曰《九九[久久]書》，心誓盡之。"又在注"菊鑄"中曰："思肖又題寒菊云：'禦寒不藉水爲命，去國自同金鑄心。'自哀其詩，名曰《心史》，沈之井中。"

　　方濬頤（1815~1889），又名濬益，字子箴、子貞，號忍齋，又號夢園、欽茗，安徽定遠人。道光甲辰（1844）進士，選翰林院庶吉士，散館授編修。歷官兩廣、兩淮鹽運使暨四川按察使。因案除名，囘揚州。時陝西巡撫馮譽驥流寓邗上，馮氏故宿學，有盛名，人品高逸，書畫爲世所重，方氏日與過從，講訂詩書，人不知爲達官也。方氏喜詩，尤喜長詩，又善駢文，雖未登絕詣，而以風雅自任，所作甚夥。著有《二知軒詩鈔》《二知軒文存》等。

　　《二知軒文存》卷九有《書魏冰叔正統三論後》（按，饒宗頤專著《中國史學上之正統論》未及此文），內云："王者，大一統。反是，則爲偏安，爲僭竊。偏者不足以云統也，竊者不足以云統也。'三統'曷名？厥論匪公！"方氏認爲歐陽修正統論之說"最爲至當"，蘇軾則"乃騎牆之見，誠哉其蔽也"，而"鄭氏'篡正爲逆，奪不正非逆'之說，黜唐尊宋，其蔽更甚於蘇"。方氏雖然不同意鄭思肖《心史》中《古今正統大論》的觀點，但他顯然認爲《心史》不是僞書。

　　王虞伯（魯珊），生平和生卒年均不詳，當是蘇州人。今見他爲顧震濤（1750~?）所撰《吳門表隱》題詩，約作於道光辛卯（1831）至壬寅（1842）年間，其詩提到《心史》：

　　　　課餘涉筆闡幽貞，一卷編成月旦評。
　　　　昭雪終教分黑白，所南《心史》並知名。

　　高宅暘（1818~1876），字麗中，江蘇武進（今常州）人。六歲而孤，後又喪母亡妻。爲諸生不第。咸豐庚申（1860）太平軍陷常州，受刃，血流幾殆。間關逃難,一子失散。寄跡淮上,旋客山左,爲童子師以餬口。一生奇窮,且得奇禍,將老矣猶終年兀兀,雕心鏤肝,推敲字句,多怨懟之詞。後將歸省墓,尋病卒。

《味蔉軒詩鈔》卷三《永門草》有《謝皋羽竹如意歌》,詩末提到《心史》:

　　……噫吁嚱,悲哉!

　　鄭所南書古井沈,汪水雲硯隨北征。

　　何幸汐社詩人竹如意,來伴廬陵丞相琴!

《味蔉軒詩鈔》卷七《註史草》有《鄭所南畫蘭行》,歌頌鄭思肖及其《心史》:

　　冬青六陵盡摧折,何處空山采薇蕨?

　　榛莽中原薙國香,運終三百天水絕。

　　時歌時哭遺民來,茫茫手橐一枝筆。

　　書以訴二王,二王既已没;

　　書以告文、謝,文、謝復殉節。

　　本穴國中無一人,荆天棘地賸此身。

　　託根何所問蒼昊,植乾淨土花自好。

　　濡血作墨肝作紙,寫影寫魂總《心史》。

　　任爾罡風直北吹,貞香只抱枝頭死。①

　　桑田滄海長漫漫,厓門回首增悲酸。

　　名姓早同草木腐,萬石、壽庚難悉數。

　　君不見,一樣精誠媚香祖,

　　王孫零落徒自苦,億翁億翁足千古!

_____

① 作者自注:"用所南自題詩意。"

金和(1818~1885)，字弓叔，號亞匏，江蘇上元(今南京)人，貢生。性兀傲，工詩賦，早年讀書江寧惜陰書院，因爲文不求合程式，一生與功名無緣。好聲色，縱酒，飲輒數斗。咸豐甲寅(1854)南京失守於太平軍，金氏衣短後衣，與太平軍轟飲相爾汝，因廉得其情，與妻弟通謀內應，而官軍屢誤期，謀洩事敗，僅以身脫。後主要在長江下游和廣東坐館，爲幕僚。光緒初年，應聘入上海招商局。陳衍、梁啟超、胡適對其詩推崇讚賞，而胡先驌等人則批評指斥。有《秋蟪吟館詩鈔》，卷六《南樓集》有《謁黃老相公祠》，爲紀念國亡時赴井自殺的明季諸生黃安(石齋)的長詩，最後寫道：

> ……先生入井二百載，井水雖枯井不改。
> 試開窨土與招魂，儻有遺書《心史》在。
> 井水況有重來時，味甘百倍今可知。
> 男兒意氣苦不重，我汲此水一飲之。

魏秀仁(1819~1874)，字子安，一字子敦，號眠鶴山人、咄咄道人、不悔道人等。福建侯官(今福州)人。其父曾任教職，有名當地。魏氏傳其家學，於道光丙午(1846)中舉。然累應春官不第，乃遊晉、秦及蜀，所交多名士，亦喜为狹邪游。見時事多危，手無尺寸，言不見異，冗髒抑鬱之氣無所發舒，因於咸豐戊午(1858)始作小說《花月痕》以寄意。身後於光緒戊子(1888)刊行，暢行一時。年四十，始主講成都之芙蓉書院，時值太平軍起義，閩蜀間音問不通，歷經艱險，於咸豐辛酉(1861)挾殘書攜眷屬同歸故里。此後益貧困寂寞，至於扣門請乞。仍不廢著述，雪鈔露纂。平生著述達三十餘種(一說五十餘種)，詩文小說外尤精金石，惜多未梓行。著有《咄咄錄》《碧花凝唾集》《陔南山館遺文》《陔南山館詩鈔》等。與謝章鋌爲好友，謝氏稱他爲"一代才名"。

今見鈔本《陔南三館遺文》收有《碧花凝唾集序(代)》，作於同治己巳(1869)夏五，後署"潛山僧無思子謹撰"，當是魏氏托人爲自己於離亂

中所作詩集作序而代寫者。序文末引《心史》作比:

> 嗚乎,干卿何事,一往情深;故態依然,百年殆盡。知我罪
> 我,斯文豈其無靈;故吾今吾,賢者殊不可測。蘧蘧大夢,例從
> 蒙叟寓言;作作有茫,願斂豐城劍氣。箋玉溪詩,鄙人原愧道
> 源;發古井書,後世別存《心史》。

　　陳錦(1821~1886後),字書卿,號補勤,浙江山陰(今紹興)人。道
光己酉(1849)舉人,初以親老隱硯田,凡七年,授徒數百。癸丑(1853)
以後,東南多故,思出其身爲世用,綢繆鄉里。迨試吏來吳,值庚申之變
(英法聯軍攻佔北京),入李鴻章淮軍幕,讚畫其中,嘗提洋旅抗拒太平
軍於滬東。未久,因同僚排擠,僦居滬上。後又航海從軍,馳逐燕齊徐
豫,參與鎮壓捻軍。陳氏非復尋常草檄才,人稱"識洞九變,學通四夷"。
他也寫詩歌頌過同治庚午(1870)天津教案英勇就戮的中國義士。著有
《補勤詩存》《勤餘文牘》《東滇校伍錄》《學廬自鏡語》等。
　　陳氏《補勤詩存》卷十五《蓮亭今雨集》有丁卯年(1867)作《聞孫澂
之學博(文川)重來海上》四首,提到英帝國主義分子的"非分要求",同
時提到《心史》。其二云:

> 潑面塵烽醉獨醒,傭書天外故漂零。
> 詩名驟長難林價,①筆舌潛驅蜃市腥。
> 《心史》一編縣海屋,蠟九三日渡滄溟。
> 迴瀾手段經生有,贏得侯門兩眼青。②

---

① 作者自注:"曾爲夷官掌書記。"
② 作者自注:"癸亥(按,1863)四月,夷酋李太國挾輪船助剿金陵之議,勒兵海上,非分要求,爲李
　　中丞所拒,不服,卽日杭海,冀索之總理。王大臣邀孫掌書記,孫偵知酋意,因予白中丞,自願
　　懷書報王大臣屬勿遂酋請。自滬至京,七日而達,酋卒失望而返,並助剿議悉罷,太國徑去。"按,
　　此事《清史稿》中亦有記載,列傳二八〇云:"孫文川,字澂之,上元人……嗣習互市案牘,知外人
　　情僞。英人李泰國購輪舶助李鴻章,戰旣乃要挾索費,不受中國進止。鴻章聞文川才,薦入都,
　　盡發泰國陰謀,朝廷褫泰國總稅務司職,遣船同國,事得解。"

陳氏作於同一年的《方正學祠堂（在任城漁山書院）》亦寫到《心史》：

> 一代綱常奮舌爭，千年遺愛在任城。
> 敢因社稷輕名義，無解春秋罪聖明。
> 畫地難磨《心史》直，戴天遑計禪書成。
> 董狐信筆朱雲檻，想見當朝喋血聲。

《補勤詩存》卷二三《捧檄集》有作於丙子（1876）的《偶成》，把《心史》與杜甫的憂國詩相提並論：

> 少陵《心史》是平生，經訓薗畬已輟耕。
> 轉爲親年求祿仕，莫名歸計敢陳情。
> 眼前赤子晨飢色，[①]膝下雛孫夜讀聲。
> 我亦應官愁踏雪，有人先我報詩成。[②]

吳仰賢（1821～1887），初字慕周，更字牧驪，號萃思，又號魯儒，別署小匏菴。浙江嘉興人。咸豐壬子（1852）進士，選翰林院庶吉士，散館授編修。改授雲南浪穹知縣，未之任，城爲回民所破。遂先後署理雲南羅次、昆明諸縣，武定知州，迤東道。以忤上官，稱病歸里。善詩詞，初學李商隱，後師朱彝尊，工力甚深。晚年主講鴛湖書院，歷二十年。光緒初，知府許瑤光延聘其主纂《嘉興府志》。

吳氏著有《小匏菴詩存》，卷五《讀長洲江弢叔（湜）紀亂諸詩感賦》提到《心史》：

> 久客未謀弢叔面，苦吟知與后山侔。
> 十年奔走乾坤窄，萬象鐫雕風雨愁。

---

① 作者自注："是歲荒，飢民就食者萬五千人。"
② 作者自注："適東屏以詩至。"

不把西湖澆熱淚,從呼東野作詩囚。

變風變雅皆《心史》,留待茂陵他日求。

俞樾(1821~1907),字蔭甫,號曲園,浙江德清人。道光庚戌(1850)進士,翰林院選庶吉士,覆試以"花落春仍在"句爲曾國藩激賞,置第一,後遂以"春在"名堂。散館授編修,督學河南。咸豐丁巳(1857),因割裂試題被劾,罷官僑居吳下,一意著述。歷主江浙各書院,而主杭州詁經精舍達三十一年。教弟子以通經致用,蔚然經學大師,名聲遠達日本。門人爲築"俞樓"於西湖孤山。光緒癸卯(1903)奉旨復原官,卒後詔入國史《儒林傳》。著有《春在堂全書》等。

俞氏信《心史》爲眞,其《賓萌外集》卷一有紀念宋代抗金英雄的《楊嘉橋俞氏雙忠記》,末云:

> 惜乎山林寂寞,難尋埋碧之鄉;名氏流傳,未附殺青之筆。[1] 雖耳孫之猶在,而《心史》之未收。余久作寓公,得詳軼事。歎異日廟堂屈膝,人盡非夫;羨同時草莽捐軀,死猶競爽。先君子曾以詩紀之,而並謂有宋高宗御書"永思"二字,則書缺有間,傳聞或殊,詢之故老,不無異論。余因書都較,以告將來。庚頭數盡,雖無思肖之人;箕尾魂歸,當入《昭忠》之錄。

俞氏《茶香室續鈔》卷十七《龍猛大士》又引《心史》中的詩句"勅取龍猛大士藥,盡點大地變黃金",和《心史》自注"西土龍猛大士有藥,能點大山爲金,相傳今尙有龍猛金",來說明"釋氏亦有鑪火之術"。

俞氏還曾總纂《鎮江縣志》,該志卷三九《方言》有:"梯己,《心史》:元人謂自己物曰梯己物。"

朱邁燡,生卒年不詳,江西金谿人,有《賸有樓詩鈔》。同治時修《東鄉縣志》卷十五收有其詩《弔徐蘭堂秀才(名文炳),咸豐六年以起團拒

---

① 作者自注:"兄名太和,弟不可考。"

賊,爲賊剖心支解死》。末云:"遼海沈沈搜贖史,千年《心史》驕枯魂。"

邊浴禮(1822~?),字夔友,一字袖(褎)石,直隸任邱(今屬河北)人。道光甲辰(1844)進士,選翰林院庶吉士,散館授編修。歷任都察院吏部給事中、河南歸德知府、南汝光道、河南布政使。咸豐辛酉(1861),以事罷歸,旋卒。平生不廢吟詠,與華長卿、高繼珩有"畿南三才子"之目。有《健修堂詩集》《空青館詞稾》等。《健修堂詩集》卷八《題閻典史(應元)江陰守城記三十韻》,詩末提到《心史》:

……精忠懸日月,芳烈播椒蘭。

慷慨殷頑遠,襃譏《魯史》殘。

鐵函遺錄在,畱與後人看。

《健修堂詩集》卷十六《得梅伯言郎中消息賦寄》再次提到《心史》:

垂老何堪遇亂離,蒼涼兵火命如絲。

異鄉尚客嚴公幕,同谷新成子美詩。

江海飄零違遠志,交遊淪落負前期。

鐵函瘞井秋苔滿,信史憑公作主持。

袁承業,生卒年不詳,字紹庭,號曉艇,山西翼城(今臨汾)人。咸豐癸丑(1853)進士,同治戊辰(1868)由翰林院編修補授湖廣道監察御史,甲戌(1874)改掌江西道監察御史。爲官清貧,有政聲,敢於舉報貪劣。因病辭歸,主講晉陽書院,卒於書院。1923年閔爾昌序刊《碑傳集補》,卷三五《逸民》一收有袁氏《明孝廉季大來先生傳》,提到《心史》:

先生著述諸多散佚,傳者或謂其家藏鐵函,漆封完固,不可拆視。其殆鄭所南《心史》、張瑤星《經說》之類歟?然不可知已!

楊泰亨（1826～1894），字履安，一字理菴，號問衢，浙江慈谿人。同治乙丑（1865）進士，選翰林院庶吉士，散館授檢討，充國史館纂修、起居注校修。庚午（1780）癸酉（1873）兩典湖南鄉試，瞿鴻禨、張百熙皆出其門。尋以母老告歸，撫其諸子，曰"此吾家萬金產也"。遂家居不復出。顏其塾曰"經畬"，聚書六萬卷。先後主講郡孝廉堂、鄞縣月湖書院與餘姚龍山書院等。有《飲雪軒詩集》。卷三《讀萬悔菴先生續騷堂詩集二十韻》一詩，歌頌明遺民萬泰。又載萬泰《續騷堂集》卷首，署光緒甲申十二月（已入1885年）作。如此佳作出現在斯時，極爲難得。詩中還用了《心史》沉井之典：

閏運麏海東，明社既云屋。
日把《離騷經》，一讀還一哭。
國破家亦亡，何處歸邦族！
告密飛章名，不麗狂生六。
行歌賦《黍離》，隱避榆林谷。
猛犬吠狺狺，孤臣悲放逐。
白雲縱鷗鴰，傾身救巢覆。
生友梨洲黃，死友文虎陸。
決絕博士徵，奚煩詹尹卜？
感喟舊神州，誰上徐陵牘？
中山悔釋狼，眾喙任謗讟。
顑頷此湘纍，鬱伊載其腹。
心死出哀吟，炊斷啟詩軸。
憭慄楚些辭，三閭存面目。
湔河風氣開，名士老而禿。
繼雅《三百篇》，藉作《風》詩讀。
孔子所不刪，詩史良見獨。
埋山沈井中，終古必傳作。
湘水弔無知，血淚紛滲漉。

先生魂歸來,寒松風謖謖!

范寅(1827~1897),字嘯風,又字虎臣,別號扁舟子,又號仰山,浙江會稽(今紹興)人。自幼好學,年十七而孤,以家貧幕游四方,同治癸酉(1873)鄉試中副榜,爲候選訓導,辭而回家。一度經商,開設米行。晚年個性頗肖徐文長,行爲語言古怪,被稱爲"呆二老爺",曾預言"孫中山造反定能成功",聽者驚駭。最後癡呆而終云。

范氏於光緒戊寅(1878)著成《越諺》,書中多處引用《心史》。如卷上《詈罵譏諷之諺·十六·豬爹爹狗嬤嬤》:"《心史》:豬爲囘囘之先。"卷中《服飾·氅衣》:"氅,又名一口鐘,禦雨雪之襲。鄭思肖詩'搭護'是也。"卷中《服飾·海青》:"道士衣,卽紅羅大袖,見《心史》。"

董沛(1828~1895),字孟如,號覺軒,浙江鄞縣(今寧波)人,光緒丁丑(1877)進士,歷知江西建昌、上饒等縣。嚴治獄,修河堤,興學校,尤留心文獻,表章前哲。以耳疾告歸。後主講崇實、辨志兩書院。著有《明州繫年錄》《六一山房詩集》等。《六一山房詩集》卷六有壬戌年(1862)作《哭鄭弼菴舍人(聖颺)》四首,其一便提到了《心史》:

> 海國煙塵滿,君乎死後歸。
> 殘編《心史》薰,孤節首陽薇。
> 風雨覊魂在,衣冠舊俗非。
> 連城猶帶甲,決去亦知幾。

按,董氏頌揚的鄭聖颺,是反對太平軍而絕食死的。

光緒壬午(1882)成書的《永嘉縣志》,在卷十四《人物·名臣·宋·陳宜中》條,除了引用《宋史》本傳外,特地附錄了《心史》中的《二唁詩》之序。據此足見主持編寫該縣志的人是深信《心史》爲眞者。除了該志主修、知縣**張寶琳**(江西餘干人)外,至少有四位著名學者,他們肯定都是相信《心史》的:

該志總纂**王棻**(1828~1899),字子莊,別字耘軒,號柔橋。浙江黃巖

(今台州)人。同治丁卯(1867)舉人。治經學,尤力於小學。時主講永嘉中山書院。後以學行聞於朝,加內閣中書銜。王氏關心國事,曾撰《中外和戰議》一書,俞樾爲序。

該志總纂兼提調總校戴咸弼(1817~?),字籧峯。浙江嘉善人。道光癸卯(1843)舉人。時任溫州府教授。咸豐辛壬年間"會匪之亂",戴氏策劃守城方畧,論者歸功。著有《東甌金石志》,請孫詒讓復加考訂。又有《史學津逮》《瑣語錄》,均俞樾作序。

該志協纂孫詒讓(1848~1908)字仲容,號籀廎。浙江瑞安人。其父孫衣言(1814~1894),字紹聞,號琴西,晚號遜披,齋名遜學。道光庚戌(1850)進士,授編修,光緒間官至太僕寺卿,尋稱病乞歸。生平努力搜輯鄉邦文獻,刻《永嘉叢書》,築玉海樓以藏書。有《遜學齋詩文鈔》。詒讓從小隨父讀書,十九歲參加院試,以第一名入邑庠。次年鄉試,中丁卯(1867)科舉人。後屢上公車,終未成進士。但詒讓著述宏富,與俞樾、章太炎被並稱爲清末三大學者。有"經學殿后""朴學大師"之譽稱。在經學、史學、子學、甲骨學、金石學、校勘學、目錄學、文獻學等方面都有卓越的成就,還闡西學,議變法,辦實業,興學校,力圖開通民智,革新政治,是晚清最傑出的教育家之一。在編纂《永嘉縣志》時,孫氏父子提供了不下萬餘卷文獻。

蔣曰豫(1830~1875),字侑石,一字友石,自號後白石生、滂喜齋主人,江蘇陽湖(今常州)人。少時從父宦游越中,北至燕趙,皆有文譽。父喪,棄舉子業,納粟得知縣分畿輔。咸豐中爲雞澤、淶水知縣,同治中爲元氏知縣,遷蔚州知州,擢直隸州知州。能詩詞,研究經史及音韻訓詁,亦工篆隸。著有《問奇室詩集》《問奇室文集》等。《問奇室詩集》卷下有《重晤范中暗》提及《心史》:

> 憐君奇氣總能揚,老棄明時結習忙。
> 十種眉圖螺子墨,<u>一函《心史》馬班香</u>。
> 春前中酒愁難被,雨外廻鐙影自涼。
> 有約五湖應不負,扁舟終儗戀橫塘。

楊浚（1830～1891），字雪滄，號健公，晚號冠悔道人，齋名冠悔堂、行有信齋。福建晉江人，後遷侯官（今福州）。弱冠於咸豐壬子（1852）舉於鄉，同治乙丑（1865）赴京任內閣中書，充國史、方畧兩館校對，尋告歸。丙寅（1866）應左宗棠之邀，入福州正誼書局，重刊先賢遺書。次年，左氏邀之入幕，隨征甘肅，徧覽岱華恆嵩諸勝，寫志抒抱，慷慨蒼涼。雖左氏深相引重，然未嘗一厠軍功，品格可見。己巳（1869）赴臺灣，應淡水同知陳培桂聘，纂修《淡水廳志》。翌年廳志甫成，因家遭祝融，匆匆歸里。光緒後，致力講學，歷主漳州丹霞、廈門紫陽、金門浯江等書院。詩格益老，氣益蒼，有晚清福建第一詩人、寓臺第一詩人之譽。好金石，喜善本，聚書十餘萬卷。著有《島居隨錄》《湄洲志畧》《金石題跋》《冠悔堂詩鈔》《冠悔堂駢體文鈔》等。《冠悔堂詩鈔》卷二有作於戊午年（1858）的《論次閩詩》九十首，其五十四首詠鄭思肖《心史》：

> 《心史》沈埋四百年，抱香寒菊哭南天。
> 不勝落日吳王感，夏駕湖頭一惘然。

《冠悔堂駢體文鈔》卷一有《邱伯貞勖男炳忠刻吉甫先生葵釣磯詩集序》，提到《心史》：

> 所南之蘭，已無片土；君直之硯，尚落人間。傷哉驪氏殘山，已矣趙家塊肉。人心未死，天醉何哀。如我釣磯先生者，並鄭與謝，實鼎峙焉，顧傳不傳，有幸不幸。《十空》之經，《晞髮》之集，碧血化爲文章，商聲滿乎天地。獨先生蹈海茫茫，窮居兀兀。迹其維綸，攸關道統；見於行事，靡託空言。乃僻陋在隅，而史乘減闕。嗟夫！不出戶庭，通塞有自甘之節；未灰金石，造化無終閟之音。雲煙固長護也，日月可重光也。況有賢子孫，爲付剞劂氏，俾不傳而傳，亦不幸之幸。莫談南渡銷亡，《心史》同撐一代；如見西臺慟哭，朱鳥可訂千秋。

同卷還有《敬身錄序》,歌頌明遺民石秋子遺著,以《心史》相比:

> 龍溪鄭宜上微君刊石秋子《敬身錄》既成,索序於予。謹授而讀之,曰:嗚呼,此卽瘖井鐵函、西臺晞髮之流亞也!當夫明社既屋,殉矣先生;吾道干城,責在後死。石秋子以一介布衣,持三寸不律,漆身荒谷,繭足蠻天。續黃山不息之燈,抱閩海未灰之恨。鵝膏淬劍,化爲雙虹;追蠡懸鐘,危於一線。蓋黍禾之痛,梁木之悲,無日不心傷溫室,睫涕師門。以視撰《十空經》、碎竹如意者,殆有過之無弗及已……

汪芑(1830~1904),字燕庭,別號茶磨山人、小南冠。江蘇吳縣(今蘇州)人。諸生。少孤貧困,淡泊名利,未仕進。好吟詠,工辭賦,亦善書。不屑屑問家人生計,惟愛交遊詩壇酒坫。與秦雲(西脊山人)、朱堉(骨母山人)友善,人稱"吳中三山人"。咸豐丁巳(1857),汪氏合刻三人所作爲《吳中三山人詩》,經亂板毀。同治丙寅(1866)館潘遵祁家三年,後爲上海滬北鴻文書局延聘校勘文字。有《茶磨山人詩鈔》《茶磨山人詞稿》。《茶磨山人詩鈔》卷三有《題池上草堂》六言四首("池上草堂"當爲許廣颺所築,汪氏另有《經虎山橋訪許鶴巢於池上草堂》詩),其四云:

> 井底有鐵函史,門外無朱輪車。
> 糟牀好注竹葉,蠟屐待訪梅花。

卷八又有《重題徐節母勁節樓圖冊爲子雲作》二首,其二云:

> 鐘韻寒山到客帆,刼餘人境冷空巖。
> 靈光有殿封苔礎,古井無波閟鐵函。
> 詩卷長罨芬自遠,畫圖重讀淚俱緘。

韓陵片石千秋峙,①足抵瀧岡墓表劖。

楊葆光(1830~1912),字古醞,號蘇盦,別號紅豆詞人,江蘇婁縣(今上海松江)人。歲貢生。同治間,居保定蓮池書院,與修《畿輔通志》。官龍游、新昌知縣。學問淹博,兼攻書畫。晚年客遊上海,鬻書畫以自給。與楊逸友善,嘗繼楊爲豫園書畫善會會長,又任麗則吟社社長。有日記《訂頑日程》,長達二十七年,今存。

民國時修《衢縣志》卷九《防衛志》收有詹熙《衢州奇禍記》,記庚子(1900)六月"江山著匪"劉加幅肇亂衢州事,又收楊氏詩《題詹肖魯衢州奇禍記後》,其中寫到《心史》:

> 太陰沍寒純陽銷,天公釀雪凍不澆。
> 夜窗展讀《奇禍記》,虛堂毛髮森調刁⋯⋯
> 我友觥觥郡中望,召父之子良弓調。
> 當其與賊不兩立,奉母挈妻判共焦。
> 及至幸存乃載筆,謂是《心史》無虛枵。
> 我當其時正困守,危城夜聽風蕭蕭。
> 激厲士卒勉眷屬,效死勿去期後彫。
> 與君異地有同志,兩家交情眞瓊瑤。
> 讀君此記感何極,直筆采向天邊軺。

孫周(?~1891),字則莊,江蘇元和(今蘇州)人。布衣。幼習申不害、韓非之學,不屑制藝試帖,獨好吟詠。曾從詩僧覺阿(祖觀)學詩,得其傳。咸豐戊午(1858)應其師周沐潤(文之)之邀,至練川(嘉定)爲幕僚,曾拜謁明末黃淳耀抗清就義處,並賦詩。同治癸亥(1863)避難滬上。晚年以課蒙終。有《大瓠堂詩錄》,生動反映當時動亂時事,提倡忠義。光緒壬辰(1892)刊。書前有題詩《披讀大瓠堂詩錄,賦呈一律,以

---

① 作者自注:"樓燬於兵火,君勒石故址以志。"

誌欽佩,咸豐丁巳長至後三日吳嘉洤初稿》,詩中云"孫郎家住長洲苑……問年二十頗有餘",而咸豐丁巳為 1857 年,可大致推知其生年。

《大瓠堂詩錄》卷三《文信國鐵如意,六舟上人(達受)藏》一詩有"精金是身鋼是性"句,孫氏自注云:"'我,大宋之精金也',當時公語。"按,文天祥此語僅見於《心史·文丞相敍》。

《大瓠堂詩錄》卷四有長詩《鄭所南畫無根墨蘭》,中多次寫到《心史》。如所引"天地無情正北風",為《心史》中《小春花》句。

> 幽蘭無根不著地,秀葉疏花見姿致。
> 誰歟作者鄭所南,尺幅中藏浩然氣。
> 翁昔生逢板蕩辰,不婚不宦老遺民。
> 中興有願嗟難遂,草莽空齎報國身。
> 平生出處同晬髮,士節千秋賴扶植。
> 雨露長懷天水恩,狔蘭一曲音悽惻。
> "天地無情正北風",①幽香憔悴等飄蓬。
> 萬里烽煙歸未得,條坊賃廡傍梁鴻。②
> 天意存亡事非偶,盟檄徒勞書久久。③
> 南都根本早摧殘,海國舟師同拉朽。
> 蒿目中原荊棘場,君親哭罷涕沾裳。
> 江山已換元人本,巖谷猶存王者香。
> 哀怨騷情寓微旨,井中聞說傳《心史》。
> 義著西山歌蕨薇,魂招湘水吟蘭芷。
> 獨抱孤芳鬱不宣,美人香草寫吳箋。
> 箸書枉作申申詈,署款應稱甲甲年。④
> 當日孤臣心最苦,花葉之間有餘怒。

---

① 作者自注:"集中句。"
② 作者自注:"《郡志》:'所南故宅在條坊巷。'"
③ 作者自注:"《心史》有〈臣子盟檄〉〈久久書〉等篇。"
④ 作者自注:"集中宋亡後諸作紀年皆稱'德祐甲甲年',有疊書至九甲字者。"按,此注有誤。

天涯何處託微根，祇恨趙家無尺土。
七百年來紙尚新，滄桑閱盡未消淪。
至清鍾得乾坤氣，凝結精神常照人。①
淚痕磨痕作寶色，疑有貞魂呼欲出。
姓名長與此花芬，手蹟重教後人惜。
同時別有趙王孫，能事咸推藝苑尊。
金枝玉葉天潢貴，蕭茂艾榮何足論！

孫璧文（？～1887），字玉堂，安徽太平（今當塗）人，舉人。據朱壽朋《東華續錄（光緒朝）》一〇七卷，光緒辛卯（1891）十一月有內閣學士“錢桂森奏：‘皖省爲文獻之邦，鴻儒碩彥，代不乏人。其束修自好之士，砥行力學，聞達不求，亟宜仰籲褒嘉，俾資激勸。臣按試所至，留心採訪。查有太平縣舉人孫璧文，品端學粹，孝友性成，居賤食貧，澹於榮利，專以經史自娱。生平著述甚富，最著者爲《新義錄》《考古錄》二書。《新義錄》一百卷，《考古錄》十卷，均能貫穿經籍，綜核名實，洵不愧爲好學深思，而氣節過人。遇有地方要務，事關大局者，見義必爲。尤以保全名節、培植寒畯爲汲汲。以故里黨咸敬重之。該舉人甫於光緒十三年身故，跡其嘉言懿行，實卓然可傳……以上……均經該縣在籍紳士聯名呈由該處地方官，臚敍事實，詳報前來。伏查歷任學臣奏舉篤學耆儒，籲懇恩施，迭蒙賞給京職各銜。今太平縣舉人孫璧文，學有本原，明體達用……堪矜式士林，未便聽其湮没合無，仰懇天恩，將已故舉人孫璧文應如何特加追獎？……獎勵之處，出自聖裁……’……上諭：‘錢桂森奏《薦舉經明行修之儒懇恩獎勵》一摺，安徽已故太平縣舉人孫璧文……著賞給光禄寺署正銜……”

今見孫氏《新義錄》卷二一《臣六・宋元》有《文文山無黄冠語》，用《心史》來證明王鉞《讀書質疑》所說正確：

① 作者自注：“‘鍾得至清氣，精神常照人。’集中題畫蘭句。”

　　《讀書質疑》曰:"《宋史》文天祥'黃冠歸故鄉'之語,蓋因
王積翁欲合宋官等十人請釋天祥為道士,非文文山意也。霤夢
炎不可,云:'天祥出,復號召江南,置吾輩十人於何地?'遂有
柴市之殉。文山豈有歸故鄉之心哉?況衣帶之詩,志決久矣,
寧可以積翁之言厚誣之乎?"按鄭所南《心史》,有人告漢人欲
挾文丞相擁德祐嗣君為主,元主召天祥面詰,天祥怒罵求死。
元主欲釋之,俾為僧,或為道士,又欲縱之還鄉,天祥罵不止,元
主始殺之。是"黃冠歸故鄉"乃元主之意,非天祥意也。

　　《新義錄》卷八九《死亡》又有《文文山殉節之慘》引用《心史》:

　　鄭所南《心史》載:文山大罵元祖,數其五罪,致被剖割,取
其心肺食之。與《宋、元史》從容柴市之說不合。鄭龍如《偶
記》亦載:文山既赴義,是日大風揚沙,天地盡晦,咫尺不辨。
自後連日陰晦,宮中皆秉燭,羣臣入朝亦列炬前導。世祖悔之,
贈公"太保中書平章事廬陵郡公",隨設壇致祭丞相。宇羅行
初奠禮,忽狂飆旋地起,吹沙滾石,不能啟目,俄捲其神主於空
中,隱隱雷鳴,如聞怒聲,天色愈暗。乃奏改"前宋少保右丞相
信國公",天復開霽。此事正史及公集皆未載。

　　柴文杰(1832~?),字伯廉,號悔初,江蘇婁東(今太倉)人。咸豐二
年(1852)舉人。不遇於時,落拓不羈,精書畫,尤長吟詠,時人以三絕稱
焉。晚年累於阿芙蓉,寄迹吳門,筆墨自給。有《悔初廬詩稿》。《悔初
廬詩稿》之"別集"有《南北宋樂府》,其《節義文章》一首寫到《心史》:

　　　　既無疊山《卻聘書》,亦無所南《井中史》,
　　　　更無炎午《生祭文》一篇,又無文山《衣帶字》半紙。
　　　　但此節義存胸中,霤作讀書真種子。
　　　　請爾剖此腹中稿,乃有《絕命詞》,亦有《出師表》,

亦有圍城聞笛《睢陽詩》，更有討瞞馳檄《陳琳草》。

吁嗟乎，三千文字高撐腸，血花紅濺古墨香。

元人嘖嘖"眞文章"，狀元又一文天祥！

丁丙（1832～1899），字嘉魚，又字松生，晚號松存，室名松夢寮、師讓龕等。浙江錢塘（今杭州）人。與其兄丁申均爲著名藏書家，有"雙丁"之目。同治間左宗棠特薦其才，任以知縣，不赴。終身未仕，在籍從事藏書和慈善事業。繼祖父八千卷樓，又築後八千卷樓、小八千卷樓，總名曰嘉惠堂。曾搜輯《四庫全書》未收祕本幾二十萬卷，並校刊、出版圖書甚夥。其《松夢寮詩稿》卷三有同治壬戌（1862）初於兵荒馬亂中寫的《短鬢》四首，其四云：

蕭然山色對清虛，避地聊依水竹居。

剛卯新文驅疫癘，復丁別字紀生餘。

鐵函有井罍《心史》，金闕無門上血書。

《天問》問天《楚辭》楚，蕨薇身世後何如。

另，丁丙從孫丁仁（1879～1949）所印《八千卷樓書目》卷十五《集部》錄有"宋鄭思肖撰"《心史》。該部《心史》後爲著名藏書家周叔弢收藏，在其《壬午鬻書記》中註明其下卷鈐有"八千卷樓珍藏善本"等印，書中還有"丁氏墨筆浮簽"云。

徐錦（1834～1862），字蘭史，號瀛臣，浙江嘉興人。咸豐戊午（1858）解元，庚申（1860）會試罷歸，益肆力於古。喜吟詠，尤擅駢文，下筆往往有奇氣，砥學勵行，文譽傾一時，與友人嚴錦（公繡）、嚴鈖（迪周）、趙銘（桐孫）、徐鑾（金坡）、石中玉（蓮舫）齊名，號"五金一玉"。乃身罹戰亂，遭父喪，避地奉母，幽憤填膺，遂卒。時人惜之。（或傳其"遇賊殉難"云。）有《靈素堂詩鈔》《靈素堂駢體文》。

《靈素堂詩鈔》卷二有《南宋雜詠》組詩百首，第九十五首詠鄭思肖，列於文天祥後，汪元量、謝翱前。詩云：

井中鐵匣幾年華,自署孤臣亦可嗟。

一炷心香續《心史》,強排幽怨寫蘭花。

朱丙壽(1836～1914),字少虞,號夢鹿,浙江海鹽人。咸豐戊午(1858)舉於鄉,同治乙丑(1865)進士,授戶部主事,陞員外郎,調廣州知府,又護理雷瓊道,後又調任潮州知府,署潮州運同事,三品銜。爲政幹練,有循聲。光緒戊子(1888)退休同鄉。後著作爲主,有《夢鹿菴文稿》《榆蔭山房吟草》。

《榆蔭山房吟草》卷二有《古井》詩,用《心史》事:

景陽宮畔廢泉寒,《心史》千年孰與傳?①

驚起蟄龍眠不穩,閒來淘得永和甎。

郭溶(1838～1893),原名杰昌,溶乃榜名,字鹿泉。侯官(今福建福州)人。同治甲子(1864)順天舉人,援例授戶部郎中。光緒乙亥(1875),以道員分發河南補用,督辦水利、賑撫。充河南鄉試監試官,署彰衛懷兵備道,督辦軍需,專辦西征餉務等。遷河北道。有宦績。己卯(1879),以母疾歸。乙酉(1885),在籍幫辦團練。著有《虛受齋語》,未梓行。今見其《三畝園詩草》家鈔本,初集有作於己未(1859)的《論閩詩,得三十首》(按,今實見二十九首),其十六爲《鄭思肖》:

也同長吉嘔冰肝,《心史》能澄古井瀾。

落日東風換年歲,泠泠楚調似幽蘭。

嚴玉森(1838～1901),字鹿溪,一字六希,號虛閣。江蘇儀徵人。少從湖東老人范凌霨(膏菴)游,能詩古文,兼善北朝書。同治癸酉(1873)

----

① 作者自注:"用鄭所南事。"

舉人。官戶部主事。才氣豪邁,憤世嫉俗,許宗衡(海秋)極賞識其詩。光緒丁丑(1877),從許氏遊京師,人皆目爲狂生。後與李慈銘(蒓客)、張度(叔憲)交遊。四十四歲遊洞庭,盡擲所作詩文雜著於湖,今所存稿僅十之二三。已而喪明,所作皆人代書。今存《虛閣遺稿》。

《虛閣遺稿》卷五有光緒己卯(1879)作《湘英文挹序(代朱肯甫學使遹然作)》,文中引用清初彭紹升的觀點,涉及《心史》:

> 彭紹升尺木敍《顧氏餘集》曰:文之至者,必根天性。古人有不容已於言,以其言宣忠孝之實,而其言遂與天地之氣上下同流。其尊崇顧氏之文,比於屈、賈、葛、陸,及陳同甫、文宋瑞、鄭所南之書。

王家振(1842~?),字艘蓮,因慕陸魯望之爲人,爰自署西江散人。浙江慈溪人。同治間諸生。弱冠補弟子員,三應鄉試不中,年甫及壯,卽淡於仕進,作《西江散人傳》以見志。讀書著述以終。博學好文,善詩古文辭。光緒戊申(1908)尚在世。著有《西江文稿》《西江詩稿》。

《西江文稿》卷十九有《書心史後》一文,爲此時極爲難得的專論《心史》之文,作於辛卯(1891):

> 有宋鄭所南先生《心史》二卷,藏於吳中承天寺眢井,閱三百五十六年,當明崇禎十一年其書始出,張中丞玉笥爲之梓行,故前輩多疑其僞。予讀其書,蓋深信不疑也。夫所南,一太學生耳,非有民社之責,干城之寄,而棄同立獨,耿耿孤忠,卓乎千冰萬雪之下。其自言:"昔上有聖天子,下有賢公卿,我藐然匹夫,可以隱泯於天游;今上無君,世皆賊,我當爲天地斯道之主。"此其自任。何如綱常之寄,有時不在軒冕而在章逢,雖於事無所稗益,而礧礧森森鐵骨,以搘撑宇宙,"翻海洗青天",君子謂其言大而非夸也。

> 所南所著,別有《錦錢集》,見《四庫目》;《文集》,見《知不

足齋叢書》。自序云:“自景定以來,至咸淳五年,所作極多。離亂之際,並散文盡失之。”今所存者,大抵掇拾叢殘,非足本也。然謂《錦錢》《心史》,原只一種,姚叔祥易標題以衒世,恐未必然。予不獲見《錦錢》,觀《提要》稱所南詩“惟意所云,多如禪偈”,今《心史》中寄興高遠之作,雖王、孟不是過。夫詩文雖工,非其人不重。若所南者,縱無著述,其姓名豈能埋沒!而血性所寄,九淵可拔,不謂之神物呵護不得也!彼裂冠毀冕、飲馬乳酒之徒,骸骨一一被狐狸啖盡,獨先生高節鴻詞,炳麟人世,與文、謝諸公輝映千古,尚何疑其書之偽乎!

所南論金人盛時,“慮元難制,三年一征,五年一徙,用蒿指之法厄其生聚。(蒿者,言若刈蒿也;指者,去其拇指則丁壯無用。)元人切齒,誓必滅金”。以此見殘忍忮剋不能害人,適以自速其亡耳。蓋亦後王之龜鑑也。

《西江文稿》卷十九又有《書心史文丞相序後》一文,亦作於辛卯(1891):

《文山集》,道禮堂元刻本三十九卷,明刻本二十一卷,別有《集杜》四卷,皆著錄於《四庫目》者。今同治間楚刻本合拾遺、附錄編爲二十卷,而名之曰《文信國公集》,舉文山所撰者,與夫史傳碑記、銘讚歌詩、後人稱述之作咸在焉,獨《心史》所爲《文丞相敍》及《讚》二篇遺之。

所南以當時之人,言當時之事,宜無不可信者。然於公授命日云:“及斬,頸間微湧白膏。剖腹而視,但黃水;剖心,心純乎赤。忽必烈取其心肺,與衆茜食之。”此乃傳聞之過。《宋史》稱,後數日其妻歐陽氏收其屍,面如生,得《讚》於衣帶中。固未嘗殘其屍也。至如賊勒太后傳諭令公降,又俾其妻妾子女哀哭勸公,公皆不聽;弟璧來,亦如之。又曰,公後竟如風狂狀,言語更烈,叛臣邵夢炎等罵曰“風漢”,北人指曰“鐵漢”。公旣殉烈,家人皆落賊手,獨妹氏更不改嫁賊曹,謂"我兄如此,我寧忍耶"。若此類者,頗足以補史傳之闕文。

其《讚》序,識見尤高,謂:"不入聖賢之域,則見道不明,自信不篤,豈能爲忠臣孝子! 先生其優入聖賢之域者乎! 凡人遇事於難處之際,始別人心,始見人才。澄波平陸,誰不能舟車也? 人能暫之,不能久之;或能久之,不能天之。先生天之矣! 鄰於死也數,曾不毫髮動心,卒死於正大光明之天。"所南其眞知文山之心事哉! 予爲補錄其文於《信國集》後。

《西江詩稿》卷二二有《和鄭所南古詩三首》(《按,心史·咸淳集》有《古詩三首》,但王氏並不專和此三首),詩云:

> 富貴生不仁,聰明鮮老壽。
> 捷足爭先趨,往往落人後。
> 割肉飼鷗梟,一飽輒飛走。
> 結駟過故人,豈稱貧賤友?
> 澹泊諸葛公,跌蕩黍園叟。
> 爲問天壤間,猶有此客不?

> 鴻鵠一振羽,不復守牖戶。
> 朝游蓬壺島,暮入崑崙圃。
> 青冥杳無極,中有造化府。
> 種種與色色,造化亦良苦。
> 遂令鴻鵠下,下與燕爵伍。
> 沉瀩不救飢,不如啄臭腐。

> 隋和難爲珍,雲門難爲音。
> 小草不盈尺,梧桐高千尋。
> 息蔭坐危石,可以按素琴。

冷風起清冊,皓魄升孤岑。

明明白玉盤,照見君子心。

勞乃宣(1843～1921),字季瑄,號玉初,自號矩齋,晚號韌叟、勞山居士,浙江桐鄉人。同治辛未(1871)進士,以知縣分直隸。歷官南皮、完縣、吳橋、勸農課士,力主禁止義和團。光緒庚子(1900)義和團入京,勞氏適調吏部稽勳司主事,遂請急南歸。浙撫任道鎔延主浙江大學堂,尋入江督李興銳、端方、周馥幕。周馥從勞氏議,設簡字學堂於金陵,提倡合聲簡字譜。丁未(1908)應召入都,以四品京堂候補充憲政編查館參議政務處提調。宣統庚戌(1910)授江寧提學使,翌年召爲京師大學堂總監督兼學部副大臣。清帝遜位,隱居教授經史,專事著述,曾爲德人尉(衛)禮賢講經。迨張勳復辟,授法部尚書,以衰老辭。後人輯有《桐鄉勞先生遺稿》。

《桐鄉勞先生遺稿》卷七有《東歸別詠》二十首,約作於 1854 年春,其五提到《心史》:

傑閣經營聳杞梓,娜嬛萬軸待幽探。

不同鄭氏藏《心史》,亦自爲文祕鐵函。①

徐定超(1845～1918),字班侯,浙江永嘉(今溫州)人。光緒癸未(1883)進士。先後任戶部廣東司主事,戶部則例館修纂,順天鄉試內修掌官,山東、陝西、湖北、河南道監察御史,京畿道掌印御史等。爲官清正廉潔,並祕密參加光復會。宣統己酉(1909)任浙江兩級師範學堂監督、浙江省學務議長。辛亥革命時,爲溫州軍政分府都督。1912 年秋,毅然退出政界,赴杭州從事《浙江通志》編纂。後不幸死於上海吳淞普濟輪海難。

清末,郵傳部尚書盛宣懷忽借外債,將滬杭甬鐵路權拱手讓予英人。浙江保路運動轟轟烈烈興起,湯壽潛乞援於京師,浙籍京官皆畏懼盛氏

---

① 作者自注:"尉君築藏書樓,經始之初屬作記,緘之鐵函,瘞諸樓址。"

權勢,而徐氏挺身而出,直聲震天下,與江春霖、趙炳麟有同時三傑之稱。今見宣統庚戌(1910)八月初七(9月10日)上海《申報》載《浙人對於湯壽潛獲譴之憤激》,中引"徐班侯侍御昨致浙路維持會函"云:

> 昨晚談話會,聆公等偉論,語語痛快,誠足興頑而立懦……本會如推定代表赴都有日,不佞自願附驥以行……徒以時事日非,不覺憂從中來,不禁涕淚橫流,效長沙之痛哭,要亦所以鼓我本會同人之志,而作我浙人同胞之氣也。區區之志,惟公等鑑之。鄭所南詩"屢曾算至難謀處,裂破肺肝天地哀",不佞固誦之熟矣!

徐氏"誦之熟矣"的鄭思肖詩句,卽出於《心史》之《十二礤》。

樊增祥(1846~1931),字嘉父、雲門,號樊山、天琴,湖北恩施人。同治丁卯(1867)舉於鄉。張之洞賞之,招致賓坐,又薦爲潛江書院院長。在張氏指導下始知學問門徑,張氏後稱其"文學博雅,才思敏贍,日下名士,罕有其匹"。辛未(1871)見李慈銘,後亦拜爲師。光緒丁丑(1877)進士,選翰林院庶吉士,散館授陝西渭南令。後歷官陝西布政使、江寧布政使、護理兩江總督。曾入榮祿幕。辛亥革命後寓居上海、北京,以清朝遺民自居。然袁世凱執政時,出爲參政院參政。癸丑(1913)在上海時,曾與沈曾植、瞿鴻禨、陳三立、繆荃孫、吳慶坻、吳士鑑、王仁東、沈瑜慶、林開謩、梁鼎芬、周樹模等人組成"超然吟社",簡稱"超社",爲社長。有《樊山集》等。

《樊山集》卷七有作於癸未年(1883)的《杭州晤子珍喜贈(時同寓三忠祠戴文節公故宅也)》:

> 挂席東來不我疏,戴園門巷綠陰初。
> 湘輶舊續《花間集》,倭槧新多井底書。①

---

① 作者自注:"君視學湘中,得詞一卷,近又從東洋購得《大藏音義》,每以自喜云。"

雨暗西堂溫大被,筍香南路命輕輿。

凤看杭越如天上,天上羣真恐未如。

詩中"井底書"自是用《心史》典故,指日本刊印了不少奇書祕笈;而且,日本也確實在文久三年(1863)刊印過《心史》。

需要說明的是,樊氏更在入民國後與一批"遺民"唱和而詠及《心史》,而且還是這批人的"先鋒",我們本來也是可以把他放在下面"《心史》在民國時期"裏寫的。例如,《樊山集外》卷二有癸丑(1913)作的《鄭蘭倪柏歌》,序云:"四月既望,超社同人集寓齋,看鄭所南畫蘭、倪鴻寶畫精忠柏。節菴倡議兩畫合詠,余效白石作先鋒焉。"即以《心史》來自喻他們那批人:

相聚以類合以羣,黍離世界若崩雲。

德祐崇禎及宣統,餐松餌芝多遺民。

遺民相望七百載,精氣成神淚成海。

古人寶墨今人收,兩畫虹光交月彩。

所南畫蘭皆露根,幹淨土無一塊存。

一花兩葉照天地,九畹喚起離騷魂。

配彼三筆大士像,①罨此一脈湘山春。

讚歎何來姚廣孝? 題署終愛衡山文。

鴻寶畫柏表精忠,風波亭欄圍一重。

龍虎雖死骨不朽,質如熟玉柯生銅。

好罨孤幹撐西日,更無一枝朝北風。

滅虜擊戎見章疏,千秋大節將毋同。

此兩賢皆重節義,此兩畫能扶正氣。

芳堅似蘭亦似柏,草木附人壽萬世。

汐社往矣東林開,東林以後超社來。

---

① 作者自注:"'兩筆畫蘭,三筆畫大士',明人語也。"

十友詩盟擬北郭,三年涕淚同西臺。

舫齋讀畫一絕叫,平津龍合何神妙。

不忠不孝深自責,《心史》之心白日照。

怒罟臣皆亡國臣,懷宗至死無公道。

昔以所南方文山,今以鴻寶配所南。

潏蘭可佀茶蓼苦,啖柏何如薇蕨甘。

鄭蘭倪柏超社詠,藏之名山傳之其人鼎足而成三。

又,陳衍的《石遺室詩話》卷二,記樊氏贈其詩中有"選詩斷爛嗤貽上,緘井幽光闡所南"句,也是肯定《心史》的。宗威的《詩鐘小識》中還記載樊氏曾在詩鐘中引用《心史·春歌》中的佳句:

樊山之"栩栩矚之今化古,姍姍來也是耶非",上用鄭所南詩"今日之今,遽遽[霍霍]栩栩[翊翊];少焉矚之,已化爲古",下用漢武重見李夫人語,超妙不可及!

林鶴年(1847～1901),字謙章,又字鐵林,號氅雲,晚號怡園老人("怡"字寓"心懷台灣之意")。福建安溪人。光緒壬午(1882)中舉,翌年進士,任國史分工部虞衡司。幼時曾隨父渡海赴臺灣,中年復於光緒壬辰(1892)赴臺,承辦茶釐船捐等局務,並任林時甫、唐景崧幕客。爲牡丹詩社社員,時與臺灣仕紳唱和。少有大志,喜談兵,時人比之杜樊川、陳同甫。在臺襄助敵前軍務,保以道員用加按察使銜。曾上書千萬言,備陳形勢戰守。乙未(1895)割臺時,攜眷內渡,寓居廈門鼓浪嶼之怡園。後又任工部郎中職,不久,回福建承辦商務,並任職於東亞書院。以詩名,爲"閩中十子"之一。丘逢甲與之唱和,譽其"不愧南中稱十子,一時人望屬西河","筆端浩氣滿乾坤,桑海歸來義憤存"。有《福雅詩鈔》等。

《福雅堂詩鈔》卷十六《唱和集》有長詩《酬鄭星帆孝廉(祖庚)》,中用鄭思肖《心史》來激勵鄭星帆反抗日寇侵臺:

……田橫之島誰旌忠? 憑君健筆畫崆峒。①

鯤身鹿耳割要衝,紅羊浩刼鳴沙蟲。

鸛鵝軍亂聲侘傺,部洲五大愁荒洪。

井心鐵史詞鍊鋒,真宰上訴泣蒼穹。

所南續筆非濫充,延平圭組懸珊弓。

君家賜姓榮九重,臺澎桑梓彌敬恭……

李寶翰(1848~1887),字佩宜,江蘇武進(今屬常州)人。同治甲戌(1874)入京赴試,不售。曾居白彬幕中,爲治官書八年。後家居讀書。懷才未遇,年甫四十,連蹇以終。其詩抑塞磊落,喜效兩當。著有《臨池臆說》《天弢閣詩鈔》《天弢閣詞鈔》《天弢閣文》等。《天弢閣詩鈔》卷一《鄭所南畫蘭歌》②提到《心史》:

空山不用采薇死,莽莽中原泣芳芷。

獨抱幽香一寸心,畫圖餘恨傳《心史》。

偉哉有宋鄭億翁,生丁末造懷孤忠。

寫生手橐一枝筆,瀟湘夜雨飄香風。

香風拂拂圖中起,繪影繪神妙無比。

美人零落貞素心,臭味差池詎足擬?

和血題詩淚眼枯,丹青肯學趙承旨?

嗚呼,傷心三百天水沮,花乎有知吾與汝。

託根何地天茫茫,那得一寸乾净土!

君不見,辣地榛天嘓杜宇,六陵冬青哭風雨!

《天弢閣詩鈔》卷一《書趙忠毅公史韻後》也寫到《心史》:

---

① 作者自注:"君著《臺陽紀事》。"

② 我見此詩在作者身後四十多年還被人(署名夢天)鈔錄,刊載於 1928 年 3 月 3 日天津《益世報·益智欄》,亦可證確是好詩。

不可屈者鐵,鑄爲如意擊姦猾。

不可滅者心,表而出之天鑒臨。

抗疏直陳四大害,刀鋸鼎鑊臣自任。

柳下三黜本直道,賈生痛哭由至忱。

閹璫誤國罪難數,呈秀廣微更逆豎。

戍邊没籍臣無辭,塡膺忠義何由吐!

志微顯晦微言彰,絕麟以後無文章。

尊王黜霸大義絕,一編正統垂綱常。

想當遠徙代州日,手執《春秋》一枝筆。

西臺痛哭記疇昔,東方未明石犖澈。

精誠耿耿貫日星,立朝志節何錚錚!

興亡治亂瞭指掌,遺編萬古垂儀型。

嗚呼,生平著述自此止,褒譏隱託風人旨。

末世孤忠文字傳,千秋應繼《井中史》!

王頌蔚(1848~1895),初名叔炳,號苘卿,又號蒿隱。江蘇長洲(今蘇州)人,王鏊十三世孫。早年從馮桂芬與修《蘇州府志》,又赴海虞助瞿氏校定《鐵琴銅劍樓書目》。同葉昌熾、袁寶璜合稱"蘇州三才子"。光緒庚辰(1880)進士。庶常散館,改戶部,補軍機章京。通籍後,撰《周禮義疏》及《明史考證攟逸》。其性廉介。嘗派工程監督差,廠商按例餽以節省銀兩,不納。日本戰釁起,會翁同龢入軍機,進言曰:"樞府有總持軍機之責,尤當先知戰地情形。今軍機處中,並高麗地圖也無,每遇奏報軍情,地名且不知所指,安有運籌帷幄,決勝千里之望乎?"繼遇友人東游歸,得日本報館所印中國地圖,凡鐵道、港口、電線等一切皆羅列,乃歎道:"日人謀之非一日,我乃臨渴掘井,如何制勝?"甲午海戰,清師大潰,割地賠金。怒曰:"今之敗績,徒歸咎於師之不練,器之不利,猶非探本之論。頻年以來,盈廷習泄沓之風,宮中務游觀之樂,直臣擯棄,賄賂公行,安有戰勝之望!此後償金既巨,民力益疲,恐大亂之不在外患而在內憂矣!"悲憤悒悒,遽以疾歿。有《寫禮廎遺著》。

王氏曾珍藏蘇州明遺民金俊明(即《心史》初刻題跋者朱衮)《耿菴詩稿》稿本(按,該珍貴稿本今藏臺北"國圖"),並題有跋文:"華篆秋(按,即華翼綸)大令處藏有孝章先生(按,即金俊明)鈔《李元賓集》,思易之而未許也。會有持是冊求售者,亟購得之,眠復翁(按,即黃丕烈)得是書時價且五倍矣。己卯九日病起檢書,因系以二絕句……蒿隱王頌蔚漫筆。"該二絕句後收入《寫禮廎詩集》,題爲《題舊鈔金耿菴詩稿(稿皆甲申以後所作,黃復翁舊藏,末有跋,余采入士禮居藏書題跋記)》,自注文字署有改動(本書據題跋手蹟)。其之一提到《心史》,其二提到的桐菴(鄭敷教)亦《心史》初刻題跋者:

春草閒房蹟已空,甲申厄運恨何窮。[1]
一編勝國滄桑淚,宜與所南《心史》同。

君望《春秋》能舉例,桐菴《易義》最研精。[2]
秦餘遺籍如驂靳,副墨名山快合並。

黃遵憲(1848~1905),字公度,別號人境廬主人,廣東嘉應(今梅縣)人。光緒丙子(1876)舉人,入貲爲道員。充日本使館參贊,悉心研究明治維新。後又任駐美國舊金山總領事、駐英國使館二等參贊、駐新加坡總領事等職。回國後任江寧洋務局總辦,參加強學會,參與創辦《時務報》,以救亡圖存爲己任。又出任湖南長寶鹽法道,署按察使,協助湖南巡撫陳寶箴推行新政,卓有成效。戊戌變法失敗後,解歸鄉里。工詩,多反映現實,梁啟超讚爲"獨辟境界,卓然自立於二十世紀詩界中"。著有《日本雜事詩》《日本國志》《人境廬詩草》等。《人境廬詩草》卷九有《己亥雜詩》八十九首,其四十七首云:

---

[1]　作者自注:"集中有《甲申午日聞國變》詩。"
[2]　作者自注:"余家藏有韓洽《春秋贅》三十卷,鄭敷教《易經廣義》一冊,皆手跡也。"

滔滔海水日趨東，萬法從新要大同。

後二十年言定驗，手書《心史》井函中。

　　黄氏自注云："在日本時，與子莪星使言：'中國必變從西法。其變法也，或如日本之自強，或如埃及之被逼，或如印度之受轄，或如波蘭之瓜分，則吾不敢知。要之必變。將此藏之石函，三十年後，其言必驗。'"按，己亥爲1899年，"後二十年"中國爆發了五四運動，從此開始了中國的"從新"。雖然中國之"變"並不全如黄氏之所預想，但也可以說是證實了他的預言吧。而黄氏這樣提到《心史》，除了認爲它是真的以外，顯然因爲《心史》也是一部救亡圖存的書。

　　張寶森（1848～1906），初字友白，更字友柏，晚號樗叟，江蘇丹徒（今鎮江）人。光緒戊子（1888）舉人，授儀徵縣學訓導。晚爲金陵學校講師，成就甚衆。工詩古文辭，弱冠即負時望，尤喜作詠史詩。久不得志，年垂五十，始膺鄉試。爲官四年又遭罷免，失意而卒。有《味蔗軒筆記》《鐸隱齋賦錄》《悔菴詩存》等。

　　《悔菴詩存》卷下有《文信國祠懷古，用少陵詠懷古蹟五首原韻》五首，其四云：

衣帶遺銘仁義盡，行朝猶戀越王宮。

吞氈齧雪三年裏，立懦廉頑一死中。

史有鐵函思肖氏，友餘卜硯疊山翁。

鷗波可惜王孫草，名與青陽學士同。

　　胡禮垣（1848～1916），字榮懋，號翼南，晚號逍遙遊客，香港人，祖籍廣東三水。少穎異，讀書過目成誦。然屢試不售，既棄舉業，專研經史。肆力於詩古文辭，復研究西學。肄業於香港皇仁書院，畢業後充該院教習。創辦《粵報》，譯《英例全書》。後客居南洋，協助英商闢北般島爲商埠。光緒甲午（1894）東遊日本，適逢中日戰爭，被華僑推舉代攝駐神戶領事，維護華僑權益。戰爭結束後返香港，任香港文學會譯員，閉户著書。所著《新政真詮》等轟動一時。亦好詩。晚年研究佛學。有《梨園娛老集》《詩集輯覽》《文集彙鈔》等,後合輯爲《胡翼南全集》。

《胡翼南全集》卷三六至三八爲《詩集輯覽·滿洲歡》,共百五十首七律,作於辛亥(1911)七月。其序曰:"文明必無專制,專制必非文明,予素所持論也。乃世又有'開明專制'之說,窺其意,得毋以專制爲未可盡廢乎?顧其語囫圇而不分,權藉而無据,其義則求諸歷史不可得而見也。是歲六月,避暑山林,取《東華錄》閱之,自康熙、乾隆之世,若有根觸於予懷者,所謂'開明專制'將毋在是?陳仲子誤食鶂鶂之肉,必出而哇之,其心始快。因取中國國朝事……而詠之,得七律詩一百五十首,名曰《滿洲歡》。篇中獨注重康、乾之專制者,以其爲'開明'之時代也。"卷三六《滿洲歡·上》其十五,寫到明末公爵侯伯皆降時提到《心史》:

> 方平塘朔定江南,文武公侯一日殫。
> 坐擁雄兵二十萬,難存半壁小江山。
> 鼠薰丹穴求王易,兔走荒圍避網難。
> 《心史》囂囂許忠烈,只應瞽與腐儒看。[1]

徐邦,字逸生,生平不詳。江蘇吳縣(今蘇州)人,清末生活在上海的文人。在袁祖志《談瀛錄》、楊伯潤《南湖草堂集》中見其人。光緒丁丑十二月十六日(1878年1月18日)《申報》第一七六二期上,發表"洞庭徐邦逸生初稿"的《南宋樂府題詞,爲周君作》,詩其中提到《心史》:

> 從容就義著三人,世傑、秀夫、文信國。
> 猶有信州謝文節,願效夷齊甘絕食。
> 本穴世家《心史》纖,諸陵骨骸各青識。

---

[1] 作者自注:"順治二年平定江南,克揚州時獲史可法,斬於軍前。明福王率馬士英及諸太監潛遁。其時公爵二人,侯七人,伯十人,文自大學士至給事中,武自都督至遊擊,凡二百四十餘人,馬步兵共二十三萬八千三百人,皆降。《呂氏春秋》:'越人三世殺其君,王子搜逃乎丹穴。越國無君,求王子搜,不肯出,越人薰之以艾。'"

義士忠臣難悉數,不作徒死均堪式……

錢鈞伯(1850~1888),初名名振,字均伯,更名後字訥蓬,江蘇無錫人。少承庭訓,後以古學受知於林錫三,補生員。然屢應鄉試不中,雖援例得知縣加同知銜,不屑就。光緒乙酉(1885)鄉試後得咯血症,兩年勿療,戊子(1888)亦抱病赴金陵應試,甫至病劇,返棹遂卒,時人惜之。生平嗜讀書,熟於史,工詩古文辭。有《靜妙山房遺集》。

《靜妙山房遺集》卷上有戊寅(1878)寫的《贈說宋元平話人陳子祥》二首,其一涉及《心史》:

> 一摩奪得宋山川,繞柱龍鱗豈偶然。
> 莫訝盲詞多鑿空,即今《心史》尚流傳。
> 六更已盡庚申帝,九伐還談至正年。
> 不信鬚眉非俊物,都將勳業付嬋娟。

《靜妙山房遺集》卷中有乙酉(1885)寫的《天然》四首,其二又涉及《心史》:

> 頻年策蹇過西州,回首長安又幾秋。
> 骨相早非千佛選,頭銜舊署百花侯。
> 願為眉史修心史,猶勝清流附濁流。
> 畢竟秦淮烟水好,勝他海上十三樓。

錢邦彥(1851~1920),字彬伯,又字子美,號俊甫,江蘇崑山人。廩膳生,光緒乙酉(1885)拔貢。晚年曾任教於江蘇省立第一師範。錢氏曾認眞修訂過前人編寫的《顧炎武年譜》。今崑山圖書館藏鈔本顧炎武《天下郡國利病書》附有《校補顧亭林先生年譜》,即錢氏所撰補者。前有錢氏於"光緒三十四年,歲在著雍涒灘"(1908)寫的《校補顧亭林先生年譜序》,其中說的《鄭所南集》就是《心史》:

前丙午年(按,1906),從馬生光楣所借得徐氏所藏車秋舲所訂《年譜》。彥出所藏吳止狷所訂譜校之,互有參差……邦彥讀之,憾焉,因詳加校訂……"宋六陵"則采畢秋帆《續通鑑》、陶九成《輟耕錄》;《井中心史[歌]》則采《蘇州府志》《鄭所南集》;朱不遠事蹟則采《吳江獻存錄》……凡閱三載而畢,當繕成藁本,以質之當代蓄道德而能文章者,求教正焉。

陳玉澍(1852~1906),原名玉樹,字惕菴,江蘇鹽城人。光緒戊子(1888)舉人,大挑教諭,未赴。潛心研究《詩經》等。癸巳(1893)主纂《鹽城縣志》。甲午戰爭爆發,連寫幾十首詩痛斥日本侵畧行徑,抨擊清政府腐敗無能,歌頌爲國捐軀的將士。在家鄉尚志書院等處主講多年,學生中後來成名者有其侄陳中凡。後應兩江總督周馥之聘,任三江師範教務長,因該校風氣不正而辭職回家,並作《教育芻言》。癸卯(1903)在廣東布政使程儀絡處爲幕僚數月。乙巳(1905)又應兩廣總督岑春煊之聘,赴粵東輔佐經年,親見社會民權運動現狀,作《民權釋惑》,並撰有數百篇針砭時弊、研講學術之文。著有《後樂堂集》《毛詩異文箋》等。

陳氏主纂的《鹽城縣志》卷十《人物志》一《明》中寫到《心史》:"此九人者,皆蟬蛻鴻冥,皭然不滓,守所南《心史》之遺,抱皐羽西臺之痛。"該志卷十七《雜類志·拾遺》又引用《心史》中有關文天祥、張世傑的記述。

陳氏《後樂堂集》卷首有光緒己亥(1899)寫的《自序》,又涉及《心史》:

十數年來,見聞日異,課徒著書之暇,每爲詩文以抒感憤,瑣事纖題,亦聒聒及於世變。其大旨以正人心、變國法爲宗,一涮守舊、維新兩家偏駁之說。韞櫝久之,未敢使當代宏達者覯也。而三五阿好門徒謂,瘖口嘵音之作,不宜爲鐵函瘞井之藏,使衆醉羣眠,不聞霆震。予心惑其議,迺與左生松喬同赴滬上,刪訂詩文,共存十卷,畀諸手民。餘所譔數種,姑曧以待中興焉。嗚乎,昊天未醉,召公不生,日闢百里,乃在介狄,相邦憂漬,彼何人哉!悠悠中古,此恨一轍!後之讀者,當亦有三復泣涕者矣!

郭傳璞(1855~?),字晚香,號怡士,齋名金峩山館。浙江鄞縣(今寧波)人。同治丁卯(1867)舉人。拜姚燮爲師,工駢文和詞章之學。收藏古籍和金石書畫甚富。又雅好音樂,能制曲。刻有《金峩山館叢書》。撰有《金峩山館文集》《吾梅集》《刼餘隨筆》等。《金峩山館文集》有《重修鄭氏宗譜序》,序末寫到《心史》典故:

> ……所冀後來之秀,飲水知源,彝訓毋忘,循牆而走。思馬服君之國趙,悟落下閎之姓黃。闡繹先芬,袚濡舊德。通賓置驛,匪涸乎臣心;遺愛在渠,仍碑之眾口。<u>史菓可井底出</u>,帶草向門前榮。不將與王家渾沈,謙爻符其六吉;謝庭嶷淪,山水蘊其雙清也歟?是爲序。

《金峩山館文集》還收有《與歐仲眞書》,提到自己像屈原寫《離騷》、鄭思肖寫《心史》那樣,不爲求名,"貢憤而已":

> ……鄙願區區,更無他望。冀缺之婦,頗能操作;范蠡之子,將習計然。驅辟俗塵,平章煩碎。夫然後挈眷公安,卜居臨頓。饟庚杲廿七種之菜,庋崔儦三千卷之書。點勘丹黃,發皇耳目。蠶雖僵而絲賸,豹已癉而皮曧。正則以著《離騷》,<u>所南以造《心史》</u>。弋名匪遑,貢憤而已……

文廷式(1856~1904),字道希(道溪、道義),號芸閣、薌德,晚號純常子、羅霄山人。江西萍鄉人。初以舉人入京會試卽負才名,與王懿榮、張謇、曾之譔被稱"四大公車"。光緒庚寅(1890)進士,翁同龢得其策卷,置一甲第二,聲譽噪起。假歸道出天津,李鴻章大加禮遇,資甚豐腆。官至翰林院侍讀學士兼日講起居注官。爲珍妃之師。及甲午年(1894)夷禍初起,堅決主戰,反劾李鴻章畏葸挾夷自重。後又極言不可簽《馬關條約》。與康有爲等發起強學會。李恨之,欲中以奇禍。文氏聞其陰謀,乃乞假回籍,避禍去日本。後遭革職永不敍用。文氏長於史,尤工詩詞,龍榆生謂文氏與王鵬運、鄭文焯、況周頤爲清季四大詞人。著有《雲起軒詞鈔》《文道希先生遺詩》《補晉書藝文志》《老子校語》等。又有《純常子枝語》,卷二一有兩處引用《心史》:

> 鄭所南《心史》卷下云:"韃主剃三搭辮髮,頂笠穿靴。'三搭'者,環剃去頂上一彎頭髮,罾當前髮,翦短散垂,卻析兩旁髮,垂綰兩髻,懸加左右肩衣襖上;曰'不狼兒',言左右垂髻,礙於回視,不能狼顧。或合辮爲一,直拖垂衣背。"按,此可考元人剃髮之制。其合辮爲一、拖垂衣背者,則與滿洲制度相同。至"不狼"是蒙古語,所南就文生義,未得其實。"不狼兒"者,即《淨髮須知》之"鉢浪川"也。①
>
> 元・張德輝《塞北紀行》云大宴所部於帳前,自王以下,皆衣純白裘。與所南《心史》所記虜主衣裘之制亦合。

可知文氏認眞讀過《心史》,堅信《心史》非僞,並以之考證有關辮髮、衣裘之制。《純常子枝語》卷三十三又云:

> 趙耘菘《陔餘叢考》卷四十一云:《鄭所南集》"文丞相家人皆落元人手,獨妹氏更不改嫁,謂'我兄如此,我寧忍耶!'惟流落燕山,欲歸廬陵不可得。"是信國亦有賢妹也。

---

① 按,文廷式《純常子枝語》卷二十有云:"《永樂大典》卷一萬四千一百二十五,'剃'字韻下,有元人《淨髮須知》二卷,乃薙匠書也。有帝王剃髮及各色人剃髮祝祠,鄙俚可笑。惟中有《大元新話》云:'按大元體例,世圖改變,別有數名,還有一答頭、二答頭、三答頭、一字額、大開門、花鉢蕉、大圓額、小圓額、銀錠打索綰角兒、打辮綰角兒、三川鉢浪、七川鉢浪、川著練縋兒云云。'蓋元時薙髮,與今制異。"

這裏所述《鄭所南集》的一段話,引自《心史·文丞相敍》。

李宗祥(1857~1895),一名向榮,字次玉,又字佛客,室名玉尺山房、雙辛夷樓。福建閩縣(今福州)人。曾官分部員外郎,光緒庚辰(1880)後家道中落,備歷憂患。工詞,有《雙辛夷樓詞鈔》。《晚晴簃詩匯》卷一七九錄有他的《讀心史》一詩:

> 匣鐵淪精鏽碧苔,黑陰天遣出塵來。
>
> 毫端蘭氣含秋烈,夢裏梅花冒刦開。
>
> 卷土心灰悲北狩,禮魂聲慘接西臺。
>
> 洪荒十點孤臣淚,莫誤遺山野史才。

易順鼎(1858~1920),字實甫,又字仲碩、中實、一厂,號眉伽,晚號哭菴,署懺綺齋,湖南龍陽(今漢壽)人。幼有神童之目,稍長工詩,與寧鄉程頤萬、湘鄉曾廣鈞並稱"湖南三詩人"。光緒丁丑(1877)舉人,但六次會試均落第。甲午戰敗,冒死上書,反對割地,痛劾李鴻章誤國之罪。未被採納,投河自盡,被人救起,赴臺抗日,說:"吾願隻身入虎口,幸則爲弦高犒師,不幸則爲魯連蹈海!"直到臺灣失陷,才喬裝返。入民國,曾任印鑄局參事。

葉昌熾《緣督廬日記鈔》卷八稱易氏"非儒非墨,非佛非仙。一枝好筆,如天馬行空,不可羈勒。奇人奇才,吾見亦罕。實父自言爲張夢晉後身。"按,張靈(夢晉)爲明代蘇州著名畫家、詩人。易氏於學無所不窺,爲考據,爲經濟,爲騈體文,爲詩詞,生平詩將萬首,與樊增祥並稱兩雄。有《琴志樓集》等。其《丁戊之間行卷》,作於1877、1878年間,卷二駢文《恩贈知州世襲雲騎尉州同羅君家傳》,文末提到《心史》:

> 當時總角,亦陷圍城;事後驚心,如聞野哭。塊瓦全之膡碟,弔玉爐之飛灰。生者雖生,痛定思痛。子文青骨,已驗鍾山之神;丁令白頭,定歸華表之鶴。操觚勉修乎《心史》,聞磬竊

感夫尸臣。所由覆面苃蘭而不能自已也!

1913 年 4 月 16 日,梁啟超主辦的天津《庸言》雜誌第一卷第十號《詩錄》發表易氏長詩《癸丑三月三日,修禊萬生園,賦呈任公》,其中寫到《心史》:

> ……梁夫子,招我何爲至於此?
> 君著書,數百萬言,遠過習鑿齒;
> 在外十有六年,將及晉重耳。
> 其學可以左右《十三經》,貫串《廿四史》;
> 此才何止上下五千年,縱橫九萬里!
> 來從析木津,恰看桃花水。
> 七十二沽春水生,一百五日東風起。
> 東風吹花花怒開,東風吹人人老矣。
> 昔年丁酉,與君相見於湘川;
> 今年癸丑,與君相逢於燕市。
> 我已憔悴枯槁,非復神禪弔靡;
> 君之顏色,尚覺女偊如嬰兒,
> 君之容貌,尚覺姑射如處子。
> 況有聖人之才,更如卜梁倚。
> 方持玉杯斷國論,方用鐵函貯《心史》。
> 且傾銅斗洗金罍兮,
> 飲此天寶之詩人、貞元之朝士……

同期《庸言》的《詩錄》,接著又發表易氏之長詩《癸丑上巳,任公招集萬生園之𡏡觀樓,修禊賦詩,余拈韻得十五感,因用全韻,依次押,並禁重字》,開首就用了《心史》之典:

> 祛癘裹姑射,求醫得季咸。

築菴原號澹,飲海早知鹹。

往事悲銅輦,新書祕鐵函。

臂能經九折,口肯學三緘?

奇遇同蘇軾,先機示呂嵒……

同年 7 月 16 日,天津《庸言》雜誌第一卷第十六期《詩錄》易氏發表《和梁節菴用陳簡齋四夢語見懷,因畣寄》寫到《心史》:

余眥盡枯寧有淚,此身雖在已無魂。

鄭函幾日藏《心史》,管榻連年驗膝痕。

夜雨山中聞落木,秋風海上望修門。

告君學我頑空法,不許胸中一念存。

同年 11 月 16 日,天津《庸言》雜誌第一卷第二十四期上發表的易氏《詩鐘說夢》亦寫到《心史》:

偶檢篋中,得數年前手鈔詩鐘數紙,皆同人社集所作也……第五唱,《心·老》,節菴(按,即梁鼎芬)云:"聞有所南《心史》在,直呼平北老兵還。"

1914 年 3 月 9 日,上海《申報·自由談·尊聞閣詞選》發表易氏詩《丹徒包柚斧仁弟自宿遷寄詩見懷五章,依韻奉和,即以代郵,且相印證也》,其三用典精彩,並及《心史》:

東陽沈腰又潘鬢,西臺謝髮兼鄭心。

呼起水雲和海雲,兩朝涕淚兩張琴,

惲毓鼎(1862~1917),字薇孫,一字澄齋,晚號湖濱舊史。順天(今北京)大興人,祖籍江蘇常州。光緒己丑(1889)進士,散館後歷任日講起居注官,翰林院侍講,國史館協修、纂修、總纂、提調,文淵閣校理,咸安宮總裁,侍讀學士,國史館總纂,憲政研究所總辦等職。惲氏於清末任宮廷史官達十九年之久。入民國以遺老自居。今存《澄齋日記》百多萬字,具史料價值。又作有《崇陵傳信錄》。

1914年5月1日天津《庸言》月刊第二卷第五期發表惲氏於辛亥革命前夕所寫《崇陵傳信錄》,短序中提到《心史》:

> 自忌諱排比之法行,而國史爲官書,朝野所傳聞,其軼時時見諸野史。雖或愛憎發於恩私,是非生於黨議,而朝局真相亦頗存焉。毓鼎事先帝十九年,侍螭頭、領蘭臺,所居皆史職。起居注,名記言動,第錄排日諭旨,而以懋勤殿內記注附益之。史館作《本紀》,根據《實錄》稍變其體裁;大臣《列傳》,則綴拾邸抄公牘,不得有所采訪、申己意。蓋太史南、董之風墜地盡矣。緬維先帝御宇,不爲不久。幼而提攜,長而禁制,終閟損其天年。無母子之親,無夫婦、昆季之愛,無臣下侍從讌游暇豫之樂。平世齊民之福,且有勝於一人之尊者。毓鼎侍左右,近且久,天顏戚戚,常若不愉,未嘗一日展容舒氣也。弃臣民之後半月,沖主御法駕、陞正殿,行卽位禮。毓鼎侍班御座前,默思先帝生平遭際困厄,辛酸鼻辛,欲制淚不禁湴湴被面矣。後之人稽光緒一朝事,所見者懿旨耳,上諭耳,奏疏耳,先帝一多病柔懦之主而已。庸詎知天挺英明,豁達大度,奮發欲有所爲,處萬難之會,遵養時晦,以求自全,有大不得已之苦衷哉!監國醇親王以河間東平之親,居明堂負扆之重,竊謂繼志述事,爲先帝吐氣,此其時矣。荏苒二年。東海遺臣,交章薦之而不召;西市沉冤,遺孤言之而不雪。毓鼎知其無意於先帝矣,乃始反袂吮毫,舉十九年所見所聞,纂爲此錄。無恩私,無黨議,可以告先帝而質鬼神。扃之篋笥,傳諸子孫。他日陵谷變邅,函開《心史》,三十四年之朝局,庶有大明之一日乎!至若赤鳳之謠、楊華之歌,怨口流傳,幾成事實,宮廷隱祕,姑從闕如。宣統三年辛亥

四月，湖濱舊史惲毓鼎。

鄭鵬雲（1862～1915），字毓丞，又作毓臣、毓宸，號烏虖子、北園後人、鷺江市隱、稻香村人、鯤海逸民。原籍福建永春，同治四年（1865）因其父任淡水廳儒學訓導而赴臺，遂爲新竹人。光緒癸未（1883）取進縣附學生，受知於唐景崧。後與丘逢甲、汪春源等，入海東書院，從施士洁學。乙未（1895）割臺，避亂內渡。丁酉（1897）返臺，被日本侵畧當局籠絡，授予佩紳章，一度任新竹廳囑託。後往廈門，經營阜源錢莊。辛丑（1901）上北京謁肅親王，上書條陳興革意見，未果。己酉（1909）返臺，參加詩社活動，與臺地文士多所唱和。1912年西渡廈門，轉至福州主事瀛僑會館，歿於福州。

鄭氏擅詩。1907年8月8日《臺灣日日新報》發表鄭氏《丁未春，江蘊玉孝廉之令弟蘊和由臺北至鷺門，出示洪以南法家蘭石畫本，廣徵題詠，僕不文，何足以應騷壇之請，特念滄桑劫後，半壁河山，吾先世所南翁本穴花中淚痕爪跡恍遇於心目，惘然搦管，漫爲一絕，質之大方家，倘亦不我遐棄歟》一詩：

吾家蘭譜溯風流，《心史》遺編萬古愁。
如此江山餘片石，憑君妙筆寫清秋。

丘逢甲（1864～1912），字仙根，又字仲閼，號蟄菴、蟄仙、倉海，別署海東遺民、南武山人，辛亥革命後，改別號倉海爲名。生於臺灣苗栗，祖籍廣東嘉應（今梅州）。十四歲中秀才，丁日昌贈以"東寧才子"之印。光緒己丑（1889）進士，授工部主事，惠潮嘉視學員。旋以親老告歸，主講臺中、臺南各書院，兼任《臺灣通志》總局採訪工作。甲午戰敗，乙未（1895）春，血書"拒倭守土"四字，號召抗日保臺，曾率兵與日軍血戰。後被迫離臺內渡，歷任潮州韓山書院山長、嶺東同文學堂監督、廣州中學堂監督、兩廣方言學堂監督、廣東教育總會會長、廣東諮議局議長等。辛亥革命後，任廣東都督府教育司長，後赴南京參加籌建臨時中央政府，當選爲參議院議員。尋以勞劇吐血卒。工詩詞,梁啟超譽爲"詩界革命一巨子"。

丘氏乙未前詩作,多見於《柏莊詩草》;内渡後詩作,以《嶺雲海日樓詩鈔》爲主。《柏莊詩草》中有《署臺南守包君哲臣容,舊嘉令也,有德嘉人,其人士思以詩歌頌之,屬爲先唱。包君在嘉,予適掌教羅山;署南守,予又崇文主講也。爲采輿論屬詞焉,以予嘉人彙以贈包君》三首,其三寫到《心史》:

> 天興父老拜征塵,擢守嵌城聖澤新。
> 生意在胸庭草長,去思滿眼縣花春。
> 賣刀冀遂頒寬政,下榻周璆本部民。
> 冷抱千秋《心史》筆,待書《循吏傳》中人。

《嶺雲海日樓詩鈔》卷五《己亥稿》上,又有《答潘蘭史、丘菽園,用王曉滄韻》一詩(當作於 1899 年春),也談到《心史》:

> 龍血元黃戰正酣,海山何處築詩龕?
> 《權書》枉著蘇明允,《心史》空罎鄭所南。
> 斫地有歌哀驥老,攀天無路阻鸞驂。
> 蠻雲黯黯愁思闊,聊寫新詞當麈談。

王龍文(1864~1923),譜名代仁,後更名補,字澤寰,號補泉,又號平養居士,湖南湘鄉(今雙峯)人。少師事王先謙,工詩古文辭。光緒乙未(1895)一甲三名進士,選翰林院庶吉士,散館授編修。戊戌變法期間上疏主行漸進之温和變革,反對空議朝政。庚子(1900)義和團興起,從山西巡撫毓賢爲主戰派,翌年以"袒護拳匪"罪名被革職。歸里後主講益陽箴言書院、衡陽船山書院以終。有《平養堂文編》《平養堂疏稿》《平養文待》《平養詩存》《平養聯存》。《平養堂文編》卷二《題宋史文信國傳》引用《心史》以糾正《宋史》:

　　予嘗病《宋史》傳信國文公多誤，而尤爲名教之害者，其大端有二：《[宋]史》言："公性豪華，平生自奉甚厚，聲伎滿前，至是始痛自貶損，盡以家貲爲軍費，每與賓佐語及時事，輒撫几流涕。蓋當是時，度宗陞遐，幼主嗣位，詔召天下勤王兵，無一人一騎至者。公獨以江西提刑安撫使率兵入衞，何其壯邪！"史氏欲狀其貞藎，遂過爲是推揚之詞，不覺適以損其眞耳！淺者遂據此以議公，謬矣！……《[宋]史》又言："元世祖求才南官，因遣王積翁諭旨於公。公曰：'國亡，吾分一死矣。倘緣寬假，得以黃冠歸故鄉，他日以方外備顧問可也。'"果若此，則公於是爲不智矣！眞、揚之遇，嶺海之兵，公之欲以死殉國，與其不屈之心，元室君若臣，寧不知邪？號召江南，置吾何地，在積翁已不能保無此虞，況畱蘿炎輩乎？且往者公答博羅，惟求早死，忽焉謬爲此請，是不可以愚輩兒者，而顧欲以詒强敵乎？然則是語也，揆之當日之理與勢，旣非所安，而於公尤爲不類。吾意必宋臣之降元者，身旣自穢，妒公之潔，因積翁釋爲道士之謀，遂搆成其詞，以嫁誣於公。爲《[宋]史》者誤摭以著之傳中，而陳桱、薛應旂輩相沿而錄之，不復少加別擇焉。是皆未足以語史識也！

　　鄭所南《心史·文丞相敍》云："忽必烈意欲釋公，俾爲僧，尊之曰國師；或爲道士，尊之曰天師；又欲縱之歸鄉。公曰：'三宮蒙塵，未還京師，我忍歸忍生邪？'但求死而已，且痛罵不止。"據此，則《宋史》"釋爲道士"及"黃冠故鄉"等語，實出之元世祖，而公不之屈也。似與公始終行事爲合。史臣因公不屈，並爲世姐諱之，豈知不欲輕殺信國，愈見世祖之大？惜乎史臣之不足語此也。《心史》又言："叛臣嫉公，或僞其歌詩傳播四方，損公壯節。"則予所云諸降元者妒公之潔，搆詞嫁誣，亦非文致之詞也。世固有疑《心史》爲僞撰者，然敍信國則視《宋史》爲優矣！

《平養文待》卷九《廬陵縣志例說》中也談到此事。所謂"鄭思肖傳",就是《心史》中的《文丞相敍》:

> 歐、胡、周、文四先生傳,舊《志》全錄《[宋]史》文,頗乖方志之體。然從數百年後,別爲撰傳,亦恐失實,故仍從之。但《信國傳》如"黃冠故鄉"等語,先賢多疵其誣,旣載全傳,不得擅爲刪削,謹將胡廣、龔開、鄭思肖諸傳悉行附錄,又並歐、胡、周三傳多附載之文,用示景仰,庶讀者得備知四先生事實,及後世推學之重。

《平養文待》卷一《答問》中還有"唐生錫侯問:'韃靼以辮髮胡服爲俗,及旣滅中國,亦曾以此令臣民否? 而史無明文,鑑古者奚資焉?'"王氏囘答中引用了王禕《華川集》和鄭思肖《心史》:

> ……證之鄭所南《心史》,備言韃法韃俗,如出袖海青衣、剃三搭辮髮之狀,詳矣憤矣。然《敍》中所斥甘心胡服辮髮以媚虜而讎故國者,惟叛將黃萬石而已。則萬石之外,雖降虜者,猶未盡胡服辮髮也……

所謂《敍》,就是《心史》中的《大義畧敍》。該答問後面還肯定"鄭、王撰述,足以補史戎之闕,而備先代文獻之徵者"。

王氏《平養聯存》中還有《贈友人》一聯寫到《心史》:"鐵函重錮成《心史》;嵁谷千叢喜足音。"

李子榮,字杜生,湖南衡山人。生卒年不詳。光緒丙戌(1886)進士,改庶吉士,授雙流知縣。1924 年猶在世,參與鑑定《續增南嶽志》。著有《荷塘詩文鈔》。今見王龍文《平養堂文編》卷首,有署名"館愚弟李子榮謹題"的三條題詞。第一條提到王氏書中"《題宋史文信國傳》辨'黃冠歸故鄉'等語之謬,末復引《心史·文丞相序》,知釋公爲僧、或爲道士,又欲縱之歸鄉,出自元世祖意,公但求死,且痛罵不之屈也",認爲此乃"平反誣衊","知人論世之君子,其將有取於斯"。由此可知李氏自是肯定《心史》爲眞者。

王式通(1864～1931),山西汾陽人,原名儀通,字志菴,號書衡,又號無郵廬。光緒進士。受刑部主事,累遷至大理院少卿。入民國,曾任司法部代總長、國務院祕書長、水利局代總裁等職。有《志盦詩稿》,卷一有《樊山布政屬題所南翁畫蘭》一詩(本書第二章曾經提及)。按,此詩曾發表於宣統辛亥(1911)七月《東方雜誌》第七期,及1912年12月16日《庸言》第二期、1913年《憲法新聞》第二十三期。詩中寫到"鐵函史":

> 絹海風吹秋盈幅,湘艸湘花悽入目。
> 靈均以後生斯人,泠泠相赴心一搁。
> 龍沈鳳杳不復還,蟬蛻穢濁砭懦頑。
> 筆底芬芳通楚畹,夢中涕淚望崖山。
> 崖山塊肉今存否?香抱枝頭死相守。
> 酸魂落魄拄乾坤,善畫王孫聞卻走。
> 平[月]泉、汐社先後開,著身無地同悲哀。
> 高謌擊碎竹如意,故人慟哭登西臺。
> 靈禽啄粟《冬青引》,謝、唐故事人寰震。
> 平視修竹揖霽山,幽蘭泣露心心印。
> 回首故宮見黍禾,蒲、黃之輩何其多。
> 三百餘年無寸土,畫蘭至此空滂沱。
> 有父詩存《清雋集》,有母書受寶林笈,
> 女弟同歸不二門,香艸靈根舉家拾。
> 清風郁郁本穴高,野人夜夜南向號。
> 吳會遊蹤遍僧舍,楚些怨思含霜毫。
> 翰墨流傳差可喜,不隨故宅歸流水。①

---

① 作者自注:"所南宅在蘇州樂橋東條坊巷。"

十空造成金字經,百拜重見鐵函史。

吁嗟乎!《正氣》一詞光日星,《睎髮》一編照汗青。

與此畫兮相駢斬,披緗千載長芳馨

譚嗣同(1865~1898),字復生,號壯飛,又號華相眾生、東海褰冥氏、廖天一閣主等,室名莽蒼蒼齋。湖南瀏陽人。少倜儻有大志,淹通羣籍,能文善劍。光緒甲申(1884)赴新疆謁巡撫劉錦棠,頗得賞識,從遊西北、東南諸省,考察民情,結交名士。甲午(1894)戰後,發憤提倡新學,在瀏陽倡立算學館。丙申年(1896)奉父命入貲爲江蘇候補知府,翌年應湖南巡撫陳寶箴邀,回長沙辦新政,並任南學會會長。戊戌年(1898)應召至京,超擢四品卿銜,授軍機章京,與楊銳、林旭、劉光第同參預變法,時號"軍機四卿"。變法失敗後,不願逃避,在北京宣武門外菜市口英勇就義。

譚氏代表著作《仁學》,是維新派第一部哲學著作,猛烈抨擊君主專制所造成的"慘禍烈毒"和三綱五常對人性的摧殘壓抑。而就在《仁學》中,他提到了《心史》:

> 成吉思之亂也,西國猶能言之;忽必烈之虐也,鄭所南《心史》紀之。有茹痛數百年不敢言不敢紀者,不愈益悲乎!

黃人(1866~1913),原名振元,後更名人昭,字慕菴,一字慕韓,中歲改名人,字摩西,號閔盦,別號江左儒俠,齋名石陶黎煙室(意爲崇拜明末四位黃姓志士:道周石齋、淳耀陶菴、宗義黎洲、周星九煙)。江蘇昭文(今常熟)人。因有購書、藏書、讀書三癖,又自稱癖三。光緒庚子(1900)任東吳大學教授,編有《中國文學史》。乙巳(1905)任《小說林》雜誌主編,尋參與創辦國學扶輪社。又參加南社,爲南社詩人中年歲較大者。辛亥革命後思想苦悶,狂疾而卒。黃氏擅詩文,但作品大多散佚。今見其編撰的《普通百科新大辭典》中寫到《心史》。是爲我國近代新式百科詞典中最早出現《心史》條目者,值得重視。該詞典於宣統辛亥年

(1911)五月由上海國學扶輪社校印,共十五册,最後一册《補遺》第十九
條爲:

> 《心史》:南宋末節士鄭所南,感異族入主,發憤爲詩文。
> 而當時無可共語者,遂鑄以鐵函,埋地下。至崇禎戊寅年,蘇州
> 承天寺僧浚枯井,得之。外標"大宋鐵函經",內書"大宋孤臣
> 鄭思肖百拜頓首封"。蓋歷三百五十六年,又值鼎革而發現。

曾習經(1867~1926),字剛甫,號蟄菴。廣東揭陽人。光緒戊子
(1888)進廣雅書院,後轉到廣州學海堂就讀,與梁啟超、麥孟華同窗。
庚寅(1890)進士,後授戶部主事。從此步入宦場,長達二十年,官至度
支部右丞,兼任法律館協修、大清銀行監督、稅務處提調、印刷局總辦等。
乙未年(1895),康有爲、梁啟超發動公車上書,設京師強學會,曾氏積極
參與。辛亥革命爆發,深知清朝不可能再維持,先於清帝退位一日辭官。
後寄寓宣南,卻聘課耕,貧悴以歿。梁啟超讚爲"有清易代之際第一完
人"云。

曾氏以詩名,與梁鼎芬、羅敦曧、黃節被稱爲"嶺南近代四家"。曾
氏有《蟄菴詩存》。《晚晴簃詩匯》卷一七七收有其《夜起海棠花下作》,
詩中提到《心史》:

> 月氣冥濛罩海棠,偶然沾醉繞迴廊。
> 似聞德祐編《心史》,頗訝希夷得睡方。
> 久閉亦嫌吾眼懶,獨居遂覺老懷長。
> 此花只與春陰便,雨砌明朝有墜芳。

洪繻(1867~1929),本名攀桂,學名一枝,字月樵。臺灣彰化人,原
籍福建南安。臺灣淪陷於日本後,洪氏仿劉向"更生"之例,取《漢書・
終軍傳》"洪繻生"之說,改名繻,字棄生。少習舉業,光緒辛卯(1891)以
案首入泮,癸巳(1892)鄉試不中。乙未(1895)割臺之役時,與丘逢甲、

許肇清等同倡抗戰,任中路籌餉局委員。事敗潛歸鹿港,杜門不出,非至親門下,難獲一見。日人屢次徵聘,皆拒之,遺民終生。復堅不剪辮,不著洋服;日人強去其辮,遂披散長髮,著寬博大褂,手搖蒲扇,從容過市。危言危行,潛心著述,心中不平皆寓於詩文。先後成《寄鶴齋詩集》《寄鶴齋古文集》《寄鶴齋駢文集》《寄鶴齋詩話》等書。皆以干支紀元,以示不忘故國。1922年秋,曾偕子炎秋載筆西遊,遍歷祖國大陸,作《八州遊記》等。回臺後,被日人囚繫多年,出獄未及旬遽去世。所著在其生前僅《寄鶴齋詩瞥》等寥寥篇什或偽託姓名,或割裂篇幅後出版,餘皆未能問世。今見其《寄鶴齋駢文集》卷一《施海樵詩序》之末寫到《心史》傳世之典實:

> 余與君淵源共派,滄海同經,以爲龍爲鼠之人,處呼馬呼牛之世。滿腔磈硊,無從澆阮籍之胸;觸處悲哀,何地擊漸離之筑!既朝鳳之莫鳴,繫寒蟬之長喋。而君乃一集編成,千章煥發,當天荒地老之餘,作石破天驚之語。楊鐵崖梅花之韻,遜此遙情;謝皋羽竹石之歌,則無其麗。傳諸他日,將在鄭所南之間;擬於本朝,豈居趙甌北之下!後有知者,當共定之。

徐兆瑋(1867~1940),字少逵,號倚虹、虹隱,別署劍心、劍心簃。江蘇常熟人。光緒戊子(1888)舉人,己丑(1889)進士,辛卯(1890)任翰林院庶吉士,壬辰(1892)授編修。丁未(1907),赴日本學習法政,加入同盟會。民國成立,任常熟代理民政長。1912年,被選爲第一屆國會眾議員。曹錕賄選總統時,憤而歸里。先後辦鄉校、常熟圖書館,擔任縣水利局長,主持重修《常昭合志》。工詩古文,研究學問。頗富藏書,刊刻古籍甚多,著有《閨餘集》《芙蓉莊紅豆錄》《虹隱樓隨筆》《虹隱樓日記》等。

丁未(1907)十一月上海出版的《小說林》月刊第七期,發表徐氏署名劍心簃的《讀鄭所南心史感賦》二首:

　　井水驚枯血不刊,土花碧沁刼灰寒。

　　山河長伴遺民老,世界何如本穴寬。①

　　未許北風吹瘦菊,更無片土植叢蘭。

　　一家德祐編年史,披髮吟成淚已殫。

　　大義猶存野史亭,天南劍氣掩寒星。

　　函書不共山川燼,翻海難銷宇宙腥。

　　孤憤尚餘三斗血,廋詞誰解《十空經》②?

　　故交割席憐松雪,舊日西山蕨正馨。

　　吳士鑑,生卒年未詳。字絅齋,號公詧,浙江錢塘(今杭州)人。光緒壬辰(1892)榜眼,官翰林院侍讀、南書房行走。有《含嘉室集》。吳氏作有《題鄭所南畫蘭卷子,爲樊山丈作》詩(本書第二章曾提及),中寫到鐵函《心史》:

　　秋來空谷幽芳墜,靈芽筆底含顑頷。

　　地老天荒墨不枯,中有孤臣數行淚。

　　一自錢塘潮汐停,木波轉徙水雲醒。

　　不向竹山譜花柳,惟聞夜雨泣冬青。

　　南天閩嶠雲煙變,漁滄潭下人淒戀。

　　抱香竟欲死枝頭,那管北風橫白鴈。③

　　野人三外洞元機,處士無絃說義熙。

　　夢裏山川猶本穴,覺來竟體自芳菲。

　　芳菲建品緗叢碧,伸紙擩毫寫盈尺。

　　當門委棄任誅鋤,託根無地乾坤窄。

---

① 作者自注:"所南扁其室曰'本穴世界',以'本'字之'十'置'穴'下,則'大宋'也。"
② 作者自注:"所南著《大無工十空經》一卷,'空'字去'工'而加'十','宋'字也。自題其後云:'臣思肖嘔三斗血方能書此。'"
③ 作者自注:"用所南詠寒菊詩意。"

是花是葉兩模糊，持向伽藍示女嬃。

莫問此花真色相，《十空經》裏本虛無。

七百年來畾妙筆，《錦綫詩》存鐵函出。

東嶼題碑渺舊阡，白眉説法無衹律。

只餘縑素展温黁，疑是青泥化碧痕。

一樣國香零落盡，天涯何處有王孫？①

　　吳保初（1869～1913），字彦復，號君遂，晚號瘦公。安徽廬江人。淮軍將領、廣東水師提督吳長慶之子。光緒甲申（1884），其父靖朝鮮之亂後移屯金州，病危，吳氏渡海待疾，刲肉療親。父卒，事聞于朝，特旨褒嘉且授主事。服滿入都，分兵部學習。乙未（1895）春補授刑部山東司主事，旋派充貴州司主稿、秋審處幫辦，任職期間不畏權勢，力平冤獄。丁酉（1897）上《陳時事疏》，被壓下未報，憤然掛冠。辛丑（1901），又上書請太后歸政，當路忌之，然直聲震天下。乙巳（1905）曾東渡日本。吳氏主張維新救國，與革命黨及保皇派均有來往。時人將其與陳三立、譚嗣同、丁惠康合稱“四公子”。善書法，詩文洋溢憂國情懷，著有《北山樓集》。

　　《北山樓詩》有光緒戊申（1908）作的《讀十月廿一廿二哀詔志慟二首》，其一寫到《心史》：

浩浩塵霾黯九閽，聯翩哀詔失驚魂。

天崩可待媧皇補，月蝕寧堪羿婦奔？

蜀道啼鵑思望帝，橋山遺劔紀軒轅。

鐵函疇爲畾《心史》，淚竭蒼梧未敢言！

　　汪春源（1869～1923），字杏泉，號少義，晚號柳塘，臺灣府城（今臺南）人。光緒壬午（1882）應童子試，知縣拔置第二。乙酉（1885），與丘

---

① 作者自注：“昔人題子昂畫蘭詩‘近日國香零落盡，王孫芳草徧天涯。’見《雪濤詩評》。”

逢甲、鄭鵬雲、葉鄭蘭等受唐景崧賞識,拔擢入海東書院就讀。爲臺南
"崇正社"與"斐亭吟社"社員,與許南英、施士洁、陳望曾、林鶴年等時相
唱和。戊子(1888)中舉。乙未年(1895)康有爲率同梁啟超等一千兩百
舉人於燕京聯名上書朝廷,反對簽訂《馬關條約》,汪氏與羅秀惠、黃宗
鼎等臺灣舉人亦在列。割臺後,汪氏舉家内渡,寄籍福建龍溪。戊戌
(1898年)中貢士,癸卯(1903)中進士,爲臺灣籍末代進士。簽分江西,
擔任鄉試閱卷官。甲辰(1904)後署理江西宜春知,和建昌、安義、安仁
等縣知縣,宦績卓著。宣統辛亥(1911)去官,歸漳州龍溪設帳授學。
1913年,與施士洁、許南英加入臺灣板橋士紳林爾嘉、林景仁於廈門鼓
浪嶼所創之"菽莊吟社",被尊爲社中三老。著有《柳塘詩文集》,惜今
不傳。

據臺灣學者吳德功(1850~1924)《瑞桃齋詩話》記載:"臺撫唐薇帥
景崧前菠臺灣道,公餘之暇,署中集紳士、僚屬、幕友,刻燭限鐘,嵌字聯
吟,積成卷帙,名曰《詩畸》。集中刊選甚富,無美不備,足以倡持海外風
雅。……爰摘數聯以紀其盛。……第三唱,……嵌'書''鐵'二
字。……少義云:'祕本鐵函思肖史,駢詞書譜過庭文。'……少義卽安
平孝廉汪春源……"

章太炎(1869~1936),清末著名革命家,名炳麟,字枚叔,號太炎。
浙江餘杭人。曾加入强學會,後又組織光復會,加入同盟會。章氏早年
深受《心史》影響,光緒丙午(1906)五月,在日本東京雷學生歡迎會上的
《演說辭》(發表於1906年7月25日《民報》第六號)中,一開頭便說:

> 兄弟少小的時候,因讀蔣氏《東華錄》,其中有戴名世、曾
> 靜、查嗣庭諸人的案件,便就胸中發憤,覺得異種亂華,是我們
> 心裏第一恨事。後來讀鄭所南、王船山兩先生的書,全是那些
> 保衛漢種的話,民族思想漸漸發達。

這裏說的鄭氏之書,當然就是《心史》。章氏後來在《易白沙傳》中
也寫到:

白沙子者，姓易氏，名坤，長沙人也……嘗讀鄭思肖《心史》，更明季遺佚諸書，心好之，發意欲驅建虜出之大幕，故與民黨尤暱。

1908年10月10日《民報》第二十四號，章氏發表《規新世紀（哲學及語言文字二事）》，其中提到鄭思肖論及"歹"字出於蒙古，即見於《心史·大義畧敍》：

本報前有《排滿平議》及《駁中國用萬國新語說》，《新世紀》各為書後。因論及哲學、語言文字二事……且品物者，天下所公；社會者，自人而作。以自人而作，故其語言各含國性以成名，故約定俗成則不易。（今語雖多異古，求之《爾雅》《方言》《說文》，必有其字。故漢語最純潔不染。其有雜者，如呼'不好'為'歹'，字非漢字，言非漢言，鄭思肖明其出於蒙古。此則當絕。若夫呼'頭'為'腦袋'，呼'鼠'為'耗子'，語皆鄙倍，而猶有義可稽，非自他方傳入。然此種語究未徧行。今語言'頭'言'鼠'者，尚居多數，待正則之語言統一，則鄙言自廢矣。）

章氏還在清末用《心史》中的詩為蘇曼殊題畫。如一幅《曼殊畫蘭》，上題"鍾得至清氣，精神欲照人。抱香懷古意，戀國憶前身。空色微開曉，晴光淡弄春。淒涼如怨望，今日有遺民。鄭所南墨蘭詩"；一幅《曼殊畫梅》，上題"錄謝翱、鄭思肖二絕。太炎"，所錄鄭思肖詩是："寒結癥陰慘物華，莫將憔悴聽胡笳。明年無限風光在，奪得春回是此花。"

孫峻（1869~1936），字極于，號康侯。浙江仁和（今杭州）人。清末貢生。其父孫宗濂為藏書家，樓名壽松堂。孫峻從小好簿錄之學，及長，助藏書家丁丙（松生）編《武林坊巷志》《武林掌故叢書》《善本書室藏書志》。光緒辛卯（1891）至宣統辛亥（1911），入文瀾閣管理《四庫全書》，任董事。與孫樹禮同撰《文瀾閣志》。孫峻曾編南宋末年陳文龍資料集《陳忠肅公墓錄》,俞樾序曰:"丁君松生既修築宋陳忠肅公墓,而孫君康侯又輯《陳忠肅公墓錄》一卷,自《宋史》本傳及郡縣志乘、諸家詩文紀載,采掇無遺,亦云備矣。"

《陳忠肅公墓錄》中的《雜錄》引了《心史》中《大義署敍》德祐二年十一月的一段記述:"王世強犯福州,行朝竟以舟爲國,綴旒國祚,守泉州。蒲受畊,祖南蕃人,富甲兩廣,據泉州叛,大裒金帛,迎賊反寇張少保兵船。韃遣人說三郡宣撫使守興化軍陳文龍叛,文龍作書與韃:"願得興化、漳、泉三郡,奉大宋香火,勿來攻伐。我七世受朝廷爵祿,決不叛國。"密爲左右所賣,導賊入城。文龍被擒,與賊辯罵,縛至行在,病死,終不屈。"《陳忠肅公墓錄》中的《附錄》又引了《心史》中的《祭大宋忠臣文》。

梁啟超(1873~1929),字卓如,一字任甫,號任公,別號滄江,又號飲冰室主人。廣東新會(今江門)人。光緒己丑(1889)舉人。早年爲康有爲的學生,後成爲康氏有力助手。主編《時務報》,鼓吹變法,筆墨流暢,開啟一代文風。戊戌變法失敗後,逃亡日本,宣傳西學,鼓吹立憲和改良,主編《清議報》《新民叢報》,聲名遠播。倡導"文界革命"、"詩界革命",於新文學發展頗具影響。辛亥革命後歸國,擁護共和,反對袁世凱稱帝,聲討張勳復辟。曾先後任北洋政府司法總長、財政總長,均以政見不合辭職。1920年起全力從事文教與學術工作,先後任天津南開大學、北京清華學校教授,京師圖書館館長。梁氏學問贍博,勤於筆耕,工詩善文,著述宏富。所著匯編爲《飲冰室文集》《乙丑重編飲冰室文集》《飲冰室合集》等。梁氏對《心史》的評價極高,並校刊重印了《心史》。

乙巳(1905)四月梁氏在日本寫的《重印鄭所南心史序》中說:"啟超欲求鄭所南先生《心史》,養養然夢寐以之者十餘年。乙巳四月,客有自署無冰者,以家藏本見贈,窮日夜之力讀之,每盡一篇,腔血輒騰躍一度。既卒業,隱几嚾騰,睡則囈誦'誓以匹夫紓國難,艱於亂世取人才。屢曾算至難謀處,裂破肺肝天地哀'之句,咿嚶作小兒啜泣聲。同舍生眙之,謂其病也。"梁氏極度讚揚說:

　　嗚呼,啟超讀古人詩文辭多矣,未嘗有振盪余心若此書之甚者! 先生《自跋》曰"吾不知此書紙耶、字耶、語耶、法耶、誓耶、誠耶、人耶、鬼耶、神耶、天耶、心耶、理耶、性耶",但啟超讀之,則如見先生披垢膩衣,手八尺藤杖,凜凜然臨於吾前,滔滔然若懸河,以詔我以所謂"一是"之大義者。嗚呼,此書一日在天壤,則先生之精神與中國永無盡也!

不過,梁氏具體對《心史》的評價亦頗有可議者。如他認爲:

　　今之少年,發憤於國之積弱,詬龜呼天,或且遷怒以及孔子。然日本四十年前維新之業,彼中人士推論自出,皆曰"食儒教之賜",無異辭。吾讀所南先生之書,而歎儒教之精神,可以起國家之衰而建置之者,蓋在是矣。
　　夫先生蓋舍儒教外,他無所學者也。先生之人格,求諸我國數千年先民中,罕與相類,惟日本之吉田松陰絕肖之。其行誼之高潔肖,其氣象之俊偉肖,其主義之單純肖,其自信之堅確肖,其實行其所持之主義百折而氣不挫也肖,其根本於道心道力予天下後世以共見也肖。嗚呼,海西海東,數百年間,兩人而已,兩人而已!
　　顧以一松陰能開今後之日本,而先生乃齎志沒,僅此區區之《心史》貽子孫,此蓋所處之時勢難易不同。而日本則一松陰唱之,十百千萬松陰和之;而所南,並世無一所南。豈惟並世,卽距今六七百年,而所謂區區之《心史》,猶若隱若見於人間世,而舉國中知有先生者,尚不可多得,微論崇拜也。

梁氏這段議論並不那麼高明。鄭思肖立身行事,固然循照傳統儒教;但說他"舍儒教外他無所學",則斷非事實。鄭思肖自述:"我自幼歲,世其儒;近中年,闖於仙;入晚境,游於禪。"(《三教記序》)可見他對儒、道、釋三教均很有研究。此外，他還很有一點自然科學方面的知識。說鄭思肖在"我國數千年先民中罕與相類"，也大爲不然，不必說屈原、陶潛等鄭氏所崇敬、學習者，卽同時代之文天祥等人，難道不能與鄭氏相類嗎？可知"並世無一所南"也不確。那麼，梁氏爲何如此強調唯有日本的吉田才"絕肖"鄭氏呢？我認爲大槪有以下幾個原因：

首先，梁氏最早接觸的日本著作，就是吉田之書。梁氏在 1908 年 10 月 10 日《民報》第二十四號上發表的《上品川彌二郎子爵書》中說："啟超昔在震旦，游於南海康先生之門。南海之爲教也，凡入塾者皆授以《幽室文稿》，曰：'苟志氣稍偶衰落，輒讀此書，勝於暮鼓晨鐘也。'"而《幽室文稿》卽吉田所著。因此，吉田的著作給梁氏影響很深。再說，吉田的行誼、思想、意志等，也許確實有幾分與鄭思肖相似之處。如吉田也信奉中國儒學，曾認眞研究過《孟子》；吉田在當時西方列強壓迫日本的情勢下，也有強烈的憂患感，提倡"尊王攘夷"；吉田身上也有一股"狂愚"之氣；等等。吉田有無讀過鄭思肖的書，尚待查考；但他對中國宋元之際的歷史確實頗爲瞭解。他說："吾幼讀震旦史，而其宋亡而胡元，胡滅爲滿淸，獨自有感焉。"（《送日下實甫東行序》）

而梁氏強調吉田與鄭思肖"絕肖之"，更是出於其自己在政治上的需要。他自稱"生平好讀松陰文"（《松陰文鈔敍》），認爲日本維新的首功，不是明治時代的西鄉隆盛、大久保利通、木戶孝允等人，而是吉田這樣的"先輩"。說吉田是"昔日本維新主動力之第一人"（《新民說》），"松陰可謂新日本之創造者"，"雖謂全日本之新精神皆松陰所感化可也"（《松陰文鈔敍》）。甚至說"啟超因景仰松陰、東行兩先生，今更名'吉田晉'"（《上品川彌二郎子爵書》。按，"東行"指吉田弟子高杉晉）。他隱隱以中國的吉田自居，稱吉田爲"善變之豪傑"，雖然平生所爲無一不失敗，而功不可沒。這些都是爲善變而失敗的自己打氣。他將吉田和鄭思肖比較研究，也暗冀有十百千萬人能支持自己，崇拜自己。

但是，十九世紀的吉田松陰（1830～1859），雖然也許也可算是一個愛國者，但是卻比不上十三世紀中國的鄭思肖。因爲，鄭思肖反對元蒙南侵，同時也反對元蒙侵日；而吉田反對西方列強，同時卻主張侵畧中國及朝鮮! 也就是說,吉田極狹隘的愛國主義伴隨著可怕的封建武士的侵畧擴張思想。他在《講孟餘話》中說,自己幽閉於室,"日夜謀併吞五大洲"。他認爲日本應該"蓄養國力",割取易取的朝鮮和中國東北,"收琉球""取臺灣",把"失之於美俄者","取償於朝鮮和中國"。試問,這樣的思想、主義,難道與鄭思肖有一分相像? 二者豈可同日而語?

由於梁氏關於鄭思肖及《心史》的評價比較重要,而且從未有人對此分析過,所以上面花的筆墨多了一點。總之,梁氏的看法雖頗有可議之處,但他確是出於一片愛國心,來推崇《心史》的。他在這篇序末說:"嗚呼《心史》,嗚呼《心史》! 書萬卷,讀萬遍,超度全國人心,以入於光明俊偉之域,乃所以援拯數千年國脉,以出於層雲霧霧之中。先生有靈,尚呵護之!"

翌年(1905),梁氏所校並重新分卷的《心史》,由上海廣智書局鉛印出版。[①] 隔一年又訂正再版。[②] 同時,他在主編的 1905 年 4 月 19 日《新民叢報》第三年第十九號上發表《飲冰室詩話》中又提到:

> 宋遺民鄭所南先生,吾求諸古今東西人物中,惟日本之吉田松陰最似之。昔荀卿子有《儒效篇》,若所南者,可謂大儒之效也已! 頃校印其鐵函遺著《心史》原本,誦其詩有愛不忍釋者,掇錄散句,以寄仰止云。

梁氏摘錄了《心史》中很多好詩或佳句。關於這些,本書在第十二章論《心史》的文學價值時還會詳述。又,在重印《心史》後不久,梁氏還選鈔出版了《松陰文鈔》。

當時寄《心史》給梁氏的無冰,梁氏並不認識,後來也未見他再提

---

① 光緒乙巳七月初九(1905 年 8 月 9 日)《申報》第五版有《志謝惠贈書報》:"《心史》。鄭所南先生爲宋季遺民,其著作至明代始發見,然世少傳書。上海廣智書局覓得原本付印,且倩飲冰室主人爲之序,讀之者眺故國之山河,感生平於疇昔,滿昏淋漓,初不知是墨是淚也。"這段志謝文字整腳。而且,廣智書局所出《心史》之"原本"及梁啟超序,顯然是梁氏交去的,絕不是書局自己"覓得"和"倩"的。

② 雖說是"訂正再版",實際錯別字更多。如本書收錄的無冰的六首題詩,再版就增加了許多錯字。甚至連版權頁上鄭所南的"鄭"字都錯成了"鄁"!

起。此人我認爲是**闞鐸**(1875~1934)。闞氏字霍初,號無冰,安徽合肥人。當時正在日本東亞鐵道學校留學。後囘國主要從事鐵路交通事業。當時,他贈書給梁氏時,還寫了六首詩,題爲《以明末刻本鄭所南先生心史贈新民社印行,媵之以詩,錄請新民主人(按,卽梁啟超)教正》:

重匱鐵函沈又起,捨身討賊死猶生。
如聞正覺微塵咒,七百年前野哭聲。

一誠手定匹夫史,絕續存亡大宋天。
詩筆何須論魏晉,差堪共語義熙年。

復讐九世《春秋》義,德祐孤臣誓中興。
紙語而今未磨滅,中原胡馬尚憑陵。

出世光明舍利佛,嘔血三斗大無工。
拈花證施波羅密,披露靈根蘭一叢。

南朝耆舊塡遼海,誰痛胡塵銷國魂。
不落北風抱香死,放翁應許入修門。

精忠純孝英靈在,初出人間逢烈皇。
三百餘年再剖厥,肝脾先與入冰霜。

　　闞鐸當時還將梁啟超重印的這本《心史》寄贈日本帝國圖書館。今從日本國立國會圖書館主題情報部2003年3月25日出版的《參考書誌研究》第五十八号上,看到該館"調查及立法考查局文教科學技術調查室"土屋紀義寫的《從寄贈資料看帝國圖書館與中國》一文,得知該館收集部保存著明治初年開始記載的《圖書原簿》,上面按時間登錄著中國方面寄贈帝國圖書館的圖書。土屋文中所記第十九種卽《心史》一冊,光緒三十一年(按,當爲三十三之誤)上海廣智書局鉛印,闞鐸寄贈,登錄時間爲明治三十八年(1905)11月13日。土屋因不知道闞鐸的生平,所以文中沒有闞氏的簡介。[①]

應該指出的是,有淸一代《心史》在本國一直被禁,儘管不可能盡燬,但至淸末確實已十分難覓。像梁啟超,還有本書後面要寫的鄭貞文、蔣介石等人,都是在日本才讀到《心史》的。梁氏1905年在日本爲《心史》作序、校點,並寄囘國內印行,翌年又再版。藉著近代機器印刷和梁氏的大名,極大地擴大了《心史》在當時的影響。而其實,在梁氏之前一年,"甲辰年(按,1904)三月",日本東京市神田區駿河臺鈴木町十八番地的淸國畱學生會館內有一個"思漢叢書社",也印行過一本《鄭所南先生鐵函心史》。雖然其印刷者是東京市小石川區指ケ谷町百三十三番地的野口安治,印刷所是東京市牛込區神樂町一丁目二番地的翔鸞社,但發行所則註明爲"中國內地各大書坊",可知其主要發行對象也是在中國國內。但此書如今在中日兩國都極難找見。(我曾調查日本各大圖書館藏書目錄,竟未見。)不知爲何,當年梁啟超在日本時,似乎也沒看到過。

中國畱學生們編印的這部《心史》,前面印有方潤、洪士升的序跋,可知乃源於隆武本。但僅刊有《心史》的詩的部份(卽《咸淳集》《大義集》《中興集》)而沒有《久久書》《雜文》《大義畧敍》等,這與日本文久三年(1863)日人保岡氏木活字印本同。其目錄中則印了《心史》全目,亦與日本文久本同。而且,卷首又說明他們的版本是據在日本書肆所購得的"殘籍三本",甚至書前還印了保岡氏的序文。那麼,可確定就是據日本文久本而排印者。但是,奇妙的是該本洪跋最後印的卻是"洪士升恭題",而不是日本文久本的"洪士恭升題"!那麼,中國畱學生是根據什麼糾正日人的錯誤的呢?對此我十分好奇。

[①] 附記,闞氏後來還給日本帝國圖書館寄贈過書。據土屋此文所記第三十五種《新疆大記》,闞鳳樓撰,一冊,光緒三十四年(1908)闞鐸鉛印,闞鐸寄贈,明治四十一年(1908)6月10日登錄;第三十八種《孔子集語補遺商正・附倉頡斠證小箋・說文解字引漢律令補正》,李滋然撰,一冊,光緒三十四年(1908)序,鉛印,闞鐸(《圖書原簿》中作"闞繹",當是闞鐸)寄贈,明治四十二年(1909)1月11日登錄。

該本卷頭用方框印有南潮寫的說明：

> 戊戌歲，在楚獲覽鄭所南《心史》二冊，胡漢人種之觀念涵
> 入腦界，凡十餘日不得自已。甚矣，先生遺文感人之深也！篇
> 末載先生尚有詩數卷，苦尋海外不得，意以爲東亞殆無刊本矣。
> 吾友漢南行日本書肆，偶購殘籍三本，閱之，則先生詩集在焉。
> 大狂喜，奔走告人。飛函達於海外，予亦急欲索觀，又恐郵寄遺
> 失，反成巨恨，疾勸漢南君刻之。先生處元胡猾夏時代，發爲詩
> 歌，追思趙宋，字字皆成血淚。嗟乎，明季遺老不作二百餘年，
> 鳥獸同羣，方諸先生身世，何以異？他日皇漢人種，恢復中土，
> 未始非先生詩歌一冊，流風餘韻之所發導也！刊刻者亦藉以弗
> 衰矣！　南潮附識。

戊戌爲 1898 年，南潮在楚地看到的《心史》不知是何版本，"篇末載
先生尚有詩數卷"不會是該版本僅刊文而未收詩吧？（應該是指書末所
附鄭思肖傳中提到鄭氏尚有其他詩吧？）而其友**漢南**，則應是淸國留學
生，具體情況不詳。南潮這段話中指出了《心史》在晚淸民族革命中的
"發導"作用，是非常值得注意的。

該書前還印有中國留日人員署"**哀江南客**題"的四首詩：

> 故國傷心總淚流，千年眢井鐵函留。
> 杜鵑啼血冬青死，石馬荒陵起暮謳。
>
> 三春花鳥自年年，如此江山倍惘然。
> 一樹叢蘭工寫照，著根猶自避腥羶。
>
> 狂歌非效騷人怨，避地難忘祖國恩。
> 一自遺編落東海，中原文獻不堪論。

哽亂哀音極可傷,神州正氣未銷亡。

同情剩有江南客,風雨煤山哭烈皇。

南潮、漢南、哀江南客,均難考其人。殆均是化名,又均似與"所南"有關。

值得提起的還有一件從未經人言及的史實:當梁啟超的廣智書局鉛印本出版後,中國留學生們一年前印行的這部《心史》又在日本東京章太炎主編的《民報》上大做廣告。① 1906 年 11 月 30 日《民報》第九号卷末載:

《宋遺民鄭所南先生鐵函心史》

一 是爲明末漢義士朱舜水先生攜來日本者,與他版不同。

一 是本撰寫處率遵原本,可想先生精神所在。

一 讀是書可知大漢民族之心理。

一 讀是書可養成高尚優美之人格。

發賣處 東京各大書坊

1906 年 12 月 22 日《民報》第十号卷末又載:

《鄭所南先生鐵函心史》

此書相傳自漢遺民朱舜水先生避滿氛來日本時攜來,文久年保岡孚乃刊版問世,書中所載小序是也。舜水原本爲留學生某君所有,中舜水眉評甚夥。曾向某君借閱一過,猶記中有批所南先生某詩云:"今胡虜飲馬江南,宮闕鞠爲茂草。"眷懷民族,義形于辭。而所南先生詩中撰寫處,與此本不差毫黍,尤可

---

① 直至本書最後修訂時,忽見 2013 年北京大學出版社版《中國近代文學編年史——以文學廣告爲中心》一書中寫到這兩個廣告,令我欣喜。但是,該書將《民報》的出版月份搞錯了,而且還鈔漏鈔錯第二則廣告的文字,標點也有不妥。

想見先生思祖國本忠本旅,①性情之誠毅懇摯,爲漢民族人人
所當起敬效法。此本書特色爲廣智本書無者。世之頂禮所南
先生,欲效其爲人讀其書者,不可不快覩此本。庶一啟卷間,精
神照見顏色,民族祖國大義炳若日星。先生不死,中國再造,此
本實與有功焉。本書自客曆出版後,大受海內外歡迎。存者無
多,乞速快讀。

上引廣告後署"發行所"日本東京神田區小川町十八番地大華書局
(看來該書局當爲華人所開,該廣告辭殆卽該書局所撰),"代派所"則爲
東京中國留學生會館及香港《中國日報》社、美洲《大同日報》社等八處。
廣告辭謂《心史》爲朱舜水攜至日本,其實不確,詳見本書第十章所述。
廣告辭認爲,將來中國再造,《心史》實與有功,這是極崇高的評價,與上
引南潮的觀點一致。從以上所述我們可以知道,鄭思肖一個宋元之際底
層的讀書人,一生足跡殆未出今江浙二省,甚至似乎連其故鄉福建都未
去過;然而在幾百年後,其令名與佳作卻遠遠地流傳到鄰國日本(對日
本也有影響,詳見本書第十章所述),而且又從日本再回流並影響他的
祖國。這一十分奇特而又長期被湮沒的歷史事實,是很值得我們思考和
研究的。

黃節(1873~1935),字晦聞,號黃史氏。廣東順德人。在清末與鄧
實等人在上海組織國學保存會和國粹學社,並創辦《國粹學報》。還參
加南社,當是南社詩人中專爲鄭思肖撰文作詩最多的人。辛亥革命後在
北京大學、清華大學等校任教,政治上漸趨消沉。他早期的詩文多發表
於《國粹學報》。如在光緒乙巳正月二十日(1905年2月23日)《國粹學
報》創刊號上發表《讀鄭所南先生集》二首,因所詠不是《心史》,此處就
不引錄了。而他於丙午(1906)冬至寫的《鄭所南先生集後敍》(發表於
1907年2月2日《國粹學報》第二十五期),雖也是爲《心史》沉井後鄭思
肖創作的文集寫的序,但序文中提到《心史》:

---

① 此處文字殆當爲"思祖國,忠本族"之誤。

所南之言曰"絕交遊,絕著作,絕倡和",而所南乃猶有是
集,則所謂"絕"者,未絕也。匪特此也,《鐵函心史》藏之眢井,
傳之於今,使後之人不能絕絕於所南,即所南不能絕絕於後之
人,所南何嘗"絕諸絕"也哉?嗟夫! 此則"嘔三斗血書,以待
後之巨眼",未可爲當時告也。

黃氏對《心史》及鄭氏其他著作給予了極高的評價。黃氏還撰有
《黃史列傳·鄭思肖傳》,發表在光緒乙巳三月二十日(1905 年 4 月 24
日)《國粹學報》第三期上,寫道:"黃史氏曰:讀所南《心史》者而哀焉。
或曰其爲書僞也(萬季野、閻百詩、全謝山皆云),吾何忍僞之!"反復闡
述鄭氏"愛國懷同種之志",甚至認爲鄭氏不娶絕嗣也是"不欲酳其餘
裔,以供臣妾於異族"。傳中特別有價值的,是首次對鄭氏在自然科學
方面的卓識作了充分的評價。

黃氏《蒹葭樓詩》卷一,有作於乙未年(1895)的《題鄭所南詩集後》,
所詠自當涵蓋或主要指《心史》:

> 交游著作都應絕,唯有傷心鄭憶翁。
> 早悟此身原是累,孰知吾道不能同。
> 孤懷痛在滄桑外,世事真隨江海東。
> 蕭落一編亦何補,感人終古是聞風。

黃氏後來在 1907 年 2 月 2 日《國粹學報》第二十五期上又發表《寒
夜敍所南集後更題一律》,首句與上詩全同:

> 交游著作都應絕,舉世無如鄭憶翁。
> 文字漸看同嚇鼠,苦甘還自舐鐵熊。
> 經過世事成雲雨,未死人心變雅風。
> 頓有瓊樓歸去想,茫茫惟欲問蒼穹。

　　來裕恂（1873～1962），字雨生，號匏園。浙江蕭山人。光緒庚寅（1890），肄業于杭州俞樾詁經精舍。壬辰（1892），任教於杭州崇文、紫陽書院。己亥（1899），任教求是書院。癸卯（1903），東渡日本，入弘文書院學習，與魯迅同學。次年，爲橫濱中華學校教務長。旋歸國，加入光復會。民國後，主要從事教育工作。1927年由馬敍倫推薦出任紹興縣長，但僅半年，因不滿官場惡習，拂袖而去。抗日戰爭時期拒任僞職，居鄉以教育兒童維生。抗戰勝利後，任浙江省政府諮議、蕭山縣志館編纂。新中國成立後，被聘爲浙江省文史館館員、蕭山縣政協常委等。著作有《漢文典》《匏園詩集》等。

　　《匏園詩集》卷十二有作於庚子（1900）的《井中心史》：

> 偶然掘井說姑蘇，心事當年最足吁。
> 聞說崖山方死節，可憐信國又捐軀。
> 此身早已清流付，獨力猶思大廈扶。
> 何日虜氛消塞北，長城屹屹拒強胡！

　　另，在卷三六作於甲子（1924）的《續詠雷峯塔》中，來氏又云：

> ……乃知古珍物，不至遭棄屛。
> 《周書》得諸冢，《心史》得諸井。
> 孔壁有古文，說書非燕郢……

　　陳去病（1874～1933），江蘇吳江人。原名慶林，字佩忍，又字巢南、病倩，別號垂虹亭長。筆名有季子、醒獅、大哀、南史氏、有嬀血胤、東陽令史子孫等。1903年赴日本，主《江蘇》筆政，參加拒俄義勇隊。次年回國，先後主持《警鐘日報》《二十世紀大舞臺》《國粹學報》等刊。1906年加入同盟會。1909年發起組織南社。1922年任孫中山大元帥府祕書長、北伐軍大本營前敵宣傳主任。後在南京東南大學任教，又任江蘇革命博物館館長。

陳氏在光緒乙巳九月二十日(1905 年 10 月 18 日)《國粹學報》第九期發表《讀鄭所南心史》詩(又載 1906 年 7 月 16 日《復報》;後收入《浩然堂詩鈔》卷四《襄椎集》,文字有多處修改):

> 烈女傷故夫,烈士思故國。
> 同此失所人,有恨並何極。
> 卓哉帝宋朝,遺民貴立節。
> 煌煌《正氣歌》,嗗吰振金鐵。
> 下逮《晞髮吟》,哀音激清越。
> 俱垂天壤間,彪炳不可滅。
> 而如鄭憶翁,耿耿尤奇特。
> 恥爲頂笠民,甚且崇犬德。
> 所以一卷書,冽泉不侵蝕。
> 天使起鐵函,一朝比日出。
> 要爲亡明徵,大禍陸沈迫。
> 先機覺斯民,庶幾示之的。
> 果爾復社賢,寧死不披髮。
> 仗義起樓船,江湖遍流血。
> 天意不可知,中原遽淪沒。
> 大義日消亡,斯道幾垂絕。
> 所幸此史存,袥緌得傳習。
> 藉明彝夏防,而噬姚、許惑。
> 黽勉勵前修,旁皇勿中輟!

此前,陳氏在甲辰年(1904)出版的《清祕史》卷下《胤禛築雍和宮以供奉淫具》中即寫到:"宮中淫像之設,肇於胡元。鄭所南《心史》云,元人於幽州建佛母殿,鑄佛裸形,與妖女合,淫狀種種,纖毫畢具。卽此可證。"

乙巳(1905)冬,陳氏爲張煌言(按,實際當是查繼佐)遺著《敬修堂釣業》題序,說:"脫不詭名隱匿,其望瓦全,奚可得哉?……夫吾今而悟《心史》之所由名也。"

丙午(1906)九月二十日,他在《國粹學報》第二十二期發表《吳節士赤民先生傳論》(後收入閔爾昌《碑傳集補》卷三五),把清初文字獄被害者吳炎的文集稱爲"儼然出瞀井而陳《心史》"。

丙午年,陳氏又在《謝人邀赴祝典書》中暗用了《心史》之典:"晞髮子善苦,億翁多囈語,而彭澤令又酷嗜醇酒。"

丁未(1907)季春,陳氏開始撰寫《明遺民錄》,在 5 月 2 日《國粹學報》第二十八期發表《明遺民錄敍》,提到宋遺民鄭思肖,還提到《心史》記載的元初"所定色目,至有十等,而儕儒於丐,鄙夷特甚"。

在《明遺民錄》的《劉繼莊先生傳》末,陳氏寫到:"烏乎,由是以觀,將先生之心即所南之心歟?所南嘗秉天地之心作《心史》,而先生亦以天地之心以心乎其心,然則兩人志行不曠絕數百年而若合符節哉!"

丁未六月,陳氏在《重輯史弨翁趙少文二先生遺詩敍》(載 8 月 28 日《國粹學報》第三十二期)中寫道:

> 伊古以來,若三閭、彭澤,悲吟感慨,何如切之。而其心,不過假是以發抒鬱結,非欲纂輯篇什以貽後人,博身後名也。不寧惟是,且恐名之或磨,以爲己累。如鄭所南者,其於胡元亦既痛心疾首矣,然於所著《心史》,尚不欲表顯,沉之瞀井,錮之鐵函,以務滅其迹。倘非天旱濬井,則雖謂至今幽霾可也。

1908 年 8 月 10 日,陳氏在日本出版的《民報》第二十三號《譚叢》發表《永明皇帝殉國實紀》,開首即道:

> 善哉,萬季野之語溫晛圍曰:"《明史》以福、唐、魯、桂附入懷宗,紀載寥寥,遺缺者多。倘專取三朝,成一外史,及今時故老猶存,遺文尚在,可網羅也。逶巡數十年,遺老盡矣,野史無

刊本,日就零落,後之人有舉隆、永之號而茫然者矣,我儕可聽
之乎?"余謂,萬子誠有心人哉!不以一人之所耿耿,而遺億兆
同具之懷;且不以一時之所耿耿,而忘千古淪亡之痛。豈非具
有崔浩直筆之諒,而又特存所南《心史》之志者哉!

1927年,陳氏著《詩學綱要》一書,在第十六篇《兩宋之中衰》之末寫道:

> 若夫亡宋之際,文山倡《正氣》之歌,皋羽著《晞髮》之集,
> 水雲傳《湖山》之稿,所南埋《心史》之編。是皆天地之中聲,人
> 臣之大節,懸日月而不刊,與河山而並壽,固未可以尋常之韻
> 語,下無謂之批評,則姑闕焉可也。

在《詩學綱要》第十八篇《朱明之復古》之末又寫道:

> 奚況萇弘碧血,遺恨千秋;精衛冤魂,空填滄海。昆明劫後
> 之灰,非錮之鐵函,以沉瞽井,卽群詫以爲不祥,而大遭禁燬。
> 此詩道最後之大厄也。嗟乎!

陳氏是清末南社的主要發起人。南社在1909年成立前夕,陳氏與
高旭等人曾特地從上海赴蘇州虎丘,拜謁明季抗清英雄張國維祠,並作
有詩詞;柳亞子又爲之題詞並唱和。南社成立大會,也是在張祠內召開
的。柳亞子後來在《南社紀畧》中說:"我們借他的祠堂做會場,也大有
意義吧。"而張國維正是最早刊刻《心史》並爲之作序的人。南社的主要
詩人都曾在詩文中提到並肯定《心史》。以南社中堅詩人爲代表的反清
志士,是在晚清對《心史》談論、引用最多者之一。我認爲可以說,南社
之"南"與所南之"南"卽是一脈相承的,這一政治色彩鮮明的文學團體,
與《心史》有著深層次的血緣關係。發起人之一的高旭,在當時的《南社
啟》中說:"鄙人竊嘗考諸明季復社,頗極一時之盛。其後國、社既屋矣,
而東南之義旗大舉,事雖不成,未始非提倡復社諸公之功也。因此知保

國之念,鬱結於中,人心所同然,豈待有所激而然哉!"而本書前已充分揭示、論述過,明季復社很多重要詩人都是肯定《心史》的,他們在保國衛種的鬥爭中常引《心史》以自勵。

關於南社諸子談論引用《心史》的例子,本書前面已經寫過黃人、黃節等人,下面還將陸續寫到高旭、柳亞子、沈礪、蘇曼殊、姚光、丘復、吳梅、馬敍倫等人。另外,高旭的弟弟、南社成員**高增**,曾在清末《復報》上發表過《題鄭所南心史》(詳見下述),在《南社》上發表過《虞美人·題鄭所南心史》《集鄭所南句,成五古三章,卽題其集》等;南社成員**周實**(1885~1911),也在《南社》上發表過《席上讀所南先生集,爰集其語,得十截,以當題辭》,在他的《無盡菴詩話》卷一中也寫到鄭思肖。有關南社詩人與《心史》的史實,今後還可以繼續發掘。

丘復(1874~1950),原名邱馥,辛亥革命後改名丘復,譜名奈芳,字果園,別號荷生,人稱荷公。福建上杭人。光緒丁酉(1897)中舉,光緒乙巳(1905)協助丘逢甲創辦上杭縣師範傳習所。翌年,創辦立本學堂。宣統己酉(1909)任教兩廣方言學堂。辛亥(1911)參加南社。民國後歷任福建省議員、參議院候補議員、議員,因不滿曹錕賄選,南返廣州大元帥府出任參祕。1924年出任廣東嘉應大學教授,1941年在上杭蘭溪創辦私立明強初級中學。一生著書頗豐,有《念廬詩集》《念廬詩話》《丘荷公詩文選》等。1915年丘氏作詩,題爲《新築念廬,遷居前一日海山適以書來,有仿所南體"今日之今"四章,爰用其體作遷居詩》。所謂"所南體'今日之今'四章",卽《心史》中雜體詩《春歌》中的四句。由此可知丘氏熟知《心史》。海山爲丘翊華,字海山,號潛廬,福建上仇人。曾任平和縣知事。

羅振常(1875~1942),字子經、子敬,號心井、頑夫,晚號邈園。浙江上虞人,僑居江蘇淮安。羅振玉堂弟。少年艱苦勵學,工詩古文辭,旁通日文,清季譯東籍甚眾,載於《農學報》《教育世界》。後在遼東任教數年。南歸後,設蟫隱廬書肆於滬上,遂終老焉。居肆三十年,勤於收藏,又精校勘,於版本源流、文字異同、收藏變遷等詳爲稽考。與劉承幹交誼密切,相遇則談書,劉氏嘆服其精博。著有《洹洛訪古記》《征聲詞》《古凋堂詩文集》等,刊有《邈園叢刻》。羅氏取號"心井",卽表明其肯定《心史》。羅氏並在其《心井盦鈔本》中鈔有《心史》(此本今藏南京大學)。羅氏逝世後,女婿周子美編訂其藏書目《善本書所見錄》(1958 年商務印書館出版),卷四集部載有"《心史》二卷,宋鄭思肖撰,明崇禎刊本"(按,爲蘇州初刻本),並摘錄書中《承天寺藏書井碑陰記》等,末記鈐有"萬卷樓(朱方)、華山主人(白方)、一字維垣(朱方)、馬之豐(白方)、華山馬□採印(白方)"。原藏家待考。

　　孫寰鏡(1876～?),字靜菴,號民史氏,無錫人。曾與南社主要發起人陳去病同創《二十世紀大舞臺》雜誌,也積極參與民族革命,爲《警鐘日報》主筆,但似乎沒參加南社。孫氏曾"擬倣所南修《心史》之例","勒成一書名曰《明史補遺》"。此書後未撰成,乃作《明遺民錄》。他在《民史氏與諸同志書》中寫道:"搜彼《井史》,發揚國光,昭垂直筆,有美必揚,以供當世愛國諸君子采覽焉。"最後說:"苟天假之年,賈其餘勇,將差次成帙,得列於所南《心史》,死不恨矣!"

　　高旭(1877～1925),字天梅,號劍公,別號鈍劍。江蘇金山(今屬上海)人。光緒甲辰(1904)留學日本,次年參加同盟會,曾任同盟會江蘇支部長。回國後曾主編《復報》等刊。丁未(1907),高氏有《寄懷亞君梁溪》詩云:"久拼鐵匣沉枯井,安用今生覓賞音。"

　　陳去病輯明季抗清英雄吳易詩文爲《吳長興伯遺集》,刊於《國粹學報》,而高氏積極贊助,戊申(1908)寫有《佩忍編校長興伯集屬題》,詩中云:"井中史原有,諸夏君已無。所學惟聖賢,讀書良不誣。大讎卒不報,空自麾天戈。各奮一編書,可泣又可歌。"

　　南社成立大會,高氏爲主要發起人,卻因故未及與會,己酉(1909)作有《十月朔日,南社諸子會於吳門,以事羈不得往,姑期明春再圖良晤,吟成長句,寫寄同人》:

> 鐵匣沉埋古井枯,不成遯世歲雲徂。
>
> 德星聚處天猶醉,驚隱風高道未孤。
>
> 豈少詩篇存甲子? 盡多人物話菰蘆。
>
> 獨憐唱徹《公無渡》,薇蕨春光要酒沽。

1912 年 7 月，高氏作《祝江蘇大漢報出世》詩，中說："井中安用沉《心史》，日月高懸耿不磨。"

王國維（1877～1927），字靜安、伯隅等，號觀堂、永觀等，浙江海寧人。清末秀才，曾任清政府學部總務司行走、圖書館編譯等。1922 年，受聘任北京大學國學門通訊導師。1925 年，受聘任清華研究院導師。1927 年，留下"經此世變，義無再辱"的遺書，投頤和園昆明湖自盡。一生致力於文史、金石研究，建樹甚多。在文學、史學、哲學、古文字學、考古學等方面均成就卓著。王氏雖不參加民族革命，辛亥後更以遺老自居，但他卻不會同意《心史》"僞書說"。例如，在其所著《蒙韃備錄箋證·風俗》中，曾以《心史》中的有關記載，來箋證南宋孟珙的《蒙韃備錄》。

鄧實（1877～?）廣東順德人，字秋枚，曾參加過早期南社的活動（但未正式入籍）。鄧氏也在晚清民族革命中大力宣傳鄭思肖的愛國精神。他主編《國粹學報》，在該雜誌登載鄭思肖的像，還在上面親自編刊了《正氣集》，在前面的識語中說："今集合宋明以來仗義之臣、死節之士、遺民故老，其零篇勝墨、可歌可泣者，彙爲一篇，名曰《正氣集》，亦神州國粹之林也。於以攄懷舊之蓄念，發思古之幽情，光祖宗之玄靈，振大漢之天聲，庶幾天地之正氣猶有所繫，天命民彝不至終絕，而漢祚藉爲一線之延……"其中就從第二十八期至三十九期，連續十多個月，幾乎把鄭思肖的《心史》全都選刊了。

鄧氏《王船山先生像讚》[①]（刊於 1906 年 1 月 14 日《國粹學報》第十二期）云：

> 衡山萬仞靈秀儲，篤生先生鴻達儒。
>
> 五經便便邊讓徒，講學直欲希橫渠。
>
> 惓懷故國心不渝，孤忠復興湘纍俱。
>
> 漆室感事發長顑，《黃書》一篇經國模。

---

① 此詩與劉師培《左盦詩錄》卷一《讀王船山先生遺書》有雷同句，未知誰借用誰。

制宰任官良策抒,攘狄大義春秋符。

西臺遊記瞽井書,皋羽所南德不孤。

沈礪(1879~1946),字勉後,號道非,別署醨公,室名帆影樓。江蘇金山(今屬上海)人,祖籍浙江嘉善。光緒丙午(1906)結識高旭、柳亞子、陳陶遺等,爲上海健行公學講師,隨卽加入中國同盟會。丁未(1907)與高旭、陳去病、朱葆康、劉季平五人同游蘇州,止于張國維祠,啓兩年後南社虎丘雅集之機。是年秋瑾、徐錫麟、陳伯平、陶成章等被清廷殺害,沈氏在上海參與籌辦追悼會,未成,發起"神交社"。戊申(1908)與陳去病、高旭、柳亞子等十一人在上海國華樓商議結社,定名"南社"。次年十月(11月13日)南社在蘇州虎丘張祠正式成立,沈氏參加。入民國,任孫中山大元帥府松江軍政分府參謀長。1913年任上海衛成司令。1927年任南京國民政府祕書、南京市財政局長兼土地局長。1929年任國民政府文官處參事,1941年任該處人事室主任。後卸職回家,鬱鬱寡歡。1946年冬因煤氣中毒身亡。有《無適齋詩話》《四備篋剩觚》等。1910年冬,沈氏在《南社叢刻》第三集發表《立春夕讀鄭億翁心史詩集及百二十圖詩,因集其句,得二十首》。

馬一浮(1883~1967),名浮,字一佛,後字一浮,號湛翁,別署蠲翁等。浙江紹興人。早歲浙江鄉試名列榜首。光緒己亥(1899)赴上海,學習英、法、拉丁文。癸卯(1903)赴美國,主辦留學生監督公署中文文牘;後又赴德國和西班牙學習。甲辰(1904)赴日本學習。辛亥(1911)回國,贊同民族革命,宣傳西方思想。民國成立後,潛心研究學術,曾在北京大學任教。抗戰後任浙江大學教授、復性書院院長等。新中國成立後,任浙江文史研究館館長、中央文史研究館副館長。工詩詞,對哲學尤有造詣。馬氏在清末曾爲田毅侯所編《宋遺民詩》作序,雖然他在該序中對《心史》之詩有不滿意處,但絕不懷疑它是偽書:

> 鄭思肖爲詩頗近怪怒,若《大宋地理圖歌》云:"悖理湯、武暫救時,謀篡莽操大生逆。"以湯、武下與莽、操比稱,斯言實害

義之尤。雖曰憤激所出,別有寄託,然足賊矣。又,《續洗兵馬》云:"當知孔明杲卿輩,歸然三代古君子。呂尚磻溪釣文王,乃是漢唐人才耳。"杲卿與孔明,人物不同,未可比論;以太公望爲出孔明、杲卿下,卽孔明、杲卿能安之乎? 卽日寄託,其詞亦甚病。《德祐元年歲旦歌》"不變不變不不變",於文爲不詞。

蘇曼殊(1884~1918),幼名子穀,原名戩,更名元(玄)瑛,小字三郎,爲僧後號曼殊、博經。廣東香山(今中山)人,生於日本橫濱,生母是日本人。兩度剃髮爲僧。能詩善畫,風流倜儻,也參加民族革命活動,爲南社巨子,被人稱爲"詩僧""畫僧""情僧""革命僧人"等等。柳亞子說他:"獨行之士,不從俗流,奢豪好客,肝膽照人,而遭逢身世有難言之恫。繪事精妙奇特,自創新宗,不依他人門戶,零縑斷楮,非食人間煙火人所能及。"

光緒戊申(1908)春,蘇氏作《天津橋聽鵑圖》,發表於在日本發行的同盟會刊物《河南》雜誌第四期,並在該刊上發表題詞:"最可惜,一片江山,總付於啼鳩! 每誦古人詞,無非紅愁綠慘,一字一淚,蓋傷心人別有懷抱。於乎,鄭思肖所謂詞發於愛國之心! 余作是圖,寧無感焉!"蘇氏在這裏是引述了《心史》的語意。

蘇氏又作有《江山無主圖》,發表於蔡哲夫編輯之《曼殊遺書》(1919),上題:"花柳有愁春正苦,江山無主月空圓。寫憶翁詩意。"這兩句詩出自《心史》中《偶成二首》。

1911年6月蘇氏致高旭、柳亞子信,提到"近讀所南'千金散盡仍彈鋏,四海交空且碎琴'句,感慨隨之。"經查,這兩句並非鄭詩,乃張煌言之句,見張氏《奇零草》卷六《贈張書紳還錢塘》。雖然這是蘇氏錯記,但也說明他是非常喜歡《心史》中的詩的。而張氏《奇零草》也正是學《心史》的。

劉師培(1884~1919),字申叔,號左盦,曾改名光漢,並自稱"激烈派第一人",有過化名金少甫。江蘇儀徵人。光緒壬寅(1902)舉人。早年傾向民族民主革命,加入中國教育會,結識章太炎、蔡元培等。又先後加入光復會(甚至參加暗殺團)、同盟會。也曾參加過南社早期的活動(但未載名社籍)。與鄧實、黃節等發起國學保存會,發刊《國粹學報》,爲主要撰稿人。劉氏早年所撰反清文章影響青年甚大;但後卻投靠清朝兩江總督端方,出賣革命黨人,辛亥後又投靠袁世凱,爲其生平污點。魯迅曾稱其爲"賣過人肉的偵心探龍"。但章太炎、陳獨秀等仍肯定他是"讀書種子"。袁稱帝失敗,劉氏受聘任北京大學教授,以教學終老。劉氏學識淵博。年壽雖短,著述極豐。有大量學術著作和《左盦集》等,後人集爲《劉申叔先生遺書》及補編。劉氏極爲推崇《心史》,在辛亥革命前經常提及。

光緒癸卯閏五月初一(1903 年 6 月 25 日),劉氏在《江蘇》雜誌第四期發表《不敢忘錄·亭林先生遺詩·井中心史歌》,並附識語云:

> 《井中心史》,南宋遺民鄭所南著,藏蘇州井中。其大旨欲恢復大宋三百年社稷,驅胡元於漠北,至謂氣化轉移,必有一日變夷而爲夏者。其排外思想如此。明崇禎時,蘇州掘井得此書,故亭林作詩詠之,以見人臣處變之極則。

同年秋,又撰《中國民族志》,第十四章爲《蒙古族之內侵》,其中注引《心史》;並在第十五章《明人之光復及與異族之關係》中寫道:"朱元璋起,……命師北伐,所向披靡,元帝北行,元都遂陷。而所南《心史》所謂天運轉移,必有一日驅胡元於漠北,以變夷爲夏者,至此而其言竟驗矣。"

同年十二月十五(1904 年 1 月 31 日),劉氏在《中國白話報》第四期發表千字長詩《崑崙吟》,林獬(白水)附記盛讚:"余旣從事《中國白話報》,乃徵歌謠於劉子申叔。申叔爲撰《崑崙吟》,起草凡二小時而罷。是一部《二十二史》,是一部《民族志》!……吾恐大索吾國中,求一如劉子者,不可得矣!"詩中又寫到《心史》:

……汴都傾覆由完顏，殺敵致果無岳、韓。

天命乃歸奇渥溫，正氣掃地河山昏。

中原文化百不存，批髮野祭伊洛邊。

……故老消謝思王權，右虜下漢多張元。

所南《心史》垂一編，屹然砥柱當頹瀾……

此時（約1904年1月），劉氏又撰成《攘書》（約4月由東大陸圖書譯印局出版），宣傳民族革命。書中的《夷種篇》《胡史篇》《瀆姓篇》《鬻道篇》等，都引用了《心史》，尤其是《心史》中的《古今正統大論》。如《胡史篇》云"善乎所南鄭先生之正統辨也"，甚至稱其："大哉言乎，吐詞爲經矣！"《瀆姓篇》則盛讚《心史》："大義昭垂，爭光日月。鈇鉞之誅，凜乎其不可犯矣！"

光緒甲辰二月初一（1904年3月17日）《江蘇》第九、十期合刊，劉氏發表《中國對外思想之變遷》（後又刊於6月20、21日《警鐘日報》），其中寫到：

恐怖時代。……北部人民，陷虜旣深，企思故土之情，日消日亡於不覺。……然南人嫉視異族之心，仍未嘗一日息也。觀於所南《心史》之編（以辨正統一篇最爲確實），皋羽西臺之哭（黃東發、王伯厚諸儒，亦嫉視異族），惓懷宗國，矢志不渝，不可謂非民族主義之僅存者矣。……是爲中國對外思想第五期。

同年春（1904年4月），劉氏發表《讀王船山先生遺書》，刊《國民日日報》（後收入《左盦詩錄》卷一《匪風集》），詩的最後寫到《心史》：

衡山萬仞雄南區，元氣磅礴靈秀儲。

篤生先生鴻達儒，抗志直欲希橫渠。

干戈擾攘興東湖，茫茫天路多崎嶇。

中原板蕩灰刦餘，胡塵瀰洞風沙麤。

粵東天啟興王都,鵬鯤展翼垂天衢。

上書憂國籌軍輸,攘狄大義《春秋》符。

帝子不歸愁蒼梧,孤忠直與湘纍俱。

故園歸來松菊蕪,尺蠖伸屈師申屠。

漆室感事發長吁,《黃書》一篇經國謨。

制宰任官良策紆,弘濟敢嗤儒效疏。

著書萬卷黃、顧如,眷懷宗國心不渝。

黍離麥秀悲遺墟,舉世誰復知申胥。

《井中心史》傳遺書,所南忠憤古所無!

同年五月廿九(7 月 12 日)《中國白話報》第十五期,劉氏發表《講民族》(《警語錄》之四),將《心史》中的一段話用白話寫出來,並加了按語:

> 宋朝的鄭所南說道:夷狄行中國事,並不是夷狄的福氣,實在是夷狄的大禍。譬如現在的牛馬,忽然共人說話,把人的衣服穿起來,就是小孩子看見,也要說他是牛馬作怪,斷不說他是人。(《心史》)
>
> 案,中國到了現在,夷狄的大禍既然受了多年,不但說牛馬是人,還要把牛首當菩薩,天天向他面前叩頭,一點兒不敢違拗。你們列位想想,慚愧不慚愧? 可恥不可恥?

同年六月廿一(8 月 2 日),劉氏在《警鐘日報》第一五九號發表《新史篇》(後收入《左盦外集》改題《陳去病〈清祕史〉序》),文末云:

> 龔仁和有言:"滅人之國,墜人之枋,絕人之材,湮人之教,敗人之綱紀,夷人之祖宗,必先去其史.'(見《古史鉤沈論》)今中國之史,阨於胡寇幾三百年,儻做所南修《北史》之例,(見《心史·古今正統大論》言:"'北史'之名,宜降爲'胡史',修

改其書,奪其僭用天子制度等語。")而參以野史之瑣聞,則《清
史》之成,必有計日可待者。

在同年七月廿八(9月7日)起,劉氏連續幾天在《警鐘日報》發表
《甲辰自述詩》六十四首,其第三十二首云:

□□□□□□□,所南作史瘞井沈。
攘社著書百無用,書成奚補濟時心![1]

光緒乙巳四月廿日(1905年5月23日),劉氏在《國粹學報》第四期
發表《詠明末四大儒》四首,頌顧炎武、黃宗羲、王夫之、顏元(按,顏氏稱
明末不妥),其三詠王夫之詩中又提到《心史》:

《井中心史》鄭思肖,澤畔哀吟屈大夫。
甄別華戎垂信史,《麟經》大義昭天衢。

同年九月廿日(10月18日),劉氏在《國粹學報》第九期發表《揚州
前哲畫像記》,文中寫到:"若夫惓懷故國,形之詩歌,所南《心史》之編,
皋羽西臺之哭,則吳氏詩刊《禁目》,徐氏誅連宗親。文網之嚴,於今
爲烈!"

光緒丙午十月廿日(1906年12月5日),劉氏在《國粹學報》第二十
三期發表《邗故拾遺》,文中記載:

(李)潛昭字梅舟,宋忠臣庭芝十四世孫,明府學生。鼎革
後棄諸生,隱居黃子湖之野牛灣,築斗室,以艸木自娛,足跡不
入城市。同學顯貴未嘗通一札。素有淨癖。善音律,長於刻
印。著《半萬卷樓要論》《歷代世系紀》《泡菴樂府》《印譜》若

---

[1]　作者自注:"著《攘書》十六篇。"

干卷,今均失傳。惟《世系紀》序目尚存,署謂歷朝有正統,有僭統,有偏統。正統者,唐虞三代、兩漢、隋、唐、宋、明是也;僭統者,魏晉六朝、五代是也;偏統者,嬴秦、蒙古是也。其書大抵倣《史記》世家之例,朝各爲編。然其內夏外夷之說,則與所南《心史》同。《樂府》亦未見,聞係詠史之作,大抵引古證今,有合於風人之旨云。

最後,劉氏在宣統庚戌十月(1910 年 11 月)旅居北京白雲觀時,撰寫《讀〈道藏〉記》三十七則,其第三十六則爲《太極祭鍊內法》,後發表於辛亥年五月廿日(1911 年 6 月 16 日)《國粹學報》第七十九期。文中說,鄭思肖《太極祭鍊》一書"合觀所言,論心論仁,並與《心史》他篇相合。……要之,北宋之後,道家之書漸顯直指本心之理。北有七眞諸語錄,南有鄭氏之書,派別雖異,其意或相近也。"

易白沙(1886~1921),本名坤,號越村,湖南長沙人。以居白沙井,又慕明代白沙陳獻章爲人,故更名白沙。十六歲主永綏師範學校,隨又赴安徽任師範學堂、旅皖湖南中學校長,還曾在湖南省立第一師範、天津南開大學、上海復旦大學短期任教。積極投身辛亥革命,參與安徽起義。二次革命時奔走湘皖間,力主武裝反袁。事敗流亡日本,參與創辦《甲寅》雜誌。洪憲帝制敗亡後回國。因憤於軍閥統治,於 1921 年端午節乘船赴陳獻章故鄉新會縣陳村,效屈原,蹈海自殺。著有《帝王春秋》,孫中山作序。其兄易培基撰《亡弟白沙事狀》云:"早歲讀鄭思肖《心史》及黎洲、船山、亭林、密之遺書,恍然種族之恫,亟思擯滿。"章太炎在《易白沙傳》中也寫到:"嘗讀鄭思肖《心史》,更明季遺佚諸書,心好之,發意欲驅建虜出之大幕,故與民黨尤暱。"

易本羲(1887~1911),字羲谷,號竹心,湖南湘鄉人。光緒癸卯(1903)入長沙武備學堂,追隨黃興,加入華興會。翌年,因組織義勇隊,遭清廷通緝,乃避走武昌,遯蹟行伍之內。又與宋教仁、胡瑛等組織革命團體"科學補習所"。積極參與暗殺活動,未遂,逃亡日本,留學東京早稻田大學。乙巳(1905)秋入同盟會。同年冬歸國,在上海與馬君武倡辦中學,藉以吸收同志。丙午(1906)經馮自由介紹,赴南洋任教,在華僑中宣傳愛國救亡。授課之暇著《南洋歷史》《國語讀本》等,並與陶成章聯繫,又爲同盟會募款。易氏身羈异國,每念國家前途,憂憤至於咳血。戊申(1908)冬,赴日本東京就醫,又抱病撰寫《南洋華僑史畧》。宣統庚戌(1910)歸國,居長沙,在同盟會湖南分會工作。聞廣州起義失敗,憤而吐血,英年逝世。

《南洋華僑史畧》,署"羲皇正胤"作於己酉正月十一(1909 年 2 月 1 日),後發表於翌年 2 月 1 日《民報》第二十五號(二十六號連載)。這是關於華僑的第一部史著。在第二章《宋遺臣亡命及元征爪哇之原因》中,易氏引《心史》爲重要史料:

> 韃虜入寇,宋社邱墟,我中華亡國之第一期也。其時蒙古人種,挾其侵畧剽竊之武力,踩躪中原,宋室諸王遵海而南,以謀恢復。閩、粵人之奉迎王師、起義禦賊者,所在皆是,尤以漳、泉諸郡爲最力。觀於鄭所南之《自勵》詩云"漳、泉數郡屢反正,賸有忠臣野史書",可知矣……

文中還多處徵引了《心史》中關於張世傑"或傳駐軍離裏"和陳宜中"奔占城"等記述。足見易氏深信《心史》,並深受《心史》愛國精神的影響。

錢玄同(1887～1939),原名師黃,字德潛;辛亥革命前曾改名夏,五四運動前改名玄同。又常效古法將號綴于名前,稱疑古玄同。浙江吳興(今湖州)人。1905 年底赴日畱學,曾拜章太炎爲師,與魯迅爲同學。由章氏介紹加入同盟會。1910 年囘國,在浙江、北京等地中學任教。1916年任北京高等師範學校教授兼北京大學教授。1917 年後參與《新青年》編輯,促成魯迅第一篇新小說《狂人日記》發表。"五四"時期積極參加新文化運動,提倡文字改革。後主要從事古史和語言文字的研究和教學。抗日戰爭時期,北平淪陷,錢氏因病畱平,從 1938 年春恢復舊名"錢夏",以示堅貞的民族氣節;還取號"憶菰"(其祖父葬於湖州菰山),說

"亦可簡稱'憶翁'(思肖之字)"(1938年9月27日日記)。

1925年1月5日《語絲》雜誌第八期,刊有錢氏《三十年來我對於滿清的態度底變遷》,談到清末《心史》對他思想上的影響。從錢氏下面記敍中可知,**陶成章**(1878~1912)也必是肯定《心史》者:

> 因爲我那時志切光復,故於一九○七年入同盟會……因仇視滿廷,便想到歷史上異族入寇的事;對於這些異族,也和滿廷爲同樣之仇視。那時做了一本《紀年檢查表》,於宋亡以後,徐壽輝起兵以前,均寫"宋亡後幾年",而附注曰"僞元某某酋僭稱某某幾年";於明亡以後,洪秀全起兵以前,均寫"明亡後幾年",而附注曰"僞清某某酋僭稱某某幾年";於洪秀全亡以後,民國成立以前,均寫"太平天國亡後幾年",附注同上。<u>我這種書法底主張,出於鄭思肖底《心史》,亡友陶煥卿先生深以爲然</u>。

錢氏乙巳(1905)在上海時,廣智書局出版的梁啓超序《心史》剛出版,他即買了一本,後攜至日本還認眞閱讀,影響很大。1906年1月5日錢氏日記可證:

> 上午看《心史》。余素於詩詞一道性不相近,今觀此編中之詩,字字血泪,言言沉痛,不覺亦觸起我民族觀念。文字移人之力可謂大矣!

1914年9月15日,錢氏日記中說的"鄭所南正論"就是指《心史》中的《古今正統大論》:

> 清史館送來商例七份與大兄、堅士。七人者:一逖先,一冷僧,一吳廷燮,一金兆蕃,一盧彤,一袁勵准,一王桐齡,一清人常榮。除逖先及吳廷燮咸無足取。常榮以清人爲己族說法,自

有回護之詞。然時至今日，猶欲讀"應天順人"，"深仁厚澤"，亦大可笑矣。王桐齡狗屁不通，不倫不類，而抬頭空格，譽揚建夷，甚至避去"儀"字，擬改《儀衛志》爲《輿衛志》，而稿中"儀"字猶缺末筆作"儀"，此真是死做奴隸者，何怪其謂三皇五帝皆無其人。蓋不取消自己祖宗，恐爲 [謂] 他人父而人不要也。閱至此，憤氣填胸，恨我不諳史事，否則必撰一部《珠申史記》，<u>用鄭所南正論貶絕其僭天子之稱</u>。……不料果不出吾所料，竟有此等放屁亂談出現，然則夷夏大防其可忽乎！

1930 年 2 月 13 日，錢氏記其又買了一本《心史》：

下午逛廠甸，今日是陰曆元宵，末日矣，故必逛之。……買了十種書。……《心史》，一角五分，廣智印本，乙巳年在上海讀書時買之，後無，今天復得之，可喜也。（此係梁任公所印，前有序——序不見于文集。）

1935 年 9 月，北平師範大學《教育與文化》編輯熊夢飛（仁安）請錢氏爲日寇侵華"九一八"四週年題辭，錢氏 16 日日記："因擬爲師大之《教育與文化》'九一八'號題鄭所南詩，檢梁任公與歐陽竟無之兩種刻本（編次不盡同）觀之，並記其《鄭所南年表》如左……"錢氏不僅對讀了兩本《心史》，還根據《心史》的記載而編寫了《鄭所南年表》。他爲《教育與文化》題寫了《心史·中興集》中《二礦》二首之一。北平陷於日寇後，錢氏經常以《心史》激勵自己。如 1937 年 11 月 1 日日記："至室內翻閱《心史》《伯牙琴》。近來'抒懷舊之蓄念，發思古之幽情……'" 1938 年 5 月 7 日更詳記自己的感受，並論述了《心史》的真偽：

竟日在家未出門。精神甚壞，心緒甚惡，惡聞人聲，聞即心中煩躁，噫！……下午，雜翻架上書，看《心史》《所南詩集》，點閱《謫麟 [麐] 堂集》之施墓表、劉傳、趙氏後記，《亭林詩集》等等。時覺心酸淚下。(顧、鄭詩集固欲下淚,施、趙兩人敍戴之苦,亦引我自喻也。)《心史》一書,信爲眞者:張國維、顧炎武、錢肅樂、歸祚明(見《亭林詩稿》卷六,頁四,《井中心史歌序》)。不信者:王敬所、閻百詩、萬季野、全謝山。萬謂是姚士粦偽作,全信其說(見《鮚埼亭集外編》卷三四《心史題詞》)(商務本頁1143—1144)。又見《外編》卷二五之《杲堂詩文續鈔序》,亦言之。但全氏此文中似非十分肯定之詞,云"或且以爲姚叔祥之贋本",又云"叔祥贋本之患"。又,徐乾學所作《通鑑後編》之《考異》,見《四庫提要》卷一七四,別集存目一。按,此書見《提要》四七,史部編年類。《提要》謂是書徐氏與萬斯同、閻若璩、胡渭等所編,則全所引萬、閻之說與徐氏同出也。不信爲姚士粦偽作者屬鶚云:"叔祥豈能爲此詩文!"我以爲,照思想、見解、文章、氣節,非鄭不能作。當認爲眞書。萬、閻諸公蓋猜測耳,非有實據。徐不足道,屬說最有理,姚士粦只會造《雜事秘辛》,做《見只編》耳,烏能贋此書耶? 或井中鐵函之說是好奇者故作神奇耳!

柳亞子(1887~1958),初名慰高,字安如;更名人權,字亞盧;復更名棄疾,字稼軒。江蘇吳江人。光緒丙午(1906)加入同盟會,發刊《復報》。參與發起南社,被選爲書記。1923年又發起新南社。後爲著名的國民黨左派人士。柳氏晚年寫回憶文《我的詩和字》中說,他青年時即喜讀鄭思肖等人的詩,因爲他們"都是愛國詩人,使我油然生敬愛之心,因其人而重其詩"。丁未(1907)年,柳氏作《懷人詩十章》,其四懷高燮云:"西臺痛哭謝晞髮,瘖井沉書鄭憶翁。"

其後,柳氏詩中提到《心史》處甚多,如"鐵函漫擬沉《心史》,文字無靈敢放顚。"(《長公見示追挽秋石之作,即用余方壺第一集年字韻次和奉寄》)"《要典》三朝尚未翻,井中《心史》亦空言。"(《疊翻字韻再寄長公》)"夜半捫心雜苦甘,井中舊史倘能諳。"(《新文壇雜詠》)"鐵函鋼史誰能諒? 土室埋名倘最宜。"(《七月十七日,次韻和田星六見贈之作》)

"尙有鐵函沉井史,恨無竹石碎西臺。"(《重題秣陵悲秋圖》)"赤明龍漢千重刼,瘞井沈書下筆難。"(《北行雜詩》)"不用鐵函沉井史,黎沙銅像已輝煌。"(《與鮑事天談菲島歷史有感》)"屈騷鄭史兩吟呻,紉取秋心事可珍。"(《題陳斯馨女士紉秋銑圖卷,應丹林屬》)

另外,他還在《南社叢選序》中寫道:"西臺慟哭,人謳皐羽之歌;瘞井沉書,家抱所南之史。"《浩歌堂詩鈔敍》中稱讚陳去病"以海涵地負之才,值草昧貞元之世。指陳事變,所南《心史》之倫;憑弔故人,晞髮《西臺》之亞。"《樂國吟後序》中說:"傷心人語,不忍如所南《心史》,鋼以鐵函。"在《廖仲愷先生紀念碑文》中說:"鐫有道之豐碑,代所南之《心史》。"在《籀史齋題名跋》中說:"不能望思肖鐵函,亦不異撰,顏其齋曰籀史,聊自鞭策云耳。"不再一一多舉了。

姚光(1891～1945),一名後超,字鳳石,號石子,又號復廬。江蘇金山(今屬上海)人,爲高燮之甥。十一歲卽能文,十五歲入秦山實枚學堂,十七歲入上海震旦學校,未數月卽因大病輟學,遂鄉居自學。喜作詩,作輒就正於舅氏,故與高燮兼具師生之誼,感情特深。首批加入南社,爲最年輕的社員,1918年繼柳亞子任主任。姚氏亦喜讀《心史》,並屢次題詠,如光緒乙巳(1905)《題鄭所南心史》:

> 淒涼一卷中興志,古井沉埋三百年。
> 大義昭昭今復出,胡塵又見滿寥天。

戊申(1908)姚氏又作《再題心史》:

> 亡國遺民淚似波,中興大業已蹉跎。
> 可憐我亦傷心者,歌哭荒江奈爾何。

晚清時期,我國赴日本甾學生和同盟會等革命團體在東京創辦了不少愛國報刊,上面發表了一些涉及《心史》的詩文。因爲不少作者用了筆名或未署名,今難以考證其眞名。然棄之實爲可惜,姑就目耕所及在此介紹若干,亦可見其時《心史》在民族革命中之巨大影響。

署"黃帝紀元四千三百九十四年六月朔日"(按,當是 1903 年 7 月 24 日)出版的湖北留學生新改名雜誌《漢聲》(原名《湖北學生界》之第六期)的《雜俎》欄,發表未署名的美國某中國留學生的《蘭心樓史話》,在短序中即藉《心史》以抒發愛國憂思:

> 予居美洲西岸哈奴孚里亞大學,殆八年,日與彼都人士游。述及祖國遺事、當代實錄,或舉逸書,或搜報紙,或陳名家所講授,或孜傳記所傳聞……元·劉因《感憤》云:"忍看胡虜臨天下,可有男兒問漢家?"吾族遺禍,烈於遼、金時代,無一人敢問漢家事者已數百年。吾譯存遺史數十則,以示吾族亦為愛種熱情所刺激。鄭所南處胡元竊據時,著《心史》,思趙宋。斜風江上,起觸予懷,遂忘辭費耳。身世淒然,不期同病,手此一書,用誌予話。

明治三十六年(1903)11 月 25 日浙江留學生在日本東京出版的《浙江潮》第八期《談叢》欄,發表匪石的《野獲一夕話》:

> 凡人至思想極到時,即有一種古怪不類人之現象。聲音似嗔非嗔,笑貌似執非執,言論似僻非僻,舉止似乖非乖。求之世間,若無一足當我意。人亦憚之,不敢親。過或成疾,為癲為瘋、為癡為狂之人也。吾諡之曰"獨人"(杭諺謂之"獨頭")。宋末有"獨人",曰三山鄭思肖,字所南。嘗遭宋元之變,奮身以復宋室、絕元賊為志。所著有《心史》上下卷,皆"獨言"也……其民族觀念乃若是其深入不渝也!吾聞中國有獨頭山,伯夷之墓在焉。當以禮迎鄭氏骸骨祔葬之!

1905 年東京出版的留學生刊物《醒獅》雜誌第二期《文苑》欄,有黃天《讀心史漫題》二首:

雷霆剔斬死彌堅，盼望中興年復年。
一縷種魂難泯滅，夢中翻海洗青天。

我生有恨痛無涯，眼看胡天淚似蔴。
亡國遺民無一事，揚州嗚咽弔瓊花。

《醒獅》第三期《文苑》欄，又發表志攘《乙巳九日》四首，其二寫到《心史》：

攜將《心史》當《離騷》，慘絕情懷不自豪。
濁酒一杯書一卷，夕陽殘柳此登高。

1907 年 7 月 5 日東京出版的同盟會機關報《民報》第十五號《談叢》欄，發表民明《涓涓談·清其奈我何》，引《心史》作書證：

鄭所南作《文丞相敘》，有曰：“人而皆公也，天下何慮哉！”瞿罍守斥降清臣李紹祖曰：“天下人皆不爲紹祖，清其奈我何！”其言至痛！余近遇一憲政黨，亦斥之曰：“今民族主義大明，吾漢族同胞漸知以革命爲事，且革命軍已起於湖南、江西、廣東、福建矣。汝亦漢人，何猶愚而望異族立憲爲？”

1908 年，雲南留學生在東京主辦的《雲南》月刊第十二期上，發表署名寄懷客的《讀鄭所南先生集》，所詠即《心史》：

蕭蕭疎雨晚風吹，一讀公詩我欲悲。
惆悵江山非昔日，蒼茫今古恨同時。
《九歌》怨慕屈平賦，《兩表》涕澟諸葛師。

莫誦淒涼《二十礪》①,樓頭啼亂杜鵑枝。

晚清時期,國內還有一些報刊上發表了一些涉及《心史》的詩文,也因爲作者用了筆名,今難以考證其人,棄之亦可惜,亦姑就目耕所及介紹若干。

光緒乙巳(1905)三月十日上海作新社出版的《大陸》(又稱《大陸報》)半月刊第三年第四期《譚叢》欄,發表署名**宇**輯錄的《讀書隨錄·心史》,摘鈔了《心史·大義畧敍》中幾段有關宋末元初的史料,認爲"序宋元事甚詳"(此外沒有更多評論)。

是年八月十日該刊第十四期《文苑》欄,又發表署名**光明**的《乙巳夏得鄭思肖先生心史,讀一過,哀憤橫集,涕泗交流,心怦怦,血躍躍,因題四絕,以誌吾悲》:

> 鐵血沈埋三百年,神呵鬼護復讎編。
> 《春秋》義律森森在,史筆同於金石堅。
>
> 豪氣橫空貫斗牛,思將隻手挽神州。
> 兩篇盟檄傳心事,不到中興不肯休。
>
> 憑他地老與天荒,此意此心不可戕。
> 三斗血書千載誓,生生世世殺胡羌。
>
> 不是喪心不是狂,惓惓君父苦難忘。
> 孤臣淚血千秋碧,化作冤禽叫九蒼。

又,1906年7月16日上海《復報》第三期發表署名**漢才**的《讀心史》,内容同上,四首接排(僅個別字不同,第三、四兩首次序互換)。可

----

① 作者自注:"集中有《二十礪》,慷慨悲歌,聲淚交下。"

知是同一人所作。《復報》第三期還發表佩忍（陳去病）的《讀鄭所南心史》，已見本書前述。

1906 年 6 月 16 日《復報》第二期上發表署名**敵公**的《和顧亭林井中心史歌》：

> 漢兒理合克家肖，何爲引虎入宗廟？
> 風光又是一番新，麥秀漸漸無人弔。
> 唯公瀝血書《心史》，野哭哀哀講倫理。
> 誓將一片沼胡心，喚起同胞死灰死。
> 何期左袵年復年，艱難未補媧皇天。
> 不卽成仁爲有待，發揚大義生光彩。
> 鐵函出現刹那間，匈奴又犯漢江山。
> 燕京破等厓山覆，種魂一去如黃鵠。
> 我思古人夢見之，髣聞下筆悲歌時。
> 最好胡酋盡未死，髑髏多少懸街市。
> 孫子肯爲有心人，祖宗免作若敖鬼。
> 嗚呼，滄桑幾度腥羶多，媚仇奈爾先人何！

1906 年 9 月 3 日《復報》第四期上發表署名**佛子**（卽高增）的《題鄭所南心史》三首：

> 何當深入蕩腥羶，雷動歡呼奏凱還。
> 最是平生痛心事，"江山無主月空圓"！
>
> 身是金剛堅不壞，義如山嶽屹難移。
> 血痕淚點成《心史》，激起神州愛國兒。
>
> 憤來誓斫倭人頭，忍看荒荒故國秋。
> 幾輩當時稱道學，虧他茫不辨恩仇！

1906年，楊庶堪（滄白）等人主編的在重慶出版的《廣益叢報》的《國風》欄連續三期選刊《鄭所南先生遺詩》。在該刊第一○七號（第四年第十一期）首次選刊時，載有編者按語（未署名）：

> 所南先生名思肖，字憶翁，南宋末逸民。相傳有《心史》一篇出之鐵函，崇禎時獲於承天寺眢井中。係先生手筆。顧歷二百餘年，而是書仍若隱若見於人間，致精忠純孝、正氣大節復就淪湮，良可慨已！今夏間獲讀其書，覺倫常大義懍懍，昭迴日星。其詩詞純從赤心血性中流出，讀之躍然有生氣。嗚呼，先生之精神真足令千百世下之頑廉懦立！使是編復昭天壤，且將起中國之頹弱，而與之永無盡也！

可以看出，這最後幾句話與梁啟超在《重印鄭所南心史序》中說的很相像。估計作者在這年夏間讀到的《心史》就是上海廣智書局所出版者。

四、《心史》在民國時期

上節所寫的，主要是晚清人士對《心史》的評論和借引；下面繼續敘述，主要寫入民國後《心史》的影響。由上述可知，在晚清國內的民族鬥爭中，或在面臨西方列強瓜分中國的危急之際，有不少愛國人士借用《心史》來表達自己的思想感情，或以《心史》來激發讀者的愛國精神，使《心史》再次集中地發揮了它的影響。類似這樣的情況，在二十世紀三四十年代的抗日救亡鬥爭中，又再一次集中出現。而這正是這部奇書值得我們研究和肯定的重點所在。當然，鄭思肖作為數百年前封建時代的一個讀書人，他的《心史》不可避免地帶有時代的、階級的局限性。他所提倡的"正統論""綱常論"等，帶有某些陳腐和偏激的性質，他還說過一些污蔑國内少數民族的錯話。這些,在二十世紀,尤其是三四十年代,顯然是不適用的。但是,鄭思肖在異族統治者的血腥侵畧和野蠻鎭壓面前表現出來的"匹夫愛國"的偉大精神,寧死不屈的堅强意志,畢竟是正義的、高尚的、動人的。儘管他的愛國主義,如同封建時代的一切愛國者一樣,只能是狹隘的愛國主義;但愛國主義正是我們歷代相承的偉大的民族精神。每一個在日本帝國主義的野蠻侵畧面前不甘爲奴、不願亡種的中國人,當他有機會讀到鄭思肖的《心史》時,便會很自然地受到感動,產生共鳴。

然而,如同晚清時期有過一些擁護腐朽清朝的官紳文人也對《心史》謬托知己一樣,民國時期的讚美《心史》的言論中,也有一些非常特殊的複雜的現象。

首先,在民國初年就出現過不少引《心史》爲同調的自稱"遺民"的人物。他們反感於新的民國,追懷乎舊的帝朝,甚至有人稱"民國乃敵國也"(鄭孝胥語)。這些人也常常從《心史》中汲取精神力量,並形諸詩文。當然,他們絲毫不提或視若無睹於《心史》中的民族主義精神,只是片面强調其忠君思想和遺民氣節。由於這些人都擅長舊體詩文寫作,又特別"有閒",還結成社團,聚會唱和,人數也還不少,所以儘管這些作品主要只是在他們的小圈子裏自我欣賞和互相"激勵",但涉及《心史》的詩文的數量卻並不少,在民初文壇上實蔚爲一道奇特的風景。而且,這一現象甚至還若斷若續若煙縷般地延續到二十世紀三四十年代。對這一現象,以前關注、研究的人極少,本書下面將首次集中加以展示。

其實,這些遺老遺少援引《心史》是頗有點滑稽可笑的。就連同爲遺老的陳衍在《石遺室詩話》卷九中也說:"自前清革命,而舊日之官僚伏處不出者,頓添許多詩料。'黍離麥秀''荊棘銅駝''義熙甲子'之類,搖筆即來,滿紙皆是。其實此時局羌無故實,用典難於恰切。前清鐘簴不移,廟貌如故,故宗廟宮室未爲禾黍也;都城未有戰事,銅駝未嘗在荊棘中也;義熙之號雖改,而未有稱王稱帝之劉寄奴也;舊帝、后未爲瀛國公、謝道清也;出處去就,聽人自便,無文文山、謝疊山之事也。"可見所謂清遺民,與宋遺民、明遺民相比,有根本的不同。儘管他們常常自稱

"流人",甚至"戮人""戮民",但事實上他們大多沒有受到嚴重壓迫,更沒有遭遇來自落後文明的異族的血腥殘害。他們援引《心史》就有點自作多情。既未能因此而居道德高地,亦不會因此而獲正義性。只是可以說明他們也不信"偽書說",同時也反映了《心史》的影響。

在歷史上,相似的情形曾出現於明初的"元遺民"。對此,清初呂留良就作過尖銳的抨擊。他在《題如此江山圖》中,針對元明之際張昱(光弼)等人為宋元之際陳琳(仲美)《如此江山》圖所題詩文,曰:"宋遺民畫此圖以志意",而明初遺老亦題此圖而悲歌,"其悲亡同,不知所亡之異矣"。他認為,宋亡與元亡本不相同,"和詩者無論宋、元,混作興廢之感",將二者"齊視並論",真是荒唐。宋遺民與元遺民,兩者"興會殊","心同不同未可擬"。"人生淚落須有情,為宋為元請所倚。"元遺民之心,較之宋遺民之心,"不啻去而九萬里"。他認為,元朝被推翻,作為明人應該"狂喜","只此一番不與亡國比","不特元亡不足悲,宋亡之恨亦雪矣"。如果"悲歌亦學宋遺民",則直如"蜘蛆甘帶鼠嗜屎"。"胡為犁眉覆瓿詩,亡國之痛不絕齒?"他還指出,"此曹豈云不讀書,直是未明大義爾!"所謂元遺民,不識民族大義,不知"興亡節義不可磨"。

對民國時期自稱"遺民"的舊文人,魯迅更作過深刻的批判。他在1934年底寫的《病後雜談》一文中提到的嘉業堂主人劉承幹,就是這類人物。魯迅諷刺了劉承幹"不問遺於何族,遺在何時"的不講民族思想、不顧時代發展,只標榜崇敬"遺民"或自稱"遺民"的思想行為:

> 他對於明季的遺老很有同情,對於清初的文禍也頗不滿。但奇怪的是他自己的文章卻滿是前清遺老的口風;書是民國刻的,"儀"字還缺著末筆。我想,試看明朝遺老的著作,反抗清朝的主旨,是在異族的入主中夏的,改換朝代,倒還在其次。所以要頂禮明末的遺民,必須接受他的民族思想,這才可以心心相印。現在以明遺老之仇的滿清的遺老自居,卻又引明遺老為同調,只著重在"遺老"兩個字,而毫不問遺於何族,遺在何時,這真可以說是"為遺老而遺老",和現在文壇上的"為藝術而藝

術",成爲一副絕好的對子了。

值得指出的是,人是會變化的。在民初那些滿清遺老遺少中,有些人後來逐漸轉變爲反帝愛國人士,也有一些人後來進一步墮落,甚至成爲漢奸。同樣的,當初以崇敬《心史》聞名的革命派分子,後來也有變節墮落的。如汪精衛,清末何等慷慨激昂,在他主編的 1910 年 2 月 1 日《民報》第二十五號上,就曾印上《心史》中的詩:"誓以匹夫紓國難,艱於亂世取人才。每[屢]曾算到[至]難謀處,裂破肺肝天地哀。"他在《獄簷偶見新綠》詩中還以鄭思肖自許:"初日枝頭露尚涵,春光如酒亦醺醺。青山綠水知何似,愁絕風前鄭所南。"(後刊於 1915 年 6 月《正誼》第九期)據說署名曼昭的《南社詩話》是他寫的,該詩話中也寫到鄭思肖。但在後來的抗日戰爭中,汪某卻淪落爲臭名昭著的漢奸。因此,對於民國時形形色色的人士的有關《心史》的論述題詠,今天的讀者都要作具體的分析。

而在抗日戰爭時期,在一些"落水"的文人中,在一些漢奸刊物上,沒料想居然也時能看到讚揚或引用《心史》的詩文,這就更是一種非常特殊的複雜的現象了,而且還從來沒有人論述過呢。本書在下面將嘗試加以分析,談談著者的管見。不管怎麼說,有一點是可以肯定的,那就是上述種種現象都能有力地證明那麼多民國人士全然不認爲《心史》是僞書,都能有力地證明《心史》確實具有巨大的深遠的影響力。

以下就繼續舉例。仍舊主要以人物的年齒爲序列述。

陳作霖(1837~1920),字雨生,號伯雨,晚號可園、盲和尚、冶麓老人。先世河南人,明季避亂,占籍江寧(今南京)。光緒乙亥(1875)舉人,就職教諭。三赴會試不中,遂絕意仕進。嘗任奎光書院、崇文經塾教習,又任江楚編譯官書局、南洋官報局、江南圖書館、江蘇通志館、江寧縣志局等處編纂。研精經史,留心鄉邦文物,著述甚夥。感事憂時,孤懷見於篇章。清亡後曾編《歷代遺民傳》,但謝絕參加徐世昌組織的清遺老成羣的晚晴簃詩社。晚歲失明,猶口授兒輩,吟哦不輟。嘗自題曰:"不仕不隱,亦老亦耆。無益人世,自全天倪。郭泰在漢,王通在隋。雖不能至,心嚮往之。"著有《可園詩存》《可園文存》《可園詞存》《壽藻堂詩集》《壽藻堂文集》《壽藻堂雜存》等。

《可園文存》卷十《誥贈朝議大夫桂府君墓志銘》中寫道:"君幼敦敏,以貧不能竟讀,習計然之術,服勤持儉,家業日隆。自念世本儒宗,鴻博公箸述等身,散佚殆盡,不惜錢布,多方以購之,楹書《井史》,頓還舊觀。""井史"自是指《心史》。

《壽藻堂詩集》卷八有戊午(1918)作《題陳葆生明經遺墨,爲其孫少甫茂才作》,頸聯云:"非關《井史》傳思肖,賴有楹書說晏朝。"

《壽藻堂詩集》卷八有己未(1919)奉和鄭孝胥之《和鄭太夷六十感憤詩,卽次其韻》,又提到《心史》:

> 緬昔思肖翁,存宋寡實效。
> 發憤作《心史》,例元於羣盜。
> 君豈苗裔與? 前因自了了。
> 翯遺甘行遯,六十未爲耄。
> 行類接輿狂,言殊司馬躁。
> 閔彼違天者,獲罪無所禱。
> 百尺海藏樓,坐嘯居當奧。
> 高歌《采薇》篇,傷心暴易暴。
> 我獨遺世事,苦吟學任到。
> 小庭翯餘春,花落無人掃。

《壽藻堂文集》戊午(1918)秋所作自序之末又用了《心史》典故:

> 虞庠廢老,常翯前秀才之銜;北海神君,表以通德門之額。張老善禱,隱居代名。桑榆之景彌佳,懷葛之風不遠。但乙乙以抽繭,不拘拘於續貂。似座上之胡琴,陳伯玉無妨自衒;非井中之《心史》,鄭所南何用深藏?

　　金武祥（1841～1924），原名則仁，字溎生，號粟香、菽鄉、陶廬（從陶淵明"吾亦愛吾廬"來）、一斤山人（從故鄉村名"大岸"析字而來）。辛亥（1911）後號水月主人（由"清人"析字而來）。江蘇江陰人。早年遊幕江西會昌縣衙，光緒己卯（1879）捐班爲廣東鹽運司運同，庚寅（1890）授赤溪直隸廳同知，嘗查勘廣西邊防，榷鹽梧州。壬辰（1892）丁憂歸里。辛亥革命後僑居滬上，遺民自居。性好翰墨，人讚爲碩學雄才。遊屐所至，觸詠頗盛。著有《芙蓉江上草堂詩稿》《粟香隨筆》《粟香室文稿》《陶廬雜憶》等。《陶廬雜憶》初爲金氏宦遊在外同憶故鄉的七絕組詩，紀實存事，撫今思昔，每集百首（第三集百五十首），後續至六集之多。沈曾植稱其風格"有似所南翁之《一百二十圖詩》者"云。

　　《陶廬六憶》爲辛亥革命後所作，其十四寫到《心史》：

　　　　墨蘭無土劇堪哀，《心史》重編乏史才。
　　　　本穴倘能成世界，可容水月主人來？①

　　倪在田（1842～1916），字子新，又字苕村，號努軒，別號荒江釣者，室名枯生松齋。江蘇江都（今揚州）人。年十七補縣學生員，後三應鄉試，皆名落孫山。因絕意仕進，家貧力學，尤好顧炎武《日知錄》。三十一歲始游幕四方，遍交當世賢達。晉學使謝維藩、晉撫張之洞、贛學使陳寶琛、秦撫邊寶泉、皖撫陳彝、浙學使徐致祥，先後以禮來聘。凡所至，其山川厄塞、民生利病，咸紀於書，且爲之出謀劃策。光緒戊戌（1898），自佐浙幕歸，遂家居不復出。卒，門人私謚貞白先生。所著已刊者，有《續明紀事本末》《揚州禦寇錄》；未刊者甚夥，其中《居稽錄》乃擬《日知錄》爲之。

　　據民國時續修《江都縣志》卷二三《列傳》五，倪氏暮年（已入民國）顧其子曰："吾私淑亭林先生，今與亭林似矣。亭林著書於明季，弊政不少諱；吾生無補於時，死又暴先朝之失，可乎？"病革，取所著涉清朝時政

---

① 作者自注："宋鄭思肖扁其室曰'本穴世界'，以'本'字之'十'置下文則'大宋'也。余近年仿其意自號'水月主人'。"

者悉焚之,索筆自書挽詞,且跋云:"鄭所南力頌南朝,余則諱莫如深,明者是我乎!"擲筆含淚而歿。所謂"鄭所南力頌南朝",自是指《心史》而言。

繆荃孫(1844~1919),字炎之,號筱珊,晚號藝風。江蘇江陰人。光緒丙子(1876)進士,選翰林院庶吉士,散館授編修。歷官浙江候補鹽大使、學部候補參議。嘗主講南菁、濼源、鍾山、龍城諸書院,領江楚編譯書局,倡立江南圖書館,充京師圖書館監督,後受聘與修《清史》。博涉羣籍,通訓詁,擅考據,善鑑賞,以校讐淹博名於時,著書滿屋,刊訂古籍尤多,收藏碑拓至萬四千種,自來金石家所未有也。嘗入張之洞幕,張氏名著《書目答問》實出其手。纂修《湖北通志》《江陰續修縣志》,輯錄《國朝常州詞錄》《續碑傳集》《遼文存》,編刻《雲自在龕叢書》《藕香零拾》等。著有《藝風堂金石目》《藝風堂藏書記》《藝風堂文集》《藝風堂詩存》《碧香詞》《藝風堂文漫存》等。1916年袁世凱謀稱帝,繆氏竟積極"勸進",由是不容於公論,抑鬱而終。

《藝風堂文漫存》卷二《癸甲稿》(當作於1913、1914年間)有《古學彙刊序》,文末肯定《心史》出於井中:

> 詩文別集、總集浩如煙海,今兹采錄,專以搜逸爲宗旨。《周書》發于古冢,《心史》鈎之井中。逢兹不題之朝,急以廣播爲願。況復文淵舊閣,別土出宋元之編;雷音古寺,爬沙顯魏周之卷。地不愛寶,文卽在兹。他如文評則取其卓見,輯逸則喜其補亡。凡類此者,皆著於篇。

陳遹聲(1846~1920),字毓駿,又字蓉曙,號駿公,晚號畸園老人,浙江諸暨人。早年師從俞樾。光緒丙戌(1886)進士,選翰林院庶吉士,散館授編修,出爲松江知府。除當地鹽梟,浚河利農,創融齋精舍課學子,並嚴禁賭博,境內稱治。戊戌(1898)父喪回里,主纂《國朝三修諸暨縣志》,翌年創辦景紫書院。服滿復職江蘇,因功遷道員,入參政務,主練兵、稅務諸政。丁未(1907),授川東兵備道,曾向英商贖回江北煤田。

治渝兩載,頗有政績。宣統己酉(1909)引疾歸,遂不復出。辛亥革命後,以老遺民自居。一生作詩量多,尤喜同郡陸游之詩。

陳氏是清遺民中很富"激情"的一個,經常提到《心史》。(但據我判斷,他只知道《心史》其事,似未能看到《心史》,否則必然引用更多,且一定會有專詠。①)編有《宋金元明四朝遺民詩選》等,著有《畸廬稗說》《畸園老人文稿》《畸園手定詩稿》等。《畸園三次寫定詩稿》共二十三冊,有1922年起手稿石印遞印本。

《畸園三次寫定詩稿》的《滄桑集·上》有作於壬子(1912)正月的《前紀事詩》七律八十一首,其七十首提及《心史》:

> 綠樹鷓鴣啼斷魂,金閶訪友月黃昏。
> 罵花劫後過麋苑,兵燹堆中見鹿門。
> 大盜操戈謀入室,故人秉燭話開元。
> <u>應忘皋我著《心史》</u>,帝統賴君筆底存。②

其七十三首又提及《心史》:

> 思泛鑑湖理釣綸,茫茫宙宇一閒身。
> 鷗鶩鳴後無三學,梟獍藪中講五倫。
> <u>槐井鐵函緘祕史</u>,草堂磚額署前民。
> 青鞋布韈具行腳,去訪蓮華社裏人。

《畸園三次寫定詩稿》的《滄桑集·中》又有作於壬子年的《後紀事詩》七律八十二首,末首云:

---

① 如《畸園三次寫定詩稿》的《帶山草堂集》卷四有作於丙辰(1916)的好多首讀書詩(很多是詠宋遺民所作詩文集),其中有《書宋鄭起清雋集後》,云"思肖洵堪稱肖子,畫蘭長作宋時春",卻未提及鄭思肖的《心史》。

② 作者自注:"訪京中同官於金閶。"

姦雄愚世多偽疾,①遺老行吟學賣獸。

石子岡歌翻北曲,②竹如意裂哭西臺。

大河雷雨黄熊殂,騰水江潮白馬來。

百六十詩存實錄,鐵函匽待董狐開。

《畸園三次寫定詩稿》的《滄桑集·下》又有作於壬子年的《畫蘭》云:

等閒莫作所南看,《井史》纏沈又寫蘭。

惆悵官家無尺土,畫花容易著根難!

《畸園三次寫定詩稿》的《邨居集·上》又有作於癸丑(1913)的《邨居》七古二十首,其十九云:

龍門金匱藏名山,浦江鐵函沈井水。

吾在史館逾十年,九朝實錄識首尾。

中興以後聞見親,歸家築亭繼元氏。

點竄《魯史》成《春秋》,當年亦是一家史。

非莽非操亦非溫,今日世變非昔比。

或儗撰紀仿庚申,或譁紀年書甲子。

衡以《春秋》乾侯例,紛紛私議俱非是。

帝在房陵正統存,《唐書》何嘗改年紀?

野史斷首自壬癸,紀年不應壬癸止。

縱使中興難再期,當以宣統相終始。

吁嗟乎,近聞修史徵名流,幾人皮裏有易秋!

---

① 作者自注:"太僅司馬仲達然也。"按,"太僅",原文如此,誤,當爲"太傅"。

② 作者自注:"辛亥九月,南軍多唱北曲,未幾而金陵陷。"

《畸園三次寫定詩稿》的《帶山草堂集》卷三又有作於乙卯（1915）的《紫石山房襪詩》五律二十六首，其六云：

> 六十年前我，安知老一鄉。
> 汗青餘竹帛，頭白學農桑。
> <u>古井函沈鐵</u>，名山石作牀。
> 署街傴舊史，珍重此中藏。

葉昌熾（1849～1917），字頌魯，號緣裻，又號鞠裳（常），晚号緣督廬主人。江蘇長洲（今蘇州）人。光緒己丑（1889）進士，選翰林院庶吉士，散館授編修。壬寅（1902）領甘肅學政，以裁缺歸。一生好收藏金石，傾力求歷代碑版拓本八千餘件，著有《語石》。葉氏爲研究敦煌藏經洞出土文書第一人。又是著名藏書家、鑑定家，嘗爲鐵琴銅劍樓瞿氏、嘉業堂劉氏等延請校勘，著有《藏書記事詩》。又有《奇觚廎詩集》《奇觚廎文集》《辛臼簃詩讔》等。葉氏相信《心史》，其《奇觚廎詩集》卷下有作於乙卯（1915）的《三疊前韻和芸巢》二首，其一云：

> 退筆將成冢，談詩共入林。
> 黃、農遙望古，杞、宋足徵今。
> 高挹浮邱袖，偶彈梁父琴。
> <u>井中他日史，耿耿所南心</u>。

吳慶坻（1849～1924），字子修，一字敬彊，號悔餘生、補松老人，浙江錢塘（今杭州）人。光緒丙戌（1886）進士，選翰林院庶吉士，散館授編修。歷官四川、湖南學政、湖南提學使。宣統辛亥（1911）乞休。後移居上海，與樊增祥、瞿鴻機等人結超社、逸社，偶亦以遺民自居。善詩文，工書法。著有《蕉廊脞錄》《補松廬詩錄》《悔餘生詩》《補松廬文稿》等。《悔餘生詩》卷三有《哭鄒詠春侍講同年，即用其癸丑（按，1913）自挽詩韻》四首，其三詠及《心史》：

一寸靈臺萬古罍,何年《心史》井中搜?

知君悟徹無生法,風馬雲車汗漫游。

秦綬章(1849~1925),字佩鶴,又字仲和,號萼盦,晚號恒廬,江蘇嘉定(今屬上海)人。光緒癸未(1883)進士,改庶吉士,授編修。官至兵部侍郎,改鑲黃旗滿洲副都統。辛亥革命後,隱居滬上,自居遺民以終。詩多所謂滄桑之感,有《萼盦吟稿》。其寫給友人金武祥的《金君粟香以陶盧六憶詩見示,辛亥以後作也,爲賦二絕》,其二云:

飽閱滄桑世味諳,忍將舊事刧餘談。

欷歔一掬遺民淚,《心史》重編鄭所南。

瞿鴻禨(1850~1918),字子玖,號止盦,晚號西巖老人,湖南善化(今長沙)人。嘗師從周壽昌、郭嵩燾,受古文法,工詩古文辭。同治辛未(1871)進士,授翰林院編修。光緒元年(1875),擢侍講學士,久乃遷詹事,晉內閣學士。先後典福建、廣西鄉試,督河南、浙江、四川學政。遷禮部侍郎,督江蘇學政。屢上言,如認爲秦中地形險要請豫建陪都,皆不報。光緒庚子(1900),兩宮西逃,瞿氏差竣詣行,在道授左都御使,晉工部尚書。仍以西安陪都爲言。既至,命直軍機兼充政務處大臣。旋任外務部尚書,擬外交文書。丙午(1906)授協辦大學士,參與新政及策劃預備立憲。因與奕劻有隙,又直言忤慈禧意,被劾,遂斥罷回籍。與王闓運等吟詠結社。後流寓上海,乙卯(1915)正月發起逸社,社員有沈曾植、陳夔龍、馮煦、繆荃孫、陳三立、吳慶坻、王仁東、朱祖謀、林開謩、沈瑜慶、王乃徵、楊鍾羲、張彬等。袁世凱復辟,聘爲參政員,不就。卒謚文慎。有《超覽樓詩稿》《瞿文慎公文存》等。

《超覽樓詩稿》卷三有作於癸丑(1913)的《觀樊山所藏鄭思肖、倪鴻寶二公畫,同作鄭蘭倪柏歌》,提及《心史》。(按,樊增祥作《鄭蘭倪柏歌》,本書前已寫過。)

古往今來如逝水，人隨草木同腐耳。
孤高獨得天地心，精氣在空長不死。
百世重人非重畫，畫家敢與論聲價？
胸中眞宰斡輪囷，筆底英靈通造化。
思肖寫蘭必露根，慘無故土可存身。
含生但托本穴國，守素只作南方人。
偶然寄意得神妙，空山自以天爲春。
期無絕分與終古，仿佛中有浣湘魂。
鴻寶尺幅並奇絕，陰庭森挺精忠柏。
枝柯崛强無北向，氣作風霜心鐵石。
時危善類仗扶持，耿耿元精惟正直。
槎牙枯盡樹猶生，曶與人間照顏色。
兩賢正氣激綱常，一是遺民一國殤。
《心史》精誠鑑清泚，東林文字動三光。
延平神物雙劍合，七百年來靈颯杳。
樊侯什龔愼護持，出此傳觀光社集。
同是孑黎憐我輩，寒照孤螢自開闔。
展幨猶聞風雨飛，發厨疑有蛟龍立。
崢嶸墨寶拄乾坤，莫等尋常清閟閣！

　　《超覽樓詩稿》卷五有作於乙卯（1915）的《五疊韻酬庸菴》，亦提及
《心史》：

寂寞於陵仲子居，芳蘭在室柳垂廬。
孤懷直欲沈《心史》，仰臥眞堪曬腹書。
遺事共談天寶後，雅吟微擬建安初。
豐城劍氣長韜掩，不見龍光射斗墟。

沈曾植(1850~1922)，字子培，號巽齋，別號乙盦，晚號寐叟、乙㘤、睡翁等。浙江嘉興人。光緒庚辰(1880)進士，官刑部主事、員外郎、郎中，充總理衙門章京。光緒乙未(1895)，與康有爲等開强學會于京師，主張維新。戊戌年(1898)，丁憂離職，受湖廣總督張之洞聘，主講兩湖書院。庚子(1900)義和團起，與李鴻章、張之洞、劉坤一謀東南互保。出授江西廣信、南昌知府，署督糧道、鹽法道。擢安徽提學使，署布政使，護巡撫。壬寅(1902)，應盛宣懷聘，任上海南洋公學(今上海交通大學前身)監督。宣統庚戌(1910)乞病歸。清亡後爲遺老，寓居上海，參與超社、逸社等活動。1917年張勳復辟，被挾任學部尚書，事敗回滬。

沈氏精通史學、佛學、邊疆地理之學，詩文書畫無所不能。王國維稱其經史之學"不讓乾嘉諸先生，至於綜覽百家，旁及兩氏，一以治經史之法治之，則又爲自來學者所未及"。胡先驌認爲他是"同光朝第一大師"。有《海日樓詩》《曼陀羅㝢詞》《寐叟題跋》等。其詩作生前未好好整理，今之較善本爲錢仲聯所校注《海日樓詩注》。

沈氏是肯定《心史》的。本書前面提到他作於1913年的長詩《鄭所南畫蘭卷，樊山所藏，元明題者三十餘人，末有張文襄題詩，樊山自題七言長篇一、絕句八，皆丁未都中作也》，中有"刲心史已瘞承天，代舞靈應依亳社"句，卽言及《心史》。此外他寫到《心史》之詩還有不少，大多作於民國初。他是清遺民引《心史》爲"知音"的代表。

辛亥(1911)春寫於嘉興的《東軒遠望》(後被載於1941年2月20日《同聲月刊》第三期)中云：

> 萬里歸來客，千災不壞身。
> 願王依淨域，《心史》照芳春。
> 瓔珞山暈發，瑠璃鏡檻新。
> 逃禪禪亦賸，祇作看花人。

所謂"東軒"，王蘧常《沈寐叟年譜》云：沈氏"宣統二年庚戌(按，1910)十月歸里，隱居郡城南姚家埭新居……有軒曰'東軒'，日惟萬卷埋身，不踰戶閾。及聞國事，又未嘗不廢書歎息，欷歔不能自已"。

癸丑（1913）七月，沈氏在滬上作有《和子修，用山谷城南卽事韻，社作》（按，子修卽吳慶坻）云：

> 夏九九巡秋在五，薄雲如羅不成雨。
> 雷聲淵默兩無妨，閉戶還作西江語。
> 西江之水不可轉，橫道巴蛇鬭吳許。
> 可憐鐵柱苔生鏽，霧暗生帷泣鷩女。
> 江南竟無乾淨土，曷月披雲日當午。
> 我曾豫章三宿緣，親覿木犀祠律祖。
> 君餐蕨筍拓浯碑，憑弔興亡感豺虎。
> 萬事回頭岸爲谷，一丘詎復今猶古。
> 蕭條故物伴陳人，誰信蓮甘含蕙苦？
> 蕌苴橋陰我舊居，曾寄琴書捐過所。
> 而今豆剖復瓜分，袁室范車煩僂數。
> 秋陽入簷書可曝，清露流桐葉初舞。
> 鍼肓豈必無《心史》，拔毒猶當鳴法鼓。
> 百聞不如一見多，海上方效今如何？

乙卯（1915）沈氏在上海作《和庸菴尙書異鄉偏聚故人多五首》（按，庸菴卽陳夔龍），其二云：

> 放意江干發棹歌，異鄉偏聚故人多。
> 丹心有願尋伊霍，白首如新共碯阿。
> 閒共山翁論甲子，長噱《心史》映山河。
> 華胥節物都成夢，元老新書記若何？

丙辰（1916）沈氏在滬寄旅居於日本京都的羅振玉五首《寄叔言》（後被載於 1941 年 4 月 20 日《同聲月刊》第五期），其二云：

茂陵玉經箱,忽在洛陽市。
頭白冉登郎,賣涕識往事。
三災及梵天,人間復何齒?
蒼涼壯月序,易安老居士。
抱璞泣荆岑,楓林唱凋瘁。
聚散理之常,傷心印珍祕。
賴君百縑酬,及時一壺濟。
貪賈眈之笑,寧知大人意。
平生耆舊傳,晚歲滄桑淚。
尺素識深懷,綿綿記《心史》。

龍榆生整理的《海日樓遺詩》有沈氏書於康有爲信封上的《哭王旭莊》四首,作於戊午(1918,後被載於 1941 年 2 月 20 日《同聲月刊》第三期),其二云:

秋駕歸何晚,相持一泫然。
平心無刻論,失望感凋年。
遂結膏肓沴,難將肺腑宣。
三因吾定識,《心史》在詩篇。①

《海日樓遺詩》又有沈氏書於日曆上的四首無題詩,作於晚年,其四云:

遠書兼舊事,理盡獨情悲。
菁蔡言終驗,筠心貫不移。
藥爐銷病骨,講樹墜枯枝。

---

① 作者自注:"君前歲病中示余詩甚多,噴薄無緒,皆心聲也。"

心畫還心史,千秋悵望時。

庚申(1920)沈氏在滬作《七夕和倦知老人韻》(按,倦知老人卽余肇康。此詩後被載於 1941 年 7 月 20 日《同聲月刊》第八期)云:

冰簟銀牀小杜才,新荷驟雨碧筒杯。
年從天寶開元數,老自朝蘭夕菊催。
《心史》不糜吳井字,風輪誰澹梵天災。
人間巧算眞難盡,還與天孫乞拙來。

林紓(1852~1924),原名秉輝、羣玉,字琴南,號畏廬,別署冷紅生等。福建閩縣(今福州)人。少孤家貧,嗜讀。光緒壬午(1882)舉人,後七次赴禮部考,均未取進士。憂國事,尚氣節。曾教學於原籍蒼霞精舍、杭州東城講舍、北京金臺書院、五城學堂、京師大學堂。工詩文,爲文宗韓、柳,尤擅敍悲。善畫山水。反對新文化運動,但依靠別人口譯而以文言筆譯西洋小說百八十餘種,影響巨大。著有《畏廬文集》《畏廬續集》《畏廬三集》《畏廬詩存》《畏廬論文》等。

《畏廬續集》有《南爐紀聞序》,作於癸丑(1913)十二月,初收 1914 年北京都門書局校印《南爐紀聞》卷首。序中提到《心史》。雖然他覺得《心史》某些記事不可靠,但顯然相信它是鄭思肖之著:

中國以帝王之尊,爲虜所得,舉宗北狩,懷、愍、石重貴外,惟宋之徽、欽、帝昺受禍最烈。南北道阻,邏偵嚴密,緘札所不達。凡所謂青衣行酒事,亦得諸傳聞而已。《弔伐錄》紀載均文移,而所南《心史》多臆造之詞,於徽、欽、帝昺囚拘及崩殂之年月事狀均無可考。曹勛之書亦匆匆得自道中,後來祈請之使特達燕都,不惟筠從州不能至,卽五國城寧可至耶?嗚呼……

吳道鎔(1852~1936),原名國鎭,字玉臣,號用晦、永晦,晚號澹盦,廣東番禺人,祖籍浙江會稽(今紹興)。光緒庚辰(1880)進士,散館授編修,即掛冠歸隱鄉井,先後主持廣東諸書院數十年。其《澹盦詩存》有稱揚清遺民沈澤棠詩,云"晚作遺民讀《心史》,滄桑閱歷百憂患。"

鄒嘉來(1853～1921),字孟方,號紫東、遺盦。江蘇吳縣(今蘇州)人。光緒丙戌(1886)進士。授主事,簽分禮部。辛丑(1901)任外務部庶務司主事,陞員外郎、外務部考工司郎中。累遷至外務部大臣、弼德院副院長。民國初,袁世凱聘爲外交部高等顧問,不受,避居青島,以遺民自命。張勳復辟,授弼德院顧問大臣。事敗,遯走蘇州、上海。鄒氏爲金武祥甥,金氏《陶廬六憶》一書卷末有鄒氏在己未(1919)元旦寫的跋,提到《心史》:

> 想其側身天地,舉目山河,滄海橫流,人間何世。江關詞賦,動蕭瑟於蘭成;天姥夢遊,仿高吟於太白。如讀《所南心史》,可稱"水月主人"。而志同道同,作詩之命意亦同……

朱橒之,清末民初人,生卒年不詳,直隸永清(今屬河北)人,富收藏。其字號等可見其藏書章(原無標點):"永清朱橒之,字淹頌,號九丹、玖聸,一號琴客,又號皐亭,行六,居仁和里叢碧簃,所蓄經籍、金石、書畫、印信。"今臺北"國家圖書館"藏有明末金陵林古度刻《心史》,有民國初年朱氏題記二則,內容相重,水平不高(如誤稱該本爲"閩刻",甚至連滿清入關的年頭也記錯了);但朱氏堅信此書非僞:

> 《心史》四冊,明季閩刻本。滿清康熙以來已禁不傳,此本號稱難得。昔人有謂此書爲清初人僞作,借以抒憤者,予謂不然。此書崇禎十一年出吳中承天寺眢井,庚辰閩刻之,彼時距清入關尚有八、九年之久,豈明季人卽逆知夷狄主中國乎?書此付魯兒,善藏之。玖聸,民國元年記。
>
> 《心史》四冊,宋逸民鄭思肖所著。滿清康熙以降,久禁不傳。近雖有廣智書局活字板本,然缺《大義略敍》一篇,終非完

帙。此崇禎庚辰閩刻本,首尾無缺,可稱難得。昔人有謂此係偽造,詆毀滿清,以抒憤者,予不謂然。書於崇禎十一年出吳中承天寺眢井,十三年閩人傳刊之,時距滿清入關竊我中土尚有八、九年之久,詎明季諸公能逆料夷狄來主中國乎? 此不待辨而明者也。書此以付方魯藏之。中華民國元年,松廬老人玖聃記。

符璋(1853~1929),字笑拈,號蛻盦(菴)、顥(傎)叟,別署廣桑山民,江西宜黃人。光緒間爲浙江候補知縣,海門鎮署參軍,司台(州)防統領軍書者廿餘年。後充溫處道署文案。辛亥(1911)春暫署瑞安知縣,入民國畱任民事長。嗣後除短期遊宦江西、上海外,均未離開溫州,多年掛名甌海關署、甌海道署諮議、顧問。爲進步黨黨員。曾應聘擔任《平陽縣誌》總纂。富於藏書,勤勉著述。有《蛻菴未刊稿》。

1913年,冒廣生任甌海關監督,在溫州修築甌隱園,與符璋、陳祖綬、陳壽宸、徐定超等人結社吟詠。今見1915年油印本《甌隱園社集》中有符氏《再用集中書放翁詩後韻》(按,"集"指林景熙《霽山集》)一首,末句寫到《心史》:

> 翻盡世間《十七史》,第一傷心數天水。
> 冬青何在墓陵荒,借題霽山辟詩壘。
> 桃李催放名園花,鸚鵡傳呼隔院茶。
> 倒屣流觴招襖集,新編出玩逾麻沙。
> 願起騷魂酹盃酒,遺民最爲君低首。
> 不徒大義炳千秋,卽論文章亦高手。
> 腥羶六合胡塵濛,孤嶼肯逐江潮東。
> 炯炯寸丹有人同,<u>鐵函埋井所南翁</u>。

蔣麟振(1853~1945),字宰棠,號如園,浙江諸暨人。其生平畧見劉衍文《雕蟲詩話》卷四:"民國三十三年十月,余受委赴雲和大坪浙江通

志館,與越園師令坦祝鴻逵(子孚)先生、華茂春一路步行,從故鄉龍遊
出發,五日始抵達大坪,時正屆日寇兩度流竄以後,民生凋落,滿地萑苻,
駐守兵丁,尤橫行不法。沿途不勝惶恐,入夜更覺提心吊膽……幸道途
有伴,與子孚先生談藝論文,得以暫忘憂懼。子孚先生言,浙東處茲甌脫
之地,人才書籍,兩皆難得,惟有諸暨蔣麟振(宰棠)先生,博覽多才。十
六歲時,即高中舉人。故名噪一時,但其後五上春闈不第,康南海見其墨
卷,嘗以掄元測之。又謂其詩雖不敢言天下第一,要不出五名之外也。
嘗出宰浦江,不久罷去,幸賴越公(按,即余紹宋)說項濟窮,得以安度晚
歲。尋常多蒙教誨,遂拜之爲師。倘有機緣,不妨多多請益也。俟到館
日,宰棠先生正從青田南田分館遷回大坪,時已病入膏肓,僅得一見,數
日後即告逝世。"

　　蔣氏著有《如園詩稿》等,未刊。逝世後部份詩文選刊於《浙江省通
志館館刊》第四期,中有《感事二十二首·作俑第六(傷廢經也)》提到
《心史》:

　　　　作俑何人倡廢經,聞人少正當嚴刑。
　　　　飲狂萬里襄陵水,指佞千秋屈軼庭。
　　　　難覓南公《心史》井,欲尋西蜀草《玄》亭。
　　　　待他銷隕虛空後,看剩天中幾點星。

　　許南英(1855～1917),字子蘊,號蘊白、允白,又號窺園主人、雪髮頭
陀、龍馬書生、毘舍耶客、春江冷宦等。臺灣府城(今臺南)人,祖籍廣東
揭陽。早年以教書爲業,光緒庚寅(1890)登進士,授兵部主事,後自請
返臺南墾土"化番"。甲午(1894)應唐景崧聘,協修《臺灣通志》。乙未
(1895)之役,任臺南籌防局統領,募集兵勇抗日。終因局勢難挽,乃散
盡私財,舉家內渡。初抵廈門,爾後轉潮汕。又赴南洋,不順遂,返國。
入都供吏部,自請開去兵部職務,降換廣東知縣。其後又任鄉試閱卷官、
稅關總辦、知縣等。1916年由林爾嘉(叔臧)介紹,赴蘇門答臘棉蘭爲張
鴻南撰寫傳略,後因痢疾,客死寓所。其子讚堃(地山)爲民國小說家、

教授。

　許南英是臺灣著名詩人，與丘逢甲、施士洁、汪春源、陳望曾等唱和。內渡後，也曾兩度去臺。著有《窺園留草》，今見他 1916 年作的《和杜鵑旅南雜感》八首，其五提到《心史》：

> 列強如虎搏風腥，久睡神獅一瞥醒。
> 國會公言如築室，家臣帝制已盈廷。
> 艱難思肖藏《心史》，忠義文山照汗青。
> 新莽當時謙下士，至今獨惜太玄亭。

　郭曾炘（1855～1928），原名矩，後改名炬，又改名炘，字春榆，號匏菴，晚號福廬山人。福建侯官（今福州）人。光緒庚辰（1880）進士。歷官禮部主事、光祿寺卿、禮部右侍郎、典禮院副掌院學士並署掌院學士。學通中西，與嚴復論中外學術，質疑辨難，稱爲摯友。入民國以遺民自居。卒諡文安。工詩詞。著《匏廬詩存》《匏廬賸草》《再愧軒詩草》等。

　《匏廬詩存》卷一《亥旣集上》有《倒叠前韻和旡離》四首，其一提到《心史》：

> 王郎工險語，石棧搆天梯。
> 羊質時蒙虎，犀光欲駭貍。
> 指禪多妙悟，《心史》備參稽。
> 陋室誰談笑，無妨但月題。

　《匏廬詩存》卷一《亥旣集上》又有 1913 年寫的《癸丑感事三十首》，其三十云：

> 沈舟側畔看千帆，有口長悲石闕銜。
> 蠶尾自編詩甲乙，馬肝寧識味酸鹹。
> 曲江舊錄存金鏡，本穴遺聞付鐵函。

一枕華胥塵夢醒,祗餘熱淚在朝衫。

《匏廬詩存》卷五《徂年集上》有《楊雲史寄示癸丑北游詩草》二首,其一云:

> 督井沈函君始出,孤燈兀坐我誰親。
> 閉門合轍初無意,斫劍高歌似有神。
> 歷歷都成過去史,茫茫孰測未來因。
> 江南獨美家山好,草長鶯飛又幾春。

《匏廬賸草》有《夜起檢書,意有所觸,拉雜書之》四首,其二云:

> 帷燈別向夜深明,魑魅居然不我爭。
> 挤卻鐵函沈井水,也容藜杖降星精。

金蓉鏡(1855~1929),字學範,號殿臣,又作甸丞,晚號香嚴居士、敬持老人。浙江嘉興人,光緒己丑(1889)進士。歷官湖南郴州、靖州直隸州知州、永州府知縣等。曾師從沈曾植,詩文皆淵雅,尤究心輿地之學。喜畫山水,簡畧荒率,在大癡、仲圭之間。吳湖帆以金蓉鏡、陳曾壽、夏敬觀、宣古愚爲近代四大文人畫家。晚年客海上周氏"晨風廬",歸里則作畫于嘉興鴛鴦湖高士祠(祠於1915年由金氏創建,在小鹽倉橋南塊,祀宋元以來鄉賢王衷、陶菊隱等三十人,毀於日軍侵華時)。藏書甚富,日以丹黃爲事。有《滮湖遺老集》,卷二載1916年作《寄懷勞韌菴丈曲阜》[①]詩云:

> 天地無私不惜春,先生枯木尚餘身。
> 鐵函《心史》可投井,畫壁靈均痛入秦。

---

① 此詩前一首題爲《除夕》,後一首起首標明爲"柔兆執徐"(丙辰)所作,因此,此詩當作於乙卯除夕,即1916年2月2日。

卻聘甘爲汶上叟，棄家去作濟南人。

歸潛有志歸何日，細拂楊園戶外塵。

　　陳伯陶（1855～1930），字子礪，號勵人、眞逸，廣東東莞人。光緒壬辰（1892）進士，爲探花，授編修。歷任雲南、貴州、山東等地正副考官，江寧提學使，布政使。辛亥革命後遺民自居，隱於香港九龍，號九龍眞逸。1915 主編《東莞縣志》，聘同里蘇澤東爲分纂。1916 年刊《勝朝粵東遺民錄》（謝國楨評曰：“書成於民國，不曰‘明粵東遺民錄’而稱‘勝朝’，實爲不解。”）1922 年溥儀大婚，趕赴北京，獲賜紫禁城騎馬。1928 年東陵遭掘，倡議捐款復修。歿後，溥儀賞陀羅經被，諡文良。蘇澤東 1916 年編刊的《宋臺秋唱》，附錄了乙卯（1915）臘月眞逸即陳氏的《與寓公（按，即張其淦）書》，該信中寫到了《心史》：

　　……疊山賣卜，旣變姓名；深寧著書，不聞徵辟。西臺皋父，擊竹如意而悲歌；南野憶翁，署“鐵函經”而百拜。汪水雲之隨北狩，歸老黃冠；唐玉潛之護諸陵，甘爲行丐。斯並神傷杜宇，淚洒冬靑，身歷興亡，心存名教……

　　施士洁（1856～1922），字澐舫，號芸況，又號喆園，晚號耐公。臺灣府城（今臺南）人，原籍福建泉州。未冠補博士弟子員，縣、府、院三試均第一。光緒丙子（1876）中舉，次年捷成進士，與其父施瓊芳爲淸代臺灣僅有的父子進士。授內閣中書。生性放誕，不喜仕進。先後任教彰化白沙書院、府城崇文、道學、海東諸書院。與丘逢甲、許南英並稱爲臺灣三大詩人。臺灣兵備道唐景崧仰慕其才，曾再三敦請他參與政事，因此結文字交。及唐氏任臺巡撫，又招其入幕。光緒乙未（1895）割臺，施氏攜眷內渡，寓居福建晉江，時往來於廈門、福州間。和林爾嘉、鄭毓臣等臺灣內渡文士流連詩酒，爲“菽莊吟社”祭酒。1911 年出任同安馬巷廳長，1917 年入閩修志局，旣而寄居廈門。後病逝於鼓浪嶼。

　　施氏在臺灣史上極富文名，王松《臺陽詩話》、連橫《臺灣詩乘》都給他極高評價。有《喆園吟草》《後蘇龕詩鈔》《後蘇龕詞草》等。《後蘇龕詩鈔》中酬和鄭祖庚的《再疊韻答星帆》長詩中,寫到《心史》:

> 我聞夾漈堂,著書創巨構。①
> 又聞一拂祠,尺幅萬狀湊。
> 懷哉閩中英,二老實領袖。
> 史才並詩筆,苗裔此再覯。
> 九州一室羅,九仞一簣覆。
> 通德里門高,廣文冷官逗。
> 道逢袨襫子,搖首嚏且啾。
> 榕城冠蓋塵,褊刺絕投候。
> 入宮幾蛾眉,魂與而色授。
> 春秋弔蟪蛄,朝暮笑狙狄。
> 塗門手一編,名山業可就。
> 《心史》所南翁,奕葉詩孫又。
> 迢迢千載餘,弓冶理不瞀。
> 嗟今方泯棼,蠅逐復蝸鬪。
> 北山猿鶴誚,東海魚龍糅。
> 靈光獨歸然,無忝滎陽胄。
> 老我沒字碑,對之欲驚仆。
> 默念觀自在,度厄波羅咒。
> 更求三年艾,痛下盧扁灸。
> 一空諸病魔,戰勝藥力透。
> 苦雨奈兼旬,酣寢宰予晝。

　　徐翽(右翌),靜海(今江蘇南通)人,生平仕履均不詳。僅見魏元曠(1857~1935)《詩話後編》卷三載:"予七十,弟戴以四詩為壽……都中

---

① 作者自注:"君時與予同修省志。"

漫社諸詩人,聞之申甫同年,亦各以詩來,均無一面之識者……靜海徐翿
(右翌)賦《洞庭春色詞》,紙爲乾隆間仿金粟山《藏經》造,殆皆內府物
也。詞云……,跋曰:'曩見所箸,於戊戌、庚子兩役言之綦詳。其所彰
癉抉擇、曲盡幽隱,惑於新進邪說、以耳爲目者不知也。僕以讀書體仁公
邸舍,目擊其事,故覺其言之眞摯而可貴耳。頻年以來,彼黨衣缽代嬗,
凡所誣構,輾轉流播,積非成是,幾使當時賢者蒙垢含恥,不得伸於地下。
使非先生所述,燃犀溫渚,別白臧否,則亦何以見直道之公耶? 僕以腐心
時論,不敢噤默,每有所懷,<u>將欲緘之鐵函</u>,以告萬世。幸覯高文,爲之起
舞。'申甫言徐之爲人,剛正嚴毅而好學,有相國風。觀所作,足信。相
國爲子座師,予於相國得失,皆直書之,絕無隱諱。右翌以爲公言,亦可
見其心之無所偏私也。"

徐氏寫《洞庭春色詞》爲魏氏祝壽,時當 1925 年。他提到的"體仁
公"當是張之洞。魏氏南昌人,光緒丙申(1896)進士,歷任刑部主事、民
政部署高等審判廳推事。辛亥後歸里。其於立憲派、洋務派概持異議,
主張君主專制,近於迂頑。而徐氏似乎也是同氣。徐氏說的"將欲緘之
鐵函,以告萬世"卽以鄭思肖《心史》自許。

陳祖綬(1857~1917),字伯印,號墨農、墨宧。浙江永嘉(今溫州)
人。光緒壬辰(1892)進士。曾任山西靈縣、安徽績溪知縣,溫州府學堂
副總理、監督。入民國任甌海關科長,爲冒廣生所契賞。著有《東甌選
勝賦》《墨宧文鈔》《墨宧詩鈔》《嘯樓詩筆》等。

1920 年 5 月,溫州詩人組織"愼社",今見 1920 年石印本《愼社》,體
例全倣《南社》,第一集刊有陳氏《和霽山集書後》一詩,詠及《心史》:

> 白鴈一聲天地荒,六陵殘骨飛秋霜。
> 蘭亭水咽冬青樹,架閣衰翁歸故鄉。
> 主盟壇坫雄旂鼓,清笳落日淚成雨。
> 歌哭相攜唐玉潛,夢魂欲訴謝皋羽。
> 西番僧占宮梧愁。鏡曲雲門半紀遊。
> 病葉蟬蜩語不得,獨揩老眼哀神州。

拾殘補闕得全稿,鈍宧先生精論討。

如見陶家存義熙,不翅浣花話天寶。

《心史》齊傳鄭所南,千年香火築詩龕。

四靈一派今開拓,強似當時眞淨菴。

射斗文芒萬丈起,英名豈與魄俱死。

高吟朗誦新篇章,釃酒依然舊田裏。

朱祖謀(1857～1931),原名孝臧,字藿生,一字古微、古薇,號漚尹,又號彊村,浙江歸安(今湖州)人。光緒癸未(1883)進士,改庶起士,散館授編修,歷官會典館總纂總校、侍講學士、禮部侍郎、兼署吏部侍郎。光緒甲辰(1904)出爲廣東學政,因與總督不和,辭歸蘇州。宣統元年(1909)被任爲弼德院顧問大臣,因病未赴。辛亥革命後隱居上海。曾赴天津參拜廢帝溥儀。工倚聲,爲晚淸四大詞家之一,著有《彊村詞》。他在金武祥《陶廬六憶》一書卷首有題詩,以《心史》比之:

蚤歲輕名宦,違時道不窮。

老來健詩力,懷舊句逾工。

身世橫流外,江山淚眼中。

一編有《心史》,淒絕所南翁。

魏元曠(1857～1935),譜名讓烜,原名煥奎,改名元曠,字斯逸,號紫侯、蕉盦,晚號潛園。江西南昌人。光緒乙未(1895)進士。即用爲刑部主事,分浙江司爲正主稿。宣統己酉(1909),任法部宥恤司主事。辛亥(1911),改任京師高等審判廳推事長。淸亡後退居家鄉,1915年受胡思敬之邀,參與《豫章叢書》校刊。其思想與胡氏相近,於立憲派、洋務派概持異議,主張君主專制,近於迂頑。工詩文辭。有《潛園正集》《潛園續鈔》等。其《潛園詩續鈔》卷一《憑几》一詩提到五百年前出井的《心史》:

　　　　憑几朝朝坐膝深，金壺賸墨日酣沈。
　　　　姦昭羣盜窮神鼎，覆發遺經挟聖心。
　　　　馬鄭以來多誤解，共和而後麗重陰。
　　　　<u>鐵函別史</u>西河傳，五百年應有嗣音。

　　沈瑜慶（1858～1918），字志雨，一字愛蒼，號濤園，福建侯官（今福州）人。兩江總督沈葆楨子。光緒乙酉（1885）順天鄉試舉人，以父功恩賞刑部主事，尋改江南候補道，委辦江南水師學堂、宜昌鹽釐局等差。後歷任江蘇淮揚海兵備道、湖南按察使、順天府尹、山西與廣東按察使、江西貴州及河南布政使，官至貴州巡撫。辛亥革命後寓居上海，遺民自居，爲超社、逸社主要成員。卒後清廢帝加謚敬裕。平生博覽羣籍，文辭敏贍。有《濤園詩集》。

　　《濤園詩集·南州集》有作於癸丑年（1913）的《超社第六集，爲樊山社長題鄭所南露根蘭、倪鴻寶南枝柏橫幅》（發表於 1913 年 10 月 1 日《庸言》半月刊第二十一號），寫到《心史》：

　　　　世間草木鍾靈氣，恥與凡卉同臭味。
　　　　況丁陽九披閏圖，寫照寫生俱不諱。
　　　　九畹百畝託根厚，忠愛靈均尚詞費。
　　　　霜皮黛色閱世深，忠魂勁節平生萃。
　　　　五城北狩痛不歸，六陵冬青種無地。
　　　　<u>井函載筆</u>總露根，金陀舊聞空蘊淚。
　　　　開國燕雲本不完，南渡衣冠病僑置。
　　　　傾心葵藿詎回光，南人歸南尤觸忌。
　　　　乾淨已無窮立錐，孤露猶許貞完志。
　　　　崛強南枝亦偶然，何期曠代人服媚。
　　　　<u>鄭公自敍信可悲</u>，倪老儀人差自慰。
　　　　延津劍氣今合并，展卷遺民交涕泗。
　　　　從來南北排鈎黨，不悔淪胥悲往事。

相從幾輩話酸辛,盡是宣南餘氣類。

　　程學南,字梅卿,浙江黃巖人。清末諸生。餘不詳。同里王舟瑤
(1858~1925),字星垣,一字玫伯,號默菴、潛園、牆東居士,曾任清內閣
中書、禮部顧問官及監督兩廣學務,辛亥革命後歸里,1913年購地結屋
于黃巖城東,築"後凋草堂",座師瞿鴻機爲題"王逸民廬"。冬十月落成
時,王氏有詩。今據王氏於民國時所修《黃巖西橋王氏譜》卷七《外編》
二,知程氏也作有《次韻奉和後凋草堂落成四首》,其二詠及《心史》:

> 無端風雨摧大廈,狹窄乾坤寄此身。
> 萬里驚魂歸嶺海,一生傲骨勝嶙峋。
> 《鐵函心史》惟思趙,屋壁遺經幸脱秦。
> 自此草堂甘息影,不知世有美新人。

　　康有爲(1858~1927),原名祖詒,字廣廈,號長素,又號更生,晚號天
游化人,別號西樵山人。廣東南海(今佛山)人。光緒癸巳(1893)舉人,
乙未(1895)進士。授工部主事,不就。康氏是公車上書、戊戌變法的主
要發起人,強學會的主要負責人,但並不反清。戊戌(1898)變法失敗
後,成爲保皇派。康氏天資瑰異,古今學術均通曉,且有創論,常開風氣
之先,爲晚清著名思想家。著作宏富,有《新學僞經考》《孔子改制考》
《春秋筆削大義微言考》《大同書》《戊戌奏稿》《康南海先生詩集》《康南
海文集》《萬木草堂遺稿》等。

　　今見康氏集外詩《哀鄭叔問中書》二首,小序曰:"窮死吳中。其子
述遺命,以後事見託,因爲籌喪費。"按,鄭文焯(叔問)在清末曾任內閣
中書,1918年逝世,康詩當卽作於是年。其一涉及《心史》,可知康氏對
《心史》也毫不懷疑:

> 白羽褵褷喬木零,蘇臺乾死讀書螢。
> 《江南哀》甚《蘭亭賦》,《肘後方》傳《素問經》。

比竹好詞感頑豔，采薇長餓隱沉冥。

所南遺筆歸泉路，鐵笛西臺誰與聽。

陳壽宸(1859~?)，字子萬，號意園，浙江永嘉(今溫州)人。南社詩人陳仲陶之父。光緒舉人，歷任金鼇山書院院長、永嘉高等學堂堂長、溫州府中學堂教習。工詩，有《意園詩鈔》《懷冰館古今體詩》《膩春閣詞》等。擅書畫，猶善墨梅，似宋人云。

今見 1920 年石印本《愼社》第一集刊有陳氏《和霽山集書後》長詩一首，詠及《心史》：

> 漢祖昔梟彭王頭，洛陽道左無人收。
>
> 樂布違詔甘湯火，凜然大節足千秋。
>
> 霽山生長遭宋季，南渡江山半壁醜。
>
> 釋褐太學居郎署，邊事難爲借箸籌。
>
> 連天烽火逼海渚，國脈存亡水上漚。
>
> 可憐趙家遺塊肉，風撼崖山浪覆舟。
>
> 亡國啼殘杜鵑血，龍髯欲攀苦無由。
>
> 高孝陵寢之江上，遺臣淚眼瞻松楸。
>
> 北兵蔓延無乾土，車馬蹂躪至山邱。
>
> 縱橫白骨委榛莽，天陰鬼哭聲啾啾。
>
> 遺骸建塔殊淒慘，以僞易眞誰爲謀。
>
> 草囊豈果儲苓朮，託言采藥入山陬。
>
> 湖心顱骨英靈奇，利啗漁翁沉網求。
>
> 只道梵書埋塵土，誰知古匣盛髑髏。
>
> 越山山頭冬青樹，石根插地多蚍蜉。
>
> 隔江風雨花垂泣，一曲新詞萬斛愁。
>
> 履險男兒輕生死，隱居悲憤託清謳。
>
> 《白石》一卷聞歌哭，《樵唱》聲中血淚流。
>
> 至今墓木餘蒼翠，閑雲落日空悠悠。

真淨菴中香火冷,花草長埋故徑幽。

《霽山遺集》忠魂寄,億翁《心史》可同修。

呂洪編次諸體具,章氏箋詩古義搜。

遼藩光澤珍祕本,江陵毛秀精校讐。

豈獨汪子期不朽,喜將梨棗事雕鎪。

永嘉詩人宋最盛,生氣凜凜獨寡儔。

千載追蹤古烈士,藝林妙筆況清道。

聲情激越根忠義,文字光芒射斗牛。

宋帝有靈為呵護,遺篇壽與金石侔。

數百年來文獻缺,遺珠采拾賴明眸。

幽光闡發誰之力?江南名士隱於甌。

蘇澤東(1858~1927),字選樓。廣東東莞人。清末諸生,重視鄉邦文獻,光緒間曾助羅嘉蓉繼鄧淳所編《寶安詩正》而續編《寶安詩正續集》;民國初,又繼編《寶安詩正再續集》;後又助張其淦擴充前數書而編為《東莞詩錄》。特別是,蘇氏於光緒己亥(1899)編刊了我國第一部有關禁止鴉片的詩文集《夢醒芙蓉集》;1916年又編刊了憑弔宋末九龍抗元鬥爭故址的《宋臺秋唱》,也是香港有文獻可考的第一部雅集詩輯。

《宋臺秋唱》作者均化名,以九龍真逸為首,繼之有永晦、闇公、潛客、寓公、荔垞、清溪漁隱諸人,或詩或詞,各擅勝場。該書卷下,有選樓卽蘇氏之《九龍寄廬奉,懷澹菴、潛客兩先生》二首,其一寫到《心史》:

二老采薇客,清高海鶴姿。

所南《鐵函史》,皋羽《冬青辭》。

同掬遺民淚,難忘故主思。

楚庭有松柏,挺立歲寒時。

梁鼎芬(1859~1919),字星海,一字心海,又字伯烈,號節菴,別號不回山民、孤菴、病翁、藏叟等;室名有恥堂、葵霜閣、棲鳳樓、抗憤堂等,廣東番禺人。光緒庚辰(1880)進士,選翰林院庶吉士,散館授編修。乙酉(1885)法越事亟,疏劾李鴻章主和可殺,朝廷以其"妄劾"罪交部嚴議,連降五級。自鐫一方"年二十七罷官"小印,憤而辭去,名震朝野。張之洞督粵,聘主廣雅書院講席;調署兩江,復聘主鍾山書院;又隨還鄂,皆參幕府事。張氏銳行新政,言學事惟梁氏是任。八國聯軍侵華,兩宮西逃,梁氏首倡呈進方物,因起用直隸州知州。張氏再薦,用知府,官至布政使。奏請化除滿漢界限。丙午(1906)入覲,面劾慶親王奕劻、直隸總督袁世凱。詔訶責,引疾乞還。辛亥革命時再入都保皇。後閒居上海,以遺老自居,參加超社。曾因陳寶琛推薦,做溥儀老師。又積極參與張勳復辟,失敗後病憂而死,遜清賜諡文忠。

梁氏與羅敦曧、黃節、曾習經被稱爲"嶺南近代四家",但因其生前焚稿,遺言"勿留一字在世上,我心淒涼",很多作品未能留存。1913年樊增祥作《鄭蘭倪柏歌》,序云:"四月既望,超社同人集寓齋,看鄭所南畫蘭、倪鴻寶書精忠柏。節菴倡議兩畫合詠,余效白石作先鋒焉。"同人唱和之詩多詠及《心史》。梁氏既倡合詠,但其自作卻今不可見。今從易順鼎《詩鐘說夢》得見其詩句"聞有所南《心史》在,直呼平北老兵還",可確認他肯定《心史》。

趙啟霖(1859~1935),字芷蓀,號瀞園,湖南湘潭人。光緒乙酉(1885)舉於鄉,壬辰(1892)進士,點翰林院庶吉士,散館授編修。丙午(1906)補河南道監察御史,掌江蘇道監察御史。丁未(1607)因言事落職,是年仍起復。宣統己酉(1909),詔以道員署理四川提學使。明年,以母老乞歸。入民國,以遺老自居。王揖唐《今傳是樓詩話》:"清季光宣之間,諫垣中謇謇有聲者,僉推莆陽江杏邨春霖、湘潭趙芷蓀啟霖、榮縣趙堯生熙、新昌胡漱唐思敬。芷蓀掛冠最早。"吳慶坻《蕉廊脞錄》卷六:"湘潭趙芷生提學啟霖,官御史,性剛直……芷生學行,在湘中士大夫當首屈一指,余所最心折者。"有《瀞園集》及其續集,可惜續集在交書商刊刻時遺失。他是清遺民詠及《心史》最多的詩人。

《瀞園集》卷六之七言律詩中,有多首提到《心史》。如《詒重自京師歸,過山莊信宿》(四首),又載趙炳麟《柏巖感舊詩話》卷一,題爲《壬子

春初寄懷陳詒重毅》(按,壬子爲 1912 年,陳毅爲積極復辟清室人士),
其二云:

> 聞道滄洲獨往深,海山環處稱幽襟。
> 羨魚結網知無濟,搗麝成塵共此心。
> <u>地下鐵函書卷在</u>,人間金碗却灰侵。
> 扁舟一弔田横墓,五百男兒未可尋。①

又如《訪李翰屏司馬信宿,適竺垣經過痛談,賦呈兩君》云:

> 亂離相見轉堪哀,誰喚胡僧認劫灰。
> 春共落花啼鳥去,客從飄絮打萍來。
> 靈山高會渾如昨,<u>古井遺書未忍開</u>。
> 同撫蒼涼竹如意,江天何處是西臺!

又如《喜竺垣過訪山齋》云:

> 千山匜匜吾廬在,四海漂搖舊侶孤。
> 冒苦沖辛來一面,憑今弔古促雙趺。
> 殺機發動天何謂,《<u>心史</u>》<u>沉埋地幾無</u>。
> 物外盡多夐絕處,兩家雲氣接蒼梧。

又如《題柏巖奏事錄》云:

> 臺驄殿虎剩光芒,過闕車聲總未忘。
> 萬事已看成泡影,一編猶自挾風霜。
> 焦頭移突嗟何及,抉目懸門憾正長。

---

① 作者自注:"君儵居青島。"

拔盡卷菇心不死，鐵函吾欲訴先皇。

又如《敏齋示乙丑正月見懷之作，次韻和答》云（按，乙丑爲 1925年。"億翁"名字僅見於《心史》，他書皆作"憶翁"）：

浮生同此避囂塵，漢臘驚心忝舊臣。
種秫但謀千日醉，折梅遙寄一枝春。
億翁名字能存宋，揚子文章恥劇秦。
又值大儺時候到，莫將朝服對鄉人。①

又如《黎薇生太史六十生日》二首之二云（按，"德祐春秋"卽《心史》）：

漢宮寂寞露盤非，與子支離守釣磯。
老去但愁看日報，貧來未忍典朝衣。
貞元人物孤臣在，德祐春秋舊侶稀。
聞道琴園幽靚甚，不妨延賞憺忘歸。②

又如《疊韻和答詩四十首》之十三首云：

井底函書莫浪傳，刺船他日訪成連。
佳人不擬居空谷，烈士何堪到暮年。
九面衡峰幽勝處，二分梁甫醉吟篇。
銀臺金闕遊仙地，都在虛無縹緲邊。

又如《疊韻和答詩四十首》之三十三首云（按，《中興集》爲《心史》中詩集）：

---

① 作者自注："時農民會勢張甚。"
② 作者自注："君近寓武昌琴園。"

填胸壘塊倩誰傳？漫擬遺民似少連。

櫪馬長鳴違遠志，天狼親射憶當年。

何人更續《中興集》？有客狂吟《獨漉篇》。

剩與憶翁私禱祝，無窮無盡亦無邊。

又如《滌荃以啟霖古稀過二賦贈，次韻奉答》云：

同看梅花院落邊，鬢絲臨鏡愈蒼然。

牙籤剩貯三間屋，《心史》深藏九仞泉。

烹鯉尺書傳醉墨，騎驢飛雪上吟鞭。

海棠邸第歸來後，記否盧舟舊榜懸？①

另，趙炳麟《柏巖感舊詩話》卷一記"趙芷蓀丈亦有和余《申居旅感》二首"，未見於《瀞園集》中，其二云：

過盡宵鴻斗柄斜，案頭拋置到《南華》。

更無井底鄭思肖，分作丘中酈子嗟。

七聖當時迷要道，九流他日首誰家。

新來節候驚初夏，猶有空山未放花。

張其淦(1859~1946)，字汝襄，號豫泉、豫荃、寓荃，晚號羅浮豫道人，亦號嶺南迂叟。廣東東莞人。光緒壬辰(1892)會試中榜，因得天花未與殿試；甲午(1894)補試，登二甲進士。入翰林院爲庶吉士，次年散館，出任山西黎城知縣。清廉善政。庚子(1900)任山西巡撫府文案。數月後，遭忌革職。同里任石龍龍溪書院山長，兼任東莞明倫堂沙田局總辦。戊申(1908)，復任安徽候補道員。宣統庚戌(1910)授榮祿大夫

---

① 作者自注："北京湘潭會館，有陳恪勤題'盧舟'榜，又邑人張垣楹聯有'月掛海棠新邸第'之句。拳黨之亂已毀。"

（從一品），後改任安徽提學使。辛亥革命後，隱居上海，自稱遺民。
1915 年袁世凱醞釀稱帝，曾擬封其官爵，力却。終日以撰述著作爲樂。
著有《邵村學易》《老子約》《松柏山房駢體文鈔》《夢痕仙館詩鈔》《吟芷
居詩話》《五代咏史詩鈔》《元代八百遺民詩咏》《明代千遺民詩咏》等，
輯有《東莞詩錄》等。張氏在《勝朝粵東遺民錄後序》（載 1921 年《亞洲
學術雜誌》第二期）中提到《心史》：

> ……迄乎宋亡，正氣獨伸，死節相望。卽彼鐵函《心史》，
> 痛哭西臺，汐社諸賢，且與西漢逸民後先輝映也。嗟乎，漢哀平
> 之世，可變而爲東京；五代之世，可變而爲宋。以此見人心不
> 死，天理民彝之未盡澌滅。剝極斯復，亂極斯治，雖曰天意，豈
> 非一二人提倡之力哉！

章梫（1861～1949），名正耀，字立光，號一山，浙江三門人。十八歲
應試中秀才，到杭州俞樾"詁經精舍"深造十數年。光緒甲辰（1904）登
進士，入翰林，得瞿鴻機、徐世昌、張之洞等人賞識，歷任京師大學堂譯館
提調、監督、國史館協修、纂修，功臣館總纂，北京女子師範學校校長等
職。參與《清史稿》和《浙江通志》的編修工作。著述有《康熙政要》《明
遺民錄》《一山文存》等。

章氏辛亥後以遺民自居，與徐世昌另一個門生金梁（字息候，曾任
清內務府大臣）一起，以"一（山）息（候）尚存，不忘大清"之意，合作《一
息吟》詩集。葉昌熾《緣督廬日記鈔》稱"章一山太史梫，今之謝皋羽
也"。魏元曠《蕉菴詩話》卷二載："浙江章梫（一山），國變後避棲上海，
用淞社《明季雜詠》與《詠近事》二題合賦，共十四首。"其十四首寫到
《心史》：

> 殘明社局萃東南，《心史》沈沈在鐵函。
> 今日吾曹聊復爾，眼中滄海指彈三。

又，鄭孝胥1915年8月6日日記鈔錄了章氏的一段話，提到"所南之痛苦流涕"，自是指《心史》。因爲除了《心史》，不可能還有其他可與謝翱詩並提的"所南之痛苦流涕"之詩。鄭某日記云：

> 元素書云："昨從一山處得文稿，呈閱，或者足爲解頤乎？"稿爲《答金雪孫前輩書》，其書曰："……又示'腰纏十萬、終日以酬倡消遣'爲非，鄙意似可稍寬其責。蓋腰金十萬、至老仍喜作官、不能久於酬倡消遣者正多……倘能作詩，與借救國爲前提、犧牲名譽之說、出趨熱鬧、其去'救國'兩字甚遠者，猶爲稍知廉恥、不敢自欺欺人之一流。庸或不必以《春秋》責備賢者之筆責之乎？至亡國之恨，有形諸外者，有蘊於中者，《淵明集》中多託田園雜興，遠不及皋羽、所南之痛苦流涕，今謂謝、鄭之賢過於五柳先生，可乎？"……覆元素書曰："一山所論極平允……"

章氏此一《答金雪孫前輩同年(乙卯春)》又見於《一山文存》卷十。

劉崇照（1863～1920），字楚薌，號挺廬。浙江鎮海人。光緒庚寅（1890）進士，授翰林院庶吉士。散館後任江蘇鹽城知縣。重視教育，曾辦養正學堂。辛丑（1901）丁憂同鄉。後任鄉約局長，府、縣教育會長等。組織崇正詩社，宣傳維新。創辦鎮海第一所學校寶善學堂。民國後任鎮海縣首任新知事。劉氏任鹽城知縣時，曾聘當地名儒陳玉澍主修《鹽城縣志》。該志卷十《人物志》—《明》中寫到《心史》：

> 吾讀舊志，至《教諭郝景春傳》，言其教士以忠孝大義，躬爲表率，而嘆明季吾邑諸生忠義彪炳，有自來也……此九人者，皆蟬蛻鴻冥，皭然不滓，守所南《心史》之遺，抱皋羽西臺之痛，可與射陵、東澥、青巖諸人並傳。

《鹽城縣志》卷十七《雜類志·拾遺》中又引用了《心史》中有關文天

祥、張世傑的記述。

張學華（1863~1951），原名鴻傑，字漢三，晚號闇公、闇齋、闇道人。廣東番禺人。光緒庚寅（1890）進士，散館授翰林院檢討。歷官國史館協修、政務處行走、登州知府等。辛亥後隱居鄉里，整理吳道鎔《廣東文徵》遺稿等。他在金武祥《陶廬六憶》一書卷首有題詩二首，其二以鄭思肖寫《心史》來比喻金氏：

> 嘔血題詩鄭憶翁，百年身世感無窮。
> 平生未信雲松語，賦到滄桑那計工。

蘇澤東編刊的《宋臺秋唱》卷下，有闇公即張氏的《春日山居寄真逸（按，即陳伯陶）作》二首，其一也寫到《心史》：

> 春光不解爲誰妍，獨臥空山雨雪天。
> 曉夢驚回殘臘後，芳樽辜負好花前。
> 南飛何處棲烏鵲，北望潸然拜杜鵑。
> 賸有匣中《心史》在，一編私署景炎年。

葉德輝（1864~1927），字奐（煥）彬、漁水，號郋園，又號直山、朱亭山民、麗廔主人。因出過天花又稱葉麻子。湖南湘潭人，祖籍江蘇吳縣。光緒壬辰（1892）進士，授吏部主事。供職不過兩年，便告假歸里經商。又喜藏書、刻書，精於版本目錄學。1927 年湖南農民運動中，以頑固劣紳之名被激怒的農會所殺（一說爲國民黨軍或國民黨湖南省黨部授權的特別法庭所殺）。葉氏編刻有《郋園叢書》《觀古堂匯刻書》《雙梅景闇叢書》等，著有《書林清話》《六書古微》《觀古堂詩集》等。

《觀古堂詩集・浮相集》有 1922 年寫的《壬戌元日》二首，其一寫到《心史》：

> 十年改步再逢壬，但覺乾坤浩刼深。

故國枎稜天上夢,私家函史井中心。

魑多豈畏桃符禁,客至聊將桂醑斟。

但願南天烽燧淨,此生安穩老山林。

成多祿（1864~1928）,原名恩齡,字竹山,號澹堪,齋名榆廬、澹園、十三古槐館。吉林其塔木屯（今九臺）人。祖居山西。隸漢軍正黃旗。光緒乙酉（1885）拔貢,官至綏化知府。工詩善書,中年入幕,曾遍遊吳越山水,與其地勝流相唱和。辛亥後僑居都下,入晚晴簃詩社。拓地數弓,蒔花種菜,嘯詠其間。曾爲吉林省第二屆參議院參議員、中東鐵路理事會董事等。張作霖在京組織安國軍政府時,任參議院議員,1927年任民國教育部審核處處長兼圖書館副館長。有《澹堪詩草》。《晚晴簃詩匯》卷一七五,選錄了成氏《贈宋芝田侍御》二首,其一涉及《心史》:

一疏居然動九閽,河山雖改片言存。

先芬遠謫曾金齒,①此老生還入玉門。

銅狄吟秋餘涕淚,鐵函著史自朝昏。

平生意氣傾湖海,欲話新詩酒滿樽。

程頌萬（1865~1932）,字子大,一字鹿川,號石巢,晚號十髮居士。湖南寧鄉人,當代學者程千帆之叔祖。少有文才,善應對,喜研詞章。但屢試未售,遂絕意科舉,轉而關心時局,鑽研新學。爲張之洞、張百熙所重,曾充湖廣撫署文案。光緒丁酉（1897）,率先創辦湖北中西通藝學堂,又創設攻木局,引進新工藝,培養漆木良工。己亥（1899）,任湖北自強學堂（今武漢大學前身）總稽察、學堂提調,兼管湖北洋務局學堂所。壬寅（1902）,自強學堂改名方言學堂,仍爲提調。此後又任湖北高等工藝學堂監督,兼管湖北工藝局,創辦廣藝興公司、造紙廠等。宣統辛亥（1911）,任嶽麓書院學監。程氏畢生從事教育和實業,喜作詩詞,並擅

---

① 作者自注:"用宋文憲公事。"

書法。曾與易順鼎等人結湘社，月必數集，文彩風流，一時之盛。晚年寓居滬上，與陳夔龍、陳曾壽、余肇康、陳三立、夏敬觀、瞿鴻禨、俞壽璋、俞萊山、朱祖謀等交善。著有《鹿川詩集》《楚望閣詩集》《美人長壽盦詞》等。

《鹿川詩集》卷二有作於壬子年（1912）的《日本刀歌，爲錢碩人賦》，中有句曰："悁跂大河南北天，舊邦文物凋金元。七百年來奮刀筆，《鐵函井史》悲腥膻。"《鹿川詩集》卷十五還有作於甲子年（1924）的《題畫蘭石六首》，其二也提到《心史》：

> 靜裏天如畫外游，所南哀怨井中求。
> 不知楚笑緣何事，卻慣低眉向石頭。

曾廣鈞（1866～1929），字重伯，一字環遠，號剶盦（盦）、伋安，別號舊民。湖南湘鄉人，曾國藩之孫。十二歲卽爲詩，王闓運目爲"聖童"。光緒己丑（1889）進士，時爲翰林院中最年輕者，有才子譽。梁啟超稱爲"詩界八賢"之一。錢仲聯《近百年詩壇點將錄》中點爲"拼命三郎石秀"，謂其"驚才絕豔，猶是楚騷本色"。甲午戰後，思變法維新救國，與南學會會員研求新學。己亥年（1899）出任廣西桂林知府，兼任體用學堂總辦。戊申年（1908）辭歸。辛亥革命後旅居滬上，與易順鼎、樊增祥、陳三立等人詩酒酬唱。精書法。有《環天室古近體詩類選》《環天室古近體詩後集》《環天室續刊詩集》《環天室詩外集》等。

今見其《環天室詩支集》，刊於 1924 年 11 月南京《學衡》第三十五期。中有《和秋璇卿遺墨》，詩序云："璇卿（按，卽秋瑾）爲星侯先生之女，故以父執待余兄弟。適王氏，夫族爲筱石弟，營商賈。璇卿獻余詩至多，皆未笄前作，不爲精工，稿亦不存；獨于歸後呈筱石夫婦並呈余詩，遺墨猶存，作方寸許，瘞鶴銘可寶也。時正中日戰後，師夷艦熸，而江海市場繁華日盛。璇卿新嫁，貲粧過十萬，池館甲潭州，乃繫懷家國，情見乎詞，知其初心，不減少陵忠愛。及後絕望，乃謀捨身救世，芳心曲折，竟陷於難，尤可悲也！今錄其詩而和之，俾海內哀豔才女以身心印證之，亮其

本懷,悲其孤詣云爾。"和詩末句用了《心史》之典:

蕊珠仙客白鷺衫,雲笈流傳碧玉簪。
殘錦仙機唐韻府,練裙家法衞和南。
滄波併歎人琴逝,光岳長囂鬼斧鐫。
一樣井華埋鐵史,千年碧血在瑤函。

同期《學衡》的《環天室詩支集》還有《雲陽門歌,贈姜泳洪郡侯》,其中也提到《心史》:

泗鼎恥帝秦,漢寶出爲瑞。
訴天天應泣,問石石不對。
山淵偶昇滅,神物備顯晦。
夾馬委黃馭,佛貍且青蓋。
潭州獨支柱,若人張許輩。
想其蕘城初,赤舌燒不退。
丹樓望若霞,芳洲帶如薺。
長煙動狼纛,睥睨顫飛斾。
事與星霜改,蹟隨簫管墜。
圖經了不言,故老亦茫昧。
當時雲陽門,何由閟幽邃。
不復見船步,無從辨闌闠。
木門倉琅根,定先歜鐶脆。
塵薶七百年,《心史》出地肺。
隸楷三大字,精誠足相配。
網軒辨陵雲,岣峯倒銀薤。
瘞深無苔衣,鋤誤有刊壞。
薛縣雝門周,南陽劉子驥。
著文攷源流,弔古寄遙嘅。

　　吁嗟聊城功，所得汗督誅。

　　陂陀黄沙獄，慘黖湘娥佩。

　　著錄同庚申，軼乘訂己亥。

　　無道湛盧去，得時延津會。

　　姜侯四岳孫，威惠一時最。

　　苦心謀富教，餘事及藝海。

　　移嵌驛南樓，何如慧普寺。

　　投贈費甄墨，厚意匪牘背。

　　經觀鴻都咽，紙鬻雒陽貴。

　　廉勁古爲徒，機警比於介。

　　請次道州篇，可以風有位。

　　王松（1866～1930），譜名國載，字友竹，號寄生、滄海遺民。臺灣淡水（今新竹）人，祖籍福建晉江。自少攻詩，弱冠入北郭園吟社，與鄉先賢相唱和，頗獲鄭如蘭賞識。曾習帖括之學，然屢試不中。乙未（1895）割臺，挈眷內渡。海上遇盜，財物遭劫掠，幸賴他人相助，始得避居故籍。翌年，時局稍定後返臺。將原書齋“四香樓”更名爲“如此江山樓”，以寄滄桑之感。與同鄉王瑤京、王石鵬過從甚密，人稱“新竹三王”。又與李逸樵、洪季秋合稱“竹邑三癡”。畢生宏揚詩教，主北郭園騷壇垂卅年。臨終交待須於墓碑上鑴“滄海遺民王松之墓”。著作頗豐，有《內渡日記》《餘生記聞》《草艸草堂隨筆》等。後自刪焚餘稿，題爲《如此江山樓焚稿》。又有《臺陽詩話》等。

　　1912 年 12 月 7 日《臺灣日日新報》發表王氏《鄭香谷主政如蘭輓詞》，詠及《心史》：

　　考終富壽復何悲，根觸生平有輓詞。

　　今世酬恩偏覺負，來生識面莫教遲。

　　<u>門經浩劫餘《心史》</u>，鄉有遺謳當口碑。

　　老我底須愁永訣，九京聚首不多時。

又見1901年10月28日《臺灣日日新報》發表王氏《恭祝臺灣神社祭典》一詩中亦以"心史"對"口碑":"鯤洋蒼赤傳心史,麟閣丹青表口碑。"

孫雄(1866～1935),原名同康,光緒癸卯(1903)改名雄,字師鄭,號君培、伯元、寅生,晚號鑄翁、味辛老人、詩史閣主人。江蘇昭文(今常熟)人。光緒甲午(1894)進士,壬寅(1902)任吏部主事,癸卯(1903)爲京師大學堂文科監督。宣統庚戌(1910)編《道咸同光四朝詩史》。辛亥革命後遺民自居。曾任清史館協修和北京大學史學講師。1919年發起組織瓶社。平生固守國粹,主張"讀經救國"。著有《眉韻樓詩》《眉韻樓詩話》《詩史閣壬癸詩存》《舊京詩存》《舊京文存》等。

《舊京詩存》卷七有寫於1929年的《題劉翰怡(承幹)崇陵補樹圖(己巳四月作)》,涉及《心史》:

> 光緒己丑献賀表,維時景廟壽二旬。
> 越四十載歲己巳,詞臣頭白徒吟呻。
> 黃農沒矣今何世,故都囂戀安寠貧。
> 追懷聖德邁堯禹,戊戌渙號頒絲綸……
> 劉侯忠孝食舊德,遠貽尺素烹雙鱗。
> 圖成補樹命題句,靈脩泣訴含酸辛……
> 嘉業璇題字巍煥,牙籤萬軸鑴璘彬。
> 所南《心史》埋古井,著書千里傳忞忞……

《舊京詩存》卷八又有寫於1931年的《舊京集十六卷印成(舊京文存、舊京詩存各八卷),自題其後,並柬戴君亮集、邱君瀞山》:

> 厄言何事災梨棗,覆瓿眞宜付爨炊。
> 失喜良朋思快覩,貪多稚子苦蒐遺。[1]

---

[1] 作者自注:"初意《詩存》《文存》各印二三卷,嗣因兒子炳黃寫錄拙稿頗多,屢經請益,遂至八卷。"

如賓秋燕難營壘，垂老春蠶尚吐絲。

《心史》井中勤尚友，白雲鱗爪自懌怡。

閔爾昌《碑傳集補》卷五三《文學》十收有孫雄《高密鄭叔問先生別傳》，又寫到《心史》：

> 君於晚歲鬻畫行醫，時時往還於蘇滬閒，勞勞於淵明所謂"傾身營一飽"者，後卒憔悴以死，良可憫歎！然君文章，風誼卓然，獨有千秋，黍離萇楚之淚，時時流溢於楮墨閒，固已合於古人立言不朽之旨。蓋其囊括經典，刪裁繁蕪，允足步武康成，而《井中心史》俟知己於百世，亦堪媲美所南而無媿也！

范禕（1866～1939），字子美，號皕誨，又號古懽（歡）。江蘇蘇州人。三十七歲歸基督教。民國初在上海主編《進步》《青年進步》雜誌。1913年《青年進步》第四卷第五期范氏專欄《古懽室炳燭錄》有《讀鄭所南心史書後》一文，開首寫道：

> 宋鄭所南《心史》，其詩有《咸淳集》《大義集》《中興集》，皆慷慨激昂之作。卽以詩論，亦爲宋末一大家，與南渡諸公索索無生氣者大不相同。余幼讀亭林《井中心史歌》，企慕《心史》而不讀者十餘年。旣而海上有排印本，遂得購歸。開卷見其第一首《題多景樓》云："英雄登眺處，一劍獨來遊。男子抱奇氣，中原入遠眸（按，眸當作謀）。江分淮浙土，天閹楚吳秋。試望斜陽外，誰寬西顧憂。"不覺爲擊唾壺缺也！

可見范氏對《心史》極爲讚歎，而他得書之時爲清末，當卽梁啟超所刊印者。范氏還在此文中痛斥《四庫全書總目提要》的"僞書說"：

> 按，文章之事，萬不能假。姚士粦固爲喜作僞書之人，然如

《心史》中之詩，而姚氏能為之，則姚氏亦非常人矣，何必偽所南？且姚氏雖在明季，故國尚在，何能有此國破家亡、哀痛迫切之情，以代所南立言哉？蓋所南此書，頗有民族思想，為滿清朝廷所惡。其時方當禁書之際，將明遺民之著作一概毀棄，所南書以事隔一代，不在其列，然此等"不祥之物"，斷非當日諂臣所願一顧，借辭以斥之，固其宜矣。

范氏又在 1913 年 9 月《進步》第四卷第五期《襍著·老學究語》專欄發表同題《讀鄭所南心史書後》和《讀謝皋羽晞髮集書後》。在前一文中寫道：

> 所南一生，心中祇有"趙宋"兩字。其纏綿歌哭，悲憤激越，皆為此兩字而發。……一片血忱，雖為至愚，而其愚誠不可及也。
>
> 《心史》所載所南之詩文，初頗豪俊，既而多為幽澀語，隨其境遇而變。要之，一洗卑靡唯阿之習，足與文山遭難後之《指南》《吟嘯》兩集相頡頏，而性情獨至之處，則令人涕泗無端，拔劍斫地而不能自己。……此書不知詩耶、文耶？血耶、淚耶？孟子所云"聞其風者，頑夫廉，懦夫而立志"，若《心史》者，誠足以當之矣！……嗚呼，讀之千秋凜凜若有生氣，所南之心，至今固未死也！

文中又痛斥《四庫全書總目提要》的"偽書說"：

> 最可異者，清乾隆間作《四庫書目》，獨斥為偽撰，而不與以著錄。推原其故，蓋以《心史》中有醜詆胡虜、希冀光復之語，視疊山、水雲、皋羽之集激烈十倍，詞臣無恥，不敢著錄之以觸忌諱，乃借其出於承天寺井中，指為明人贗作。又援徐健學《通鑑後編攷異》之說，謂係海鹽姚士粦之書。抑知《心史》中

詩文,斷非明人所及,而其精神奕奕,所南在焉,呼之欲出者,又豈士蕤輩所能夢見乎!當所南時,有賣國者二人,一曰蒲壽庚,一曰黃萬石。黃事見《心史》中《柔柔傳》;蒲事見《八閩通志》,並謂壽庚納款於元,拒絕二王,皆由其兄壽宬所謀……今《四庫書目》不錄《心史》,而反於宋末附錄蒲壽宬《心泉學詩錄[稿]》六卷。此非公道不彰,實以見文字獄興,一時趨附外族之心跡,無復是非。是即所南之所裂眥而植髮者也!吁!

范氏又在《讀謝皋羽晞髮集書後》之末云:

余嘗欲合選鄭、謝二人之集,以貽少年,俾深其國家之觀念,摯其忠愛之感情。雖時移世易,政體不同,而道義氣節之在天壤,初未嘗或異焉。人事忙迫,匆匆未果,姑爲書後於此,以介紹之。

汪如淵(1867～1923),本姓楊,出嗣外家。字薇泉,號香禪、香泉。浙江龍泉人。光緒丁酉(1897)拔貢。民國元年(1912)返溫州,任浙江第十中學及師範學堂教員。不久辭職,以賣字鬻畫自給。擅寫花卉,宗徐熙,間仿惲壽平、華嵒,驚才絕豔,自舒機杼。並擅山水人物。晚年嗜菊,多種植,供寫生,因成百菊長卷。築有香葉樓,課畫吟詩,著籍弟子甚聚,形成以他爲代表的永嘉畫派。

今見 1920 年石印本《愼社》第一集刊有汪氏《題林霽山先生集後》四首,其三詠及《心史》:

《井中心史》《西臺記》,一樣孤忠變徵音。
重展遺編燈下讀,聲聲淒斷蜀魂吟。[①]

---

① 作者自注:"集中屢用'蜀魂'二字,故主之情溢於言外。"

錢振鍠（1867~1931），一名熊塐，字華生，號伯吹，又字祝仙，浙江樂清人，居永嘉（今溫州）。光緒戊子（1888）舉人，壬寅（1902）留學日本弘文學院速成師範科。曾任台州教諭、京師兩浙學堂經學教授、兩淮鹽務局事等，晚年任溫州府中學堂教職。

今見1920年石印本《愼社》第一集刊有錢氏《和霽山集書後》一首，詠及《心史》：

> 涼蟬飲露哀以思，走麝搗塵香不滅。
> 美人香草寸心芳，義士鐵血一腔熱。
> 傷哉白石樵唱詩，橫陽一鴈呌淒絕。
> 天空獨立泣麒麟，蘭雪回風灑玉屑。
> 復讐九世聲之詩，春秋筆與常山舌。
> 南渡江山入夢來，遺民慟哭邱山哀。
> 六陵霹靂無寸土，一卷《冬青》媵刧灰。
> 五百年來墜煙霧，血淚篇供空山蠹。
> 江南有客愛聽鸝，識得瓊花幽草句。①
> 吁嗟乎，男兒墮地憂患起，鐵石忠肝只數子。
> 君不見：《衣帶詔》，名不死；《卻聘書》，義不仕；
> 臺上《歌》，志在山；井中《史》，心如水。
> 永嘉南望後來誰，寥天一鶴未有此。

孫去疾，字谷紉，生卒仕履均不詳，清末民初江寧（今江蘇南京）人。有《遺芳馨館詩剩》，今未見。1914年，東莞張伯楨（滄海）刻印明·張家玉（芷園）《文烈集》，並以張家玉弟張家珍（璵子）《寒木居詩鈔》附刻，而由孫氏任校對。孫氏又於"民國三年歲在甲寅秋七月既望"寫了《附刻寒木居詩鈔弁言》刊於卷首，其中提到《心史》：

---

① 作者自注："全集刊刻皆甌隱先生。"甌隱先生即冒廣生。

……鬱勃性靈，託爲吟詠。淵明詩集，自編甲子；幼安薤
林，不易風節。以與夫井中《心史》之函，卤臺慟哭之《記》，黍
縈寸絜，不其傷心人各有古抱歟？

趙晉臣，生卒年不詳。奉天懷德(今吉林公主嶺)人，祖籍河北。光
緒戊子(1888)舉人，官至禮部侍郎。民國時修《懷德縣志》，趙氏爲編
纂，卷十五《藝文志》收錄其《對書嘆》，詩末提及《心史》：

……吁嗟乎，世充沈水秦皇燒，後世禁爁嚴科條。

未知家中之書井中史，幾多祕籍埋蓬蒿！

安得我生三萬六千日，將未讀未見之冊爲之萬目縱觀萬
手鈔，

庶奇字不更問於楊子，而入門不見阻於崔儦！

王變(1868~1918)，江蘇元和(今蘇州)人，入劉坤一幕，庚子
(1900)時協助主張"東南互保"。宣統元年(1909)謝事，居南京。入民
國，避地滬上，以遺民自居，撰《辛亥茹痛記》，自比《心史》。(見章鈺《四
當齋集》卷八《仁和王君墓表》)

俞陛雲(1868~1950)，字階青，別號斐盫、樂靜，晚號存影老人、娛堪
老人，室名樂靜堂、絢華室。浙江德清人。經學大師俞樾之孫，俞平伯之
父。光緒戊戌(1898)殿試探花，授編修。壬寅(1902)出任四川副主考。
翌年應經濟特科復試，名列一等。民國元年(1912)任浙江省圖書館監
督(館長)。1914年聘爲清史館協修。曾與溥儀私交甚厚，但1932年溥
儀寫信邀請佐政僞滿州國，接書後怒不可遏，大罵"可惡"，撕信逐使，終
生不與往來。1937年盧溝橋事變後，居京郊寓舍，賣字謀生。著有《蜀
輶詩紀》《小竹里館吟草》《樂靜吟》《詩境淺說》等。

郭則澐《十朝詩乘》書前有俞氏乙亥年(1935)寫的序，末云：

痛龍穴之旣徙，泗鼎猶淪；悲麟經之云亡，秦灰疇檢。於是

命辭子墨,役志汗青。傳音鳴節,裒並集夫千狐;准古申今,衡亦齊於六燕。全鑑斯炳,勝謝希深都廳之談;鐵函有傳,寫鄭所南本穴之痛。爲中氏者,宜置之座右;言詩學者,殆莫與比肩。假以名山事業,政坐虞卿窮愁;存茲清廟典型,庶見魏徵簡正。僕也早直東觀,慙無紬史之功;舊夢西泠,長憶談詩之樂。接珠璣於元節,我愧劉攽;闡虹日於明昌,今推韓玉。敢云授硯,如披丹篆之奇;決爲傳書,待補墨莊之錄。

章乃煒,字唐容,浙江烏程(今湖州)人。光緒己亥(1899)入上海南洋公學讀書,與孟森(1869～1937)爲同窗。民國後,供職京曹。1934年入故宮博物院,初在古物館,不久轉入文獻館,潛心研究明清史,盡讀檔案祕笈,於1937年輯成《清宮述聞》一書(山東諸城王藹人爲助理),1941年出版。因書中收錄大量第一手史料,向受學界重視。該書《徵引書目》列一〇九種史志,第四種卽鄭思肖《心史》。

劉貞安(1870～1934),字彥恭、問竹,號伏菴、永谷遺黎。重慶雲陽人。光緒壬寅(1902)中舉,次年進士,先後任永寧、印江、開州等地知州、知縣。入民國後,歸鄉隱居教徒,弟子達百人之衆。博通經史,工詩善書。書法功力深厚,善漢隸,其隸書別具一格。奉節白帝廟、雲陽張飛廟、萬州純陽洞、西山公園靜園等處都有其手蹟碑刻。劉氏在1925年曾書寫《心史》中的《隱居謠》(按,《心史》"根"原作"羹"),手蹟刻石至今仍存。文字爲:

> 布衣暖,菜根香,詩書滋味長。　乙丑九月夜燈偶書,俾門
> 人張大一刻石,置白帝祠中。　劉貞安

施梅樵(1870～1949),字天鶴,號雪哥、蛻奴、可白、捲濤閣主人、笠雲山人等。臺灣彰化人,祖籍福建晉江。年十八赴府考,主司欲拔置案首,其父以其年輕,恐生驕惰,另薦洪棄生以代。不料父爲人所誣,家遭覆巢之禍,被迫潛逃,又丁父艱,不得與試。遲至廿四歲,始以案首入泮。

不料日本又侵臺，遂絕意仕途。乃與洪棄生、許劍漁等倡設"鹿苑吟社"等。中歲以後，流離轉徙，奔走兩岸，設帳授徒。晚年生活困頓，家國蒼茫，牢騷抑鬱，悉發爲詩。洪棄生認爲其詩"傳諸他日，將在鄭所南之間；擬於本朝，豈居趙甌北之下"。有《捲濤閣詩草》《鹿江集》《玉井詩話》等。其《鹿江集》有《南陔吟社雅集分韻》，寫到《心史》：

> 東南賓主總超凡，設席何妨恣飽饞。
> 薦到梅羹堪下酒，攜來竹杖當長欃。
> 文星一夜輝珂里，《心史》千秋貯鐵函。
> 珍重春風欣聚首，高歌笑煞語喃喃。

李前普，號恐廬，清末民初湖南漣源人，有文名。1916 年主修《李報本堂族譜》，卷首有《宗祠志》，李氏於丙辰（1916）八月作序，提到《心史》：

> 聖人不作，禮樂陵夷，浮圖氏之邪說中於人心。蒙元宰諸夏，士大夫至於以喪祭爲諱，而惟佛是佞。鄭思肖《鐵函心史》致痛於趙氏，蓋猶知初惡，而未料及其末造也。

巫翹楚，福建寧化人。生卒仕履不詳，僅知 1913 年畢業於福建法政專門學校，1918 年參加黎景曾（1870～1937）主纂的《寧化縣志》的編寫，四年稿成，至 1926 年才獲出版。在該志卷十三有巫氏寫的《藝文志跋》，其末提到《心史》：

> 嗚呼，地罕名山，居非石室，卽幸而已傳者，世之人亦多等諸土羹塵飯。國粹其亡，誰與興苞桑之思哉！茲因搜集篇目而條例之……藉以見先民述作之梗概，而繫後人鐵函《心史》、覆瓿《太玄》之思云！

　　蕭遠,清末民國時期四川人,生平不詳。今人劉衍文《雕蟲詩話》卷五,記在抗戰後期曾聽永康應思遠介紹已故"蜀之奇才蕭遠":"我等數人,少年時曾遇蜀之奇才蕭遠,精研《易》理、《陰符》、唐詩、宋詞。其《易》學遠較杭辛齋爲高明,《陰符學》尤詭恢莫測。吾資賈魯鈍,前兩者不能學,而僅傳其唐詩宋詞之皮毛耳。吾名思遠,乃離蕭師後所改,用以不忘淵源所自之恩耳。"劉先生並於應氏處得讀蕭氏詩稿。其《元日》云:

> 又逢新歲開新筆,如此塵寰共幾年。
> 人怨彼天仇是日,自歌舜日頌堯天。
> 神州已遍悲殃及,奕世猶將歎禍延。
> <u>欲假鄭函囂董史</u>,斑斑終古血痕鮮。

　　劉先生認爲"殆寫於項城竊國時乎",則是詩當作於 1916 年 2 月 8 日。詩中"鄭函"即《心史》。

　　劉煥書,生卒年不詳,字子丹,遼寧新民(今屬瀋陽)人。光緒辛卯(1891)舉人。光宣間官京師十餘年,爲《起居注》漢主事(六品)。民國初歸里,任義縣(今屬錦州)稅捐徵收局長。縱情詩酒,自稱醉鄉老人,刊有《醉鄉老人卮言》,其中與"莊子之精語"並提的"鄭所南之精語"出於《心史·久久書》:

> "徬徨乎塵垢之外,逍遙乎無爲之業",莊子之精語也。
> "學非詞章之謂,所以學其爲人;人非形骸之謂,所以人其忠
> 孝",鄭所南之精語也。

　　錢崇威(1870~1969),字自嚴、慈嚴,號蔬坪,晚號存雁。江蘇吳江人。善書,性豪能酒,年老益壯。光緒甲辰(1904)進士,殿試入翰林,次年官費東渡日本學法律。回國後,被選爲江南諮議局議員。1912 年,任江蘇省高等檢察所檢察長。未幾因病辭職,居滬賣文爲生,後又折返故

鄉,書畫自娛。日軍侵佔吳江時,避難友人朱元直家。朱後出任僞縣長,以副縣長之職誘其出山,憤而去上海,以鬻字爲生。新中國成立後,爲江蘇省人大代表,江蘇省文史館館長。

1918,錢氏應沭陽縣知事戴仁之邀重修《沭陽縣志》,至 1926 年竣工。未刊。在卷十三《雜類志·軼事》中提及《心史》,可見他不以《心史》爲僞:

> 沭陽文字之獄二。其一爲仲氏《霜鶴鳴冤錄》案。有名繩者,天啟間恩貢,候選知縣,鼎革後常樓居,取“下不在田”之義。乃成《鳴冤錄》一書,大都所南《心史》,多不爲諱語。禍起繩四世孫克祚……時方雍正朝,禁書獄盛,事聞於朝,命江督奏查辦。

吳庚(1871~1917),字少蘭,號空山人。山西鄉寧人。家貧甚,堅苦自立。少負才名,師事同邑楊秋湄。楊氏爲王筠(篆友)及門弟子,精篆籀、漢隸,吳氏盡得其傳。光緒癸卯(1903)進士。甫至省卽聲譽隆然,樊增祥見其文,奇賞不置。大吏爭敬禮之,延之幕府,有大議多取決焉,奏牘皆出其手。出宰臨潼四年,慈惠有威。宣統末,知天下將亂,告終,養奉還里。逾年而清社墟矣。遂作道裝,自稱山人,隱居。與貴筑趙坼年(意空道人)、山西趙城張瑞璣(窞窟野人)稱莫逆。枯死丘壑,年四十七。有《空山人遺稿》,趙坼年等輯校。

《空山人遺稿》卷三有 1912 年作長詩《壬子東坡生日,招意空道人及陳、陶二君小集歸來館,道人長歌太息,若不勝情,予則放言無忌矣》,其中寫到《心史》:

> ……造化小兒空一切,惟有天綱地維無奈何。
> 南宋不綱火運熄,江流宛轉忽朝北。
> 當時猶有信國與鹽城,海天一角存故國。
> 皐羽江上歌,所南井中墨。

孤臣長泣天，匹婦能殺賊。

嗇此一綫人心長不死，破碎山河猶生色。

……但使天綱地維在人世，五德代謝誰能扶。

人心各自有天地，土室可居海可桴。

本穴世界依然宋，①延平子孫猶姓朱……

《空山人遺稿》卷四有 1917 年寫的《丁巳春聯》兩幅，其一又寫到《心史》：

冰作頭銜，人與空山同冷落

鐵封心史，誰知本穴有陽秋

《空山人遺稿》卷二《人菊記》還提到"宋鄭所南記其清風樓，而未嘗有樓"；同卷《吾園記》又云"吾又聞之鄭所南矣，所南之名其樓也，曰'我家清風樓'，所南固無樓也"。雖然《我家清風樓》並非出自《心史》，但也足見吳氏崇仰鄭思肖。

趙圻年，字介之，號意空道人，貴筑（今貴州貴陽）人，本籍江蘇。負才名，工詩。光緒癸卯（1903）副貢，後任陝西韓城、洛川知縣。辛亥後，應山西鄉寧吳庚邀，舉家客隱鄉寧，遺老自喻，並行醫。鄉寧知縣趙足抃主修縣志，吳庚、趙圻年任編纂。吳病逝後，趙獨力承擔重任，克服重重困難，終至 1917 刻成。趙氏在"丁巳（1917）八月"寫的《鄉寧縣志序》末云：

……嗚乎，世變至於今日，實亘古所未有。昔人於革故鼎
新之際，往往難已於言。故明夷有待訪之書，本穴有鐵封之史。
其事其人，非予敢跋；所跋者，剝極而復，亂極而治，後有賢者，
繼起而續纂之，易哀怨之變風，爲吉祥之文字，則庶乎有太平之

---

① 作者自注："鄭所南顏所居曰本穴世界，'本穴'二字拆合成'大宋'。"

一日矣!

吳庚病逝後,趙氏還爲他輯校《空山人遺稿》,並作《寒夜校讎既竣,感賦代跋》二首載其書中,其二又寫到《心史》:

> 又見盆楳凍萼含,去年曾記賭雙柑。
> 舊詩壁上寒消九,冷月牎前景對三。
> 城郭已非人又渺,烽煙如此我何堪。
> <u>莫教《心史》投瞽井</u>,千古湮沈鄭所南。

孫毓修(1871~1922),字星如,一字恂如,號雷菴,自署小淥天主人。江蘇無錫人。光緒乙未(1895年)中秀才,但認識到科舉已成弩末。壬寅年(1902)在蘇州從美國牧師學英文,後將學習心得寫成《中英文字比較論》。丁未(1907)進上海商務印書館,編教科書。宣統元年(1909)起主編《童話》叢書等,茅盾後來稱他爲"中國童話的開山祖師"。又篤好版本目錄之學,助張元濟編印《四部叢刊》等古籍叢書。辛亥年(1911)十月,孫氏在用"樂天居士"筆名寫的《痛史序》中提到《心史》:

> 刦後遺民,或黃冠淪隱,結月泉、汾上之盟;或石室吟哦,纂《蹈海》《籲天》之錄。其志彌苦,其思也哀。今尋溫睿臨《逸史》之所引,與楊鳳苞《秋室》之所記,綜其目錄,奚翅數百。而禁網久錮,散逸太半,山巔水涯,輾轉匿存,僅得之於膩塵殘蠹、鈔胥魯魚之中者,能不寶若洪疇,珍逾璧簡也!此類之有彙刻,《荊駝逸史》導其前,《明季稗史》踵其後,然未盡者實多。玆向收藏之家冥心搜訪,得若干種,悉先民匿井之《心史》,亦人間<u>未見之閟書</u>。若夫鼎革以後,文字之獄,屢有所聞,禁制太甚,牴牾不免,凡此記載,俱甚祕密,今並刊行,俾不泯沒。作者其有憂患,讀者能無不平。顏曰《痛史》,稱其實也。

寶熙(1871~1930)，愛新覺羅氏，字瑞臣，號沉盦，室名獨醒菴。河北宛平(今北京)人，隸滿洲正藍旗。清朝宗室。光緒壬辰(1892)進士。歷任編修、侍讀、國子監祭酒、內閣學士兼禮部侍郎、修訂法律大臣、總理禁煙事務大臣等。入民國後，任總統府顧問，後曾任偽滿州國內務處長等職。工書法，端莊肅穆，能詩，有《工餘談藝》。今從民國時修《江蘇蘇州莫釐王氏家譜》卷二二，見寶熙"己巳(按，1929)菊月爲尹九仁兄題其先德《胥江屏跡圖》(時同客大連)"詩二首，其一寫到《心史》：

> 義熙詩老陶元亮，德祐遺民鄭所南。
> 絕少酒人相遇訪，祇餘《心史》恣幽探。
> 衣冠世胄身難浣，山澤深居性獨甘。
> 高節不傳多類此，胥江流水恨何堪！

歐陽漸(1871~1943)，字竟無，江西宜黃人。幼習儒學，先研程、朱，再治陸、王，兼及經史百家。後歸心佛教，1922年在南京創辦支那內學院，專門培養佛教人才。在抗日救亡運動中，歐陽氏大力弘揚佛教愛國精神。呂徵所撰《親教師歐陽先生事畧》記："自九一八事變以來，國難日亟，師(按，指歐陽漸)忠義奮發，數爲文章，呼號救之如不及。一二八抗日軍興，師筮之吉，作釋詞，寫寄將士，以資鼓勵。繼刊《四書讀》《心史》，編《詞品甲》，寫《正氣歌》，撰《夏聲說》，所以振作民氣者，又無不至。"

1933年8月，歐陽以支那內學院名義刊刻《心史》，親自作序刊於卷首，並發表於1933年10月1日《國風》半月刊第三卷第七號。序曰：

> 有由我，有不由我。由我者，咒願是也。螟蛉之子殪，而逢蜾蠃，視之曰"類我類我"，久則肖之矣。填海移山，造極樂園，一誠所至，無不皆至。不由我者，現量是也。事本現在，不由乎人望後扳前；事自現成，不由乎人逞私營己；事原顯現，不由乎人索隱鈎深。運不守乎故常，理非極於一往。過時必復，

皆不人由。若能永貞其由我，而時乘其不由我，天下事蔑不濟
矣。古之志士仁人，循是道以收其效者，比比皆是。鄭所南，其
一人也。

鄭所南作《心史》，其《久久書》，屢屢《敍》，《療病咒》，永
貞乎由我者也。不起義兵，但以心志移灌後人，綿綿以俟，時乘
乎不由我者也。元運終，八十年，而河山恢復，所南心志竟成，
非天下事蔑不濟歟？夫人有心，國亦有心。心之精爽，是爲魂
魄。精爽至於神明，強死猶能爲厲；魂不附乎肢體，何論人事
陰陽？

悲乎，有國有家者不知也！徒眩人，不信自，懾惕而無氣
也。虜強我弱，時也；神明之胄必強，日月經天，江河行地，萬古
而不移也！不信自，無魂魄也！亡矣，直需時耳！若欲不亡，應
信自，應信神明之胄必強，應攝持其魂魄。古今慷慨悲歌之士，
鏤肺肝，括肪髓，不得已而發乎文字之聲者，皆魂魄之所寄也。
中國有百千萬億如是之聲，如之何其必亡也？中國有百千萬億
如是之聲，如之何若存若亡而不一敷布也？恭告天下：天下今
日，迫切復迫切、殷重復殷重者，心學也。

嗚呼，世之舍心言學以提倡於國人也久矣！《四庫》於《心
史》，曰：不避諱、錯人名、文詞塞澀、紀事與史不合，斥爲僞，不
著錄。是蘄蘄於郭外，不知魂魄肺肝何物！夫以不知魂魄肺肝
何物率天下後世學，人奈何有氣？國焉得不亡？事急矣，學不
可不變！格兒二十年讀《心史》不得，得讀，出資請梓。因敍而
梓之，以貽國人學。

民國二十二年八月，歐陽漸敍於支那內學院。

歐陽氏序中痛斥了統治者不知民眾的力量和懼怕外敵的投降心理，
實屬難能可貴。他還痛斥了《四庫總目提要》對《心史》的污蔑，呼籲“事
急矣，學不可不變”，認爲在當時抵抗外敵、救亡圖存中，《心史》可以“貽
國人學”，眞乃卓見！

從歐陽漸敍中及此版的牌記可知,該版《心史》是由歐陽漸的兒子歐陽格施資敬刻的。**歐陽格**(1895~1940),字九淵。十四歲考入江南水師學堂,辛亥後轉入煙臺海軍學校,1916 年畢業。1921 年任廣東海軍豫章艦艦長。1922 年陳炯明叛變時護衛孫中山,陞爲艦隊司令。後歷任廣東國民政府海軍局代局長、電雷學校教育長、國民黨第五屆中央監察委員等。抗戰初任江陰江防司令。1938 年因馬當失守而被捕。1940 年8 月以貪污罪在重慶被槍決,死在其父前。

王培孫(1871~1953),名植善,字培蓀(後改爲孫),以字行。上海人。光緒癸巳(1893)秀才。丁酉(1897)入南洋公學師範院讀。庚子(1900)八國聯軍入侵,海內震動,是年秋,接手叔父設於上海大東門內王氏宗祠省園的育材書塾。生平辦學,從此發軔。後逐步擴建爲育材學堂、南洋中學堂、南洋中學,歷任堂長、校長,成爲著名教育家。王氏於1905 年加入同盟會,又通文獻之學。從民國初年起,便廣收方志,爾後南洋中學圖書館方志獨多,蓋由於此。該圖書館規模,並時滬校望塵莫及。1937 年七七變起,淞滬失陷,王氏在悲憤中埋頭爲明清之際讀徹《南來堂詩集》作箋注,於 1940 年鉛印出版。在該書補編卷二下《贈雙峩寺穸玄七十》詩注中,王氏詳引《心史》出井之事,足見他對此瞭解之深。

羅惇曧(1872~1924),字孝遹,號掞東、賓退、癭菴,晚號癭公。廣東順德人。幼承家學,早年就讀廣雅學院,與陳千秋、梁啟超等同爲康有爲弟子。光緒庚子(1900)優貢生,入國子監。癸卯(1903)鄉試副榜,授郵部郎中。民國成立後,歷任總統府祕書、國務院參議、禮制館編纂等職。後憤於袁世凱復辟而棄政。與王瑤卿、梅蘭芳、程硯秋交誼深厚。撰有《賓退隨筆》等。羅氏於癸丑(1913)爲所撰《太平天国戰記》寫序,發表於 10 月 16 日天津《庸言》第一卷第二十二號,以《心史》比於該書之底本《天国志》[①]:

[①] 羅爾綱《〈太平天国戰記〉考僞》指出,這部所謂據北王韋昌輝嫡子韋以成《天国志》稿本重撰而成的《太平天国戰記》是一部荒謬的僞書。

洪氏以匹夫起兵,播蕩天下之大半,垂二十年,其間可紀者多矣,而事蹟闕然。徵之紀載,類皆耀清室之武功,蓋采諸官書。且大難削平,亦頌德之常例也。……今已易代,無復忌諱,宜若有信史出焉。特無成本據依,則蒐采費時,且難徵信。永州楊時百宗稷,以章以成所撰《天国志》相授。以成為北王章昌輝嫡子,昌輝敗,以成逃之皖之宣城,迨金陵傾覆,忍痛覼述,秘之鐵函,比於《心史》。其志可哀,而其事可據。

袁嘉穀(1872~1937),字樹五,號澍圃,晚號屏山居士。雲南石屏人。光緒癸卯(1903)翰林編修,即應經濟特科,廷試第一,為雲南史上惟一狀元,也是中國最後一名狀元。後任浙江提學使。辛亥革命後離浙歸滇,賣字自給。其字自創一體,世稱“袁家書”。1912年,應蔡鍔之聘任省參議員。1915年,應唐繼堯之聘為顧問,並修《雲南叢書》。1921年,任雲南省立圖書館館長。1922年,雲南第一所大學私立東陸大學(今雲南大學前身)成立,次年應聘任國文教授。抗戰爆發,憂憤成疾,臥床不起,病中起草《責倭寇》文,未脫稿而與世長辭。著有《滇釋》《移山簃随笔》《卧雪诗话》等。

《卧雪诗话》卷一載:“余自京歸滇,途中有詩云:‘提筆一枝馳四方,笑余二十九年忙。南窮交趾東窮海,並作遊仙夢一場。’詩未工而事尚實矣。抵滇之後,擬徵滇人關於清史之著作。啟云……”在袁氏所撰該啟文中提到了《心史》:

　　……若夫《淮南》鴻寶,久祕枕中;王氏《論衡》,曾儲帳底。鄭所南鐵函之籍,忽出人間;元遺山野史之亭,博徵國故。並可牧諸乙部,寄以庚郵。或采其事蹟,備為信史之材;或錄其書名,廣列藝文之志。雖無一字一縑之報,亦為徵文徵獻之資……

陳無名(1872~1948),原名際清,參加南社後易名,譜名延緒,字子長,號微廬,晚號希翁,庚辰(1940)後改號更翁,亦稱更生老人。浙江諸暨人。光緒時三試秋闈不售,意興闌珊。時革命之說日熾,遂絕意試事,杜門不出,發憤肆力詩古文辭,發兩世藏書遍讀之。後兄弟幾人都入南社。1949年鉛印十三次修《義門陳氏宗譜》,卷六收有其遺詩《如園居士寄示近作,奉題四首》,其四寫到《心史》:

> 少年接客半寰區,晚歲論交到鄙夫。
> 君士清齋禪悅靜,永嘉襀霸事功麤。
> 遠遊空想任公釣,①冥索常依惠子梧。
> 《心史》商量沈井底,與君主客各成圖。

該宗譜同卷又有《壽微廬二兄六十》四首,其三云:

> 抱殘守闕世無聞,誰道君苗硯可焚!
> 只要讀書囂種子,不愁變本毀斯文。
> 銕函古井詩先貯,②金谷芳樽酒半醺。
> 小大一門差識字,春風都向絳幃分。③

該宗譜同卷還有其1945年寫的《自跋詩稿》,也寫到《心史》:

> 吾家翰青勸余刻詩稿……嗚呼,一為文人,已無足觀。欲傳數字,又可不必。劉蛻之塚,所南之井,吾將擇而從之。姑書數行,以質翰青。乙酉季冬,更生老人自跋。

張榮培(1872~1953後),培一作佩,字植甫,一字欣伯,號蟄公,晚號鐵瘦、悟雲、覺塵。長洲(今蘇州)人,光緒壬辰(1892)中舉。其餘事

---

① 作者自注:"來詩有'空誦扶搖九萬里'之句。"
② 作者自注:"予手定詩稿百餘篇,未以示人。"
③ 作者自注:"三兄以下皆從問業。"

蹟不詳,似主要從事教書。善詩詞聯語和書法。著有《食破硯齋詩存》
《惜餘春館詞鈔》《張蟄公楹聯輯存》。張氏曾爲趙經達撰《歸玄恭先生
年譜》(1924年刻行)題詩二首,其二寫到《心史》:

> 生前兀傲招時忌,身後蒼涼遇賞音。
> 憤世王符書善著,絕人阮籍酒狂斟。
> 《鐵函心史》井方出,《龍藏血經》刼未沈。
> 賴有蒐羅琴鶴裔,一編墜緒可重尋。

張氏又於"歲在屠維大荒落(按,1929)暮春之月"爲方煐《枕雲山齋
詩稿》(1929年鉛印)作序,再次提到《心史》:

> ……沈沈落月,誰招旣逝之魂;渺渺晨星,遽入長眠之夢。
> 得無有蠶僵絲盡、豹死皮畱之慨乎!倘或鼠銜蠹食、雨漬塵封,
> 飄零半委泥沙、摧滅竟歸刼火。是以出《鐵函心史》,久悵銷
> 沈;訪《龍藏血經》,有資供養。今幸其文孫詒璋,父書善讀,祖
> 硯能傳。搜遺集而伸眉,屬片言以弁首。靈運述德,允貽燕翼
> 之謀;半千有孫,不媿鳳毛之選……

趙炳麟(1873~1927),字竺垣,號柏巖、號養眞子,晚年號清空居士,
意謂"我清人也,萬事皆空"。廣西全州人。光緒乙未(1895)進士,旋任
翰林院編修。戊戌(1898)參加康梁發起的保國會。乙巳(1905)因丁憂
同鄉,興辦教育。丙午(1906)陞任福建京畿道監察御史,到臺次日卽具
疏請預防流弊,條列正綱紀、重法令、養廉恥、抑婞進、懲貪墨、設鄉職六
端。翌年,上《籌遼備倭疏》,指出日本是中國大患,應練兵以對。戊申
(1908)上《劾袁世凱疏》。己酉(1909)宣統溥儀立,爲其侍講。宣統庚
戌(1910)上書彈劾奕劻,開罪皇族,被革去御史職,以四品京堂候補囘
籍,督辦桂全鐵路。民國初,兩次當選廣西出席國會會員。又辦礦業,參
加過討袁。1917年,應閻錫山之邀,出任山西省實業廳廳長。著有《柏

巖詩存》《柏巖感舊詩話》等。

《柏巖詩存》卷四有乙卯(1915)所作《輓于晦若侍郎(式枚)》四首，其四云：

> 欲覓招魂處，烏飛愴舊枝。
> 淚曾金狄灑，心許鐵函知。
> 黨籍悲元祐，①遺官繫義熙。②
> 斜陽無限恨，不待鶴歸時。

同卷又有同時所作《和趙芷蓀丈山居春暮原韻二十首之四》四首，其二云：

> 玉碎終何補，餘生亦瓦全。
> 藏書瘞井底，叱犢夕陽邊。
> 精衛難填海，憂愁只問天。
> 與君偕隱意，不是戀林泉。

《柏巖感舊詩話》卷一記張之洞晚年"亦不得行其志，鬱鬱病咯血"，將卒，爲絕命詩二首。趙氏爲和韻，其二云：

> 記得平臺赴召歸，薦賢原欲弭乖離。
> 江陵此日如援手，井底應無鐵匣詩。

王季烈(1873~1952)，字晉餘，號君九，又號螾廬，長洲(今蘇州)人。光緒甲午(1894)中舉，去浙江蘭溪作幕賓。戊戌(1898)進上海江南製造局，編譯《通物電光》《物理學》等。庚子(1900)到漢陽製造局，入

---

① 作者自注："公於光緒戊戌與麟同赴康南海之約，至嵩雲草堂茶話，遂有人刊是日赴席名單，謂之'保國會'。"
② 作者自注："公卒之先一日，自書曰'大清誥授光祿大夫吏部侍郎于式枚之墓'。次日卒於船上。"

張之洞幕。在張氏資助下，甲辰（1904）進京中進士，官學部郎中兼京師譯學館教員。又兼任商務印書館理科編輯。辛亥後，在天津辦農墾公司及火柴公司，又爲交通部籌辦扶輪小學、扶輪中學。1927 年移居大連。長期從事戲曲研究，著述甚多。王氏在清末擁護君主立憲，成立資政院時是欽選議員；1931 年還曾任僞滿宮內府顧問。

王氏著有《螾廬未定稿》，中有《題俞曲園贈彭剛直詩，和卷中韋齋題句韻》二首，其一涉及《心史》：

> 俞樓世澤未銷沈，祖硯貽孫直至今。
> 一絕淒涼桑海感，井中史筆所南心。①

《螾廬未定稿》還有《題宋本梅花喜神譜，爲吳湖帆》二首，其一也寫到《心史》：

> 妙得梅花趣，傳神百品詳。
> 譜經雙桂梓，書故一廛藏。
> 遇合三辛酉，②流傳幾海桑。
> 鐵函沈井史，一樣冷心腸。③

宗威（1874~1945），字子威，原名嘉儀，因犯溥儀諱改名。江蘇常熟人。宣統元年（1909）己酉科拔貢，翌年赴京朝考，後分發河南開封候補。1913 年返鄉任《常熟日報》主筆，後入縣署任實業科長。1915 年受北京師範學院聘，開始教育生涯，講授詩賦文學。是後來成爲著名小說家的老舍的老師。1929 年受聘於張學良創建的東北大學。1931 年"九一八"事變後回北平。1932 年淞滬抗戰後，攜眷回常熟。1933 年應聘任

---

① 作者自注："謂卷中階青太史題句。"
② 作者自注："此書梓行爲景定辛酉，蕆圖得於嘉慶辛酉，今於宣統辛酉歸之湖帆夫婦。"按，宣統無辛酉年，實爲 1921 年。
③ 作者自注："洪北江謂《心史》詠梅諸絕冷峭異常，《梅花譜》詩筆亦與相似。"

湖南大學教授。抗戰爆發，義憤填膺，寫詩文大聲疾呼。與柳亞子、齊白石等相唱和。受業王芸孫稱宗氏"精研國學多年，腹笥旣博，才華橫溢，發爲駢文舊詩，極爲工麗。在北京時，爲詩社鉅子，與樊樊山鄉丈齊名，蜚聲海內"。

宗氏早年常參加詩鐘活動，其《詩鐘小識》寫到：

> 《古·非》七唱。兩字皆平正，無特異處，而佳句特夥……樊山之"栩栩矚之今化古，姍姍來也是耶非"，上用鄭所南詩"今日之今，蘧蘧栩栩；少焉矚之，已化爲古"，下用漢武重見李夫人語，超妙不可及！

按，鄭句出自《心史》中的《春歌》："今日之今，霍霍詡詡；少焉矚之，已化爲古。"

1933 年常熟《虞社》第一九四期(其時爲雙月刊)發表宗氏的《海王村購得鐵函心史，賦長歌一首》，當作於"九一八"事變後：

> 疊山已老文山死，胡人南面作天子。
> 早送燕雲十六州，長驅吳楚三千里。
> 大宋孤臣鄭所南，錐心泣血奮然起。
> 五庚申後二十年，鐵函窆井沈《心史》。
> 先生避地居吳門，吳門碧草埋啼痕。
> "此生[身]不死胡兒手"，①縱聲歌笑號天閽。
> 南奔北狩皆悽絕，海濤澎湃煙塵昏。
> 濡筆大書"宋德祐"，靈風颯颯來忠魂。
> 此書大義《春秋》筆，此書封就佛生日。
> 石灰錫匣鐵重重，書摺成卷塗生漆。
> 井中別有宋乾坤，後死孤臣此願畢。

---

① 作者自注："先生句。"

鬼神呵護不終湮，精光歷久騰空出。

先生歿後三百年，一函卷帙仍完全。

崇禎末葉出問世，劫餘孤本乃流傳。

我觀此書一拊掌，中有精靈自來往。

《咸淳集》後多哀歌，景定詩人成絕響。

先生更有《十空經》，大無工字成宋形。①

自言嘔卻三斗血，冀取文章照汗青。

邊關漢月隨人去，荒原戰血傷心處。

又見夷氛捲地來，昭告先生泣且語！

1937 年 8 月 16 日《國聞週報》第十四卷第三二期《採風錄》有署名子威的一首詩，題目是一段小序："案頭有先君所藏《宋四賢遺稿》鈔本一卷，為吳潛《四明吟稿》及摘句趙汝回《東閣吟稿》、高鵬飛《林湖遺稿》、徐鹿卿《泉谷集》。吳、徐有序跋，<u>東閣見鄭思肖《心史》</u>。因誌之以詩。"意思是，趙汝回（東閣）其人在《心史》是中寫到的。（按，其實吳潛在《心史》中也寫到。）

夏敬觀（1875～1953），字劍丞，一作鑑丞，又字盥人、緘齋，晚號映菴，別署玄修、牛鄰叟。江西新建人。光緒辛卯（1891）入新建縣學，甲午（1894）舉人。從經學家皮錫瑞學，精研經史。庚子（1900）後在上海隨文廷式學，工詩詞。曾入張之洞幕，辦兩江師範學堂，任江蘇提學使，兼復旦公學校長、中國公學監督，署提學使。己酉（1909）辭官。入民國，1916 年任涵芬樓撰述，1919 年任浙江省教育廳長。1924 年辭職，閒居上海，鬻畫自給。著有《映菴詞》《忍古樓詩》《忍古樓詩續》《忍古樓詞話》《詞調溯源》等。

《忍古樓詩續》卷一有 1939 年所作《次韻答金籛孫過談庚戌吳門舊事感賦見投之什》（庚戌為 1910 年），其中用"兩心史"來指兩個清"遺民"：

---

① 作者自注："先生著《大無工十空經》，空字去工加十成宋字。"

低回卅載吳中事,宜味何如患難乘。
賃廡相鄰俱白髮,止樊在昔歎青蠅。
察微不幸吾言中,抱道終爲舉世憎。
<u>聞話當時兩心史</u>,萬端變亂筆難勝。

《忍古樓詩續》卷三有 1945 年作《七十一歲初度,書感示兒輩》,又談到《心史》:

此身墮地已傷遲,暮齒遭逢世益奇。
滿耳蟲聲雜眞僞,餘生虎口半危疑。
《反騷》聊以消殘酒,《心史》紛如覆敗棋。
汝輩舉觴非解事,老翁健在百無宜。

《忍古樓詩續》卷四又有 1946 年作《贈張菊生》,歌頌張元濟創辦涵芬樓的艱苦偉績,末聯又提到《心史》:

海隅有樓曰涵芬,聚書一旦遭寇焚。
是時翁年未七十,正校史籍手自親。
春秋八易功告藏,甄擇勘定何精勤。
旣爲來學闢窗牖,斯樓亦賴名永存。
翁今八十尚不倦,斗硯朝夕馳龍賓。
健腕側墜蹲鴟石,方瞳坐閱滄海塵。
世紛罄竹難寫記,所見世過聞傳聞。
<u>試將《心史》一覆按</u>,亙古寧有茲艱屯!

李宣龔(1876～1953),字拔可,號觀槿,室名碩果亭,晚號墨巢。福建閩縣(今福州)人。光緒甲午(1894)舉人,官至江蘇候補知府。民國後供職上海商務印書館,曾任經理,並兼發行所所長。1941 年任合衆圖書館董事。其自藏圖籍及師友簡劄、書畫等一併捐入該館,該館爲之編

《閩縣李氏碩果亭藏書目錄》。

李氏著有《碩果亭詩》等。《碩果亭詩》卷下丁丑年（1937）寫的《羞惡》，借《心史》以表自己的正直爲人：

> 羞惡從來屬此身，未聞有恥可驕人。
> 道污愈信功名賤，詩好難求面目眞。
> 亭在裕之空野史，井埋思肖自遺民。
> 一生持論吾非隘，毀譽何關臂屈伸。

《碩果亭詩續》卷二，又有作於甲申年（1944）的《題蔣東孚香草居》（蔣氏係無錫蘭藝名家），亦寫到《心史》：

> 鬱勃能花氣自高，幽居空谷亦人豪。
> 一函古井潛《心史》，九畹清風出《楚騷》。
> 異代小園應識庚，歲寒荒徑欲歸陶。
> 誰知《草木南方狀》，箋釋難辭沘筆勞。

陳炯明（1878～1933），字競存，廣東海豐人。秀才出身，廣東法政學堂畢業。清宣統元年（1909）年加入同盟會，廣州光復後任廣東軍政府副都督、代理都督。1913 年二次革命失敗後流亡南洋。1915 年參加護國運動，任粵軍總司令。1917 年擁護孫中山南下護法，爲援閩粵軍總司令。後反對北伐，鼓吹聯省自治。1922 年因謀害孫中山遭到討伐。後通電下野，退居香港。1925 年任中國致公黨總理。1922 年 3 月中旬，陳氏與汪精衛、伍廷芳、林森，一同發起修葺惠州西湖，陳氏並撰寫了《修理惠州西湖募捐序》（有說此序爲汪精衛代寫），其中提到《心史》，還把鄭思肖與義大利民族英雄朱塞普·加里波的相並論：

> 民德之陶冶，莫良於美育，此治羣學者所同認也。顧美莫
> 過於天然，而天然之美，又莫過於山水。蓋靜之美，莫山若；動

之美,莫水若。仲尼仁智之說有由然矣。然則山水之美,非特以遊息焉而已,無形之中,所以養成人類之皎潔志操,如淵懿之意識者,至深且偉。而於有道君子,則契合尤深。古之君子,不以慾物入其懷抱,而於山川之樂,往往不能忘,豈范希文所謂以物喜者哉,彼固有忻合無間者在也。若夫其地,不惟有山水之美,而此山此水又各有歷史上之事實,使人可泣而可歌。則其所以眠吾人者,不特天然之美感而已。攄懷舊之蓄念,發思古之幽情,其所以興起吾人者,較之發揚蹈厲之音樂,爲尤捷。鄭所南縱觀青山綠水,感喟蒼茫,無以爲情,而作《心史》;加里波的憑弔羅馬故墟,感激泣下,遂終其身爲義大利馳驅。蓋接於目,而入於心,有感斯應,非藉誦說所能擬也!

連橫(1878~1936),初名允斌,字雅堂(棠),號慕陶;及長改名爲橫,字天縱,一字武公,又號劍花。臺灣臺南人,祖籍福建漳州。詩人、史學家。光緒丁酉(1897),因不滿日人統治,赴大陸,進上海聖約翰大學求學。翌年回臺,任《臺南新報》《臺灣新聞》漢文部主筆,並結浪吟詩社,凡十人,月必數會,會則賦詩。此後多次往來大陸。乙巳(1905)在廈門創辦《福建日日新聞》。丙午(1906)冬,創立(臺灣)南社。1914年,清史館聘爲名譽協修。1924年在臺創辦《臺灣詩薈》月刊。1933年舉家定居上海。晚年預見中日必有一戰,生孫取名爲連戰。著有我國首部《臺灣通史》,及《劍花室詩集》《雅堂文集》等。章太炎曾稱讚連氏"此英雄有懷抱之士也"。(見1924年3月24日張繼致連橫信)著述甚多,今人合爲《連雅堂先生全集》。《雅堂文集》卷一有《東寧三子詩錄序》,寫到《心史》:

臺灣爲海上荒服,我延平郡王入而拓之,以保存正朔。一時忠義之士,奉冠裳而渡鹿耳者,蓋七百餘人。而史文零落,碩德無聞,余甚憾之。曩撰《臺灣通史》,極力搜羅,始得沈、盧、辜、王諸公之行事,載之列傳,而文彩不彰。是豈《心史》之編,長埋瞽井;西臺之什,竟付荒波也哉!

王夷軒,生卒年待考,又署怡軒、貽瑄、憶仙、夷先等,原籍福建廈門(一說閩侯),臺灣臺北人,臺灣板橋林本源家族之姻親。工詩畫,與連橫、李耐儂、林熊祥(文訪)等交往甚篤,著有《怡軒詩集》。臺灣日據時期大正十三年(1924)3月15日,連橫主編的《臺灣詩薈》月刊第二號有王氏於"甲子(1924)元宵"寫的《折枝傳唱》,寫到:

> 連君雅堂,既成《臺灣通史》後,近又刊行《詩薈》,其保存國粹,扢揚風雅,比之所南《心史》、遺山《中州集》,可謂兼而有之。吟集之餘,敦敦以閩中折枝詩句紹介爲囑。余不揣蕪陋,聊倣小眉詩序之例,將平日所耳熟口吟者,筆舉若干,繕列以答,並資研究耳。

陳篤初(1878~1938),原名福敷,字篤初,以字行,號還爽,福州人。光緒年間秀才,名醫,精詩書、金石篆刻,尤擅長水墨朱竹,筆墨清雅,爲陳夢湘弟子。是1930年代福州詩鐘領袖人物,曾任福州知名詩社"託社"社長。著有《還爽齋詩集》。有《讀心史》一詩頗佳:

> 菊山後人鄭憶翁,欲教百千萬人忠。
> 文章厄運邁陽九,布衣齎志冥冥中。
> 在昔天水王氣盡,滿目離黍悲故宮。
> 鐵函一卷落人世,三百年後光熊熊。
> 神鬼攝呵閟不發,堊灰閉錮石甃凸。
> 一時淘井得藏書,古香觸手猶未歇。
> 罪言滿紙挾風霜,丹心一片貫日月。
> 展讀顏色爲照人,信知萬刼難滅沒。
> 鰥魚身世太零丁,未甘北面朝虜庭。
> 猶遵漢臘黃初曆,得免秦坑孔壁經。

寫成一字一血淚,嘔取古道光丹青。

眷懷典午柴桑里,遺恨金源野史亭。

錦繡河山今誰主? 承天寺碑猶可撫。

詩吟寒菊死抱香,畫寫蘭根不著土。

卓哉晞髮謝皋羽,愧煞絕交趙孟頫。

吾思本穴之遺民,掩卷嗒然淚如雨。

吳貫因(1879~1936),原名冠英,別號柳隅,廣東澄海人。清末舉人。1907年赴日,就讀早稻田大學史學系。期間加入同盟會。又結識梁啟超。1912年學成歸國,和梁氏在天津創辦《庸言》月刊,梁任主筆,他當編輯。1914年任中華書局編輯。1916年袁世凱復辟帝制,他追隨梁啟超南下兩廣,揭起反袁大旗。1917年開始從政,任北洋政府內務部參事、衛生司司長。1919年,兼任編譯處處長。1927年後弃政從事教育,任東北大學教育、文學院院長,平民大學、燕京大學史學教授,華北大學校長等。1935年返天津創辦《正風》半月刊,轉年卒于北平。

吳氏《中國文字之起源》連載於《庸言》,爲其學術名著。1913年7月1日《庸言》第一卷第十五期所載一節中寫到《心史》:

> 或曰:"河出圖,洛出書",古籍言之夥矣。如子之說,則上世果絕無河、洛出圖、書之事乎? 應之曰:此事固不能斷言其無。顧使其有之,則必上古之人已有發明圖、書者,而或欲顯其神奇,或遭遇事變,乃緘固之而沉於河、洛,其後爲他人發所見,遂以爲是乃天地間自然發生之物耳。例如鄭所南之《心史》,沉之井裏者數百年,及明末而始發見,使在上古之世,必以爲是乃鬼神所授之書,非人類著作之書也。河、洛出圖、書之事,當與此同耳。

周達(1879~1949),字美權,號梅泉,齋名今覺,安徽建德(今東至)人。祖父爲兩江、兩廣總督,叔父爲北洋政府財政部長,家境富裕,嗜鴉片,以集郵票稱王,又從事數學研究。曾成立"知新算社",爲中國最早的民間數學團體,四次訪問日本,增進中日數學界相互瞭解云。其人平素喜著清官員服,生活習慣則一例西式。本書前已寫到,1921 年 1 月 7 日鄭孝胥日記云:"周梅泉來訪,不遇,畱示二詩,一爲哀張園之作,一爲《與莊呂塵談海藏樓詩》。"後一詩所謂"海藏樓"即指鄭某。周氏用同是閩人、同是鄭姓的鄭思肖的《心史》來拍鄭某的馬屁。自然,周氏是肯定《心史》爲眞的:

> 九派混混失宗師,只手扶輪庶在此。
> 敬禮小文誰可定,子雲並世竟相知。
> <u>鐵函緘史心何苦</u>,石室藏詩計未遲。
> 我已瓣香逾十載,平原欲繡愧未絲。

李致楨,字號、生卒年等待考。湖南人。清末舉人,曾爲湖南省派遣赴日本東京弘文學院速成師範科學習的畱學生,與畱學普通科的周樹人(魯迅)同校約半年。羅振玉主編的《農學叢書》中收有李氏編撰的《武陵物產表》。1920 年,李瑞清(1867 年生,字仲麟,號梅盦、梅癡、清道人,江西臨川人)逝世,李致楨爲作挽聯(載《清道人遺集》附錄),提及《心史》:

> 書畫自千秋,況其大節凜然,<u>心史鐵函傳不朽</u>
> 釣遊如昨日,忽報先生往矣,腹痛黃壚再過時

梁鴻志(1882~1946),字衆異,一字仲毅,晚年號迂園,福建長樂人。梁章鉅之孫。從小誦讀經史,早年中舉。民國成立後,曾任北洋政府祕書長。日本侵華期間,組織維持會,賣國投敵,任南京偽政府行政院長等。抗日戰爭勝利後,以叛國罪被判處死刑。梁氏爲人不齒,然著有《爰居閣詩集》《爰居閣脞談》等,在《脞談》中有論述《心史》非僞的文字。

郭則澐(1882～1946),字蟄雲、養雲、養洪,號嘯麓,別號雲淙花隱、龍顧山人、蟄園主人等。福建侯官(今福州)人。光緒癸卯(1903)進士,授庶起士、武英殿協修。光緒丁未(1907),派赴日本早稻田大學留學。回國任東三省總督徐世昌之祕書官。宣統元年(1909),改任浙江金華知府。後署浙江提學使,創機織學堂。繼任浙江溫處道台。入民國,歷任北洋政府國務院祕書廳祕書、政事堂參議、銓敍局局長、代國務院祕書長、經濟調查局副總裁、僑務局總裁等。1922年第一次直奉戰爭後去職,在京、津購地建房隱居,著述講學。1937年在北海團城創辦"古學院",被推爲副院長兼教師。訪求古籍,研讀校印,暇則撰寫小說。北平淪陷後拒任僞職,曾發表《致周啟明(按,即周作人)卻聘書》以明心志。著述甚豐,乙亥年(1935)撰《十朝詩乘》,卷一五云:"子木(按,即貝靑喬)別有《感時述事》詩,亦《心史》也。"丙子(1936)又編選《清詞玉屑》,《自序》中自比附《心史》:

> ……嗟乎,落枝結恨,怨環珮之不歸;新月牽懷,悵液池之空在。沈吟寶鬢,幾度花飛;卻顧藜臺,終朝雲曀。聊憑綴緝,遣此恓憛。聽仙韶於凝碧,猶想清時;播怨曲於冬青,又移殘刧。愁成萬古,長罰檀板之聲;事勒一朝,是坩<u>鐵函之史</u>。

郭氏又撰有小說《紅樓眞夢》,爲《紅樓夢》續書中有影響之作,書前有己卯(1939)小春"雲淙花隱自序",其中又寫到《心史》,可知郭氏在抗戰時堅持愛國也是受到《心史》激勵的:

> ……作者旣邈,解人斯難,強事扯捬,適鄰穿鑿。而況身丁板蕩,運遘黍離。<u>函鐵空沉</u>,失所南之本穴;塔灰未改,對遺山之史亭。涕淚君親,寒鵑猶咽;蒼涼身世,夢蝶何依?……

劉承幹(1882～1963),字貞一,號翰怡,別署求恕居士,齋名嘉業樓。浙江吳興(今湖州)人。自幼嗜書,光緒乙巳(1905)貢生,曾候補內務府卿。入民國以遺老自居,移居上海。自 1910 年起,大批收藏圖書。1924
年,又在南潯構建嘉業堂藏書樓,規模宏偉。數十年間得書六十萬卷,近
二十萬冊,海內聞名。曾據庫藏善本,刊行多種大部叢書,如《嘉業堂叢
書》《吳興叢書》《求恕齋叢書》《鼉余草堂叢書》《希古堂金石叢書》等。
抗戰期間將善本運至上海租界,經鄭振鐸介紹,由中央圖書館購去不少
精品。1949 年後,以半捐半售方式將部份古籍歸復旦大學圖書館。最
後,嘉業堂藏書樓及所有藏書均捐獻國家,由浙江圖書館接管。

今見劉氏《嘉業堂羣書序跋》卷四《嘉業堂藏書志》有《翁覃溪四庫
提要手稿序》,最後一段話可見作爲藏書家的劉氏也是認可《心史》的:

> 而乃蘧廬蜷影,謹守編韋,漆簡隨身,視同性命。題詩則
> 《心史》等視,開函則飢蚕逆馳。俯仰今昔,能不悵然!然則吾
> 人序此冊,雖以存國粹於天壤,亦所以寄淵思於天寶也。質諸
> 同人,其或許我。

陳士廉,生卒年未詳,原名士苣,字翼牟,湖南湘鄉人。光緒癸卯
(1903)舉人,清末官郵傳部主事。孫寶瑄《忘山廬日記》記其人,徐世昌
《晚晴簃詩匯》錄其詩。通經學古,著有《黃學廬雜記》,詩亦典雅。1913
年 3 月 16 日天津《庸言》雜誌第一卷第八號《詩錄》發表他的《長沙晤湘
綺先生,縱談近事,賦呈二首》,其二寫到《心史》:

> 談經今見魯靈光,伏壁遺書未許藏。
> 《心史》何人譏杜撰,[①]頭銜依舊署清郎。
> 興亡一代爭毫髮,[②]毀譽千秋論腹腸。
> 海上少微星正朗,可能結社住柴桑?[③]

---

① 作者自注:"今人多詆曾、胡,遂及《湘軍志》。"
② 作者自注:"偶及剪髮事,余因言滿清入關薙髮令甚嚴,其亡也復下剪髮令,可謂以髮始,以髮終
矣。先生爲之莞然。"
③ 作者自注:"止園、樊山、石圃均流寓上海。"

黎之彥(1883~1961),字子俊,號錦屏山人,晚號四素老人。四川閬中人。宣統元年(1909)拔貢。1914 年後任甘肅渭源、臨潭知縣。1931年任寧夏省府祕書主任。1935 年赴北平慰問長城抗戰將士,後任寧夏駐平辦事處主任。北平淪陷後,日人邀其出任偽職,拒之,遭日憲兵監視。抗戰勝利後,參與北平藝專籌建,協助校長徐悲鴻工作。新中國成立,先後任職於中央美術學院和北京文史研究館。今見 1926 年鈔本《創修渭源縣志》卷九《藝文志》中,錄有黎氏當年任渭源知縣時寫的《渭源清聖祠題壁》,詩中提到《心史》:

> 徒覺乾坤隘,孤蹤且北征。
> 首陽甘餓死,《心史》痛先生。
> 養憶分周粟,神應憖渭城。
> 中原幾祠廟,墩勝謝公爭。
> 舉世人皆濁,清風此尚霤……

吳梅(1884~1939),字瞿安,又字靈鶼,號霜厓,別署癯安、逋飛、厓叟等。長洲(今蘇州)人。南社社員。歷任北京大學、中山大學、中央大學、金陵大學等校教授。一生致力於戲曲、聲律的研究和教學。著有《顧曲塵談》《曲學通論》《中國戲曲概論》《元劇研究》《南北詞譜》等。又作有傳奇、雜劇多種。

吳氏曾收藏《心史》並於丁卯(1927)四月九日題跋,還在書末書錄了顧炎武的《井中心史歌》。在日本侵華時,吳氏在逃難中還不忘珍攜此書。此本今已由北京圖書館出版社影印出版。另外,吳氏在清末寫的一闋《金縷曲》(1932 年 1 月 12 日日記中修訂),末云:"有《井中心史》稱同調,古今淚灑多少。"

蔣作賓(1884~1941),字雨巖,湖北應城人。光緒乙巳(1905)官費留學日本東京成城學校,加入同盟會。丁未(1907)畢業回國,任保定速成學校教習。己酉(1909)調任陸軍部軍衡司科長,旋陞司長。辛亥(1911)武昌起義,奉命赴灤州宣撫,暗中聯絡革命黨,欲武力取北京,後往瀋陽謀舉兵獨立，均未成。漢陽失守，被推爲九江都督府參謀長，派江西民軍赴湖北廣濟、黃岡牽制清軍。1912 年任南京臨時政府陸軍部次長。南北議和後，北上續職。1913 年稱病離職，被幽禁西山。袁世凱死，復任參謀本部次長。1919 年參與驅逐湖北督軍王占元。1921 年主張湖北自治，被推爲省總監。後歷任政府委員及軍事委員會委員、駐德公使、駐日大使、安徽省政府主席等職。

1922 年 12 月 9 日《申報》發表聲討吳佩孚的《蔣作賓通電請澈究羅案》，蔣氏在電文中提到《心史》：

> ……尚有一吳佩孚，禍水滔滔，於今爲烈。兹者惡貫滿盈，天人共憤，釜底遊魂，奚勞筆代。惟作賓年來奔走南朔，宣揚民□，海內□賢，皆吾儔侶，敵吾主義者，祇吳氏一人。國民嫉彼兇頑，殆無日不在烱視搜捕之中。世有董狐，早成《心史》。謹述其罪跡顯著者，爲國人痛切陳之。

馬敍倫（1885~1970），字彝初，更字夷初，號石翁、寒香，晚號石屋老人。浙江杭縣（今餘杭）人。清末參加南社、同盟會，民國時歷任北京大學教授、浙江第一師範校長、浙江教育廳長等。抗戰時期蟄居上海，貧病交加，化名鄒華孫，專事著述。抗戰勝利後，與鄭振鐸等發起組織中國民主促進會。新中國成立後，任政務院文教委員會副主任、教育部部長、高教部部長等職。

馬氏學識博淵，於文字學、金石學、訓詁學、老莊哲學、詩詞等皆有涉獵和建樹；然於文獻辨僞考證一面似非強項。在 1931 年出版的《讀書小記》中，馬氏議及《心史》真贗問題，就說了一些並不高明的話：

> 談孺木《棗林雜俎》記僞書，謂宋咸僞《孔叢子》，姚士粦僞《於陵子》。按，臧玉林、丁儉卿並謂《孔叢子》出王肅僞造。談說蓋本朱子，然以臧、丁之說爲有據。《於陵子》出徐天池。士粦則閻百詩以爲僞造《心史》者也。（見《尚書古文疏證》卷五

第六十九條下。閩云閩之曹秋岳。)然姚首源云:"《心史》言辭甚多,而且鬱勃憤懣,自是一種逸民具至性者之筆,非可偽爲也。叔祥好搜古籍,謂於吳門承天寺井中得之。林茂之序謂僧君慧浚井所得,或是。未敢附和以爲偽書。"蓋首源亦未之考耳。所南詩有見於元人王逢《梧溪集》者,又談謂"《心史》行世久矣,想副本流傳,不待瞽井啟函也",非叔祥所偽作,明矣。至全謝山謂所南別有《錦綫集》之散在《永樂大典》者,"以之對勘《心史》,當有敗闕"。(《錦綫集》,疑卽《錦錢餘笑》,惟祇詩二十四首,或非梨洲所見本,卽謝山所謂《大典》中之"奇零者"也。)余觀《錦綫集》,則所南乃陶元亮一流人,與其行事又相合。而所南自作《無弦處士說》,甚頌元亮之爲人,則其旨又可見也。《錦綫集》詩,多隱痛不文,校之《心史》之猶飾辭藻者有間。謝山所謂"敗闕"者,豈指此歟?且《錦綫集》載《大典》中,而《姑蘇志》本傳獨不及,則作傳者未見此書,又授人口實之一端也。然叔祥雖生晚明,當陵谷無恙、鐘虡不驚之時,何故而爲此亡國之音?且夫強歌者以哭,雖呻吟未能摯也。今讀《心史》者,尚欲爲之泣數行下,況親操不律者乎?則叔祥雖有心人,亦奚能沈痛如此?或叔祥因《心史》有"鐵函"之言,遂作狡獪於承天寺耳!

馬氏雖然有些話說得不妥,但畢竟駁斥了《心史》偽書說。他說的"當陵谷無恙、鐘虡不驚之時,何故而爲此亡國之音","亦奚能沈痛如此",是很有道理的。

黃侃(1886~1935),初名喬鼐,更名喬馨,後改爲侃,字季剛,又字季子,晚號量守居士。湖北蘄春人。光緒乙巳(1905)留學日本,在東京師事章太炎,受小學、經學,爲章門大弟子。1914年後,曾在北京大學、武昌高等師範、北京師範大學、山西大學、東北大學、中央大學、金陵大學等校任教授。在北京大學期間,向劉師培學習,精通《春秋》左氏學之家法。黃氏在經學、文學、哲學各方面都有很深造詣,尤其在音韻、文字、訓詁方面更有卓越成就,人稱他與章太炎爲乾嘉後小學之集大成者。黃氏《戊辰七月日記》十九日乙巳(1928 年 9 月 2 日)記曰:

> 村肆逆旅常喜以"布衣暖,菜羹香,詩書滋味長"三語作堂幅,向未知其出處,以爲《增廣經》之類。今日偶繙《宋詩鈔補》,得之於"所南集",題曰《隱居謠》。固知買書有益、開卷有益也!

黃氏在是年日記的最後附錄中,也特地於"戊辰七月十九日"條記曰:"繙《宋詩鈔補》,忽見《所南集‧隱居謠》'布衣暖'三語。"可知黃氏對這一"忽見"非常高興。"所南集"是《宋詩鈔補》中編選者所取的名字,本無此一書。《宋詩鈔補》所收《隱居謠》等均出自《心史》。

黃承潮,生卒年不詳。福建永泰人。清末秀才,曾雷學日本師範速成科。1928 至 1930 年任永泰縣長。後爲省三小學校長、于山戚(繼光)公祠董事等。1932 年 1 月 28 日日軍轟炸上海,鄭貞文在滬寓所被燬,僅餘祖傳二盌,後赴福建任省政府委員兼教育廳長,乃以爐餘雙盌名其書齋。黃氏乃爲雙盌齋題詩兩首,收入 1941 年鄭氏自印的《笠劍雷痕》,其二詠及《心史》:

> 知有先芬易代存,爐餘爭認刼灰痕。
> 鐵函他日添《心史》,蘭畹分明感露根。

汪國垣(1887~1966),字笠雲,後改字辟疆,別號展菴,因故鄉近方湖,晚號方湖。江西彭澤人。1912 年畢業於京師大學堂,1918 年任江西心遠大學教授。1927 年起在南京第四中山大學、中央大學、南京大學任教。其間曾任監察院委員、國史館纂修。著有《光宣詩壇點將錄》《近代詩人述評》《方湖類稿》《目錄學研究》等。

《方湖類稿》中有《國粹學報彙編序》一文,原載 1935 年 12 月 16 日章太炎主編的《制言》第七期,其中寫到《心史》:

⋯⋯廿載以前,荒江之上,固嘗有擴懷舊之蓄念,發思古之
幽情,朝布一編,夕傳萬口。折鹿嶽嶽大義,炳若日星;說經鏗
鏗歌聲,出乎金石。國學不墜,其在茲乎! 今繙繹要旨,厥有數
善:夫國於天地,必有與立;所立維何? 是曰種性。自倉沮以
還,書契迺作;周孔而後,經典斯崇。《禮經》三千,定尊卑之
分;《春秋》十二,嚴夷夏之防。《風雅》不亡,民俗斯得;《離騷》
有作,忠愛可規。黨論激發於東京,名節恢宏於閩洛。涵濡既
久,功效斯呈。故所南《心史》之編,入井而不濡;文山《正氣》
之歌,閱世而彌壯。茲編當滄海之橫流,媲前修而獨立,總《麟
經》之大義,繕《虎觀》之祕文,發此幽光,取為洪幹。此其
一也⋯⋯

劉半農(1891~1934),原名壽彭,後改名復;初字伴儂,時用瓣穠,後
改字半農,號曲庵。江蘇江陰人。民國初年在上海以向通俗小報刊投稿
為生。1917年應蔡元培邀,赴北京大學任法科預科教授,並參與《新青
年》雜誌編輯工作。期間積極投身文學革命,反對文言文,提倡白話文,
還寫新詩。1920年赴英國倫敦大學大學院學習實驗語音學,翌年夏轉
入法國巴黎大學學習。1925年獲法國國家文學博士學位,回國任北京
大學國文系教授,講授語音學。1934年6月前往內蒙古等地調查方言
音調和聲調,不幸染上回歸熱而病逝。

1917年7月1日《新青年》第三卷第五號上,劉氏發表《詩與小說精
神上之革新》,其中涉及《心史》。劉氏文中否認中國歷史上有真正的愛
國詩,是真正的"輕薄話";但他顯然也不認為《心史》是偽書:

⋯⋯至於王次回一派人,說些肉麻浮豔的輕薄話,便老著
臉兒自稱為情詩;鄭所南一派人,死抱了那"但教大宋在,卽是
聖人生"的頑固念頭,便搖頭擺腦,說是有肝膽、有骨氣的愛國
詩。亦是見理未真之故。(余嘗謂中國無真正的情詩與愛國

詩,語雖武斷,卻至少說中了一半。)

鄭貞文(1891~1969),字幼坡,號心南,齋名笠劍軒、雙盨齋。福建長樂人。十六歲留學日本,並加入孫中山領導的同盟會。歸國後在上海商務印書館工作。1932 年 1 月 28 日日軍轟炸上海,鄭氏在滬寓所被燬,僅餘祖傳二盨,洎赴福建任省政府委員兼教育廳長。乃以燼餘雙盨名其齋,據云蔣介石、蔡元培均爲其齋題字。抗戰期間,1941 年,鄭氏校勘《心史》,與謝翱《晞髮集》合刊,在福建永安印刷社排印出版,線裝一冊。他在《鐵函心史晞髮集合刊序》中說:

> 漢族立國五千年,兩被外力征服,而終能同化他族,恢復治權,蔚成中華民族之盛者,則以有優越之文化、崇高之氣節,故能歷刧而復興也。宋、明末葉,山河破碎,抵抗暴力到底者,其地爲閩,其人亦以閩爲多。鄭所南、謝皐羽、鄭延平,俱以一布衣,毀家捨身,奔走救亡;及大勢已去,猶復抗節守義,以文詞喚醒國魂於數百年之後。嗚呼,此豈非民族精神之表現耶?延平以臺、澎延明祚五十餘年,功業昭昭,在人耳目。至所南、皐羽之行誼,傳者尚甚少,詩文尤多散佚。貞文弱冠留學東瀛,適先總理孫公組同盟會,廣刊遺民著作,青年聞風興起者衆。貞文亦於此時得讀《鐵函心史》,感吾宗先民之氣節,因以"心南"爲號而加盟焉。猶以未讀謝氏《晞髮集》爲憾。
>
> 島夷犯遼之翌年,貞文受命返梓,綰教政,旋奉令編輯《閩賢事畧》,僅知皐羽爲長溪人,未審屬今何縣。蓋福寧府古稱長溪,頗疑籍隸府治霞浦。去冬視學閩東,詢父老,考志乘,始知謝爲福安穆洋人,其母家繆氏今尚爲穆洋望族。邑人郭君盧中以《晞髮集》見贈,秉燭盡之,氣爲一振,猶三十年前讀《心史》時也。歸,亟取二書校訂付梓,並作年譜,以紀其生平,而便考覽。嗚呼,革命未竟,國難方殷,讀是書者能無發皇民族精神之思乎!

民國三十年國慶日,吳航鄭貞文於吉山笠劍軒。

可知鄭氏是早年在日留學時讀到《心史》,深受激勵,從而取號爲"心南",並加入同盟會的。因此,本書本來也可以把他放在前面談《心史》在清末的影響時敍說。他在抗戰最艱苦的年頭校刊的《鐵函心史晞髮集合刊》,其中《心史》所用版本,卽梁啟超當年在日本校刊、在上海廣智書局出版的那本。

鄭氏還在 1935 年出版的《閩賢事畧初稿》一書中,特地寫了鄭思肖傳,宣傳其愛國精神。1940 年 10 月 30 日,他在訪問鄭思肖故鄉時寫詩《連江感懷》(收入《笠劍噚痕》),小序曰:"連江北門外有東湖,爲隋代林堯(字東齋)捨田所成。鄭思肖(字所南)、陳第(字季立)均爲邑人。辛亥之役,義士吳適(字任之)率邑中數十同志參加,殉難者凡九人。義士精繪事,今尚健在。國府主席林公築室青芝山中,自號青芝老人。"詩中提到鄭思肖和《心史》:

> 鼇峰自昔多忠義,林氏東齋溯隋季。
> 潴水爲湖灌溉資,千畝良田甘斥棄。
> 有宋氣節數海濱,本穴遺民隱姓字。
> 作史沉井蘊孤忠,寫蘭露根寓深意……

鄭氏在 1941 年 10 月寫的《笠劍噚痕序》裏還將《心史》詩文與岳飛、陸游、文天祥、謝翱的作品並論:

> 夫武穆之詞、放翁之詩、文山之歌,以及吾閩鄭所南、謝皋羽諸作,善敍喪亂,詞多感慨,尤富民族之思。余讀其文,想其人,惜有志而未逮也。

鄭氏編印的《鐵函心史晞髮集合刊》,書名由**劉建緒**(1892 ~ 1978)題寫。劉氏時任福建省政府主席及福建全省保安司令。

周瘦鵑(1895~1968)，原名祖福，後改名國賢，筆名瘦鵑，後以筆名爲正名，別署泣紅、俠塵、蘭菴、紫羅蘭主等，江蘇蘇州人，出生於上海。中學時即開始文學創作。1915 年加入南社。1916 年起歷任中華書局、《申報》社、《新聞報》社編輯和撰稿人。曾主編《申報·自由談》十餘年。還主編過《禮拜六》《紫羅蘭》《良友畫報》等刊。被稱爲鴛鴦蝴蝶派代表作家。1917 年編譯《歐美名家短篇小說叢刊》受到魯迅推許。1931 年由滬定居蘇州。抗戰前夕列名於魯迅、郭沫若、茅盾、鄭振鐸等人的《文藝界同人爲團結禦侮與言論自由宣言》。蘇州淪陷後放棄寫作，以開設盆景店度日。新中國成立後任第三、四屆全國政協委員、江蘇省人民代表、蘇州市博物館名譽副館長等。

今見 1912 年上海《婦女時報》第九期周氏發表《閨秀叢話》，寫到高郵妓毛惜惜，引用《心史》中《追獎》詩，稱"英風凜凜，堪與文丞相共垂不朽"。又見 1919 年 9 月 21 日《申報·自由談》發表周氏《藝文談屑》，引用並高度讚許《心史》中文；而且，1923 年出版的《文學研究社社刊》第七號上，周氏再次發表了這一《藝文談屑》：

> 鄭所南先生爲有宋愛國士，忠肝義膽，炳彪千古。嘗有《試筆漫語》之作，擲地作金石聲，正不能以其爲小品而小之也。其一云："塞眼新寒，澄人欲僵，翳雲疊疊，積壓愁晦；揮劍一畫，開暖生明，照萬物有活色，吾知天地不終以陰慘厄人。"其二云："噫，空懷貯秋碧，狂足孤走，高叫破膽，手摯肺腑，出照天地，蓋皎如也。"

劉咸炘(1896~1932)，字鑑泉，號宥齋。四川雙流人。家世業儒，譽滿蜀中。從小研讀章學誠《文史通義》，終身私淑之。1918 年，任從兄咸焌創辦的尚友書塾塾師，執教十餘年。後又與友人唐迪風、彭雲生、蒙文通等創辦敬業書院，任哲學系主任。1926 年起，爲成都大學、四川大學聘爲教授。劉氏博古通今，無書不讀，發憤著述。遺著經整理，都二三一種，四七五卷(其中包括未完稿、目錄提綱、編選教材等)，合爲《推十書》

(取《說文》"推十合一"爲"士"之意)。一代通儒,英年早逝,學界痛惜!
劉氏《校讎叢錄·古書》中提到《心史》:

> 古書有疑僞而實非僞者……《易餘籥錄》曰:萬季野、閻百
> 詩俱說鄭所南《心史》乃姚叔祥所依託。全謝山、厲樊榭則謂
> 叔祥豈能爲此詩。按,朱潮遠《四本堂座右續編》載浚井出函
> 事甚詳,自述其目睹,則非姚氏所依託矣。

劉氏此處只是摘錄清人焦循的話。文中萬季野乃全祖望誤記,朱潮
遠記事有不確(均已見本書前述);"全謝山"后的頓號大誤,應改爲"言"
字(不知是原文錯誤還是整理者的錯誤)。顯然,劉氏接觸有關《心史》
的史料不多,但他不認《心史》爲僞,則確然無疑。劉氏在"癸亥(1923)
十一月"寫的《內景樓檢書記·集類》中,更明確著錄"《心史》鄭思
肖",云:

> 出於井中。《四庫》不錄而以爲僞,蓋以嫌忌也。此用明
> 末刊本,依《後敘》重加編定。

從最後那句話,可以推知劉氏看到的《心史》乃 1905 年梁啟超作序
的鉛印本。該本缺載大量明人跋文,劉氏據此不佳之本即肯定《心史》
出於井中而不僞,並揭露《四庫提要》的用心,實屬目光如炬。

鄭北野,生卒年及仕履均不詳,江蘇常熟人,小說家天虛我生即陳蝶
仙(1879~1940)之門下士。1920 年創刊主編《北野雜誌》季刊。鄭氏在
4 月 1 日該刊第二期發表《自顯家藏所南翁畫蘭少幅索和》,可知他家藏
有鄭思肖墨蘭。該詩寫到《心史》:

> 國土淪亡命脈存,乾坤何處託靈根!
> 墨花痛灑厓山淚,史筆冤沈井底魂。
> 故紙千年香不散,丹心一點氣猶溫。

古今不數傳家寶，好與文山硯並論。

吳其昌（1904～1944），字子馨，號正廠，浙江海寧人。幼失父母，生活艱困，眇一目，刻苦好學。十六歲考入無錫國學專修館，受業于唐文治。好治宋理學。以才思敏捷，與王蘧常、唐蘭合稱“國專三傑”。例假日常懷燒餅坐圖書館，攻讀終日。1923 年畢業後至廣西容縣中學任教，並扶助弟妹求學。1925 年，考入清華大學國學研究院，從王國維治甲骨文、金文及古史，從梁啟超治文化學術史及宋史。鑽研不輟，時有著作發表，深得王、梁兩人器重。1928 年任南開大學講師，後任清華大學講師，1932 年任武漢大學歷史系教授。抗戰軍興，隨校遷至四川樂山，旋兼歷史系主任，直至逝世。吳氏一生愛國，1926 年參加三一八反帝大游行，扛大旗走在隊伍前面，慘案發生時，槍彈橫飛，因撲倒在地，方免於難。九一八事變後，與夫人諸湘、弟吳世昌乘車南下，謁中山陵痛哭，通電絕食，要求抗日，朝野震動。抗戰開始，患肺病、咯血，仍以國難爲念，堅持講課寫作，直至病逝。

1927 年 1 月《甲寅週刊》第四十二號《通訊》發表吳氏《忠言》（致章士釗信），其中提到《心史》：

> ……其昌之欲有言於先生者久矣。其昌之友，若唐立菴（蘭）、汪衣雲（吟龍），皆與先生相稔。然當時先生總攬天下教權貴職也，而其昌一成均下士。古之人布衣無故則不通書於顯達之門，處此叔世，吾人守身尤不可以不謹。故雖欲有所進言，卒以懼清議而止。今先生已入江湖、下林泉，與其昌同爲一草莽之野人，是未可以言乎。區區私悃之所望於《甲寅》者，願其爲董狐之直簡、南史之信讞、孫盛之《陽秋》、所南之《心史》，而不願其爲談藪，爲書林，爲說苑也……吳其昌，清華大學研究院，一月十九日。

由此可知，後來陳寅恪多次在詩文中將“孫盛《陽秋》”、“所南《心史》"並稱用典,實是起於吳氏。

張壽林(1907~?),字任甫、仁甫、任父,安徽壽縣人。燕京大學國學研究所畢業,歷任北平各大學講師、教授,著有《論詩六稿》《三百篇研究》等。1927年東方文化事業總委員會編纂《續修四庫全書總目提要》時,張氏受聘參與撰寫,先後完成千六百篇提要。在鄭思肖《太極祭鍊內法》提要中寫到鄭氏"所著有詩集曰《心史》"。

抗戰後期,1944年7月,在戰時陪都重慶出版了**周貫仁**編刊的《心史》。周氏生卒年不詳,僅知是孔庚的同鄉即湖北浠水人,中國佛學會祕書,參加佛教界抗日活動,與國民黨上層軍政人員頗有交往。該書的內容、分卷,相對於《心史》原本署有顛倒,又收有周氏《心史痛言》一文。書前還有居正所作《序心史痛言》,書後又附有二十篇與抗日有關的詩文(大多爲周氏自作),及《大公報》社評《徹查漢姦罪惡》、朱惺公《罵賊文》等。周氏在"抗戰第八年'七七'周年紀念日"寫的《編後記》中說:

　　一、承蒙黨國先進居覺生、王亮疇、馮煥章、甘自明、梁均默、周惺甫、何芸樵、孔雯掀、鄧飛黃、吳忠本、康澤、連良順諸公寵錫詩文,篇幅增輝,永垂《心史》,銘感不忘。

　　一、茲編從審稿至出書,計時約兩月,多承柴海樓、黃紹美、高怡倫先生等及張滔、成惕軒、李靜璉、萬啟英諸兄之贊助,而藉助宗仙法師者尤多,合併謹誌謝忱。

　　一、本書前後篇目,雖與原本有異,而文字則全部照刊無遺。原擬編訂《鄭所南先生年譜》,以乏參考之書,又無蒐聚之暇,爲契時宜,急草《痛言》,倉卒付梓,謬誤難免。如蒙當代史家通士賜予指正,極深感幸。抒匡時之讜論,發思古之幽情,爲結翰墨之緣,廣徵金石之作,鴻篇巨著,酌奉薄酬。

　　一、蒙一位黨國先覺見示,此書民初亦曾刊行,名爲《鐵血[函]心史》,問盡渝市書局不得,倘承藏家惠借一閱,感甚盼甚。

　　一、查《愛恨悔文選》初輯出版,計時倏經一年,凡曾匯款續訂未退者,奉寄《心史》一部,諸祈察諒。

茲將與此書有關者簡介於下。

該書由**梁寒操**(1899～1975)題寫書名,又題詩一首。[①] 梁氏號均默,時任國民黨中央宣傳部長。書前其他題詞、題詩的還有:**孔庚**(1872～1950),號雯掀,時任國民參政會參政員。**王寵惠**(1881～1958),字亮疇,時任國防最高委員會祕書長。**周鍾嶽**(1876～1955),字惺甫,時任國民政府內政部部長。**成惕軒**(1911～1989),時任國防最高委員會祕書。**甘乃光**(1897～1956),字自明,時任國防最高委員會副祕書長、中央設計局副祕書長。**鄧飛黃**(1895～1953),時任三青團中央幹事會幹事。**吳忠本**,身份待查。**馮玉祥**(1882～1947),字煥章,時任國民黨軍事委員會副委員長。(按,馮氏沒有為此書題詞,書上收的是他寫的一首抗日的詩《爸爸在家》。)**康澤**(1904～1967),時任三青團幹事。**柴也愚**,其名出於《論語》,居士,法名智韜。**王之宇**(1906～1988),時任重慶衛戍第三分區中將司令。**宗仙**,重慶羅漢寺法師。**黃紹美**(1901～1961),時任少將。**世璋**、**冷觀**,身份待查。**謝遠灝**(1899～1979),時任中央各軍校畢業生調查處少將處長。**陳綏之**,身份待查。**何鍵**(1887～1956),字芸樵,時任軍事委員會撫恤委員會主任等。**連謀**(1907～1978),福建泉州人,小名良順,時任國民黨軍統局少將督察。**王貫之**、**張時傑**、**熊鶴章**,身份待查。**溫光熹**,四川成都人,居士,法名達本。

另,為周氏《心史痛言》一文作序的**居正**(1876～1951),字覺生,時任國民黨中央執行委員、國民政府委員。周氏《編後記》中提到的**柴海樓**,大概就是柴也愚;**高怡倫**、**張滔**、**李靜璉**、**萬啟英**諸人,身份待查。

雖然這本書是用戰時常見的極粗劣的土紙印的,裝幀極差,書後所附詩文有的寫得並不好,書前題詞的人物中有的也不令人尊敬,但此書

---

① 順便提及,1935 年 8 月 25 日南京《中央日報》上曾發表孫公樸《讀寒操書鄭所南哀時詩條幅後》兩首:"證交書贈所南詩,感慨悲歌不盡思。健者相期君共勉,中原烽火正殷時!""飄零書劍剩愁多,偶遇知音一放歌。挾策未申平寇論,憂時惟有淚滂沱!"同時發表梁寒操《和前韻》兩首:"肺肝摧裂所南詩,義烈孤忠尚可思。一紙貽君無限感,神州忽見陸沉時。""策勵痛飲黃龍酒,殺敵高吟愛國歌。我欲同君祈戰死,新亭何事淚滂沱!"

流傳至今已很少,從中我們能聞到濃濃的抗日戰爭的烽火硝煙味。

民國時期肯定《心史》的國民黨元老還有不少,如**于右任**(1879~1964),名伯循,字誘人,後以諧音右任爲筆名,並以此名行。號半哭半笑樓主、鴛鴦七誌齋主、騷心、大風、神州舊主、剝果等。陝西三原人。國民黨元老。詩人、書法家。曾創辦復旦公學、中國公學,又創辦《神州日報》《民呼日報》《民立報》等。民國後歷任交通部次長、國民聯軍駐陝總司令、審計院院長、監察院院長等。晚年在臺灣盼望祖國統一。今在上海圖書館古籍善本部看到原爲于氏珍藏的張國維刊本《心史》,上面鈐有"又任之友"(有兩處)"于氏世守""關中于氏""于思""半哭半笑樓""鴛鴦七誌齋"(按,于氏在清光緒年間刊印《半哭半笑樓詩草》譏諷時政,因遭清廷通緝;民國初年,于氏收藏的墓誌中有七對夫婦的石誌,因取齋名"鴛鴦七誌")等印章,充分表達了于氏對《心史》的肯定與珍愛。

還有**李根源**(1879~1965),字印泉,又字養溪、雪生,號曲石,別署高黎貢山人。祖籍山東益都(今青州),生於雲南騰越(今騰沖)。早年畢業於日本陸軍士官學校。光緒乙巳(1905)入同盟會。宣統己酉(1909)回國,任雲南講武堂監督兼步兵科教官,旋陞總辦。辛亥(1911)與蔡鍔同謀舉義。1923年,因反對曹錕賄選總統,憤而退出政壇,隱居吳中。後積極投入抗日救亡運動,曾先後四次爲英勇犧牲的抗日將士建塚。新中國成立後,歷任西南軍政委員會委員、西南行政委員會委員、全國政協委員等。著有《曲石文錄》《曲石詩錄》《雪生年錄》等。李氏長居蘇州,還曾任《吳縣誌》總纂,稔知《心史》出井之事。如其《雪生年錄》卷三即記:

> 十一年壬戌(按,1922),四十四歲,新年偕武誠奉母觀汪義莊假山、拙政園文藤、承天寺《心史》井、府學廉石、織造府瑞雲峯,皆蘇城名蹟也。

尤可一提的是,國民黨的蔣氏父子都是充分肯定《心史》的。**蔣介石**(1887~1975)早年在日本時即讀過《心史》,他在1934年6月22日的日記裏就記載：

> 友人贈我鄭所南先生之《心史》，如逢故友。此史爲余少
> 年在倭時最愛讀之書，促進我革命情緒不少也。

蔣經國（1910～1988）也是早就讀了《心史》的，據說他平時常向國
民黨的幹部、學員談及《心史》。特別是當蔣介石在 1975 年去世時，蔣
經國守靈，作有《守父靈一月記》，其中 5 月 2 日記有：

> 三天之內讀完《鐵函心史》一書。此書對於個人之修養益
> 處甚大，書中有一言"父母恩異於他人，父母恩非數可算"。此
> 正余之心意也！

民國時期，尤其是在偉大的抗日救亡運動中，以《心史》來激勵自己
和激勵同胞的鬪志與氣節的愛國文人學者還有很多很多，除了上面已經
提到過的以外，這裏再據所知簡單例舉幾位（畧以年齡爲序）。

教師**諶福謙**（1872～1940），字揖山。江西南昌人。清光緒癸卯
（1903）舉人。無意功名，先後任教於江西法專、工專、南昌二中。訥於
言語，不善言講，惟好吟成癖，有集《螳蚨吟》。1932 年日軍進攻上海，及
後來全國抗戰期間，諶氏均寫過抗日詩。1941 年 5 月《江西文物》雙月
刊第三期刊有他的《秋社日詠鄭思肖》二首，其二寫到《心史》：

> 《十空經》有大無工，[①]偈語瘞藏《心史》同。
> 晚節黃花香在野，"不曾吹落北風中"。

文獻學家**余嘉錫**（1884～1955），在抗戰時期撰寫《四庫提要辨證》
的《心史》條，洋洋灑灑，深邃博大，力辨《心史》非偽，還強調指出："若摘

---

① 　作者自注："鄭著《大無工十空經》一書，寓意爲'大宋'二字。"

其一二失誤,遂指此數百年來絕無僅有之書爲僞作,使學者棄置不讀,或讀之而不敢信,沮後人愛國之心,而長勍敵方來之焰,此則吾所期期以爲不可者也!"

史學家**呂思勉**(1884～1957),在抗戰時期撰寫出版《中國通史》,於第四十六章《漢族的光復事業》引用《心史》中的詩,並高度肯定鄭思肖:"著有《心史》,藏之鐵函,明季乃於吳中承天寺井中得之。其書語語沉痛,爲民族主義放出萬丈的光焰。清朝的士大夫讀之,不知自愧,反誣爲僞造,眞可謂全無心肝了。"

史學家**鄧之誠**(1887～1960),抗戰時在燕京大學任教授,燕大被日軍佔領,鄧氏遭囚禁近半載,獄中作《閉關吟》《南冠紀事》,釋放後惟靠鬻字典當借貸維持一家生活,表現出堅貞氣節。鄧氏曾編《清詩紀事初編》,序中說"丁丑(按,1937)之秋遭逢變亂,念明清之際先民處境有同於我者",乃編此書,"憂患中賴以自壯焉"。書中卷二明確肯定"(林)古度曾序刻《鐵函心史》",還引錄了很多涉及《心史》的詩。在其當年的讀書劄記中也多次提到《心史》。在勝利後寫的《劉北川壽詩》中說:"地走天開後,祥和又報春。"卽化用了《心史》中詩句"地走人形獸,春開鬼面花"。

文獻學家**周叔弢**(1891～1984),抗戰時期曾因生活所迫賣書,其子周景良說:"一九四二年……我父親家用窘迫,故有此舉,而心實戀戀。後在某一題跋中曾寫:'去書之日,中心依依,不勝揮淚宮娥之感。'他於是寫了《壬午鬻書記》以爲紀念。"在《壬午鬻書記》中,頭幾部書就寫到了《心史》(張國維刻本),周氏詳細地記載了該書款式、序跋和內容。

史學家**顧頡剛**(1893～1980),在1945年上半年口述,請秘書段畹蘭寫成《鄭思肖心史孤忠》,並親自修改,作爲《中國史話》之一,署名發表於《自由週報》上,以表彰和宣傳忠於國家的精神。還應該強調的是,顧氏是中國近代有名的"疑古"大師,又是蘇州人,因此他對《心史》的肯定,當然就是對"僞書說"的沉重打擊。

教育工作者**程懋坼**(1894～1958),字石軍,號湉廬。江西新建人。1930年代初任北平市教育局科長。抗戰時流離四川。1940年代末去台灣。亹有《湉廬遺稿》稿本,其中《蜀游吟草》有寫於抗戰時(約 1939 年)的《偶憶鄭所南先生心史勵志詩,輒成短句,眎道成、超然二兄》:

> 文慕文文山,武慕岳忠武,
> 膏血滿中原,終不失寸土。
> 孝者循其分,忠者竭其力,
> 卽今累卵危,孜孜應不息。
> 黎洲不忘明,所南不忘宋,
> 國亡復何爲,國危當授命。
> 書生不知兵,聊憑筆與舌,
> 發願覺吾民,瀝此滿腔血。

文學家郁達夫(1896～1945),1934 年夏到青島,作有《青島雜事詩十首》,其十曰:“一將功成萬馬瘖,是誰縱敵教南侵? 諸君珍重春秋筆,好記遺民井底心!”1936 年春到福州,在演講和文章中都希望福建人士在抗戰中“能以風雅來維持氣節,使鄭所南、黃漳浦的一脉正氣,得重放一次最後的光芒”(《記閩中的風雅》)。

文獻學家陳乃乾(1896～1971),抗戰時期爲王培孫箋注的明清之際讀徹《南來堂詩集》寫《蒼雪大師行年考畧》,云“寒家自兵燹以來,篋藏盡散,索居孤島,瓻借無門”,而在“崇禎十一年戊寅”條明載:“十一月八日,吳中能仁寺浚井,得鄭所南《鐵函心史》。能仁寺亦名雙峩寺,僧穸玄居之。集有贈穸玄七十詩是也。”

文學家、文獻學家鄭振鐸(1898～1958),抗戰時期一直堅守在上海,在淪陷下的 1943 年 6 月 2 日於舊書店購得明末金陵刊《心史》,在《訪書日錄》中寫道:“《心史》決非僞書也。”並撰有題跋。抗戰勝利後,《跋心史》卽發表於 1945 年 11 月 19 日上海《前線日報》周予同主編的《書報評論》副刊第一期上,論述《心史》絕非僞託,高度讚揚鄭思肖堅貞的民族氣節。

史學家繆鳳林(1899～1959),在抗戰時期撰著《中國通史要畧》,

"無何，首都淪陷，十餘年來辛勤搜集之圖籍二萬三千餘冊，悉爲倭寇攘奪以去。中夜悲憤，繞室興歎……憶二十九年三十年間（按，1940、1941年間），每霧季一過，倭機旦夕肆虐，余抱此稿入洞避警者，無慮百十次"。在此書第八章《漢族式微與北方諸族崛興時代（宋元）》中即引用了《心史》，並認爲"惟蒙古風俗見於鄭所南《心史》者，頗足補他書所未詳"。繆氏又在抗戰勝利前夕爲翟宗沛《鄭所南》一書寫序，說："所南生當國族滅亡之會，哀痛之感，直若鋒刃之加於心。爰剖露肝膽，秉筆記述，灑血誓日，形諸詩歌。亭林所謂'萬古此心心此理'者。是雖一人之《心史》，亦吾華族全體之傳統精神藉所南之筆而表現者也。"又提到"十九年（按，1930）秋，余始讀《心史》，悲所南之志，遂誓不至外人租界"。

繆氏爲柳詒徵的學生，其治史中"是古"之態度被學界某些人視作可與顧頡剛之"疑古"、郭沫若之"釋古"相比而鼎足爲三。寫到這裏，我想起近年看到有不少人作文稱郭氏在抗戰時期寫《國畫中的民族意識》讚頌鄭思肖云。其實這些文章都是鈔來鈔去，以訛傳訛。當然，大學者**郭沫若**（1892~1978）確實是肯定《心史》的，這裏應該補敍。不過他的《國畫中的民族意識》則寫於戰後，1947年。他稱鄭思肖是"民族意識濃烈的人"，說："有名的《心史》的作者鄭所南，在南宋滅亡後，畫蘭露根不著土，表明大宋的疆土已經沒有了。他有一首很痛快的詩，把這層意識說得很明白：'縱使聖明過堯舜，畢竟不是親父母；千語萬語只一語，還我大宋舊疆土！'"郭氏記性極好，只記錯了一個字（"使"當爲"遇"）；但這實際不是"一首詩"，而是《心史》中《元韃攻日本敗北歌》裏的四句。

文獻學家**陳登原**（1900~1975），1937年出版《中國文化史》下冊，在第八章等處，多次引用《心史》作爲史料。陳氏後來出版的《國史舊聞》，在卷三九專門寫了《鄭思肖心史》一節，輯錄有關資料，並加以按語。在該書其他章節中，也有引用《心史》的。陳氏還寫有詠鄭思肖一詩："世運當年正陸沉，如君究未媿初心。關門敷座愛南向，行路抱頭恥北音。說狗有聲存憤激，畫蘭無土費呻吟。何須萬里蠻荒老，志士山棲此已深。"

學者**錢海岳**(1901~1968),字騰英,江蘇無錫人。北京朝陽大學畢業,曾任北伐革命軍總司令部參謀處秘書。抗戰後任開國文獻館專門委員、新疆女子學院院長兼中文系教授。建國後在江蘇省博物館、南京圖書館工作。1944 年,經過十幾年努力,完成《南明史》一百二十卷,在該書《義例》中用了《心史》典故:"清初文網森嚴,屢興大獄,死者萬人,一時莫敢有議三朝史事者。自乾隆三十九年至五十三年,銷燬禁書二十四次,五百三十八種,萬三千八百六十二卷,而以前所燒者不與焉。凡三朝史料及詩文之有涉者,蕩然無存,即有故家鈔本,子孫亦多懼禍,瘞井魚腹,隱匿不出,以致湮沒者夥矣。"書中方潤等人的傳中也提到《心史》。

公務員**王調甫**(1902~1943),字世甯,安徽貴池人。北京大學畢業,史學家朱希祖弟子。1930 年代任職財政部,爲籌備安徽省直接稅委員。抗戰後,在重慶任參事,因想回家鄉服務,自請調任蘇浙皖煙類專賣局局長。未到任,卽逝於江西途中。王氏頗以詩聞於時,終身抑塞,寫過《月夕自防空隧歸寫巖隱詩》這樣的描寫抗日戰爭的詩。未行其志,亦才士之厄也。友人爲刊其《猛悔樓詩》五卷。有《歲暮》詩云:

> 慨念平生誤夙期,九重挾策此何時?
> 春來不信詩能好,境往方知意足師。
> 豈必故山堪據臥,獨尋《心史》作然疑。
> 長淮浪濁長風壯,此意辛勤獻歲遲。

學者**蔣逸雪**(1902~1985),江蘇鹽城人。抗戰後任國史館編輯主任,勝利後任教於鎮江師範學校,建國後在揚州師範學院任教。蔣氏在抗戰後期 1944 年 12 月發表《心史辨僞》一文,說:"吾讀有宋遺民鄭思肖之著作,益歎心力之偉大,而欽其爲民族之巨人!"並說"《心史》爲國魂所寄,非泛泛之作"。

詩人**汪靜之**(1902~1996),安徽績溪人。1938 年 3 月商務印書館出版由他編選註釋的《愛國詩選》四冊,第二冊選收《心史》中詩六十題、八十八首;在《作者小傳》中高度肯定《心史》,甚至稱頌鄭思肖爲"中國最大之愛國詩人";還收入顧炎武的《井中心史歌》。1940 年 8 月又由商務印書館出版他與夫人符竹因編選註釋的《愛國文選》四冊,第二冊選收《心史》中文五篇;在《作者小傳》中高度肯定《心史》"激昂慷慨,讀之令人奮發不能自已";還選收了張國維的《心史序》。

畫家**施曉湘**(1903~1964),原名德淸。浙江東陽人。上海中華藝術大學畢業。潘天壽、豐子愷的入室弟子。擅長山水花鳥畫,取法石濤和揚州八怪。尤擅畫蘭、竹、荷,筆墨瀟灑秀逸,也善畫虎。1937 年,施氏在《越風》月刊第二卷第一期發表《宋藝人鄭所南之風骨》,高度讚揚《心史》。戰時他亦以畫筆爲武器抗日。

教師**王季思**(1906~1996),學名王起,字季思,以字行。室名玉輪軒。浙江溫州人。後成爲著名的戲曲史家。王氏在抗戰勝利前夕寫有《爲方天錫題謝臯羽鄭所南二公評傳》一詩,**方天錫**身份不詳,所撰評傳亦未見出版,但顯然是一位肯定《心史》並以之爲抗日宣傳所用的人。王氏的詩中也寫到《心史》:

> 朔風入江樹,柯葉四散飛。
> 中有雙雛鳥,引吭聲何悲!
> 心知巢已覆,未忍辭故枝。
> 陽春何日返,臣力嗟云疲。
> 西臺一掬淚,寧爲生別滋。
> 鐵函沉深井,終有出水時。
> 君不見,石人一隻眼,天下半邊反。
> 朱鳥有味蘭有根,一朝喚回南國魂,
> 春風吹香徧九垠。

教師**陳灼如**(1910~1959),名華,浙江樂清人。全面抗戰前夕,任江蘇南通學院文書主任,時曾撰寫《晚宋民族詩研究》(1936 年 12 月南京正中書局出版《國學叢書》之一)。《緒論》中說:"當今中原板蕩,強敵壓境,東北四省,收復無期,東南半壁,危在旦夕,其處境之艱難,應付之棘手,尤甚於晚宋……頃治宋詩,旁涉諸家,愛國之心,油然而生,爰著此篇,聊抒我心中之所欲言者。"陳氏認爲晚宋民族詩最足以稱述者,當推文天祥、謝翱、汪元量、謝枋得、鄭思肖、林景熙、眞山民七大家,書中爲鄭思肖專寫一章。可惜他尚未讀過《心史》,但書中卻從有關資料中引了《心史》中的七首詩。抗戰中任國軍教官,1940年曾在《政干通訊》雜誌上發表《校罷拙作〈晚宋民族詩研究〉有感》詩。

報人**李俠文**(1914~2010),廣東中山人。1938年在香港加入《大公報》社。1941年轉到桂林,任桂林版社評委員。1943年轉到重慶,仍撰寫社評,曾協同楊歷樵編譯《大公報小叢書》,一度主編《大公晚報》。1945年抗戰勝利,畱渝擔任編輯主任。數月後離渝赴滬,在上海版任社評委員。1948年赴香港,復刊《大公報》,後任總編輯、董事長、名譽董事長。1943年2月21日,李氏在重慶巴縣寫《民族詩人鄭思肖》一文,高度評價《心史》,發表於《軍事與政治》第四卷第四期。

還有當時的大學生**王建秋**,後來在《宋代太學與太學生》(1965年臺灣商務印書館版)中說:"余以民國二十六年(按,1937年)入輔仁大學史學繫,適值北平淪陷之後……目擊敵僞之橫暴,輒難以遏其慨憤。課間於宋代太學生之忠義節概,深致向慕,遂著手搜集,擬爲專編。"王氏該書中便著重談到鄭思肖這位"太學生"及其《心史》。

還有上面已經提到的女學者**翟宗沛**,她寫的《鄭所南》出版於1946年3月,但書稿是在抗戰期間撰寫的。這是最早出版的寫鄭思肖的專書。書末云:"在敵勢囂張、烽火漫天的今日,我們要磨礪自己,發揚至大至剛的正氣來維護我炎黃子孫一脈相傳的正統,則所南不僅是宋亡後黑暗前途的盞明燈,更是堅定我們勝利信念的柱石。"

此外,還有大量不知名的作者用《心史》來激勵抗戰愛國精神。例如1937年3月14日《中央日報》上有署名"德君"的《鄭所南的〈犬德〉》,說把鄭思肖此文"鈔下來,給大家看看。如其有人是漢姦,或許還可促起他的反省吧!"1942年3月11、12日《中央日報》上有署名"凡庸"

的《讀〈心史〉與精神動員》,認爲《心史》中"最緊要的爲其《久久書》""另一要文《大義畧敍》""此文宜多多印單行本,廣爲流傳,以警惕國人。於精神動員,尤多裨益"。還說:"總理談革命,先談心理建設。我們抗戰,要精神動員。在紀念精神動員的前夕,我在這兒謹向國人推薦這本《心史》。"

本節一開頭曾提到,抗戰時期在一些漢姦文化報刊上也時見寫到《心史》,甚至有讚揚《心史》的詩文。這種奇特現象也很值得注意和分析。此處畧舉數例。

1942 年 6 月,在汪僞政權中心南京由汪精衛題名、張資平主編的漢姦刊物《中日文化》第二卷第四期上,發表有《宋遺民鄭所南心史評價》一文。作者**顧天錫**,號蔗根、蔗園、白蓮,又稱白蓮華菴主,江蘇昆山人。生卒年不詳。1920 年代曾參加北伐戰爭。抗戰期間被汪僞南京維新政府任命爲《蘇州新報》社長,還擔任僞政府文物保管委員會幹事、僞蘇州文藝協會主席等。顧文肯定《心史》是"由理學狹窄心理所養成的狷介儒士鄭所南"之著,說"可以證明是千眞萬確,並不是虛構假造的"。

而抗戰後期,在汪僞政權中心南京發行的龍榆生主編的《同聲月刊》上,寫到《心史》的詩文更多。所謂"同聲"的意思,龍某寫的該刊《緣起》說得非常清楚,就是要同正在瘋狂侵畧中國、殘害國人的日寇"同聲相求,同氣相應","盡泯猜嫌,永爲兄弟,以奠東亞和平在偉業"。因此,該刊作者多爲漢姦文人及不潔文人(當然,有的人後來也有變化),例舉於下。

趙尊嶽(1898~1965),原名汝樂,字叔雍,齋名高梧軒、珍重閣,江蘇武進人。早年從況周頤(蕙風)學塡詞。曾歷任《申報》經理祕書、行政院駐北平政務整理委員會參議等。抗戰期間投靠汪僞政權,任宣傳部長、上海市副祕書長等僞職。漢姦文人朱樸稱:"珍重閣爲詞學名家,梅黨健將,宦游南北三十餘載,上自光宣遺老,下迄當代巨公,無不親炙交遊,文酒往還,因能熟悉掌故,言之有物……文筆綺麗,一時無兩,深爲讀者所讚歎云。"抗戰勝利後,趙某淪爲階下囚。1948 年奇跡香江,先爲中華書局海外編譯局編輯,晚年任教於香港、新加坡。逝世前向醫院捐贈眼睛頭顱,絕筆詩云:"大好頭顱吾付汝,此中頗有未完書。"此舉令人欽佩。著有《高梧軒詩》《珍重閣詞》。1941 年 6 月 20 日《同聲月刊》第一卷第七期發表趙某《惜陰堂明詞叢刻敍例》,中云:"……況茲諸選,特多遺賢。弘光朝士,海疆遺逸,百不得一。或以滄桑之變,或於離亂之間,《心史》不出於鐵函,《逸書》永瘞夫汲冢,乃使靈爽失憑,璿璣閟采……①

夏孫桐(1857～1941),字閏枝,又字悔生,晚號閏菴,室名觀所尚齋。江蘇江陰人。光緒壬辰(1892)進士,授編修,歷官湖州、寧波、杭州知府。民初入清史館,傅增湘云夏某"在館負重望,隱然如萬季野之主修《明史》",朱師轍稱館中"獨夏丈最熱心,用力甚勤,列傳手編百卷,得三分之一"。又佐徐世昌輯《晚晴簃詩匯》及《清儒學案》,參與撰寫《續修四庫全書總目提要》。夏某爲清朝遺老,未任日偽官職,然與漢姦文人有酬應之作。著有《觀所尚齋文存》及《悔龕詞》。1941 年 8 月 20 日《同聲月刊》第一卷第九期發表夏氏《悔龕詞六首》,其中《西河·法梧門舊硯爲李惺樵侍講作》寫道:"……玉堂夢影嘆逝水,想風流前輩追擬。更有鐵函心在,向區區耐著。名山身世,誰識鉛痕蟾蜍洗。"

黃孝紓(1900～1964),字頵士、公渚,號匑菴、匑厂,別號霜腴、輔唐山民、灌園客、漚社詞客、天茶翁等。福建閩縣(今閩侯)人。少治經學,喜考據,精訓詁,亦善畫。其父爲清朝遺老。辛亥後,隨父居青島。1924年鬻書滬上,旋主劉承幹嘉業堂十年,遍讀所藏書。同時在南洋公學、暨南大學任職。1934 年回青島,任山東大學中文系教授。新中國初期,加入中國民主同盟,任青島市政協委員、常委、青島市文聯常委等。"四清

---

① 另外,今見 1924 年 10 月 5 日《申報》上,趙某發表《挽羅纓公》二首,其一提到《心史》:"西風沈醉不辭歸,忍送詩人葬翠微。彈指樓臺終換劫,百年心事卻成非。餘生惜頌胎文字,前席聞歌減帶圍。贏得貞珉《心史》在,蒼煙隔世帶斜暉。"《高梧軒詩》中寫到《心史》更多,如卷二《過津沽貽什公》:"一帙芸編疑變雅,千秋《心史》亦餘哀。"卷三《丁丑秋日北游》:"鐵函棄取沉《心史》,除卻青銅聖得知?"卷四《藏書被劫憤寫長詩》:"生平聚書不聚寶,鐵函錦篋搜奇珍。"卷八《林下行》:"儘將《心史》擲東風,猶獵奇書坐明月。"卷八《荔園曉泳歸途口號》:"釣磯善說南唐事,《心史》千秋付鐵函。"

運動"中自縊身亡。著有《匒厂文稿》、《黄山谷詩選注》等。黄氏學問好,對國家教育文化事業多有貢獻。但有史料證明,1934 年日本扶植滿洲傀儡政權時,黄某父子曾向溥儀俯首稱臣。1942 年 8 月 15 日《同聲月刊》第二卷第八號發表匒厂的《謁顧祠二首》,當是拜謁明清之際著名愛國人士顧炎武之祠堂,其一有句云:"鐵函發井心如見,皂帽求田計未疏。"①

黄孝平(1901~1986),字君坦,號叔明,福建閩侯人。黄孝紓弟。曾拜師薛肇基,學習訓詁學、考據學。1925 年起,歷任北洋政府教育部、財政部、司法部祕書、《續修四庫全書提要》特約編輯。曾代徐世昌撰《晚晴簃詩匯敘》。1941 年 10 月 20 日《同聲月刊》第一卷第十一號《文錄》欄發表黄氏《罳芳述夢圖序》,提及《心史》:"蟄雲學使(按,指郭則澐),屈、宋芳馨,金、張閥閱。鶴徵早錄,鸞披親承。洎翥蘭途,寖傷榛路。藐流離於暮齒,遂著作之等身。世功七葉,能述家風;《詩乘》十朝,隱成《心史》。"

錢仲聯(1908~2003),原名萼孫。祖籍浙江湖州,故號夢苕。出生於江蘇常熟。家學淵源,博聞強記。1926 年畢業於無錫國學專修學校。曾任大夏大學、無錫國學專修學校教授。新中國成立後,歷任江蘇師範學院教授、蘇州大學終身教授。專於詩文詞賦,擅長古詩文的箋注和校注,對明清詩文尤有較深研究,晚年主編《清詩紀事》最爲著名。錢氏在新中國追求進步,爲國家教育文化作出優秀成績。但 1942 年夏,錢某曾投奔南京,出任汪僞國民政府行政院參事,後轉任汪僞監察院監察委員,

---

① 黄氏又曾在 1929 年 3 月 17 日《申報·自由談·今文選》發表《朱古微先生彊村校詞圖序》,其中也提及《心史》:"書種安在,證鄉獻泗水潛夫,《心史》同鐫,開孤臣本穴世界。"此序後收入《匒厂文稿》卷二。《匒厂文稿》一書印行於 1935 年,前有董康、夏敬觀、李宣龔、葉玉麟、袁思亮、劉承幹、鄭克峘、蔣國榜等遺老作序,皆不署民國年號,也不寫公元年份,而有意寫作乙亥(甚或端蒙大淵獻)。黄氏此書中多次寫到《心史》。卷二除上述《彊邨校詞圖序》外,還有《海潮音集序》:"鐵函枯井之史,所南守之以終身;黄絹齋堂之碑,信陽讀之而危涕。"《陳庸菴向書花近樓詩續篇序》:"沈之智井,比無工十空之經;藏之家衚,埒會昌一品之集。"《純飛館填詞圖序》:"幼安皂帽,苦值流離;思肖鐵函,不無悲憤。"卷三又有《贈梁佽侯卡丞序(代家大人)》:"季長絳帳,獨抱《忠經》;思肖鐵函,待鐫《心史》。"卷四又有《堅匏別墅記》:"申汐社之癙歌,開本穴之世界。抱所南古井之史,則景迫嵯峨;續貴與名山之書,則志徵文獻。"(該書誤字極多,此處引文亦有難解者。)

又兼任僞中央大學教授。是爲其人生汙點。雖然本人後來對此諱莫如深，或可理解；但那些景仰者把當時的他也吹捧爲愛國人士，就太過分了。1943 年 1 月 15 日《同聲月刊》第二卷第十二期發表錢某《無恙續稿序》，中有句云："瞢井鐵函之史，本穴民刭之以心；西臺朱雀之魂，晞髪翁泣之以血。"①

戴正誠，生卒年不詳，字亮集，四川江北人。鄭文焯之女婿。1942 年 3 月 15 日《同聲月刊》第二卷第三號連載他的《鄭叔問先生年譜》，在"中華民國二年癸丑"條有戴氏按語，提到《心史》："正誠案，先生自辛、壬以來，作詞極少，詩尤罕見。此兩首係寫與其姪玉蓀作橫幅者。感慨蒼涼，如讀鄭所南《心史》也。"

這些人的情況各不一樣，但在日僞統治中心的漢姦雜誌上議論、徵引、以至"讚揚"我民族史上最著名的愛國文獻《心史》，眞屬不可思議，簡直厚顏無恥，鬼迷心竅，也是對愛國先人和民族文獻的褻瀆！不過，從某種角度想，這是否也隱隱表明這些人內心深處的矛盾和天良未泯呢？②

1940 年代後期國共內戰，國民黨政權敗退臺灣後，一些依附國民黨的文人學者在臺灣也有借《心史》以寄託其"反共復國"意志的詩文作品。這些，此處就僅舉一例。**袁榮法**（1907～1976），字帥南，號滄州，又號玄冰、晞歌菴主人。湖南湘潭人。1934 年畢業於上海持志學院，任律師。抗戰時拒僞職。曾與錢鍾書唱和。1940 年代末去臺灣後，任臺灣"行政院"參議，後任東吳大學教授。有《滄洲詩稿》《玄冰詞》等稿本。《滄洲詩稿》中有在臺所作《余叐論雅爾泰協定爲近代文明之恥。雖政

---

① 我曾感到奇怪，錢氏長期居住在發現和初刻《心史》的蘇州，但在其編選《宋詩三百首》中不選《心史》，在其《夢苕菴詩話》中也不提《心史》，只是在註釋黃遵憲、沈曾植等人的詩時寫到過《心史》。後見其《無恙續稿序》中用《心史》典故，方知他並不認爲《心史》是僞書。又，錢氏在 1976 年作《丙辰秋興五疊少陵韻，自中秋重陽前成之》中還寫道："莫道乾坤非本穴，抱香還有鐵函翁。"1999 年錢氏在他寫序主編的《歷代別集序跋綜錄》中，又收入了《心史》之序跋。均可證他不認爲《心史》爲僞。

② 附帶提及，1933 年 1 月，北京大學教授孟森（心史）病逝，周作人隨後作挽聯云："野記偏多言外意，遺詩應有井中函。"挽聯寫得不錯，也可見周某亦確認《心史》出於井中鐵函。但令人遺憾和氣憤的是，周某這時已開始附逆於日本侵畧者，在全面抗戰時期則徹底背叛了《心史》的愛國精神。

府播遷,人民失所,舉國上下,胥有其責;然探本討原,實肇於此。循至韓國被侵,亦莫不慨與吾國同出一轍。厚彼薄此,尤足深慨。爰述聞見,託之篇章,得七言近體六首。敢云史裁,庶欲有所懲於前,而悆於後已。湘潭袁榮法並序》,其三提到《心史》:"版圖雖缺尚金甌,蹔辱泥塗耐晚收。《心史》久函黃種恨,謗書疇任《白皮》羞。豈容魑魅稱雄長,要爲烝黎復自由。須信楚弓仍楚得,平生不屑杞人憂。"

本節的最後,我更特別要寫到傑出的革命家、教育家,馬克思主義史學家和語言文字學家**吳玉章**(1878~1966)。吳氏原名永珊,字樹人,四川榮縣人。1905年加入同盟會。辛亥革命後任孫中山的總統府祕書。1925年加入中國共產黨。1927年參加八一南昌起義。後奉命去蘇聯學習與工作。抗日戰爭爆發後,被黨派往歐洲從事抗戰的國際宣傳。1938年回國,在國統區工作。1939年到延安,擔任延安憲政促進會會長、陝甘寧邊區政府文化委員會主任、魯迅藝術學院院長、延安大學校長等職,與林伯渠、董必武、徐特立、謝覺哉一起被尊爲"延安五老"。1948年任新組建的華北大學校長。1950年任新創建的中國人民大學校長,直至去世。

1938年9月18日,延安出版的張聞天主編的中共中央機關刊《解放》週刊第五十二期上,發表了吳氏的論文《研究中國歷史的意義》。該刊的編者按說:"這是吳玉章同志底大著《中國史》緒論中的第一段,今得吳同志底允許,特發表於此。"文中一段話提到了《心史》:

> 我們有勝利的民族解放鬥爭的光榮歷史,這不僅可以自誇,而且可以十分堅強我們勝利的自信心,這是很可寶貴的,但這個光榮歷史是由艱苦鬥爭中得來,是由無數的有氣節的民族英雄的熱血換來,絕不是卑躬屈節、任人宰割、甘作亡國奴的人所能僥倖得到的。這只須一讀岳飛的《滿江紅》,文天祥的《正氣歌》,鄭所南的《心史》,史可法的《答滿清攝政王》及其他許許多多慷慨激昂的文字,和無數成仁取義民族英雄之事蹟,就可以知道……

　　吳氏 1948 年又在華北大學講授《中國歷史教程緒論》課。該《緒論》後來在 1949 年 5 月 25 日起,被中共中央機關報《人民日報》連載發表,共十五天(回)。在第一天該報上,吳氏有《幾點聲明》,其第一點中說明:"這篇《中國歷史教程緒論》,是我在一九三六年前後、抗日戰爭還未開始的時代寫的。當時正是日本帝國主義侵畧中國由東北而熱河,由熱河而平津,蠶食鯨吞,中國有滅亡的危險;正是賣國賊蔣介石、汪精衛等不抵抗日寇,反而三番五次地大舉進行'剿共'戰爭,並以復古、尊孔、讀經等反動教育來愚弄人民;正是文丐,和歷史曲解家不惜歪曲歷史來爲蔣汪等'不抵抗主義'作辯護,如丁文江以列寧主張簽訂'布勒斯特'條約來爲賣國賊作護符,某白話文歷史家竟把岳飛和秦檜顛倒過來,說秦檜是深謀遠慮的'愛國策士',岳飛爲'暴徒亂黨'。在這樣一個環境和時代中,爲了激發同胞的愛國精神,不能不發揚民族愛國思想,痛罵日本帝國主義及賣國賊,喚起各階層團結一致,結成抗日民族統一戰線來救亡圖存。"在 27 日第三次續載的該《緒論》的第一節,就是上述《研究中國歷史的意義》,包括上引那段話。(只是"史可法的《答滿清攝政王》"一句修改成"太平天国《討滿洲檄文》"。)

　　由上所述,足見《心史》特別在抗日救亡時期又重放了一次光芒。

五、《心史》在國外

　　本節,談談《心史》流傳到國外的情況,和外國人對它的一些評述。

　　《心史》出井及刊刻的年頭,正是明朝末年外有清兵進犯、內有農民起義,兵荒馬亂之際。雖然,崇禎末期同一年內江蘇有兩種刻本,但印數都不會太多,如今的蘇州市圖書館就沒有張國維刊本;福建的南明隆武刻本,甫一出版卽被燬板,流傳更少,現今在國內一本未見。本書前已寫到,當時離蘇州、南京很近的崑山,一代鴻儒顧炎武在看到《心史》初刻本後,就有近四十年未能再讀到它。清末,連梁啟超這樣的名流,在國內

外到處尋找《心史》，也找了十多年才見到。如今，國內（包括臺灣、香港
等地）各大圖書館收藏的《心史》明刊本，寥寥可數，極爲珍罕。然而，令
人驚訝的是，《心史》明刊本卻很快流傳到日本。據我所知，今日本的靜
嘉堂文庫，卽藏有明崇禎最早的張國維刻本《心史》；天理圖書館、東京
大學東洋文化研究所和京都大學人文科學研究所等，均藏有《心史》數
種，其中不少爲明刻本；日本公文書館更藏有迄今所知世間惟一倖存的
一部南明隆武刻本《心史》。

當然，這些明刻本也可能是很久以後才流傳至日本的。如1984年
日本京都同朋舍出版的大庭修《江戶時代接受中國文化之研究》一書
中，便提到《心史》初版後二百年，日本弘化元年（1844），江戶幕府的老
中（官職名）阿部伊勢守正弘，就以“十三匁”（六十分之一兩黃金爲一
匁）的價格，從中國進口了一部“明板《心史》”。但是，我還能舉出確鑿
的根據，證明《心史》在中國問世後不久，便已流傳至日本。

今日本公文書館有裝訂成兩冊的原內閣文庫藏中國南明隆武元年
（1645）刊《宋鄭所南先生心史》。前有福建方潤等人序跋。此書最早爲
日本江戶時代在德川幕府裏世代爲儒官而執掌文教大權的林氏家族所
藏。[1] 上冊之末還有林家第二代林鵞峯於日本寬文辛丑（1661）年用朱筆
以“向陽子”署名（號）寫的一段跋識：“辛丑八月晦一覽了。向陽子。”下
冊之末又有朱筆題識：“《心史》上下卷一周覽了。辛丑閏八月朔之夕，向
陽子。”可知《心史》在中國出井後二十幾年，林鵞峯卽已經讀到了。

林鵞峯（1618~1680），日本江戶時代著名學者、漢文學家林羅山的
三子，名恕、春勝，字子如、之道，通稱春齋，號鵞峯、向陽子等等。曾師事
那波活所，又從松永貞德學。林氏繼承家學，儒學方面的著述甚多，又編
有《唐百人一詩》《本朝百人一首》等詩集。在上述中國隆武刻本《心史》
的下冊卷末空白處，還更難得的有林氏署“向陽子題”的一首漢詩（七
律）《四韻一篇，書心史卷尾》：

---

[1] 日本公文書館原內閣文庫又藏有另一種也是兩冊的《心史》，則出版更早，爲林古度刊本。該本原
爲德川幕府紅葉山文庫所藏。

趙氏山河無寸土，一編《心史》阿誰知？

胡元稱帝魯連恥，德祐記年彭澤詩。

東漢中興雖有待，南風不竞巨堪悲。

鐵函若換鐵椎去，可見沙頭狙擊時。①

這是我所知道的日本人最早對《心史》的題詠。而林氏收得《心史》的經過，在其《鵞峯先生林學士文集》所收的書信中也有詳細記載。該書卷二九《書》三《再寄卜幽》云：

昨得一書於書肆，標題曰《鐵函經》，開見之，則宋鄭思肖《心史》者也。我未知其人，則其書亦未見之，熟視，則思肖生於宋季而沒於元初者也。思肖以爲宋臣，故終身不食元之祿，不仕元之朝，晦跡著《咸淳集》《大義集》《中興集》《久久書》等，摠號曰《心史》。其詩也文也，削至正之年，用德祐之號，無一言一句亦不忠義也。今讀之，察彼心，則誰無感嘆之意！所謂"其人雖旣沒，千歲有餘情"者，於思肖見之。嗚呼！秀夫、世傑之死節，文山、疊山之守義，昭昭於史傳；如謝臯羽，則其名雖未顯明，然其《晞髮集》往往行于世，則人或知之；至思肖，則知之者少矣！

此書發題謂，崇禎戊寅濬督井以得之，鐵函重匱，其中藏《心史》，外書"大宋鐵函經"，內書"大宋孤臣鄭思肖百拜封"云云。故此書有《心史》《鐵函經》二名，可謂奇書也。按，崇禎戊寅，當我寬永十五年。在土中三百五十餘歲，而顯於中華。又經二十四年，今兹初來本朝，而我初得之者，奇中之奇也。又卷首引《姑蘇志》，載《思肖傳》，其事跡與其所作詩文相合。我得之，讀數回，不覺手之舞，足之蹈；旣而長吁，不使彦復見之，暫掩卷；而後展之，使春信誦之。所謂"足大宋地，首大宋天，身

① 作者自注："'魯連恥'一作'仲連義'。"又删去一句作者自注："'至正削'一作'德祐記'。"又鈐有黑色長方印"昌平坂學問所"。

大宋衣，口大宋田”，其餘忠憤感激，誠可滴壯夫淚者，不在
茲乎？

時待金節來，既而果至，乃談及此事，節喜曰：“曾於《遯世
編》見《思肖傳》，其扁曰‘本穴世界’、與趙孟頫絕交等之事既
知之，與卷首所載傳相同，既知其人。今見其書，彌快然也！”
余聞，感節之記臆。節又告曰，《遯世編》者足下所藏也，且常
賞思肖之爲人。“若告此事，則可開眉也。”故今投書之次，件
件及此，就問《遯世編·思肖傳》亦其據《姑蘇志》乎？抑亦引
他書乎？欲聞之，被示則爲幸。不備。

辛丑季夏六蕞。

從上信中“今茲初來本朝，而我初得之者”可知，林氏無疑是日本學
者中得讀《心史》之第一人！《鵞峯先生林學士文集》卷三一《書》五《寄
金節》又云：

謝皋羽《晞髮集》，電囑返投之。其忠義可以嘆賞之，其詩
句可以玩味之。序中以文山、疊山併言之，猶恨漏鄭思肖也。
謝，友人方鳳作《行狀》，宋濂等亦既作《謝傳》，故其名顯著；
鄭，傳唯在《郡志》，以不廣聞於世，故其赤心雖一，公道世間者
有遲速乎！《心史》發題曰“合刻鄭謝集”，可謂相當。今觀二
集，謝之言，含畜有餘味；鄭大言快活，無所憚。其所以爲忠者
一也。今余借《謝集》，卿儗《鄭史》，所謂有無相易者，而非以
璧易許田之謂也。多可多可。子韶《心傳錄概》見了同返之，
兩部共可被採納焉。《范文正公集》，少時欲借之，與家藏本考
異同詳畧，可還之。餘事附後時面布，草草不備。

辛丑季夏八日

從上信中“《心史》發題曰‘合刻鄭謝集’”之語可推知，隆武本《心
史》刊刻者雖然原本打算將《心史》與謝翱《晞髮集》合刊的，但實際上並

沒有如願。林氏讀的《晞髮集》便是向金節另借的單行本。

《鵞峯先生林學士文集》卷六五《祭文》二《求唐鑑、唐雅二書告彥復弟靈文》也提到《心史》：

> 維寬文辛丑孟秋五日，向陽林子使中村祐晴告亡弟彥復靈曰：
>
> 居諸早移，哀感殊切。殘暑雖如酷吏，然有新凉如故人。唯恨卿之靈與杜□共去，而不能催歸。星夕在近，雖掃藏書之蠹，不見卿之曝腹於秋陽。前日記感懷十事，以告卿之靈。其後《周髀筭經》、鄭思肖《心史》入余手，復不能不追思。然卿既為神故有數則煩之，慮唯與金節談而已……

林氏與之通信的這位卜幽，即人見卜幽軒（1599～1670），本姓小野，名壹，字道生，通稱卜友，號卜幽軒、林塘菴、白賁園、把茅亭。菅原玄同和林羅山的學生。水戶藩儒官。此人亦毫無疑問讀了《心史》。至於林氏與之通信並討論《心史》的金節，就是本書馬上要寫到的野節（人見竹洞），是人見卜幽軒的侄子。林鵞峯在《送人見友元赴京師序》中稱："金節生之於余，有通家之交，有隣並之睦，有載酒之問，有同志之切……剝啄頻繁，術業專攻，繙充棟之書，勵知新之功，凡講席無不陪焉，雅筵無不預焉。一日偶不相逢，則互成隔年之想。自先考之存時以來，門生之中其親昵無比倫。"

明亡前後，中國著名學者朱舜水爲乞師救國，曾五渡日本，三赴安南，奔波於廈門、舟山間。歷經萬死。復國無望後，1659年六十歲的朱氏開始流寓日本。彼邦學界給予很高禮遇，紛紛向他討教學問。從日本正德壬辰（1712）所刻《舜水先生文集》卷二中可以看到，當時有一位叫野節的日本人，就因朱氏之約，送去了《心史》。《舜水先生文集》卷二有《答野節書十首》，在第七首中朱氏寫到："《遺聞》《心史》、道服均領到。"還寫道："家國之感不去心，亦不須典籍激發也。"意思是說，自己與鄭思肖一樣充滿家國之雠，不必待讀《心史》而激發也。因此，朱氏自也應該加入明清之際肯定《心史》者的名單內。①

　　《舜水先生文集》卷二二‧雜著三‧筆語,還收有野節的提問,其中一條問的就是:"前所呈《明季遺聞》及《心史》,未開卷否?"可惜,朱氏回答筆語中今只見談論前一書,而未見談《心史》(或是字條未保存下來之故)。今又在日本佐賀縣鹿島市祐德稻荷神社"中川文庫"所藏之《舜水問答》鈔本中,看到朱氏致日人野道設(按,即人見懋齋,卜幽軒之養子)信中提到:"舊年有《鐵函心史》壹部叁本,②煩安之兄奉還。友元令兄(按,即野節)今云轉懇尊公老先生(按,當是卜幽軒?),台兄知其事否?"

　　那個當時給朱舜水送去《心史》的野節,即**人見竹洞**(1638~1696),本姓小野,名節,故簡稱野節。字宜卿、子苞,號鶴山、竹洞、葛民、括峯,通稱又七郎、友元。林鵞峯的弟子,善漢詩文,曾助林氏完成《續本朝通鑑》。又認真向朱舜水學習。1991 年,日本汲古書院(出版社)出版的《人見竹洞詩文集》卷二中,收有他寫給朱氏的信(此信今藏日本國立國會圖書館"人見文庫"),即寫到《心史》。從中可知他深受《心史》的感染,並認爲朱舜水就是當代的鄭思肖;還可知道上述朱氏《答野節書》中說到的"激發",即野節信中之語:

　　　　且所約之《鐵函心史》三冊、《明季遺聞》四冊,備之高覽。
　　《心史》之書,讀之使人意氣凜凜。朱明南渡,中原悉爲北賊之
　　有,翁亦爲思肖之徒也。讀此書,想此人,感其時,思其土,彌多

────────────────

① 《明季遺聞》,無錫人鄒漪(字流漪,1615~?) 撰。鄒氏爲明遺民鄒式金之子,黃道周弟子,近人張其淦《明代千遺民詩詠三編》卷四也詠及他,但鄒氏卻並不以遺民自居。《明季遺聞》後在乾隆時也被列爲禁書,但其實書中對清朝多有粉飾,並每以"皇清"稱之。因此,絕不可能成爲激發朱舜水"家國之感"之書。再說,該書爲當時人寫的當前事,朱氏也絕不會稱爲"典籍"。朱氏在回答日人野節提問時,對此書評價甚低:"明季以道學之故,與文章之士互相標榜,大概黨同伐異。鄒漪,南直之常鎮人,朋黨之俗不能除,故其毀譽不足盡信,且其筆亦非史才,但取其時事以備采擇耳矣。"因此,可確認朱氏所說"家國之感""典籍激發"云云,全然僅就《心史》而言。又據全祖望《跋綏寇紀畧》記,明遺民林時對"每言及漪輒切齒",稱其爲"不肖門生""無聊子"。全氏《記方翼明事》甚至說:"鄒氏《明季遺聞》穢訛不堪。"

② 這裏說的三冊《心史》,未知是何種刊本。今見蘇州張本有分訂爲二冊或六冊的,南京林本有分訂爲二冊或四冊的,未見有分訂爲三冊者。上面林鵞峯讀的隆武閩本《心史》則是二冊。

所激發乎？

日本人最早在學術研究中利用《心史》，也是從江戶時代開始的。
而且，據我所知還是一位著名禪僧，他就是**無著道忠**（1653～1744）。
無著道忠俗姓熊田，號葆雨堂、照冰堂。但馬（今兵庫縣）人。八歲出
家，爲竺印祖門法嗣。勤奮好學，禪籍以外廣泛涉獵各種漢籍。著述
頗豐。晚年撰有《葛藤語箋》，實際是一部辭典類著作，其中就引徵了
《心史》。

日本現代著名禪學家**柳田聖山**（1922～2006）在 1966 年發表的論文
《無著道忠的學問》①第五節《俗語研究》中，就從《葛藤語箋》中引例，來
論述無著氏的訓詁方法。《葛藤語箋》卷八《四言・人倫》中，有"羅睺羅
兒"一語，原來流行於西域，唐宋時代一般是指七夕祭祀的民俗信仰的
土偶。無著氏首先從《虛堂錄》《趙州錄》《古尊宿錄》《續古尊宿錄》《臨
平錄》等禪籍中引徵，而後又引了《續酉陽雜俎》《天中記》《東京夢華
錄》等書。柳田氏指出：

> 他注意到這一語彙在唐宋時代俗文學書中出現的情況，
> 進而又引《方輿勝覽》卷二及鄭所南的《大義畧敍》，證明這
> 是從西域流傳來的一種迷信。最後下結論說：'忠曰：羅睺
> 羅，或作摩睺羅，俗諺通名可知。今言蠶麥熟則非七夕摩睺
> 羅，蓋村里土偶神亦稱摩睺羅，蠶麥熟則將錢祭之，以當賽願
> 也。今言蠶麥熟者，謂學人道業成熟也，羅睺羅兒，虛堂自
> 比，或比本分主人公。一文錢者，向上一著子。言但願諸人
> 道業成熟時，爲我還向上一著子來也。'他就是這樣，根據正
> 確、恰當的材料，經過充分的考證，接近了虛堂的原義。羅睺
> 羅佛是什麼，這在今天已是常識。但是，在無著以前，還沒有
> 人能夠指出。

---

① 載日本京都禪學研究會《禪學研究》第五五期。

從柳田氏的論述看,不僅可以肯定無著氏是《心史》肯定者,而且當然,柳田氏自己也是肯定《心史》者。

森川竹窗(1763~1830),名世黃,通稱曹吾,字離吉,號竹窗、良翁。浪華(今大阪)人。江戶中期學者、書法篆刻家,喜藏書。於文政丁亥(1827)自撰碑文,云一生"以書代耕。人間生涯之所爲,則陳眉公詩曰:'不會謀生不讀書,數竿修竹是吾廬。近來學得長生法,賣盡癡獃又蠢愚。'"與作家上田秋成(1734~1809)交游。據上田氏所作《膽大小心錄·九八》記載,文化丁卯(1807)秋,上田因患癎癇(肝火旺、暴躁),忽產生一個念頭,想將自己寫的文稿投入菴中舊井。事爲森川氏所知,森川遂寫信告訴他有關宋亡後鄭思肖將《心史》鐵函(上田誤記爲石函)沉井、後在崇禎末又重現人間的故事,還講了《心史》中的《一是居士傳》。(見中央公論社出版《上田秋成全集》第九卷第一八八頁)足見森川是讀過《心史》的。

江戶時代後期日本詩壇盟主**梁川星巖**(1789~1858),也熟讀《心史》。清·俞樾《東瀛詩選》選梁川氏的詩單獨成一卷,盛讚他爲"東國詩人之卓卓者"。梁川氏晚年積極投身"尊王攘夷"的政治鬥爭,顯然亦受鄭思肖的影響。梁川氏有《鄭所南墨蘭》一詩,本書前面已經寫過:

> 鞠山兒子有寧馨,雙髻飄蕭雪涕零。
>
> 嚙取丹心歸楮墨,餘香吹入《十空經》。

鞠山卽菊山。《十空經》卽《大宋經》,已見前述,詩中顯然亦喻《心史》;梁川在詩後自注曰:"《心史》:鄭思肖父鞠山翁,諱起,淳祐間居西湖。"

鷹羽雲淙(1796~1866),志摩(今三重縣)人。名龍年,字壯潮、半鱗,通稱主稅,號雲淙。文化六年(1809)赴江戶,入昌平黌,師從林檉宇。寓江戶達二十年,善詩文,與松崎慊堂、大窪詩佛、菊池五山等人交遊。又與鳥羽(今三重縣)藩儒小濱樸齋相親,因樸齋的推薦於弘化二年(1845)五十歲時仕鳥羽藩,爲藩校賓師,後任督學。

今見鷹羽於 1932 年賴山陽逝世後寫的《奉哭山陽先生,次韻其病中咯血歌,爲孝子賴承緒盟兄(天保三年)》,其中寫到《心史》:

> 咯咯何唯赤爲血,所吐渾如炙輠熱。
> 文豪敢以史爲命,命窮不撓志尚徹。
> 嘗謂天地間不死醫心血,壽且千齡等泡滅。
> 幽憂每澆玉觥凸,高臥莫日不耳熱。
> 餐盡三十六峯秀,却愧浮詞事瑣屑。
> 直筆得無冥鬼罰,鱁赤痛於豺虎囓。
> 昧者不察先生心,漫道腸爲酒斧裂。
> 筆鋒誰歌百鍊鐵,一時文士皆結舌。
> 洛陽廿年紙價高,名蹟爭珍出字血。
> 誰料一曲歌詞爲絕筆,捧讀西向哀死別。
> 何况三十萬言眞心血,一字一瀝心肉剜。
> 《心史》海內已傳播,姦猾坐誅寃魂雪。
> 丹精千古醫不滅,愧死血袋歲饕餮。
> 恨吾平生不相逢一吐奇,心事空對心蹟說。

1817 年,江戶(按,今東京)的寶翰堂堀野屋儀助刊刻了**都徹阿警**點校(訓點)的鄭思肖《一百二十圖詩》。都徹氏號劔山,其人待考。他在該書後寫有跋文,其中論及《心史》:

> 予嘗讀《圖繪寶鑑》,始知鄭所南爲善畫。讀《宋遺民錄》,又知其爲氣節士也。但其詩文與畫無一存者,則其詳不可知已。及讀《鐵函心史》,則其詩文衰然成帙,冰霜滿幅,予喜可知也。但其書以明季出,閱三百餘載,胥井埋沒,楮墨不爛,其事何恠也!意滿賊猾夏,天地腥膻,安知非有所南其人託以發攄義烈之懷耶?近時鮑氏叢書中收《自敍一百二十圖詩》,皆

《心史》所不載,卷末記"大德辛丑吳中義梓",是其爲當時眞本無疑也。其詩大抵忠憤感激,諷誦之際,令人悚然自肅哉!洵所謂賢哲話言者,亦足以矯時好之浮媮矣!

　　文化丁丑(按,1817)陽月,劒山都徹跋。

　　細味都徹氏跋文,他對《心史》出井似乎還覺得有點"其事何恠";但他顯然充分肯定其"冰霜滿幅""發攄義烈"。[①]

　　江戶後期豐前(今福岡縣東部及大分縣北部)儒者**伊藤松**,號威山,字貞一,據說歿於天保中(1844年前)。他曾繼松下見林編著《異稱日本傳》(內容主要是中國各類古籍中有關日本的記載)而編著《鄰交徵書》,共三篇、六卷。爲該書作序的仁科幹,稱伊藤氏"博涉史傳,最精國學,爲人忼慨尙氣節"。伊藤氏在此書初篇卷二之末,記明乃"天保九年歲次戊戌季冬仲澣新鐫",即刊行於1838年。而在這一卷的元代部分,即鈔錄了《心史》中的《元賊謀取日本二絕》和《元韃攻日本敗北歌》。伊藤氏並在其後加注云:

　　　　鄭思肖,宋遺民也。字憶翁,號所南,皆寓慕宋之意也。嘗畫露根蘭,謂人曰:"土爲韃奪去。"自像讚曰:"不忠可誅,不孝可斬。"其憂慨如是。見元兵敗於我而歸,欣然賦詩,可謂藉手於人遣憤者也。

　　保岡孚(1803~1868),號嶺南,字元吉。曾爲川越藩儒學教授兼侍讀四十年。文久癸亥(1863)致仕。隨後他便校訂出版了賴山陽的《日本外史》,使之廣泛流傳,成爲維新運動的思想武器。而就在他致仕之

---

① 都徹氏校點的此書卷頭,還有江戶林家第九代林檉宇(1793~1846)寫的序文,云:"宋遺民鄭所南所著《百二十圖詩》,率出寓義,洛誦之際,英氣凜凜逼人。其爲人之概可想矣。"這裏順便述及鄭氏《一百二十圖詩》在日本刊刻的情形。除了都徹氏刊本外,據我所知,後來至少還有文苑閣播磨屋勝五郎所刊《鄭氏一百廿圖詩》,未印出版者名的小開本《鄭所南題畫詩集》,及明治十七年(1884)大阪府菊井吉太郎翻刻、東京府山田藤助發兌、東京克己堂梓的《宋所南翁詩集》(按,即翻刻都徹點刊本)等。可知,隨著《心史》之流傳日本,鄭氏其他詩作也開始深受日人的注意。直到1976年,著名漢學家長澤規矩也還將都徹氏此書影印再版。

年,還曾爲《心史》作序並促成其在日出版。其序雖然寫得不佳,但也許是日本人寫《心史》的第一篇序:

> 《鐵函心史》稱出瞖井。此等之事,上自孔壁,不免人疑怪。然此詩旣怪矣,文更怪矣,則其所出之怪亦付之不問而可。原文係《晞髮集》合刻,今逸之。因獨取怪詩怪文活字刷印,以頒世之好怪者,是小林泰輔之意也。
>
> 文久癸亥三月,嶺南學人保岡孚元吉甫識。

小林泰輔,其人不詳。從保岡氏序文可知,其據以刊印的底本應是中國南明隆武《心史》《晞髮集》合刻本的前半部份。(此隆武合刻本,迄今未見於中國國內各公私藏書目,當時是否眞的合刻成,猶可存疑;今僅知日本公文書館藏有隆武刻《心史》,前已提及。)這是迄今所知《心史》在日本的第一次重版,可惜僅爲《心史》的詩集部份(所謂"怪文"未見刻)。此書後來又爲在日中國人所翻印(已見本書前述),而且這一和刊漢籍還同傳至中國(今上海復旦大學圖書館卽藏有一部)。這在中日文化交流史上亦不多見。因此,儘管保岡氏這篇序的見解與文筆均不見佳,但仍值得我們重視。

江馬天江(1825~1901),名聖欽,又名正人,字永弼,通稱俊吉,號天江。近江(今滋賀縣)人。本姓下阪,後爲江馬榴園收爲養子,遂改姓。初學醫,後赴大阪從緒方洪菴學蘭學(卽西學)。又因篤好漢詩文,遂成了梁川星巖的學生。明治元年(1868)任太政官史官,改名正人。兩年後辭官,在京都東山下帷教徒,講授儒學。有《退享園詩稿》。江馬氏作有《讀鐵函心史》(按,鷗波亭爲趙孟頫遊息吟詠在所):

> 一函鐵護宋乾坤,《心史》長霤熱血痕。
> 愧殺鷗波亭裏客,忍將萬死事讎元!

大橋正煦(1836~1881),號陶菴,幕府末、明治初期儒者,維新時曾任大學教授,未久辭歸,授經爲生。大橋氏能漢詩漢文,熟讀《心史》,並做鄭思肖同時代人、民族英雄文天祥在獄中集杜甫詩句之例,於慶應丙寅(1866)孟春,從《心史》的五言詩中集句,共輯得絕句十首。大橋云:

> 文天祥在燕山獄中,集杜詩五言絕句二百首。自敍云:"凡吾意所欲言者,子美先爲代言之。乃知子美非能自爲詩,詩句自是人情性中語,煩子美道耳。子美於吾隔數百年,而其言語爲吾用,非情形同哉?"余竊以爲知言矣。頃者陰雨連日,書窗無聊,乃就架上《鐵函心史》,誦之稍熟,偶有所感,因其五言,集爲絕句,得十首。固一時效顰之爲耳,豈敢謂泄憂世之憤乎? 若使天祥、思肖有知,則恐應大笑於泉下也。

大橋氏的集句詩後,還有署名"湖山"的評語。今我僅見前二首:

> 勿云今已矣,王道一陵夷。
> 萬古青天在,寧無吐氣時!
> 湖山曰:所謂"吐氣時",果何時也? 噫!

> 一自胡兵入,因循忽七年。[1]
> 男子抱奇氣,愁來只自顛。
> 湖山曰:同氣相感,無古今之異,故其言語爲吾用耳。思肖語豈爲他人用乎? 惟吾兄而可集思肖句也。

大橋氏雖在短序中說自己"豈敢謂泄憂世之憤",但實際上的確是藉以抒愁。如"因循忽七年"句,鄭思肖原有自注"自乙丑陷虜至辛巳已七年",今大橋氏已改爲己注,完全是針對當時日本的實情。這十首集句後收入大橋氏遺著《慨憤餘唾》中,爲小林二郎編輯。**小林二郎**,生平

---

[1] 作者自注:"自己未開互市,至乙丑巳七年。"

不詳。此書爲私刻本,今在日本也極罕見。爲大橋氏集句作評的湖山氏,當爲**小野湖山**(1814~1910),此人曾從梁川星巖遊,詩名甚高,後爲三河吉田藩儒臣,維新志士。

　　土屋鳳洲(1841~1926),名弘,字伯毅,號鳳洲。和泉(今屬大阪府)人。從小研修朱子、陽明之學,其父爲岸和田藩藩士,因任教於該藩講習館。明治後,任堺縣師範學校校長、東洋大學教授等。與中國文人吳汝綸、陳鴻誥(曼壽)、葉煒(松石)等交游。著有《晚晴樓詩鈔》《晚晴樓文鈔》等。在明治丙戌(1886)頃刊刻出版的《晚晴樓文鈔》卷一,有他寫的《校刻鐵函心史序》。這是我所知的日人寫的第二篇《心史》序。但土屋氏好像並沒有刊刻《心史》。他對《心史》的評價很高:

　　　　言而成章,其音激楚,風悲鬼哭,令讀者俯仰悽惻,感泣不已,是豈偶然哉! 蓋忠義之誠使之然也。余頃讀鄭所南先生所著《鐵函心史》,不覺泫然泣下。蓋先生宋季一布衣,夙齋大志,當元賊猾夏之際,慨然自奮,欲迴狂瀾於既倒,其意蓋亦可悲也。而時不可爲,混跡於樵漁。登山臨水之間,每一念至,輒發其憤懣於歌詩。千載之下,使讀者歔欷流涕,有所興起,是豈非忠義之誠使之然乎哉! 嗚呼,假使先生秉節鉞,折衝於方面,其一掃妖氛,恢復中原,雖未可必焉;其激烈之氣,率先士卒,斬將搴旗,直破虜膽,必有可觀者矣! 奈何使其徒抱大志,老死山野,悲夫! 頃余校正此集,示二三同志,因書一言於卷端。

該文天頭還印有森田節翁、南岳、朗廬的評語,文末又有岡田野里、阪田警軒的評語,主要都是說土屋文章寫得好。岡田野里則指出:"篇中深惜所南抱忠不遂其志,其意不獨有感於所南,亦有慨於近時歟!"

　　至於明治後出生的日本學者談到《心史》的,就更多了,除了上面寫到的柳田聖山外,今再畧舉數人。

　　日本近代學者研究並取證於《心史》,有所創獲,這方面最值得一提

的是**桑原騭臧**(1870~1931)。桑原氏是京都大學教授,主要研究東西文
化交流史和海上交通史。其最有名的專著是《提舉市舶西域人蒲壽庚
之事蹟》。該書從 1915 年起,至 1918 年,陸續發表於東京帝國大學史學
會的《史學雜誌》上。後經修訂,於 1923 年由日本東亞研究會(該會設
中國上海)刊行。

　　蒲壽庚是宋元之際鄭思肖同時代人。居福州泉州,擁有大量海船,
獨霸南方,曾任提舉泉州舶司。[①] 元兵南下時,蒲氏以城降北,後又殺戮
趙宋宗室及士大夫。蒲氏實爲宋元時中外海上交通的關鍵人物。桑原
氏首次對他詳加研究,並考證認爲蒲氏爲阿拉伯人;而且,桑原氏不只是
研究蒲氏個人,實際是通過蒲氏這個人來研究唐宋以來中國與阿拉伯諸
國交往的歷史。這便引起各國學者極大的興趣。然而,有關蒲氏的史料
很少,桑原氏獨具慧眼,從《心史》中找到一些史料,解決一些問題,而且
又反過來論證《心史》絕非"僞書"。桑原氏不僅指出《心史》有關蒲氏的
記載是"第一古材料",極爲珍貴可靠;而且還痛斥了《四庫全書總目提
要》關於《心史》的謬論。

　　桑原氏此書問世後,成爲彼邦東洋史學京都學派的典範之著,並獲
得日本學士院獎。此書也極受中國學術界重視,1929 年 10 月,中華書
局便出版了陳裕靑翻譯(並加有考訂性按語)的譯本,題爲《蒲壽庚考》。
僅隔半年,1930 年 3 月,商務印書館也出版了馮攸的另一譯本,題爲《唐
宋元代中西通商史》;1943 年,商務印書館重印,又改題爲《中國阿剌伯
海上交通史》。

　　另外,桑原氏還在其所著《東洋史論苑》《東洋文明史論叢》等書中
的《中國人辮髮之歷史》《從歷史上看南北中國》等論文中,多處引用《心
史》作爲重要史料,解決了一些歷史研究中的疑點。[②]

　　稍後,又有一位歷史學家**中山久四郎**(1874~1961),在 1932 年賴山

---

①　《宋史・瀛國公本紀》謂蒲壽庚曾任提舉泉州舶司長達三十年,似不免過甚其詞,未可盡信。見
　　余嘉錫《四庫提要辨證》對蒲壽成《心泉學詩藁》提要的辨證。
②　我認爲,中國大學者王國維也可能在這方面受到桑原氏的啟迪。因爲王氏也曾引用《心史》來研
　　究辮髮史,時間則在桑原氏發表論文的十幾年後。

陽逝世百年之際，由論賴氏題墨蘭詩，而寫下了論日本人有關鄭思肖墨
蘭圖與《心史》的記述與議論的長文。文中搜羅了不少資料，令我獲益
匪淺。如前所述罕見的私刻本大橋正熹的《慨憤餘唾》，就是中山氏文
章中介紹的。中山氏在他的很多論著中都顯示出十分博學，值得佩
服；不過，他在當時日本已經開始侵華的情況下，大肆鼓吹什麼"修史
報國"，在研究鄭思肖的文章中竟然也歸結到美化天皇制度。這就太
令人遺憾了！他在當時還寫了牽強附會、毫無學術意義的所謂"孔子
與滿洲的因緣"一類"論文"，來爲軍國主義政府服務；後來，到1940
年代，他索性擔任了"王道樂土大滿洲國"的士官學校的教頭，直接參
與侵華。

　　但如果不因人廢言的話，中山氏對鄭思肖及其《心史》在日本的影
響，倒講了一個發人思考的觀點：《心史》傳入日本後，與鄭氏墨蘭一起，
給日本人以不小的感動、刺激和警戒，直接間接地爲促進明治維新、培養
尊王思想作了貢獻；時移世轉，後來《心史》又從日本反饋中國，激發了
中國人的民族意識，至少也間接地爲民國的成立起了促進作用。關於這
後一方面，本書在前面寫到梁啓超等人時，已經寫到了。

　　久保天隨（1875～1934），名得二，字士奇、長野，號天隨、春琴、默龍、
別號大狂、兜城山人、秋碧吟廬主人等。信州（今長野縣）高遠人。曾讀
於仙台第二高等學校，後入東京帝國大學文科大學漢學科學習，明治三
十二年（1899）畢業。便與大町桂月、田岡嶺雲、笹川臨風等人一起撰寫
評論、隨筆、紀行、新體詩等。大正九年（1920）任宮內省圖書寮編修官。
十二年（1923）爲大東文化學院教授。昭和二年（1927）得文學博士學
位，博士論文題目是《西廂記研究》。四年（1929）日本在臺灣開辦所謂
臺北帝國大學，天隨即爲該校教授，最後也死在臺北。

　　天隨是著名漢學家，著述等身，竟有一百七十餘種。其中可引起中
國學者關注的有《支那戲曲研究》《支那文學史》《日本儒學史》《日本漢
學史》等。其詩集《秋碧吟廬詩鈔》丙籤有《水戶看梅，同荒浪煙崖、萩原
錦江》十首，其一詠及《心史》（所謂"夢玉眞峯"即《心史》中的《夢游玉
眞峯餐梅花記》）：

餐罷梅花詩味幽，拖節隨意度林邱。

前身我是鄭思肖，昨夢玉眞峯上游。

還有日本漢學家、京都帝國大學文學部部長**羽田亨**（1882～1955），在 1933 年发表《關於舞樂之渾脱一名》（1936 年由楊錬譯成漢文，題爲《論舞樂之渾脱》），亦引用《心史》中材料以立說。中國學者劉節在 1939 年 6 月 28 日日記中評曰："羽田亨之《舞樂之渾脱》一文，知'渾脱'二字本蒙古語。所謂'渾脱'，華言'囊橐'，實得其正解。羽田氏從《唐書》《通鑑》《唐會要》《草木子》（葉子奇作）、鄭所南《心史》、李心衡《釧雜記》、陳士元《諸史夷語解義》及《華夷譯語》中求得其正解，甚爲難得。"雖然後來著名的蒙古學家司義律及其他學者又提出"渾脱"並非外來語，而純粹是一個漢語詞，其語義爲"完整剥脱（動物皮）"，羽田可能未得其正解；但羽田氏相信《心史》非僞，則是無疑的。同樣，陳寅恪的學生、歷史學者劉節（1901～1977），顯然也是相信《心史》的。

和田清（1890～1963），畢業於東京帝國大學文科大學史學科，師從白鳥庫吉、市村瓚次郎、箭内亘、池内宏等。後長期擔任東京帝國大學（戰後改名東京大學）教授，爲大正、昭和時代著名的東洋史家，所謂"東京文獻學派"第二代帶頭人之一，培養了大量傑出的史學人才。專長滿蒙史、中國政治史及明史的研究，被譽爲日本近代研究滿蒙史、清史第一人。**石原道博**（1910～2010），畢業於東京文理科大學，長期擔任茨城大學教授。專長爲中日關係史、中國明清史研究，著述豐富。和田氏和石原氏曾合著《〈舊唐書·倭國·日本傳〉〈宋史·日本傳〉〈元史·日本傳〉譯注》一書，1956 年由東京岩波書店出版，收入《岩波文庫》。在該書有關"元代關係"章節中，收入並譯注了《心史·中興集》中的《元賊謀取日本二絕》《元韃攻日本敗北歌》等。

著名漢語學家**太田辰夫**（1916～1999），長期任神戶外國語大學教授，對漢語歷史語法、辭彙以及中國古代文學都有精深的研究。著有

《漢語史通考》《中國語歷史文法》《中國語文論集》（語學篇、元雜劇篇、文學篇）和《西遊記研究》等。《漢語史通考》爲 1988 年日本白帝社出版，1991 年中國重慶出版社出版江藍生、白維國的中譯本。書中第二部《近古（唐宋元明）》十一《關於漢兒言語——試論白話發展史》作於 1952 年（翌年修訂），太田氏在註釋（41）中云："《心史》通常被看作僞書，但桑原博士持反對意見，認爲沒有持疑的餘地。（《蒲壽庚的事蹟》，昭和 10 年巖波版）。<u>筆者也從這一見解</u>。"書中還在論及"歹"字時引徵了《心史》。

另外，從江戶時期以來還有很多日本著名文人，雖然我暫時還未發現他們談到《心史》，但看到他們談及鄭思肖及其墨蘭，如前面提到過的向山黃村，此外還有賴山陽（1781～1832）、渡邊崋山（1793～1841）、齋藤拙堂（1797～1865）、大槻磐溪（1801～1878）、淺田宗伯（1815～1894）、江馬天江（1825～1901）、高雲外（1833～1895）、小原重哉（1836～1902）、前田香雪（1841～1916）、永阪石埭（1845～1924）、河井荃廬（1871～1945）、青木正兒（1887～1964）等等，本書就不一一介紹了。

關於《心史》在國外的影響，日本以外，當然就應該提到韓國/朝鮮了。據我迄今所看到的史料，《心史》流傳到朝鮮半島，可能要比日本晚百餘年。最早引進《心史》並作評述的，當是朝鮮李氏王朝英祖、正祖時期的大學者李德懋。

李德懋（1741～1793），初字明叔，後改字懋官，號烱菴、青莊，晚號雅亭。完山（今韓國全州）人。著名實學家、文獻學家。雖出身王族，但因祖上是庶子，故地位卑微。自幼聰慧，端嚴勤學，善詩文，好鈔書，擅考證。正祖（李祘）二年戊戌（1778）三月，以書狀官隨員身份來華，在北京訪書購書，鈔寫目錄。據大學者成海應（本書下面要寫到其人）《次顧亭林咏心史韻》詩序記載："《心史》傳至北方者少。青莊檢書嘗隨節使赴燕得之，今移寫在余家。"可知《心史》刊本乃李德懋得自北京而攜歸朝鮮者。李氏還曾發現《古今圖書集成》散本，視爲珍寶，不惜重價得之。又與中國文人潘庭鈞、李鼎元、唐樂宇、祝德麟等結爲好友，詩歌酬唱。七月囘國，著《入燕記》，名聲大震。清人李調元（雨村）嘗選刻李德懋和李書九(洛瑞)、柳得恭(惠風)、樸齊家(次修)詩爲《朝鮮四家詩》,《雨村詩話》又采其詩。(而李德懋撰《清脾錄》,亦摘李調元詩句。)三年己亥(1779),以布衣身份參加考試,被選拔爲奎章閣(宮內藏書樓)首任檢書官。八年甲辰(1784),任積城縣監。爲官清廉。去世後,追陞六品。李祘並示意刊刻其遺著,但今僅見鈔本《青莊館全書》,有影印本,共七十一卷、三十一冊,内容豐博。

李祘因嫌《宋史》煩冗,於己亥年(1779)命諸臣刪訂爲《宋史筌》,李德懋爲之補撰了《遺民列傳》等。《遺民列傳》共立傳一一九人,遠超此前中國的《宋遺民錄》,鄭思肖名列第六。收入《青莊館全書》卷二一的《宋史筌·遺民列傳》,其鄭思肖傳在述鄭氏生平時大量引用了《心史》中的材料,並寫道:

> ……嘗撰《臣子盟檄》二篇,其署曰……。思肖祭忠臣文天祥、陸秀夫、李庭芝、陳文龍、單公選、趙與檡、李芾、馬墍、姜才、趙淮、趙昂發、夏椅、王安節、阮正己,其文有曰……。其爲文輒斥元人曰賊,虜曰韃靼。多記革世時事,史所不載。與所著諸文,合以名之曰《心史》,錮之以鐵,藏於北禪寺井中,以冀後世之或見……

這裏可惜將沉井之承天寺名記錯了(按,中國學者也曾有多人誤記爲北禪寺),但充分肯定了《心史》。另外,《青莊館全書》卷四三(《磊磊落落書》卷八)之《李世熊》,引用了躬菴(彭士望)評識李氏《寒支集》語,“以爲超羣而絶類《心史》”。卷五九(《盎葉記》卷六)之《日本尊周》,引用了《心史》中有關日本的記述。卷六一(《盎葉記》卷八)之《狗國》,也引用了《心史》中的有關記述。《青莊館全書》卷二四還有李氏作於壬子(1792)夏的《詩觀小傳》,寫到謝翱,說其“詩皆黍離麥秀之遺音,可以壎篪於鄭所南、唐玉潛”。能與謝詩並稱“壎篪”的鄭所南的黍離麥秀之詩,當然就只能是《心史》中的詩。

比李德懋年長三十多歲的學者**趙普陽**(1709~1788),也讀過《心史》。趙氏字仁卿,號八友。漢陽(今韓國首爾)人。早歲私淑著名學者李惟樟(孤山),受學於惟樟弟子李景翼(小隱)。後納拜於李山斗(懶拙齋)、權相一(清臺),兩先生器重之。潛心治學,白首應舉,癸巳(1773)登第,例拜典籍,已而遷監察、禮曹佐郎。後因忤權勢,浩然辭去。家居侍親甚孝。辛丑(1781),正祖李祘命除典籍,移兵曹佐郎,方六日,又辭歸。戊申(1788),年八十,陞僉樞兼五衛將,未久逝世。趙氏《八友軒先生文集》卷五《新亭責周伯仁論》寫到"瞖井之悲呼",顯然是指出於瞖井之《心史》①:

> 當新亭齊會之日,天時人事,有可以悽愴而傷心者矣。乾坤幅裂,宇縣板蕩,雙轅北轉,五馬南渡。伊洛爲氈裘戎馬之場,江淮無亭壁藩籬之阻。民生罹於鋒刃,衣冠陷於塗炭。而一片江南,暫開草萊之廷;暇日名區,試舉聘遠之目。則山川異色,雲物變態,忠臣烈士之感,當復何如?雖殷墟之流涕,瞖井之悲呼,申包胥之頓地,蔡威公之泣血,無所不可矣。然則伯仁之泣,非泣其亂離之云邇也,身世之艱難也;泣王室之多艱,而痛二帝之北行也。

大學者成海應之父成大中(1732～1809),字士執,號青城,一號醇齋。昌寧(今屬韓國慶尚南道)人。原係所謂庶孽(非嫡出),按當時規定不得參加科舉,只能擔任小吏,而英祖李昑破格拔擢,得中進士。辛巳(1761)陞成均館典籍。壬午(1762)爲銀溪道察訪。癸未(1763)任交鄰使,出使日本,日人求其詩者甚衆。丙戌(1766)任蔚珍縣令。正祖李祘建奎章閣,首舉成大中掌管之。李祘組織編修《尊周彙編》《國朝寶鑒別編》等,成氏均主其事。成氏可謂英祖、正祖時倡導"尊周思明"(即尊明反清)之主將,年長於李德懋,與德懋過從甚密。成氏躋身宰輔之職,也爲其子海應日後的發展打下了基礎。成氏撰有《青城雜記》,卷四《醒

---

① 若謂赴井自殺,是不能投瞖井的;自殺者也不會在井下悲呼。

言》寫到《心史》。可惜亦將《心史》沉井之寺名(承天寺)記錯了:

> 鄭思肖著《心史》,藏北禪寺井中,待滄桑之改而出矣。曠
> 刧而書果出,心固未化。金東峯著書,藏之金鰲山,曰"後世必
> 有知雪岑者",而書竟不出,豈其書之必傳不及《心史》耶?麗
> 之林春以詩名,李相國友也,乃落魄而没,肅廟時清道雲門寺僧
> 印淡夢有指塔而言者曰"塔底有至寶",覺而發之,乃春集也。
> 詩之精神不泯於曠刧也如此,況思肖之烈哉!

與李德懋並稱爲"朝鮮四家"之一的**朴齊家**(1750~1805),字修其,又字次修、在先,號檢書,亦號楚亭、貞蕤。漢城(今首爾)人。官至五衛將。李氏朝鮮"實學"興盛期之代表人物。詩文卓越,又擅書畫。曾先後四次作爲使臣前來中國首都北京,同清朝詩人廣泛交流,特別與詩人、書畫家張問陶(船山)游從甚密。朴氏《貞蕤閣三集》有《讀車原頹雪寃記》詩四首,其三寫到《心史》,並自注"《心史》,用鄭所南事":

> 跡似希夷暫出山,心如貞白却辭官。
> 千年《心史》功臣在,微義須從向郭看。

同上書還有《閏五月十日皇壇陪駕作》詩,亦寫到《心史》:

> 不見輕烟淡粉樓,誰知壇墠寄青邱。
> 仙遊杳杳非中夏,靈雨蕭蕭作小秋。
> 《心史》千年猶有地,厓山萬里已無舟。
> 逢人莫問昌平樹,一例斜陽杜宇愁。

朴氏《貞蕤閣四集》之《正宗大王輓詞》十二首之八,也寫到《心史》:

> 修明獲親炙,數十春秋旨。

斯禮不可泯，皇壇特義起。

三后旣配京，十族復侑祀。

革除尊本紀，滄桑補《心史》。

　　李氏朝鮮時對《心史》題寫詩文最多的是著名學者**成海應**（1760～1839）。成氏字龍汝，號研經齋，昌寧（今屬韓國慶尙南道）人，是當時倡導"尊周思明"的代表人物。從前述已知其生於儒學世家，八歲書大字，筆法老練（今尙藏於其家）。甫就學，食息未嘗釋卷。正祖時癸卯（1783）中進士，進奎章閣，自此浮沉仕宦者二十餘年。戊申（1788）爲檢書官，讀書東觀，文益富贍。庚戌（1790）陞爲尙衣院別提，仍直內閣。時其父成大中在外閣，凡編摩校讎之役，父子同承上命，時人榮之。晚年專事個人著述，所作極富，涵蓋四部。當時宰輔趙寅永評之曰："百年以上吾未之知，以後無此人矣！"成氏修訂李德懋《宋史筌·遺民列傳》而撰著《宋遺民傳》，又著有《風泉錄》《崇禎逸事》《明季書稿》《皇明遺民傳》《北邊雜議》《明季史評》《建州錄》等等，大多與明淸之際史事相關。其侄成祐曾《研經齋府君行狀》曰："史者，鑑也。人不能背鑑而照，故爲《二十三史約例》。而世系、姓諱、年號、陵號，瞭若指掌。凡繫於明末事蹟者，薈萃作書，以寓風泉之感。弘光、隆武、永曆，雖國少兵弱，是皇祖正統，故作《三皇記》。張廷玉《明史》多所忌諱，忠義之士掩晦不章，故作《皇明遺民傳》。皇統未絕，可以少紓冤鬱之義，故作《丁未傳信錄》。河淸無日，狃安已久，則忿憤冤結者庶可卽境興懷，故作《華陽洞志》。"可惜的是，他的著作也多未刊行，僅以稿鈔本葺存，今見影印本。

　　《研經齋全集》卷三有《次顧亭林咏心史韻》詩，竟有三首之多，極爲難得，卽中國亦未見如此之作。其序云："亭林序曰：崇禎十一年冬，蘇州府承天寺以久旱浚井，得一函。其外曰'大宋鐵函經'。錮之再重，中有書一卷，名《心史》。稱'大宋孤臣鄭思肖百拜封'。思肖號所南，有聞志乘。藏書之日爲德祐九年，宋已亡矣，猶望陳丞相、張少保統兵外來，以復土宇。至於痛哭流涕而禱之天地，盟之大神，謂氣化轉移，必有一日。於是郡中人見者無不稽首驚詫。張國維刻之以傳，又爲所南立祠，藏其函祠中。太倉守錢肅樂賦詩二章,崑山歸莊和之。未幾遭國難,國維投水死,肅樂遯海外死,莊窮餓死,亭林亦浮沉以沒。《心史》傳至北方者少。青莊檢書嘗隨節使赴燕得之,今移寫在余家。"最值得注意的是最後一句(前面都係鈔自顧炎武),因知成家所藏《心史》乃傳鈔自李德懋。成氏次韻亭林之詩極精彩(其二當闕一聯,原鈔本即漏鈔):

巡撫張公後思肖,濬井得書藏祠廟。
鄭公猶有書刻傳,張公誰向東陽吊?
少保船覆著國史,丞相抽身走大理。
遺民日夜望官軍,氣化未轉身先死。
鐵函書殘德祐年,吁嗟胡強能勝天。
于時發露如有待,郡人稽首驚神彩。
亭林大計在人間,心長力短如移山。
浙閩雖見宗社覆,永曆一脉企如鵠。
我從槎客得讀之,同調如何不同時。
錢君歸生今已死,詩篇零落誰能市?
傍搜今古傳忠義,撫劍擊節招神鬼。
草野思漢倘復多,黃河猶濁將奈何!

畫蘭當日臣思肖,生丁鐵木殘九廟。
信國捐軀陳公逃,區區痛恨天不吊。
字由血忱著《心史》,胡虜得天難喻理。
萬一遺旅復土宇,精衛啣木寃抵死。
吁嗟崇禎戊寅年,書出廢井覿青天。
十襲銅鑰後人待,地底潛龍護光彩。
正似金椀落人間,復值胡馬立吳山。
劇知天道任翻覆,江南孑遺形如鵠。
亭林居士心更苦,經歷還如德祐時。
□□□□□□□,□□□□□□□。

薙髮左衽彼何人,孰如死爲忠義鬼!
一讀殘篇感涕多,欲和無如才薄何!

密室圖像聖容肖,前闔後全移宗廟。
柳棺三寸葬無人,中朝大臣誰敢吊!
亭林隻字續《心史》,噓殘或冀中興理。
太行黃河劇間關,猶懷短策輕生死。
業恢未得覯殘年,手擷村蔬格在天。
千載風雲杳難待,昌平松栢晦光彩。
白首偪側兵馬間,血忱只得訴橋山。
尚期有力救顚覆,高飛未諧隨鴻鵠。
易堂諸子亦何之,魏氏叔季復同時。
九原耿耿齎恨死,卽今胡塵暗燕市。
我今作詩悲若人,山蕨澤蘭須毅鬼。
嗟乎洪、吳愧應多,泰山鴻毛較如何!

成氏修訂李德懋《遺民列傳》而撰著《宋遺民傳》(收《研經齋全集》卷四五),在鄭思肖傳末寫了這樣一段話:

崇禎十一年冬,蘇州府承天寺浚井,得一函,其外曰"大宋鐵函經",錮之再重,中有書二卷,名《心史》,稱"大宋孤臣鄭思肖百拜封"。藏書之日爲德祐九年,宋已亡矣,猶望張世傑、陳宜中統兵外來,以復土宇。至於痛哭流涕而禱之天地,盟之大神,謂氣化轉移,必有一日。郡中人見者無不稽首。張國維刻之以傳,又爲思肖立祠,藏其函祠中。余得其本而讀之,憤欝侘傺,激烈悲哀,誠可敬也。但事實往往與《元史》相牴,豈草野搜聞,多相抵牾而然歟?隆武時張公亦遭國難,投水死。噫,何其與德祐時相似也!

　　成氏還以《心史》有關記述來考證元初婦女的服飾。如《研經齋全集》外集卷四三《婦服攷》卽載:"羅兀,《字彙》作'羅',又作'羃䍦',障面具也。……元稱'囬囬帽'。鄭思肖《心史》曰'蒙古婦人戴囬囬帽'者是也。"《研經齋全集》外集卷五八(《蘭室譚叢》卷三)的《顧姑》記:"鄭思肖《心史》:'固姑冠,竹篾爲骨,銷金紅羅餙於外。'顧姑、姑姑、罟罟、固姑,實一物也。"同卷《囬囬帽》又記:"鄭思肖《心史》曰'蒙古婦女戴囬囬帽,加皁羅爲面簾,仍以帕子羃曰障沙塵'。意羅兀卽囬囬帽也。"

　　《研經齋全集》外集卷六一(《蘭室譚叢》卷六)還有《鄭思肖心史》一則,摘錄了《心史》中有關文天祥、李庭芝被殺時的記述,云"是皆正史所未見者";又摘錄了《心史》中有關陳宜中派遣戴恩來吳密諭呂大升等人起義,以及或傳陳宜中在眞臘之間併集外國兵來等事,云:"宜中而果有是也,宋濂作史寧不採之耶? 意思肖只傳聞見,不無舛訛。姑錄之以備異聞。"可知成氏絕對肯定《心史》爲鄭思肖所著,但也不排除其中紀事或有訛傳。然而,鄭思肖所記陳宜中之事,明初宋濂作《元史》時不知道是正常的,因其時《心史》猶未出井也。

　　正祖時著名學者**尹行恁**(1762~1801),字聖甫,號碩齋,又號方是閒齋、蓍泉堂、畾餘觀。南原(今屬韓國全羅北道)人。壬寅(1782),擢庭試。癸卯(1783),除藝文館檢閱、承政院注書。除奎章閣待教。甲辰(1784),拜世子侍講院兼說書。戊申(1788),拜司諫院正言。己酉(1789),除義城縣令。尋移高陽郡守。入弘文館,爲校理、提學。出爲果川縣監。辛亥(1791),拜揚州牧使。壬子(1792),拜司諫院大司諫和兵曹、禮曹、吏曹參議。癸丑(1793),拜工曹參議。甲寅(1794),復拜禮曹參議。辛酉(1801),任弘文館、藝文館大提學,成均館經筵實錄事都總管,已至文官最高級。但最後卻在官場政鬪中遇害。後獲平反,諡文獻。憲宗時追認爲領議政(相當於後來的首相)。尹氏有《碩齋稿》,卷二《健陵輓詞》,作於庚申(1800),其中提到《心史》:

　　　　……塗山帯鳥嗟何地,魯國《陽秋》詎可忘。
　　　　茅屋一閒人祭楚,冬青數樹姓畱唐。

黃驪石屹題詩古，白馬祠高薦酒芳。

漢水無津朝玉帛，冽泉終古浸苞稂。

丹青落落來天將，簫鼓悽悽吊國殤。

永世風聲扶物則，所南《心史》寓尊攘。

尋常寶宸知無樂，豐大徽稱豈未遑。

太社祈豐辛戒駕，黃門被蜡亥頒囊。

元春沛澤方千里，首歲溫綸下十行……

尹氏《碩齋稿》卷十二《看月島記》也涉及《心史》：

> 自瑞山郡南距十有五里，濱海而島者，曰"看月"。水匯爲塘，鋪以軟石，平然而漸阜者，曰"圓通臺"。喬木百餘本，悉蔭蔽穹森，老藤古蘿縈縈而倒垂。有廢墟宅其中，破甍錯然如齒者，曰鄭臣保之舊居也。自海東南行千餘里，而捨舟登陸，曰浙東也。鄭臣保家浙東，仕宋恭皇帝時爲刑部員外郎，及蒙古下江南，浮海而逃，止於所止而家焉，卽是島也。當是時，鄭所南著《心史》，謝翱吊子陵臺，自許以趙氏之遺民。而昔有傳遺民者，皆能垂名竹帛。若鄭臣保，潔身遐舉，絕其蹤於江表耳，故無聞焉。

朝鮮李朝後期實學派代表人物李圭景（1788~1856），也是肯定《心史》的。李氏字伯揆，號五洲、嘯雲。爲李德懋之孫。自幼受家學熏陶，又目睹歐風美雨入侵和社會矛盾激化，决心學習世界各國知識。對諸國史地經籍、民間風俗、天文曆法及車船、農具等製作均進行比較研究，詳加考據。無意仕途，勤於著述，有《五洲衍文長箋散稿》六十冊，堪稱一部百科全書。在《五洲衍文長箋散稿》的"經史篇·釋典類·釋典雜說"中，李氏有《西藏紅黃兩教辨證說》一文；在同書"經史篇·釋典類·西學"中，又有《斥邪教辨證說》一文。兩篇均引用鄭思肖《心史·大義畧敍》中的有關記述，足知李氏精研過《心史》。

又有李朝後期憲宗、哲宗時普通詩人**金進洙**(1797~1865),字稚高,號蓮坡,慶州(今屬韓國慶尚北道)人,爲新羅王子殷說之後。來過中國。工書法。曾有軍銜六品,以母親年高而致仕歸養。今存金氏《蓮坡詩鈔》,卷上有《燕都雜詠》三十五首,末首寫到《心史》:

> 祕史傳心皆井翁,儒門澹泊有餘風。
> 畫蘭不畫中原土,一部《春秋》一墨叢。

朝鮮李朝後期學者**張福樞**(1815~1900),字景遐。因自認尚未具備孝、敬、忠、信四德行,故號四未軒。仁同(今屬韓國慶尚北道)人。高宗李熙辛巳(1881)被舉薦,授予掌苑署別提、慶尚道都事,但未赴任。一生致力于學問研究,與李震相、鄭三錫、金鎮祐、郭鐘錫、許薰等學者往來。其有關儒學見解被稱爲"四未軒學派"。其《四未軒文集》卷一《次朴致亨(賢默)贈別》詩亦高度讚揚《心史》:

> 廿年重接謝宣城,鬢髮蒼然口氣清。
> 黃虞何邈皆淆俗,郊賈雖窮尚後名。
> 花柳任他鶯世界,雲山穩此鶴平生。
> 莫道文章無實用,一編《心史》大家聲。

另一位著名學者**宋秉璿**(1836~1905),字華玉,號淵齋。恩津(今屬韓國忠清南道)人。年未四十,而東南學者皆推重焉。高宗丙子(1876)詔求林下經學之士,忠清道巡察使薦之。翌年六月拜泰陵參奉,八月拜經筵官,九月又拜侍講院諮議。庚辰(1880)二月拜司憲府持平,旋復拜侍講院進善,八月陞通政拜吏曹參議兼侍講院贊善、成均館祭酒。壬午(1882)正月陞嘉善拜工曹參判,六月拜司憲府大司憲。乙酉(1885)三月拜吏曹參判。丙戌(1886)四月陞嘉義。丁酉(1897)二月拜特進官。癸卯(1903)九月拜弘文館經筵官,辭不就。乙巳(1905)十月,日本以武力逼迫韓國簽署喪權辱國的《日韓保護協約》,宋氏聞訊流涕曰:"甲乙以後,世變亦多,而吾絕不開喙,固守獻靖之義。至今日則宗社亡矣,吾道喪矣,不可徒執舊見,自致遺恨!"遂上疏極論姦臣罪狀。步詣平章門,俄而見警務使,口稱有上命,詒宋氏坐轎疾馳出南門外,移載於汽車而後去,既至某所,遂草遺疏置案上,北向再拜畢,命席而坐,謂其子曰:"吾藥發,將死矣。必無厚葬以增吾過。"言訖而卒。訃聞,高宗震悼不已,特贈大匡輔國議政府議政,二等禮葬。諡文忠。宋氏《淵齋先生文集》卷一《謹次華陽誌校正韻》詩寫到《心史》:

> 開山沿革聚麻沙,行斷虹橋一逕斜。
> 先祖孤衷瞻帝廟,陽秋掌故問禪家。
> 雲煙點竄輝文藻,巖石裝繢照墨花。
> 醬與鐵函《心史》祕,風泉從古思無涯。

同時期還有一位民間著名學者**許薰**(1836~1907),字舜歌,號舫山,金州(今慶尚南道金海市)人,首露王之後。甲子(1864),贊拜於許傳(性齋),又拜柳疇睦(溪堂)爲師,研讀儒學。家居著書立說,教里中子弟,奉親至孝。又雅好旅遊與詠詩。所著《舫山先生文集》,卷十五《牧齋集抄序》認爲錢謙益有些詩文與《心史》可謂同調云:

> 歲壬申(按,1872)之秋夕,金陵使君李丈訪余于卯橋之莊。見案上置《弇山四部稿》,……翌年夏,投示其家藏《牧齋集》四匣,……嗚呼,天使斯人以文章鳴世者,不獨盛時爲然,於淪革之際尤致意焉。何也? 夫麥秀黍離之悲,銅駝金狄之感,滄桑陵谷之變,其將寂寂焉已乎? 天固不忍泯也。彼金、元之末,猶有元遺山、王梧溪之徒,張膽鼓吻,以鳴其憤鬱不平之氣;況皇明之禮樂文教,培養三百年之久,詎欠一牧齋乎? 然則雖巨璫射弩,權姦下石,終不能擠此老而致之死耳。所以詩文之發於噫窾恨腔者,厥有春鳥之血,秋猿之淚,與西臺、智井之號咷於羊之年、犬之日者悽惋同調。而若其文章本源,則經經緯史,

傍沿百家,材蓄旣富,機鋒甚利,上而合函蓋於金華,近而賸
棄鎛於震川。又有程松圓、瞿稼軒諸人,相與立壇坫而賓尸
之,足可謂詞林之大家也。惜乎末路逃禪,《有學》一集,空門
文字十居六七。然嘗自云學殖日落,間資內典,以爲談助,其
志可知也。

這裏,最後要寫一位著名的韓國愛國學者、中國人的老朋友**金澤榮**
(1850~1927)。金氏字于霖,號滄江,又號雲山韶濩堂主人。開城(今朝
鮮特級市)人。童時習科業,二十三歲讀歸有光文,忽大感悟。明年,李
鳳朝過訪,見詩而賞之。李氏素以文章名冠搢紳,故金氏之名因以大起。
壬午(1882)漢城兵變,焚燬日本公使館,清朝派兵介入,南通張謇(季
直)與其兄張詧(叔儼)從焉。明年,張謇獲覩金氏之詩,以爲過海以來
所初見者,因以先訪,由是金氏名益起。辛卯(1891)會試中進士。甲午
(1894)改革官制,史職移屬議政府,任編史局主事。明年夏,議政府變
爲內閣,改內閣主事。其秋陞爲中樞院參書官,仍兼內閣記錄局史籍課
長。癸卯(1903)任弘文館纂輯所文獻備考續撰委員,授正三品通政大
夫。乙巳(1905)兼學部編輯委員。是年春,金氏以國亡日亟,欲避居中
國,寄書張謇道其情。至秋,辭官携眷,浮海至上海,遇張謇曰:"此身區
區,學殖資於中國之聖人,所謂通於夫子受罔極之恩者也。嗟乎,吾縱不
能生於中國,獨不可葬於中國乎!"張謇爲之感動,遂與張詧謀,令就所
自設之翰墨林書局任編校。庚戌(1910)韓國爲日本滅亡,金氏服縞素
三日,從此自稱韓遺民。其前後所著述,有《崧陽耆舊傳》《韶濩堂詩文
集》《韓國歷代小史》《新高麗史》等。金氏嘗言:"於文好太史公、韓昌
黎、蘇東坡,下至歸震川;於詩好李白、杜甫、昌黎、東坡,下至王士禛。"
卒後葬江蘇南通高橋北。金氏《韶濩堂詩集》卷六《丁巳稿》之《酬沙健
菴翰林(元炳)》二首之二寫到《心史》。按,沙元炳(1864~1927),如皋
籍教育家、實業家、詩人、學者。此詩1917年作於中國:

箕聖之餘思,因風以勗余。

角弓知古誼,《心史》謾新書。

霜雪雙衰鬢,乾坤一儆廬。

殘生付狐嗥,羞對蘭相如。

由上所論,足見《心史》在朝鮮半島亦影響深遠,在"尊周思明"運動和反抗日本侵畧的鬥爭中都發揮了作用。隨著彼邦有關史料和古籍的繼續整理、發掘,一定還會有更多的發現。

日、韓兩國以外學界,特別是西方學界,論及《心史》的人顯然很少。我曾見荷蘭著名學者、漢學家**高羅佩**(1910~1967),在其1961年出版的名著《中國古代房內考》(Sexual Life in Ancient China)一書中,也采用了《心史》中的材料。(該書有李零的中譯本。)高氏可能也是在日本讀到《心史》的,因爲他曾任荷蘭駐日大使;當然,他也曾在中國工作過,也可能是在中國讀到《心史》。他對《心史》的看法很精彩,我們將在第十二章中再談。

至於當代泰西之漢學家,對於《心史》也還是有所研究的。慚愧的是我不懂西方語言,對此所知甚少。今從友人鍾焓發表在2007年(時鍾氏爲北京中央民族大學歷史系講師)《中國史研究》第一期上的《〈心史·大義畧敍〉成書時代新考》中借引一段評述(其中涉及有些日本學者的研究成果,我在上面已經說過了,這裏不便刪節,畧有重複,要請讀者原諒):

> 而自二十世紀以來,《心史》一書特別是其中敍述南宋亡國及蒙古興起的《大義畧敍》一卷因敍事詳備而日益受到學界的重視,甚至不少域外學人也在各自論著中徵引其中材料來支持其說。早期比較典型的是前京都大學東洋史教授桑原騭藏,他在後來獲得日本學士院賞的大作《宋末の提舉市舶西域人蒲壽庚の事蹟》中力駁僞書之說,並將《心史·大義畧敍》中關於蒲氏的記載與其他漢文史料相參證,從而肯定了是書的價值。以後**白鳥庫吉**在研究北亞民族的辮髮、**江上波夫**在研究

蒙古婦女的姑姑冠、**田阪興道**在研究元代回族人問題等均曾
取材《心史‧大義畧敍》作爲自己的論據。① 上述學者多爲日
本對元史或北方民族史有較深造詣的名家,但一致不認爲該書
的成書時代有可疑之處。而漢語史研究權威太田辰夫則從語
法史的角度表達了此書確係宋元人作品的觀點。新近故去的
美國學者**牟復禮**(F.W.Mote)在其早年發表的一篇討論元朝隱
士的文章中把鄭思肖作爲那些表現出"非理性"行爲遺民的一
個極端案例加以探討,並在文中多次引證《心史》來闡明其思
想立場。他還在文後的一條註釋裏明確肯定了《心史》的眞實
性。② 牟氏的論文引起了以後幾代美國學者對鄭思肖及《心
史》眞僞問題的關注。**蘭德彰**(John D.Langlois,JR)在八十年
代初發表的論文中引用了牟氏等文的觀點,基本傾向於該書
並非僞作。③ 十年以後,**謝慧賢**(Jennifer W.Jay)在文中評
論道:

> 由於它(此處指《心史》)關於蒙古習俗和宋朝抵抗的
> 描寫頗不準確,且加上看起來似乎處於相當好的保存條件
> 以及發現時間的湊巧,使得《心史》曾被看作是一部明人
> 有意僞造以喚起民族主義情感和挑起反滿意識的僞書。
> 這正是一些清代學人和《四庫全書》編者的觀點。但像顧
> 炎武和王夫之這樣的忠明人士以及近代的中國民族主義
> 者則爲它出於鄭思肖之手作出辯護。最近如牟復禮和桑
> 原騭藏這樣的學者也認可了其眞實性,但對此仍然不能下

---

① Shiratori Kurakichi(白鳥庫吉),The Queue among the Peoples of North Asia, in *Memoirs of the Research Department of the Toyo Bunko*, 4.1929;江上波夫《蒙古婦女の冠帽'顧故'について》,收入氏著《ユゥラシァ北方文化の研究》,山川出版社 1951 版,第 223 頁;田阪興道《囘教の傳來とその弘通》(上卷),東洋文庫 1964 年版,第 794,814–816 頁。

② Frederick W. Mote, Confucian Eremitism in the Yüan Period, in Arthur F. Wright(芮沃壽)ed. *Confucianism and Chinese Civilization*, Stanford University Press1975, pp284 – 286, p358n50.

③ JR.John D Langlois, Chinese Culturalism and the Yüan Analogy: Seventeenth-Century Perspectives, in *Harvard Journal of Asian Studies* 1980. V40, pp376–377n65.

最後的定論……在考察了雙方的論據並審讀了《心史》之後，我認爲其眞僞無法得到確定無疑的證明。不應忘記，鄭的同代人周密在描寫蒙古人和蠻族的風俗時也是引用了道聽塗說而來的荒誕故事，但其筆記的眞實性卻未受置疑。況且，《心史》採用的語言和文體風格同樣也見於鄭氏的其他傳世之作，而《心史》所流露的個人特徵也與其在繪畫和同時期著作中所反映出的怪癖是相合的。因此《心史》應被當作是考察宋遺民的一個來源，但使用時需要愼重。①

她在一年後正式出版的考察宋遺民的專著中基本重複了上述關於《心史》的評語。② 顯然謝氏從整體上是傾向于《心史》的眞實性的，但又承認"無法確定無疑地證明其眞僞"，對該書的性質感到還不能下最後定論，故在最後也只是強調使用它應當愼重。這實際上反映了其意見的不統一和含糊之處。最近美國宋史專家**田浩**（Hoyt Cleveland Tillman）在一篇綜合考察蒙古入侵對漢人知識份子所造成的心理影響的專文中仍然只是引用了謝氏關於《心史》的意見，並且也同樣以書中的某些記載爲據討論了鄭氏的思想傾向。③ 據此可見，美國漢學界在《心史》眞僞的考證問題上並沒有取得實質性的進展。

鍾氏文中還提到"日本研究中國古代文學的權威**吉川幸次郎**"則"認爲該書可疑"④。不過吉川說不出什麼道理來。吉川在其《元明詩概說》一書中也提及《心史》，注意到它反對元軍侵日的詩歌，說什麼"如果

① Jennifer W.Jay, Memoirs and Offical Accounts: The Historiography of the Song Loyalists, in. *Harvard Journal of Asian Studies* 1990. V50, pp601-602.

② Jennifer W. Jay, *A Change in Dynasties: Loyalism in Thirteenth-Century China*, Bellingham: Western Washington University 1991, pp74-76.

③ 田浩（Hoyt Cleveland Tillman），《因"亂"而導致的心理創傷:漢族士人對蒙古入侵同應之研究》，《北大史學》（10），北京大學出版社 2004 年版，第 84-88 頁。

④ 參吉川氏的英文論文: *Political Disengagement in Seventeenth Century Chinese Literature*（17世紀中國文學中的不問國事），收入《吉川幸次郎全集》卷二二，築摩書房 1985 版，第 508 頁。

這不是後人僞作的話,也可作爲一種資料",可知他的態度。

　　另外,我還知道有出生於美國紐約的黑人學者**戴仁柱**(Richard L. Davis, 1952~　　),1996年曾在臺灣教中國歷史,今爲香港嶺南大學歷史系講座教授。他在1996年哈佛大學出版社出版的《十三世紀中國政治與文化危機》①的《四、坤:孤注一擲的行動(五)學校的無奈》章節中,專門寫到鄭思肖及《心史》。其他章節也有涉及。完全肯定《心史》爲眞,認爲鄭思肖是"對宋朝滅亡普遍存在的消極憤怒情緒"的"最好範例",還據《心史》分析了鄭思肖與文天祥及歐陽修在忠義思想上的異同等。

---

①　*Wind Against the Mountain: The Crisis of Politics and Culture in Thirteenth-Century China*。中國廣播電視出版社2003年出版劉曉的中譯本。

陳福康 著

井中奇書新考 下

鄭思肖《心史》暨宋季明季愛國詩文研究

上海外語教育出版社
SHANGHAI FOREIGN LANGUAGE EDUCATION PRESS

上海交通大學出版社
SHANGHAI JIAO TONG UNIVERSITY PRESS

出版社
外教社

第十一章 《心史》眞僞詳辨

代對方拉出一支隊伍—最初僞書說者心知非僞(徐乾學—閻若
璩)—懷疑者說不出道理(全祖望—王豫—袁枚)—《續文獻通考》《四庫
全書總目》的荒謬—乾隆後的僞書說(錢大昕—吳衡照—方東樹—嚴元
照—徐時棟—耿文光—胡玉縉—鄭孝胥—徐乃昌—《杭州府志》按語
者)—**日本的僞書說**(古賀精里)—**智者之失**(王重民—柳詒徵—謝國
楨)—**臺灣的僞書說**(傅斯年—姚從吾—劉兆祐—李則芬—林淸科—林
慶彰)—**一九八〇年代僞書說**(姜緯堂—魯同羣—楊玉峯—李敖—張中
行—吳德鐸)—**僞書說的殿軍**(汪榮祖—李佩倫)—**對所記安東歸期的
懷疑**(楊訥—楊鐮)

在這一章的開首,我想強調指出幾點。

第一,我撰寫本書的目的,不僅僅是爲了考辨《心史》非僞書,這在
本書一開頭的《引言》中就已經交代淸楚;①但是,本書所寫的大部份內
容,又確實都是在直接或間接地論述和證明《心史》是完全可靠的,絕非
某些人所說的僞書。因此,有學者將本書(初版)列爲"辨僞學專著"②,
本人對此也認可,並引爲光榮。但有朋友說,所謂"辨僞",應是指考證
僞書,如淸人崔述撰《古文尙書辨僞》,就是認爲《古文尙書》是僞書。你
的書旣然不認爲《心史》是"僞書",又怎麼認可是"辨僞學專著"呢? 朋
友說的也不無道理,"辨僞"一詞本來的意思就是辨別僞造的東西,如

---

① 這一點也得到了研究者的認同,如李聖華《冷齋詩話》(上海古籍出版社 2007 年出版)指出:"陳
先生福康撰《井中奇書考》,慧心流爲文字,搜羅甚博,不惟所南《心史》重浴日輝,並明遺民心史,
亦不久湮沉智,塵封鐵函,誠有心人也。"

② 見司馬朝軍《文獻辨僞學研究》(武漢大學出版社 2008 年出版,"十一五"國家重點圖書),書中稱
本書(初版)"考辨精審,堪稱定論"。又見張可禮《中國古代文學史料學》(鳳凰出版社 2011 年出
版,國家社會科學基金項目),將本書(初版)列入《現當代辨僞論著要目》,稱爲"綜合性論著"。

唐·徐浩《古蹟記》有"辨僞知眞"之語,唐·吳筠還撰有《明眞辨僞論》；但我又認爲,"辨僞學"應該就是"辨眞僞之學"。歷史已經充分地證明了,前人(包括二十世紀名震一時的"疑古派")有一些"辨僞"(辨別僞造)本身是自己辨錯了,把眞的說成是假的,那麼就應該有"辨辨僞",而這也應該歸入"辨僞學"。"辨僞"和"明眞""知眞",本來就是一件事的兩個方面。

第二,曾見美國亞利桑那州立大學歷史系教授田浩(Hoyt Cleveland Tillman)在其論文《因"亂"而致的心理創傷:漢族士人對蒙古入侵回應之研究》的註釋中說:"陳福康在《鄭思肖集》序中論證說,那些認爲[《心史》]是僞作者並沒有證實他們的說法,而且認爲是僞的必須提出材料,而認爲是眞的卻不必。"其實我在《鄭思肖集》附錄的拙文(非序文)中表達的意思是,後人論斷《心史》眞僞,如同現代法院審判,應根據"誰主張,誰舉證"的原則,而"被告人"(認爲《心史》是眞的人)不負有舉證證明自己無罪錯的義務。《心史》從一開始問世,就署明著作者是鄭思肖,後來主張《心史》是僞書的人("原告人"),就必須舉出他的證據來；而只要他的舉證被指明證明不足或落空,他就已經輸掉了官司,他是沒有任何理由、任何權力反過來要求別人("被告人"或"第三人")提供《心史》非僞的證據的。不過,實際上我在辨析駁斥"僞書說"的同時,還是主動地舉出了大量的《心史》非僞的證據。而且,我的辨析駁斥是逐條不漏地進行的,甚至有時更是反過來"代""原告人"舉證而辨析之,絕不屑採取乘瑕蹈隙、避堅攻脆的戰法。我這樣做,當然並非認爲自己必須負有這樣做的義務,而是因爲我據有大量的事實證據和嚴密的邏輯,所以充滿自信。我這樣做的目的,無非就是力求使對方口服心服,以了此輾轕數百年之惡訟。

因此,第三,現在我還要來做一件本來也應該由主張"僞書說"者們自己來做的事,卽盡可能地"發掘"出歷史上主張《心史》爲"僞書"的人,並全面整理歷來主張《心史》"僞書說"的說法和理由。借用某人的話來說,就是我要代對方"拉"出一支"隊伍"來。至於這支"隊伍"拉出來有沒有"戰鬥力",大家看後便知。

本書在前面第六、七、八章已經舉出了二四〇位肯定《心史》爲鄭思肖沉井之書的明季人士。在這些人士的大量的有關記述中，竟從無一字提及或批駁所謂的"僞書說"。（請相信，我絕不會做隱匿對己不利證據之事！）那麼，這說明了什麼呢？這只能說明這些明季人士都還沒有見到或聽到過這一說法，不然無論如何總會有人要提一下的。而且，他們中有的人，直到晚年還念念不忘《心史》。如著名大學者顧炎武，在《心史》出井整整四十年後（1678 年），還撰寫了《井中心史歌》；著名大學者王夫之，在近五十年後（1686 年），還回憶起自己早年讀《心史》、做《心史》作詩之事；而王御及鄭起泓、楊崙、周裳等人，則更在七十多年後（1700 年），還爲重刊《心史》中的詩而寫序。因此，我可以完全有把握地說：《心史》問世後，至少有四五十年，"僞書說"一直還沒有被人"發明"出來！

顯然，這是因爲在這段時間內，《心史》出井的當事者、目擊者和《心史》刊行的參與者等，都有人活著，事實又是那樣清清楚楚，即使有人覺得太神奇而不大相信的話，打聽一下也就可以釋疑。但是，待明季遺老逐漸凋零殆盡之際，卻有一二個蠅營蟻附之醜侫者（顧炎武語），用隱約不明的囈語般的短促字句，開始說它是"僞書"了。那就是《心史》問世時尚年幼，而後又投靠清廷新主的徐乾學及閻若璩。

徐乾學（1631~1694），字原一，號健菴。崑山（今屬江蘇）人。《心史》出井時他僅八歲。徐某是顧炎武的外甥，但他的這位爲人正直的舅舅在六十四歲時（1676 年）一聽說徐某要延請潘耒（次耕），就立即給潘氏寫信阻止說："彼之官彌貴，客彌多，便侫者嚚，剛正者去。今且欲延一二學問之士，以蓋其羣醜。不知薰蕕不同器而藏也！吾以六十四之舅氏主於其家，見彼蠅營蟻附之流，駭人耳目，至於徵聲發色而拒之，僅得自完而已……今次耕之往，將與豪奴狎客朝朝夕夕，不但不能讀書爲學，且必至於比匪之傷矣！"顧氏當時正住在徐家，竟憤憤如此，徐某人品之壞可想而知。而隔一年，顧氏即作《井中心史歌》。可知徐某當時尚未提出《心史》爲僞，否則，顧氏不在詩中痛斥之才怪呢。

徐某爲拍權臣明珠的馬屁，曾以自己主編的大型經學叢書取名《通志堂經解》,署上明珠兒子納蘭成德的名字以行世(通志堂是納蘭成德的齋名)。此事連幾十年後的乾隆都知道。據慶桂《國朝宮史續編》卷八八《欽定國史列傳》載,乾隆三十年(1765)六月二十三日,因官撰《國史列傳》而降旨,稱徐某爲"美惡參半之人",說:"卽如索額圖、明珠、徐乾學、高士奇輩,當時非不藉藉人口,而跡其行事,或則恃才自恣,或則倚附結納,交通聲氣,雖學問或有可稱,而品誼殊無足取。"《國朝宮史續編》卷九四《御定補刊通志堂經解》又記:

乾隆五十年(按,1785)二月二十九日奉諭旨:

四庫全書館進呈《補刊通志堂經解》一書,朕閱成德所作序文,係康熙十二年,計其時成德年方幼穉,何以卽能淹通經術?向卽聞徐乾學有代成德刊刻《通志堂經解》之事,茲令軍機大臣詳查成德出身本末,乃知成德於康熙十一年壬子(按,1672)科中式舉人,十二年癸丑(按,1673)科中式進士,年甫十六歲。徐乾學係壬子科順天鄉試副考官,成德由其取中。夫明珠在康熙年間柄用有年,勢燄薰灼,招致一時名流如徐乾學等,互相交結,植黨營私,是以伊子成德年未弱冠,夤緣得取科名,自由關節。乃刊刻《通志堂經解》,以見其學問淵博。古稱"皓首窮經",雖在通儒,非義理精熟畢生講貫者,尚不能覃心闡揚發明先儒之精蘊。而成德以幼年薄植,卽能廣搜博採,集經學之大成,有是理乎?更可證爲徐乾學所裒輯,令成德出名刊刻,俾藉此市名邀譽,爲逢迎權要之具耳。夫徐乾學、成德二人,品行本無足取,而是書薈萃諸家,典瞻眩博,實足以表章六經,朕不以人廢言,故命館臣將版片之漫漶斷闕者補刊齊全,訂正譌謬,以臻完善,嘉惠儒林。但徐乾學之阿附權門,成德之濫竊文譽,則不可不抉其隱微,剖悉原委,俾定論昭然,以示天下後世。著將此旨錄載書首。

上引乾隆"諭旨"又載王先謙《東華續錄》乾隆卷一〇一。《國朝宮史續編》卷九四又記乾隆五十九年(1794)四月初六日奉"諭旨",其中云:"《通志堂經解》一書,彙集諸儒經訓,洵足嘉惠士林,然當時衷輯此書,必非出於成德之手,自係徐乾學逢迎交結,代爲纂輯,令成德出名邀譽。"可見乾隆三十年來一直深鄙此事。乾隆時學者姚元之《竹葉亭雜記》卷四也說:"《通志堂經解》,'納蘭成德容若校刊',實則崑山徐健菴家刊本也。高廟(按,卽乾隆)有'成德借名,徐乾學逢迎權貴'之旨。成爲明珠之子,徐以其家所藏經解之書薈而付梓,鑴成名,攜板贈之,序中絕不一語及徐氏也。"

今按,乾隆之所謂"詳查成德出身本末"亦未必準確,成德中舉之時年十八歲,編《通志堂經解》時二十歲出頭;姚元之所謂"序中絕不一語及徐氏"也有不確,蓋徐某在序中提到"余兄弟家所藏本,復加校刊……謀雕板行世,門人納蘭性德尤慫恿此舉,捐金倡始"。但乾隆說徐某任副考官時徇私舞弊,"成德年未弱冠,夤緣得取科名,自由關節",確是事實。康熙時陸隴其《三魚堂日記》卷三乙卯(1675)六月十一日日記卽揭載:"宿西王家營,錢爾載……又云癸丑館選,熊靑嶽主之實無私,而爲徐健菴所賣者良多。"乾隆說成德年輕植薄,本無能力集經學之大成,而是徐某幫渠邀譽,並爲自己逢迎權要明珠之具,是不可否認的事實。姚元之謂徐某"攜板贈之",王士禎《分甘餘話》卷四亦載:"崑山徐氏所刻《經解》……聞其版亦收貯內府。"內府卽明珠家。

周壽昌《思益堂日札》卷五《竊襲前人書》又記一事:"《陳氏禮記集說補正》三十八卷,'納蘭性德撰'。性德本名成德,字容若,滿洲進士。此書《方望溪集》謂本陸元輔撰,徐健菴刻《經解》時改題性德名。"按,陸氏爲黃淳耀弟子。查清初方苞《望溪集》文集卷五《書後題跋‧書陳氏集說補正後》云:"余少治《戴記》,見《陳氏集說》於《記》之本指時有未達,而反以蔽晦之者。及得崑山徐司寇所刻《集說補正》,而惑之解者過半。念此必吳中老儒勤一世以爲之,恨子孫不能守而流傳勢家。又怪司寇聽其假託而不辨也……厥後見嘉定張樸村,叩之,曰:'此吾鄉陸翼王先生所述也。先生於諸經多開闡,茲其僅存者耳。'夫秦周以前,作者雖不知其誰何,而無有假託者。呂不韋、劉安名以書傳,然衆知其非不韋、安作也。若陸氏此書，非樸村爲徵，則他人據而有之矣！以是知無實而掠美者，必有物焉以敗之也！"

方苞因是徐某的朋友，所以照顧其面子，只是表面上說"怪司寇聽其假託而不辨也"，但他畢竟將事實真相揭露了出來。徐某豈屬"聽其假託而不辨也"？其實確是蓄意拍"勢家"馬屁而爲其"掠美"！此事在康熙時陸隴其《三魚堂日記》卷十中就有記載：壬申年（1692）"十一月初二，侯大年言陸翼王所著《禮記集說補正》，徐氏以三百金買之，刻在成德名下。"今人張舜徽在《清人筆記條辨》中嘲諷說："古人有竊他人書以爲己作者，乾學乃竊他人書以爲他人之作，斯又添一書林掌故，可哂也。"

徐某做下如此可哂之事，連乾隆時官修《皇朝文獻通考》卷二一四《經籍考》中館臣也記道："臣等謹按，方苞《望溪集》謂此書（按，指《陳氏禮記集說補正》）本陸元輔所撰，徐乾學刻《經解》時改題性德撰。"另，在此之前，雍正時官修《八旗通志》卷一二〇《藝文志》又載《合訂刪補大易集義粹言》一書，館臣亦寫道："納喇性德編。相傳謂其稿本出陸元輔，性德歿後，徐乾學刻入《九經解》，始署性德之名。莫之詳也。性德原作成德，滿洲正黃旗人，康熙丙辰進士，官至乾清門侍衛。"徐某甚至一度將朋友朱彝尊爲通志堂諸書寫的跋，也署上成德的名字。陸隴其《三魚堂日記》卷十載：庚午年（1690）九月"廿三，在朱錫鬯所……錫鬯言，通志堂諸書初刊時皆有跋，刻在成德名下。後因交不終刊去，然每頁板心'通志堂'之名猶在。"

李光地《榕村語錄續編》卷一三又記徐某"落職尚不肯去……固請陛辭，刺刺不休。上（按，即康熙）已他顧，東海（按，即徐某）近視，不見也，嘵嘵然曰：'臣一去必爲小人所害……但要皇上分得君子小人，臣便可保無事。'上曰：'如何分？'曰：'但是說臣好的，便是君子；說臣不好的，便是小人。'"可見徐某自知壞事做得多，一旦失勢便沒有好下場。

徐某晚年提出"願比古人書局自隨之義，屏蹟編摩"，經康熙准許，便於 1690 年在蘇州洞庭山設局，開始編修《大清一統志》，其後又編《資治通鑑後編》。而就在此時，蘇州曾出現《三吳公討徐氏檄》，列舉多款，揭露其居鄉豪橫種種劣行。這些醜事在蔣良騏《東華錄》裏也多有記錄。本書前面寫到的黃中堅,就受到過徐家的迫害。卽從後來《清史稿》卷二七一徐乾學傳來看,也可知他不時因品行問題而"物議沸騰"。至於他在鼎革之際毫無民族氣節這一點,當然也就不用說了。

乾隆時詩人董潮《東臯雜鈔》還記載了徐某臨死前的醜態:"崑山徐健菴司寇歸田後,重謀起故官,事已效,俟詔命至卽行。計重陽前數日必到,偶以他故稽遲,司寇日挾門客數人登洞庭東山,飲酒俟詔,隨以勞頓停滯得疾。比詔至,歿已數日矣。"

閻若璩(1636~1704),字百詩,號潛邱,室名眷西堂。山西太原人,生長於江蘇淮安。《心史》出井時僅三歲。康熙元年(1662)補廩膳生,十八年(1679)應博學鴻儒報罷。鑽研經史,學問要比徐某好。梁啟超在《中國近三百年學術史》中較高地評價了他的學術水平,但同時也提出其人格之峻整"遠不如"當時其他學者。而閻某正是顧炎武所說的徐乾學所"齧"所"延"之士。徐某主編《一統志》與《通鑑後編》等,閻某均參與,而且是最主要的參加者。據閻某女婿沈儼《潛邱劄記序》,徐某"獨首重"閻某,凡所著作,必質之閻某而後定稿。閻某雖屬"學問之士",但卻是顧炎武說的與徐某"同器而藏"的"便佞者"。

閻某平時也頗熱中巴結權勢,今僅舉一件可與徐某相"媲美"的同是臨死前的可哂之事。癸未年(1703)康熙南巡,閻某未趕上拜見,便特地寫《萬壽詩》八首,命兒子閻詠上京送給康熙。閻詠《潛邱行述》記,一日他在京偶爾聽說康熙對人提到"閻若璩學問甚優","不孝(按,卽閻詠)聞之,感激涕零,馳書報府君(按,卽閻若璩)。府君因屬不孝曰:'皇上天章雲爛,草野布衣皆得望見,汝且勿歸,爲我老臣求之。我身若健,或當親來未可知。'"亦卽閻某一聽到表揚就要兒子進而向康熙乞討"天章"(題字),不料皇上沒給這個面子。後來,皇四子(卽後來的雍正)"乃召不孝詠,以手書諭府君曰:'聞先生志求御書,盍不自來館我齋中?皇上萬幾之暇,我得乘間代先生請。'諭到,正值小恙,捧讀之頃,霍然起,語不孝、訓懲、議詈(按,均是其兒子)及諸孫曰:'吾績學窮年,未獲一遇,春間天子召見,吾復未及;今賢王下招,古今曠典,乃斯文之幸也!其可勿赴?'"力疾赴京,而死。臨死前說,一生最遺憾的就是"此來御書未得,賢王崇禮未得報"。

以上我之所以費如許筆墨寫了徐、閻這些齪事,是爲了說明《心史》"僞書說"創自他們二人,倒是與他們的品性和爲人十分相符的。

徐某談到《心史》的文字,是夾在其所撰一部大書《資治通鑑後編》的卷一五二《宋紀》一五二《末帝》的一則"考異"中的,僅寥寥數字一句話,並把《心史》的書名也寫錯了:

> 明季有《井中新史》一書,載天祥對孛羅之言頗不同。是書乃姚士粦僞撰,託名宋鄭思肖。不可用……士粦字叔祥,嘉興海鹽人。

閻某談到《心史》的文字,也是夾在其所撰一部大書、其最有名的《尚書古文疏證》的卷五上"第六十九"的最後,莫名其妙地附寫了一段與《尚書》完全無關的話:

> 又按,有僞書出近代,證佐分明,苟一言及,輒譁然起,被以大不韙之名。且以寧可信其有者,莫過史彬之《致身錄》、鄭所南之《心史》。一爲史兆斗所撰,一爲姚士粦所撰。前說余徵諸牧齋,後說聞諸曹秋岳云。

上述徐某、閻某兩段話,孰先孰後,我難以定奪。要之,大致都出現於《心史》出井約半個世紀後。近人余嘉錫指出,上述徐氏之說"卽閻氏之說也"(《四庫提要辨證》)。《四庫全書提要》卷四七亦云《資治通鑑後編》原稿"多塗乙刪改之處,相傳猶若璩手蹟也"。同樣的,我認爲閻氏之說亦卽徐氏之說也。他們可稱是演了一齣雙簧。二者的共同點是都沒有提出任何確鑿根據,卻又都一口咬定是姚士粦僞造。

日本學者桑原騭藏在《蒲壽庚考》中指出:"乾學雖曰僞撰,而未舉一證,又誤《心史》爲《新史》,其言絕難信也。"徐某提出的《心史》所載文天祥語與他史所載頗不同,這正是它的史料價值所在,更是值得後人重視,卻完全不能成爲判定"僞書"的理由。閻某的那段話,還很模棱兩可。所謂"證佐分明",究竟是指《心史》所記眞實可信呢,還是指其書之"僞"證據確鑿?(如是後者,閻某爲何一條也不舉出來?)所謂"苟一言及,輒譁然起,被以大不韙之名",究竟是指只要一言及《心史》爲"僞"便遭到人們義憤的痛斥呢,還是指如果肯定它便要受到人們的批評?(我們則只見到與徐、閻同時的人反詰"僞書說"的記載。)且不說閻某提及《致身錄》爲僞,並無確證;[1]而他說《心史》爲姚士粦所撰乃"聞諸曹秋岳",但在曹溶(1613~1685)的存世著作中卻根本找不到這樣的記述,相反,在曹氏《靜惕堂書目》中卻錄有鄭氏《心史》。退百步言,卽使曹氏眞的說過此話,那也不過是一種毫無根據的傳說而已。[2]

關於姚士粦,近人余嘉錫《四庫提要辨證》考證云:姚氏生平畧見於所著《見只編》(《鹽邑志林》本,凡三卷),自言年二十猶目不識丁,以寫照自給,德清學博姜孩日謂之曰:"男子何可不知書?"乃於庚辰(1580)四月受書。以此推之,姚氏當生於嘉靖辛酉(1561)年前。錢謙益《列朝詩集》丁集卷十六曰:"士粦,字叔祥,海鹽人⋯⋯以書生窮老。晚歲數過余,年將九十矣,劇談至分夜不寐。兵興後,窮愁以死。"可知姚氏卒於甲申(1644)後,年近九十。錢氏《初學集》卷十七有作於崇禎庚辰(1640)的十六首詩,題爲《姚叔祥過明發堂,共論近代詞人,戲作絕句》,此卽所謂"劇談至分夜"者也。《心史》問世之際,姚氏已年屆八旬,如何有精力僞造這樣一部書呢?

近人鄭振鐸《跋心史》中指出:"然士粦刊書甚多,《祕冊彙函》中何不收入此書,而必欲待林古度諸人出而始爲表章?曹石倉、林古度諸人,多見古書,皆不作妄語者,何所爲而造作此漫天大謊?當崇禎十三年之

---

① 僅錢謙益如是說;張岱、陳繼儒、胡汝亨、文震孟、錢士升、曹參芳、史晟等人均認爲是眞,張居正、祝允明、鄭曉等人的說法也可證明爲眞。(參見樊樹志《〈致身錄〉與〈從亡隨筆〉是僞書麼?》)

② 而且,我還可以提出很多反證。例如,曹溶與張國維很熟,在張氏就義後還賦詩悼念,稱爲"知己"。如果曹氏認爲《心史》是僞書,而見到有人"僞造"張氏的序,或者張氏受脅上當而作序、捐資出版,他爲何不站出來揭露或勸阻呢?再如,曹氏與錢澄之也很熟,錢氏有《嘉禾曹秋岳齋中話舊》,寫兩人密談:"屢有過從約,高談此夜深。言於知己盡,事託故人尋。已信蒐求切,寧存忌諱心。當時曾載筆,久向井中沉。"詩中就用了《心史》的典故。如果曹氏認爲《心史》是僞書,他們還能談得來嗎?錢氏還會這樣用《心史》之典嗎?

際,奴酋尚未有猾之舉,'流寇'勢亦未大熾,曹、林輩何所爲而預行寫下此種不祥之文字? 此皆理所萬不可通者"。鄭振鐸當時還只見到林本,尚未見張本;而如前述,張本有近二十人序跋,更可見與姚氏毫不相干。

近人蔣逸雪《心史辨僞》中也指出,姚氏"有《祕冊彙函跋尾》行世,其學長於考據。《心史》悲歌慷慨,志切匡復,途路迴殊,從何依託? 且古之造僞者,或應朝廷之徵集,以求祿賞;或傅會緣飾,以示己說之有本;若士粦者,究何所圖乎? 前年(按,1942)吾嘗以此就問於朱希祖先生,先生謂'《心史》眞僞不可知。縱係贗品,亦必不出姚叔祥手,吾鄉無此說也。' 朱先生籍隸海鹽,斯語尤足助吾張目"。

其實,早在明季清初肯定《心史》非僞的人中,即大有海鹽籍人士(如彭孫貽、徐豫貞、范希仁等)在,還有不少與姚氏極相熟者(如曹學佺、談遷、錢謙益等),如果《心史》是姚氏所僞,他們豈會不知,豈會不說,又豈會肯定《心史》? 而且,我還看到清康熙癸丑(1673)彭孫貽、童申祉寫定的《海鹽縣志》,在《列女傳》記載陸柔柔時,即引鄭思肖《心史·歐陽夢桂忠妾柔柔傳》(按,其後的縣志亦如此,如光緒三年刊印的王彬修、徐用儀纂《海鹽縣志》),他們怎麼不寫此乃同鄉姚氏所撰的啊?

總之,徐、閻二人關於《心史》之議論,只能稱爲"小人之言,僭而無徵"(《左傳·昭公八年》語);而更值得揭露的是,之二人心中,其實並非不明白《心史》不僞,完全是老百姓說的"揣著明白裝糊塗"!

鐵證之一:徐乾學在《資治通鑑後編》卷一五二《考異》中剛說過《心史》"乃姚士粦僞撰,託言宋鄭思肖,不可用"。但就在同一書的卷一六二《元紀》十《成宗欽明廣孝皇帝》的大德九年春正月"甲午,免天下道士賦稅。乙未,建大天壽萬寧寺,中塑祕密佛像,其形醜怪,皇后幸寺,見之惡焉,以帕障其面而過,尋勑毀之"一段文字下面加了這樣一大段注:

　　蒙古舊法,分人爲十等:一官、二吏、三僧、四道、五醫、六工、七獵、八民、九儒、十丐。故重僧道之教。僧爲僧官統僧,道爲道官統道士,皆頂笠、穿靴、騎馬,聽訟治罪,與官府同。供佛則宰殺牛馬,刺血塗佛唇,爲佛歡喜。齋僧則僧父僧子俱來。

人家招僧誦經,必盛設酒肉,恣其饜飫,方爲有功德。幽州建鎮
國寺,造佛母殿,黃金鑄佛中立,目矚邪僻。歲歲四月八日,殺
童男童女,血塗佛唇。又取壯白孕婦中坐,妖僧作法,咒眩孕婦
魂魄,使其目幻見妖異,衆僧乃縛婦手,執兩金篦刺入兩乳旁,
令其主吸飲生血。血盡,婦人死,又咒眩其主及羣臣,令目見婦
乘彩雲而去,以爲徃生净土。世祖旣革宋命,盡變其風,獨此一
事仍因舊習,至是始得滅除。

這一段注文,儘管它不注出處,但除了最後一句,全部是出自《心
史》的《大義畧敍》的! 徐某剛剛說過《心史》僞書“不可用”,怎麼馬上
自己就又用了呢?

鐵證之二: 徐某是很有名的藏書家,其“傳是樓”海內皆知。而在今
存徐某《傳是樓書目》集部·號字上格·別集·宋·度宗,正著錄有
“《心史》二卷”,且寫明“宋鄭思肖”! 而且,在其弟徐秉義(1633~1711)
的《培林堂書目》集部,也著錄了“鄭思肖《心史》”!

“傳是樓”者何義? 據汪琬《堯峯文鈔》卷二三《傳是樓記》,樓成,徐
某“召諸子登斯樓,而詔之曰:‘吾何以傳女曹哉? ……蓋嘗慨夫爲人之
父祖者,每欲傳其土田、貨財,而子孫未必能世富也;欲傳其金玉珍瓚、鼎
彝尊斝之物,而又未必能世寶也;欲傳其園池臺榭、舞歌輿馬之具,而又
未必能世享其娛樂也。吾方以此爲鑑,然則吾何以傳女曹哉?’因指書
而欣然笑曰:‘所傳者惟是矣!’遂名其樓爲‘傳是’”。①

黃宗羲《南雷文定》三集卷一《傳是樓藏書記》曰:“歐陽公云,物常
聚於所好,而常得於有力之强。二者正是難兼。至於書之爲物,即聚而
藏之矣,或不能讀;即有能讀之矣,或不能文章。求是三者而兼之,自古
至今蓋不能數數然也。”

而邵長蘅《青門賸槀》卷五《傳是樓記》則認爲汪、黃二位“其說美
已,顧蘅竊疑先生(按,指徐某)名樓之意不在此。常誦昌黎文:‘堯以是

---

① 如此佳話,在陳康祺《郎潛紀聞》、金武祥《粟香隨筆》,以至同治時修《蘇州府志》中都有記載。

傳之舜，舜以是傳之禹，禹以是傳之湯，湯以是傳之文武周公，文武周公以是傳之孔子，孔子傳之孟軻。'乃喟然曰：先生所以名樓，意在斯夫！'傳是'者何？'傳道'也！"

上面諸說畧有不同，但不管怎麼說，"傳是樓"之命名是極其一本正經的，徐某豈能明知"僞書"而誤標，而誤"傳是"？

無獨有偶，閻某曾假館傳是樓，"且讀且鈔，窮日夜，不少休"（閻氏《困學紀聞箋》卷十五），爲什麼不糾正徐某書目著錄中關於《心史》之大"誤"呢？而且，閻某說《心史》爲僞乃"聞諸曹秋岳"，然而本書前已說過，曹氏《靜惕堂書目》亦至今猶存，內也錄有《心史》，而且還同樣也題爲鄭思肖著！① 閻某爲什麼不糾正曹氏書目著錄中之大"誤"呢？

鐵證之三：徐某從康熙丁巳（1677）年起編撰《讀禮通考》，《四庫提要》謂："是編乃其家居讀《禮》時所輯，歸田以後又加訂定，積十餘年，三易藁而後成……蓋乾學傳是樓藏書甲於當代，而一時通經學古之士如閻若璩等，亦多集其門，合衆力以爲之，故博而有要，獨過諸儒。"不料在該書卷首《引用書目》中竟公然列有"鄭思肖《心史》"！徐某既然在《資治通鑑後編》中說《心史》"乃姚士粦僞撰，託名宋鄭思肖，不可用"，爲什麼在《讀禮通考》中又再次用了呢？"一時通經學古之士如閻若璩"爲什麼又沒有糾正其大"誤"呢？而且，公然列有"鄭思肖《心史》"的《讀禮通考》，又公然收於否定《心史》的《欽定四庫全書》之中，豈非大笑話！

該書卷八七《葬考》六《通論》中，又公然引錄"鄭所南《心史》：'古之葬者厚衣之薪……'"一長篇話，沒有標點共計八三一字。（按，據我考察，這一長篇話實際並非出自《心史》，而是從《鄭所南先生文集》的《答吳山人問遠遊觀地理書》中摘錄的。雖然這是徐某誤記，但也表明他是知道《心史》非僞的。）而且，公然引錄"鄭所南《心史》"的《讀禮通考》，又公然收於否定《心史》的《欽定四庫全書》之中，豈非大笑話！

鐵證之四：徐某在康熙戊午年（1678）曾爲友人吳綺所編選《宋金元

---

① 按，曹溶鑒定保存宋集的意識是十分明確的。王士禛《池北偶談》卷十六《宋元人集目》云："秀水曹侍郎秋岳溶好收宋元人文集。嘗見其《靜惕堂書目》所載宋集，自柳開《河東集》已下凡一百八十家……可謂富矣。"近人葉德輝統計《靜惕堂書目》中的宋集亦爲一百八十家。

詩永》寫序,高度肯定吳氏"當今最爲工詩","其所收者縱橫變化,各盡其才之至,而粹然歸於大雅。其疎野凡俗、稍落窠臼者,輒從刊削。是編也行,庶幾三四百年才人之心靈光焰,得煥發於斯世,而學者有所準的,亦不至窘步而乖方。"該書卷首還有署"弟徐乾學、陳維崧等全具"的《徵刻吳湖州選宋金元詩啟》,說:"何地無愁,有天長醉。英雄未老,藉選句以移情;歲月多閒,仗鈔詩而送日……洵他選所莫收,亦諸賢所未逮者也。"卷首所列"參閱諸先生姓氏",亦有徐某之名。該書江湘所作序,也證明吳氏"出與徐健菴諸公參定,謂宜刻以供同好"。然而該書明明收入鄭思肖《心史》中詩,達十四首之多!

鐵證之五:徐某還曾在康熙壬申年(1692)爲友人顧復所著《平生壯觀》寫序,稱讚顧氏"爲人溫醇儒雅,宇內人士聞聲爭交驩,余與之游處三十年於茲矣",稱該書"爲之瀏覽數四,深喜其考覈良至,用心良勤……誠可謂眞知鑑賞者";然而該書明明熱烈稱頌"所南作《心史》藏于眢井,明末乃出。吾最喜其'地走人形獸,春開鬼面花'諸句,壯激新奇"。該書字數並不多,徐某既然自稱反復看過,爲什麼不指出《心史》是僞書,反而讚頌作者"考覈良至",是"眞知鑑賞者"呢?

鐵證之六:清·黃汝成《日知錄集釋敍》云,顧炎武《日知錄》"自康熙三十四年(按,1695)吳江潘檢討(按,潘耒)刻於閩中,流行既久,刊鋟多譌,潛邱諸君皆有斠正"。又云,閻氏諸家"引申辯證,亦得失互見,然實爲是書羽翼也,用博采諸家疏說傳注名物、古制、時務者,條比其下"。黃氏的《集釋》,在潘耒刊本之下首列閻某校本。但《日知錄》卷十九有《古文未正之隱》條,顧氏專門引徵了"鄭所南《心史》書文丞相事";《日知錄》卷二九《吐蕃回紇》條還有原注:"鄭所南《心史》:'畏吾兒乃鞾靼爲父、囬囬爲母者也。'"而閻某對這些卻並沒有任何的"辯證"和"斠正"!

再說,《心史》的刊刻者、序跋者及題詠者中,有很多是徐、閻熟識的前輩,如閻某《南雷黃氏哀詞》稱自己"當髮未燥時,即愛從海內讀書者遊。博而能精,上下五千年,縱橫一萬里,僅僅得三人焉:曰錢牧齋宗伯也,曰顧亭林處士也,及先生而三"。而本書已指出,錢謙益、顧炎武、黃宗羲三人都是明確肯定《心史》的，閻某寧有未知？徐、閻還與黃虞稷、方文、吳綺、孫枝蔚、屈大均、王弘撰、傅山、魏禧、朱彝尊等等詩人學者交遊，也不可能均未見過這些人肯定《心史》的詩文，相反還可能直接"聞諸"他們之口。如顧炎武1676年寓徐某家，徐某如真疑《心史》爲僞，就可直接請教舅父。而翌年顧氏在陝西富平朱樹滋處重見《心史》（張本）並作《井中心史歌》一事，徐、閻也應能"聞諸"。因閻某《尚書古文疏證》卷八便寫到"余戊午（按，1678）應薦至京師，崑山顧炎武寧人時在富平，有自富平來，傳其新論者"云云。可知顧氏當時的論述，他們能及時瞭解。

可見，有人後來以爲閻某二人"皆不妄語者"①，實爲不確。至少，之二人在《心史》問題上真乃大妄語者也！後來說《心史》爲"僞書"者，皆因相信此二人"皆不妄語者"，豈知斯二人原來其實並不真的認爲它是僞書！因此，閻某在該書卷五關於《心史》的一段話，實是違心之言。就算閻某真的"聞諸"曹溶，難道他就未曾"聞諸"較曹氏遠爲權威的其他諸多學者的見解？以閻某之熱衷於考證，爲辨《古文尚書》能舉出一百二十八條所謂證據，②那爲何對《心史》竟連一條也不舉呢？③

在徐、閻之前，尚未見有疑《心史》爲僞的議論文字，因此，閻某說"苟一言及，輒譁然起，被以大不韙之名"，只能理解爲當他倆一言及"僞書說"，便遭到一片斥問聲。那麼，他倆爲何甘冒這"大不韙"呢？我認爲只能是出於某種說不出口的原因，而"寧可信其"爲僞而已。人們正可以從他們的人品、思想來思考、分析他們的心理動機。

自徐、閻二人提出姚士粦僞託之說後，直到乾隆時編纂《續文獻通考》和《四庫全書》，其間悠悠百年。歷來談及《心史》的人，包括我，在這

---

① 語見全祖望《心史題詞》。全氏原話說的是"閻、萬二丈，皆不妄語者，必有所據"，但萬斯同從未懷疑《心史》，相反，曾明確肯定《心史》。當時說《心史》是僞書的，就只有徐、閻二人。

② 其實，《尚書古文疏證》刊本關二十九條，實爲九十九條。關文原因，除了內容後來作了調整以外，乃因被毛奇齡等人指出其明顯錯誤而無奈刪去。而且，這九十九條所謂"證據"也多似是而非或立不住腳。參見張岩《審核古文〈尚書〉案》及馬士遠《周秦〈尚書〉學研究》等書。

③ 閻氏《潛邱諸記》卷六云："古人之事應無不可考者。縱無正文，亦隱在書縫中，要須細心人一搜出耳。"清代另一考證大師戴震說："閻百詩善讀書。百詩讀一句書，能識其正面、背面。"（見段玉裁《戴東原年譜》引）可見，閻氏本是明白人。他對《心史》未舉出一條"僞"證，只能證明他心知其非僞也。

百年間只看到僅有一個人曾在題詞和詩中表示相信徐、閻的姚氏僞託之說。(另外,此人還提到他有一個朋友王敬所,也認爲《心史》是僞作。)此人就是全祖望。

全祖望(1705~1755),字紹衣,小字阿補,號謝山,自署鮚埼亭長、雙韭山民、孤山社小泉翁等。浙江鄞縣(今寧波)人。乾隆元年(1736)舉博學宏詞,成進士,選翰林院庶吉士,不再與試。翌年散館,歸班以知縣用,遂告歸不復出。主講蕺山、端溪書院,爲士林仰重。學者稱謝山先生。全氏的曾祖父和祖父均參加過抗清武裝鬪爭,並以遺民終老。全氏族母是抗清烈士張煌言女兒,他少年時曾向她問南明史事。他平生最服膺黃宗羲,嘗續補黃氏《宋元學案》,編有《續甬上耆舊詩》等,著有《鮚埼亭集》《句餘土音》等。《鮚埼亭集》外編卷三四有《心史題詞》云:

> 亡友長興王敬所嘗爲予言《心史》必是僞作,予是其言而無徵也。已讀閻百詩集,其中引萬季野語以爲海鹽姚叔祥所依託,則敬所已下世,歎其不得聞此佳證也。嘗以語錢塘厲樊榭,則謂:"叔祥豈能爲此詩文?"予謂:"閻、萬二丈,皆不妄語者,必有所據。"

> 所南別有《錦綫集》,明崇禎中尚存,梨洲先生曾見之,予今求之不得,但從《永樂大典》得見其奇零者。向使是書而在,以之對勘《心史》,當有敗闕。但不知叔祥何故造爲是書,雖非眞本,要屬明室將亡之兆也已。

> 吳兒喜欺人,至今謬稱智井舊物,以索高價。凡有數本,予見其二。

《鮚埼亭詩集》卷五又有一首全氏寄給厲鶚的詩,以序爲題:《蘇人造爲所南心史舊本,索高價不一而足,然卽係舊本,亦屬海鹽姚叔祥之筆,並非所南故物也,閻丈百詩蓋嘗辨之,而吾友厲二徵士獨以爲眞,則嗜奇之過矣,是用作歌,以曉蘇人,兼寄徵士》。詩云:

鄭君瞀井物，出之四百年。

一朝承天寺，觀者何喧闐。

詡爲神護持，用以抒沈寃。

誰知考張霸，近搆自鹽官。

其妄且無論，其妖則信然。

無端作此僞，似亦得氣先。

何異天津橋，忽焉聞杜鵑。

當時數巨公，大半殉烽烟。

玉笥與虞孫，足並文、陸傳。

降而亭林徒，亦與鄭比肩。

遂不復致疑，百口聲相沿。

論世適相肖，論人適相班。

志氣所感召，誣謾皆機關。

邇來書估船，益復造舊箋。

裝潢審行墨，動索十萬錢。

不足供一笑，誰考《潛邱編》？

我昔在三館，曾見《錦綫篇》。

欲鈔竟未果，至今魂夢纏。

何時得此集，侑以所畫蘭，

緘之示諸子，斯價直琅玕！①

　　全氏是一位著名的對明末歷史非常有研究，而且非常強調民族意識的學者。因此，近人余嘉錫《四庫提要辨證》中說，徐、閻二人及後來的四庫館臣要否定《心史》是眞本，"凡此皆不足怪。所可怪者，全祖望平日表章宋、明忠義甚力，宜讀此書而太息"，然而卻寫出上述題詞（按，余氏似未見上引全氏之詩；歷來評論《心史》者也極少提及此詩）。此實在令余氏費解。清人周文禾也在《讀井中心史》中感到奇怪："異哉甬東全

① 　作者自注："所南《錦綫集》，予于《永樂大典》中見之。"

謝山,謂爲鑿空吳兒譫。大聲疾呼爲辨誣,取證更有《錦錢集》。"我於此也深有同感。

全氏題詞中提到的友人**王豫**(敬所),在《鮚埼亭集》卷二十有全氏寫的《王立甫壙志銘》,說"立甫姓王氏,諱豫,字敬所,浙之長興縣(按,今湖州)人",平時"沉酣于學,大放厥辭",又"有膏肓之疾,莫甚於好名。以其好名,故不慎於擇交,而連染之禍(按,指爲曾靜案牽連),至逮入京師。立甫故屢瘦,神魂魄力不足以當大難,況家貧甚,銀鐺就道,一無所資。長繫五年,其妻以望夫而死"。出獄後,"不料其死之遽也"。"遺文有《孔堂小橐》,長興令鮑辛浦爲梓以行世","其年四十有一"。又見阮元《兩浙輶軒錄》卷二七云:"王豫字立甫,號孔堂山人,長興人,著《孔堂詩文集》。"

鮑辛浦爲梓以行世之《孔堂小橐》,及阮元說的《孔堂詩文集》,今均未見;但估計就是嘉業堂劉承幹編刊《吳興叢書》,於壬午年(1942)收入之王豫遺著五卷之異稱。王氏妻弟姚世鈺於乾隆己未(1739)爲此五卷書寫的序云:"立父病中自次其文爲《孔堂初集》二卷、《孔堂文集》一卷、《孔堂私學》二卷,總五卷,號《王立父遺文》。"可知,王氏只留下這樣五卷書。姚氏序中又說"戊午正月病革",則王氏當卒於 1737 年末;推其生年當爲 1698 年,長全祖望約七歲。

今檢《吳興叢書》所收王氏諸書,未見論及《心史》的文字。[1] 可以想知,王氏對《心史》也不過是口頭"大放厥辭"而已。如果他真的說得出什麼《心史》爲偽的理由來的話,全氏必定早就記下來了,也不至於歎息"予是其言而無徵也"了。

上引全氏的題詞和詩,看來當寫於同時。全氏既稱王豫爲"亡友",則題詞當作於 1737 年後,卽全氏三十三歲後。全氏本是著名學者,但這一文一詩所體現的學風則實在不敢恭維。無論我怎樣反復細讀全氏的題詞和詩,總覺得他的這一看法是毫無道理的。

他詩中說的"考張霸",殆是考證作偽者的意思(傳說曾有名張霸者

---

① 《吳興叢書》所刊《孔堂初集》,前關兩頁。

偽造古文《尚書》);但全氏對《心史》根本就沒有做過任何考證,卽指責"其妄且無論,其妖則信然"。開始,只是王豫口頭說"《心史》必是偽作",並沒有提出一點根據(如果有的話,全氏應寫出來),全氏也承認自己"無徵",可見全憑感覺;待見到閻氏的同樣毫無根據(閻氏根本沒有像全氏說的那樣"嘗辨之")的話後,竟然高興地以爲得到了所謂"佳證",可那又算是什麼證據呢?

全氏題詞中說是見諸《閻百詩集》;詩中卻又說是《潛邱編》(《潛邱劄記》)。但《閻百詩集》並無其書,《潛邱劄記》則一句未涉《心史》①,怎麼讓人據之以"考《潛邱編》"呢?全氏所見者,只能就是《尚書古文疏證》中的那段話而已;但不料閻氏所言"聞諸曹秋岳",在全氏這裏卻又變成"引萬季野語"了!②全氏的這個錯誤簡直匪夷所思。蓋萬斯同(季野)乃全氏崇敬的鄉先賢,而萬氏非但沒有說過《心史》爲僞,相反,還在《宋季忠義錄》書中明確肯定《心史》。而且,萬氏父親萬泰、侄子萬言等也都有詩文肯定《心史》,全氏都應該知道。全氏《鮚埼亭集》卷二八《萬貞文先生傳》,著錄萬氏撰有《宋季忠義錄》十六卷;《鮚埼亭集外編》卷四二《移明史館帖子五》更明確批評《宋史·忠義傳》"未嘗載謝翱、鄭思肖隻字",而"前輩萬季野處士嘗輯《宋季忠義錄》,附入遺民四卷,論者韙之。"

全氏平日治學比較嚴謹,而且,他在《題尚書古文疏證》中還批評閻氏"使人不能無陋儒之嘆,蓋限於天也";但是上述他的有關《心史》的題詞及詩,卻也使人"不能無嘆"!再有,全氏並不曾讀過鄭思肖原本《錦錢餘笑》,還把書名三次誤寫成《錦綫集》③,也沒有讀過鄭氏的其他著作,更沒有眞的進行過"對勘",就想當然地認爲《心史》"當有敗闕"。這種態度也是不嚴謹的。④

---

① 按,《潛邱劄記》四庫全書本刪節甚多,研究者當閱乾隆九年眷西堂刻本。
② 這樣,害得後來的胡玉縉在《四庫全書總目提要補正》中也只得說"疑卽曹秋岳之誤"了。
③ 陳按,鄭思肖"以錦爲錢者,雖美觀,實無用"一語頗費解;如果"以錦爲綫",倒似乎比較可以理解些。或許原本眞的應是"錦綫"吧?
④ 後來到了近人胡玉縉《四庫全書總目提要補正》裏,竟繼全氏之說而更稱"不待對勘,而《心史》之敗闕自見也",則簡直武斷到令人發噱的地步了。

全氏平日表彰忠義甚力，上引詩中也以崇敬的心情提到了張國維（玉笥）、錢肅樂（虞孫）、顧炎武（亭林）等“巨公”，難道說這些“巨公”都輕信了“其妄”“其妖”？全氏說王豫喜歡“大放厥辭”，“莫甚於好名”，“不愼於擇交”；我看全氏自己關於《心史》的這些議論也是“不愼”而“大放厥辭”。王氏《孔堂初集》卷二有《題杭堇浦松吹讀書圖》詩（又見楊鍾羲《雪橋詩話續集》卷四有引），詩中寫得不錯：“讀書攷前古，所要精與博。時風求速化，經史束高閣。徒然逞智臆，惟恐勞齒齶。”然而他與全氏在《心史》問題上，卻正是都有點“徒然逞智臆”。

特別值得指出的是，全氏當時如果看到的只是《心史》的張刻本或傳鈔本而不買，那也就罷了；我擔心的則是人家給他看的會不會眞乃鄭思肖之原稿？（從其“瓾井舊物”“益復造舊箋”“裝潢審行墨，動索十萬錢”諸語來看，似有這種可能！）或原稿影鈔本？如是，那就太可惜了！如果人家“蘇人”本因崇敬全氏爲大忠義之人，故而特意將如此珍本帶來供他收藏，但他卻先入爲主地反誣人家“吳兒喜欺人”，以致如此瑰寶失之交臂，那豈不冤哉！①

全氏說厲鶚（1692～1752）在《心史》問題上“嗜奇之過”，其實他自己才是偏見和無知。不過，全氏記下了厲氏當面斥責他的話，是一條非常重要的史料。（而他的答詞“閻、萬二丈，皆不妄語者，必有所據”，卻實在是無力的搪塞。）他還坦率承認“不知叔祥何故造爲是書”，卽承認找不到姚氏造僞的動機。

厲鶚是全氏的好友，被人稱爲“學問淹洽，尤熟精兩宋典實，人無敢難者”②，“熟於宋代掌故，二百年來幾無其匹”③。厲氏也認識王豫。④而這次敢於“難”厲氏的全氏，在此問題上實在是經不起厲氏的這一反問的。厲氏還在所編著的《宋詩紀事》卷八十中明確肯定鄭著《心史》，

① 翁方綱就好像看到過《心史》出井原稿本，或“凡改竄塗抹，批點裝潢，摩倣悉如原稿”的摩鈔本的。其《復初齋文集》卷二七《跋慈谿姜氏蘭亭》中，卽用“鄭所南《心史》出井本，其落字添處”的樣式來考證禊帖！
② 見清·沈德潛《國朝詩別裁集》卷二四。
③ 見清·陸心源《儀顧堂題跋》卷十三。
④ 王昶《湖海詩傳》卷十八有朱方藹《同王孔堂、厲樊榭登南屏山，詣聖菴觀磨崖隸書家人卦，傍晚泛湖而歸》詩，可知王、厲兩人認識。

並選錄了其中的十首詩。不僅如此,世居錢塘(今杭州)的厲氏還查實和憑弔了《心史》中記述的鄭思肖幼年在西湖之畔的故居"水南半隱",並作詩詞記詠之。(見厲氏《南宋雜事詩》卷六、《樊榭山房集外詞》卷二。)可見厲氏對《心史》確有研究,正因爲有研究,所以堅信不移。

當然,正如余嘉錫說的,"全氏之題詞,不過盲從而已",全氏與徐、閻之流本質上是不同的。我想,全氏上述說法,當是與他特別討厭"吳兒喜欺人""索高價",因而帶了成見,"先入爲主"。而更須指出的是,今見全氏另有大量詩文,卻又都是肯定《心史》的,謹舉於下:

例如,他在《鮚埼亭集》卷三二《贈錢公子二池展墓閩中序》、《鮚埼亭集外編》卷八《先曾王父先王父神道闕銘》、《鮚埼亭集外編》卷十一《李杲堂先生軼事狀》、《鮚埼亭集外編》卷四二《移明史館帖子五》等等文中,多次將鄭思肖與謝翱相提並論,而鄭氏如無《心史》,焉得與謝氏並提?

又如,他在《鮚埼亭集外編》卷二五《杲堂詩文續鈔序》中說:"謝皐羽之卒也,自其《晞髮集》《遊錄》而外,皆以殉葬故不存;鄭所南沈《心史》於井底,三百年而始出。……皐羽之幸而存者,《冬青》之歲月、《西臺》甲乙之姓氏,尚成疑案;所南之幸而得出者,或且以爲姚叔祥之贋本。……皐羽棄家客死,所南無後,其零落良不足怪。……表章舊德,盡發羽陵之藏,加以疏證,使後世昭然見先生之大節。討論文獻者,不至有冬青歲月、西臺姓氏之疑,叔祥贋本之患,……予蓋爲之喜而不寐者數日!"這裏他對姚氏贋本之說,顯然又是並不讚成的。其意似爲:《心史》就像《晞髮集》,縱使有疑問,而書則不贋。

再如,全氏在《續耆舊》卷四四評明季王嗣奭的作品說:"《密娛齋前集》終於崇禎丙子(按,1636),而其卒在改步(按,指明亡)以後,瘞井祕篋,當時必有未得見者。"即用《心史》沉井典故。

再如,全氏在《鮚埼亭集》卷十四《中條陸先生墓表》中說:"乃與老友陳南皐爲之流涕而讀,讀已長慟久之。嗚呼,是亦瘞井之藏也矣!"難道可以用"妖""妄"且並不存在的"瘞井之藏"來比喻自己"流涕而讀,讀已長慟久之"之明遺民眞文字?

再如,《鮚埼亭集外編》卷四四《奉萬西郭問魏白衣息賢堂集書》中,又曾提到他祖父"廿年熱血埋瞀井"的詩句,亦用了《心史》之典。

再如,全氏在《鮚埼亭詩集》卷三《讀宋陳丞相宜中占城道上詩(末有"異日北歸"語,為之潸然)》中又寫道:"當時大有吳門客,目斷天南奉使槎。(謂鄭所南。)厓海黑風吹夢散,冬青到底不開花。(用謝皋羽詩。)"鄭思肖"目斷天南"盼望陳宜中"奉使"北歸,即見於《心史》。此外不能有其他解釋。

再如,全氏《續耆舊》卷六四《六長者詩》之一《天多老人楊秉絃》寫道:"嗚呼,老人之窮如此,遂無片紙隻字存乎人間!然則鄭所南之沉井,其亦見於此而然耶?謝皋羽之殉葬,幸免生前,而終憂其不保也耶?是則大造之酷,有不可解者矣!"《鮚埼亭集》卷十四《天多老人墓石志》,文字也基本相同。

再如,全氏在《續耆舊》卷二十《東林四先生之一》收錄董守諭《七哀詩》其七《兵部尚書李公向中》,並引用董氏序云:"公避兵舟山,以居憂不仕,獨坐,對客惟手《心史》一編,予故組所南詩中語以哭之。"在《鮚埼亭集》卷二七和《續耆舊》卷七三《續耆舊》的周西傳,全氏都寫到周氏"生平心蹟所寄,尤在《防秋譜》一篇,嘗曰:'死後當盡取吾所著書,置石匣藏之墓中。而是篇則可比之鄭所南《心史》。'"

更有《句餘土音》卷下,全氏《甬上擬薤露詞九首》其二《浮光杯》,小序云:"馮侍郎乞師。簞谿侍郎再乞師日本,望島而哭,淚盡繼之以血。日本人相見者,為之徬徨不忍去。詳見《日本乞師本末》。浮光杯者,當日乞師之幣也。"詩云:"厓山陳丞相,乞師占城君。乞師不可得,野死傷遊魂。哀哉鄭思肖,猶望占城雲。更聞張樞使,別自致援軍。失期僅一日,瓣香遂以淪。堂堂神州地,乃乞外藩存。落日暗窮海,海鷗亦聲吞。志士為國家,不以成否分。成即為包胥,否則更何論。不見東倭使,鶴立東倭門。倚牆晝夜哭,海水與血渾。猶道浮光杯,二曜終不昏。"馮侍郎即馮京第(? ~1650),字際仲,號簞溪,慈溪人。明末曾攜寶物"浮光杯"至日本"乞師",日人不受。馮氏後在抗清鬥爭中壯烈犧牲。這裏提到的陳宜中乞師占城未成,張世傑別借援軍,以及"失期僅一日"云云,無疑都出自《心史》中的《二唁詩》等。除《心史》外,未見任何書中有這樣的記述。①

我又在杭世駿《榕城詩話》卷首得見全氏集外佚詩《董浦自閩中來,以榕城詩話索序,漫作長歌題之》,中云:"一汴二杭既失足,蠣灘鯨背此淹囷。垂拱延和諸殿閣,誰爲一一登《陽秋》?有明末造復如此,熒光爝火嗟苟偷。蕭寺空梁智井窟,倘許枯函來邂逅。丈夫眼光穿千古,不獨山水深綢繆。"詩中"蕭寺""智井""枯函"云云,絕對用了《心史》典故!

而全氏《鮚埼亭集外編》卷四四《與盧玉溪請借鈔續表忠記書》一信,更是最明白無誤地寫道:"彼鄭所南井底鐵函,浸以三百年之枯泥而不朽……此天幸耳。"

因此,我認爲全氏在《心史》眞偽的看法上曾經是猶豫不決的。他在《鮚埼亭詩集》卷四《中秋前一日得林評事荔堂明鶴草堂集、正氣錄二書,狂喜,從湖上戴月歸,得詩一首》中,有"所南先生閟枯函,塵蒙智井亦已厭。四百年來壙土出,又復令我疑信參"之句,也說明他確實一度對《心史》是疑信參半的。然而,全氏也完全可能改變起初的"盲從"和猶豫。厲鶚是全氏至友,既堅信《心史》,又精熟宋元史實,也自有說服全氏的可能。

全氏爲厲氏《宋詩紀事》作序,肯定厲氏"輯眘之功"和"表章之功",當然也就是肯定了厲氏在此書中收錄《心史》之詩之舉。全氏又爲厲氏《湖船錄》作序,肯定他"訪池臺亭榭之舊事,足以補志乘",當然也就是肯定了厲氏據《心史》所記而查訪鄭氏童年在西湖畔故居之舉。全氏還曾編集錢肅樂遺作,並爲錢氏及張煌言、李鄴嗣等明季愛國人士的遺著寫序,給予崇高的評價,而這些人的書裏都是熱烈肯定《心史》的,全氏不可能不認眞思考自己那則題詞和詩中的看法。甚至當時有一個連全

---

① 全氏《句餘土音序》作於乾隆壬戌(1742)十月,云:"予自京師歸(按,當爲1737年),連遭荼苦,未能爲詩。除服而後,稍理舊業,與諸人有眞率之約。杯盤隨意,泆月數舉。而有感於鄉先輩之遺事,多標其節目以爲題。雖未能該備,然頗有補志乘所未及者。其敢請得與於斯文,亦聊以志粉榆之掌故爾。會予有索食之行,未能久豫此會……而題曰'土音',以志其爲里社之言也。"全氏此詩又見尹元煒(靑父)《谿上遺聞集錄》卷七引錄,但尹氏未寫出作者名。(因此,本書初版誤作"無名氏"。)

氏自己也知道的傳說,云全氏"爲同邑錢忠介公肅樂後身"①。

總之,我認爲全氏寫的那則題詞和詩只能是他的一時"盲從",我們還是不能僅以一則題詞和一首詩而否認他的其他更多處的論述。我們不能只知其一不知其二,對全氏有關《心史》的看法,還是應作全面的引用和分析。

雍乾年間,還有一位詩人**袁枚**(1716~1798),對《心史》表示了懷疑。袁氏字子才,號簡齋,又號隨園。錢塘(今杭州)人。袁氏在《隨園詩話》卷四云:

> 鄭所南《井中心史》,雖用鐵匣浸水中,然年歷二[三]百,紙墨斷無不壞之理。所載元世祖剖割文天祥,食其心肺,又好食孕婦腹中小兒,語太荒悖,殊不足信。惟四言詩一首殊妙,曰:"今日之今,霍霍栩栩[翃翃];少焉矚之,已化爲古。"

袁氏在《隨園隨筆》卷二三《不符類》中有《心史載文天祥事與宋元史不符》一節,又說:

> 鄭思肖《心史》云文山大罵元祖,數其五罪,致被剖割,取其心肺食之,皆與宋元史從容柴市之說不合。又載元主好食孕婦乳中血,並食腹中小兒,太覺荒謬。予故常疑此史之不眞。鐵匣在井二[三]百年,斷無紙墨不壞之理。惟四言詩一首殊可愛,曰"今日之今,霍霍栩栩[翃翃];少焉矚之,已化爲古"。

袁氏提出浸水紙墨必壞的懷疑,是因爲他可能不瞭解原稿經漆、錫、灰、鐵四重嚴密包錮的保存方法,更不懂得這樣能阻止水及空氣的進入,便完全可以保存三百五十多年(袁氏記成二百年)不壞的道理。其實人

① 《鮚埼亭詩集》卷二有全氏《五月十三日舉一子》詩,提到:"釋氏語輪囘,聞之輒加嗔。有客妄附會,謂我具夙根。琅江老督師(按,卽錢肅樂),於我乃前身。一笑妄應之,燕說漫云云……"(另可參見清·袁枚《隨園詩話》卷六、吳騫《拜經樓詩話》卷二等。)

們可以反過來想，如果《心史》是後人僞託的，那麽爲了使人容易相信，僞造者就必不會"設計"這樣一種當時人們（其"見識"遠低於今人）不易相信的前無古人的保藏方法的。誠如明人林古度在序中說的："古有以石室、金匱、宛委、二酉，與夫孔壁、汲冢、曹倉之藏，未有沉之九淵而不浸漬者。"這一點恰恰能反證《心史》非僞。

至於《心史》中所記剖食天祥心肺之類，自是鄭思肖當時所聞，當然也反映了他對元朝統治者的讎恨，卽使有誇張不足信，也不能以此證明其書爲僞。再說，當時蒙元統治者剖割宋朝官兵百姓，也實有其事。如德祐二年三月，他們車裂、磔殺了鄭思肖的朋友張炎的祖父張濡；五月，磔殺了戰敗不屈的趙孟壘；十二月，對不肯投降的黃文政斷舌、劓鼻、刖之，等等。難道袁氏對這類史實也能說"語太荒悖"？相反，一些僞書爲了取信於人，倒往往是沒有什麽"荒悖語"的。

總之，袁氏僅僅也只是提出懷疑，倒並沒有硬說《心史》是"僞書"。他也沒有說出什麽過硬的理由。袁氏爲文以才調勝，但拙於考據，其學術上的主要成就是詩論。我認爲他本質上不是一個史學家和文獻學家。因此，他對《心史》的看法主要乃憑一種感覺，也未引徐、閻及後來四庫館臣的說法。

《心史》中稱得上"殊妙"的詩，應有不少，如梁啓超《飲冰室詩話》云："詠其詩，有愛不忍釋者。"然而，袁氏一連兩次僅僅提到"惟四言詩一首"，這個"惟"字並不妥；而且這所謂的"四言詩"，實際只是《心史》中的雜言詩《春歌》中的幾句。但這也算是袁氏的眼光特別吧。這畢竟表示他在藝術上對《心史》是有所喜歡的。[①]

另外，在《隨園詩話》卷一，袁氏還提到《心史》中《前雪歌》中的一聯詩"捫[詩]戰素手白相敵，酒潮上[報]臉紅不鮮"，並與宋人王琪引述的詠雪詩句"待伴不嫌[禁]鴛瓦冷，羞明常怯玉鈎斜"相比較，讚賞鄭氏詩句爲"更新"。袁氏幾次提到《心史》中的詩句，都有誤字，說明他是憑記

---

① 清末袁昶《毗邪臺山散人日記》在壬辰年（1892）寫道："鄭所南《井中心史》咸言僞造。家隨園先生贊其四言詩一首殊佳，云：'今日之今，霍霍栩栩；少焉矚之，已化爲古。'魏嘿深先生詩云：'今日之今，風風雨雨；俄焉矚之，已化爲古。'章法雖襲之，而意轉勝。"

憶寫的,也說明這些詩句他確實非常喜歡。

值得一提的是,袁氏自己的有些詩裏,卻又用了《心史》之典,好像又是相信其書似的。如《小倉山房詩集》卷十一《哭襄勤伯鄂公》三首之一:"安西都護遠防邊,信斷陰山雪後天。降虜一朝擐甲起,孤軍萬里受鋒先。龍顏有淚三臨奠,馬革無尸半裹烟。麾下殘兵歸間道,口含《心史》向人傳。"再如同書卷二十《題史閣部遺像》四首之四又云:"太師罾畫像,交付得歐公。展卷人如在,焚香禮未終。江雲千里外,《心史》百年中。怕向空堂捲,霜天起朔風。"

以上所述徐學乾、閻若璩以及全祖望、袁枚等人關於《心史》的說法,文字都極短,又都只見於個人著述之中,因此影響也並不很大。

乾隆十二年丁卯(1747),皇上"敕修"《續文獻通考》這一大型的典制文獻集,直至乾隆四十九年甲辰(1784)恭校呈上"欽定"①,在卷一九○·經籍考·集·別集二,提到《心史》是"偽書":

> 舊本題鄭思肖撰。臣等謹案:此書明季始出,凡《咸淳集》
> 一卷,《大義集》一卷,《中興集》二卷,皆各體詩;《久久書》一
> 卷,《雜文》一卷,《署牋》一卷,皆記宋亡時雜事;後附《自序》
> 《自跋》。世稱其書出自井中,乃明末好異之徒偽作以欺世者。

這裏仍然極簡單,只有一句話,也沒有提出任何根據,但這已非個人意見,而是代表"官方"的看法了。(然而,就在《續文獻通考》卷二四七《四裔考》的"世宗嘉靖三年瑪克蘇爾入寇邊"條,就引了顧炎武的《日知錄》,並引了《日知錄》原注:"鄭所南《心史》:輝和爾乃韃靼爲父、囘囘爲母者也。"這正是乾隆和館臣自打耳光啊!)

乾隆三十八年(1773)又下旨編輯《四庫全書》,並由館臣撰寫《四庫全書總目提要》(一般認爲最後的主要執筆者是紀昀)。《總目提要》於乾隆四十六年(1781)二月繕寫進呈;翌年七月再次進呈;五十四年

---

① 文津閣《四庫全書》本《續文獻通考》和浙江書局本《續文獻通考》均作"乾隆四十九年十月恭校上";而文淵閣《四庫全書》本《續文獻通考》卻作"乾隆五十四年正月恭校上"。

(1789)定稿;六十年(1795)刊印。在卷一七四"別集類存目"中也判《心史》是"僞書",並總算拼湊了幾條"理由",正式下了"判詞"(詳見下引)。三通館臣與四庫館臣關於《心史》的話寫於差不多同時,如出一轍,這當然是他們互相通氣,秉承和揣摩皇上意志,從清朝統治利益出發而一同編造的。① 這甚至不能代表本書上面提到的同是館臣的趙懷玉、翁方綱、席世臣等人的意見。

早在乾隆三十九年(1774)八月初五日,皇帝就下了一道乘編纂《四庫全書》之機而嚴屬查辦所謂"違礙"之書的命令,其中特別點到:

> 豈有裒集如許遺書,竟無一違礙字蹟之理? 況明季末造野史者甚多,其間毀譽任意,傳聞異詞,必有詆觸本朝之語,正當及此一番查辦,盡行銷毀,杜遏邪言,以正人心而厚風俗,斷不宜置之不辦。此等筆墨妄議之事,大率江浙兩省居多……豈可不細加查核?

乾隆五十二年(1787)六月十一日,《四庫全書》總纂紀昀上奏中亦云:

> 《四庫全書》雖卷帙浩博,其最防違礙者多在明季國初之書;此諸書中經部違礙較少,惟史部、集部及子部之小說、雜記易藏違礙。

《心史》雖是宋季所著,但確是出版於"明季末造"的"野史""雜記",又正是出於"江浙",自屬於"其最防違礙者"的重點"查辦""銷毀"書了;更加上《心史》具有極其強烈的民族意識和反侵畧反壓迫精神,因此絕對在劫難逃。據現在看到的資料(今人雷夢辰輯《清代各省禁書彙考》),當時安徽巡撫上奏的"查獲應禁、全燬、抽燬各書"中,即首列《井

---

① 今見《續文獻通考》卷首也有"總纂官"紀昀、陸錫熊等人的案語,可見他們本是"一夥的"。而且《續文獻通考》一書卽收入《四庫全書》的史部・政書類・通制之屬。

中心史》,且直書"宋末鄭思肖著",並極其明白地說明了"全燬"的理由：

> 宋末鄭思肖著。明末張國維序刊。內多詆罵元人語。序
> 內如五胡北魏尚屬正統、自蒙古篡統乃胥左衽等句,集內如中
> 國爲正統、夷狄非正統等語,觸礙偏謬。擬全燬。

　　而至遲,清廷"軍機處"即於"乾隆五十三年(1788)五月初四日奉上
諭"(既得到皇帝命令)下達的《禁書總目》的《外省移咨應燬各種書目》
中,即記有"《井中心史》,鄭思肖著"。在這個充滿殺機的衙門裏發出的命
令中,也根本不需要裝模作樣地寫上"僞書"二字,而是直書"鄭思肖著"!
　　而《四庫全書總目》卷一七四·集部二七·別集類存目一,正式發
表的"提要"是這樣寫的：

> 　　《心史》七卷,江蘇巡撫採進本。
> 　　舊本題宋鄭思肖撰。思肖有《題畫詩》《錦錢集》及所著雜
> 文,並附載其父震《菊山清雋集》後,已著於錄。此書至明季始
> 出,吳縣陸坦、休寧汪駿聲皆爲刊行,稱崇禎戊寅冬蘇州承天寺
> 狼山中房浚井,得一鐵函,發之有書,緘封上題"大宋孤臣鄭思
> 肖百拜封"十字,因傳於時。凡《咸淳集》一卷,《大義集》一卷,
> 《中興集》二卷,皆各體詩歌;《久久書》一卷,《雜文》一卷、《畧
> 敍》一卷,皆記宋亡時雜事;後附《自序》《自跋》《盟言》,及《療
> 病咒》一則。文詞皆寒澀難通,紀事亦多與史不合。如《雜文》
> 卷中,於魏徵避仁宗諱作"證",而李覯則不避高宗諱。又記蒲
> 壽庚作"蒲受耕"。原本果思肖親書,不應錯漏至此。其載二
> 王海上事,謂少保張世傑奉祥興皇帝奔避,或傳今駐軍離裏。
> 衛王溺海,當時國史野乘所記皆同,思肖尤不宜爲此無稽之談。
> 此必明末好異之徒,作此以欺世,而故爲眩亂其詞者。徐乾學
> 《通鑑後編·考異》以爲海鹽姚士粦所僞託,其言必有所據也。

　　對《提要》的如上說法,值得詳細辨析。昔時蔣逸雪的文章,尤其是余嘉錫《四庫提要辨證》一書,已作過逐條駁斥,幾至體無完膚(當然,個別地方尚嫌不夠)。今我參考前輩觀點,加以己見,再予辯駁。

　　首先,這則《提要》一開首提到鄭思肖的《題畫詩》等作品附於《清雋集》後,明言"已著於錄"。然而,在正式編就的《四庫全書》及其總目中,卻是根本沒有的。倒是在比《四庫全書總目》先問世的《四庫全書簡明目錄》卷十七中,確實著錄了《清雋集》及所附鄭思肖詩文。這又是怎麼回事呢?

　　《四庫全書簡明目錄》是乾隆覺得正在編寫中的《總目提要》字數太多,翻閱不便,因而於三十九年(1774)七月下令另外編寫的。乾隆四十七年(1782)七月繕寫進呈;館臣趙懷玉鈔出,於四十九年(1784)刻於杭州;六十年(1795)武英殿正式刊刻。《簡明目錄》關於《清雋集》的解題是這樣的:

　　　　《菊山清雋集》,宋鄭震撰,元仇遠編。《題畫詩》《錦錢集》
　　　　及《雜文》,皆其子思肖撰。其曰"錦錢"者,如"以錦爲錢",雖
　　　　美無用也。震《倦遊集》久佚,遠所選錄不愧"清雋"之目。思
　　　　肖詩惟意所云,多如禪偈,然清風高節,接蹟東籬,譬如古柏蒼
　　　　松,支離不中繩墨,終勝於桃李妖妍也。

　　應該說,這則解題還是寫得不錯的。而館臣原先寫的提要,文字本來還要長。今殘存四庫館臣的頭兒紀昀刪定的四庫總目提要稿本《卷一百六十四·集部·別集類十七》(藏天津圖書館),幸而錄有未知名館臣寫的《菊山清雋集一卷,附題畫詩一卷、錦錢集一卷、雜文一卷》提要(書爲江蘇巡撫採進本):

　　　　宋鄭震撰。震字叔起,連江人。淳祐間,爲和靖書院山長。
　　　　著有《倦遊藁》,以佚不傳。是編爲元仇遠所選錄,非其全也。
　　　　其子思肖,字所南,以太學生應博學宏詞科。會元兵南下,叩閣

上書。宋亡，寄身僧舍以終。所著有《咸淳》《中興》二集，今亦不傳。世傳《井中心史》七卷，又明姚士粦之偽本。其著作存於今者，題畫絕句百二十四首，《錦錢集》二十四首，《雜文》一卷，附載震集之後。"錦錢"云者，義取"以錦爲錢，雖美無用"也。思肖詩縱意所如，往往體同禪偈，不可以格律求之。然清風高節，接蹟東籬，意境自翛然塵外。譬諸蒼松古柏，雖蠹菌支離，不中繩墨，終不類有情芍藥、無力薔薇，徒以柔曼爲姿也。

這一提要稿的起草者，似乎並沒有看到《心史》，所以將《咸淳》《中興》二集排除在《心史》之外，還以爲"今亦不傳"。又把題畫絕句百二十首，誤寫爲百二十四首。但他已經寫上《心史》爲"明姚士粦之偽本"。看來他也是輕信了徐、閻的鬼話？但即使這個提要稿已判《心史》爲偽，紀昀仍在上面批了二字："扣除"！看來，紀昀知道僅僅說一句"明姚士粦之偽本"是難以騙人的，他要另外找出一些理由來。

由上述可知，《四庫全書》原先確實已將《清雋集》及所附鄭思肖的作品收入了，也寫好了提要，但後來被"扣除"，連"存目"的待遇也未給。而上引關於《心史》的提要卻失於相應的修改，以致露出了破綻。余嘉錫在《辨證》一書中說："至其所以抽出之故不可解，豈以思肖文中持夷夏之見太嚴，觸犯忌諱耶？追讎古人，爲同類之蒙古報復，何其虐也！"其實，《清雋集》及其所附鄭思肖詩文裏面，"持夷夏之見"的文字可以說並沒有什麼。因爲鄭震（起）死於元亡宋以前十多年，而所附鄭思肖的詩文又多作於入元後二十多年，而且都是公開發表過的。這些作品可以說幾乎沒有什麼"觸犯忌諱"。很顯然，《清雋集》之最後未收，也是受了《心史》的牽連。

又見紀昀在乾隆五十三年（1788）正月二十七日寫的一封奏摺所附的文津閣的一份書單，在"漏寫遺書"中特別提到："《菊山清雋集》，宋鄭震撰；《題畫詩》等三種，並其子思肖撰。乃浙江巡撫所進，今架上未收。"怎麼會"今架上未收"呢？看來是曾經有過特別的注意和審讀。那麼，什麼人才可以在文津閣隨便取書而不還呢？頗令人懷疑此人可能就是乾隆。

我認爲，紀昀這樣的四庫館臣對《心史》當然是不敢貿然收入的，因爲那是可能要被乾隆砍腦袋的。恰好以前有過徐、閻二人說它是後人"僞託"，於是他們便順水推舟，再挖空心思拼湊出幾條"理由"來，把它作爲"僞書"否定了；而不收《清雋集》及其附錄，則顯然是受《心史》的牽連，但又不好說《清雋集》及其附錄也是僞書，於是乾脆就把它刪除抹煞了最省事。這正如余氏說的："何其虐也！"由此也更可知，《四庫提要》所說《心史》爲僞，確實是出於政治原因。

余嘉錫在《辨證》中又提出這樣一個獨到的觀點："至於四庫館臣，承詔校讎，於宋、明人詩文用'夷''虜'字者，塗改之惟恐不盡，焉敢以此書（按，指《心史》）著錄？然終不深沒其名，乃吹毛求疵，擯之於存目之中，或亦有不得已者存……"也就是說，余先生認爲《四庫全書》之摒棄《心史》，也許是館臣在無奈之下的有意之爲，因爲這樣做，至少還可以給《心史》保留一個書名。我想，這種可能性也許眞的不能排除。那麼，這大概只能表明他們的天良未泯吧。如眞是這樣，面對弘曆老兒之苛刻雄猜，吹毛求疵，四庫館臣有意在"存目"的名義下中著錄此書，存鄭所南一段丹誠，當屬難能可貴，值得後人焚香三拜了。《四庫提要》隻字不提《心史》之民族立場，根本沒有安徽巡撫上奏中說的"觸礙偏謬，擬全燬"這類話，且將書中的《大義畧敍》畧去"大義"二字，以及說此書爲"僞書"，也許眞的皆爲"巽詞"乎？而旣稱此書爲"明末好異之徒"（卽不啻說並非明淸之際忠義之士）"僞造"以欺世（亦卽不啻說並非鼓動民衆反抗民族壓迫），皇上也就不好多加追究，從而也好爲此書在民間存傳畱下地步。若果眞如此，則又可謂智也！

而且，《提要》肯定《心史》出於明末，這也總比後來有的人硬要說它成於明亡以後要合於事實。而說"吳縣陸坦"爲之刊行，則因未見最初張本而誤，本書前面已有辨析，此處不贅。而最需要辨析的，是《提要》拼湊的幾條"僞書說"的理由。因爲這些"理由"至今還有人盲目相信，所以儘管這有可能是館臣天良未泯有意爲之的"巽詞"，儘管其中有幾條編得實在太不像"理由"而不值一駁，我在這裏仍然一一鄭重對應。

一曰"文詞皆蹇澀難通"。事實是,《心史》的文字大多十分通順,即使今天讀來也無多大礙難。《提要》如此誇大其詞,豈能遮盡天下人目?當然,書中偶爾有些一般人可能難懂的涉及釋教、道教的地方,也偶爾有些僻字怪字及少量近乎隱語的文字,那麼,這最多只是爲《心史》作跋的楊廷樞所說的"間不可解"而已。而這種"間不可解"的文字現象,在鄭思肖存世的其他作品中也存在,且極爲神似,正可證《心史》確是其人所作。再說,即使真是"文詞皆蹇澀難通",也根本不能成爲判定"僞書"的理由。

二曰"紀事多與史不合"。事實是,《心史》中涉及的史事大多與其他史書十分相合,有的甚至還可以補正其他史書的缺失(詳見本書第十二章所述)。提要這一條又是太誇張了。再說,鄭思肖只是一介書生,他曾多次聲明"深悔舊不識以日記",又"絕無書籍可爲憑藉","狂走無朋,千不聞一,縱書亦不備",因此,他在《心史》中寫到的事情如果與他史所記或有不合,亦毫不足怪。如前述袁枚提出的所謂元酉剖食文天祥的傳說,雖不足信,但那只能證明鄭思肖當時聽到了這種傳說,卻不能僅僅以此作爲是"僞書"的理由。相反的,因爲《心史》沉藏井底三百五十多年,出井後又因未入四庫而免遭御用文臣的篡改,所以其中如有與他史不合之處就更應受後人重視。總之,關於記事與史不合這一點,必須作具體的分析,決不能籠統地以此作爲"僞書"的理由。事實上,《提要》也僅在下面提出"二王海上事"一個事例,我們在下面再詳辨。

三曰"避仁宗諱""不避高宗諱"。後人都指出此乃末節,不足爲"僞書"之證。然蔣逸雪以爲這是因爲鄭思肖對高宗不滿,余嘉錫以爲"覯"字不避乃鈔書者妄改,這樣辨說,反少說服力。其實,《心史》除了遇到"大宋"、"中國"、宋帝年號、"本朝"、"君"等字樣時必空一格以示敬外,並未嚴格避諱。人言宋人避諱之例最嚴,但據《宋史·禮志》及《容齋隨筆》等宋人筆記,當時主要是在取名字及撰寫公文、舉場答卷等場合從嚴避諱。我認爲,《心史》把唐人魏徵寫作"魏證",未必就是爲了特意避仁宗趙禎之諱,很可能只是他未記住原名,或者是仁宗以來人們一直這樣寫,也就跟著這樣寫罷了。這就像東漢隱士嚴光(子陵)本姓莊,死後十幾年,當時人因避明帝劉莊之諱而改其姓爲嚴,自此一直到今天大家都習慣寫嚴子陵,難道後代的人都是特意要避東漢劉莊之諱?這種例子歷史上多了去了。再拿《心史》中出現"魏證"與"李覲"的這篇《古今正統大論》來說吧,該文就寫到"劉玄"這一人名;而據宋《淳熙重修文書式》,當時要避諱的第一個字就正是"玄"字(而"徵"和"禎"還不是同一個字)。淳熙是南宋年號,離鄭思肖不過五六十年。這說明了什麽呢?這只能說明《心史》並不特意避諱。因此,四庫館臣挑出一個"證"字來大做文章,是沒有任何說服力的。

四曰"記蒲壽庚作'蒲受耕'"。日本學者桑原騭藏認爲蒲氏本是阿拉伯人,宋季活動在中國南方,與蘇州遠隔數千里。鄭思肖據傳聞寫了一個譯名(且余嘉錫認爲"受耕"在字面上較"壽庚"更有意思),這又怎麽談得上"錯漏至此"了呢?正如桑原氏指出的:"以此爲《心史》僞作之一證,甚無謂!驪連氏或作黎連氏,又作麗連、厘連;北朝万俟壽洛干或作万俟受洛干;薛孤延或作薩孤延;唐張敖或作張激,又作張翶;五代畱從效或作婁從效,又作劉從效。如此之類,多不勝舉,豈足異哉!"這是有力的駁斥。蔣逸雪也舉過例,如蒲氏之兄,《永樂大典》作蒲壽宬,凌迪知《萬姓統譜》作蒲壽崀,黃促昭《八閩通志》作蒲壽晟。也很有說服力。而且,桑原氏還進一步指出:"《心史》外無復有作受耕者,足見《心史》非好事者綴拾舊文所僞造。"所見至當。同樣的,《心史》記窩闊台作兀窟帶,[①]阿里不哥作阿里孛哥,這類例子極多,均當作如是觀。

五曰"載海上二王事""無稽之談"。這也就是四庫館臣對上述所謂"紀事多與史不合"所舉出的惟一事例。對此,余嘉錫在《四庫提要辨證》中作了非常好的分析。余氏原文甚詳,要而言之,《心史》記崖山一戰,張世傑奉衛王舟奔遁之後,楊太妃與陸秀夫蹈海死,這與《宋史》及他書所記並無不同;所不同的只是鄭思肖不知陸秀夫是負衛王一起投海而死耳。余氏將《宋史》的《陸秀夫傳》《衛王紀》與黃溍《陸君實傳後敍》等對照細讀,"乃恍然悟《心史》傳僞之有因也"。認爲《心史》此段

---

① 錢大昕《廿二史考異》卷八六《元史一·太宗紀》云:"窩闊台,《祕史》作斡歌歹,陳桱《續編》作斡可歹,石刻或作月古臺。"

記述"必得之潰卒逃兵之口"。余氏並舉陳仲微《二王首末》爲證:陳氏從二王入廣,崖山之戰身在軍中,而亦謂張世傑擁帝脱去,與《心史》同;更以爲楊太妃亦未死而同去,則其誤更甚。然則《二王首末》亦僞作歟?[1] 不僅如此,《宋史》的《張世傑傳》言張還收兵崖山欲奉楊太妃立趙氏後,不知楊氏已死;《陸秀夫傳》言陸爲左丞相,不知乃以簽樞行相事。此其"無稽",恐與《心史》未有以大異,然則《宋史》亦僞作耶?又據無名氏《昭忠錄》,可知崖山之戰時連元軍也疑幼主遁去,後雖知其已死,然卒不得其屍,此所以傳聞異辭乎?

其實,幼主衛王是否遁離崖山,當時確有傳聞異辭。明嘉靖時黃佐《廣東通志》在馬南寶之傳中,記馬氏於宋亡時悲憤不食,逃匿不降,嘗作詩曰:"目擊崖門天地改,寸心難與夜潮消。"又曰:"眾星耿耿滄溟底,恨不同歸一少微。"聞者哀之。"後聞陳宜中奉帝昺猶在占城,元主忽必烈下令捕之,於是招討使黎德、梁起莘與南寶起兵,運糧往迎車駕。"最後馬氏被執,不屈死之。清·阮元《廣東通志》、史澄《廣州府志》、陳澧《香山縣志》等之馬氏傳,均據黃氏《廣東通志》記載此事。《香山縣志》卷二二《紀事》更據黃氏《通志》記至元"二十二年四月,詔追捕帝昺及陳宜中。"又云:"初,昺屍不獲,諸起兵皆謂祥興帝實在占城,陳丞相護之。馬南寶起兵井澳,與招討使黎德、梁起莘往迎車駕。"明·黃淳《崖山志》的馬氏傳,也有相同記載。試想,如果宋末當時沒有祥興帝在占城的傳聞,馬氏怎麼會興兵往迎救駕?另,近人蔣逸雪還指出,《心史》"於張世傑奉祥興皇帝奔遁,駐軍離裏,駐軍上特標'或傳'二字,亦非全無斟酌"。總之,《心史》這一記載根本談不上"無稽之談",更絕對不能以此證明《心史》是"僞書"。

《提要》最後提到徐乾學,表明乾隆館臣與百年前的徐某正是一脉相承的。乾隆館臣除了拼湊出幾條"理由"外,惟一新鮮的提法就是僞

---

[1] 清人李慈銘《越縵堂讀書記》同治癸未(1873)正月二十三日記曰:《二王首末》"所紀旣簡畧,而敍次俚俗,全無義法;惟一二遺事,多足補史所未及,是非褒貶亦爲平允。"今人饒宗頤在其《九龍與宋季史料》的《引言》《宋元間人所記海上行朝史料評述》等文中說此書曾經後人"增竄",卽並非認爲它是僞作;但在《元皇慶刊本〈二王本末〉書後》中則認爲"此書純出元人雜湊成編,而嫁名於陳仲微者",在《九龍與宋季史料》的《補記二》中更徑稱其爲"僞書"。

造者爲"明末好異之徒"。然而,年屆八旬行將就木的姚士粦,又怎麼同"好異之徒"聯得起來呢?

《提要》所舉"僞書說"的理由,顯然是沒有一條站得住腳的。但是,"僞書說"自此卻大行於天下。一方面由於《四庫全書》及其《總目提要》的巨大影響,一方面又由於從《心史》中實在也很難挑出什麼"破綻",所以此後二百年間,認爲《心史》是"僞書"的人基本上也就奉此爲惟一圭臬,提不出什麼新的看法。而有些對《心史》沒有研究,甚至連看也沒有看過的人,讀了《提要》所說,也很容易盲從,或者對《心史》備有戒心。其中有些不懂裝懂的人還很喜歡發表自以爲是的高見。他們又有些什麼高見呢? 這些,本來應該是由現在主張"僞書說"的學者來整理和說明的。但那些學者大概不屑於這種所謂"拉隊伍"的做法,或者實際上他們也根本沒有本事"拉"得出一支"隊伍"來。那就只能由我"越俎代庖"了,有什麼辦法呢?

我知道,爲了判案公平起見,現代法庭上有代爲指定律師的做法。但如果有人認爲我的這種爲兩造都當律師的做法是不合法的,那麼你自告奮勇重新來做"僞書說"主張者的律師就是了。總之,我費了不少苦力,總算找到了幾個乾隆時代及乾隆時代以後不以《心史》爲眞的文人,但是非常遺憾,他們囗下的有關文字簡直就不能成其爲"說",不過是人云亦云,大是無聊。但仍寫下來讓讀者看看,也可以領教一下那些主張或相信"僞書說"者們在這一問題上的如出一轍的"學風"吧。同時也可以聯想想,2005年出版的《大辭海》中國文學卷和2010年新版的《中國大百科全書》《辭海》,主事者煞有介事地堅持寫上《心史》"一說"是"僞書"這一當代學界"莫須有"冤案,是多麼的滑稽,又多麼令人悲憤!

錢大昕(1728~1804),字曉徵,一字及之,號辛楣,又號竹汀,晚號潛罘老人。江蘇嘉定(今屬上海)。乾隆辛未(1751)清帝南巡,因獻賦獲賜舉人,官內閣中書。甲戌(1754)進士,擢翰林院侍講學士。己丑(1769),入直上書房,與紀昀並稱"南錢北紀"。又與修《續文獻通考》《續通志》諸書。後爲詹事府少詹事,提督廣東學政。乙未(1775),居喪歸里,潛心著述課徒。錢氏撰《廿二史考異》,共歷時近五十年。又有

《十駕齋養新錄》，後人以之與顧炎武《日知錄》並稱。王國維論清朝三百年學術曰：“竊於其間得開創者三人焉：曰崑山顧[炎武]先生，曰休寧戴[震]先生，曰嘉定錢[大昕]先生。”因此，在這裏能首先提到錢氏大名，將如此重量級人物列入“僞書說”者隊伍，連我自己也頗有點激動哩。

錢氏在哪裏談到《心史》呢？那也是我努力發掘出來的。黃汝成《日知錄集釋》卷二十九《吐蕃囘紇》條引有原注：“鄭所南《心史》：‘畏吾兒乃韃靼爲父、囘囘爲母者也。’”其後即有：“【錢氏曰】《心史》乃僞造，不可信。”我曾經想，這也許是黃汝成記錯了，可能應是“【閻氏曰】”吧？然而閻氏雖然也對《日知錄》有所“斛正”，但他對《日知錄》中引證《心史》的地方並沒有任何表示，這，本書前已指出。而且，《日知錄集釋》的這一條前面還有一段較長的“錢氏曰”。那麼，這個“錢氏”應該還是錢大昕，因爲錢氏是爲顧氏《日知錄》作校批者之一，黃汝成《日知錄集釋敍》中把他列在第五位；另外還提到兩位姓錢的錢大昭、錢塘，是大昕的弟弟和侄子，則名氣差遠了，黃汝成把他們列在第六十四和第七十位，他們是輪不上稱“錢氏曰”的。錢大昕認爲“《心史》乃僞造，不可信”，也許是他堅持其三通館臣的官方立場？但我在錢氏所有著述中尋找，未能看到他對《心史》作過任何具體辨析。錢氏乃考證大師，但僅僅這樣六個字，如何讓人“可信”呢？啊呀，眞是令人白激動了。

吳衡照（1771～？），清·黃燮清《國朝詞綜續編》卷七：“字夏治，號子律，仁和（按，今浙江杭州）籍海寧人，嘉慶十六年（按，1811）進士，官金華府教授，有《辛卯生詩餘》。吳仲雲《杭郡詩續輯》云：‘子律性蕭淡，通籍以縣令，用請改官冷局。精於倚聲按譜之學，所著《蓮子居詞話》研究宗旨，非泛事鈔撮者比。’”《蓮子居詞話》成書於嘉慶戊寅（1818）。該書卷一談到：“王昭儀題驛壁詞，結語爲文山所諷。後抵北，乞爲女道士，號沖華，卒不得與陳、朱二夫人比烈。觀文山之惜昭儀，即以見文山審擇自處，蓋已有素，安得重有‘黃冠’之請，與昭儀同符耶？趙翼《陔餘叢考》謂當以《心史》爲據，《宋史》誣爲文山云云記載失實。然《心史》記文山事，他亦未可盡信。徐乾學《通鑑後編·考異》謂姚士粦所僞託也。"可見吳氏只是相信徐氏之說,自己並無見解。

　　方東樹(1772～1851),字植之,號石園,晚年以衛武公耄而好學之意號儀衛老人。桐城派姚(鼐)門四傑之一。生平編校之書眾多,最具代表性者據說當推其批註的姚範(1702～1771)《援鶉堂筆記》。方氏以按語形式對該書進行糾謬補缺,據說最爲反映其文獻學上之成就云云。《援鶉堂筆記》卷三四《史部·四夷附錄》有一段錄自歐陽修《廬陵史鈔》的關於遼太祖阿保機治漢城的記載,姚範加有按語,引據《心史》作了辨析(按,本書第九章已引用論述過);方氏對此又再加按語:"樹按,《宏簡錄》本傳敍所著書,無《心史》。"意思是,明代邵經邦編撰的《弘簡錄》中的鄭思肖傳,沒寫他著有《心史》。

　　在《援鶉堂筆記》後,方氏還專門寫有《援鶉堂筆記栞誤》,中有一大段話說《心史》:

　　　　樹按,《宋史》本傳敍所著書,無《心史》。蕭山來集之《樵書》引《見只編》云:"宋亡所南改名思肖,隱居長洲之承天寺,終身不娶,時時向南哭,乃作《心史》,沉於寺之狼山房井中。歷四百餘年,至明崇禎戊寅仲冬,寺僧濬井,書始出。鐵函重匱,錮以塗灰。啟之,楮墨猶新,有《咸淳》《大義》《中興》等集,《久久書》及《雜文詩》。"全謝山云:"閬百詩集,其中引萬季野語,以爲此海鹽姚叔祥所依託。所南別有《錦綫集》,明崇禎中尚存,梨洲先生曾見之,今求之不得,但從《永樂大典》得其奇零者。向使是書若存,以之對勘《心史》,當有敗闕。但不知叔祥何故造爲是書,要屬明室將亡之兆也。吳兒喜欺人,至今目爲得井舊物,以索高價,凡有數本,余見其二。"樹先于記云:①"叔祥《見只編》云有《天興墨淚》一書,乃託名亡金舊臣,誌破金污辱宮闈事,至不忍讀,蓋必宋人所託,借此吐氣。"樹疑亦姚僞託。

看了方氏這些所謂"舛誤",對他的學風和學識不能不產生懷疑。今按,如果《弘簡錄》沒寫鄭思肖著有《心史》,那毫不足怪,因爲該錄乃邵經邦編寫於明嘉靖年間,時《心史》尚未出井。今見清康熙時邵氏後人重刻本《弘簡錄》,在卷一九四《雜行·宋十二之一·逸民》之目錄的"鄭思肖"名下注有"新增"二字,可知該鄭氏傳可能爲後人所補;經查該傳,確認乃摘自明初盧熊《蘇州府志》,而該志的鄭氏傳本來就沒有寫到《心史》。因此,方氏指出《弘簡錄》本傳敍所著書無《心史》,不能說明任何問題。至於《宋史》,本來就沒有爲鄭思肖立傳,又談何"本傳敍所著書",更談何"無《心史》"呢? 來集之《倘湖樵書》中,根本就沒有"引《見只編》云"那段話;而且,《見只編》爲姚士粦(叔祥)所著,該書中也根本沒有這段話! 經考,方氏所引當是褚人穫《堅瓠四集》,但"《雜文詩》"多贅了一個"詩"字;再說,褚氏這段話只能說明《心史》爲眞,豈能用來證偽呢? 方氏惟一的"理由",就只是全祖望的那段話,而他自己並沒有任何見解! 其最後一段話,全是贅文,沒有任何價值。因此,方氏關於《心史》所言的字數雖然比這裏提到的其他人要多,可是對於論述所謂"姚偽託",一點用處也沒有。

嚴元照(1773~1817),字九(久)能,一字修能,號悔菴、蕙櫋,歸安(今浙江湖州)人。諸生。著有《蕙櫋雜記》一卷,中云:"鄭所南《心史》,明末始出,顧亭林有詩記之,然實偽書也。閻百詩謂是姚士粦叔祥所撰,見《尚書古文疏證》(卷五上第六十九條下)。閻云聞之曹秋岳,當非妄語。"眞可憐,又僅僅是盲從閻氏"當非妄語"而已!

徐時棟(1814~1873),字定宇,一字同叔,號柳泉。浙江鄞縣(今寧波)人。道光丙午(1846)舉人,官內閣中書。爲全祖望再傳弟子,學有淵源,家居著述,主四明壇坫三十餘年。有《煙嶼樓集》等。其《煙嶼樓讀書志》卷十四《子》上《管子》一則中曰:"'今日之今,霍霍栩栩[詡詡];少焉矚之,已化爲古。'偽《心史》中語也。此等語前人多有之,不足爲異。《管子·乘馬》篇曰'昔之日已往而不來矣',已爲《莊》《列》胚胎。"徐氏只是簡單粗暴地稱"偽《心史》",未見說出任何理由。

耿文光(1830~1908),字星垣,又字斗桓,號酉山,別號蘇溪漁隱。

山西靈石人。同治壬戌(1862)舉人,光緒己丑(1889)任平遙縣訓導。
藏書家,編有《萬卷精華樓藏書叢書》及《萬卷精華樓藏書記》,可見家裏
書很多。在其"十閱寒暑,四易稿而成"的《藏書記》卷一一八,他引錄了
明・王弘撰《山志》中關於《心史》的記述,以"文光案"的形式傲然寫道:

> <u>是書甚偽</u>。其文之寒澀有似所南,而所記事蹟與史不合。
> 徐健菴《通鑑續編》以爲海鹽姚士粦所託,<u>當必有據</u>。顧亭林
> 有詠《心史》詩,在集中,亦誤以爲眞。暇日當細考也。

又是一個"當必有據"!在《藏書記》卷七,耿氏曾提到"恭讀《欽定
四庫全書總目》……永宜奉爲典要也矣",可知對《四庫全書總目提要》
極爲崇拜。所謂"當必有據"也就是對《四庫提要》說的"必有所據"的應
聲。但耿氏煞有介事地說《心史》"其文之寒澀有似所南"(似乎應是看
過《心史》及《心史》以外鄭思肖的文章,因而作了比較),那就說明他也
承認《心史》與鄭思肖其他詩文在風格上是相似的(鄭思肖的詩文是否
可用"寒澀"來概括,姑且不論),然而這樣一說,實際上不恰恰否認了
《四庫提要》以所謂"文詞皆寒澀難通"來作爲《心史》爲偽的"理由"了
嗎?耿氏又說"所記事蹟與史不合",連《四庫提要》中說的"多與史不
合"的"多"字都不用了,然而他卻連一個例子也並未舉出。所謂"暇日
當細考也",也就說明他在傲然寫下這段"案"的時候根本就沒有"細考"
過,然而卻一開口就是"是書甚偽"!這種學風令人齒寒。耿氏不僅在
這裏寫到王弘撰、顧炎武的正面觀點,而且還在該書卷六九鈔錄過姚際
恒、卷一三一鈔錄過趙懷玉兩人駁斥《心史》爲偽的論述,然而他卻"偽
言先入,則信言不得受也"。

耿氏又著有《蘇溪漁隱讀書譜》,從中可知他從小讀書頗有系統且
讀書甚多,在卷三他寫道:"先入爲主,從後喻之則扞格不勝;衆以爲是,
一人非之則更難見信。道高一尺,魔高一丈,則錮蔽愈深。董逌曰:'僞
言先入,則信言不能受也。'俗說爲主,則正言不能奪也。前人已言之
矣,吁,可畏也!"而不幸的是自己正蹈陷之!

胡玉縉(1859~1940)，字綏之，蘇州人。撰有《四庫全書總目提要補正》，在議論《心史》時引用了徐學乾、閻若璩、全祖望、袁枚四人有關《心史》的"偽書說"(當然，胡氏沒有引用或根本就沒有看到過全氏大量肯定《心史》的話，而且袁枚只是懷疑而已)，胡氏總算也有幾點自己的"新"的說法：一、"吳翌鳳《遜志堂雜鈔》丁集所記，無《久久書》，有《釋氏施食心法》等，可以互證，要之皆偽託也。"二、"徐氏恐卽本曹(秋岳)說耳"。三、"'萬季野語'，疑卽'曹秋岳'之誤"。

後兩點都是推測語，而且與《心史》之真偽毫無關係。(本書前已論及，從無人舉出過曹溶認爲《心史》爲偽的文字。)而惟一可議的一點，吳翌鳳《遜志堂雜鈔》云云，則本書前已提及，吳書明明是肯定《心史》的。所謂"雜鈔"，卽讀書時作的筆記，本可有記有不記，哪能僅僅根據人家有記無記就判斷一部書的真偽呢？再說，《遜志堂雜鈔》明明記了鄭思肖有《咸淳集》《大義集》《中興集》等(均收於《心史》)，那麼，卽使沒有再記《久久書》(另外還有《雜文》《大義畧敍》等呢)，也仍然只能證明吳氏是肯定《心史》的啊！(而且我還可舉出，吳氏另有《鐙窗叢錄》，其卷五明記"鄭所南先生……作《心史》一卷"。)最奇怪的是，胡氏居然還據此以"互證"從無人疑偽的鄭思肖《釋氏施食心法》也是偽託之書！不知如何個"互證"法？胡氏這裏的邏輯，錯亂之極，完全不能成立，沒有任何學術價值。

鄭孝胥(1860~1938)，字太夷，號蘇戡，又稱海藏。福州人。晚年任偽滿洲國總理，成爲臭名昭著的漢姦。據2003年臺北"國家圖書館"《善本題跋真蹟》，編號10724鈔本《清雋集》卷首有鄭孝胥手書："菊山詩甚奇，所南文絕肆。《心史》出井中，良是姚氏偽。己未七月十九日孝胥敬題。"己未七月十九日卽1919年8月14日。而查是日鄭某日記，未記題詩之事。然而，我認爲此日期當爲六月十九日(7月16日)之誤記，所題之書當爲沈曾植舊藏。① 六月十九日鄭某日記載："過石遺，同過子

① 今見此書前有1915年秋沈曾植題詞："乙卯秋，邵姓持來，虎嘯橋胡氏物。"除鄭孝胥手書五言一首外，尚有梁鼎芬1916年7月14日題詞："詩四十首，吳孟舉鈔二十五首，字有異同凡四處，從海日樓假讀一過，不及手錄，還之。宣統八年六月望，鼎芬題記。"又有陳衍1919年1月28日題詞："菊山先生作跌宕兀傲，意態迥殊，所南翁饒有父風，與《晞髮集》真可稱東越二妙，開後人無數法門矣。侯官陳衍敬題，時著雍敦牂嘉平二十有七日。"

培,遇李審言。子培出所得明鈔本《鄭所南文集》四冊,使余題之。"可知是日鄭某與陳衍同訪沈曾植,又遇李詳,沈氏以明鈔本《鄭所南文集》囑鄭某題字。但那天鄭某似乎沒有當場題寫,因爲七月初六(8 月 30 日)鄭某又記:"陳仁先來,同過子培新居,以《鄭所南集》還之。"可知是過了一個半月才還書。不知沈氏當時見鄭某這一題詩後怎麼說,因爲沈氏是絕不否定《心史》的(已見本書前述)。鄭某如此確定《心史》"良是姚氏僞",但未說任何理由。查鄭某其它著述,迄未見渠辨《心史》"良是姚氏僞"的隻言片語。此題詩亦未收入《海藏樓詩集》。

然而,據庚申十一月廿九日(1921 年 1 月 7 日)鄭某日記:"周梅泉來訪,不遇,畱示二詩,一爲哀張園之作,一爲《與莊呂塵談海藏樓詩》,試曰:'九派混混失宗師,只手扶輪庶在此。敬禮小文誰可定,子雲並世竟相知。鐵函緘史心何苦,石室藏詩計未遲。我已瓣香逾十載,平原欲繡愧未絲。'"周氏顯然是肯定《心史》爲眞的,而所謂"海藏樓"即指鄭某。周氏是用同是閩人、同是鄭姓的鄭思肖的鐵函《心史》來頌揚鄭孝胥。鄭某在日記中鈔錄此詩後,並未見渠指斥"鐵函緘史""良是姚氏僞";而十二月初一(1 月 9 日)渠又記"作《答周梅泉》一律",回詩中云"慚愧","那堪低唱換浮名",則是接受了周氏的馬屁,也就等於又認可了《心史》。怪哉,鐵函詩文若"良是姚氏僞",是周氏竟借僞書作"瓣香"以拜汝,汝又情何以堪耶!

更可異可鄙的是,在鄭某的《海藏樓詩》中,卻又是經常借重《心史》來吹自己的。如卷十二《或自福州海道見致素心蘭一雙,初至即花,欺賞成詠》(作於 1927 年):"露根失土等縲囚,鬱勃猶花氣更幽。越女乍窺天下白,國香欲占九分秋。抽枝自帶山泉潤,顧影還宜月色浮。夜起菴中尋故事,惟將《心史》伴牢愁。"因詠蘭而提到《心史》,當然是認定《心史》爲畫蘭名家鄭思肖所作。《海藏樓詩》卷十三《重九》(作於 1935 年)其一又云:"登高還有壯心無?詩酒闌珊興亦孤。付與閒人話《心史》,卻收餘論作《潛夫》。"鄭某在此時辭去"滿州國"總理僞職,意興闌珊之際與人閒話《心史》,可以肯定不是談它"良是姚氏僞";而且,將一部"僞書"與東漢王符的《潛夫論》相提並論,也沒有任何意義。《心史》

和《潛夫論》都是孤憤之作,鄭某寫在詩裏,當然是正面引重,表達自己的某種心情。這與他寫詩稱《心史》良是僞書是完全自相矛盾的!

徐乃昌(1869~1943),字積餘,號隨菴,室名積學齋。安徽南陵人。出身望族,自幼熟讀經史。光緒癸巳(1893)舉人,辛丑(1901)任淮安知府。曾受命考察日本學務,回國後提調江南中小學堂事務,總辦江南高等學堂,督辦三江師範學堂(南京大學前身)。宣統庚戌(1910)補授江南鹽巡道。清亡後,隱居上海,經營工商業,與繆荃孫、葉昌熾、劉承幹及劉世珩等往來密切,切磋著述,校刊古籍二百多種。今見有繆荃孫"歲在強圉大淵獻(按,1887)長至日"所作序的徐氏《積學齋藏書記》未刊鈔稿本(原鄭振鐸藏書,今藏國家圖書館),在"集部"中著錄《心史七卷》:

> 宋鄭思肖億翁撰。舊鈔本。億翁號所南,連江人。此編凡《咸淳集》一卷,《大義集》一卷,《中興集》二卷,《久久書》一卷,《雜文》一卷,《大義畧序》一卷,後附序五篇及《療病咒》一則。是書皆記宋亡時雜事,然《提要》云:"文詞塞澀難通,紀事亦多與史不合,必明末好異之徒作此以欺世,而故爲眩亂其詞者。徐健菴亦以此書爲海鹽姚士粦所僞託,其言必有據也。"

徐氏爲著名藏書家,他未必全信《四庫總目提要》判《心史》爲僞的話;但他既然在藏書記裏鈔了這些話又沒有辯駁,我們姑且就算他也是疑僞者吧。

上述諸人外,還有不知何人所寫的一條"僞書說":清末開始修纂,直至1922年方鉛印的《杭州府志》,在其卷四十三《兵事》二,有按語提到《心史》是僞書。因總纂者先後換過多人,此則按語不知何人所爲。其全部文字曰:"文天祥自吳門還,駐兵餘杭,守獨松,《紀年錄》《指南錄·自序》及《集杜詩·拜相·引》記述甚明。《心史》云獨松、千秋關陷,陳丞相檄文天祥退守臨平。《心史》僞書,不足置辯。"在有關獨松關等問題上,不知道《心史》說錯了什麼?我不懂《杭州府志》此則按語的意思,也不用弄懂,因爲卽使《心史》在這一紀事上不準確,那也不能證明它就是"不足置辯"的"僞書"。

有趣的是,該府志在卷三十《古蹟》二《錢塘縣》又有這樣的記載:"水南半隱:'先人始居王城渡子橋,淳祐丙午遷養魚莊,丁未遷長橋,扁其廬曰"水南半隱",作《水南半隱記》'(鄭思肖《心史》)。"在卷一四八《人物》十《隱逸·國朝·許令瑜》又有這樣的引文:"慕宋鄭思肖緘鐵貯《心史》事,自號鐵函子。"均公然提到《心史》,卻並沒有說它是僞書。

我還高興地爲"僞書說"找到了一位國外的知音,而且是日本著名學者;只可惜,他也沒有說出任何理由。只能如他自己說的"亦兒童之見也","可以誑愚,而識者笑之"罷了。此人叫**古賀精里**(1750~1817),名樸,字淳風,通稱彌助,號精里,別號復原、茰汻野叟、歸臥亭主人、橪舟齋主人等。本姓劉,據稱是漢高祖劉邦的後裔。日本肥前(今佐賀縣)人。早年喜陽明學,後與中井竹山、賴春水、尾藤二洲等交遊,棄舊學而歸朱子。任佐賀藩參政,並創建學校,改革學制。寬政辛亥(1791)隨藩侯赴江戶,在昌平黌講學,爲以藩臣資格入黌講課之第一人。乙卯(1795),赴江戶爲儒官,總理學政。晚年儼然學界山斗,諸侯執贄問學者達數十人之多。著有《精里集鈔》,在《精里三集文蘽·庚午蘽》中有作於1810年的《吉光片羽集跋》,認爲《心史》是僞託:

> 虛夸之事,可以誑愚,而識者笑之。以爲爲此說者,亦兒童之見也。國於天地之間者,出而遇域外之人,不免挾物我町畦之私。故其說大抵類子虛烏有之俳張,而齊楚均之無一得,不亦兒童之見乎?故滇夜郎自大,適以叢陋情景,和盤托出。漢武、隋煬之示富盛於外夷,則其海內窮耗之標榜矣。彼稱蠻蛤之屬,猶有文者,蓋目中定評,毒罵一至於此。若夫豔江珧�鰒魚,以爲勝大牢之滋味,則出於輕薄諸生,影撰偽捏,以詑新聞奇話。如《鐵函心史》所載,語最痛快,而書最假託。其他登載,大半不可信據。誤以爲真,則癡人說夢也……

乾隆以後一百幾十年,認爲《心史》是僞書的人,我費盡九牛二虎之力"發掘",也就是上面這樣寥寥幾個,其中像徐乃昌還十分勉强。且都只是隻語片言,均無一點點像樣的論證,大多只是盲從輕信,承誤踵謬,莫覺其非,令人失笑。照這樣,本章還值得再寫下去嗎?然而,事情沒有這麼簡單,《四庫全書總目提要》畢竟還是有相當"權威"的,隨著時間的推移,其權威性甚至可能還可能更加增强。

第一,我又發現二十世紀三四十年代以來,有幾位很有名的史學家也誤信《四庫總目提要》判《心史》爲僞書的說法。雖然關於這些,後來唱"僞書說"者並無一知道,我寫出來等於眞的幫他們"擴大聲勢"(姜緯堂語),但我深爲那幾位名史學家感到遺憾,仍想提出來一辨。

第二,二十世紀五十年代以後,國內外大量的中國文學史著作和大型中文工具書、《中國大百科全書》,以及多種宋詩選集等,在涉及《心史》時,都未能擺脫《四庫總目提要》的陰影。

第三,二十世紀六十年代以後,臺灣、香港等地仍有論《心史》是"僞書"的論文發表。

第四,二十世紀八九十年代,中國兩岸三地,甚至在國外的學者,不約而同地集中發表了好幾篇論《心史》爲僞的論文,而且還提出一些新的"證據"。

第五,特別是進入二十一世紀,拙著《井中奇書考》初版也問世以後,在集中全國大量智力、物力重新修訂出版的國家級重點大型工具書《大辭海》《辭海》《中國大百科全書》中,竟仍然堅持說《心史》可能是僞書。

因此,問題仍沒有徹底解決。眞理只能在爭論中越辨越明。既然遲至 2010 年重新修訂出版的《中國大百科全書》和《辭海》都仍堅稱《心史》或僞,那麼,我的喋喋不休的爭辯就完全不是多餘的,而且還是有學術良知、有學術勇氣的一種表現。我願意像昔人稱讚的章太炎那樣,一布衣耳,以一人敵一國,雖敗亦豪哉!

讓我來繼續列舉並回答各種"僞書說"對《心史》的非議吧。

文獻學家**王重民**(1903～1975)論述過很多古籍的版本或眞僞,可惜未見他專門談過《心史》;但他在 1947 年 8 月天津《大公報》上發表過一篇《考蒲壽庚降元之年月日兼記泉州紳士林純子顏伯錄事》，文中說了這樣一句話："桑原氏從鄭所南《心史》，謂宗子被屠在張世傑圍城之日，疑誤，此《心史》所以爲僞書也。"這句話實在顯得太簡單、也太草率。我也非常不情願就此把王氏拉入"僞書說"的隊伍。

蒲壽庚屠殺趙氏宗子及士大夫，究竟是在張世傑圍泉州之日還是之前，這本是一個可以考證的問題。卽使《心史》在時間上說錯了，也決不能得出"此《心史》所以爲僞書也"的結論。因爲鄭思肖遠在數千里外，他只是根據傳聞寫的。（至少他寫的叛臣蒲氏殺宗子，張氏圍泉州九十日不下諸事，均是事實。）如果是後人來"僞造"這一段紀事，自然會查一下最常見的《宋史·二王本紀》，那也就根本不會發生王氏這裏所謂的"疑誤"問題了。

再說，不僅日人桑原驚臧據《心史》以研究蒲壽庚降元諸事，1936 年上海《暨南學報》上陳竺同的《元代中華民族海外發展考》中也引用《心史》有關蒲氏屠殺南宋宗子的記述，同時還引用了《泉州志》的一段記載："宋幼主過泉州，宋宗室欲應之，守郡者蒲壽庚閉門不納。及張世傑同軍攻城，宗室又欲應之，壽庚置酒延宗室，欲與議城守事，酒中盡殺之。"請看，這與《心史》說的在張世傑圍城之日蒲氏殺宗子的記述不是完全一致的嗎？難道《泉州志》也因此而是所謂"僞書"不成？

柳詒徵（1880~1956）更是我非常不情願在列述"僞書說"時提到的一位史學家。他不僅學問好，而且強烈愛國。抗戰時期，1938 年在浙江大學講學時，講到日軍南京大屠殺，柳氏當場昏厥。1942 年，柳氏長途跋涉至重慶後，開始撰寫《國史要義》，1948 年由中華書局出版。該書第三篇《史統》，談到宋代鄭樵著《通志》，三國、南北朝並次爲紀，正閏泯焉，夷夏亦無別也；朱熹爲《通鑑綱目》，重正義也，重華夏也，惟宋、魏對峙以後歸于無統，未以四朝爲正。因此，柳氏認爲"則猶有待於鄭所南之更定焉"，"專持夷夏之義以論正統者，莫嚴於鄭所南之《心史》"。看來，柳氏本是高度肯定《心史》的。而且他還指出，《心史·古今正統大論》中"惟謂不以正而得國，則篡之者非逆，以爲宋解，尚屬私於所君之詞。然舉漢取嬴政之國、唐取普六茹堅之國以爲例，則說亦可通"，這更顯示其眼光獨到。因爲,既然能看出書中私於宋君之詞,那正可證明《心史》確是宋人所著。但非常遺憾的是,柳氏接着卻又說了這樣一句話:"全謝山力言《心史》爲僞書,然卽明人所託,鄭氏之言,亦明人持正義以論史之特識也。"其實,且不說全氏根本就沒有舉出《心史》是"僞書"的任何理由,而且,另外還寫過不少《心史》是眞本的話哩;只說柳氏這裏的論說方式,難道僅僅因爲全氏"力言",我們就非得也認同《心史》是"明人所託"嗎?這也實在太盲從了,而且還否定了自己已經看出的《心史》"私於所君之詞"之"特識"。柳氏除了這樣簡單的一句話之外,我沒有看到他還對《心史》有過什麽辨僞。

但是,1947 年由正中書局出版的柳氏《中國文化史》的第二編第二十一章《蒙古之文化》(原載 1928 年《學衡》雜誌第六十一期)中,卻又寫道"蒙古風俗之陋,最爲漢族所鄙。鄭所南《心史・大義畧敍》言之歷歷",並引證《心史・大義畧敍》約六百餘字,與馬可・波羅所記相對照,認爲"蓋鄭氏所譏者,蒙古草昧之風,而歐人所覩者,元代極盛之世"。如此看來,柳氏總的說還是相信《心史》的。

史學家謝國楨(1901~1982)於明季歷史深有研究。在這樣的場合提到他,我也很不情願。他在 1932 年由北平圖書館內部出版《晚明史籍考》,1964 年又由中華書局上海編輯所正式出版《增訂晚明史籍考》。在《增訂晚明史籍考》卷四《黨社・上》,記有姚宗典《門戶志畧》一書,謝氏作有按語:

> 楨藏有崇禎己卯刻本《心史》,書後附文從簡、陸嘉穎、楊廷樞、姚宗典、姚宗昌諸人題跋。《心史》雖係僞書,然由維斗、文初諸君提倡刊刻之後,不及十年,而明社遂屋,諸君子抗節不屈,或蓄志恢復,甘老荒江,則是書影響之深可知。《心史》雖不能據定爲思肖原作,然有此一卷題跋,可當明季抗清史乘讀也。附記於此。

謝氏認爲《心史》諸序跋"可當明季抗清史乘讀",這是具見史識的。

但是,他的意思似乎是:《心史》雖係僞書(或不能據定爲眞),而諸跋則不僞。這個觀點令人匪夷所思。因爲,諸跋明確記述了《心史》出井、刊行的經過,如果諸跋非他人僞撰,那就只能說諸跋的作者是此"僞書"的合作者,或是它的"託兒"。而僞造者竟會受自己僞造的書"影響",而且"之深",豈非大笑話?

其實,謝氏從未說過《心史》爲僞的任何理由。他這句短短的按語,只不過表示他也盲從了"僞書說",且與他的其他一些論述自相矛盾。例如,同書卷二十《文集題跋》下談到徐枋的《居易堂集》時,謝氏說:"其所著文震孟、吳煥、華允誠、沈壽嶽等人之墓誌,則等於鄭所南之《心史》也,讀其文亦可以見其志矣。"同書卷二四《宮詞詩話小說傳奇》中談到《季雲娘》時,謝氏又說:"不獨所南《心史》足昭亮節,卽皋羽《冬青》,寧不足以彰幽德也哉!"這些話,又明明是完全肯定《心史》的,也是很正確的。於此足見前引謝氏"《心史》雖係僞書"一段話,是他未作深思的智者失言。

以上三位均是令人尊敬的著名學者,也會說出一些令人遺憾的話來,足見徐、閻及《四庫提要》"僞書說"影響之惡劣了。

至於二十世紀五十年代直至今天各種文學研究所、大專院校及個人所著的《中國文學史》類書中,避而不談曾經有過巨大影響、篇幅又不小的《心史》的,那就太多了,已經沒有必要在這裏舉出那些書名及著者了。(值得指出的是,以前僅有極難得的程千帆、吳新雷的《兩宋文學史》,是明確地肯定《心史》的。2006年,陳文新主編、趙伯陶分卷主編的《中國文學編年史·明末清初卷》也是肯定《心史》的,可惜將初刻時間搞錯了。)但是,它們在談到南宋愛國詩歌時,卻又多未忘了寫鄭思肖,並都將他與謝翱、汪元量、林景熙等人並列。它們的做法是,引用《心史》中的詩,卻有意不提書名;或者更"謹愼"的,是從《心史》以外找來鄭氏佚詩。但是,這後一種做法的文學史撰著者們似乎從未想過這樣一個問題:假如鄭思肖沒有了《心史》,僅僅憑那些他晚年寫於元代的題畫詩之類,你們又怎麼可以稱他爲"宋末愛國詩人"呢?(只能稱爲元代詩人吧?)僅僅憑這樣一些數量不多的題畫詩之類,鄭思肖又有什麼資格可以與謝翶等人並列呢？這些文學史書爲避尷尬，卻引來了更大的尷尬。這麼明顯荒謬的一個問題，還至今無人喝破！

我們還不得不注意到，著名學者錢鍾書編選的《宋詩選》，索性不選鄭思肖；他的《談藝錄》《管錐編》諸書中多處寫到過鄭思肖，但從未涉及《心史》。著名學者錢仲聯編選的《宋詩三百首》，還有金性堯編選的《宋詩三百首》等，也是都不選鄭思肖的。這個巨大的陰影還投現在代表"國家水準"的大型工具書中。如《辭海》《大辭海》《中國大百科全書》等，都說《心史》或疑爲後人假託。至於形形色色的《中國文學大辭典》《中國歷史大辭典》《中國古籍辭典》等等，都是鸚鵡學舌。（當然，也有《辭源》這樣的大型辭書，明確肯定《心史》，頗爲難得。）這些就不多寫了。

在我國的臺灣地區，也有學者發表過一些說《心史》爲偽的文章。臺灣的論文，以前大陸學者很難看到，現在流傳亦不廣，而且，即使臺灣研究者自己也從來沒有對這些文章作過綜述和評論。臺灣學界對中華文化歷來比較重視，當然，他們的觀點是值得重視的。這裏，首先想談談傅斯年對《心史》真偽的看法。

傅斯年（1896～1950），字孟真，山東聊城人，祖籍江西永豐。五四運動時他是北京學生領袖之一，後成爲學者，創辦"中央研究院"歷史語言研究所，曾任中研院總幹事、北京大學代理校長等。他是國民黨政權敗退大陸時跟隨去臺灣的。繼任臺灣"中研院"院士、史語所所長，兼任臺灣大學校長。因此，他是國民黨立足臺灣之初島內學界最高端人物，他對《心史》有論述，當然應該先寫。不過須說明的是，傅氏對《心史》有所懷疑，但嚴格說他還未明確定其爲偽書，我"拉"他來也算是幫"偽書說"擴大聲勢；另外，那還應是他在去臺以前的看法。今臺北"中央研究院"傅斯年圖書館有傅氏藏書《三山鄭菊山先生清雋集》（1934年商務印書館《四部叢刊》影印本），前有傅氏題跋，這樣論述《心史》：

> 《心史》一書久爲公案，今未暇考，姑臆測之如下。所南負
> 一時名，而元世之文網疏，故非直斥胡虜之詩文猶可付梓也，其

未可付梓者猶有鈔本流傳，明之盛世，未遇好事抗節者爲之刊
行，直到末年，吳中好事者得之，所得亦一雜鈔之冊耳。其言當
時史事者，出之傳聞，雖不盡確，尤非明末人所能造。若夫弔詭
之文，摹擬之跋，固明末人所擅長也，故有"必開大明之天"之
語(《久久書》第七跋)。蓋眞者多而僞者少，必雜僞于眞，以炫
其怪，明世之通習也。於是又爲瘞井之說，更使人之不信，故閻
百詩、全謝山以來，皆以爲僞也。雖然，言不可以若是其亟也。
建虜亡明，吳中士夫初未夢到，何事造此一翻境？若夫總其名
曰《心史》，恐亦刻書者之所爲耳。

傅氏曾提出"上窮碧落下黃泉，動手動腳找東西"的治學原則，但他
在《心史》研究方面卻顯然沒有做到這一點。傅氏承認自己"未暇考"，
不過是"姑臆測之"。他甚至毫無根據地以爲《心史》一直以鈔本形式在
民間流傳著，只不過"未遇好事抗節者爲之刊行"罷了。他敏銳地看出
書中言當時史事者"尤非明末人所能造"；但又認爲一些"弔詭之文、摹
擬之跋"，特別是"必開大明之天"之語(按，應爲《久久書》第八跋而非第
七跋)，則是明末人僞造的，總之是"眞者多而僞者少"。對這些說法，傅
氏均未作任何論證。傅氏曾經說過："一份材料出一分貨，十分材料出
十分貨，沒有材料便不出貨。兩件事實之間，隔著一大段，把它們聯繫起
來的一切設想，自然有些也是多多少少可以容許的，但推論是危險的
事……"(《歷史語言研究所工作之旨趣》)無疑，他關於《心史》的"臆
測"其實就是一種危險的推論，這裏也不值得多評。當然，他生前並沒
有公開發表過這些不成熟的看法。

臺灣最早正式發表論《心史》爲僞(或眞僞雜糅)的學者，我知道在
二十世紀六十年代有兩位。

一位是**姚從吾**(1894~1970)，原名士鰲，字占卿，號從吾，後以號行。
河南襄城人。早年畢業於北京大學，並赴德國柏林大學留學。後曾任北
京大學歷史系主任、河南大學校長等。1949年赴臺後，爲臺灣大學教
授、臺灣"中研院"院士。他在1969年初臺灣"中央圖書館"館刊特刊

《慶祝蔣慰堂先生七十榮慶論文集》上，以第二篇的地位（第一篇作者是錢穆）發表《鄭思肖與〈鐵函心史〉關係的推測》。姚氏自述該文是花費了一年研究工夫寫成的，但其所見資料甚少，且《心史》的版本也未選好（如文章所用《心史》的附錄文章，將《心史》出井的十一月說成八月，其他誤文也甚多）。姚氏當時所見有關《心史》的文獻僅顧炎武詩、全祖望題詞、袁枚詩話及《四庫提要》四種而已，連十年前出版的余嘉錫的《四庫提要辨證》，在寫文章時也未能讀過。[①] 姚氏認爲四庫提要的"理由"是不充足的，全祖望的說法"只是有人告了狀"但並沒有查證。這還說得不錯。但他完全讚同袁枚的看法（即浸水中必壞與剖割天祥諸語不可信），並僅以此懷疑《心史》，而得出這樣的結論：

> 我們認爲《心史》，是宋亡後，東南一部分愛國志士們的集體創作。這裏邊當然有鄭思肖的作品，也有別人作品。

姚氏還具體斷定《心史》中的《一是居士傳》《先君菊山翁家傳》這類"與鄭家有關係而不帶火藥味的"作品，才是鄭思肖寫的，其他的都不是。這眞如文章題目說的，只是一種"推測"，而且是並無道理的猜測。即如《一是居士傳》，其中沒有"火藥味"嗎？眞令人懷疑他連看也沒細看。而且，就在《一是居士傳》中，鄭思肖就說自己凡"作諷詠，聲辭多激烈意"，"激烈意"不就是"帶火藥味"嗎？何況還"多"呢！那麼，爲什麼"不帶火藥味的"作品才是鄭氏寫的呢？又如《先君菊山翁家傳》中，鄭氏說自己父親"使其生至今日，決不忍陷於賊阱，必一死盡臣子報國之節"，最後又說自己"今爲國爲家之念，紛然茫然，裂碎其心，莫措手足，仰天大慟，莫喻後之所云"。請看，這些還不算"帶火藥味"？因此，姚氏

此文的一些"推測"，實在缺少學術價值，連他自己也承認所論有"困難"。姚氏文中，甚至連鄭思肖生卒年也推算不準，卻反而批評別人不對。

總之，以姚氏晚年在臺學術地位之崇，寫出這篇文章，令人不敢恭維。倒是此文末尾追加的一則"附記"有兩點值得注意。一是姚氏提到此文曾在臺北南港史語所學術討論會上宣讀，當場就有史語所所長李濟（1896～1979）等人反駁。李濟指出："若水中不透空氣，鐵函是可以歷久不壞的。"二是姚氏隨後因人介紹而讀了余嘉錫《四庫提要辨證》中關於《心史》的論述，承認余氏學識淵博，但又說自己的看法"幸與余先生主張尚無大衝突"。雖然這種說法十分勉強，不能被人接受，但他還是比較謙虛，承認余氏的看法有道理，不像有的人那樣死不認帳。

姚氏逝世後，1974 年 5 月臺灣《食貨月刊》復刊第四卷第一、二期合刊上，又發表姚氏的"遺作"《鄭思肖生平與行事雜考》。該文"引言"中說，《心史》真偽"公案既不能結束，不得已而求其次，只有說出不能結束的實況而已"。文章不長，當是姚氏在撰寫上面那篇文章的同時寫的，但沒有說出什麼有學術價值的話來，對鄭思肖的生平與行事也仍然沒有什麼新的發現。也許姚氏讀了余氏論述後自己也覺得該文無意思，所以生前未拿出來發表。

姚氏當時還寫了一篇長達兩萬三千多字的《鐵函心史中的南人與北人的問題》，生前亦未發表，同樣作爲"遺作"刊載於 1974 年 7 月臺灣《食貨月刊》復刊第四卷第四期上。在開頭部份姚氏寫道：

> ……在民國五十六年度（一九六七—一九六八）的專題研究中，我選擇了《鄭思肖與〈鐵函心史〉與〈心史〉中所流露出來的南人問題》，初步研究，曾歸結爲三個題目，即是：（一）現存《鐵函心史》中的"南人問題"與民族思想。（二）鄭思肖生平行事雜考。（三）《鐵函心史》的由來與牠和鄭思肖的關係。因爲《鐵函心史》也是漢籍中的一部怪書，書中所記的人和事，大半都是真實的；但因受時代與地域的限制，就中有許多是荒誕的

傳聞,也有許多是少數江南學人的幻想。就連所記鄭思肖的事
情說,可以說大部都是眞實的,不過就全書說,牠卻不是鄭思肖
<u>一人的作品</u>;就是把《心史》用鐵函盛起來,放在井中,我的判
斷也不是鄭思肖幹的罷了。

由此可知,姚氏原先打算就鄭思肖和《心史》撰寫三篇文章(而且實
際上都寫好了)。本書上面提到的兩篇就是其中的"三"和"二",這篇則
是其"一"。因爲是同時寫就,此篇對於《心史》眞僞的觀點也就當然仍
陷於所謂"集體創作"之阱而不能自拔,所謂"我的判斷"云云全無事實
根據。不過,姚氏畢竟是有水平的史學家,他在這篇論文中將《心史》與
其他宋元史籍文獻作對比研究,得出了不少相當精彩的見解,如:

> ……《大義畧敍》,記宋亡國前後雜事甚詳,且頗多新意,
> 可與《宋史》《元史》所記互相印證……
> 　《大義畧敍》記劉整降元與設計攻陷襄陽事,證以《元史》
> 卷一六一《劉整傳》,則大體符合。《心史》對於當時前線戰役,
> 如此清楚……
> 　《心史》與《元史》合觀,使我們更能明白南宋的由衰而亡,
> 實是一種時代的悲哀……劉整與呂文德的小不忍而亂大謀,厥
> 罪惟均,而《心史》確能曲折記述原委,大體上能與《元史·劉
> 元振傳》《元史·劉整傳》相配合,並能互相發明,這要算《心
> 史》的重要貢獻了。
> 　王著殺阿合馬事,《元史》……有許多地方,與《心史》所
> 記,可以互相印證……
> 　王著實不愧爲民族英雄。《心史》中所說"韃人咸壯王著
> 此舉",在元人文集中,確實有眞憑實據了。
> 　《鐵函心史》下卷《大義畧敍》中能述說王著殺阿合馬的事
> 蹟,暴其螫惡,並說"韃人咸壯王著此舉"云云,則《心史》對於
> 北朝史,如忽必烈汗所作所爲,知之均甚詳盡……因知《心史》

書，實爲大漢民族鳴不平之書也。

站赤是蒙人特有的組織，詳見《元朝祕史》，爲南土學人所不詳，今《心史》能概括言之，而大體不錯，也是很難得的。

《鐵函心史》下卷《大義畧敍》，曾有長文，討論韃靼人（實卽蒙古人）的由來、歷史、生活與習慣，不下三千餘字，有些荒唐誤解……有些也頗得眞象，反較《蒙韃備錄》與《黑韃事畧》，更能傳眞（如說虜首率不識字，決訟悉出吏手之類）。

似此《鐵函心史》不僅是一部愛國的名著，而且愛國之中，對北方邊疆民族的文化歷史，也富有研究意味，這是研究《心史》的一種新收穫……

因此，姚氏認爲"《心史》之所以可貴，牠的能引人注意，卽由於此，至於作者定爲何人，反成了次要的問題"。而且姚氏在此文中寫到得意之處，甚至忘了自己不承認《心史》爲鄭氏所著的立場。如在論述《心史》生動描寫文天祥就義時，姚氏竟道："這是南方愛國者鄭思肖思想中，文天祥在北方從容就義的情形。"在論述"九儒十丐"時，姚氏又道："鄭思肖與謝枋得均爲愛國學人，一時氣憤，不過人云亦云……"姚氏這篇長文生前沒有拿出來發表，估計還是因爲讀了余氏文章後，失去底氣。

六十年代臺灣發表的另一篇"僞書說"論文，是 1969 年 6 月《書目季刊》上劉兆祐（1936～　　）的《心史的著者問題》。作者當時還是個青年教師吧。我從電腦互聯網上查到，劉氏後在臺灣東吳大學和中國文化大學任教，今爲中國文化大學中文系主任，很有學術成就。不過當年他所見過的資料，也僅僅是上述姚文提及的四種，再加上余嘉錫的辨證。但他雖然讀過余氏文章，卻仍然得出結論："《心史》和鄭思肖毫無關係，全是他人僞造"。劉氏也認爲"全祖望沒有能提出充分的證據"，《四庫提要》所說則"都經近人余嘉錫所考辨，認爲不足以證《心史》爲僞"，袁枚之說更"只能做爲旁證""仍覺證據不足"；但他又認爲余氏"只能辨《提要》之說未必是，卻不能以證《心史》之不僞"。那麼，他自己又提出什麼證《心史》是"僞書"的根據來呢？

　　"證據"一是"自述生年不符"。劉氏指出,《所南文集》中《答吳山人書》說"今吾六十四歲矣。二十二歲壬戌二月,我父菊山先生卒於吳中",則鄭思肖當生於淳祐元年辛酉(1241);但《心史》中《家傳》則說"先君字叔起,號菊山……生於慶初己未,終於景定壬戌,壽六十四歲。先君四十歲始生思肖",其父四十歲當是嘉熙二年戊戌(1238)。因此,劉氏認爲:"兩書自述生年竟相去三年,謂之爲出自一人之手,殊爲可怪! 我以爲必是僞造《心史》的人,一時誤算,致露敗闕。"

　　今按,劉氏揭出的此點"證據",是既新鮮又不新鮮的。新鮮的是,"僞書說"者中大概是他最早提出這一點;不新鮮的是,非"僞書說"者早就不止一人談到過。如近人梁鴻志(1882~1946)在《爰居閣脞談》中就說過"謂'先君四十歲始生思肖'者,似有未合",實則四十三歲所生,"於其父生身之年舉成數而不言實數,此其可議者也"。鄭貞文(1891~1969)在1941年發表的鄭思肖、謝翱合譜中也指出過。這不過是"舉成數",或是漏寫抑漏刻了一個"三"字而已。因此,這談不上什麼"殊爲可怪",更不能因此說"必是僞造"。相反,存心僞造者倒一般不會"誤算"的。再說,劉氏說的"兩書自述生年竟相去三年"也是不確的,《心史》書中提及鄭氏生平的地方有多處,都沒說錯生年。即拿這篇《家傳》來說,在劉氏所引文字後面接着就寫到"思肖七歲時……淳祐丁未",那麼你算一算,其生年不也正是淳祐辛丑嗎? 正如梁鴻志說的,"《心史》詩文所載德祐紀年及所南自身年齒,前後無不吻合"。

　　"證據"二是"所載元世祖建年號年代與史不合"。這條是劉氏的發現:《大義畧敍》中說"咸淳初,韃始僭號'元';寶祐丙辰(按,1256),韃始僭年號曰'中統'"。而忽必烈中統元年應是景定庚申(1260)! 劉氏認爲:"必是後人僞作,沒有詳考史事,遽然誤寫!"

　　今按,這裏確實是"誤寫",但並不能僅據這一誤寫就說"必是"後人僞作。相反,如上所說,存心僞造者一般倒並不會誤算。再說,同篇《大義畧敍》中,談到"開慶間阿里孛哥聞蒙哥死,忽必烈歸立傳國",又談到開慶一年忽必烈攻江南時賈似道密勸其回去襲位。"開慶"僅一年,即1259年,那麼忽必烈回去第二年建年號"中統",當然應是景定庚申了。

可見鄭思肖本來也沒記錯，只是一時疏忽"誤寫"罷了。這樣的"誤寫"，我們自己平時不也是經常發生的嗎？

除了上述兩條外，劉氏還提到"可以從文辭上的比較，以辨其僞"。今按，這種"文辭上的比較"要科學，要講出道理，才能服人。而劉氏稱"《心史》裏的詩，平凡庸俗，但作憤慨語，了無韻味"，又稱"如此的粗俗"云云，這種看法，與大多數的讀者（包括一些懷疑《心史》的人）的感受不同，我們也無庸與之一辯。

劉氏不同意說《心史》是"後人編集其作品成書"，這當然是對的；但他又責問《心史》中那些"並無詆元文辭"的作品爲什麼不收在《所南文集》中，這眞是一個莫名其妙的問題。因爲他人編的《所南文集》，所收皆《心史》沉井以後、鄭氏入元二十多年以後，其晚年的作品。《心史》既已沉井，作者又沒留稿，別人也看不到，怎麼收入《所南文集》呢？

劉氏還提到《心史》中一個"觕"字，說此字《說文》未見，《玉篇》義厥，殆從明《字學三正》始才說"觕，與好歹之歹同"。因此，劉氏"推測"《心史》釋此字有"至微至賤"義，便是"受《字學三正》或同時代字書的影響"，那麼，"《心史》就當是明人所僞造的了"。這樣的"推測"也太大膽、太粗疏了。《心史》說到"觕"，也說到"歹"，是在《大義畧敍》中："諸酋稱虜主曰'郎主'，在郎主傍素不識'臣'，唯稱曰'觕奴婢'。'觕'者，至微至賤之謂。又'歹'者，指其異心，亦惡逆之稱。（觕，音打。歹，都海切。）"章太炎早在 1908 年寫的《規新世紀》文中就指出過："漢語最純潔不染。其有雜者，如呼'不好'爲'歹'，字非漢字，言非漢言，鄭思肖明其出於蒙古。""觕"與"歹"音近義同，是蒙古語的音譯詞。宋代彭大雅（按，《心史》中提到此人）《黑韃事畧》一書中便寫到蒙人"言及饑寒艱苦者謂之'觕'（觕者，不好之謂）"。文天祥《指南錄》卷三也記載："至七里江，忽有巡者，喝云：'是何船？'答以'河鮀船'，巡者大呼云：'歹船！'歹者，北以是名反側姦細之稱。"鄭思肖與其同時代人說的完全一致。可知所謂從明時字書才開始有"觕，與好歹之歹同"的解釋，並以此作爲《心史》是僞書的證據，是多麼的無理！

劉氏還懷疑作僞者是僧達始或者和承天寺有關係的人，但沒有提出任何證據(這種可能性,本書在前面已經排除了)。

劉氏在發表《心史的作者問題》之後十幾年,又在 1982 年 4 月《東吳文史學報》第四期(及同年紀念東吳大學校長八十壽辰的論文集)發表《心史作者考辨》一文。劉氏在"後記"中說:"這篇文章,初稿原題《心史的作者問題》,寫於民國五十七年十二月,次年六月刊載於《書目季刊》三卷四期,並經《中華學術與現代文化叢書‧文學論集》轉載。十年來,陸陸續續不斷的得到了一些新的資料,更支持了我的論點。現在,我把得到的新資料補充進去,重新撰寫;並且附錄幾篇《心史》的序文及三張書影,以爲《慶祝鑄公校長八秩榮壽學術論文集》補白。"我認眞拜讀了這篇文章,沒有看到什麼有價值的"新的資料",而其"論點"及論據與十幾年前完全一樣,甚至連文字也沒有改動,這裏當然不用多作評論了。

二十世紀七十年代,又有一位臺灣的元史學家說《心史》是僞書。

李則芬(1908~2001),字虞夫,廣東興寧人。黃埔軍校、陸軍大學畢業,歷任軍委會總務處處長,陸軍大學兵學教官,師長、軍長、整編旅旅長。1950 年在雲南被俘。釋放後進入緬甸國民黨殘軍,任"雲南反共救國軍"副總司令。撤回臺灣後退役,三十餘年埋頭治史撰著,尤專心於元史,成功轉型,成績頗豐。著有《元史新講》《成吉思汗新傳》《中外戰爭全史》《中日關係史》等。1979 年 2 月,李氏在臺北臺灣學生書局出版《文史雜考》一書,其中有《明人歪曲了元代歷史》一文,論及《心史》是"道地的僞書"。

李文承認自己"把元代說得那麼好",認爲"元代不但不是一個黑暗時代,毋寧是中國歷史上一個難得的小康時期"。(說得那麼好是否合適,這裏不予評論。)文章第四節《明中葉以後的大轉變》指出:"明中葉之後,國勢漸衰,外夷之患日深,海上有倭寇,北方有韃靼。正統十四年(1449),英宗爲韃靼虜去,朝中甚至有遷都南京,以避韃靼之議。於是,在抵禦外侮的情勢要求之下,民族主義油然而生,四夷皆受排斥。迨東林黨起,提倡名節,也就更重視民族氣節,益嚴夷夏之分。隨著論調的轉變,遂有虛構的反遼、反金、反元之歷史及小說故事等,相繼出現。"李氏斷定,《心史》就是這種背景下出現的"虛構"的作品:

到崇禎末朝，又出現了一本《鐵函心史》，說是宋遺臣鄭思肖（所南）所作。此書與王洙的《宋史質》是姐妹貨，二者都想否定元代。所不同者是，王洙於宋亡之後，以明太祖祖先作紀元，《心史》則以亡宋德祐年號一直用下去，以待亡元的新朝來接續。《四庫存目》斷爲“明末好異之徒”所作，並指出“徐乾學《通鑑後編考異》，以爲海鹽姚士粦所僞託”。今人把此書當作民族文學的瑰寶，極力爲之辯護，謂四庫館臣有曲承清帝意旨之嫌。照作者看來，這是道地的僞書，因爲：（一）此書出現於明末反元思想最高峯，及僞造元代史實相習成風的時代。（二）鐵函沉在井中三百五十六年而不毀，今日科學時代，何能使人相信？（三）內有誤以明代文物記作元代事的馬腳露出，例如，喇嘛教黃派，創於明永樂間，元代尚無黃教，喇嘛僧皆紅衣紅帽，而《心史》竟謂元初喇嘛僧著黃衣。（四）徐乾学謂海鹽姚士粦僞作，迄今無人能舉出反證，以否定其說。

李氏提出的四點，第一、二、四點本書都已寫過，均不值一駁。例如，《心史》絕無“僞造元代史實”，當今元史學界（李氏等極少數人以外），都認爲《心史》涉及的一些元代史實後人絕不可能僞造得出。本書上面提到的傅斯年，也認爲《心史》所言史事尤非明末人所能造。只有李氏說的第三點頗值得一談。今遍查《心史》，僅在《大義畧敍》一篇中見到“僧衣黃衣”四字。那麼，這區區四個字真的露出了“僞書”的馬腳嗎？

首先，藏傳佛教僧人叫喇嘛，漢傳佛教僧人則不能叫喇嘛。在中國，卽使在元代，漢僧也多於喇嘛。《心史》中“僧衣黃衣”之“僧”，應該主要指漢僧，或者至少包括漢僧，而不只是鄭氏痛恨的“妖僧”及鄙視的“番僧”。其次，喇嘛教的紅教和黃教，似乎也並不是以穿紅衣和黃衣爲其標志，而是戴紅帽和黃帽。那麼，元初僧人是不是穿黃衣呢？元人張之翰（1243~1296）《西巖集》卷十《題東坡醉帖二絕》的小序寫道：

余在翰林,行臺御史完顏正父嘗求作《夢會圖序》,蓋德嘗夢坡有十詞爲渠壽,且約以<u>黃衣時相見</u>,<u>至元壬申</u>,<u>果天下僧易緇爲黃</u>,又得坡像而奉事之,德一百一十二歲示寂,皆符其言,今溉山一老又出示坡翁《醉帖》請題,故重爲拈出。

"至元壬申"是1272年,卽南宋咸淳八年,蒙古改國號爲元的第二年。因此,這個"天下"還不包括中國南方。但是,"果天下僧易緇爲黃"啊!《西巖集》卷十三又有《夢會圖詩序》一文,再次寫到:

> 古今名賢,以夢相感者固多,未有如沙門澄照德公夢遇東坡之異者也。德本性完顏氏,世爲遼東盛族,金正大己丑年六十一,避兵太行之鎮安寨,是歲春夜,夢東坡謂德曰:"吾與若舊有十詞,欲書爲他日倍壽賀。"因命紙。德謝不敢當,坡曰:"天與壽,其可辭?"德就友人都欽求紙,欽云:"蠒紙在山。"當取而送之。德還,坡別去,且約衣黃時相見。德因扣坡:"今居何地?"坡曰:"主羅帥部。"語詑,失所見,而寤。旣旦,欽相過,曰:"夜假寢間,見公索紙,今特取至。"德益驚。但不知"衣黃"與"羅部"爲何義。<u>至元壬申</u>,詔天下僧易緇爲黃,時德一百三歲矣,中書左丞張公仲謙以黃羅二贈德,是日復有送東坡畫像來者,風神飄然,與夢中無異,上有坡子過題墨……

"金正大己丑"(1229)德公"年六十一",到至元壬申"一百三歲",是年(1272)"<u>詔天下僧易緇爲黃</u>"。你看,那還是忽必烈下令"衣黃"的呢!試問,《心史》又說錯了什麼?

查元代法典《通制條格》卷二九《僧道》的《漢僧紅衣》條,還有這樣的記載:

> 至元七年正月,尚書省奏准聖旨條畫內一款:漢兒和尚每穿

著土鉢和尚紅衣服，一迷地行有，欽奉聖旨：“那般著的拿者！”

至元七年是 1270 年。忽必烈一聽說漢兒和尚們穿著像吐蕃和尚一樣的紅衣服就光火了，喝令要逮起來。那麼，其後《大義�敍》（定稿於 1283 年）記“僧衣黃衣”，又有什麼問題呢？

李文在“《心史》竟謂元初喇嘛僧著黃衣”處還加了一個注：“元文宗之後，有中國僧人著黃衣的一個特例。《七修類稿》云，（中國）僧舊著黑衣，元文宗寵愛笑隱，賜以黃衣，其徒後皆衣黃。歐陽玄題僧墨書卷詩云：‘苾蒭元是黑衣郎，當代深仁始賜黃。今日黃花翻潑墨，本來面目見馨香。’（轉引自《元詩紀事》卷十三）”（其實，遠早於近人陳衍《元詩紀事》，明·彭大翼《山堂肆考》卷一四七《釋教·賜黃》、清·褚人穫《堅瓠集》卷一《僧衣》都曾轉引過《七修類稿》這段話。）今按，這絕非李氏說的“一個特例”。元文宗於 1328 至 1332 年在位，而在《大元聖政國朝典章》的《禮部》卷二《典章》二九《禮制》二《服色》的“僧人服色”條，就有至元二十三年（1286）的如下記載：

> 至元二十三年，江西行省據江淮釋教總攝所呈，今有朝廷差來官賞茸八合赤，並奉御等官賫擎聖旨，前來江淮等處行中書省開讀：欽奉聖旨節該，楊總攝奏將來，蠻子田地裏，眾僧每根底，依著在先體例裏，袈裟衣服每根底改了呵。帝師傳來的律法體例，比丘戒要受底人，傳與律戒底上，賞茸為頭僧人每根底，玉都失一處使將來。講主每根底，紅袈裟、紅衣服；長老每根底，黃袈裟、黃衣服；餘外僧人每根底，茶褐袈裟、茶褐衣服穿了呵。律法體例裏，傳法者。如今，師父每、使臣每、受戒做好事底其間，不揀甚麼，休攪擾呵。那人不怕那甚麼。欽此。

足見當時眾僧有穿紅衣服的，也有穿黃衣服的，還有穿茶褐衣服的，與其地位不同有關。李氏只知其一不知其二，竟然還以此妄斷《心史》

爲僞。

李氏文章的第五節《今人大上其當》又說，今人"爲了證明元代沒有文化，常見的引證是南宋人'九儒十丐'之謠。按此語出自謝枋得《疊山集》(卷六)，他明明說是滑稽之雄戲弄儒士的謔語，何得指爲元代制度？此說之不確，清王士禎早已指出，近人陳垣也曾爲文以破此惑"。李氏並從陳垣《元西域人華化考》中轉引了一大段話。今按，"九儒十丐"之說亦見於《心史》，王士禎、陳垣雖然不全信此說，但他們都認《心史》爲眞。本書前後已有論述，這裏就不說了。總之，《心史》中卽使僅僅"僧衣黃衣"四字，有人想抓其爲把柄，然而事實卻恰恰相反，正可反證其不可能是僞造的！

上述劉兆祐發表《心史的作者問題》之後近四十年，我讀到 2007 年 3 月臺灣臺北縣永和市花木蘭文化出版社出版(北京大學文化資源研究中心企劃出版)的《古典文獻研究輯刊》四編，第一冊爲《宋代僞撰別集考辨》。著者**林清科**(1951~)，臺灣彰化人。畢業於省立臺北師專(今臺北教育大學)、私立東吳大學中文系、中國文學研究所碩士班。據其書自序，知乃是實際完成於 1985 年的碩士論文，其指導教授卽劉氏，"寫作期間，多蒙啟迪，既成，又承爲之潤色刪正"。該書第二章《宋代僞撰別集之來歷與僞況》第三節《宋代僞撰別集之種類及其輯目》，卽把《心史》列爲"全書皆僞"者，並斷定是"明末僧人達始僞作"，自注云"說據劉兆祐《心史的著者問題》"。

林書論及《心史》"僞書"之處甚多，但全然以其師劉氏之說爲說(僅個別地方曾引用姚從吾的說法)，亦步亦趨，一丁點兒"新證據"也沒有提出來。可謂盲從而不通考證，徒挺似是而非之說。(正因爲林氏完全固守劉氏陳言，本書就提前將他放在這裏來寫。)如果非得尋找林氏自己的"新言"，那麼只好舉出第五章《宋代僞撰別集內容考辨》第五節《集中詞氣文理思想與所題撰者不類》之二《文理難通》中的一些話來，以見一斑，亦可知實在不值一駁(其中"難解者三"一條，倒與本書下面卽將寫到的楊玉峯"所見畧同")：

今考《心史》中敍事之詞，碻多難通處，常令讀者生荒忽難解之感。如書中自記身世，一則云"舉世無人識，終年獨自行"（卷上《大義集·此心》），又云"獨笑或獨哭，從人喚作顛"（卷上《中興甲集·遣興》），似爲遺世獨立之隱逸矣；一則又云"我非辦得中興事，一點英靈死不消"（《中興甲集·春日偶成》），云"期集大事"（卷上《中興乙集·自序》），云"欲舉大事"（卷上《久久書·後臣子盟檄》），云"俟我大事成"（《久久書·自序》），又似以中興大宋爲己任者；此已顯矛盾。若云其宋亡之後方有舉事之想，故宋未亡前詩文不言及"大事"，然《大義》《中興》二集亦作於宋亡之後也（參二集自序）；且其全書惟言"大事"二字，而無一字語及大事爲何等事、何人與此事、其事如何舉，讀竟全書，竟不知其大事爲何所指？此又嫌不通。此其難解者一也。又如書中自敍其父菊山翁教誨之語甚多，要皆忠孝之道，臣子之義；而卷上《久久書·自序》云："今悖父母所訓，委身汙雜，爲名教罪人。"不知所犯者何罪？又云："始教我爲君子也，今小人矣。易形革面，踽踽獸走；得罪天地，不齒人類。"不知曾爲何事而自責如此？此其難解者二也。再如其序作《久久書》之事，據其序，此書當爲自作；而據書後九跋之第一跋，則又其先夫子所授，語甚錯亂，讀之令人惶然不知所據。此其難解者三也。似此之類甚多，僅舉三例以概其餘。畧論之，此書敍事類皆語甚堂皇，而畧無實指，常令讀者不知所謂。《四庫全書總目提要》所謂"寒澀難通"、"故爲眩亂其詞"者，或指此類歟？要之，其書當出僞託，以故脫畧如此也。

林書第三章《前人考訂宋代別集眞僞誤說之考辨》第三節《辨僞爲眞之僞說考辨》，硬說余嘉錫"所辨雖繁，要亦難補其敗闕。余氏蓋因其書以鼓吹民族大義爲名而私愛之，不欲見發揚大義之書而淪爲僞籍，故不覺蔽於私見而作彌縫之辨耳"。其實余氏絕非"因私愛其書而蔽於己"，雖然有個別地方他辨析得還不夠到位，但作風嚴謹，學識淵博，世所公認。林氏說出如此鹵莽的話，不及姚從吾遠甚。

要之，林氏 1985 年的碩士論文，在論述《心史》方面的水平遠遠不及八年前年臺灣楊麗圭的碩士論文（未刊）。而至 2007 年還照這樣子正式出版，就更令人失望了。但他在書裏說："欲證其書之爲眞，首要之事乃在檢視其可疑處是否爲無足疑，亦卽是否'所疑非理'？必證其書可疑處盡皆無疑，然後足證其書爲不僞。"這句話倒說得不錯。本書就是要證明《心史》"其書可疑處盡皆無疑"，而懷疑者"爲無足疑"和"所疑非理"。

寫到這裏，我又不得不提到另一位我認識並敬重的林姓臺灣著名學者。

林慶彰（1948~ ），臺南縣人，今臺灣"中央研究院"中國文哲研究所資深研究員。專攻經學、日本漢學、圖書文獻學等。著有《明代考據學研究》《清初的羣經辨僞學》《清經學研究論集》等，還編印過大量古籍。他雖然比我只長兩歲，但學力和名望遠非我所能及。林先生熱心助人，我最早讀到的對岸學者有關《心史》的論文，就是他寄贈的，至今銘感！林氏也是劉兆祐的學生，在《心史》問題上也信守其師之說。2007 年 4 月，劉氏衆弟子討論如何編輯其師七十大壽論文集時，林氏自報撰寫《劉兆祐先生與圖書辨僞》，該文後刊於 2010 年 9 月臺北臺灣學生書局出版的《劉兆祐教授春風化雨五十年紀念文集》中。2012 年 11 月，臺灣新北市華藝學術出版社出版林氏《僞書與禁書》一書時，該文又收載於內。該文的第四部份題爲《考辨〈鐵函心史〉》，主要是講解劉氏的觀點，無新的材料和看法。但其中有一段話則是林氏的見解：

> 劉老師以爲《心史》是承天寺僧達始所僞作，雖無確切證據，但是合理的推論，比起全祖望以爲是姚士粦所僞作，要合理得多。要眞正考知《心史》的作者是誰，恐怕是相當艱難的事情。根據筆者研究明代學術思想三十多年的經驗，有幾點可提

供讀者參考:

(1) 從古井裏撈出古書的作法,是明末知識分子一貫的伎倆。

(2) 明末外患日亟,知識分子希望加強民族意識,所以很多僞託宋代民族英雄的書相繼出現,例如:《千家詩》就假託謝枋得所編。《心史》假託鄭思肖所作,也是理所當然的事。

(3)《心史》中提到喇嘛穿黄衣的問題,喇嘛教有紅教和黄教之分,黄教創始於明朝永樂年間,鄭思肖是宋人,怎知明朝時候創始的喇嘛黄教呢? 從這一點也可以證明《心史》是僞造的。

對林氏說的這三點,我均不敢苟同。一,說"從古井裏撈出古書的作法,是明末知識分子一貫的伎倆",這並無事實可據。迄今爲止,從古井裏撈出的紙本古書惟有《心史》一種。二,即使有僞託宋代民族英雄的書出現(至少談不上"很多"),也不能說明《心史》必僞。何況《千家詩》未必不是謝氏所編;何況就算《千家詩》是"假託",那也只不過是"編",而《心史》則是"著",字數又多得多。至於第三點,林氏文中註明"爲李則芬先生所提出",本書上面已經作了詳盡辯駁。

在臺灣發表《心史》僞書說的,還有楊玉峯、李敖、汪榮祖等,本書放在下面再寫。

進入二十世紀八十年代,《心史》研究突然熱鬧起來,海峽兩岸不約而同地出現了好幾篇專論其是"僞書"的文章,其水準也超過了歷來的"僞書說"。

1983 年 7 月,北京中華書局《文史》第十八輯,發表**姜緯堂**(1936~2000)長文《辨〈心史〉非鄭所南遺作》。作者時爲北京市社會科學院歷史研究所副研究員。姜氏也認爲徐、閻等多係"聞諸"某人言而未提出證據,僅《提要》"正式提出過證據",然均遭到反駁,因此,應"作進一步的探索與發揮","提出新的證據來"。姜氏自己提出的所謂"新證據",歸納一下,約有如下四項:

一、若干作品的時間問題。《心史》作者自述將乙亥(1275)至丁丑(1277)所作詩編爲《大義集》,但該集所收《書前後臣子盟檄後》一詩當作於戊寅(1278)。《心史》作者自述景定以來至咸淳五年(1269),作詩極多,憶得五十首編爲《咸淳集》,其後幾年竟不作詩;但《咸淳集》中的《重題多景樓》當作於咸淳八年(1272)或九年(1273)。

二、《雜文》及《自序》的篇數問題。《心史》作者自述《雜文》共四十篇,前後自序五篇;實際《雜文》僅三十篇,自序篇數亦不符。

三、避諱問題。《提要》曾說《心史》避仁宗諱而不避高宗諱,姜氏認爲《心史》對仁宗諱也有多處不避,更不避南宋諸帝諱。"宋代避諱之嚴,史所空前","這無論如何都是講不通的"。

四、"最可駭怪的",是《心史》的《家傳》中說"先君四十歲始生思肖",較他處所說提早二年(按,當爲三年);又說"今所記憶者,惟先君五十以後事",而所記淳祐丁未思肖七歲時事,此時其父四十九歲。

平心而論,上述種種大多可說確是事實。但問題是,僅僅憑這樣幾條,就可以將內容如此豐富,篇幅這麼大的一部《心史》定爲"僞書"了嗎?

姜氏似乎要求詩人說的每一句話都嚴格得像法律文件一樣準確。只要詩人說過其後幾年不作詩,那麼就連作一首也不行,就成了"作僞"的"證據";只要詩人說是"五十以後事",那麼他寫到四十九歲的事就絕對不行,就也成了"作僞"的"證據"。姜氏又要求詩人在編自己的集子時,必須像遵守法律一樣嚴格按照自己說過的年份,像《書前後臣子盟檄後》差了一年就絕對不行。但《中興集》又始於己卯(1279),難道就只好把這首詩丟棄了?同樣的,作於咸淳年間的《重題多景樓》,不收入《咸淳集》又收到哪里去才好呢?

關於《雜文》的篇數問題,梁啟超等人也早已發現了(梁懷疑"四"乃"三"之誤),而姜氏則動輒斷言"僞造"。其實,要真是"作僞",這類簡單的數字問題倒不大會出現的。我認爲,篇數問題可以討論,如果將《久久書》後十段跋文算上,那麼《雜文》的篇數就正好四十;至於"前後自序",《心史》全書前有《自序》一篇,後有《後敍》《又後敍》《總後敍》三篇,再加上三種詩集後的一篇總的《自序》(此篇現雖附於《中興集二卷》之末,但顯然是全部詩集的一篇總後序,而且又與全書的《後敍》《又後敍》《總後敍》作於差不多同時),不正好是五篇嗎?

關於避諱問題,姜氏認爲《心史》"並非盡避仁宗諱",也有沒避的,並舉出"貞""旌"二字爲例,還"引經據典"說是"據《淳熙重修文書式》,轉引自陳垣《史諱舉例》卷八"。既然如此,這不正好證明本書前面說的"《心史》並不特意避諱",因此,以避諱字爲根據來判定其僞是沒道理的嗎?但是姜氏不這麼認爲,他又指出"《心史》中有許多地方直犯南宋諸帝之諱",並舉出"遘""廈""廓"等字,氣勢洶洶地責問:"一部聲稱是南宋人寫的作品,避北宋仁宗諱(也有多處不避),卻不避南宋諸帝諱,這無論如何都是講不通的……宋代避諱之嚴,史所空前,既然《心史》作者生於當時,且以尊君崇上爲懷,何至疏忽如此!"

我先要指出,實際上姜氏在這裏只不過是不自覺地否定了《四庫提要》所謂的"《心史》避仁宗諱而不避高宗諱的破綻"(姜氏語),既然本來就"多處不避",也就根本不存在這樣一個"破綻",那就更不能以此作爲《心史》爲僞的理由;同時,姜氏也是不自覺地承認了《心史》其實並無他說的那種"避諱之嚴"的事實。如此而已。那麼,我要反問:《心史》這樣做又有什麼不可以呢?在宋代,有哪個人或哪個機構規定過連當時的個人私下寫作、甚至不準備公開出版的書稿,都必須避那麼多諱呢?換句話來問,難道誰不照你的規定來避那麼多的諱,誰寫的東西就一定是"僞書"?世上哪有這樣的道理啊?

姜氏以這樣五個字未避諱而作爲"僞書"之證,那麼我可以說,照他的這種判法天底下不知能判出多少"僞書"來呢!我就僅舉南宋第一大忠臣文天祥的詩句爲例吧。姜氏舉出的這樣五個字,在文天祥詩中出現得實在太多了,我只能每個字僅舉一個例子;而且,共二十大卷的《文山先生全集》,我儘量只在頭一卷裏找:

"貞":《文山先生全集》開卷第一首詩《次鹿鳴宴詩》"貞元虎榜雖聯捷";"旌":卷二《和衡守宋安序送行詩》"春日旌旗公出遊";"遘":卷一《題宣州推官廳覽翠堂》"千年一邂遘";"廈":卷一《題延眞羅道士玉

澗》"樵牧駭潛蜃";"廓":卷一《聽羅道士琴》"清風轉寥<u>廓</u>"。可以了吧？此外,其他南宋詩人的例子就不需要我再一一查證了吧？[1] 姜氏難道有本事把《文山先生全集》也說成是"僞書"不成？

至於《心史》在年齡上寫了個成數,竟被說爲"最可駭怪",其說法的本身才是可以"駭怪"的呢。本章前已分析過,即使根據同篇《家傳》,也能得出鄭思肖自述生於淳祐元年的結論;而姜文明明照引了"思肖七歲淳祐丁未"一段話,卻還要說《心史》"對自己的生年竟一處一個說法",那就實在是他自己太"可駭怪"了。

姜氏還提出一些更爲瑣細的"旁證",如《心史》在德祐以後仍用德祐年號而不用二王年號,空闕襄陽被圍及失陷的年月,特地注出康王爲宋高宗,等等,這些也都完全不足以否定《心史》。我至少可以舉出,據《宋季忠義錄》卷十四,當時衢州(今屬浙江)人王宏,就也是在德祐以後仍堅持用德祐年號而不用二王年號的。至於古人出書、寫文章時空闕年月日,或以"某"字代之的,那就簡直太多了,姜氏在讀書中難道從來沒有見過嗎？

倒是姜氏的有個觀點很值得注意,他不同意說是姚士粦偽造,認定是明亡後清初時遺民所偽造,可能是"題跋者之一",最可能的人是鄭敷教。他認爲張國維捐資刻印、重建鄭祠等事均"斷非事實",初版《心史》所有的序跋都是"倒填年月"的"僞作"。但他卻未舉出任何根據,只說《心史》中"必開大明之天"一語"多少透露出了該書作於明亡之後的消息"[2]。

對此,我只消舉出《心史》中兩個例子就可以駁得他啞口無言了:

---

[1] 這裏舉出的五個字的例證,是我最初一頁一頁翻查《文山先生全集》所得;現在有了電腦和古籍數字化,那查找起來就太快捷了！例如,"貞"字今見在《文山集》裏共出現十七次,"旌"共出現四十四次,"迤"共出現七次,"蜃"共出現四次,"廓"共出現十次。其他與鄭思肖同時的詩人,如謝翱,在其《晞髮集》裏,上述五字分別出現九、四、一、〇、五次;汪元量,在其《湖山類稿》《水雲集》裏,上述五字分別出現〇、八、一、一、〇次;謝枋得,在其《疊山集》裏,上述五字分別出現一、八、〇、一、三次;林景熙,在其《霽山集》裏,上述五字分別出現二十、五、〇、十一、二次。可見,姜氏竟想當然地拿這樣五個字來說事,的確是太可笑了！更何況,我舉出的這些鄭思肖同時代的人的書,還都是當時就流傳於世的,而《心史》則是密稿,作者是不準備在生前問世的呢！

[2] 其實,對"大明"二字的懷疑,早在姜氏以前就有人說過了,並非他的新發現。如翟宗沛在1946年出版的《鄭所南》一書中,雖然認爲《心史》"絕無僞託的可能",但認爲"必開大明之天"等處,"或有後人穿插依託的辭意"。

《中興集》的《二十礪》中有一句"王氣光大清",請問,能不能僅僅據此便說"這多少透露了該書作於清亡之後的消息"呢?《心史》中甚至還有"天道不常晦冥,終有青天白日之時"的句子。如果照你的邏輯,是不是還可以說"這多少透露了該書作於以'青天白日'爲標誌的'中華民國'亡後的消息"呢?其實,這些不過是文字上的偶合而已。

姜氏此文受到我的商榷後,更撰長文《再辨〈心史〉非鄭所南遺作》,發表於 1987 年 4 月《學術月刊》上。撇去羌無實證、徒逞意氣的部分不談(據該刊主編告訴我,他已經刪去了原稿中一些更"刺激"的話),姜氏新提出的多少帶有點"學術性"而值得一辯的,約有如下幾點:

一、姜氏"舉出兩位也可算是有些權威性的證人,以見井出《心史》之必無其事"。他以較多的篇幅記述了明末祁彪佳、錢謙益二人地位之高、著作之多、藏書之富,詳論他倆與張國維等《心史》序跋者的關係之密,然後,他說在祁彪佳日記中卻對《心史》"毫無反映",在錢謙益《初學集》中也"毫無反映",這"豈不大可玩味","豈非咄咄怪事"?

二、姜氏再次強調"諸家序跋所侈言與渲染之井中出書,乃屬故造之神話,實無其事"。並"再舉一反證":《心史》的序跋刊刻者"何不就所南之筆蹟影摹其一二上版?""既能影摹張國維、曹學佺序上版,何於所南眞蹟反吝惜如此?蓋其手中並無所南眞蹟,惟恐人取以核傳世所南手筆而露馬腳,故不惜喋喋於發現始末之記敍,封識原狀之描述,用以瞞天過海,弄假成眞。"並憐憫與他商榷的我說:"不明此乃障眼法而墮其轂中,徒津津於考究其封識,論證其藏法之符於科學,而不知自省,堪謂受愚也深矣!"

三、姜氏再次強調"諸家所謂之出於崇禎戊寅、題跋於己卯至庚辰等年月,皆屬倒塡,未可相信",並說"此事擬別爲專文論之"(按,這篇所謂"專文"後來一直未見發表),"於此僅舉一反證":《心史》付刊時何不請錢謙益題跋?"蓋《心史》出世時,錢氏聲望業一落千丈,爲'壯烈之士'所不齒耳!此足證《心史》之出必在'甲申之變'以後。斯時錢氏先於南都諸附阮馬,貽譏士林,繼則迎降清軍、靦顏事敵,其名尚有何'重'可借?"

四、《心史》以外，姜氏還指出《桐菴年譜》與《南風堂賦》所記鄭思肖祠經始、落成、首祭的年月全不相同，因此認爲正是鄭敷教在"編造神話"。姜氏再次斷言"重建鄭祠等等也斷非事實"。

今按，姜氏提出兩位"證人"云云，實在均未經深思。試想，縱使祁、錢二位沒在日記、詩文中寫到《心史》，那又怎麼樣呢？難道就不能有其他原因，只有用《心史》是"偽書"才可解釋？那麼，姜氏不也未能找到祁、錢二位否認《心史》爲真的話來，人們不也同樣可以反問：既然祁、錢二人是如此"權威"的"有資格"的"證人"，又與張國維等人關係這般密切，那麼他們眼看有人明目張膽地"作偽"，並"借張國維的氣節文章與官爵張目"，爲何不揭露呢？（祁氏犧牲早，或許還能說他看不到"作偽"；而錢氏是必能看到的。）那麼，人們不也同樣可以說："豈不大可玩味"，"豈非咄咄怪事"？其實，祁氏日記裏明明記有讀《心史》（張本）的事，[①]而錢氏作品中更是多處談及《心史》。已見本書前面所述，這裏就不多說了。

姜氏舉出的第一個"反證"，實在令人大惑不解。首先，林本的曹序，書上明明註明是強惟良書寫的，姜氏卻硬說是"影摹"曹氏筆蹟上版，真不知道他看的是什麼版本！其次，說張本序是"影摹"張氏手蹟，姜氏又從何得知？（我認爲是鄔繼思書寫的，詳見本書前述。）姜氏提出"何不就所南之筆蹟影摹其一二上版"，這實在是對古人的一種無理苛求；然而，我曾見到好幾本蘇州初刻《心史》（分別藏上海圖書館、山東省圖書館、西安交通大學錢學森圖書館等），在卷首均有題爲"心史原式、線釘"的原書手稿封面、裝訂的圖樣，[②]上面"心史"二字應當還真的就是"就所南之筆蹟影摹其一二上版"的呢。姜氏對此當然一無所知。[③]　但

---

① "最可駭怪的"倒是，姜氏文中提到祁氏日記中記有"負責領校《心史》刊本之張劭，且經張國維介紹往謁祁氏"，而這段張劭經張國維介紹往謁祁氏的記事是記在祁氏讀《心史》的日記之後的，姜氏是視若未睹呢，還是有意隱匿？

② 這個有原稿的封面、裝訂圖樣的《心史》版本，明清之際的劉命清就看到過，請看本書第七章所述。

③ 當然，僅僅憑這兩個字是很難就判斷是否"所南之筆蹟"的，就像決不能因爲刊本《心史》沒有"就所南之筆蹟影摹其一二上版"便判斷其是偽書一樣。我這裏這樣寫，主要只是爲了說明姜氏這種說法實在是對古人的一種無理苛求。

如果退百步說，就算是這兩篇序都是"影摹張國維、曹學佺"字蹟的吧，那麼，我們不禁要問：當時"傳世"的，究竟是三四百年之前的鄭氏的手蹟多呢，還是近在眼前的張氏、曹氏的手蹟多？"偽造者"爲什麼對早於三四百年前的鄭氏的手蹟倒怕人核對，而對當時當地人的手蹟卻反而敢於"影摹"而不怕核對呢？如果確是這樣，那豈不只能證明這兩篇序不是偽造的嗎？姜氏文中這類自"露馬腳"的悖言亂詞太多，此僅一例。

姜氏舉出的另一個"反證"，其實與前面舉的一個所謂"證人"是重復的。《心史》的刊刻者是否請錢謙益寫序跋，這完全是他們決定的事，後人怎麼能強令古人必須請呢？他們不請，也不能說明其書必是偽啊。再說，他們如果請了，錢氏寫不寫也是他的自由，後人又怎麼能強令他必須寫呢？他不寫，也不能說明其書必是偽啊。這算什麼"反證"呢？（事實是，錢氏也並不那麼喜歡《心史》，詳見本書前述。）

另外，姜氏所謂錢氏後來名聲大落、爲"壯烈之士"所不齒云云，也不全如其之想像。事實上，有不少遺民，甚至包括"壯烈之士"，一直對錢氏保持著尊敬和親密的關係。這樣的事例實在太多了，爲治明清文學史者應有的常識。我在這裏就只舉一個例子：瞿式耜，是爲抗清鬥爭壯烈獻身的，他犧牲前在清軍的獄中寫詩《自入囚中，頻夢牧師，周旋繾綣，倍於平時，詩以志感》，這裏的"牧師"就是牧齋錢謙益。而且，瞿氏是知道錢某已經降清的。

至於姜氏提到的建祠事，本來也可以分析研究，但決不能動不動就說人家"編造神話"。1934年，趙詒深等人輯印的《甲戌叢編》中所收《桐菴年譜》記：崇禎甲申（1644）"南中大臣擁立福藩，五月卽位於南京，人心稍定。先生（按，指鄭敷教）建所南公祠於條坊巷之陽。癸未（按，1643）臘月啟土，今八月竣工。院道遣春秋一祭按入條編。祁中丞優免祭田，給帖宗公，批令後人之賢世守其祀"。翌年，弘光元年（1645）又記："祠初落成，二月春祭，兩縣會集，儀文整肅。張中丞時任戎政，遣官束幣，送'南風堂'額。煌煌大典哉！"（按，"南風堂"出於《心史》的《南風堂記》）以上鄭敷教學生所撰、鄭氏審定的年譜記載，比較可信，而且置於整個《桐菴年譜》及當時歷史背景，亦無扞格。

但是,趙氏等人兩年後(1936)輯印的《丙子叢編》,收有《桐菴存稿》,其中有一篇《南風堂賦》,小序中說:"南風堂者,所南先生之堂也。《心史》既出,乃踵其事,經始於辛巳(按,1641)之春,垂成於壬午(按,1642)之夏,至秋乃享。戎政尙書東陽張公書仍舊額,布樂建旐,送之門而禮拜焉。"這就與年譜所記有齟齬,時間提前了二三年。姜氏對此質疑是可以的,如此輕率地得出結論則實不足取。

本來,我對這篇《南風堂賦》也頗懷疑,特別是賦中還寫到:"於是中丞御史若張國維、祁彪佳、任濬、宗敦一司監,郡邑若程峋、張調鼎、陳洪謐、倪長圩、葉承光、牛若麟之屬,先後受事。莫不拱手作色而言曰:'其聞於朝,以屬風烈。'於是國維濬疏,請專祠二祭;敦一請以子孫之賢者世守其祠。制曰可,詔卽其祠,給官帑之半。而洪謐、承光申移彪佳墓田若干,俾免徭役⋯⋯夫何精英甫徹於九閶,讖緯遽符乎十甲(《心史》末連書十甲字)⋯⋯頌曰⋯⋯天子揆之,敞神區兮。春霜秋露,存有司兮。"這樣說來,曾經由兩位大臣上奏皇帝請爲鄭思肖建專祠,而且崇禎還專門降有制詔。但如此重大的事情,爲何在《桐菴年譜》裏沒有記載?爲何在大量方志、史書(如《崇禎實錄》等)和筆記(如《啟禎記聞錄》等)中均亦未見記載? 而且,《桐菴年譜》記辛巳年:"是年饑,春夏間當事存心振救,立平糶法,復設粥廠,以食不能出糴者。"是年秋鄭敷教又喪母。壬午年年譜又記:"時當荒饉之後,疾疫死亡尤甚,爲設法振救如前。"鄭敷教及當地長官似均不可能在這段時間爲建鄭祠而大動土木。何況賦中所記場面極爲誇張,但文字卻與鄭敷教其他文章似乎不像,顯得相當稚拙。[①] 因此,我頗懷疑此賦是別人(後人)爲表達願望而憑想像的擬賦代寫,而後來被人誤以爲敷教所作。至少,此賦中無一字涉及敷教自稱。

不管如何,姜氏認爲建祠一事純係編造,"斷非事實",卻實在過於

---

① 如本書所引賦中文字。還有該賦開頭的句子:"維烈皇之戊寅,憂雲漢而靡子。原泉滑滑,連旱則絕。狼山上人方鑿井,井中有函,流鑠鐵於鑠乎。先生之靈,神物呵護,而駿發於時⋯⋯" 有的地方讀也讀不通(按,"原泉滑滑,連旱則絕"出自僞說"武王書"井銘),似不像《復社姓氏傳畧》中說的"文章卓行,爲儒者所宗"的鄭氏所寫。而且,"鑿井"意屬砌井,與事實亦不符。原趙詒深收藏的《桐菴文集》鈔本(按,該鈔本原無書名)今藏復旦大學圖書館,首篇卽此《南風堂賦》。鈔本的字非常漂亮,圖書館登錄爲徐枋鈔本;但據我目驗,與傳世徐枋字蹟不合。

武斷了。顧炎武在《井中心史歌》序中就寫到:"巡撫都院張公國維刻之以傳,又爲所南立祠堂。"鄭思肖明季建祠,不僅見於清代各時期的蘇州地方誌及古蹟考一類書,如前引康熙、雍正間成書的"欽定"《古今圖書集成》,在《蘇州府祠廟考》中卽有記載;而且更早,甚至就在當時,在明末辛巳(1641)編寫、壬午(1642)出書的《吳縣志》中,卷二十《祠廟》就有明確記載:

> 鄭所南先生祠,在能仁寺(按,卽承天寺)內,祀宋末忠臣鄭公思肖。公著有《心史》,貯鐵匣,投寺井中。至本朝崇禎十二年(按,實際爲十一年),僧浚井獲之,啓匣,其中儼然。士人陸嘉穎輩上之巡撫都御史張國維,刻傳其書。隨建祠本寺。

鄭祠一開始是暫設在承天寺內的,那是因爲張國維離蘇,建專祠之事未果。南京弘光政權成立後,人心稍定,便爲鄭思肖建祠。未久清兵南下,鄭祠又被迫數度搬遷。儘管它可能很小,但確實存在過,而且歷盡風雨滄桑。《桐菴年譜》順治四年丁亥(1647)記:"余(按,此時年譜爲鄭敷教自撰)所居之前有周氏廢園一區,有亭有池,次男鑑與沈韓俌成交,爲余坐地。時先祠(按,卽鄭思肖祠)在學道坊,兵馬蹂躪,元旦五更抱神主安供亭中,遂爲家祠。① 日瓣香肅拜,讀書念佛,將終老。自以居桐悔過,因號桐菴。"至順治十五年戊戌(1658),年譜又記:"先祠爲亡賴子所奪,抱神主供廣生菴。"(按,廣生菴之祠,亦見於《古今圖書集成》)據《年譜》末鄭氏學生沈明揚的附記,鄭氏在臨去世前不久,還"詣廣生菴,入祠拜所南公,起而歎曰:'邇來吾憊甚,恐來日未必能赴此會復拜吾祖矣!'言迄泫然。未幾疾作,遂不能起。"

而《桐菴存稿》中有鄭氏《遷祠賦》,序中亦寫到:"祠在干將坊,與先生條坊故廬相望,當城之沖。乙酉(按,1645)六月以後,戎馬載塗,遂於丙戌(按,1646)歲除,抱主東遷於周氏廢圃。列墉繚垣,掃灑潔除,辟地

---

① 從"遂爲家祠"四字可知,此前的鄭祠是公祠。

栽花,皆余一手一足、鞠躬僂脊而成也。"這與《年譜》所記吻合。(丙戌歲除之夜與丁亥元旦五更,幾乎是一回事。)

此外,清初黃容《明遺民錄》卷四《鄭敷教》亦記:"申酉之交,祝光匿影佛幢,葺東埭廢圃,中奉所南公木主,晨夕瓣香,鍵關著述。"(按,在時間上說的不確。)

我還在乾隆時修《元和縣志》卷三四《藝文》看到約乙巳年(1665)李模寫的《重修鄭氏五賢祠記》,中云:"吾郡城(按,卽蘇州)社壇里有鄭氏世祠,祀漢康成公、宋漁仲公、性之公、所南公……吾友孝廉敷教與郡中諸先輩嘗會文講學於斯。郡守蓮湖陳公題額曰'鄭廣生書院',卽其地也……今乙巳春,敷教曁兩弟煒、烑因祠宇漸圮,謀有以新之……工旣竣,遂以雲山公祔祀,改額'鄭氏五賢祠',屬余爲文記之。"這裏說的"鄭廣生書院"無疑就是廣生菴。亦可證鄭祠"爲亡賴子所奪"後,神主卽供廣生菴。

我更可舉出當時的一位目擊者:吳偉業。吳氏在康熙年間寫的《鄭孝子靑山墓誌銘》中記道:

> 鄭氏自唐、宋來,世有淸德。吾同年士敬(按,卽鄭敷教)爲保御(按,卽鄭欽諭)再從弟,<u>相與立祠堂</u>,置講舍,<u>修復其祖所南先生之家法</u>。<u>余每過其地</u>,羨兩君各有壯子持門戶,得以餘年偕隱,太息久之。

特別是,我後來還發現鄭敷教之子鄭之謨曾在甲申(1644)重陽前三日(10月6日)爲《心史》寫的一篇跋,明確記載爲鄭思肖建祠是"今年夏"(詳見本書第六章),與《桐菴年譜》完全相合,更可證明此事毫無可疑。

由此可見,爲鄭思肖立祠一事,本來與《心史》眞僞並沒有直接關係,但如像姜氏那樣輕蔑地說是什麼"編造神話",那對於受盡苦難的鄭敷教等古人來說,實在是一種不能容忍的厚誣!

總之,姜氏在歷來"僞書說"中最大膽、同時也最不確的立論,就是

《心史》必出於明亡之後。正是基於這一點，他便咬定所有的題跋"皆屬倒填日期"，所有的相關記述都是"編造神話"。因爲他深知歷來"僞書說"稱明末(明亡前)僞造《心史》是無法令人相信的。國尚未破，何必僞造這樣一部書？僞造者又拿它來派什麼用場呢？因此，從"僞書說"來說，確實也只有明亡後僞造才能講得通。但是，他的這一立論經不起一問：就算諸跋均是"倒填年月"，那麼究竟是何時"倒填"的呢？據考知，鄭敷教、朱袞、華渚均卒於 1675 年，如是後人"僞造"而"倒填"，則張本最早也須在 1675 年後才問世，但這與所有史料不符，如顧炎武在 1678 年作詩，即說初讀《心史》已有三十多年。如果像姜氏說的，是鄭敷教這些復社人士所僞造，那麼當時這些署名者都還活著(至少朱、華二人活得同他一樣長)，又同住在一地，他們竟然能容忍冒用自己的名字？那就只能是串通一氣共同作僞了。那麼，張本的"僞造集團"人數就多達二十來人！這還能做到姜氏說的"惟有祕其事，方可亂眞欺世"嗎？再說，姜氏似乎忘了同時還有林本，那麼林本又是何時"倒填年月"呢？更奇怪的是，後者如果要"僞造"，究竟有什麼必要再次"僞造"前者"僞造"的東西，而不去自己另外"僞造"一本東西呢？其實，姜氏舉出的兩個"證人"都是肯定《心史》的，我們在前面都已說過了。在"僞書說"中，就數姜氏撰文最冗長，用詞最衝動凌轢，最絕對(竟用了那麼多"必"字)，然而這些都是沒有用的！而且，姜氏還有不該做的，是開了一張竟然永遠不兌現的支票(所謂《心史》諸家題跋皆屬倒填，"此事擬別爲專文論之")。治學與爲人一樣，應該誠實，不能以打空炮誣人唬人。

1984 年 2 月，《南京師大學報》發表魯同羣(1947～　)的《〈心史〉是一部僞書》。作者是南京師範大學中文系教師。魯氏承認《四庫提要》"所舉理由不很充足"，他另外舉出了四條《心史》是僞書的理由：

一、《心史》中《重題多景樓》一詩寫作時間與作者自述《咸淳集》編年時間有矛盾。(這點基本與上述姜氏所說相同。)

二、根據《心史》中《雜文》卷的二十八篇文章中六篇署有日期的文章，推測該卷是按寫作時間編次的，因而認爲《文丞相敍》(未署日期)應排在最後，現在卻排在第六篇，所以認爲這"暴露了作僞者的無意疏忽或有意製造混亂"。又因爲"德祐七年"(1281)寫的《祭大宋忠臣文》祭奠了文天祥,而文天祥被殺則在翌年,所以認爲這"也是一個除了用作僞者的疏忽大意或'故爲眩亂其詞'來解釋外,別無其他解釋的問題。如果說是由於作者誤聽傳聞,那麼在其後理應有文章聲明更正,可是《心史》全書中沒有一個字提到這一點"。

三、《心史》中《陷虜歌》一詩記載德祐元年臘月(十二月)初二蘇州守臣投降,陷於元兵,而《宋史》和《續通鑑》說是十二月丁未(十一),《元史》則說是十二月甲辰(初八)。因此認爲"無論如何,臘月初二時,蘇州城中絕無元兵",這"也只有用作僞才可解釋"。

四、最後提出兩個"也許是""最簡單有力的證據":一是《心史》中《夢遊玉眞峯餐梅花記》開頭寫"德祐六年己卯冬至前三十六日……",而所謂"德祐六年"應是庚辰(己卯則是"德祐五年");二是《祭大宋忠臣文》開頭寫道"維大宋三百二十有二年德祐七載歲在辛巳十二月乙巳朔……",而"十二月乙巳"不是朔(朔卽初一,應是壬辰)。

魯氏所說四條,除了第三條以外,也都是很小的問題。第一條,姜氏也提過,我們在談姜氏文時已作過分析辯駁,這裏不再重復。

魯氏所說第二條,他自己的推測本身就很成問題,《雜文》卷未必非按寫作時間排列不可;再說,卽使排列不當也不能說必是僞書啊。至於《祭大宋忠臣文》寫在文天祥犧牲前,這一點也早就有人發現過,1941年鄭貞文發表的《鄭思肖謝翱二先生年譜合編》中就提及此點,鄭貞文認爲"疑天祥被執後有傳其已死者,故爲文祭之"。我認爲這是很有可能的。再說,《心史》的《文丞相敍》明記天祥死於"德祐八年冬",《大義畧敍》也說天祥死於"壬午"年,因此,並非全書沒有一處說對天祥的死年,相反,或可以說書中已經"更正"了這一點。更有一種可能,是鄭思肖意其必死,或願其必死,故特意列入祭文中。在《心史》的《一是居士傳》中就說過:"未死書死,誓其終也。"當年汪元量就寫過《生挽文丞相》,廬陵王幼孫、安福王炎午也各有《生祭文丞相》。再試想,近人如魯迅不也發表過《悼丁君》詩嗎?魯迅後來也沒有"聲明更正"啊,難道人們能據此斷定《魯迅全集》爲"僞書"嗎?更何況文天祥後來確實是犧牲了,而丁玲卻並未犧牲呢！可見，魯氏說這一點"別無其他解釋"，眞是太武斷了。

魯氏第四條提到的"德祐六年"，確實是"五年"之誤，因爲《心史》中另有《己卯十一月朔，又夢食梅花，夢中作》一詩，己卯卽"德祐五年"。所謂"又夢食梅花"，可證那篇《夢遊玉眞峯餐梅花記》作於同年。（"冬至前三十六日"也正是"十一月朔"之前。）魯氏提到的另一句"十二月乙巳朔"，則確實是"壬辰"之誤，因爲緊接着這句話作者便寫到"越十有八日己酉"，己酉正好是從壬辰算起的第十八天。今人楊訥在《〈心史〉眞偽辨》（載《元史論叢》第五輯）中也提到，他開始對這一點也很懷疑，以爲是"後人偽作的馬腳"；後來反復斟酌，注意到"己酉"正是當月十八日，方才確信"非後人偽作，其朔日干支記錯是作者粗心大意所致，正像我們常把日期與星期幾搞錯一樣"。可見魯氏所舉這兩個問題，只不過是日期記錯的"最簡單"的問題，然而卻根本談不上什麼"最有力的證據"。

至於魯氏第三條提出的元兵入蘇城日期，倒是別人從未提過，而且是比較尖銳的問題。因爲詩中所說日期，確如魯文說的"言之鑿鑿，計算十分精密"，不可能是筆誤或刊誤。何況在《大義集》題下，作者也寫了："德祐初年乙亥十二月初二日寓吳陷虜，時我年三十五。"這個問題確實是值得研究的。雖然，如魯文寫到的，《元史》與《宋史》《續通鑑》所記也不完全一致，但結合參考其他史料，如宋遺民徐大焯《燼餘錄》、元初劉敏中《平宋錄》等，使我們知道，元軍應是分批進入蘇州的。在大軍正式入城前，必有小股先遣部隊率先進城。如《燼餘錄》乙編記："十二月……北軍又大至，都統王邦傑、通判王矩之降敵。初八日，北軍揭榜安民。"北軍揭榜，當然是在城裏，否則給誰看？而二王降敵，自然在初八以前。（《燼餘錄》記大軍"六門並進"，是在"初十黎明"，與"正史"亦不同。）《宋史》卷四七《瀛國公本紀》記，早在庚寅（十一月廿四），二王卽祕密"遣人迎降於常州"。（按，時文天祥還在蘇州！）《平宋錄》卷中亦透露此事，並記癸卯（十二月初七）伯顏卽"令張惠、呂文煥先赴平江，同游顯等入城，取人公事"，亦可見此時元軍已可以隨便入城取有關東西了。

因此,鄭思肖記十二月初二已有元兵入城,是完全可能的。而且,我認爲,只要不能判定《心史》是僞書,那麼應是《心史》所說最爲權威,因爲當時鄭思肖正住在蘇州城裏!

而且,我現在還找到兩條史料,可以證明《心史》所說"十二月初二"是可信的。一是文天祥獄中自撰年譜明確記載:德祐元年乙亥"十月十五日,入府"(平江府,卽蘇州)。而由文氏後裔加的注疏云:"公在平江四十日。去三日而通判王矩之、環衛王邦傑以城迎降。"劉岳申《文丞相傳》也說:"天祥去平江三日,通判王舉之與邦傑開門迎降。"胡廣《丞相傳》亦云:"天祥去平江三日,舉之、邦傑開門迎降。"如果鄭思肖說的十二月初二城降,那麼天祥當於十一月廿九日離蘇,從他十月十五日入府算起,共計在蘇州四十四天,大畧言其整數"四十日"是可以的;而如是十二月十一日城降則已五十三日,十二月初八也已五十日,均與"公在平江四十日"不合。二是明正德年間王鏊主編的《姑蘇志》卷三《古今守令表·中》更明確記載:"王邦傑,宋武功大夫遷郡刺史,至元十三年(按,乃十二年之誤)十二月初二日,率所部總管袁順等,舉全城歸附"①。

王鏊《姑蘇志》爲歷代方志中的名志,清四庫提要評爲"考核精當"。王鏊不僅利用了此前吳寬、張習、都穆等人所撰初稿,而且還與吳郡學者杜啟、祝允明、蔡羽、文徵明等共相探討,從而保證了質量。王鏊等人絕無可能讀到百多年後方才出井的《心史》,雖然年份記錯,但"十二月初二日"寫得如此明確,必然是有其根據的。

蘇州因是守官叛降,故元軍入城未大肆殺戮。《心史》中的《陷虜歌》云:"城外蕩蕩如丘墟,積骸飄血彌田裏。城中生靈氣如蟄,與賊爲徒廿六日。蚩蚩橫目無所知,低面賣笑如相識……"不僅將城內與城外的景象相對照,還寫出了元兵的有意搭訕,這也不像是後人所想像。此詩如是"僞造",一是僞造者棄最常見的正史、通鑑於不顧,而須從方志、年譜中去考證時間,二是僞造者還須有那麼逼眞的想像力,

---

① 該《姑蘇志》今頗易找,刊本收入影印本《天一閣藏明代方志選刊續編》,鈔本收入影印本《四庫全書》中。又,這條材料我得到宋史專家顧吉辰先生的提示,特此致謝。

又何其難也！

由上所述，魯氏的"僞書說"也是一條也不能成立的。①

1986 年 11 月，臺灣《大陸雜誌》又發表**楊玉峯**《〈心史〉作僞論畧》。作者當時可能是一個研究生。（今從網上查知，楊氏今任香港大學中文學院主任。）該文提出以下一些問題。

一是"《心史》編次與內容的舛誤"。楊氏提到《心史》的有關序跋中未提及《大義畧敘》，認爲"很明顯，今存《心史》實有被竄亂的嫌疑"。又提到《大義集》收入了《書前後臣子盟檄後》（按，此點姜緯堂已提過）；《中興集》小序作於編集之前；《久久書》後寫明九跋，卻有十篇，且第十篇跋的撰寫時間早於第七篇。還提到"歲在辛巳十二月乙巳朔"的紀時錯誤（按，此點魯同羣已提過）。

二是"《久久書》並非是前後臣子盟檄"。楊氏根據他對《久久書》跋文的理解，認爲《久久書》應是鄭思肖父親傳給他的一部書，因此《久久書》前的自注"全是僞造之詞"，"現傳《心史》中所謂《久久書》，實是杜撰自注者所僞造的"。

楊氏卽根據以上兩點"理由"判定"足可證明現存《心史》是一部僞書"，但又覺得"難以解釋的，就是書中很多篇章涉及鄭思肖的資料又詳確可考，思想風格又趨一致，這些文章未嘗沒有出自鄭思肖手筆的可能"。"舉例來說，《久久書》中《前臣子盟檄》《後臣子盟檄》和後跋十則，可能全是鄭氏原作，只不過作僞者未見原本的《久久書》，便將風馬牛不相及的正文與後跋刻意編排一起，加上注文說明，藉此魚目混珠；可

---

① 對魯文，後來我也寫有商榷文章，可惜他沒有接受他人指正的雅量，竟強詞"答辯"。本書前面寫到的姜氏的"答辯"，態度很不好，甚至還說些不三不四的罵人話，但總算還又提出了一點可以繼續討論的話頭；魯氏的"答辯"，態度倒沒有那樣壞，不過卻沒有一丁點兒新的畧有價值的內容，因此這裏就實在無法引用和繼續討論了。魯氏還說我對他的反駁"沒有一句"是"直接否定"他經過"考證"所指出的那些作僞的"證據"，"只是進行了一些解釋"。我當時對他的所謂"證據"的駁斥，就同本書這裏寫的差不多，讀者可以評說，我是不是"只是進行了一些解釋"而"沒有一句"直接否定？我現在想對魯氏說的是，就算我說的都只是對你所謂的"證據"的"一些解釋"吧，那麼，你的所謂"證據"既然都可以被我輕而易舉地一一"解釋"和消除，那不是仍舊說明你的所謂"證據"一條也站不住腳嗎？你不是老說，你的所謂"證據"除了證明《心史》是僞書以外，"別無其他解釋"嗎？那麼，我卽使說的"只是進行了一些解釋"，不也就說明絕非"別無"，足以摧毀這種自欺欺人的自信了嗎？

是反而露出重大破綻。爲此,筆者認爲《心史》極可能是作僞者在《總後敍》所述鄭思肖手定的《心史》的基礎上,摻雜上一些自己的僞作,加上託名的自注,併湊編集而成的。"楊氏還指斥"後來蒙受其騙的大不乏人,而主張僞書的又未能解釋完滿"云云。

楊氏的觀點非常新異,似乎是說鄭思肖本來是確實有一部真的《心史》的,但"現存"的《心史》則是已"被竄亂"的"僞書";"現傳"《心史》中的《久久書》是"僞造的",但《前後臣子盟檄》及其十跋又"可能"是真的,只不過跋和盟檄是"風馬牛不相及"的,而被僞造者"刻意編排"在一起,又"加上注文說明,藉此魚目混珠"。要理解楊氏這些話,要疏通楊氏的邏輯,實在不容易。我們還是先來談談他具體提出的"現存"《心史》的"破綻"吧。(姜、魯也提過的幾點,我們前面已分析過的,此處便不再說了。)

《心史》的《總後敍》中確實沒有提到《大義畧敍》,那是因爲作者在寫這篇《總後敍》時,《大義畧敍》還沒有最後修定好;甚至還有可能是,作者當時並不打算將《大義畧敍》收入《心史》。關鍵是要看《大義畧敍》本身是否有可疑處,它的思想、文筆、紀事等等與《心史》中的其他篇什是否有什麼矛盾和異違處。數百年來,無數讀者(包括疑僞者)都沒有感到《大義畧敍》是後來其他人"竄入"的作品,它在《心史》中是融合無間的。因此,即使《總後敍》是寫在《大義畧敍》修訂完成之後而未提到它,也不能成爲《心史》是"僞書"的理由,何況《總後敍》是寫於之前。至於在集子寫成或編成之前先寫序或跋,那本是極常見之事,楊氏因《心史》的《中興集》中收了該集小序寫成以後的一篇作品而感到"難以理解",豈非故作驚訝?

其實,不僅《中興集》有這種情況,整部《心史》的編集過程也有這種情況。我們從出井時書稿外緘封上"德祐九年佛生日封"一語,可知其最後封錮的日子應是癸未年(1283)四月初八。我們確實也沒有發現書中有遲於此日的作品(否則這才或可視爲"破綻"),但卻可發現《心史》中最後寫成的文字,並不是辛巳(1281)年寫的《總後敍》等,而是《久久書》後的最後一跋,作於"德祐九年(按,1283)四月七日"。由於這一段跋語是最後加上去的,這樣我們才能理解何以作者自述《久久書》後九跋(按,原先"久久""九九"均有寓意),而我們現在卻見到共有十跋,竟打亂了原先的設計。而這正是癸未(1283)三月廿六日寫的《盟言》中說的"意緒荒迫,不暇別書淨本"(即來不及再重新修改有關文字)而畱下的痕蹟。但這決不是"破綻",而是極爲眞實的過程的痕蹟,益見其不可能僞造。

根據這一提示,我們還可以從《心史》中鉤稽出該書最後成書與作者決定沉井保藏的經過:

在元軍攻陷崖山、陸秀夫抱帝投海那年,己卯(1279)歲旦,鄭思肖在《久久書》跋二中即寫道:"此書實難其託。欲碑其一,立萬山之上;函其一,沉大海之底。"①這裏的"此書"指《久久書》,也可以認爲是尚未編定的《心史》全書。顯然,此時他正在考慮此書的保藏方法,並已想到了"函沉"。

至辛巳(1281)十二月,他爲《心史》作了三篇後敍,這說明書已基本編成(《大義畧敍》則尚待修訂)。

翌年壬午(1282),他又於冬至日再次修訂全書,並題七律一首與《自跋》一篇,還將《久久書》釐爲正文。他在這篇《自跋》中寫道:"此書不可不傳,欲藏於土又未能。我死恐有日矣,已囑末氏,死當卷此書納於棺中,以我還我。"說明他曾想,實在不行的話,就把《心史》用作死後的隨葬品。

在癸未(1283)正月,他又重修《大義畧敍》。直到三月廿六日,又寫了《盟言》,終於決定"敬以稿本鐵函重匱沉之古吳古井中"。最後,挑選

---

① 值得指出的是,此處顯然用了歷史典故。一是《晉書》卷三四《杜預傳》:"預好爲後世名,常言:'高岸爲谷,深谷爲陵。'刻石爲二碑,紀其勳績,一沉萬山之下,一立山峴之上,曰:'焉知此後不爲陵谷乎?'""萬山"一詞見此。二見於唐佚名《大唐傳載》:"顏太師魯公,刻名於石,或置之高山之上,或沉之大洲(按,當作淵)之底,而云:'安知不陵谷之變耶?'"(又見《太平廣記》卷二〇一《好向》所引)然而杜、顏二公所言均爲是石碑,而鄭思肖則爲一碑一函,可見所思過矣。杜、顏二位也不僅僅爲"好名"。杜氏注《左傳》,深曉春秋大義,身居魏晉亂世,時有憂國之思。顏氏更是唐代大忠臣,耿直不屈,屢遭姦臣忌害,終爲叛軍縊殺。《心史》有《觀顏魯公帖》詩,贊曰:"吾拜《魯公帖》,凜然氣如生。終身大唐臣,千載名崢嶸。"後來袁中道《珂雪齋集》卷九《四牡歌序》曰:"杜武庫之事業,顏眞卿之忠義,終不能忘情於遷化之際,而沉碑刻石,不得已寄之於名。予皆悲其志,而哀其不知解脫之路。"

了四月初八佛生日爲沉書之日。

從書中輯出的這一時間表中，我們可以清楚地窺見作者當時反復考慮的過程，並可想像其“熟思冥想，至苦至痛”的心情與“秉誓不變，決當有成”的信念。這也是極爲眞切而無僞造之蹟的。

楊氏不僅對上述過程未予細考，而且他當時似乎連版本學基本常識也頗朦朧。據其自注，他看的是光緒甲午（1894）種竹書屋版。此版離初刻已有二百五十多年之久，據我所知不乏魚魯之訛，明人所作題跋也一篇未收。如楊氏說該版《久久書》後第十跋署“德祐七年”，他不知是爲“德祐九年”之誤，不加深思，反以其“早於第七篇，而今卻編排在最末”作爲證僞理由。而他其實也看到別人論文中的正確記述，自己不去核對，卻反問別人看的是何種版本。另，《久久書》後跋一自述《久久書》“二千二百三十四字”，楊氏卻說只有二千一百一十二字，斥爲“不符”；但我查該版並計數，明明正是“二千二百三十四字”，楊氏自己數錯了。楊氏還對《先君菊山翁家傳》中爲其父名避諱的說法（“早年曾名正東方之卦”）也不懂，因此對諸書稱思肖父爲鄭震感到迷惑不解，云“未知何據”。

楊氏認爲“《久久書》並非是《前後臣子盟檄》”，而是鄭思肖父親畱給他的另一部書，這更令人啼笑皆非！原來楊氏又對書中這一段意思看不懂。《久久書》前短序云：

> 《前後臣子盟檄》二篇，並跋並詩，昔分其字而九九錯綜書之，又取久久之意，故託其名曰《久久書》。祕其機，神其事，庶幾便出入，衆不疑其文且奇，其嗣傳可以久久。俟我大事成，當釐爲正文，激勵天下。今又閱四年，而事未成，大痛在心，晝夜不釋，期於必成乃事。一日興動，竟釐爲正文，讀之激發其志……《久久書》後九跋，蓋跋《前後臣子盟檄》也，特意微隱爾。

由此可知，《久久書》原先包括《前後臣子盟檄》及跋（卽正文內之跋，非“《久久書》後九跋”）及詩，但這些盟檄、跋、詩強烈反抗蒙元，如被當局發現便有殺身之禍，其書本身也不可能保存，所以作者"分其字而九九錯綜書之"。這樣一來，它就變成一部別人看不懂的"天書"了。又由於"臣子盟檄"之名政治色彩太明顯，所以便"託名"叫《久久書》。而在《久久書》後的九跋，則是用平常明白文字所題，當然必須"微隱"其意。所以跋一中便說："此一卷書……昔先夫子授我曰：'眞奇書也，名曰《久久書》，由是行之，可以爲天地立極，爲生民立命，爲萬世開太平。今未可發其祕，久久觀之，當自通其文。'比潛心數歲，終莫句其辭，支離蹇喫，罔測何文何義，流離顛沛，與此書同生死數矣。"這並不是說眞的是其父曾交給他一卷他怎麼也看不懂的"奇書"，而只是一種"神其事"的寫法，庶幾"衆不疑其文且奇"；同時，也是隱約而明確地表示他是堅決繼承他父親的愛國精神與立場的，並且"由是行之，可以爲天地立極，爲生民立命，爲萬世開太平"。而《久久書》後跋八中"我知我《久久書》必開大明之天"一句，則開始透露《久久書》的作者本就是"我"了。可以說，數百年來的讀者，都是能看懂作者的這種意思的。例如，明清之際的朱明德在《廣宋遺民錄》中就說，鄭思肖"作《臣子盟檄》兩篇，目之曰《久久書》"。所以，從來沒有一人會提出像楊氏這樣的"問題"。

楊氏既以這樣的理解能力來讀《心史》，提出的問題自然也是別人難以理解的。因此，他最後用"可能……很可能"這樣的表述方式發表的一大段"《心史》作僞論畧"，也實在不知所云，這裏就不再多說了。順便提一句，上述姚、劉、楊三篇發表於臺灣的"僞書說"論文，也許反映了當時島內"國學"水準之一斑。然而，七十年代臺灣研究生楊麗圭的碩士論文《鄭思肖研究及其詩箋注》（指導教授王熙元），雖後來未見正式發表，其水準卻顯然高於這幾篇在學術書刊上正式發表的論文。

除了上述正式論文以外，二十世紀八十年代兩岸還有幾個論者則仍然是以片言隻語來判定《心史》爲僞。

臺灣作家、中國近代史學者、時政批評家**李敖**（1935～　），字敖之，祖籍吉林扶餘，自言身處亂世，一生倨傲不遜、卓而不羣、六親不認、豪放不羈、當仁不讓、守正不阿、和而不同、抗志不屈、百折不撓、勇者不懼、玩世不恭、說一不二、無人不罵、無書不讀、金剛不壞、精神不死，立德立言，足以風世而爲百世師。又自稱:"我讀書之多,的確可說中國人無出其右。"李氏當年勇敢反抗國民黨專制不怕坐牢,如今挺身痛斥島內"台獨",確實令人欽佩;但有時放言滑稽有失嚴肅,有時過於狂妄自吹也難以令人首肯。李氏 1983 年編選《中國名著精華全集》,是一項有意義的工作,但他在該全集序文《要把金針度與人》的《社會科學類·七》中談到《心史》,把鄭思肖的生卒年都胡算錯了,還說在鄭思肖死後三百五十六年井中發現《心史》,更屬亂說。他在引用了明人陳宗之《承天寺藏書井碑陰記》後寫道:

> 這就是《心史》的來源。清朝閻若璩說《心史》是姚士粦作的僞書,自屬可信。只是鄭思肖眞人復生,他所作所爲,也必然如此了。

陳宗之的《碑陰記》把"《心史》的來源"說得那麼清楚,李氏既未能提出任何疑點,爲何又說閻某之言"自屬可信"呢? 李氏對此至少應該講出一點道理來啊。李氏既然認定《心史》是"僞書",而中國的"名著"又那麼多,爲什麼偏偏還要把一部"僞書"作爲"中國名著"的"精華"而鄭重其事地"度與人"呢? 其實,雖然李氏自詡讀書之多"中國人無出其右",但本書舉出的那麼多肯定《心史》的詩文著作,我看他就基本都沒有讀過吧? 不過,他肯定鄭思肖必然的所作所爲,是正確的。李氏乃性情中人,出言豪放,"無書不讀",我希望他也能讀一讀拙書,並爽快地糾正這一誤說,方足以風世而爲人師。

二十世紀八十年代中期,有一位北京學者張中行(1909~2006)也就《心史》的眞僞問題發了言。張某本來學問很一般,自己也一直以"小民"自居,但有些人卻偏要捧他爲"國學大師";他寫了一本《文言和白話》,本來如果作爲幫助青年人學習文史常識的書也尚屬可以,但有些人卻硬要捧它爲"國學名著"。其實裏面講錯的地方很多。例如,書中就說《心史》是僞書。在其第九章《文言典籍》的《9.1.2 眞僞》中,張某這樣寫道:

　　作僞，一般是在先秦、兩漢下功夫，因爲書以古爲貴。但也有較晚的，如《南渡錄》假託南宋初年的辛棄疾，《心史》假託南宋末年的鄭思肖就是。讀文言典籍，眞僞問題非常複雜，確定眞僞不容易，確定爲僞作以後，評定其史料價値也不很容易，這牽涉到辨僞的專業知識，不宜於多說。

　　且不說《南渡錄》之事，張某如此肯定《心史》乃"假託"，但並沒有說出任何理由來，只是裝模作樣地說了一句"問題非常複雜"云云。那麼，本書這裏寫到他，也只不過在"僞書說"者的"隊伍"裏又添加一個充數的而已。可以一提的是，張某在民族抗戰時期的作爲似乎並不光彩，[①]但人到八旬時卻突然大出風頭，竟以鄙賤挑戰崇高，以猥瑣恥笑偉大，以卑屈否定氣節，不以爲羞，反以爲榮。這很合乎有些人的需要和口胃，於是立即被樹爲典型，而且還試圖把他的言論提升到"哲理"層次。張某逝世後，有些人甚至用了"與天壤而同久，共三光而永光"[②]這樣登峰造極的話來捧他。這就實在有點匪夷所思了。按照張某的立場觀點，他是不可能讚賞《心史》的。這些情況，本書在第十二章裏還將談到。

　　二十世紀八十年代，還有一位上海的學者**吳德鐸**（1925~1992）發表過《心史》"僞書說"，見於《說書三"一"》一文，原載報刊未詳，1991 年收入其書名有點不通的《文心雕同》中，爲書中《文史識小》一編的首篇。其言辭稍多，但也沒有說出什麼道理：

　　　　……書志學上出名的《鐵函心史》，這書的可靠程度，値得懷疑，《四庫》將它考證一番，列入存目，不無道理，有人甚至查考出了它的作者，而博學如顧亭林，不但不以爲僞，甚至特作

---

① 張某自己回憶說，建國後清查歷史，審查結論是"確是因爲生活困難，在淪陷的末期挂名領過錢，沒幹什麼事。""用時風的價値觀念核算，我有所失，是有歷史污點，不光彩……我自己看呢？一言難盡。早就覺得不光彩……"（《流年碎影》，中國社會科學出版社 1997 年版第 367 頁）其語顚三倒四，掩掩遮遮，但大致可以想見。

② 這原來是陳寅恪悼念和評價王國維的話，居然被偷來用在這個人頭上！

《井中心史歌》以詠:"有宋遺民鄭思肖,……著書一卷稱《心史》,萬古此心同此理。千尋幽井置鐵函,百拜丹心今未死!"姚際恒《古今僞書考》也是辨僞的權威,對《心史》,姚際恒的評價是:"自是一種逸民具至性者之筆,未可僞爲也。"

很可能,顧亭林、姚際恒都是從政治(愛國)的角度來評論《心史》,在這樣重大的問題面前,書的眞僞成了不成問題的問題。但如實事求是的檢驗,《心史》確實是一部並不高明的僞作,破綻之多,一般讀者也能一眼就看出,而在積極復國的顧亭林眼裏,這一"大宋孤臣"的遺著是用處極大、極不易得的無價寶。提出"天下興亡,匹夫有責"的口號的亭林先生,實在太需要這種踏破鐵鞋無覓處的材料了。可見《心史》雖是一部貨眞價實的僞書,它的用處卻大得很,大到可以爲顧炎武的反淸復國服務。

吳氏人云亦云地說《心史》是一部"貨眞價實"的"僞書",已屬荒誕;而更不懂裝懂地誇張到"確實是一部並不高明的僞作,破綻之多,一般讀者也能一眼就看出",這些輕率無知的話出於一個年長學者之口,更令人驚詫。果眞有那麼多"破綻",你倒說出幾條來聽聽啊!吳氏還以耳代目地說"有人甚至查考出了它的作者",這個"作者"大概不會是指姚士粦吧,因爲姚氏是首唱"僞書說"者最早在三百年前就已提出來的人物,吳氏用不著用"甚至""查考"二詞;看來,當是指當時姜緯堂說的鄭敷教吧。但姜氏寫的東西那算是什麼"查考"呢?本書前面已經批駁過了。何況姜氏也沒敢說自己"查考出了它的作者"呢。至於硬說顧炎武等人是因"爲政治服務"而以僞書爲眞,則簡直是對這些大學者的污辱了。本書前已指出,顧氏在他自稱"平生之志與業皆在其中"的最著名的名山之著《日知錄》,以及《金石文字記》中,還數次用了《心史》。姚氏《古今僞書考》也是學術書。這些書與所謂"從政治(愛國)的角度來評論《心史》"完全無關!

　　進入二十世紀九十年代,一位國內知名的美國維省理工暨州立大學教授、[①]史學家**汪榮祖**(1940~　　)正式加入了"僞書說"的隊伍。汪氏安徽旌德人,生於上海,長於臺灣,與上述李敖是臺灣大學歷史系老同學(後與李敖合寫《蔣介石評傳》),均是姚從吾的學生。後長期在美國任教。謂其於此時"正式加入"此一隊伍,是因爲他此前戊辰年(1987)所著《史傳通說》一書《總會第十七》中已談到過《心史》,言辭閃爍,但似乎尚未明確說是僞書:

　　　　會通必具首尾,追踪溯源。歲時綿遠,則事疏而異同難言。……荀子嘗言"遠畧近詳",因事遠疏而難徵,事近密而易備。……章實齋遂曰:"史家詳近畧遠,自古以然。"……卽寧闕毋濫之旨也。惟述遠多妄,誌近未必盡審。若所南《心史》,傳爲大宋孤臣鄭思肖撰,鐵函蠟封,沈之蘇州承天寺狼山房濬眢井,[②]明季始出,且有"此書出日,一切皆吉"諸語,有似纖緯。[③]世人雖奇之,大都以爲實,卽顧炎武亦深信之,並作《井中心史歌》,有云:"著書一卷稱《心史》,萬古此心心此理。"此心見諸夷夏之分,激昂之詞,深得清初士人同慨。獨全謝山、王敬所、閻百詩、萬季野輩指爲僞作。季野以爲乃海鹽姚叔祥所依託,謝山稱是。謂所南《錦線集》,黃梨洲曾見之,"向使是書而在,以之對勘《心史》,當有敗闕"。全氏亦懷故國之深思,<u>不礙神目啟疑</u>。陳寅恪曰:"所南《心史》,固非吳井之藏。"識同<u>謝山歟?</u>鐵函《心史》去古未遠,而同異難密如此,[④]益知史事之難明也。

----

① 據瞭解,汪氏2003年2月起就任臺灣嘉義中正大學講座教授,後任臺灣中央大學人文研究中心研究員。

② 病句,原文如此。(汪書1988年臺灣聯經出版事業公司原版和1889年、2003年北京中華書局版如此。)

③ "纖緯"當作"讖緯"。(汪書1988年臺灣版和1889年、2003年北京版均誤。)

④ 病句,原文如此。(汪書1988年臺灣版和1889年、2003年北京版均如此。)

讚揚全氏在《心史》問題上"不礙神目",實際亦等於肯定其看法;稱陳氏"識同謝山歟",雖用語猶豫,似乎也並未看懂陳氏原意。

迄今所知,汪氏殆爲《心史》僞書說的殿軍人物,因爲他在美工作時1991年10月又發表《〈鐵函心史〉眞僞之辨》專文,載臺北《歷史月刊》第四十五期《歷史常識》專欄。[①] 該文1992年9月又在北京《中國文化》雜誌第六期上發表,改題爲《〈心史〉固非吳井之藏》。汪氏曾寫過《陳寅恪傳》,他這篇《〈心史〉固非吳井之藏》的題目自己雖沒說明,卻正是出於史學大家陳氏之原話。然而陳氏說的卻是反話,他是確信《心史》非僞的。[②] 汪氏這樣題目用陳氏原話,而文中卻一字不提及陳氏,我最初以爲他也看懂陳氏的觀點(這就比我們國內專門研究陳氏的"心史研究",卻又隱隱然以爲《心史》是"僞書",因而別解陳氏關於《心史》的觀點的某些學者要高明)[③],後來讀到上述《史傳通說》,方知不然。

汪氏在該文中說:[④]"我比較眞、僞兩派的辯論,再流覽《心史》中的詩文,傾向於《心史》固非吳井之藏的論斷。辯論之際,兩造互見的感情語詞,以及各擇一偏的主觀意見,可置而不論,至少不必再炒剩飯,在此僅就若干較爲有力的論證,加以申述。"看來,汪氏的態度可取,比較平和;不過,他對"眞僞兩派的辯論"的歷史,對《心史》的版本等,顯然瞭解

---

① 汪氏後來自己誤記爲《詩情史意》專欄。

② 陳寅恪多次在詩中寫到《心史》。1953年作《廣州贈別蔣秉南》:"孫盛《陽秋》海外傳,所南《心史》井中全。文章存佚關興廢,懷古傷今涕泗漣。"同年,陳夫人唐篔也有《廣州贈蔣秉南先生》,云"孫書鄭史今傳付",指陳氏已將自己的某些著述手稿交給了蔣天樞。可見,陳氏是將自己的著作比作鄭思肖《心史》及孫盛《晉陽秋》的。而世上絕不會有人把自己的心血之著比作"僞書"的。1957年,陳氏撰著《柳如是別傳》,因"更不知何日可以刊佈也,感賦一律",末云:"珍重承天井中水,人間惟此是安流。"承天寺井,即《心史》沉藏之所也。因此,1964年陳氏爲自己的《論再生緣》一文作校補記時寫的"所南《心史》,固非吳井之藏;孫盛《陽秋》,同是遼東之本",就全是激憤之反語。《晉陽秋》即非"同是遼東之本"(陳氏另有"孫盛《陽秋》存異本"之句),《心史》當然確是吳井之藏了。

③ 見浙江人民出版社版《〈柳如是別傳〉與國學研究》中《陳寅恪先生與心史研究》一文。該文在注中引了汪榮祖此文,自然是贊同"僞書說"了。又說陳寅恪云"所南《心史》固非吳井之藏","這乃是說傳世的《心史》不能拘泥於吳井鐵函的傳說,而應理解爲民族心靈歷史的象徵",而"所南《心史》井中全"一句,"寓意民族精神文化有賴於人民及文化託命之人的艱辛保全"云云。這種理解眞是玄虛深奧和別出心裁。

④ 汪氏此文後又收入2005年4月臺北麥田出版·城邦文化事業股份有限公司《詩情史意》和2006年7月江蘇教育出版社《詩情史意》。本書所引汪氏文字均據《中國文化》雜誌。

得很不全面。因此,他提出來的若干"論證",可惜實質上仍舊只是"再炒剩飯"。

汪氏提出的"論證",第一個是避諱問題。他強調說"大大值得注意"。汪氏並未在四庫館臣舉出的一個"證"字以外舉出新的例子,只是說:"所南不僅距南宋諸帝爲近,且是南宋遺民,於宋室宋主尊崇有加,斷不至於有此失誤,何況宋人避諱最嚴,而明人則較寬(參閱陳垣《史諱舉例》)。顯然是明人作偽者的千慮之失!"

汪氏又提到詩的"格調與意境",說"《心史》之外,所南殘詩至鮮",如《題蘭》《過書塾》《寒菊》等佚詩"同是諷世移情之作",而《心史》中"卻無此雅調"。並舉《心史》中《題陶淵明集後》一首:"拂袖歸來未是遲,傳家何用五男兒。不堪生在義熙後,眼見朝廷被篡時。"認爲"詞顯意露,境界至淺,等同打油可也",與前述佚詩"豈是同出一人之手"?

汪氏還認爲"更可懷疑的是,《心史》藏在蘇州的井中三百餘年,不僅保存完好,而且'楮墨猶新'"。汪氏不僅引了袁枚的話,認爲乃"有識"之言,還說根據"現代的科學知識",古物須乾燥無菌方可保存長久,還提到只有十九世紀歐洲發明的"低溫消毒法"才可防菌。因此,汪氏認爲"所謂'井書',實在可以等同河圖洛書,乃是傳統中國纖緯文化的產品。①《久久書》中'必開大明之天'之句,已露馬腳。"

最後,汪氏認爲《心史》"很可能"是"蘇州一帶的復社諸君"在明亡前就偽託的。不必待明亡,因爲"國之將亡,其心已哀"。又認爲"未必出諸一人,成於衆手,亦未可知"。還認爲《心史》卽使是"偽書","亦未嘗不可激勵後人"。

今按,關於避諱問題,本書前面已經作過分析,這裏再畧爲補充幾句。陳垣的《史諱舉例》,並沒有說宋時避諱嚴到連個人寫詩文(而且是不準備發表的)也得如何如何。對照今存南宋時各種詩文集的"避諱"狀況,也均與《心史》畧同,看不出什麼"宋人避諱最嚴"。而且,所謂"宋人避諱最嚴"云云,說到底也只是後人的一種論斷,我們只能以傳世宋

---

① 汪氏老將"讖"誤作"纖"。本書前面提到的多次出版的《史傳通說》,後來兩次出書的《詩情史意》,都是如此。

人詩文書籍來檢驗這一論斷之正確與否,或者"最嚴"到何等程度;卻絕不能簡單地以這一後人的論斷反過來作爲判定宋人文書眞僞的直接根據。

關於詩的格調、意境,這本來就是見仁見智很難強求認識一致的。僅僅以此判斷眞僞,最不易服人。其實,如果不帶成見,《心史》詩文與鄭氏傳世其他詩文在格調、意境上正是相似相通的。鄭氏《心史》以外約有一百五十來首詩存世,亦非如汪氏所說"殘詩至鮮"。汪氏引了《心史》中一首詩,那麼我也想引一首《心史》外《一百二十圖詩》中的一首,請大家比較一下:"彭澤歸來老歲華,東籬盡可了生涯。誰知秋意凋零後,最耐風霜有此花。"看看,與汪氏所舉《題陶淵明集後》,不像"同出一人之手"嗎?

關於書稿的保存,前面談到臺灣姚從吾文章時已作過分析,考古學家李濟說過的"若水中不透空氣,鐵函是可以歷久不壞的",最爲有理,未必非用汪氏所謂"低溫消毒法"也。而且,近年國外甚至還發現了在淤泥中未經包裝而保存千年以上文書的奇事![1] 前已提及,《心史》原稿經由鐵、灰、錫、漆四重包鋼,密不透水及空氣,更是完全可以保證書稿不壞的。又聯想到《所南文集》中《答吳山人書》內提到的"葬法":"以瀝青和油煎,遍刷棺外,又黃灰、石灰或渣和搗,卻周圍實之,久則如鐵",便更清楚地看到鄭思肖確實對保藏方法之類頗有研究。而且,該文中還提到"過於鐵函,牢不可磨"諸語,尤令人注目。要之,鐵函沉井的藏書方法,前無古人,[2]"僞造者"非大智大勇,是絕對不會也不敢想出來的;

----

[1] 2006 年 7 月 27 日《新華每日電訊》,刊出了張代蕾寫的新華社特稿,題爲《千年古書出淤泥不腐》。據美聯社 25 日報導,愛爾蘭一位工程師上周在泥沼中偶然挖出一本經鑑定約有一千二百年歷史的鈔本古書,約二十頁。愛爾蘭三一學院手稿研究專家伯納德·米漢說,該書是近二百年來首次發現的愛爾蘭中世紀早期古籍。該國國家博物館館長諾特·華萊士透露說,該書被發現時是攤開的,翻開的那一頁上有黑色的手寫拉丁文。(按,我不知道該書當時用的是什麼紙墨,但事實證明我國先人發明的紙墨應是世界上最不易毀壞、消失的紙墨。)你看,人家愛爾蘭居然發現了未經包鋼而在淤泥中保存時間大於《心史》三倍的古書呢!

[2] 鄭思肖鐵函藏書並沉井,確實是前無古人的。不過,多重函藏寶物的方法,我國早已有之,尤其是在佛教界。宋代就有這樣的出土文物,如宋釋志磐《佛祖統紀》卷四三《法運通塞志》第十七之十,記宋太宗"太平興國七年(按,982)正月,威虜軍奏言:'築城穿土得石函、鐵函、銅函、銀函、金函,凡五重,中有流離瓶,盛佛舍利。有刻石,記云貞觀二十一年(按,647)藏佛舍利。'"鄭思肖可能從中得到啟發。

再說,諸跋皆說其出井時"楮墨猶新",而僞造古書者卻只會把贋品搞得古舊污暗而已。這也表明不可能是後人僞造。

關於"必開大明之天"的所謂"馬腳",前已詳辯。因此,說《心史》是所謂"傳統中國纖[讖]緯文化的產品",是毫無道理的。我們若遇到這類文字巧合,本應該客觀地研究分析,決不能動輒簡單輕率地判斷爲"讖緯"。而且,退一步說,卽使眞的是"傳統中國纖[讖]緯文化的產品",也未必就非得是後人"僞造"的。這裏可以舉一個特別有趣又特別有說服力的例子。1995年10月,在中國新疆和田(闐)地區民豐縣尼雅遺址(漢晉時期綠洲城邦古國"精絕國")的一座東漢末至魏晉時期的雙人合葬王墓中,曾由中日兩國的學術考察隊挖掘出了一件織錦護膞(拉弓射箭時用的護臂),上面竟然織有清清楚楚的介於篆隸之間的繆篆體文字"五星出東方利中國",而且同樣文字上下共有兩行!該護膞現收藏於新疆維吾爾自治區博物館,被譽爲二十世紀中國考古學最偉大的發現之一,定爲國家一級文物,並被列入我國首批禁止出國(境)展覽文物名單。請看,這上面的吉祥文字是不是很像"讖緯"語?而且,那天中日考古隊的中國隊長就叫齊東方,他們正帶著一面五星紅旗呢!然而,那可決不是今天的中國人"僞造"的,文物出土時當場見證的就還有日本的考古專家呢![①]

關於何時何人"僞造"《心史》,汪氏認爲有明國亡之前也可以僞造,我認爲這實不可能。《心史》刊刻之時,雖然形勢已經很糟,但並無人能預見三四年後崇禎就要上吊。如錢蕭樂在當年寫的《庚辰春偶吟·讀宋鄭所南先生心史詩》的序中就說"今聖天子在上,政教翔洽";曹學佺

---

① 見2006年3月20日《人民日報》(海外版)、2012年1月6日《光明日報》、2014年6月22日《人民日報》、2015年2月11日《光明日報》等報導。織錦護膞上說的"五星",當然並不是今天"東方"之"中國"之"五星"紅旗上的五顆星,而指金、木、水、火、土之五星;"五星出東方",指東方出現"五星連珠"或"五星聚會"的極罕見天象。(據說科學家推算,上一次出現此種天文奇觀是1921年,下一次則是2040年9月9日。)"五星出東方利中國"是古代天文星占之占辭,古人認爲這一罕見天象對軍國大事有利。戰國時大星占家石申卽有論述,見《開元占經》所引。司馬遷《史記》卷二七《天官書》第五云:"五星分天之中,積于東方,中國利。"班固《漢書》卷二六《天文志》第六、房玄齡《晉書》卷十二《志》第二等正史中,也見同樣的說法。《漢書》卷六九《趙充國傳》還記載:"今五星出東方,中國大利,蠻夷大敗。"

在收到袁于令帶給他《心史》時寫的《袁令昭诗序》中也說"兹幸聖主當陽,乾綱獨攬,太阿無倒持之患,巖穴有旁求之美,雖日躋世道于昌明可也"。很難說錢氏、曹氏當時"其心已哀"吧?近人馬敍倫說得好:"當陵谷無恙、鐘虡不驚之時,何故而爲此亡國之音?且夫強歌者以哭,雖呻吟未能摯也。今讀《心史》者,尚欲爲之泣數行下,況親操不律者乎!"(《讀書小記》)至於汪氏認爲可能成於復社衆人之手,亦實不可能。一則當時復社處境不佳,旁有宿敵覬覦,防之不暇,何必作僞,以柄授人?二則張刻本序跋者中固多復社人士,但最主要的序跋、刊刻的發起人均與復社無關。三則《心史》同年有兩種刻本,林本有關人士均與復社無關,豈會合同作僞?而且,如此二三十人的"衆手",豈能密不透風?

至於汪氏認爲"僞書"《心史》也未嘗不能激勵後人,此說更難苟同。蓋"當陵谷無恙、鐘虡不驚之時"而大作"亡國之音",不僅爲情理所無,更絕非忠臣所能爲、所忍爲。猶如父母尚在而大寫悼文,其人豈孝子乎?又豈能以這樣有違倫理的虛情僞作來"激勵"人乎?

汪文一發表,我卽撰文《〈心史〉實是吳井之藏》逐條辯駁,投寄《中國文化》,不料該雜誌收到後蔑不理睬。耽擱四年,拙文總算獲刊於上海《學術集林》1996 年 9 月第八卷。汪氏掛名《中國文化》學術顧問和《學術集林》編輯委員,對拙文自當知曉並曾寓目。又不料又過多年(拙書初版亦已出版多年),2005 年 4 月臺灣麥田出版社出版汪氏《詩情史意》一書,和 2006 年 7 月江蘇教育出版社出版同一書,兩次收入這篇文章,內容竟一仍其舊,並無任何應對答辯或附記文字。看來,汪氏勇於堅持自己的僞書說,這固然可以令人佩服;但對於他人針鋒相對逐條逐點的認眞商榷視若未見,卻令人失望。這不合乎學界常規,似乎缺少詩情史意和學者雅量,也是不利於學術事業的。

我稱汪氏是《心史》"僞書說"的殿軍,是因爲他寫的是正式的研究文章。在他之後,這樣的正式文章我還沒有看到過。但說《心史》是僞書的人還是有的,這裏就再舉一位吧。

李佩倫(1934~),回族,經名叫優素福。中央民族大學教授,兼戲劇研究中心主任及元代文學研究所所長。1988 年參與創辦北京穆斯林文化學會。又曾參與編纂《全元詩》。李氏在 2000 年 6 月《西北民族研究》雜誌上發表"學術隨筆"《無奈與期待》，文中說：

> 言及元代，必提"九儒十丐"，重要佐證爲崇禎末發現署名鄭思肖《心史》，其中不避宋諱，與史實不合諸多硬傷已定爲僞著。另一佐證則是與鄭思肖同爲宋之遺民的謝林[枋]得《疊山集·送方伯載歸三山序》所云："滑稽之雄，以儒者爲戲曰：'我大元典制，人有十等'。"細加玩味，本爲"九儒十丐"之反證，卻也常被拿來爲歷史的虛構立論。其實稍稍留心本爲顧忌前朝的明人所修《元史》中，搜求不著一例文字獄。至於元帝遍尋儒士尊爲上賓，建言忤上，少有加害。知識份子退休金一事，又自元朝始，諸如此類，怎能視爲士不如妓……了無文網鉗制，更無死生憂患。實乃歷代正直文人之所難求，卻爲元代文人所獨享。

本來，今人一般的"學術隨筆"，本書是不必顧及的。但考慮到此文畢竟是發表在學術專刊上的，作者又是元代文學研究專家，而當今元史（文學史也應是史學的一種）研究者中否認《心史》的學者極其罕見，須得給予重視；另方面，我想幫"僞書說"拉"隊伍"也實在拉不到什麼人，所以就把李氏請來，以壯聲勢。李氏對元代大加讚譽，天花亂墜，說得簡直是有史以來知識份子"獨享"的天堂，今不如元，他只能"無奈與期待"，對這些我覺得實在不值得多費筆墨去評論。本書只對他論《心史》是"僞著"感興趣，可惜他也只是老調重彈，沒有任何新鮮、實質性的話，我在這裏也就不能多說點什麼了。

歷來判《心史》爲"僞書"或疑《心史》爲僞託者的議論、文章，據我辛苦盡力搜集，哪怕片言隻語，就全部羅述於上面了（其中如全祖望、袁枚及柳詒徵、謝國楨等人是疑信參半，傅斯年也不能算是疑僞者）。我一直強烈讚同：在學術爭論中，匿藏或歪曲爭論對方的證據、觀點，爲大不德。如果有什麼人知道還有我沒有提到的，敬請補充和賜告。不過，有的專談"僞書"的書,僅在《心史》下注"疑僞"二字,或僅稱"或疑爲僞託",或僅引用上述諸家之言而沒有自己一言半語的(如張心澂《僞書通考》一書①),就實在不想搜舉了。我倒還想再次指出以下三點:

一、絕大多數主張"僞書說"的人,是連"懷疑"二字也不屑用的(只有袁枚說的是"常疑此史之不眞"),都是用絕對的詞語直截了當地判定《心史》爲僞;但他們或是一條理由也不提,或是雖然提出了幾條"理由",卻常常自相矛盾。

二、在所有的"僞書說"理由中,除了有很少幾條尚有點探討的價值(如蘇州陷元日期、海上二王事等)以外,絕大部分都可以說沒有什麼學理意味,以致連我與之爭辯也甚覺無奈和無聊。

三、絕大多數主張"僞書說"的人,在遇到別人商榷或駁斥時,沒有一個能誠實坦然地承認錯誤的,②有的還撰文詭辯,甚至陵爍他人,還有人後來在出版自己的論文集時照樣收入已被多人指出錯誤的文章而連一句解釋、檢討也沒有。這或可用漢代劉歆的話來說,就是"挾恐見破之私意,而無從善服義之公心"(《讓太常博士書》)。

當然,任何道理畢竟都是越辨越明的。本書說了那麼多《心史》爲眞的理由,寫了那麼多肯定《心史》的人,互相之間都可以印證;而"僞書說"者的理由,說來說去那麼幾條,卻無一能說得通。倒如閻若璩在《尚書古文疏證》卷二說的那樣:"事之眞者,無往而不得其貫通;事之贋者,無往而不多所抵牾也。"這一章所以不憚辭費地寫了這麼多,就是爲了徹底清除徐、閻及四庫館臣的陰影,希望從此以後讀者再也不要擔心《心史》是眞是僞了。但要做到這一點確實也很難,因爲在有些人的心中,大概永遠消除不了那塊陰影,甚至有的人似乎已經有了偏執。就像宋人董逌在《廣川書跋・硬黃》中說的:"大抵世人……不考實,一承人之妄,至于終身信之不悟。蓋僞言先入,則信言不得受也。"走筆至此,

①　張心澂此書,有當代學界權威稱它是古書辨僞的"標誌"性"必讀"專著,說它的影響還超過余嘉錫的書。此言眞是荒唐!實際上,張書主要內容都是鈔來的,除了整理之功以外,並沒有什麼獨到的建樹。

②　只有姚從吾或可除外,至少他承認余嘉錫說的有道理。

我想起了 1944 年胡適寫給王重民信中的一段話：[①]

> 造一謠言甚易，而掃淨一謠言甚難。"一犬吠影，百犬吠聲"，最足形容……我至今還覺得：成立證據不難，而摧毀謠言甚難，摧毀謠言造成的成見更難。百犬之吠，起於一吠；而最初一吠起於一影。摧毀此一影，其難等於打鬼。鬼與影皆是無形之物，以其無形，故非證據所能摧毀掃除。

胡適後來又說，他在這裏用"吠影吠聲"古諺，[②]全無惡意，只是一個譬喻。同樣，我在這兒引用胡適的這段話，也全無惡意，只是爲了說明"摧毀謠言甚難，摧毀謠言造成的成見更難"這一道理，絕不是想得罪人。當然，我對（僅僅只對）最初唱"僞書說"的徐、閻及乾隆、四庫館臣的動機是誅伐的，因此胡適的"最初一吠"之說深得我心。

這裏，還要附帶說一下元史專家**楊訥**（1935~　　）有過的一個觀點。1986 年，上海辭書出版社出版的《中國歷史大辭典·遼夏金元史卷》的《心史》條目（按，2000 年該社出版《中國歷史大辭典》彙編本、2007 年該社出版《中國歷史大辭典》音序本，這一條目的內容均一仍其舊），是楊訥寫的。其中說：

> 全書深寄亡國之痛，仍用南宋紀年，對宋亡經過及元統一江南後之時事言之甚詳，可與正史參照，非晚明人所能僞造。然書中敍及丞相安東（卽安童）由北邊歸来事（事在至元二十一年甲申），則又非壬午、癸未間所能預知。一說爲元世祖時南宋遺民假託思肖名撰寫。

首先須指出，這裏所說的"一說"，其實是"莫須有"，因爲從未見有

---

① 這裏只是借用胡適的這段話，與胡適原信所指之事無涉。

② 按，此原爲漢代以前古諺。漢·王符《潛夫論·賢難》："諺曰：'一犬吠形，百犬吠聲。'世之疾此，固久矣哉！"而《心史·大義畧敍》的最後，也用了這句古諺。

什麼人這樣說過。卽並無任何文獻依據,是並不存在的。[1] 作爲辭書而這樣寫,很不嚴謹。鄭思肖本人就是南宋遺民,而且在當時絕不是什麼名震天下的大人物,同時代的南宋遺民有什麼必要,又怎麼可能"託名"於他呢? 鄭思肖在後世確實很有名,那就是因爲三百五十多年後發現了他的《心史》,我們怎麼能倒過來說當時的南宋遺民會要"託名"於他呢? 其實,這裏所謂的"一說",只是楊訥本人一度有過,但不曾發表而且最後放棄了的想法。起因是《心史·大義畧敍》中的這樣一段記事:

> 阿里孛哥死,弟拔都代其職守,乃幹眞之孫。忽必烈寇江南,頗借回回爲兵,皆歸消折。拔都問忽必烈曰:"昔蒙哥死,阿里孛哥當立,而汝強立之。今我代阿里孛哥之權,汝得江南,宜以汝舊有之地與我,汝自去守江南。"忽必烈與之子女玉帛,屢不爲足。嘗遣鞑子汉谷瀘及僞相安東爲使,復齎物爲餽,說其安靜。拔都竟留汉谷瀘及安東爲質……近拔都縱汉谷瀘及安東歸,問忽必烈索地,並累索所借回回之兵。

這裏所說安東(卽安童)被放歸,據《元史》卷十二《世祖本紀》和卷一二六《安童傳》,說是至元甲申二十一年(1284)三月之事;而《心史·大義畧敍》自署壬午(1282)之春述、癸未(1283)春正月重修,且《心史》原稿緘封上題"德祐九年佛生日"卽癸未四月初八日封。因此,最初楊氏乃疑《心史》"爲元世祖時南宋遺民假託思肖名撰寫",但他並沒有就此寫過文章。

而後來,楊氏又經過反復研究,還發現了一些《心史》非僞託的"硬性材料",最後糾正自己的上述想法,得出了"《心史》的作者就是鄭思肖"的結論。楊氏論文《〈心史〉眞僞辨》,發表於1993年中國社會科學

---

[1] 只有楊志玖曾說過:"《心史》不是僞書,它縱非鄭所南作品,也是和鄭所南同時的亡宋遺民所作,絕非明末或明亡後所能編造。"楊志玖是確認《心史》非僞的,因此"縱非"云云其實就純屬多餘。《心史》如非鄭氏作品,卽使是"同時的亡宋遺民所作",那也是僞書。楊志玖並不曾提出過楊訥說的這樣一種"一說"。

出版社出版的《元史論叢》第五輯。關於上述記安童事的時間差問題，楊氏在文中認爲這是鄭思肖在甲申三月之後"再一次對《大義畧述》作了增補。這次增補的時間未作說明，估計不會晚於他獲悉太子眞金病卒的時間。因爲眞金死於至元二十二年（1285）底，而《大義畧敍》說'今眞金已漸預轄國之事，忽必烈死，眞金斷襲國'。如果作者在獲悉眞金死訊後再修訂一次，相信他會去掉這句話的"。也就是說，楊氏根據這一點，認爲《心史》在寫了《盟言》以後（即癸未三月廿六日以後），並沒有立卽沉井，"《心史》在他手中至少還保存一年以上"。

楊氏的這一觀點是從未有人說過的，但我經過思考認爲不可從。一是《心史》手稿如果眞的還在鄭思肖手裏保存一年以上，那麼他就必然不會僅僅增補"近拔都縱汉谷瀘及安東歸"這麼一句話，而應該增補很多內容（例如震驚全國的南宋六陵被盜及義民植冬靑樹等事），而且還應該有更多的作品補入；然而現在什麼痕蹟都沒有，僅僅就是這麼十來個字。二是《心史》中最後的文字，並不是《盟言》。如本書前面所述，應是《久久書》後的第十跋，表達了作者最後的一絲希望，卽使皇帝直系子孫都死了，也希望有人能像劉秀、劉備那樣，雖非漢帝嫡子，而能起來興復。此跋作於癸未（1283）四月初七，而原稿外緘封題佛生日卽四月初八封，這在時間上也是連接的。如果作者把外緘封拆開重新修訂，那麼，最最起碼外緘封就應該重寫，這也並不費事。而作者既然極其鄭重地寫上"大宋孤臣鄭思肖百拜封"，再拆開來的可能性就很小了。

但楊氏提出的，確實是一個值得研究的問題。一開始我想，會不會是《元史》記錯了安童放歸之時呢？或者，會不會在實際放歸之前一年，已經傳出消息，爲鄭思肖聞知而寫入書內呢？這些可能性都是不能排除的。因此，不能僅僅因爲這一點而懷疑《心史》的眞偽（楊氏最後也是這個觀點）。後來，我讀白壽彝總主編、陳得芝主編的《中國通史·第八卷·中古時代·元時期（下）》，在《丁編·傳記·第八章·第三節·安童》看到："安童……直到至元二十年才遣還，二十一年，回到元廷。"看來，問題可能就是這樣簡單：《元史》記載的是安童回到元廷的時間，而安童之被放歸則在一年前。如果這樣，這個疑問也就不成爲疑問了。

在楊訥以後,1996 年 9 月新疆烏魯木齊召開的"世紀之交中國古典文學及絲綢之路文明"國際學術研討會上,中國社會科學院文學研究所的**楊鐮**(1947～　)發表了《眞與僞的世紀——文學史料辨僞獨白》(後收入會議論文集《中國古典文學學術史研究》),文中對《心史》眞僞等問題也談了獨特的看法。

楊鐮認爲《心史》眞僞之爭是"學術史的重大事件","對於文學史料辨僞來說,《心史》眞僞更具有典型性"。對此我非常讚同。但楊鐮有的說法我不能苟同。例如,他說《心史》與岳飛詞《滿江紅》相比,"前者無論在影響面上還是在熱烈程度上都遠不能與後者相比",本書舉出的大量事實可以證明這種說法是不對的。他又說《心史》出井後,"市面上馬上出現高價複製品……獲利不薄……當時就有人指摘《心史》是時人所僞造",這也是沒有根據的,事實則是恰恰相反,本書前面已經說過了。

他還認爲"'肖'當含'不走'之'趙'意",我認爲也不對。難道"趙"走了以後鄭氏就不"思"了嗎? 再說,歷來沒有過這樣的解釋,而都認爲"肖"卽古"趙"字,寓"趙宋"意。楊鐮又認爲"《心史》作者在記述其身世時有自相矛盾處",這與我們前面分析過的劉兆祐等人的說法差不多,這裏也不用再多說了;惟其兩次提到姜亮夫《歷代人物年里碑傳綜表》對鄭思肖生卒年的兩次推斷,其實姜氏雖是名家,但姜書在這一點上是非常謬誤的,不值一提。

他又提到:"一部不合時宜的書想傳之久遠,習慣上有很多種辦法,沉之於井絕不是最好的一種。如果當時井中是有水的,這樣作簡直不可思議;如果當時就是枯井,那比之把心血所寄棄諸荒野也好不到哪兒去。我們設想,在寫《心史》和祕藏《心史》時,作者(或卽是鄭思肖)一定正處在某種不完全正常的狀態下。"我認爲,當時井中自當有水(所謂"眢井""枯井"等等,都是後人詩文中的套話,說的都是《心史》出井時的井)。"這樣作簡直不可思議"正說明了奇人鄭思肖的大智大勇。說作者當時"正處在某種不完全正常的狀態下",如果指當時的社會狀態,那當然非常嚴峻,豈止是"不完全正常";若是指作者精神不正常,那就是我們難以接受的無禮又無理的誣貶了。文中還說《鄭所南文集》《一百二十圖詩》《錦錢餘笑》"三集詩文可紀年者極少",實際情況也非如此,已見本書前述。

　　楊鐮說"作者(或卽是鄭思肖)"到底是什麼意思呢? 其文章的結論如下:

> 　　那麼,"鐵函心史"到底是眞是僞呢? 恐怕不能僅以一個
> 字作答。我認爲,它的作者當是宋代遺民,但至少在編定入井
> 時或出土後,曾經他人篡改或重編。卽便是眞的,也非信史。

　　楊鐮認爲"問題主要出在《大義畧敍》當中",他指的也就是上面我們寫到的楊訥也曾提到的"近拔都縱汲谷瀘及安東歸"那句話。(楊鐮似乎沒有看過楊訥的文章。)楊鐮再次提出了:"《心史》怎麼能記述下它密封一年以後才出現的事呢?"關於這一點,前面我們已經討論過了,這裏也就不必多寫。只是楊鐮的話語,邏輯有點問題,索解爲難。既是"宋代遺民""編定入井"的,那麼"在編定入井時","他人"(什麼人?)怎麼"篡改或重編"呢? 如果書是"眞的",爲什麼"也非信史"呢? 其實,"它的作者當是宋代遺民"云云,也正是楊訥最初的想法,但楊訥最終自己否認了。建議楊鐮好好看看楊訥的文章。可惜,楊鐮撰文已在楊訥發表有關文章的十年以後,否則倒可以落實爲楊訥在《中國歷史大辭典》中所說的"一說"了。

第十二章 《心史》價值再論

《心史》的文學價值(明清人評其詩文—明清人選其詩文—我的一些評價—《心史》的文論與詩論)—**《心史》的史學價值**(《心史》的野史觀—明清人評其史學價值—近代史家的取用與驗證—我的一些發見)—**《心史》的思想價值**(愛國主義歷史傳統—民族鬥爭和民族英雄—特定歷史和抽象繼承—評有關"新論"—天下興亡匹夫有責)

　　《心史》的文學價值和史學價值,都很值得我們進一步充分注意,並且重加研究和評論。也就是說,我認爲迄今爲止,特別是近代以來,文史學家對它的研究和評論都還遠遠不夠。但我在這裏首先還要強調,我與明清以來的很多先賢在有一點上的看法是一樣的,即並不認爲《心史》的價值僅僅在於其文學價值和史學價值,而認爲《心史》實是我中華民族的一部"經"。

　　乾隆時仁和宋大樽(左彝)《茗香詩論》云:"古有一代偉人,不必以詩名者;有博涉多通,不必以屬詠自娛者;有工詩,不必備體與求多者;有傳世千百年,猶難求其歸趣者。"我想,這句話如果用在鄭思肖及其《心史》上,倒也很合適。鄭思肖不必以詩名,其屬詠不以自娛,有詩不必備體與求多,都是無疑的;而他的《心史》,出井傳世已有幾百年,也還有點"猶難求其歸趣者"呢。試想,古人書分"四部",《心史》是一部詩文集,當然應歸於集部別集類。明末以來諸多書目,如陳第《世善堂書目》、曹寅《棟亭書目》、徐乾學《傳是樓書目》、徐秉義《培林堂書目》,以至《四庫全書總目》《中國古籍善本書目》等等,都是如此。但《心史》實在又隱隱有"經"的性質。明末爲《心史》作序,並在抗清鬥爭中壯烈犧牲的張國維,就認爲《心史》相當於孔子之《春秋》。"綜而論之,《春秋》爲衰周之《心史》""《心史》爲故宋之《春秋》"。在抗清鬥爭中九死一生的蔣臣,也認爲"井底鐵函,直繼獲麟(按,即《春秋》),雖與日月爭光可也",徑稱"《心史》名史而實經"。直至清末,劉師培作《攘書》,亦稱《心史》"大哉言乎,吐詞爲經矣"。而《心史》原就以"史"名書,其"史部"之性質亦至爲明顯。在抗清鬥爭中壯烈犧牲的曹學佺就說:"其爲史也,非僅宋末元初之史也,乃天下萬世之信史也!"有的學者還徑直將它歸於史部雜史類,如錢曾《也是園書目》就著錄《心史》於卷二《史部·遺民》;章乃煒《清宮述聞》,《徵引書目》列百餘種史志,第四種即《心史》。至於"子部",古代六經以外,立說寓道者即爲子書也,姚際恒《好古堂書目》就將《心史》列爲子部雜家類,與《呂氏春秋》《淮南子》《論衡》《日知錄》並列。

蔣臣還說:"《心史》一書,有聲皆淚,有字皆血,此心不死,即天地常存!"清末梁啟超也說:"嗚呼,此書一日在天壤,則先生之精神與中國永無盡也!"也就是說,《心史》非惟詩文,名史實經,亦可稱子,春秋長存。《心史》多方面顯示其獨創性與元典意義。即"心史"兩字連在一起作爲一個意思深刻的名詞,就是鄭氏之前沒有的;自瞿秋白借爲書名(《赤都心史》)後,世人廣用之而不知其源。(若與今人濫用之"心路歷程"相比,後者何其不通不雅,"路"與"歷程"全然同義重複。據說此詞發明於港臺云。)再如"中國夢"一詞,於今熱行宇內,而此詞亦首見於《心史》。《心史》對於中國人的永久的經典性意義,首先是在它的立說寓道的思想價值,包括倫理價值、道德價值等等。就這一點來說,臺灣作家、學者李敖將《心史》選入《中國名著精華全集》,是非常正確的。

對《心史》的思想價值的評述本章將在最後寫。這裏先論述《心史》的文學價值。

一、《心史》的文學價值

本書前面說過,《心史》在明清之際以及清季、民國抗戰時期等,曾有過一定的、甚至可以說是重大和深遠的影響,這當然是事實。然而,事

實還有另一面,與我國歷代很多知名作家的作品相比,《心史》在全國文
化界的影響還是比較小的;或者說,它本應該有更大的影響和地位。而
本書前面所提到的那些明清人士對它的歌詠、記述、評價,只是現在的我
耗費了極大的精力從各種難覓的史料中一一發掘出來的;在此以前,連
這些曾經有過影響的事實也都已被歷史的灰塵遮掩了,連很多大學者和
專業研究者也不知道! 更不用說,現在的大中學生,也許連聽也沒聽說
過《心史》其書和鄭思肖其人!

一部奇書,晦而忽顯,顯而復晦,最後落到如今這般寂寞的地步,原
因是多方面的。內中一個重要原因,是《心史》未能像文天祥的《指南
錄》、謝翱羽的《晞髮集》、汪元量的《湖山類稿》等名著那樣,在創作的當
時或過後不久即盛傳於世。它被迫隱埋了三百五十多年之久,也就是<u>不
幸失去了十幾代讀者和研究者</u>、<u>評論者</u>! 而它問世時印數又不多,又適
慘逢戰亂,緊接著又嚴遭禁燬,流傳因而不廣。例如,像四庫館臣,即使
以皇上之威全國徵書,而且在全國禁燬該書以前,亦未能看到張國維刻
本而僅見林古度本;像顧炎武這樣的大學者,在明末讀過《心史》後,竟
"不見此書者三十餘年"(《井中心史歌·序》);像顧沅這樣的大藏書家,
而且還是蘇州人,在編纂大型《吳郡文編》時,亦僅見金陵林本;像梁啟
超這樣的大學者、大社會活動家,在清末"欲求鄭所南先生《心史》,養養
然夢寐以之者十餘年"(《重印鄭所南心史序》);像鄭振鐸這樣的大學者
兼大藏書家,在民國時好容易找到一本《心史》明刊本,亦是林本,而且
還是殘闕的,"當從他本補寫足之"①(《跋心史》);如今的蘇州圖書館,
收藏甚富,但也沒有蘇州刻本《心史》。更加上後來"偽書說"的惡劣作
用和巨大陰影,很長時期來使不少人心存疑慮,或竟廢置不讀、不用、不
選、不提。

然而,《心史》的價值是客觀存在的。只要沒被全部毀滅,有機會讀
到它的人(本人就是因對"偽書"好奇而在一次偶然的機會中讀到的),
絕大多數都會被它吸引,繼而激動,讚賞,以至驚歎。這除了因爲它的強

---

① 今存鄭振鐸藏書中,確有倩人補鈔《心史》的寫本。

烈的民族感情、國家感情的感染力以外，其藝術魅力卽文學價值之大，也
是不可否認的事實。連某些懷疑它是"僞書"的人，也承認它的藝術性。
如前述袁枚就是一例。

《心史》刊行後，一些著名人士對其詩文作了晚到的，然而卻是很高
的評價，並把它與其他詩人的作品作比較。這些古人的評價，首先就應
引起我們的注意。概括起來，主要有以下幾種。

一、將《心史》詩文與南宋同時代其他詩人作品相比較。

在《心史》出井以前，人們如果偶爾提到鄭思肖，主要不是把他看成
一位詩人，而是一位逸民、畫家，或是一位異人。（見本書第一章所述）
最初，他在宋遺民中的地位絕對是不居前列的。成書於《心史》出井前
一百六十年的明人程敏政（篁墩）的《宋遺民錄》，是最早的、最權威的有
關宋遺民的專書。① 共十五卷。記載宋遺民計十一人，主要爲王炎午
（卷一）、謝翱（卷二、三、四、五）、唐珏（卷六）三人，卷七以下皆作爲"附
錄"，而鄭思肖則列於卷十三（附錄之七）。請想想鄭思肖這時是怎樣一
個"名次"吧。（倒數第二！）因此，明末如果眞的有所謂"僞託者"，他也
實在不會或沒必要特意"僞託"鄭思肖，來"僞造"其詩文的。然而，自
《心史》問世後，人們就將鄭思肖與謝翱並提（這也因爲他們都是福建籍
詩人，此前僅見閩人徐𤊹曾將二人並提）。例如，明末清初的王猷定，在
其《四照堂集》卷二《宋遺民廣錄序》（代李小有作）的第一句話就說：
"程篁墩輯謝皋羽、鄭所南十一人詩文傳於世，題曰《宋遺民錄》。"把原
來排在鄭思肖前面的九個人都畧去了。而且，還有很多人甚至把鄭思肖
排在謝翱前面呢。

最早把謝翱與鄭思肖作比較的應該是明季陳宗之的《心史跋》，他
說："居恒讀謝皋羽詩，歎其處宋室淪喪，隱蔚不得展，至登釣臺灑淚痛

---

① 《四庫全書總目提要》卷一九一《集部》四四《總集類存目》一，還錄有明初《宋遺民錄》一種，一卷，兩淮馬裕家藏本。（按，該書後由明淸之際毛晉刊印，今存。）提要云："此卷皆宋遺民詩詞雜文，未知誰所編錄。宋之故老入元後，多懷故國之思，作詩者衆矣。此本所錄，僅謝翱、方鳳、納新（原本作賢，今改正）、李吟山、王學文、梁棟、林德暘、王炎午、黃溍、吳師道十人之作，已多挂漏。又，溍及師道皆元臣，而納新爲郭囉洛（原作葛邏祿，今改正）氏，爲元色目人，與宋尤邈不相涉。槩曰'遺民'，殊不可解。殆書肆賈豎僞託之以售欺也。"可知該《宋遺民錄》中索性連鄭思肖的名字也沒有。

哭。是史(按,即《心史》)乃侃侃鐵筆,直攄憤懣⋯⋯鄭公固互古孤忠。"

明季陳弘緒的《鄭所南心史序》也將謝氏與鄭氏相提並論,並且認爲鄭詩比謝詩寫得還要好。陳氏"鏦然""愀然""嗚嗚然"三句比喻,極形象地指出了鄭詩的藝術魅力,可圈可點:

> 宋以忠厚禮義治天下,迨其亡也,慷慨而葬魚腹者至十餘萬人。嗚呼盛哉,自有生民以來,夷狄猾夏莫如祥興之變爲甚,故其忠憤之發也爲尤烈。予意當時遺民故老,望島嶼而唏噓,吊溟海而太息,寄寓於歌詠記載若謝皋羽《冬青樹引》《西臺痛哭記》之類者,尚多有之⋯⋯辛巳春,過楊伯祥太史,展案頭新刻,題曰《心史》⋯⋯類皆眷懷君父、扶植綱常、切齒於仇讎左衽之作。鏦然如刀劍夜鳴,愀然如鞞笳互作,嗚嗚然如隴水之悲激而寒蛩之哀號也。視皋羽諸詩文,孤峭相似,而感憤壯烈殆欲過之。嗟乎!

而南明隆武元年福建方潤等人決定合刻鄭氏《心史》和謝氏《晞髮集》時,便將鄭列於謝之前。方氏在序言中說,"夜靜鬼語,天涼夢秋"之時,捧讀"所南、皋羽二先生若詩若文,詠之歌之",便覺"悲風若酸,山月皆苦,感今昔之同時,視乾坤爲有限"。同爲此書寫序的洪士升也說:"吾茲誦鄭所南、謝皋羽二先生之詩若文,不勝泫然以悲也。"

明清之際的王御,在《所南先生詩序》中則把鄭思肖的詩與文天祥的詩(以及宋·鄭準、明·鄭文康的詩)並提:

> 先生鳳麟先天之正氣,承先世之洪謨,生不逢辰,遭九五之厄,行吟於野,首陽一片土,玄陰杳冥,日月無光。凌冬衆卉皆沒,而青松一枝挺然獨立。惟此孤陽一線之生氣,扶乾穹以不裂,伊誰之功也!信國有《正氣歌》《零丁洋》之詩,詩心之悲憤嗚咽,後之人讀之者三歎息也。先生之吟,篇帙更多,其悲憤嗚咽、抑鬱不平之意,壹於詩焉,發之一字一淚,淚之如霰者逐溪

流,而之於西江遙遙之滸以止。蓋開國、平橋諸公,皆有詩,詩之正風也。先生之詩,詩之變風,變而爲苦以削。<u>試招信國於九天而讀之</u>,<u>當爲擊石以助之哀</u>!

王氏說鄭思肖的詩比文天祥詩數量多,並不確切。但他顯然認爲鄭詩寫得比文詩好,甚至還想象請文天祥來擊節而讀鄭詩呢。

明清之際的徐介,嘗集文天祥、鄭思肖詩。(鄭詩自是出自《心史》,否則不可能與文詩相偶。)可惜今未之見,僅見其友人魏禮(魏禧之弟)有《讀徐淥溪集文文山鄭所南詩序》,曰:"文詩之佳者有似杜詩,而鄭詩之佳者則有似文詩;淥溪自爲編偶,以寫其懷抱情事,遂成淥溪之詩。淥溪之言曰:'宋之末造有信國公爲宰相於上,有思肖先生爲處士於下,皆能與天地爭菀枯。宋雖亡,二公足存其生氣。'嗚呼,豈不信然哉!⋯⋯雖然,忠臣義士何代無之?如顏魯公有書法,後人得憑其書法,以效其倣仰;文鄭二公有詩,後人得憑其詩而寄其嘅慕,以發其情焉。詩曰:'維其有之,是以似之。'淥溪似之矣,而淥溪往又析集陶詩與杜詩也。"

明清之際的陳濟生,明亡後編《天啟崇禎兩朝遺詩》,在序中說:"若夫乙酉建國,上無東晉之強,下無南宋之久,疆土人民一朝淪喪,貞人烈士捐軀赴義、陷胷絕胸,則又有所南、信國之遺風焉。"竟將鄭思肖名列於文天祥之前。

明清之際的吳肅公,在《宋遺民四先生詩序》云:"予習爲詩,少陵而外喜宋遺民林霽山、謝皋羽、鄭所南三先生,時取其詩詠誦之。又于《遺民錄》得梁隆吉詩十餘首。霽山刻意少陵;皋羽幽陗,不蹈南宋一語;隆吉亦在中晚間;獨所南膚弱,然其氣激,其情摯,與三子同。要皆艱貞介特之士也。宋之天下亡于蒙古,而人心不與之俱亡如此,卽謂之勝于唐可也。"吳氏在此認爲鄭詩相對"膚弱",但他在《宋林霽山先生詩序》又云:"予得鄭億翁《心史》,欷歔諷詠,不能自持。已復得謝皋羽《晞髮集》、林霽山《白石樵唱》,更選錄之,序以存焉。諸先生皆宋忠臣,其幽貞介節,無所軒輊也。"

清初的王史鑑,在《宋詩類選》序文中,也把鄭思肖的詩與文天祥、汪元量、謝皋羽、林景熙等人的詩並論：

> 晚宋諸人感傷變革，忠義蟠鬱，故多悽愴之作。文信國身任綱常，從容就義，壯烈之語，眞可驚風雨而泣鬼神。水雲之哀怨，晞髮之慟哭，霽山仗義於諸陵，所南發憤於《心史》，千載而下，猶堪痛心。

而清末的陳去病，在《讀鄭思肖心史》中，也把鄭思肖的詩與文天祥、謝翱的詩作比較，並認爲鄭詩尤爲奇特：

> ……卓哉帝宋朝，遺民貴立節。
> 煌煌《正氣歌》，嗃吰振金鐵。
> 下逮《晞髮吟》，哀音激清越。
> 俱垂天壤間，彪炳不可滅。
> 而如鄭憶翁，耿耿尤奇特……

陳氏後來還在所著《詩學綱要》一書中寫道：

> 若夫亡宋之際，文山倡《正氣》之歌，皋羽著《晞髮》之集，水雲傳《湖山》之稿，所南埋《心史》之編。是皆天地之中聲，人臣之大節，懸日月而不刊，與河山而並壽，固未可以尋常之韻語，下無謂之批評，則姑闕焉可也。

清末民初的范鍇在《古懽室炳燭錄》中認爲，鄭思肖“即以詩論，亦爲宋末一大家，與南渡諸公索索無生氣者大不相同”。並說自己“開卷見其第一首《題多景樓》”，便“不覺爲擊唾壺缺也”。又在《老學究語》中說，“《心史》……一洗卑靡唯阿之習，足與文山遭難後之《指南》《吟嘯》兩集相頡頏，而性情獨至之處，則令人涕泗無端，拔劍斫地而不能自已”；並認爲“《心史》中有醜詆胡虜、希冀光復之語，視疊山、水雲、皋羽之集激烈十倍"。

二、將《心史》詩文與唐宋諸大家作品相比較。

上述明清之際王御的文章中，在談到"試招信國於九天而讀之，當爲擊石以助之哀"後，又說："雖稱青蓮多魔於仙，右丞多溢於華；先生則超超乎塵埃千仞之表矣！"他的意思大概是：李白(青蓮)因深受道教仙人之說影響，其詩豪放、浪漫；王維(右丞)則喜歡談禪說佛，詩中有畫；然而鄭思肖的詩則兼有李白、王維的風格，而更超絕。這也是很高的評價。

明季姚宗昌的《心史跋》中，則將《心史》與北宋辛棄疾的書相比較："余讀辛棄疾所著《南燼》《竊憤》二錄，不禁悚然以悲，黯然以傷也。二《錄》所載，皆徽、欽北狩事，瀏覽低回，使人不復可道。不意今日又得手鄭先生此編。然先生之志，過棄疾遠矣。復廟社之靈，雪衣冠之痛，一編之中深致意焉。精誠所貫，歷四百年而始見人間。"姚氏說的"二錄"不是詩，但他讀《心史》詩文後的感動，認爲超過讀傳爲辛棄疾所著《南燼錄》《竊憤錄》諸書。①

清乾隆時人秦武域，在《聞見瓣香錄》中例引《心史》中五言佳句"山靜鬼行月，宵涼人夢秋。""星流銀彈過，月碾玉輪行。""赤心懷趙日，綠鬢染吳霜。""顛風掀曠野，癡雪厄寒林。"盛讚曰："何減李賀、盧仝！"

清後期詩人陳錦的《偶成》，把《心史》與杜甫的憂國之詩相提並論，或者徑將《心史》視作杜甫之作，有句曰："少陵《心史》是平生，經訓菑畬已輟耕。"

民國抗戰時期的鄭貞文，在《笠劍臿痕序》裏還將《心史》詩文與岳飛、陸游、文天祥、謝翱的作品相提並論：

---

① 按，《南燼錄》當作《南渡錄》，或作《南燼紀聞》，與《竊憤錄》皆記宋靖康以後事，若出一手。所記年號、史實等有舛誤。舊均題辛棄疾著，後人多認爲僞託，也有人認爲初非僞託而爲無名氏所作。馮舒(1593~1649)《詩紀匡謬·大風歌鴻鵠歌》云："宋人《竊憤錄》一書，記徽、欽北狩事，容齋極辨其妄。萬曆末年郡中人從嚴氏鈔本鬻之，本無撰人，余邑有吳君平者，妄增'辛棄疾'三字於卷首。余謂之曰：'此從何來？'君平曰：'世人不知書，若無姓氏，便爾見忽，故借重稼軒。此僅可欺不知者，如公自不必怪也。'近有一友作《心史序》，首句便云'余嘗讀辛稼軒《竊憤錄》'，不覺失笑。"馮氏所說"一友"當即指姚氏。翁同龢(1830~1904)認爲《北[南]燼紀聞》"疑信參半，不得謂盡誣也"(致費念慈函)

夫武穆之詞、放翁之詩、文山之歌，以及吾閩鄭所南、謝皋
羽諸作，善敍喪亂，詞多感慨，尤富民族之思。余讀其文，想其
人，惜有志而未逮也。

還有清初許瑫(懦菴)，在《許子文存》中將《心史》中詩與歐陽修、蘇
軾、王安石、黃庭堅、陸游、陳與義、文彥博、韓琦、文天祥等宋詩人的詩相
並論。因爲本書下面將引用，這裏就不引了。

三、將《心史》詩文與晉代的陶潛甚至與更早的屈原等人的作品相
比較。

明清之際的方文在《贈別周穎侯》詩中，便將陶潛與鄭思肖相提並
論："陶公集中書甲子，鄭公井底傳《心史》。"

明清之際的劉城在《山中呵凍錄序》中自述："余抱病入山，都無長
物，舊所擁書，亦漸殘闕。几案所置，惟《離騷》《淵明》，手不能釋；次則
皋羽《晞髮》、所南《心史》與須溪點閱諸書，以縱心娛目而已。"可見他在
因反抗清朝而艱苦流離中，是把屈原、陶潛及鄭、謝諸作當作寶書而須臾
不離的。

明末黃居中在《閱宋遺民鄭所南井中心史》詩中說："讀罷悲且吟，
反騷同哀屈。"也將《心史》與《離騷》並提。

爲《心史》初刻本作跋的凌一槐說："讀《離騷》者，每於雜復繚繞、迂
誇譎怪之語，而益愍其忠愛之深且摯也。三復是編(按，指《心史》)，可
以感矣！嗟乎，一則投軀於汨江，一則沉書於眢井……誠同有此心也！"
他認爲鄭思肖的作品與《離騷》一樣深摯感人。

抗清壯烈犧牲的黃淳耀，在《讀鄭思肖心史》詩中也說："人間再見
陶徵士"，"千秋萬古靈均意"。

而明季另一位抗清而死的詩人錢肅樂，在《庚辰春偶吟·讀宋鄭所
南先生心史詩》其四中讚道："有恨《離騷》託湘水，無情錦句覓奚奴。"前
一句將《心史》與屈原名作相比，後一句是與錦囊奚奴的李賀詩相比。

明季又一位爲抗清而壯烈犧牲的張煌言，在爲自己最後的詩集《奇

零草》作序時，首先想到的最崇敬的前輩詩人，便是杜甫、陶潛和鄭思肖三人：

> 嗟乎！國破家亡，余謬膺節鉞，旣不能討賊復讎，豈欲以有韻之詞，求知於後世哉！但少陵當天寶之亂，流離蜀道，不廢風騷，後世至今名爲詩史。陶靖節躬丁晉亂，解組歸來，著書必題義熙。宋室卽亡，鄭所南尚以鐵匣，投史瞽井，至三百年而後出，夫亦其志可哀，其精誠可念也已！

可見張氏在國破家亡之際、兵家握奇之餘寫下這些詩篇時，其心目中效倣、崇敬的典範之作就有《心史》。

明淸之際周容在《與張又陶書》："……字中見血，字外見聲，千古來屈原、少陵後，鄭所南有其性。"

而明季對《心史》評價最高的則是著名思想家、也是著名詩評家（著有《薑齋詩話》等）的王夫之。他曾創作《九礪》詩九章，並在晚年丙寅（1686）回憶說：

> "九"倣《楚辭》，"礪"倣宋遺士鄭所南《心史》中詩。自屈大夫後，惟所南《心史》忠憤出於至性，與大夫相頡頏。願從二子遊，故倣之。

也就是說，王氏認爲在整部中國詩歌史上，惟有"《心史》中詩"是自屈原《離騷》等詩之後可以與之"相頡頏"的"忠憤出於至性"的佳作！這一論斷是非常值得後人重視的。尤應指出的是，王氏一生最崇敬屈原，最愛和力治《楚辭》，至晚年乙丑（1685）寫定《楚辭通釋》十四卷，稱屈原是"忠臣之極也"，並特撰《九昭》爲該書"卷末"，序曰："有明王夫之，生於屈子之鄉，而遭閔戢志，有過於屈者……聊爲《九昭》，以旌三閭之志。"由此，更可知王氏認爲只有《心史》可以與《楚辭》"相頡頏"是何等崇高的評價！

　　清初學者李煥章,在《遙祭顧寧人先生文》中將《心史》"與墨臺(伯夷、叔齊)之《采薇辭》、文山(文天祥)之《正氣歌》……謝皋羽之《西臺慟哭詩》、王炎午之《生祭文》、程濟・史仲彬之《從亡・致身錄》"及顧炎武之詩文相提並論,認爲是一脈相承,呼籲"亟爲闡揚掇拾,使天下後世不忝所生,歸於忠孝"。

　　清代前期學者儲大文,完全同意上述王夫之的觀點,他在《存硯樓二集》中有《書王薑齋九招[昭]後》一文,也精彩地論及《心史》的價值,把它與《離騷》及庾信、李白、杜甫、李商隱、韓偓、徐鉉、元好問、李煜、辛棄疾等人的作品相提並論,而特別指出如果在"志與時"上最相符的,莫過於謝翱的《西臺慟哭記》和鄭思肖的《心史》,認爲這才是"騷之眞者":

　　　　西江論文者曰:爵祿不能誘,刑詞不能懼。此至言也。必規規焉舉格律而肖之,此豈復有文乎? 而況《離騷》乎? 漢人以下擬《騷》者,非《騷》也。子山之賦,太白之《遠別離》,子美之《秋興》,義山之《無題》詩,以及韓致堯、徐鼎臣、元裕之諸詠,是眞《騷》也。不寧惟是,雖李重光、辛稼軒樂府,亦《騷》也。而志與時符者,尤莫若皋羽之《記》、所南之《史》。蓋《騷》於是備矣! 世之人不以《騷》之眞者爲《騷》,而以似《騷》而非《騷》者爲《騷》,此《騷》之所以亡! 而予讀薑齋先生《九招[昭]》之書,輒爲累欷統涕者也!

　　清代前期的張泓,在其《滇南憶舊錄》中認爲《心史》之詩"皆痛苦酸心","大抵皆式微黍離之什",說"所南蓋無家之五柳,免死之疊山也"。"五柳"卽陶潛,"疊山"則宋季謝枋得也。

　　清代後期著名藏書家丁丙在《短鬢》詩中,也是把《心史》與屈原、與屈原的《天問》相提並論的:"鐵函有井函《心史》,金闕無門上血書。《天問》問天《楚辭》楚,蕨薇身世後何如。"

　　清代後期詩人柴文杰在《節義文章》詩中,則不僅把《心史》與同時代的文天祥、謝枋得、王炎午等人的詩文並提,而且還與諸葛亮、陳琳、張巡等人的詩文相比：

> 旣無疊山《卻聘書》，亦無所南《井中史》，
> 更無炎午《生祭文》一篇，又無文山《衣帶字》半紙。
> 但此節義存胸中，曾作讀書眞種子。
> 請爾剖此腹中稿，乃有《絕命詞》，亦有《出師表》，
> 亦有圍城聞笛《睢陽詩》，更有討瞞馳檄《陳琳草》。
> 吁嗟乎，三千文字高撐腸，血花紅濺古墨香。
> 元人嘖嘖"眞文章"，狀元又一文天祥！

　　清末文人、藏書家郭傳璞在《與歐仲眞書》中也把《心史》與屈原《離騷》並提："蠶雖僵而絲賸，豹已殪而皮留。正則以箸《離騷》，所南以造《心史》。弋名匪遑，貢憤而已……"

　　還有如乾隆時詩人喬億（慕韓），在《劍溪説詩》卷下將鄭思肖與陶潛、王通、陳摶、林逋、魏野、眞山民等派爲一流，云："僕嘗欲萃宋、元、明三朝儒者詩爲一冊，曰《道學詩鈔》。又自漢迄明凡良弼、循吏、賢士大夫之作爲一冊，曰《名臣詩鈔》。又採古今節烈之士有篇什者，如漢之蘇武、孔融，唐之李憕、蘇源明、顏眞卿、張巡、韓偓、司空圖，宋之靖康以盡文、謝諸公，明靖難及末造授命諸臣爲一冊，曰《忠義詩鈔》。又取幽人憤士之詩，自陶靖節、王文中、陳希夷、林和靖、魏仲先、鄭所南、眞山民，以及元、明之志潔行芳、絕塵不返者爲一冊，曰《逸民詩鈔》。俾游心藝苑者，知詩外尚有人在也。"

　　《心史》詩中有不少佳句，曾博得一些著名作家、詩話家的讚揚。

　　如清代的袁枚雖然認爲《心史》可疑，但他在《隨園詩話》中卻非常欣賞《心史》中的《前雪歌》一聯詩"詩戰素手白相敵，酒潮赧臉紅不鮮"，將之與宋人王琪引述的詠雪詩句相比較，讚爲"更新"；又非常欣賞《心史》中的《春歌》的幾句四言"今日之今，霍霍謅謅；少焉矚之，已化爲古"，譽爲"殊妙"。

　　清代的洪亮吉在《北江詩話》中則極讚《寫憤三首》中鄭思肖夢中所

得佳句"翻海洗青天",並將它與李賀名句"酒酣喝月使倒行"相比較,認爲李詩"語奇矣,而理解不足",而鄭句"則語至奇而理亦至足,遂爲古今奇語之冠"！洪氏在同書中還寫到"'寧可枝頭抱香死,不曾吹墮北風中。'‘此世但除君父外,不曾別受一人恩。’此宋末鄭所南思肖詩也。讀之頑夫廉,懦夫立志。"這兩句詩很多鄭氏傳中都曾引過,不過不是《心史》中的詩。

明季方孔炤、方以智父子,都特別讚賞鄭思肖"至今首陽山,不生周草木"詩句。方孔炤在《井中鐵》詩中引此二句,並說"此語歌之古今哭";方以智則在名著《通雅》中與謝翱的詩句"紛紛古人呼不起"一起,引了這二句,並說:"如此快痛,非吹毛之劍乎?"方氏父子所引鄭詩,爲《心史·中興集二卷》中的《十一礪四首·其三》,原句爲:"獨有首陽山,不生周草木。至今插天高,與商無終極。"可知父子均有點兒記錯;但儘管如此,亦足見他倆對此詩之激賞。

又有方以智的堂叔、詩人方文,則極爲激賞《心史·中興集二卷》中《辛巳歲立春作》中的"地走人形獸,春開鬼面花",並將此聯化入自己的《閱鄭所南詩》詩中:"生憎地走人形獸,也覺春開鬼面花。斯語至今猶妙絕,一囘吟詠一長嗟！"明清之際著名書畫鑑定家顧復,也在其《平生壯觀》中說:"吾最喜其‘地走人形獸,春開鬼面花’諸句,壯激新奇。"又,明清之際的蔣臣在《送靜休上人住山疏》中也引了這句詩。

清代前期的張泓,在雲南大理時從朱鳳英處借閱《心史》,匆匆鈔錄了其中幾首詩,記在《滇南憶舊錄》中。有《訪隱者》《春日登城》《春詞》《春日游承天寺》《仙興》《秋歌》《春歌》等,尤其對《秋歌》《春歌》兩首長詩擊節,評曰:"二歌變數首之幽咽而縱橫磅礴,有獨自飛行天外之勢。"他還摘錄了《心史》中的八首詩的佳句。

乾隆時的蔣鳴珂編選了一本《古今詩話探奇》,自稱所錄詩作是他認爲古今"最爲奇絕者",書中卽選錄了《心史·咸淳集》中的《湖上漫賦二首》之二。

清末梁啟超更對《心史》從整體上作了最高的評價。他在《重印鄭所南心史序》中說:

窮日夜之力讀之,每盡一篇,腔血輒騰躍一度。旣卒業,隱几奮騰,睡則囈誦'誓以匹夫紓國難,艱於亂世取人才。屢曾算至難謀處,裂破肺肝天地哀'之句,咿嚶作小兒啜泣聲。同舍生眙之,謂其病也。<u>嗚呼,啟超讀古人詩文辭多矣,未嘗有振盪余心若此書之甚者</u>!⋯⋯<u>嗚呼,此書一日在天壤,則先生之精神與中國永無盡也</u>!

他又在《飲冰室詩話》中摘錄了很多他非常喜歡的《心史》中的詩句,多達二十三句(首):

昔荀卿子有《儒效篇》,若所南者,可謂大儒之效也已。頃校印其鐵函遺著《心史》原本,誦其詩,<u>有愛不忍釋者</u>,掇錄散句,以寄仰止云:

千金一夜醉,四海十年遊。山靜鬼行月,宵涼人夢秋。(《逢陳宜之伯義》)

高樓臨白日,平地載青春。(《越州飛翼樓》)

萬里思不極,一天秋更清。(《山中聞鶴》)

千古英雄人不見,一樓風雨夢初回。空中變化觀龍見,世上淒涼誤鳳來。(《睡覺有懷》)

力不勝於膽,逢人空淚垂。一心中國夢,萬古《下泉》詩。(《德祐二年歲旦》)

無地可容足,有天能見心。(《春雪中作》)

天下皆秋雨,山中自夕陽。(《獨釣》)

舉世無人識,終年獨自行。海中擎日出,天外喚風生。(《此心》)

時異生深恨,雲飛動壯懷。(《卽事八首》)

花柳有愁春正苦,江山無主月空圓。(《偶成二首》)

古今豈二道,死生惟一心。(《遣興二首》)

醉去忘形猶蛻骨,怒來嚼齒欲穿齦。(《無題五首》)

十年句踐亡吳計,七日包胥哭楚心。(《二礪》)

新鴈來時芳草死,歸鴻盡處暮天長。(《九日》)

九州俱是淚,一刻不容生。(《五礪》)

淚如江水流成海,恨似山峯插入天。(《八礪》)

郊坰常鬼哭,風雨自難鳴。(《覽鏡》)

集中尤感人之作,如《書前後臣子盟檄後》云:

死亦烏可已,丹心闢大猷。恭承父母教,用翦國家讎。日破四洲夜,天開六幕秋。終當見行事,不與世同流。

《礪志》二首云:

我讀我父書,頗曾識大義。無以死恐我,死亦心不二。

《九礪》云:

忍死以待旦,蹉跎歲又殘。墮身陷囚阱,盡命哭衣冠。月死盧空黑,春枯草木寒。床頭雄劍在,白氣夜盤盤。

《辛巳立春作》云:

大辱痛於死,含淚吊歲華。

《十一礪》云:

生或不就緒,死當償夙願。罔使竟食言,刼刼抱長恨。

《十二礪》云:

攀斷龍髯哭不回,鼎湖仙去下民災。一身肉痛愁銷骨,兩臉顏枯瘦入腮。誓以匹夫紓國難,艱於亂世取人才。屢曾算至難謀處,裂破肺肝天地哀。

先生之志事,備於其文,詩末技耳。先生之詩,古體尤卓絕,近體又末技之末技耳。紙短畧錄如此,亦曰爲普天下崇拜先生之人一介紹而已。

另外,梁氏當時重刊《心史》,書前印有他書錄《心史》詩句的手蹟:"心敕雷霆開世界,手提日月上山川。"(《七言律》)

這裏還可一提清末時少年胡洪騂(即後來的胡適)。胡氏在丙午年

(1906)寫的《澄衷日記》,用的是當時某書店出售的日記簿,該簿每頁上端印有古人的一句警言或幾句名詩。胡氏對其中某些名詩名句細加圈點,表明其非常喜歡和重視。四月廿四日(5月17日)圈點的是"舉世無人識,終年獨自行。海中擎日出,天外喚風生。"閏四月十七日(6月8日)圈點的是"願得一脈暖,散爲天下春;援手水火間,以道拯斯民。"前二聯出於《心史·大義集》的《此心》,後二聯出於《心史·中興集》的《苦懷六首》之四。

對《心史》中的詩,除了像上面說的王夫之曾有做作之外,更有一些詩人步和其詩。如陸世鑰步《心史》中的《偶成》(其一)韻;劉城步韻的更多,共有十首,爲《觀雪》(共四次)、《題多景樓》《郊行卽事四首》(其一、其二)、《僧房夜坐》等。應該指出,鄭思肖被人步韻的這些詩,確實都是《心史》中的優秀之作,意境、情懷、文字均極佳。爲省篇幅,這裏不再引徵原作了。

明清人士的一些筆記、詩選等,還選錄了《心史》中的不少優秀詩作。①

如惠康野叟的《識餘》卷二《詩考》,便收錄了《心史》中的《五忠詠》《秋歌》《春歌》《勵志二首》(其二)《追獎》《續洗兵馬》《吊揚州瓊花》《二唁詩》《哀劉將軍》《元韃攻日本敗北歌》諸詩。

吳綺的《宋金元詩永》,在卷二、五、八、十一、十八共收錄了《心史》中詩十四首:《古詩三首》(其二、其三)《愛竹歌》《逢陳宜之》《送友人歸》《送人之官》《睡覺有懷王梅塢垓》《懷歸》《夏駕湖晚步懷古》《訪隱者》《春日登城》《春詞》《懷友》《春日遊承天寺》。

陳焯的《宋元詩會》卷五四收錄了《避暑入古寺》《十三礴十首》(其七、其八)《苦懷》《菊花歌》《題多景樓》《逢陳宜之伯義》《越州飛翼樓》《山中聞鶴》《聽琴》《別故人》《詠懷二首》《晚晴》《卽事二首》《宿半塘寺》《追獎》《辛巳歲立春作》《夏駕湖晚步懷古》《送人至行在》《飄零》

---

① 清初范希仁所編《鄭所南先生詩鈔》,共選《心史》中詩一〇七首,收入《宋人小集》(鈔本)叢書;康熙時太倉鄭起泓所編《鄭所南先生詩選》,共選《心史》中詩一三二首,後由其子刻爲一卷,收入《鄭氏六名家集》叢書。由於這些都是專選鄭思肖詩,所以不在這裏列出詩題。

《醉鄉二首》《二礪二首》《吊揚州瓊花》《湖上漫賦》《絕句二首》《小春花》《春日偶成五絕》(其一、其二)等《心史》佳詩。

褚人穫的《堅瓠四集》卷四,也引錄了《心史》中的《夏駕湖晚步懷古》《春日登城》《春詞》《懷友》《春日遊承天寺》《睡覺有懷王梅塢垓》《隱居謠》及零句。

王史鑑的《宋詩類選》選了《心史》中的《德祐二年歲旦》《聽琴》《懷友》《贈老王道人》《飄雪》《八礪》《別友人》《宿半塘寺》等。

厲鶚在《宋詩紀事》卷八十收錄了《心史》中的《逢陳宜之伯義》《送友人歸》《訪隱者》《春日登城》《春詞》《懷友》《春日遊承天寺》《湖上漫賦》《隱居謠》《醉鄉》(其九)等。

孫濤在《全宋詩話》卷十一中選有《心史》中的《送友人歸》《春詞》《春日游承天寺》《醉鄉》(其九)等。

邵曧、柯弘祚的《宋詩刪》卷下,選收了《心史》中的《題多景樓》《逢陳宜之》《送人之行在》《偶成》(二首之一)《五忠詠》(五首之一《制置李公芾》)《梅花》等。

鄭傑的《閩詩錄》,選了《心史》中的《逢陳宜之》《送友人歸》《訪隱者》《春日登城》《春詞》《春日遊承天寺》《隱居謠》《醉鄉》等。

管庭芬、蔣光煦的《宋詩鈔補》收錄了《心史》中的《逢陳宜之伯義》《送友人歸》《訪隱居》《春日登城》《春詞》《懷友》《春日遊承天寺》《湖上漫賦》《隱居謠》《醉鄉》(其九)《聽琴》《睡覺有懷王梅塢垓》《飄零》《懷歸》《虎丘》《古詩三首》(其三)《琴女行》《墨蘭》《秋雨》《醉鄉》(其一、其四)等。

鮑廷博等補明·程敏政《宋遺民錄》的鄭思肖一卷,增收了《心史》中的《題多景樓》《聽琴》《送友人歸》《夏駕湖晚步懷古》《訪隱者》《春日登城》《春詞》《懷友》《春日遊承天寺》《湖上漫成二首》《仙興》等。

吳翌鳳的《宋金元詩選》卷三,選收了《心史》中的《別故人》《絕句十首》(其四、其九)。

汪薇的《詩倫》,收有《心史》中《苦懷六首》一首(其二)。

甚至清初"御定"的《古今圖書集成》中,也選入了《心史》中的《山中聞鶴》《別故人》《懷友》《贈老王道人》《仙興》《詠懷三首》《菊花歌》等詩;《御定歷代題畫詩類》,也選了《心史》中的《題蕭初梅舊所藏錢塘王畿圖二首》《題明皇按樂圖》《墨蘭》等詩;《御定佩文齋廣羣芳譜》則選入了《小春花》《菊花歌》等詩;尤其是《御選宋金元明四朝詩》中的《御選宋詩》,是康熙命張豫章等人選編,並由他"御定"的,竟共選了《心史》中的三十四首詩:《詠懷》(二首)《吳江垂虹雨後觀荷》《虎丘》《古詩》《雪中醉題》《題多景樓》《山中聞鶴》《送人之官》《聽琴》《別故人》《獨釣》《曉晴》《晚晴》《宿半塘寺》《送人之行在》《懷歸》《即事》《對菊》(三首)《訪隱者》《春日登城》《懷友》《春日遊承天寺》《贈老王道人》《書蘭亭帖後》《湖上漫賦二首》《仙興》《即事》《春日偶成》《己卯十一月朔又夢食梅花夢中作》《題蘭》。

這裏再附帶舉出我看到過的民國抗日戰爭時期出版的愛國詩選中所選的《心史》中詩的篇目。這些愛國詩選都是從歷代詩集中選收的,在抗戰中起了激勵民氣的作用。如:

1937 年 7 月出版的張長弓《先民浩氣詩選注》,選收《五忠詠》(五首)《答》《德祐二年歲旦》《自挽》《二勵》(二首)。

1937 年 7 月出版的胡才甫《民族詩選注》,選收《墨蘭》《寫憤》《書前後臣子盟檄後》《語聲》(?)《詠制置李公芾》《詠察使姜公才》《詠都統王公安節》《自題大義集後》《庚辰歲旦歌》(按,即《德祐六年歲旦歌》)《勵志》《一勵》《二勵》(二首)《八勵》。

1938 年 3 月出版的汪靜之《愛國詩選》,選收《德祐二年歲旦》(二首)《春雪中作奇蕭梅初》《寫憤》(四首)《書前後臣子盟檄後》《此心》《即事》(二首)《對雨有懷》《自挽》《一旦》《偶成》《答》《鴈足》《古時》《補夢中所作》《聞陷虜宮女所問》《南望》《匈奴》《絕句》(三首)《五忠詠》(五首)《陷虜歌》《黃河清》《自題大義集後》《郊行即事》《苦懷》《德祐六年歲旦歌》《勵志》(二首)《春日偶成》《寫憤》(二首)《無題》(四首)《和文丞相六歌》(選四首)《追獎》《一勵》《二勵》(二首)《三勵》《四勵》《五勵》《六勵》(三首)《七勵》《八勵》(三首)《九勵》《十勵》(二首)《十一勵》《十二勵》《十三勵》(二首)《十四勵》(二首)《十五勵》《十六勵》《十七勵》《十八勵》《十九勵》《九日》《弔揚州瓊花》《辛巳歲立春作》《獨遊》《憶夢哭歌》《題蕭梅初舊所藏錢塘王畿圖》（二首）《昭君嘆》《哀劉將軍》《大宋地理圖歌》《元韃攻日本敗北歌》。尤需指出，汪氏此書獨以《心史》所選詩爲最多。汪氏乃著名新詩人，其眼光自是現代的，藝術性也自是深知的。

1940 年 6 月出版的盧前《民族詩選》，選收《陷虜歌》《寫憤》（三首）《寫憤》（三首）《自挽》《自題大義集後》。

1941 年 7 月出版（初版於 1935 年）的李宗鄴《註釋中國民族詩選》，選收《絕句》《制置李公芾》《都統王公安節》《北望》《匈奴》《秋雨》《絕句三首》《六勵》《小春花》。

以上所以不怕麻煩地記下那許多被人所選的《心史》詩的題目，主要目的就是爲了有力地證明：一，《心史》之詩的藝術性是有目共睹的，不是什麼人可以隨便抹煞的！二，《心史》中的好詩，決不只是很少的幾首！其中有不少詩被好幾個朝代、好幾位著名學者、好幾部書不約而同地選錄，更可證明它們必是公認的好詩。那麼，我們回頭再看看今人（不少還是名人、權威）撰寫的一些文學史及編選的宋詩選，它們互相鈔來鈔去，提到或選錄的鄭思肖的詩老是只有那麼一二首，由此就可知這些編撰者不僅未看《心史》原書，就連上述前人的選集之類也沒看過。這種學風眞正是不知羞恥，愧對前人，也有負後學，實在不值鄙人和識者一哂！

這裏還要談談我所崇敬的當代大學者錢鍾書在《宋詩選注》中未選鄭思肖的問題。

我很早就"發覺"錢氏對《心史》似乎很有顧慮。不僅《宋詩選注》不選鄭思肖的詩，他的《談藝錄》《管錐編》二書多處提到鄭氏，但總是小心翼翼地回避《心史》①。我曾寫信請教過他：《宋詩選注》何以不選鄭思肖

---

① 順便提及，被人合稱爲"二錢"的另一位錢仲聯先生，似乎也有點如此。他長期居住在發現和初刻《心史》的蘇州，但在他編選的《宋詩三百首》書中不選《心史》，在他的《夢苕菴詩話》中也不提《心史》。不過，他也沒有寫過否認《心史》爲眞的文字。他在註釋黃遵憲、沈曾植等人的詩時，寫到過《心史》，在《無羔續稿序》中用了《心史》典故。

的詩,是否認爲《心史》是僞書? 同時還冒昧地附去了考辨《心史》眞僞的拙文。錢氏在病中"力疾作報"說:"當年未選鄭所南詩,憶爲不喜其風調;至於《心史》是否卽出《錦錢餘笑》等作者之手,初無定見。待細讀尊文後,當有啟發也。"遺憾的是,因爲他老人家"老病無力",後來沒有再來信談他對《心史》的看法。

錢先生對晚輩非常客氣,扶病囘信尤令我感動,不過,我一直對他"當年未選鄭所南詩"的解釋心存懷疑。我不能相信《心史》中有那麼多好詩都入不了他老的法眼。恐怕還是因爲眼前有"僞書說"之陰影吧。我作這樣"小人之心"的猜想,最初就想到有一例可證:《管錐編》的讀《全上古三代秦漢三國六朝文》第一五四則,談歷史上的"正統論",錢氏以其"睹記所及",列舉了唐以後二十多位專論"正統"問題的學者的名字,以及他們的論述出處,卻偏偏沒有提及鄭思肖《心史》中的非常重要的《古今正統大論》。這絕不可能是博學強記的錢氏睹記未及,因爲在他提到的廖燕、魏禧等人的文章中就都是重點引用鄭氏此論的,錢氏顯然是有意廻避。(後來,我在後來影印的錢氏《中文筆記》中,果然看到了他摘錄了《古今正統大論》。詳見下述。)

我想,錢氏的這種態度恐怕也與其"家學"及某些親炙的前輩學者對他的影響有關。其父(錢基博)所著《中國文學史》,就沒有提及《心史》。錢氏尊重的一位前輩、曾與他討論過詩學的陳衍(石遺),雖然與鄭思肖同爲閩籍,也幾乎從來不願或不敢提到《心史》。例如,在其編選的《宋詩菁華錄》中,雖然提到鄭思肖(卷一卽說"四靈以後爲晚宋,謝翱羽、鄭所南輩則如唐之韓偓、司空圖焉"[①]),但一點也不涉及《心史》。只是引了鄭思肖集外的一首四言題蘭詩,而這首四言明顯是不能與《心史》中的很多好詩相媲美的;在他所輯的《元詩紀事》卷三一"宋遺老"中有鄭思肖,但也絲毫不提《心史》,只是另外輯錄了鄭氏五句(首)詩,無一出自《心史》,也不是"遺老"鄭氏的代表作;在他寫的《石遺室詩話》(及其續編)中,亦無一語論及《心史》。惟《石遺室詩話》卷二記樊增祥

---

① 我很想起陳衍老於地下而請教:鄭思肖若無《心史》,何得與謝翱並提? 更何以與唐之韓偓、司空圖比較? 恐怕陳衍老無言以對吧!

贈其詩中有"選詩斷爛嗤貽上,緪井幽光閟所南"句;緊接着在卷三談到蘄水陳沆《詩比興箋》時云"眞能撥雲霧而覘靑天,緪幽沈而出井底",顯然也用了樊詩。但陳氏對所南"緪井"之書則始終未讚一詞。陳氏這樣的態度,對錢氏當有影響。①

錢氏參與撰寫的中國科學院文學研究所的《中國文學史》(1962 年出版),其中唐宋部分正是由錢氏負責主持的,在寫到鄭思肖時,僅說他"有《所南集》",竟毫不提及《心史》。而在歷史上,其實從來沒有出過一本眞的名叫《所南集》的書!② 更奇怪的是,這部《中國文學史》引了鄭思肖的一首詩《送友人歸》,並給予較高的評價,然而這首詩卻偏偏正是出自該書小心翼翼要回避的《心史》! 因此,該書中就根本沒有提到此詩的出處!③

儘管如此,我還是一直希望能看到錢氏對《心史》文學價值的評價,和他對《心史》眞僞的看法。2003 年,實際由某人"整理"但署"錢鍾書著"的《宋詩紀事補正》(遼寧人民出版社出版)一問世,我就去買了一部。因爲我知道,厲鶚的《宋詩紀事》是明確肯定《心史》的,並選錄了《心史》中的十首詩,錢氏既然爲該書"補正",就回避不了這一點。該書一到手,我就翻到卷八十的"鄭思肖",只見有按語寫道:"《咸淳集》《中

---

① 事情又有另一面。陳衍 1921 年主纂完成《福建通志》,據其門人、其子所撰《侯官陳石遺先生年譜》,其中《藝文志》除何振岱爲之分類外,字字皆出陳氏手。今見《福建藝文志》卷五九・集部二・別集類五・宋三載有:"《心史》七卷,連江鄭思肖著……《石遺室書錄》云……今案,《雜文》標目下自注'並元賊犯中國後所作',中多痛詆夷狄之言,藉洩憤恨,有云'夷狄行中國事,實夷狄之妖孽。譬如牛馬忽解人語,衣其毛尾,裳其四蹄,三尺之童見之,但曰牛馬之妖,不敢稱之曰人'。其《文丞相敍》謂'公斬時頸閒微湧白膏,剖腹但黃水,剖心心純平赤,忽必烈取其心肺與眾酋食之'。必有傳聞太過處。巡撫都院張公國維刻之以傳。事見《顧亭林集》,顧有歌紀之。"如此看來,陳氏在《福建藝文志》和《石遺室書錄》(未見刊本)中還是被迫承認並承認《心史》爲眞的!

② 只是在元人編印的鄭思肖父親鄭震的《清雋集》後,曾附有鄭思肖的《鄭所南先生文集》。而《鄭所南先生文集》只收了寥寥幾篇文章,並沒有詩,而且這些文章全部作於入元二十多年後,因此,只要想否認鄭思肖著有《心史》,就根本不宜將此文集放到"宋代文學"部分來寫! 另外,偶有將《心史》籠統地稱作《鄭所南集》的,如乾隆時江蘇省第一次呈送書目稱有"《鄭所南集》四本",黃烈等編《江蘇採輯遺書目錄》稱"《鄭所南集》,連江鄭思肖著。按,此書詩集三種,雜著七種,共十一卷,刊本"。("詩集三種"肯定就是指《心史》中的《咸淳集》《大義集》《中興集》,"雜著七種,共十一卷"則當包括《鄭所南先生文集》等。)

③ 這部《中國文學史》的這樣的"書寫策畧",看來乃是襲自 1930 年商務印書館出版的胡雲翼《宋詩研究》一書的,連《送友人歸》一詩也是胡氏書中所選的。

興集》皆在《心史》中。以《鮚埼亭集外編》卷三十四《心史題詞》記厲鶚語觀之,蓋厲知其書非偽撰,故《紀事》採錄。"我大舒一口氣:錢氏既不否定"厲知其書非偽撰",看來他自己也應該是"知其書非偽撰"的吧。

不過,隨後我便發現這部錢氏逝世後出版的書,很多地方是胡編亂來的,實在有負於錢氏。對此,我與其他學者發表過好幾篇批評文章。爲該書題簽、作序的楊絳先生,此時恍然大悟而悲悰不置,不得已,就只好請三聯書店於 2005 年另行影印出版了有錢氏原批手蹟的《宋詩紀事》,並改書名爲《宋詩紀事補訂》,以與《宋詩紀事補正》劃清界線。我又查看了《宋詩紀事補訂》卷八十"鄭思肖",卻是並無錢氏一字批語了。

那麼,上引那段按語,究竟是不是錢氏寫的呢?我認爲,那還應該是的。因爲那位"整理"者的水準實在太糟,我看是寫不出來的。[1] 欣喜的是,近年商務印書館又影印出版了三厚巨冊《錢鍾書手稿集·容安館劄記》和二十巨冊《錢鍾書手稿集·中文筆記》。在友人范旭侖兄提示下,我興奮地看到,裏面有多處寫到《心史》。《中文筆記》第五冊二三八頁還有專讀《心史》的筆記。這裏先談錢氏對《心史》文學價值的評價。錢氏在筆記裏一般不多寫直接評騭的話,他的喜好和讚賞常常體現在旁徵博引和對照中。

《容安館劄記》至少有五處涉及《心史》中的詩,態度都是肯定的:

第一冊二八九頁,在鈔錄方文《閱鄭所南詩》的"生憎地走人形獸,也覺春開鬼面花"句旁,錢氏批曰:"按,《心史·中興集·辛巳歲立春作》云:'地走人形獸,春開鬼面花。'"

第二冊八二五頁,在提及韓偓《夕陽》絕句"不管相思人老盡,朝朝容易下西牆"後,錢氏有補注引錄了《心史·咸淳集·春日遊承天寺》句:"不管少年人老去,春風歲歲闤闠城。"

第三冊一八八九頁,在談王績《醉鄉記》時,錢氏引錄了《心史·中興集一卷·醉鄉十二首·其九》:"江潮初上玉船空,假道青州一水通。

---

[1] 聽說,錢氏當時請他"整理"時,曾先後給他寫過不少紙條和信箋,想必那段按語就在其中。只是楊絳後來爲影印《宋詩紀事補訂》向他索取,他卻不給,害得我們研究者看不到錢氏那些手蹟,真是可氣!

相去塵寰千萬裏,不愁日夜不春風。"

第三冊二〇二二頁,錢氏寫到洪亮吉"《北江詩話》稱鄭所南詩'翻海洗靑天'五字爲'古今奇詞之冠'"。"翻海洗靑天"爲《心史·中興集一卷·寫憤三首·其三》之佳句。

又,第三冊七〇三則錢氏寫道:"襍閱英、法、意、德、西五國詩鈔,識小得數十事,漫書於此,其篇什之已經論駡者則不復及。"一六七二頁摘引了《心史·咸淳集·春歌》中的四句四言:"今日之今,霍霍栩栩[詡詡];少焉矚之,已化爲古。"①我在友人支順福兄的幫助下,大致知道了在這四句詩的前後,錢氏還引用對照了法文的波德萊爾《時鐘》、艾蒂安·迪朗《無常吟》、法朗索瓦·梅納《詠日》、泰奧菲洛·德·維奧《輓某夫人》,英文的加斯帕·梅恩《時間》、喬治·赫伯特《墓園輓歌》,德文的埃·富克斯《風流時光》,西班牙文的弗朗西斯科·德·可維多《生命嘆》等等。

《中文筆記》中寫到或摘錄《心史》的地方更多,但評說和添注的地方不多。第十三冊四二五頁,錢氏鈔錄了魏源《古微堂詩集》卷一《泗源泉林寺》一詩:"今日之今,風風雨雨。俄焉矚之,已化爲古。"批曰:"爲蹈襲鄭所南《心史·咸淳集·春歌》末四句,僅改去'霍霍栩栩'爲'風風雨雨','少焉'爲'俄焉'。"②第五冊二三八頁又摘錄了《春歌》此四句,批曰:"《古微堂詩集》卷一《泗源泉林寺》第三章全襲此四句,改'霍霍'句爲'風風雨雨','少焉'爲'俄焉'而已。"第一冊五一二頁又摘錄了《春歌》此四句。再加上上述《容安館劄記》那次,錢氏竟然至少曾經四次寫到這四句詩,證明他非常重視和喜歡。

上面舉出的錢氏筆記中寫到的《心史》中的這樣五首詩(句),都在

---

① 錢氏後來在鄭詩句前還補引了:"康僧會《安般守意經序》:'彈指之間,心九百六十轉;一日一夕,十三億意。'(《全三國文》卷七十五);《維摩詰所說經》弟子品第三:'諸法不相待,乃至一念不住。'筆注:'彈指頃有六十念過。'"再後來,錢氏將這一段寫入《管錐編·列子張湛註·天瑞》時,卻沒有再引鄭氏"今日之今"四句;而且,在錢氏生前出版的他的各種書中,也沒有看到他引用曾在筆記中多次摘引的這四句詩。此亦能窺見他對《心史》之眞僞頗有疑慮。

② 按,此處"末四句"之說不確,《心史》原文"栩栩"作"詡詡"。又,在錢氏之前,已有清末袁昶在《毗邪臺山散人日記》中也指出魏氏蹈襲《心史》中詩,不過他說"章法雖襲之,而意轉勝"。(但我們實在看不出"轉勝"在哪裏!)

前面我舉出的明清以來很多學者所選、所評的詩(句)裏面多次出現,說明確實是好詩或佳句。另外,《中文筆記》第五冊二三八頁讀《心史》筆記還摘錄了《心史》中的詩(句):《春歌》《寫憤》《隱居謠》《辛巳歲立春作》《元賊謀取日本二絕》《昭君嘆》《哀劉將軍》《元韃攻日本敗北歌》。也都是歷來爲人稱引的好詩。(此外,錢氏還摘錄了《心史》中的《古今正統大論》和《大義畧敍》。)

關於《心史》眞僞問題。《中文筆記》第五冊二三七頁,錢氏在讀趙懷玉《亦有生齋集》卷七《心史跋》時有批語,認爲趙氏《心史跋》"謂非僞書,卻無論據"。其後,錢氏又疊加批注,涉及萬泰《讀井中心史》、顧炎武《井中心史歌》(有摘引)、嚴元照《蕙櫋雜記》、方文《嵞山集》、梁啟超《飲冰室詩話》、黃淳耀《讀鄭思肖心史》、劉廷鑾《五石瓠》、歸莊《讀心史七十韻》又十律、全祖望《心史題詞》又一詩(有摘引)、梁鴻志《爰居閣脞談》、陳登原《國史舊聞》、袁枚《隨園詩話》等等。可惜的是,錢氏沒有對這些有關《心史》眞僞的正反材料寫出自己的評判。

由此可以知道,錢氏比前人更多地博覽了很多有關《心史》的資料,對其眞僞問題必定也作過思考,但他終究未能明確作出判斷,亦卽確實是"無定見";不過,他並非全然不喜歡《心史》詩的風調,也是顯然的。

下面,我們再囬到對《心史》文學價值的評價上來。

我在前面引用了不少明清著名學者對《心史》文學價值的評語,這是因爲考慮到自己人微言輕,還生怕有人說我對《心史》有偏愛,所以不如借重前賢以立論。然而,引用過後,卻又覺得自己想說的話,不少已爲先賢所道盡。前人所舉所選的《心史》諸詩諸句,大多確實是佳詩佳句,也是我非常喜歡的,但我覺得也並非已可觀止,此外仍尚有不少佳詩佳句從未見有人提到。例如,我個人覺得愛不忍釋而未見有人提到的,就還有《後雪歌》《江南絲》等詩,《陷虜歌》《和文丞相六歌》這樣的好詩也只有汪靜之選了一下,更有不少未見有人提過的佳句等。這些,此處也不及一一列舉。我還想再談談自己的一孔之見,以爲對前賢的補充。

讀《心史》的詩,首先一個感覺是個性鮮明。僅此一點,就可斷定絕不可能是"出於衆手"的"僞作"。它的風格,鄭思肖自稱爲"厄挫悲戀",

姚際恒稱爲"鬱勃憤懣",劉廷鑾稱爲"奇僻";有的詩句,方以智認爲"快痛"有如"吹毛之劍",顧復認爲"壯激新奇",洪亮吉更盛讚爲"古今奇語之冠"。它的"奇",不僅僅是在用字修辭上,更主要的是在"形象思維"上。洪亮吉激賞的"翻海洗青天",便是一幅多麼奇特的圖景!這就令人想起當代大詩人毛澤東給另一位詩人陳毅的信中的一段話:

> 又詩要用形象思維,不能如散文那樣直說,所以比、興兩法是不能不用的。賦也可以用,如杜甫之《北征》,可謂"敷陳其事而直言之也",然其中亦有比、興。"比者,以彼物比此物也","興者,先言他物以引起所詠之詞也"。韓愈以文爲詩;有些人說他完全不知詩,則未免太過,如《山石》,《衡嶽》,《八月十五酬張功曹》之類,還是可以的。據此可以知爲詩之不易。宋人多數不懂詩是要用形象思維的,一反唐人規律,所以味同嚼蠟。

　　毛澤東對多數宋詩人的批評也許偏嚴,但這倒也不是他一個人的看法。早在元初,劉塤就在《隱居通議》卷七中說:"宋人詩體,多尚賦而比興寡。"魯迅私下也說過中國的"一切好詩到唐代已被做完"這樣的話。錢鍾書在《宋詩選注》的序中也認爲"宋詩還有個缺陷,愛講道理,發議論;道理往往粗淺,議論往往陳舊,也煞費筆墨去發揮申說"。然而,我們讀《心史》,則覺得鄭思肖不屬於毛澤東等人所說的這樣的"宋人多數",他的詩中比、興甚多,而且不少是"奇僻"的比喻。借元人鄭元祐的話來說,"皆險異詭特,蓋所以輸寫憤懣云"。這大概也與他同時是一位畫家有關吧。當然,他的詩中也"愛講道理,發議論",他講的愛國忠君的道理也不是"精細"的、"新鮮"的,他的詩也大量用了賦的寫法,但是我們讀了以後卻並沒有"味同嚼蠟"的感覺。我想,這主要是以情動人。清人吳喬《圍爐詩話》中說:"人於順逆境遇所動情思,皆是詩材。子美之詩多得於此。人不能然,失卻好詩。"而鄭思肖之詩,也正是"多得於此"。因此我一直認爲,對於文學來說,情感比形象更爲重要;人們鑑賞詩，也是不會脫離時代氣運的。

我還是覺得清初許瀶(懦菴)《許子文存》中的《宋律總論》說得好：

> 今人之讀宋詩也，訾之者曰："宋人專墮理窟，非腐則弱，唐以後無詩，是宜覆瓿。"諛之者曰："取材廣而命意新，皮毛脫落，精髓獨存，變化於唐，而能出其所自得者，莫如宋。"懦菴曰：其然豈其然乎？詩者心聲也，聲音之道本於性情，關乎氣運。氣運遞遷，性情不一。三唐既不求合於漢魏，宋又何必求合於三唐？今取宋人詩而讀之，歐陽公之純正，蘇子瞻之浩瀚，安石、庭堅之堅老，務觀、與義之雄放，潞、魏兩公有德有言，信國、所南淋漓慷慨，彬彬乎自寫諸人之情性，自成一代之氣運，又奚問某某之合於唐、某某之不合於唐也耶！

許氏將鄭思肖《心史》詩，與歐陽修、蘇軾、王安石、黃庭堅、陸游、陳與義、文彥博、韓琦、文天祥等人的詩並論，極有眼力。許氏同時也指出，宋詩不少有"委靡不振"之病，"故三百餘年之內，剛健之氣常少，柔懦之氣常多，其聲音之習，有由來矣。余故於宋人詩嚴加去取，削其近於弱、近於腐，存其變化於唐而出其所自得者，庶以見兩宋之眞詩故自有在，而未必不可爲繼於三唐也。"無疑，鄭思肖《心史》中的詩就絕無"委靡不振"之病，而充滿"剛健之氣"，可謂"兩宋之眞詩故自有在"者。

而且，我還想指出，清初賀裳(黃公)在《載酒園詩詁》中已經提出"詩法壞而宋衰，宋垂亡詩道反振"的事實。宋末愛國詩歌不僅在思想性，而且在藝術性上的傑出成就是絕不應該低估的。錢鍾書《宋詩選注》談到文天祥的詩時，認爲他的詩"絕然分成前後兩期"：元兵打破杭州，俘虜宋帝以前是一個時期，"他在這個時期裏的作品可以說全部都草率平庸"；而在那以後的時期寫的詩，則"大多是直書胸臆，不講究修詞，然而有極沉痛的好作品"。這就是"宋垂亡詩道反振"的一個佳例。而鄭思肖的詩，正是宋末愛國詩歌的傑出代表。據其自述，他在元兵破杭州前即"所作極多"，可惜大多在亂中丢失，今僅存五十來首，編爲《咸

淳集》。而卽從《咸淳集》看其前期詩作,也大多非草率平庸之作;至於
其後的詩作,更幾乎篇篇都是"極沉痛的好作品"。從這一點來說,確實
可以說他畧勝文天祥一籌。因爲我們看《心史》,幾乎看不出有"絕然"
可分的"前後兩期"。(至於他入元幾十年後的晚年作品風格有異,那是
另一回事。)這當然與他一直生活在底層,又"位卑未敢忘憂國"密切
有關。

　　鄭思肖的詩歌在宋末可稱獨樹一格,他沒有明確的直接具體的師法
傳承,也沒有明確地加入什麼詩派。他自己反復說"終身所法,惟學我
父而已"(《心史·自序》)。但這主要是指師承其父的操守爲人、愛國精
神和文學思想(這一點將在下面詳述),在詩歌創作方面則似乎並不師
法其父。鄭起之詩,今從《清儁集》中看,水準還遠不及他。前人把鄭思
肖的詩與屈原、陶潛、唐宋諸大家以及文天祥等人的詩相比,確實,這些
詩人也正是他所崇敬的。《心史》中就提到屈原,還有《題陶淵明集後》
詩。《觀雪》一詩云:"李白有狂才,飛筆寫無極。驚倒天上人,世間曉不
得。"他也熱愛杜甫,《心史》中最長一首《二十礪五百字》,便提到"杜甫
詩《北征》";書中還有步杜的《續洗兵馬》。他也喜歡白居易,《警終》一
文便引用了白氏名詩。至於同時代人文天祥,《心史》中還有《和文丞相
六歌》。可以說,他是廣泛吸取前人及同時代人優秀詩歌的養料,可謂
"轉益多師是汝師"(杜甫句)。他的詩,可說屈原的憂憤、陶潛的曠逸、
李白的雄放、杜甫的沉鬱、李賀的奇崛、李商隱的幽晦、白居易的曉暢等
等,兼而有之。

　　南宋詩壇上最有名的詩派,是所謂"江湖派"。代表作家中的劉克
莊、戴復古、敖陶孫、葉紹翁、周弼、嚴粲,以及張端義、劉宰、劉子澄、趙汝
回、馮去非、阮秀實、孫惟信等,鄭思肖在《心史》中都作爲崇敬的前輩提
到過。江湖派雖然沒有提出明確的文學主張,也沒有形成統一的文學風
格,但他們大多是浪蹟江湖而有憂國之心的文人,不少人在創作中不滿
江西派的堆砌典故。從這些方面看,應該說,鄭思肖是比較接近於這一
派的。但陳起等人刊刻的《江湖集》及續集中並沒有鄭思肖。(這可能
與鄭思肖當時年齡較小,沒有名氣有關。)而從《心史》來看,鄭思肖的詩

在氣度、境界、格調等方面,都要勝過江湖派諸人多多。同樣的,《江湖集》等中也沒有收入文天祥的詩,而早期文天祥的詩倒是更接近於江湖派的。文天祥後期詩風的劇變,完全是血與火的民族鬥爭使他突破了晚宋江湖派的格局,才形成豪邁雄渾的作風,唱出了驚天地泣鬼神的愛國悲歌。因此,當時與鄭思肖詩風最接近的,無疑是後期的文天祥,以及謝翱、謝枋得、林景熙、汪元量等人。而鄭思肖是其中的佼佼者。從藝術性來說,絕不在文天祥諸人之下。這裏試舉一例。

文天祥在元朝獄中,於己卯(1279)年九月,倣杜甫《七歌》(《乾元中寓居同谷縣作歌七首》)作有《六歌》,分別悲歡其妻、妹、女、子、妾及自己的遭遇,哀切沉痛,呼號欲絕。詩篇流傳到江南,"寓吳陷虜"的鄭思肖也讀到了,激動地寫下《和文丞相六歌》(不次韻),分別憶念北擄的"三宮"、南逃的"二王"(其實當時二王已亡,但鄭思肖尚未獲確信)、已逝世的父親、已逝世的母親、被元朝囚禁的文天祥,最後也寫到自己,抑憤泣血,有過之而無不及,而最後以悲昂作結。今將二人各自第六首鈔錄於下,以作對讀鑑賞:[①]

> 【文天祥】我生我生何不辰!孤根不識桃李春。天寒日短重愁人,北風隨我鐵馬塵。初憐骨肉鍾奇禍,而今骨肉相憐我。汝在北兮嬰我懷,我死誰當收我骸?人生百年何醜好,黃粱得喪俱草草。嗚呼六歌兮勿復道,出門一笑天地老!
>
> 【鄭思肖】我生我生何不辰!血淚化作妖花春。平生意氣若風雲,何苦戚戚悲呻吟!狂來一呼天地動,萬物鼓蕩俱精神。天上真火滅不得,灼爍大地生光明。嗚呼六歌兮歌聲清,海嶽瑩潔日月新!

錢鍾書在《宋詩選注》中說,他不取"押韻的文件"、"學問的展覽和典故成語的把戲"、"大模大樣的倣照前人的假古董"、"把前人的詞意改

---

① 汪元量《水雲集》有《浮丘道人招魂歌》,亦擬杜甫《七歌》以歌文天祥,也可與鄭思肖《和文丞相六歌》對讀。

頭換面而絕無增進的舊貨充新"。用這樣的標準來看《心史》,可以說,其中很大部分詩歌均是可取的。《心史》中的詩的一大特點,是不刻意用典,不"資書以爲詩""掮書以爲詩"(劉克莊語);同時,也很少"偷語""偷意"(皎然語)。這一點在宋詩人中很是突出。到他晚年寫《錦錢餘笑》等時,更到了爐火純青的地步。鄭思肖能達到這一步,正如清詩人趙翼說的:"國家不幸詩家幸,吟到滄桑便是工。"是滄桑巨變的時代,造就了鄭思肖這樣的詩人。

明清之際的閻爾梅在《泊水齋詩序》中說得好:"古人有以詩傳其人者,亦有以人傳其詩者。以詩傳其人者,詩重於人;以人傳其詩者,人重於詩。二者殆不能以相兼。然詩重於人者,傳其詩未必傳其人;而人重於詩者,傳其人即以傳其詩。蓋人足以重詩,詩不足以重人也。惟兼有其長,詩與人各不相附,而各能獨行於天地之間,使讀其詩者如見其人,想其人者又如見其詩焉,則寥寥乎其難之矣!"我認爲,鄭思肖應該屬於"人重於詩"者,同時也是"兼有其長"。他的詩與其人"各能獨行於天地之間,使讀其詩者如見其人,想其人者又如見其詩",因此確實"寥寥乎其難之矣"!無怪乎現代詩人汪靜之甚至頌爲"中國最大之愛國詩人"!

總之,我認爲鄭思肖確實堪稱晚宋詩壇一大家,其詩雖頗多危語而令人毛戴,又頗多哀語而令人不歡,然以亡國悲憤,忠亮大節,風骨內生,聲光外溢,發乎情而見乎詞,於信國外自樹一幟,足振末宋纖靡詩風者也!

梁啟超又認爲,鄭思肖的詩,古體勝於近體;而其志事,備於其文,詩末技耳。對此,我亦深有同感。(上面我舉出的幾首前人未提及的鄭詩,就多爲古體。)《心史》中的文章,確實藝術性也很高。像《一是居士傳》這樣的散文,就不止一次地被《文章辨體彙選》《識余·文考》《南宋文錄》,甚至民國時期的《舊小說》(叢書)等選錄。《心史》中有些極短雋的妙文,也不比後來明清小品佳作遜色。幾篇長文章,又頗有氣勢。明清之際的黃宗羲說:"夫文章,天地之元氣也。元氣之在平時,昆侖旁薄,和聲順色,發自廊廟,而郁浹於幽遐,無所見奇;逮夫厄運危時,天地閉塞,元氣鼓蕩而出,擁勇鬱遏,壑憤激訐,而後至文生焉。故文章之盛,莫盛於亡宋之日。"(《謝皋羽年譜遊錄注序》)《心史》中的散文、雜文，可以說就是黃氏說的"亡宋之日"的"至文"的代表。(黃氏論文章爲天地元氣的說法，顯然也與鄭思肖《心史》中的文學思想相通的。詳見下文所述。)因爲上面評價詩歌說得多了，關於《心史》中文章的藝術性這兒就不擬再多寫。再說，詩與文本不可分，廣義的詩包括文，廣義的文也包括詩(上述姚宗昌、劉城等人評《心史》，就說的主要是文)。清初彭紹升在爲《亭林先生餘集》(寫本)作序時，就把鄭思肖的文章(當然也包括其詩)與古今中國最重要的文章相提並論：

> 文之至者，必根於天性。古之人，忠孝之實鬱於中，磅礴於外，明而爲日月，怒而爲雷霆，流而爲江湖，其氣充乎天地，故天地間氣之所之，莫非其文之所著也。其有不容已於言者，於以自宣其忠孝之實，而其文亦遂與天地之氣上下同流，亘古而不息。稽古唐虞三代，禹、皋陶、益稷之謨，伊周之訓誥，大小雅正變之詩，尚矣；下至屈原、賈生、劉子政、諸葛孔明、陸敬輿、劉去華、陳同甫、文宋瑞、鄭所南諸公，其生平未嘗求工於文，不過道其意所欲言而止，而後之人讀其文，往往感憤流涕，不能自已，若生當其時，而身其憂患者。蓋忠孝之實，無間於人人，惟此諸公能先我心之所同然耳，而豈一人一世之事哉！

彭氏對文章的看法，與黃宗羲一樣，也與《心史》所論一脈相承。彭氏將鄭思肖《心史》與歷代經典、名文並提，如此推崇它的價值，是非常值得我們注意的。彭氏這一精彩論述，後又爲他人(如清末嚴玉森)稱引。

《心史》的文學價值，還有一個重要方面，那就是它的文論和詩論。

今人所編《宋金元文論選》《南宋文學批評資料彙編》(注：此書爲臺灣學者所編大型叢書《中國文學批評資料彙編》之四)及所撰《宋金元文學批評史》之類，都未提及《心史》中的這些精彩論述，實在令人遺憾。《心史》中有關的文學理論，既繼承傳統儒家的文學觀，但並不那麼迂腐，又很有個性特點，在宋末可謂獨張一幟，且明白易懂，其本人又身體力行，後人沒有理由不予重視。

《心史》文論的綱領，是全書列於首篇的作於己卯（1279）年的《自序》，鄭思肖以記述其父的教言的形式提出了他的文學觀：

文者，三綱五常之所寄也，舍是匪人也，又奚文之爲哉？

幼嘗問作文作詩之法於我先君子，曰："古未嘗有所謂文也。惟古聖賢心正、身修、德備、行粹，凡見於興居、踐履、揖遜、問答之間，無非至文之文。安事章句乎？其或紀行事之實，其或發天理之秘，不得已而託於言語，爰詔天下後世爲聖賢歸，本無作文心。此三代以上之事。自漢以來，專意詞章，言浮於理，才聘乎學，始文而爲文矣。至論古今忠臣孝子、仁人義士，頗有不達文者，其躬行之事，乃《六經》言也，亦偉哉！或讀書作文之士，反不若之。何耶？是故行者，本也；文者，末也。有行而無文，不失爲君子；有文而無行，終歸於小人。行者匪他，三綱五常是也。悲今之人，委身汙下，諉辭欺世，將焉取材？

"汝欲爲文，必本之《六經》，立身三綱五常之天，然後熟讀《左傳》《孟子》《莊》《騷》，賈、董、韓、柳、歐、蘇之書，縱觀諸子、諸史、百家之說，養其氣質，老其才智，秉正大之論，揭大經大法，弘播天下，一舉斯民同歸三綱五常之天，始無愧於爲文。若夫體制，意欲新，語欲簡古，森嚴有法度，主於理，勿流於鑿，庶不墮於綺靡卑弱。及乎出，奇直與天地萬物相爲變化於無涯，庸以波瀾其才？苟不身之以道，惟務言語爲工，是委文爲技耳，良可歎息！

"詩之法，祖於《三百篇》，下逮曹子建、陶淵明輩。詩之律，宗於盛唐，主以杜，兼之李，次以孟浩然、高適、王維輩。要在漱書史之潤，益其靈根，歲月至，才華吐爲天芬。其體制欲溫柔敦厚，雅潔瀏亮，意新語健，興趣高遠，追淳古之風，歸於性情之正，毋爲時之所奪焉。凡人之一言一動，皆此心之形見者也。

果能先立其大者,何往不可,豈止文之與詩也耶?蓋心之爲心,廣大於天地,光明於日月,不可以小狹之,不可以物犯之,惟始終養之以正,則庶幾乎!夫如是,無言則已,有言則必可觀。汝其行之!"

思肖後質諸數千百載聖賢之書,又以此衡鑑古今人事之變,乃知我先君子教我者,至哉言乎!且汗漫湖海,從天下士游,固嘗見盡法度議論精微者,然根本之論或遺之。故終身所法,惟學我父而已。

鄭思肖強調的是:行是本,文是末;寧願有行而無文,也不要有文而無行。也就是近似我們今天講的做人第一、做文第二的意思。當然,他所謂的"行",主要是儒家的所謂"三綱五常"之類,我們今天必須分析揚棄。鄭思肖還在"必本之《六經》,立身三綱五常之天"的基礎上,進一步闡述了具體的讀書方法、具體的寫作方法,以至具體的美學標準。

鄭思肖認爲,眞正的文,決非章句之事,決非一般的末技,而是首先得"身之以道"。我們知道,我國文論史上首先提出"文原以道"的,當是梁代劉勰(465?~539?)《文心雕龍》的《原道》;但劉勰所謂的"道",主要是自然之道,而不全是鄭思肖這裏說的"三綱五常"儒家之道。到宋代的朱熹(1130~1200),才明確把"道"解釋成儒家之道,認爲:"道者文之根本,文者道之枝葉。惟其根本於道,所以發之於文者皆道也。三代聖賢皆從此心寫出,文便是道。"(《朱子語類》卷一三九)由此可見,鄭思肖(或者說其父鄭起)的上述觀點,顯然是出於朱熹之說的;不過,他更加強調道(行)爲文之根本,表述得比朱子還要鮮明。

在朱熹之前,宋代理學先驅周敦頤(1017~1073)在《通書·文辭》中說:"文所以載道也。"(《周濂溪集》卷六)最早提出了"文以載道"的口號。朱熹注《通書》說:"文所以載道,猶車所以載物。"但鄭思肖卻不贊成這個口號,他認爲"道本無說",而文至多不過是道之"蹟",用"有說"窮"無說",是不行的。他這一獨特的觀點,見於辛巳(1281)年爲《心史》寫的《後敍》:

　　道本無說也;見於日用常行間,特蹟爾。是以民由之而不知之。何者曰文? 古先聖賢不得已蹟其蹟,寄於言,教天下歸於道。後世神其蹟之蹟,遂爲道在是,反與道相悖愈邈。或者救後世弊,乃曰"文者所以載道也",然道本無說,以有說窮無說,殆已! 是故必有自得之學,始可蹟其道,寄之以文。不然,綴緝摹寫,支離汗漫,縱一字源一經,一言出一史,析以還之,皆古人糟粕,卽其中求自己物,咸無焉,奚足爲文? 乃知文者非言語之謂,亦非外至者。始於進學,必藉以書;終於造道,當蛻其書;或泥於書,則物矣。必有自得之學主於中,繩繩然日用常行間,左右逢源,萬物皆備於我,庶幾委蹟而天矣。雖不求爲文,森乎吾前,道妙生機,充動流滿,周於六虛,何莫非文? 下視言語之文,誠陋。愚實有志於斯,願學焉。或曰:"子,性命之學及文與詩,孰師?"我生死一言曰:"終身所法,惟學我父而已!"

　　由此可見,鄭思肖的文學思想除了承繼儒家理學的傳統外,還吸取了老莊哲學的"道可道非常道"、"以有涯隨無涯殆已"等思想精華。他再三強調爲文之人必須有"自得之學"存於心中,而這"自得之學"就是三綱五常,忠孝愛國。他關於"文非外致者","始於進學,必藉以書;終於造道,當蛻其書","泥書則物矣"的精彩理論,極有深度。明淸之際著名學者張自烈在《正字通》卷五·曰部·六七·書,卽徵引了這段話,甚至淸康熙時編的《佩文韻府》卷六·平聲·六魚韻·書·韻藻·增·蛻書,亦徵引了此段話。

　　鄭思肖反復強調"終身所法,惟學我父而已";但前已說過,他師法其父的主要也就是"始終養心以正"這些教導,在詩歌創作實踐方面並沒有完全照其父的"溫柔敦厚"、"追淳古之風,歸於性情之正"之類說教。而具體聯繫自己當時的詩歌創作,鄭思肖又在《心史》中提出了許多精彩的詩論。

　　在《大義集》的《自序》中,他寫道:"德祐乙亥(按,1275)冬,有不可遏之興，時輒作數語，以道胸中不平事……每一有作，倍懷哀痛，直若鋒刃之加於心，苦語流出肺腑間。言之固不忍，然得慷慨長歌，雖暫舒氣，終則何如？嗚呼痛哉！……三宮在北，二王在南，撫卷一慟，天囘日低。天乎，天乎，其果無知乎？九州名山大川，頗有磨崖石，日泚筆以俟大書特書焉！願與我以時，卒不悖於我先君子所教云。"這說明，他這時寫詩完全是出於救國的激情，與"溫柔敦厚""淳古之風"云云無關。

在《中興集》的《自序》中他又論述了詩歌的起源和自己爲何寫詩：

> 夫詩也者，心之動也。其動維何？因所悅、所感、所憂、所苦觸之爾。一動之天，多事之源也。苟知動而無動，則不爲動之所動矣。今八荒翻沸，山枯海竭，身於是時，能無動乎？夫人之生，性於天之清明，形於地之重厚，我主乎其中，天地萬物莫不俯首爲賓，是我之所得者甚大也；奚自小之，乃不君其君，外走逆亂之區，盲其主，反臣於賊求活焉？惡俗滔滔，爲江爲河，不可禁止，傷如之何！我雖無知，實不敢與賊走而俱化。故哀痛激烈，剖露肝膽，灑血誓日，期毋渝此盟。五六年來，夢中大哭，號叫大宋，蓋不知其幾。此心之不得已於動也！夫非歌詩，無以雪其憤，所以皆厄挫悲戀之辭。我之所謂詩者，非空寄於言也，實終身不易之天也，豈徒詩而已哉！澤畔孤吟，塊然其形，心乎一脉之生，眇然千冰萬雪之下，微微綿綿，不絕若縷，窮陰戮力殺之，終不可得而殺。此一脉之生，將大而爲天地萬物生生無窮之生也歟！

鄭思肖說"澤畔孤吟，塊然其形"，就是以屈原自喻。而他在《心史》詩集之末另一篇《自序》中曾提到，他父親說過"《離騷》亦不得其正，但以高古忠憤過之"的話。可知鄭思肖認爲在"八荒翻沸，山枯海竭"之際，心不得不動，也就顧不得"溫柔敦厚"這類傳統詩教了。

他在《中興集二卷》前小序中更說："今陷身不義，盡傷於心，期剪滅此，而後朝食。凡有所作，意在大事，不敢橐籥風雲月露之妙，鑄爲獨樂之辭。然亦不知其果爲詩、果不爲詩也。”“風雲月露”語出《隋書·李諤傳》,指綺麗浮靡、吟風弄月的詩文。鄭思肖的詩文自然與它們絕然異趣,他也不在乎別人怎麼看自己的詩。《中興集二卷》中有一首《題拙作後》說得好:

> 我有詩一編,率皆懇切辭。
> 但寫肺腑苦,不求言語奇。
> 矢口吐憤氣,焉知詩非詩。
> 脆語剪風露,叨叨兒女癡。
> 昂然大丈夫,以身佩安危。
> 何時把杯酒,大笑信雙眉!

　　雖然他“不求言語奇”,然而人們都稱譽他的詩“奇僻”;雖然他“焉知詩非詩”,然而我們卻認爲這是眞正動人的詩。這就是藝術辯證法的生動體現! 在《心史》詩集之後的一篇《自序》中,他又一次論述自己:“今忍死暫生,期集大事,不暇以歡情倩目,調笑風月,爲詩人美麗之辭。”“時吐露眞情,發爲歌詩,決生死爲國討賊之志,心語心謀,萬死必行,故氣勁語烈,殊乏和平興趣,實非詩之正道。”所謂“詩之正道”,該是指詩在和平時期,所能起到的“美教化,移風俗”的作用;但特殊時期應有特殊的“正道”。“此爲何時? 出而言詩,爲仁義辱甚矣! 果欲爲之,必知所立身乃可。”因此,鄭思肖又自豪地認爲自己“亂後所作詩二百篇,固近於正”。又說:“若律以詩,去古人法度誠遠矣,當憐所遭之時爲何如,時之爲戾如是之極也。”這些論述,也就超越了其父“《離騷》也不得其正”的正統詩學了。鄭思肖在動亂年代寫下的這些文論詩論,是值得後人重視的。以前有關論著和資料中不予提及,實爲疏漏。①

---

① 按,本書(初版)寫畢後出版的吳文治主編的《宋詩話全編》已收入鄭思肖詩論。這是令人欣喜的。

二、《心史》的史學價值

如果說，《心史》的文學價值，主要體現在它的詩歌，以及一些散文和序跋文論之中；那麼，它的史學價值，主要體現在它的一篇近二萬字的最有野史性質的《大義畧敍》長文，及《古今正統大論》等論文中。[①] 當然，鄭思肖"託詩爲史筆傳聞"（《心史·哀劉將軍》），他的詩亦可稱"史詩"而無愧，[②]因此，整部《心史》都具有重要的史料價值。又因爲《心史》逃過了元代及清代的統治階級和御用文臣的篡改刪畧之災，因而更具有近似"出土文物"（《心史》原稿本來就是出土文物）的珍貴性。而且，鄭思肖在撰寫《心史》時，懷有明確的自覺的史學意識。

他在《總後敍》中提出了"天下亂，史寄匹夫"的重要觀點：

> 總目之曰《心史》，毋乃僭乎？ 夫天下治，史在朝廷；天下亂，史寄匹夫。史也者，所以載治亂，辨得失，明正朔，定綱常也。不如是，公論卒不定，亦不得當史之名。史而匹夫，天下事大不幸矣。

他在《德祐謝太皇北狩攢宮議》一文中，又指出當時撰寫野史之不易，作史者要正直剛毅，要有見識、力量、才學，要不怕死：

> 今朝廷無史官，時事散在四方，山間林下必有作野史者，無其位，書當代事，持一己獨見獨聞，斷四方是非，匪正直剛毅古君子，不可一事一字權衡予奪，難哉！ 然今人必以禍福生死動心，恐無是見識、力量、才學直書其事。一有所懼於前，氣則餒，

---

① 饒宗頤在《九龍與宋季史料》一書的《宋元間人所記海上行朝史料評述》中認爲，《心史》中《大義畧敍》"尤爲重要"。

② 屈大均在《東莞詩集序》中認爲："士君子生當亂世，有志纂修，當先紀亡而後紀存；不能以《春秋》紀之，當以詩紀之。"

欲直書一字,體栗神變,手亦戰掉,莫能措筆,喪其魄矣,奚取於
史哉? 或不如此作,則非所以爲史。

因此,他在《大義畧敘》最後又寫道:雖然自己"追思歷年聞見大痛
之事","多所遺忘,深悔舊不識以日記","狂走無朋,千不聞一,縱書之
亦不備";但是,他聽說"隱南遊北之士"中多有"書所聞見遊歷紀述頗
詳"者,便擔心這些作者"苟非其人,立論必不公正,史之反不如不史,蓋
無謬見、謬語、謬事以誤後世也"。他更聽說有"叛臣在彼,敎忽必烈僭
俾南儒修纂《大宋全史》,且令州縣採訪近年事蹟,又僭作《韃史》,逆心
私意,顚倒是非",因而大呼:"痛屈痛屈,冤何由伸!"所以,他覺得像《大
義畧敘》這樣的文章自己實在"不容不作"。他的這種歷史責任感是很
值得欽佩的。

在《大義畧敘》的最後,他又一次論述"作史最是至難之事",並談及
他還曾作過一種記事的試驗:

> 作史最是至難之事。且處於堂內之人,門外之事,聞或不
> 眞。兩造在庭,尚不得其情;懸隔議度,豈無失誤? 一事之中,
> 人人所聞所見,或前或後,或得或失,各有異同;況一人又各主
> 一見,故聞於甲者如此,聞於乙者又如此。一犬吠形,百犬吠
> 聲。自是訛訛相傳矣。
>
> 嘗泛取目前俱見之事,命衆友各作傳記,及觀其敘情理,操
> 予奪,較當時之事,各爭差遠;況作文之士,筆易流滑,據意揣
> 度,隨語所向,差之毫釐,謬以千里;更私意去取,豈不重累於作
> 史之實? 過褒不稱事情,過貶豈無冥怨? 是爲非,非爲是,人禍
> 天刑,恐不可逃! 世之秉紀述之筆者,采摭傳聞,深察事情,毋
> 但取意語完備,爲筆所使,濫於無功,累於無辜。賞罰當其事,
> 庶無愧於爲史,則可以垂訓於天下後世矣!

這一段論述生動,深刻,發人深思,不僅對"秉紀述之筆者"是一種

警示,對我們如何善於閱讀歷史上的紀述(自然也包括《心史》在內)也是很有啟發的。舉例來說,如果僅僅抓住一本古書中的個別紀事差錯就判定它是"僞書",這種見識就遠不能及鄭思肖了。

《心史》一出井,它的史學價值卽爲明末衆多史家、文人所認識。在爲《心史》初刻本作序跋的人士中,張國維把它與《春秋》並提,認爲"《春秋》爲衰周之《心史》","《心史》爲故宋之《春秋》"。他的這些話不僅是從《心史》體現的"春秋大義"以及"先聖史法"的角度說的,實際已把《心史》擡到"經"的高度;但他同時也高度肯定《心史》的"傳信""實錄""董狐筆",和可以"取以補前史"的"史"的價值。

陸嘉穎則把它與孔壁經書、汲塚周書相比,並指出《心史》"多載吳中故實,宜補《宋史》之闕"的史學價值。

陳宗之在跋中也說可以爲"修《宋史》者考焉";同時,他又在《承天寺藏書井碑陰記》中說:"此史繫其親歷於悲歌涕淚中,考據纂輯者觀其誓詞足訂史訛,其爲傳信無疑。"

楊廷樞在跋中說,昔讀《宋史》,"竊意文信國數公而外,必多有義不食粟、坐不北面、九原血碧而湮沒弗彰者,特未可考耳",而《心史》無疑提供了可資考證的史料。

許元溥也說,"有宋孤臣姓名,史多湮沒無聞";還著重指出:"《宋史》旣出元人手,凡夷狄亂華,可憤可痛事,豈無隱諱刪改?幸此書揭日月而行,補闕正訛,實錄十存一二。"他還說自己"嘗增輯《宋遺民錄》,纂《古吳文獻志》,喜是編之信而有徵也"。

朱袞指出:"是書出,而訂疑刊僞,功加於正史萬萬,則又曷可以少哉!"

凌一槐則認爲,《心史》或有"微與史體不合"(按,《心史》本非一般的史書),但"可謂備其質者"。

華渚也把《心史》比作《春秋》,並認爲"其所以名史也哉,抑自宰相監修國史,史官之失職久矣"。

朱鑌在跋中引了文天祥在獄中的詩句"亡國大夫誰爲傳?只饒野史與人看",認爲《心史》就正是文天祥所企待的那種"野史"。

在明季爲《心史》題詠的詩人中,黃居中老人認爲"信史存故實",並像陸嘉穎一樣也將它與我國歷史上的兩次重大史籍發現相並提:"汲塚發周書,孔壁傳緗帙。"(《閱宋遺民鄭所南井中心史》)

歸莊則說"國史不可泯",認爲如鄭思肖"當時無記載,後將失其眞",因此《心史》乃"良史世所珍"。(《讀心史七十韻》)

沈榮在詩序中認爲:"亦有忠義姓名不見於宋元之史,賴此以傳者。"(《宋鄭所南》)

尤可一提的是詩人孫枝蔚,他在《讀鄭所南作文丞相敍》中說:"後世奉龜鑑,何必馬與班!"認爲《心史》可以與司馬遷、班固的史著相比。這似乎有點誇張,但的確是對《心史》的史學價值的極高評價。

而著名文人、更是著名史家(著有巨型史著《石匱藏書》)的張岱,也在《毅孺弟作石匱書歌答之》詩中,也將鄭思肖與司馬遷等大史學家相比:"曾見《心史》意周密,藏之匽井鍋以錫。南狐字字挾風霜,明予世人供指摘。敢於龍門爭勝場,文非《國語》即《公羊》。"("龍門"即指司馬遷)

在《心史》初刻的第二年,周聖楷刊刻的《楚寶》就引錄了"《井中心史》曰:'丞相李公庭芝受刑後,書吏夏澂冒險白於虜酋阿尤,丐公之屍,斂棺瘞于揚州堡城司空廟後。人皆危之,亦義士也。'又云:'庭芝受刑頸無血。'"指出:"此二事可補史傳異聞。"

在《心史》初刻四年後,顧景星在《重刻鄭所南心史序》中也說"井中書祕記"有獨家史料,指出"史不載者十數條"。

《心史》中較早被較多的後人注意,並認爲可以補正正史的顯例,是有關文天祥的記載。上引孫枝蔚的詩,就爲此而發:"文王在獄中,贗詩稍流傳。蓋出賊臣手,將以損忠堅。北軍氣轉揚,殘喘竟堪憐。不遇鄭隱翁,受誣長九泉。敍文數千言,終始何了然。"《心史·文丞相敍》有這樣一段記述:

> 公在患難中……時作歌詩自遣,皆許身徇國之辭。間見數篇,雖有才學,然怪其筆力不能操予奪之權,氣索意沮,深疑其

語；後乃知叛臣在彼，諛虜嫉公，或僞其歌詩，揚北軍氣焰，眇我朝孤殘，憐餘喘不得復生之語，雜播四方，損公壯節……有稱賊曰"大國"、曰"丞相"、又自稱曰"天祥"，皆非公本語，舊本皆直斥虜酋名，不書其僭僞語。觀者不可不辨，必蔽於賊者畏禍易爲平語耳。詩之劇口罵賊者，亦以是不傳。

《心史》指出流傳的文天祥詩中有贋作，乃叛臣僞爲；又指出文氏詩有"舊本"及經過改易之本。這確實引人注意。而且，這是鄭思肖在不可能讀到後來元人撰修的《宋史・文天祥傳》的情況下指出這一點的，因而這首先就特別爲序跋《心史》的明末諸文人學者所高度重視。

張國維序中就進而指出："居恒弔文信國精忠大烈，千古無兩，而前史所載，間有繹繹緩不脫弱宋氣，私殊訝之；今睹此書，始知忌之者之點染也！"

馮維位在跋中也說："文信國銳志孤撐，百折彌礪，官元史者猶易其罵賊語，疑於綱常爲厄；乃三百五十六年後，《心史》出而徵之信，則鄭先生表章之力也！"

張世偉跋中指出："傳文丞相而曰諸姦臣妒文完名，傳信國有衰颯語皆非實錄，當不信'黃冠故鄉'之對，而況'大元革命，萬物維新'，猶類詭辭以免者乎！"

華渚跋曰："以信國文先生之死，眞仁之至、義之盡也。予向疑'黃冠歸故鄉'語，今《心史》所載，乃元人之欲屈信國之爲僧、爲道士，則'黃冠'一語明乎元人之飾說也矣。展卷爲之歎息欣慰云！"

朱鎰跋云："今閱四百年，先生（按，指文天祥）之事炳然可述，其名非不光且大也；然而讀國史者，觀其優遊詞令，猶有弱宋平緩之故習，若大國視虜而不敢斥，不足以發三靈怨恫之氣。於是所南先生之書乃出自井中，爲之張吐，爲之洗雪。"

所謂"黃冠故鄉"之對，是《宋史・文天祥傳》記叛臣向文天祥勸降，說文氏的回答是："儻緣寬假，得以黃冠歸故鄉，他日以方外備顧問，可也。"現在的研究者一致認爲這句回答是《宋史》作者捏造的。（可參見江西省歷史學會爲紀念文天祥逝世七百周年而編的論文集《浩然正氣》。)鄭思肖雖因不可能讀到《宋史》而未對此進行駁斥,但《心史》中恰恰寫到:"忽必烈意欲釋之,俾公(按,指文天祥)爲僧,尊之曰'國師';或爲道士,尊之曰'天師';又欲縱之歸鄉。公曰:'三宮蒙塵,未還京師,我忍歸忍生耶? 但求死而已!'且痛罵不止。"可見所謂"黃冠故鄉",本是忽必烈之誘降語,而爲文天祥所痛拒者。

《心史》此一記載,是今天考證此事眞相的惟一一條文獻史料。這的確是證明《心史》其難得的史料價值的好例。《心史》出版以後,更有大量學者就此事發表相同看法。例如:

明清之際著名學者顧炎武在其名山之著《日知錄》的《古文未正之隱》中,即引《心史》曰:"鄭所南《心史》書文丞相事,言公自序本末,未有稱彼曰'大國'、曰'丞相',又自稱'天祥',皆非公本語,舊本皆直斥彼酋名。然則今之集本或皆傳書者所改。"

明清之際的黎元寬,在康熙丁未(1667)前成書的《進賢堂稿》中,在《重刻文山先生集序》裏說:"文山就義,雖曰從容,終無濡忍,此正氣與浩然之氣所以得同論也。而獨掩於本傳中'黃冠故鄉'數語,乃其自爲書暨諸家之論著皆不云耳。其云爾者,亦何代之史氏也哉? 鄭所南先生,固與先生同時而後死,其署別號亦似有取於兩《指南錄》者;既嘗致疑其歌詩中一二平易語,以爲皆畏禍之人所僞撰,遂'雜播四方,損公壯節'矣!"

明清之際的沈壽民,在《姑山遺集》中戊申(1668)寫的《跋文信公傳後》中憤然寫道:"甚矣史氏之惑也! 登所不必登,署所不應署,一'黃冠故鄉'之說而獨擴爲事實流至今。向非所南先生辨之於先……而爲之正其舛、截其蕪、補其遺、標其大,卽公千載無餘恫與!"

明清之際的尤侗在庚午(1690)成書的《看鑑偶評》卷四中說:"文信國居獄四年,畢命柴市,視死如歸,豈肯乞黃冠歸故鄉? 此《元[宋]史》飾詞,或因世祖賜汪水雲爲黃冠師南還之誤也。鄭所南《心史》已辨之。"在其《于京集》卷二《文丞相祠》詩自注又曰:"黃冠之言,蓋《宋史》飾詞,辨見《心史》。"

清初葉良儀的《餘年閑話》中，也引用《心史》所記文天祥犧牲之顛末，指出：“大抵兩朝革命之際，史臣必多諱詞，或將忠憤之言，易爲和平之語，以至本人之眞面目不見。如文山先生乃其一耳。嗚呼，苟非鐵函藏於井底，安能使激烈之鬚眉，復昭然表白於三百餘年之後哉！”

清乾嘉時學者趙翼在其史學名著《陔餘叢考》中，卽已據《心史》辨駁《宋史》，並在《過文信國祠同舫菴作》一詩中痛曰：“何事黃冠樽俎語？平添野史污名流！”

清乾嘉時學者趙懷玉在《亦有生齋集》中的《心史跋》裏說：“曩讀《信國傳》，至‘黃冠故鄉’之對，竊不能無疑；且‘大元革命，萬象維新’，尤非公宜出諸口”，讀《心史》後方知“蓋元人忌公之名，形宋之弱，故文其辭如此”！

清乾隆道光間學者凌揚藻的《蠧勺編》中，也專有《文山無黃冠歸故鄉語》一節，以《心史》所述糾正《宋史》之誤。他還在《書心史後》中說，《心史》“可補史氏紀傳之闕”。

清嘉慶光緒間學者周文禾在《南宋百一樂府·吾事畢》序中云：“余昔讀《宋史·文丞相傳》，頗致疑於‘黃冠備顧問’一語，蓋以忠烈乃心宋室，萬變不渝，安肯苟且偷生以自污哉？茲閱《心史》而得其故矣。元世祖欲俾公爲僧，尊之曰‘國師’；或爲道士，尊之曰‘天師’。公求死益堅，乃殺之。托克托等爲世祖諱，而以世祖之言易爲公之自請，不厚誣忠烈耶！”

清道光光緒間學者孫璧文在《新義錄》也有《文文山無黃冠語》，引《心史》來證明“‘黃冠歸故鄉’乃元主之意，非天祥意也”。

清末民初學者王龍文在《題宋史文信國傳》中引用《心史》以糾正《宋史》，指出：“世固有疑《心史》爲偽撰者，然敍信國則視《宋史》爲優矣！”在《廬陵縣志例說》中提出當用《心史·文丞相敍》附在《宋史·文信國傳》後。

清末民初學者李子榮在爲王龍文的書的題詞中也指出，王氏“《題宋史文信國傳》辨‘黃冠歸故鄉’等語之謬，末復引《心史·文丞相序》，知釋公爲僧、或爲道士，又欲縱之歸鄉，出自元世祖意，公但求死，且痛罵不之屈也",認爲此乃"平反誣衊","知人論世之君子,其將有取於斯"。

甚至,連乾隆館臣在批評元人陳桱《通鑑續編》的四庫全書提要中都說:"載文天祥黃冠故鄉之語,皆漫無考證,輕信傳述。"

當然,《心史》關於文天祥的記述也允有誤傳和不確之處。清末王家振《書心史文丞相序後》就認爲:"所南以當時之人,言當時之事,宜無不可信者。然於公授命日云:'及斬,頸間微湧白膏。剖腹而視,但黃水;剖心,心純乎赤。忽必烈取其心肺,與衆酋食之。'此乃傳聞之過。《宋史》稱,後數日其妻歐陽氏收其屍,面如生,得《讚》於衣帶中。固未嘗殘其屍也。"(按,《心史》說忽必烈等剖食文天祥心肺,如有如此殘暴之事,爲何未見他書記載?當是"傳聞之過"。但王氏僅以《宋史》未記來證明無其事,則是沒有說服力的。)但王家振又指出《心史》中"至如賊勒太后傳諭令公降,又俾其妻妾子女哀哭勸公,公皆不聽;弟璧來,亦如之。又曰,公後竟如風狂狀,言語更烈,叛臣留夢炎等罵曰'風漢',北人指曰'鐵漢'。公既殉烈,家人皆落賊手,獨妹氏更不改嫁賊曹,謂'我兄如此,我寧忍耶'。若此類者,頗足以補史傳之闕文"。

本書前已提到,《心史》有記謝枋得先曾一度降元,後反正,殺賊甚多,示榜主張大宋氣數甚力。明末,張世偉在爲《心史》寫的跋文中提到有人"或微疑謝枋得事不合",但他認爲"所南王氣,其推有宋諸忠臣,無一紕漏"。明清之際劉命清在《虎溪漁叟集》中說《心史》有關"謝疊山先生一段,謂其曾舉衆降附,殊爲不經",認爲那是傳聞失實。但他們並不以此而疑《心史》爲僞書。後來趙懷玉指出,關於謝枋得先降一事,除《心史》外未見他書記載,雖事有可疑,但必是鄭思肖如實記錄了他的耳聞,因而也是值得後人重視並進一步研究的。我認爲,趙懷玉的見解合乎邏輯:《心史》本爲謝枋得表微,苟無先降之事,則反成誣之,必無是理。我還發現,在記謝枋得的同時,《心史》還記"饒州守臣唐震叛",後唐氏亦"殺賊反正,賊再至,唐震與賊戰,城陷爲賊殺"。而查《宋史》卷四五〇唐震傳,也沒有記唐氏先降之事。我認爲,《心史》同樣也爲唐震表微,苟無先降之事,則反成誣之,亦必無是理。

還有,現在的研究者對陳宜中其人的歷史作用,尤其在國家危亡之際數次逃亡,都予以貶斥;但《心史》卻對他卻頗有好評,尤其在《二唁詩》中記述了陳宜中曾密諭使臣呂大升策劃浙西諸郡起義一事,爲歷來各書所未載,很值得進一步細細研究。明清之際大學者黃宗羲便在《萬履安先生詩序》中指出:"陳宜中之契闊,《心史》亮其苦心。"

再如,乾隆時的三禮館臣姚範,在其《援鶉堂筆記》中引用《心史》來考證宋・歐陽修《廬陵史鈔》中有關遼太祖阿保機置治漢城的記載,亦是一例。

而近代以來,利用《心史》以補正、考證史實方面,收穫甚多。而且這些研究,不僅證明了《心史》的史料價值,同時也都足以證明《心史》絕非僞託。以下便據我所知簡畧地作些介紹。

"九儒十丐"說。《心史・大義畧敍》云:"韃法:一官、二吏、三僧、四道、五醫、六工、七獵、八民、九儒、十丐。各有所統轄。"此一完整說法,僅具載於《心史》,今存元代官私文獻中似均未見,因此極爲難得。然而有人卻因此而懷疑此說的眞實性。[1] 但很多學者認爲這一說法肯定不是鄭思肖杜撰的,因爲同時代的謝枋得在《送方伯載歸三山序》中也寫道:"滑稽之雄、以儒爲戲者曰:'我大元制典,人有十等:一官、二吏。先之者,貴之也;貴之者,謂有益於國也。七醫、八娼、九儒、十丐。後之者,賤之也;賤之者,謂無益於國也。'嗟乎,卑哉!介乎娼之下、丐之上者,今之儒也!"謝氏雖未提三至六等,而且七與八同鄭氏所說也不同,又說是"滑稽之雄、以儒爲戲者"之言;但至少可以證明當時的確有此"十等"之說。

近代史學家錢穆的名著《國史大綱》在第七編《元明之部》第三十五章第六節中引用了《心史》中的這一記載,雖然誤記爲"此見陶宗儀《輟耕錄》"[2],但錢氏參照史實與《滋溪集》《元史・兵志》《黑韃事畧》等文

---

[1] 如清・魏源《元史新編》卷八十《志》六《選舉》認爲是"明人說部"所稱,"皆無稽之談,誣謗勝國,薦紳君子弗道焉"。而且,其說法也與《心史》有不同:"第其人爲十等,有一官、二吏、三僧、四道、五兵、六農、七匠、八倡、九儒、十丐之說。"還有本書前面提到的今人李佩倫的議論。

[2] 錢穆是確認《心史》爲眞的。他在1969年8月發表的《中國歷史人物》中說:"鄭思肖所南……有一部《心史》,用鐵函封了,沉在蘇州一寺中井底,在明崇禎時出現了。他也是一豪傑之士,應該歸入孟子三聖人中伯夷的一路。"

獻,認爲此說可信。錢氏還指出"列'娼'於'儒、丐'之前"之異說乃是不懂者"妄易之"。

清人趙翼在《陔餘叢考》卷四二專列《九儒十丐》一節,引用鄭氏及謝氏之語,認爲"蓋元初定天下,其輕重大概如此。是以民間各就所見而次之,原非制爲令甲也。"當代史學家陳垣(1880~1971)在 1920 年代出版的前期代表著作《元西域人華化考》也同意這一觀點,說:"非元制果如此也。"但元史專家韓儒林(1903~1983)在 1980 年代出版的晚年代表著作《穹廬集·〈元史綱要〉結語》中則斷爲:"鄭思肖說:'轄法:一官二吏三僧四道五醫六工……',是有一定道理的。"

今人趙文坦根據元代"曲阜文廟免差役賦稅碑"所刻"聖旨":"今准襲封衍聖公孔元措申,曲阜縣見有宣聖祖廟,其亞聖子孫歷代並免差發。目今兗國公後見有子孫八家,鄒國公後見有子孫二家,事除已行下東平府照會,是亞聖之後,仰依僧道一體蠲免差發去訖,並不得夾帶他族。仰各家子孫准上照會施行。奉到如此。"指出:"此碑文中'是亞聖之後,仰依僧道一體蠲免差發去訖'之語,猶後世之對某種階層依照何種品級給予何種待遇,可知大蒙古國前四汗時期儒士的社會經濟地位確實排在僧道之後!"[①]另外,據說有元人筆記《初學集》,載有"蒙古分民爲十等,所謂丐戶,吳人至今賤之"之語,雖未提及"儒"排在第九等,但也可證明蒙元的分民爲"十等"的分類眞的是確實存在的。[②]

蒲壽庚事蹟。蒲氏是鄭思肖同時代人,居福建泉州,擁有大量海船,獨霸南方,宋末任提舉泉州舶司,據說達三十年之久。元兵南下時,蒲氏以城降北,殺戮趙宋宗室及士人,又以海船助元兵,對加速南宋二王的失敗起了關鍵作用。但有關他的史料不多。前面本書已經提及,日本學者桑原騭藏在《提舉市舶西域人蒲壽庚之事蹟》(中譯本題爲《蒲壽庚考》)一書中,即以《心史》中有關蒲氏的記載爲"第一古材料",結合其他史料進行研究,取得重要成果。同時,桑原氏又反過來證明了《心史》絕非僞書,痛斥了《四庫全書總目提要》對《心史》的謬論。1952 年,日本東京

① 趙文坦《鄒城孟廟元碑兩種簡釋》,載《齊魯文化研究》第五輯。
② 見梅毅《帝國如風》第十章《蒙元帝國漢族知識份子的生存困境》。

慶應義塾大學教授前嶋信次（1903～1983），在該校《史學》雜誌上發表《泉州的波斯人與蒲壽庚》，也肯定《心史》的史料價值。（但前嶋氏認爲蒲氏更可能是波斯卽伊朗人。）在桑原氏的啟發下，中國學者亦就此續有研究。如陳竺同（1893～1955）在1936年《暨南學報》上撰有《元代中華民族海外發展考》，張秀民（1908～2006）在1948年《學原》雜誌上發表《占城人 Chams 移入中國考》、1979年《蘭州大學學報》上發表《蒲壽庚爲占城人非阿拉伯人說》等。（張氏不同意桑原氏定蒲氏爲阿拉伯人，認爲是占城卽越南人。）他們均從《心史》中發掘史料而立論。

西番密教儀式。《心史》的《大義畧敍》中記述"韃主"敬信西蕃"妖僧"，並在幽州（北京）鎮國寺側建有佛母殿，"黃金鑄佛，裸形中立，目矙邪僻，側塑妖女，裸形斜目，指視金佛之形，旁別塑佛與妖女裸合，種種淫狀，環列梁壁間。兩廊塑妖僧，或啖活小兒，或啖活大蛇，種種邪怪。後又塑一僧，靑面裸形，右手擎一裸血小兒，赤雙足，踏一裸形婦人，頸擺小兒枯髏數枚，名曰'摩睺羅佛'"等等，還"生動地描述了那裏令人恐怖的淫樂和用女人殺祭的血淋淋的場面"（高羅佩語）。

荷蘭學者高羅佩（1910～1967）在《中國古代房中考》中認爲，"鄭思肖讎視和蔑視蒙古征服者，所以很可能有所誇張"；"不過他的這段話卻清楚地證明，密教在蒙古人的統治下確實很興盛"。高氏指出，"忽必烈汗和繼承他而統治中國的蒙古人都是喇嘛教的信徒。當時，北傳大乘佛教中的金剛乘從印度傳入西藏又傳入蒙古，在蒙古十分流行，特別是性力崇拜"。忽必烈身邊確有許多密教術士，在喇嘛教的畫像裏確實"大多數神像都被畫成與女性配偶性交的樣子"。因此，高氏認爲《心史》的記述反映了"蒙古宮廷中的性儀式及中國人（按，指漢人）的反應"。高氏並引用《元史》卷二〇五皇帝寵臣哈麻的傳，說它"描述了宮中舉行的密教儀式"，"證實了鄭思肖的說法"。

明清之際的方以智，更早就以明末人士的發現和古書上的記載，證明鄭思肖《心史》中這些記述是可信的。（本書第七章已引及，請參看。）清代學者胡程在《詠元史帝后冠制》詩中，也提到"祕密演揲兒"云云。今人那木吉拉在2000年第4期《中央民族大學學報》發表的《論元代蒙古人摩訶葛剌神崇拜及其文學作品》中論述“忽必烈時期,京城内外一些寺廟已經雕塑、祭禱摩訶葛剌神”,認爲《心史》中寫到的“摩睺羅”卽“摩訶葛剌”的異譯。可見,儘管《心史》中的這些描寫被清人袁枚認爲“語殊荒悖,殊不足信”(《隨園詩話》),而其實卻有著重要的史料價值。

　　囘囘砲的機制。鄭思肖在《哀劉將軍》詩序中提到元軍用新式武器攻常州,“其囘囘砲甚猛於常砲,用之打入城,寺觀樓閣盡爲之碎”。又在《大義畧敍》中說:“其囘囘砲,法本出囘囘國,甚猛於常砲。至大之木,就地立阱,砲石大數尺,墜地陷入三四尺,欲擊遠則退後增重發之,欲近反近前。嘗以此砲攻于閩國,彼國以棕櫚皮結網懸覆城上,攻不入,竟止。”清初人(也可能生於明末)王棠所撰《燕在閣知新錄》卷十七《砲》條,便引用《心史》這一記載,並認爲“今世之所謂大將軍者,卽此砲也”。史學家馮家昇(1904~1970)在1949年《史學集林》上發表《伊斯蘭教國爲火藥由中國傳入歐洲的橋樑》一文中,還根據《心史》的記載研究了囘囘砲的機制,認爲該砲實爲重大的抛石機,是用巨木就地埋立的,下邊沒有輪子,非現代意義上的管形火砲。並認爲《心史》所記防禦囘囘砲的辦法是科學的。馮氏將《心史》的這些記載,與《元史》的世祖本紀、阿老瓦丁傳、亦思馬因傳,波斯史家拉施特的《史集》,義大利旅行家馬可波羅的《遊記》等書中的有關記述相對照研究,足見《心史》具有重要的史料價值。

　　阿合馬被殺。元世祖時囘囘人宰相阿合馬的被殺事件,是當時政治舞臺上的一件大事。上述中外載集《元史》《史集》《遊記》中都有記載。三者所記不盡相同,各具特色,治史者據以參證斟酌,折衷損益,已可得出大致全面的認識。然而《心史·大義畧敍》中有最爲詳細、生動,而且與上述三書不盡一致,甚至獨家材料的記述。(由於文長,此處不予鈔錄。)元史學家楊志玖(1915~2002)在1987年發表《〈心史〉中記載的阿合馬被殺事件——兼論〈心史〉眞偽問題》,專論此事。從《心史》所記阿合馬的罪惡,所記阿合馬的兒子人數及參掌兵權、所記與刺殺阿合馬的王著同謀的“張酉”、所記阿合馬被殺後全國上下相慶之狀、所記元世祖根窮阿合馬餘黨等等方面,來詮釋分析,洞察微隱,曲折生動。(也由於文長,此處不便多加引用。)總之,楊氏認爲《心史》的有關記載極爲有用,豐富精彩,有的是其他書中找不到的,"可以補正史之不足";卽使畧有疏漏謬誤之處,也是"所有稗官野史都不可避免的"現象,但"後人是很難編造這種意想天開的故事來的"。

中央民族大學歷史系年輕教師鍾焓(1976~　)發表在2007年《中國史研究》第一期的《〈心史·大義畧敍〉成書時代新考》,是近年來關於《心史》,特別是關於《大義畧敍》研究的最精彩的力作,發人未發,勝義甚多。關於《心史》所記阿合馬被殺事件,他卽在楊志玖論文的基礎上作了補充論證,指出:"說《心史》是目前僅見的直書張易爲事件主謀人的漢文史籍並不爲過。從這一點上看,《心史》和另外兩種域外史籍一樣,具有未經修飾的當時人直筆撰史的特點,而且也不存在爲涉事人回護的意圖,故在記事的關鍵之處才會較晚修的正史顯現出既秉筆直書而又一針見血的敍述風格。反之,如果一口咬定該記載爲明末人士所撰,那實在是高估了他們所處時代的治學環境,因爲那時的人不可能像今天的學者這樣有條件參證《史集》《馬可波羅遊記》之類的外文史料從而把事件幕後策劃人的情況考證得水落石出。"鍾文又談到,《心史》記載阿合馬諸子皆遭斬剮剝皮,與《元史》記敍明顯不同,但卻與域外的《史集》《遊記》對此事的描述驚人地相近。"如果說《心史》的此條記事不是當時人所寫,那怎麼會跟同時代的《馬可波羅遊記》如出一轍,而與晚出常見的《元史》反而差別顯著呢?"鍾文還指出,"《心史》對阿合馬叛賊形象的刻畫雖然與史不合,但卻準確地映照出作者的時代性"。

伯顏牢獄之災。《心史·大義畧敍》記云:"韃酋如伯顏得江南,阿尤得維揚,可謂有大功於韃,阿合馬譖其私卷江南金銀寶玉極多,忽必烈窮其根源,皆受囚繫,不及賞。伯顏、阿尤輩寧不抱怨入骨?"伯顏平宋後遭阿合馬誣陷之事,也見於《元史》卷一二七《伯顏傳》;但《元史》所記,似乎伯顏只是受了一次審查,很快就得以復職,並無牢獄之災。上述鍾焓論文則指出,成書於1434年的藏族史書《漢藏史集》,對伯顏受誣之事有詳細記載。忽必烈不經調查,卽逮捕伯顏並把他投入狗圈。鍾文認爲:"總之,《心史》的有關記載並非孤證,對忽必烈猜疑大臣的記敍是合乎歷史背景的。尤其值得注意,《漢藏史集》裏有一段伯顏對忽必烈自陳冤情的話,談到了自己無罪被譴之事已經是‘從日出之地到日落之地,盡人皆知’。由此可知,伯顏之事在當時確已廣泛流傳,其見於《心史》恰好又是其時代性的如實體現。”

所謂“蒿指之法”。《心史・大義畧敍》有這樣的記述:“昔金人盛時,韃雖小夷,粘罕兀尤輩嘗慮其有難制之狀,三年一征,五年一徙,用蒿指之法,厄其生聚。蒿者,言若刈蒿也,去其拇指,則丁壯無用。後金酋雍立,仁慈恕韃舊罪,免征徙蒿指之法。時思乃祖舊恨,但望北射三箭泄餘憤。如是十九年,韃人孳育丁壯甚盛。適金人白倫、李藻以罪奔韃,說韃酋曰:‘金見汝盛,或重興征徙蒿指之法,將奈何? 不若興兵攻金以自固。’韃主忒沒眞然其言,以蒙古國爲號,始興兵寇金。”上述鍾焓論文指出,迄今尚未在其他漢文史料中發現可以與“蒿指之法”相比較的記載,但這並不意味著此種刑罰是出於臆造,與它有直接聯繫的材料見於二十世紀在內蒙古鄂爾多斯地區生活過的比利時神甫田淸波(A. Mostaert)從當地的蒙古人中收集到的一個以“元太子與眞太子”爲名的民間傳說中。這種刑罰只能視爲一種反映了蒙古人特殊文化觀念的民俗學產物,《心史》的這一記載也當作如此理解。實質上折射出的是蒙古人將拇指與箭術相聯繫以及在日常生活中十分重視拇指的文化觀念。鍾文以衆多域外史料證明:《心史》的這一記載絕非文化面貌與蒙古人迥異的漢人所能杜撰,它確實是蒙古本土傳說在漢地傳播開來的眞實反映……像‘蒿指之法’這樣的記敍雖然本身並非史實,但其僅見于《心史》且有徵於蒙古傳說的事實,兼之它反映的時代背景也與史實契合,這兩點充分證明了該記載只能是出自對蒙古傳說如實直錄的宋末元初人士之手,而絕不可能是抱有反滿思想的偏居一隅的明朝江南遺民所臆造出來的。”

蒙古伐金初戰。《心史・大義畧敍》緊接着“蒿指之法”寫了蒙古寇金:“韃主忒沒眞然其言,以蒙古國爲號,始興兵寇金。忒沒眞大敗後,金酋役小夷十八糺人失其道,糺人誘遼之遺種俱歸韃,韃以遼、糺爲前驅,攻金得利,迤邐深入。”照這段記述,成吉思汗的伐金之役起初並不順利,還慘遭大敗,後來憑藉糺人的倒戈,才扭轉敗局。上述鍾焓論文指出,金朝的糺軍是駐防北邊抵禦蒙古入侵的一支勁旅,在《蒙古祕史》中以英勇著稱,但在金章宗時期也確實有部分乣軍轉而投靠了蒙古人。然而我們在其他漢文史料中卻找不到蒙古伐金初戰慘敗的記載。這是不是《心史》作者憑空編造的呢?幸好義大利教士柏郎嘉賓(Jean de Plan Carpin)在他於 1245 至 1246 年出使蒙古後撰寫的見聞中留下了相似的記載。鍾文對照後指出:"雖然成吉思汗初次伐金以失利告終的消息應當出自街巷傳聞而不是歷史事實,但其同時見於《心史·大義畧敍》和《柏朗嘉賓蒙古行記》卻有力地證明了《心史·大義畧敍》絕非僞作,因爲這種傳聞只能是當世之人才會'如實'記錄下來而後世的作者無論如何也虛構不出的。"

蒙古葬俗細節。《心史·大義畧敍》記云:"韃靼風俗,人死,不問父母子孫,必揭其屍,家中長幼各鞭七下,咒其屍曰:'汝今往矣,不可復入吾家!'庶斷爲祟之蹟。及茶毗,刀斷手足肢體爲三四段,刀破攪腹腸,使無滯戀之魂。若葬,亦以刀破腹翻滌腸胃,水銀和鹽納腹中,刀斷手足肢體,疊小,馬革裹屍,乃入棺。虜主及虜主婦死,剖大木刳其中空,僅容馬革裹屍納於中,復合其木,僭用金束之於外,皆歸於韃靼舊地,深葬平土,人皆莫知其處。往葬日,遇行路人,盡殺徇葬。"上述鍾焓論文指出,這是宋元文獻中有關蒙古本土葬俗著墨最多的一段文字,其中有些內容也見於元末明初葉子奇《草木子》,有的描述如鞭屍斷肢等尚無徵於其他史料,然其中提到的三處細節雖不見於其他蒙元時代的漢文史籍,但在域外史料中卻有案可稽。一是蒙古人的火葬("茶毗"),二是蒙古人的屍體處理("刀破攪腹腸","納水銀和鹽"),三是蒙古大汗歸葬漠北時,"遇行路人盡殺徇葬"。這些在漢文史籍中獨特的描寫均"非作者的憑空杜撰",而且"恰好反映了其書的時代性"。

蒙古人換箭風俗。《心史·大義畧敍》有蒙古人"兩陣議和,則虛挽弓相射,換箭而去"的記述。上述鍾焓論文指出,蒙古人交換各自的箭矢,是因爲箭在其文化中隱寓著忠誠、友誼之義,故贈箭常常用於結盟或表示誠意的場合。在明代還只是被用來培訓翻譯人才的《元朝祕史》第一一六節描述鐵木眞和札木合結成安答時,就有這樣的描寫。見柏郎嘉賓和羅依果(Igor de Rachewiltz)的有關記述。因此鍾文認爲:"《心史》的這一特有細節應是對蒙古風俗的眞實記述。顯然，從知識水準上衡量，它也不會是明末人士所能想像出的。"

蒙古人生活習俗。《心史》在這方面的史學價值，更早就受到很多學者注意。如《心史》中關於蒙古人辮髮的三搭形式的描繪，早在明清之際的顧景星的《白茅堂集》卷四三《雜著》中，就被作爲史料引述。清末文廷式《純常子枝語》也引用《心史》關於三搭辮髮的描繪，認爲"此可考元人剃髮之制，其合辮爲一拖垂衣背者，則與滿洲制度相同。至'不狼'是蒙古語，所南就文生義，未得其實。'不狼兒'者，卽《淨髮須知》之'鉢浪川'也"。文氏又引元·張德輝《塞北紀行》云"大宴所部於帳前，自王以下皆衣純白裘"，指出："與所南《心史》所記虜主衣裘之制亦合。"日人桑原騭臧在1927年版《東洋史說苑》的《中國人辮髮的歷史》一文中也引用了《心史》。近人王國維更取《心史》以箋證南宋人趙珙的《蒙韃備錄》。清代學者胡珵在《詠元史帝后冠制》詩中，還引徵《心史·大義畧敍》中寫到的"固姑冠"。今人的例子更不勝舉，如史衛民（1952~　）的新著《元代社會生活史》一書，也從《心史》中徵引了十多條珍貴史料。

忙哥剌死因。忙哥剌在忽必烈封王諸子中，"一藩二印，兩府並開"，地位十分尊榮，然而未及而立而身先死，且死因不明。暨南大學中國文化史籍研究所副研究員陳廣恩，在2008年《民族研究》第三期发表的《元安西王忙哥剌死因之謎》中指出："只有鄭思肖《大義畧敍》明確記載他是因謀篡父位而被忽必烈所殺。結合其他史料中的記載，我們發現忙哥剌在任安西王、秦王期間，確有不臣之心，他的死一定和汗位之爭有著密不可分的關係，鄭思肖的記載是可信的。""鄭思肖在《大義畧敍》中有如下一段話，這是筆者所見關於忙哥剌死因非常明確的惟一記載：'忽必烈有三子，長曰眞金，次曰戶合眞，又次曰汉谷瀘。僭封戶合眞爲安西王，據鎮長安。嘗謀篡父位，事泄爲父殺。'鄭思肖所說被封爲安西王出鎮長安的忽必烈三子之一戶合眞，當卽忙哥剌無疑，則忙哥剌是因爲密謀篡奪汗位，事情敗露後被忽必烈殺死的。"陳氏認爲，《心史》所載元代歷史的這些細節，與歷史事實是相符的，並非杜撰，其記載是可信的，可以作爲珍貴的元代史料來使用。

漳州反正及年號。《心史》中《十四礪》詩提到"漳泉數郡屢反正"，《元韃攻日本敗北歌》序中也說："且今漳州陳吊眼據漳已久，地通諸山洞、山寨八十餘所，據險相維，內可出，外不可入，以一當百，剿韃難算，意欲攻出，未能。年號昌泰，未知擁誰爲主。元賊力攻漳，不可得。"不過，鄭氏出於"正統""大義"的觀念，在詩中又說："雖傳漳州氣焰盛，又聞襄陽已大舉；割據固足稍伸氣，律以大義竟何補？"然而，在《先君菊山翁家傳》中他又說："近日漳州大義甚正，干戈擾擾，閩閒正苦。"而在《大義畧敍》中也說："漳州屢反正，陳某據山洞自守，韃賊十攻九敗，獨有此一脉不絕，然欲攻出則未能也。"撇開鄭氏對陳吊眼等人起義的矛盾、猶豫的態度，這裏最引人注目的是"屢反正"及"年號昌泰"兩點記載。據元史研究者楊訥 1993 年發表的《〈心史〉眞僞辨》，這兩點在《元史》上都沒有記載，但都不會是《心史》捏造的。

關於"反正"，據楊氏研考，只有在元人王惲《大元故中順大夫徽州路總管兼管內勸農事王公神道碑銘》有記載："降將陳吊眼據漳州叛，賊勢甚衆。"這與《心史》說陳某"屢反正"相符。至於年號昌泰，楊氏僅見於元文宗敕編《皇朝經世大典·招捕·福建》：(至元)"十七年八月，陳桂龍父子反漳州，據山寨。桂龍在九層際畬，陳吊眼在漳浦峯山寨，陳三官山篆畬……十八年十月，官用討桂龍……尋捕得其父子，斬之。南劒州丘細春反，行鎮國開國大王，改元昌泰。"可見《心史》說的"年號昌泰"是有根據的，只是把南劒州(今福建南平)丘某的事誤記在漳浦(今福建雲霄)陳某的頭上了。這反映了鄭氏得自傳聞，卻絕不是僞造的。陳吊眼等人的起義，是元初我國東南地區畬、瑤、苗等少數民族起義軍、或少數民族與漢族農民聯合起義軍中最盛的一支。《心史》的有關記述提供了重要的歷史資料。

《古今正統大論》。這是《心史》中的一篇重要史論，同時也是一篇政論、時論。所謂"正統"這一中國傳統史學和政治學觀念，已困擾中國歷代王朝的政府及其學者達千年之久，卽使至今仍衆說紛紜，糾葛不淸。鄭思肖生當宋元之際這一特殊時刻，就此問題提出其獨到見解，自當引起後人極大的關注。可惜在當時未能公開發表；四百年以後，方在鄭郊、顧景星、魏禧、方中履、廖燕、邵廷采、黄中堅、張符驤、蔣汾功、甘京、徐湘潭、方濬頤、柳詒徵、劉師培以及楊復晟、涂尙攑等人各自有關"正統"的論述中被引用，或進行了討論。當然，鄭思肖的有關觀點今人不會完全讚同(連魏禧他們也沒有完全讚同)，但《心史》畢竟提供了這樣一篇重要的史論和思想史文獻。當今學術大師饒宗頤(1917~　)的專書《中國史學上之正統論》便非常重視此文，認爲"其要旨在以經斷史"，"辭理嚴正"。"其所爭取者，一本乎正義之眞是非，而非一時相對之是非，不特不屈服於某種政治之下，且不屈服于已成歷史之前，<u>其見識偉矣，其人格复矣</u>，此誠'貫天地而無終敝，故不得以彼之暫，奪此之常'(姚鼐《方正學祠重修建記》)。歷史之眞是非，正在其常，而非一時是非所可奪也。"饒氏指出"記敍史事而無是非之辨，則何貴乎有史？ 此義鄭思肖於《心史·古今正統大論》中已有淋漓盡致之發揮"。饒氏並痛斥"僞書說"：鄭思肖此論所引前人著述"僅及宋人而止"，"並無受元、明人影響之痕蹟。其秉正論史，大義凜然，安得目爲僞書而廢之乎？"鄭思肖在此文中表示有志於重撰《正統通鑑》，饒氏認爲這亦正可見《心史》非明淸人僞造，"因元、明以來此類續《綱目》之著述，已車載斗量，何庸著《正統通鑑》耶？"[①]饒氏在專書《九龍與宋季史料》的《宋元間人所記海上行朝史料評述》中也列有《心史》。

陳宜中奔占城。《心史》有記南宋末期宰相陳宜中"身護玉璽，兵船前行，竟託失風，奔占城國"，張世傑"遲後一日，果有四五百艘至，或報陳丞相兵船同至，探張少保敗遲，不與賊戰卽去"等事。饒宗頤在《宋元間人所記海上行朝史料評述》中就已指出，《心史》"謂宜中初奔占城，又遲而奔闍婆等，足補史乘不及"。暨南大學古籍研究所教授王頲(1952~　)和該所研究生趙冉，2011 年在上海社會科學院歷史研究所《史林》第二期上發表《宋末宰相陳宜中占城之行與趙若和家世》一文，指出在今存宋元之際人著作中，皆言陳宜中於張世傑退駐崖山前卽已西

---

① 　其實，本書前一章已提及，近代史家柳詒徵在《國史要義·史統》中也已看出，《心史》此論提出"不以正而得國，則奪之者非逆也"，是"以爲宋解"，卽"屬私於所君之詞"。這也透露了此論必是鄭氏所作。

行，流亡南洋各國。如文天祥《集杜句詩》前卷上《陳宜中第四十》云“陳宜中船相失，莫知所之”。黄溍《陸君實傳後序》云“宜中一夕浮海去，莫知所之”，“御舟次碙洲，衆舟皆來會，惟宜中自南蕃洋轉拖往占城，累召，竟不至”。突圍而出的張世傑，似乎也曾有過躲避占城的計劃，或是欲前往尋找陳宜中，與之會合，從而謀求東山再起。特別是明隆慶進士鄭汝璧《由庚堂集》卷二一《故宋閩沖郡王墓表》中也有相關記載：“王［趙若和］館甥於崖山斗洞太師伍隆起家，藉其糧餉軍，軍幸一時無乏。居亡何，而元兵大至，王連日鏖戰，戰轉北……乃與其從許達甫、黄侍臣等以十六舟奪港而出，庶幾得脱，當以報帝。至淺灣，遇陳宜中，議往福州爲復計。比舟遡南澳上，可七十里，颶風大作，宜中舟破……”這些記載都與《心史》所記“極其吻合”，可以互補互證。① 而我們還可進一步指出，《心史》關於陳宜中奔占城的消息來源，與明人鄭汝璧（1546～1607）《故宋閩沖郡王墓表》所據，顯然是相互獨立的。《墓表》撰寫，不可能看到尚未出井的《心史》。《心史》提到崖山之戰時“或報陳丞相兵船同至”，如果説這是“造假者”看到了鄭汝璧寫的《墓表》，那他就不可能不提陳宜中在淺灣與趙若和相會一事；《心史》作者顯然没有看到《墓表》，

① 此處又可作補充。宋元之際金履祥（1232～1303）《仁山集》卷二《操》有《廣箕子操》云：“炎方之將，大地之洋，波湯湯，翠華重省方。獨立冋天天無光。此志未就，死矣，死南荒。不作田横，横来者王；不學幼安，歸死其鄉。欲作孔明，無地空翺翔；惟餘箕子，仁賢之意留蒼茫。穹壤無窮此恨長。千世萬世，聞者徒悲傷！”元·吴師道（1283～1344）跋之曰：“宋季爲相者曾聘先生館中，先生以奇策干之，不果用而去。先生感激舊知，後爲賦此。辭旨悲慨，音節高古，眞奇作也！”清初王士禛《居易録》卷一和《帶經堂詩話》卷六均指出“仁山道學，不工詩，而《廣箕子操》一篇特工”，認爲“此《操》似爲陳宜中而作”。今按，吴氏所云“宋季爲相者”，肯定就是陳宜中；金氏與鄭思肖同爲宋遺民，其《廣箕子操》卽歌詠陳宜中者。所謂“死南荒”“不作田横”“不學幼安”“惟餘箕子”云云，均與《心史》所記陳宜中奔占城等事相合。清·繆荃孫《雲自在龕隨筆》鈔本卷六《雜記》，也認爲吴氏所云“爲相者蓋陳宜中也”，又引“閩中林繼庭（春枝）《過陳宜中祠感賦四詩》云：‘一步平山太息頻，景炎遺躅此江濱。（地爲宋端宗駐蹕處。）行宫雨過生春草，輦路風迴起暗塵。絶域游魂知不返，高厓題字尚如新。（相傳“平山福地”四字宜中書。）斜陽委巷迎祥處，社鬼依依遠趁人。’‘連歲宣麻更築壇，垂簾無那北風酸。皐亭山上飛遊騎，清澳江頭載釣竿。不信美芻親蜃蚷，（見《尔雅》）誰教腐鼠嚇鵷鸞。淒涼惟有江山寺，（在温州，奉迎益王入閩。）拚得楸枰一著殘。’‘百戰淮兵到海壖，清波淼淼駕帆檣。魚龍窟底爭殘刼，豺虎關前鬥夕陽。幾處勤王空築舍，兩番投款又嚴裝。西風不見占城便，（舟移七里洋，宜中請往占城諭意，遂不返。）潮去潮来總斷腸。’‘當年披牘想英姿，（攻丁大全，救董槐。）肉食翻忘燕幕危。柴市有人歌《正氣》，厓山無地葬孤兒。帷前像貌猶冠劍，階下雞豚自歲時。越國高祠在江滸，（平山之麓有越國公張世傑祠。）松風杉雨滿靈旗。’悲歌激越，不滿宜中之意自在言外。”林氏不知何許人，他對陳宜中雖有“不滿”，但亦認定其乃“請往占城”“絶域游魂”。

那他又怎麼能憑空偽造出陳宜中"有四五百艘至"崖山這樣"奇離"(王頤語)的情節,而與《墓表》如此前後連接,無懈可擊,天衣無縫呢?

還有一些較小的例子,例如我在互聯網上讀到"北大博文"網站2013年7月發表的王瑞來《校勘學攟談之三十四·點畫之差有是非》,寫到他在校勘《錢塘遺事》現存最早的掃葉山房席氏刊本時,見書中卷七《蕪湖潰師》條載:"鳴鑼一聲,退兵於珠金沙,十三萬軍一時潰散,督府之師已失。"王氏校出"'督府之師',四庫本同,武林本、鮑抄本并《宋季三朝政要》卷五作'督府之印'"。經過分析,他認爲"督府之印"爲是。一個重要的根據是《心史·大義畧敍》載:"廿三日,虎臣與似道密語移時,似道驚疑失措,虎臣懷懼不肯負荷死戰,一矢不發。似道、虎臣各船遁走。諸軍俄失似道、虎臣所在,廿八萬正券兵,一時俱潰散。似道舟飄於眞州朱金沙,淮東閫臣李廷芝遣兵救似道入揚州城,官誥、金銀、關會、船一皆遺失。虎臣遁歸泰州。堂吏翁應龍持都督府印遁歸行在。"王氏據此指出:"混亂之中,以爲都督府印亡失,實則爲堂吏翁應龍携歸行在。"

除了上述近代學者論及《心史》有關史學價值的例子外,余雖不敏,亦畧有發見(有的得到朋友的幫助)。本書前面已經說過一些,如《心史》所記蘇州陷元之日、《心史》所記鄭思肖崇拜的南宋理宗朝文臣詩人、《心史》所記鄭思肖祖先及故里、《心史》所記元初"僧衣黃衣"等等,均頗具史學價值,亦可證《心史》非偽。這裏,願再舉幾則,以供研究者參考。

特異天象記載。《心史·中興集二卷》中有《辛巳夏七月》一詩:"辛巳夏七月,初五日正午。太白燦然見,太陰亦俱睹。索曆驗其次,太白躔在午。兵爭周分野,天下氣當吐。敬以詩識之,儲爲史官補。"我向古天文學家江曉原(1955~)請教,承熱情函示:詩中所言天象,經查驗,確爲該日(1281年7月21日)之實際情形。"太白躔在午"指金星(太白)位於鶉火之"次",而"其次"所對應的人間九州的"分野"正是"周"。古代星占學認爲太白屬"兵"象,所以鄭思肖以爲是殘宋振兵復興之兆。白晝看到太陰(月亮),事屬平常;看到太白(金星),則較稀罕,但在金星距離太陽較遠時則有可能。而此日金星的位置約爲黃經 170 度，正在與太陽角距最大之處。江氏還引法國著名天文學家弗拉馬利翁的一段論述（此處從畧），來證明在這樣的條件下白晝能用肉眼看到金星。江氏的賜教對我很有幫助。

又有友人替我向浙江大學教授俞忠鑫（1946~　）請教，亦承熱情函告：“經查《−2500～2000 太陽與五星黃經表》，知該日太陽黃經 125.5 度，金星黃經 171 度。月亮黃經由朔日太陽黃經 121.9 度推知爲 187.7 度。則日月黃經差爲 62.2 度，正午太陽中天，則月亮在西方地平線上方 27.8 度，金星則在西方地平線上方 44.5 度，此種天象雖非常見，卻亦爲理所當然。”俞氏的賜教可謂與江氏不謀而合。

《心史》的《大義畧敍》在敍及“德祐一年乙亥”時事時，還夾有一句“六月朔（按，卽 1275 年 6 月 25 日）日食九分有強”，總共僅九個字，卻又是一則十分準確的特異天象記錄。《宋史》卷四七《瀛國公本紀》就有“六月庚子朔，日有食之，旣，晝晦如夜”的記載。《元史》卷八《世祖本紀》也記有“六月庚子朔，日有食之”。又查到《至大金陵新志》卷三中之下，更有詳細的記述：“德祐元年乙亥，六月庚申（按，庚子之誤）朔，日蝕旣，天地晦瞑，咫尺不辨人，雞鶩歸，儼如暮夜，自巳至午，其明始復，自淮以西北，天色明朗。”南京離蘇州不遠。另，無名氏《宋季三朝政要》卷五，亦有記載，文字與《金陵新志》基本相同。經江曉原用電腦推算，亦證明是日蘇州地區確有日全食。

特異水文記載。《心史·中興集一卷》中有一首《黃河清》詩，序文云：“近有南人自北歸，紀之於籍云：某日渡河，土人謂丁丑歲（按，1277）四月黃河清，戊寅歲（按，1278）十一月又清數旬。古語曰：‘黃河清，聖人生。’吾大宋人也，知大宋而已，然則中興有日矣！”黃河清，尤其是連接二度清，是極罕見之事。我查到元·王惲《玉堂嘉話》卷三亦記：“丁丑歲，二月初，黃河自陝州靈寶清澄至河南府。或云自潼關至三門集津。王子年《拾遺記》：‘丹丘千年一燒，黃河千年一清。’又曰：‘聖人生。’麀菴曾命擬中省賀表。”按，王氏所言月份與《心史》所記畧有差異，乃因都是傳聞（王氏亦說“或云”）；而《心史》中說“吾大宋人也，知大宋而已”，也是有針對性的,因爲元朝的御用文人則以此稀奇事向元朝上表慶賀。王惲的《賀表》即云:"天開昌運,統一車書;地應休徵,河清陝洛……自陝至巴,幾千里之餘;由乙逾丙,殆三旬之久。""三旬之久"與《心史》說的"四月"就更接近了。至於第二年的黃河清,在《元史·五行志》就有記載:至元"十五年(按,1278)十二月,河水清,自孟津東柏谷至汜水縣蓼子谷,上下八十餘里,澄瑩見底,數月殆如故。"足證《心史》所記有據。

特別須指出的是,鄭思肖在《心史》中自述:"自《中興集·黃河清》以下,隨得隨入,更不刪去……"也就是說,從《中興集一卷》開始,《心史》中的詩就不再作編排,完全按照寫作先後收入。因此,後人要是想"僞造"上述記錄特殊天象、水文的詩,不僅得千辛萬苦遍查載籍,還必須懂得古天文曆法去仔細推算日期,然後再精心僞造,最後還得按時間先後天衣無縫地插入詩集之中。試問,有這樣"僞造"的可能嗎?還有,關於日食的那句話,只是夾在一篇兩萬字長文中的寥寥九個字而已。要是真有後人這樣來"僞造"的話,那他的作僞"成本"也未免太高了一點吧?

蒙哥死亡之因。蒙哥(1209~1259)即元憲宗,蒙古第四任大汗。曾率軍西征斡羅思等國,攻城掠地,所向披靡,因此西方人甚至稱他爲"上帝之鞭"。他於宋寶祐六年(1258)親率大軍南下侵宋,一路殺來,但至開慶元年(1259)二月圍攻合州(今四川合川)州治所在地釣魚城時,卻遭到宋將王堅率領官兵殊死抵抗,久攻不克。至七月,蒙哥即死於軍中。蒙軍失去主帥,被迫撤軍北返。蒙哥之死,不僅使蒙古南侵受挫,也使蒙古停止了西進歐洲的軍事行動。因此,這對中國史乃至世界史的研究來說,都是一件大事。然而關於蒙哥的死因,《宋史》《元史》無記載,國內外史學界卻一直有著多種歧異的說法。

一是中矢而死說。敍利亞的阿布林法拉第在1264年編著的《世界史節本》中,說蒙哥是被宋軍流矢射中而死。宋·劉克莊《蜀捷》詩云"撻覽果殲強弩下"。現存四川省合川市釣魚山忠義祠內的明正德十二年(1517)合州所立《新建二公祠堂記》碑文,也說蒙哥"中飛矢死"。今人所編中國通史著作,如翦伯讚主編《中國史綱要》等,多采此說。

二是中砲石(飛石)而死說。明修《重慶志》卽持此說。劉澤華等著《中國古代史》、邱樹森《元朝史話》等,也都說蒙哥在先鋒汪德臣死後,親帥大軍攻城,爲砲石所傷,囘營後死。今釣魚城腦頂坪,傳說卽當年蒙哥中砲石之所。

三是淹死說。小阿美尼亞的海屯於1307年口授的東方史《海屯紀年》,說蒙哥在進攻宋軍時,乘坐的戰船被宋軍潛水者鑿穿,因此淹死水中。

四是患病而死說。此說又有各種不同的病因。波斯史家拉施特1307年著《史集》,書中卷二說當時蒙軍中流行瘟疫(一說霍亂),蒙哥也感染了,並下令以喝酒來控制病疫,自己也堅持喝酒,以至死。明萬曆時修《合州志》所載《釣魚城記》則說蒙哥在架設望樓窺視釣魚城時,遭宋軍砲石射擊,爲"砲風所震,因成疾,班師至愁軍山,病甚⋯⋯次過金劍山溫湯峽而殂"。明代四川巡按謝士元《遊釣魚山詩序》、民國《合川縣志》等,均持此說。清‧畢沅《續資治通鑑》的《考異》中說蒙哥"自因頓兵日久,得疾而殂"。魏源《元史新編》云"觸暴雨,不豫"而死。

然而《心史》中提出一個新的說法,蒙哥是被王堅氣死的:

> 韃主蒙哥犯蜀,迫雲頂山。其山險峻,素爲王堅所據,韃遣人說其來,堅命衆軍立山頂,裸形望之,穢罵。蒙哥竟飲氣病死。

鄭思肖的這一說法很值得重視,並且還有旁證。同是南宋人的史學家黃震(1213～1280),歷吳縣尉、浙東提舉常平主管文字,擢史館檢閱,與修寧宗、理宗兩朝國史、實錄,他在《古今紀要逸編》中兩次提到:"蒙哥敗於合州,憤死軍中","元主蒙哥爲王堅挫辱,憤死"。而上面提到的無名氏《釣魚城記》中,還記載了王堅的另一個羞辱蒙哥的故事:他命人將幾條魚和幾百個面餅送到蒙哥營中,並在信中說:"爾北兵可烹鮮食餅,再守十年,亦不可得也。"因此,《心史》中說"蒙哥竟飲氣病死",我認爲是很可信的。

　　隨駕內嬪某氏。《心史》有《五忠詠》詩,其五《隨駕內嬪某氏》序曰:
"隨駕北狩內嬪某氏,虜酋屢欲犯之,以其吐語貞烈,竟不可得。乃書於
裙帶上曰:'誓不辱國,誓不辱身!'遂自經於虜館。死後爲虜人分臠其
肉食之。"《心史·大義畧敍》亦有相同記述,但未記分臠食之一節。"某
氏"實爲安康夫人朱氏。此事雖未見正史,但野史筆記多有記載;雖所
記絕命詩各有詳畧,要皆可證確有其事(食肉一節則僅見於《心史·五
忠詠》)。如:

　　與鄭思肖同時、同爲吳人的宋遺民徐大焯《燼餘錄》甲編記:德祐二
年(1276)五月"十二日,內宮安康郡朱夫人、安定郡陳夫人及兩侍女自
縊。遺筆云:'不免辱國,幸免辱身。不辱父母,免辱六親。大難卽至,
刼數回輪。妾輩同死,守於一貞!'八月,太皇太后謝氏北狩。此皆彼人
所述,足稱信史。"

　　比鄭思肖晚四十幾歲的元·楊瑀(1285~1361)的《山居新話》卷
四,所記遺詩最詳:"至元十三年(按,1276)……五月……十二日,內人
安康朱夫人、安定陳才人、又二侍兒(失其姓氏)浴罷,肅襟閉門,焚香於
地,各以抹胸自縊而死。解下,衣中有清江紙書一卷,云:'不免辱國,幸
免辱身。不辱父母,免辱六親。藝祖受命,立國以仁。中興南渡,計三百
春。身受宋祿,羞爲北臣。大難卽至,刼數回輪。妾輩之死,守於一貞。
焚香設誓,代書諸紳。忠臣義士,期以自新!丙子五月吉日泣血書。'十
三日奉聞,露埋四屍,取其首懸於全后寓所,以戒其餘。在上都時濟門,
予嘗聞之先父樞密。因觀周草窗《日鈔》亦載此事,又得祈請使日記官
嚴光大《續史》所說相同。二書皆寫本。恨《三朝政要》《錢唐遺事》板行
於世,皆失此一節。惜哉!若此貞烈,可不廣傳乎?因筆之於此。"可知
當年周密等人也曾有過記述,可惜二寫本今均未得見。[1]

　　元末王逢(1319~1388)《梧溪集》卷一《感宋遺事二首》詩引:"至元
十三年……五月……十二日,內人安康朱夫人、安定陳夫人、二侍兒(失

[1]　今見刊本《錢塘遺事》卷九收有"日記官嚴光大錄"之《祈請使行程記》,可惜至五月初一日卽止。

其姓)浴罷,肅襟閉門,焚香於地,並雉經死。衣中有清江紙書,云:'不免辱國,幸免辱身。不辱父母,免辱六親。藝祖受命,立國以仁。中興南渡,踰三百春。躬受宋祿,羞爲北臣。大難既至,守於一貞。焚香設誓,代書諸紳。忠臣義士,期以自新!丙子五月吉日泣血書。'"

元明之際陶宗儀(1316～1396?)《輟耕錄》卷三亦記此事:至元十三年五月"十二日夜,故宋宮人安定夫人陳氏、安康夫人朱氏,與二小姬,沐浴整衣焚香,自縊死。朱夫人遺四言一篇於衣中云:'既不辱國,幸免辱身。世食宋祿,羞爲北臣。妾輩之死,守於一貞。忠臣孝子,期以自新!丙子五月吉日泣血書。'明日奉聞,上命斷其首,懸全太后寓所。"①

回回"叫佛樓"。《心史》的《大義畧敍》中記:"又回回事佛,創叫佛樓,甚高峻。時有一人發重誓,登樓上,大聲叫佛不絕,昏眩生妖,忽聞空中佛應聲,手持刃自斷男根,擲棄於地,竟捨身從樓上縶顛下,粉身碎骨而死。爲事佛感應。所棄男根,回回爭取,藥封函置,以相傳寶。"這段記述似乎荒誕無稽,但我曾在寧波天一閣舊藏明鈔本《錄鬼簿》上,看到所著錄的元人吳昌齡的雜劇有《西天取經》,其正名就叫《老回回東樓叫佛,唐三藏西天取經》。可見當時確實有這樣的故事和傳聞。

文獻學家黃永年也發現此事,並指出《心史》這裏說的當是伊斯蘭清眞寺事。據考,伊斯蘭教傳入中國之早期(唐宋時期),一些文人對它不熟悉,多用佛教名詞來表述。陳垣《回回教入中國史畧》即已指出這一點。② 如唐代杜環的《經行記》(唐·杜佑《通典》卷一九三《邊防》九

① 此外,明代的郭孔建《垂楊館集》卷六《讀史》三、柯維騏《宋史新編》卷六一《列傳》三、陸楫《古今說海》卷一一五《說畧》三一、孫道易《東園客談》、田藝蘅《詩女史》卷十、王圻《續文獻通考》卷六八《節義考》、田汝成《西湖遊覽志》、清代的黃任《消夏錄》卷二、邵遠平《元史類編》卷四十、盧秉鈞《紅杏山房聞見隨筆》卷十二、沈濤《瑟榭叢談》卷下等等,亦載此事及遺詩,均錄自楊瑀《山居新話》等書。

② 原爲1927年3月5日陳垣在北京大學研究所國學門的講演,9月發表於《北京大學研究所國學門月刊》;1928年1月《東方雜誌》第25卷第1號重新發表,改爲現名。1982年白壽彝將此文收入其《中國伊斯蘭史存稿》,後又收入白氏主編《中國回回民族史》。陳垣文章中即引徵了《心史》中這段記述。可知著名史學家陳垣,還有白壽彝,也是肯定《心史》的。本書前已提到,陳垣史學名著《元西域人華化考》也提及《心史》,並在卷末《徵引書目》中明錄"鄭思肖心史"。這樣,本書已經寫到近代史學大師梁啓超、顧頡剛、陳寅恪、呂思勉、郭沫若和陳垣、白壽彝、鄧廣銘、韓儒林等人都是肯定《心史》的,另外還有鄭天挺也是,見王曉欣、馬曉林整理的《鄭天挺元史講義》。鄭天挺引用《心史》中的"九儒十丐"之說。

《大食》引)中,把阿訇每星期五(主麻日)講"瓦爾兹"(講教義),稱爲"登高座爲衆說法";南宋·岳珂《桯史》卷十一《番禺海獠》中,把清眞寺稱爲"有堂焉,以祀名,如中國之佛,而實無像設"。而《心史》則把每天五次招喚穆斯林做禮拜時在"喚拜樓"(或稱"邦克樓")上喊的"安拉",記述爲"登樓上,大聲叫佛不絕"。後來,中國的穆斯林人口大幅增加,且散居南北各地,人們便不難分辨伊斯蘭教與佛教的差異,這種誤解隨之消失,名詞的誤用也就不再出現。可見,《心史》這段記述是後人難以僞造的。而即使鄭思肖實際上講錯了,這仍是一則有價值、有意思的史料。

元兵攻日傳聞。《心史》有《元韃攻日本敗北歌》,詩序中云攻日元軍乘船渡海,"抵倭口白骨山,築土城,駐兵對壘……山上素無人居,惟多巨蛇,相傳唐東征軍士咸隕命此山,故曰'白骨山',又曰'枯髏山'。"這段傳聞記述有不確之處,唐代"東征"並未曾到達日本本土。但其中有兩點很令人注意:一是元軍曾在島上"築城",二是元軍駐兵之山名"枯髏",今均可證明其所記非虛。

《元史》卷一六五《張禧傳》,有"率舟師泛海,東征至日本,禧即舍舟,築壘平湖島"的記載。元人王惲《秋澗集·泛海小錄》云:"志賀西岸不百里,有島曰毗蘭,俗呼爲'髑髏',即我大軍連泊遇風處也。"而據明人章潢《圖書編》卷五十《日本國圖》,標明"平戶名飛蘭島"。於是可知《元史》所說的平湖島(按,即平戶),又名飛蘭島(按,即毗蘭;飛蘭和毗蘭都是"平戶"的日語訓讀音譯),元軍確實曾在那兒築城對壘,而那兒確實俗稱枯髏山(按,即髑髏)。試想,後來的僞造者能寫得出這樣的細節來嗎?[1]

又,當代研究者王頲(1952~)在論文《忽必烈汗遠征日本史事補正》中提到,《元文類》卷四一《經世大典序錄政典征伐》云:"未幾,敗卒于閭歸言:'官軍六月入海,七月至平壺島,移五龍山。八月一日,風破

---

[1] 日本當代學者川添昭二在 1990 年日本小學館出版的《宗像氏與小呂島及與宋商謝國明之關係》書中,也引用《心史》中關於"枯髏"的記載,並指出日本舊籍《筑前國續風土記拾遺》中即已引用《心史》。

舟……"(陳按,此段話又見《元史》卷二〇八《列傳》九五《外夷》一《日本》)此"平壼島"卽平湖島或平戶島;而"五龍"之日語發音與"枯髏"音近,"五龍山"或卽"枯髏山"。又,《心史‧大義畧敍》云"先忽必烈遣晰里伯由高麗攻倭,人船俱陷於海",此"晰里伯"當卽《元史》卷八《世祖紀》所記曾任"耽羅國招討使"的失里伯。

至於鄭思肖何以能瞭解有關國外日本的情況,我也有一番推測。一是據一些史料記載,宋元之際蘇州一帶的寺廟中曾有來華學習的日本僧人,例如鄭思肖的朋友顧逢,就曾因日僧的關係將詩集傳至日本。[①]而鄭思肖入元前後經常往來、寄身於吳之名山寶刹,當與這些日僧交流,或通過筆談瞭解情況。二是鄭思肖的朋友中,也可能有參加過"征日"回來的人,他也能聽到一些故事。例如本書前面寫到的宋无(1260~1340),在至元十八年(1281)曾代替生病的父親領征東萬戶案牘,從征日本,歷盡艱危,幸得歸還。《兩宋名賢小集》卷三七六《翠寒集》小傳云:宋无曾"入海,抵竹島,風雹交作,隨驚濤上下,經高麗諸山,罹沈疴,瘦骨柴立,未嘗廢吟詠"。[②]宋无後來又爲鄭思肖墨蘭題過詩,應該認識鄭思肖。

開河達幽州。《心史‧大義畧敍》中記:"新自汴河開河,直達幽州,諸路役民開掘,深喞怨苦。"根據《大義畧敍》的寫作時間等判斷,這裏寫的當是1281年至1283年元朝開掘大運河中的濟州河一事,卽從任城(今山東濟寧)至安山(今山東梁山北)一段。當時還曾"引汶濟運"。因此,《心史》所記"自汴河開河"有誤,當是從汶河開河。這也許是兩字形近致誤;但我又認爲鄭思肖若是誤寫,亦非偶然。因爲汴河同北宋國都開封相連,正是宋遺民心繫之所在;而且,汴河在南宋時已堙塞,元朝爲

---

① 今存殘本《詩淵》中有鄭思肖的朋友顧逢寫給另一位鄭思肖的朋友李彝的《寄謝李雪林》:"日本僧高誼,勞君序拙吟。名雖傳海外,價不及雞林。白髮消豪氣,青燈見苦心。豈無鍾子耳,但欠伯牙琴。"又有宋遺民王素贈顧氏詩云:"前朝相補一官歸,東海僧傳五字詩。"

② 宋无有《鯨背吟》傳世,乃其從事征東幕府時作,皆七言絕句。其序中云:"僕初涉史書,薄遊山水,偶託迹於青科,未忘情於筆硯,緣木求魚,乘桴浮海。觀千艘之漕餉,勢若龍驤;受半載之奔波,名如蝸角。碧漢迢遥,一似浮槎於天上;銀濤洶湧,幾番戰慄於船中。今將所歷海洋山島,與夫風物所聞,舟航所見,各成詩一首,尾聯以古句,蓋滑稽也,非敢稱於格律。然而風檣之下,柁樓之上,舉酒酌月,亦可與梢人黃帽郎同發一笑云爾。至元辛卯中秋,蘇臺吟人朱睎顏名世序。"

縮短運道,避開黃河氾濫區,因而在山東境內另開新運河,正是爲了替代舊汴河而"直達幽州"(今北京)。當時動用了大量民工,百姓"深喞怨苦",確是事實。如《新元史》的《張天佑傳》,便有"媚上急功,使民凍死"等記載。

以上所舉者,不少是鄭思肖據傳聞所記,間或有不確之處;然而,對具有史識的研究者來說,均不失其史料價值,也均可證《心史》非僞造者所能爲。

下面再舉幾個小例子。

《心史·大義畧敍》記元初"怯憐口戶爲名隸籍州縣鄉村,深山窮谷,各分地面打勘勾當,悉莫逃其害"。"州州上下司務,歲一二次打勘。任此責虜酋,支蔓根窮,賄賂歸轄,州縣酋長甚苦"。此可與元人徐元瑞《吏學指南》卷七《徵斂差發》和元佚名《居家必用事類全集》辛集《徵斂差發》的有關記述相印證。值得注意的是,怯憐口,或怯憐戶,今《辭源》《漢語大辭典》均釋爲惰(墮)民,恐不確,或不全面。元初的怯憐口或與元末的怯憐口意思有變化?據徐元瑞《吏學指南》卷一《戶計》,怯憐口"謂自家人也"。明·鄭麟趾《高麗史》卷一二三《列傳》卷三六《嬖幸》一《印侯》云:"怯憐口,華言私屬人也。"據元代蒙漢合璧碑文,怯憐口爲蒙語音譯,意爲"家中兒郎"。中國社會科學院民族學與人類學研究所蒙古族研究員照那斯圖(1934~2010)在2002年香港大學"第一屆中國語言文字國際學術研討會"上發表的《釋〈老乞大〉中與蒙古語有關的幾個詞和短語》中認爲,怯憐口乃蒙古語 ger-ün ke'üd 之音譯。"怯"是家、房子的意思,"憐"相當於漢語助詞"的","口"是孩子們的意思。意卽家內奴隸。可知,元初的怯憐口當是蒙古貴族的私屬人戶。在元代文書中,"怯憐口"又總是與"諸色民匠"連在一起。而據鄭思肖《大義畧敍》,怯憐口似也從事"打勘勾當",值得研究者注意與探究。總之,《心史》中關於怯憐口的記述,後人是絕對"僞造"不出的。

《心史》有《弔揚州瓊花》詩,序曰:"揚州瓊花,天下惟一本,后土夫人司之。花之盛衰,淮境豐歉繫焉。南渡前經兵火,此花亦死;今遭大故,丙子歲(按,1276)維揚陷,丁丑歲(按,1277)此花又死。孰謂草木無知乎？上天福正統、厭夷狄，於茲見矣。"鄭思肖同時代人周密的《齊東野語》，也記揚州瓊花"天下無二本"。同時代人謝翱作有《瓊花引》，云："后土祠前車馬道，天人種花無瑤草……陰風吹雪月墮地，幾人不得揚州死。孤貞抱一不再識，夜歸闇風曉無蹟。蒼苔染根煙雨泣，歲久遊魂化爲碧。"也隱約寫到瓊花之死（謝翱還有《後瓊花引》，追悼揚州死國的李庭芝與姜才）。同時代人何夢桂（巖叟），也有《弔維揚瓊花》詩，見《潛齋集》卷二。同時代人趙棠（國炎），也有《弔瓊花》詩，見《宋詩紀事》卷八一。而元人蔣子正《山房隨筆》、明清之際褚人穫《堅瓠集》、清人王士禛《香祖筆記》等書中，也均記有"德祐乙亥（按，1275），北師至，花遂不榮"。由此亦可見《心史》所記不虛。

《心史》的《二唶詩》其一，唶丞相陳宜中，首句云："相國生東甌，應識海壇沙。"鄭思肖自注："古讖云：'海壇沙漲，溫州出相。'近年海壇沙始漲，陳公果拜相。"海壇，今爲溫州市內東北一小山名，古當爲海濱沙丘。我查到鄭思肖的同時代人周密的《齊東野語》卷十三《甄雲卿》，也提到"諺云：'海壇沙漲，溫州出相。'"（按，甄雲卿爲溫州人）又看到同時代人文天祥也提及此謠，《文山集》卷八《賀劉尙書攽》云："采石江流，更展中書之畧；海潭［壇］沙漲，遄符宰相之謠。"（按，劉攽亦溫州人）另外，宋人祝穆的《方輿勝覽》卷九亦寫到這一童謠。可見《心史》連小到一句古諺（童謠），也有史料價值，也沒有"僞造"。

《心史》中還寫到不少蘇州及杭州的地名，如前面已提到過的，書中自述幼年在杭州西湖之畔所居"水南半隱"，時隔五百多年，厲鶚、徐逢吉以及陳若蓮、朱彭、際祥、張鳳苞、陳文述等人仍在當地查實、憑弔，並作詩詞記詠之。這個名詞是不可能僞造的。再如，《心史》中提到他來吳後住過的"條坊巷""黃牛坊橋""仁王寺"等，及畱宿過的"半塘寺"等地名，我們均可在蘇州古方志及宋元筆記中找到。尤其是《心史》中有《夏駕湖晚步懷古》一詩，自注云："吳王夏月車駕避暑之地。"詩中云："寶駕蹟消前古地，菱歌聲斷晚涼船。"可知當時該湖仍有菱有船，但到明末早就沒有湖了。崇禎末鄭敷教、楊廷樞參與編修的《吳縣志》卷六《古蹟》載："夏駕湖，在西城下，吳王避暑駕游於此，故名。昔時截河築城,外濠爲長船灣,連運河,而水浸廣。舊產菱芡,今多堙,爲民居,小半在城內,爲民田。惟二水匯處猶稱舊名。"可知歷史上夏駕湖確有其名,而這首懷古詩後人就很難"僞造",因爲後來該湖已變成民田、民宅了。

寫到這裏,我不得不再一次說:《心史》"僞書說",可以休矣!

最後,我要强調說明一點:我並不想過高地估評《心史》的史學價值;①然而,現在的問題是,學術界有不少人一直對《心史》還沒有給予應有的重視。也是爲了引起進一步的研究,所以我列舉了上面這麼些例子。

還需要指出的是,我覺得現在史學界對《心史》比較重視的主要是元史學界,而宋史學界,特別是研究宋季歷史的學者,對它注意得很不夠。宋史學者胡昭曦、蔡東洲在 1996 年出版的《宋理宗·宋度宗》一書中指出:"對於宋代歷史的研究,學術界長期以來偏重北宋而署於南宋,於南宋歷史又偏重於前期而署於後期。""晚宋史研究比較薄弱的原因是多方面的,其中一個重要原因就是,南宋後期的原始資料至今數量少而且很分散,沒有此前宋史的資料那樣的豐富、全面、集中,特別是宋理宗以降至宋亡這一段尤爲突出。以編年體史書而言,沒有像《續資治通鑑長編》《建炎以來繫年要錄》那樣的巨著,就是《宋會要輯稿》《文獻通考》這樣最重要的宋代史籍,其內容也只及於寧宗朝。所見《宋季三朝政要》《宋史全文》等書失之太署,而且《宋史全文》於宋度宗朝還只是有目無文。因此,給研究晚宋史帶來了資料不足的困難。研究晚宋史,除了依據《宋史》《元史》中的正確記載外,更多地需要從宋、元人所著野史、筆記、文集等史籍中去發掘資料,並將這些資料加以考訂辨證。近十多年來,學術界在這方面作了很多工作,但也還處於初步階段。"因此,我認爲研究宋季歷史的學者,必須更多地從《心史》中發掘資料。(令人遺憾的是,連胡、蔡二位的《宋理宗·宋度宗》,也沒有引證《心史》!)

---

① 《心史》不僅有記事不確的地方,也有漏記的地方。這一點不僅鄭思肖自己早已有言在先,而且也早已有人指出過的。例如,清初李驎《虬峯文集》卷十八《書宋婁鈐轄事》一文,充分肯定了《心史》中《大義署敍》所記靜江馬塈領導抗元戰鬥犧牲史實"可謂備悉顛末";但同時又指出《心史》漏記了靜江另一位婁鈐轄帶領的抗元士兵壯烈犧牲的故事,還指出《宋史》記馬塈被害時其首斷而身猶奮立踰時乃仆,此一動人細節"《心史》亦未載"。

三、《心史》的思想價值

《心史》是我國歷史上愛國主義的重要文獻。

歷史上的愛國主義，以及愛國主義在詩文中的表現，是一個很值得研究的問題，也是一個比較復雜的問題。理論界至今尚有不少爭論。無論在時間和空間上，在事件和人物上，可以探討的範圍均極其廣闊，而且與政治、民族、倫理、歷史諸方面以及現實政策等等，均有極密切的關係。因此，有待學術界共同作進一步深入的綜合的研究。這裏，不可能也不打算涉及太多，主要因爲要評價鄭思肖《心史》及宋季明季愛國詩文，不得不談談自己的一些體會和看法。實際上，一些看法多有學者已提到過的；或者說，是自己經過思考，選擇了一些我以爲是正確的看法。

什麼是愛國主義？多年來，我們首先就會想起傳說是列寧說的一句話："愛國主義就是千百年來固定下來的對自己的祖國的一種最深厚的感情。"①大家都一直以爲這句話是正確的。然而，1985 年 10 月 13 日《光明日報》發表了中央編譯局列寧斯大林著作編譯室寫的《對列寧關於"愛國主義"的一處論述的譯文的糾正》，提出這句已爲中國廣大讀者熟知並接受的話，原來在翻譯上有錯漏。新的譯文是："愛國主義是由於千百年來各自的祖國彼此隔絕而形成的一種極其深厚的感情。"這樣一來，就產生了一些問題，有同志便認爲，列寧強調的並不是愛國主義有千百年深厚基礎，而是認爲愛國主義乃是因千百年彼此隔絕而形成的一種狹隘的思想感情。當然，在無產階級的愛國主義即國際主義產生之前的歷史上的愛國主義，嚴格說來都是毛澤東說的"狹隘民族主義和狹隘愛國主義"②；但是，如果因而認爲歷史上的愛國主義並不是一種崇高的值得提倡和發揚的思想感情，認爲當各個國家不再彼此隔絕之時就無所謂愛國主義了，這樣的理解顯然是更加錯誤的，也不符合世界各國、包括蘇俄的歷史。蘇聯的衛國戰爭，不就是以愛國主義作爲偉大旗幟動員全

---

① 見《列寧選集》1972 年中譯本第 2 版第 3 卷第 608 頁。
② 見毛澤東《紀念白求恩》。

民反擊法西斯侵畧的嗎？

認眞讀列寧的這篇原文，才知道他當時說的愛國主義，主要是指西方諸國小資產階級的愛國主義，是一種恰好與小私有者生產的經濟條件連接在一起的情感。因此，將列寧的這句話不加分析地用於我們中國歷史上廣大人民主要在反對外來民族壓迫和侵畧中錘煉和昇華的愛國主義，就未必完全適合。再說，我們討論問題，不必也不能只扣住某一句話，某一個定義。什麼是中華民族的愛國主義，應該從千百年來中國人民普遍公認的看法出發。作爲當代中國人，尤其應該重視毛澤東、周恩來、鄧小平和魯迅等一些中華民族空前的愛國主義偉人的教誨。

研究中國歷史上的愛國主義，我認爲就像周恩來在論述民族問題時提到的，有兩條原則。一是必須"想到建設社會主義祖國的共同目的"[1]。我們談歷史上的愛國主義，是爲了在今天更好地發揚光大這種優良傳統，從而更加强中華民族的大團結，促進祖國統一大業的最後完成，爲建設祖國的四個現代化服務。除此以外，沒有任何其他目的。二是必須實事求是，"歷史還是要按照事實來寫"[2]。對歷史上發生過的事，不能歪曲、誇大、縮小，也無庸迴避、諱言。

研究歷史上的愛國主義，只能堅持歷史唯物主義，堅持辯證法，來不得半點唯心主義和形而上學。比如說，我們所說的愛國主義，作爲一種主義，一種觀念，當然是近代才有的，是近代人的一種理論概括；然而，愛國主義作爲一種情感，一種精神，卻是古已有之，是億萬民衆在千百年間陶冶、繼承而來的。我們提倡的愛國主義，在當今時代，當然有新的思想內容，新的表現形式；然而它又具有悠久的傳統，與一系列古代的事件、一系列古代的人物聯在一起的，是民族歷史文化中不可分離的組成部分。我們崇敬的歷史上的愛國名人，當然各自有他們的時代的、階級的局限性，他們的有些言行是今天的我們所不完全認同的；然而正確地認識先人對國家的理解和他們的愛國情懷，卻是科學地對待傳統文化的一個重要方面，也是我們今天正確地進行愛國主義教育的一個前提。我們

---

[1] 見周恩來《關於我國民族政策的幾個問題》。
[2] 見周恩來《接見嵯峨浩、溥傑、溥儀等人的談話》。

研究的愛國主義,當然是一個很嚴謹的書面上的理論問題、學術問題;然而,愛國主義同時又正是一個日常性的全民性的倫理評價和道義態度,是一個民族的感情問題。因此,我們的理論分析必須歷史與現實相結合,傳統與創新相結合,繼承與批判相結合。要合理也合情,才有說服力。愛國與愛民,從來就是完全一致的。我們研究歷史上的愛國主義,也必須從歷史上的和今天的最大多數的人民的利益和立場出發。任何說法,都必須人民羣衆通得過。

研究歷史上的愛國主義,又必將涉及到民族問題。毛澤東在名著《中國革命和中國共產黨》的第一章第一節中就說:

> 中華民族不但以刻苦耐勞著稱於世,同時又是酷愛自由、富於革命傳統的民族……中華民族的各族人民都反對外來民族的壓迫,都要用反抗的手段解除這種壓迫。他們讚成平等的聯合,而不讚成互相壓迫。在中華民族的幾千年的歷史中,產生了很多的民族英雄和革命領袖。所以,中華民族又是一個有光榮的革命傳統和優秀的歷史遺產的民族。

這裏說的“外來民族”,當然包括中華民族以外的民族,例如十七世紀時侵佔我國臺灣的荷蘭,以及後來侵畧我國的英國、沙俄、日本、美國等等帝國主義強盜;但這段話既然說的是“中華民族的幾千年的歷史”,那麼,所謂的“外來民族”,在更多的時間、更多的場合無疑是指現今已經全部或部份融入中華民族的歷史上的各民族中的某些族而言。例如,本書所提到的蒙古(元)對南宋,滿洲(清)對明,無疑就屬於這類“外來民族的壓迫”。其理甚明。

正如史學家鄧廣銘論述的:“因爲,在十九世紀中葉以前,除了鄭成功從臺灣趕走的荷蘭人而外,在中國的疆域之上,並不曾有中華民族以外的什麼族,來對中華民族的任何一族進行過壓迫;而且,對於像荷蘭這樣的外來民族,中華民族的各族人民也不可能與之洽談什麼‘平等的聯合’。經常並大量地出現在中國疆域之上的,卻只是中華民族的各族之間的相互鬪爭的事實。"①按照上述毛澤東的觀點,顯然,對中國國内的不合理的民族壓迫的反抗,也是正義的鬪爭;而在這些反抗鬪爭中產生的愛國者,不僅是該民族的英雄,同時也是整個中華民族的英雄。因爲中華民族的各族人民都是反對這種壓迫的,這些英雄人物的鬪爭客觀上符合中華民族各族(包括實施這種壓迫的民族)的人民的利益。

因此,對待歷史上的民族戰爭,首先應該充分注意的是正義與非正義、反抗與壓迫之區分。這不只是一般的道義評價,而首先是確認歷史事實。實事,才能求是。那種認爲歷史上的對立民族現在都已是中華民族大家庭中的成員,歷史上對立的國家現在都已融入中華人民共和國的版圖,因而歷史上的民族戰爭都只是"兄弟鬩於牆",因而均無是非之分,或者不必去分什麼是非。——這種看法是不正確的。具體到本書涉及的蒙古發動的對南宋的戰爭、滿洲發動的對明朝的戰爭,顯然都是侵略性、掠奪性、破壞性的,因而是非正義的。都是當時"很落後,生活水準很低"(周恩來語)的遊牧、狩獵民族,對相對較先進、生活水準較高的中原地區進行的侵略戰爭。

這裏須提及,近年有些論者以及出版社、報社的某些主持筆政的人員認爲,對國内的民族戰爭不宜或者甚至不準用"侵略"這類詞(似乎只能像某些日本人那樣用"進入"一詞才可以),不然就會影響今日的民族團結。這也是一種莫名其妙的想法和霸道的規定。其實毛澤東、周恩來、魯迅等人就是用的"侵略""侵犯"這類詞。例如,《毛澤東書信選集》中收有他給何干之的一封信,談到"南宋、明末"的民族鬪爭,卽用了"侵略"一詞;周恩來《關於我國民族政策的幾個問題》,則用了"侵犯"一詞。爲什麼領袖、偉人可以用,我們老百姓就不可以用呢?

周恩來說:"一個民族用暴力摧殘另一個民族,那是反動的。"②像元兵血屠漢州、常州等等,清軍的揚州十日、嘉定三屠等等,更是令人髮指。關於這些,前人和史家有過大量記述,《心史》中也作了血淚控訴。正如

---

① 見鄧廣銘《岳飛傳》。值得指出的是,鄧先生也是肯定《心史》爲眞的。他和張希清主編的《宋人文集篇目分類索引》(2013 年 1 月中華書局出版)的《文集書目》中就列有《心史》。

② 見周恩來《關於我國民族政策的幾個問題》。

元人秦志安《金蓮正宗記》卷四中寫的："當蒙古之銳兵南來也，飲馬則黃河欲竭，鳴鏑而華嶽將崩，玉石俱焚，賢愚並戮，尸山積而依稀犯斗，血海漲而髦髳彌天，赫威若雷，無赦如虎。"甚至後來連清太宗皇太極也不打自招："滿洲、蒙古向以取資（按，即掠奪）他國之物爲生。"（《清太宗文皇帝實錄》卷十五）正因爲如此，所以在宋季、明季漢族人民中間產生了大批民族英雄，又產生了大量愛國詩文，是理所當然，非常自然的。

毛澤東又深刻地指出："民族鬥爭，說到底，是一個階級鬥爭問題。"①蒙古對南宋的戰爭，是蒙古貴族統治階級發動和組織的侵暴，當時的蒙古老百姓是沒有責任的，現在的蒙古民族兄弟更不必爲之負責。戰爭的最大受害者是漢族及其他中原民族的勞動人民，而蒙古人民也受其害。鄭思肖《心史》中就也記載了一些當時"韃人"也"實不勝苦"的情形。而當時南宋愛國軍民奮起反抗，其鬥爭不僅說到底是一個階級鬥爭問題，而且還帶有某種"全民"的性質，那是因爲民族矛盾超過了階級矛盾。我們肯定鄭思肖的愛國詩文，就是肯定他對非正義的民族壓迫的反抗（同時我們也指出他的可以理解、但並不正確的民族偏見與歧視），這不會對蒙古族人民帶來絲毫的損害。同樣，當我們提到歷史上離今天相對較近的滿洲貴族入侵中土的殘暴罪行時，誰也沒有想到要讓今天的滿族同胞來承擔責任，現在的滿族同胞中也沒有人會認爲應把這個歷史包袱背到自己的身上。

周恩來曾經高度概括地作過歷史的定論："清朝……做了許多壞事，所以滅亡了。但也做了幾件好事……在確定版圖、增加人口、發展文

---

① 見毛澤東《支持美國黑人反對美帝國主義種族歧視的正義鬥爭的聲明》。（我在 2013 年 5 月 24 日《文匯讀書週報》驚訝地看到發表"特稿"，有自以爲高明的人竟妄稱毛澤東這一論斷"大謬不然""不能成立"。他先是扯到無階級社會去，但這不是不講邏輯的無的放矢嗎？這句話既然說到階級鬥爭，那當然說的不是無階級社會啊；他又說"即使在階級社會裏，民族鬥爭也不等於都是階級鬥爭"，這又是無的放矢，誰說過"民族鬥爭等於都是階級鬥爭"？爲什麼故意畧去"說到底""問題"而加上"等於""都是"呢？他說"最典型的事例，就是抗日戰爭"，"這種鬥爭是日本帝國主義與中華民族的民族鬥爭"。是的，但日本侵華戰爭這一民族鬥爭，說到底就是日本的剝削階級與中國的被剝削階級——當然也包括中國的一部份剝削階級——的階級鬥爭的問題。而日本的被剝削階級其實是被迫參與的，受蒙騙毒害的，或者是反對的。事實難道不是這樣嗎？——2013 年 5 月 26 日添注。）

化這三方面做了好事。"①元朝統治中國的時間比清朝短得多,相對來說做過的"好事"也沒有清朝多。但我們仍然肯定蒙古族和滿族一樣,都對整個中華民族的發展作出過重要貢獻。我們也肯定元朝和清朝都有過相對的"盛治"時期,取得過一定的政績;但必須指出,這些成績的取得是在民族矛盾相對緩和之後,主要是包括漢族在內(爲主)的全國人民的辛勤勞動所致,不能僅僅歸功於統治者。而且,更不能以後來的這些成績,來美化元朝或清朝在入主中原、南方之前夕和初期對整個中國的生產力的嚴重破壞,不能否認當時的人口銳減、文化毀壞以及血腥屠殺與鎮壓等等鐵的事實。而且,蒙古或滿洲在南侵時,其統治貴族在主觀上絕不會意識到他們的行爲後來將在客觀上加速中華民族的融合,絕不會意識到他們的行爲後來將在客觀上確定今天整個中國的版圖;推動他們進行戰爭的,僅僅是罪惡的貪欲和私利而已。而受難的民族也只是反抗壓迫和侵畧,保衛自己的生命、財產和文化,他們決不是阻撓中華民族大融合和分割今天中國的版圖。

　　愛國主義有具體的歷史內容。毛澤東說:"愛國主義的具體內容,看在什麽樣的歷史條件之下來決定。"②比如今天我們提倡的愛國主義,就是要愛我們的社會主義祖國。正如鄧小平反問某些人時說的:"有人說不愛社會主義不等於不愛國。難道祖國是抽象的嗎? 不愛共產黨領導的社會主義的新中國,愛什麽呢?"③歷史上的愛國主義也是如此。對於鄭思肖來說,他只能認爲"大宋"是他的祖國,"大宋列祖列宗"就是他的國家的象徵。歷史上的愛國主義,忠於國家和忠於君主往往是混同的、互滲的;在宋季和明季,民族感情更和忠君思想糾結在一起,無法分開。因此,我們決不能要求鄭思肖也去愛今天在中華人民共和國版圖內,但當時正在侵畧"大宋"的"蒙古"。如今有人認爲,像宋元戰爭,是在全中國分裂爲幾個政權的歷史時期內,發生於同時並存的兩個政權之間的戰爭,屬於內戰性質,不能說是國與國之間的戰爭。但宋史學家鄧

---

① 見周恩來《接見嵯峨浩、溥傑、溥儀等人的談話》。
② 見毛澤東《中國共產黨在民族戰爭中的地位》。
③ 見鄧小平《關於思想戰線上的問題的談話》。

廣銘不同意這種說法,指出:

> 眾所周知,每當我們歷史上在同一時期內出現幾個割據政
> 權時,每個政權都要選用一個特定的國號,而從來沒有一個政
> 權是用"中國"為其國號的……其中的每一個政權,都是一個
> 具有特定名稱的獨立王國。單就某一個獨立王國來說,它雖然
> 是與其他若干個獨立王國同時並存於中國的疆域之內,但由於
> 它的統治階級是以維護自己的政治統治為目的的,它具有一套
> 階級統治的機器,擁有自己的領土、人民和主權,我們遂也不能
> 不把它稱做一個國家。除了"國家"這個詞兒,實在也找不出
> 更合適的名稱可用。[1]

如果我們今天把宋朝作為"中國"的同義詞,而把元朝排斥在"中
國"這一個詞的涵義之外,那當然是不妥的。(鄭思肖當時確實是那樣
認為的。對古人我們可以理解,但那不代表我們今天的觀點。)而既然
宋與元(蒙古)各自都是一個具備所謂"國家三要素"(主權、疆土、人民)
而且又相互承認的"國家",那麼,它們當然互為"外國""異國"。只是這
個"外國"或"異國",不是與"中國"相對而言的。那麼,在這樣的兩國戰
爭中,把屬於正義一方的抵抗侵暴的人稱為愛國人士,予以肯定,是理所
當然的。而且,肯定他們,讚揚他們,對於我們今天高揚愛國主義精神是
有幫助的。毛澤東就是這樣看的。1939 年毛澤東給史學家何干之的信
中說:

> ……你又在想作民族史,這是很好的,盼望你切實地做
> 去……如能在你的書中證明民族抵抗與民族投降兩條路線的
> 誰對誰錯,而把南北朝,南宋,明末,清末一班民族投降主義者
> 痛斥一番,把那些民族抵抗主義者讚揚一番,對於當前抗日戰

---

① 見鄧廣銘《岳飛傳》。

爭是有幫助的。只有一點,對於那些"兼弱攻昧""好大喜功"的侵畧政策(這在中國歷史上是有過的)應採取不讚成態度,不使和積極抵抗政策混同起來。爲抵抗而進攻,不在侵畧範圍之內,如東漢班超的事業等。

讚揚歷史上的愛國主義,之所以對當前的反帝鬥爭有幫助,是因爲我們今天全中國人民對幅員廣闊、歷史悠久、各族一家的偉大祖國的深厚感情,正是以歷史上各部族、各小國時代的愛國愛鄉的感情爲基礎、爲起點,一點一點逐步培養、鞏固和發展起來的。沒有歷史上的愛國主義,哪來今天的愛國主義呢? 把兩者等同起來,那當然是錯誤的;但如把兩者截然分開,認爲毫無繼承關係,甚至認爲多談了前者就會影響後者,那也是錯誤的。歷史上的愛國主義固然有其狹隘性(我們應該認識到這一點),但它同樣具有一般愛國主義的本質內涵。現代的共產主義的愛國者,與歷史上的愛國者,是有繼承關係的。歷史是不能割斷的。毛澤東就是這樣看的,他曾在讀歷史書時批曰:"岳飛、文天祥、曾靜、戴名世、瞿秋白、方志敏、鄧演達、楊虎城、聞一多諸輩,以身殉志,不亦偉乎!"[①]毛澤東在這裏只是隨手舉了一些壯烈犧牲的愛國人士和受淸廷殘酷迫害人士的名字,其中瞿、方二位是英勇的共產黨人,鄧、楊、聞是近代著名民主鬥士,而岳、文二位正是歷代公認的愛國志士。

愛國主義有具體的歷史內容,同時又具有一定的超時代甚至超階級的內涵。我們對於歷史上的愛國主義的繼承,也應該帶有抽象性。"抽象繼承",這是借用哲學家馮友蘭的說法。馮友蘭認爲:"在中國哲學史中,有些哲學命題,如果作全面瞭解,應該注意到這些命題的兩方面的意義:一是抽象的意義,一是具體的意義。"這兩個方面都應該注意,都不應忽畧。比如《論語》中所說的"學而時習之,不亦說乎",從這句話的具體意義看,孔子叫人學的是詩、書、禮、樂等古代的東西。從這方面去瞭解,這句話對於現在就沒有多大用處,不需要繼承它,因爲我們現在所學

---

① 見《毛澤東讀文史古籍批語集》,中央文獻出版社版第 237 頁。

的不是這些東西。但是，如果從這句話的抽象意義看，這句話就是說：無論學什麼東西，學了之後，都要及時地、經常地溫習和實習，這就是很快樂的事。這樣理解，這句話到現在還是正確的，對我們現在還是有用的。馮友蘭還認爲："也許，有些命題的抽象意義，是後人加上去的。可是有些命題的抽象意義，確是本來有的。"①

的確，像"愛國"這樣的命題，就有著固有的抽象意義，人們對它的繼承，其實一貫就是"抽象繼承"。比如，漢代愛國名將霍去病有一句名言："匈奴未滅，何以家爲！"這句話激勵了千百年來無數愛國將士。宋代愛國名將岳飛就曾寫下這樣的詩句："壯志饑餐胡虜肉，笑談渴飲匈奴血。"其實，到岳飛的時代，"匈奴"作爲一個民族早就不存在了，他不過是把"匈奴"比作當時的敵國金國。那麼，岳飛對霍去病的繼承就是一種"抽象繼承"。同樣的，岳飛在抗金鬥爭中提出的"還我河山"的著名口號，在後來二十世紀的抗日戰爭中也廣爲流傳，當然，人們並不是"具體"要求還我"趙宋"的江山。類似這樣被我們抽象繼承的愛國名句非常多，如"楚雖三戶，亡秦必楚"、"不斬樓蘭終不還"等等。誰都知道，"秦"、"樓蘭"早就已在我們中國的版圖內了，但我們在引用這些名句時卻仍把它們抽象爲"敵國"的代名詞。那麼，這又有什麼不妥或不可以呢？

我們今天讀《心史》，當然也決不會要像鄭思肖那樣，去具體地愛趙氏宋國，更不會去讎恨現在我們國內的兄弟民族。我們要超越具體的朝代、具體的民族，把《心史》視作一份歷史遺產，主要要抽象地、批判地繼承鄭思肖那種誓死不變的忠於故土忠於祖國的感情，和寧死不屈的反抗侵畧反抗壓迫的精神。而這種感情和精神，是全中國人民（包括蒙古族同胞）共有的，有著永恆的思想價值和道德價值，值得我們世世代代繼承的。

應該強調指出的是，即使中國歷史上漢族以外的民族，也是推崇和肯定正義和自衛一方的英雄人物的愛國精神的。這樣的例子很多。如

---

① 見馮友蘭《關於中國哲學遺產的繼承問題》。

北宋名將楊業,抗遼(契丹)有功,民賴以安,他的廟宇就建立在契丹統治下的古北口一帶,也受到當地少數民族的祭祀。宋詩人蘇轍就有《過楊無敵廟》詩曰:"馳驅本爲中原用,嘗享能爲異域尊。"宋詩人蘇頌《和仲巽過古北口楊無敵廟》云:"威信仇方名不滅,至今邊塞奉遺祠。"直到清代,詩人陳廷桂《古北口楊業祠》仍吟詠:"遺廟蒼涼塞上城","旌旗日落番人拜"。清學者徐湘潭《讀日知錄筆記》也說:"愚嘗觀劉原父《公是集》中有《楊無敵廟》詩,題下自注云'在古北口'。原父去業死時未遠,且詩係奉使契丹身親過之而作,則知古北口實有令公祠。或業忠勇,爲契丹所敬畏,故古北口之人亦廟而祀之耳。"這就說明,被後世人們演化爲"楊家將"故事的這位漢族愛國軍人楊業,同時也爲"中原"以外的"異域"的"番人"甚至"仇方"所共同敬畏尊拜。

再如北宋抗金名將岳飛,生前金兵即敬稱他爲"岳爺爺",金人甚至"以父呼之"。據元人寫的《宋史·岳飛傳》記載,岳軍紀律嚴明,"駐軍鍾村,軍無見糧,將士忍饑,不敢擾民。金所籍兵相謂曰'此岳爺爺軍',爭來降附"。岳飛遭"莫須有"罪狀誣陷時,宋人"洪皓在金國中,蠟書馳奏,以爲金人所畏服者惟飛,至以父呼之"。2009年春,國內發現了岳飛手書《前出師表》四條屏,其中首屏"臣本布衣……"草書右側鈐有兩方篆章,印文依稀可見。一方爲"明昌御覽",一方爲"內府之寶"。查"明昌"乃1190年金章宗登基後所改金國年號,時岳飛犧牲已近五十年。金章宗以"內府之寶"珍藏岳飛手書,無疑也表明這位"敵國"的皇帝對漢族愛國英雄的敬畏和尊崇。

甚至,外來民族的統治者,在他們佔領華夏的政權相對穩定之後,也都是要表彰被他們鎮壓、殺害的漢民族的英雄人物的。當然,他們搞的也是某種意義上的"抽象繼承",出發點自然是鞏固自己的政權,著重點是要民眾忠於新的"明君"。例如,《宋史》是蒙古族統治者主持撰寫的,但書中對岳飛(上面已經提到)、天文祥等人是肯定的,對向它投降的秦檜、賈似道等人則是貶斥的;《明史》,是滿族統治者欽定編撰的,它同樣肯定了英雄反抗的張國維、史可法等人,對向它投降的吳三桂以至錢謙益則是貶斥的。元朝謚岳飛爲"保義",並在杭州重建岳廟。岳飛抗金,打的正是清朝的先祖,但乾隆皇帝六下江南,每次過杭州都到岳廟祭祀,並賦詩作文表彰之。

前些年,我國文化界界對歷史上的愛國主義,又有一些新的說法,新的觀點。這裏,我想引一位美術史研究者林木在他 1990 年代初出版的《明清文人畫新潮》中的一段話:

> 清初文人繪畫這種強烈的故國之思,是與明清文人畫家這種對政治的普遍關心的態度分不開的。而這種故國之思又無疑是愛國主義的表現。但現在在文藝史的研究中,竟然出現了一種看起來貌似正確而實荒唐的觀點,即我國現在已是一個疆域遼闊的多民族國家,歷史上的互相征戰殺伐的民族現在已是中華民族大家庭中的一員,因此再提歷史上的民族氣節就毫無意義了,就有損當今的民族情感了,就是大漢族主義、封建正統觀念作祟了。相反,既然是民族大家庭中的爭鬬,那麼應該表彰的就不應是民族氣節,反倒應該是那些"促進民族團結"的過去曾一向被稱為"漢奸"的投降變節之人。至於有人一定要去宣揚民族英雄,那也是"人各有志"罷了,"既不可厚非,也不必虛譽"。① 這種荒謬絕倫的觀點不知怎麼倒還流行起來,不僅在美術史中對元初、清初的研究中屢見,在文學史研究中也開始出現。這樣一來,整個中國歷史就應該重寫,因為一部中國史,某種程度上就是遊牧的少數民族與定居的農業的漢族爭奪生存空間的歷史,而在如此"更新"的觀念中,歷史上那些可歌可泣、悲壯卓絕的英雄人物倒變得尷尬難堪,不倫不類。岳飛、文天祥、史可法倒在破壞團結,罪有應當;秦檜、吳三桂、洪承疇自然促進團結,功垂史冊!?

這位美術史研究者提出的問題十分尖銳,那種顛倒是非的說法當然

---

① 林木原注:肖燕翼《關於朱耷書畫藝術二三題》,及劉龍庭《關於趙孟頫的藝術和評價問題》,載《美術論集》第一集。

是中國老百姓絕對通不過的。而且,這也絕非這位論者故意聳人聽聞,例如,時隔不久我們在 1995 年 12 月《讀書》雜誌上就讀到張中行《有關史識的閒話》一文,涉及明清之際史事,說:"崇禎皇帝完蛋於煤山,柳如是勸錢牧齋以身殉之,錢牧齋不聽,後來的所謂正人君子都讚揚這位河東君明大義,爲錢牧齋的不能舍生,以致淪爲'貳臣'惋惜,而我,卻公然站在錢牧齋一邊,這不是甘居下流嗎? 就說是下流吧,對不起,我想奉告,事實是我還要流得更遠……"他還說:"仍以明末清初爲例,都認爲陳子龍是好樣的,因爲死了,退一步也要學習顧亭林,不仕,有誰敢想,走錢牧齋的路也無可厚非,這裏有異族入主問題,且放下不管……"這位張某雖然被某些人捧爲學術大師和散文大家,實際常常連文通句順也做不到;不過,這句話的意思我們還能看懂,就是說陳子龍、顧亭林那樣的愛國人士其實不值得佩服,相反倒是投降清朝的錢謙益了不起。這位張某唱的倒不是"民族大團結"的高調,而是打出"人文主義"的大旗。他說:"我無大志而捨不得小命","人文主義要的是實實在在的福利,常常不管本性可疑的光彩不光彩"。因此,那些"異族入主問題",可以"放下不管"。而最令人大驚失色的,是張某"公然"引了另外一位作者的一篇文中的這樣一段話:

> 如果有第三條道路,那就是以人類的最高利益和當地人民的根本利益爲前提,不顧個人的毀譽,打破狹隘的國家、民族、宗教觀念,以政治家的智慧和技巧來調和矛盾、彌合創傷,尋找實現和平和恢復的途徑。這樣做的人或許只是爲了實現自己的價值,但他對人類的貢獻無疑會得到整個文明社會的承認……與"滅蹟山林"或效愚忠於一姓一國的人相比,他無疑應該得到更多的肯定。

在張某文章中讀到所引這樣一段"第三條道路"的話,太易使人聯想到第二次世界大戰時汪精衛、周佛海以及周作人的一些相似的"高論"了。在這篇文章中,不這樣聯想,還能有其他什麼理解呢? 這裏,除了用語更"現代"一點,簡直沒有什麼"新意"。當時,正值紀念抗日戰爭勝利五十周年,經歷過這場戰爭、又對明清史事素有研究的老作家黃裳忍不住了,撰文表示反對。全國似乎僅僅只有黃氏一個人撰文反對,令人欽佩;同時也令人有點納悶,爲什麼沒有更多的人說話呢?(當然,如有人寫反對文章,報刊不讓發表,那是另一回事。)那位張某後來不得不另發文章,不知所云地"答辯"了幾句,看來也顯得有點心虛;倒是被他引用上述這段話的另一位作者,撰文對黃氏反脣相譏,並說他的原文並不是"那個意思"。我願意相信他的話,一個有成就的歷史研究者豈會那樣糊塗?然而,他應該去抗議在那樣的文章、語境中那樣引用他的話的張某才對啊。

在古代美術、古代文史研究領域有這類"新論",在近代文史研究領域也有。有些人筆下,魯迅、郭沫若、茅盾這些愛國者成了猥瑣庸俗的小人,倒是昧著良心當漢姦的周作人、胡蘭成,或要死要活非依附在漢姦身上不可的張愛玲之流,都成了了不起的人物,後一類人的書可以大出而特出(嚴肅的研究著作不在其內)。爲了美化周作人,無所不用其極,甚至造出了原來是共產黨"動員"他去落水當僞官的謠言。害得香港的右翼報紙以爲是"大陸當局"真的要爲"國民政府"審判過的"漢姦"翻案了,竟發表題爲《何時爲秦檜同志平反》的"專論",乘機進行攻擊和挖苦。雖然攻錯了方向,卻也表明這種謠言卽使在右翼報紙上也是不獲認可的。

不過,想爲"秦檜同志"平反的人,倒是確實有的。就在1997年12月19日《中國文化報》上,我讀到了記者王昕《案爲誰翻》一文,才知道有人造香港作家金庸的謠,說金庸有這樣的觀點:"岳飛的氣節固然感人,但秦檜主和,從大局來看,未必有錯。沒有一場戰爭是不花錢的。而且必有人命傷亡。政治糾紛若能用金錢解決,實在值得積極研究。"這引起上海作家劉金的不解和不滿,寫了《向金庸先生進一言》;而金庸亦在上海報紙上發表文章,列舉自己以前發表過的涉及岳飛與秦檜的言辭,正面闡述有關觀點,有力地譴責了那些造謠者。可見,正是有人自己"要流得更遠"爲秦檜翻案,但又不敢"公然"提出來,卻想盜用知名作家的名義,這也太黔驢技窮了。而這些造謠者倒似乎也是打着

"人文主義"的招牌。不過,正如《案爲誰翻》的作者說的:"秦檜要是能在岳王廟前站起來,那麼姦臣、賣國賊這幾個詞就可以從詞典中取消了,所有抗禦外侮的戰爭就沒有意義了。"這是人民羣衆能通得過的嗎?

縱觀歷史,沒有一個朝代的統治者,或者沒有一個民族的統治者敢於"公然"宣稱崇尚投降賣國的,更不用說廣大的人民羣衆了。然而,在二十世紀八十年代以後,在某股所謂"新潮"的猛烈衝擊下,我們卻確確實實地聽到和看到過"公然"發表的這種"發前人所未發"的"新論"。例如,有個有名的"黑馬"人物(我在這兒不屑提及其名),就公然說中國只有全都成爲殖民地幾百年才有救,把外國人和港澳記者也驚得目瞪口呆。又有人說,要是不進行抗日戰爭,讓日本人統治到今天,我們也早就現代化了。還有人歪曲"落後就要挨打"的道理,說中國落後挨打是應該,而"先進"的帝國主義來打我們倒是合理的。更有人說,當前中國首先需要的,是"引進"一個外國人來當總理。總之,什麼背祖逆宗、叛道絕倫的話都有人敢"公然"說,吹捧漢姦、美化叛徒還只是"餘事"而已。而且,某些報刊、出版社還推波助瀾,那匹"黑馬"的書就有不少出版社搶著出版。一時間似乎眞的世道要完全顚倒了。然而,黑雲翻墨未遮山,卷地風來忽吹散。八十年代後期經歷一次大震盪,事過境遷,有些人又像是什麼都沒說過似的。不過,對那種"新論"如果不好好剖析、批判,一旦氣候適合,難保不會再出現的。近年,我在網上,又不時看到有的人"公然"說什麼,假如能再來一次,日本軍隊又佔據了中國的半壁江山,他就會學習汪精衛和周作人,做千夫指的漢姦! 還"公然"說如果有一天他執掌了中國政府,一分錢就把它賣給美國作它的第五十一個州!奇怪的是,這些人"公然"說了這些話,卻什麼事也沒有!

近年來在愛國主義問題上發表上述這類"新論"的人,當然很少。除了這很少的人中的更少的確實別有用心的敵對分子以外,我認爲不過是故意與"主流政治"、與"當局"唱唱反調,以顯示其新異、激進,以媚世,以出名而已。但不知怎麼一來,這些年在我們這兒,只要敢於"公然"發這類"新論",不需要什麼學問、學理,也能成就功名,甚至立竿見影,以致引得某些"老夫"也"聊發少年狂"了。這眞可說是莫大的悲哀!此外,還有一些是缺乏歷史知識,糊裏糊塗,人云亦云,以湊熱鬧,以示自己不"落伍"。那種稀裏糊塗、莫名所以的東西,近些年也眞見過不少。這裏可以再舉個例子。

曾見過一本名爲《愛國主義教育大辭典》的書,編者的意思當然是好的,書中絕大部分內容也是不錯的;可是在宋末元初的"愛國名人"中,除了文天祥外,像鄭思肖、謝枋得、謝翺等人均未入選,這倒也罷了,卻偏偏選了趙孟頫。本書在第一章內曾提及,鄭思肖對趙某極端鄙視,不屑一見。因爲趙某本是宋朝王孫,卻投降異族統治者,入元爲官,又"承旨"爲元帝作畫,缺乏民族氣節。而這本辭典也提到他"入元後頗得元世祖賞識,授兵部郎中,累官至翰林學士承旨"。難道,這就正是他作爲"愛國名人"的資格?而歷代譴責、諷刺趙某的詩文不知道有多少。如明清之際的董說,本是趙某的同鄉後輩,但他在《明義菴建古佛樓疏》中痛斥趙某:"宋室苗裔,進退無度。以翰墨役胡元,靑山紅樹,負議天下。南北新疆,當年舊主。詩辭雖婉,無補慚疚!"清初詩人韓騤《題趙承旨畫·畫蘭》云:"花花葉葉意交融,露側風欹自化工;誰道遺民作《心史》,也將餘墨寫幽叢。"就是將所南與趙某作鮮明對照的。沈德潛等人將此詩署作修改後收入《國朝詩別裁集》,並評曰通過這一"反襯",二者"人品判然"。清初詩人顧嗣立《讀元史》云:"吁嗟彼王孫,甘心事仇虜。死媿文丞相,生慚謝皋羽。書畫雖絕倫,大節吾不取!"清詩人顧日新《鄭所南畫蘭》云:"所南蘭草怨瑤華,王者香中第一花。可惜無雙趙承旨,墨痕狼籍屬元楨。"[1]然而我們的《愛國主義教育大辭典》,卻偏偏棄

---

① 又如,清人許起《珊瑚舌雕談初筆》卷二《題趙子昂畫詩》云:"趙子昂畫竹眞蹟,世甚珍之。浙中有人家藏折枝一幅,出丐張白齋題詠,張遂書一絕云:'先生畫竹滿人間,畫竹爭如畫節難。狼藉一枝湖水上,與人堪作釣魚竿。'其畫遂不珍重矣。吳下有好事者,得子昂《苦竹圖》一幅,索沈石田題,云:'錦衣公子玉堂仙,寫出苦黎類輞川。兩岸靑山紅樹裏,豈無十畝種瓜田?'與張白齋同出一意。余在滬上,偶過梅伯姚君寓齋,適値有一洋商令人持子昂《桃源圖》一幅,並出朱提數笏爲潤筆,乞題詞。梅伯展軸,握管疾書二十八字云:'洞口桃花一色栽,避秦人自早安排。當初若昧此閒來,爭及山中難犬來?'余笑曰:'先生之詩,堪與張白齋、沈石田迠稱絕調,然微嫌太露,似乏蘊藉。'梅伯然之。後讀《大梅山房集》,中竟無此詩,殆以余言而刪之歟?"(按,許起所云張、沈二詩,全然鈔自明人余永麟《北牕瑣語》。)

鄭、謝而取趙,實在太令人大惑不解了!①

　　今天,在對待歷史上的愛國主義方面確實存在一些錯誤傾向,我認爲主要就是上面已提到的兩種。一種是以"不利於民族團結"的大帽子,藉口"廻避",來反對宣傳歷史上的愛國主義。或認爲歷史上的愛國主義就等同於"愚忠",一無足取,誰提誰就是提倡封建主義。正如一位研究者憤怒地說的,這是"文革"初期掘岳墳的那些無知青年的"理論"的繼續。按這種邏輯,那麼難保不會再去刨南社、同盟會諸先賢墳上的土了。因爲同盟會、南社反滿,按照這些人的看法,那也就是破壞民族大團結。

　　當然,主張在談歷史上的民族英雄時要"廻避"的說法的人,可能也是出於好意;但這種說法實際是顯然過低地估計了兄弟民族的覺悟,甚至可以說連封建時代少數民族的統治者及史官的見識還不如。因爲如前所說,元朝和清朝修《宋史》或《明史》時,也沒有這樣"廻避"。甚至乾隆在其當政四十年時,還下令"崇獎"史可法等明末"忠貞","特恩賜諡"。當然,其意圖另當別論;但乾隆至少在表面上還明確指出,對史可法的愛國言行"余以爲不必諱,亦不可諱"(《御制書明臣史可法復書睿親王事》)。甚至明令:"史可法……劉宗周、黃道周……諸人茹苦相從,捨身取義,各能忠於所事,亦豈可令其湮沒不彰!"(乾隆四十年十一月初十日上諭)"勝國殉節之臣,各能忠於所事,不可令其湮沒不彰!"(《勝朝殉節諸臣錄序》)那種表面上好像是爲了照顧少數民族感情的"廻避"

---

①　我當時在上海《文匯讀書週報》(1998 年 5 月 23 日)就此事發了一篇小文,不料很快(7 月 11 日)就引來了張建智一篇"詫讀"拙文的"爭鳴"文,說"否認趙公是愛國名人"令他"骨鯁在喉"般"不快"。該文咄咄逼人地叱問:趙某"能愛得了當時由權相史彌遠執政的那個'黑暗的國家'嗎?"宋末"政治黑暗腐敗","定要趙去死抱傳統觀念","那樣的'愛國'豈不可悲可笑嗎?"且不論張氏的歷史知識如何(如趙某出生時,史彌遠已死去二十多年),如按他的說法,"政治黑暗腐敗"就"豈能去愛那樣的'國'",那麼,中國歷史上長期都是"政治黑暗腐敗",差不多所有著名愛國英雄豈不都成了"可悲可笑"?這樣一來,當然只有那種對異族統治者屈膝稱臣的人才算"愛國名人"了。(值得注意的是,張文也稱以本書上面提及的有關"第三條道路"的論述爲立論根據。)對此高論,我也想"爭鳴"一下,可是寫好文章寄去,該報卻不讓發表,令我至今憤憤不平!好在緊接著張文,上海的《解放日報》(7 月 13 日)正巧發表了司馬心《舊墓新碑堪思之》一文,批評了對趙孟頫的樹碑美化,並涉及批判上述"第三條道路"論;而北京的《中華讀書報》後來更連接發表了李牧(11 月 18 日)、李文舉(12 月 16 日)兩篇文章,仗義執言聲援我。可知公道自在人心!

說,嚴肅地說起來,實際乃無視歷史上漢族與少數民族的界限早已消失于千百年文化發展的長河中的客觀事實,而掐斷歷史上中華民族得以形成的精神命脈,至少在客觀上是間離了今天漢族與少數民族的關係。

另一種錯誤傾向是認爲愛國主義阻撓或推遲了統一,給人民帶來了災難,不符合"人文主義",倒是秦檜、吳三桂以至汪精衛、周作人之流成了推動歷史的愛民功臣。或者認爲愛國主義填不飽肚子,他需要的只是"實實在在的福利",因此甚至有人提出了"淡化氣節"的口號。他們不管什麼"光彩不光彩",也不管是異族統治還是殖民地,有奶就是娘。

這兩種傾向都理所當然地遭到了全國各族人民,包括臺港澳及海外同胞的反對。有識之士指出,在世風敗壞、道德滑坡中最可悲的,就是對祖國觀念的淡薄。如有些人爲了金錢、享受,可以拋棄父母,甚至拋棄父母之邦。無可諱言,當前,民族精神在某些人心中已經衰退,傳統文化更被某些人視同敝屣。目下,雖然所謂"文化節"到處可見,"弘揚傳統文化"的口號也叫得頗響;但有不少只是做廣告、做生意而已。所謂"文化搭臺,經濟唱戲",就是一個赤裸裸的口號。甚至,有的人提倡的所謂"文化熱",不過是周易算命、兵法謀財之類。而眞正的文化建設,是應該立足於提高公民的素質,其中極重要的一條是熱愛自己的祖國、人民,熱愛眞正的民族優秀文化。寫到這裏,我又不禁想起鄧小平在晚年反復講過的"十年改革中最大的失誤"這一經驗教訓。周恩來說得好:

> 歷史對一個國家、一個民族,就像記憶對於個人一樣,一個人喪失了記憶,就會成爲白癡,一個民族如果忘記了歷史,就會成爲一個愚昧的民族。而一個愚昧的民族是不可能建設社會主義的。[1]

我們要記住剛剛過去的歷史的經驗教訓,也要記住千百年來祖國的悠久歷史。重視祖國的歷史,崇敬民族的先傑,才能增強我們的自信。

---

[1] 轉引自北京師大出版社《史學史研究》,1995 年第 2 期,第 2 頁。

在中華民族到了最危險的時候,千百萬人民中間蘊藏著的熱愛祖國的深厚感情充分地激發出來,終於贏得了民族的解放和國家的新生。今天,在建設四個現代化的進程中,中華民族又面臨新的挑戰和機遇,居安思危,我們要格外重視中國的屈辱史、積弱史,弘揚悠久的愛國主義傳統。愛國主義是一面永遠不可丟棄的旗幟。只有它,才是最大範圍地團結全國乃至全世界華人的最有號召力和凝聚力的中心。只有它,才能不分信仰,不分主義,不分族別,不分制度,不分階級,使所有中國人都爲振興中華而奮鬥,迎來祖國的完全統一和更加繁榮富強。

正是出於這樣一種信念,我對鄭思肖的愛國詩文及宋季、明季愛國詩文產生了極其濃厚的興趣。這裏必須強調指出,鄭思肖所處的宋季,是我國愛國主義發展史上的一個前所未有的時期。正如後來呂留良在《復高彙旃書》中說的:"蓋緣德祐以後,天地一變,亙古所未經,先儒不曾講究到此。時中之義,別須嚴辨,方好下手入德耳。"因此,像文天祥、鄭思肖這樣的愛國者,都不僅是繼承了先儒的愛國主義精神,而且也是有所發展和光大的,而且鄭思肖更有其特色。

我覺得鄭思肖是一個很有特色的愛國主義者,主要有兩點尤其突出,一是他的態度特別堅決、特別激烈,持論特嚴,嫉惡特儺,遠過於同時代其他人。當然,《心史》對腐敗的宋王朝本身的批判,主要僅限於揭露"亂臣賊子夭閼國脉,貪官虐吏刳剝民命";同時卻多次強調"君上本無失德"(《久久書》)。事實是,南宋諸帝大多腐敗透頂,應該承擔亡國的主要責任。不過,當時的愛國者確實多不這麼認爲。例如鄭思肖《心史》中《祭大宋忠臣文》裏所祭忠臣之一陳文龍(1232~1277),在《覆唆都元帥書》裏就說:"宋三百年天下,列聖相承,無有失德,未至天逮厭之。柄國非人,不幸至此!"(見《宋元學案補遺》卷三四)而《心史》說,當蒙元南侵時,宋朝"民心不離散"(《大義畧敍》),那倒的確是事實。我認爲,那正體現了愛國主義的偉大力量;但若說這是因爲"天子無失德",則並不是那麼回事了。可見,鄭思肖雖然很激烈,但對君主還是不那麼"偏激"的。當然,鄭思肖早期的上書內容我們也沒能看到。另外,在對外鬥爭中,"天子"成爲整個民族的象徵,他和陳文龍等人的上述說法我們也是可以同情和理解的。明清之際的王夫之在《詩廣傳》卷一就說：“嗚呼！國有將亡之機，君有失德之慚，忠臣靜士爭之若讎，有呼天吁鬼以將之者；一旦廟社傾，山陵無主，惻惻嫈嫈，如喪考妣，爲吾君者卽吾堯舜也，而奚知其他哉？欲更與求前日之譏非，而固不可得矣，弗忍故也。”不過，鄭思肖對少數民族確實有一些偏激處，我們不能全盤肯定。如他認爲“夷狄”連“行中國事”也不行，那只“是衣裳牛馬而稱曰人也”。這就說得太過分。

但近年，卻有一個人認爲鄭思肖的這種特別堅決、特別激烈的愛國激情是一種“病態”。他用了一連串“變態心理”“帶有強迫症特點的變態行爲”等等令人目瞪口呆的話語。他甚至認爲整個南宋遺民羣體均有這種毛病，說什麼遺民們的“心理防禦機制與元初社會相抗，暴發出強弱不等的內心衝動。這種內心衝動外延成一些攻擊性行爲，如溫日觀、鄭思肖等，內斂成否認型的心理防禦機制，在一定程度上形成了變態心理”。而且，“在南宋遺民中，鄭思肖的變態心理最爲嚴重。根據當時的歷史記載和鄭思肖的詩文，他很可能患有輕微的精神抑鬱症，並一直持續到他去世”。“特別是亡國之痛，幾乎摧毀了鄭思肖正常思維活動。他的異常行爲表現爲無休止地消極性地哀痛喪失的過去，進行自責自罪，甚至自我虐待”。甚至“鄭思肖對蒙元的敵視心理也是病態的”，“鄭思肖的精神抑鬱症是他孤寂感傷的個性走向極至的病理結果”。“《心史》的文風，特別是書中屢用排疊式的詞句恰是鄭思肖獨特的洩憤用語。書中多處顯現出作者抑鬱型的病態心理，有些字句非出自正常心理者”。他聲稱其高見是“依照美國著名心理學家 K.T.斯托曼的理論”。[1]

我在本書中引用了古今中外數百位對鄭思肖著作、思想有研究的學者的論述，他們中幾乎沒有一個人認爲鄭思肖的精神狀態和思維活動是不正常的、病態的，也幾乎沒有一個人認爲《心史》出自非正常心理者；我讀過古今中外無數評論、研究宋遺民的書和文章，也從來沒有看到有誰認爲整個南宋遺民羣體均有“這種內心衝動外延成一些攻擊性行

---

[1]　見余輝《遺民意識與南宋遺民繪畫》，載《故宮博物院院刊》1994 年第 4 期。

爲”。這真可謂信口雌黃,厚誣古人,同時也是對所有研究鄭思肖和宋遺民的學者的精神和思維能力的污蔑! 黃宗羲在《南雷文定後集》卷三《時裡謝君墓誌銘》中曾寫到,有人以爲宋遺民是“怪民”,黃氏反駁說,普通人卽使在朋友離別之時還會動感情呢,何況遺民是亡國破家! 他們完全是正常人,只是後人對他們的至情之作不得以平常之作視之:

> 余讀杜伯原《谷音》,所記二十九人,崟崎歷落,或上書,或浮海,或仗劍沈淵,寰宇雖大,此身一日不能自容於其間。以常情測之,非有阡陌,是何怪奇之如是乎? 不知乾坤之正氣,賦而爲剛,不可屈撓,當夫流極之運,無所發越,則號呼呶拏,穿透四溢,必申之而後止。顧世之人,以廬舍血肉銷之,以習聞熟見覆之,始指此等之爲怪民,不亦冤乎! 吾……竊有慨也! ……今夫朋友離別,黯然銷魂;顧君亡國,破世祿之家,悽楚蘊結,不可爲懷,遂絕鼍相之跡,人之常情也! 而情之至者,一往而深……非常情之可得而限也!

而上述這位對鄭思肖的評說,還不只是“以廬舍血肉銷之,以習聞熟見覆之”,而簡直是人身攻擊! 其實,他的這種“語不驚人死不休”的荒謬攻擊的本身,才可以說是病態的,變態的。這種評說完全喪失了歷史的同情心,不符合事實,非但不值一駁,也是絲毫無損於鄭思肖和所有南宋遺民羣體的愛國精神的! 當代自稱“中國歷史大散文”作家的“赫連勃勃大王”梅毅,在《舉世無人識,終年獨自行——鄭思肖》中說的不錯:“現代文人無恥,把鄭思肖的‘狂癲’說成是精神病範圍的‘變態’反應,認爲他屬於‘偏執狂’人格。此種妄自揣測,實際上反映出時人的淺薄與無知,以當代小人之心,度古代烈士大丈夫之腹。漢族士大夫在國家民族淪亡時期的撕心裂肺之痛,現在的錦衣玉食、不學無術之徒何以能感知!”

而鄭思肖最動人的,也是最值得肯定的第二點,是他的自覺的“匹夫愛國”精神。在這一點上,他比起同是宋季愛國人士的文天祥、謝枋得、林景熙等人來，也更屬難得，因爲，文氏等人畢竟還都曾擔任過宋朝的官職（而汪元量，據說還一度入仕元朝①）。鄭思肖自己說"誓以匹夫紓國難"（《十二礪》）。他在《自序》中說：

> 昔上有聖天子，下有賢公卿、儒士、豪傑人物，我藐然匹夫，可以隱泯於天游；今而上無君，世皆賊，我當爲天地斯道之主。主也者，天其綱常於無窮也。率有聞而笑之曰："豈少君一人哉?"每屬聲應之曰："正少我輩一人耳!"

鄭思肖在《心史》的《自戒》一文中又說：

> 匹夫有行，保身、保家、保子孫，遺善爲閭裏傳；卿相無行，亡身、亡家、亡國、亡天下，遺臭爲後世笑。敢斷之曰：無行之卿相，不若有行之匹夫!

歷代的評論者，都高度肯定鄭思肖的這種難得的精神。《心史》最早的序跋者如凌一槐，卽在跋中指出：

> 昔豫讓之報智氏讎也，漆身吞炭，三躍擊衣，曰而可以報智伯矣，其類是哉! 雖然，公尤極難耳。彼其初，不持母服之似道秉政於內，不辨菽麥之幼主蒙塵於外，豈得有國士之遇如讓者乎? 夫人但知爵祿爲恩，而不知食毛踐土之鈞厚也! 公視此素矣! 然則公之身存當日，以徵宋不可謂亡，元不可謂興……嗚呼，匹夫爲社稷重如此哉!

是的，鄭思肖在宋朝並沒有"國士之遇"，也沒有爵祿之恩；他之所以愛國，就是因爲生於斯，長於斯，"食毛踐土之鈞厚"。而那些高官厚

---

① 王國維說汪元量"中間亦爲元官，且供奉翰林，其詩具在，不必諱也"，見《湖山類稿水雲集跋》。

祿者,卻未必愛國,有的還恰恰相反。明末丘民瞻在《心史跋》中就說:"嗟乎,德祐之轍,彼師相者覆之;而山草布衣,顧欲光復舊物,扶持綱紀,至藏書四百祀,猶能破壁孤行,使讀之者增益忠愛,杜塞姦違。然則宋之人材豈不盛哉? 無如不用耳!"確實,宋朝滅亡的一個重要原因,就是不重視"山草布衣"的愛國人士。

明末同爲《心史》作跋的鄭敷教也說,當宋末時,"珥耳簪筆之臣晏然罔覺",而眞正愛國的則是"吾祖匹夫之徒,章皇山澤,或遊錢塘,或自號泣,或叫大宋,或罵逆元,鬼語神詞,翶翔蔽匿"。明末方潤在序《合刻鐵函心史晞髮集》中同樣認爲,鄭思肖與謝翶只是布衣匹夫,卻如此感憤激烈,九死不移,"然則,使二先生者得攝尺寸之柄,而盡其所欲爲,踏殺天山之艸,平鋪遼水之流,何多讓焉? 即不然而縮符剖節,必能爲睢陽守死,以抗東南半壁之天下。豈效夫首鼠偸生,而昂然論列於士大夫之林者哉!"明末洪士升的跋中也強調"所南先生,宋季一布衣耳",而"一往忠憤激烈之氣,何其壯哉"!

清初鄭之謨在爲《心史》寫的跋中說:"先生無尺寸之柄,草莽叫嗷,百靈呼答,子規血灑於蜀江,精衛怨塡於東海……噫,推先生之志也,其身在布衣窮躓之中,猶一念不衰如是,倘得居朝廷之任,或軍旅之寄,其果銳強毅不遺,一虜事又何如也!"清初宋犖在爲《遺民詩》寫的序中,稱頌鄭思肖等人"生當德祐、祥興末造,身不攝尺寸之柄",然而"矢志孤忠,歡歌傷懷,放廢山澤"的愛國精神。清末姚承緒在《吳趨訪古錄・鄭所南宅》詩中亦云:"同時陸、謝、張,艱難存趙祀……先生(按,指鄭思肖)較諸公,曾未膺祿仕。慷慨矢奇節,哀音雜變徵。倘假尺寸權,定建義旗起。文山《正氣歌》,與君同不死!"清末王家振在《書心史後》文更指出:"夫所南,一太學生耳,非有民社之責,干城之寄,而棄同立獨,耿耿孤忠,卓乎千冰萬雪之下……何如綱常之寄,有時不在軒冕而在章逢!"

必須強調指出,正是鄭思肖這樣的"匹夫愛國"精神,使我們認識到眞正的愛國者主要正是草間布衣。明末黃居中詩中就說"草莽亦王臣","匹夫志獨行"。而有了鄭思肖這樣的"匹夫愛國"精神,也就更鮮明地反襯出那些曾享高官厚祿的投降派的醜惡嘴臉。這一點，元明之際的王行在《題鄭所南行錄後》說得最好：

> 蓋先生，亡國一太學生耳，非有官守言責，而享祿位之崇也。顧其不屈也若是，則夫受國恩、承顧託，乃俯首貼耳，若無所與，而諉曰"運數有歸"者，獨何心哉！

《心史》"廉頑立懦，垂化無窮"（明·陸嘉穎語）的教育意義，我認爲就在於此。本書中提到的明季受到《心史》影響和教育的愛國人士中，有張國維這樣的不小的官，但更多的正是像鄭思肖一樣的平民"匹夫"。那以後，"天下興亡，匹夫有責"①的口號響徹神州大地，我認爲正是與此有關的。

---

① "天下興亡，匹夫有責"，語本清初顧炎武《日知錄·正始》"保天下者，匹夫之賤，與有責焉"。而一般認爲此八字語型出自清末梁啟超所改，實則可能更早是同時代麥孟夏所改。又有人謂當爲梁氏百年前乾隆時某文人（化名"空空主人"）在《豈有此理》一書中首先概括成文；實則該書是近年有人無恥編造的僞書！

《心史》典故與辭書條目

　　多年前拜讀陳寅恪名著《柳如是別傳》，在第一章《緣起》讀到"丁酉陽曆七月三日六十八初度，適在病中，時撰《錢柳因緣詩釋證》(按，後改名《柳如是別傳》)尚未成書，更不知何日可以刊佈也，感賦一律"，該律末云："珍重承天井中水，人間惟此是安流。"那時我就想，陳氏此處用了宋元之際鄭思肖在蘇州承天寺井中沉藏《心史》之故實，含義是很深刻的；但是，我估計其時恐怕沒有多少人知道這個典故，於是，他們也就不能理解陳氏的寓意。我當時問過不少讀《柳如是別傳》的學者，他們確實都看不懂陳氏這句詩的意思，並說查了很多工具書還是查不到。的確，在當時的《辭源》、《辭海》以及所有成語、典故類詞典中，都還沒有有關鄭思肖《心史》沉井的典故的條目。我覺得這是一件奇怪的事，是一個疏忽。

　　我平時喜歡翻閱和購藏有關典故、成語的詞典。我查了自己書櫃裏現有的詞典，在 1980 年代出版的《古書典故辭典》(1984 年 9 月山西人民出版社)、《漢語成語大辭典》(1985 年 7 月上海辭書出版社)、《常用典故詞典》(1985 年 9 月上海辭書出版社)、《中國典故精華》(1987 年 7 月河南人民出版社)、《中國成語大辭典》(1987 年 8 月上海辭書出版社)、《文學典故詞典》(1987 年 9 月齊魯書社)等等中，都沒有看到有關《心史》沉井的條目。

　　1990 年代後，有關成語、典故的詞典出版得很多，有的還很厚。例如我書櫥中就有《掌故大辭典》(1990 年 6 月團結出版社)、《成語熟語詞典》(1992 年 1 月商務印書館)、《中國典故辭典》(1993 年 5 月北京出版社)、《成語典故辭海》(1995 年 5 月遠方出版社)、《中華典故大辭典》(1995 年 6 月安徽文藝出版社)、《中國典故》(1998 年 8 月東方出版中

心)、《漢語成語大辭典》(2002 年 1 月中華書局)、《成語源流大詞典》
(2003 年 6 月江蘇教育出版社)、《中華成語大辭典》(修訂版,2004 年 1
月吉林文史出版社)、《漢語典故大辭典》(2007 年 11 月上海辭書出版
社)等等。①

　　我終於在 1990 年 6 月團結出版社出版的《掌故大辭典》中,首次看
到有關《心史》沉井的條目。詞目僅僅只有一條:"井函"。釋文及例證
如下:

　　　　清顧炎武《亭林詩文集》五《井中心史歌序》:"崇禎十一年
　　冬,蘇州府城中承天寺以久旱浚井,得一函。其外曰'大宋鐵
　　函經'。錮之再重,內有書一卷,名爲《心史》,稱大宋孤臣鄭思
　　肖百拜封。"後因以"井函"謂封函投井,以期日後應驗。清黃
　　遵憲《己亥雜詩》之四七:"後二十年言定論,手書《心史》井
　　函中。"

　　該辭典《前言》中說:"本辭典有相當一部分是直接從原始材料中輯
錄、整理出來的。這部分辭條是其他辭典所沒有的。"我想,"直接從原
始材料中輯錄、整理"這本來就是典故、成語詞典編著者應該做的事情,
本沒有必要特地表明;現在作這樣特別的強調,也就正是證明了當今我
們出版的大量詞典都主要只是販賣二三手貨色,鈔來鈔去,陳陳相因。
因此,這部詞典的這樣的做法也就值得讀者賞識。我認爲,這個"井函"
詞條也是有點"開創性"的;但是,我又覺得其註釋還是有很多問題:一,
顧炎武《井中心史歌序》中並沒有出現"井函"一詞;二,顧炎武 1678 年
寫的此歌序並不是有關《心史》沉井典故的最早出處;②三,鄭思肖"封函
投井"並不是爲了"以期日後應驗",後人用這個典故也大多不是爲了表

---

①　1997 年 4 月漢語大詞典出版社出版了迄今最大型的中文辭書《漢語大詞典》,2005 年該社又出
　　版了《中國典故大辭典》,是從《漢語大詞典》中抽選有關典故並增補改寫而成的,而上海辭書出
　　版社的《漢語典故大辭典》又是漢語大詞典出版社《中國典故大辭典》的修訂再版。
②　最早的出處應該是 1639 年初刻《心史》時蘇州陸嘉穎等人的序跋。

示"以期日後應驗";四,"井函"一語並不是清人黃遵憲最早創用。

其後,1997年4月出版的最大型的《漢語大詞典》也有了"井函"這一條目,但其釋文及例證與《掌故大辭典》完全一樣,顯然只是鈔搬而已。不過,《漢語大詞典》卻莫名其妙地在"諴"字下加了一個專名號,成了"諴"。而"諴"既不是名詞,更不是專用名詞,怎麼可以加上專名線呢?我估計是某編輯審稿時對此字有疑問,劃了一道線,後來的"手民"和編輯就把它變成專名線了。真是可哂之至。不過,《漢語大詞典》又增加了一個條目"沉井":"1.沉入井中。指宋遺民鄭思肖將所著《心史》貯以鐵函,置於井中。……清黃宗羲《陳葦菴年伯詩序》:'所南沉井之時,年四十三歲,至七十八歲而卒。沉井以後三十五年,豈其斷手絕筆,乃竟無一篇傳者?'參閱清顧炎武《井中〈心史〉歌》。2.深基礎或地下結構物的一種型式……"說"沉井"的第一個意思是"沉入井中",當然沒錯,這本是最普通的用法麼;但說它是專指鄭思肖沉書井中,則不對了,實在是有點以偏概全了。而作爲鄭氏沉書典故的"沉井",還可以舉出更佳的書證。

2007年11月上海辭書出版社出版的《漢語典故大辭典》中,有關《心史》沉井的條目共有七條。主條是"枯井藏書",引顧炎武《井中心史歌序》及方文《鄭所南鐵函藏書》詩"吳門青草綠參差,枯井藏書那得知"爲證。副條有六:"井函""思肖函""寺井沉函""智井沉書""智井翁""智井之節"。每一副條都註明"源見'枯井藏書'"。在"井函"條引黃遵憲《己亥雜詩》,仍然照鈔《漢語大詞典》,不加思考地也在"諴"字下加了一個專名號。

《漢語典故大辭典》雖然突破性地出現了七條有關《心史》沉井的條目,但我認爲仍然漏收得太多太多。它用"枯井藏書"做主條,作爲其他副條的"源見",我更認爲是很不妥當的。因爲"枯井藏書"決非最早出現的有關《心史》沉井的成語,而且字面上也不夠典型,不常用(我也僅見方文詩句這一例)。還不如用"井中心史"或"鐵函心史"做主條爲好。另外,"智井翁"和"智井之節",一言鄭思肖其人,一言鄭思肖的氣節,均不是該典故本身,似可不收。

下面，竊不自揣，根據自己平時流覽所及，學習劉潔修先生編著《成語源流大詞典》時"儘量分化另立副條"，試作重寫，副條則以筆劃排序。當然，必然尚有遺漏，仍可增補。

井中心史 明末《心史》初刻本封面即題曰"井中心史"。明清之際呂留良《餘姚黃晦木見贈詩次韻奉答》："井中心史終難滅，壁裏書傳豈易湮。"明清之際彭孫貽《包士義行》："漆書且自藏壁間，井中心史今誰續？"清陳文述《水南半隱懷鄭鞠山所南父子》："畱得井中心史在，夢粱遺事話傳柑。"柳亞子《疊翻字韻再寄長公》："要典三朝尚未翻，井中心史亦空言。"劉師培《讀王船山先生遺書》："井中心史傳遺書，所南忠憤古所無。"梁寒操《周君貫仁重刻鄭公所南心史賦句》："井中心史刊千萬，要令黃魂活過來。"

鐵函心史 明清之際方潤有《合刻鐵函心史晞髮集敍》。清邵廷采《明遺民所知錄》："石匣藏書，比擬鄭思肖之鐵函心史也。"黃節《鄭所南先生集後敍》："鐵函心史藏之眢井，傳之於今。"張榮培《歸玄恭先生年譜題辭》："鐵函心史井方出，龍藏血經劫未沉。"

九久之書 明清之際李世熊《反恨賦》："眢井函九久之書，西臺哽甲乙之泪。"

十空經 明清之際陳瑚《戲和錢宗伯題玄恭僧服小像》："四十二章君不解，一心持誦十空經。"清厲鶚《南宋雜事詩》："一卷十空經在否？有兒不愧鞠山翁。"

三百五十六年 明清之際陸坦《心史跋》："書藏水土中三百五十六年，天不忍泯沒其精誠。"明清之際吳維基《讀鄭所南先生心史》："三百五十六年心，捧出人間啟函鐵。"

三百五六載 清孫世儀《讀宋鄭所南先生心史感賦》："瞬眼三百五六載，大明之天飛潛光。"

三百六十年 明清之際陸寶《鄭所南憤元代宋作心史……》："俄經三百六十年，瓦礫堆深鐵不穿。"清曹扶蒼《陳安道先生遺書序》："相去三百六十年，楮墨完好。"清周文禾《讀井中心史》："沈埋三百六十年，地老天荒一函鐵。"

三百年 明清之際張煌言《奇零草自序》:"投史舀井,至三百年而後出。"清全祖望《與盧玉溪》:"鄭所南井底鐵函,浸以三百年之枯泥而不朽。"姚光《題鄭所南心史》:"淒涼一卷中興志,古井沉埋三百年。"宗威《海王村購得鐵函心史賦長歌一首》:"先生歿後三百年,一函卷帙仍完全。"

井中之史 明清之際毛瑩《題鄭青山像》:"井中之史,爰究其極。"明清之際陳玉璂《湖壖雜記序》:"北盟之編、井中之史,至今日始大行於世。"明清之際張大受《江西訪求遺書檄》:"敏非苟昴,誰翻冢下之書;忠似所南,或隱井中之史。"清周文禾《讀井中心史》:"井中之水不可絕,井中之史不可滅。"

井中心 葉德輝《壬戌元日》:"故國柵稜天上夢,私家函史井中心。"

井中出 明末黃居中《閱宋遺民鄭所南井中心史》:"神物有護呵,一朝井中出。"清毛師柱《奉贈華天御先生》:"他時心史井中出,姓名方許人間通。"

井中出史 明清之際文德翼《城南舍利寺募疏》:"轉輪閣上藏書,半遺姓字;轆轤井中出史,全是文章。"

井中史 明清之際錢澄之《所知錄序》:"歸而深匿之,將作井中史矣。"明清之際金堡《弈罷》:"井中史莫丹心在,局外人休刮目看。"明清之際王岱《陸麗京沽酒湖樓》:"避世井中史,全生肘後方。"清呂留良《和黃九煙》:"井中史在終難滅,壁裏書傳豈易湮。"清沈寓《贈天如弟》:"精誠不泯井中史,滄海遺民千古奇。"清羅天尺《鄧天木爲繪石湖小圖歌》:"高人爭和輞川詩,野衲來看井中史。"清柴文杰《節義文章》:"既無疊山卻聘書,亦無所南井中史。"清末高旭《佩忍編校長興伯集屬題》:"井中史原有,諸夏君已無。"

井中史記 明清之際錢澄之《挽天界和尚》:"井中史記死猶讀,獄裏經聲今尚存。"

井中全 陳寅恪《廣州贈別蔣秉南》:"孫盛陽秋海外傳,所南心史井中全。"

井中有心 清蔣敦複《井中心史歌》:"井中有心天水碧,心中有血井水紅。"

井中有史 清李靜山《贈戴南枝》:"畫裏無人元隱士,井中有史宋遺民。"

井中有書 明清之際彭士望《除夕懷夏玉田》:"蘆中有士眉不揚,井中有書函鐵箱,人中有冤沉中腸。"

井中有鐵 明清之際揭貞傳《祭梨棗神文》:"西山無薇,井中有鐵。"

井中沉 明清之際錢澄之《嘉禾曹秋嶽齋中話舊》:"當時曾載筆,久向井中沉。"明清之際先著《傷鄭夢老》:"國亡數行史,鐵函井中沉。"

井中沉牘 明清之際張世偉《題宋遺民鄭所南先生井中書後》:"井中沉牘炤耀于光天白日。"

井中青史 明清之際龔鼎孳《人日同張登子鄧孝威遊海幢寺⋯⋯》:"天外赭衣飛戰血,井中青史問柴關。"

井中函 明清之際錢澄之《南陔壁上有范車管榻謝髮鄭心八字⋯⋯》:"如何井中函,以心名其史。"周作人《挽孟心史》:"野記偏多言外意,遺詩應有井中函。"

井中封 清鮑瑞駿《毛聚奎》:"吞月集成銘石在,鐵函可付井中封。"

井中書 明清之際張世偉有《題宋遺民鄭所南先生井中書後》。清初楊昌言《寄祝徐俟齋先生》:"案上詩編新甲子,井中書續舊春秋。"

井中經 明清之際俞塞《冷坐》:"不錯金根車半字,如緘鐵葉井中經。"

井中詩 清初楊賓《亡友》:"贈言井中詩,看君語悲咽。"清初陳之蘭《祖母徐孺人九十徵詩文序》:"謝皋羽晞髮集、鄭所南井中詩,暨大父而三人,共有千古。"

井中詩史 明清之際鄭旼擅畫蘭,每鈐小印曰"井中詩史前因"。

井中墨 吳庚《壬子東坡生日⋯⋯》:"皋羽江上歌,所南井中墨。"

井中遺史 明清之際宋龍《祀蘗菴熊公》：“井中遺史心同赤，綿上荒烟氣似虹。”

井中舊史 柳亞子《新文壇雜詠》：“夜半捫心雜苦甘，井中舊史倘能諧。”

井中藏 明清之際呂師濂《贈宗先達半隱先生》：“文教天下讀，史故井中藏。”明清之際王岱《晤郭天門先生長沙舟中……》：“甲子井中藏紀事，楚些湘上賦魂招。”

井中藏史 明清之際萬泰《劉瑞當薙髮入山……》：“更有井中藏史人，晨夕嘯詠相賓主。”

井中鐵 明清之際方孔炤有《井中鐵》詩。

井中鐵匣 清末言啟方《書史氏致身錄後》：“要之此冊不可毀，井中鐵匣同光芒。”清末徐錦《南宋雜詠》：“井中鐵匣幾年華，自署孤臣亦可嗟。”樊增祥題所南墨蘭：“井中鐵匣他年出，中有幽蘭一寸心。”

井內傳 明清之際沈壽民《聞里中諸子放歌寄憤書古諷之》：“且將熱血向寒泉，心事悠悠井內傳。”

井心 明清之際鄭旼有小印曰“井心未了前因”。清末林鶴年《酬鄭星帆孝廉》：“井心鐵史詞鏈鋒，真宰上訴泣蒼穹。”成惕軒《為貫仁仁兄重刻心史題》：“井心盟心矢不移，此心此史兩堪思。”

井史 明清之際許元溥《心史跋》：“井史當與壁經並觀。”明清之際劉城《重寄茂之仍用前韻》：“月泉舊社誰為續？井史遺書君已傳。”清秦瀛《詠梁溪雜事》：“只今剩得昭先錄，疊伴芳名井史中。”清馮培《題徐俟齋先生遺像遺囑冊》：“門車顏闔避，井史鄭南編。”清陳文述《雲間贈姚春木……》：“井史資辨譌，壁書供蒐討。”

井史心 明清之際李鄴嗣《贈太保大學士錢忠介公蕭樂》：“早堅井史心，魂魄已介紹。”

井史銷鐵 明末王家彥《銓部林公讓菴致奠文》：“曲池叢魂，井史銷鐵。”

井函 明清之際王夫之《為芋巖定遺稿感賦》：“井函有字唯思趙，箭鏃無書肯帝秦。”明清之際潘檉章《題鄭所南墨蘭卷》：“早深湘沅思，不隨井函閉。"清張符驤《和姜學在自壽》:"但有井函成思肖,未妨蝶夢寄蒙周。"清查揆《謝參軍西臺歌》:"橋亭卜卦客自去,井函作史心俱灰。"清末黃遵憲《己亥雜詩》:"後二十年言定論,手書心史井函中。"

井函之鐵 明清之際黃見泰《詩序》:"確乎不拔,堅過井函之鐵。"

井函史 明清之際方中發《客桓臺承孫楓麓表兄枉詩見寄……》:"井函史在誰能見,紙筆兒多盡可憐。"

井函作史 清查揆《謝參軍西臺歌》:"橋亭卜卦客自去,井函作史心俱灰。"

井函載筆 清末沈瑜慶《超社第六集爲樊山社長題……》:"井函載筆總露根,金陀舊聞空蘊淚。"

井底 明清之際黃宗羲《申山人墓》:"樓頭曾記南屏醉,井底長沉德祐年。"明清之際呂畱良《題如此江山圖》:"不見鄭億記私書,只好鐵匣置井底。"清趙炳麟《和南皮絕命詩》:"江陵此日如援手,井底應無鐵匣詩。"清張仕可《楚辭通釋序》:"井底不終沉,痛飲連浮數白;曲終如可見,望湘遙對峯靑。"

井底之函 明清之際黎士弘《祭李元仲先生文》:"鐵化井底之函,劍埋斗間之獄。"清譚瑩《重刊宋王象之輿地紀勝序》:"購之井底之函,保護幾同心史;祕似帳中之帙,酌量特付手民。"

井底心 明清之際讀徹《山居贈鄭桐菴》:"芝蘭不易秋來性,鐵石難移井底心。"郁達夫《靑島雜事詩》:"諸君珍重春秋筆,好記遺民井底心。"

井底史 明清之際王夫之《廣遣興》:"井底史臿坑外字,秦廷筑和雍門琴。"

井底有鐵 清末汪芑《題池上草堂》:"井底有鐵函史,門外無朱輪車。"

井底血函 明清之際王夫之《鴈字詩》:"清泉涵片影,井底血函經。"王夫之《滿江紅·寫怨》:"井底血函空鄭重,知音誰與挑燈讀。"

井底沉書 清平翰《題俟齋先生遺像》:"宅邊種柳陶元亮,井底沉書鄭所南。"

井底函 清鮑倚雲《次韻奉和翼堂先生……》:"潛虯早有名山業,自分沉淪井底函。"

井底函書 趙啟霖《疊韻和答詩》:"井底函書莫浪傳,刺船他日訪成連。"

井底埋 明清之際先著《北山寺》:"空憐井底埋藏史,但恐鋤邊捉視金。"清楊賓《讀高青丘姑蘇襍詠漫題簡末》:"已續吳中志,寧同井底埋。"

井底書 明清之際方以智《六叔廬山見訪》:"井底書成血不枯,咸淳集已滿江湖。"明清之際呂留良《讀薇占桐鄉隨筆再次原韻奉題》:"井底書還記漢年,壁中經不受秦煙。"清初潘耒《壽李映碧先生八十》:"惟應獨拜江邊榻,公論憑開井底書。"清吳宗元《讀吳浩然先生集》:"琴川歸後下重簾,井底書成記碧籤。"清末樊增祥《杭州晤子珍喜贈》:"湘輟舊續花間集,倭騒新多井底書。"

井底書函 清初潘耒《訪吳東籬先生》:"井底書函甾甲子,壺中藥物辨君臣。"

井底傳 明清之際徐開任《感事書懷五十韻》:"種菜園中老,藏書井底傳。"明清之際方文《贈別周穎侯》:"陶公集中書甲子,鄭公井底傳心史。"

井底墜 清趙翼《顧晴沙選梁溪詩成……》:"元凱碑付江波沉,思肖函從井底墜。"

井底藏 明清之際陳璧《集唐》:"孤臣下筆動心傷,只好深山井底藏。"清王文瑋《書霜猿集後》:"遺聞盡自宮中出,直筆無須井底藏。"

井底鐵函 明清之際蔣臣《壽隱君鄭中翁七秩序》:"井底鐵函,直繼獲麟。"明清之際彭士望《贈建寧布衣丁德舉》:"獄中寶劍動星文,井底鐵函傳隔世。"清全祖望《與盧玉溪》:"鄭所南井底鐵函,浸以三百年之枯泥而不朽。"

井埋 明清之際方以智《藥地炮莊》:"汲郡之冢藏書,億翁以井埋篋。"清陳梓《答復古詩》:"井埋碧血全身活,地凍黃鐘一管吹。"

井頭宋史 清吳暻《次和王異公七十自述詩》:"牛角漢書行自掛,

井頭宋史出何期。"

心函 明清之際鮑忠勃《病餘雜述》："待束心函沉井底，百年運會總躊躇。"

心爲史 明清之際屈大均《二史草堂記》："少陵以詩爲史，所南以心爲史。"清陳梓《題復菴先生集後》："遺稿心爲史，哀辭血未泯。鐵函好收拾，他日獻丹宸。"

付井傳 明清之際錢澄之《寄訊姚休那先生臥病》："病篤無車寢，書奇付井傳。"

付鐵函 郭曾炘《癸丑感事》："曲江舊錄存金鏡，本穴遺聞付鐵函。"

出井底 明末張國維《宋鄭所南先生心史序》："董狐筆方出井底。"明末錢肅樂《庚辰春偶吟》："鍔鍔霜鋒出井底，心光血字豈容渝。"陳衍《石遺室詩話》："撥雲霧而覩青天，縋幽沉而出井底。"

出甕泉 清初胡世安《閱心史》："不是大明天向閉，重函何自出甕泉。"

古井沉埋 姚光《題鄭所南心史》："淒涼一卷中興志，古井沉埋三百年。"

古井潛 李宣龔《題蔣東孚香草居》："一函古井潛心史，九畹清風出楚騷。"

古井遺書 趙啟霖《訪李翰屏司馬……》："靈山高會渾如昨，古井遺書未忍開。"

古吳智井 明清之際張岱《夜航船》卷八："鄭所南作心史，醜元思宋，以鐵函重匵沉之古吳智井。"

史在井 明清之際李鄴嗣《纖簾先生歌爲礜樵大兄壽》："遺經在壁史在井，花前之集隨飄雲。"

四百年 明清之際陳瑚《訪陸履長不遇……》："井中四百年間物，跪讀猶聞翰墨香。"明清之際彭士望《冬心詩》："井泥四百年，鐵函千尺光。"明清之際聶大綬："寶氣埋光四百年，智井函書聲華吐。"（見劉鶚《惟實集》附錄）清李驥《卓鹿墟選遺民詩成索贈》："鐵函智井載心史，肯使沉埋四百年。"清全祖望《蘇人造爲所南心史舊本……》:"鄭君瘞井物,出之四百年。"

本穴遺聞 郭曾炘《癸丑感事》:"曲江舊錄存金鏡,本穴遺聞付鐵函。"

穴井藏史 明清之際陳僖《挽石道人》:"穴井應藏史,呼天不愁遺。"

寺井沉函 清趙翼《題文信國致永豐尉吳名揚三劄》:"寺井沉函鄭所南,釣臺擊石謝皋羽。"

血函埋 明清之際王夫之《鷓鴣天・杜鵑花》:"紅淚滴,血函埋,他時化碧有餘哀。"《得嘉魚李西華兄弟書追憶雨蒼》:"探書蒼水絶,藏史血函埋。"

作史沉井 鄭貞文《連江感懷》:"作史沉井蘊孤忠,寫蘭露根寓深意。"

作書投井 明清之際李世熊《答蔡方山》:"終不如鄭所南作書投井。"

匣中心史 張學華《春日山居寄眞逸作》:"賸有匣中心史在,一編私署景炎年。"

匣盛鐵裹 清袁棟《井中心史》:"乃以匣盛鐵裹,而藏之井中。"

匣鐵 清李宗祉《讀心史》:"匣鐵淪精鏽碧苔,黑陰天遣出塵來。"

吳井 明末錢肅樂《病中戲和秋史韻》:"傷心吳井難沉字,望眼嚴陵可共遊。"明清之際錢謙益《愚谷詩稿序》:"惡聞人間所稱引越臺、吳井、谷音、月泉之詩。"清初萬言《公奠李映碧先生文》:"吳井鐵函,嚴臺如意,亡宋之淚,百年猶漬。"沈曾植《七夕和倦知老人韻》:"心史不縻吳井字,風輪誰澹梵天災。"

吳井之藏 陳寅恪《論再生緣校補記後序》:"所南心史固非吳井之藏,孫盛陽秋同是遼東之本。"

吳寺瘞井 明清之際李成之:"所南心史一帙,得之于吳寺瘞井中。"(李詡《戒菴老人漫筆》卷三)

吳門浚井 明清之際方孔炤《井中鐵》:"連江鐵函書似漆,吳門浚井一旦出。"

吳郡鐵函 明清之際陳恭尹《重刻嶺南文獻徵啟》:"孔庭竹簡,八音自奏於重牆;吳郡鐵函,一夕光浮於古井。"

投井 明清之際董說《春日感懷》:"書悲吳郡人投井,技讓西川客補鍋。"

投史習井 明清之際張煌言《奇零草自序》:"投史習井,至三百年而後出。"

投習井 明清之際錢謙益《彭達生晦農草序》:"今將以斯文投習井。"

沉井 明清之際楊補《懷古十詠》:"著書何苦心,沉井終自祕。"明清之際李鄴嗣《覓錄郡中耆舊逸詩四首》:"埋山沉井須臾出,豈待他年定是非。"明清之際喬寅《贈卓爾堪》:"刼火燒殘圖籍空,藏山沈井慨何窮。"明清之際僧函可《寄澹心》:"鐵函珍重休沉井,那見黃塵徹底飄。"

沉井中 清楊泰亨《讀萬悔菴先生續騷堂詩集二十韻》:"埋山沉井中,終古必傳作。"

沉井史 王季烈《題宋本梅花喜神譜》:"鐵函沉井史,一樣冷心腸。"柳亞子《重題秣陵悲秋圖》:"尚有鐵函沉井史,恨無竹石碎西臺。"柳亞子《與鮑事天談菲島歷史有感》:"不用鐵函沉井史,黎沙銅像已輝煌。"

沉井底 明文從簡《心史跋》:"筆之薄蹏沉井底。"明清之際歸莊《讀鄭所南心史已成七十韻……》:"心誓有詞沉井底,鼎遷邑改不能渝。"明清之際鮑忠勑《病餘雜述》:"待束心函沉井底,百年運會總躊躇。"

沉井匱 清姚燮《賀新涼·宋信國公文丞相鐵如意》:"沉井匱,共嗚咽。"

沉吳井 明清之際陳恭尹《寄胡輝祖》:"著書豈必沉吳井,韋氏傳經有子孫。"

沉函古寺 明清之際黃宗羲《汪魏美先生墓誌銘》:"擊竹西臺,沉函古寺。"

沉枯井 清末高旭《寄懷亞君梁溪》："久拼鐵匣沉枯井,安用今生覓賞音。"

沉埋古井 清末高旭《十月朔日南社諸子會於吳門……》："鐵匣沉埋古井枯,不成遯世歲雲徂。"

沉埋瑉井 明清之際潘江《跋盆山續集後》："元來思肖無佳婿,只合沉埋瑉井中。"

沉書瑉井 清徐鼒《小腆紀年附考》："思肖麥秀之悲,沉書瑉井;子期酒壚之感,聞笛山陽。"

沉瑉井 明清之際林時躍《挽無界先生》："好將逸史沉瑉井,剩有遺文埋石倉。"

沉紺井 清李文炤《讀鄭所南心史》："一片丹心沉紺井,九圍赤縣等浮漚。"

沉鐵 明清之際沈壽民《吳圖南翁八十序》："擊石而歌,沉鐵而史,樹冬青焉而詩。"清梅庚《姑山遺集跋》："擊石而歌,沉鐵而史,彼其人寧復有後世之名在其意中哉?"

函井 明清之際劉城《已矣》："有鐵須函井,無金莫閉門。"清王敔《感懷詩》："傳書待其人,函井心無旣。"

函心 明清之際沈壽民《明故孝廉同文吳公曁配張孺人合葬墓誌銘》："臯羽記哭於西臺,億翁函心於古井。"

函史井中 葉德輝《壬戌元日》："故國柧稜天上夢,私家函史井中心。"

函沉鐵 清陳遹聲《紫石山房襍詩》："古井函沉鐵,名山石作牀。"

函封沉井 明清之際陸賓《鄭所南憤元代宋作心史……》："鎔鐵函封沉井底,夜夜精光水怪潛。"

函封鐵匣 清蔡邦甸《井中心史歌》："函封鐵匣投井中,靈氣盤鬱噴長虹。"

函書瑉井 明清之際錢謙益《陳子升詩集序》："豈猶夫函書瑉井但懺庚申,慟哭荒臺徒傳甲乙而已哉。"

函詩之井 明清之際文德翼《何紫屏詩草序》："函詩之井空聞,許劍之亭何在。"

函鐵 明清之際許楚《畫蘭往贈玉楚璣兼寄新亭老友》:"金題玉躞遍人間,那及智井一函鐵。"清吳銘道《鄢陵二忠祠》:"聞公有遺編,幽沉尚函鐵。"清吳維琪《讀鄭所南先生心史》:"三百五十六年心,捧出人間啟函鐵。"清佚名("雲淙花隱")《紅樓春夢自序》:"函鐵空沉,失所南之本穴;塔灰未改,對遺山之史亭。"

函鐵沉井 明清之際林古度《心史序》:"雖不函鐵沉井亦不能毀。"

所南遺筆 康有爲《哀鄭叔問中書》:"所南遺筆歸泉路,鐵笛西臺誰與聽。"

所南錮史 明清之際李騰蛟《答臨川陳少游》:"所南錮史,文山罾帶,雖與日月爭光可也。"

所南鐵函 明清之際陳焯《宋元詩會》:"所南鐵函,長存天壤。"

承天井 陳寅恪《丁酉陽曆七月三日六十八初度……》:"珍重承天井中水,人間惟此是安流。"

東井 明清之際錢謙益《懷古堂詩選序》:"自托於西臺東井之倫。"

金錮埋井 清費錫璜《辛卯十月登劍迹山……》:"又不見鄭所南著心史,金錮埋井泉?"

南公心史 蔣麟振《感事》:"難覓南公心史井,欲尋西蜀草玄亭。"

幽蔽智井 明清之際李世熊《答徐叔亨》:"雖懸國門可也,何爲幽蔽智井……乎?"

思肖史 汪春源"詩鐘"句:"祕本鐵函思肖史,駢詞書譜過庭文。"

思肖函 清趙翼《顧晴沙選梁溪詩成……》:"元凱碑付江波沉,思肖函從井底墜。"

思肖鐵函 黃孝紓《純飛館填詞圖序》:"幼安皂帽,苦值流離;思肖鐵函,不無悲憤。"《贈梁飮侯左丞序》:"季長絳帳,獨抱忠經;思肖鐵函,待鑴心史。"

枯井藏書 明清之際方文《鄭所南鐵函藏書》:"吳門靑草綠參差,枯井藏書那得知。"

枯函 清全祖望《中秋前一日得林評事荔堂明鶴草堂集……》:"所

南先生閉枯函,塵蒙瞽井亦已厭。"《董浦自閩中來以榕城詩話索序……》:"蕭寺空梁瞽井窟,倘許枯函來避近。"

茂苑古井 明清之際黃晉良《孫聖湖遺稿序》:"茂苑古井之遺經,西臺夕陰之舊簡。"

重匱鐵函 清末闞鐸《以明末刻本鄭所南先生心史贈新民社印行……》:"重匱鐵函沉又起,捨身討賊死猶生。"

埋井底 明清之際潘江《虞山歌祝方姑母六十》:"痛苦西臺髮欲晞,長埋井底心猶錮。"

埋古井 孫雄《題劉翰怡崇陵補樹圖》:"所南心史埋古井,著書千里傳忞忞。"

埋史 明清之際吳肅公《錄鄭所南先生詩文序》:"先生埋史時年四十有三。"清沈受宏《哭外大父莊溪先生》:"鄭井荒唐埋史日,揚亭寥落受經人。"

埋函瞽井 明清之際李世熊《答徐叔亨》:"埋函瞽井與埋諸血坎何異?"

埋瞽井 明清之際全吾騏《懷所知》:"廿年熱血埋瞽井,萬里桑田寄柳車。"

埋雲根 明清之際方文《贈孫懷澧》:"只合深山中,鐵函埋雲根。"

埋廢井 明清之際王昊《陶菴先生遺集歌》:"錢唐水腥崖山冷,野老血書埋廢井。"

埋鐵史 曾廣鈞《和秋璿卿遺墨》:"一樣井華埋鐵史,千年碧血在瑤函。"

書沉井 明清之際劉城《答山賓》:"石碾書沉井,瓊花曲窄簾。"

狼山古井 明清之際王猷定《書袁山先生四山樓藏卷……》:"當效鐵函沉狼山古井。"

狼山寺 清吳維琪《讀鄭所南先生心史》:"一部心史有誰知,狼山寺內久沉淴。"

祕史傳心 清時韓國人金進洙《燕都雜詠》:"祕史傳心瞽井翁,儒門澹泊有餘風。"

　　荒井遺編　明清之際宋曹《雨中閱憶翁集》：“素秋刻燭懷人夜，荒井遺編故國心。”

　　智井　明清之際錢謙益《徐元歎勸酒詩》：“智井荒臺愁殺儂，巢本無那老松筇。”明清之際沈埏《硯歸歌》：“鐵函紀述空智井，濡毫唯爾硯常隨。”明清之際王揆《悲憤八首》：“智井蒼涼沉碧血，烏臺慘澹落星芒。”清時韓國人金進洙《燕都雜詠》：“祕史傳心智井翁，儒門澹泊有餘風。”

　　智井之史　明清之際談遷《寄吳默實太史書》：“義熙已革，僅存甲子之書；德祐久亡，或錮智井之史。”

　　智井心傳　明清之際宋曹《庚寅四月燕譽堂宴……》：“萇弘血染靑靑草，智井心傳久久書。”

　　智井匣　明清之際陳子升《吳門旅興》：“斷簡故開智井匣，寒梅新照面山樓。”

　　智井沉函　郭曾炘《楊雲史寄示癸丑北游詩草》：“智井沉函君始出，孤燈兀坐我誰親。”

　　智井沉書　柳亞子《北行雜詩》：“赤明龍漢千重刼，智井沉書下筆難。”柳亞子《懷人詩十章》：“西臺痛哭謝晞髮，智井沉書鄭憶翁。”

　　智井函書　明清之際聶大綏：“寶氣埋光四百年，智井函書聲華吐。”（劉鶚《惟實集》附錄）

　　智井函經　明清之際葉矯然《鄭所南宅》：“先生閩產寄吳門，智井函經不敢論。”葉矯然題承天寺井聯：“閩人大節千秋在，智井函經百世存。”

　　智井物　清全祖望《蘇人造爲所南心史舊本……》：“鄭君智井物，出之四百年。”

　　智井書　清陳登龍《何五梅家藏文信國琴……》：“祕惜宜同智井書，長存自比麗天宿。”鄧實《王船山先生像讚》：“西臺遊記智井書，臬羽所南德不孤。”

　　智井祕篋　清全祖望《續耆舊》：“智井祕篋，必有不得見於當時者。”

瘞井啟函 明清之際談遷《心史鐵函》:"想副本流傳,不待瘞井啟函也。"

瘞井藏 清包彬《過薑貞毅宅……》:"遺民孝義終銜恤,此日誰探瘞井藏。"清全祖望《中條陸先生墓表》:"嗚呼,是亦瘞井之藏也。"

瘞井鐵函 明清之際陳瑚《瞿稼軒臨桂挽辭》:"令子文孫工繼述,不煩瘞井鐵函藏。"明清之際陳軾《鼉江懷古》:"瘞井鐵函甾史牒,寢園玉椀只荒丘。"明清之際張自烈《複李乾統書》:"求爲瘞井鐵函不可得。"清楊浚《敬身錄序》:"此卽瘞井鐵函、西臺晞髪之流亞也。"錢仲聯《無恙續稿序》:"瘞井鐵函之史,本穴民刲之以心;西臺朱雀之魂,晞髪翁泣之以血。"

流淵篋史 明清之際林時躍《答李呆堂》:"流淵篋史開何日,葬土遺文著幾人?"

祥興鐵匣 明清之際王昊《讀陶菴先生遺集》:"祥興鐵匣開模糊,撫卷滄浪淚如絙。"

連江鐵函 明清之際方孔炤《井中鐵》:"連江鐵函書似漆,吳門浚井一旦出。"

貯鐵函 明清之際祝祺《重崖上人過訪兼遺近詩》:"照影圖金粟,甾詩貯鐵函。"

億翁史 明清之際姜埰《雜詠》:"敢比億翁史,深懷杜甫歌。"

德祐春秋 趙啟霖《黎薇生太史六十生日》:"貞元人物孤臣在,德祐春秋舊侶稀。"

鄭井 明清之際沈壽民《與宜春張芑山書》:"歌嚴臺之楚聲,投鄭井之史簡。"清方中通《古今釋疑序》:"孔壁鄭井,將出何年;石室名山,安知所托。"清沈受宏《哭外大父莊溪先生》:"鄭井荒唐埋史日,揚亭寥落受經人。"

鄭心 明清之際劉城有多枚印章篆文爲"謝髪鄭心",取義于謝皋《晞髪集》和鄭思肖《心史》(見劉城《嶧桐集》卷八、陳弘緒《寒崖近稿》卷一《徵君伯宗劉君墓誌銘》)。明清之際王潢有對聯:"范車管榻,謝髪鄭心。"明清之際錢澄之有詩《南陔壁上有范車管榻謝髪鄭心八字各系一詩以詠其志》。易順鼎《丹徒包柚斧仁弟自宿遷寄詩……》：“東陽沈腰又潘鬢，西臺謝髮兼鄭心。”

鄭史 明清之際方文《錢旣白爲予書盉山集成賦此謝之》：“他日鐵函藏鄭史，也須名姓著同袍。”明清之際曾燦《雪中贈沈心仲五十》：“鄭史但知書甲子，楚騷且自溯庚寅。”清初徐豫貞《題呂晚邨東莊詩鈔後》：“且須祕著中郎枕，他日終同鄭史垂。”柳亞子《題陳斯馨女士紉秋銃圖卷應丹林屬》：“屈騷鄭史兩吟呻，紉取秋心事可珍。”唐筼《廣州贈蔣秉南先生》：“孫書鄭史今傳付，一掃乾坤萬古愁。”

鄭函 易順鼎《和梁節菴……》：“鄭函幾日藏心史，管榻連年驗膝痕。”蕭遠《元日》：“欲假鄭函囷董史，斑斑終古血痕鮮。”

鄭所南書 明清之際方孔炤《井中鐵》：“崇禎末吳門浚井，得鄭所南書。”清高宅暘《謝皐羽竹如意歌》：“鄭所南書古井沉，汪水雲硯隨北征。”

瘞井函 清汪守愚《黃梨洲遺硯爲施擁百賦》：“瘞井函深餘淚墨，畫沙筆勁想神錐。”

瘞承天 清末沈曾植《鄭所南畫蘭卷……》：“刳心史已瘞承天，代舞靈應依毫社。”

錫鐵層函 明清之際劉城《書男蛾刻樂府變後》：“所南一書以錫鐵層函之，更沈井底。”

錮井中 明清之際王夫之《廣落花詩》：“玉樓賦筆還天上，鐵束經函錮井中。”

錮井函 明清之際王夫之《同唐須竹遊帆閣巖》：“袖圖有跡傳河畫，血字無心錮井函。”

錮史 明清之際李騰蛟《答臨川陳少游》：“所南錮史，文山齧帶，雖與日月爭光可也。”柳亞子《七月十七日次韻和田星六見贈之作》：“鐵函錮史誰能諒？土室埋名倘最宜。”

錮寒泉 明清之際彭孫貽《鄭上舍所南》：“作書錮寒泉，旅跡寄虞樊。”

錮鐵沉井 明清之際金堡《陸嗣常遺詩序》：“其悲憤伉壯，則呵壁問天,錮鐵沉井。"

錮鐵函 明清之際張自烈《澹寧齋集序》:"鄉者慟西臺,錮鐵函。"《雪嶁詩序》:"踵躡昔賢之匿芒碭,錮鐵函。"

縋井 清樊增祥:"選詩斷爛嗤貽上,縋井幽光闡所南。"(陳衍《石遺室詩話》卷二)

縋幽沉 陳衍《石遺室詩話》:"撥雲霧而覩青天,縋幽沉而出井底。"

藏井 清沈懋華《病中寄懷湘客》:"不藏山骨須藏井,休與鄰家賣餅兒。"

藏井中 明清之際沈榮《宋鄭所南》:"心史藏井中,血淚烱萬古。"清屈復《樂府體詠古詩》:"所南藏井中,井中光更大。"

藏井穴 明清之際方文《閔鄭所南詩》:"心史雖然藏井穴,精誠終不隱泥沙。"

藏古井 明清之際僧函可《冰天社詩》:"心史未能藏古井,新詩直欲問高旻。"

藏史 明清之際王夫之《得嘉魚李西華兄弟書追憶雨蒼》:"探書蒼水絕,藏史血函埋。"

藏枯井 明清之際方文《水崖哭明圃子畱》:"漫勞鐵匣藏枯井,此日流傳血已丹。"

藏智井 明清之際陸世儀《端士王子北上……》:"久拼筆墨藏智井,那有文章入□庭。"明清之際張岱《毅孺弟作石匱書歌答之》:"曾見心史意周密,藏之智井鋼以錫。"

藏梵井 明清之際李鄴嗣《哭周貞靖先生》:"遺書藏梵井,殘史祕僧瓢。"

藏鐵匣 清柳樹芳《觀顧氏家藏先世宋人墨蹟》:"吾有一言告仍雲,勿藏鐵匣深埋淪。"

鎔鐵函封 明清之際陸賁《鄭所南憤元代宋作心史……》:"鎔鐵函封沉井底,夜夜精光水怪潛。"

鐵史 明清之際徐增《鄭桐菴先生七十》:"風吹鐵史傳冰氣,春老桐菴有葉聲。"明清之際黃生《送汪幾希之吳門》："井中窺鐵史，臺下拜羊裘。"清末林鶴年《酬鄭星帆孝廉》："井心鐵史詞鏈鋒，眞宰上訴泣蒼穹。"曾廣鈞《和秋璚卿遺墨》："一樣井華埋鐵史，千年碧血在瑤函。"

鐵匣 明末張煌言《挽華吉甫明經》："逝去玉樓堪作賦，投來鐵匣尙雷詩。"明清之際方文《水崖哭明圃子雷》："漫勞鐵匣藏枯井，此日流傳血已丹。"明清之際陸世儀《次韻答元恭》："義熙日月柴桑老，景定詩篇鐵匣知。"明清之際呂雷良《題如此江山圖》："不見鄭億記私書，只好鐵匣置井底。"

鐵匣心書 清末梁廷枏："所翁有鐵匣心書，至明而後出於井。"（裴景福《壯陶閣書畫錄》卷五）

鐵匣投井 清蔡邦甸《井中心史歌》："函封鐵匣投井中，靈氣盤鬱噴長虹。"

鐵匣沉埋 清末高旭《十月朔日南社諸子會於吳門……》："鐵匣沉埋古井枯，不成遯世歲雲徂。"

鐵匣泥函 明末錢肅樂《庚辰春偶吟》："緘題德祐年間事，鐵匣泥函永不渝。"

鐵匣長埋 清鄭炎《古井》："銅瓶慣捷廚孃手，鐵匣長埋處士謳。"

鐵匣詩 清趙炳麟《和南皮絕命詩》："江陵此日如援手，井底應無鐵匣詩。"

鐵匣緘書 明清之際金堡《贈劉安士》："玉皇選吏無踰此，鐵匣緘書欲喚誰？"

鐵匣緘詩 明清之際陸世儀《重陽後一日含綠堂吟社雅集分韻得七虞》："月泉開社天星聚，鐵匣緘詩井水枯。"

鐵匣藏淵 清貝靑喬《葉丈甄錄近人詩……》："錦囊投廁憑誰拾，鐵匣藏淵怕鬼讎。"

鐵束經函 明清之際王夫之《廣落花詩》："玉樓賦筆還天上，鐵束經函錮井中。"

鐵函 明末黃居中《閱宋遺民鄭所南井中心史》："鐵函裏遺編，入水水不沒。"明清之際歸莊《讀心史七十韻》："出之重泉下，鐵函色如銀。"明清之際顧炎武《井中心史歌》："千尋幽井置鐵函,百拜丹心今未死。"明清之際許友《秋日出華嚴寺看蓮……》："謾言歲月成詩史,半卷它年續鐵函。"

鐵函入井 明清之際文德翼《廬中人詩艸序》："《上音》一集旣已鐵函入井……"

鐵函之書 清初潘耒《殉國彙編序》："鐵函之書,至易代而卒顯;轉藏之籍,歷數朝而竟傳。"清楊鳳苞《南疆逸史跋》："夫壞牆之弃,廢閣之儲,鐵函之書,轉藏之籍,當代豈得盡見?"

鐵函井水 明清之際黎元寬《土音集跋》："金石之聲如在朝廟,鐵函井水且姑放閒。"

鐵函井史 程頌萬《日本刀歌爲錢碩人賦》："七百年來奮刀筆,鐵函井史悲腥膻。"

鐵函井底 清查慎行《讀白耷山人詩和愷功》："石火光中亡國恨,鐵函井底後人猜。"

鐵函古井 陳無名《壽微廬二兄六十》："鐵函古井詩先貯,金谷芳樽酒半釃。"

鐵函史 明清之際方中發《壽陳司馬滁岑先生》："不見鐵函史,出井吐光芒?"清陳梓《吳復古金陀把卷圖》："忙中尙手鐵函史,醉裏不忘鉅鹿戰。"童鈺《題史閣部遺像並家書》："一卷鐵函史,古井難沈淪。"清孫士毅《書桃花扇傳奇後》："鐵函史筆費研摩,殘局蒼黃感慨多。"清末汪芑《題池上草堂》："井底有鐵函史,門外無朱輪車。"清末王式通《樊山布政屬題所南翁畫蘭》："十空造成金字經,百拜重見鐵函史。"蘇澤東《九龍寄廬奉……》："所南鐵函史,臬羽冬靑辭。"

鐵函別史 清末魏元曠《憑几》："鐵函別史西河傳,五百年應有嗣音。"

鐵函沉井 明清之際劉城《李懿傳》："蓋生而有鐵函沉井之志也矣。"郭曾炘《夜起檢書意有所觸拉雜書之》："抍卻鐵函沉井水,也容藜杖降星精。"柳亞子《重題秣陵悲秋圖》："尙有鐵函沉井史,恨無竹石碎西臺。"

鐵函良史　清張璨《七日送梁大質人往肅州》:"金碗荒丘悲蔓草,鐵函良史凜秋霜。"

鐵函怨史　明清之際朱鶴齡《詠史》:"鐵函怨史文難滅,釣瀨狂歌鬼亦悲。"

鐵函枯井　黃孝紓《海潮音集序》:"鐵函枯井之史,所南守之以終身;黃絹齋堂之碑,信陽讀之而危涕。"

鐵函重祕　明清之際洪士升《合刻鄭所南謝皋羽二先生鐵函經晞髮集跋》:"鐵函重祕,沉于淵井之中。"

鐵函重匱　明清之際張岱《夜航船》卷八:"以鐵函重匱沉之古吳智井。"(按,"鐵函重匱"語出《心史·盟言》)

鐵函重錮　王龍文《贈友人》:"鐵函重錮成心史,嵁谷千叢喜足音。"

鐵函重櫝　明清之際談遷《心史鐵函》:"蘇州承天寺浚智井,得鐵函重櫝。"

鐵函書　明清之際方孔炤《井中鐵》:"連江鐵函書似漆,吳門浚井一旦出。"明清之際余繽《春日讀宋史偶作》:"皂帽桐江處士家,鐵函書祭夜沉沙。"明清之際唐孫華《壽郭雉先七十》:"地下早揮金椀淚,井中重洗鐵函書。"

鐵函荒井　清初王式丹《題徐昭法先生澗上草堂畫……》:"鐵函荒井抱遺編,時有風流照毫楮。"

鐵函智井　清李驎《卓鹿墟選遺民詩成索贈》:"鐵函智井載心史,肯使沉埋四百年。"清邊浴禮《得梅伯言郎中消息賦寄》:"鐵函智井秋苔滿,信史憑公作主持。"清陳玉澍《後樂堂集自序》:"瘄口嘵音之作,不宜爲鐵函智井之藏。"宗威《海王村購得鐵函心史賦長歌一首》:"五庚申後二十年,鐵函智井沉心史。"

鐵函發井　黃孝紓《謁顧祠》:"鐵函發井心如見,皂帽求田計未疏。"

鐵函著史　成多祿《贈宋芝田侍御》:"銅狄吟秋餘涕淚,鐵函著史自朝昏。"

鐵函經 鄭思肖自題《心史》手稿外緘封曰"大宋鐵函經"。明清之際劉城《趙友沂孝廉還楚潭過池州啇書見訪……》："商亂不言金匱訣,宋衰但祕鐵函經。"明清之際黃晉良《讀林恥齋先生居易堂集》："亦有鐵函經,以及晞髮集。"明清之際許友《秋日歷游六朝諸寺》："卮酒廢臨鹿脯帖,瓣香莊誦鐵函經。"清姚承緒《吳趨訪古錄》："佛說傳燈銅鑄像,客來投轄鐵函經。"陳伯陶《與寓公書》："西臺皐父,擊竹如意而悲歌;南野憶翁,署鐵函經而百拜。"

鐵函裏 明清之際釋永覺《懷鄭所南》："鐵函裏心史,語語泣鬼神。"

鐵函緘史 周達《與莊呂塵談海藏樓詩》："鐵函緘史心何苦,石室藏詩計未遲。"

鐵函遺史 明清之際吳之器："井石冥冥古寺陰,鐵函遺史墨痕深。"(張國維《張忠敏公遺集》附錄卷四)

鐵函遺錄 清邊浴禮《題閻典史江陰守城記三十韻》："鐵函遺錄在,啇與後人看。"

鐵函鋼史 柳亞子《七月十七日次韻和田星六見贈之作》："鐵函鋼史誰能諒?土室埋名倘最宜。"

鐵函藏書 明清之際方文有《鄭所南鐵函藏書》詩。

鐵函啇史 明清之際方中發《除夕二首》："猶幸鐵函啇史在,千秋知是宋遺民。"

鐵函靑簡 成惕軒《爲貫仁仁兄重刻心史題》："鐵函靑簡看無恙,重振天綱與地維。"

鐵封之史 趙圻年《鄉寧縣志序》："明夷有待訪之書,本穴有鐵封之史。"

鐵封心史 吳庚《丁巳春聯》："鐵封心史,誰知本穴有陽秋。"

鐵篋 明清之際方文《常熟訪錢牧齋先生》："忽聞都市焚書令,鐵篋惟應置井中。"

鑄鐵淪智 明清之際李世熊《畫網巾先生傳》："所南盟檄誓心可矣,鑄鐵淪智,勞勞於萬一知己者,則猶是名根聳之也。"

鑄鐵爲函 明清之際劉城《寄關中韓聖秋》："浮漢渡江遊歷遍,纂言應鑄鐵爲函。"

以上統計,已達二百三十八條,而且還可以繼續尋找添寫。如果正式編寫詞典,這當然太多了,應該刪去一些。我之所以不厭其詳地這樣寫,只是爲了證明自己"言而有據"。

首先,是爲了說明有關宋人鄭思肖《心史》沉井一事雖然是直到明末才發現的,但立即便成爲了一個著名的典故,被廣泛用於詩文中已有三四百年。像"鐵函心史""井中心史""瘞井鐵函"以及"謝髮鄭心"這樣的詞語,文字精當,具有穩定性,理應正式被視作成語。但我們的大部分大型詞典,甚至專門的典故成語詞典,例如像劉潔修先生精心撰著的《成語源流大詞典》,均未予收入,是令人遺憾的。

其次,是可以看出這二百三十八條有關《心史》沉井的典故條目全部出現於明崇禎末年以後(另據我調查,在明崇禎末年以前的古書、文獻中,幾乎從無將"心史"作爲一個詞使用的),這就證明所謂"《心史》行世久矣,想副本流傳,不待瘞井啟函也"的說法是錯的,從一個方面說明《心史》沉井絕非僞造的故事。

最後,也是爲了說明,這是一個非常值得研究的語言文學現象,我想以這樣一個出現較晚,僅僅只有三百多年歷史,而且幾乎不被收入成語典故詞典的個案(試想,我們的不少成語典故都有千年以上的歷史)爲例說明:

一、中華典故奧妙無窮,其運動態、使用態、異形異構態變化無窮,而且還可以不斷地"創造"出新的來。研究者、閱讀者決不可拘泥,必須懂得舉一反三。我所以舉出這麼兩百多條例子,也是爲了好好衝擊一下那些僵化的腦子。

二、不論是研究中國文學,還是研究中國歷史,都必須懂得典故。例如以前論說《心史》者,僅僅知道肯定《心史》的明清學者有顧炎武等一二人,正是眼界狹窄到了何等可憐的程度,其重要原因就是不懂典故。"五四"時胡適反對文學創作使用典故,是非常愚蠢和無知的。

三、編寫典故詞典是極其辛苦的工作，絕不僅僅是搜搜電腦就可以，更不是拍拍腦袋就可以幹的。需要博覽羣書，長久積累，還需要銳利的學術眼光，是一種高水準的工作。曾有在學術上尚是乳臭未乾髮未燥的黃毛小兒（即使居然也混上"博士"甚至"教授""博導"，只要說得出這種話來，就依然是黃口稚兒辱鴻儒），居然說像錢鍾書、陳寅恪這樣的大學者只是"兩腳書櫥"，說自從電腦出世後他們的工作便大部分沒有意義了。這正是無知而放肆的胡說八道！我寫這篇文章，也正是爲了表示對此輩的蔑視！

四、典故條目的異體副條的編寫，幾乎是沒有窮盡的。可以說，現在所有的成語典故詞典的異體副條，在眞正的專家眼裏看，都只是聊勝於無的東西。怎樣使成語典故詞典盡可能地做到盡善盡美，值得研究者、撰寫者深入研究和不懈地努力！

心　史

宋·鄭思肖著　　陳福康校點

目　録

自　敘

　　文者，三綱五常之所寄也，舍是匪人也，又奚文之爲哉？幼嘗問作文作詩之法於我先君子，曰：

　　“古未嘗有所謂文也，惟古聖賢心正、身修、德備、行粹，凡見於興居、踐履、揖遜、問答之間，無非至文之文，安事章句乎？其或紀行事之實，其或發天理之秘，不得已而托於言語，爰詔天下後世爲聖賢歸，本無作文心。此三代以上之事。自漢以來，專意詞章，言浮於理，才騁乎學，始文而爲文矣。至論古今忠臣孝子、仁人義士，頗有不達文者，其躬行之事，乃《六經》言也，亦偉哉！或讀書作文之士，反不若之。何耶？是故行者，本也；文者，末也。有行而無文，不失爲君子；有文而無行，終歸于小人。行者匪他，三綱五常是也。悲今之人，委身汙下，誑辭欺世，將焉取材？汝欲爲文，必本之《六經》，立身三綱五常之天，然後熟讀《左傳》、《孟子》、《莊》、《騷》，賈、董、韓、柳、歐、蘇之書，縱觀諸子、諸史、百家之說，養其氣質，老其才智，秉正大之論，揭大經大法，弘播天下，一舉斯民，同歸三綱五常之天，始無愧於爲文。若夫體制，意欲新，語欲簡古，森嚴有法度，主於理，勿流於鑿，庶不墮於綺靡卑弱。及乎出，奇直與天地萬物相爲變化於無涯，庸以波瀾其才？苟不身之以道，惟務言語爲工，是委文爲技耳，良可歎息！詩之法，祖於《三百篇》，下逮曹子建、陶淵明輩。詩之律，宗於盛唐，主以杜，兼之李，次以孟浩然、高適、王維輩。要在漱書史之潤，益其靈根，歲月至，才華吐爲天芬。其體制欲溫柔敦厚，雅潔瀏亮，意新語健，興趣高遠，追淳古之風，歸於性情之正，毋爲時之所奪焉。凡人之一言一動，皆此心之形見者也。果能先立其大者，何往不可，豈止文之與詩也耶？蓋心之爲心，廣大于天地，光明于日月，不可以小狹之，不可以物犯之，惟始終養之以正，則庶幾乎。夫如是，無言則已，有言則必可觀。汝其行之!"

　　思肖後質諸數千百載聖賢之書,又以此衡鑒古今人事之變,乃知我先君子教我者,至哉言乎! 且汗漫湖海,從天下士游,固嘗見盡法度議論精微者,然根本之論或遺之。故終身所法,惟學我父而已。敬述所受,以爲自序云。

　　時大宋德祐五年,歲在己卯,正月十七日,三山菊山後人所南鄭思肖億翁自序。

咸淳集

三山菊山後人所南鄭思肖憶翁

題多景樓 時叛將劉整圍襄陽

英雄登眺處,一劍獨來遊。
男子抱奇氣,中原入遠謀。
江分淮浙土,天閣楚吳秋。
試望斜陽外,誰寬西顧憂!

逢陳宜之伯義

行李苦役役,相逢古潤州。
千金一夜醉,四海十年遊。
山靜鬼行月,宵涼人夢秋。
近聞邊事急,畎畞得無憂?

送友人歸

年高雪滿簪,喚渡浙江潯。
花落一杯酒,月明千里心。
鳳凰身宇宙,麋鹿性山林。
別後空回首,冥冥煙樹深。

越州飛翼樓

飛來絕頂上，流盼入無垠。
國土東南闊，山川今古新。
高樓臨白日，平地載青春。
直欲蓬萊去，因風問大鈞。

書懷寄孟耐翁 正傳

弓冶學不就，悠悠信所之。
坐看浮世夢，吟白少年髭。
樹冷巢營鵲，出晴角解麛。
睹茲歲又晚，而我獨何爲！

山中聞鶴

涼夜坐巖石，飛來白鶴鳴。
星流銀彈過，月碾玉輪行。
萬里思不極，一天秋更清。
欣然有所得，長嘯度蓬瀛。

遊觀音山懷鄉僧貴月溪

天地一閒人，孤雲自在身。
去來心不礙，語默意俱深。
山疊千層樹，花連四望春。
舊年同笑語，今日獨登臨。

重題多景樓 時逆賊劉整圍襄陽已六年

無力可爲用，登樓欲斷魂。
望西憂逆賊，指北說中原。
糧運供淮餉，軍行戍漢屯。
何年遂所志，一統正乾坤！

送人之官

爛醉擁貂裘，揮鞭跨紫騮。
客途寒色重，邊地月華愁。
旌旆開前道，江山指別州。
相逢俄作別，滄海一虛舟。

僧房夜坐

說到死生處，令人羨出家。
法身終不壞，濁世自無涯。
梵夾金銷字，經簾綵散花。
擁爐待月上，溶雪煮春芽。

聽 琴

洋洋盈耳間，一派水潺潺。
意不隨聲盡，心應與物閑。
宿雲穿竇出，飛鳥御風還。
卻喜無人識，支頤看遠山。

寄友人

御街暫分手，相憶兩相望。
生意隨春動，新詩入夢香。
九天饒雨露，一水貫蘇杭。
地控衣冠會，聲名日日彰。

別故人

拍馬又登程，餘酣尚未醒。
曙蟾消淡白，秋漢覆空青。
江走游龍勢，山蟠睡虎形。
飄零毋感歎，天地亦浮萍。

就泛省留別

歌聲送晚酒匆匆，頗快青霄志已通。
燈火幾年成舊業，文章今日試新功。
九天宮闕春城曉，萬國輪蹄輦路風。
每念蒼生受辛苦，願爲霖雨白雲中。

夏駕湖晚步懷古 吳王夏月車駕避暑之地

豈獨吳王事可憐，人生回首總淒然。
空嗟落日猶如夢，不記東風幾換年。
寶駕跡消前古地，菱歌聲斷晚涼船。
如今城郭都遷變，茅屋荒頹草積煙。

睡覺有懷寄王梅塢埈

向年治亂屢興懷，此日清閒獨把杯。
千古英雄人不見，一樓風雨夢初回。
空中變化觀龍見，世上淒涼誤鳳來。
須入山林了生死，莫將心迹付塵埃。

送人之行在

歌斷陽關奏暮笳，東風吹客向京華。
三更舟度淞江月，一路春連上苑花。
地逼星辰黃道近，山環宮殿紫雲斜。
茲遊歸計須宜早，莫遣相思夢遠家。

飄　零

飄零書劍十年吳，又見西風脫盡梧。
萬頃秋生杯後興，數莖雪上鏡中鬚。
晴天空闊浮雲盡，破屋荒涼俗夢無。
惟有固窮心不改，左經右史足清娛。

懷　歸

突兀高樓落照間，此身迥出俯人寰。
客心不逐年華老，詩興何曾月夜閒。
峽水流歸天際海，淮雲飛度浙中山。
杜鵑啼後歸舟發，只有春愁滿載還。

南山老松

凌空獨立挺精神,節操森森骨不塵。
半夜波濤驚鶴夢,幾番風雨護龍身。
心貞寧受歲寒變,氣老常涵古意新。
終見取爲梁棟去,紫煙空鎖碧磷砌。

卽　事

河朔杯多席莫逃,碧筒製酒飲兒曹。
雨餘地潤南風爽,秋近宵涼北斗高。
月下夢歸吳苑路,天涯心遠浙江皐。
靈均仙後無人怨,誰肯明時賦續《騷》!

訪隱者

石竇雲封隱者家,一溪流水遶門斜。
滿山落葉無行路,樹上寒猿剝蘚花。

春日登城

城頭啼鳥隔花鳴,城外遊人傍水行。
遙認孤帆何處去?柳塘煙重不分明。

春　詞

春氣暄妍御夾紗,玉釵雙嫋綠雲斜。
倚欄看遍庭前樹,儘是枝頭結子花。

懷 友

今日樽前忽憶君，爲憐秋事又平分。
坐來凝睇西風久，過盡天邊數片云。

春日遊承天寺

野梅香軟雨新晴，來此閑聽笑語聲。
不管少年人老去，春風歲歲閨闥城。

贈老王道人

曾宴瑤池王母家，瞳方鬢黑臉凝霞。
休將甲子來相問，知見蟠桃幾度花？

書蘭亭帖後

千載流芳禊事餘，鼠鬚筆法重璠璵。
晉人多喜清虛話，不及蘭亭一紙書。

湖上漫賦二首

蘚厓蒼潤雨初乾，石罅飛泉噴雪寒。
啼斷禽聲山更靜，青松影下倚欄干。

其 二

一望湖光鏡面平，暮鴉過盡斷霞輕。
狂來飛上高峰頂，趺坐松柯叫月生。

仙　興

跣足蓬頭炯碧瞳，劃然長嘯響天風。
千巖萬壑無人迹，獨自飛行明月中。

詠懷三首

讀書陋巷中，愚直與時忤。
一鶴仰天鳴，志不在塵土。
有懷諸葛公，默然不發語。
後世無斯人，清風激千古。

其　二

居屋雖不大，終日心閒閒。
口誦聖人書，立身仁義間。
俯仰無愧怍，茲道誠為難。
君子常進德，小人偷自安。

其　三

驅車欲出門，獨立眺虛曠。
恣意杯酒間，舞劍心悲壯。
雖在寂寞濱，心實千載上。
天地固寥廓，亦當定所向。

吳江垂虹雨後觀荷

睡龍瞪目開，射光馮夷宮。

翻身弄變化，噀水濕洪濛。

浪花卷寒雪，斜噴清冷風。

雨歇龍歸來，波心臥晴虹。

淨洗秋色出，霽景涵青空。

爍爍錦炫晝，新綠妬嬌紅。

濕香吹不飛，戀抱花心中。

醉面仰天笑，月照三吳東。

虎　丘

何年海湧來，霹靂破地脉？

裂透千仞深，嵌空削蒼壁。

山潤石乳甘，秋冷鐵花碧。

閶闔雲空愁，銀虎去無迹。

蛟龍鎮奇險，拱護梵王宅。

寄蕭梅初二首皆吾

韞匵玉未售，妄想夜生夢。

風霜鬚鬢醫，談笑氣㴖洞。

上天宮闕高，凡身血肉重。

顧影無其儔，一呼四壁動。

抱茲忠義心，慚與猿鶴共。

其　二

雁聲沓然來，壯心惕然躍。

委身坐枯靜，飛語訊冥漠。

曾學屠龍技，豈授龜手藥？

學成無所用，舉世亦錯愕。
孰云方寸微，天地入籠絡。
春闌花無邊，雨驟雲不薄。
不齊皋夔肩，當跨孤飛鶴。

觀　雪

吾獨愛觀雪，心與雪同色。
清興匝空朗，或語或時默。
李白有狂才，飛筆寫無極。
驚倒天上人，世間曉不得。

古詩三首

筆田不豐年，百巧皆畫餅。
宿火潛永耀，奚慕脫囊穎？
汲古飲玄味，至紗終身領。
虛懷抱空明，爽語吐清冷。
不將白日身，浪走紅塵影。
何當踏雲飛，始信驊騮猛！

其　二

醉歌京華春，行邁心搖搖。
孤雲未致雨，隨風南北飄。
王國天地極，斡運四海遙。
城中百萬戶，飛簷插紫霄。
傾金買諛噱，仰面氣宇驕。
不重讀書人，研苦坐寂寥。

我欲封綠章，天門高岧嶤。
豈抱浩然氣，長年而漁樵！

其 三

蒼蒼碧玉盤，烏兔東西趉。
一氣母群兒，各弄性情妙。
雷動蟄龍飛，天老哀猿弔。
俯首問洪濛，萬古一長嘯。

秋 歌

涼風捲地吹秋來，秋之爲氣何清哉！
紫簫露華浴萬宇，暑神欲駐難裝回。
今年舍我去者，二百二十有五日；
今日之後，誰使來日來相催？
琥珀滿巵，發越清奇。
萬物脆而易化，五官靈而多知。
一世之間，幾千萬人；
一人之心，幾千萬變。
碎裂神氣紛云爲。
液槁矣而告憊，氣翻然而相辭。
適之變化，不知其誰。
氣母一丸，空虛跳躍。
金浮木沈，老怪消鑠。
我之變化，亦不知誰。
蒼蒼茫茫萬萬古，玄瞳炯歘夜不瞀。
醉中喚秋與秋語，秋辭淒脆咽不吐。
忽欲騎鯨汗漫遊，海藏飛出白玉皷。

春謌

去年秋日作《秋謌》，今年春日奈春何？
往春疊疊疊萬古，來春冥冥春更多。
青皇旌斾開天衢，三八二十四頭蒼龍車。
大開東方宮殿坐，八荒之內交相賀。
紅紫茸茸爛如纈，回首柳花撲晴雪。
造物弄人祇片時，弄死世人人不知。
我心清泠湛無邊，流光涒洞先天先。
前身本在未鑄日月前，黃面瞿曇、長耳老聃，
乃吾無量劫後之孫，後身復現。
搉碎虛空後，當知所南先生爲無量劫前之祖。
人生精魄假合舞，幻妄紛如氣丸趂塵土。
偶然而來托爲形，飄然而去若無主。
今日之今，霍霍詡詡；
少焉矚之，已化爲古。
胡爲墮影黃泗浦，獨坐脩然看春雨。
山蒼蒼，水茫茫，百歲劫劫太極長。
我來濯形白雲鄉，大笑世上生顚狂。
醉筆作歌字不訛，宛然蒼蛟老蠥勢相挐。

琴女行并引

有鄰家女，歲未笄，黠兮容。鄙舊習之汙耳，慕古意於無窮。皷幽寂兮曠宇生風，孤思貞潔兮月走碧落之方中。於是時兮，身若不肉，泠然飛仙。遺雜響於眾聽，拖孤清而獨妍。彼冰雪之潔兮，奚顧芬菲兮春而爭憐？輒引而賦：

嫦娥開殿當高青，白光染夜生空明。
望中泠泠瑩如水，碧透肉鏡雙瞳子。

窄袖籠春玉筍嬌,援琴一鼓秋瀟瀟。
瑤池女子旨趣別,紫清吹下太古雪。
雙鬟翠膩綰香霧,臨風欲控青鸞羽。
應悔思凡謫塵土,長向花前憶王母。

遇秋澗

靈襟吐洩山川秀,擒勒造化歸雙手。
玄雲飛雨破青空,聲動萬象鬼神走。
我昔先人游荊州,曾同君醉江漢樓。
手提明月入口吞,足踏清風跨海遊。
于今二十二年後,古吳國中相邂逅。
先人雖負一代名,不似先生今白首。

雪中醉題

玄雪冥冥凝不飛,朔雪灑灑晴還落。
水神恣意弄奇怪,宇宙一白陰風惡。
南州客子心飄飄,狂發長歌破寂寥。
醉中瀏亮金石聲,精神秀發意氣驕。
故人睨目嗔我怪,撫掌大笑群兒駭。
我家萬卷列中堂,古人顛怪皆曾載。
須臾酒醒那得知,索紙落筆蛟龍飛。
明曉火輪飛出海,來看壁上新題詩。

前雪歌

玄冥玄玄玄又玄,一夜一尺平堦前。
故現幻化瞞俗眼,忽變境界爲神仙。

彌望潔淨失汙穢,與世坦蕩忘歊偏。
混沌有影晝短短,穹窿無縫雲懸懸。
慢飄如倦欲止歇,斜灑似舞爭便嬛。
萬物根蔕不可見,數筆圖畫安能傳?
詩戰素手白相敵,酒潮赧臉紅不鮮。
老龜縮殼息飲氣,臥龍哆口寒凝涎。
木帝捨暖施下土,火精飛馭行中天。
須臾被野盡錦繡,四望四野春無邊。

後雪歌

不知今日是何年,忽然生白照無邊。
全體瑩淨妙無象,還我太極未分前。
開口大笑說不得,一日一夜獨自顛。
與君同此光明域,有辭難鑄玄中玄。
醉吐大語吞六合,前古朽言無光鮮。
浩然之氣開虛空,舉頭渺渺皆青天。

歲旦登萬佛閣觀雪

赤腳踏上萬佛頂,全身坐斷清淨境。
見大光明徧法界,不見三千大千影。
一時八面俱玲瓏,諸塵諸相本無蹤。
色不是色空不空,瑩然塞破虛空中。
怪見此番寒徹骨,無中弄得光芒出。
驀地省得大年朝,卽是正月初一日。

大義集 德祐初年乙亥十二月初二日寓吳陷虜，時我年三十五

景定詩人三山所南鄭思肖億翁

自　敘

　　予幼好吟，長而尤苦於吟。自景定以來，至咸淳五年，所作極多。離亂之際，併所著散文盡失之，今記憶者惟詩五十篇，目曰《咸淳集》，姑存舊也。厥後數載，竟不作，欲夭其隱。德祐乙亥冬，有不可遏之興，時輒作數語，以道胸中不平事。至於丁丑歲，擇七十篇，目曰《大義集》。每一有作，倍懷哀痛，直若鋒刃之加於心，苦語流出肺腑間。言之固不忍，然得慷慨長歌，雖暫舒氣，終則何如？嗚呼痛哉！堯舜之聖，非吾君也；況於湯武乎？又況於非湯武者乎？三宮在北，二王在南，撫卷一慟，天回日低。天乎天乎，其果無知乎？九州名山大川，頗有磨崖石，日泚筆以俟大書特書焉！願與我以時，卒不悖於我先君子之所教云。

　　時大宋德祐五年，歲在己卯，正月廿一日，景定詩人三山所南鄭思肖億翁自序。

火　德

　　火德續正統，東南氣運昌。
　　雒京都赤帝，《魯史》筆天王。
　　八極開清曉，群星避太陽。
　　謳歌今有在，曆數永無疆。

德祐二年歲旦二首 時逆虜未犯行在

力不勝於膽，逢人空淚垂。
一心中國夢，萬古《下泉》詩。
日近望猶見，天高問豈知？
朝朝向南拜，願覩漢旌旗。

其 二

有懷長不釋，一語一酸辛。
此地暫胡馬，終身只宋民。
讀書成底事？報國是何人？
恥見干戈裏，荒城梅又春。

我 生

我生逢叔世，凡事倍辛勤。
漢鼎亂猶在，胡笳愁不聞。
好花嫌朔雪，回鴈避南雲。
無奈浩然氣，臨風歌古文。

春雪中作寄蕭梅初 皆吾

春來頻下雪，彌望漲癡陰。
無地可容足，有天能見心。
峨冠甘虜笠，正語化蠻音。
何日得隱去，深山深更深！

寫憤四首

天命尚屬漢,大夫空美新!
三宮猶萬里,一念只孤臣。
淚盡眼中血,心狂夢裏身。
勿云今已矣,舉首卽蒼旻!

其　二

未能歸趙璧,我不厭干戈。
萬古青天在,三年白骨多。
春風仍歲月,世界自山河。
寧忍委國難,飛身入薜蘿?

其　三

北虜昔深入,東甌亦未曾。
江山能幾戰,風雨廢諸陵。
雲盡喜天出,宵殘願日升。
蒼蒼今愧禍,讖應兩中興。

其　四

不信夜不曉,哀哀鎖暗蠻。
鐵城蹲敗土,時虜人悉平所得州郡城郭。
　　　　　　　錦國漲腥塵。
草泣荒宮雨,花羞哨地春。
少焉開霽色,四望一時新。

贈　僧

澹然無所著，暫走世間塵。
羅漢來東土，將軍現後身。
語香清淨法，心苦亂離春。
曾得拈花意，縱橫變化新。

獨　釣

高興一絲在，清風萬古長。
不爲周呂望，願似漢嚴光。
天下皆秋雨，山中自夕陽。
後來有孺子，終久辨滄浪。

書前後臣子盟檄後

死亦烏可已，丹心闢大猷。
恭承父母教，用剪國家讎。
日破四洲夜，天開六幕秋。
終當見行事，不與世同流。

墨　蘭

鐘得至清氣，精神欲照人。
抱香懷古意，戀國憶前身。
空色微開曉，晴光淡弄春。
淒涼如怨望，今日有遺民。

曉　晴

雨晨輝朗霽，一碧湛無垠。
草木新容淨，林巒遠意分。
海生東出日，天散北飛雲。
卻喜風猶競，微涼透夏薰。

晚　晴

落照開空霽，明霞映水鮮。
乾文懸造化，土脉潤山川。
白滿重圓月，青還不翳天。
定鐘聲更微，通昔喜無眠。

此　心

此心期不變，曾灑血爲盟。
舉世無人識，終年獨自行。
海中擎日出，天外喚風生。
淨盡去雲霧，重開白晝明。

卽事八首

舉頭雲蒼莽，何以喻吾懷？
白眼世無偶，青天路可階。
湘蘭終戀楚，吳橘不踰淮。
龍臥未雷雨，池塘空沸蛙。

其　二

棲遲破屋下，書史自徜徉。
道不嫌清苦，人皆笑獨狂。
晚花虧雨露，老樹慣風霜。
莫望閶門北，愁雲天外長。

其　三

一說乾坤事，無愁鬢亦斑。
心飛空闊外，身墮亂離間。
日落經何國？雲歸識故山。
憑誰扣冥漠，天道幾時還？

其　四

佯狂全性命，守死混樵漁。
道否懷才老，心高涉世踈。
掌中籌地理，燈下論兵書。
愧我非諸葛，何人顧草廬？

其　五

山川不可望，荒草苦何深！
故國英雄淚，終身父母心。
清池函瑩玉，落玉墮圓金。
休問愁多少，芳年雪上簪！

其　六

薰風吹不透，熱惱苦無涯。
時異生深恨，雲飛動壯懷。
醉談天下事，清坐月中階。
此意有誰解？兒童自聽蛙。

其　七

大地盡戎馬，皇皇奚所之？
此身猶夢裏，無處問天涯。
鳥影驚飛彈，蟬聲避過旗。
願言仍舊貫，生死太平時。

其　八

獨閉衡門坐，無言意極長。
赤心懷趙日，綠鬢染吳霜。
火正當陽地，風來自午方。
連宵驗天象，心宿炳明堂。心宿、明堂，古宋分野。

宿半塘寺

一襟清氣足，此夜豈人寰？
醉影松杉下，吟身風露間。
秋懸當殿月，雲宿近城山。
明發騎鯨去，飄然不可攀。

對雨有懷

世道忽翻覆，愁來痛徹心。

腥風行殺氣，淫雨哭秋陰。

虜睨朝廷璽，官空帑藏金。

妃嬪今草地，宮髻淚中簪。

次　韻

冥迷江樹外，一鳥破雲還。

雨雪乾坤變，干戈筆硯閒。

命于時不偶，心與道相關。

終見二三月，花邊展笑顏。

自挽德祐乙亥臘作

堂堂男子不封侯，與命爲仇死未休。

陷虜有歌春夢斷，哭天無地夜魂愁。

九清風露極玄處，萬古虛空自在遊。

痛恨莫能生報國，從今陰隲溥南州。

一　旦

一旦蒙塵朔漠行，杜鵑哭破舊冤聲。

金杯暫飲胡瓶酒，玉鉉誰調御鼎羹？

故國夜長天正晦，離宮春盡草初生。

小臣有誓曾銘骨，不到神州不太平！

偶成二首

劍氣熒熒夜屬天，忍觀禾黍廢蒼煙。
夢中亦問朝廷事，詩後唯書德祐年。
花柳有愁春正苦，江山無主月空圓。
如今好棄毛錐子，望北長驅馬一鞭！

其　二

曾受家傳究典墳，自期不與俗人群。
君臣位亂綱常在，父母恩深生死分。
霽日行空鎔積雪，長風吹曉淨殘雲。
坐令世上春光好，長使桃花笑臉醺。

答

語聲帶咽吐新詩，微骨喞冤痛不知。
報國心惟憂漢賊，讀書人肯學胡兒？
劍攜入手霜三尺，鏡掛當胸月一規。
終久難磨天理在，匪伊談笑定時危。

鴈足

鴈足冥冥未報歸，此心裂碎有誰知？
一懷憤悶心喞苦，兩鬢鬅鬙髮倒垂。
醉後愛歌諸葛表，生來恥讀李陵詩。
喜吾筋力猶強健，願爲朝廷理亂絲。

次韻三首

百歲光陰十過三,故山路梗夢中還。
看來身在終爲累,悟得心空始是閒。
幾度踏雲歸草屋,有時臥雨掩松關。
人間轉盼皆陳迹,何必長生久駐顏!

其 二

活計煙波羨謝三,醉眠釣艇去仍還。
爲憐死者今何在,笑殺忙人不識閒。
燭影欲殘登夜榻,皷聲未絕啟晨關。
匆匆役役塵中走,一見青山一動顏。

其 三

花前歡笑憶春三,何故東君尚未還?
一寸心中千種事,百年世上幾時閒?
虜遷玉帛猶歸市,馬犯金湯卽棄關。
生怕朔風吹下雪,飛來點鬢妬紅顏。

古 時

古時明月碧霄間,曾照鸞輿幸蜀還。
御座乍空三殿遠,朝儀暫歇六更閒。
馬屯腥霧形埤壞,鶯哭冤春玉戶關。
苦是年年歸舊燕,遠簷偷語問龍顏!

補夢中所作

夢作一絕，覺而遺首兩句，"君王"二字夢中作"中原"二字，嫌其忘於本朝，改而足之。

鴻雁流離夢亦驚，滿懷淒怨足秋聲。
此身不死胡兒手，留與君王取太平。

聞陷虜宮女所問

塵汙宮粧粉不香，死生魂夢只昭陽。
一逢人自南來者，垂淚殷勤問二王。

題陶淵明集後

拂袖歸來未是遲，傳家何用五男兒？
不堪生在義熙後，眼見朝廷被篡時。

秋　雨

雲滿長空雨滿山，淒淒風色變新寒。
夜來白帝將秋去，萬樹淋漓哭不乾。

逢故人

曉路雲埋撥未開，霜風空老棟樑材。
平生不識悲秋事，今日白頭何處來？

秋　成

秋成田里自人煙，刁斗聲中又一年。
王莽貨泉成底事？東都仍用五銖錢！

北　望

紫塞風高直北秋，黃河水自向東流。
穆王御馬還宮日，海內封疆只屬周。

南　望

南陽遙望見春陵，殘雪初消霽日升。
鬱鬱蔥蔥有佳氣，漢家天子必中興！

匈　奴

匈奴殘破漢封疆，江北江南盡戰場。
若問生靈誰是主？如今天子又康王！康王，本朝高宗皇帝。

絕句十首

羊裘獨釣浙江湄，百姓哀哀苦亂離。
但得漢家鴻業在，莫愁光武奮身遲。

其　二

目斷秋江欲暮時，天邊落葉弄愁飛。
翠華幸北平安信，只願新鴻帶得歸。

其 三

玉輦愁經草地腥，酸風頻捲馬頭塵。
我朝三百年忠厚，不信山河屬別人。

其 四

閶門城外水涵空，鴈影淒涼落照中。
一望秋風數千里，不知何處是行宮？

其 五

草木恩深雨露餘，公卿環列漢庭居。
一朝投閣千年笑，卻是揚雄不讀書。

其 六

一葉飛秋萬樹寒，行吟憔悴倚欄干。
淵明只憶晉朝事，滿眼黃花淚不乾。

其 七

銀漢斜傾玉漏殘，釵蟲熠熠照清寒。
最憐今夜下弦月，一半婆娑樹不完。

其 八

駿笠氈靴搭護衣，金牌駿馬走如飛。
十三門裏秋光冷，誰夢朝天喝道歸？

行在十三門。搭護，胡衣名。金牌，胡爵。

其　九

西風滿路奈愁何，昏皷聲中厭北歌。
菱藕市空燈火斷，一城秋怨月明多。

其　十

子夜神遊碧落間，群仙飛語下人寰。
上天深念蒼生苦，特勒三宮聖駕還。

五忠詠

制置李公芾
公之忠義最烈，古未有之，所聞未及其詳，故未敢書。今虜亦祠祀之矣。

舉家自殺盡忠臣，面仰青天哭斷聲。
聽得北人歌裏唱："潭州城是鐵州城。"

丞相李公庭芝
公受刑後，書吏夏澂冒險白於虜酋阿朮，丐公之屍，斂棺葬於揚州堡城司空廟
後。人皆危之。澂亦義士也！

大駕迢迢已北行，淮南猶守九州城。
只謀渡海南歸國，不意忘軀博得名。

察使姜公才
公至死罵賊不絕口，且劇口罵夏貴。李公庭芝爲淮東制置，姜公爲制置府都撥
發官。凡李公得堅守淮東、死爲忠臣者，皆姜公之力也。

殺氣盤空白晝陰，始終不變似精金。

直疑碧落三更月,來作將軍一片心。

都統王公安節

節使王堅之子。在常州與賊戰,所部三百軍皆陷,公雙刀孤戰,殺賊不計數。賊嘗擲示十萬戶金牌與之,不受,口則罵,手則殺,以馬失利而死。虜賊咸稱其能死戰也。

健兒三百陷胡塵,匹馬孤騰勇過人。
至死執刀唯罵賊,自言不作兩朝臣。

隨駕內嬪某氏

隨駕北狩內嬪某氏,虜酋屢欲犯之,以其吐語貞烈,竟不可得。乃書於裙帶上曰:"誓不辱國,誓不辱身!"遂自經於虜館。死後爲虜人分臠其肉食之。

玉殿辭春陷馬塵,忍將疆穢汙貞身?
能行男子難行事,羞殺朝中投閤人!

寄同庚友

淳祐初年同下生,已經三十七番春。
此身雖墮胡塵裏,只是三朝天子臣。

即 事

旅瑣曾聽月下猿,至今觸事即愁端。
北風昨夜無情甚,又作冬來一信寒。

小春花

天地無情正北風,飛鴻哀咽亂雲中。

此時縱使開千樹，不及東皇一點紅。

對菊四首

天風吹古秋，獨立殿寒馥。
我父昔愛之，終身不忘菊。

其　二

受命太極前，立身晚秋後。
一朝揚清香，名動天下口。

其　三

日月雖云逝，山中秋自香。
平生抱正色，誰怕夜來霜？

其　四

三逕今非昔，多愁老此身。
誰知陶靖節，只是晉朝人。

陷虜歌德祐乙亥十二月廿八日作。又名《斷頭歌》。

德祐初年臘月二，逆臣叛我蘇城地。
城外蕩蕩爲丘墟，積骸飄血彌田里。
城中生靈氣如蟄，與賊爲徒廿六日。
蚩蚩橫目無所知，低面賣笑如相識。
彼儒衣冠誰家子，靡然相從亦如此？

不知平日讀何書,失節抱虎反矜喜!
有粟可食不下咽,有頭可斷容我言。
不忍我家,與國同休三百十六年。
閱歷凡幾世,忠孝已相傳。
足大宋地,首大宋天,
身大宋衣,口大宋田。
今棄我三十五歲父母玉成之身,一旦爲氓受虜塵。
我憶我父教我者,日夜滴血哭成顛。
我有老母病老病,相依爲命生餘生。
欲死不得爲孝子,欲生不得爲忠臣。
痛哉拊胸叫大宋,青青在上寧無聞!
自古帝王行仁政,唯有我朝天子聖。
老天高眼不昏花,盍拯下土蒼生命!
忍令此賊恣殺氣,顛倒上下亂綱紀?
厥今帝怒行天刑,一怒天下淨如洗。
要荒仍歸禹疆土,四海草木霑新雨。
應容隱者入深密,歲收芋粟供母食。
對人有口不肯開,面仰虛空雙眼白。

狂　歌

一笑識破天地根,隨意變化易其名。
俯御三十六天頂,主宰一氣生群生。
倏歘有怒行號令,億兆雷鼓轟天聲。
勅噀龍口數滴水,淨洗世界泠然清。
推出火帝照寰宇,萬萬萬世長光明。

中興集卷之一 己卯夏後至庚辰八月所作

景定詩人三山所南鄭思肖億翁

自　序

　　夫詩也者，心之動也。其動維何？因所悅、所感、所憂、所苦觸之爾。一動之天，多事之源也。苟知動而無動，則不爲動之所動矣。今八荒翻沸，山枯海竭，身於是時，能無動乎？夫人之生，性於天之清明，形於地之重厚，我主乎其中，天地萬物莫不俯首爲賓，是我之所得者甚大也；奚自小之，乃不君其君，外走逆亂之區，盲其主，反臣於賊求活焉？惡俗滔滔，爲江爲河，不可禁止，傷如之何！我雖無知，寔不敢與賊走而俱化。故哀痛激烈，剖露肝膽，灑血誓日，期毋渝此盟。五六年來，夢中大哭，號叫大宋，蓋不知其幾。此心之不得已於動也！夫非歌詩無以雪其憤，所以皆厄挫悲戀之辭。我之所謂詩者，非空寄於言也，實終身不易之天也，豈徒詩而已哉！澤畔孤吟，鬼然其形，心乎一脉之生，眇然千冰萬雪之下，微微綿綿，不絕若縷，窮陰戮力殺之，終不可得而殺。此一脉之生，將大而爲天地萬物生生無窮之生也歟？以天道人事驗之，中興迫矣！故曰《中興集》。

　　時大宋德祐六年，歲在庚辰，四月十五日，景定詩人三山所南鄭思肖億翁自序。

黃河清 幷序

　　近有南人自北歸，紀之於籍云：某日渡河，土人謂丁丑歲四月黃河清，戊寅歲十一月又清數旬。古語曰："黃河清，聖人生。"吾，大宋人也，知大宋而已，然則中興有日矣！獨惜夫人之生於唐末年者,歷五代八姓五十五年,至國初僅七八十歲,首尾生死於唐宋之間,爲七代之民,何重不幸耶！爲馮道者比比皆是。我宋豐水有芑之仁,陶化斯世三百年,彼忍哉！彼忍哉！今黃河清矣,汝輩何所逃乎？吾謠之曰:"黃河清,大宋中興,天下太平。"故作《黃河清》詩曰:

> 丁丑戊寅歲,黃河兩度清。
> 但教大宋在,卽是聖人生。
> 互古理不泯,中天日轉明。
> 這番戡定後,世世永休兵。

自題大義集後

> 長夜漫漫發浩歌,生民塗炭果如何！
> 中興車馬修攘在,變雅君臣廢缺多。
> 赤幟開明新日月,青氈恢拓舊山河。
> 誓崇忠義誅姦逆,田海雖遷志不磨！

郊行卽事四首

> 一變太平業,民生若失巢。
> 乏牛耕瘠土,多馬壞荒郊。
> 花圃半栽菜,穀田今長茅。
> 幡然欲深隱,遠與世相抛。

其　二

> 五年前事別,一說淚滂沱。
> 帝業雖遷鼎,人心未倒戈。
> 日光疑白晝,天影愧清波。

背立官塘路，風前慷慨歌。

其　三

癡立若忘歸，欲言還又訥。
時危恐懼多，國破繁華歇。
黃葉辱吳山，綠蕪欺魏闕。
兩峰流水聲，偷哭漢宮月。吳山在行在大內鳳凰山側。

其　四

雲禁江城晝色陰，可憐寂寞讀書身。
風霜虐命四五載，雨露潤民三百春。
鴈落愁聲唯送淚，馬馳怨迹豈成塵。
如今不獨桐江上，新著羊裘又一人。

觀顏魯公帖

吾拜《魯公帖》，凜然氣如生。
終身大唐臣，千載名崢嶸。
愧彼今之人，獸心蠹天經。

苦懷六首

我行荒野間，風埃苦浩浩。
嗟汝後生者，惟恐不見老。
世事如霜木，顏色盡枯槁。
愁來不卽死，反為命所惱。
今人眞小兒，語話尚癡倒。

不辨親與讎，得食即爲好。
焉知父母心，茹痛傷懷抱！
難報三春暉，滿地皆芳草。

其　二

滔滔流波瀾，百川俱頹靡。
競美呂望貴，獨欠伯夷死。
小恩尚思報，大義反忘恥。
國家三百年，果何負於爾？

其　三

南山一何高，支脉遠不斷。
巉巖峰巒間，松柏蒼翠滿。
面陽地力盛，萬物發新暖。
我欲飛至之，惜哉羽翮短！

其　四

昔爲天上雲，今作地下塵。
跣足屢哭懊，痛惜六尺身。
父母生我時，教我爲賢人。
生得男兒骨，一死亦精神。
疇謂迫中年，墮影濁水濱。
踽踽走殘命，語颯氣不伸。
固知復繼剝，霜雪天地仁。
願得一脉暖，散爲天下春。
援手水火間，以道拯斯民。

俾知尊卑位，萬世不湮淪。

其　五

我命而爲人，形異禽獸生。
所以異者何？不越綱常行。
斯道如日光，千古同一明。
胡爲舍白晝，摘埴塗冥盲？
伯夷聖人遠，雙瞳空晶晶。
悲風吹語斷，天闊青山橫。

其　六

古人立志高，爲義不爲己。
今人所見卑，獨爲貧賤恥。
不義富貴生，寧以餓而死。
遺體非不重，所懼悖於理。
我稟清淑氣，生而秀爲士。
讀書三十年，頗知六經旨。
質之以人道，所言皆如此。
奚乃滯風塵，爾汝弄歡喜？
浙山高蒼蒼，浙水清瀰瀰。
三歎動遐思，清風響兩耳。
暫焉深隱去，長鑱訪園綺。
敬俟時之清，終其天倫爾。

己卯十一月朔又夢食梅花夢中作

鴈字高高兔國斜，濕光飛露沁流霞。

狂來清興不可遏,喫盡寒梅一樹花。

遣興二首

獨笑或獨哭,從人喚作顛。
生惟嗜食菜,貧亦恥言錢。
清興遊空外,孤愁抱日邊。
所憂無別念,鴈又犯南天!

其　二

傳家曾受《易》,所得亦良深。
古今豈二道?死生惟一心。
顛風掀曠野,癡雪厄寒林。
不改隱居操,扃門自鼓琴。

送僧遊西湖歸永嘉

大地瘡痍痛正新,南歸不避雪紛紛。
柳邊人憶一湖錦,松下僧閑九里雲。
熟路有緣家易到,空經無字世難聞。
菖蒲澗水濯雙足,鴈蕩山巔曝夕曛。

結交二首

鳳鵰同爲禽,麟虎同爲獸。
以彼善惡殊,致令分去取。
惡者僞以善,惑世不可究。
唯在行事間,以理觀於久。

或不近人情,避之如避臭。
君子重結交,芳名垂宇宙。

其　二

《伐木》義不古,僞敬溢顏面。
交接無眞情,面是背乃變。
疎則易爲恩,密則將成怨。
當學晏平仲,終始保相見。

隱居謠

布衣暖,菜羹香,
《詩》《書》滋味長。

醉鄉十二首並序　醉鄉箴附

余偶得《醉鄉》題,忽興動,累十二章,不其泛乎?素不能以酒醉於醉鄉,乃以詩醉於醉語,是亦眞醉於醉鄉矣。或曰:君兩年來不作詩,今何爲而作耶?曰:予今不求人詩,亦不與人詩;人與詩亦不受,人求詩亦不與;不倡以先之,不和以從之。執是數者已確。或意惰累年不作,或興動一日數作,皆天吾天而已。或鄙之,亦不辭。

破得愁城了,仍還太古風。
渾然無事國,不與世相通。
地邁華胥外,天歸混沌中。
蠢哉蠻觸氏,苦死角英雄。

其　二

狂藥蜕凡骨,疑來別一州。

形骸閒若棄,風壞曠無憂。

屢有聖人至,徐邈曰:"酒之清者曰'聖人'。"

難同惡客遊。元結曰:"不飲者爲惡客。"

所交惟陸謫,唐子西有《陸謫傳》。落魄老菟裘。

其　三

盎然非世境,樂意渺無垠。

暖骨通僊處,寒冬能幻春。

眼空天亦小,心淨月逾新。

昔者李太白,於茲竟瘞身。

其　四

太和國土裏,風味極清柔。

意外竟忘世,胸中不夢秋。

日蒸春氣湧,地漾水光流。

此卽神仙窟,何須更十洲?

其　五

獨到至樂處,于于自在行。

身心全去礙,骨肉若通明。

劫外冥天地,空中一死生。

卻觀凡世界,眇爾幻漚輕。

其　六

誰居此域作生涯? 偏許劉伶畢卓家。

屋影空空天渺溔，燭光閃閃地橫斜。
春紅軟玉穎衣樹，秋碧流波漾纈花。
接壤或通三島路，任他苦海事如麻。

其　七

萬里和風眼底回，陶陶樂土隔飛埃。
暖浮花思春初透，紅漲霞紋潮正來。
長駐童顏驅老去，不教玄鬢受愁催。
舉頭閶闔手能摸，更欲乘風過九垓。

其　八

風物清妍地不塵，一天無盡四時春。
此中正屬忘懷境，來者多應避世人。

其　九

紅潮初上玉船空，假道青州一水通。
相去塵寰千萬里，不愁日夜不春風。

其　十

大哉春宇，溫厚凝聚。
靡有沍寒，暖於吹煦。
厥俗孔洽，恬無憎妒。
高陽之徒，歷年熟路。
惟楚屈平，欲來莫赴。
我至是邦，妙莫能喻。

至和滋形，神與天遇。

載朗笑詠，金玉《韶濩》。

至清之氣，噓呵風露。

喜若悟道，默契玄趣。

陋彼市朝，喧隘弗窊。

願我遐年，克壽厥寓。

其十一

天道何冥冥，委形闢空杳。

曠劫土坦平，沖氣藹雲杪。

不入禹封疆，拓地八荒表。

空洞無邊涯，一切境界小。

骨柔春香濃，目紺夜光瞭。

洪荒上古前，命不焉愁勦。

卑哉蒼生愚，役心顏貌愀。

窬猴狂搖搖，野馬走擾擾。

髓竭沖融膏，渴命竟枯夭。

奚不來此邦，軟坐廓幽眇？

刳刷膏肓俗，滌濯肺腑皎。

騁駕無可遊，一生事足了。

其十二醉鄉行

窮冬驕寒凍地裂，北望朔方常下雪。

五臺積古雪不消，鳥獸毛氄結凍血。

江南昔有酒如澠，蔗漿麟脯相憑陵。

朝廷有道四海清，既醉《鳧鷖》歌太平。

九土夜市徹天明，樓紅陌紫喧簫笙。

豪氣一飲一千鍾，喚得國裏春風生。
千金少年百花眼，左右捧擁上天行。
戰鼓聲多瓦欲飛，從此百姓無寧時。
龍遭鱔舞鼠變虎，恣意反覆弄風雨。
如今寂寞不救飽，髑髏眼睛生秋草。
空欲拍弄百斛船，莫羨釀來曝背眠。
何如我入壺中遊，喝雲開破天外天。
翠錦幃幕車渠土，八面雪白淨無煙。
水王雙闕瓊膏塡，使得五行顛倒顛。
坎離媾春中央宮，俯現摩醯王王仙。
手執乾坤萬化柄，斟酌混沌殼中髓。
嚥得半掬碧色雲，夙根無明百雜碎。
萬緣俱空恬無爲，四肢馥郁紅玻瓈。
自然氤氳太和身，融融洩洩先天春。
形化爲氣輕於霧，飛御慈眄福下土。
金相朵朵鮮綠雲，花氅綵衢跨空住。
八十一天開玉殿，天天互透長生路。
憨湧醴泉雨甘露，孕牛產麟鰐蛟舞。
九苞鳳凰對舞鳴，鈞天清戛雲璈音。
勑取龍猛大士藥，西土龍猛大士有藥，能點大山爲金，相傳今尚有龍猛金焉。
盡點大地變黃金。
嫦娥搦弄團圓雪，抛向下界懸作月。
銀光倒潑白泠明，笑吻霏霧飄香冰。
戲擲火丸煎海乾，珊瑚萬樹紅斑斑。
抱出懶雨活龍帝，拔鬚癢鼻激噴嚏。
鼻氣環空掛白虹，垂脚東貫大荒東。
八八翠衫蓬萊兒，舞撒寶花雙逶迤。
千丈白眉老神翁，前導萬從開天倪。

徑出盤古頂外行，劫風浩浩空掀轟。

呵暖爲春吸爲冬，濁世甲子刹那中。

數數老松化石了，籤鏗小廝半刻天。

我之大醉八萬四千歲，小醉三千六百日。

世上幾回漢與唐，苦於爭戰悲獼猴。

萬國黔首行飯囊，鬼貌藍色心茫荒。

狹步躗蠪蠷埃裏，蜉蝣拜天祈壽長。

氣濁罄欬不清響，啾喎碎聲群爭攘。

生來不識快活國，紛華外勝奪心王。

晝夜火燒菩提樹，背井索水喫且僵。

哨地荒年苦命活，饐餢戚施瘡痍傷。

貧者逼迫富者狂，一窪血氣六賊戕。

眼望天上金銀落，疊瓊架屋鐵築墻。

莫知仁義爲何物，冷笑詩書今不香。

沉酗私欲反爲醒，嫌說青山白雲人。

群昏鼾駒搖不覺，強語以道必生嗔。

忽笑大笑休休休，回視若輩愁如鱗。

揮手長揖永相謝，千劫萬劫逍遙遊。

醉鄉箴並序

　　君子之至是邦，庸以養恬；小人之至是邦，適以滋亂。此鄉坦夷，厥土惟清壤，九州之地弗及之，故其人物皆有士君子之行焉。彼之游泳道涯，入於無量之域，雖忘形骸，禮而不亂，身其景福，樂之於內，居之久而安；或失其道，瀆常經，鼓洩其蘗氣，見之於外，卒莫寧處，非醉鄉本俗也。雖然，亦足以別君子小人歟？後之入國問禁者，其審於是！箴曰：

　　　　維人之生，所主者德。
　　　　瞿瞿良士，藹然溫克。

其天其游,養和於默。

勿爲氣奪,遷其常則。

爾敬爾身,天命難必。

罔越乃行,終其永吉!

德祐六年歲旦歌庚辰歲

天運無情歲事新,大寶虛位孤王春。

晝出唧恛夜夢哭,皇皇五載臣無君。

南望二王未駐蹕,北億三宮猶蒙塵。

祅祲蝕日地軸折,冤氣上騰霾蒼旻。

百姓茹苦痛徹髓,大事未定焦如焚。

我寧久處避悶中,遽忍終死爲逆民!

大哉父母之遺體,與生俱生仁義身。

天煉精金鑄我心,上籀"忠孝"兩字文。

痛憶我君我父母,眼中不識天下人。

不變不變不不變,萬挫以死無二心!

醉喝海嶽尚翻動,不信不滅犬羊群。

或謂逝水不可復,叱我癡忠空愁顰。

焉知漢絕十八載,光武乃興舂陵兵?

卽此一語斷世事,仰面再拜淚如傾。

西漢絕於平帝元始五年乙丑歲,至王莽五年壬午歲,光武於舂陵起兵,乙丑至壬午恰十八年。至乙酉年光武始立國,改建武,乙丑至乙酉相去二十一年,東漢始興。詳見《漢史》。今曰《德祐六年歲旦歌》,乃《祥興二年歲旦歌》也。太歲則庚辰也。南國正統,在天一涯,亦未嘗間斷焉。我陷虜雖六年,其實則德祐之民,故曰《德祐六年歲旦歌》。心愁欲絕,目掛空碧,滿腹不平氣,何時遂於一吐耶?杯酒光風霽月之下,相與歌吾《德祐六年歲旦歌》,吾之願足矣!或疑"不不變"三字,蓋痛切語殺之辭,非謂不能於不變也。

苦 雨

霖霪厄晴光，胸臆堆悾惚。

魍魎嘯陰風，砭中肌骨痛。

物象各憂囚，坤輿一湏洞。

死禁朝陽升，私竊陰權弄。

我剖一寸心，灑血聲大慟。

叫天開光明，晝夜永不霽。

勵志二首

炎正遭中微，冠屨紛倒置。

四壁皆楚歌，獷鬻何凶熾！

萬命墮荊棘，身與豺狼值。

攢眼刺荼毒，地無隙可避。

君子餓欲死，爲時所唾詈。

白晝行夢中，更相問憔悴。

我蟄茅茨下，有生痛自愧。

寒燈弔老影，惻惻不遑寐。

憂抑迸填膺，反覆論此事。

嗣君尚幼沖，屬階誰所致？

權奸弄破國，珠玉亂走地。

曾謂頃刻間，一蹶失神器。

風沙犯天顏，生死一葉寄。

勢去若瓦解，哀告不可譬。

太廟櫪胡馬，太學巢胡吏。

殿閣奏秋涼，群群走魍魅。

淒風吹宮花，春不肯明媚。

哀笛破深愁，滿目新亭淚。

我朝聖明君,一一皆善治。

涵育三百年,豈無忠義士?

我讀我父書,頗曾識大義。

無以死恐我,死亦心不二!

殘生齧膽檗,氣怒頻裂眥。

或時坐如死,突眼嗉相視。

先王澤未泯,中興斷可冀!

仰呼籲不平,挺身攄大志。

四方皆風動,德化仍漸被。

《春秋》生殺權,華夷有定位。

後有董狐筆,當嚴於載記。

爰以明人倫,永使勿顛墜!

其 二

大哉天地經,森然不可踰。

聖人治天下,綱常安厥居。

誰謂遭大變,干戈血模糊!

天地忽破碎,虎狼穴吾廬。

毒氣孽萬物,草木俱焦枯。

我為國之臣,於義當捐軀。

受死不為痛,國家終何如?

念此迫我心,萬劍裂肌膚。

骨腐尚啣冤,且為國家圖。

鬼神果有知,聞之亦欷歔!

春日偶成五絕

山塘遊舫接荒城,縱有笙歌耳不清。

深憶國家無事日，人心和氣是春聲。

其　二

曉來怕上最高樓，春盡時光只似秋。
草木荒寒生意澀，風腥雨膩一天愁。

其　三

郡縣荒蕪哭暮笳，憑高望不見天涯。
如今揮淚灑枯木，南國春回生紫華。

其　四

天地腥羶社稷隳，萬邦赤子病流離。
幾番曾共秋風語，說得虛空亦淚垂。

其　五

百萬胡兒犯大朝，奔南狩北恨迢迢。
我非辦得中興事，一點英靈死不消！

寫憤三首

　　偶一夕，枕上苦吟不就，忽於夢中吟得五字云：“翻海洗青天。”正屬對間，爲人喚覺，則天已大明矣。今足之於後。

自許志頗大，頻歌慷慨辭。
攢眉無說處，仰面獨行時。

豪傑心猶檗,生靈命若絲。
當今欲平治,舍我則云誰!

其 二

開眼看不得,愁來只自顛。
六年萬憂苦,四海一腥羶。
歎命巧相值,觀時痛可憐。
卻慚深夜月,猶忍照胡天!

其 三

朝廷罹禍亂,民物苦顛連。
晉帝渡江讖,唐皇幸蜀年。
剖雲行白日,翻海洗青天。
辦得大事了,胸中卽泰然。

偶 成

郡國殘民少,君王何日歸?
不如秋後鴈,猶得向南飛。

無題五首

屢問北來者,相傳盡不同。
三宮在何許?萬姓墮愁中。
春草活腥綠,雨花啼慘紅。
人間至微物,今亦怨天公!

其 二

自古無茲難，我朝今遇之。
小臣慚逆土，大事決成期。
劫壞六龍死，天荒萬象悲。
時哉弗可失，奮發莫遲疑！

其 三

一天悽愴事，此恨極難裁。
骨縱已成土，心終不肯灰。
毒蛇噓樹死，怨鳥哭春哀。
處處山東老，懸情漢詔來。

其 四

愁海茫茫望不窮，黃茅白葦渺陰風。
鳳凰高遁層霄外，豺虎橫行大道中。
九廟傾頹郊祀廢，四方禍亂國家空。
于今建武重興漢，誰是雲臺第一功？

其 五

鞠躬盡瘁弔無君，滿耳冤聲不忍聞。
醉去忘形猶蛻骨，怒來嚼齒欲穿齦。
腥風浣曉春應怨，癡霧霾空路莫分。
熒惑星明聖人出，頻頻中夜驗天文。

和文丞相六歌 不次韻

我憶三宮幸朔方，天顏皴黑鬢髮黃。
鬼風尖尖割肌肉，驚沙撲損龍衣裳。
群黎命死北魔手，世界缺陷苦斷腸。
小臣翅短飛未得，望破癡眼愁更長。
嗚呼一歌兮哀以傷，白日無光天荒荒！

其 二

我憶二王血淚垂，一絲正統懸顛危。
士卒零落若霜葉，陣前將軍今有誰？
以舟為國大洋裏，萬死一生終安歸？
至痛無聲叫不響，皇天皇天知不知？
嗚呼再歌兮歌孔悲，風雨驟至晝冥迷！

其 三

我憶我父在日時，叱我癡鈍無天資。
旦旦灌溉仁義澤，靈臺豁然開光輝。
奅劫孤露命濁世，王事鞅掌生無期。
一憶父母教我語，逃罪無地死亦遲！
嗚呼三歌兮淚淋漓，君父不在倚賴誰？

其 四

我憶母氏兮聖善，勞苦家事手生繭。
母後父死十五年，教我育我恩不淺。
我雖貧拙志不屈，清氣稜稜秋瑩骨。

至今一粟一縷絲，皆是父母流傳物。

嗚呼四歌兮痛惻惻，皇天后土無終極！

其　五

我所思兮文丞相，英風凜凜照穹壤。

失身匍匐草莽間，屢迫以死彌忠壯。

虛空可變心不變，吐語鏗然金石響。

想公骨朽化為土，生樹開花亦南向。

嗚呼五歌兮併悽愴，望公不見愁泱漭！

其　六

我生我生何不辰？血淚化作妖花春。

平生意氣若風雲，何苦戚戚悲呻吟？

狂來一呼天地動，萬物鼓蕩俱精神。

天上真火滅不得，灼爍大地生光明。

嗚呼六歌兮歌聲清，海嶽瑩潔日月新！

久雨後郊外獨行

新秧遭水毀，歲事正關情。

日沒虎狼出，城荒荊棘生。

清流不可污，古道竟誰行？

闊步獨歸去，茅簷月自明。

追獎並序

毛惜惜，高郵軍妓也。理宗朝，榮全據高郵城叛，召惜惜佐酒。惜惜怒叱之曰：

"汝本趙官家健兒,何敢反耶? 吾有死耳,不能爲反賊行酒!"榮全以刃裂其口,立命臠之,罵至死不絕聲! 嗟夫,今之男子挺挺讀書學爲君子者,反蕩然掃地矣! 不知此婦人,既失身汙賤,果何所學、何所見,而臻於是! 吾豪傑士也,崢嶸之氣不爲世變消鑠,此國家仁義涵養之所致,其敢負國家乎? 聞此風者,頑夫廉,懦夫有立志,不待文王而興可也! 扼腕時艱,追憶惜惜之事,今實不易得,故賦以美之。

誰謂匪人賤?猶懷事賊羞。
挺身持大義,正語叱狂酋。
名在春逾豔,骨香花不愁。
有靈知國事,地下笑王侯。

詠懷二首

鳳爲百鳥王,孤飛無其友。
覽德而來儀,千載不一有。
云胡德之衰,囚身狎難狗?
我當愁來時,散髮狂叫走。
歷歷訴此苦,太空亦肯首。

其 二

精衛雖至微,啣石尚填海。
一點至烈心,千生萬生在。
我誓銘於天,語大莫能載。
萬萬雷霆誅,此盟亦不壞。
劃然笑一聲,今古生光彩。

中興集卷第二

景定詩人三山所南鄭思肖億翁

　　我苦心吟事二十年矣,德祐前詩僅存一二,記序等作則盡亡之,亂後所作幸猶存焉。今陷身不義,盡傷於心,期剪滅此,而後朝食。凡有所作,意在大事,不敢蠹篇風雲月露之妙,鑄爲獨樂之辭。然亦不知其果爲詩、果不爲詩也。自《中興集・黃河清》以下,隨得隨入,更不刪去,主於述懷,不以辭語爲選擇。今所作無題者,俱以"礪"之一字次第目之。"礪"者,言淬礪乃志,決其所行也。漢頌逆莽功德者,四十八萬餘人,今又過之;唐顏氏之門死於賊之刀鋸者,三十餘人,今無以尚之。何從逆者衆,盡節者寡歟! 晉卞壺,父死於君,子死於父,偉哉! 我銘父母之教於靈臺,與生俱生,與死俱死,而不忘者也。天高地下,日照月臨,有違家訓,雷其殛之!

一礪 庚辰九月

愈久愈不變,一忱生死俱。
獨行天與語,枯坐石爲徒。
血汙衣冠國,冤浮盜賊區。
何當洗兵馬,終古統炎圖!

憶前輩二首

昔在先皇帝,理宗。當陽四十年。
文明照天下,俊傑立王前。

一自胡兵入,俄驚漢鼎遷。

致今人道亂,空谷遁遺賢。

其　二

治世衣冠盛,人才極典刑。

開心呈日月,吐語走風霆。

氣象近三代,文章出《六經》。

今焉不可得,四顧一冥冥。

續洗兵馬

遭時不祥厄陽九,垢面蓬鬙喪家狗。

四夷交侵《小雅》廢,率其子弟攻父母。

封豕長蛇互人域,天子下殿跣足走。

凝碧池頭樂最愁,連昌宮裏花亦醜。

三精霧塞黑瞳瞳,天破地裂一無有。

誰執弓矢救日月?仰泣旻天大號吼。

賢者不入勝母里,義士恥飲盜泉水。

丈夫立身乃大事,一失此足死亦恥。

當知孔明杲卿輩,鶻然三代古君子。

呂尚磻溪釣文王,乃是漢唐人才爾。

到今大壞不可救,鴟梟破鏡咀唇齒。

高瞪雙眼視天下,黔首渾敦狀如鬼。

龍堆大漠鳥獸夷,舌捲音響蠻侏離。

不類人形舞百怪,錯亂天命災群黎。

營州羯狗祿山也。豬龍形,詎能篡有唐丕基?

太子卽位靈武日,天開萬仞磨崖碑。

載定尊卑奠鼇極,一新正朔授人時。

漸被日出月沒處,梯航臣妾拜京師。

黃旗紫蓋東南興,大火王氣浮晴春。

勿欺一成一旅微,少康猶能作之君。

班彪已著《王命論》,陳嬰王陵母生心。

絳衣大冠大敵勇,今日豈無劉將軍?

田野豪傑久延頸,一呼而動雲來奔。

我當率之效馳驅,整頓乾坤明大倫。

舊邦新命光前王,逆俗汙染咸維新。

二礪二首

愁裏高歌《梁父吟》,猶如金玉夏商音。

十年勾踐亡吳計,七日包胥哭楚心。

秋送新鴻哀破國,晝行饑虎齧空林。

胸中有誓深於海,肯使神州竟陸沉! 夫差敗越二十一
年,越滅吳十年,乃伍員語。

其 二

鈞天夢冷紫宸春,臣子啣哀社稷屯。

一縷血忱開白日,兩篇心誓哭蒼旻。謂前後《臣子盟檄》也。

渡江祖逖願興晉,蹈海仲連羞帝秦。

回首故都宮闕恨,滿山秋色正愁人。

題拙作後

我有詩一編,率皆懇切辭。

但寫肺腑苦,不求言語奇。

矢口吐憤氣,焉知詩非詩。

脆語剪風露,叨叨兒女癡。

昂然大丈夫,以身佩安危。

何時把杯酒,大笑信雙眉!

三　礪

一礪二礪至萬礪,盟執牛耳血爲誓。

靈臺空瑩白於秋,徹底不生乖戾氣。

背裂齒碎志懇懇,貉之天性寧踰汶。

我生一雙霹靂手,終碎此虜爲韲粉。

天平地成風俗淳,一統永歌《胡無人》。

九　日

眼見今朝菊又黃,雙扉漬淚喑淒涼。

崢嶸歲月精神發,磅礡乾坤意氣狂。

新鴈來時芳草死,歸鴻盡處暮天長。

後年箭主當回蹕,始信山河再屬唐。

菊花歌

太極之髓日之精,生出天地秋風身。

萬木搖落百草死,正色與秋爭光明。

背時獨立抱寂寞,心香貞烈透寥廓。

至死不變英氣多,舉頭南山高嵯峨。

餐菊花歌

道人四時花爲糧,骨生靈氣身吐香。

聞到菊花大歡喜，拍手歌笑頻顛狂。
憶昔我爲混沌王，洞見末劫壽不長。
盡召群仙列殿下，勑宣餐菊長生方。
我今化身遊下土，一嚼清涼徹肺腑。
頓令心地豁然開，迸出明珠耀今古。
普入變化妙如意，能爲一切主中主。
塵塵刹刹黄金身，永救娑婆衆生苦。

愛竹歌並序。十月

吴中承天寺立雪軒修竹一林極可愛，昔承平盛時每遊其間，屢詠絶句，刻題竹上。世變之後，繫心大事，欲此清樂不可復得。近至西山，忽見竹林修翠，戀戀終日，實不能去，始知痼癖不可除也。遂歌之。

此君氣節極偉特，令人愛之捨不得。
徧造山水有竹處，不問主人識不識。
朝朝暮暮看不足，感得碧光透雙目。
一旦心空忽歸去，挺身特立化爲玉。

四礪二首十月

壯懷寧久淹，藏六暫窮閻。
道病人相食，時危筆不銛。
哭衰愁裏命，笑粲醉中髯。
清恠每如是，從教俗士嫌。

其　二

說殺說不醒，世人良可歎。

欣欣從北俗，往往棄南冠。

毒露沾膚爛，尖風破骨寒。

願身化作劍，飛去斬樓蘭。

五　礪

宋鼎終難問，元酋莫死爭。

九州俱是淚，一刻不容生。

舌在身當貴，心真願必成。

但思湖海上，誰可與斯盟？

六礪三首 郊外獨遊草

一聽《茶歌》淚即流，《採茶歌》，胡曲也。

　　　　　更兼風葉響颼颼。

不堪滿地餘殘照，併與新寒合音闋。作愁。

其　二

又是江空歲晚時，痛思國事獨行遲。

青山無語青天遠，吐出丹心把向誰？

其　三

操得南音類楚囚，早期戮力復神州。

須知鐵鑄忠臣骨，縱作微塵亦不休！

弔揚州瓊花 並序

揚州瓊花，天下惟一本，后土夫人司之，花之盛衰，淮境豐歉係焉。南渡前經兵火,此花亦死;今遭大故,丙子歲維揚陷,丁丑歲此花又死。孰謂草木無知乎?上天福正統、厭夷狄,於茲見矣。

南土新飛劫火灰,瓊仙戀國暗驚猜。
定應攝向天宮種,不忍陷於胡地開。
花死青春禽鳥哭,城埋黑氣鬼神哀。
一朝枯枿變高樹,傳得歡聲沸似雷。

七 礦

天生忠義性,習俗豈能移!
道在國常在,我知人不知。
眼懸堯曆象,心醉漢官儀。堯、漢俱火德。
前日喃喃者,今誰語及斯?

八 礦三首

黃道霾陰晝蝕光,野浮冤氣白冥茫。
世無聖主天應哭,時有忠臣國不亡。
萬刃攢身終莫變,一誠銘骨豈能忘?
休嫌重復叨叨說,未奏膚功正斷腸。

其 二

生得貞心鐵石堅,肯將識見與時遷?
淚如江水流成海,恨似山峰插入天。
慷慨歌聲聞屋外,婆娑劍影落燈前。
篇篇字字皆盟誓,莫作空言只浪傳!

其 三

憤氣填膺奈若何，千生萬死不消磨。
夷齊道喪綱常壞，湯武兵興叛逆多。
天外遊心窮碧落，風前注目寄蒼波。
此時此意那容說，環顧斜陽一浩歌。謂人臣篡國自湯、
　　武始之，今胡人則犬羊耳。

梅 花

寒結癡陰慘物華，莫將憔悴聽胡笳。
明年無限風光在，奪得春回是此花。

九 礦

忍死以待旦，蹉跎歲又殘。
墮身囚陷阱，盡命哭衣冠。
月死盧空黑，春枯草木寒。
牀頭雄劍在，白氣夜盤盤。

辛巳歲立春作正月

大辱痛於死，含哀弔歲華。
叫雲聲草檄，戀闕夢宣麻。
地走人形獸，春開鬼面花。
年年北去婦，馬上哭琵琶。

覽 鏡

朝來一覽鏡，抱負頗崢嶸。

貌古煙霞氣,詩新金玉聲。

郊坰常鬼哭,風雨自雞鳴。

所喜不靴笠,巍冠敝屣行。

獨遊五月

吾非好獨遊,無與吾同者。

不行眾所行,所以驚天下。

逆哉一世人,昔辯而今啞。

吻涎流腥羶,變尾面不赭。

若曰汝為人,寧不識取捨?

止止勿多言,清風生四野。

十 礪

屏氣處逆阱,衡慮畫奇謀。

指日誓血語,高空開青愁。

決志揭大法,一洗天地羞。

永使臣子輩,恥列偽叛儔。

美俗薰古德,至治昭皇猷。

一統萬萬世,海宇咸蒙休。

同

一刻積一日,因循忽七年。自乙亥陷虜至辛巳,已七年。

孰云天道通,不鑒下民冤。

海陸頻征戰,城池盡變遷。

吾君幸何地?數禱紫微垣。

十一礦四首

錢塘帝王都,宮闕高崔嵬。

盛治藹無外,鼓舞如春臺。

咸淳聖人去,山崩龍虎摧。

彈指變晦冥,鐵圍生劫灰。

丈夫吐一語,霍落飛風雷。

直排四海水,併走天外來。

手濯天地殼,永劫絕纖埃。

喚醒群盲兒,歡喜雙眼開。

其 二

我本漁樵徒,山水足嘉遯。

昔也爲鳳凰,今焉乃駑鈍。

反思生爲人,虛食國家飯。

詎甘死賊手,拑口違公論?

孤忠破眾逆,彌久氣彌健。

決當乘良機,爲國行天憲。

勇往直無前,一舉四海勸。

談笑解倒懸,盡釋下民怨。

生或不就緒,死當償夙願。

罔使竟食言,劫劫抱長恨!

其 三

姬發誓孟津,集者八百國。

當時盡棄商,喜受鉅橋粟。

獨有首陽山,不生周草木。

至今插天高，與商無終極。

其　四

素持不殺戒，一視齊冤親。
今遭此大惡，不報無天倫。
況聞曾子語，不取姑息仁。
實爲不得已，挺身事經綸。
苟能悟昨非，赦汝改而新。
負固變詐者，我恕佛亦嗔。
直期後世後，弗忍爲逆臣。
惟願吾與汝，同歸天德淳。

十二礪

攀斷龍髯哭不回，鼎湖仙去下民災。
一身肉痛愁銷骨，兩臉顏枯瘦入腮。
誓以匹夫紓國難，艱於亂世取人才。
屢曾算至難謀處，裂破肺肝天地哀。

題明皇按樂圖

誰準鑾輿向蜀行，梨園弟子歌新聲。
及知凝碧池頭事，難得樂工雷海清。《唐史》：凝碧池上
　　樂工雷海清向西慟哭，爲祿山所殺。

憶夢哭歌

五月二十一日夜，夢遊西湖上，舊遊宛然，行至戎馬蹂踐之地，憶今天子不在咸

陽宮,大哭隕絕而覺,遂作此歌。

金輪王天中天壽,赤龍夜哭玄蛇吼。

仙人不忍辭漢去,青山照水生愁醜。

雖貧亦有買醉資,甘美不入孤臣口。

死後骨消恨不消,歲歲暗逐春風上新柳。

元賊謀取日本二絕

涉險應難得命還,倭中風土素蠻頑。

縱饒航海數百萬,不直龍王一怒間。

其　二

海外東夷數萬程,無鱗於鞋亦生嗔。

此番去者皆喞怨,試看他時秦滅秦。

十三礪十首

我有一卷書,卽《二盟》也。仗之以爲命。

所言非奇辭,教人歸於正。

昭昭靈臺間,生死明於鏡。

願爲大醫王,普治眾生病。

其　二

窮陰有巨虵,蜿蜒數千里。

磨牙雨毒霧,聞其氣者死。

我心不回邪,縱毒徒爲爾。

終將飛劍去，一擊化爲水。

其　三

哀哉大數乖，妖魔填虛空。
劫雨壞世界，欲與大海通。
群愚捫空走，奪命鬼手中。
陰極集萬惱，願天生暖風。

其　四

蒼蒼南山松，特立孤峰巓。
身此至正氣，性於太初前。
流泉近靈物，鬼飲之亦仙。
況抱長生寶，永蔭娑婆天。

其　五

大哉萬物母，清淨光嶷嶷。
獨尊而爲帝，天地亦其子。
我見我之身，彈指魔王死。
歡喜獨自笑，清風萬萬里。

其　六

北荒騰黑陰，飛妖蝕漢日。
閶闔九重門，老胡騎馬入。
萬世熙明殿，度宗朝殿名。
　　　　　一朝韃靼窟。韃靼卽今賊也。

江南荒野間，月黑鬼兵出。

其　七

嗟汝兒女曹，至蠢亦孔醜。
面笑心搖搖，欲進乃卻走。
憨癡弄盲語，捧酒祝鬼壽。
傷哉復傷哉，醒眼頻搔首。

其　八

偶背文明時，萬事暗蒼莽。
詔汝一世人，父亡子焉往？
良心油然生，千載垂清響。
與道同周流，光明塞穹壤。

其　九

王道一陵夷，風俗愈卑隘。
至於讀書者，見利直下拜。
一或持高論，聚笑議爲怪。
誰其振木鐸，與世開聾瞶！

其　十

鳳生抱一誠，天亦莫能破。
云胡白晝中，開眼而死坐？
猛然風雨生，一叱萬邪挫。
卒使世上人，子孫永相賀。

題蕭梅初舊所藏錢塘王畿圖二首六月

陰山腥馬踩京塵，鎖殺宮花不識春。
哭問錢塘江上月，如今誰是去邠人？

其 二

撫膺咶國問蒼蒼，郭唶聲中喜氣昌。
偷報故都忠義士，趙家天下又南陽。

十四礪二首

法駕遙巡六載餘，農桑煙火頓蕭疎。
深山大澤精靈哭，赤縣神州鳥獸居。
天下黃金歸朔漠，南中白骨蔽郊墟。
漳泉數郡屢反正，賸有忠臣野史書。

其 二

六合漫空一網羅，驅徭椎剝極煩苛。
星辰錯亂曆無準，天地陰寒氣不和。
漢室公卿周勃少，河梁朋友李陵多。
蹔然發歎悲風過，渺渺吳淞捲白波。

十五礪二首

國家今板蕩，舊物一微絲。
至苦說不得，長懷病似癡。
人心危陷阱，天理過蓍龜。

賴有《二盟》在，寧無吐氣時！

其 二

王畿三輔地，誰信捲風沙？

南貨北填市，北人南住家。

亂招城聚虎，毒入土生蛇。

說着未來事，戰爭寧有涯！ 城中今有六七虎，或東或西。

一暮卽出，頗有見之者。

十六礪

雙眼荒荒不寐時，冥搜俊傑慕夷齊。

讖符鐵券虜當滅，夢出玉清天亦低。

城裏月明聞虎過，人間夜久望難啼。

深憐舉國巔崖底，誰構懸空萬丈梯！ 先朝常於蜀中掘得武

侯鐵券，有"胡滅漢，留一半；漢滅胡，一人無"及"依舊朝錢

塘"之語，當應今日之事。

六月大雨後作

推上滄溟犯玉京，業龍鼓怒恣縱橫。

青天忽破鬼神走，黑雨驟來山嶽傾。

混沌重新開覆載，虛空頓覺發光明。

如今清淨渾無礙，一日南風萬物榮。

二唁詩《穀梁》曰："弔失國曰唁。"並序。七月

丞相陳公宜中

德祐一年二月，平章賈似道出師敗績，丞相陳公宜中當國，又以京庠上書議之，抗疏而遁。太皇屢降詔趣入，至九月始歸朝。德祐二年正月，賊逼行在，陳公力請三宮不肯遷駕，遂與張侯世傑、劉侯師勇奉二王迤邐南奔南海。公嘗夢二日相鬭，其一墮地不見，其一墮入袖中，喜得奇兆，數數以"耐"字死諭諸文武百揆。後勢不能統制張侯，又疑恐左右所賣，托失風奔占城。俄而占城亦降於韃，占城遣百二十人兵卒服事之，寓監絆意。又遁而奔闍婆國。嘗遣使賚香一器遺張侯，約以挾外國兵來合，公未至，張侯已敗，棄崖山，莫知所之。先是，景炎二年丁丑歲，公以泉州糖甕貯空名省札數千道，遣戴恩偽作糖商販糖來吳，密諭使臣呂大升徧誘浙西數州平日有戀國之心者，皆旋填名補官。呂大升用心佈置有法，遠近皆孚，期以戊寅歲正月二十四、二十五，掩其不備，一舉得吳。有姚其姓者，以謀軍器于其主高氏，高乃告于賊酋拜都。至正月二十四，果有領兵來者，以賊有備，俱陷賊手。自正月二十三早，闔城閉門，汲爨俱絕，一聞人聲，賊卽擒而殺之。又議舉屠城，幸而免。越七日，至二月初一午後，始許開門。予家寓于吳，身親此苦。後呂大升等俱受極刑。公令呂大升與諸郡響應，乃夾攻之，亦爲良策。彼高其姓者，身本南人，反以告賊，陷誤大事，生靈受禍不已。高之彌天惡逆，可勝誅哉！且聞公至海南諸國，有讓王位與之者，公亦不受。公始五十二歲，事業豈止於此？或傳在眞臘之間併集外國兵來。微臣昂首，望東望南，一旦從天而下，盡復藝祖、高宗境土，寧不快哉！

相國生東甌，應讖海壇沙。古讖云："海壇沙漲，溫州出相。"近年海壇沙始漲，陳公果拜相。

早觀上國光，辟雍飛聲華。

叫雲罵奸權，上書言姦相丁大全，被竄。遠竄走天涯。

十年登要津，文彩絢晴霞。

中台勢將圻，平章賈似道出師敗績。大拜宣黃麻。

國步正孔棘，盲塗相牽挐。

鬼盜殺機弄，平陸闋龍蛇。

黔首心不正，居然中陰邪。

蛛絲網黃屋，六宮妃嬪鞾。

公奉二王奔，脫命毫髮差。

瀝膽酹上帝，哭斷口大呀。

南邦血糊地，春深草不芽。

鬼氣射死樹，腥妖幻毒花。

萬痛集如蠆，百怪鳴如蛙。

蝕盡朱垠天，國寄海上槎。

始知上色玉，潔白渾無瑕。

垢衣懸相印，獨御指南車。

沍寒凍不死，微微命一窪。

刀圭返魂丹，陽和匝邅迴。

生擒左賢王，刳腹鹽爲蚆。

卻視舊朝士，一一誰忠嘉？

萬古虛空中，一僞不可加。

俟我王師來，動地騰喧嘩。

雷霆破惡逆，四海仍一家！

少保張公世傑

　　陳丞相遵海而南，懼爲人挾以授賊，先托失風奔占城。少保張公世傑擁廣王卽位於海外，改祥興一年，己卯歲也。正月，賊酋烏馬兒兵犯崖山，我軍與之轉戰兩旬，至二月初六，我軍不幸而敗，所餘五百餘巨艘。賊軍四向圍布，期必得祥興皇帝。賴張公不肯叛，勢在必死。忽天上黑氣化爲龍，見蜿蜒于空中，賊軍爭覩爲大異，張侯奉祥興皇帝俄乘機死戰出賊重圍矣。所存惟十九隻巨艘，賊望洋追之數日，竟不得。先賊酋張九萬戶，本亦公之姪。數數密說之叛，公泣而言曰：「我嗣君置之何地耶？三軍亦不肯。我惟有死耳！」數與賊戰，雖伶仃海島，而氣實不餒，非獨忠臣，亦爲良將。累遷上秩，此不詳知，故不書。獨聞曾除少保，其神將周文英降賊，謂公已死，乃偽說邀功，實未死也。公始來勤王，國人俱疑之，誠誤矣。陳丞相、張少保伶仃大海中，人豈不能脅取以授賊？二公忠烈動天地，有德感人心，所以無萌是念者。今俱莫定其所在。昔太平盛時不得拜二公於馬前，一識雲臺之像，深以爲惜！但人心未改，天命豈終窮耶？予曰俟之！予曰俟之！

將軍本北人，歸順年已久。

擢身將校中，腰綰中國綬。

身潤白玉潔,面獰黑鐵醜。

剛勇有武威,功出眾人右。

一朝天柱折,當畫豐其蔀。

陰陽反鐵炭,桮棬賊杞柳。

公卿文章士,盡醉馬乳酒。

未聞天地間,生死反噬狗。

幸有張將軍,強哉氣赳赳。

生死不攜異,寧受奸宄狙。

平生鐵石腸,明白照九有。

熒熒赤伏符,百拜懸右肘。

謀畫入微茫,僵目拇撐口。

死戰拓山開,高掔日月走。

剖心餧龍雛,淋漓血雙手。

聖火壽綿綿,凡水焉能溲?

瞬目出死關,命在事非偶。

張巡埋骨地,頑石變瓊玖。

白光射天門,璀璨奪星斗。

英氣磨不壞,生公踵其後。

播蕩大海外,若子死戀母。

屈指我世祖,建武又乙酉。光武乙酉歲中興,爲建武
　　一年。今歲辛巳,去乙酉歲只四年。

惡獸腦百裂,始識獅子吼。

天風吹新雨,濁劫淨無垢。

辛巳夏七月

辛巳夏七月,初五日正午。

太白燦然見,太陰亦俱覩。

索曆驗其次,太白躔在午。

兵爭周分野,天下氣當吐。

敬以詩識之,儲爲史官補。

避暑入古寺

避暑入古寺,暫爾遣騷屑。

心靜涼於秋,倏然適清悅。

彼哉誰氏子,對奕氣爭傑?

惜其二低手,彼此蔑奇着。

旁觀發冷笑,連呼錯錯錯。

救之不可及,流視入寥廓。

十七礪

我有眞黃金,只作土價賣。

陪笑徧示人,竟無一人買。

日暮哭歸來,反爲眾所恠。

安得明眼人,與之語痛快!

昭君歎

漢朝遠人來入使,當時公卿短奇計。

紫清殿內一朵花,狂風妬春吹落地。

命墮窮陰鬼爲侶,回首玉皇紫清裏。

舊愁新愁東海深,黃鸝舌破傷春事。

江南絕色天下誇,元賊盡虜歸胡沙。

或以嫁之鬻僞爵,于飛馬背行天涯。

年深樂與生子女,情熱比翼忘咨嗟。

果知禮義不忍去,亦有一死魂還家。

德祐百官人稷契,腹飽理學縱橫說。
尚棄君父從背叛,乃教妻妾學貞烈?
男兒或老不曉事,女子正少欲守節?
天生至性教不得,時危罕見人中傑。
能盡婦道能誨兒,王陵之母王凝妻。
世間婦人誰及之? 空恨昭君上馬時。
顏色日老單于死,萬里魂歸身不歸。
廣寒嫦娥今塵土,應見青冢雙淚垂。

十八礪

挺挺大丈夫,爲世一準則。
如何出處間,終始不明白?
四皓本周人,多爲漢一出。
不終爲周臣,身與道相失。
僅安漢社稷,暗墮張良術。
惟我則不然,一身無二適。
縱別生聖人,亦當死深密。
我出興我朝,舊都建皇極。
今力未能之,晝夜禱空碧。
宣王車馬來,一見死亦足!

哀劉將軍並序。八月

德祐一年十月,虜復攻常州,時步帥劉公師勇守之。常州素無城壁,外濠如市河,僅恃排桨木一重而已。先屢與之戰,皆勝。至十一月,元虜大勢合圍月餘,其回回砲甚猛於常砲,用之打入城,寺觀樓閣盡爲之碎。廿一、廿二間,直攻西門,敵之不去,四門殺人,一城盡死。劉侯倉卒間衣胡衣、笠胡笠,同十餘人騎馬,以通事者紿賊盜,走至平江,僅餘四五騎,徑朝行在,隨二王南奔,死於南中。韃賊因常州難攻,深疑平江有備,及得之,曰:"平江鐵城紙人,常州紙城鐵人。"以此可見劉侯勞苦矣!
浙右之人,至今皆口稱劉侯之事,痛其不壽,不得盡其所長,惜哉!故作詩哀之。

萬重圍裏脫兵氛,匹馬勤王志不分。
既抱忠貞儷敵國,莫於成敗議將軍。
身前名照江南月,地下心唧塞北雲。
爲痛英雄併消沒,託詩爲史筆傳聞。

江南絲

江南絲盡入機房,欲此虛空彼富强。
鞭撻別工皆學織,程量計日定成章。
驚心蟠鳳愁應死,淚手攀花痛不香。
貧者只宜巖谷隱,草紉檞葉當衣裳。

十九礪

暫爾下生來,落身命塵綱。
高明氣常清,貧賤語亦響。
雙足風雲行,一心山水想。
何時了國事,方外適幽賞。

大宋地理圖歌

混沌破後復混沌,知是幾番開太極。
四方地偏氣不正,中天地中立中國。
神禹導海順水性,太章步地窮足力。
悖理湯武暫救時,謀篡莽操大生逆。
離而復合合復離,卒莫始終定於一。

粵自炎帝逮唐堯，兩漢大宋傳火德。

我朝聖人仁如天，歷年三百猶一日。

形氣俱和禮樂修，誰料平地生荊棘！

風輪舞破須彌山，黑雹亂下千鈞石。

銅蟒萬舌咀梵雲，玉帝下走南斗泣。

中有一寶壞不得，放光動地神莫測。

云是劫劫王中王，勅令一下罔不伏。

燕南垂，趙北際，忽必烈正巢其地。

一聲霹靂吹雲飛，真火長生世永世。

山山深，水水清，縱橫十方變化身。

恒河沙數天壞殼，獨我志氣常如新。

元韃攻日本敗北歌並序

日本卽古倭也，地在海東，先朝嘗入貢，許通商旅。彼近知大宋失國，舉國茹素。元賊聞其富庶，怒倭主不來臣，竭此土民力，辦舟艦往攻焉，欲空其國所有而歸。辛巳六月半，元賊由四明下海，大船七千隻，至七月半抵倭口白骨山，築土城駐兵對壘。晦日，大風雨作，雹大如拳，船爲大浪掀播沉壞，韃軍半沒於海，船僅回四百餘隻。二十萬人在白骨山上，無船渡歸，爲倭人盡勦。山上素無人居，唯多巨蛇，相傳唐東征軍士咸隕命此山，故曰“白骨山”，又曰“枯髏山”。元賊又一道自高麗往攻倭，敗尤甚。虜酋敗歸，幾遭虜主所殺，並罰陪金銀鈔物，咸窘且怒。虜主又謀復舉攻之。耽羅國方八百里，航倭甚近，韃已奪據其國，運糧調兵于彼，爲餉衆，窺倭之地。倭有五十六州，倭兵悉聚太宰府，《倭圖》載甚詳。倭人狠，不懼死，十人遇百人亦戰，不勝俱死，不戰死歸亦爲倭主所殺。倭婦甚烈，不可犯，幼歲取犀角刜小珠種額上，善水不溺。倭刀極利。地高險難入，可爲戰守計。且今漳州陳弔眼據漳已久，地通諸山洞、山寨八十餘所，據險相維，內可出，外不可入，以一當百，勦韃難算，意欲攻出，未能。年號昌泰，未知擁誰爲主。元賊力攻漳，不可得。又韃攻倭，倭攻韃，卒未已。火德一脈終如何！諸處仗義出者咸有之，然恐藉大宋之名鼓舞人心，實私爲一己之謀，圖集事功。此微臣朝夕不已于懷者也！我朝列聖無失德，大宋有道之長，當粲然復興矣！公孫述、隗囂輩，爝火也，寧敵漢日之大明乎？我又夢蘇武與語，頗奇，遂歌之。

東方九夷倭一爾，海水截界自區宇。
地形廣長數千里，風俗好佛頗富庶。
土產甚夥並產馬，舶來中國通商旅。
徐福廟前秦月寒，倭有徐福廟。猶怨舊時嬴政苦。
厥今犬羊貪猶熾，瞠目東望心如虎。
驅兵駕海氣吞空，勢力雖強天弗與。
鬼吹黑潮播海翻，電大於拳密於雨。
七千巨艦百萬兵，老龍怒取歸水府。
犬羊發怒與天敵，又謀竭力必於取。
已刳江南民髓乾，又行併戶抽丁語。
凶燄燒眼口竟啞，志士悶悶病如蠱。
雖傳漳州氣燄盛，又聞襄陽已大舉。
割據固足稍伸氣，律以大義竟何補？
縱遇聖明過堯舜，畢竟不是親父母。
千語萬語只一語，還我大宋舊疆土！
曾夢蘇武開笑口，云牧羝羊今盡乳。
仗節還漢欣欣然，鬚髮盡白心如故。
一念精烈無不通，天地爲賓我爲主。
高懸白眼混沌前，那肯以命落塵土？
翻身鼓掌一笑時，萬古萬古萬萬古！

二十礧五百字

素志欲隱去，蛻名辭筆耕。
偶值惡劫來，眼界亂縱橫。
窮北洞窟底，竄出老魔精。
被髮走如風，四臂獰雙睛。
面竅噴毒火，直射日月盲。
一海人髓酒，五石瓳爲觥。

鬼鼓徧空響，白氣幻長鯨。

夜叉發群機，砲砲打玉京。

老仙戰股立，手扶鰲極撑。

晝弒盤古死，紫微貫攙槍。

諸天落淚雨，終夜淋漓傾。

爍人變醜相，蠢目豺狼聲。

餓虎插翼飛，善類誰能攖？

送命納彼啖，遊魂嘈冤情。

血凍天下土，赭鐵蛀玄盦。

雨肥髑髏腥，生菌高於楹。

獨抱深痛蟄，數與死相爭。

讀史見義事，意氣如雲生。

圖窮匕首見，今豈無荊卿？

眞孤匿山中，今豈無程嬰？

獲得九尾龜，灼紋橫庚庚。

大寶子傳子，垂統無畢程。

高聲叫亂世，聾瞽豁瘤酲。

速卻胡兒衫，仙帶飄佩珩。

身辭陷陰路，火邦卽蓬瀛。

我秉正直心，明比日更明。

豪興凌高秋，磊落人之英。

決當勇於動，持平平不平。

手劈虛空開，身提天地行。

千妖百裂死，萬古一擲贏。

獨出娑婆外，世界懸空擎。

猛飛大山來，突立青崢嶸。

劫初第一峰，鬼神不識名。

樹粲百寶花，石削五色瓊。

香霏月中髓，碧沁秋痕輕。

天上闢新國，以正治八紘。

大赦統乾運，平心持道衡。

洪福溥無疆，一切命皆亨。

下界齊拜舞，笑賀群相迎。

愧昔染腥辱，悅今趨義榮。

淨脫夙骨臭，瑩然澄秋泓。

正性本不壞，生死通一誠。

逆爽殄微塵，王氣光大清。

犀象怯漢戰，草木助晉兵。

周勃軍左袒，杜甫詩《北征》。

趙祀必不絕，宋禮吾足評。

我土我百姓，永劫心不驚。

天君坐靈臺，誓行《前後盟》。謂《前後臣子盟檄》也。

念念死亦咒，願竇期必成。

口血寧有變，浩劫光晶晶。

自 序

　　思肖生於理宗盛治之朝，又侍先君子結廬西湖上，與四方偉人交遊，所見所聞廣大高明，皆今人夢寐不到之境。中年命於塗炭，泊影鬼區。仰懷理宗時朝野之臣，中夜倒指，嘗數一二。

　　名相：崔公與之、李公宗勉、遊公佀、杜公範、吳公潛、董公槐。

　　閫臣：孟公珙、彭公大雅、余公玠、趙公葵、陳公韡、向公士璧。

　　名臣：徐公元杰、蔣公重珍、度公正、徐公嶠、潘公牥、郭公磊卿、張公端義、劉公漢弼、章公琰、李公韶、張公忠恕、王公遂、劉公宰、蔡公範、王公邁、曹公豳、杜公淵、徐公經孫、蕭公峴、陳公昉、黃公自然、洪公天錫、范公丁孫、李公伯玉。

　　道學：眞公德秀、趙公汝談、袁公肅、蔡公抗、趙公汝騰、錢公時、徐公霖。

　　文臣：李公心傳、洪公咨夔、魏公了翁、危公科、程公公許、劉公克莊、湯公漢、劉公子澄。

　　詩人：徐抱獨逸、戴石屏復古、敖臞菴陶孫、趙東閣汝回、馮深居去非、葉靖逸紹翁、周伯弜弼、盧柳南方春、翁賓暘孟寅、曾蒼山幾、杜北山汝能、翁石龜逢龍、柴仲山望、嚴月澗中和、李雪林龏、嚴華谷粲、吳樵溪陵、嚴滄浪羽、阮賓中秀實、章雪崖康、孫花翁惟信。

　　其他賢能名官、豪傑人物、老師宿儒、仁人義士，僻在遐方異縣、深山窮谷，誠匪車載斗量所可盡。如斯諸君子，落落參錯天下，當時氣焰，何其盛哉！

　　度宗登極，權臣持國，士氣沮喪，畏禍燃身，相尚賣諛，平日挺爲君子者，亦舌噤若死，宜其人才咸無稱焉。養成德祐莫大之禍，不可救藥！雖德祐後忠臣義士，亦理宗朝涵養所致者。萬乘南遷，宗祐塵土，臣子之痛，終天罔極！今忍死暫生，期集大事，不暇以歡情倩目，調笑風月，爲詩人美麗之辭。疇昔咸淳壬申，嘗確然立志，悉委舊學，已絕筆硯文史，謀入山林，蛻去姓字，甘與草木同朽盡，敬以我還之於無聲無臭之天。向非德祐虜禍天下，無復賦詩作文矣。

昔上有聖天子，下有賢公卿、儒士、豪傑人物，我藐然匹夫，可以隱泯於天游；今而上無君，世皆賊，我當爲天地斯道之主。主也者，天其綱常於無窮也。率有聞而笑之曰："豈少君一人哉？"每厲聲應之曰："正少我輩一人耳！"實萬萬不容不出爲斯道立極也歟！大逆薰心，冤憤填抑，目遇逆事相忤，尤覺氣豪不自禁。非不知賊之刀鋸之痛，然痛有甚於刀鋸者。寧忍避一身微痛，不救天下至痛！時吐露眞情，發爲歌詩，決生死爲國討賊之志，心語心謀，萬死必行，故氣勁語烈，殊乏和平興趣，實非詩之正道。

先君子嘗謂"英氣道之累"，又謂"《離騷》亦不得其正，但以高古忠憤過之"，其以是之謂。先朝作詩，皆尚盛唐製作，冠冕佩玉，五音相宣，如大朝會，法度森然，此皆我朝祖宗仁義之澤。況美教化，移風俗，動天地，感鬼神，莫近於詩。果能一出誠心公道，斥去偽語邪思，蓋詩道必致之效。舍是而詩，恐非古聖人之所謂詩。今天下人所思皆邪，詩之根本，摧喪無餘。此爲何時，出而言詩，爲仁義辱甚矣！果欲爲之，必知所立身乃可。

思肖幼本不肖，且大不孝，資質頑鈍，授之以學，若水灌石，了不相入。先君子盡平生精力，竭其所學，癡咒枯木，望其必花。今若鳥雛能飛，詎敢易父母所行之轍，恣謬其所之？亂後所作詩二百篇，固近於正。一或不能行其所言，願天誅之，人誅之，彰其不孝不忠、偽語罔世之罪，使悉聞其惡，皆相顧而語曰："其父母如是，其子如是，吾與汝其戒之！"

我晝夜懷懼，深思遠計，施於言語果無益，不若身之於事，以風天下。暫乎默鐫緘誓，屏吟詠事，決其必行計，獨以謀之，神以運之，剖析清穢，豁如天開，位三綱，福萬物。願俾天下後世，莫不知有君；願俾天下後世，莫不知有父。始可以見我父母平日教子之志。今忘呶呶，再四紬繹，力主于行，爲終身誓。不求天知，不求人知，不求心知，亦非有所利而爲之，蓋臣子之職分當如是也。若律以詩,去古人法度誠遠矣,當憐所遭之時爲何如,時之爲戾如是之極也。

夫以時論之,在天不在我;以理論之,在我不在天。時雖異,卒不能違於理;理至大,實可以制乎時。昔父母教我勿違理而行也素矣,是以我自許我可必集亂世難成之事。時曷能果病我耶? 我誓執無終極之終,以終其有終,期無負於國於家焉! 願畢天下後世之人,一而行之,三極之道,至矣盡矣!

維大宋三百二十有二年,德祐七載,歲在辛巳,陽月望日,景定詩人三山所南鄭思肖億翁後序。

久久書

《前後臣子盟檄》二篇，並跋並詩，昔分其字而九九錯綜書之，又取久久之義，故托其名曰《久久書》。秘其機，神其事，庶幾便出入，眾不疑其文且奇，其留傳可以久久。俟我大事成，當釐爲正文，激勸天下。今又閱四年，而事未集，大痛在心，晝夜不釋，期於必成乃事。一日興動，竟釐爲正文，讀之激發其志。但我死有期矣，恐生不能爲國家報讐，死決當爲大義吐氣。我昔有詩曰："生或不就緒，死當償夙願。罔俾竟食言，劫劫抱長恨。"此二十字，心誓盡之矣。《久久書》後九跋，蓋跋《前後臣子盟檄》也，特意微隱爾。

德祐八年，長至日後十三日，所南鄭思肖書。

久久書正文

大宋德祐二年九月，大宋孤臣所南鄭思肖作《臣子盟檄》曰：

上而天，下而地，中天地之中，立人極焉。聖人也，爲正統，爲中國；彼夷狄，犬羊也，非人類，非正統，非中國。曾謂長江天險，莫掩陽九之厄，元凶忤天，篡中國正統，欲以夷一之。人力不勝，有天理在。自古未嘗夷狄據中國，亦未嘗有不亡國，苟不仁失天下，雖聖智亦莫救；我朝未嘗一日不仁，亂臣賊子夭閼國脉，貪官虐吏剝剝民命，君上本無失德。今犬羊愈恣橫逆，畢力南入，吾指吾在此，賊決滅於吾手，苟容夷狄大亂，當不復生！

吾觀吾之身，天地之身，父母之身，中國之身。讀聖賢書，學聖賢事，是與聖賢爲徒，奚敢化爲賊，而忘吾君、吾父、吾母也！欲彎弓射賊，曷能顧母存亡？欲偷生事母，何以扶國顛覆？舍忠不足爲孝，舍孝不足爲忠，以是遲遲二三百日間，雙睛望穿天南之雲。天道胡爲尚未旋？晝夜以思，狂而不寧，淚苦流瞻，心赤凝血，挺然語孤忠，孑然立大義，與世相背，獨立無涯。我母龍鍾，憂憤成疾，旦莫無期，奚生其生？叫日而日未出，泣夜而夜何長。愈久愈不變，愈不可爲愈爲。譬賤隸婦，富少年智誘以私，彼不肯玷厥夫，爲烈婦；譬貧儒子，貴公卿謀遷爲後，彼不忍舍乃父，爲孝子；苟有異代聖人，下舉匹夫，任以天下事，彼不願背主而相之，爲忠臣。萬潔一汙非烈婦，小從大違非孝子。一月不變，三月變矣，一年不變，三年變矣，或者雖不甘從賊，置大宋已不不可爲，旦旦惟“眞主”望，非忠臣。何哉？婦無二夫，子無二父，臣無二君。縱姬發或興，亦不陳《洪範書》。

吾爲大宋民，吾君之德不紂，彼非姬發而夷狄，天如之何傾有道之國？夷齊不懷殷惡，不臣姬發之聖。汝輩獨不思大宋忠厚，不怒逢賊慘毒，皆樂然媚鬼，求長生術，疇悟其自促乃死！向之喃喃諤諤誓死不變者，亦委天命於數，僞夷狄以王，胥而爲賊，反叱吾愚，執方癡謀，不與時遷，譽其爲聖，求變富貴也。聞之心裂，痛不可言！國家大讎未報，天下大迷未寤，我心大憂未釋，仰無天，俯無地，莫人其爲人之道。學匪詞章之謂，所以學爲人；人匪形體之謂，所以人其忠孝。萬世大經，不逾忠孝。一人忠，教百千萬人忠；一人孝，教百千萬人孝。生非所愛，死非所畏，生不得其道，死則爲榮。父教於昔，母諭於今，不得不大一舉而殲賊，卽舊邦新之，于以正天地大位，于以開日月新光。天下忠臣義士，耳茲血盟，願相從而興火德、復炎炎中天乎！實父之願，實母之願。表忠臣義士於既往，誅亂臣賊子於方來，誓大播厥盟，與國家其無斁！

德祐四年正月，作《後臣子盟檄》曰：

我被國家仁最深，受父母恩最重，生長理皇聖德汪洋之中，飛躍道化流行之下，詩書理義誠明其心，衣冠禮樂光華于躬，爲三朝太平民；一旦罹此禍凶，禽獸其形，乃食人食，得不思大宋乎！豈意天下俯首從賊，竟忘遽變毛角，居禽獸列，乃曰“數也”，“勢不可爲也”，“理無不亡國也”。然昔之國亡，必有太康、孔甲、桀、紂、幽、厲、哀、平、桓、靈、僖、昭之君，酷虐禍亂，大壞天下數十年，民大怨懟，奚而不喪？本朝人君，萬無一焉，故憤悶不平。思宋者眾，寧有一祖十四宗至仁中國，竟若是而已？夫天理必不然也！

惟我朝德澤，洽人心也深，故有李公芾、李公庭芝、姜公才、趙公與擇、趙公淮、陳公文龍、趙公卯發、王公安節、阮公正己輩，俱死忠烈，大有可觀。是數人奇哉，燁燁乎有光華，垂清風於無窮。今死守不失節者，丞相文公天祥，遁身南歸；武臣張公世傑，相與驅馳；少傅陳公宜中，挾二王而主之。三宮狩北，未有還期；二王奔南，未奏膚功。上下錯亂，天怒神怨，正臣子報國、忠義自見之日。虎兒區人域，吾與汝皆腥涎中食，盍反自思焉？

古今忠臣義士，英壯激烈，高風凜然。吾亦人也，獨不能為之乎？雖父母遺體，不敢毀傷，坐視君上蒙大難不救，又棄父母所育之身，化犬羊類，生不為全人，死不得全歸，終古唧冤，痛于罔極！何忍負吾君？何忍負吾父？何忍負吾母？不為君子終身？"忠孝乃本分事，一毫悖謬，為大惡人"，父授我語也。吾父立節剛潔，見理極明，苟在，逆知必死于此賊。又，母氏教以"唯學父為法"，極拳拳，深望中興事，期我大有為當世。若不殄逆類，炳炎圖，是違父母遺訓，為不孝子，詎不大逆！生為吾大宋之民，生為吾父母之子，實一世良遇也。倏遭潰洞，腥汙社稷，淚盡心破，安敢有生！當與賊大決一勝，終其為人臣人子之道。

或曰："子，身不過五尺長，弓莫挽三斗強，言空無實，力孤不支，宜箝口命餘生；不然，子之肉醢矣！"嗟夫！身可殺，心不可殺；形可泯，理不可泯！平生讀父書，箕而不弓，裘而不冶；然至剛至大之氣，則塞乎天地間，自反而縮。果其往一舉中度，天地光明，開大宋兩中興之運，緝先王萬年文明之治，仰拜吾君九天之上，俯拜吾父母九京之下，臣子之事，或庶幾乎！今雲霧晦塞，草木淒苦，四顧空空，舍我其誰？《臣子盟檄》所以作。

曰"臣子盟檄"何義？"臣"不敢忘君，"子"不敢忘父母，誓吾心不變曰"盟"，勖國人皆忠曰"檄"。作於德祐二年九月，晝夜焦思，欲舉大事，何期含垢隱忍，又閱五百日！圖其大當重其事，謀其成不計其日。又懼久而或弛，復喜勇於決行，斷斷然無負人臣人子之事。吾違茲盟，雷殛其形；人違茲盟，理誅其罪。惟理所在，惟公乃行，人心天理，克復則明。敢率爾舊民，群興萬動，協心丕作，恭聽號令，勤茲強醜，聿新有宋家邦，速觀乃有成。俾厥今之人，各正天倫；亦期彼後世，咸罔違是盟。

是年九月，復跋之曰：我幼愚頑，無有慧性，凡一毫以上，非我父懇切教之，今無以明大義；長而拙懶，不解生理，凡一日之生，非我母勤儉育之，決無以至今日。家庭之訓，歷歷胸中，天可窮其高，地可極其厚，吾父母之恩大，不可而思也！二十二歲無父，三十五歲無君，三十六歲無母，又三十八歲無子，今爲無君、無父、無母、無子之人，傷哉！我又聞我父曰：“生死事小，失節事大。臣之於君，有死無二。”且謂：“我祖我父，傳家惟忠孝而已，庸授於汝，毋忘父言！”我屢嘗竟夜鰥鰥，悲泣哽咽，以國以家，反覆思之。君師所教所育我者如此，父母所教所望我者又如此，今所爲乃若彼，安乎忍乎？此《臣子盟檄》不容不作，既盟之，又盟之，實有大不可已者，誓行臣子當然之事也。夫蟄龍一出，頃而霈雨；壯士長嘯，剨爾生風。前後二檄，奚爲空言？時一誦之，心勇氣動，天日愁變，儼若坐雲叱空，手舉滄海，淨滌大地腥穢，頓復清明之天，意頗快然！故申之以跋，淬礪乃志，決其必爲。不然，縱累千萬篇，空文無益也。今惟以“行”之一字痛誓于心，終施於事，將與天下終始，同爲大宋民，期不渝於初心焉！後之覽斯文者，察其深切痛苦之心，亦當爲之一下淚也！

九月望後，復詩以盟之曰：“死亦烏可已，丹心闡大猷。恭承父母教，用剪國家讎。日破四洲夜，天開六幕秋。終當見行事，不與世同流。”

時大宋德祐四年戊寅歲冬至日，大宋孤臣三山所南鄭思肖憶翁泣血誓心而書。

越四載，德祐八年冬至後釐爲正文，《久久書》舊文茲不更錄。

久久書後九跋

一

此一卷書，凡二千二百三十四字。昔先夫子授我曰：“眞奇書也，名曰《久久書》。由是行之，可以爲天地立極，爲生民立命，爲萬世開太平。今未可發其秘，久久觀之，當自通其文。"比潛心數歲，終莫句其辭，支離塞喫，罔測何文何義，流離顛沛，與此書同死生數矣。不敢忘先夫子所教，故今存焉。噫！山林，禽獸之天；江海，魚龍之天；君君臣臣父父子子，乃吾之天。今所聞所見、所交所言、所行所止、所飲所食，其吾之天乎？其非吾之天乎？將與草木歸枯朽乎？終與日月同光明乎？一係於《久久書》焉！行將絕世事，委形死志，通晝夜寂坐，禱于靈臺之天，必能冥悟其旨。吾當爲天地立極，爲生民立命，爲萬世開太平，又當大書特書其書，以風後世云。

己卯歲立春後一日，三山所南鄭思肖億翁書。

二

我之命受于父母之天，我之學得于父母之傳，縱萬萬臠其肉，亦弗復遷之。故不敢與天下人相遊於同，惟守天理於至久而立於獨。以我父母不與天下人父母一，其立心與天地一，與古聖賢一，敢爲不肖子辱之哉！大紀淪斁，同風一汙，知我者惟我而已！卽我律我，而我且不中我，乃以我之律而律於眾人，宜乎與人日益疎背。夫今之人，吐語無奇氣，爲時所變化，叱古直，拜富貴，蠆其心，一於利，初若剖肝膽相授，熟窺於久實不然。坐空一世，悉莫我之合，或相與游，終非心於吾之天者也。此書實難其托，欲碑其一，立萬山之上；函其一，沉大海之底。明揭大義，爰鎮覆載間，而語話癡錯，容色槁悴，死有日矣。形骨固壞，然有不可泯滅者在焉，茲其位育天地萬物於無窮也耶！

己卯歲旦，三山所南鄭思肖億翁復書。

三

厥今三綱五常之道盡廢，人而禽獸爾。孤立無朋，唯心自語。我父剛方純正，行三綱五常之道者也。萬不肖其一二，烏取其爲人子？念念思之，心痛如割！今當誓死行其所教，終期於肖；不然，我父教我何事？

己卯三月望,思肖復書。

四

朋友居人倫之一,今天下大變,風俗一爲之污染,欲得相與語吾語者,竟不可得。《伐木》麗澤之議,殆將廢矣!抑天下果無人乎？故出則獨遊,歸則高臥,爲世嫌罵,指以爲癡。蒼天蒼天,我讀我父書者也,浩歎激發,以手抑胸,血漬兩眥,乾坤若變色,淒然欲風雨,凜乎其不能自存,忽作而言曰:天道不常晦冥,終有青天白日之時,吾何憂哉!

五

我父今逝十八年矣!昔在膝下時,教我極嚴,隨事陳義,啟其昏頑。行坐寢食,無一事一時而不教,且痛加之鞭撻,直欲吐其心納我胸腹間,使其速肖於人。譬如種種子于枯垿之土,今萌芽者百不一二。舉其大要,則曰:"不能事親,非孝也;不能事君,亦非孝也;不能立身,亦非孝也。何也？辱於家也。故立身爲人子之終事。《孝經》曰:'始于事親,中于事君,終于立身。'此之謂也。汝不行吾之言,汝則非吾之子!"我母亦語我曰:"汝不行汝父之言,汝不如死!"至今歷歷耳間,髮立汗下。父母之言一出諸口,卽心服而行之者,孝子也;今悖父母所訓,委身汙雜,爲名教罪人。願天下之爲人子者,悉以我爲戒,家國其庶幾乎!況我父遺所著書數帙,又注《易》甫及六十卦而逝,夫繼志述事,實人子之責;今天昏昏、日茫茫,正切切然爲天下大事計,心夢飛亂,卒未暇爲我父足其遺書。《孟子》曰:"不孝有三,無後爲大。"我又犯之。我父遺書,終授之誰耶？我知雷霆必誅我矣。掩面一慟,昊天罔極!

六

人道立,則天其所以爲天,地其所以爲地,萬物其所以爲萬物;人之道苟不然,天地萬物之道亦幾於廢矣。蓋天地萬物不能自爲天地萬物,必以人而天地萬物之。人之道大矣哉!日輪西傾,覆載咸夜,群生冥塗索行,莫知所向,可哀也已。速吾之帝出乎震,開天下曉,使昭昭然行大道中。人道立，則天地萬物咸盡其道，吾事畢矣。

右三章皆感歎《久久書》而作，滔滔有懷，言之不足，故言之而又言焉。今併書之。

己卯冬至前二日，所南鄭思肖敬書。

七

今之爲人父者，能生之不能教之，惟慮無財遺其子。苟能教以學業，不教以仁義，曷爲父？間有不孝者，亦詬父曰"不遺以財，使我終窮"，至謂"天不生我于富貴家"爲怨也。豈父子之天耶？嘗思百工之人，各知以業授其子；富者知遺財與其子；貴者知延賞與其子；人君知以天下與其子；獨我父以道授我，庶乎成人。故我父之恩，過於人君以天下與其子。天下可得而有，道不可得而聞。以天下與其子，歷代人君莫不然；以道授其子，千百世不一見。父欲聞道，且不可得，奚以授於子？世之父不多老聃、輪扁也，縱有之，尚不能喻於子。道之難聞如是哉！

我聞道矣，一天下之事皆小之，但知我父所授之道爲至大。白刃加於身，實不懼，曷以變之？昔本大不孝，今知改爾，得如是者非我能也，實我父之力也。故生生死死，一以《久久書》爲心，意悟天還，吾道亨矣！昔羅仲素論瞽瞍底豫事曰"只爲天下無不是之父母"，陳了翁聞而善之。我繹思其言，直與《六經》相表裏。今天下人一之爲惡，道本無間斷，彼無知者爲時所瞀，痛可憫！我有我父之道在，了然不惑，獨立不懼，豈易至是。益信"天下無不是父母"之語爲至論，惜乎生後，不得見斯人一拜之。世道錯倒，今與誰語？其惟仰蒼蒼一歎乎！

辛巳九月廿四日，所南鄭思肖億翁書。

八

吾聞有志者人莫破之，鬼神莫破之，天地莫破之，生死禍福莫破之。夫如是，我知我《久久書》必開大明之天，終集厥成也。志與道一，萬古如新，敢再拜焉，敬勒爲誓！

辛巳良月初六日，所南鄭思肖億翁書。

九

我書《久久書》後凡八作，猶不能已於已也。所以不已者何？我父之志未伸也。我父氣如烈日，秋霜其嚴；行如精金，粹玉其潔。今洞觀一世人，竟無似其毫髮者。我欲學之也，自始逮今，愈學愈不肖。仰而望之，巍然其天乎！始教我爲君子也，今小人矣！易形革面，躑躅獸走，得罪天理，不齒人類，如之何不使我哭泣摧折，痛割心肺，晝夜悔恨，若莫能救！人莫不有子，其子未嘗不肖父；誰謂我父有子乃如是！爲人笑罵，直累於先，厥罪爲大。深思我父昔日鞭撻，不可復得，痛哉痛哉！誓自今始，心無他思，目無他視，盡力死行我父所行之塗，雖生死禍福來，悉不敢避！一念動於中，天地鬼神昭監在前，或敢薦違家法，我父終不瞑目於空冥間，鄭思肖盍深思之？今恥事虛文，此爲絕筆之誓！

辛巳陽月初八日，所南鄭思肖億翁書。

西漢絕十八年，景帝之子、長沙定王發五世孫光武興漢，其派實不出於武、昭、宣、元、成、哀、平諸帝之下。東漢絕一年，前漢景帝之子、中山靖王勝之孫昭烈皇帝興漢，其派亦不出於東漢諸帝之下。大宋開中興之天，或不幸而如是，亦寧不可乎？惟大宋一祖十四宗聖子神孫之後亟圖之！微臣雖不才，敢不盡生盡死以效驅馳！決不食言！

大宋德祐九年四月七日，臣鄭思肖敬書。

雜文 並元賊犯中國後所作

三山所南鄭思肖憶翁

獸懶道人凝雲小隱記

獸懶道人，蘇人也。既獸矣，又懶焉，蘇人中之眞蘇人也。今天下人，荒涼如秋，夢影白日，聲飛空青，弔形獨潸，怨逼春枯，愁挾秋語，均化爲蘇人矣。悲哉！與其流於流，孰若止於止？獸兮懶兮，如雲之凝，若迹於迹，無心可心，孰識雲之卽吾兮，而吾之卽雲兮？其凝其質，其散其天，乍離乍合，孰操孰舍？吾不知其誰爲之也。陟𡶆之堂，索玄之根，欲名其誰，實不可得，安能擬其爲之者與？或者曰：凝雲小隱在西湖之上，獸懶道人所刜，四方高人息肩問道，粥晨飯午，棲神遊眞之所也。吁！吾匪不知刜者呆懶道人也，然獸懶者其號，骨肉者其形，捨是而索之，則爲之者誰與？問君而君不知，問吾而吾不識，吾亦不識君之爲誰、吾之爲誰也。彼其彼，此其此，互名其名，聾瞽至死，或欲識之，請問於凝雲小隱主人獸懶道人。

一愚說

愚，眾所鄙之之稱也。喜而納之者，其隱於道者乎？予世今之世，莫人其爲人，軋乎憤，騁乎囑，而兀兀，而訥訥，素無怪其爲愚，而喃喃，而巖巖，今亦化而爲愚。惜哉！愚於君父家邦，則天其遊；愚於胡虜巢穴，則身其囚。弔日景之燭物不晶，慘淚痕之泣睛欲突，臨風一呼，將莫裁其所之也！唯予之不甘於愚，乃所以全其隱於愚也耶？

靜淨說

淨生於靜,靜一其淨。空然泠然,玄玄其玄,寥廓無象。先吾之先,索無首其首,潔無垢其垢;後吾之後,萬化形其妄,吾靜淨其眞。委天地,冥日月,靜無靜,淨無淨。吾其靜淨,靜淨其吾。二其二,一其一,匪二匪一,悉吾太極。

夢遊玉眞峰餐梅花記

德祐六年己卯冬至前三十六日,其夕三更後,鄭子得一夢。始則栩栩然,冥冥然,若羃若蟄,若醉若瞶,若迷身雲霧中,憑虛任其所之;俄而蓬蓬然,泠泠然,若有所至,然開目則身在山中。私謂其地爲西蜀之極西,其山中巖崖巘壑,參錯綿亙,峙奇走怪,形勢飛舞,非漁樵耕獵所趨塗徑,其僭怪龍虎所區窟宅。三晝遊覽,萬不六七。忽迫暮,遇深闊徹碧之溪,竟行水面,水離足三二寸,沿側石之徑,行迂峻,探窅窱,至一洞,石門忽自開。入之數里,始露霄漢,寬敞如平地,見可仰不可陟壁立之峰,聳身卽騰飛至其上。得一磐石,潤潔如玉色,平滿整截,方可七八百丈,四垂斗絕,下視無底。上有大古梅一,結根罅石之土,始一兩花,須臾盛開,香透頂腦。復意其時初冬至,正十五、六間,月輪懸於天頂,駐而不動,相去甚近,極大極明,直千百倍,沈寥空闊,清氣逼人。我心顛喜,興趣辟易,手摘梅花食,頃空其樹。匪若世間梅花,帶清苦氣,味甜美,如嚼新軟白石髓。且口咄咄,文其事欲紙,紙至,筆具隨之,懸筆飛寫,字狀極怪,不類世俗書。其文曰:

我鍾先天至清之氣毓其神,必以後天至清之氣養其形。陋彼熟食之子,火氣昏其清明,漚死其命於穀肉之殼,終棄墜其魄於冥城。草木英華,後天之清氣也,梅獨優之。一陽而花,六陽而實,爲純陽之果。其花天眞之身,至香無垢,貞白終其性。戕以霜斧雪斤,莫能夭彼之命。黑魔癡慘,欲殺萬物以死;身抱微陽一脉之仁,出而萌芽欲絕不絕之春。性和氣良,潹夬骸腥澤,蕩化眞水,培固命蒂,歸脉於踵,綿綿其息,久之鍊骨,堅而空透，體性不壞，猶精金然。吾嗜之者以此，平生所食，數溢千樹矣。來遊此峰，太初真氣所結，懸空而擎，不與塵壤通接，九疊九萬仞，霹靂圻裂，神護鬼捧，吸納煦洩，撐突峻削，磅礡块圠，山氣清潤，滋石孕玉，山脉相鎖，若犬牙啣錯，深走地底，鍵幹坤軸，獄形坡陁，臣伏若拜，奄蔭娑婆，歸然而帝，飛身陟之，千清萬奇，叢併心目。空中有聲之者曰：此玉真峰頂也，邇來四百萬劫，無人至此矣。梅花一樹，與天地日月仝生，更莫算其幾微塵劫。伏羲未生前，嘗開一花，今天地荒老，萬物多故，欲仁下土，故花又開，天道健，地道順，王道昌，萬物壽。吉樹拱百圍，花大半尺，樛枝偃蹇，根絞石隙，天根月窟，和氣之液，洪濛之雪，構爲花骨，世不得聞，僊不得識。今爲大寶珠玉，飛出泥丸，化而爲月，御天中央，直若千輪圓月，合成一月，迫窄六虛，焜燿陸離，開大光明，一被照燿，咸悟長生。大星疎疎，可數可取，小星千千，踏向足底，清極顛默，氣薄金石，頑立梅下，頻嗅頻笑，方瞳不瞬，溜碧相射，竟欲與之俱化，泯而爲一。倏躍而動，手盡其葩，齒錬爲丹，火涼水浮，玉池甘香，骨瑩肉化，鼻舌毛孔，悉进散香霧。六合同同，燦發玉光，萬返乎源，其心忽空，一旦獲無身之身，還我於無極，於戲偉哉！

　　書此文訖，舉頭睨此樹，又英英而花矣。花愈盛，香愈清，更欲採食。輒仰面長笑，聲震空碧，遂驚寤。神思恬淨，舌根猶香。夢中之文，凡千餘字，一筆而就，旦而遺其半，又二三百字，怪不可曉。剔抉其支離，脉絡之以意，潤色之以辭，仍紀顛末，遺爲他日一笑耳。聞者異之曰：奇哉夢也！曰：奇之則不奇矣。夫人之夢，皆紛雜之念凝之於神，因其昏昧，乘氣機恣縱變化，其魂實未嘗出於身外，真有所遊歷。或先識其事，或雜揉於感，多慾者夢猥而昏，無念者夢寡而清，要之俱化也，詰其根則妄爾。樂廣之論未悉也，別之有《周禮》六夢焉。昔黃帝夢遊華胥，高宗夢得說，文王夢帝與九齡，孔子夢見周公，佛夢金鼓，老子夢遊罽賓，莊周夢爲蝶，孰謂至人無夢乎？其實皆托言也，假夢以喻其意。彼數人者，直不可測，泥之反失之。豈如《左傳》所錄之夢，非先識其事，則雜揉於感者耶？聖賢或夢亦覺，眾人雖覺實夢，此以異也。夢生夢死，夢榮夢辱，蠢蠢夢晝，紛然蕉鹿，盲於心，偉一漚，斥溟渤，反誇爲極智。夜夢泛而無根，覺則出之，晝夢苟差敗乃德，不得爲善人，瞎無瘳時，晝夢之害，過於夜夢遠矣，悟者蓋寡。我未生之先，寂然而無爲；我既生之後，順天理以全歸。厄之不挫也，夭之不憂也，奚以富之、貴之、福之、壽之耶？無愛風慾薪鼓爨靈臺之火，情想俱枯，頹嗒喪其肢體，視實無視，聽實無聽，思實無思，五官咸天厥職，一無所倚。孰爲夢？孰爲覺？然則向之所夢，又不可以夢而夢之矣！

自　戒

有行，至貧至賤可以進之；無行，至富至貴不可親之。何也？有行之人，綱紀森然，動皆法度，不敢一毫越理犯分，恣其所行，雖貧乏不以爲不足，無故與之猶不受，況妄謀乎！忠孝仁義，睦於家，藹於鄉，不以害遺於人，斷無後殃。無行之人，譎佞殘妬，塞於胸間，心目所至，悉犯於理，貪涎滿吻，並包之心熾然，使得時則以勢劫之矣，雖死且有謀，餘孽猶毒於人，必難終以福。匹夫有行，保身、保家、保子孫，遺善爲閭里傳；卿相無行，亡身、亡家、亡國、亡天下，遺臭爲後世笑。敢斷之曰：無行之卿相，不若有行之匹夫。得若人而交之，非損我者也，實益我者也。然我或有一於此，人將拒我，如之何得若是之人而交之耶？其懼人之拒我也，莫若以所以拒於人者，反拒乎吾身，庶乎可矣。妄以言議人，則幾於小人；能自檢其身，則不失爲君子。終身其行斯言乎！我少也昧，惟由我父所行之塗行焉，凜凜然或恐悖之，玷於父母，願必進於道，期爲君子之歸，故書以自戒。

文丞相敍

國之所與立者，非力也，人心也。故善觀人之國家者，惟觀人心何如爾。此固儒者尋常迂闊之論，然萬萬不逾此理。今天下崩裂，忠臣義士死於國者，極慷慨激烈，何啻百數，曾謂漢唐末年有是夫？於是可以覘國家氣數矣。

藝祖曰:"宰相須用讀書人。"大哉王言,直驗於三百年後。丞相文公天祥,才略奇偉,臨大事無懼色,不敢易節。德祐一年乙亥夏,遭韃深迫內地,公時居鄉,挺然作檄書,盡傾家貲,糾募吉贛鄉兵三萬人勤王,除浙西制置使。九月,至平江開闔。十一月,朝廷召公以浙西制置使勤王,入行在。二年丙子正月,韃兵犯行在皋亭山,丞相陳宜中奏請三宮,不肯遷駕,卽潛挾二王奔浙東,韃偽丞相伯顏聞而心變,意欲直入屠弑京城,在朝公卿咸驚懼,眾從臾文公,使韃軍前與虜語。朝廷假公以丞相名。及出,一見逆臣呂文煥,卽痛數其罪。又見逆臣范文虎,亦痛數其罪。文煥、文虎意俱怒。導見虜酋伯顏,公竟據中坐胡床,仰面瞠目,撚須翹足,倨傲談笑。虜酋伯顏問其爲誰,公曰:"大宋丞相文天祥。"伯顏責不行胡跪之禮,公曰:"我南朝丞相,汝北朝丞相,丞相見丞相,不跪。"遂終不屈。其他公卿朝士見虜酋,或跪或拜,賣國乞命,獨公再三與韃酋伯顏慷慨辨論,尚以理折其罪,辯析夷夏之分,語意皆不失國體。深反覆論文煥之逆,伯顏竟解文煥兵權。又沮遏伯顏直入屠弑虜掠京城百姓之凶。伯顏始怒終敬,爲其所留,不復縱入京城,竟挾北行。

至京口,賊酋阿尤勒丞相諸使親札諭維揚降韃,獨文公不肯署名,虜酋暫留公京口虜館。時維揚堅守城壁,與賊酋阿尤據京口對壘。虜賊禁江禁夜,把路把巷,甚嚴密。公間關百計,擲金買監絆者之心,寓意同監絆虜酋往來妓館,褻狎買笑,意甚相得相忘,又得架閣杜滸相與爲謀。二月晦,夜遁出城,偷渡江,登眞州岸,偷歷賊寨,勞苦跋涉難譬。時全太后、幼帝北狩,將道經維揚,公欲借揚州兵與賊戰,邀奪二宮還行內。公叫揚州城,揚州疑公,不納。復西行叫眞州城,卽差軍送東往泰州,由海而南。南北之人悉以公爲神。

朝廷重拜爲右丞相。又於汀漳間募士卒萬餘人,剿叛臣,易正大,驅馳二三年。景炎三年,歲在戊寅,十一月,潮陽縣值賊,服腦子,不死,爲賊所擒,終不屈節,談笑自若。賊以刀脅之,笑曰:"死,末事也。此豈可嚇大丈夫耶?"嘗伸頸受之。賊逼公作書,說張少保世傑叛南歸北,公曰:"我既大不孝,又教人不孝父母耶?"不從其說。賊擒公至幽州,見偽丞相博羅等,不跪,眾虜控持,搦腰捺足,必欲其跪,則據坐地上,叱罵曰:

“此刑法耳，豈禮也！”賊命通事譯其語，謂公曰：“不肯投拜，有何言說？”公曰：“天下事有興有廢，自古帝王及將相，滅亡誅戮，何代無之？我今日忠於大宋社稷，至此何說！汝賊輩蚤殺我，則畢矣！”賊曰：“語止此？汝道‘有興有廢’，古時曾有人臣將宗廟、城郭、土地付與別國了，又逃去，有此人否？”公曰：“汝謂我前日爲宰相，奉國與人，而後去之耶？奉國與人，是賣國之臣，賣國者有所利而爲之；去之者，非賣國者也！我前日奉旨使汝伯顏軍前，被伯顏執我去，我本當死；所以不死者，以度宗之二太子在浙東，老母在廣，故爲去之之圖爾！”賊曰：“德祐嗣君非爾君耶？”公曰：“吾君也。”賊曰：“棄嗣君，別去立二王，如何是忠臣？”公曰：“德祐嗣君，吾君也，不幸失國，當此之時，社稷爲重，君爲輕。我立二王，爲宗廟社稷計，所以爲忠臣也。從懷帝、愍帝而北者，非忠臣；從元帝爲忠臣。從徽宗、欽宗而北者，非忠臣；從高宗爲忠臣。”賊曰：“二王立得不正，是篡也。”公曰：“景炎皇帝，度宗長子，德祐嗣君之親兄，如何是不正？登極於德祐已去之後，如何是篡？陳丞相奉二王出宮，具有太皇太后聖旨，如何是無所授命？天與之，人與之，雖無傳受之命，推戴而立，亦何不可！”賊曰：“你旣爲丞相，若奉三宮走去，方是忠臣。不然，則引兵與伯顏決勝負，方是忠臣。”公曰：“此語可責陳丞相，不可責我，我不當國故也。”賊曰：“汝立二王，曾爲何功勞？”公曰：“國家不幸喪亡，我立君以存宗廟，存一日則一日盡臣子之責，何功勞之有！”賊曰：“旣知不可爲，何必爲？”公曰：“人臣事君，如子事父。父不幸有疾，雖明知不可爲，豈有不下藥之理？盡吾心爾！若不可救，則命也。今日我有死而已，何必多言！”賊曰：“汝要死，我不教汝死，必欲汝降而後已。”公曰：“任汝萬死萬生煅煉，試觀我變耶不變耶！我，大宋之精金也，焉懼汝賊輩之燐火耶？汝至死我而止，而我之不變者初不死也！叮叮語十萬劫，汝只是夷狄，我只是大宋丞相。殺我卽殺我，遲殺我，我之罵愈烈。昔人云：‘薑桂之性，到死愈辣。’我亦曰：‘金石之性，要終愈硬！’”

公後又云：“自古中興之君，如少康以遺腹子，興於一旅一成；宣王承屬王之難，匿於召公之家，召、周二相立以爲王；幽王廢宜曰，立伯服爲太子，犬戎之亂，諸侯迎之，宜曰是爲平王；漢光武興於南陽；蜀先主帝巴蜀。皆是出於推戴。如唐肅宗卽位靈武，不稟命於明皇，似類於篡，然功在社稷，天下後世無貶焉。禹傳益，不傳啟，天下之人皆曰'啟，吾君之子也'，謳歌，訟獄者歸之。漢文帝卽是平、勃諸臣所立，豈有高祖、惠帝、呂後之命？春秋，亡公子入爲國君者何限？齊桓、晉文是也。誰謂奔去者不當立？前日汝賊來犯大紀，理不容不避。二王南奔，勢也。得程嬰、公孫杵臼輩出，存趙氏，爲天下立綱常主，揆諸理而不謬，又寧復問'有無授命'耶？惜乎先時不曾以此數事歷歷詳說與賊酋一聽！"此皆公首陷幽州之語。

公始被賊擒，欲一見忽必烈，大罵就死；機洩，竟不令見忽必烈。因叛臣青陽留夢炎教忽必烈曰："若殺之，則全彼爲萬世忠臣；不若活之，徐以術誘其降，庶幾郎主可爲盛德之王。"忽必烈深善其說，故公數數大肆罵詈，忽必烈知而容忍之，必欲以術陷之於叛而後已。數使人以術劫刺耳語，公始終一辭曰："我決不變也，但求早殺我爲上！"賊屢遣舊與公同朝之士，密誘化其心。公曰："我惟欲得五事，曰剮，曰斬，曰鋸，曰烹，曰投於大水中，惟不自殺耳！"賊又勒太皇傳諭，說公降韃，公亦不聽。諸叛臣在北，妬其忠烈，與賊通謀，密設機穽奪其志，公卒不陷彼計，反明以語韃，眾酋盡伏其智。且俾南人群然問六經、子史、奇書、釋老等疑難之事，令墮於窘鄉，眾謀折其短誤，公朗然辯析，議論了無不通，強辯者皆屈。北人有敬公忠烈，求詩求字者俱至，迅筆書與，悉不吝。公妻妾子女先爲賊所虜，後賊俾公妻妾子女來，哀哭勸公叛，公曰："汝非我妻妾子女也。果曰眞我妻妾子女，寧肯叛而從賊耶？"弟璧來，亦如是辭之。璧已受僞爵，嘗以韃鈔四百貫遺兄，公曰："此逆物也，我不受！"璧慚而卷歸。後公竟如風狂狀，言語更烈。一見韃之酋長，必大叱曰："去！"有南人往謁，公問："汝來何以？"曰："來求北地勾當。"公卽大叱之曰："去！"是人數日復來謁，已忘其人曾來，復問曰："汝來何以？"是人曉公意惡韃賊，紿對曰："特來見公，餘無他焉。"公意則喜，笑垂問，如舊親識。他日是人復來，公又忘之矣。叛臣留夢炎等皆罵曰"風漢"，北人指曰"鐵漢"。千百人曲說其降，公但曰："我不曉降之事。"虜酋曰："足跪於地則曰降。"公曰："我素不能跪，但能坐也。"賊曰："跪後受爵祿富貴之榮，豈不爲樂，何必自取憂苦？”公曰：“既爲大宋丞相，寧復效汝賊輩帶牌而爲犬耶！”或强以虜笠覆公頂上，則取而溺之，曰：“此濁器也。”

德祐八年冬，忽有南人謀刺忽必烈，戰慄不果，被賊殺。或謂久留公，終必生變，非利於韃。忽必烈數遣叛臣留夢炎等堅逼公歸逆，謂忽必烈曰“韃靼不足爲我相，惟文公可以爲之，得其降則以相與之”。公曰：“汝輩從逆謀生，我獨謀盡節而死。生死殊途，復何說！大宋氣數尚在，汝輩大逆至此，亦何面目見我？”遂唾夢炎等去之。會有中山府薛姓者，告於忽必烈曰：“漢人等欲挾文丞相擁德祐嗣君爲主，倡義討汝。”忽必烈取文公至，問之，公慨然受其事，曰：“是我之謀也。”請全太后、德祐嗣君至，則實無其事。公見德祐嗣君，卽大慟而拜，且曰：“臣望陛下甚深，陛下亦如是耶？”謂嗣君亦從事於胡服也。忽必烈始甚怒公，然忽必烈意尚愍公忠烈，猶望公降彼，再三說諭，公數忽必烈五罪，罵詈甚峻。忽必烈問公欲何如，公曰：“惟要死耳！”又問：“欲如何死？”公曰：“刀下死。”忽必烈意欲釋之，俾公爲僧，尊之曰“國師”；或爲道士，尊之曰“天師”；又欲縱之歸鄉。公曰：“三宫蒙塵，未還京師，我忍歸忍生耶？但求死而已！”且痛罵不止。諸酋咸勸殺之，毋致日後生事，忽必烈始令殺之。公聞受刑，歡喜踴躍，就死行步如飛。臨下刃之際，忽必烈又遣人諭公曰：“降我，則令汝爲爲頭丞相；不降，則殺汝！”公曰：“不降！”且繼之以罵。及再俟忽必烈報至，始殺公，公之神爽已先飛越矣。及斬，頸間微湧白膏。剖腹而視，但黄水；剖心而視，心純乎赤。忽必烈取其心肺，與衆酋食之。

昔公天庭擢第，唱名第一，出而拜親，革齋先生留京師，病已亟，命之曰：“朝廷策士，擢汝爲狀頭，天下人物可知矣。我死，汝惟盡心報國家！”母夫人遭德祐變故，逃避入廣，又嘗教公盡忠。故公始終不違父母之訓，盡死於國家，無二心焉。公自號“三了道人”，謂儒而大魁、仕而宰相、事君盡忠也。忠臣、孝子、大魁、丞相，古今惟公一人。南人慕公忠烈者，已摭公之《哭母詩》“母嘗教我忠，我不違母志。及泉會相見，鬼神共歡喜”之語，作《鬼神歡喜圖》，私相傳翫。公在患難中，嘗終日不語，冥然默坐，若無縈心者。五載陷虜，千磨萬折，難殫述其苦。事事合道，言言皆經。一以相去遠，二以人畏禍不肯傳，百僅聞其一二。累歲摧挫之余，老氣崢嶸，視初時愈勁。時作歌詩自遣，皆許身徇國之辭。間見數篇，雖有才學，然怪其筆力不能操予奪之權，氣索意沮，深疑其語；後乃知叛臣在彼，誤虜嫉公，或偽其歌詩，揚北軍氣焰，眇我朝孤殘，憐餘喘不得復生之語，雜播四方，損公壯節。公自德祐二年陷虜北行，作《指南集》。景炎三年陷虜，作《指南後集》。公筆以授戴俊卿，文公自敍本末。有稱賊曰"大國"、曰"丞相"、又自稱曰"天祥"，皆非公本語，舊本皆直斥虜酋名，不書其僭偽語。觀者不可不辨，必蔽於賊者畏禍易爲平語耳。詩之劇口罵賊者，亦以是不傳。禮部郎中鄧光薦蹈海，爲賊鈎取，文公與之同患難，頗多唱和。杜滸嘗除侍郎，海中殺賊頗夥，後以戰死。公之家人皆落賊手，獨妹氏更不改嫁賊曹，謂："我兄如此，我寧忍耶!"惟流落無依，欲歸廬陵，賊未縱其還鄉。

公名天祥，字宋瑞，號文山，廬陵人。父名儀，號革齋。公被擒後，己卯歲往北，道間作祭文，遣孫禮詣廬陵革齋先生墓下爲祭，仍俾侄升立爲嗣。公寶祐四年年二十一歲廷對，擢爲大魁，四十一歲拜丞相。亂後出處大略如此。平生有事業文章，未悉其實，未敢書。思肖不獲識公面，今見公之精忠大義，是亦不識之識也。人而皆公也，天下何慮哉？意甚欲持權衡筆，詳著《忠臣傳》，苦耳目短，不敢下筆。然聞爲公作傳者，甚有其人，今諒書所聞一二，助他日太史氏采摭，當嚴直筆，使千載後逆者彌穢，忠者彌芳，爲後世臣子龜鑑與!

論人辯

欲觀其人，先觀其行，然後觀其志，復觀其氣，使其氣不偉則卑矣。或曰：行者觀人之本，奚以其志、其氣乎？曰：其行雖可取，苟非我徒，寧舍之。小人夷狄之中，豈無有行者存焉？揆其名則非。古人論人品甚嚴，先以定其分，復以閑其別。古者凡民之秀曰士，今之名曰士者，未嘗不讀書能文，實則非我徒，其志其氣卑，行乎萬物之下，屑爲物之御，幽幽囚囚，夢杪忽之，欲獨私其天。不見聖人之道，廣大弘深，渺無津涯，果何時天開而春融耶？志者，入道之始；氣者，成人之終。志不高不足以入道，氣不充不謂之成人。聖賢之氣，渾渾然如太極，昭昭然如天地，粲粲然如精金，巖巖然如泰山。是氣也，道義之充也，不可以外假。今之曰士者，知是氣也蓋寡，豈能觀是氣？又豈能養是氣？論人品之法，悉委於無傳，故我之論人，始以論人品，終以觀其氣，目照一世，廓兮其空，終身獨行，亦宜矣乎！

答天然子辭

我殼婆娑之春，人其綱常，四十年，蠢蠢悶悶，盲盲冥冥，變智以愚，溯其初，死有旋有，破無還無，萬萬一一，咸喪其然，或可乎？天然子咀其旨，邁其顛，斂繁枯根，三極萬化，悉臣於我，仍卻之，乃既矣。

警　終

天與人以生，與人以富，與人以貴，與人以安，與人以壽，獨不與人以死。蓋死之者，乃所以終之也。惟天未終之，亦所以白其平日之心也。白居易有詩云："周公恐懼流言日，王莽謙恭下士時。若使當時身便死，一生眞偽有誰知？"其亦有見於是夫！國家盛時，士大夫以幸而全其名者多，不遇蟠根錯節，無以別其利器不利器。今之大變，決江河而下流，天下一波，亦足以見人之心矣！一以古道遇諸人，徧國中無與語者；一以今道遇諸人，詭遇獲禽，無往不得。我徧國中行，無與語者久矣，奚獨今哉！以古御今，難乎！雖然，寧死不敢爲彼。立於孤，遁於密，每惕然而驚，有不喜聞人聲之意。人皆曰：彼奪天下已定，何爲而癡癡，不天其生，惟求克死爲道乎？曰：寒浞絕夏祀四十年，而少康興；夫差敗越二十一年，而勾踐滅吳；王莽篡漢之後二十一年，而光武興漢。是未可以目前成敗論，宜高雙眸以觀。今天之與我者，大矣，非一世之人所有也，獨未終之以死。非懼死也，懼不得其正而死，全歸之於天，貽辱於先也。亦毋使後之人謂我能言之而不能行之，故書此以告於心，爰警其終焉！

古今正統大論

後世之論古今天下正統者，議率多端，自《春秋》後，史筆不知大倫所在，不過紀事耳。紀事而不明正理，是者非，偽者正，後世無以明其得失，諸史之通弊也。中國之事，係乎正統；正統之治，出於聖人。中國正統之史，乃後世中國正統帝王之取法者，亦以教後世天下之人所以爲臣爲子也。豈宜列之以嬴政、王莽、曹操、孫堅、拓拔珪、十六夷國等與中國正統互相夷虜之語，雜附於正史之間？且書其秦、新室、魏、吳、元魏、十六夷國名年號，及某祖、某帝、朕、詔、太子、封禪等事，竟無以別其大倫？先主爲中山之後，本稱漢，陳壽作史，降之曰"蜀"；於逆操史中，乃稱"蜀丞相諸葛亮入寇"。若此等類，豈不冤哉！臣行君事，夷狄行中國事，古今天下之不祥，莫大於是！夷狄行中國事，非夷狄之福，實夷狄之妖孽。譬如牛馬，一旦忽解人語，衣其毛尾，裳其四蹄，三尺之童見之，但曰"牛馬之妖"，不敢稱之曰"人"，實大怪也。《中庸》曰："素夷狄行乎夷狄。"此一語蓋斷古今夷狄之經也。托拔珪、十六夷國，不素行夷狄之事，縱如托拔珪偽稱元魏，偽諡文帝。之禮樂文物，僭行中國之事以亂大倫，是衣裳牛馬而稱曰"人"也，實爲夷狄之大妖，寧若卽夷狄而行夷狄之事以夭其天也。君臣華夷，古今天下之大分也，寧可紊哉！若夫夷狄風俗興亡之事，許存於本史，如國號類中國之號，所謂僭號元魏是也。及年號、某祖、某帝、某皇后、太子、朕、詔、封禪、郊祀、太廟等事，應犯天子行事等語，苟不削之，果與中國正統班乎？若國名素其嚴狁、單于之號，及官職、州縣並從之，猶古之列國，亦猶古者要荒之外，夷狄之地。古者聖人得柔遠之道，所以不致其犯分；御之失道，則猖獗四馳矣。

或曰："拓拔氏及今極北部落，皆黃帝后，姑假之亦可。"曰：譬如公卿、大夫之子孫，棄墮詩禮，或悅爲皂隸，或流爲盜賊，豈可復語先世之事，而列於君子等耶？況四裔之外，素有一種孽氣，生爲夷狄，如毛人國、猩猩國、狗國、女人國等，其類極異，決非中國人之種類，開闢以後卽有之，謂黃帝之後、夏后氏之後則非也。《孟子》曰："舜、文，東夷、西夷之人也。"《史記》曰："舜，冀州人也，黃帝之子昌意七世孫。"且文王之先嘗避狄難矣，未可遽以東夷、西夷之說而論舜、文也。舜、文，大聖人，豈可執東夷、西夷之語例論後世夷狄也哉？其曰《北史》，是與中國抗衡之稱，宜黜曰"胡史"，仍修改其書，奪其僭用天子制度等語。其曰《南史》，實以偏方小之，然中國一脈係焉，宜崇曰"四朝正史"，《南史》但載宋、齊、梁、陳，故曰"四朝"。不亦宜乎？嬴政不道，王莽篡逆，劉玄降赤眉，劉盆子爲赤眉所挾，五代篡逆尤甚，冥冥長夜，皆不當與之。普六茹堅，小字那羅延，僭稱隋，僭諡文帝，普六茹譯姓曰楊。奪僞周宇文闡之土，而並僭陳之天下，本夷狄也，魏證猶引"楊震十四世孫"書之，此必普六茹堅援引前賢以華族譜云。並宜黜其國名、年號，惟直書其姓名及甲子焉。如遇某祖、某帝、朕、詔、封禪、郊祀、太廟等事，宜書曰："普六茹某僭行某事。"呂後稱制八年，武后稱制廿一年，牝雞之晨，俱惡逆事，書法同前；但仍書曰呂後；但武后本非高宗后，其名不正，亦不當以后書之。如自古以來，諸國之名仍存之，蓋出於天子之所封也。若論古今正統，則三皇、五帝、三代、西漢、東漢、蜀漢、大宋而已。司馬絕無善治，或謂後化爲牛氏矣。宋、齊、梁、陳，藐然綴中國之一脈，四姓廿四帝，通不過百七十年，俱無善治，俱未足多議，故兩晉、宋、齊、梁、陳，可以中國與之，不可列之於正統。李唐爲《晉載記》涼武昭王李暠七世孫，實夷狄之裔，況其諸君家法甚繆戾，特以其並包天下頗久，貞觀、開元太平氣象，東漢而下未之有也，姑列之於中國，特不可以正統言。夷狄行中國之事曰"僭"，人臣篡人君之位曰"逆"，斯二者天理必誅。王莽、曹操爲漢臣，逆也；普六茹堅乃夷狄，呂后、武后乃婦人，五代八姓乃夷狄盜賊之徒，俱僭也，非天明命也。以正而得國，則篡之者逆也，如逆莽、逆操篡漢之類是也；不以正而得國，則奪之者非逆也，漢取嬴政之國，唐取普六茹堅之國，大宋取柴宗訓之國是也。善乎僭唐李詧僭諡明宗。露禱於天曰："臣本夷狄，願天早生聖人，弔民伐罪，如湯武則可。"孔子曰："武盡美矣，未盡善也。"湯武憂天下無君，伯夷憂後世無君，斷之固有理，後世必藉湯武之事，以長無君之惡。李覯曰："湯武非聖人亦宜。"聖人、正統、中國，本一也，今析而論之，實不得已。是故得天下者，未可以言中國；得中國者，未可以言正統；得正統者，未可以言聖人。唯聖人始可以合天下、中國、正統而一之。

子路問："衛君待子爲政，子將奚先?"子曰："必也正名乎！名不正，言不順，事不成，禮樂不興，刑罰不中，民無所措手足。"大哉"正名"一語乎！其斷古今之史法乎！名既不正，何足以言正統與？正統者，配天地、立人極，所以教天下以至正之道。彼不正，欲天下正者，未之有也，此其所以不得謂之正統。或者以正而不統、統而不正之語，以論正統，及得地勢之正者爲正統，俱未盡善。古之人君有天下而不與，以天下爲憂；後之人君執天下爲己物，以天下爲樂。夫以天下爲憂，則君子道行；以天下爲樂，則小人道行。此古今治亂之由分也。治則天下如泰山之安，不可搖動；一或不然，朵頤神器者至矣。此天下不容長一統也，有天下者可不敬歟？

夫《春秋》一書，天子之事，夫子無位，即魯史之名，書天下之事，不獨爲周作史，寔爲天下萬世作史。尊天王，抑夷狄，誅亂臣賊子，素王之權，萬世作史標準也。邵堯夫曆始於堯甲辰，極有理。或謂神農傳至榆罔，共八代，五百餘年。蓋堯而上，實難考之。有窮氏絕夏祀四十載，南軒以甲子書之，尤得史法。晦菴《通鑑綱目》曰莽大夫、晉貞士之類，固得之，然猶有未盡也。歐陽永叔《正統論》辨秦非閏位，亦未然。朱晦菴取范祖禹《唐鑒》，良善，其中尚當定數字。此我猶有志於作《正統通鑑》之書。大抵古今之事，成者未必皆是，敗者未必皆非。史書猶訟款，經書猶法令。憑史斷史，亦流於史；視經斷史，庶合於理。謬例、失實、泛書，史之通弊，最不可不察。或曰："數千載事，今約以一篇之文斷之，不亦太簡乎?"曰：古今一理耳，千古之下，論正統決不易於是。惟識大體者，必以我言爲當，庶幾正統永不墜緒。

我經大亂後，燭人事之變，遂通古今上下而定之，確然以正統、僭逆之事爲論，思之三年然後定，參錯前輩議論，斷以己見，惟主於理，以爲權衡。厥今統緒墜地，斯民悵悵然盲行，可痛可傷！深欲即諸史通鑑之文，痛辨大義，悉刪繁務，攷證得失，纂定書法，以明正統、僭逆之事爲第一義，併削僭逆之號、用天子事例之類，宜直書姓某名某、僭行某事，目之曰《正統通鑑》。仍自三皇始，肇其正統之源；至堯始書甲辰，然亦不過統論堯時事；自夏以後，漸用編年，其大不可考者，決不可以意補，宜如“夏五”法。或謂予曰：“《正統通鑑》理宜只載正統之事，君所謂三皇、五帝、三代、兩漢、蜀漢、大宋而已，其他如兩晉、宋、齊、梁、陳，雖曰中國，恐不可書，以紊《正統通鑑》之名。”曰：當知“正統通鑑”四字，是舉大綱目之名，兩晉以下，其實附之以續編年，至於嬴政、王莽、普六茹堅、五代，則直書其名，亦以附編年，不如此則上下不貫續也。若曰《正統通鑑》全書，我心緒凋瘵，家事淒薄，絕無書籍可爲憑藉，況其間毫髮予奪之權，費訂正者甚多，實非一二十年不足以辦此書。況先人有未畢之遺書在，爲人子者未能足其文，乃私成己見之書，實犯不韙。且萬世賞罰之權，實爲大事，非忠烈明敏者不能辨察於毫末之間，揆我之才，實恐有所不及焉，尚有賴於後之識正統大義之君子！

一是居士傳 “一是”，二字本程子語。庚辰九月

一是居士，大宋人也。生於宋，長於宋，死於宋。今天下人悉以爲非趙氏天下，愚哉！嘗貫古今六合觀之，肇乎無天地之始，亙乎有天地之終，普天率土，一草一木，吾見其皆大宋天下，不復知有皇帝、王霸、盜賊、夷狄介於其間。大宋，粹然一天也，不以有疆土而存，不以無疆土而亡。行造化，邁曆數，母萬物，而未始有極焉。譬如孝子於其父，前乎無前，後乎無後，滿眼唯父，與天同大，寧以生爲在、死爲不在耶？又寧見有二父耶？此“一是”之所在也。未死書死，誓其終也。故曰：“死於宋。”“一是”者何？萬古不易之理也。由之行，則我爲主，天地鬼神咸聽其命。不然，天地鬼神反誅之。斷古今，定綱常，配至道，立眾事，自天子至於庶人，一皆不越於斯。苟能深造“一是”之域，與天理周流，明而不惑，殺之亦不變，安能以僞富僞貴芻豢之？

居士生而弗靈，幾淪於朽棄。長而明，始感父母恩異於他人，父母恩非數可算。性愛竹，嗜餐梅花，又喜觀雪，遇之過於貧人獲至寶爲悅。不飲酒，嗜食菜，薦飯得菜，欣然飯速盡。有招之者，拒而不從，決不妄以足跡及人門。癖於詩，不肯與人唱和。懶則數歲不作；一興動，達旦不寐作

諷詠。聲辭多激烈意。詩成章,數高歌,輒淚下,若不能以一朝自居。每棄忘生事,盡日遂幽閑之適,遇癡濁者則急去之。多遊僧舍,興盡卽飄然,惓懷終暮坐不去。寡與人合,間數月竟無至門者。獨往獨來,獨處獨坐,獨行獨吟,獨笑獨哭,抱貧愁居,與時爲仇讎。或癡如哆口不語,瞪目高視而僵立,眾環指笑,良不顧。常獨遊山水間,登絕頂,狂歌浩笑,氣潤霄碧,舉手掀舞,欲空其形而去。或告人以道,俗不耳其說,反嫌迂謬,率恥與之偕。破衣垢貌,晝行囈語,皇皇然若有求而弗獲。坐成廢物,尚確持“一是”之理,欲衡古今天下事,咸歸於正,愚又甚眾人。宜乎舉世之人不識之,有識者非眞識之,識其人不識其心,非識也。能識“一是”之理,則眞識一是居士矣。奚以識其精神肖貌,然後謂識一是居士也與?

故作《一是居士傳》。

交情集序

朋友,人倫也。今廢之,豈道哉! 尚何望於一生一死之間耶? 邇來詩家者流,率尚唐人法度,以苦吟爲得趣,得一聯於終歲者有之,死而不傳,爲朋友盍惻然於懷? 我是以創意於《交情集》,非故舊不與於斯,得朋友盛名與清風,俱無窮於天地之間,則詩亨矣!

試筆漫語九月廿二日

噫! 空懷貯秋碧,狂足孤走,高叫破膽,手擎肺腑,出照天地,蓋皎如也!

眾人所行吾不行,眾人所不行我行,固知取罵於世,然卒莫之能改。

一語合道,天下歸之,奚庸多言?

塞眼新寒,潑人欲僵,黳雲疊疊,積壓愁晦;揮劍一晝,開暖生明,照萬物有活色,吾知天地不終以陰慘厄人。

責　謬

　　我凡與人語，人皆不解我意。謂我語不可曉耶，我心中了了無疑。謂我語可曉耶，人聞之懵懵相視。波斯咄咄梵語，別國人俱莫辨之，譬之以此，則我誠愚矣！我始之待人爲君子也，十必望其八九，久之則七六矣，又久之則五四三二矣，又久之至於一亦無所取者有之。雖然，我之觀人固如此，焉知人之觀我不如此哉？斯二者其謬抑甚矣夫！故作《責謬》。

書先君跋先著作叔翁行述後

　　思肖幼聞先人每喜道先大著高叔祖之事，長而知其本末之詳，蓋奇人也。先高叔翁事孝宗朝，極有聲，忠藎極諫，斥罵奸邪，不顧一身，唯爲天下慮。當時晦菴、南軒、東萊、艾軒諸公極深敬之。三十歲兩優釋褐，三十八歲卽世，今所存者唯《注易》一部。天不壽之，亦命也夫！先高叔祖贅於丞相陳正獻之家，遂居於莆。今其直下子孫，亦莫知其爲何如，想亦猶吾爲先人之子，有靦面目也。先叔翁與吾先人剛毅正直，同此一天，子孫俱遭時艱，伶仃孤苦，俱不得學乃祖乃父之事，誠有愧於爲人之子孫。祖宗父母冥冥間有知，必殛我棄墜忠孝家法之罪，實何辭焉！用是書於先人《跋先著作叔翁行述》後，以見子孫一縷哀苦之誠云爾！先高叔祖諱鑑，字自明，號植齋。

先君菊山翁家傳

　　思肖心數生平所爲，不孝一事最深，理久當殛死。非自損抑語，蓋實有罪，感造物赦之，開其自新之路。今雖大哭殞命，不足贖一身罪，不足述先人德，尚忍言哉！

　　鄭姓得於周宣王母弟桓公受封之後，至晉永嘉分派入閩，居於連江東導村，今十數世矣。高祖、上字秀，下字穎。曾祖、上字昭，下字嗣。

祖,左氵,右斤。世世襲以讀書傳家。先君兄弟二人,伯氏蚤喪。先君字叔起,號菊山,名與字之下字同。早年嘗名正東方之卦。生於慶初己未,終於景定壬戌,壽六十四歲。先君四十歲始生思肖,今所記者惟先君五十歲以後事。前乎此時,正當早年豪傑,時奇氣偉節,未易可以形容。父子間禮甚嚴,非親見事不敢問,又無伯叔、長兄教之。今前輩或有能道其早氣豪邁者,特髣髴爾。

獨憶思肖七歲時親歷之事。淳祐丁未,前丞相鄭清之以侍讀入朝,泊於湧金門外,朝廷忽除之再相,先人聞除命下,痛哭流涕,謂:"我自上流歸,聞端平出師復兩京之敗,皆鄭相誤國罪。"即登其門,歷歷數之,厲聲大罵曰:"端平敗相,何堪再壞天下耶!"竟為鄭相執下天府,母、妹、思肖俱遭執去。當時士氣頗盛,京尹趙與𥲅越一宿俱縱之。鄭相乃命天府廣布耳目吏卒於長橋所居左右,密物色,至於朋友往來、出處云為,排日錄聞天府,堅求瑕疵,欲以他罪加焉。如是二年,莫能得毫髮,鄭相去國,事乃寢,鄰人始言其布置欲陷人以罪之事。先人為社稷生靈憂,蹈此危機,有司求之二年,不得其過,可以見平日大節目矣。

在京師居時,屋後有淫祠,因先母病,鄰人謂宜禱之。先人以為狄仁傑嘗毀江南淫祠一千七百,獨留禹廟、泰伯廟、伍子胥廟,程子尚謂伍子胥廟亦不當留。先人竟手毀廟像,後亦無他。每事正直無邪諂,率皆若是。讀書之外,唯好飲酒、嗜食茶,他皆不切切焉。客京華三十餘年,不行狹邪徑竇之門,屈其氣節。世俗通賄賂事,一毫未嘗破戒。四方饋以禮,唯正則受。有酒即飲朋友,有錢即與朋友。聞人之善昌言之,見人之惡面折之。意氣飛動,不協於時。人固敬之,抑且畏之,或頗忌之。平生獨冠魏巾,異於眾,議論氣象、出處言動,皆正直嚴毅有法度。當時宰執賢其賢,欲官焉,恥出私門之恩,終咈其事。每與平章賈似道論得失,累忤其意,後竟為彼所疎。凡公卿大夫交,言不及利,語不阿媚,卒無親妮黨比之交。其實情則藐視一時人物,寄心澹泊,以道自鳴,高潔其行,白首《六經》。家不蓄銀器,不蓄直錢之貨,不喜甓圖畫骨董,不親博弈,不言私事,惟家藏古今書數千卷。

自庚辰出閩,游京師。庚子,於潛縣請主於潛學,時居渡子橋,作

《三膜記》。甲辰，伏闕言姦相史嵩之，奉旨免解。丙午，上江陵。丁未，遷居西湖長橋，扁其廬曰“水南半隱”，作《水南半隱記》。壬子，伏闕言水火災，不報。漕臺請爲諸暨縣主學、蕭山縣主學。甲寅，絜居吳門，浙西倉臺請爲尹和靜書院堂長，淮東閫請爲泰州胡安定書院山長，平江府請爲三高堂長，無錫縣率請至邑庠開講。環轍淮左浙右，據坐皋比，深衣竹笏，講性理學，一時學者翕從焉。講道來歸，故廬小圃，植幽花修竹，逍遙其間，意不欲復出，將閉門養道，遂其閑適。天不壽以年，不得終此高隱計。

早年場屋不利，即潛心窮理盡性之學，極有所得。至老讀書不倦，晚年造詣益深，正欲毀舊《太極無極說》，別作《太極書》，病已亟矣。將易簀際，盡歷歷言得失，且命思肖：“至中年加以學力，削改補釋，足成《易注》。我丁未年後，即留心注《易》，今十六年，汝勿廢我生前志。汝終身所行之道，平日語汝久矣！”遂卒。先人素自許以治國平天下之道，制於命而不伸，痛哉！使其生至今日，決不忍陷於賊阱，必一死盡臣子報國之節。

著述有講義、詩集、雜著、前後《讀書愚見》、《太極無極說》、《修攘事鑑》、《南北要覽》、《深衣書》、《鄉飲酒書》、並注《易》六十卦，外又有碑銘記序百五十餘篇、詩百餘篇，皆晚年所作。亂後故橐爲賊取去，僅存於別橐者，文得十一篇，詩得十五篇，餘篇不可復得，深爲痛惜！

先人生子女二人，思肖長焉。女弟適人不諧，終願爲尼，修淨業。思肖又懦弱無能爲，一絲文脉，終將何如？近日漳州大義甚正，干戈擾擾，閭間正苦，吾族在鄉甚盛，誰歿誰存，今俱可傷，墳墓纍纍，盡埋沒荊榛戰血中。獨先祖墓在江陵城外。先人早失怙恃，寄食外氏，亦莫知地之詳。先人丙午遊江陵，嘗望祭焉。先人墓在姑蘇甀山西隴，亂後幸無恙。先母兵火間丙子歲茶毗，水化骨殖矣。

天長地久，北風淒寒，如我不似於人，啟人掩口胡盧大笑者誠不可掩矣！又痛思無子紹先人遺書，刳割心髓，雖念念謀爲傳後計，但國事大變，奚敢獨以家事論？今爲國爲家之念，紛然茫然，裂碎其心，莫措手足，仰天大慟，莫喻後之所云！

南風堂記 辛巳六月

我命於亂世，特立不倚，或或而行，若有待焉。無家可居，寄炊於人，幸承先人之田十餘畝，養其未死之身，必一見中興盛事。逮時之康，當屋於勝地，扁其廬之中曰"南風堂"。其堂之南，直六七丈，池之以荷花。距堂之北，深十餘丈，植之以修竹。堂之中，列三教典籍，寓之以琴棋壺觴之具。非忠義之士、清逸之人，不納也。得一處此，死亦無憾。

蓋南風爲天地正氣，時維夏月，南風盛，萬物被之，氣潤神悅。春夏之令，苟愆反以北風，則草木寒悴。歲且南風主豐登，東風次之，西風、北風主荒歉。凡種蒔草木之時，得南風，終茂且實；或西風、北風，悴而不盛。四時種蒔俱然。稻花開時，日正當午，最喜得南風；忽北風吹之，穀花受寒，損而不實；或西風亦傷之。冬間深山窮谷，積雪經月不消，值北風、西風，雖晴日當空，雪愈堅凍；一南風披拂之，縱不晴，亦俱消盡。《呂令》曰："東風解凍。"蓋論天地發生之仁，始乎青陽之地，終莫如南風之速化，皆問之屢、試之驗者之事也。南風之來，解人煩鬱，皆願迎其涼；北風之來，砭人肌骨，咸欲避其慘。

今天下病矣！誰能廻帝舜南巡之駕，競之以南風耶？揆之物理人情皆然。取以名吾堂，實所願也。期以此堂，立春始敞通青陽之生氣，將以進南風於堂之上，而爲君；立冬必堙絕黑陰之慘妖，於以拒北風於堂之外，而爲臣；春之後、秋之前，晴明則闢，陰雨則闔。四時之間，主以清明溫厚之氣。陰邪雖戾，寧敢犯吾天！

斯堂信美矣，然非大丈夫則不稱是。夫大丈夫者，始以一身執綱常之權，悉舉天下後世同歸綱常之域，終而一心盡性命之理，一溥天下後世，俱融性命之天，超古今，照日月，高立萬世，垂範無疆。彼聾氓瞽夫，汙穢其命，紛如茫如，國於毫髮之眇，自以爲天地之大不過於是，言詔之則昧，誠動之則神。故我以無語之語，銘於太空，當開千萬億世聾瞶而聰明之。天地日月，可歸變壞；此理之銘，不可朽亂。天下後世，將天其天矣乎！此堂亦寄耳，豈徒止於一堂之安，而遽忘天下後世哉！天其相我，必奏厥成，當實其堂，而碑斯文！

久 論

久，小人所難，君子所易。小人偽也，偽則無終；君子誠也，誠則不變。身道而行，久而愈久，其天矣。見道明則剛，孰以變之？彼變者，未見道者也。欲久而天，惟趨天理之塗，而力行焉。

德祐謝太皇北狩攢宮議七月

德祐六年，太歲庚辰，三月十三日，太皇太后崩於北狩行宮，虜賊奉梓宮於幽州長生觀，議將攢於藝祖昌陵側。我書"崩於北狩行宮"者何？蓋痛太皇死不得其正也。書"攢"者何？昔本朝都汴時，陵寢在北，紹興後，列聖謀復歸都汴，期遷梓宮附葬先朝諸陵間，故曰"攢"。今太皇崩大難中，或葬藝祖昌陵側，出虜酋意，實爲逆事。微臣齮齕，志在中興復讎，期遷太皇歸合葬穆陵側，穆陵，理宗。理始正，故亦書"攢"。

今朝廷無史官，時事散在四方，山間林下必有作野史者，無其位書當代事，持一己獨見獨聞，斷四方是非，匪正直剛毅古君子，不可一事一字權衡予奪，難哉！然今人必以禍福生死動心，恐無是見識、力量、才學直書其事，一有所懼於前，氣則餒，欲直書一字，體栗神變，手亦戰掉，莫能措筆，喪其魄矣，奚取於史哉？或不如此作，則非所以爲史。凡遇"元"字，並削之，直書爲"賊虜"，仍不得存賊虜年號。如我朝"元年"，宜易爲"初年"，或爲"一年"，其他一切值用"元"字，並以理易之。一得中興天子興，凡姓"元"者，宜敕下易姓爲"宋"，或易姓爲"胡"，絕偽逆微迹，使不復聞其聲、見其字。

今南人亦教賊虜置史氏，以逆犯正，後並削之。昔我作《古今正統大論》，正以此故。又痛聞知不博，不得作野史，願得正直剛毅古君子作之，苟合我志，與我作同。安得斯人與之論野史哉！

因山爲墳說

自古天下夷狄盜賊興，諸陵盡遭發掘。漢文帝瓦器而不金錫，因山不造墳,後獨無恙。光武嘗曰:"古者帝王之葬,皆陶人瓦器,木車茅馬,使後代之人不知其處。今所制不過二三頃,無爲山陵陂池,裁令流水而已。"唐太宗嘗頒制,務從節儉,於九嶝之山,止容一棺而已。又郭威嘗戒於家曰:"昔我西域見唐十八陵無不發掘。我死,當衣紙瓦棺,勿作石羊虎。"劉向《諫厚葬疏》、張孟陽《七哀詩》、虞世南《諫山陵厚葬疏》,言之甚詳、甚痛。盜長陵抔土之刑雖重,金箱、道書、玉杯之類,倏然已出於人間矣。

靖康後,本朝諸陵遭金人發掘殆盡,獨索藝祖昌陵不得。金人登鄰山高望本朝諸陵,儼然七堆;下卽其地而求,只見六堆。累歲求發掘昌陵,竟不可得。又昌陵林木間,至寒食必掛白銀紙,金人聞而疑,亦累歲。數萬馬軍先寒食屯駐昌陵左右,密伺之,至寒食掛白如舊,殆神矣!此屢聞於北人者。德祐一變,大臣富家墳塚竟無全者,唯因山不墳之墳,得免者多。故我先人墳,亦以此免。古今葬者,内則金銀珠寶,動盜者之心,外則神道、月牆醉[埒]、石羊虎,示盜者之目,溫韜董胡爲乎不興心乎?漢楊王孫裸葬,見亦遠矣。

葬者,藏也,欲速朽也,奚事美觀?若灌之水銀,反不化,爲害甚久。或只掘無水至深之坑埋之,更不用木槨磚石之槨,欲其速化,此亦有理。否則用因山不墳之墳,内而深葬,外而無迹,徧樹松柏,使子孫知其地,莫能知其穴,始爲得之。人欲厚葬父母者,不孝也。今江南諸陵受禍不淺,何可說耶?藝祖在天之靈,赫赫如日,聖迹如斯,前朝未見有如此者,吾知天下未遽屬他人手。思肖,德祐遺臣也,諸陵之淚不乾,然謀報亦未晚,他日中興聖人,願鑒於是!

泣秋賦

受命大謬兮,身於危時;議論迂闊兮,謀不及寒與饑;哀歌悲激兮,聲洞金石;灑淚弔終古兮,周覽冥迷。南仰炎邦兮,黃纛杳杳;北俯陰域兮,枯草淒淒;東望蓬萊兮,燧煙昏於日本;西憶錦城兮,妖氣絕其坤維。天地之大兮,既無所容身;所思不可往兮,今將安之?禮廢兮道喪,氣變兮時推。夭喬短閼兮,殺氣何盛?陰寒癡慘兮,生意何微?黃花傲榮兮,睨曉而若泣;賓鴻感氣兮,逢秋而來飛。日月無情兮,積昏曉而成歲;翠華巡北嶽兮,六載猶未遄歸。野鬼巢殿兮,梁上而嘯;妖獸據城兮,人立而啼。大塊鼓災兮,庶物命斷;問汝群兒兮,知而不知?每泣血漣如兮,為大恥未報;誓挺空拳兮,當四方驅馳!非我自為戾兮,弗安厥生;惟理之不可悖兮,雖死亦為!金可銷兮鐵可腐,萬形有盡兮此志不可移!天雖高兮,明明在上;一忱齧檗兮,寧不監予衷私!謀為仁義吐氣兮,人不從之,天必從之。大誓死死不變兮,一與道無盡期。踽踽涼涼兮,獨立獨語;彼沐猴而冠兮,反指唾其癡。安知我之志氣兮,其動如雷;我之正直兮,其神如著!外被汙垢之衣兮,內抱瑩淨之珠;終身一語兮,不敢二三其思!死灰餤紅曖兮,易一哭為眾笑;倏於變以道兮,萬世其春熙!

語　戒

卑哉,今人無高見也!語人以上策,乃下之;試人以下策,反上之。固知為無玉之石,有之決為刖足鬼。合於理,不合於時;無愧於中,反是死有餘憾。是以不能易其所學,求悅人之見,宜其退。曩求草藥於市,不得其真。求之野,紛然亂目,卒莫辨。道逢龐眉野老,歷歷指臂,徧舉似是實非者相教,乃取真者相授,始得其說。藥微有異,治療誤病,害良深。誤者多,辨者幾希。豈獨草藥哉?人為甚,人最難辨。似是實非之語,一中於盲者之心,深領私悅,主為至當,牢不可破,終身無治法。君子瀝誠痛語,必遭叱唾自取辱。彼不受救,誰能救之?天下孰無智,特無真識耳!真識者,至正必當之論也。以其無真識,誤入於謬,反執為是,竟莫悟。悲夫!志於道者,不可不察。凡見人溺水,誰不動救援心?勢有不然,避之不為不是。非靳於力,勢不可耳。當其時之可,然後言之,風動神化,一新天下,又豈憚其勞哉?世今擯我,非我擯世。辯萬於萬,為時所賤;默一其默,與道無極!

三膜堂記

昔我先人，嘉定庚辰，出閩游四方，來京師；庚子，始居王城渡子橋，作《三膜記》；丙午，遷養魚莊；丁未，遷長橋；壬子，遷慈幼局巷；甲寅，來吳，寓苑橋；乙卯，遷條坊巷。凡六遷居。壬戌二月，先人歿。乙丑，遷黃牛坊橋；戊辰，遷採蓮巷；庚午，遷仁王寺；辛未，遷雙板橋；甲戌，遷望信橋。德祐乙亥十二月，陷虜。丙子九月，老母歿。己卯，遷皋橋；復遷望信橋。我凡七遷居，今猶未定。一身飄零，與時為敵，獨喜胸中戰勝，客塵已滅；然始欲作南風堂，今復欲作三膜堂，何宮室之奉擾擾胸中？吾寧有是哉！天下未安，一身不敢求安。南風堂，首大義也；三膜堂，述先志也。其先國後家之事，實不在高簷邃宇、驚紅絢碧間。願見大宋中興後，當縛茅屋山巔水涯，身隱者之天，寓其名曰三膜堂。是時，州郡城郭、王侯第宅，煥然一新，吾始釋天下大憂，乃述吾家遺事，孰曰不可？光武興，嚴光之志遂矣！

犬　德

元賊南破中國，至於犬亦殺食幾於盡。今之犬續續而有，皆元賊南破中國後漸生者也。我行道路間，六七載以來，數數見群犬吠頂笠者，衣冠之人過之則不顧，處處皆然。犬尚能吠頂笠者，人乃不能惡頂笠者，人而不如犬乎？頂笠者，韃賊也。以是知韃賊又犬之所嫉者也。犬且不與之，天地豈與之乎？犬誠義物也！

漸　論

昔我之生，與人而居；及我即壯，與獸為徒。堂堂見為人，忽忽化鬼魅，其今日乎！安於獸鬼之天，奚復人其思？始也漸，今也化。漸之為害，古今人之深病。當漸之時，自謂無妨也，謂"漸乎入，可疾而出也"，又謂"我所用者，權也"，殊不知惟君子始善用權，他人假之，卒入於大惡，久假而不歸，性之矣！權，實有漸之機存焉。漸其漸，漸墮不知不覺中，與日俱深，慣之爲自然矣。十月，雀入大水化爲蛤，一爲蛤，殼而濡，竟忘雀飛而啄。是故人之出處，不可不慎其初。人欲之動至微，頗見智者或暗於始，或欺其不足畏，終流於莫救。防微杜漸，君子懼之，小人不懼之，此小人之所以惡也。強於爲善者，亦以漸而進，孰謂漸純乎非？惟在人擇而行之。

文丞相贊並序

人生而靈，本然之天也。唯聖賢以理養心，虛明瑩徹，湛然無私，不以生爲樂，不以死爲憂，此靈之所以得爲靈也。小人不由理而行，或陷於逆，或流於邪，播盪慾風，自穢其天，雖不靈其靈，而卒莫污其靈也。是物也，行乎萬化之中，而皆具其則；出乎萬化之表，而莫覩其跡。若無爲，實可畏；若無物，實有神。能盡其道者，其唯聖賢乎！不入聖賢之域，則見道不明，自信不篤，又豈能爲忠臣孝子也與？文山先生，大宋之忠臣孝子也，其優入聖賢之域者乎！淵源乎《詩》《書》之效，溥博乎國家之澤，歷萬苦而獨立，窮於窮而不窮，盡於忠，盡於孝，爲天下開君臣父子之天，立萬世人道之極，卓乎哉斯人也！卓乎哉斯人也！凡人遇事於難處之際，始別人心，始見人才；澄波平陸，誰不能舟車也？人能暫之，不能久之；或能久之，不能天之。先生天之矣！鄰於死也數，曾不毫髮動心，卒死於正大光明之天。大宋中興有日矣！先生大名，與天地、國家、日月無終窮，史之其次也，豈言語能述其德！今敬作贊，寓我之誠爾焉。贊曰：

忠烈之氣，上屬於天，日月晶明，天地無愆。
忠烈之氣，下福於地，草木光潤，地道咸利。
人道差忒，天亂地惑，通之爲夜，一氣淒惻。
公之大名，與國一德，乾坤或毀，大宋無極！

歐陽夢桂忠妾柔柔傳

莆陽歐陽夢桂早入上庠，德祐，韃人犯闕，雖受偽爵，胸中抱不平，賦咏間意望翠華南歸，爲讎人執詩發其事，囚虜獄，出卽死。夢桂之妾曰柔柔，柔柔母曰陸姥。姥以夢桂死，盜卷其物歸。夢桂之親訴於虜吏，姥竟以女許嫁張酋，求勝其事。姥數說女曰：“汝主人已死，胡不謀他之？”柔柔掉頭不顧。姥乃脫女出，往佛寺焚香，與張酋相遇。一見顏色妙麗，張酋欲得之心愈切，卽與姥釋爭，竟逼娶其女。姥始明告女曰：“我爲汝謀嫁久矣，得此人甚善，宜歸之。”柔柔曰：“主人平生豪傑，上書罵番人，我寧忍嫁彼？既得主人如此，更欲嫁誰耶？若逼我，當死矣！”繼逼之不已，自經於樓上。柔柔溫克能事，終日未嘗妄下樓，女人中難得者，宜其有終。柔柔先嘗抱心恙疾，臨終心獨不恙，天理昭然無邪，寧不奇哉！

黃萬石，亦上庠人物，仕至尚書，開閫江右。元賊渡江，萬石卽叛國降賊，首先削頂，三搭辮髮，領韃賊深入，說州縣叛。在虜主傍見家參政鉉翁併諸朝士至，並未改衣冠，始自慚怩。萬石還撫州，爲賊守土，請虜兵攻南。時陳丞相宜中聞萬石導賊兵南入逼嗣君，遂張榜募擒萬石；萬石知之，亦於江右張榜諭眾曰：“募擒賊陳宜中。”冤哉冤哉！萬石始爲儒，有文聲，其終反禽獸不若。若是，則讀書何用耶？誰謂婦人乃有柔柔焉！柔柔姓陸，嘉興府海鹽人也。

論曰：古今唯公論不可磨滅。尊爲天子，行事不善，一時受其毒，萬世罵其惡；卑爲婦人，行事果正，當時或不伸氣，後世敬其高風。爵祿文章，貧賤婢僕，不與焉！德祐叛臣，賤婦也；柔柔，古之英偉男子乎！

祭大宋忠臣文

維大宋三百二十有二年，德祐七載，歲在辛巳，十二月乙巳朔，越十有八日己酉，德祐孤臣鄭思肖謹以清酌庶羞之奠，敬至禱於大宋忠義死節之臣丞相文公、公諱天祥。丞相陸公、公諱秀夫。參政李公、公諱庭芝。參政陳公、公諱文龍。參政單公、公諱公選。嗣秀王趙公、公諱與

檡。制置李公、公諱芾。經略馬公、公諱暨。察使姜公、公諱才。太守趙
公、公諱淮。權守趙公、公諱卯發。通守夏公、公諱椅。都統王公、公諱
安節。知縣阮公，公諱正己。曰：

於戲於戲！偉哉偉哉！郡國數百，僂指人才。
惟我數公，秉心不回。寧受極痛，不敢犯義。
大勇無死，與天吐氣。神照八極，福被萬世。
凜乎英風，浩浩無窮。如水在地，如日行空。
無所不及，有禱必從。國運未亨，深抱不平。
飲恨結石，當胸而橫。欲吐莫吐，啞目惸惸。
願公鼓靈，助之以神。各率屬鬼，千萬億兵。
風聲鶴唳，草木人形。陰以相之，克壯茲行。
一戰萬勝，覆載清寧。庶幾斯民，不盲其生。
此第一義，唯神其聽。仰空而慟，願鑒血忱。
尚饗！

大義略敍

　　我生大不幸，適焉逢此逆境。國之興亡，自古有之，其亡也必國君有失德，民心乃離散。我大宋列聖相承，以仁立國，豈謂靖康遭金賊之禍耶！南渡列聖相承，亦以仁立國，豈謂德祐遭韃賊之禍耶！即今日而論，天子無失德，民心不離散，遽逢凶禍，必有其故。非微臣蒙君之惡，曲爲其說，移罪於人。公論在天下，千載不可泯滅，我安能禁天下後世之人，口不言、手不書哉！今此略敍，不過直書本末得失、源流大槩爾。

　　昔金人盛時，韃雖小夷，粘罕兀朮輩嘗慮其有難制之狀，三年一征，五年一徙，用蒿指之法，厄其生聚。蒿者，言若刘蒿也，去其拇指，則丁壯無用。後金酉雍立，仁慈恕韃舊罪，免征徙蒿指之法。時思乃祖舊恨，但望北射三箭泄餘憤。如是十九年，韃人孳育丁壯甚盛。適金人白倫、李藻以罪奔韃，說韃酉曰："金見汝盛，或重興征徙蒿指之法，將奈何？不若興兵攻金以自固。"韃主忒沒眞然其言，以"蒙古國"爲號，始興兵寇金。忒沒眞大敗後，金酉役小夷十八糺人失其道，糺人誘遼之遺種俱歸韃，韃以遼、糺爲前驅，攻金得利，迤邐深入。

　　至完顏守緒立，韃遣使來我朝，假道淮東趨河南攻金。我朝不答，韃乃用力先滅西夏，乃自蜀由金洋出襄漢，入唐鄧。忒沒眞死於鞏州，韃即立兀窟帶爲主，復由忒沒眞故道破西和，犯興元，擣河南，攻潼關。金人應敵失利，歲久力窮，潛兵入蔡。守緒嘗遣使來我朝曰："我苟亡，害必及江南，毋以舊事爲念，援我以兵，共驅韃返北，庶幾大宋得我爲保障，有所恃而安。"韃亦遣使來曰："大宋與金，世有大讐，不可不乘機共我滅金，當以黃河以南還大宋。"時朝廷尚大義，謂祖宗大讐不可不報，命京湖閫臣史嵩之遣孟珙調兵輸糧，資韃夾攻，圍蔡州數月。端平一年三月，守緒自焚死於蔡州。所命之將，泛取火死遺骸，指爲守緒骨殖。嵩之函其骨,並僞寶法物,進於朝。金人疆土,盡爲韃所得。

始孟珙嘗曰:"助韃滅金,自此韃必盛,他日斷爲江南害,深可慮。"其言至今始驗。是時朝廷失於以理遣諭韃人踐還黃河以南之約,韃亦以黃河以南棄而不守。又不思自河而南,皆平原曠野,地無險隘,北不得山後數州,卒難守中原。右丞相鄭清之遽興恢復兩京之舉,立據關守河之議。是年七月,命趙、范等分路復兩河。趙葵領二十萬兵復東京,范領二十萬兵復西京。范軍逼西京,韃人登山窺望軍容不整,卽欺范兵。潼關舊有水匱,昔金人恃此禦韃者,韃卽放潼關水匱,水彌漫西京,竟蕩爲水區。眾軍皆爲水所陷,不及戰而大敗,歸者無幾。葵兵已入東京,聞范兵失利,亦退兵。由是韃人興兵邊陲無寧歲,燬劍門,燬棧道,失蜀,失襄陽。韃棄襄陽不守,又復襄陽。韃又假道大理國攻羅鬼國,頻年寇廣。至開慶一年九月,韃酋忽必烈從陽羅堡偷渡鄂州澝黃州,橫截大江,大造浮橋,往來無礙,勢亦甚熾,搖動京師。丞相賈似道開閫江陵,提兵來駐漢陽,率勵將帥呂文德,於崇陽縣伏兵,殺賊大敗。勢始與之角立,賊尚留江南不去。

適韃主蒙哥犯蜀,迫雲頂山。其山險峻,素爲王堅所據。韃遣人說其來,堅命眾軍立山頂,裸形望之穢罵,蒙哥竟飲氣病死。似道卽密遣人說忽必烈曰:"蒙哥已死,汝宜歸襲位爲急。"又紿許歲幣,始欲退兵。景定一年,似道命呂文德、孫虎臣等乘其退去之勢,剿殺餘黨,斷鄂渚大江浮橋,江漢乃清。理宗竟全以爲似道大功,四月,趣入朝秉鈞軸。文德開閫鄂渚,統轄京湖諸州軍馬。韃以許歲幣爲誠語,七月,遣郝經入使,索其物。似道素矜開慶、景定肅清江漢之功,密客廖瑩中撰書數卷,曰《福華編》,諛諛鋪張,誇大似道勳績。似道懼以當時用計紿許歲幣事損其名,理宗數問郝經入使之由,似道每含糊其對。理宗又曰:"朕聞其來,欲效亡金得歲幣之例,今非昔比,不可從。"似道匿情對曰:"求和出於彼請,豈容輕徇放入。"竟不令郝經入見。經所賫一函,不知何物,不得入見,終不肯開。蓋韃本非求和也,又無策遣經回,經嘗致書與似道,辭氣甚頡頏可畏,以恐似道,亦置不問。館經眞州十六年,後值大變,始回。

呂文德私意旣殺良將曹世雄,又抑劉整功,復譖整有跋扈意。似道欲殺之,有密報整者,整遂叛。整說韃任責取江南,謂一得襄陽,則江南唾手可得。韃遂注意謀襄陽。整亦有將才。似道嘗命文德俾間諜入虜,賫物賜整,密喚其仍歸,赦罪復爵。整心疑而不回,但爲韃謀,悠揚其答。整素知似道好玉帶,韃密遣使貢玉帶於文德,求轉達似道。彼言:"襄陽舊有互市場,不開久矣,南北物貨俱絕,韃人欲借白河之地爲互市場,通南北貨物。我固知官府蔽護商旅,但白河荒野,商旅各有財本,懼爲盜賊所劫。韃人又欲就白河築小小家基寨,防拓以蔽商旅。"似道納玉帶,諾其請。

咸淳□年□月,韃據白河築城,圍大九里餘,實非小小家基寨。襄陽守臣呂文煥達於文德,竟不答。明年,韃以重兵屯白河城,韃又築鹿門山城,又築萬山城,又築小堡寨十四所,又於漢江下撒星釘,又建萬人敵臺,脉絡相應,死阨襄陽水陸路。及文德詳知其故,遣援兵竟莫能前。文德憤爲賊計所紿,感憂病死。朝廷屢遣援兵,只屯穎州,去襄陽尚四百里,諸將皆不用命,進攻莫入。似道不力爲謀,京湖閫臣李庭芝亦拙而無計。文煥堅守六年,拆屋薪窮,軍疲如鬼。忽樊城先破,韃賊盡殺樊城軍民,積疊骸骨,架爲高山,使襄陽望見,脅嚇其心。賊打回回砲入襄陽城,摧折樓閣甚猛,文煥意怯。又襄陽糧絕軍盡,文煥亦怨而叛。□年□月,襄陽陷。整又說文煥,讐恨似道獨享湖山之樂,不遣援兵,置汝死地。文煥遂怨朝廷,並與韃賊運謀,協力舉渡江之策。

十年甲戌秋,韃偽丞相伯顏領兵南犯。十月,朝廷先命淮西閫臣夏貴提兵防拓江面,正值伯顏來圍陽羅堡。貴命其子松,提八千兵與韃賊十萬鏖戰,殺賊七八,松軍盡陷,松滿身負箭,走歸即死。貴是時失子無恃,即輸心矣。俄又失陽羅堡,守陽羅堡將臣趙文義不叛不屈,爲賊所殺。貴乃文煥舊人,文煥數饋遺,密說貴假道渡江,貴不從之。十二月,伯顏竟從陽羅堡舁小舟由陸地下港渡江。□都統詢補姓名。謂貴曰:"不宜容賊有一舟出港。嘗使我軍兵船橫據江面,乃可無憂。或容彼船出泛大江,恐不及事。"貴曰:"賊船縱出江,吾以兵船橫衝,彼安能渡?"十四日,俄賊舟漸漸出港,煙焰漲空,及天色分朗,賊船已充斥江面。即前詢補姓名。甚怒,不稟命於貴,徑以所部五十兵登船死戰於大江中,報貴求援,貴不發兵,全軍陷沒。賊登大江南岸,貴不謀死戰,不謀堅守,卽飄然領兵東下,呼黃州守臣陳翼、蘄州守臣管景模曰:“虜已渡江,汝宜自作區處。”貴兵沿江自縱燒劫而下,京湖闑臣朱禩孫領兵已至漢陽,不急爲謀,從容於元勳閣下拜受誥命。忽聞貴已退兵,失恃意怯,禩孫亦退兵回江陵。韃賊竟蕩蕩渡江,寇鄂州城。太守張晏然叛。夏貴領淮西重兵,朱禩孫領京湖重兵,其時貴與禩孫俱在江上,但於黃州、漢陽、鄂州之間,左右效力夾攻,死守死戰,韃終不可渡江;縱已渡江,盡可內外夾攻,賊兵斷不敢深入重地,犯兵家所忌。禩孫固猥物,貴老於將略,虜素疑畏,至此智窮心變,勢盡可爲,竟不爲謀,束手無語,似有所約焉。使勢果不可爲,貴能一戰而死,人復何議?貴領重兵之權而不死戰,惟謀遁走,曰非貴縱虜之來不可!繼,陳翼果以黃州叛,管景模果以蘄州叛。

德祐一年乙亥正月,朝廷除平章賈似道都督天下軍馬,出師討賊。太平州守臣孟之縉叛國,遣降文,越境過安慶迎賊。錢眞孫以江州叛。韃尚以安慶城在山頂,兵糧皆具,勢不可攻,深畏守安慶將臣范文虎作敵。韃兵圍安慶,仰望山城,若在半空,未數日,韃兵怨形歌曲。二月,文虎以安慶叛,伯顏大喜得志,蕩蕩深入。賊犯池州,城陷,通判權守池州趙卯發誓不叛國,夫婦自經於倅廳。賊酋伯顏入池州,亦賞歎忠烈。

始,平章賈似道出師,謀入安慶山城開都督府,時大軍至京口,報文虎以安慶叛,似道失望,大軍不可前進,遂提兵止駐魯港,卻就舟中開督府。尚召夏貴領兵至軍前,諸將亦至,俱未見功,獨拜孫虎臣升節度使,俾統領軍馬。諸將不伏,夏貴竟領兵歸廬州。似道遣宋京使韃軍前,甘償歲幣。伯顏問曰:“大宋出師,誰爲大將?”京以虎臣對,伯顏及劉整、呂文煥輩意皆欺笑。伯顏忽問叛去將臣曰:“行在何時可得?”呂文煥曰:“內地雖近,有軍有糧,非三四年攻擊不可得。”范文虎曰:“內地虛弱,不足應敵,驅兵而入,可卽得之。”伯顏乃信用文虎。文虎爲韃前驅。虎臣亦領先鋒前進,遇文虎船,交相詬罵,爲文虎賊船所捎。又報賊兵乘夜已偷渡鄱陽湖東,鹵勢已迫,虎臣竟走回,號令不明,軍勢自亂。廿三日,虎臣與似道密語移時,似道驚疑失措,虎臣懷懼不肯負荷死戰,一矢不發。似道、虎臣各船遁走。諸軍俄失似道、虎臣所在,廿八萬正券兵,一時俱潰散。似道舟飄於眞州朱金沙，淮東閫臣李廷芝遣兵救似道入揚州城，官誥、金銀、關會、船一皆遺失。虎臣遁歸泰州。堂吏翁應龍持都督府印遁歸行在。江右閫臣黃萬石叛，密信降韃，反一一截取朝廷調兵省劄，盡持示韃。萬石卽剃三搭辮髮，胡服。

饒州守臣唐震叛，延韃酋入，皆南人，疑爲强盜，僞曰韃兵所襲，卽殺賊反正。賊再至，唐震與賊戰，城陷爲賊殺。江東提刑謝枋得降賊，後挾鄧、傅諸洞民兵反正，殺賊甚多，示榜主張大宋氣數甚力。

三月，似道致書丞相章鑑曰：“虜勢已迫，但促三宮渡海，似道當海中迎聖駕矣。”似道又手批諭殿帥韓震，命之促三宮渡海，手批誤達殿司副帥彭之才，之才密告丞相陳宜中，卽與編修潘希聖謀，希聖從臾誅韓震。陳丞相密奏行其事，始以計呼韓震至，試驗其語意，果恃似道，跋扈不法。韓震謂：“三宮不動，但殿司山上發土砲入皇城，警以虜至，三宮可遷駕矣。”遂命壯士出勅示斬之。韓震子女及裨將闖出國門，叛而歸韃。丞相章鑑遁身去國，王爚拜左丞相。闔朝論奏，赦似道罪，促其歸越，終母喪。建康、鎮江、常州俱叛，京師搖動。三學上書，言：“京師國之根本，不可遷都，自委社稷爲棄物。”太皇批詔，諭三學士子及百姓：“當與汝同一死生爲誓！”中外咸悅。

四月，京湖閫臣朱禩孫、節度使高達並叛。沙市倉官司馬夢求見，虜至自經而死。六月朔，日食九分有强。似道自揚歸越，首招心腹密客廖瑩中飲，是夜瑩中飲畢而歸，卽死。咸疑似道有異謀，懼事泄，以飲食藥瑩中死。眾議紛然，丞相王爚首奏似道罪，乞貶竄似道。似道貶循州，褫爵籍家。攝山陰縣縣尉鄭虎臣，素唧似道竄其父死貶所之讐，意乞防送似道，謀報私讐。判越州福王趙與芮，素以受似道所制爲憾，竟命虎臣押送似道之貶所。朝廷竄籍似道密客，貶其黨與，收敍似道所竄逐人官爵。丞相陳宜中收用人才，旌賞激勵，方有條緒，京學上書，咸議陳丞相，卽抗疏自辯，竟歸田里。

丞相王爚除平章軍國重事，留夢炎拜右丞相，議遣承宣使張世傑、步帥劉師勇等分兵水陸夾攻。未幾，平章王爚遁避去國。七月，劉師勇由陸路進兵復常州，張彥進兵至呂城，馬墜塹，爲賊所擒，師勇止守常州。

八月，張世傑統率孫虎臣等分部兵船，由許浦進京口，世傑所部兵船交戰正得勝，俄見大船無數，自揚州第二溝出，因賊不張旗幟，我軍別部兵船誤認爲揚州闍臣援兵至，意不爲備，爲賊所入，孫虎臣竟命鳴鑼，所誤我軍盡退兵，賊兵進攻，我軍敗於焦門，忽風水俱不利，世傑亦退兵。太皇屢降手詔，趣丞相陳宜中還朝。九月，右丞相除侍讀陳宜中始還朝。

　　尚書文天祥挺身作檄，傾家貲糾集吉贛鄉兵三萬人勤王。至行在，除浙西制置使，開閫平江府。鄭虎臣押送似道，至漳州木綿菴，似道踞虎子，虎臣踢其陰而死。後少保張世傑問虎臣不奉朝命私殺似道罪，斬虎臣。十一月，常州受轄賊圍四十日，城陷。劉師勇紿北裝辮髮，詭計出轄兵重圍，歸行在。都統王安節於常州罵賊戰死。賊嘗擲十萬戶金牌誘之，安節曰：“我不作兩朝臣！”湖州獨松關陷。於潛千秋關陷。陳丞相檄浙西制置使文天祥提兵勤王，退守臨平。國勢危迫，屢次降詔趣淮西閫臣夏貴、京湖閫臣朱禩孫、六郡鎮撫使呂文福等提兵勤王，並不至，皆從叛。貴潛受轄主忽必烈僞命、衣服、笠、劍等物，語轄曰：“汝若得行在，當以淮西來歸，勿我慮也。”無錫宰阮正己不屈，抱縣印赴水死，其子亦從父水死。隆興府陷，劉槃叛，都統施炎戰而被擒，不屈。十二月，平江府、湖州、嘉興府陷。丞相陳宜中力請三宮遷駕，直逼太皇病榻，殿前奏曰：“昔賊未近，不宜輕動，自召亂端，棄宗廟社稷；今賊既犯京畿，不容不遷都。設或不然，有難言者！”太皇曰：“昨卿等三學諫朕勿遷都，今乃逼朕遷都，朕病去不得。轄賊果至，當投龍池死！”

　　二年丙子正月，陳丞相密說奏請楊太妃挾所生二王浮海奔浙東，吉王進封益王、天下兵馬都大帥，信王進封廣王、天下兵馬副大帥，陳宜中除都督天下軍馬，吳堅除左丞相，賈余慶除右丞相。十三日，轄賊犯行在皋亭山，丞相陳宜中又告太皇家侄、節度使謝堂，再三委曲奏請遷駕。太皇曰：“汝姓謝，寧管得趙家事？教丞相來！”及陳丞相至，太皇曰：“渡江有舟否？”曰：“有。”曰：“舟大否？”曰：“舟大。”曰：“舟大可以盡載京師百姓去否？”丞相不對。丞相又以死戰爲奏，太皇不允，惟主於和。丞相又奏：“和則作降文授轄，自稱之字，甚恥聞之，不若遷駕爲上策。”太皇曰：“倘能爲生靈計，此一字亦不惜。”太皇昏耄，死不肯從遷駕策。陳丞相卹與武臣張世傑、劉師勇、蘇由義，文臣曾淵子、趙溍等，並奉國璽，浮海奔浙東。

韃酋伯顏聞陳丞相挾二王南奔，賊甚心變，欲直入屠弒京師。朝廷命文天祥，借右丞相名，使韃軍前，與韃酋伯顏語。辭氣甚慷慨激烈，辯析夷夏，忠壯不屈，不跪，賊燄稍平。朝廷命高應松作降文授韃，彼以為無哀痛請命之意，又易劉褒然為之，丞相執政百官盡出國門迎韃賊，或跪或拜，莫不叩首乞命。十八日，行在陷。叛臣呂文煥首入犯國門，叛臣范文虎首入犯大內。太皇病不肯出，逆臣駙馬楊鎮術紿太皇，遷過別小御床，就床舁太皇出，授伯顏。

韃酋唆都領兵犯浙東，逼二王。二王御舟泊明州定海，索朝廷先所分寄明州金銀綱，沿海制置趙孟傳不肯發其金銀應副行朝軍需，承宣使張世傑親入明州責罵，孟傳僅還金銀三百匣。繼孟傳叛，以明州降韃。湖南閫臣李芾孤守潭州，於鄰郡屬縣盡叛之後，韃賊圍城凡六閱月，力已不支，不肯叛國。左右皆逼芾，芾曰：「汝輩欲叛耶？」芾命劊子自殺家人，芾又重犒官賞金銀與劊子，命斬芾，劊子再四不敢，芾又命斬劊子，乃朝服自經於雄湘閣上，仍縱火於閣下，終盡歸於灰燼。漕運鐘蜚英亦不屈，先自經而死。及潭州官僚、吏卒、百姓，莫不爭死於繩刃水火之間。一城之民皆忠壯激烈，韃賊亦愍之。

二月，伯顏脅全太后、幼君出國門，丞相吳堅、賈余慶、參政家鉉翁、劉岊以下官僚，並奏乞封贈三代及妻孥，太皇從之。堅輩不救國難，尚慕虛名，報國之心安在？堅輩之罪，何可勝說！賊脅吳堅以下並北行。晦日，丞相文天祥泊京口虜館，夜遁，渡江歸國。三月朔，京口韃賊閉城三日，排門大搜，天祥已奔真州，由泰州渡海而南。全太后、幼君、六宮、親王並北狩，渡揚子江，聖駕官車凡九十三輛，大小官使六十餘人。有叛臣教韃酋曰：「越上福王趙與芮，理宗親弟，度宗本生父，福王家多子侄，大宋根本猶在。」逆臣楊鎮、使臣夏若水，盡逼取福王及子姪輩，並北狩。二王至溫州，御舟駐江心寺，謀建行都，迓續國脉，南奔福州。夏貴以淮西授韃。

去夏，靖州太守康□叛，挾郡印出城降韃。通判張希顏閉城拒□，極力整齪備禦。靖州本隸於湖北閫臣，以朱禩孫先叛，越界聞之於湖南閫臣，遂爲之奏，希顏除知靖州，繼除湖北提刑。靖勢不可守，希顏移治飛山上，通結洞民，堅守殺賊，謀爲恢復計。後因朝廷遣趙立賚省劄，持二顆節度使印，迂道避賊，由田楊國入蜀，諭咨萬壽、張珏各拜節度使，提兵出蜀，剿虜勤王。立甫經由飛山下，希顏留立相議，乞留二節度使印，借此印爲說挽萬壽與珏出蜀拜受節度使印，庶幾希顏可與萬壽與珏協心同謀恢復事。立遂以印授希顏。會萬壽之侄德威，偶以軍事經過飛山，希顏不知德威已懷叛志，喜而招德威，痛與德威謀論殺賊事。立先知幾，飾說遁去。德威曰：“勢不兩立。”卽殺希顏於臥內。希顏忠赤，艱難有大志，爲叛臣所殺，不克集事，惜哉！嘉定帥臣咨萬壽叛。

　　四月，丞相吳堅等已陷幽州，尚率百官入長壽宮，滿散太皇壽崇聖節。堅輩欺天，一至於是！太守趙淮居閑遁避，受擒不屈，韃酋阿朮遣淮叫維揚叛，及淮臨維揚城，叫城上曰：“此城昔我祖、我叔父爲朝廷修峻，甚勞苦。語制置，決不可與賊！”賊酋責之，併罵甚烈，被賊殺。淮之僕亦不屈，被殺。淮，方之孫，范之子，葵之姪也。施炎罵賊不屈，被賊殺。韃酋伯顏勒丞相吳堅等矯太皇手詔，諭淮閫以淮東與韃，閫臣李庭芝及姜才迎詔入公庭，率官僚泣拜而焚之，語虜使曰：“此藝祖、高宗物也，豈太皇可以私與人乎？”遂斬虜使。五月初一日，丞相陳宜中擁立益王卽位於福州，改德祐二年爲景炎一年，上楊太妃尊號。福州州城南壁忽崩七里。行在謝太皇北狩。廣東經略徐宗諒密書通叛臣呂師夔，許以廣東叛國降韃。隨駕內嬪某氏，賊欲犯之，不可得，書裙帶曰：“誓不辱國，誓不辱身！”自經死於虜館。

　　自去歲，賊酋阿朮築灣頭、築楊子橋、築朴樹灣，分屯死厄維揚。至七月，維揚糧絕，閫臣李庭芝與都撥發官姜才，統馬軍五千人、步兵一萬人來入泰州，謀涉海而南。朱煥以揚州叛，遂以報賊，中道遇賊酋阿朮截戰，步兵盡陷，獨馬軍勝，擁庭芝及才入泰州。韃兵俱集，阿朮築土城圍厄泰州，不幸姜才病腰疽伏枕，泰州守臣孫良臣叛，阿朮入泰州。庭芝赴水，虜以鈎活取之。才尚按劍而語，虜舁才出，眾語勸才降賊，唯背面不語，遂鐵索鎖於夏貴節堂。一日，眾酋把盞，令叛臣朱煥諭勸庭芝及才飲酒。庭芝不飲虜酒,但垂淚不語。才卽罵曰:"天不與我耳,與我,汝賊輩皆剚於我手歸罪!"指罵老賊夏貴甚烈,貴抱愧不對,徐嗾阿尤曰:"留庭芝及才終無益。"阿尤遂斬庭芝。庭芝受刑,剚無血。剚才,才罵賊至死不絕。

淮東諸州皆叛。先叛臣黃萬石剃三搭辮髮,身統轄兵,深入邵武軍,說諭守臣黎立武叛。立武不從,棄城奔福州。萬石遣人傳轄命,四散說諭州縣叛。至浦城縣,縣尉趙孟通辯罵,呼眾擒剚賊使。浦城縣升爲忠安軍,復邵武軍,萬石竟遁。八九月,轄兵自湖南入廣東,熊飛以兵戰,逐而退。武臣馬墍於廣西糾募壯士數千人,先嘗欲往救潭州圍,中塗聞潭州陷,卽回。遇賊鏖戰四十里,適廣西經略李與已死,墍徑入靜江府,據郡治,開府庫,辦守禦事。自請於福州行朝,旨任以廣西之寄,守靜江府。殺賊不勝,城陷,墍提兵巷戰,爲賊擒,不屈,被賊殺。參議鄧得遇不屈,水死。靜江一城之民,俱爲賊殺,得逃入西山者七百人。賊後許以不殺,招其降,七百人不肯叛,皆自殺。

十一月,江東江西路諸關隘俱陷,及海道賊船俱至,行朝又棄福州,御舟至南臺海口,正遇叛臣王世強所部轄舟,時世強猶有人心,竟不縱賊船相逼,容張少保奉景炎皇帝御舟奔海而去。後賊知世強縱御舟奔海去,遭賊訶責,悶氣而死。嗣秀王趙與檡將扈駕三千兵,過飛鸞嶺上,遇轄酋阿刺罕領兵三萬人至,與檡死戰數合,殺賊十之八九,與檡全軍陷沒。與檡被擒不屈,被賊殺。王世強犯福州,行朝竟以舟爲國,綴旒國祚,守泉州。蒲受畔,祖南蕃人,富甲兩廣,據泉州叛,大衰金賊[財?],迎賊反寇張少保兵船。轄遣人說三郡宣撫使守興化軍陳文龍叛,文龍作書與轄:"願得興化、漳、泉三郡,奉大宋香火,勿來攻伐。我七世受朝廷爵祿,決不叛國。"密爲左右所賣,導賊入城。文龍被擒,與賊辯罵,縛至行在,病死,終不屈。

二年丁丑,泉州素多宗子,聞張少保至,宗子糾集萬餘人出迎王師,叛臣蒲受畔閉城三日,盡殺南外宗子數萬人。張少保提兵圍泉州,九十日不下,殿帥李勝用命攻泉城,被賊擒,罵賊不屈,爲賊所剚。九月,復福州,受畔報轄賊阿塔海,領兵合至,張少保退兵入海,遇轄賊揚酋交戰,賊舟大敗而去。監軍趙必宰糾義兵勤王，遇賊被擒，爲賊殺。忠臣陳文龍之叔陳瓚，糾義兵迎王師，除守興化軍。後韃攻興化，城陷，瓚罵賊甚烈，親爲賊酋唆都所殺。叛臣呂師夔，率賊酋塔出，由江西入廣東，取經略徐宗諒許叛廣東州郡，宗諒猶豫，棄廣東遁去。廣東諸州皆叛。始陳丞相意，不欲圍泉州攻受畦，謂殺南人不損韃賊，無益。張少保怒受畦反爲韃賊寇竊大宋兵船，決於圍泉。陳丞相懦儒，張少保武臣，勢不能統攝，語多不合。況左右前後，或人或鬼，頃刻之間，變化叵測。陳丞相身護玉璽，兵船前行，竟托失風，奔占城國。

三年戊寅三月，重慶府城陷，閫臣張珏遁至忠州，爲賊擒。六月，景炎皇帝以病崩於南恩州界。少保張世傑擁立廣王，即位於海外碙洲，行朝鑄金璽行事。八月，景炎皇帝攢葬碙洲，諡端宗，陵曰永福。九月，復廣州崖山，建行都，徙廣州民往居爲市。海外諸國懼韃垂涎，月貢金銀米帛，充給朝廷軍需，爲屏蔽攻賊計。十一月，丞相文天祥兵入潮陽縣，爲韃所擒，不屈。改景炎四年己卯爲祥興一年，改本天曆。福建以南沿海諸郡，自景炎後，南兵至屬南，北兵至屬北，反覆不一，蕩爲血區！

祥興一年正月初十，賊酋烏馬兒兵犯崖山，我軍與賊轉戰兩旬餘。先賊屢敗，賊再進寇，勢急，棄崖山。我軍巨艘七八百隻，大可容千人，泊崖山奧裏，下碇相維，勢若履平地，外有小黑船千餘，遊擊甚駛，與賊相戰甚利，軍容嚴整。烏馬兒領兵十萬餘，視之意怯，勢不可傍。賊但據崖山爲寨，我軍乘夜節節劫寨，偷斬賊首累一二千級，賊疑爲神異。有叛將撥發者，廬州人，失其姓名，領三百人降韃，曰：“張少保所部兵，獨有淮兵千五百人精勇無前，餘皆民兵，無足畏。外若不可傍，內實虛弱。凡小黑船出擊得利之兵，即巨艘之淮兵，小黑船歸，則淮兵復居巨艘，不過此千五百人，出入張其威武。若俟小黑船淮兵遊擊時，以重兵掩內虛之巨艘，從後擊之，必敗。”烏馬兒可其言。二月初六日，賊果俟隙後攻，我軍內虛莫敵，後船兵盡走聚前船。賊四圍合攻，淮兵打水路死戰出船，少保張世傑奉祥興皇帝奔遁，唯餘巨艘十九隻、淮兵千五百人及民兵而去。餘小黑舟亦追奔去，制置趙潚、制置曾淵子、節使蘇由義各統舟師，分戰各遁。楊太妃蹈海死。丞相陸秀夫朝服蹈海而死。參政單公選亦蹈海死。

惟掌金璽官抱璽蹈海,冒礙舟尾繩木間,不墜下水,爲賊得。

張少保先嘗遣使海外某國,借兵夾擊賊。張少保遁後一日,果有四五百艘至,或報陳丞相兵船同至,探張少保敗遁,不與賊戰卽去。張少保未遁之先,趙潛、蘇由義等聞報賊兵頗少,衆議可以進兵擊賊,獨張少保不肯,遂止。嘗聞崖山陷虜,忠義之士咸議張少保失在此,不乘時進攻,殊莫曉當時意;獨我臆度張少保恐賊舟埋伏,先驅輕兵相撓,疲我兵力,然後驅重兵相壓爲慮,否則俟海外某國兵船,行夾擊之法。張少保入死者數,說叛者衆,始終一誠,不變不屈,豈可執此議其非?或抱高見,又非人測度可及。天不右宋,無以施其智,動成左計,原其心,寔無瑕可指。韃酋屢遣人說張少保叛,世傑曰:"我本北人,寧不知北人肺腑?彼安有終始?我受朝廷爵祿歷年已深,終不忍悖之!我焚香誓於天久矣,不然,幼君置於何地?我惟有死耳!"張少保妻妾子女先陷虜,韃酋屢俾其妻妾子女等作家書,喚之歸韃,皆置於不從。曾淵子等諸文武臣,流離海外,或仕占城,或婿交趾,或別流遠國。承宣使周文英叛,反攻劫大宋金銀船,盡奄入己,爲韃賊窮追,攻寇大宋南奔餘舟,殺魏辰等。陳丞相初奔占城國,後占城降韃,遣士卒服事陳丞相,實寓監絆意。又遁而奔闍婆等國。或傳張少保今駐軍離裏。陳丞相、張少保流離奔走之間,竟無一人興脅之刺之授賊之心,非二公精忠大義,何以得人心如此耶?

忽必烈聞倭國富庶,垂涎其國,屢遣人說其來臣。倭主作書報韃主,大意曰:"大宋無失德,汝行逆篡,今垂涎及我,我當興兵誅汝,汝來降我則可,不降則來與我戰。"先忽必烈遣晢里伯由高麗攻倭,人船俱陷於海。辛巳六月,韃兵由明州涉海,至倭口,遭大風雨作,人與船俱陷,又大敗而回。倭遣使責占城不戰而附韃,占城有悟意,始背元韃。大宋工部郎中阮同老流離海中,被賊擒,賊授北靴,與之易南服,同老拔刀斬北靴尖,終不屈,被賊殺。韃酋唆都往攻占城,又敗而歸。壬午春,倭國舟師來攻韃人,沿海一帶不得其隙而入,悠揚數時而空返。秋末,俱蒙國遣使遺韃一合一帚,或謂寓"合掃"之意,其事未易量。安南國遣使入韃,謂彼土少婦人,願歲得婦女以千計,歲輸金銀爲報。十一月,丞相文天祥已陷虜五年,萬挫不屈。一旦睹德祐嗣君,拜而大慟,指忽必烈肆罵甚烈,數其五罪，爲賊斬而剖腹，食其心肺。近陳丞相挾占城，出師甚盛。倭國出兵，已奪高麗，謀攻幽州。回回挾塔利狗國等，出攻韃西北邊，甚得利。逆韃亡，大宋興，此正其機也！

德祐後變故，非言所可盡。聞見不詳，慮訛其事，不敢悉書。合輿情所論，誤國者，賈似道也；縱韃渡江犯京師者，夏貴也。太皇昏老，太后善懦，嗣君幼沖，內無相，外無將，諸郡皆叛臣，大宋安得不厄陽九之運也！今咸曰"巍冠儒者誤國"，雖實有之，然文公天祥，大忠極烈，超前絕後，豈可例之曰"巍冠儒者誤國"乎！或諉曰"數"，其然豈其然乎！似道當國十六年，獨攬大權，禍福天下，行七司法而吏格日峻，買公田而富家力乏，貶死前丞相吳潛，殺守潭州有功向士璧，在內百官賣諛尸位，在外諸將絕賞生心，人才沮氣，日就消鑠，及乎出師無謀，爲韃所襲，一矢不發。似道誤國大矣！太皇不肯遷奔渡江，京師眾大之區，不受韃賊屠弒之苦，卒受太皇至大之賜。公論則曰：太皇不當顧憫百姓不遷都，當論正統社稷爲重，從丞相陳宜中之奏爲是。大辱疊至，含淚北狩，此時雖有悔心，已無及事。至今忠義之士，不得不重爲三宮大哭大痛也！猶幸陳丞相密說楊太妃挾二王南奔，火德一脉，不至絕滅。閩中儒者，咸賦詩譏議其不挾三宮，乃挾二王，此論固是。陳丞相未嘗無死請三宮遷都之議，恐天下公論罪以似道之罪，昔議似道，今自陷其非，所以不敢强脅三宮遷駕；實不得已，挾二王行。是時內外公卿、將帥、士卒，指天誓日，委身報國，朝廷悉棄官爵金銀買其心，命攻賊；去未旋踵，朝報某叛、暮報某叛者，即其人。奈何奈何！烏得不歸於大破極壞也！

韃主忽必烈嘗問偽丞相火魯火孫曰："俺聞江南百姓率怨俺行事，惟思大宋舊政，既得民心，胡爲又失國？"火魯火孫曰："大宋愛民之道有餘，用兵之政不足，率爲邊將誤國賣降。"火魯火孫，韃靼中黠而直者，其見甚有理，亦知大宋得人心如此，失國如此，寓意諷罵忽必烈行事，盡於此見之，奚待多言哉？韃人嘗語南人曰："似道出師時，伯顏及諸酋俱懷畏，欲退歸，江南或有一戰勝，俺俱去；縱未去，亦不敢深入。始雖渡江，中頗懷懼，不料深入如履平地至家。"彼語深當。惟韃賊進寇漳泉，及海道寇廣，爲我軍所殺，連年實不計其數。漳州屢反正，陳某據山洞自守，韃賊十攻九敗，獨有此一脉不絕，然欲攻出則未能也。先南兵畏韃，如千秋關、獨松關、馮公嶺關、八嶺隘關、分水嶺關，諸小關隘，聞虜輕兵至，即兵遁關陷；或能堅守，韃賊擒土民拷打，詰私路，不語者殺，民畏死，率度地勢妄告以路，就驅土民斬荊榛，攀崖巖，果別得新路，突入關隘內，彌望皆賊，即兵遁關陷。自賊入南，彼此俱無大戰。

朝廷內外，軍器米糧，非數可計。獨知行在軍器庫，銅鑼亦存四萬面，其他兵器爲數尤夥。平江府諸倉，米儲四百五十餘萬石，韃分兵遷徙。朝廷車輅、鹵簿、諸法物，內外諸路軍器、米糧、玉帛、金銀、寶貝、文籍，車徙舟運，塞路蔽河，歷月逾歲，曾未止歇。韃凡得叛去州縣鄉村，排門數次，脅索金銀，曰"撒花"。不叛地，殺人燬屋，盡劫子女玉帛，曰"打虜"。所陷城郭，賊悉平爲土。然則金穀非不足也，甲兵非不多也，城郭非不具也，特無人耳！但我宋列聖無失德，天文無變異，人心無怨懟，藝祖、高宗境土，安遽已矣乎？必有所待而後興也！

夷狄素無禮法，絕非人類。昔中國限之於外，但見衣冠禮樂之盛，不染干戈臊臭之毒。一旦莽爲夷域，盡見醜惡。凡虜有姓者，皆中原遺民，今韃目曰漢人。韃靼則無姓，或娶漢女爲婦，生子願有姓者，竟隨母姓。又有畏吾兒，乃韃靼爲父，回回爲母者也。又回回有數十種，亦無姓。回回即回紇也，彼俗不食豬，俗傳爲回回之先所自出也。韃靼即今元賊也。今韃主即忽必烈，乃蒙哥之弟也。韃靼本靺鞨部，唐滅高麗，靺鞨四散遁走，遺種奔逃陰山北，曰韃靼女眞。西北有蒙國，唐蒙兀部，其人不火食，生啖獸肉，兀尤欲滅之，不克。後蒙人虜取金人子女，生子孫漸不類蒙人，漸能火食，忽來與韃靼通好，合爲一韃靼，即假號曰蒙古國，乃攻金。舊傳韃靼舊界東接臨潢府，西接西夏，南接靜州，北接大人國。韃靼有數種，黑韃靼、白韃靼、熟韃靼、生韃靼。忒沒眞則黑韃靼也。

忒沒眞死，無子，其弟幹眞之子兀窟帶立。及死，兀窟帶妻六婦據國。後兀窟帶子闊谷立。及死，兀窟帶弟馳㮚又名脫澀別斂之子蒙哥立。及死，蒙哥弟忽必烈立。馳㮚有三子，長曰蒙哥、次曰忽必烈、次曰阿里孛哥，先命據鎮回回地面。開慶間，阿里孛哥聞蒙哥死、忽必烈歸立傳國，阿里孛哥指罵曰："忽必烈，汝漢種也，亂俺家法！"謂蒙哥、忽必烈之母,俱漢人也。阿里孛哥之母,則韃靼,遂自視爲適子,以兵來爭,力不勝忽必烈,遺物致和而去。蓋夷狄素重母故也。阿里孛哥死,弟拔都代其職守,乃幹眞之孫。忽必烈寇江南,頗借回回爲兵,皆歸消折。拔都問忽必烈曰:"昔蒙哥死,阿里孛哥當立,而汝强立之;今我代阿里孛哥之權,汝得江南,宜以汝舊有之地與我,汝自去守江南。"忽必烈與之子女玉帛,屢不爲足。嘗遣韃子汶谷瀘及偽相安東爲使,復賫物爲餽,說其安靜,拔都竟留汶谷瀘及安東爲質。

忽必烈有權臣曰阿合馬,回回人也,爲偽平章。久擅韃人一國官職財賦之權,苟尅貨利,殺害良善,多奪人之美妻豔女。韃之內外上下,大以爲苦,獨忽必烈信任焉。有子四十餘人,半有權職。窟宅七十餘所,分置子女妻妾。江南內外寶物,俱半匿聚其家。拔都自僭建宮殿於回回地面,暗通結阿合馬,將謀響應興兵,奪忽必烈之國。阿合馬忽命其子亦掌兵權,偽平章張酋深疑阿合馬數子皆據重權,今令子更握兵權,意不良,與其黨王著謀。著勇不顧身,歸家析棄妻子,密用術計,紿以忽必烈之子眞金歸幽州,急呼阿合馬至,著持金瓜搥,竟撾死在地。軍民盡分臠阿合馬之肉而食,貧人亦莫不典衣歌飲相慶,燕市酒三日俱空。阿合馬之黨,矯忽必烈命,殺張酋、王著等。曁忽必烈知矯命妄殺忠良、蔓及別酋、死者幾百人,籍阿合馬家,生南珠一千八百餘石、畜馬十餘萬匹,家口七千餘人並分徙入諸酋家爲奴婢,諸子皆斬剮剝皮,盡拘呼市犬令食其肉,仍各籍其家,其妻妾奴婢亦分徙入諸酋家爲奴婢,且根窮党類,支蔓無辜,打勘索鈔猶未已。由是回回不許與韃靼內外事,亦不許佩刀,出者不許還家。韃人咸壯王著此舉,郎主以下欣然施與眞北海青衣襖,哀三千件,焚而爲祭。忽必烈用火魯火孫爲偽丞相,行事暫寬諸路苛苦,韃民方喜,未逾數時,仍酷虐過前。虜法朝出夕改,反覆不一。韃人素不自信,閱歷熟,諳其詐偽也。

近拔都縱汶谷瀘及安東歸,問忽必烈索地,併累索所借回回之兵。拔都所據守回回之地,皆阿合馬族類,謀爲阿合馬報讐,相與拔都大興兵攻忽必烈。拔都得回回効死,正寇韃西邊,韃深受其患。忽必烈有三子,長曰眞金,次曰戶合眞,又次曰汶谷瀘。僭封戶合眞爲安西王,據鎮長安。嘗謀篡父位,事洩爲父殺。忽必烈老而病廢已久,屢欲傳國與眞金,族人俱不從,謂:"我家無此法。汝在一日,自爲一日。"彼自忒沒眞來,素不曾傳子。長安、遼東、西夏、舊韃靼地、回回地,皆韃靼親族分鎮。今眞金已漸預韃國之事,忽必烈死,眞金斷襲國。韃旣無傳子法,族人必興兵互相屠戮,淨破韃國乃已。

舊韃靼所居,並無屋宇,氈帳爲家,得水草處卽住。獸皮爲衣。無號令,以合同出入。不識四時節候,以見草青爲一年,人問歲數,但以幾度草青爲答。自忒沒眞驅金酋入南,嘉定癸酉歲,據古幽州爲巢穴,卽亡金僭稱"燕京大興府"也,漸學居屋,亦荒陋。逮咸淳間,韃僭取大宋開封府大內式,增大新剏,始略華潔。虜民咸可造穹廬與韃主通語。韃法,人凡相見,來不揖,去不辭。卑求尊,跪而語。韃禮止於一跪而已。雙足跪爲重,單足跪次之。忽必烈篡江南後,一應漸習僭行大宋制度,猶禽獸而加衣裳,終非其本心。故辮髮凶首,地坐無別,逆心惡行,滅裂禮法,卒不能改也。始不通國號、年號之事,先叛去者教之。咸淳初,韃始僭號"元";寶祐丙辰,韃始僭年號曰"中統",次曰"至元"。襲亡金僭效大宋楮幣之法,易名曰"鈔",以通貿易。東高麗、西西夏、北地諸國,莫不爲韃吞併。

自古夷狄凶禍之盛、土地之廣,惟韃最强最逆。上下好色貪利,如蠅見血,如蟻慕羶,滅天理,窮人欲,罔所不至。今韃靼人亦自怨其虐,惡極天怒,亡在旦夕。韃盛凡六世七十年,僭天子、京師、百官之稱。胡無百年之運,應斷在是矣!其曰忒沒眞,下暨忽必烈、伯顏、阿尤之稱,皆其小字,眾皆得而稱。韃主素以歲二月往陘山避暑,八月還幽州。陘山又名炭山,在幽州西北八百里,地坐水鄉,舊金酋避暑之地,僭升"開平府",北漸入韃靼草地舊界。六月井有冰,水帶黃油鐵腥臭氣,四時雨雪,人咸作土窖居宿。北去竟無屋宇,氈帳鋪架作房,如雞籠狀,門高僅五尺,出入必低頭。或笠帽撞帳房,或腳犯戶限,俱犯"札撒"。見郎主,鼻衄紅浣穹廬氈席,爲第一罪,卽拖犯者繞地三匝,眾拳打死。

韃法,兵機甚密,行軍甚速,例抽丁充兵曰"簽軍",軍器糧食皆自備,仍劫虜爲活計,統以百戶、千戶、萬戶。秋出兵,春休兵。歲歲驗中秋

夜,月明爲利,卽興兵;若中秋夜風雨晦冥,爲不利,卽不興兵。韃兵之
强,得馬之利居多,所以江南出軍不若也。其回回砲,法本出回回國,甚
猛於常砲。至大之木,就地立穽,砲石大數尺,墜地陷入三四尺,欲擊遠
則退後增重發之,欲近反近前。嘗以此砲攻于闐國,彼國以椶櫚皮結網
懸覆城上,攻不入,竟止。箭則柳條爲之。兩陣議和,則虛挽弓相射,換
箭而去。

　　韃人甚耐寒暑、雨雪、饑渴,深雪中可張幕露宿,今皆不懼熱,且慣於
乘舟,高山窮谷馬皆可到。裹糧以肉爲麨,乾貯爲備,饑則水和而食,甚
漲,飽可一二日。攪馬乳爲酒,味腥酸,飲亦醉。群虜會飲,殺牛馬曰
"大茶飯",但飲酒曰"把盞",雜坐喧溷,上下同食,舉杯互飲,不恥殘穢。
飲酒必囚首,氈藉地坐,以小刀刺肉食。授人,人卽開口接食,爲相愛。
卑者跪受賜。行坐尚右爲尊。久不相見,彼此兩手相抱肩背,交頸搖首
齧肉,跪膝摩臁,爲極慇懃。

　　韃主剃三搭辮髮,頂笠穿靴,衣以出袖海青衣爲至禮。其衣於前臂
肩間開縫,卻於縫間出內兩手衣裳袖,然後虛出海青兩袖,反雙懸紐背縫
間,儼如四臂。諛虜者妄謂郎主爲"天蓬後身"。衣曰"海青"者,海東
青,本鳥名,取其鳥飛迅速之義;曰"海青使臣"之義亦然。虜主、虜吏、
虜民、僧道男女、上下尊卑,禮節服色一體無別。云"三搭"者,環剃去頂
上一彎頭髮,留當前髮,剪短散垂,卻析兩旁髮,垂縮兩髻,懸加左右肩衣
襖上;曰"不狼兒",言左右垂髻,礙於回視,不能狼顧。或合辮爲一,直
拖垂衣背。男子俱戴耳墜,俗不好文身。韃賊舊去孔子冕冠袞服,謂不
當服天子服。

　　偽爵率有定價。負圖野獠,輸財卽得偽爵。受偽爵人,腰插金牌,長
尺餘,闊三寸,番書偽爵姓名,鑿識牌上。雙虎頭金牌爵爲重,小爵則授
銀牌。諸酋稱虜主曰"郎主",在郎主傍素不識"臣",唯稱曰"觟奴婢"。
"觟"者,至微至賤之謂。又"歹"者,指其異心,亦惡逆之稱。觟,音打。
歹,都海切。稱自己物則曰"梯己物"。

　　受虜爵人,甲可撻乙,乙可撻丙,以次相治,至爲偽丞相亦然;撻畢,
仍坐同治事,例不爲辱。受虜爵之婦,戴固姑冠,圓高二尺餘,竹篾爲骨,

銷金紅羅飾於外。若在北行，婦人帶回回帽，加皂羅爲面簾，仍以帕子冪口障沙塵。韃虜有妻名，有妾名，累十累百，皆曰"小妻"。被鬻男女曰"驅口"，卽江南之奴婢，皆絕買，死乃已。父死，子皆得全襲父妻爲己妻，唯正妻與生子者不可；或虜主命襲，又不礙，今南人漸有全襲者。父犯子妻，反死罪。

韃靼風俗，人死，不問父母子孫，必揭其屍，家中長幼各鞭七下，咒其屍曰："汝今往矣，不可復入吾家！"庶斷爲祟之迹。及荼毗，刀斷手足肢體爲三四段，刀破攪腹腸，使無滯戀之魂。若葬，亦以刀破腹，翻滌腸胃，水銀和鹽納腹中，刀斷手足肢體，疊小，馬革裹屍，乃入棺。虜主及虜主婦死，剖大木刳其中空，僅容馬革裹屍納於中，復合其木，僭用金束之於外，皆歸於韃靼舊地，深葬平土，人皆莫知其處。往葬日，遇行路人，盡殺徇葬。

供佛則宰殺牛馬，刺血塗佛唇，爲佛歡喜。齋僧則僧婦僧子俱來，皆僧形僧服。人家招僧誦經，必盛設酒肉，恣饜飫歸，爲有功德。幽州建鎮國寺，附穹廬側，有佛母殿，黃金鑄佛，裸形中立，目矚邪僻，側塑妖女，裸形斜目，指視金佛之形，旁別塑佛與妖女裸合，種種淫狀，環列梁壁間。兩廊塑妖僧，或啖活小兒，或啖活大蛇，種種邪怪。後又塑一僧，青面裸形，右手擎一裸血小兒，赤雙足，踏一裸形婦人，頸擐小兒枯體數枚，名曰"摩睺羅佛"。傳此教妖僧，時殺人，祭而食，手持人指骨節數珠。此妖僧乃西蕃人，傳西蕃外道邪法，韃主僭加之曰"帝師"。

歲歲四月佛誕日，二月那吒太子誕日，佛母殿四角置四大銀甕，貯殺童男童女血，殿角塑立裸佛，仗劍俯視甕中血，妖僧裸形作法禱佛，取血塗唇爲祭，與虜主以次分銀甕血飲。先辦壯白將誕孕婦，裸形中坐，妖僧作法咒水，自見水底五色毫光，仍咒眩孕婦魂魄，問其："見奇特事否？"一聞曰"見"，眾執縛孕婦兩手，妖僧執兩金箆刺入兩乳傍，虜主以次金銀管插入孕婦乳傍，刺孔吸飲生血，見孕婦大號叫，爲佛歡喜。叫漸小，血乾命斷，身更雪白，剖腹分臠肉食。留頭刳爲缽盂，漆而金鑲，持爲飲食器。至取孕婦心中一點血，塗佛唇爲祭。腹中嬰兒，亦分臠食，以次分取母子骸骨至盡，各和乳香，納大香爐中，煅盡成灰，爭取灰藏篋笥歸。

妖僧持所咒妖水，令韃主諸酋拭目，盡見孕婦母子乘綵雲而去。四月八夜，留妖僧宿於穹廬，虜主婦焚香跪禮，妖僧始與同寢。眾妖僧與韃主群雌亦然。至撫摩吮咂金佛男形，無所不至，謂之"度佛種"。妖僧惑郎主曰："若郎主、郎主婦，若郎主眷屬，若我之身，皆同出於佛之所生。"韃主惑爲然，敬信妖僧過真佛，願生佛爲子，故建佛母殿。

又回回事佛，剏叫佛樓，甚高峻。時有一人發重誓，登樓上，大聲叫佛不絕，昏眩生妖，忽聞空中佛應聲，手持刃自斷男根，擲棄於地，竟捨身從樓上攧下，粉身碎骨而死。爲事佛感應。所棄男根，回回爭取，藥封函置，以相傳寶。北地長春宮道士與番僧有讎，番僧化韃主曰："《道經》是僞作謊語，蒙哥時道士鬭佛法不勝，髡爲僧。今宜焚其經。"韃主果焚南北州郡《道藏經》，唯許留老子《道德經》，幾滅道士，髡爲僧。胡俗妖怪，慘酷如是。他務謬戾，胡可勝數！我不與北人密，不入北地遊，不詳聞熟見其惡，豈能盡書耶！唯屢聞於人，謂北人受韃之害者曰："我本金人，降韃受害六十年，近始稍甦。汝江南富庶，郎主無厭，韃靼、回回嗜財嗜色如命，富者破家，貧者死有日矣！"我聞此語，更愴然淚落。豈謂窮北極陰之氣，蠱蝕南土，歲月已深，天地氣候，一爲變易，人心物性，俱流遷反！南人狡，北人貪。南人今無聊賴，賣智活家，率教北人狡，頗濟其貪酷。暴虎生翼，惡何可當！

今江南人，稍足者充站馬戶。彼曰"站"者，"驛"也；"站馬"者，"驛傳"也。畜馬迎送賊曹，費用甚苦。一站九十里，將韃主急命者曰"海青使臣"，一晝夜行或八站九站，遇站則易馬，騎馬之人用桬木夾鐵拄腰，食不敢飽，飽則嘔出心肺，使臣走至馬死則有賞。又有站船。又富者出人出馬充軍。諸州置機房，抑買江南絲，白役機匠，鞭撻別色技藝人，亦學攀花織造段匹，期限甚嚴。又諸州僭置平準庫，抑買金銀歸北，私賣買金銀皆重罪破家。又包銀，則論民屋間架，歲納銀良重。如納醋息、差夫、索綿、造船等事，排門受苦。及擒勒溫暖之家，充重難陪費之役，直破家鬻子女，苦猶不止。凡與韃主有貨利相縮者，本人或逃或死，直殃及子孫、宗族、親戚，償足乃止。不然，年深其事亦發，攤及無辜陪納。一切以不恤不忍行之，苛酷嚴密，難以言譬。

尚抑逼虜吏增羨,州縣誅求貨利,增者遷賞,虧者陪償。虜酋、虜吏等盜取鈔五十貫、米十石者,並坐死罪。虜酋率不識字,決訟悉出吏手,上下媒糵人過,善以言語支蔓,曲折窮詰,誣加人罪,置於刑名。如殺百十人之罪,倘能重以財蒙上下,則密縱犯者逃去。或復輸財見韃主,鬻偽爵,治虜事,前罪竟置不問。斷罪則不用徒流黥絞之刑,唯杖臀,自十七分等,加至百單七而止,杖隨數加闊重。斬剮又酷,或生剝罪人身皮,曰"渾脫",又有三段剮殺。彼曰"札撒",此曰"條法";彼曰"大札撒"者,大條法也。

韃法:一官、二吏、三僧、四道、五醫、六工、七獵、八民、九儒、十丐,各有所統轄。僧為僧官統僧,道士為道官統道士,其行杖治罪,與韃酋聽訟同。僧衣黃衣,僧、道皆可頂笠、穿靴、騎馬,甚至透籍單獨析居。又怯憐口戶,為名隸籍州縣鄉村,深山窮谷,各分地面打勘勾當,悉莫逃其害。新自汴河開河直達幽州,諸路役民開掘,深唧怨苦。根刷弊倖曰"打勘",實假名苦虜酋、行騙財之術也。州州上下司務,歲一二次打勘。任此責虜酋,支蔓根窮,賄賂歸韃,州縣酋長甚苦。此為韃之勾當者,人以鸕鶿為譬:鸕鶿得魚滿頷,即為人抖取;鸕鶿更取魚,人又抖取;勞無窮,利甚鮮。譬酋吏苛取民財、復為韃酋脅取歸韃之苦,良善。更縷數其事,詳言其故,實不勝苦。此皆大宋不忍行之事,一旦盡見之!

杭、蘇、湖、秀,不戰與賊,虜掠之後,民雖虛空,幸丁丑至壬午,歲歲薄稔,未大狼狽;諸處窘於韃酋苛取,物價驟騰湧,人民極窘。四方假"大義"之名,行劫婦而賣、殺人而食之盜,縱橫甚熾,已難耕種。或加水旱,人之種亦逮絕矣!

北地稱真定府最為繁華富庶,有南人北遊,歸而言曰:"曾不及吳城十之一二。"他州城郭,更荒涼不足取。宜乎北人來南,遇有所見,率私歡喜嗟訝,意極睥睨江南子女玉帛,謂"安得變亂,恣打虜之志耶"。直北人家,屋宇不相連屬,小家土為床,土為几案,富家亦陋甚,空洞無織截粉飾。寒天,地窖藏火,坐臥其上。地寒少草木,爭收馬糞,曝乾充爨。北地少雷少雨,多雪多寒。以至風俗景象,一廢於靖康,再廢於金亡,中原太平規模,盡為寒煙衰草之荒涼。所以韃人絕望江南,如在天上,宜乎謀居江南之人，貿貿然來。江南物貨，皆彼所無，諸物皆貴於南地數倍，牛馬羊鹿多亦不賤。出獵射生，純肉食，少食飯，人好飲牛馬乳酪，極肥腯，生啖蔥蒜，衣腥食穢，臭不可近。回回雖浴，亦臭穢。彼無好米，見此白米，重之曰"細米"。土產惟小米、粟、麥。

江南種種物貨，輦輸商運，入北不斷。遇歲歉，河北禁人造酒，飲者斷臂，飲之者斬。彼技藝百工，咸不及此地精妙，已半爲之勒徙北居。北人深歎訝江南技藝之人，呼曰"巧兒"。入北愈深，婦人愈少愈貴，易銀二三百兩；亦欲少壯男子，價殺於婦人；尤喜童男童女。處處有人市，數層等級，其坐貿易甚盛，皆江南赤子，至易十數主。今貧乏人，甘絕售與其子女。有酷嗜利者，誘騙民家子女頗眾，甚至用麻藥街市懵少壯男子，匿取去，仍日以藥懵其不叫，烙足跟俾其艱遁走。德祐乙亥抵今八年，所虜所買江南赤子，轉徙深入韃靼、回回極北，實莫數計。生靈厄運，一至於是！

願充虜吏，皆習蒙古書，南人率學其字，括以四十八字母，凡平上去入聲同一音之字，並通以一字攝，一字十數用，極礙義理。回回書、畏吾兒書，又莫可曉。韃近襲金人曆法，差於我朝頒曆一日。今南人衣服、飲食、性情、舉止、氣象、言語、節奏，與之俱化，唯恐有一毫不相似。愚者紛然賚金銀寶物，見韃主，鬻偽爵，獨不思叛臣夏貴有大恩於韃，彼與其偽爵，尚不與其權，竟悶悶而死。叛臣如朱禩孫、孟之縉等皆然。獨信用叛臣青陽夢炎語，近爲阿合馬事斥去。叛臣留夢炎稍得志於韃，譬如醉夫墜巖谷，睡虎穴中，顛迷忘其爲虎，反叫舞狎弄睡虎鬚頷，速其醒覺，自送死之道也！媚賊者類是。韃酋如伯顏得江南，阿尤得維揚，可謂有大功於韃，阿合馬譖其私卷江南金銀寶玉極多，忽必烈窮其根源，皆受囚繫，不及賞。伯顏、阿尤輩寧不抱怨入骨？韃人無義，不論道理，純是力、財、色、食四事。彼極恃"氣力"二字爲集事之本，言"力也，勢也，財也"。其所用法，循金人舊例。金人本女眞也，金主本無姓，忽慕南人有姓，問"何姓爲大"，南人紿對曰"王姓最大"，乃譯曰"完顏"。今韃主亦無姓，嘗遽然僭譖曰"俺亦姓趙"。

夫君臣、父子、夫婦、兄弟、朋友，人倫也，韃人皆悖其天，誠禽獸不若,宜其有臣弑君、子弑父之事,此夷狄之所以爲夷狄也。天亦奚忍不早滅韃興宋,以救世道耶！稍有人心者,云胡不大宋之思耶！昔拓拔氏之盛,南有晉爲中國主,王猛雖胡人,尚知晉爲正統之國,戒苻堅勿攻晉。孰爲忽必烈、伯顏、阿尤輩,曾不及劉聰、石勒、王猛、崔浩輩千百之一！其爲中國害則大,慘逆過古之夷狄,鼓禍熾毒,猶未底止。昔韃人用兵,所破城邑,縱虜掠殺戮畢,不復守其土地;自南人教"得一州守一州"之法,韃奪襄陽後,主於守土,勢脈相應,根深枝連蔓引,惡燄難遽撲滅。然古未嘗有有陰無陽之天地,亦未嘗有純是夷狄之世。天旋地轉,其機固易！

　　然七八年來,採訪人才,心所思,目所擊,耳所入,欲倒一二指,實不可得。有才智而無忠義,臨危必生異志;有忠義而無才智,其力難辦大事。必兼二者乃可。降是取其一,求其眞忠義、眞才智之士,亦未之見。或觀其議論,若有可信;密窺其心迹,內抱一貪,初無實能。將才猶難得。以是朝夕究心,竟不釋然於懷。我嘗有詩《題前後臣子檄盟後》曰:"死亦烏可已,丹心闡大猷。恭承父母教,用剪國家讎。日破四洲夜,天開六幕秋。終當見行事,不與世同流。"又曰:"生或不就緒,死當償夙願。罔使竟食言,劫劫抱長恨。"非徒托歌詩寓興之辭,實生生死死決行之事。腥徹九天,冤入九地,中國盡誕韃雛,欲剿其遺育,則不勝誅戮,果何法洗蕩,還其清淨？痛痛刺心,魂魄悵惘,反覆謀度,不過此事,如之何而遽已哉！如之何而遽已哉！

　　故凡聞見逆邪之事,深懷憤恨,嘗銘誓於心曰:"我逆我邪,願汝滅我;汝逆汝邪,我誓滅汝！期救此心,同歸於正,確於不變,一其無極。我終當與之決,同歸於一是之天！"旦旦顒望中興,謂卽刻可見,不料八年,今尚未復如抱。久餓思食,不能自活。但恐或者望南既久,意必墮於倦懶,陷北漸深,心亦隨之契化,卒陷於偽逆之地,此當世人心之大病也。願火德速開中興之天,立億千萬世人倫之統,正今日之大事,我決爲之矣！

　　德祐八年壬午春,追思歷年聞見大痛之事,略無次序,多所遺忘,深悔舊不識以日記。然狂走無朋,千不聞一,縱書之亦不備。雖聞隱南遊北之士，多作日錄，書所聞見遊歷，紀述頗詳，固未嘗見其文。決知不能爲大義一脉死立赤幟，苟非其人，立論必不公正，史之反不如不史，蓋無謬見、謬語、謬事以誤後世也。今人深中轄毒，匣身浹髓，換骨革心，目而花眩，語而謬錯，竟忘前日人心人形於清明之天，愈久愈昏，鬼霸靈臺，寧復人形，而語天理其史耶？聞叛臣在彼，教忽必烈僭俾南儒修纂《大宋全史》，且令州縣採訪近年事迹，又僭作《轄史》。逆心私意，顛倒是非，痛屈痛屈，冤何由伸！此我《大義略序》實又不容不作。

《略序》之作，主乎大義大體，有所不知，不求備載。我紀庶事，雖不該博於眾人，惟主正理，實可標準於後世。將身行討賊之舉，先筆定誅逆之法。天理明白，一死不惜。惟意此《略序》必有差忒，尚有望於後之正直君子。作史最是至難之事。且處於堂內之人，門外之事，聞或不眞；兩造在庭，尚不得其情。懸隔議度，豈無失誤？一事之中，人人所聞所見，或前或後，或得或失，各有異同；況一人又各主一見，故聞於甲者如此，聞於乙者又如此，一犬吠形，百犬吠聲，自是訛訛相傳矣。嘗泛取目前俱見之事，命眾友各作傳記，及觀其敍情理，操予奪，較當時之事，各爭差遠；況作文之士，筆易流滑，據意揣度，隨語所向，差之毫釐，謬以千里；更私意去取，豈不重累於作史之實？過褒不稱事情，過貶豈無冥怨？是爲非，非爲是，人禍天刑，恐不可逃。世之秉紀述之筆者，采摭傳聞，深察事情，毋但取意語完備，爲筆所使，濫於無功，累於無辜。賞罰當其事，庶無愧於爲史，則可以垂訓於天下後世矣！

大宋德祐遺臣三山鄭思肖述，德祐八年歲在壬午之春述，德祐九年癸未春正月重修。

後　叙

　　道本無說也；見於日用常行間，特迹爾。是以民繇之而不知之。何者曰文？古先聖賢不得已迹其迹，寄於言，教天下歸於道。後世神其迹之迹，遂爲道在是，反與道相悖愈邈；或者救後世弊，乃曰"文者所以載道也"，然道本無說，以有說窮無說，殆已！是故必有自得之學，始可迹其道，寄之以文。不然，綴緝摹寫，支離汗漫，縱一字源一經、一言出一史，析以還之，皆古人糟粕，卽其中求自己物，咸無焉，奚足爲文？乃知文者非言語之謂，亦非外至者。始於進學，必藉以書；終於造道，當蛻其書；或泥於書，則物矣。必有自得之學主於中，繩繩然日用常行間，左右逢源，萬物皆備於我，庶幾委迹而天矣。雖不求爲文，森乎吾前，道玅生機，充動流滿，周於六虛，何莫非文？下視言語之文，誠陋。愚實有志於斯，願學焉。

　　或曰："子性命之學及文與詩，孰師？"我生死一言曰："終身所法，惟學我父而已！"今竟絕筆言語之文，養自得之學，誓以正天下，淵然無思，一以誠之，天者定，人者正，我心始閑閑然。若夫《大宋中興頌》、《鐃歌鼓吹曲》等作，一付之天下文人騷客矣。得彼爲之，卽我爲之也。故跋其意，敍之於後。時年四十一。

　　德祐七年，歲在辛巳，十二月朔，三山鄭思肖億翁後序。

又後叙

　　桑麻穀粟，天地所產，不種之、採之、蠶之、繅之、漚之、緝之、織之、縫之、秧之、插之、穮之、蓑之、穫之、礱之、舂之、炊之，卒不得衣食。有人力者存,天地不與於斯,蓋推其致力之地而論也。我今稍知仁義,措一語苟合於道,皆我父之言。幼年不力我以學,不進我以道,今胡盧蹀躞其聲音笑貌矣。原本之論,必於始受造化之深者而德之。太空冥冥,至神莫名,萬物德其德,卒莫報之,故愈大愈不能名其名也。誓欲絕言,不得遽絕於言,其終古不可泯滅之天乎!故吐不盡意,薦爲之後序。

德祐七年,歲在辛巳,十二月望,三山鄭思肖億翁後序。

總後叙

《咸淳集》一卷,《大義集》一卷,《中興集》二卷,計詩二百五十首,雜文自兩《盟檄》而下,凡四十篇,又前後自序五篇,總目之曰《心史》,毋乃僭乎?夫天下治,史在朝廷;天下亂,史寄匹夫。史也者,所以載治亂、辨得失、明正朔、定綱常也。不如是,公論卒不定,亦不得當史之名。史而匹夫,天下事大不幸矣。我罹大變,心疚骨寒,力未昭於事功,筆已斷其忠逆。所謂詩,所謂文,實國事、世事、家事、身事、心事係焉。大事未定,兵革方殷,凡聞語正大事,必疾走而去,不肯終聽,畏禍相及,況此書耶!則其存不存,誠非可計。紙上語可廢壞,心中誓不可磨滅!若剮、若斬、若碓、若鋸等事,數嘗熟思冥想,至苦至痛,庸試此心,卒不能以毫髮紊我一定不易之天!孰知心之所以爲心者,萬萬乎生死禍福亦莫能及之!蓋實無所變,實無所壞,本然至善,純正虛瑩之天也。以是敢誓曰《心史》。且天地萬化,悉自此心出,縱大於天地,亦不能違乎此心。既秉誓不變,決當有成,必然之理。我斷斷爲大宋辦中興事,卽所以報我父母大德,天理一本而已矣!敬瀝血爲語,發明《心史》之義,薦序於後云。

維大宋德祐辛巳歲,季冬十有八日,三山鄭思肖億翁後序。

七言律一首

一誠盟檄死彌堅,終了娑婆未了緣。

心勅雷霆開世界，手提日月上山川。
劫前春壽群生命，空外風持萬古天。
我大願王行至化，無窮無盡溥無邊！

自　跋

　　德祐八年壬午冬，手定《心史》畢，贅以五十六字，寫不盡懷，誓誓其誓，與國家罔極，與父母罔極，與日月罔極，與天地罔極，與道罔極！不變其不變，無窮其無窮，一之以爲斯世斯民之心，縱有慘烈於雷霆、剮斬、碓鋸者，千焉、萬焉、萬萬焉、復萬萬萬萬焉，自反而縮，吾其往矣！求仁而得仁，又將焉之乎？聞吾怪語，莫不笑之、罵之、厭之、避之，欲訐我之所作者亦有之。稍知理之士，衣冠是，言語是，心事是；察其所行，或流於不是，則是者亦不是矣。我此書示之誰耶？世間萬事，一一皆幻妄，此書傳之奚以？然尊正統、抑夷狄、褒忠臣、誅逆賊，願教天下萬世一一皆爲忠臣，又俾之知大宋之天巍巍乎，浩浩乎，發育萬物，周流無窮，實非心之可測，非數之可盡也！故嘗有言曰“大宋不以有疆土而存，不以無疆土而亡”者，此也。則此書不可不傳。欲藏於土又未能，我死恐有日矣，已囑末氏，死當卷此書納於棺中，以我還我。敢又立誓曰：合於天理，益於世教，我願我書終不可壞，垂化無窮；不合天理，不益世教，我願我書速歸於壞，勿誤將來。又我若妄語，不行父母教，不辦大宋事，則此書亦當與骨肉火化俱灰，天地鬼神當誅之，昭其罪；如我不妄語，行父母教，辦大宋事，此書雖曰紙也，當如虛空焉，天地鬼神不能違，雲霧不能翳，風不能動，水不能濕，火不能然，金不能割，土不能塞，木不能蔽，萬萬無能壞之者。吾不知此書紙耶、字耶、語耶、法耶、誓耶、誠耶、人耶、鬼神耶、天耶、心耶、理耶、性耶？可語者非，不可語者亦非，所謂紙、字、語、法、誓、誠、人、鬼神、天、心、理、性，以至曷壞曷不壞，俱了無其以也。我欲必明其故，竟不可得；此不可得，亦不可得。議窮心斷，豁然無疑，天下歸仁，其如是乎！

　　維大宋德祐甲甲甲甲甲甲甲甲甲甲之壬午歲，冬至日，三山所南鄭思肖億翁自跋。

盟　言

　　思肖已舍此身爲大宋討賊、開中興之大業也久矣。惟累年窮心謀度，無長策自奮，實恥有生，遂誓自爲去就計，生莫爲之，死則爲之，萬萬必行之，誓決不肯棄於死而竟已。然我素以獨爲天，《心史》奚托？又意緒荒迫，不暇別書淨本，敬以藥本鐵函重匵，沉之古吳古井中。大事未成，《心史》先出，得者當毀其文，我又決不肯耀誑世盜名之空辭，坐欺君欺父之實罪。大事成，《心史》出，願舉天下後世，一化而爲忠臣孝子之歸，則我始終無遺憾矣！雖然，亦不得已也。人心本善，又何庸化之而後明耶？蓋其天一也，今強執我之誠，盟我於不變之天焉爾！

　　大宋德祐甲甲甲甲甲甲甲甲甲甲之癸未歲，三月二十六日庚辰，孤臣三山所南鄭思肖億翁敬盟。

正覺摩醯首羅天王王療一切病咒

　　唵，我有大願，無量無邊，虛空爛壞，我願無盡。我默我咒，先斷病魔，我觀我生，我實無生。意歸其源，六根俱寧，歸無所歸，心華自開。我於是時，現無邊身，爲大醫王。普救病難，卽臻安康，乃正綱常。終於究竟，我違我誓，我當殛我，滅爲微塵。聞聞聞聞娑婆訶。

後記一

　　終於到了寫後記的時候了。這種舒一口氣、苦盡甘來的美好感受，大概只有寫完確實付出過很多心血的書稿的作者，才能體會到的吧。昔人張潮說："人生必有一樁極快意事，亦不枉在生一場；即不能有其事，亦須著得一種得意之書，庶無憾耳。"現在，我生命的一部分，已經無怨無悔地物化爲這樣一部書稿；而且我相信，它是具有學術生命力的。

　　我也算是出過好幾本書的人。有一個自己也感到頗爲奇妙，並有朋友問過我的問題，再次浮上心頭：這十多年來，你用力最劬且都出過書的研究對象，近人爲鄭振鐸，古人爲鄭思肖；而你一不姓鄭，二非福建人，爲什麼偏偏對這兩位閩籍學者那麼情有獨鍾呢？想了一想，我便意識到這都與我最初（當然也直至今天）崇敬和研究魯迅先生有關。鄭振鐸是魯迅的學生與戰友，這不用多說了；在這裏，有必要談一下我從事鄭思肖研究的緣起。

　　鄭思肖的作品，他的名字，我最早（二十多年前）正是從魯迅的書裏知道的。1935 年 3 月的一天，魯迅一次書寫了鄭思肖的四首詩贈送友人，這引起我最初的好奇與注意。我又發現，魯迅著作中說到我國歷史時，尤對宋季、明季極爲重視，談及的地方約有百次之多；而鄭思肖，正是宋季詩人、畫家，又在明季發現和出版了他的《心史》，並形成很大的影響。這就令我產生濃厚的興趣。

　　魯迅在 1925 年就說過，倘若你的"伏案"之功有點深了，"咿唔日久，對於舊書有些上癮了，那麼，倒不如去讀史，尤其是宋朝明朝史，而且尤須是野史；或者看雜說。"[1]多年來，我也是照他的這一教導去做的；而且讀史"咿唔日久"，又對宋季明季的野史雜說也早就"有些上癮了"。

---

[1]　魯迅：《華蓋集・這個與那個》。

我知道,魯迅對宋季明季的關注,與他對當年社會政治現實的思考與認識密切相關。他曾多次說過:"試將五代,南宋,明末的事情的,和現今的狀況一比較,就當驚心動魄於何其相似之甚,仿佛時間的流駛,獨與我們中國無關。現在的中華民國也還是五代,是宋末,是明季。"①1934年,他給鄭振鐸的信中又說:"昔讀宋明末野史,嘗時時擲書憤歎,而不料竟親身遇之也,嗚呼!"我也知道,鄭振鐸與魯迅一樣,也對宋季明季野史雜說十分重視,還曾取材於此,寫了諷喻國民黨當局的歷史小說。因此,我認爲今人如不讀一點宋季明季野史,便不能夠深刻地瞭解魯迅、鄭振鐸這樣的大著作家和思想家。魯迅說:"歷史上都寫著中國的靈魂,指示著將來的命運。"②讀史,思考,從中挑選有意義的研究課題;然後圍繞有關課題再有重點地讀史,思考,寫作——這幾乎成了我近年最重要的一種生活方式。

我對鄭思肖《心史》的研究興趣,又與魯迅多次猛烈批判清代皇帝"欽命"纂修《四庫全書》等文化統治有關。魯迅說:"現在不說別的,單看雍正乾隆兩朝的對於中國人著作的手段,就足夠令人驚心動魄。全燬,抽燬,剷去之類也且不說,最陰險的是刪改了古書的內容。乾隆朝的纂修《四庫全書》,是許多人頌爲一代之盛業的,但他們卻不但搗亂了古書的格式,還修改了古人的文章;不但藏之內廷,還頒之文風較盛之處,使天下士子閱讀,永不會覺得我們中國的作者裏面,也曾經有過有些骨氣的人。"③他又說:"清的康熙,雍正和乾隆三個,尤其是後兩個皇帝,對於'文藝政策'或說得較大一點的'文化統制',卻眞盡了很大的努力的。文字獄不過是消極的一面,積極的一面,則如欽定四庫全書,於漢人的著作,無不加以取捨,所取的書,凡有涉及金元之處者,又大抵加以修改,作爲定本。此外,對於'七經','二十四史',《通鑑》,文士的詩文,和尙的語錄,也都不肯放過,不是鑑定,便是評選,文苑中實在沒有不被蹂躪的

---

① 魯迅:《華蓋集·忽然想到·四》。
② 同上。
③ 魯迅:《且介亭雜文·病後雜談之餘》。

處所了。"①而鄭思肖,正是一位非常"有骨氣"的古人;他的《心史》,正是被四庫館臣"鑑定"後誣稱爲"僞書"而抽去,又由乾隆"諭準"軍機處下令嚴繳全燬的"禁書"。

1982年,當我以有關鄭振鐸研究的畢業論文結束在復旦大學的研究生課程時,才忽然知道當時的復旦沒有"中國現代文學史"專業的碩士學位授予權。於是,我只得再到華東師範大學去申請學位。那時,又發現自己缺少中國古典文學課程的分數,怎麼辦呢,我就趕緊借來一部《心史》,趕寫了一篇論文,想用來應付那分數。後來,在華東師大重新參加畢業論文答辯,幾位老教授(許傑、徐中玉、錢谷融三先生)高擡貴手,且並沒有要那論文。於是我改寫成幾篇文章,都在學術刊物上發表了。再後來,又通過上海古籍出版社汪賢度先生的推薦,將自己整理、校點的《鄭思肖集》,交該社出版。

又過了多年,在讀書雜覽中,與鄭思肖和《心史》有關的材料發現和積累得越來越多,而在報刊上又不時看到仍說《心史》是"僞書"的高論,於是便產生了寫一本專著的衝動。不然,讓有關材料爛在肚裏,又讓那些高論橫行無阻,實也不甘心。而我又想起了陳寅恪《柳如是別傳》中的自嘲:"偶憶項蓮生(鴻祚)云:'不爲無益之事,何以遣有涯之生。'②傷哉此言,實爲寅恪言之也。"禁不住暗暗自語:此亦實爲在下晚生言之也!然而,在有涯之生想做點什麼事情,也不完全由自己做主。要寫此書,最好能列入有關"科研項目",方能在單位裏名正言順地進行。於是便擬寫計畫,上報課題,爭取立項。歷經失敗,最後終於"僥倖"得到上海市哲學社會科學規劃辦公室的批準。

在研究和寫作過程中,我時常會想起明清之際大思想家顧炎武在一封信中的一段精彩的話(這段話又被他引入《日知錄》初刻本的自序中,可見其本人也十分重視):

---

① 魯迅:《且介亭雜文·買〈小學大全〉記》。
② 陳按,項氏爲清代詞人。而據梁鴻志《爰居閣脞談》及錢鍾書《管錐編》,此語歷代稱引,實不出於項氏,唐人張彥遠《歷代名畫記》中卽云:"不爲無益之事,則安能悅有涯之生。"

　　嘗謂今人纂輯之書,正如今人之鑄錢。古人采銅於山;今
人則買舊錢,名之曰"廢銅",以充鑄而已。所鑄之錢既已粗
惡,而又將古人傳世之寶舂剉碎散,不存於後,豈不兩失之乎?
承問《日知錄》又成幾卷,蓋期之以廢銅;而某自別來一載,早
夜誦讀,反復尋究,僅得十餘條,然庶幾采山之銅也。

　　纂輯之書尚且如此(當然《日知錄》並不只是纂輯),那麼,研究性論
著就更不應只是"買舊錢"了。誠然,"采銅於山"與"買舊錢"都能造出
"錢"來,從"經濟效益"來說,前者也許遠不及後者。但二者不止有精粗
美惡之差,而且前者體現了一種勤奮壯美的勞動精神,後者則未免太乖
巧了吧。然而無可諱言,如今往往是巧人得勢,時尚的是"觀點""方法"
以至"話語"的"創新"。舊錢充鑄,至少還得熔化一下;時下有的新銳
"學人"乾脆將外人的"新錢"拿來塗一層油彩,或將前人著作拆卸組合
一番,填入預構的"體系"中,冠以似通不通的時髦名目,就立馬成了了
不得的新著了。誠如章實齋說的:"以不能名家之學,入趨風好名之習;
挾人盡可能之筆,著惟意所欲之言。可憂也,可危也!"我堅信,這樣的
東西縱然騙得了一時,卻不可能傳諸久遠。自己既然心鄙此輩,那麼在
此書撰著中當然要向顧老夫子學習,"庶幾采山之銅也"。

　　顧炎武在《譎觚十事》的小序中還說:"僕自三十以後,讀經史輒有
所筆記。歲月既久,漸成卷帙,而不敢錄以示人。語曰:'良工不示人以
樸。'慮以未成之作誤天下學者。"他又在致學生潘耒的信中說:

　　　著述之家,最不利乎以未定之書傳之於人。昔伊川先生不
　　出《易傳》,謂是身後之書……馬文淵有言:"良工不示人以
　　璞。"[1]今世之人速於成書,躁於求名,斯道也將亡矣!……《日
　　知錄》再待十年;如不及年(此"年"字如"趙孟不復年"之
　　"年"),則以臨終絕筆為定。彼時自有受之者,而非可豫期也。

---

[1]　陳按,"良工不示人以樸"語出《後漢書·馬援傳》;但不是馬援(文淵)之言,而是其兄馬況(君
　　平)所說。

《詩》云："如切如磋,如琢如磨。"此之謂也。

此信後半段話,顧炎武也引入《日知錄》初刻本自序中,可知這也是他的一個重要觀點。這裏強調的是,研究者寫書,與工人製造器物一樣,必須有個"職業道德",一定要精心完成後才可問世,不能躁於求名,急於出書。

近人胡適則多次借用《三朝名臣言行錄》中李若谷關於如何從政的四個字,來論述治學著書之道。那就是:勤、謹、和、緩。勤,就是眼勤、手勤,"上窮碧落下黃泉"地勤求材料,勤求事實,勤求證據。謹,即一絲一毫不苟且,不潦草,亦即是"敬慎"。和,我們後面再講。緩,他認爲就是從容研究,莫急於下結論,莫急於出書,當證據不充分時,姑且"涼涼去",姑且懸而不斷。這就和顧炎武多次強調的"良工不示人以樸"很相近了。我也很嚮往這種"緩"的治學境界。爲寫現在的這本書,還想看的書不知有多少。宋元明清的詩文集、方志、筆記、野史、年譜等等,浩如煙海,又艱於尋覓。肯定還會發現不少新的資料,還可能會解開現在尚未解決的一些遺留問題(詳見下述)。然而,不僅人生有涯而知無涯,而且作爲上報的科研項目是有"完成時限"的,有關管理部門也得"結項",不允許一直"緩"下去。再說,就這一課題,本人畢竟已經研究了多年,雖不似古人揚雄"詔使作賦,爲之卒暴,倦臥,夢其五臟出地,以手收之,覺,大少氣,病一年"(桓譚《新論》);卻有點像李賀作詩,即使外出也常"背一古破錦囊,遇有所得,即書,投囊中",歸,傾囊而出,整理成章,以致太夫人心痛地說"是兒要當嘔出心乃已爾"(李商隱《李長吉小傳》)。因此,書稿拿出去還是有點自信的。學術大師錢鍾書,對自己出版的著作仍一改再改,也就是顧炎武說的終當以"絕筆爲定"。我要學習這種精神。

胡適說的"和"之一字,解作"心平氣和","平心靜氣","虛心體察"。他認爲應平心考查一切不合己意的事實和證據,拋開成見,跟著證據走,服從人,"和"之至也。我覺得這一點也很值得重視,尤其是在研究中確實必須平心考查一切人(包括壞人和敵人)的不同意見;但不是簡單地"跟著證據走,服從人",而是尊重確鑿的事實,服從眞理。雖然我一貫不喜歡說話不痛不癢,無棱無角,而認爲應該旗幟鮮明,熱烈擁抱真理,只要出於公心,有理有據,也就不必顧忌太多;儘管我在本書稿中絕對沒有別人與我就《心史》真偽問題商榷時使用的諸如"尤屬滑稽""尤屬語無倫次""妄行宣佈""墮其彀中""不知自省""受愚也深"之類刺激性用語,而力求"平心靜氣",以理駁錯;但審閱書稿的老師仍要求我對個別行文作修辭上的改動,我也照辦了。當然,我還是堅持:無法避免的學術上的交鋒,還是必須交鋒。學術乃天下公器,我並不是與具體個人作意氣之爭。孟子曰:"予豈好辯哉?予不得已也!"而且,胡適其實也是肯定"辨別是非真偽的熱情"的,並認爲這是一種"有大力量的情感"。好辯,我認爲也不是某些人蔑視的一種劣性,相反倒正是學術進步的動力。如果有人讀此書而稱我"好辯",本人願意在此答道:不勝榮幸![①]

忘記了哪位古人說過這樣的話:"學者求道,如客在途,不有所止,將安歸乎?"[②]作爲一部書稿的撰著,那更應"有所止"。然而,作爲一項研究課題,老會覺得還有不少問題未能弄個水落石出,不無遺憾。古人云:"一物不知,儒者之恥。"[③]其實什麼都知道的儒者是不可能有的,那只是吹牛;但在自己所鑽研的小題目範圍內,則應該有這樣一種知恥的精神。關於鄭思肖及《心史》研究,我希望今後還有可能攻下一些難關,例如:

考證出鄭思肖的原名。繼續在浩瀚史料中遊弋,或許能有發現。

尋找鄭思肖《心史》原稿,或者最早的蘇州文人的摹鈔本。希望它們也許還存於天壤之間。

尋找鄭思肖佚作。如《釋氏施食心法》《謬餘集》等書,在清代猶有見過這些書的記載;再如,只要能找到湯仲友的《壯遊集》,就能看到鄭

---

① 行文至此,正好看到 1998 年 10 月 7 日《中華讀書報》上李伯重談學術規範和學術批評一文,其中有一段講得透徹,鈔錄於下:"首先,學術批評要旗幟鮮明,就要不怕得罪人。要不得罪人,當然最好是超脫世外,對謬誤視而不見,緘口不言。萬一實在不得已要提點意見,也要盡力避免有'批人'之嫌,因此行文力求委婉含蓄,用詞務必溫柔圓通。被批評者讀後有如春風拂面,而圈外人士讀後則莫知所云。倘若在學風醇美的未來,學人盡皆服以自律的謙謙君子,用此種方式來切磋學問,當然最爲理想不過。但在學壇風氣日下的今日,這種批評方式恐怕未必適用。"

② 後來我查到了,是宋人王十朋《止菴銘》中語。

③ 吾見李宗昉《閬百詩先生傳畧》云閬氏:"研究經史,深造自得。嘗集陶宏景、皇甫謐語題其柱云'一物不知,以爲深恥;遇人而問,少有安日。'其立志如此。"閬氏此集聯甚佳,惟自己遠未做到。若地下有知,遭吾如此詰問,自當無安。

思肖的一篇佚序。

尋找有關文物。如錮封《心史》沉井之鐵函,不易毀壞,也許有人珍藏;再如那塊“藏書井碑”,當初不知刻了沒有?

尋讀流佚在國外的鄭思肖畫蹟。不管是否眞品,其跋識文字就很值得研究。

考索《心史》中記述的一些鄭思肖友人的生平,如陳伯義、蕭皆吾、王玹等等;考證《心史》中記載的某些“獨家新聞”,如景炎二年陳宜中派遣戴恩來吳密諭呂大升等人起義一事等。

總之,這類鉤沉抉微的工作,便還有不少可做;更不用說深入研究《心史》與宋末哲學思潮(如“心學”)的關係等研玄窮理的工作了。這些,有待今後進一步努力,如有所得,再向學界師長、同好匯報。同時也希望大家給予幫助。

寫到這裏,我要衷心感謝多年來在我治學中給過我重大幫助,這次又幫我審閱書稿、寫出評語的黄裳、顧易生、汪賢度、黄霖諸先生,①衷

---

① 補注:此處先感謝黄,是依年齡(胡道靜先生年最高,我另外單獨寫),我當時對他很尊重。不料,後因我揭露文物騙子僞造魯迅題字而涉及他(並未指名,僅說智者或有一失),該老竟老羞成怒,不惜破臉一而再、再而三對我申申其詈。然此事是非早有公論,捧場者儘管牌子再老,假貨畢竟也無法令其成眞。而黄在專門詈我的《忽然想起》文中還涉及本書,云:“第一次見面是多年前他(按,指鄙人)光臨舍下,爲他的學術研究專案——‘《心史》研究’——立項推薦,沒有長談,如命簽名後就匆匆辭去了。這以後是長久沒有過從。一日,偶然發現陳教授研究《心史》的專著早已出版,頗想一讀,就寫信去討。不久,書寄來了,並附一信,說怕我對此書不感興趣,因而未寄云云。”有網友說“置陳教授於‘前恭後倨’小人地位”。在此我不得不說說事實。其所謂“第一次見面”絕對說謊。我存有多年前他給我的信和贈我的字幅等爲證。試想,如不是很熟,又“沒有長談”,我豈敢如此冒失,他豈會“如命簽名”?實在不知其爲何這般撒謊,用他罵我的話說:“‘刀筆’運用之妙,可謂出神入化矣。”再者,那也非“立項推薦”(作爲教授,卽使申請國家項目也不需人推薦,此爲常識),而是書稿完成後,按市裏有關規定要五位專家寫評語,我提請黄作評審者之一。因此,亦非當場簽個名而已,而是寫了一段評語,隔幾天我再去取。(當時請專家填表寫評語,市裏有評審費,但不多,我墊出超過標準的錢,事後有關部門也忘了給我。)所以“這以後是長久沒有過從”亦不確,不僅要去取表,一次我還特意帶去新發表有關《心史》的拙文,誠心誠意請他賜教。孰料那天不知爲何他情緒不佳,竟拒絕一顧。所以“說怕我對此書不感興趣,因而未寄云云”倒近乎事實,但難道他忘了當面擲還拙文這一情節?爲什麼未及時寄書就是“前恭後倨”?難道小人物就不能有一點自尊心?黄文之謬言尚有許多,不想一一多指,最奇者說我隱瞞張叔平惡行乃“爲親者諱”。我有無隱瞞且不說,但我是張的什麼“親者”啊?任何人,再老牌也不能亂嚼舌頭吧?黄後出書《來燕榭文存續集》,不僅儘收罵我之文,而且其無理強詞、專門刺人的後記竟長達萬五千字,且某小報竟給予幾個版全文發表。牛悍如此,不可理喻。鄙人自知絕對弱勢,卽撰文自辯,該報也不會發,只好忍辱。但友人言我:黄可是要載入文學史的啊,千百年後,讀者將只見其一面之詞。想想也實在不服,於是就在拙著此處添寫千字附注,敬請讀者亮鑑。但不删去原書中感謝及表章黄之文字,亦示吾“小人”之風度也。

心感謝關心我這一研究並曾幫助過我的傅璇琮、傅熹年、林慶彰、章培恒、李國章、王水照、胡小靜、工藤貴正、佐藤一好等先生。尤其是八旬高齡的著名學者胡道靜先生，一絲不苟地審閱拙稿，不僅寫下評審意見，還欣然撰寫序言，給予推許揄揚，我發誓不辜負老人的激勵！

我還想提到，書稿在1997年底基本完成後，聯繫出版則頗費曲折。其間得到不少朋友的幫助。中國史學會的專家曾對它再次評審，並同意收入某學術文庫。但最後我決定交給多年前我曾工作過的上海文藝出版社出版。爲此我欠下很多人情，尤其對迄今未獲一面的阮芳紀老師深懷歉仄。而對拙書能在《心史》初刊六個甲子周年之際問世，我最衷心感謝的是老友趙南榮兄、郏宗培兄！

最後，忽又思及拙書論述的乃是詩人和詩文集，又引徵了那麼多古人的詩篇，書末豈可無詩？然吾疏於此道也久矣，韻思枯澀，難免貽笑，姑且呑剝趙甌北輯撰《陔餘叢考》時卽事一首，[①]借抒吾懷：

> 閉門寧厭寂寥居，亂帙縱橫獺祭魚。
> 詩料點金成史料，古書翻案變新書。
> 一腔孤憤翁常吐，十世奇冤吾已除。
> 業就敢期傳不朽，或同井底比當初。

1998年元旦初稿，
2000年蘭月修改。

庚辰年蘭月交出修訂稿，因出版社任務太多，對拙稿的處理似乎不快，但我卻因此而獲極大補償。除得以再加釐訂，並追添若干重要內容（如最新發見的所南翁詞）外，最慶幸者莫過於請得饒宗頤先生題籤！饒公學問之精博，我久矣仰之如高山，認爲是

---

① 趙翼原詩爲：閉門寧厭寂寥居，亂帙縱橫獺祭魚。拙句點金成巧句，古書翻案出新書。一燈紅焰花常吐，兩袖烏痕墨未除。業就敢期傳不朽，或同小說比虞初。

鍾書先生之後第一人(本書亦引及公之卓論);而此次所書,以篆
勢入隸,骨格古雅又氣韻飛動,懸諸封面,拙著將大爲增輝。百
歲老作家章克標先生,也熱情爲我題寫書名,蒼勁有力,今登之
扉頁。對賜墨二老,在此深表謝意!

　　　　　　　　　　辛巳歲桃李月,閱校樣時補記。

後記二

又要寫後記了。前回拙書的後記中說過,這是幸福也是感慨的時刻。此刻,先想到有不少朋友問過我的兩個問題,須在此做點申明。

一問:你十幾年前即出版《井中奇書考》,何以還要"新考"? 年逾周甲,毋乃過勞?

答曰:理由太多。可爲知者道,難向俗人言。對我來說,身在市井,實爲土人,無他嗜好,鎮日端坐書桌之前,生活之第一需要或最美妙者,即在於目耕或筆耘(現則改爲指擊鍵盤),亦就無所謂過勞耳。

我是把《心史》作爲自己畢生最重要的獻身性研究課題之一,並力求把實證考據一道做到極致的。學術研究必須精益求精,錢鍾書先生對自己已出版的書就是改而再改、增而又增的,這也就是顧炎武說的以"絕筆爲定"的眞正的學者的敬業精神。我在前回的後記中已說過,自己要努力繼承這種精神,不斷超越自我。這個,此處就不再多說了。

近十多年來,新披露的有關文獻史料、新編印的有關古籍叢書、新研製的有關電子數據庫等等,給我提供了遠比前賢優越的繼續研究、修訂的條件。例如,拙書初版問世後,我看到了新編印的大型叢書《清代詩文集彙編》《中國公共圖書館古籍文獻珍本彙刊》《全宋筆記》《域外漢籍珍本文庫》《國家圖書館藏鈔稿本乾嘉名人別集叢刊》《中國稀見史料》《和刻本中國古逸書叢刊》《清代學術筆記叢刊》《國外所藏漢籍善本叢刊》等,新編印的大型總集《全宋文》《清文海》等,新開發製作的大型電子數據庫《全宋詩分析系統》《中國基本古籍庫》《中國方志庫》《中國譜牒庫》《中國叢書庫》《中國類書庫》《歷代別集庫》等,新編印的大型類書《中華大典》,還有各著名大學圖書館紛紛以所藏稀見別集、方志等編印成的大型叢書,以及臺灣學者新編印的《晚清四部叢刊》和新開發的電子數據庫《全臺詩知識庫》等等。除了國內這些圖書、數據庫以外，韓國也編印了大型的漢文叢書《韓國文集叢刊》和大型電子數據庫《韓國古典綜合 DB》等。(另一鄰國日本，科技更爲發達，但不知出於什麼考慮，對漢文典籍的整理出版和數據化遠遠不如韓國。)雖然這些大型叢書、總集、數據庫，在我工作的單位裏大多沒有購置，但我可以到外面去查閱，稍微辛苦一點而已。面對如此好的條件，自當知恩圖報，再不好好研究，修訂拙書，眞是對不起爲我們創造了如此優越條件的偉大時代和國家的。我當初寫《井中奇書考》時，完全是靠筆記和手寫；現在則用上了電腦，其器之利，是以前難以想像的。我時時徜徉於圖書館，翱翔於數據庫、互聯網，無窮其樂，又大有弋獲，人之不知未敢獨憙，李賀奚囊日滿，唐球瓢團不虛，野人如我，能不獻曝？再說，關心、瞭解我研究狀況的多位前輩和學友，也都鼓勵我繼續研究、發表。

還有個緣由，是大概一般人所想不到的，坦率地說，乃是因爲本人心中不服，不平則鳴。胡道靜先生爲初版拙書題序時認爲，拙書"應是上海市哲學社會科學規劃課題中之優秀成果"；但後來，卻連市級獎之末等也沒輪上，害得出版社責編竟敲掉了年底獎金。是殆周諺有言"察見淵魚者不祥，智料隱匿者有殃"歟？那麼，獎評不上就評不上吧，問題是看看那些評上的，裏面竟有那麼些幾乎從來不上學者檯面的蹩腳貨，能服氣嗎？你越是看不起我，我越要以更多的精力重寫再版，這就是我的脾氣。

而本人更爲不服、不平的是，那幾乎傾全國學界之力，集體反復修訂，權威最後審定，遲至 2010 年才隆重推出的新版《中國大百科全書》和《辭海》(以及《大辭海》的文史分冊)，竟然都仍舊堅稱《心史》或爲僞託，對初版拙書的考辯和學術界的評價視若蔑如。① 此前，還有報紙主筆政者拒絕刊載道靜先生的序文，並直截了當地對我說："《心史》沒啥影響，不值一談。我就是搞歷史的，我懂的！"又有某些權威學者，在其

---

① 不僅著名學者胡道靜等人都明確判定初版拙書"終使此一歷史巨案定讞於一"，還有如范培松、金學智主編的大型插圖本《蘇州文學通史》(2004 年 5 月江蘇教育出版社)也"同意並支持陳(福康)說"，明確肯定初版拙書"了結了三百年來的公案"。

新寫的文學史書、新編選的詩文集中，在本應寫到、提到、選到《心史》時，就是偏偏不寫、不提、不選，意似"默殺"。對這些，我在不服的同時，也就認爲上天賦予了自己繼續抗辯的正當權利。只有重寫此書，補充更多的史料和證據，方俯仰於天地間而無憾無愧也。

二問：你的"新考"，越寫越多，幾乎是初版的三倍，何樂此不疲，若是之多也？

答曰：我重寫本書，與最初撰著時的目的仍然是一樣的，主要是爲了駁斥兩個無理的霸道的謬論，和反對兩股時髦的錯誤思潮。這些謬論和思潮現在依然強力存在，並得到某些權勢的支持，有時甚至愈加猖獗。作爲弱勢一方，予豈好辯哉？予不得已也！

我首先要痛斥的一個謬論是："《心史》是僞書"，或"一說是僞書"。雖然，幾百年來那些持論者並未說出過什麼道理、擺出過什麼證據來；但事實證明，相信或寧可相信這種"莫須有"謬論的人卻並不少。這種謬論甚至繼續保存在最新修訂的國家級大型文史工具書裏。我要駁斥那些論者，令他們從此閉嘴；同時糾正那些無知、輕信者，使之恍然大悟。那就必須擺出充足的事實（史料）和嚴密的邏輯，那麼，史料和證據當然是越多越好。

我要痛斥的另一個謬論是："《心史》在歷史上沒什麼影響"。對那種傲然自稱"我就是搞歷史的，我懂的"的人，對那種以自己對《心史》的輕視和無知來說明《心史》沒影響的人，我又怎樣去同他論爭呢？他說《心史》無甚影響，自然是信口胡言；我如果僅說影響很大，那也只是空話一句。錢大昕《十七史商榷》中說："論古須援據，無一語落空，方爲實學。"想來想去，也惟有舉出大量事實，多多益善，以說明儘管《心史》一直遭到禁燬和誣陷，然而歷史上遠比那種自稱"我懂的"的人名氣響、學問深而肯定《心史》、引用《心史》的學者多了去了。《心史》影響深遠巨大，連外國論及《心史》的學者我也舉出了四十多個。這樣才能使那些還想"默殺"《心史》的人驚訝得目瞪口呆，或自認輕薄而無地自容。

當然我也感到，凡舉例考據者大概確實也易上癮成癖，以致史料越聚越多。因爲這實在也是一件非常美妙的事情。唐代劉知幾在《史通·采撰》中說："蓋珍裘以衆腋成溫,廣廈以羣材合構。自古探穴藏山之士,懷鉛握槧之客,何嘗不徵求异說、采摭羣言,然後能成一家,傳諸不朽?"宋代鄭樵在《通志署》中也說："大著述者必深於博雅,而盡見天下之書,然後無遺恨。"不寧惟是,還如梁任公在《中國歷史研究法》中所說:"大抵史料之爲物,往往有單舉一事,覺其無足輕重;及彙集同類之若干事比而觀之,則一時代之狀况可以跳活表現。此如治庭園者,孤植草木一本,無足觀也;若集千萬本,蒔以成畦,則絢爛眩目矣。"從反映一時代之鮮活狀况來看,我的這種寫法,研究者應該也是歡迎的吧。

再說我要反對的兩股時髦思潮。其一,是涉及政治方面的。這可以用某研究者深刻尖銳的話來說:"近年來,社會上出現了一個很耐人尋味的現象,那就是大翻歷史舊案,特別是刮起了一股歌頌叛貳之風,且愈演愈烈。其特點是,首先由學者專家鼓吹,繼而發動某些人贊助,主要是發動貳臣後人中擁厚資者慷慨解囊,再促使一些地方的領導出面支持,把歌頌叛貳活動搞成政治色彩甚濃的全民舉動……我們國家、我們民族豈可將有叛貳污點的人樹立爲典範讓人們去膜拜、去效法?……當然,此錯誤言論之始作俑者,並非有財力的大款和手握公權力的領導,實爲某些背離了公正史心的史學專家。由於人們對學者的信任,他們的錯誤言論也最具迷惑力。"(張玉興《再論明清易代之際的忠貳問題》,2009年《炎黃文化研究》第九輯)這種思潮和現象,在古代文史和近代文史研究領域裏都有。我對這類"背離了公正史心"的"專家""學者"是極度鄙視的,不僅在人品上,而且在學問上。不管他們竊有多麼顯赫的頭銜和地位,而我什麼也不是,但我洞悉他們其實並無什麼眞學問。我除了必須擺出令他們暈頭轉向的大量史料來駁斥之以外,也只有亮出自己的一點"學問"才可能改變迷惑於他們的一些領導和羣衆對他們的"信任"。當然,我仍然深知自己書讀得不多,學問粗淺,不過要鎮鎮那些自我感覺太好的"背離了公正史心"的"專家""學者",自信還是綽綽有裕的。

至於友人告訴我,網上有被洗了腦的小右蚴因爲拙書宣揚了愛國主義而嘲諷我，我則嗤之以鼻，不屑一顧。人各有志，我行我素。據說還有人在網上說我，只要一見前人提及《心史》，就拉來作爲《心史》非僞的證人；只要看到有人肯定《心史》，就稱讚他是愛國者。這是對拙書或有意或無識的歪曲。事實是，除了明清之際在《心史》出井時已成人的兩百多位古人以外，拙書寫到的其他更多的人士，主要都是作爲《心史》在後來的影響的"證人"。而肯定《心史》者，當然絕大多數是值得稱揚的愛國人士，但也有個別的並不是，甚至還有極少的漢奸國賊。這些，我在書中都是說得清清楚楚的，不曉得爲何還會有人要這樣歪曲！

本書是以發掘、彰揚、列舉大量忠義人物（目錄中標示的歷史人物九百多人，其中"忠義之士"超過八百）及其大量愛國詩文（遠逾千篇）爲特點的。我一直記得黃宗羲《南雷文定》四集卷三《都督裘君墓誌銘》中的一段精彩的話："桑海之交，士之慕義强仁者一往不顧，其姓名隱顯，以俟後人之掇拾。然而泯滅者多矣，此志士之所痛也！故文丞相幕府之士，《宋史》既以之入《忠義傳》矣，好事者又爲《幕府列傳》，附之丞相之後以張之。遜國梁田玉諸人乃得之古寺承塵之上，而後傳世。元微之云'天下大亂，死忠者不必顯，從亂者不必誅'。顧此數行殘墨，所以補造化者，可不亟歟！"《南雷文定》五集卷三《紀九峯墓誌銘》又云："余讀《文·陸傳》，而歎一時忠義之士，何其盛也！故鄧光薦爲《文丞相幕府傳》，僚將賓從，牽聯可書者六十餘人。其散見於宋末元初各家之文集者，殘山剩水之間或明或没，讀者追想其風槩，縈噓而不能已者，又不知凡幾！蓋忠義者，天地之元氣。當無事之日，則韜爲道術，發爲事功，漠然不可見；及事變之來，則欝勃迫隘，流動而四出。賢士大夫欷起收之，甚之爲碧血窮燐，次之爲土室牛車，皆此氣之所憑依也。"我亦痛感於此，因此掇拾發掘歷史上姓名隱顯之愛國人士，使之傳世，"可不亟歟"！袁枚《牘外餘言》有言："火隱於石，非敲不見；泉伏於地，非掘不流。倘無敲掘之者，則亦萬古千秋伏於石中地中而已矣！"我就是要做一個"敲掘之者"。擊巖取火，鑿井求泉，進止存乎其人，而我是越進越好。我曾拜讀過清文史研究專家何齡修的長文《史可法揚州督師期間的幕府人物》，看到他在發表後又作了一補、再補，也是越寫越多。他也引用了上面黃宗羲的兩段話，並說："我的研究談不上用'此數行殘墨，所以補造化'，只不過覺得我有責任去'掇拾'那些逝者的'姓名'，整理我們民族的這一部分閃閃發光的歷史遺產。"我的想法和做法，與何先生是一樣的。就是要再現我們的先人用血和淚書寫的歷史册頁，並融化入當代民族精神的嶄新巨著之中。

我要反對的另一當令的時髦思潮，是涉及學風方面的。多年來，實證之學日遠日晦，虛談之習愈趨愈下。踰閒蕩檢，貪便喜捷。談玄說妙，飾智驚愚。這也可以借用某研究者深刻尖銳的話來說，史學界有這樣幾種可嗤之人："一種是空談方法，或幾句理論走天下，或長途販運，倒賣洋人牙慧，滿口空話，雲裏霧裏，我曾著文形容此輩似《紅樓夢》裏的'茫茫大士'、'渺渺眞人'。再一種是不讀原始史料，率爾操觚，將他人著作改頭換面，炮製史學泡沫；等而下之者，更赤裸裸地剽竊，淪爲學界蟊賊。"（王春瑜《中國稀見史料叢書序》）近三十年來，我出的每一本書，差不多都要在序跋裏痛斥這類"茫茫大士""渺渺眞人"，這次就不多寫了。而這類"茫茫大士""渺渺眞人"，與上面說的"背離了公正史心"的"專家""學者"，往往就是同一夥人。

對那些不學無術的"大士""眞人"，我充盈著自信；但我其實並不想賣弄自己書讀得多，主要是爲了闡明歷史眞相。正如清人崔述說的，"欲多聞者，非以逞博也，欲參互考訂而歸於一是耳。"（《考信錄提要》）西晉張華謂陸機："人患才少，君患才多。"若以本書引徵多而病我、譏我，則吾亦將"沾沾自喜"（陳寅恪語）。因爲王鳴盛說過："夫以予任其勞，而使後人受其逸；予居其難，而使後人樂其易。不亦善乎！"（《十七史商榷序》）又說："凡著述，空際掉弄，提唱馳騁，愈多，愈亂人意；紀載實事，以備參考，雖多，不甚可憎。"（《十七史商榷·劉昭李賢注》）而且，做善事而令夫己氏厭憎，也算是值得。我在初版拙書《引言》中曾提到，初寫此書時，就實有"踵步效武"《柳如是別傳》那樣的以小見大、以詩文證史的引人入勝的傳世巨著之"私衷"；現在，更至少在篇幅字數上也已與《柳如是別傳》相近了，在陳寅恪說的"刺刺不休""繁瑣冗長"方面似亦肖之。因此，實話說，自己頗有點"成就感"。

在這裏回答了上面兩個問題後,忽又想到,曾在一次評審我的研究成果的答辯會上,有個對《心史》及《心史》研究狀況一無所知的"專家",還問了一個似乎很邏輯的問題:既然你說歷史上名氣響、學問深而肯定《心史》和引用《心史》的人已經多了去了,連外國論及《心史》的學者你也舉出了四十多個,那麼,你再來肯定《心史》非偽和影響深廣又有什麼意義? 你的研究又有什麼價值呢? 我啼笑皆非,只好如實回答:在鄙人之前,學界多數人(除余嘉錫、錢鍾書等極少幾位學者外)知道的、提到的肯定《心史》的古人和寫到《心史》的舊詩文,幾乎就僅僅是顧炎武一人和他的一首詩而已;至於外人的評述觀點,國人所知更罕。"多了去了"云云,就正是鄙人通過多年研究發掘出來而恢復的歷史眞相啊! 至於現在再來肯定《心史》非偽有何意義? 那就請看看新版《中國大百科全書》《辭海》《中國文學史》等書中有關《心史》的最"權威"的說法是什麼吧。不論鄙人的研究有無建樹,僅僅駁正它們的謬誤,就自信是有"價值"的!

當然,《心史》之眞偽與價值,這個課題本身也許夠不上所謂的"重大研究項目"審批者的法眼。但拙書更深之立意,乃是就此一具體的歷史實例,來踐行和提倡唯物史觀的研究方法和觀點。在研究、撰寫中,我時時遵循這樣一段指示:"卽使只是在一個單獨的歷史實例上發展唯物主義的觀點,也是一項要求多年冷靜鑽研的科學工作,因爲很明顯,在這裏只說空話是無濟於事的,只有靠大量的、批判地審查過的、充分地掌握了的歷史資料,才能解決這樣的任務。"(恩格斯《卡爾·馬克思〈政治經濟學批判〉》)因此,我要再次鄭重聲明,鄙人之所以不惜"繁瑣冗長,見笑君子"(陳寅恪語),不懼論戰和答辯,甚至敢於"以一人敵一國"(梁啟超語),就是爲了"貶斥勢利,尊崇氣節"(陳寅恪語),爲了論證、解決或強調以下四個自以爲非常重要的問題:

一、《心史》絕非偽書! 因而不容再歧視,不容再污蔑,也不容再加以"莫須有"的所謂"一說"。那些國家級大型辭書和大百科全書的有關條目,貌似公允嚴謹,實乃淺薄可哂,必須重新修訂,以免繼續貽笑天下。

二、《心史》有過極重要的影響! 因而不容再淹沒,不容再排斥,也不容什麼人再擺出"權威"面孔加以"默殺"。某些今人所撰文學史書的有關章節,或出於無知,或不尊重史實,不全面反映重大史實,應該重新修訂或補寫。

三,**愛國先人亟應崇敬表章**! 我國歷史上的愛國士人數量眾多,尤以宋季明季爲盛。熱血文人一直是我國愛國主義傳統的主要的記述者、宣傳者、承繼者,歷史上很多英雄志士爲人爲文驚天地泣鬼神,後人必須發掘、尊重、研究、彰揚這些人世間至眞至醇之大愛,歷史上最壯最烈之大節。任何對這些先人情感氣概的輕忽、貶低甚至褻瀆、污蔑,都是不能容忍的。

四,**學術研究亟須反對腐敗**! 當今我國學界的腐敗現象已經到了無法容忍的地步,我認爲,鮑肆之臭最初就是從輕視、蔑視、歧視史料實證開始的。要糾正,就必須眞正肯定考證的重要性和必要性,恢復史料考辨在文史研究中本來應有的名聲和地位。出版物應以發表優秀考證論著爲榮。文史研究者須從學會考證開始,大學文科應該進行這方面的啟蒙教育和專業訓練。

上面這些話,讀者如果能覺得有似乎並州剪之利,不讓於哀家梨之爽,那我就不止自澆魂磊,而且感到幸福了。

本書不僅對初版的章節作了較大的調整,增補了數倍的新材料,文字上反復作了修潤,而且,細心的讀者也許還會發現,其中也糾正了初版的少許差錯。這裏要說明的是,這些差錯基本都是由本人自己發現和糾正的。初版問世後,僅有兩位朋友給我指出過差錯。一個是印曉峯兄,指出我對鄭思肖高叔祖"除太學生正"一段引文的標點有失;一個是李祚唐兄,指出我對《四庫全書簡明目錄》與《四庫全書總目》成書先後的表述不妥。我很感謝,在此再次致謝。我曾在互聯網見到有人發佈訊息云,繼網上有所謂《錢學大師(按,謂范旭侖兄)硬傷錄》《宋學大師(按,謂劉永翔兄)硬傷錄》後,接著即開涮鄙人,謂將有《鄭學大師(按,因不佞研究鄭思肖、鄭振鐸而戲稱)硬傷錄》問世。當時我非但不以爲惱,反而竊喜。倒並非因"鄭學"(漢學)比起宋學來還要資格老,而是我確實非常盼望有人能給我指誤,高興還來不及呢。可惜的是,該網友只是空嚷嚷,後來連一條"硬傷"也沒舉出來。我在此再次誠懇公告:本人非常歡迎大家指正,"樂有諍友,不樂有佞臣"(錢大昕語),尤歡迎反駁。本人絕不文過飾非,更不會老羞成怒。

在初版拙書後記中致謝的人名名單中,有兩位先生我沒有寫到,那倒不是遺忘,而是因爲當時他們剛剛逝世,國內外學術界一片崇仰之聲,我怕此時寫上他們的大名,會讓人家以爲我想"攀附""借重"。現在過了十多年,我懷著崇敬的心情在這裏補敍一下。一位是中國社會科學院的錢鍾書先生,他曾扶病給我寫過有關《心史》研究的信。此事我在本書第十二章已經寫過了,這裏就不重複。另一位是南京大學的程千帆先生,則需要多寫幾句。

我在剛開始研究《心史》時,即得到千帆先生的關懷和提攜。我冒昧寫信請教,他還推薦過拙文。可是他給我的信我找不到了,就更不敢在初版的後記中提他。擔心口說無憑,反而引起有的人的妒疑。後來,我忽找到了廈門大學周祖譔先生在 1983 年 7 月 3 日寫給我的信(用周先生自印的兩百格豎寫稿紙,左下角還印有"祖譔"二字),信中提到:"在南京時,千帆先生把您的大作《關於鄭思肖的著作與生平》轉交給我,囑推薦給福建刊物發表,現已交《廈門大學學報》,請他們審查處理。我估計問題不會太大。萬一不能發表,我準備再轉寄《福建論壇》或《福建師大學報》。一有消息,再告訴您。"有了這封信,我就可以在這裏滿懷感激地寫到程先生對我的幫助。(同時,我對已故的周先生也表示深謝。後來那篇拙文是發表在 1984 年《福建論壇》第二期上的。)拙文《關於鄭思肖的著作與生平》約一萬五千字,那應該是我最初發表的關於鄭思肖的正式的論文,[①]至今已三十年了!本書前面提到過,程千帆和吳新雷合著的《兩宋文學史》,是明確地肯定《心史》的,而且是迄今爲止幾乎惟一的明確肯定《心史》的文學史。這裏還想敍及,據程先生後來自述,他修訂《兩宋文學史》始於 1986 年,也就是說,在我向他請教有關《心史》的問題和提出拙見之後。不知道此前他是否已經確認《心史》非

---

① 更早的非正式研究鄭思肖的拙文,如《關於魯迅書錄〈錦錢餘笑〉》,在 1980 年就發表了。

僞,我想,即使不敢說程先生是採納了拙見,也可以自豪地說程先生與拙見相同,程先生有力地支持了我。

在這裏我還要特別補充感謝已故的周汝昌先生,他在看到初版拙書後即寫信鼓勵我,還爲拙書題詩(已載本書卷首),又在《坐井觀文》一文中稱讚拙書是"力作,質量甚高"。我還要特別補充感謝來新夏先生,他在看到初版拙書後即發表長篇書評《奇人·奇書·奇作者》表揚我,後又應我的要求,將書評改寫成序(已載本書卷首)。此外,顧易生、黃霖、錢定平、陳松溪等先生也曾爲初版拙書寫過獎勵的書評;劉衍文、劉永翔、施向東、莫礪鋒、梁歸智等先生爲拙書題詩;陳慶元兄專門請我去福建師範大學講《心史》。本人汗在顏,感在心!臺灣"中研院"的蔣秋華兄,不厭其煩地幫我複印資料。其他幫助過我的人,在書中相應文字中道過謝的,這裏就不再多寫了。我還因本書而與諸多青年才俊(如汪春泓、李聖華、司馬朝軍、鍾焓、郭建業、趙紅娟、潘承玉、何宗美、吳裕成、錢茂偉、周生春、吳可文、張憲光、高平等,還有同在滬上的馮勤、王培軍、楊光輝、黃曙輝、厲堅、秦蓁、許全勝、王亮、張煜、鍾錦等等)及在美國工作的陳溪等同好通信、交流,也是我的一大愉悅和收穫。又可一提的是,青島大學某教員因所謂"評職稱需要",竟從初版拙書中全文剽竊了一篇"論文"在刊物上發表,被揭露後,該校取消其已獲得的正高級學術資格。此亦拙書一奇遇也。

信馬由韁,走筆至此,還想寫到在本書反復修訂時,我時常會想起的京城兩位老人(今均已故)。雖然我與二老都不曾相識,但他們的事蹟深深地激勵了我。而且,我查閱的書和尋訪的書,不少正也是他們查閱和尋訪過的。從某種意義上說,我也得感謝他們。

一位是中學語文老師,後專門研究宋代文學的孔凡禮先生(1923~2010)。他三十七歲時妻子去世,就過起了"單身漢"的日子,更在而立之年,一頭紮進古典文學研究的無邊瀚海中,竟然主動停薪留職,甘心做一個"書癡"。很多次,改變命運的機會找上門來,他卻生怕干擾到手頭的研究,忙不迭地躲開了。他幾乎每天都自帶乾糧,起早摸黑,泡在北京圖書館(今國家圖書館)。有報導說,某年中秋節,黃山書社編輯登門拜訪，見到的是這樣的一幕：“洗得發灰的藍布中山服罩褂，領口已經破了，襯褂是洗毛了的白老布，衣領上綴著厚厚的補丁。當我站在敞開的門前時，他正佝僂著高大的身軀，‘嗞嗞嗞’地喝著稀飯，桌上是一摞翻開的書稿，旁邊是一碟不知名的鹹菜……”他做了四十多本讀書筆記和無數卡片，共約二千多萬字，爲他研究宋代文史做了充分的資料準備。其中不少獨特發現，日後變成一本本學術著作。早在 1957 年 8 月 31 日，錢鍾書寫給他長達千言的覆信中，就說：“先生年齡既少，鑽研復力，故所垂問，皆有根有底，歎佩之至。”令我感到光榮的是，孔先生的書裏肯定了我整理的《鄭思肖集》。當然，他也肯定《心史》非偽。

另一位是中學物理老師（曾調至中央教育科學研究所工作），業餘專門研究明清詩文集的汪世清先生（1916~2003）。黃苗子稱他爲“京城第一讀書人”。離休前，他每個週末都到北京圖書館善本室看書，數十年從不間斷。離休後，他更是幾乎每天早晨都擠公交車去北圖看書，直到閉館，再坐公交車回家，中午只吃簡單的速食。白天用鉛筆（圖書館善本室只准用鉛筆）所鈔錄的資料，晚上再用毛筆恭楷重新謄錄。日積月累，集腋成裘。逝世時，雷下了手鈔善本古籍及整理集錄的文獻資料一百四十餘種。他寫文章用以論證的材料，都是從各種文集、選集、方志、譜牒、筆記、書簡、書畫著錄中一條一條爬梳而得，皆非一般索引書籍可以提供。其實卽使是翻讀原書，如果僅僅瀏覽目錄也是不能一下子就發現的。許多看似無關卻十分緊要的材料，他都是逐字逐句仔細閱讀，才發掘出別人沒有發現的價值。沒有地毯式的細緻搜索，掌握如此豐富的材料幾乎是不可能的。余英時在《方以智死節新考》中就佩服地說：“此文所創獲則皆汪世清先生之賜也。”

想到兩先生，三嘆肺肝熱！我認爲他們才是眞正的讀書人，眞正的做學問！他們做出了現在絕大多數大學文科教授、“博導”都難以企及的成績！雖然他們生前都沒有什麼顯赫的頭銜，甚至連做夢也沒有想過“大師工作室”這樣的公家養士的優惠條件，但他們實在比當今的某些“大師”符合“大師”的稱號！聯想到自己，比他們年輕，而且好歹還是個大學教授,雖然身居學界"邊緣",又只是"三級"(現在有許多連一本像樣的學術著作皆無的人都評上"二級教授"了),常遭輕視排擠,因而忿忿不平,但一想到這樣兩位中學老教師,就不由得將自己的憤憤然轉化爲讀書的動力了。

所謂"大師工作室",是現在的一個"新生事物";還有一個"新生事物"是"作家教授"。近年來有一時髦現象,如某人寫小說或新詩出了名,就有大學中文系直接聘爲教授,根本不問他有無"學問",或"學問"如何。而且不少大學還互相攀比,以擁有所謂"作家教授"爲榮,就像很多學校競招體育冠軍爲研究生一樣。有人認爲這眞是對"學術"二字的羞辱!作家固然是人才,但作家未必都有做學問的資格。清人毛奇齡說:"造物不易生才,卽生之亦未易成就,然且所生之才各不同。生文人百,不及生讀書人一。大抵千萬人中必得一文人,而至于讀書人,則有千百年不一遇者。"(《復章泰占質經問書》中語,此語又爲章學誠《乙卯劄記》所引。)毛氏說的讀書人,當然是指眞正的讀書人。

我力爭向一個眞正的讀書人靠近。清人阮元有詩句:"人有讀書福,書福人亦康。"其中適嵌有鄙名,常吟以自勞。清人錢大昕是讀書人,雖然他有可能誤信《心史》爲僞,但他在《嚴久能娛親雅言序》中的一段論述,我認爲是非常有道理的:"今海内文人學士,窮年累月肆力于鉛槧,孰不欲托以不朽,而每若有不敢必者。予謂可以兩言決之:曰多讀書而已矣,善讀書而已矣。胸無萬卷書,臆決唱聲,自誇心得,縱其筆鋒,亦足取快一時,而溝澮之盈,涸可立待。小夫驚而舌撟,識者笑且齒冷。此固難以人作者之林矣。亦有涉獵今古,聞見奧博,而性情偏僻,喜與前哲相齟齬……雖一孔之明非無可取,而其強詞以求勝者,特出于門戶之私,未可謂之善讀書也。"由此我體會到,不僅應該力求做到"多讀書",胸蓄萬卷,言必有據,令諸愚無法強辭而閉口,使識者意外驚喜而瞠目;而且還應該力求做到"善讀書",包括絕不性情偏僻,以"一孔之明"強詞求勝。

我幾乎一直是獨學無侶,自知可憐得很,不可能有什麼"門戶之私"。但喜與前人時賢"相齟齬"則亦或有之,而我認爲這也未必不對,正如錢大昕《答王西莊書》中又說的：“愚以爲學問乃千秋事，訂訛規過，非以訾毀前人，實以嘉惠後學。但議論須平允，詞氣須謙和，一事之失無妨全體之善，不可效宋儒所云‘一有差失則餘無足觀’①耳……旣自命爲立言矣，千慮容有一失，後人或因其言而信之，其貽累於古人者不少。去其一非，成其百是，古人可作。當樂有諍友，不樂有佞臣也。且其言而誠誤耶，吾雖不言，後必有言之者，雖欲掩之，惡得而掩之？所慮者，古人本不誤，而吾從而誤駁之，此則無損于古人，而適以成吾之妄。”我在撰著、修訂本書時，就時時想起這些名言。

昔日嚴復譯書，有“一名之立，旬日踟躕”之歎，云“每逢義理精深、文句奧衍，輒徘徊躑躅，有急與之搏、力不敢暇之概”，“然而亦太自苦矣”。他對自己以扛九鼎力運三寸管的勞動成果，有“取之九幽之中，襮之白日之下，竊自謂得未曾有”，“亦字字由戥子稱出”的自豪自憐之感。近時讀卜孝萱先生新出版《現代國學大師學記》一書，見勒口上印了這樣一段話：“此稿是我二十年來研究國學之結晶，一字一句，皆反復推敲，無空話、大話，每篇皆力求特色，談別人所未談，表達自己的見解，非人云亦云，與目前之浮躁學風，是鮮明對比。青年有志於學者，當對此書愛不釋手也。”這段話我很喜歡，認爲是實話實說。同時，我覺得拙書也是這樣的。

記得《顧亭林詩文集》中有一《與人書》（按，據考，當是致朱鶴齡書），自豪地說：“吾輩所恃，在自家本領足以垂之後代，不必傍人籬落，亦不屑與人爭名……比乃刻《日知錄》二本，雖未敢必其垂後，而近代二百年來未有此書，則確乎可信也。”顧炎武在《初刻日知錄自序》中又說：“昔日之得，不足以爲矜；後日之成，不容以自限。”（按，此句亦曾爲曾國荃所稱引。）這前半句很謙虛，後半句則很自信。顧氏在給另外一些朋友的信中提到《日知錄》時也說“自信其書之必傳”（《與楊雪臣》），又說

---

① “宋儒”當指朱熹諸人。朱氏《論語集注》卷十《子張》註釋“見危致命，見得思義，祭思敬，喪思哀”云：“四者立身之大節，一有不至則餘無足觀。”又，朱氏《詩集傳》卷三《氓》註釋“士之耽兮猶可說也，女之耽兮不可說也”云：“婦人無外事，唯以貞信爲節，一失其正則餘無可觀爾。”錢大昕乃別解正經理學之語而用於此，亦可謂幽默已。

自己"生平雖復鈍拙,自知身後必有微名"(《與李紫瀾》)。《日知錄》博大精深,拙書在其面前自知渺不可言,但我想起顧氏這幾句話,深受觸動,浮想聯翩。

又想起袁枚《隨園詩話》引仲小海語:"但願人生一世,留得幾行筆墨,被人指摘,便是有大福分人。不然,草亡木卒,誰則知之,而誰議之?"袁氏並感慨道:"余謂此言沉痛,深得聖人疾沒世無名之意。然古來曹蜍、李志又轉以庸庸而得存其名,豈非不幸中之幸耶!"(金武祥《粟香隨筆》轉引隨園所引仲氏語,又引"胡稚威徵君曰:'古今人皆死,惟能文章者不死。雖有聖賢豪傑,瑰意琦行,離文章則其人皆死。'"和"趙甌北詩云:'公卿視寒士,卑卑不足算。豈知漏一盡,氣餒隨烟散。翻藉寒士力,姓名見豪翰。使其早知此,敢以勢位慢?'",謂"三說可以參觀"。牟思晉《自娛軒詩稿自序》亦引仲氏語,謂"從又著作家傳世之言"。)本書稿只要能夠問世,自信必得傳世,亦"自知身後必有微名"焉。

本書這次封面是集唐代大書家顏真卿之字。鄭思肖對顏氏極爲崇敬,因爲顏公也是一位大忠臣。《心史》有《觀顏魯公帖》詩云:"吾拜《魯公帖》,凜然氣如生。終身大唐臣,千載名崢嶸。愧彼今之人,獸心蠹天經。"因此,這個封面想必鄭思肖也是喜歡的。

《心史》奇書也,億翁奇人也。天地生奇人,未必享以福。所南公當年,就不敢想像其書之必傳。他老人家也不像歷史上很多名人那樣,有幸留下墳墓、故居、手澤、勝蹟等等,可供世代後人憑弔、瞻仰、歌詠,寄託情感。若其同時人謝皋羽,就有生前慟哭過的釣臺,逝後還葬於釣臺,後人參拜不絕。而所南翁可憐,本來承天寺,寺內那口沉書的古井,可供後人憑弔;如今蹤蹟全無,僅留下一個"承天寺前"的街名。現在,所幸能引起人們對他懷想和崇敬的,主要就只是《心史》一部而已!然而,千百年後,或當有異史氏曰:有鄭所南其人,不可無《心史》其書;有其書,乃更有其人。有其書以傳其人,固必傳矣;而有《井中奇書新考》並傳其人其書,亦必傳焉。其人之必傳,胥賴必傳之書以傳之,則謂必傳之有三也宜矣⋯⋯

余何人斯,狂言如此。知余嘶余,其惟後人! 余尚未覺桑榆景迫,然實自知學殖無成,惟有實事求是、護惜古人之苦心,可與海內共白!

陳　福　康

鍵盤點擊於癸巳春節

拙書《新考》稿,數年前某最著名大學出版社的總編曾答應接受,只因我堅持還要修訂而該社卻"改制"了,以致錯過了時機。後來,我心儀的某專業出版社編輯主動拿去,但最終在該社的"上層"卻未獲通過。關鍵都因"阿堵物"問題。爲此,我也曾向某市的官方出版基金會申請,人家看不上。兜了個大圈子,最後還是我所在學校的出版社編輯李振榮先生和社領導得悉情況後,熱情出手相助(非我主動爭取,因自己覺得本書與"外語教育"不搭界,又擔心虧損"阿堵物")。又沒料到,上海交大出版社古籍部幫我向"文汇·彭心潮优秀图书出版基金會"爭取资助,竟亦獲成功! 經友好協商,拙書卽由上海外語教育出版社和上海交通大學出版社聯合出版。這於我是莫大的榮光! 因此,我對兩家著名大學出版社的領導,對彭心潮基金會,對兩社編輯李振榮兄及馮勤兄,感謝之情無以言表! 尤應一提的是,振榮兄和馮勤兄不僅都是各自出版社的名編,而且皆爲中國古典文學和古典文獻專業出身,學術上均爲行家。

交稿之時還想講幾件事:

尊敬的來新夏先生,繼多年前胡道靜先生後,近日亦跨鶴仙去。我重讀胡老的序,特別是重讀來老專爲《新考》寫的序,心潮澎湃,難以自已。

拙書《新考》曾爲上海外國語大學重大科研課題立項,理應表示感謝。又自甲午年起,福州外語外貿學院專任我爲特聘教授,此書亦爲該校閩海文獻研究所之研究成果。

又,不知從何時起,也不知什麼權威人物或權威單位有強行"規定":學術論文、著作凡有引文均須加有註釋,須按照固定格式(更可怕的是各刊物或出版社的固定格式還並不統一)註明作者、書名、篇名、版本、出版社、頁碼,甚至還須有洋文代碼;而在文後、書後,還必須列出全文、全書的引用書(篇)目和參考書(篇)目。好像這樣一來,我們的學術水平就一下子提高了,就與國際學術水平"接軌"了。如果不這樣,就不符合"學術規範",已列入科研項目的就通不過,不能結項,不予發表和出版。我強烈反對這種只從簡單的形式上來反學術腐敗的做法,無比鄙夷這種僵死的一刀切的無知的橫蠻規定! 本來,學術論著的註釋也並非只是註明出處。當然,學術論著的引文,包括引述觀點,是應該說明出處的;但不必非加註釋不可,也可以在文中交代。而凡屬常見文獻、觀點,根本就不需要註釋。而且,自然科學與人文科學,外文書籍與中國古籍,情況均不相同,不能一刀切。中國古籍,大多版本很多,著錄方法也歷來與洋書不同,凡引文寫出卷次即可,歷來學者盡皆如此。連線裝古籍亦須研究者自行數取並註明頁碼,甚至還要註 A 與 B,這大概是港臺一些人想出來的,我感到有點搞笑。至於引用書(篇)目和參考書(篇)目,也得看具體情況。如本書,僅在目錄中寫出姓名的古近人士即近千人。爲介紹這些人士,一般當然都得引用一些書;這些人士本人寫的書,本書當然也幾乎都有引用。這樣,即使平均每位只引兩三本書,則"引用書目"就得多少啊? 至於所謂"參考書目",自然更要多得多,那又怎麼列舉? 若舉的太少了,又有什麼意義? 因此,本人決定不理睬這些玩意兒。(當然,本書引文出處均在文中有交代。)反正,像陳寅恪、錢鍾書這樣的大師的名著,也是不玩這些的。

甲午秋分補記於福州外院閩海文獻研究所